JN269877

井上靖全集

別巻

新潮社

監修
司馬遼太郎
大岡 信
大江健三郎
編集協力
曾根博義

昭和59年12月19日、東京大手町のパレスホテルにおいて、「青春回顧 壮大なる道草が私をつくった」と題して、雑誌「新潮45⁺」のインタビュー（聞き手・矢口純）を受ける。掲載は翌60年３、４月号、それぞれ(上)(下)として分載された。(撮影・宮寺昭男)

井上靖全集　別巻　目次

自作解説

序　ヤクボーフスキー他著・加藤九祚訳「西域の秘宝を求めて」序　椿八郎「鼠の王様」序　「現代の式辞・スピーチ・司会」序文　A・マルチンス・J「夜明けのしらべ」序　岸哲男「飛鳥古京」序　加藤九祚「西域・シベリア」序　赤城宗徳「平将門」序　伊藤祐輔「歌集 千本松原」序　岩田専太郎画集「おんな」跋　今田重太郎「穂高小屋物語」序　生沢朗画集「ヒマラヤ&シルクロード」序　石岡繁雄「屏風岩登攀記」序　櫻野朝子「運命学」序　「日本教養全集15」あとがき　「わが青春の日々」上巻序　白川義員作品集「アメリカ大陸」序文　秋山庄太郎作品集「薔薇」序　大西良慶「百年を生きる」跋　「秘境」序　浦城二郎訳「宇津保物語」序　持田信夫「ヴェネツィア」序　井上由雄「詩集 太陽と棺」序　生江義男「ヒッパロスの風」序　尾崎稲穂「蟋蟀は鳴かず」序　椿八郎「『南方の火』のころ」序　北条誠「舞扇」まえがき　石川忠行「古塔の大和路」序　「観る聴く 一枚の繪対話集」　本木心掌「峠をこえて」序　土門拳「女人高野室生寺」序　安田登紀子仏画集「仏像讃美」序文　「長谷川泉詩集」序　筆内幸子「丹那婆」序　入江泰吉写真全集3「大和の佛像」序　長井洞著・長井浜子編「続・真向一途」序　松本昭「弘法大師入定説話の研究」序　坂入公一歌集「枯葉帖」序　臼井史朗「古寺巡礼ひとり旅」序　柳木昭信写真集「アラスカ」序　「世界出版業2 日本」序言　坪田歓一編「文典」序　「回想 小林勇」あとがき　「熱海箱根湯河原百景」序　「北日本文学賞入賞作品集」序　「中国 心ふれあいの旅」序　白川義員作品集「中国大陸 下巻 天壌無限」序文　屠国壁「楼蘭王国に立つ」序　「日本の名随筆33 水」あとがき　「日本国立公園」序　大場啓二「まちづくり最前線」序　段文傑「美しき敦煌」序　水越武写真集「穂高 光と風」序　「写真集 旧制四高青春譜」序　白川義員作品集「仏教伝来2 シルクロードから飛鳥へ」序　「西域・黄河名詩紀行」序　TBS特別取材班「シベリア大紀行」序　「高山辰雄自選画集」英語版序　入

訳　古典日本文学全集　日本地理風俗大系　世界文学全集　ゲーテ全集　世界名著大事典　野鳥の調べ　福田宏年「山の文学紀行」　エリオット全集　日本文学鑑賞辞典　日本文学全集　続日本の名城　世界の歴史　少年文学代表選集　大屋典一「孤雁」　平野岑一「世界第六位の新聞」　世界美術大系　安藤更生「日本のミイラ」　図説世界文化史大系　日本山岳名著全集　佐藤春夫監修「古戦場」　歴史小説の旅　岩波文庫　世界の文学　岩波国語辞典　続歴史小説の旅　安藤更生「鑑眞」　世界の文化地理　岩波国語辞典　ロシア・ソビエト文学全集　魯迅選集　高木健夫「新聞小説史稿」　日本近代文学図録　ヘディン中央アジア探検紀行全集　漢詩大系　世界文化シリーズ　島田謹介写真集「信濃路」　福田宏年「バルン氷河紀行」　潤一郎新々訳源氏物語　世界の文化　日本の歴史　日本の合戦　歴程詩集　折口信夫全集　フローベール全集　町春草「たのしい書」　少年少女日本の歴史　世界の名著　西域探検紀行全集　「日本の美術」創刊　世界の戦史　世界の遺跡　立川昭二「鉄」　新十八史略　世界の名画　洋画１００選　角田房子「アマゾンの歌」　講談社国語辞典　林屋辰三郎「日本　歴史と文化」　人物・日本の歴史　角川日本史辞典　ジュニア版日本の文学　日本詩人全集　日本の文学　中国の思想　旺文社国語実用辞典　中国文学名作全集　日本文学の歴史　日本古典文學大系　近代日本の文豪　小島直記「岡野喜太郎伝」　日本短篇文学全集　吉川幸次郎全集　新潮日本文学小辞典　新版西洋美術史　新潮世界文学　奈良六大寺大観　現代日本文學大系　新異国叢書　牛島秀彦「アメリカの白い墓標」　工藤一三「柔道の技法」　定本モラエス全集　美術文化シリーズ　岩波講座　世界歴史　日本の名著　世紀別日本と世界の歴史　児島桂子「一死刑囚への祈り」　現代日本の文学　県史シリーズ　角川国語辞典　新版　モラエス「おヨネとコハル・徳島の盆踊（抄）」　有吉佐和子選集

茶道美術全集　現代版画　日本高僧遺墨　池大雅「瀟湘八景扇面帖」　豊田穣「長良川」　東西文明の交流　岩波国語辞典 第二版　特選名著複刻全集 近代文学館　複刻日本古典文学館　日本の花木　日本古地図集成　永野重雄「和魂商魂」　小高根二郎「詩人伊東静雄」　世界紀行文學全集 豪華保存版絵巻・日本の歴史　石森延男児童文学全集　嵯峨野　手塚富雄全訳詩集　藍紙本萬葉集　陶磁大系御物集成　藤田信勝「余録抄」　トルストイ全集　野村尚吾「伝記 谷崎潤一郎」　文房四宝　管野邦夫「草木と遊ぶ」　美術研究完全復刊　日本国語大辞典　日本庶民文化史料集成　CLASSICA JAPONICA　現代韓国文学選集　現代日本文学アルバム　堀勝彦「写真集 アンナプルナ・ヒマール」雅楽　アイヌ絵集成　久松潜一監修「萬葉集講座」　全釈漢文大系　彦火火出見尊繪巻　田中仙翁「茶の心」　深井晋司「ペルシアのガラス」　蔵書版新字源　日本生活文化史　芹沢光治良作品集　大乗仏典　韓国美術全集　中国怪奇全集　入江泰吉「萬葉大和路」　顔真卿祭姪文稿　野村尚吾「浮標燈」　石坂洋次郎「わが日わが夢」　人物日本の歴史　覆刻渡辺崋山真景・写生帖集成　角川日本史辞典第二版　故宮博物院　新修日本絵巻物全集　船山馨小説全集　考古の旅　ローマの噴水　芝木好子作品集　原色茶道大辞典　ほるぷ日本の名画　ウエハラ・ユクオ「ハワイの声」　覆刻日本の山岳名著平田郷陽作品集「衣裳人形」　コンサイス世界年表　石田茂作「聖徳太子尊像聚成」　貝塚茂樹著作集角川蔵書版辞典セット　岸哲男「萬葉山河」　奥野健男文学論集　小松茂美「平家納経の研究」　唐墨名品集成　油井一二コレクション 美の宝庫　石黒孝次郎「古く美しきもの」　日本原始美術大系　郭沫若選集　壬辰戦亂史　加藤義一郎「茶盌抄」　高専柔道の真髄　佐多稲子全集　現代日本画家素描集創作陶画資料　茶の本　入江泰吉「佛像大和路」　国宝綴織当麻曼荼羅　日本書蹟大鑑　敦煌への道

日本文学全史　藤島亥治郎「塔」　瓜生卓造「スキー風土記」　東山魁夷画文集　源豊宗「日本美術史論究」　新修大津市史　講談社インターナショナル　昭和萬葉集　吉川靈華画集　桑田忠親著作集　平山郁夫「現代日本巨匠選　浄瑠璃寺」　春名徹「にっぽん音吉漂流記」　小島烏水全集　在外日本の至宝　加藤楸邨全集　小松茂美「国宝元永本古今和歌集」　日本現代文學全集　敦煌莫高窟　蔵　陳舜臣「中国の歴史」　速水御舟《作品と素描》　升本順子「シルクロードの女たち」　竹内栖鳳　中国の博物館　梅原猛著作集　日本大歳時記　未完の対局　松本和夫「シルクロード物語」　近代文人の書画　會津八一全集　複刻日本の雑誌　石元泰博「湖国の十一面観音」　草人木書苑　草人木書苑　染織大辞典　広漢和辞典　古典大系　日本の指導理念　安嶋彌「虚と実と」　日本の原爆文学　長澤和俊「シルクロード踏査行」　前田千寸「復刻版　日本色彩文化史」　富岡鐵齋印譜集「魁星閣印譜」　エポカ　密教美術大観　木本誠二「謡曲ゆかりの古蹟大成」　D&R・ホワイトハウス「世界考古学地図」　大谷家蔵版新西域記　復刻版　末永雅雄「日本史・空から読む」　魯迅全集　観音経絵巻　秘仏十一面観音　新潮世界美術辞典　アジア歴史事典　新撰墨場必携　世界の民話　石田幹之助著作集　文人書粋編　中国篇　遥かなる文明の旅　葉上照澄「願心」　河村藤雄「六代目中村歌右衛門」　日本現代詩辞典　樋口隆康「シルクロード考古学」　黄河図　昭和文学全集　少年少女世界文学館　裘沙画集「魯迅の世界」　松田壽男著作集　日本の絵巻　原色茶花大事典　学習漫画　中国の歴史3　鑑賞中国の古典　冬青　小林勇画集　「科学と文芸」復刻版　「新しき村」復刻版　小松茂美「古筆学大成」　秋岡コレクション　世界古地図集成　加藤勝代「わが心の出版人」　影印本　天王寺屋会記　明治文學全集　小松茂美「日本絵巻聚稿」　浦西和彦・浅田隆・太田登「奈良近代文学事典」　日本の名随筆　岩波講座　現代中国　田川純

補遺

別巻補遺

井上靖全集

別巻

自作解説

「井上靖小説全集」自作解題

第一巻

「猟銃」「闘牛」を発表したのは昭和二十四年ですから、それから今日までに、いつか二十四年の歳月が経過しています。「猟銃」「闘牛」共に何回も手を入れ、何回も清書した作品で、それ以後今日までにこのように推敲を加えた作品はありません。どこへ発表するといった当てもなく、とにかく書くだけは書いてみようと思って、ペンを執った作品です。

「猟銃」は私の文壇的処女作として一流誌に発表され、第二作「闘牛」は芥川賞受賞作となって、いわゆる出世作と言われる幸運を担いました。しかし、いずれも書いている時は、自分にとって、このような役割を果してくれる作品とは夢にも考えてはおりませんでした。その頃のこの二作に対する私の願いは、どうか活字になって貰いたいということで、好評を得ようとか、作家として認められようとか、そうした気持はみじんも持っていませんでした。

終戦と共に、私には熱病にでも取り憑かれたように、詩でも、小説でもやたらに書きたい、ふしぎな時期が始りました。そして、それが二十四年頃まで続きました。その間に「猟銃」「闘牛」の二篇の小説と、三十篇ほどの詩を書きました。「闘牛」の第一稿ができたのは二十二年であり、「猟銃」の第一稿ができたのは二十三年であります。このほかに、「通夜の客」「漆胡樽」「比良のシャクナゲ」「早春の墓参」といった作品は、ペンこそ執りませんでしたが、一応の構成は頭の中ででき上がっておりました。今考えても、何ものかに取り憑かれた、ふしぎな酩酊の季節でありました。この期間に生れた詩は、詩集「北国」の大部分を占めております。

もし戦争がもっと続いていていたら、作家としての現在の私はないと思いますし、もしもっと早く戦争が終っていても、私が果して詩や小説を書くようになったかどうかは、甚だ怪しいとしなければなりません。

そして、このふしぎな季節が四、五年続いて、そろそろそうした時期が終ろうとした頃、それを発表できるような幸運に見舞われたということになります。

言うまでもなく、創作活動の上では、この時期が私の青春と言うほかありません。「闘牛」も、「猟銃」も、三十篇の詩も、作家としての私の青春期の所産であります。それから二十四年経った現在、これらの作品を読み返してみると、幼く感じられるところもあれば、書き足りないと思われるところもあります。しかし、また一方で、現在の私には書けない初心の眩しさのようなものがあることも確かです。私は自分が書いた作品の多くのものに、何年か経って手を入れておりますが、この初期の二つの小説だけには手を入れることを控えております。よかれ、悪しかれ、青春の落款がはっきりと捺されてあるからであります。

「その人の名は言えない」は昭和二十五年五月から九月まで、「夕刊新大阪」に連載した小説です。芥川賞を受けたのは二月で、それからどれほども経たない五月から新聞小説を書き出すことはたいへんな冒険でしたが、敢てこれを為したのは、「闘牛」の材料を得たのが、他ならぬこの「夕刊新大阪」であり、その取材に当って全面的に力を藉してくれたのが、この新聞の幹部であった小谷正一氏であったからです。最初の新聞小説の舞台を提供してくれるという同紙の申出に対し、私はその好意にも応えなければならなかったし、お礼の意味から言っても、どんなに多忙であれ、悦《よろこ》んで引受けなければならぬ立場にありました。

この二十五年という年は、私の生涯で最も忙しい、最も緊張した年であったと思います。私はこの年に「文藝春秋」に「黯い潮」を連載しておりますし、「比良のシャクナゲ」「漆胡樽」「早春の墓参」等六篇の短篇小説を文芸雑誌や綜合雑誌に発表しております。そしてこの他に、「死と恋と波と」ほか十篇の小説を読もの雑誌に書いております。

「その人の名は言えない」はこうした中での執筆であり、かなり体力を要する仕事でありました。こんどこの小説を読み返してみて、作品のよしあしより、まずその頃の、やはり一種のエネルギーに貫れていたと言うほかないふしぎな明暮れを思い出しました。

いまは、そうした仕事の仕方はできませんし、そうした仕事の仕方を決していいとも思いませんが、それが二十五年という年における、私という作家の、どうにもならぬ〝現実〟でありました。

「その人の名は言えない」を第一作として、私はその後たくさんの新聞小説を執筆する運命を荷いました。もしこの小説を書いていなかったら、私は新聞小説を書くようになったかどうか判りません。そういう意味では、私にとって甚だ運命的な作品であったと思います。この小説に登場している人物は、男も、女も、その後、それぞれ多少形を変えて、いろいろな小説に登場して来るようになります。そういう点から言っても、私にとって、この作品は一つの運命であったと言うほかありません。

（昭和四十九年一月）

第二巻

「黯い潮」は昭和二十五年七月から十月まで「文藝春秋」に連載したものである。この年の二月に私は「闘牛」で芥川賞を受けており、私としては綜合雑誌への最初の登場であった。私はまだ作家として一本立ちはしていず、毎日新聞社に籍を置いていた。殆ど社には出ないで、実質的には文筆生活にはいっていたが、しかし、まだ新聞社の禄を食《は》んでいて、新聞記者から足は洗っていなかった。「黯い潮」は作品としての主題は別にあるが（これは読んで戴けば判る）、それにしても大部分の分量を下山事件に関することに割いているので、一応まあ、下山事件を小説の形で取扱ったものであると言える。

下山事件の最初の報道が為されたのは二十四年七月七日付の朝刊各紙に於てであった。「黯い潮」を書き出したのは事件が発生してから丁度一年経過した時で、下山事件はまだ発生時の生々しさを失っていなかった。

この事件の報道に於て、毎日新聞は自殺の線で取材し、朝日新聞は他殺の見方で毎日の紙面を作っていた。それから二十年を経過した今日でも、この事件は相変らず謎に包まれたままで、いろいろな推理によって、自殺とか、他殺とか言われているが、真相は判っていない。今後、歳月が経過するに従って、つまり事件発生時から次第に遠ざかって行くにつれて、真相はますます判りにくくなって行くのではないかと思われる。

私は毎日新聞社に勤めていた関係で、事件の取材に直接タッチした二人の若い記者から、捜査の経緯とか、いかなるわけで自殺という見方で固めて行かなければならぬかとか、そうしたことを何回かにわたって話して貰った。当時自殺事件としての見方を持っていたのは警視庁の現場にタッチしている刑事たちであり、そして毎日新聞社の若い社会部記者、増田滋、今井太久弥両氏であった。そしてこの二人の取材活動とその見識を高く評価し、紙面の責任者として毎日の紙面を作っていたのは社会部デスクの平正一氏であった。と言って、新聞社全体の空気が必ずしも自殺説を支持していたわけではない。戦後いくばくも経っていず、当時の特殊な政治情勢の下にあっては、国民の大部分が他殺事件であるに違いないという見方をしていたし、誰もがそういう見方をしたい時期であった。

私は増田、今井両氏に何回も会っているうちに、自分の信じていることを曲げないで報道しようとする若々しい情熱と純真さに打たれて行った。他紙に於て他殺説を支持する記者たちも、同じように自分を賭けていたことであろうと思うが、私は他紙の記者からは話を聞かず、専ら増田、今井両氏を取材源とした。毎日新聞が紙面を作って行くその立場から下山事件を見ようというのが、私の小説家としての態度であった。

当時、私は下山事件が今日見るような迷宮事件としての運命を持っていようとは思っていなかった。二、三年のうちに、それが自殺事件として解決するであろうと簡単に考えていた。

もし、当時自分が小説に取扱おうとしている下山事件が、二十年後にも未だに真相が判らないといった運命を持つものであると予見できたら、おそらく別の取扱いをしたことであろうと思う。正面から下山事件と組んで、小説は社会小説、政治小説としての性格を色濃いものにしたであろうと思う。三鷹事件、松川事件と、不可思議な事件が次々に起った戦後日本が持った一時期と正面から組まなかったら、下山事件は追求できなかった筈である。そして作者としての自分の主張が小説全体に漲《みなぎ》っていなければならないのは当然である。

「黯い潮」においては、私はそうした態度はとっていない。一新聞社の若い純真な記者たちの取材活動と、その信念を通して下山事件発展の経緯を辿り綴《つづ》ったに過ぎない。が、その事件の発展経緯にはいかなる作為も加っていないし、誤ったことも書かれていない。事件が事件であり、事件発生後一年しか経っていない時期であったので、当然いかなる事実との違いも許されなかったのである。事件は「黯い潮」に描かれているように発生し、捜査され、取材され、そして迷宮事件としての歩み方をして行ったのである。描かれていないのは、先述したようにこの事件の背景をなす特殊な時代と、その社会情勢、政治情勢である。それらのくろぐろとした潮のぶつかり合いを書くとすると、全く別種の小説になる。

この小説の登場人物はすべて作者の創作である。私が取材した増田、今井両氏にしても、小説の中では二人が話したことも入り混じっているし、その性格、人柄も入り混じっている。従って主人公の速水を、当時の社会部デスク平正一氏と同一視されては困る。私は後になって平正一氏とは親しくなり、この事件について話し合う機会も何回か持ったが、「黯い潮」執筆時には意識して、氏と面識を持たなかった。速水という主人公を自由に描きたかったからである。

また作中に出て来る古代色彩文化史の研究家佐竹雨山およびその娘景子も作者が創作した人物である。ただ古代色彩文化史の研究は、中学時代の恩師前田千寸《ゆきちか》氏の生涯にわたる研究をお借りし、前田千寸氏の風貌人柄のある部分は佐竹雨山に写している。旧師への敬慕の思いがそのように為させたのである。

（昭和四十八年九月）

第三巻

本巻に収めた二十数篇の作品は、「ある兵隊の死」を除いて、他はいずれも昭和二十五年から二十六年前半にかけて発表したものばかりであります。私は二十五年二月に「闘牛」によって芥川賞を受け、受賞後の第一作として「比良のシャクナゲ」を「文學界」三月号に発表していますので、本巻収録作品は芥川賞受賞後一年三、四カ月ほどの間の仕事ということになります。この期間に、これらの作品とは別に「その人の名は言えない」を「夕刊新大阪」に、「黯い潮」を「文藝春秋」に連載しており、随筆や詩も何篇か発表していますので、今振り返ってみると、よくこんなに注文に応じて筆を執ったものだと思います。このほかに歴史小説の巻に収めた「漆胡樽」という作品も、この期間に書いたものであります。

作品の発表舞台は、文学雑誌、綜合雑誌、読物雑誌、新聞、週刊誌、広告雑誌、雑多であります。多少発表誌によって、作品に向う姿勢を変えておりますが、二十三、四年後の今日読み返してみると、文学雑誌に書いたものも、読物雑誌に書いたものも、質の上でも、形の上でも、さして変りはありません。机の前に坐り直して書いたものも、リラックスな構えで書いたものも、要は作品に生命が通っているかどうかで、作品の出来、不出来にはいささかも関係ないようであります。

どの作品の題名からも、それを書いた時のことが思い出されて来ますが、さして苦しい思い出はありません。これだけたくさん仕事ができたということは、精神的にも、肉体的にも、これだけたくさんの作品を生み出し得る状態にあったということになりましょう。現在、私はこのような仕事の仕方をしようとは思いませんし、またこのような仕事の仕方をいいとも思いませんが、しかし、二十五年から二十六年前半にかけては、こうすることが、私には必要でもあり、自然でもあったと思います。このような仕事の仕方は、まだこれから先き三年ほど続きます。

こうした多作時代から何を得たか、こう人から訊かれたら、私はこれだけたくさん書いたことによって、自分の中に詰まっていたものを一応全部吐き出して空っぽにすることができたと答えるでしょう。実際にこの多作時代のお蔭で、小説を書くようになるまでの四十三年の人生に於て、私の内部に溜りに溜っていたものを全部吐き出すことができたように思います。そしてその溜っていたというものは、どれも小説の形に於てしか吐き出せなかったものであったに違いないと思います。

そういう意味で、朝から晩まで机に向って、ペンを執っていた私の生涯におけるこの不思議な多忙な季節を、私はいま堪らなく懐《なつか》しいものとして思い出します。この季節は、言うまでもなく作家としての私の青春の時期であります。人によって、人生における実際の青春と、作家としての青春とが合致する場合もあれば、私のように大きく食い違う場合もあります。大江健三郎氏や石原慎太郎氏の場合は、実人生の青春期と作家としての青春期がぴったり重っている幸運な作家であると言えますが、初老期にはいろうとする頃小説を書き出した私としては、両者の食い違いは已《や》むを得ないことでありました。私は大江氏や石原氏より遅い時期に慌しく青春を迎え、慌しく青春を過したということになります。そういう意味では本巻に収めた作品は、作家としての私の慌しい青春期の所産であります。これだけたくさん書かないと、私は自分の青春を短期間に通過することができなかったのでありましょう。

（昭和四十九年五月）

第四巻

「ある偽作家の生涯」は「新潮」昭和二十六年十月号に発表した小説です。私の作家生活の中で最も忙しい時期の所産であり、同じこの年に発表した「澄賢房覚書」や「玉碗記」と共に、いろいろな意味で忘れ難い作品であります。この年は長篇小説としては「白い牙」、「戦国無頼」、「霧の道」を連載し、その他に三十一篇の短篇小説を書いております。文字通り多作の一年であります。

そうした多作生活の中で、現在考えると、いくらか奇妙に思われるほどの意気ごみ方で作品に立ち向ったのが「ある偽作家の生涯」、「澄賢房覚書」、「玉碗記」の三篇であります。いずれも、それまでに書いて来た作品と較べると構成的でもあり、考証的なものを持った作品とも言えるかも知れません。どこかに知的な装いと組立てを持ったものを、私は堪まらなく書きたくなっており、それをこの三篇の作品に於て試みたということになります。

　これらの作品は発表した時ははかばかしい反響はありませんでしたが、この三篇に前年に発表した「漆胡樽」を加えて、短篇集「ある偽作家の生涯」として、この年の終りに創元社から出版しますと、予想外の好評を得ました。殆ど否定的な批評はなく、新人の一つの新しい仕事であるというような見方をされました。そういう意味ではたいへん幸運な短篇集であり、たいへん恵まれた作品たちと言うほかありません。

　私は後年ごく自然に歴史小説を書くようになって行きますが、それはこの時期に、これらの作品を書いていたからであり、そしてその仕事が暖く見守られるという幸運を持ったからであります。「玉碗記」、「澄賢房覚書」は他の巻に収められているので、ここでは触れません。「ある偽作家の生涯」についてだけ記しましょう。

「ある偽作家の生涯」はこの年八月、郷里伊豆の湯ケ島の家の二階で、半月ほどかかって書き上げました。その頃健在であった父が、私が書いてゆくはしから清書してくれました。百枚ほどの原稿でしたが、それに再び手を入れるのが躊躇《ちゅうちょ》されるほど、父は楷書できちんと書いてくれました。そんなわけで、父の清書を持って東京に帰り、父の見ていないところで、それをまっ黒にしたものです。

　この作品の主題は大阪の新聞記者時代から持っており、そのメモも何年かしまってありました。小説に書かれてある話は全く架空の物語でありますが、この作品のヒントは橋本関雪画伯とその偽作者との関係から得ております。

　私は新聞記者時代、美術を担当していた関係で関雪画伯と面識があり、氏のお宅に屢々《しばしば》参上していました。そんな関係から、関雪画伯の歿後、嗣子の節哉氏に頼まれて、二人で関雪画伯の作品を愛蔵している人たちの多い地方を旅し、一軒一軒、所蔵家を訪ねて、ほん物か偽物かを区別して廻ったことがあります。二十二年の秋のことで、この旅の模様は、ほぼそのまま小説の中に入れてあります。今考えると奇妙な旅ではありましたが、しかしなかなか面白くもあり、楽しくもある旅でした。その旅に同行した節哉氏も今は故人になっております。

　この巻には、「新潮」二十七年七月号、八月号に二回にわたって発表した「暗い平原」が収められております。この作品もまた「ある偽作家の生涯」とは別の意味で、詩的直感とか、詩的感覚とかいったものを前面に押し出した、私としてはたいへん意気ごんで書いた作品であります。これも郷里伊豆の家の二階で書き、父に清書して貰いました。この作品は発表した時も、単行本になった時も、はかばかしい反響は得ませんでした。しかし、それから何年も経ってから、一部にこの作品を評価してくれる人たちがあることを知りました。

　それはともかくとして、私はこの時期に、これを書いておいてよかったと思います。この時期でないと書けない作品であり、作者の最も愛著のある作品であります。最近自選集を一冊編みましたが、それに収めた長篇小説三篇の中にこの作品を入れております。「暗い平原」を書いていなかったら最近の「夜の声」、「四角な船」といった一連の作品は生れなかったかと思います。そしてこれからもまた、私は「暗い平原」的な作品を書いて行くのではないかと思います。こうした書き方でないと取扱えないもののあるのを、最近しきりに感じているからであります。

（昭和四十九年七月）

第五巻

私は昭和二十五年二月に「闘牛」という作品で芥川賞を受け、翌二十六年五月に、それまで勤めていた毎日新聞社を退き、以後小説家として一本立ちになっています。芥川賞を受けた二十五年から二十六年、二十七年にかけてが、私の生涯で一番たくさん仕事を発表した時期であります。本巻に収めてある「戦国無頼」は、二十六年八月から二十七年三月にかけて、「サンデー毎日」に連載したもので、今になって振返ってみると、乱戦の中の所産といった感を深くします。

私はその頃、いわゆる純文学作品なるものも、中間小説も、娯楽小説も、さして区別することなしに書いていました。娯楽雑誌には娯楽小説を、文学雑誌には文学作品をと、注文に応じて小説を書いていたようなところがあります。折角、芥川賞作家として出発したので、純文学一本にしぼって仕事をして行くべきだと言ってくれる人もありましたが、しかし、中間小説は中間小説で書いていて面白いし、読物は読物で書いていて面白く、純文学の仕事とはまた異った魅力がありました。そういう点、私は余り窮屈には考えていませんでした。仕事への没入の仕方も同じであり、読物は読物で夢中になって取組んだものです。

「戦国無頼」に取りかかった二十六年には、「ある偽作家の生涯」「玉碗記」「白い牙」「澄賢房覚書」「利休の死」といった作品を文学雑誌に書いていますし、「霧の道」「黄色い鞄」「傍観者」等のいわゆる中間小説や読物も書いています。年譜で見ると、三つの月刊誌連載小説のほかに、三十篇ほどの短篇小説を活字にしています。この点についても、厳しく私の多作をいましめてくれる友人もありました。しかし、今考えてみると、さして無理をしないでも、次から次へと作品を生み出すことができた不思議な時期であったと言う方が正しいようです。

最近この時期の作品を読み返す機会を持ちましたが、面白いことには概して読物雑誌や中間雑誌に発表したものの方が生き生きとしていて、作品として纏《まと》まっているものが多く、肩を張って書いた文学雑誌掲載作品の方に失敗作が多いようです。二十年ほど経ってみると、文学作品にも、中間小説にも、読物にも、さして区別は感じられません。慌しく締切に迫られて書いたものでも生命のあるものは生きており、正面から取組んで推敲に推敲を加えたものでも、生命ないものは、正直なものでむざんな屍を曝して横たわっていると思いました。

ただ現在の私は、読物の形で小説を書くより、読者へのサービスをぬきにした形で小説を書く方に気持が向かっています。これは言うまでもなく年齢のためであって、私が老いたということでありましょうか。そういう意味では「戦国無頼」は私の若かった日の作品であり、もう再び書くことのない、あるいは書くことのできない作品と言えましょう。読み返してみると、そうした眩しさを感じます。

「風林火山」は「戦国無頼」を完結した翌年の二十八年から二十九年にかけて「小説新潮」に発表した作品です。これもまた「戦国無頼」と同様に、読物の形で綴った中間小説であります。共に、読者を楽しませると言うより、書いていて、まず自分が楽しんだ作品です。この種の作品は、この二作の他に「風と雲と砦」「兵鼓」、それから京都大学の学生の頃書いた「流転」と、三つの作品が数えられます。いずれも歴史を舞台に借りて、主人公を物語の中に投げ込んで、それぞれの人生行路を歩ませています。他に「淀どの日記」という作品がありますが、これは茶々という実際の歴史上の人物を取扱っていますので、「戦国無頼」や「風林火山」のような自由な物語の展開はありません。

「戦国無頼」の五人の主要登場人物はみな作者の創り出したものであります。「風林火山」もまた同様です。この方は主人公が山本勘助という人物一人にしぼられていますが、これも作者が生み出したものであります。山本勘助に関する伝承や記述（「武田三代記」）はありますが、果して山本勘助なる人物が実在したかどうかとなると、甚だ怪しいとしなければなりません。おそらく山本勘助という名を持った人物は武田の家臣の中にあったかも知れませんが、その性格や、特異な風貌は「武田三代記」の作者の創作ではないかと、一般に見られています。

（昭和四十八年六月）

第六巻

「あすなろ物語」について

私の郷里は伊豆半島の天城山麓の小さい集落である。現在は天城湯ケ島町と呼ばれて温泉町として知られているが、私が生い育った頃は無名の一山村に過ぎなかった。

私の郷里の伊豆地方では、槙の木のことをあすなろと呼んでいる。天城山にもあすなろの大木がたくさんあるが、いずれも槙の木である。私の家の門をはいったところにも槙の木の古木があるが、幼い時からあすなろと呼んでいた。太い幹が空洞になっていて、私たちは幼い時、毎日のようにその空洞の中にはいって遊んだものである。

あすなろという木は、あすは檜になろう、あすは檜になろうと、毎日のように念願しているが、ついに永遠に檜になれぬ木であるという話を聞いたのはいつ頃のことであろうか。小学校の上級生頃か、中学校に進んだばかりの頃か、いずれにせよ、そのくらいの年齢の時ではなかったかと思う。あすなろという木の持つこの悲劇的な性格が強く心に刻まれ、その後あすなろという木を特別なものとして見るようになった。広辞苑を繙いてみると、あすなろには翌檜という字が当ててあり、ヒノキ科の常緑喬木羅漢柏（ひばの一種）のことだと記してある。翌檜という字を当ててあるのは、言うまでもなく、あすは檜になろうと念願している木であるという話に拠ったものであろう。が、いずれにせよ、これに依ると、あすなろは槙の木ではなくて、羅漢柏ということになる。従って伊豆地方であすなろと呼んでいるのは真物のあすなろではないらしいが、いつ、いかにしてこのような間違いが起ったのか、験べてみたら面白いだろうと思う。

真物の羅漢柏の〝あすなろ〟の大群落にお目にかかったのは、下北半島を旅行した時である。その旅から「アスナロウ」という一篇の詩を得ている。

下北半島のアスナロウの林をジープで走った。夕方から雪が落ち、突端の小さい部落へはいった時は吹雪になっていた。同行した森林管理人は宿の土間で、ゴム長の雪を払いながら、アスナロウの交配が寒中、このような吹雪の中で行われるということを語った。私は昼間通り抜けた鬱蒼たる大原始林が雪に降り込められているさまを目に浮かべながら、絶えてない解放された思いに打たれた。そこでは生と死はスポーツのように軽快であった。どうしてこのようなことに気付かなかったのか。太古から死はまさしく吹雪のように空間を充満して来るものであったし、その中に於て、生はアスナロウの花粉のように烈しく飛び交うもの以外の何ものでもなかった筈だ。

真物のあすなろは、私が詩で書いているように、なかなか逞しい木である。この下北半島があすなろの本場であるらしいが、これがいつか能登半島に移植されて、現在能登半島も下北半島に劣らず、あすなろの大樹林を持っている。能登では、あすなろのことを〝あて〟と呼んでいるが、能登に行った時、この名の謂《い》われを聞いたことがある。下北半島のあすなろは藩政時代には他国へ移植することは禁じられていたが、明治になってから初めて能登へ移植した。が、どういうものか、あすなろは能登では容易に根付かなかった。それにこりず数年間移植し続けているうちに、たまたまそのうちの一本が当って、みごとに生育し、今日の繁栄を見るようになった。そういうことから、能登ではあすなろのことを、たまたま当ったという意味で、〝あて〟と呼ぶようになったのだということであった。

それはともかくとして、伊豆で育った私は、あすなろと言えば槙の木を眼に浮かべるし、伊豆の人たちも今日依然として、槙の木をあすなろと呼んでいる。私には下北半島や能登半島のあすなろより、伊豆のあすなろの方があすなろらしく思われる。幼い頃からそう思い込んで育ったので、それは間違いだと知っても、そう簡単に改めるわけには行かない。それにあすなろ説話の持つ悲劇的性格には、下北半島や能登半島の大群落をなしているあすなろより、伊豆地方の雑木の中に立ち混じっている孤独なたたずまいのあすなろの方がぴったりしている。

小説「あすなろ物語」は鮎太という主人公の少年が、青年期、壮年期と生い育って行く過程を、六つの時期に分けて、小説の形に綴ったものである。あすなろと同じように、いつの時期も、鮎太の周囲にはあすは何ものかになろうとしている人たちが多勢いるが、なかなか何ものにもなれないという物語である。人間というものは、みなあすなろである。鮎太もまた例外ではない。

この小説は昭和二十八年に「オール読物」に六回に亘って連載したものである。六つの挿話とも、その舞台や環境は私自身のものを使っており、到るところに自分の経験したことも取り入れてあるが、物語は完全なフィクションである。従って、形は何となく自伝小説風であるが、自伝小説とは言えない。事実と虚構がふんだんに入り混じっている。私はずいぶん沢山の小説を書いているが、これほど事実と虚構が、経験したことと全くの想像の所産が、絨毯の絵模様のように織り混ざっているものは他にない。

それではこの六つの挿話の中に居る主人公はあなたではありませんねと開き直って訊かれると、そうです、私ではありません、しかし、私以上に私かも知れませんとでも答える以外仕方ないような気がする。ここには、私自身より、もっと私に似た私が書かれているかも知れない。「あすなろ物語」はこういう意味で、作者にとっては特殊な小説である。

（昭和四十七年十一月）

第七巻

「あした来る人」は昭和二十九年三月から十一月まで、約九カ月にわたって「朝日新聞」の朝刊に連載したものです。新聞小説としては、「その人の名は言えない」「緑の仲間」「風と雲と砦」「若き怒濤」「戦国城砦群」に続く第六作で、中央紙の朝刊連載小説としては最初のものです。

私は昭和二十五年二月に「闘牛」によって芥川賞を受け、二十六年五月に、それまで勤めていた毎日新聞社を退いて、作家として一本立ちになっています。それから二十七年、二十八年、二十九年と多作時代が続いています。読物も書き、文学作品も書き、現代に取材したものも、歴史に取材したものも書いています。作家としてある安定した地位を得るために、作家は誰でも多少多作せざるを得ない時期というものがあるようですが、私の場合は、その時期が「あした来る人」執筆の頃であったかと思います。そうした点から言えば、奇妙な言い方ですが、この作品は乱戦の中の所産であり、この作品あたりを最後として、次第に多作時代から脱け出しています。

この小説では二人のモデルを使っています。一人はカジカの研究家の曾根二郎で、その性格、風貌を高等学校時代の柔道部仲間の親しい友人Ｓ君から借りました。ソニャアンという愛称までも、そのまま使わせて貰いました。もちろん小説の中で書かれていることはすべてフィクションであって、Ｓ君にこのような事件があったというわけではありません。ただその人柄と、身につけている雰囲気を借りて、曾根二郎という人間を造型したということになります。一方彼が携っているカジカの研究については、当時資源科学研究所におられた渡部正雄氏から、そのすべてについて教えて戴き、論文をお借りしたり、相談に乗って頂いたりしました。氏の貴重な研究時間を妨げたこと大なるものがあったと思います。

もう一人は老実業家の梶大助です。この人柄、風貌も、私が日頃畏敬してやまなかった実業家杉道助のそれをお借りしました。この場合もまた、小説に書かれていることは全く架空な、根も葉もないことですが、杉道助氏にはその点多少の御迷惑をおかけしたかと思います。

「井上さん、お蔭で、僕は方々に行って、弁解ばかりしていますよ」

氏は私の顔を見る度に笑いながら言われました。しかし、いつも最後に、

「小説がよくなるなら、まあ、私をどういう使い方をして下さっても結構です。ただし、殺人だけはさせないで下さいよ」

ということを付加えることを忘れませんでした。曾根二郎のモデルのS君の方は、

「なるべくいい役を頼むよ。もっとめざましく美人に惚れられるというわけにはゆかんかね」

こういう調子でした。ソニャアンのソニャアンたるところでありました。

いまは私が尊敬してやまなかった二人のすばらしい人物、曾根二郎のモデルのS君も、梶大助のモデルの杉道助氏も、共に故人になっています。この小文を綴りながら、当時のことを思って、まことに感深いものがあります。

それからこの小説には、何よりも山に登ることを生甲斐としている大貫克平が登場します。この小説を書くまで、私は山というものにも、登山家というものにも、無知であり、無縁でありました。偶然のことから登山家として知られている加藤泰安氏と知り合いになり、登山家というものに大きい魅力を感じました。小説で大貫克平はヒマラヤ行きを計画し、実際に小説の終りで羽田から出発して行きますが、登山に関する知識のすべては、加藤泰安氏から得たものであります。

このあと昭和三十一年の秋から三十二年にかけて、正面から登山を取扱った「氷壁」を同じ「朝日新聞」に連載することになり、私自身、おくれ馳せながら登山のまね事をするようになりますが、こうしたことになるのも「あした来る人」でヒマラヤに登ろうと羽田を発ってゆく青年たちを描いたためであります。また昨年（四十六年）の秋、ヒマラヤ山地に足を踏み入れ、四〇〇〇メートルのエベレストの麓まで、小型飛行機の助けをかりて登りましたが、こうしたことももとを質せば、「あした来る人」の克平君のお蔭であり、その時お世話になった加藤泰安氏のお蔭であります。

「あした来る人」は、私の新聞小説としては一応の成功を収めたものかと思います。この作品が厖大な読者を持つ新聞の小説

として及第点をとったお蔭で、それ以来、ずっと今日まで、私は新聞小説を書き続けて来るような運命を担いました。作家として、それがよかったかどうかは判りませんが、「あした来る人」という小説は、私にとっては、やはり大切な作品ということになります。

（昭和四十八年一月）

第八巻

「海峡」は三十二年から三十三年にかけて「週刊読売」誌上に連載したものです。三十三年三月に、この小説の終りの部分の取材のために、下北半島に旅行しました。たいへん楽しい旅でした。同行者の一人、挿絵を受持って下さっていた福田豊四郎画伯は今は故人になられております。この時の旅の模様は「雪の下北半島紀行」と題して、「旅」三十三年七月号に書きました。取材旅行というものがいかなるものか、また取材を作品の中にどのように取扱うか、そうしたことを知って頂くために、「雪の下北半島紀行」を再録することにしました。

（昭和四十八年十月）

「雪の下北半島紀行」

（以下略。本全集第二十六巻参照）

第九巻

「黒い蝶」は昭和三十年十月に、書下し長篇小説として、新潮社から出版されたものです。その後書下しの形で作品を発表していませんので、今までのところでは、この「黒い蝶」が私のただ一つの書下し長篇小説ということになります。

この小説の大部分は、郷里伊豆の古い家の二階で書きました。私は二十五年に芥川賞を受け、二十六年に、それまで勤めていた毎日新聞社を退いて作家として一本立ちになっています。従って、「黒い蝶」を書いたのは、芥川賞を受けてから六年目、作家として立つようになってから五年目であります。この作品を書く前年あたりまでは、私の生涯で最も忙しかった時期で、今考えると、どういう気持で、あのようにたくさん小説を書いたのかと思うくらい、昼も夜もなく、いつも締切りに追われて小説を書いていました。そして、さすがに、このような仕事をしていてはいけないという気持になり、締切りに追われない形で小説を書けないものか、ごく自然にこういう気持が生れて来ました。

私は毎月何日かを「黒い蝶」執筆のためにさくことにし、その間だけ東京の書斎から離れて、郷里の家で過しました。私が書いた原稿を、当時まだ健在だった父が浄書してくれました。父が浄書してくれたものに、更に私が手を入れると、それをまた父が浄写してくれました。父はたいへん几帳面な性格で、少しでも手を入れてある原稿は我慢できないらしく、私が次に郷里の家へ行くと、それまで書いた原稿が一字の直しの跡もなくすっかりきれいになって、二階の部屋の机の上に載せられてあったものです。新潮社の担当記者は新田敞氏で、氏もまた度々伊豆の私の仕事部屋に顔を出し、終始相談相手になってくれたり、時には父と机を並べて、原稿の浄写まで手伝ってくれました。

結局のところ、書き始めてから書き終るまでに、一年近くかかったと思います。二階の仕事部屋から見える天城の稜線に秋の雲がかかっている時もあり、庭の梅が白い花をつけている時も、百日紅が薄紅い花をつけていた時もありました。今考えてみると、何とも言えず気持のいい仕事の思い出です。今も帰省して、郷里の家の二階へ行くと、当時のことが思い出され、父の協力と、新田敞氏の鞭韃がなかったら、「黒い蝶」は生れなかったという思いを新たにします。

「射程」は、「黒い蝶」に引き続いて、「黒い蝶」を上梓した翌年の一月から雑誌「新潮」に、一カ年に亙《わた》って連載したものです。「黒い蝶」「射程」共に、同じような主題と傾向を持つ作品で、物語を文学に高めようとする、私としては私なりに最も野心的であった一時期の所産であります。

「黒い蝶」「射程」共に、作者が頭の中で作り出した根も葉もない物語ではありません。「黒い蝶」は新聞社時代からの友人小谷正一氏が、ソ連の音楽家オイストラフを日本に招ぶに到った経緯を、氏自身の口から聞いて、それを骨組としています。小説の中の人物たちは、全く私が創り出したものであり、物語の筋立ても勿論《もちろん》フィクションでありますが、オイストラフ来日の経緯を小谷氏から聞かなかったら、「黒い蝶」という作品は生れなかったに違いありません。小谷氏に誘われて、日本の土を踏むオイストラフを、羽田まで見物（?）に行ったのも、今となると懐しい思出であります。他に小谷正一氏の関係した仕事から材料を得たものに、「闘牛」「貧血と花と爆弾」という二つの作品がありますが、小説家の私にとっては、小谷氏との出会いは、甚だ運命的なものであったというほかありません。

「射程」も、この作品のヒントとなったものを、実際に戦後の混乱期に事業家として成功し、また忽ちにして失敗した一人の青年の体験談から貰っています。

従って「黒い蝶」にしろ、「射程」にしろ、戦後のある一時期に、実際にこの作品に書かれているようなことが行われていたのであり、その意味では全く架空な物語とは言えません。戦後の一時期に日本という国が持った明るくも、暗くも、空虚でもあった奇妙なエネルギーを、風俗小説の形で綴ったものが、この二つの作品であると言っていいかと思います。

その後、この種の作品からごく自然に手を引きましたが、特に考えるところがあったためではなく、今でもこうした仕事に愛着と未練を持っております。強いて言えば、四十代末期の、まだまだ自分自身が、この二つの作品の主人公の持つエネルギーに無縁ではなかった時期の作品で、この作品の主人公の思想と行動に共感できるものを私自身が持っていたと言えましょう。

（昭和四十八年四月）

第十巻

この巻には二十七年から二十九年にかけて発表した三十篇の短篇小説が収められている。文芸雑誌や綜合雑誌を発表舞台に選んだ作品もあれば、読物雑誌や婦人雑誌の求めに応じて書いた作品もある。いわゆる純文学の短篇もあれば、多少読者を意識して書いた娯楽小説もあるというわけである。発表当時は、この二つの小説群の間にはかなりはっきりと作品の性格に違いがあるように思っていたが、いまこれらの二十年前の作品を読み返してみると、そうした差異はいささかも感じられない。文学雑誌に発表したものであるから文学的に高級であるとも言えないし、読物雑誌に載せたものであるから文学的に低いものだとも言えない。もし作者の私がいま作品の順位をつけるとすると、上席を占めるものは、むしろ読者を意識して綴った娯楽小説の方に多いのではないかと思われる。こういうところは、小説というものの、殊に短篇小説というものの性格を考える上に面白い問題でもあれば、重要な問題でもあると思う。その作品を通して作者が読者に受けとって貰う主題がちゃんとしたものであれば、それを純文学風にかたい構えで綴ろうと、読物風に肩の力を抜いたリラックスな構えで綴ろうと、どちらでも同じことのように思われる。要はその作品に生命が盛られているか、いないかである。

これらの作品が生み出されてから二十年の歳月が流れている。いま二十年前の作品を読み返してみると、生命が盛られてあるか、盛られていないかがよく判る。生きているものもあれば、死んでいるものもある。こんどこの小説全集を編むに当って、一昨々年から一昨年にかけて、私は二十年間の作家生活が生み出した短篇二百七十余篇の全部を読み直してみた。そして死んでいるものは棄て、生きているものだけを拾った。この巻に収めている三十篇の小説も、作者である私の審査にパスしたものばかりである。

作品は、作者の私が生み出した私の子供である。同じ子供であっても、できのいい子供もあれば、できの悪い子供もある。気にいっている子供もあれば、気にいらぬところを持っている子供もある。しかし、どれも作者の私の子供であり、私と無関係ではない。

過去において生み出した短篇小説の全部に眼を通した際、どの作品にも多少の手を加えた。私は二十年前に自分が生み出した作品は、いかに未熟であろうと、そこに二十年前の自分が居るので、なるべく触らないようにすべきであるという考えを持っているが、文章の乱れとか、事実の誤りとかは棄てておけないので、筆を加えたり、削ったりした。

私が自分が綴った二十年前の作品を読んで最も強く感じたことは、二十年前の自分に対面したといった思いであった。私はすっかり忘れてしまっている二十年前の自分に対面し、こんなことを真剣に、むきになって考えていたのかという驚きもあれば、いじらしさを覚えることもあった。そしてまた、その反面、一人の人間というものは、結局のところ本質的には少しも変らないものだという思いもあった。人間に対する見方も、人生に対する見方も、根源的なところでは少しも変っていないのである。この巻に収めている作品は、二十年前の私の子供でもあれば、そうした意味では、紛れもない現在の私の子供なのである。

（昭和四十九年四月）

第十一巻

この巻に収めてある短篇は、昭和三十年、三十一年頃に書いたものが中心となっております。多少仕事の整理もでき、幾らか時間の余裕も生まれて、本当に書きたいものを、自分に引きつけて書いて行こうという気になった時期の所産であります。これまでは、どんな主題も、それを盛るにふさわしいドラマを考え、それを通して訴えることに全力を投入して来ましたが、この時期にふいにドラマの設定を向うに押し遣る気持になってしまったのです。なんの筋立てもせず、自分の過去から拾い上げたことを、そのまま自分の言葉で語って行きたい、そんな気持になってしまったのです。「姨捨《おばすて》」、「蘆《あし》」、「孤猿」、「川の話」、「四つの面《マスク》」――いずれもそういう手法をとっています。

短篇というものが、そのいずれであるべきか、こうしたことはたいへん難しい問題であります。そのいずれでなければならぬということはないと思います。私はこの時期の次に、またフィクションによって主題を打ち出そうとする一群の作品を持っています。きびしく言うと、これは作者のその時期時期の生理に関係することかも知れません。ドラマを設定することに全情熱を燃やす時期もあれば、それが妙に虚しく感じられ、淡々と物語るように綴ることに惹《ひ》かれる時期もあります。

しかし、概して年齢を加えるに従って、いかにも小説であるといった形でなく、小説という枠《わく》をすっかり取り外してしまって、エッセイ風に語りたくなるのではないかと思います。が、これは老成とか、円熟とかいうこととは無関係ではないかと思います。短篇ではありませんが、谷崎（潤一郎）さんの最晩年作は「瘋癲《ふうてん》老人日記」という全くの作りごとの小説です。老人の持つあらゆる老いの要素を抽出し、それで一個の人造人間を造り上げ、そして彼に死と格闘させ、性と格闘させています。心境小説といったものとはほど遠い作品ですが、ここから受け取るものは、やはり一人の文学者としての谷崎さんの老いの心境に他ありません。

それはともかくとして、この巻に収めている短篇の生まれた時期は、ふいに小説らしい形のものがいやになって、題材も、主題も、自分の過去半生の中に求めようとした時期であります。「姨捨」では、自分の一族の中を流れている厭世の血を主題としています。この作品は、自分の体内の血がどういうものか、それを正面から追求してみようとした最初の作品です。この「姨捨」という作品の底を流れている基調音は、短篇、長篇を問わず、これからあとの幾つかの作品にも流れているかと思います。あるいはすべての作品に、多かれ少かれ、流れているものかも知れません。もっと正確に言えば、これまで書いたすべての作品にも流れているものかも知れません。

そういう意味では、自分を材料にし、自分の体内を流れているものを正面から見ようとした最初の作品であると言えます。これを書いたことは、――母を書き、弟を書き、妹を書き、叔父を書いたことは、そしてそうした人たちを書くことに依って自分というものを見詰めたことは、今振り返ってみると、私にとっては一つの事件であったかと思います。

私は何回か自選集というものを編みましたが、どうしても「姨捨」というこの作品を外すことはできませんでした。作者の私が考えて、取り分けいい作品とも、好きな作品とも言えませんが、どうしてもこの作品を外すと、自分というものを形成している大切な柱の一本が欠けてしまうような気がします。私という一人の作家の〝紋〟のようなものであります。

それからこの巻に収めた作品の中で、「川の話」は、「姨捨」のような作品とは違って、たいへんらくに楽しんで書いた作品ですが、川を最初に取り扱ったものとして、私には懐しいものであります。これを第一作として、私はこの他に「ローヌ川」、「アム・ダリヤの水溜り」、「川の畔り」といったようなたくさんの川を物語った作品があります。「川の話」を書かなかったら、これらの作品は生まれなかったと思います。「川の話」を書いたことで、私にとって川というものは特殊なものになったかと思います。お蔭で上記の短篇小説の他に、川を取り扱った十篇近い詩が生まれています。

（昭和四十九年十一月）

第十二巻

「満ちて来る潮」は昭和三十年九月から翌年五月にかけて、「毎日新聞」朝刊に連載した小説であります。この小説を書き出す少し前に佐久間ダムの工事場を訪ね、そこに一泊していますが、私を佐久間ダム行きに誘ってくれたのは、当時大阪商工会議所会頭のポストにあった杉道助氏でありました。

杉氏は関西財界を代表する指導的人物で、多少私と遠い姻戚関係にあるところから、学生時代より祝儀、不祝儀の席などで時折顔を合せておりましたが、年齢が二十歳以上も違うので、親しく交際するということはありませんでした。尤も昭和十七、八年頃一度、私は氏を、氏が会長をしていた八木商会に訪ね、満鉄調査部にはいれないものかどうか相談にのって貰ったことがありました。その頃、私は大阪毎日新聞社に勤めていて、余り優秀な新聞記者とは言えず、一生うだつがあがりそうもなかったので、思い切って満州に職場を移せないものかと考えたのです。

氏は私の言うことを黙って聞いていましたが、最後に、

「満鉄ですか、満鉄に本気で入社したいのなら、満鉄には知合があるから話して上げましょう」

ただそれだけ言いました。それから二、三日して、氏から電

話があり、大阪に居る満鉄の幹部の人を訪ねるように言われました。言われた通りにその人物に会ってみますと、

「一年大阪で働いて下さい。その上で満州に行って貰いましょう」

と、相手は言った。私は余りにも早く事が運んだので呆然としました。正直に言って、満鉄に移りたくはあったが、新聞社の事情もあり、今すぐでは困るといった気持でした。

結局、私のわがままからその話は実現しませんでしたが、その時杉道助氏があっという間に事を運ぶのに驚歎したものです。そんな事で、私は氏と何回か面談する機会を持ち、財界人としての氏に魅力を覚えました。

戦後、私は小説を書くようになり、「朝日新聞」の連載小説として、「あした来る人」を発表する時、主要人物のモデルに杉道助氏を使わせて貰いました。「あした来る人」には梶大助という人物が登場しますが、梶の人柄や性格は、杉氏のものをそっくりお借りしました。

「お蔭で、みんな僕のことを杉さんとは呼ばないで、梶さん、梶さんと言ってくれますよ。しかし、若い娘を可愛がっているところまで本当にしているのがある。多少迷惑しないでもないが、お蔭でこのところ身辺甚だ華やかです」

その頃、顔を合せると、氏は屈託ない調子で、私にそんなことを言ったものである。

その杉道助氏が、ある時電話を下さった。

「こんど佐久間ダムの工事を見に行きます。よかったら一緒に行きませんか。非常に大きい工事らしいです」

私には佐久間ダムの工事より、杉氏と一緒に旅行することの方が魅力があった。私は二つ返事で、氏の勧誘に応じた。

三月三十一日の朝つばめで東京を発ち、正午頃浜松に着き、セメント工場を一つ見学した上で、くるまで天竜川の岸に沿ってドライブした。佐久間ダムの工事場に到着したのは夕刻で、その夜はそこに泊った。そしてその翌日工事現場を見せて貰って、夕方東京に帰った。

「満ちて来る潮」に登場する主要人物の一人を、佐久間ダムの設計者にしようと考えたのは、帰りの汽車の中であった。それまでいかなる人物を書くか全然決まっていなかったが、佐久間ダム見学のお蔭で、小説の大切な部分が何となく固って来た感じであった。その帰りの汽車の中で、杉氏は何か小さい書物を読んでおられた。車中で他の同行者は一人残らず眠っていたが、氏一人は眼を書物から離さないでいた。それが印象的であった。

「満ちて来る潮」の最後の場面は、この時の佐久間ダムの見学を、そのまま使っている。小説を書いている間に、二回ほど佐久間ダムを訪ねているが、いずれも工事に関する取材のためで、天竜川に沿ってのドライブや、工事場から受けた印象は、杉氏と一緒だった最初の佐久間見学の折のものである。

「満ちて来る潮」に登場するもう一人の日本の酪農経営に大きい夢を持っている人物の設定については、渋沢敬三氏のお世話になっている。渋沢氏は昭和十九年に日銀総裁、終戦直後は大蔵大臣と、若くして要職に就いた人であるが、私が親しく付合

って戴くようになった時は、国際電信電話社長のポストにあった。しかし、氏はそうした財界人には見えなかった。民俗学関係の学者の蔭の後援者でもあり、自分自身も優れた学究であった。「豆州内浦漁民史料」「日本魚名集覧」「明治文化史生活篇」「祭魚洞雑録」等の著書がある。

「いつか、こういう仕事をやっている人を、小説に書いてくれませんか。立派な研究ですが、目立たないものなので、小説にでも書いて貰って、世の関心を集められたらと思うんです」

氏はよく言われた。こう言われても書けるものもあれば、書けないものもあった。

「あした来る人」に登場するカジカの研究家も、渋沢氏に紹介して戴いた学者の研究を取り扱ったものであるし、「満ちて来る潮」の酪農研究家も同じである。このほか渋沢氏とは月に一回ぐらい小さい集りで顔を合せていたので、いろいろのことを教えて戴いた。ただ話をしているだけで勉強になった。

杉道助氏も、渋沢敬三氏も、共にいまは故人になっておられる。私は、自分が小説家として立つようになった初めの時期に、この二人の優れた先輩の知遇を得たことを仕合せに思っている。

渋沢氏が亡くなられる夜、私は三回目の中国の旅から帰り、空港で氏の危篤を知って、すぐ虎ノ門病院に直行した。病室に駈け込むと、氏はすでに意識はなく、酸素吸入をしておられた。私は病室を出てエレベーターに乗った。エレベーターの停まったところは地下室であった。私は再びエレベーターに乗った。こんど停まったところは、氏の病室のある階であった。私が再びエレベーターに乗ろうとしていると、家の方が来て、もう一度病室に来てくれないかということだった。私は再び氏の病室にはいった。氏は亡くなられておられた。浅からざる縁《えにし》を、私は氏に感じている。

（昭和四十九年三月）

第十三巻

「氷壁」は「朝日新聞」三十一年十一月二十四日紙面より、翌年八月二十二日紙面まで連載した小説である。「朝日新聞」に連載小説を書くことが決まったのは三十一年の春であったが、いかなる内容の小説を書くかということは、いよいよ新聞紙上に予告がのるというぎりぎりまで決まらなかった。

「氷壁」は二人の若い登山家の山における遭難死を取扱ったものであるが、私は新聞の連載小説を引受けた時は、山を舞台にした小説を書こうなどとは夢にも思っていなかった。

「氷壁」を書き出す前々月の九月下旬に、私は初めて穂高に登った。それまで登山の経験はなかった。一度尾瀬に行ったことはあったが、もちろん登山とは言えないリクリエーション的な山旅であるに過ぎなかった。

それが、どうしたものか、親しいジャーナリストたちといっしょに穂高に月見に行ってみようという話になり、初めて山と名のつくところへ出掛けて行くことになったのである。新宿を朝の八時の準急で発って、その日は上高地に一泊、翌日は一気に涸沢《からさわ》小屋まで行ってしまう予定のところ、豪雨にはばまれて、途中の徳沢小屋で泊ることを余儀なくされた。幸いに翌日は気持よい秋晴れであった。六時間かけてのんびりと涸沢小屋に着いた。私同様、一行の中に山は初めてという連中が何人か居たので、六時間かけても難行苦行であった。そしてその晩、ヒュッテで穂高観月の宴を張った。私には高山の月は暗く、陰気に、淋しく見えた。そしてその翌日前穂に登った。

この最初の穂高行きで、私はすっかり山というものの魅力の擒になった。梓川《あずさがわ》の流れの美しさにも眼を見張ったし、横尾の出合附近の樹林地帯を歩くたのしさも知った。しかし、これだけの僅かな経験で登山小説が書けよう筈のものではなかった。

この穂高行きから十日ほどして、私は穂高行きの仲間の一人であった安川茂雄氏から「ナイロン・ザイル事件報告書」というパンフレットを送られた。筆者は石岡繁雄氏で、穂高で遭難した弟さんがナイロン・ザイルを使っていたので、その事故の原因はナイロン・ザイルが切れたことにあるに違いないという訴えであり、遭難者の兄としての切々の情を綴ったものであった。これを読んだ時、いきなりこれを小説の形で取扱ってみたいという衝動を覚えた。ふいに、ただ一回しか登ったことのない穂高が、私の前に立ちはだかって来た。梓川も書きたかった。トウヒ、シラビ、ブナ、マカンバ、カツラ等の樹林地帯も書きたかった。

それから「ナイロン・ザイル事件」に関係した若い登山家の石原国利氏やその友人たちに会ってみた。すると、こんどは若い登山家たちの醸し出す純一な雰囲気にあてられてしまった。

かくして、私は何の自信もなかったが、新しく書く小説の題に「氷壁」という二字を選んだ。

「氷壁」を書き出して十日ほどした十二月の初めに、せめて上高地までもと思って、東京を発って、松本からくるまを走らせた。しかし坂巻温泉のところから引返さなければならなかった。くるまの周囲を烈しく雪片が舞っていた。私は小説を書きながら、ひたすら春の来るのを待った。穂高に登りたかったのである。しかし、それは五月まで待たなければならなかった。

私は雪の消えるのを待って、二度目に穂高に登った。明神池の附近で、夥《おびただ》しい数の蛙が地中から飛び出して交尾している異様な情景を眼にしたが、それはそのまま小説の中に綴った。

「氷壁」が小説として成功したかどうかは知らない。が、このお蔭で、作者の私はそれ以後山と切り離せない関係になってしまった。度々山に登るわけではないが、登山家の手記や紀行が書棚に並ぶようになってしまったのである。

一昨年（四十六年）の秋、ヒマラヤの山地に足を踏み入れ、キャラバンを組んで、四〇〇〇メートルの地点まで行って、十月の満月を見たが、これも「氷壁」を書いたお蔭である。「氷壁」を書かなかったら、こうしたことはなかったろうと思う。エベレストの満月を見た時、穂高の観月の夜のことを思い出して、感深いものがあった。その間にいつか十五年の歳月が置かれていた。

（昭和四十八年八月）

第十四巻

「淀どの日記」は、秀吉の寵《ちょう》を一身に集め、秀頼を生み、秀吉の歿後は大坂城と運命を共にして果てた茶々を主人公にしている。戦国の容易ならぬ運命は、名家浅井の血を持った茶々を三度、落城の火焔で包んでいる。これほど書いたら面白いと思われる女性もないし、これほど書きにくい女性もない。何となく城を傾ける女性として一般に受け取られているが、そうした解釈はどこから生れて来たか判らない。誇り高い女性ではあったろうと思われるが、芝居で演じられるような〝淀君〟的な性格の根拠は見付からぬ。

私は「淀どの日記」で、茶々をできるだけ史実に即して、偏見を排除して描くことにつとめた。ただ困ったことは、茶々が秀吉の側室になってから、殆ど史的記述の上にその名を出していないことであった。秀吉の側室に上がったということは判っているが、それからどのような生活を送っていたかということになると、正確には何も判っていないのである。これほど史的記述が少いのに、これほどその生涯が判っているように思われている女性は少い。

小説に茶々の生涯を取り扱うとなると、その娘時代も描かなければならない。茶々も娘時代に思慕を寄せた人物が一人や二人はあった筈である。己が両親の仇敵である秀吉の側室に上がることを悦んでいたとは思われない。

――茶々がもし娘時代に惹《ひ》かれていた武人があったとすれば、それは誰でしょう。

私はこうした質問を二人の尊敬する先輩にした。一人は小泉信三先生、一人は高柳光寿先生である。二人共、今は故人になっておられる。小泉さんは、

――さあ、一人を選ぶとすれば、私は京極高次を選びますね。

と、答えられた。高柳さんの方は、

――蒲生氏郷《がもううじさと》でしょうね。

と、即座におっしゃった。勿論《もちろん》、同じ席にお二人が居られたわけではない。別々の機会に、私はお二人に質問してみたのである。

私は小泉さんが、茶々のために名門の貴公子を選び、高柳さんが若い武将として、抜群の見識と風格を持った蒲生氏郷を選ばれたことが、それぞれお二人らしく興味深く思われた。そして私自身はお二人の答を耳にした時、たいへん満足であった。私自身、その二人の武人のうちの一人を選ぼうと思っていたからである。

しかし、結局のところ、私は京極高次と蒲生氏郷の二人を、茶々の意中の人として設定した。必ずしも推薦者二人をたてたわけではなかったが、高次、氏郷、それぞれに捨て難かったからである。

以上のようなわけで、「淀どの日記」では、茶々の若い時代を、作者の仮構で埋めるほかはなかった。歴史小説として、ひたすら史実に忠実であろうとはしたが、結局のところ全体をそ

れで押しきることはできなかった。

「淀どの日記」と共に本巻に収めている「風と雲と砦」は、戦国時代を舞台にしてはいるが、初めからいわゆる歴史小説なるものを書こうという気持はなかった。幾つかの個性を、戦国時代の風波の中に投げ込み、それぞれ勝手な生き方をさせてみようというのが、この作品の覘《ねら》いであった。発表舞台が新聞だったので、毎日のように少しずつ書いたが、書いていて、ひどく楽しかった。「戦国無頼」も、「風林火山」も同じ型の小説であるが、作者自身が楽しんで書いたという点では、「風と雲と砦」が一番であった。

もう一つの本巻所収作品である「真田軍記」は、また少し違う。いずれも根拠となっている記述や出典はあるが、それをもとにして、作者の自由な解釈で、人物や事件を取り扱っている。歴史的事件を書こうとしたものでもなければ、歴史的人物を描こうとしたものでもない。根拠となる記述はあるにしても、果してこうした事件が実際にあったか、あるいはこうした人物が実在したか、古い記述に対する判定は難しい。説話、伝承、伝説、ゴシップ、——そういった性格の記述である。

しかし、作者の私は、そうした事件や人物を逆に歴史の中にはめ込み、それに正当の座を与えることができたら、——そんな気負った気持で筆を執っている。真偽のほどは判らない短い記述ではあったが、それだけの魅力はあったのである。従って読みもの風の書き方はしているが、読みものを書くつもりはなかった。「真田軍記」という名のもとに集めた四つの短篇は、作者と特殊な血縁関係を持っていると言っていい。好きな作品である。

（昭和四十九年十二月）

第十五巻

「天平《てんぴょう》の甍《いらか》」について

「唐大和上東征伝」を初めて読んだのは昭和三十年の秋である。当時早稲田大学の安藤更生博士が大著「鑑真《がんじん》大和上伝之研究」の仕事に取りかかっておられる頃で、自分は学究として鑑真伝の研究をするが、あなたは小説家として、鑑真伝を小説の形で書いてみないかというお話があり、半ば氏におだてられ、半ば氏にもたれかかるような気持で、鑑真来朝の経緯を小説化してみようかという気持になったのであった。

私は鑑真については殆ど知るところなかった。僅かに知っていることと言えば、唐招提寺《とうしょうだいじ》開山堂の鑑真の乾漆像と、それに対する気持を述べた芭蕉の有名な俳句ぐらいのものであった。「唐大和上東征伝」は、奈良時代の高名な文人淡海三船《おうみのみふね》の筆になったものである。わが国に正しい戒律を伝え、東大寺に戒壇院を設けて、わが国の授戒制度を根本的に刷新した唐僧鑑真の来朝は、奈良時代の文化的事件の中の最も大きいものであるが、その鑑真来朝の経緯は今日「唐大和上東征伝」に依って知ることができるだけである。鑑真が日本の留学僧栄叡《ようえい》、普照《ふしょう》の懇請に依って、法のために渡日を決心したこと、その渡日の計画は何回も挫折し、途中海南島に漂着するといった困難にまで遇《あ》い、漸《ようや》く六回目に志を果したこと、そういったことは尽く、「唐大和上東征伝」のお蔭で今日に伝わっているのである。

「唐大和上東征伝」は何冊かの筆写本、何冊かの版本に依って今日に伝えられているが、私が読んだのは宝暦十二年に東大寺戒壇院で開版した所謂《いわゆる》戒壇院刊本である。勿論原本ではなく、原本そのままに景印し、昭和二十一年に京都の高桐書院から発行されたもので、編著者は水野清一氏、詳細な解説が神田喜一郎氏に依って書かれ、それが附せられてあった。「唐大和上東征伝」は、筆写本、版本のそれぞれに依って、多少題名が変っているが、私が読んだ高桐書院発行のものは、その原本である戒壇院刊本に依って、「法務贈大僧正唐鑑真過海大師東征伝」と頗る長い題名になっている。

この書を何日も机の上に置いたが、原文の漢文には閉口した。仏教関係の熟語や、異国の植物名、唐の官職名などで判らないところはとばして読んで行ったが、地方官吏の役名などには、役名とも人名とも判断のできぬものがあって、解読に難渋した。しかもそうしたところは随所にあった。

私は、「唐大和上東征伝」の小説化などということが、自分の力の及ばぬいかに容易ならぬことであるかにすぐ気付いたが、それでも兎も角、それを一応読み終えた。読み終えたというよりは読み終えさせられたと言った方がよかった。と言うのは、判らぬところは沢山あったが、それでもなお途中でやめることができなかったからである。何と言っても、文章に大きい魅力を感じた。文章は短くぴしりぴしりと切られてあり、簡にして要を得ていることは言うまでもないが、その中に何とも言えぬ一種独特のリズミカルな調子があった。

――桂江ヲ下ルコト七日、梧州ニ至ル。次デ端州ノ竜興寺ニ至ル。栄叡師奄然《エンゼン》トシテ遷化ス。大和上哀慟《アイドウ》悲切ナリ。喪ヲ送リテ去ル。

日本僧栄叡が艱難な旅の途中で他界する場面であるが、旅の怱々《そうそう》のうちの大きな悲歎を、少い用語で力強く書き現わしていて、みごとというほかはない。

――岸ヲ去ルコト漸ク遠クシテ風急ニ波峻《ケハ》シ。水黒キコト墨ノ如ク、沸浪シテ一タビ透ッテ高山ニ上ルガ如ク、怒濤再ビ至ッテ深谷ニ入ルニ似タリ、人皆荒酔シテタダ観音ヲ唱フ。舟人告ゲテ曰ク、舟今ヤ没セント欲ス。何ノ惜シムトコロカアラン、即チ桟香籠ヲ牽《ヒ》イテ拋《ナゲウ》タント欲ス。空中ニ声アッテ言フ、拋ツコト莫《ナカ》レ、拋ツコト莫レト。即チ止ム。

天宝七載六月に鑑真一行は第五回目の船出をするが、十月に暴風雨に遇い、ついに海南島に吹き流されてしまう。これはその暴風雨に遇った時の描写で、しかもその時空中に声があったという変異を正面から描いて、いささかの奇異の感じをも読む者に懐《いだ》かせない。これまたみごとというほかはあるまい。

このような箇所は「唐大和上東征伝」の中から幾らでも引き出すことができ、このような淡海三船の文章の魅力に惹《ひ》かれて途中で棄てることができなかったのである。

その後毎日新聞社の松本昭氏より「唐大和上東征伝」の和訳本を頂戴した。昭和十七年に大阪の堀朋近氏が発行して知人に配られたものらしく、薄い小冊子様のものであるが、それに中村詳一氏の筆で全文が訳されてあった。これを入手したことで、私は初めて「唐大和上東征伝」の全文をらくに読み下すことができ、更に安藤博士を何回も煩《わずら》わすことに依ってその背景となっている歴史についての知識を得ることができたのである。

併《しか》し、これで「唐大和上東征伝」の小説化に踏みきるわけには行かなかった。一番大きい問題は、淡海三船の筆に依る「唐大和上東征伝」が、鑑真一行来朝の経緯、当時の奈良仏教界の事情、または唐土における日本留学僧たちの動静などを知る上に、多くの史的価値を持っていることは言うまでもないが、そうしたこととは別に、これが独立した文学作品として非常に優れたものになっていたということである。すでに淡海三船のみごとな「唐大和上東征伝」がある以上、更にこれを小説化する意義があるかどうか、このことのために、私は長い間筆を執ることができなかった。

淡海三船の「唐大和上東征伝」は、鑑真一行の来朝の経緯を伝えた最初の本ではない。この本の書かれる前に、鑑真に随って一緒に日本へ来た唐僧思託《したく》に依って、「大唐伝戒師僧名記大和上鑑真伝」なるものが書かれている。ただそれが残念なことに散佚《さんいつ》して今日に伝わっていないのである。

思託は「延暦僧録」の著者で、その著の中に著者自身の伝記である「従高僧沙門釈思託伝」というのが収められてあり、そこに思託の要請に依って、淡海真人元開が鑑真東行のいきさつを筆に載せたということが記されている。

従って、淡海三船の「唐大和上東征伝」は淡海三船が思託に請われて、思託が書いた鑑真伝にもとづいて、鑑真の東行記を自らの筆で書き改めたものと見られている。思託の鑑真伝は、古書に「伝戒大師三巻伝」とか「唐招提寺大和上三巻伝」とか記されているところからみてもかなりの量のものと思われるので、淡海三船の「唐大和上東征伝」は、それを簡略にしたものと思われる。謂《い》ってみれば思託の鑑真伝の略本ということにでもなろうか。

それならば何のために思託は自分自身が綴ったものの他に、淡海三船を煩わして別の略本を作る必要があったであろうか。それに対して考えられることは、略本の形で、また淡海三船の筆で書き改めることに依って、思託は鑑真伝を読みやすい形にし、一人でも多くの人に読ませようとしたのではないかということである。それは師鑑真のためにも、鑑真と苦難を共にした一行の者のためにも、思託としては是非自分がやらねばならぬ必要なことと思われたのであろう。

私は、このようなことを考えた時、淡海三船の「唐大和上東征伝」がその時代に受け持った役割というものを知り、それから長い歳月を経た今日、それを現代人に親しみ易い現代小説の形に小説化することも意味のないことではないと、私は私なりに自分に納得させることができたのであった。私の「天平の甍」という作品はこのようにして書き出されたものである。

淡海三船が「唐大和上東征伝」の傑作を生み出すことができたのは、彼の文人としての優れた才能によることは勿論であるが、彼が直接鑑真に遇って、その大きな人格に打たれたということを措《お》いて考えることはできないと思う。東征伝の巻末に、撰者淡海三船は「初メテ大和尚ニ謁スルノ二首ナラビニ序」という一文を載せている。その中に「我ハ是レ無明《ムミヤウ》ノ客、長ク有《ウ》漏《ロ》ノ津ニ迷フ、今朝善誘ヲ蒙《カウム》リ、懐抱埃塵《アイヂン》ヲ絶ス」という文章がある。初めて鑑真に接した感動が最大限の表現で記されている。

（昭和41年記）

「敦煌《とんこう》」について

敦煌の千仏洞の窟洞の一つから、スタインやペリオやわが大谷探険隊の手に依って世界文化史上貴重な夥《おびただ》しい資料が発見され、その発見の経緯については、学生時代にいろいろな書物を読んで知ったが、いつも不思議に思ったのは、いつ、いかなる時代にこの窟洞が塗り込められたかということであった。これについては窟洞から発見された古文書のうちの一番年代が降るものが、宋の仁宗《じんそう》時代のものだということで、それから推定して大体その頃、何かこの窟洞を埋めなければならぬ政治的社会的な変動があったのであろうということしか言われていない。

小説家にとっては大変有難い材料である。学生時代に持った、「どうして？　誰が？」という疑問は、その後長く私の胸の中にしまわれてあったが、小説を書き出すようになってから、いつかそれがはっきりと小説の材料として思い出されるようになった。そしてこれを小説に書くために、何となく準備し始めたのは、昭和二十八年頃で、それから五年ほどの間、執筆の時必要そうな書物が眼に触れると、その度にそれを集めておいた。

執筆し始めたのは三十三年の十月で、最初三百枚ぐらいの中篇にするつもりだった。敦煌石窟が包蔵される一日を朝から晩まで克明に書こうと思った。勿論包蔵されるに到った原因は異民族の侵入以外にはない。異民族の侵入と言えば、これまた西夏が沙州、瓜州を収めて帰義軍節度使曹氏を滅ぼしてしまった場合より他には考えられない。埋めた者は、埋められてあったものから推して僧籍にあった者か、当時の吏員と考えていいであろう。

石窟が包蔵される一日を書こうと思ったが、書き出してみると、何もかも知識が不足していて、一行も書き出せないことが判った。大体当時の沙州、瓜州の権力者である帰義軍節度使なるものが、いかなるものであるか判らない。京大人文科学研究所の藤枝晃氏が、「帰義軍節度使始末」なる大変な労作を大学の卒業論文にしていなかったなら、私はこの小説の執筆を断念していたことであろうと思う。この論文は一冊に纏《まと》まっていないので、古い収録雑誌「東方学報」を図書館から借出して来て、大学ノート五冊に書き写した。（その後藤枝氏から別刷の「帰義軍節度使始末」を複写したものを頂戴した。）

それから当時の西域への入口である河西《かせい》一帯の辺境の歴史が

よく判らない。宋史に依って、こうした部分を拾って行くほかないが、一〇二六年からあと十年程の一番重要な部分は、どの史書にもブランクである。このブランクを小説に依って埋めることになったわけである。宋史も亦図書館から借出していたが、その後中国の商務印書館から縮刷の複写本四冊が刊行されたので、それを使った。それから亦、「宋史紀事本末」も中華書局から出版されたものを使用した。その他宋の歴史関係の書物は手当り次第漁《あさ》ってはノートした。お蔭で中国の歴史で、宋時代だけが特に詳しくなるという奇妙な現象を呈した。

当時の辺境の宗教事情は、これまた非常に困っていたが、丁度執筆にかかった頃、西域文化研究会編の「敦煌仏教資料」が法蔵館より出され、その中に塚本善隆氏の「敦煌仏教史概説」が載っていたので、大いに援けて戴いた。これに依って当時の宗教事情の大要を知ることができた上に、辺境の諸都市がいかなる大きさを持つものであったか、その大体のイメージを作ることができた。また昭和十一年の「史学雑誌」に掲載された鈴木俊氏の「燉煌発見唐代戸籍と均田制」も有難いものだった。

宋時代の風俗とか、都邑《とゆう》の賑わいとか、そういったものは、「東京夢華録」とか、多少時代は下るが、「水滸《すいこ》伝《でん》」などを読む以外仕方がなかった。「東京夢華録」は上海古典文学出版社のものを使って読めないで難渋しているところへ、中国古典文学全集が平凡社より出て、その中に抄訳ではあるが、村松一弥氏の訳が掲載され、しかも詳細な註が附けられていたことは、私にとって有難いことであった。

敦煌の千仏洞関係の書物はやたらに集めてあったが、中国から出た「敦煌芸術叙録」「敦煌変文集」、大谷探険隊の「新西域記」などを座右に置いた。浜田、石浜、羽田氏等諸権威の書かれたものは一応すべて眼を通した。

執筆中、何回か京大人文科学研究所に藤枝氏を訪ね、「王延徳高昌行紀」「高居晦于闐紀行」、それから「敦煌県志」や「武備志」やル・コックのものなど、必要なところを写したり、複写したりしていただいた。藤枝氏にとっては随分厄介な闖入者《ちんにゅうしゃ》であって、いまになって考えると、氏の研究を邪魔したことが慚愧《ざんき》に耐えない次第である。

小説「敦煌」では、主人公が進士試験の落第者になっているが、当時進士試験の落第秀才に西夏が眼をつけて、彼等を政治顧問のような役にしていたことは事実の記録があり、それについては宮崎市定氏「科挙」も、荒木敏一氏の東洋史論叢の殿試に関する二つの論文もそれに触れている。

それから藤枝晃氏の「維摩変の一場面」「西夏経」「遊牧民族の研究」「長江馬」等の諸論文、岡崎精郎氏「河西ウイグル史に関する一研究」、亡くなった安部健夫氏「西ウイグル国史の研究」など、いろいろな意味で小説家としてのイメージを作る上に役立たせていただいた。

スタインの書物は、堀田善衛氏から拝借した書物と、その中国語訳「斯坦因西域考古記」の二冊を併用した。羅振玉の「雪堂叢刻」の中の「瓜沙曹氏年表」も逸しられぬものである。

最近小説の舞台になる地方へ行かれた画家の福田豊四郎氏に

は、カラーのフィルムを家まで持って来て見せて戴き、カメラの浜谷浩氏にもフィルムをお借りした。どちらも大変参考になった。

小説「敦煌」を書き終えてから、いろいろ御厄介をかけたり、お世話になったりした方々に、申訳ない気持は、小説のどこにもそれらの大部分のものが取入れられてないことである。では、それらはどこへ使われたかと言うと、すべて作者のイメージを形成する上に使われているのである。一〇三〇年代に沙州に生きていた一人の僧侶を描こうとしても、その人物のイメージは容易には生れて来ないものである。いかなる知識をもっていたか、いかなる社会的地位にあったか、どんな服装をしていたか、どんな寺に住んでいたか。その寺はいかなる大きさで、いかなる組織にはいっていたか。その他いろいろなことが判らないと、たとえそれが架空の人物であれ、僧侶の目鼻立ち一つ思い浮かべることはできない。

（昭和35年記）

〝「天平の甍」について〟は筑摩書房刊の「日本文化史」第六巻の月報に〝「唐大和上東征伝」の文章〟の題で掲載したものであるが、小説『天平の甍』執筆の経緯を綴っているので、ここに再録した。〝「敦煌」について〟は岩波書店発行の「図書」三十五年四月に〝私の敦煌資料〟の題で載せたもので、小説『敦煌』執筆に当って眼を通した参考資料について記してあるので、これもここに載せることにした。小説家はどのようにして歴史小説を書くか、よくこうした質問を受けるので、それに対する答を『天平の甍』『敦煌』の二作に代表して貰ったわけである。しかし、厳密に言えば、歴史小説は一篇、一篇、執筆する動機も調べ方も違っている。小説の舞台になっている場所を自分の足で踏むことも大切である。一九五七年の中国旅行の時、『天平の甍』のゲラを持って行ったことも、今となると懐しい思い出である。

（昭和四十七年十月）

第十六巻

二つの歴史小説

この輯には七篇の歴史小説を収めているが、「蒼き狼」は長篇、「風濤」は中篇、他の五篇は短篇である。いずれも取扱っている時代が現代ではなく、いわゆる歴史時代にはいっているものなので、普通歴史小説と呼ばれているものである。私自身も、一括して歴史小説という呼び方をしているが、その内容は区々である。「蒼き狼」と「風濤」では、作者の歴史に対する対《む》かい方に大きい差違がある。

「蒼き狼」は自由に作者の空想を羽搏かせて書いている部分が多いし、「風濤」の方はなるべく歴史そのものを記述して行こうという態度をとっている。「蒼き狼」では成吉思汗に率いられた蒙古民族の生々発展の姿を蒙古民族の「古事記」とも言うべき「元朝秘史」を底に敷いて、ロマンの形で綴ろうとしており、「風濤」の方は、元時代の高麗の受難史を、「元朝秘史」や「高麗史」の記述によって辿って行こうとしている。歴史というものに対する作者の坐り方は、かなり大きく違っている。第一回配本の第十五巻に収めた「天平の甍」は「風濤」の線に位置しており、「敦煌」は「蒼き狼」の線に並んでいる。

「天平の甍」や「風濤」は、小説である以上、作為もあれば、フィクションもあり、何から何まで歴史そのままとは言えないが、小説という形において可能な限り、歴史的事実を尊重し、そこから外れまいと心掛けたものである。他の言い方をすれば、歴史というものを小説の形で、できるだけ正確に記そうと試みたものと言っていいかと思う。「蒼き狼」や「敦煌」になると、作者はずっとらくな姿勢で歴史の中にはいり込ませて貰っている。書こうとしているものは歴史ではなく、歴史上の人物や事件に、物語としての主題を背負わせている。

従って、「風濤」に書かれてあるものは歴史かと訊かれたら、私はそうだと答える。小説の形ではあるが、ここには歴史が書かれているからである。少くともそれを意図して筆を執ったものである。「蒼き狼」の場合は、そういう答え方はできない。モンゴルの歴史を書くなら、他の書き方をしなければならぬし、成吉思汗の正確な伝記を綴るなら他の書き方をしなければならぬ。舞台となっている時代や、背景となっている歴史的事件はできるだけ正確を期してはいるが、スポット・ライトが当てられているのは舞台でもなければ、背景でもない。そこで展開されているドラマである。成吉思汗を主人公としているモンゴル民族生々発展のドラマである。

三十八年に、「風濤」を書くに当って、韓国旅行を試み、小説の主要舞台である江華島を訪ねた。漢江、洛東江といった大きな川の岸もドライブし、南部の金海附近の海岸も一応眼に収めておいた。

「蒼き狼」の場合は、執筆中その舞台となっているどこをも訪ねることはできなかった。作品発表から五年ほど経った四十年に第一回、四十三年に第二回の西トルキスタン旅行を試み、作品の主要舞台になっているブハラ、サマルカンド地方を訪ねた。アム・ダリヤ、シル・ダリヤの岸にも、何カ所かの地点で立つことができた。そんなことから、その後作品に多少の筆を加えている。それから同じく小説の舞台になっているアフガニスタンには四十六年の秋出掛け、一週間にわたってヒンズークシュ山中をドライブし、モンゴル軍侵略の爪跡がいまだに消えないで遺っているバーミアン地方や、北部のバルク地方を訪ねている。もしこうした旅行を「蒼き狼」執筆前に試みていたら、作品の細部は多少異ったものになっていたかも知れないと思う。併し、それがよかったか、どうかは別の問題である。西トルキスタンの沙漠や、アフガニスタンの草原は、実際にその地に自分の足で立ったからといって、それが本然に具えている大きさや荒々しさが、より生き生きと綴れるものとは限らない。あるいはそうした地方を見ていなかったからこそ、自由に筆を揮うことができたと言えるかも知れない。本巻に収めてある短篇「洪水」などは、全く沙漠というものを知らなかったために書くことができた作品のような気がしている。

（昭和四十八年二月）

第十七巻

「群舞」は三十四年四月から十一月まで、「サンデー毎日」に連載した小説であります。恋愛小説でもなければ、社会小説でもありません。雪男という、存在するかしないか判らぬ奇妙な生きものをまん中に据え、そこから引き起されるそれを取り巻く一群の人々のドラマを描いた作品で、諷刺小説と呼ばれる型の中にはいる小説であります。ドラマは当然喜劇風に展開され、大人のお伽話といったような性格を帯びて来ます。「群舞」という題名も、こうしたところから生れて来ています。

私は、今日までに何篇かの諷刺小説を、あるいは諷刺小説風な小説を書いて来ております。「黒い蝶」「夜の声」「四角な船」――どれも大人のお伽話といった性格の小説で、「群舞」もその一つであります。

こうした型の小説のすべてがそうであるように、「群舞」もたのしく書きました。読者がたのしむ先きに、作者の私の方がたのしんでしまっているようなところがあります。こうした小説には解説は不要かも知れません。読んで頂くことがすべてであります。

この小説を書いてから十年あまり経った四十六年の秋に、私は小説の中の一団が目指そうとしているヒマラヤ山地に足を踏み入れました。ネパールの首都カトマンズから小さい飛行機で、登山家たちが十六日かかって達する地点に運ばれ、そこから二十六名のキャラバンを組んで、四〇〇〇メートルのエベレスト山麓まで行きました。もちろん雪男を探すためではありません。エベレストの麓で十月四日の満月を見ようというのが、私たち一行六名の共同の目的でした。そして目的通り、エベレスト連峯に取り巻かれた小さい台地で、雪に覆われたカンテガの肩から上がる月を見ました。

しかし、このヒマラヤの旅で、思いがけず雪男の頭皮を見る機会を持ちました。クンビーラの麓にクムジュンという三百戸、八百人の集落がありますが、その村外れに雪男の頭皮を所蔵していることで、登山家の間では知られているラマ寺があります。

先ずクムジュンという集落について記してみましょう。私たちはキャラバンを組んで歩き出してから二日目に、シェルパの出る村として知られているナムチェバザールという断崖に沿った村にはいりました。ここを過ぎると、道はエベレストの麓から流れ出しているドウトコシ川の大渓谷にはいって行きますが、まだこの先きに人の住んでいるところが幾つかちらばっています。クムジュン（三七六〇メートル）、ホルシェ（三八〇〇メートル）、タンボチェ（三八六七メートル）、パンボチェ（三九一〇メートル）、ピンボチェ（四三四〇メートル）といったところであります。

しかし、集落としての体裁を持っているのはクムジュンだけであります。クムジュンは四方を岩山で囲まれた盆地を抱くようにして、いつも山巓を雲の中に匿しているクンビーラの麓に二百戸ほど家をばら撒《ま》いています。三百戸、八百人の村であると言われていますが、これは近くのクンデという集落を併せての数で、盆地の一角から遠望する限りでは、二百戸ほどの小さい家が、山裾から斜面にかけて身を寄せ合っているに過ぎません。しかし、ここはともかく集落と言える体裁を取っています。ホルシェというのも数十戸の集落でありますが、この方は巨大な岩山の斜面に点々と家がしがみついている感じで、義理にも集落とは言えそうもありません。タンボチェには僧院が、パンボチェには尼寺がありますが、民家はありません。一番奥のピンボチェには数戸の家はありますが、四三四〇メートルの高さでは、人が常住しているとは考えられません。

従って、クムジュンがヒマラヤ山地の一番奥の、集落と呼び得るただ一つの集落と言っていいかと思います。ナムチェバザールから半日行程、渓谷沿いの幾つかの尾根を巻いて行きますと、クムジュンのある盆地へ出ます。盆地への入り口には石を積んだ門があります。村の門です。そこをくぐると、四方岩山に取り巻かれた盆地が置かれてあり、正面にはクンビーラが聳え、その麓にクムジュン部落を形成している小さい石積みの家が階段状に置かれているのが見えます。

盆地にはいると、すぐ左手に小学校があります。私たちが行った時には一三八人の幼い子供たちが、別棟になっている二つの教室に詰まっており、私たちが教室を覗くと、生徒たちは立ち上がって、私たちの方に手を合せました。この地方では、合掌が人に会った時の挨拶であります。子供たちは驚くほど純真です。

盆地には小学校の他に、二つの大きなチョルテンがあります。チョルテンは石を積み上げたラマ教の塔で、ヒマラヤ山地の集落にはどこもこのチョルテンがありますが、クムジュンのチョルテンは、私たちの体を三つ重ねたぐらいの高さを持ち、基壇は四、五人で抱えるくらいの大きいものでした。村人たちは自分たちの生活を守って貰うために、朝に夕にチョルテンに祈らねばなりません。祈るのはチョルテンばかりではありません。家々の屋根にはタルシンと呼ぶ祈り旗が立てられてあり、家々の戸口にはラマ教の経文を書き記した紙片が貼りつけられています。またこの地域の路傍の大きい石には、ラマ教の経文が刻まれてありますし、渓川の橋の袂には小さいチョルテンが造られています。ヒマラヤ山地の人々は、生きるためには祈らずにはいられないのでありましょう。

厳寒期のこの村のたたずまいを想像しますと、何とも言えず凄まじいものがあります。盆地が何日も吹雪に包まれることもありましょうし、真昼も夜のような暗さの中に閉じ込められることもあろうと思います。ここでは祈ることなしには生きて行くことはできないであろうと思いました。

しかし、私たちが訪ねた時は一年中で最もよい気候の時で、のどかで平穏な集落の表情でありました。クンビーラの山裾から盆地にかけて耕地がちらばっており、その耕地も、人家も、部落内の路地も、みな小さい石を積んで石垣とし、それで仕切られてありました。

　家はどれも石を積んで造られてありますが、その上を白い壁で包み、長方形の小さい窓が数個あけてあります。白壁の白さに対して、窓の部分だけが黒いので、遠くから見ると眼窩といった異様な感じを受けました。屋根には板を並べ、その上に石を置き、笹竹様のものに、白、黒、赤、黄の布片を着けたものが立っています。これがタルシンであります。

　部落に足を踏み入れると、到るところにヤクがぶらついていました。この動物はチベットから来たものですが、一定の高度のところでないと住まないと言われています。おそらく三七六〇メートルのクムジュン部落の高さが、ヤクには住みよい場所なのでありましょう。部落の中を歩いていると、タムセルク、アマダブラムの白い峯がすぐそこに大きく聳え立って見えています。

　こうしたクムジュン部落の端れに、先きに記したように雪男の頭皮を保存しているというラマ廟があります。私たちはそこに立ち寄って、二人の老僧にその頭皮なるものを見せて貰いました。一見壊れたカツラのかけらでも眼にしているようなふしぎな思いを持ちました。果して、それが雪男の頭皮であるかどうか、判定する知識の持合せはありませんでしたが、私たちは忽ち小説に登場する何人かの人物になりました。素直に感心したり、反対にこんな雪男があるものかと、意地悪く眼を光らせたりしました。しかし、ともかく私たちはラマ僧と並んで写真を撮ったり、雑談したりして、結構たのしい休憩の時間を持ったものでした。

　しかし、それから二年以上経過した現在、クムジュンというヒマラヤ奥地の集落のことを思うと、そこは気が遠くなるほど遠く、小さく、淋しいところに感じられます。雪男が姿を現すとすれば、なるほどあのような地域であろうと思いますし、あのようなところなら、雪男が出ようと、雪女が出ようと、さして怪しむには足りぬという気になります。

（昭和四十九年二月）

第十八巻

　本巻に収めた作品のうち材料を外国旅行に得たものについてのみ記す。私は戦後招かれて中国に三回旅行しているが、「朱い門」は昭和三十二年秋の第一回中国訪問の旅の印象を、フィクションの形で取扱ったものである。この頃はまだ中国を訪ねる人も少く、それに私にとっても最初の中国の旅であったので、見るもの聞くもの珍しかった。この一回の旅で、私は中国が好きになり、二回、三回と、機会ある毎に中国の土を踏んでいるが、何と言っても最初のこの中国行きが最も印象的だった。眼に映るものすべてが、ものを考える材料になり、感心したり、戸惑ったりしたものである。そうした旅の見聞を、訪問者の印象を通して綴《つづ》ったものが「朱い門」である。小説の形を借りた中国紀行と言えよう。この旅は中野重治、山本健吉、本多秋五、十返肇、多田裕計氏等といっしょだったが、私と終始行を共にした十返肇氏は今は故人になっている。

「ローマの宿」、「フライイング」、「ローヌ川」では、三十五年七月から十一月へかけてのヨーロッパ旅行に得た材料を、殆ど作為なしにそのまま綴っている。この旅ではローマに一カ月半、パリに一カ月半滞在し、あとはアメリカに廻った。丁度ローマ・オリンピックの年に当っており、ローマ滞在はオリンピックの幾つかの競技を見て、それについての感想を毎日新聞に載せる役目を帯びていた。ローマに於ては「ローマの宿」に綴ってあるような生活をし、「フライイング」に書いてあるようなことを経験していたのである。

九月の中頃、ローマを発って、シンプロン峠を越え、スイスに入り、パリに向ったが、「ローヌ川」は、この自動車旅行中に於て得た材料である。モデルになっている青年は、この小説に書いているように自殺している。

「テペのある街にて」は、四十年五月から六月へかけてのソ連領中央アジアの旅で拾った話を、その内容としている。この作品を発表した時、一部の人に多少のフィクションははいっているものとして受取られたようであったが、これはそっくりそのまま事実である。

「アム・ダリヤの水溜り」は四十三年五月から六月へかけての、二回目のロシア旅行で経験したことを、これもそのまま綴ったものである。

外国旅行から帰ると、よく取材旅行ですかと訊かれるが、私の場合、殆ど取材旅行といった性格の旅はしていない。なんの目的もなく、仕事から離れた時間を持ちたいために羽田から飛び立って行くのであるが、よくしたもので旅から帰って来ると、いつも小説の形で綴れるような経験の幾つかを持っている。そういう意味では、「ローマの宿」を初めとする幾つかの短篇はどれも旅のお蔭で生れたものである。こちらで求めたのでなくて、向うから勝手に寄り添って来た挿話である。こうした種類の挿話は、事実をそのまま書いた方が事実としての重さを持ってくるようである。少しでもフィクションを入れると、そこだけが浮き上がってしまう。

「ローヌ川」、「アム・ダリヤの水溜り」は、小説の主題にはいる前に、自分が曾《かつ》て見たいろいろな川について書いているが、これは私が川が好きだからである。このほかに同じようにたくさんの川のことに触れた小説に「川の畔り」、「川の話」という二作がある。山のことはあまり書かないが、川のことは上記の四つの作品において書いている。もう一作ぐらい川に登場して貰う小説を書くかも知れない。

（昭和四十九年八月）

第十九巻

本巻に収めた「ある落日」は、「読売新聞」朝刊の昭和三十三年四月十二日紙面から、翌三十四年二月十八日紙面まで、三一〇回にわたって連載したものです。それまでに「その人の名は言えない」、「緑の仲間」、「あした来る人」、「氷壁」といった新聞小説を書いていますので、一応新聞小説というものがいかなるものか判って来た時期に、「ある落日」を書き始めたということになります。

この小説を書き始める十日ほど前に、新聞紙上に「ある落日」という題名を発表し、それに〝作者の言葉〟というのを添えました。

――こんど本紙掲載の小説に「ある落日」という題をつけました。私には今のところまだ作中の何人かの男女の人生行路は判っておりません。ただ彼や彼女たちにとって、とある日の落日が壮大なものであらねばならぬことだけが判っています。赤くやけただれた日輪がゆっくりと、しかし素早く落ちてゆくあの荘重な音楽の中に、私は私流の一つの劇を仕組んでみたいのです。

ここに〝私は私流の一つの劇を仕組んでみたい〟と書いてありますが、この劇がいかなるものになるか、全然判っていませんでした。判っていないというより、書き終った時、初めてそこに劇があったというような、そんな小説を書こうと思っていました。

これまでの新聞小説の場合は、初めから終りまでが一つの劇であるような、そうした構想のもとに筆を執りましたが、「ある落日」の場合は、思いきってそうした構想を取り払ってしまい、解決のない恋愛に苦しんでいる一組の男女を、小説の世界に投げ込み、そしてその二人を小説的プロットによってでなく、実人生の中を歩くように歩かせてみようと思いました。

それだけに書き始めから不安でした。小説の中の人物がいかなる人生を歩んでゆくか、作者の私にも判りませんでした。作者の私が主人公である一組の男女に愛情を注いでいることは勿論ですが、一方にその恋愛に対する批判もまた持っています。しかもそれはかなり強いものです。この作者の持っている批判を受持って貰うために、一人の青年が登場して来ます。恋愛小説においては、こうした役割は余りいいものとは言えず、読者の反感を買うに違いありません。しかし、この人物を作者は情熱をもって書きました。作者の分身であるからです。

こういうわけで、この小説は愛情の美しさを描こうとしたものでもあり、それへの批判を書こうとしたものでもあります。従って、プロットの展開というものはなく、同じ問題を堂々廻《めぐ》りしている形のものにならざるを得ませんでした。「ある落日」が小説として成功したかどうか、作者の私には判りません。愛の讃美とそれに対する痛烈な批判を盛った、このような作品は、あとにも先きにもこれ一作です。

この「ある落日」以後、ごく自然にいわゆる恋愛小説というものは書けなくなりましたが、よかれあしかれ、そうした意味では記念碑的作品と言っていいかと思います。

（昭和四十九年九月）

第二十巻

「渦」は昭和三十四年から三十五年にかけて「朝日新聞」に連載した小説であり、「白い風赤い雲」は三十一年一月号から翌年の二月号まで十四回に亘って「主婦の友」に連載した小説であります。

この二つの作品は共に少年が主人公になっております。少年を取り扱った長篇小説はこの他にも「あすなろ物語」「しろばんば」などがあり、短篇小説を加えると、かなりの数になるのではないかと思います。最近では「幼き日のこと」という自分の幼少時代を綴った小説とも随想ともつかぬ形の作品もあります。

当然なことですが、作中の少年の心理や行動を描く時は、いつも自分の幼少時代のことが引合に出されています。「しろばんば」「幼き日のこと」に書いてありますが、私は多少普通の家庭の子供たちとは異った環境のもとに幼少時代を過しています。両親とは離れて、郷里伊豆の山村で、祖母の手許で育っています。祖母と言っても、本当の血の通い合っている祖母ではなく、戸籍の上では確かに祖母でありますが、血の関係では他人と言うほかありません。私はこの祖母の盲目的な愛情に包まれて、五歳から十三歳までを、郷里伊豆の土蔵の中で過しました。こうした血の通っていない祖母との土蔵における共同生活は、私にとっては決して悪いものではなかったと思います。

私は多少両親の庇護のもとで育っている少年たちより、自分を取り巻く人事関係に対して敏感であったように思います。私は祖母に対して冷い人間はみな自分の敵とし、祖母に対して暖い人間はみな自分の味方として考えていました。祖母が私にとって無類の奉仕者であり、庇護者であったように、私は祖母に対しておそらく無二の理解者であり、同盟締結者であったようであります。

私は現在の自分より、幼少時代の自分の方が鋭敏な触角を振り廻して、絶えず外界の現象に対して敏感であった生きもののような気がしています。尤も、これは私だけのことではなくて、なべて例外なく子供というものは、そういうものであろうかと思います。

この巻に収めた二つの小説では、そうした少年の触角によって、ストーリーを展開させています。何人かの登場人物はありますが、やはりその意味で少年が主人公であると言うほかありません。少年の鋭敏な触角によって、大人たちの世界が、次第にその真実の姿を探られて行くことになります。

私は現在九歳と六歳の二人の孫を持っています。九歳の方は女児、六歳の方は男児であります。二人の孫を持ってから、私は自分の周囲が、生き生きとした純粋なもので張り廻らされるのを感じています。汚れのない魂というものは何と聡明なものでしょう。汚れのない魂というものは何と鋭いものでしょう。大人たちは、なかなかどうして、この幼い者たちの持つ純心さには太刀打ちできないもののようです。

幼い者たちは、しかし、汚れがないと同時に、片方で打算もあれば、取引きもちゃんと心得ています。ずるいのではありません。彼等は彼等で、本能的に自分を守らなければならないからです。それ以外の夾雑物は持ってはおりません。それから幼い者たちは、大人たちが持っていないエネルギーを持っています。あらゆる可能性を、その幼い心と体に持っています。

こうした少年や少女を投ずるだけで、大人たちの世界は自らざわざわと波立ち、騒いで来ます。美しいものと汚れたものがぶつかり合い波立って来ます。

「渦」も「白い風赤い雲」も、大人たちの世界に少年を投じ、その波紋を描いて行った小説であります。

（昭和四十八年十二月）

第二十一巻

本巻所収の「崖」は、「東京新聞」夕刊の昭和三十六年一月三十日紙面より三十七年七月八日紙面まで、五一七回に亙《わた》って連載した小説である。私の新聞小説としては、最も長いもの。「その人の名は言えない」は一四三回、「あした来る人」は二二〇回、「満ちて来る潮」は二四三回、「氷壁」は二七〇回、「ある落日」は三一〇回、「渦」は三一一回、「城砦」は三五二回、「夏草冬濤《なつぐさふゆなみ》」は三五〇回、「化石」は四〇九回。最も長い「化石」より更に三百枚以上も長い。

「崖」の第一回の筆を執った時は、よもやこのような長い小説になろうとは思っていなかった。せいぜい三〇〇回前後の長さで終る小説をと心づもりしていたのである。

この小説を書き始める前年の三十五年には七月から約五カ月、ヨーロッパおよびアメリカを廻り、帰国したのは十一月の終りであった。この旅行に出る前に、すでに「東京新聞」に小説を書くことは決まっており、旅行中時々この仕事のことが頭に浮かんでいた。帰国すると、すぐ小説の筆を執らなくてはならないので、帰国するまでに小説の主題だけは決めておかなければならなかった。

今、はっきりとその時のことを記憶していないが、九月から十月にかけてのパリ滞在中、いずれにしても、記憶喪失者を主人公にしようという考えだけは纏《まとま》っていたようである。パリで止宿していたホテルの、道一つ隔てた向うはテュイルリー公園になっており、ホテルの部屋の窓からは、公園の疎林も望め、いつもベンチに腰かけている孤独そうな老人の姿が見えた。また眼をそこから逸《そ》らすと、ルーブル美術館の建物の一部と、その前の広場の一部が見えた。

私は時折、テュイルリー公園の中を歩いた。広い公園のあちこちにベンチが配されており、そのベンチの幾つかには、いつも申し合せたように老人の姿が配されていた。まるで彫像のように同じ姿勢を保って、喪心したように動かないでいる老人もあれば、膝の上にハンケチを拡げて、その上でパンをむしって、時々それを口に運んでいる老婆の姿もあった。

私には彼等が自己の記憶を喪失している人間のようにも見え、癌《がん》を宣告されて思い悩んでいる人間のようにも見えた。

私はこのテュイルリー公園の孤独な老人の姿から、二つの小説の主人公を貰っている。一つは「崖」の主人公の記憶喪失者であり、一つは「化石」の主人公の癌を宣告された人物である。「化石」は「崖」より五年おくれて、四十年から四十一年にかけて執筆した作品である。「崖」、「化石」共に、ある日ある時から、突如としてそれまでは考えてもみなかった全く異った時間の流れの中に生きなければならなくなった人物である。

「崖」を書き終った時、「読売新聞」に〝「崖」を終って〟という小文を載せている。その一部を再録してみよう。

――「崖」は私の書いた新聞小説の中では、一番書きにくいものだった。私は新聞小説の一回分は割り合いに早く書ける方だが、この作品に関する限り、筆を執るまでに毎回時間がかかった。記憶喪失者を書く場合、その人間のすべてを出すためには、どうしても心理描写をしなければならなかったが、過去を失っている人間の心理となると、これはひどく難物だった。人間の性格というものも過去によって支えられているものであり、その心理の陰翳もまた過去によって生み出されて来るものであったが、主人公はその肝心の過去を失っているので、作者としては全く途方にくれる相手であった。

――「崖」を書いて、作家としての一番大きい収穫は、人間が全く過去というものの重みに押し出されて、前へ一歩足を踏み出すことができるということを知ったことであった。人間は過去を切り離したり、過去と訣別したりすることはできそうもない。簡単にそんなことができそうに思ったり、そうしたことを口に出したりするが、事実はそう簡単には行かないようである。人間個人でなく、一国の政治や文化の問題を考える時も、やはり同じことなのであろう。伝統と切り離して、その国の文化や政治を考えることはできない。

「崖」は最も書きにくい小説であったと記しているが、今振返ってみても、執筆時の苦しさがはっきりと蘇《よみがえ》ってくる。そのくらいであるから、これを書き終えた時、成功したか、成功しなかったか、全く判らなかった。

「崖」は、そんなことからすぐ単行本の形で出版することは見合せた。そしてもう一度読み返し、初めから書き直すぐらいの気持で手を入れて、その上で一冊の本に纏めようと思っていた。そして、そんな気持でいるうちに、いつか知らない間に十三年の歳月が経過してしまった。今年の秋、半月ほど費して、毎晩少しずつ、丹念に読み返してみた。そして自分でも意外に思ったことは、さして添削《てんさく》する必要もなければ、加筆する必要もないということであった。苦しんで書いたところは、それなりによく書けていることを発見した。

そういう意味では、私は「崖」という作品に対して悪いことをしたと思った。作家にとって、作品というものは子供である。その子供の一人である「崖」に対して、私は他の子供に対するとは異って、不当な取り扱いをしてきたわけである。十三年間も、一人前であることを認めなかったわけである。従って、単行本にしていないくらいであるからただ一つの批判も受けていない。こんどこの巻に収めたことによって、「崖」は独立した作品としての生命を持ち、初めて批評というものを受け得る立場に立ったのである。

「崖」は、いま作者の私にとっては好きな作品である。果していい作品であるか、どうか、果して面白い作品であるか、どうか、読者諸氏の批判を戴きたいものである。

（昭和五十年一月）

第二十二巻

「憂愁平野」は昭和三十六年十月から翌三十七年十一月まで、約一カ年に亘って、「週刊朝日」誌上に連載したものでありま す。

これまでに新聞や週刊誌に連載した小説はかなりの数になっています。いずれも男女の愛情を取り扱ったもので、普通恋愛小説といった呼び方をされる型の小説であります。「憂愁平野」もまた、そうした恋愛小説の一つであるには違いありませんが、この作品の場合、恋愛心理を追うというより、恋愛を材料にして、男女の心に、それぞれの形で置かれている相手に理解して貰うことのできない奇妙な心の拡りを描いてみようと意図して筆を執ったものであります。どんなに深い愛情でつながれている男女でも、それぞれが自分をごまかさない限り、どうしても相手に理解して貰うことのできない部分を心の奥底に持っていると思います。人間というものはそういうものであり、それが人間というものの条件であるかも知れません。人間である以上、それをなくすことはできないようであります。そうしたものをお互いに持っていながら、夫婦という愛の絆で結ばれているのが、一組の夫婦というものでありましょう。悲しみは時によって限りなく大きく拡って来ます。〝憂愁平野〟という多少気障っぽい題を敢てつけたのは、各自が心に持っている悲しみの地帯に対して、他に適当な表現がなかったからであります。悲しみというと強くなります。寂寥感とか、憂愁とかいった方が当っているかと思います。

こうした男女が例外なく心の内部に持っている憂愁地帯を描くためには、性格的に潔癖で、あらゆることに妥協できない男女を小説の世界に投入しなければなりません。そうした意味から言えば、この小説の主人公たちは、作者からこの主題追求にふさわしい性格を与えられていると言えましょう。

〝憂愁平野〟という題を思いついたのは、東京から軽井沢へ向うくるまの中であります。毎年夏の間を軽井沢の仕事場で過すことにしていますが、その年は何かの都合で八月のうちに東京に帰っており、軽井沢の仕事場をそのままにしてあったので、九月の終りになってから、その仕事場を閉じるために軽井沢に出掛けて行ったのであります。関東平野のドライブはくるまの往来が烈しいので、快適なドライブというわけには行きませんが、その時は既に秋が立っており、薄暮が迫ってくる時刻でもあったためか、車窓から見る原野の風景は妙に寂寥感のみちみちたものでありました。

〝憂愁平野〟は、この時の関東平野の印象です。小説の題を決めかねていた時だったので、小説と関連して心に浮かんで来た言葉であったか、小説とは無関係に単独にそんな言葉が思い出されてきたのか、その点ははっきり憶えておりませんが、とにかくこれが小説の題となりました。

今でも、毎年の軽井沢への往復の途中、暮方のドライブの時はよく〝憂愁平野〟という言葉を思い出します。秋ばかりでなく、夏の盛りでも、同じように憂愁の平原であるという思いを持ちます。と言うことは、薄暮の中に置かれた場合、大地の拡りというものは、なべてそのような表情を持ってくるものであるかも知れません。今年五月から六月へかけて、アフガニスタン、イラン、トルコの、主として沙漠地帯を一カ月にわたってくるまで旅行しましたが、昼は例外なく荒々しい以外の何ものでもない平原が、落日を境いにして憂愁を帯びたものに変って来るのを経験しました。

（昭和四十八年十一月）

第二十三巻

「城砦」は「毎日新聞」の昭和三十七年七月十一日朝刊紙面から、三十八年六月三十日紙面まで、約一年にわたって連載した小説です。新聞小説の中でも最も長い小説の一つになっています。この「城砦」から、私の新聞小説はそれまでのものとは性格を変えてゆくと、人からよく指摘されますが、実際にこの頃から人間をある特定の状況のもとにおいて、人間の問題を考えさせる、そういう主題の小説に惹《ひ》かれ始めています。四十年十一月から「朝日新聞」に連載した「化石」、四十二年六月から「毎日新聞」に連載した「夜の声」、四十五年九月から「読売新聞」に連載した「四角な船」など、いずれも主人公を特殊な状況のもとに置いています。

「化石」の主人公は自分が癌《がん》に罹《かか》っていると信じ、いつも死という同伴者を連れている人物です。「夜の声」の主人公は自分が万葉時代の人間であると思い込んで、その眼と心で、現代社会に立ち対っている狂人です。「四角な船」の主人公も、文明の汚濁から世を救うことを天から与えられた使命であるとしている、これまた正常ならぬ精神の持主であります。それから本巻の「城砦」の主人公は長崎の原爆の被災者であります。原爆の怖しさを心に刻まれ、そしていつもその暗い影を背負っている若い女性が、愛というもの、生きるということを、どのように考えるかということが、この作品の主題となっています。愛というものも、生きるということの意味も、人それぞれの性格や境遇によって異りますが、この女主人公の場合は、性格や境遇によって考え方を変えるような、そういう余裕あるものではありません。もっと決定的なきびしい条件が、彼女をどこへも出口のない箱の中に閉じ込めております。彼女は恋愛すると、恋愛したその瞬間から、恋とは何であるか、愛というものは何であるか、その問いかけを、自分自らに課さなければなりません。なぜなら、それはいつ崩壊するか判らないものであるからであります。それを崩壊させるものは彼女自身が持っております。そういう状況に主人公を置いて、ぎりぎりなところまで、愛というものを追求して貰いました。

従って、そういう主題の小説ですから、いわゆる原爆小説というものとは違います。原爆そのものを取り扱って、それがいかに非人道的な、おそるべきものであるかを、広く世界中の人に訴えるというような内容のものではありません。しかし、そうしたことを直接の主題にしてはいませんが、作者の私としては、こういう形の原爆小説もあるのだといった気負った気持で筆を執りました。直接原爆というものを経験したことのない私ですが、日本の、一人の小説家として、原爆が落された同じ時代に生きた一人の小説家として、やはり何らかの形でこの問題に触れなければならぬと思います。そうすると、私の立場では、この小説のような取り扱いしかできません。

この小説の筆を執るに当って、何回か躊躇《ちゅうちょ》しました。被爆者を材料にするといった小説になったら、神から裁きを受けなければならぬと思ったからです。果して私が志向するような作品になっているか、どうか、甚だ自信はありません。しかしこの連載中一年間、そのことが、私を監視していたことは事実です。

この小説の結末の舞台は日本海の砂丘です。実際にそこへ出掛けて行って、

「愛が信じられないんなら、愛なしで生きてごらん。世の中が信じられないなら、世の中を信じないで生きてごらん。人間が信じられなかったら、人間を信じないで生きてごらん。生きるということは恐らく、そうしたこととは別ですよ。――この石のように生きてごらん。僕は宗教家でも、哲学者でもないから、こんなことしか言えない」

という、桂が女主人公に言う言葉を考えました。それは作者の私の言葉でもあります。小説の中で私は桂を泣かせていますが、私もまた初めて小説の中の人物に言わせる言葉で胸がつまったものです。その時からいつか十年以上の歳月が経ってしまいました。

（昭和四十九年十月）

第二十四巻

「化石」は朝日新聞四十年十一月十五日紙面より四十一年十二月三十一日紙面まで、四〇九回にわたって連載した小説である。外国旅行中に、自分が癌にかかっており、しかも手術しても回復することのできない最悪の状況に置かれてあることを知った男が、この小説の主人公になっている。当然それを知った瞬間から、主人公を巡って流れる時間は、それまでとは全く異ったものになってしまう。主人公はいつも〝死〟という同伴者を随えている。会話は、常に〝死〟という同伴者との間に交される。

こういう小説であるから、主題は決して明るいとは言えない。主人公が容易ならぬ立場にあることを発見するのはパリである。

パリでなくて、日本のどこでもいいわけであるが、作者の私がパリという異国の都を選んだのは、主人公の気持をなるべく夾雑物のない箱に入れて、純粋な形で培養してみたかったからである。

主人公はフランスの田舎に旅をする。ロマンのお寺のあるブルゴーニュ地方である。オータン、ヴェズレイ、トウルニュー、そうした町々を主人公は経廻《へめぐ》る。この部分は小説の中では、そうたいした分量も占めていないが、私はここに主人公を入れてみることに情熱を感じ、従ってまた自分としては、この部分を情熱を以て書いている。

私はこの小説を書く五年前、三十五年の九月の終りに、この地方を旅行している。たいへんたのしい旅であったが、旅をしながら、一生でひどく疲れた時があったら、ここへ来ることだと思った。ここへ来たら気持が休まるのではないかという思いを屢々持った。若い元気な人が来るところでもない。仕事に忙しく追いまくられている人の来るところでもない。俗事に疲れ、再び起つことができないような立場に立つ人があったら、その人こそ、ここに来たら、疲れた魂を優しく揺すぶられるのではないかという気がしたのである。そういう意味では、私にとっては、ブルゴーニュ地方というところは特別な場所であった。

私はこんなわけで、絶望にうちひしがれている主人公を、このブルゴーニュ地方の風光の中に置いたが、果して主人公がこのために慰められたか、らくになったかは判らない。しかし、小説の中でこの部分が少しでもよく書けていたとしたら、それは作者の私の手柄ではなくて、主人公の心を通すことによって、ブルゴーニュ地方の風光が急に生き生きしたものになったということであろう。

往古シルク・ロードが走っていた西トルキスタン地方の沙漠の町々に行くと、いつも、この町の本当の性格というものは自分たち外国旅行者には判らないであろうという気がする。やはり駱駝を連れた沙漠の旅行者でなければ、その町々の本当の心の中にははいって行けないに違いないと思う。陽の輝きも、樹々の茂りも、落日も、月の出も、それが美しいものか、淋しいものか、旅行者の私たちには判らないだろうと思うのである。

一昨年（四十六年）にヒマラヤ山地にはいって、エベレストの麓まで行ったが、そこから見えるエベレスト連峯の美しさは、同じように美しく感じたにしても、その雪の山から自分の足で降りて来た人と、気まぐれな旅行者である自分たちとは大きい隔りがあるであろうと思った。

「化石」の主人公は、自分の持時間がいくらもなくなった頃、高遠の満開の桜を見に行っている。健康な私には見えない満開の桜の美しさを、小説の主人公によって見て貰いたかったからである。私は満開の桜の花が好きである。古来多くの人が、満開の桜の花の美しさを文章で書いたり、歌で詠ったりしている。しかし、この花を滲み入るような、それが本質的に持っているに違いない空虚な華やかさで見るのは、「化石」の主人公のような立場にある人間ではないかと思うからである。

私は「化石」の主人公を、ブルゴーニュ地方の風光の中で休ませてやりたかったし、高遠の桜の花の下に立たせて、最後の落着きを持たせてやりたかったのである。

　このことを別の言い方で言うと、「化石」の主人公の心と眼を通して、ブルゴーニュ地方の本当の性格を、そしてまた満開の桜花の本当の性格を書きたかったのである。果してそれが書き得たかどうかは判らないが、書こうと思ったことだけは事実である。主人公は最後に、思いがけず死から解放される。もう彼はブルゴーニュ地方の風光の真の理解者でもないし、高遠の桜の真の鑑賞者でもなくなる。彼はどこへもはいって行くところはない。化石の森の中へ歩いて行くより仕方がないのである。

（昭和四十八年七月）

第二十五巻

「しろばんば」は三十五年一月から三十七年十二月まで、三年間にわたって「主婦の友」に連載したものです。この小説を書き出した三十五年の七月には、毎日新聞社からローマ・オリンピックに特派され、オリンピックが終ってから欧米各地を回って十一月末に帰国しています。そんなわけで「しろばんば」の初めの方のある部分は、ローマのテェベェレ河畔の宿で書いて、雑誌社に送りました。オリンピックの始まる一カ月前にローマに着いていましたので充分執筆の時間はあり、東京の自宅の書斎におけるより、却って落着いて仕事ができ、全体の構想もこの時たてました。


「しろばんば」は自分の幼少時代を、五十三歳になった私が回想して、小説の形に綴ったものであります。大体において、私はこの小説に書かれてあるような環境に生い育ち、この小説に書かれてあるような毎日を過して、幼年期から少年期へと移って行っています。この作品に登場して来る人物は、おぬい婆さんも、さき子も、上の家の祖父も、祖母も、伯父の石守森之進も、みな実在の人物です。この作品に書かれてある事件も、作者の身辺に起った実際あったことです。ただ事件のあるものは、実際にそれが起った時とは多少異っています。いつ経験したとも判らぬ幼少時代の夢の中のひとこまのような思い出を、作品の中ではそれに明確な現実性を与えて綴っています。それからまたはっきりと憶えている出来事についても、一つ一つの会話まで憶えているわけではありませんから、おそらくこのような会話を交したに違いないと、そんな思いを持ちながら、筆を執りました。

「しろばんば」は、普通、作者の自伝風の小説という見方をされていますが、まことにその通りで、私は幼少時代の自分に洪作という名前をつけて、小説の中で、もう一度幼少時代の生活を繰り返して貰ってみたようなものであります。

　この小説に登場する遊び仲間は、その多くがいまも健在ですが、小説に登場する大人たちの多くは当然なことながら故人になっています。この小説の中でも、さき子、おぬい婆さん、曾祖母おしなといった人たちの死が取り扱われていますが、この小説が終ったところから今日までの間に、その他のこの作品の登場人物たちは、次々に他界しています。幼少期の生活を小説の中に再現するということは、曾て自分の周囲に居り、今は亡くなっている多勢の人たちをもう一度蘇らせて、その悦びや悲しみを綴っているようなもので、多少他の小説を書く時とは違った作品に対する対《む》かい方があります。どこかに鎮魂の作業といったところがあります。殊更面白くすじを運んで行こうといった気持にはなれません。この小説に格別起伏あるすじも、人間関係のドラマもないのは、おそらくそのためであろうと思います。

この小説の中に登場する洪作の母七重は、つまり作者である私自身の母は、今年八十八歳で、この作品の舞台になっている伊豆の山村（今の天城湯ケ島町）で、この作品では母屋と呼んでいる家に、私自身の妹、つまり洪作の妹夫婦に守られて晩年を静かに送っています。

洪作がおぬい婆さんといっしょに住んだ土蔵も、庭の隅の水車小屋も、今はなくなっています。洪作が毎日のように見た小さい形よい富士山だけが、ただ一つ、その当時と変らない姿を見せています。小説の題名になっている〃しろばんば〃は、昨年の暮に帰省した折、久しぶりに眼にすることができました。もうすっかり〃しろばんば〃は居なくなってしまったと思い込んでいましたので、その白い小さい生きものが浮游しているのを見た時は、何とも言えず懐しい思いに打たれました。

この巻には「しろばんば」のほかに、「花の下」「月の光」「墓地とえび芋」という作品を収めています。「花の下」「月の光」は、共に老いた母を書いたもので、それぞれ別々の題はつけてありますが、一つの作品の前篇、後篇とでも言うべきものであります。「しろばんば」では若かった母ですが、この作品では老いています。「しろばんば」では幼かった私のおぬい婆さんに対する愛情が作品の基調になっていますが、「花の下」「月の光」でも同じように言えます。老いた母の子供である私への愛情、子供である私の老いた母への愛情、そうしたものの交り合い方を、母の老いた姿を描くことによって確めてみたかったのです。ただそれがうまく書けたかどうか、作者の私にも判りません。五十三歳の私が、己が幼少時代を振り返って書くことはまだ容易ですが、六十代に足を踏み込んだ作者が、老いている母を描くことは比較にならぬほど難しいということを痛感させられました。こうしたものを書かず、ただ黙って静かに母の老いるのを見守っているべきであったかも知れない、そんな思いに、時折打たれます。

（昭和四十八年三月）

第二十六巻

「夏草冬濤」は昭和三十九年九月二十七日より四十年九月十三日まで、三五〇回にわたって「産経新聞」に連載したものです。

この作品は「しろばんば」と並んで、作者の自伝風な小説と見られていますが、実際に作者自身が「しろばんば」の続篇を書こうといった意図を持って筆を執ったものであります。「しろばんば」は、主人公洪作が小学校六年の三学期に、長年住み慣れた郷里伊豆の生活と別れて、浜松の両親の許に移って行くところで終っていますが、「夏草冬濤」ではそれから三年半程の歳月が経過したところから書き始められています。

洪作は浜松に行って、一年浪人したのちに浜松中学にはいり、家庭の事情で、二年生の初めに沼津中学に転校していますが、「夏草冬濤」では、沼津中学の三年生から四年生へかけての洪作の生活が取扱われています。「しろばんば」では洪作は毎日山野を駈け廻っていた少年でしたが、「夏草冬濤」では、十六歳から十七歳、そろそろ思春期にはいろうとしている年齢です。「しろばんば」に於てもそうであるように、私は少年期の一時期を、「夏草冬濤」に書かれてあるような毎日を送って過しました。小林も、増田も実在の人物ですし、金枝、藤尾、木部、餅田、みな実在の人物です。

三島の大社前の親戚の家に置いて貰っていたことも、そこの伯母さんに世話になっていたことも、毎日徒歩で沼津中学に通ったことも、かみきという親戚の家の二人の早熟な少女のことも、成績がだんだん下がり、そのために沼津港町のお寺に下宿しなければならなくなったことも、その寺に活溌な年上の娘さんが居たことも、大体においてみな事実を、そのまま書き記しています。

この作品は、文学好きの友達と、船で伊豆の西海岸を旅行しているところで終りますが、これもまた実際にあったことで、この旅は、少年期の私にとっては最も大きい事件と言えるもので、この旅を境に私は仲間のお蔭で精神年齢を幾つか加えたように思います。

この伊豆旅行の仲間の一人である木部（本名は岐部豪治）は、私と同年で、沼津中学を卒業した翌年の大正十五年に病を得て、十九歳の若さで亡くなりました。亡くなって間もなく、友人たちの手で謄写版刷りで薄い歌集が編まれました。それに彼の遺した二百首の歌が載っています。

びは散りて真にかなしき伊豆の海きりぎし近く大波くだく

遊女らが夕ぐれ街をさまよへばかなしかりけり空あかくして

暮れかかる山腹からの夕焼は大いなる人笑ふが如く

夢むごと人を罵るそのことのよかれ悪しかれ我らは若し

伊豆の国のま西の岸のきりぎしのかたへを船は浪切りて走る

青やかに沈みし春の夜の心炎のみなる火事あれと希ふ

また小説の中で副主人公役をつとめている藤尾（本名藤井寿雄）は、大学卒業後、小説の中で洪作が屋根から脱け出したその同じ家に住み、家業を継いで、私とは絶えることない交りを続けて来ましたが、残念なことに、七年前に他界しました。小説の中には書いてありませんが、中学四年の時、私はこの友から短い詩を見せられました。

カチリ
石英の音
秋

こういう三行の詩です。この詩を見せて貰ったお蔭で、私は詩というものに惹かれるようになり、ついに一生詩を書くような仕儀になりました。この友によって、私は文学の洗礼を受けたということになります。

藤尾も、木部も、そして今も健在である金枝も、餅田も、それぞれに才能を持った早熟な文学少年であったと思います。金枝（本名金井広）はずっと医業の傍ら詩を書いて来ましたが、昨年初めてそれを一冊の詩集に編みました。それが贈られて来た時、私はそれを手にして異様な感動に襲われました。遠い少年の日からひとすじの道を、友は人の眼につかない形で歩き続けて来たと思ったからです。

三島から毎日のように徒歩で通学した増田、小林は、いまも健在です。中学時代小柄だった小林は立派な体格を持ち、その頃長身に見えた増田はむしろ小柄です。小林は事業家、増田は大学の先生です。今考えると、小林は事業家として成功するような俊敏なものを、増田は大学の教師になるような学究的なものを、既に身につけていたかと思います。この二人の家族関係や、環境は、小説の中で、私が全く自由に作り上げたものです。

（昭和四十八年五月）

第二十七巻

「西域物語」は昭和四十三年十月六日の「朝日新聞」に第一回を掲載し、四十四年三月九日の同紙に最終回を掲載するまで、その間各日曜紙面に二十一回に亙《わた》って連載したものであります。この作品は、「西域物語」という題名でも判りますように、西域に関して筆者が調べたり、考えたり、実際にその土地土地に行って見聞したりしたことを、多少歴史物語風に整理して綴ったものであります。従って純粋なエッセーでもありませんし、紀行でもありません。もちろん小説でもありません。しかし、随所にエッセー風なところ、紀行風なところ、歴史物語風なところがあります。

この作品を生み出すもとになっているものは、昭和四十年（一九六五年）と、四十三年（一九六八年）の二回に亙って試みた西トルキスタンの旅行です。ウズベク共和国、タジク共和国、キルギス共和国、トルクメン共和国などが造られてあり、たくさんの少数民族が蝟集《いしゅう》している地帯です。最初の旅では、西域の歴史の上には必ず登場してくるサマルカンド、ブハラ、タシケントといった古い町々を訪ね、最近発見されたペンジケントの遺跡も訪ねました。それから歴史の町とは言えませんが、天山山中の町ドゥシャンベ、沙漠の町アシュハバードなども訪ねました。二回目の旅では史記に出て来る大宛国《だいえん》、——現在のフェルガナ盆地に入り、そこにちらばっているアンディジャン、マルギラン、コーカンド、フェルガナといった古い町々を経廻《へめぐ》りました。それからまた天山越えの街道すじに当るフルンゼ、トクマクといった町々や、最近発見されたアク・ベシムの遺跡などをも訪ねました。

二回の旅、いずれも、それぞれ一カ月余ずつの日子をかけましたが、所詮単なる旅行者としての旅であるにしかすぎません。ですが、この二回の西トルキスタン旅行がなかったら、「西域物語」は生れておりません。この二回の旅では、各地の大学や、科学アカデミーの世話になり、多勢の学者たちに会うことができました。また学者ではありませんが、歴史小説「サマルカンドの星」の作者であるボロジン氏に会って、氏の一家を挙げての款待《かんたい》に接したことも忘れることのできない旅の思い出です。二回の旅それぞれに於て、私は氏の家に招かれ、烈しいスケジュウルの旅の疲れを医《いや》すことができました。そのボロジン氏が昨年七月亡くなられたことを聞いたのは、昨年の十二月でした。私にとっては、昨年における最も悲しい事件でした。

「幼き日のこと」は、昭和四十七年九月十一日の「毎日新聞」夕刊に第一回を掲載し、以後一一二回に亙って書き続けた連載エッセーです。これも自分の幼時を振り返って、その思い出を綴った随想ですが、多分に小説風な書き方をしております。エッセー風な小説と言っても通用するかも知れませんし、小説風なエッセーと言っても通るかも知れません。

私は「しろばんば」という小説で、自分の小学生の頃のことを綴っています。「しろばんば」の方も、自分の幼い頃を振り返って、その思い出を綴っていますが、この方は小説の形をとっており、「幼き日のこと」の方は、エッセーの形をとっています。「しろばんば」の方は小学生の頃のことを書いていますが、「幼き日のこと」の方は、それ以前、年齢的に言うと、主に七歳以前を取り扱っています。

私はこの作品の筆をとる前に、果して百回以上も書き綴る内容があるかどうか、ひどく不安でしたが、いざ書き出してみると、そうした心配は全くの杞憂《きゆう》にすぎないことを知りました。幼い日のことは一つの大きな沼の中に仕舞われてあり、それを引き出そうと思うと、いくらでも引き出すことができました。そういう意味では、「幼き日のこと」の筆を執ったことは、私に改めてたくさんの幼い日のことを思い出させてくれました。「幼き日のこと」も、「西域物語」と同じように、私にとっては特殊な作品です。そして、他のいかなる作品よりも、ある意味では直接に私自身と結びついています。

「幼き日のこと」を綴ってから、約十カ月後に、私はこの作品の中でその若き姿を描いている母を喪いました。母は八十九歳の高齢でしたが、やはり私にとっては大きい打撃でした。この作品は、私が母のお腹《なか》の中にいた時から書き出しています。今考えると、それは私の母に対する最後の感謝の表現であったかと思います。私の人生は、母の腹中にある時から始まっています。そして長い歳月を母と共に過し、そして今一人になって、このような文章を綴っています。ここで、この紙上をかりて、最も平凡な言葉で、母へ感謝の言葉を捧げさせて戴きましょう。――母というものは有難いものです。もう私の悦《よろこ》びを自分の悦びとし、私の悲しみを自分の悲しみとする母という一人の女性はなくなってしまいました。本当に、母というものは有難いものです。

（昭和五十年五月）

第二十八巻

「おろしや国酔夢譚」は「文藝春秋」昭和四十一年一月号より四十二年十二月号まで二十四回にわたって連載し、四十三年五月号に発表した終章を以て完結した作品である。この作品を挟んで、書き始める前と、書き終ったあとに、それぞれ一カ月半ほどのロシアの旅をしている。書き始める前の四十年の旅では、私は「おろしや国酔夢譚」の主人公大黒屋光太夫について殆ど何も知っていなかった。帰りのナホトカから横浜への汽船の中で、同行の加藤九祚氏から光太夫の漂流物語を一篇の小説に綴ることを勧められたが、その時はさして心を動かさなかった。帰国して亀井高孝先生校訂の「北槎聞略《ほくさぶんりやく》」（光太夫が帰国後、将軍家の前で語った漂流の顛末をもとにして桂川甫周《かつらがわほしゅう》が彼一流の筆で記述したもの）と、吉川弘文館発行の同氏の「大黒屋光太夫」を読んだ時、初めてなるほどこれを小説の形に綴ったら面白いだろうと思った。ロシア旅行から帰ったばかりの時で、光太夫と関係の深いイルクーツク、レニングラード（当時のペテルブルグ）の町の印象や、シベリアの風物が生き生きと蘇って来た。もし四十年のロシア旅行がなかったら、おそらく「おろしや国酔夢譚」という作品は生れなかったろうと思う。

「文藝春秋」四十三年五月号に終章を書き終えると、すぐ二回目のロシア旅行に出発した。この旅の主な目的は、小説で書いた舞台を改めて確認することと、書き足りない部分のために新たに取材することであった。イルクーツク、モスクワ、レニングラード、ノボシビルスク各地で、科学アカデミーや大学の世話になり、帰りは八日八晩シベリア鉄道に揺られて、毎日のようにシベリアの風物を汽車の窓から眺めた。そして帰国後軽井沢の仕事場で、雑誌連載のものに大々的に手を入れて、その年の十月に一冊の形を持つことができた。

　この小説の最初の筆を執った四十年の秋から、この小説が一冊の形を取った四十三年の秋までの三年の間は、光太夫、光太夫で暮した。亀井高孝先生、村山七郎、中村喜和、高野明、加藤九祚各氏を、この小説のために煩わしたことはたいへんなものである。

「楊貴妃伝」は「婦人公論」昭和三十八年二月号より昭和四十年五月号まで二十八回にわたって連載したものである。この作品は中国の歴史を取扱ったものであり、特に唐時代の長安の都、現在の西安市、およびその附近が主要な舞台になっている。

私は昭和三十二年、三十六年、三十八年と三回、中国対外文化協会の招きによって中国を訪れている。この三回の中国旅行がなかったら「楊貴妃伝」の筆を執ることはできなかったと思う。殊に三十八年の旅行は、「楊貴妃伝」連載中のことであり、しかもその主要舞台である西安市を訪ね得たことは、小説「楊貴妃伝」の持った幸運であった。このお蔭で長安の都がいかなる規模のものであったかも知ることができたし、長安の都を取り巻く自然も眼にすることができた。終南山や秦嶺も望み得たし、灞水《はすい》、滻水《さんすい》、渭水《いすい》、灃水《ほうすい》といった当時の歴史や文学作品によく出てくる幾つかの川も、自分の足でその岸に立つことができた。また楊貴妃とは切っても切れぬ関係にある華清宮にも、またそこの〝水滑らかにして凝脂を洗う〟と白居易に詠《うた》われた温泉で手を濡らしてみることもできた。

外国を舞台にした歴史小説を書く場合、一番大切なのは、その小説と関係ある場所に、実際に自分の足で立ってみることである。しかし、このことはなかなか難しい。私はいわゆる西域小説なるものを何作か書いているが、タクラマカン沙漠周辺（現在の中国のウィーグル自治区）を舞台にしたものの場合は、文献や古い記述によって書く以外仕方なかった。将来もしその地方に旅行できる機会に恵まれたら、その時改めて現地を踏み、訂正すべきところがあれば訂正するということになる。

その点、本輯に収めた「おろしや国酔夢譚」「楊貴妃伝」の二作は、それぞれ現地で取材のメモをとることができたのであるから幸運であったと言うほかはない。


（昭和四十七年十二月）

第二十九巻

「額田女王」という小説で最も困ったのは、主人公の額田女王と、曾《かつ》ての愛人である大海人皇子《おおあまのみこ》との間に交された相聞歌《そうもんか》の取り扱いです。これは国家編纂《へんさん》の歌集と言ってもいい「万葉集」に、蒲生野《がもうの》遊猟の時の歌として堂々と載っています。

一つは額田女王の歌で、

あかねさす紫野行き標野《しめの》行き野守は見ずや君が袖振る

もう一つはそれに答えた大海人皇子の歌で、

紫草《むらさき》のにほへる妹を憎くあらば人妻ゆゑにわれ恋ひめやも

二つ共、たいへん有名な歌であります。ごく普通に解釈すると、額田女王の歌は、茜《あかね》色の匂っている紫野を行き、標野を行く。遠くで君が大胆にも袖を振っている。森番が見ていないであろうか、それが心配だということになります。

もう一つの大海人皇子の歌は、紫草から採れる紫色のように匂やかな君を憎く思っていたら、人妻でもあるのだから、どうして恋い慕いましょう。憎く思っていないからこそ、このように恋しているのです、こういった意味であります。

明らかに恋人同士の歌であります。しかし、この時額田女王は天智天皇の後宮に入っていて、妃たちの一人になっています。しかも大海人皇子の方は天智天皇の同母弟であります。額田女王と大海人皇子は曾ては確かに愛人関係にあって、十市皇女《とおちのひめみこ》という皇女までいますが、しかし、それは昔のことであります。

こういう関係から考えると、この二つの歌の心を読みとることはたいへん難しいことです。本気か、たわむれか、遊びか、昔から多くの国文学者や歌人によって、いろいろな解釈が行われています。

そういう厄介な歌ではありますが、小説に取り扱うとなると、問題はいつどこで額田女王はこの歌を作り、いかにして大海人皇子に聞かせたか、あるいは手渡したかということであります。しかも二首とも「万葉集」に収められています。その上はっきりと額田女王の歌には、〝天皇、蒲生野に遊猟《みかり》したまふ時、額田王の作る歌〟と、断り書きがしてあり、大海人皇子の歌の方には、〝皇太子《ひつぎのみこ》の答へましし御歌〟と、これまた断り書きがしてあります。「万葉集」における限りにおいては、二人の歌のやりとりには秘密めいたものはなく堂々としています。

結局私はこの二人の歌の発表場所を、小説の中で書いてあるように、蒲生野遊猟が行われた当夜の宴席に定めざるを得ませんでした。そして二つの歌を、いずれも同席している天智天皇に聞かせることを充分考慮に入れた上での作歌として取り扱わざるを得ませんでした。聞かせる相手は共に天智天皇であります。

このような解釈が正しいか、正しくないか、専門家でない私には判りません。ただ小説の中に取り扱うとなると、このように解釈する以外仕方なかったのであります。

「後白河院」について、どうして四人の人物に主人公後白河院を語らせる書き方をしたのか、それよりも後白河院その人を正面から、普通の小説の形で書いた方がよくはなかったか、――こうした質問を何人かの人たちから受けています。なかなか難しい問題で、私自身「後白河院」という小説を書き始める時、同じこの問題にぶつかっています。

歴史上の人物を作者独自の解釈によってでなく、なるべく実際に生きた本当のその人物らしい人物に少しでも近付けて書こうとすると、それがいかに至難の業であるかに思い当ります。

私は「ダージリン」という小説で、自分も会ったことのある一人の新聞記者の自殺事件を取り扱ったことがあります。私自身は一度しか会ったことがないので、彼をよく知っている何人かの知人、友人から、彼がいかなる人間であったかを訊かなければなりませんでした。しかし、人それぞれによって、語ることは異っていました。神経質な人物だと言う者もあれば、反対にむしろ豪放な人物だと言う者もありました。金にはこまかったと言う人もあれば、浪費家だったと解釈している人もあります。彼に関するあらゆることが、いかに人それぞれによって別の解釈をされているかに驚きました。そのいずれもが、おそらくは彼の真実であるに違いありません。豪放な面もあれば、神経質なところもあり、吝嗇家《りんしょくか》の面も、浪費家のところも併せ具えていたのでありましょう。これがもっと微妙な気持の動かし方や、反応の仕方になると、それに対する解釈の仕方は千差万別で、そこから一つの人間像を造り出すことは難しくなります。しかし、いかに異った解釈、見方が行われていても、それぞれが、その一面に於ては真実であるとしなければなりません。

こうなると、彼に関するデーターを全部並べ、それを判断材料として、そこから一人の人間像を造り出すしか仕方ありません。

小説「後白河院」においては、後白河院についてよく知っている四人の人物が、後白河院について語った文章をそのまま借用し、それを材料として並べてみました。そして読者に、さあ、後白河院について一応間違いのないと思われる材料はこれだけある、どうぞここから自由に、後白河院という戦国争乱の時代を生きた一人の天子の人物像を受けとって下さい。――謂《い》ってみれば、まあ、こういう方法をとったわけであります。

こうした方法が成功したか、どうか、作者の私には判りません。しかし、こうした方法によってしか、後白河院という複雑な性格を持った人物を、さして大きい間違いを犯さないで摑《つか》むことはできないのではないかという考えは、現在もなお変っておりません。

（昭和五十年三月）

第三十巻

この巻には「夜の声」と「欅《けやき》の木」という二つの新聞小説を収めております。他に六篇の短篇がはいっていますが、ここでは二つの新聞小説についてだけ記します。「夜の声」は「毎日新聞」夕刊（四十二年六月二日――十一月二十七日）に、「欅の木」は「日本経済新聞」（四十五年一月一日――八月十五日）に連載したものであります。この作品は二つとも、作者の社会への発言といったものを小説化したもので、当然なことながら諷刺小説というジャンルに入る小説の型をとっております。

「夜の声」の主人公は狂人ですが、狂人を主人公に選んだのは、現代社会や、現代の世態、人情、風俗といったものに対する批判を、狂人であればこそ烈しく、純粋に打出すことができると思ったからであります。主人公の狂人は怒り、悲しみ、行動します。その思考も、行動も、烈しく純粋です。「欅の木」の方は反対に、良識ある知識人を主人公に選びました。同じように自然が壊されて行く怒りを取り扱っていますが、それを多少でも是正し、建設的な形に持って行くには、良識ある社会人の悲しみや怒りを必要としたからであります。換言すれば「夜の声」では狂人の主人公に烈しい怒りをぶちまけて貰い、「欅の木」では、良識のある知識人に同じ怒りを、批判的な形で発言して貰ったということになります。

この二つの作品のあと、同じような主題のもとに、「四角な船」という作品を「読売新聞」（四十五年九月十六日——四十六年五月十六日）に発表しております。「四角な船」には狂った学者と、健康な新聞記者の二人が登場しています。謂《い》ってみれば、「夜の声」の主人公と、「欅の木」の主人公に、それぞれ装いを新たにして、「四角な船」に登場して貰ったようなものであります。

　いずれにしましても、「夜の声」、「欅の木」、「四角な船」の三つの小説は、新聞小説の舞台を借りての、一時期の作家としての私の社会への発言に他ありません。三作のうち、どれが成功しているか、作者の私には判りません。私の耳にはいってくる批評もまちまちです。「夜の声」をとるという意見もあれば、「欅の木」を、あるいは「四角な船」をとるという意見もあります。

　私は小説を書くようになってから、たくさんの新聞小説を発表してきております。思いつくままに拾っても「あした来る人」（二十九年）、「満ちて来る潮」（三十年）、「氷壁」（三十一年）、「ある落日」（三十三年）、「渦」（三十四年）、「崖」（三十六年）、「城砦」（三十七年）、——まだこの他にこれと同数ぐらいの新聞小説はあるかと思います。ただ、四十二年の「夜の声」から、私の新聞小説は、それまでとは少し異った形のものになったかと思います。意識して作品を変えたのではなく、ごく自然に作品が変って行ってしまったのであります。おそらく作者の年齢の然らしめるところでありましょう。

「夜の声」、「欅の木」、「四角な船」のあとに、「星と祭」（「朝日新聞」四十六年）、「幼き日のこと」（「毎日新聞」四十七年）の二作を発表していますが、これはこれで、また作品の形も、性格も変ってしまっているかと思います。作者はその時期、時期で、最も自分が書きたいと思う主題を選んで筆を執っていますので、否応なしに作品は変らざるを得ないことになります。新聞小説という形で発表したものを振り返ってみると、そうしたことがよく判ります。

（昭和四十九年六月）

第三十一巻

「四角な船」は「読売新聞」昭和四十五年九月十六日紙面から四十六年五月十六日紙面まで、二三九回にわたって連載した小説であります。四十二年の「夜の声」、四十五年の「欅の木」と、社会諷刺と言うか、現代文明諷刺と言うか、そういった型の新聞小説を書いて来ましたが、「四角な船」はそうした一連の作品の第三作に当ります。

　題名の「四角な船」は、旧訳聖書の創世記に出てくるノアの方舟《はこぶね》を象徴したものであります。この小説は初めからはっきりと書くことが決まっておりました。主人公は自分が現代のノアであることを信じ込み、必ずやってくる大洪水から人類を救い出すために、方舟を造り、それに乗せるべき人と物を選びます。これは言うまでもなく、狂気の行為に他ありませんが、果してこの狂気の行為を、狂気の沙汰として笑えるか、どうか。——

これが、筆を執る前の私の持っていたこの小説の主題であり、構想でありました。

そして、小説はほぼこの構想通りに書き進めて行き、書き終りました。連載中、この作品の舞台となっている琵琶《びわ》湖畔には何回か出掛けて行き、その往復の新幹線の列車の中で、いつもストーリーの展開について、ああでもない、こうでもないと頭を悩ませたことは、今となってみると、懐《なつか》しい思い出になっています。

私のたくさんの新聞小説の中で、書き終ったあとの気持は一番爽やかなものでありました。作品、作品によって、最後の章を書き終えた時の作者の気持は異るものですが、大体に於て、例外なく暗夜の海に自分が造った小船を押し出してやったような、もう自分ではどうすることもできないといった一抹《まつ》の不安な思いが残るものであります。しかし、この「四角な船」では、そういうことはありませんでした。成功、不成功は別にして、もうこれ以上書くことはない、これはこれでいい、そんな気持でした。初めの構想通り、狂人の狂気の行為をまん中に据えて、物語を展開して行ったわけですが、書き終ったあと、少しも狂人を描いたといった気持はありませんでした。むしろ、他のいかなる新聞小説に於て取り扱った人物より、もっと正気の人物を描いた、そんな気持が残りました。そういう意味では珍しく、作者自身が書きたいことをみんな書いてしまった、つまり〝書き終えた〟といった感じを持った小説であったと言えましょう。

この作品が一冊の本の形をとった時、私はある地方の新聞記者の訪問を受け、その質問に対して、次のように答えています。

——この現代という時代は、正常と異常の差が非常に分けにくくなっている時代だと思います。百年前ならこの小説の主人公は狂人以外の何ものでもありません。しかし現代では、たしかに狂人ではありますが、この狂人の考えることは一笑に付せないのではないでしょうか。現代というのは、そういう時代だと思うんです。

——この作品で一番言いたいことは、現代の科学文明は、とどまるところを知らず、急坂をころがるようにどんどん進行して行きつつありますが、それが人間の生きてゆく仕合せとは並行していないということです。これは今の時点で考えなければならぬ重要な問題です。文明発展の中で、人間の仕合せとは何であろうか、と考えた場合、どこかで科学文明に枠《わく》をはめることが必要ではないかと思うんです。要するに、文明は一〇〇パアセント、人類の仕合せを保証するものではないということです。


（昭和五十年二月）

第三十二巻

「星と祭」は「朝日新聞」朝刊、昭和四十六年五月十一日紙上より、四十七年四月十日紙上まで、三三三回にわたって連載されたものであります。

この作品は子を喪った親の悲しみを取扱った小説です。私自身は生れて間もない嬰児《えいじ》を喪った経験はありますが、生育途上の子供に先き立たれた経験は持っておりません。しかし、身近いところで、そうした親の悲しみを幾つか見ています。子を喪った親の悲しみは永遠に消すことのできないものであることは言うまでもありません。そうした不幸な親たちは永遠に消すことのできない悲しみと闘い、それを何らかの形で処理して行かなければならぬことは勿論《もちろん》ですが、私は一番の問題は子供の死という事実をいかに納得するかということではないかと思います。運命だと観じることによって諦《あきら》めへの道をとるか、諦めることはできないで、永遠に悲しみを懐《いだ》いて、祀《まつ》ることによって不幸な死者の鎮魂を願うか、この二つのうちのいずれかではないかという見方をしています。この小説には「星と祭」という題がつけられてありますが、星は運命を現わし、祭は鎮魂を意味しています。そしてそうしたそれぞれ違った子供の死への対かい方をしている二人の父親を、この小説は主人公にしています。

この小説は主題が主題だけに終始手探りの気持で、筆を進めました。私はこれまでにかなりたくさんの新聞小説を書いていますす。大勢の読者を対象にする新聞小説の場合、主題の選び方にも、それの展開の仕方にも、文章にも、多少考慮するところがあって当然で、私自身、これまで新聞小説というものには、少からず意識した対かい方をして来たのですが、この「星と祭」の場合は、全く自分勝手な書き方をしました。主題が主題だけに、少しぐらい読者のことを考慮しても始まらないと思ったからです。そういう点から言えば、毎日毎日ペンを執ってはいましたが、新聞小説を書いているといった気持はありませんでした。

この小説を書いたお蔭で、私は二つの未知の世界に足を踏み入れました。一つは琵琶湖周辺にある十一面観音の世界であり、一つはヒマラヤ山地に生きている山地民族の世界です。

この小説を執筆中、十一面観音を見るために、殆ど毎月のように、何日かをさいて、湖北、湖東のお寺やお堂を廻りました。十一面観音像は、その大部分が村々の観音堂に収められてあり、秘仏になっております。中には三十年に一度の開帳とか、五十年に一度の開帳というのもあって、なかなか見せて貰えませんでした。木之本町の石道寺《しゃくどうじ》の十一面観音像などは、中に立つ人に何回も足を運んで貰って、漸《ようや》くにして観音堂の扉を開いて貰うことができました。滋賀県には国宝一点と、重文指定の四十何体かの十一面観音像がありますが、どうにかそのうちの約半数を見ることができました。そうした十一面観音の旅は、ほぼそのまま小説の中に綴《つづ》っております。渡岸寺《どうがんじ》の十一面観音像の前に立った時の感動なども、そっくりそのまま小説の中に、どこにも逃げないように綴り込んであります。

ヒマラヤの旅の方は、初めは小説とは全く無関係に計画されました。ですからヒマラヤの旅は取材旅行といったような性格のものではなく、親しい登山家たちとのヒマラヤ観月旅行といったものでした。この旅行に出る前、もし小説の中に使えるなら使いたいという気持はありましたが、なにしろ全くの未知の世界のこととて、旅行を終ってからでないと見当のつけようはありませんでした。そしてヒマラヤの旅を終ってから初めて小説の中に使おうということになりました。もっと正確に言うなら、よし、これを「星と祭」の中に使おうという気持になったのは、ヒマラヤ山地を、二十六名のキャラバンを組んで歩いている時でした。こうしたヒマラヤの旅のことも、その大部分をそのまま小説の中に綴ってあります。

最後に、この小説の結末について一言しておきましょう。この小説を読んで下されば判りますが、作者はこの作品には結論を出していません。作者自身、この小説をどのように結んでいいか判っていませんでしたし、小説を書いてから三年経った現在でも判っていません。小説の最後に於て、たくさんの観音像によって荘厳《しょうごん》された湖上の祀りの儀式を書いていますが、これで小説の主人公たちの悲しみが消えたとも、それぞれが自分を納得させ得たとも思っておりません。人生というものは、誰にも判らないものですが、その人生の中の最も中心に坐っている父と子の問題を取扱った小説として、当然持たなければならぬ運命であり、性格であったろうと思います。

(昭和五十年四月)

「新文学全集 井上靖集」あとがき

「猟銃」

終戦後、小説を書いてみようと思った時、先ず私の心を捉えたものは、画家アンリ・ルソウのある期の作品のように、工芸的な感じを持ったものが書けないかということであった。時代が時代だったので、そうしたものを書いても、果して読まれるかどうか懸念されたが、書きたい慾求は烈しかった。そして生まれたのがこの作品である。文學界（廿四年十月号）に掲載された私の第一作である。これに依ってそれ以後作品を発表できる機運を摑むことができたので作者としては思出深い作品である。

「闘牛」

廿二年一月新大阪新聞社主催の闘牛大会が西宮球場で開かれた。私はそれを見に行って、その会場に立てこめている一種言いようのない悲哀感を面白いと思った。それは事業そのものから来るものでなく、終戦後一年半の、その時代の日本が、日本人のすべてが持っていたものであった。作品「闘牛」は一篇の恋愛小説であるが、新聞社の事業を舞台にして、その特殊な時代の何ものかに触れたいというのが、作者の筆を取る前の意図であった。芥川賞受賞作品。

「比良のシャクナゲ」

私は解剖学者であった岳父足立文太郎から、いろいろな意味で大きい影響を受けている。彼は戦時中八十歳の高齢で病歿したが、戦争の烈しい時代にも、尚一生をかけた著述のペンを棄てなかった。この作品は勿論《もちろん》一篇のフィクションであるが、誰からも遠く離れていた老学者の孤独な心境というものは、ある意味でこの作品の中に触れ得ているのではないかと自分で思っている。

「漆胡樽」

正倉院御物に漆胡樽という異形の樽がある。終戦後第一回の御物展の時、これを見て、いつか一篇の小説に書きたいと思った。勿論史実には何の関係もない、全くの幻想の所産である。

「ある偽作家の生涯」

故橋本関雪の伝記を書くために、嗣子橋本節哉氏と共に瀬戸内海沿岸の、関雪の作品の所蔵家の家を廻ったことがある。その時、関雪の友達で関雪の偽作をやって一生を終った人のあることを知った。私は長い間、この偽作家のことが頭を離れなかった。筆をとるまでに四年の歳月が経っている。

「黯い潮」

文藝春秋に四ケ月に亘って連載されたもので、私の最初の中篇小説。下山事件を背景に新聞記者の活動を描いてあるが、いうまでもなく、事実小説でもなければ、記録小説でもない。ジャアナリズムを通して見た下山事件の経過はこれは事実を曲げることが出来ないので、毎日新聞社の当時の、取材報告状況に依って、なるべく誤りなからんことを期して筆を執ったが、作中の人物及びその行動は作者の創作である。換言すれば、下山事件は作品の主題展開の場としてこれを借りたのに過ぎない。

（昭和二十七年九月）

私の処女作と自信作

私の処女作は「猟銃」である。これが廿四年秋、文學界十月号に掲載されたのをきっかけとして、それ以来、私は今日まで小説を書き続けている。

厳密に言えば、十五、六年前、京都の大学時代に大衆小説を書いてサンデー毎日に発表されているが、勿論作家として立つために書いたものではなく、懸賞金慾しさのアルバイトであったから、処女作と呼ぶ気持にはならない。

「猟銃」の方は、初めからはっきりと作家として立てたら立とうという気持で書いた作品である。廿三年の春、大阪で、新聞社の勤務の合間をみて筆を取ったものである。この「猟銃」の前年に、「闘牛」を書き上げてあるが、発表は逆になり、「猟銃」が私の第一作、「闘牛」が二ケ月おいて発表された第二作となった。「猟銃」の筆を執っている頃は、野間、椎名、梅崎、大岡、三島、武田の諸氏が華やかに文壇にデヴューした頃で、そうした新人輩出の機運に私は少からず刺戟されていたようである。

「猟銃」も「闘牛」も、当時鎌倉文庫から出ていた「人間」の作品募集に応募したが、いずれも採用とならず、その後私が東京へ転勤してから、佐藤春夫、大佛次郎、今日出海、上林吾郎氏等に読んで貰う機会を得て、陽の目をみることができたのである。

私は、「猟銃」を書いている頃は、全然この作品には自信がなかった。終戦直後の暗い混乱期に、時代とは無関係な工芸的な感じを持つロマンを書いていたのだから、発表のことを考えると絶望的であった。併し、その当時の私は堪らなくこうしたものを書きたかった。発表できなくても書いておこうと思った。今考えても、これが発表されたということは私の幸運だった。一年前でも、一年後でも、「猟銃」は発表できなかったのではないかと思う。

「猟銃」発表以後、この秋で三年である。三年間に相当の数の作品を書いて来ている。併し、自信のある作品というものは、まだ一篇もない。未熟な作品の中で一篇を上げろと言われれば、「ある偽作家の生涯」を上げる。

この作品は、昨廿六年八月郷里の伊豆湯ケ島の家の二階で、半月程ぶっかかって書いた作品で、このテーマはやはり大阪時代から持っており、そのメモも何年かしまってあったもので、いつかは書きたいと思っていたものである。高名な日本画家の偽作をやって、生涯を暗く送った一人の偽作家を、系譜風に書いたもので、私自身としては、主人公を暖く見守って書いたつもりである。高名な大家となるも、陰惨な偽作家となるも、その運命は紙一重であるように、私には思われるからである。私は「猟銃」を世に出せたので、どうにか今日作家として立っているが、若し「猟銃」が発表出来なかったとしたら、私も亦一人の偽作家の運命と同じものを持っていたかもしれないのである。怖い気がする。

（昭和二十七年十月）

私の代表作

私はいまのところまだ自分自身で代表作と言い得るような作品を持っていない。代表作というからには、作者の本質を最もよく現わしており、同時に作者の代表的作品としてすぐ読者の脳裏にひらめく程度の一般性を持った作品でなければなるまい。おそらく代表作というものは作者が決めるものではなく、読者が、さらにきびしく言うならば、歳月というものがごく自然に決めてくれるものであろうと思われる。

漱石の代表作といえば「坊っちゃん」でも「こころ」でも、あるいは「明暗」でもいい。どの作品も漱石の本質を最もよく現わしているものであり、その題名と共にすぐ漱石の名前がひらめく程、多くの読者に親しまれているものである。また漱石程その名が大衆に流布されていない作家でも、生涯を文筆に託した人の業績には、たとえ一部の人たちの間でも、すぐその作者と題名とが結びつく作品というものがある。林芙美子の代表作といえば「放浪記」といってもいいし「浮雲」といってもよかろう。

また代表作を厳しくその作家の最高傑作というように解するならば、これはまた大変難しくなる。一人の作家の代表作を決定するには、いろいろの論議を経なければならないし、さらにそのうえに最も厳正な批判者である歳月の裁定を待たなければなるまい。

代表作という言葉をいずれの意味に解しても、遺憾ながら私はまだ代表作というものを持っていない。

しかし、来客から「一体あなたの代表作は何だ」と質問されることがある。そんな時私は気軽に答える。「猟銃」と言ったり「闘牛」と言ったりする。これはどちらも私のいわば出世作である。この作品を発表し、多少一部の注目を浴びたお陰で現在作家として毎月作品を発表して行けるようになっているのである。いってみればお礼の意味で代表作という名を私は自分の二つの小さい作品に呈上しているわけである。

それからまた同じ質問に対し、時には「ある偽作家の生涯」と答えることがある。これは比較的一部から好評だった作品であり、今になっても余りいやなところの出て来ない作品である。

ところが雑誌などの筆者紹介という短文を見ると、以上の三作のどれかがあげられてあったり、時には「戦国無頼」「あした来る人」といった名前があがっていたりする。「戦国無頼」「あした来る人」は週刊雑誌や新聞に連載した小説で、私の作品の中では比較的多くの人に題名を知られた作品である。今のところこれらがあるいは私の代表作と言うべきであるかも知れない。

私自身、自分の代表作の選定に困るように、ジャーナリストの間でも、私の代表作の選定にははなはだ気まぐれであるようである。

そこで私はせっかくこの欄を提供してもらったので、読者に自分の代表作を押しつける事にする。それは「姨捨」という今年になって書いた短い作品である。昨年の作品でも、一昨年の作品でも、その前のものでもない。今年書いたものである。そして今年書いたものの中では、自分で一番気持よく書けたと思っているものである。

私は今のところ現在の自分に一番近いという意味で、これを自分の代表作としてもらいたいと思う。しかし、もちろん、今年の暮になったら、私は「姨捨」の代りに他の代表作を持つであろうと思う。また持たなければならないと思っている。

（昭和三十年四月）

原作に固執せず

私の小説でこの数年の間に映画化されたものは「流転」「戦国無頼」「昨日と明日の間」「あすなろ物語」「魔の季節」「あした来る人」「緑の仲間」「満ちて来る潮」「黯い潮」「愛」「二枚の招待状」「花と波濤」など二十本近くある。

私はいつも、原作とはなれて、ただ、自分の関係している映画が、よりよい映画であることのみを願う。むろん、原作に近い方がありがたいが、必ずしもそれに固執しない。

映画的構成を成功させるためには、少しぐらいテーマをかえても、ニュアンスさえ損わなければ文句はいわないことにしている。しかし、極端に筋をまげたものや、ひどくメロドラマにされたものなどは不愉快だ。

これまで私の一番好きな作品は「愛」だ。これは三つの短編をオムニバス形式にしたもので、富士プロのつくった地味な映画だが、原作者の気持をよく表現していた。

（昭和三十一年十月）

井上靖年譜

明治四十年（一九〇七）
五月六日、北海道上川郡旭川町第二区三条通一六ノ二に、父隼雄、母八重の長男として生れる。父は当時第七師団軍医部勤務、陸軍二等軍医であった。

大正二年（一九一三）　六歳
父母の許から離れ、郷里静岡県田方郡上狩野村湯ケ島の祖母かのの許で生活。

大正三年（一九一四）　七歳
四月、郷里の湯ケ島小学校に入学。

大正十年（一九二一）　十四歳
四月、静岡県浜松中学校に入学。父母の許より通学。

大正十一年（一九二二）　十五歳
四月、父台北衛戍病院長に転勤のため、静岡県三島町の親戚に下宿、沼津中学校へ転校。

大正十五年（一九二六）　十九歳
三月、沼津中学校卒業。父の任地金沢に於て一年間高校入試の勉強。

昭和二年（一九二七）　二十歳
四月、第四高等学校理科甲類に入学。柔道部に入り爾来卒業まで選手生活。

昭和五年（一九三〇）　二十三歳
四高卒業。九州帝大法学部に入学。一時福岡市唐人町に下宿したが、登校の興味を失って上京、駒込に下宿。文学書を乱読する。

昭和六年（一九三一）　二十四歳
福田正夫氏の詩誌『焔』の同人となり詩作に専心したり、辻潤氏を知ったのもこの頃。父、陸軍軍医少将に昇進して退職。

昭和七年（一九三二）　二十五歳
九州帝大退学、京都帝大哲学科に入学。美学専攻。植田寿蔵博士の教を受く。これより卒業まで四年間は頗る怠惰な学生生活。哲学科の友達丈で同人雑誌『聖餐』を出したが三号で潰れる。

昭和十年（一九三五）　二十八歳
三月、卒業試験放擲。六月、戯曲「明治の月」を雑誌『新劇壇』に掲載、十月、新橋演舞場で、勘弥、律子等に依って上演さる。十一月、ふみと結婚。

昭和十一年（一九三六）　二十九歳
三月、京都帝大卒業。毎日新聞社『サンデー毎日』の懸賞小説に応募、「流転」にて千葉亀雄賞を受く。八月、毎日新聞社大阪本社へ入社、学芸部勤務。

昭和十二年（一九三七）　三十歳
九月、日支事変に応召。第三師団輜重隊に入隊。北支方面各地に駐屯。

昭和十三年（一九三八）　三十一歳
一月、病気のため内地送還となり、四月、除隊。

昭和十五年（一九四〇）　三十三歳
この頃より野間宏氏と交る。

昭和十九年（一九四四）　三十七歳
毎日新聞社副参事、社会部勤務。

昭和二十年（一九四五）　三十八歳
終戦の日、社会面に終戦記事を書く。新聞記者として最も感銘深い仕事であった。この頃より詩作に専心し、京都大学新聞、関西の同人雑誌等に詩を発表する。又新聞、美術雑誌等に美術関係の評論の筆をとる事が多くなる。

昭和二十一年（一九四六）　三十九歳
学芸部副部長。

昭和二十二年（一九四七）　四十歳
二月より三月にかけて、千葉賞の「流転」以来十一年ぶりで小説「闘牛」を書く。

昭和二十三年（一九四八）　四十一歳
一月、小説「猟銃」を脱稿。七月、戯曲「夜霧」を書く。十二月、毎日新聞社書籍部副部長として東京へ転勤。

昭和二十四年（一九四九）　四十二歳
六月、「猟銃」を佐藤春夫氏に見てもらって激励さる。次いで「猟銃」は大佛次郎氏、今日出海氏、上林吾郎氏の手を経て、雑誌『文學界』十月号に掲載さる。続いて「闘牛」が『文學界』十二月号に、「通夜の客」が『別冊文藝春秋』（第十四号）に掲載される。

昭和二十五年（一九五〇）　四十三歳

二月、「闘牛」によって芥川賞受賞。以後新聞社幹部の諒解のもとに、出勤を自由にして、創作の仕事に専心する。三月、「比良のシャクナゲ」を『文學界』に発表。最初の作品集『闘牛』を文藝春秋新社より刊行。四月、「漆胡樽」を『新潮』に、五月、「踊る葬列」を『オール讀物』、「あすなろう」を『サンデー毎日』に発表。「その人の名は言えない」を『夕刊新大阪』(百四十三回完結)に連載。六月、「断雲」を『小説公園』、「七人の紳士」を『小説新潮』に、七月、詩「その日そんな時刻」を『文學界』に発表。「黯い潮」を『文藝春秋』(同年十月完結)に連載。八月、『猟銃・脱出・警視総監の笑ひ・俘虜記』を駒田信二、由起しげ子、大岡昇平氏と合本で家城書房より刊行。九月、「星の屑たち」を『文學界』、「早春の墓参」を『人間』に、十月、「死と恋と波と」を『オール讀物』、「石庭」を『サンデー毎日』に夫々発表。『黯い潮』を文藝春秋新社、『その人の名は言えない』を新潮社より出す。十一月、「波紋」を『小説新潮』、「雷雨」を『中央公論』文芸特輯号に、十二月、「碧落」を『別冊文藝春秋』(第十九号)に執筆。『雷雨』を新潮社、『死と恋と波と』を養徳社より刊行。又この年、詩誌『日本未来派』(三十七号)に「井上靖詩抄」として十数年に亘って書いた詩三十四篇を発表。

昭和二十六年(一九五一)　四十四歳

一月、「白い牙」を『新潮』(同年五月完結)に連載。「銃声」を『文學界』、「舞台」を『展望』、「悪魔」を『別冊小説新潮』(第五巻二号)、「黄色い鞄」を『オール讀物』に、二月、「蜜柑畑」を『地上』、「結婚記念日」を『小説公園』に、三月、「表彰」を『別冊文藝春秋』(第二十号)、「かしわんば」を『文藝』、「勝負」を『サンデー毎日』に、四月、「利休の死」を『オール讀物』、「山湖」を『女性改造』(同年六月完結)に、五月、「百日紅」を『別冊小説新潮』(第五巻七号)、「潮の光」を『面白倶楽部』、「霧の道」(前篇)を『ニューエイジ』(同年六月完結)に夫々発表。同月、毎日新聞社を退社、社友となる。六月、「澄賢房覚え書」を『文學界』、「大いなる墓」を『小説公園』に発表。『白い牙』を新潮社より出す。七月、「斜面」を『別冊文藝春秋』(第二十二号)、「夜明けの海」を『オール讀物』に、八月、「玉碗記」を『文藝春秋』、「秘密」を『婦人公論』、「三ノ宮炎上」を『小説新潮』、「戦国無頼」を『サンデー毎日』(二十七年三月完結)に執筆。九月、「ある自殺未遂」を『別冊文藝春秋』(第二十三号)、「ある愛情」を『小説公園』、「昔の愛人」を『婦人倶楽部』に、十月、「ある偽作家の生涯」を『新潮』、「二枚の招待状」を『オール讀物』に、十一月、「鵯《ひよどり》」を『別冊文藝春秋』(第二十五号)、「梧桐の窓」を『キング』、「霧の道」(後篇)を『ニューエイジ』(二十七年一月完結)に夫々発表。十二月、『傍観者』を新潮社、『ある偽作家の生涯』を創元社より刊行。この年、大阪、琵琶湖周辺、丹波地方を屢々旅行した。

昭和二十七年（一九五二）　四十五歳

一月、「薄氷」を『新潮』、「楼門」を『文藝』に執筆。「青衣の人」を『婦人画報』（同年十二月完結）、「星よまたたけ」を『少女』（同年十二月完結）に連載。二月、「貧血と花と爆弾」を『文藝春秋』、「北の駅路」を『中央公論』、「決戦桶狭間」を『オール読物』に、三月、「氷の下」を『群像』、「小さい旋風」を『文學界』、「楕円形の月」を『小説公園』に夫々発表。「緑の仲間」を『毎日新聞夕刊』（百十五回完結）に連載。四月、「千代の帰郷」を『小説朝日』に書く。『戦国無頼』を毎日新聞社、五月、『春の嵐』を創元社より刊行。六月、「仔犬と香水瓶」を『別冊文藝春秋』（第二十八号）、「白い手」を『オール読物』に、七月、「暗い平原」を『新潮』（二回連載）に、九月、「水溜りの中の瞳」を『文學界』、「あげは蝶」を『オール読物』、「夏花」を『小説新潮』、「滝へ降りる径」を『小説公園』、「晩夏」を『別冊小説新潮』（第六巻十二号）、「落葉松」を『別冊文藝春秋』（第二十九号）に、十月、「頭蓋のある部屋」を『群像』、「爆竹」を『労働文化』、「断崖」を『サンデー毎日』に夫々発表。同月、『新文学全集　井上靖集』を河出書房、『仔犬と香水瓶』を文藝春秋新社、『緑の仲間』を毎日新聞社、『黄色い鞄』を小説朝日社より刊行。また、「座席は一つあいている」を永井龍男、真杉静枝氏と三人のリレー小説として『週刊読売』（二十八年三月完結）に発表。十一月、「美也と六人の恋人」を『別冊文藝春秋』（第三十号）、「山の少女」を『改造』に発表。「風と雲と砦」を『読売新聞夕刊』（百五十回完結）に連載。十二月、『青衣の人』を新潮社より出す。

この年六月、文藝春秋新社の文芸講演のため、松本、長野、富山、金沢など処女講演をして歩く。七月、取材の為日光、八月、伊豆半島縦断旅行。十月、京都主に洛北を歩く。

昭和二十八年（一九五三）　四十六歳

一月、「ある日曜日」を『小説新潮』、「石のおもて」を『サンデー毎日』に発表。「花と波濤」を『婦人生活』（同年十二月完結）及び『オール読物』に「あすなろ物語」（深い深い雪の中で、寒月がかかれば、漲ろう水の面より、春の狐火、勝敗、星の植民地を一月より六月迄）を連載。二月、「雪と海の大佐渡小佐渡」を『別冊文藝春秋』（第三十二号）に、四月、「天目山の雲」を『別冊文藝春秋』（第三十三号）、「騎手」を『群像』、「春寒」を『小説新潮』に発表。「若き怒濤」を『京都新聞』他数紙（百六十四回完結）に連載。五月、「昨日と明日の間」を『週刊朝日』（二十九年一月完結）に、また同月より十月まで、『芸術新潮』に、「岡倉天心、橋本関雪、国枝金三、荒井寛方、上村松園」を連載する。六月、「伊那の白梅」を『小説新潮』に書く。『暗い平原』を筑摩書房より刊行。七月、「異域の人」を『群像』。『座席は一つあいている』（永井龍男、真杉静枝氏と共著）を読売新聞社より刊行。八月、「信康自刃」を『別冊文藝春秋』（第三十五号）。『長篇小説全集　井上靖篇』を新潮社より。九月、「稲妻」を『小説公園』

に発表。「戦国城砦群」を『日本経済新聞夕刊』他数紙（百六十三回完結）に連載。十月、「風林火山」を『小説新潮』（二十九年十二月完結）に連載。「みどりと恵子」を『オール読物』、「末裔」を『新潮』、「野を分ける風」を『婦人倶楽部』に、十一月、「漂流」を『文學界』、「大洗の月」を『群像』に発表。『風と雲と砦』を新潮社、『現代長篇名作全集 井上靖集』を講談社より刊行。十二月、「湖上の兎」を『文藝春秋』、「グウドル氏の手套」を『別冊文藝春秋』（第三十七号）に発表。

この年、二十七年暮より正月にかけて大阪から海路別府に向い、北九州地方を旅行。二月、豊橋から長篠一帯を、また新潟、佐渡を歩く。三月、信州諏訪方面から伊那谷を下り、同月茨城県五浦に赴く。再び諏訪湖及び甲斐の武田史蹟を探る。四月、京都、大阪行。五月、九州北部、福岡、長崎、熊本、大分を歩き、七月、岐阜、彦根、大阪、京都を廻り、九月、再び京都、それから水戸、大洗海岸、十月、郡山、十一月、兵庫、岡山、広島、山口、十二月、福岡、長崎、熊本、鹿児島、宮崎、大分の各県を歩く。

昭和二十九年（一九五四）　四十七歳

一月、「少年」を『サンデー毎日』。『花と波濤』を講談社より刊行。一月より十二月まで「オリーブ地帯」を『婦人生活』に、二月より十月まで「春の海図」を『主婦の友』に連載。三月、「信松尼記」を『群像』、「僧行賀の涙」を『中央公論』、「森蘭丸」を『講談倶楽部』に夫々発表。『異域の人』を講談社より刊行。三月より十一月まで「あした来る人」を『朝日新聞朝刊』に連載。四月、「驟雨」を『オール読物』、「その日そんな時刻」を『別冊文藝春秋』（第三十九号）、「ひとり旅」を『キング』に発表。『昨日と明日の間』を朝日新聞社、『あすなろ物語』を新潮社、『井上靖作品集』（全五巻）を講談社より夫々刊行。五月、「春の雑木林」を『小説公園』、「赤い爪」を『サンデー毎日』、「胡桃林」を『新潮』に発表。六月、「殺意」を『別冊文藝春秋』（第四十号）に、七月、「花粉」を『文藝春秋』、「鮎と競馬」を『オール読物』に、八月、「父の愛人」を『週刊朝日別冊』に書く。『愛』を雲井書店より。九月、『霧の道』を同社、『風わたる』を現代社より刊行。十月、「銹びた海」を『オール読物』、「夜の金魚」を『改造』、「チャンピオン」を『別冊文藝春秋』（第四十二号）に発表。『青い照明』を山田書店、『末裔』（昭和名作選）を新潮社より出す。十一月、「投網」を『知性』に書く。『伊那の白梅』（新書）を光文社より、『春の海図』を現代社より刊行。十一月より翌三十年七月まで「魔の季節」を『サンデー毎日』に連載。十二月、「老いたる駅長と若き船長」を『別冊文藝春秋』（第四十三号）に発表。『オリーブ地帯』を講談社より、『星よまたたけ』を同和春秋社より出す。

この年も旧臘より正月にかけて書下しの舞台設定のため九州桜島に赴く。二月、東海道富士駅より富士川を遡り、下部を経て甲府へ。同月、浜名湖を見て渥美半島一周、蒲郡に至る。

三月、風林火山取材で信州北部、五月、新聞小説取材のため松本、木曾川沿いに名古屋へ、六月、再び松本から大町、鹿島部落へ。また、富山、金沢、福井に行く。七月、北海道苫小牧、小樽、芦別、稚内、札幌、定山渓を歩く。九月、九州小倉、飯塚、久留米など北部を旅行。十一月、尾道、宇部、下関、岩国に行く。同月、富士五湖地方取材。十二月、鹿児島県佐多岬突端迄赴く。

昭和三十年(一九五五)　四十八歳

一月二日、東京を発ち飛騨高山の正月を見に行く。帰途は静岡、清水、興津等を廻る。新聞小説書出しの舞台決まる。月末から二月にかけ再び静岡県各地、二月、二度目の富士五湖廻り。三月、法隆寺を取材のため何回目かの訪問。引続き京都、大阪、神戸、姫路を講演旅行。五月、舞鶴、鳥取、米子、松江等、六月、北海道美唄、旭川、北見、網走、上川等を旅行。十月、花巻、盛岡、松島、上山、山形、福島に赴く。十二月、新聞小説取材のため紀州熊野川流域を下る。

一月、「合流点」を『新潮』、「二つの秘密」を『オール讀物』、「姨捨」を『文藝春秋』に発表。一月より十二月まで「夢みる沼」を『婦人倶楽部』に連載。二月、「風のある午後」を『文學界』、「黙契」を『小説公園』に発表。『あした来る人』を朝日新聞社より刊行。三月、「失われた時間」を『中央公論』、「湖の中の川」を『文藝』、「白い街道」を『面白倶楽部』に発表。『井上靖集』(大衆文学代表作全集)を河出書房より、『美也と六人の恋人』を光文社より刊行。四月、「湖岸」を『新潮』、「篝火」を『週刊朝日別冊』に執筆、『昨日と明日の間』(新書上・下)を河出書房より出す。五月、「俘囚」を『文藝春秋』に、六月、「ダムの春」を『オール讀物』に発表。七月、『ジャパン・クォータリー』に「比良のシャクナゲ」の飜訳載る。「川の話」を『世界』に書く。『春の海図』(新書)を河出書房、八月、『青衣の人』(新書)を筑摩書房、『白い牙』(文庫)を角川書店より刊行。同月、「淀殿日記—小谷落城」を『別冊文藝春秋』(第四十七号)に連載始める。八月より十一月まで「海野能登守自刃」「本多忠勝の女」「むしろの差物」「真田影武者」を〝真田軍記〟として『小説新潮』に連載。九月、『春の風』(新書)及び『戦国無頼』(文庫上・下)を角川書店より刊行。同月より「満ちて来る潮」を『毎日新聞朝刊』(二百四十三回完結)に連載。十月、「夏の雲」を『新潮』、「ざくろの花」を『オール讀物』、「淀殿日記—安土万燈会」を『別冊文藝春秋』(第四十八号)に発表。最初の書下し小説『黒い蝶』を新潮社より、『騎手』(新書)を筑摩書房より出す。十二月、「初代権兵衛」を『文藝春秋』、「淀殿日記—清洲評定」を『別冊文藝春秋』(第四十九号)に発表。『風林火山』を新潮社より刊行。

昭和三十一年(一九五六)　四十九歳

一月、「紅白の餅」を『小説公園』。一月より十二月まで、「こんどは俺の番だ」を『オール讀物』、「白い風赤い雲」を

『主婦の友』、「射程」を『新潮』に夫々連載。二月、『その日そんな時刻』を東方社より刊行。同月、「淀殿日記―雪の北ノ庄出陣」を『別冊文藝春秋』（第五十号）に、三月、「どうぞお先に」を『小説新潮』、「火の燃える海」を『サンデー毎日』に発表。『風わたる』を三笠書房、『貧血と花と爆弾』（文庫）を角川書店、四月、『野を分ける風』を創芸社、『流転』（新書）を河出書房、『魔の季節』を毎日新聞社より刊行。同月、「蘆」を『群像』、「更級日記」現代語訳を河出書房の『日本国民文学全集』、「淀殿日記―北ノ庄炎上」を『別冊文藝春秋』（第五十一号）に発表。五月、「暗い舞踏会」を『文藝』に書き、『青い照明』（新書）を三笠書房より出す。六月、「淀殿日記―湖畔の城」を『別冊文藝春秋』（第五十二号）に、『姨捨』『満ちて来る潮』を新潮社より刊行。七月、「レモンと蜂蜜」を『知性』に発表。八月、「夏の草」を『中央公論』、「淀殿日記―お初と小督」を『別冊文藝春秋』（五十三号）に、八月より三十二年二月迄「白い炎」を『週刊新潮』に連載。九月、「高嶺の花」を『小説新潮』、同月、『七人の紳士』を三笠書房より刊行。十月、「波の音」を『若い女性』、「孤猿」を『文藝春秋』、「淀殿日記―聚楽第の秋」を『別冊文藝春秋』（第五十四号）に発表す。十一月、「氷壁」を『朝日新聞朝刊』（三十二年八月完結）に連載。同月、『ある愛情』を三笠書房、十二月、『孤猿』を河出書房、『楼門』（文庫）を角川書店、現代日本文学全集『永井龍男・井上友一郎・織田作之助・井上靖集』を筑摩書房より出す。同月、「淀殿日記―淀の城」を『別冊文藝春秋』（第五十五号）に発表。

一月、金沢、福井地方、及び神戸へ旅行。三月、二度目の佐久間ダム取材。四月、奈良、京都、大阪、神戸行。五月、甲府、静岡、清水、浜松等。六月、再び島田、豊橋、多治見、一宮等の東海地方旅行。七月、福井、静岡、尾瀬沼、及び会津若松、京都と旅行続き。八月、八戸、宮古、釜石、花巻等東北地方。十月、上高地穂高へ登り初雪にあう。十一月、福岡、佐賀、長崎、熊本を廻る。十二月、伊豆へ。

昭和三十二年（一九五七）五十歳

一月、「良夜」を『キング』、「ある関係」を『文學界』、「司戸若雄の年譜」を『群像』に発表、又『現代文学 井上靖集』を芸文書院、『あした来る人』上（文庫）を新潮社より刊行。二月、「ある旅行」を『小説新潮』、「淀殿日記―聚楽第行幸」を『別冊文藝春秋』（第五十六号）、同月、「白い風赤い雲」（『主婦の友』）を完結。文芸評論社より『文芸推理小説集 佐藤春夫・井上靖集』を、『真田軍記』を新潮社より出す。三月、『あした来る人』下（文庫）を新潮社、『山の湖』（新書）を角川書店、『緑の仲間』『風わたる』を三笠書房、『白い炎』を新潮社、『霧の道』（文庫）を角川書店より夫々刊行。此の月より八月迄『中央公論』に「天平の甍」を連載。四月、「トランプ占い」を『オール読物』、「淀殿日記―鶴松誕生」を『別冊文藝春秋』（第五十七号）に発表。同月、『白い風赤い雲』を角川書店、『あすなろ物語・霧の道』を三笠書房、

『こんどは俺の番だ』を文藝春秋新社より出す。五月、『あした来る人』を三笠書房、『射程』を新潮社より刊行。同月、「佐治与九郎覚書」を『小説新潮』に書く。六月、「淀殿日記—小田原城攻囲」を『別冊文藝春秋』(第五十八号)に発表。七月、『戦国無頼』を三笠書房、『現代国民文学全集 井上靖集』を角川書店より出す。

此の年旅行の機会多く、伊豆へは取材、講演など数回赴き、三月、北海タイムス主催講演の為、札幌、小樽行、同月、岳父十三回忌で京都へ、四月、再びエレンブルグの講演会で京大阪地方。五月、氷壁取材のため生沢朗氏らと上高地行。同月、文藝春秋講演旅行で東北各地。六月、週刊朝日講演のため新潟へ、七月、登山愛好の友人数名と共に奥穂へ登る。此の時豪雨に遭い雪渓で一人が数十米滑り落ちるなど貴重な体験をす。同月、再び新潟行。同じく下旬家族八人と共に初めて仕事を離れ松本から志賀高原に遊ぶ。十月二十六日より十一月二十二日迄、中国政府の招きにより文芸家協会の代表として、山本健吉氏を団長とする堀田善衞、十返肇、本多秋五、多田裕計氏らと香港を経て広東、北京、上海等中国各地を歴訪。十二月七日、世田谷区世田谷四ノ四一〇へ転居。

八月、「高天神城」を『オール讀物』、「淀殿日記—夏草」を『別冊文藝春秋』(第五十九号)に発表、『魔の季節』を三笠書房、『異域の人』(文庫)を角川書店より出す。九月、『その人の名は言えない』を三笠書房、『井上靖作品集』一・二巻上製版を同社より刊行。此の月より「地図にない島」を七社地方新聞に連載始める。十月、『青衣の人』を三笠書房、『氷壁』を新潮社より出し「別れの旅」を『太陽』、「ある女の死」を『小説新潮』、「夏の終り」を『新潮』、「淀殿日記—淀城観月」を『別冊文藝春秋』(第六十号)、「四つの面」を『群像』、また「揺れる耳飾り」を『主婦と生活』(三十三年十一月完結)、「海峡」を『週刊読売』(三十三年五月完結)に連載。十一月、『風と雲と砦・流転』を三笠書房、『少年』(新書)を角川書店、『天平の甍』を中央公論社、『現代国民文学全集 青春小説集』に「あすなろ物語」収録。十二月、『昨日と明日の間』を三笠書房より刊行。同月、「淀殿日記—炎の夢」を『別冊文藝春秋』(第六十一号)に書く。

昭和三十三年(一九五八)五十一歳

一月、「冬の外套」を『オール讀物』、「ボタン」を『週刊新潮』(一月六日号)に、また「朱い門」を『文學界』、「波濤」を『日本』に夫々連載始む。二月、「奇妙な夜」を『小説新潮』、「淀殿日記—秀次自刃」を『別冊文藝春秋』(第六十二号)に、三月、「満月」を『中央公論』、三笠書房の『井上靖作品集』上製版三・四巻を此の月出す。同月、詩を書き出してから初めての詩集『北国』を創元社から刊行、四月、特製限定版を続いて出す。「淀殿日記—お拾ひ参内」を『別冊文藝春秋』(第六十三号)に書く。五月、「花のある岩場」を『新潮』、「幽鬼」を『世界』に発表。同月、掌篇小説集『青いボート』を光文社より出し、七月、「青葉の旅」を『オール読物』、「楼蘭」を『文藝春秋』に発表。

此の年二月に幾度目かの松本行。二月及び五月は修禅寺、熱海などの講演。三月、海峡取材の為青森県下北半島突端に赴き、四月、高知、同月、大阪へ谷崎潤一郎全集刊行祝賀記念講演会の為赴き、神戸を経て京都、長浜、彦根、米原と淀殿日記の舞台を廻り歩く。五月、高岡、福島、六月、清水、甲府、松本へ行く。

（昭和三十三年六月）

「旅路」あとがき

小説を書き始めてから今年で十年になりますが、この十年間に、随分方々地方を旅行しました。九州の南の果てから北海道の北の果てまで出掛けました。大部分が直接仕事と結びついた、仕事のための旅行だったと言っていいようです。画家がスケッチするように、私もまた小説の中で取り扱う風景や情景は、大抵その場所へ出掛けて行ってノートを取りました。

そうして生れた私の作品の中から、風景を描写したところだけを抜萃して本書を編みました。初めの五篇の散文詩は全文を入れましたが、他は小説の中の一部分であります。ここに抜き出した風景は、一応どれも私の好きな風景であると言えるかと思います。どれにも、そこへ行った日の思い出がやきついております。一人で行ったところもありますし、雑誌社や新聞社の人たちと一緒に行ったところもあります。また私の挿絵を担当して下さった生沢朗画伯や福田豊四郎画伯に御同行を願ったところもあります。

一つのまとまった作品をこわして、風景を描写したところだけを抜き出すということについては、きびしく考えると問題はあるかと思いますが、私はただ自分が歩いた好きな風景のスケッチだけを、画帳に貼るようなつもりで、作品の中から取り出してみました。従って多少変った体裁を持った単なる私の旅行記として受取って下されば、本書のような企劃も、これはこれなりに一つの意味はあろうかと思います。

日頃尊敬するカメラの大竹新助氏が、本書のために、全国を飛び廻って下さったことを有難く思っています。もともと大竹さんの協力がなかったら、本書は生れなかったと思います。

それから人文書院の渡辺睦久、松本章甫両氏に大変お世話になりました。初めこの企劃が生れてから、いつか三年程の時日が過ぎてしまいました。両氏がその間変らぬ熱意で本書の誕生のために、努力して下さったことに対して深く感謝の意を表します。

昭和三十四年五月六日

（昭和三十四年七月）

「私たちはどう生きるか 井上靖集」まえがき

少年少女諸君はある年齢までは、両親によって育てられるが、ある年齢からは、自分自身で自分を育てていくようになる。そのある年齢というのは、人によってそれぞれちがうが、大まかにいってこの叢書の読者の年齢であるといっていいだろう。

自分自身で自分を育てるということは、自分で物を考え、その考えた結果によって、自分の前に立ちあらわれるすべてのことを自分で判断し、自分の生きていく姿勢を決定していくことである。そしてこのようにして、少年少女諸君はしだいに独立した一個の人格を持つようになり、おとなへと成育していくのである。

自分ひとりで物を考える場合、その考えの基底となるものは自分自身の力で得たものでなければならない。読書というものがいかに大切であるかは、いうまでもないことである。

私は、こうした時期の少年少女諸君のために、自分の過去の作品の中から何編かの作品を選んでみた。どれも、少年少女諸君に作品の主人公といっしょになって人生というものを考えてもらいたいと思い、そうした作品の選び方をした。

人間というものは、非常に複雑である。どんな人間でも神さまでない以上、いい面も悪い面も持っている。そして自分でも思いがけないような心の動き方をするものである。小説は、そうした複雑な人間のほんとうの姿を描きだすものであるので、作中のどの人間にも、そうしたいろいろな面が出ていると思う。人間というものはこういうさまざまな面を持ち、そしてこのような時にはこのような考えを持つものであるといったことを、これらのいろいろの作品を通して知っていただきたい。そしてすこしでも諸君が人生というものを考える上に、これらの作品がなんらかの形で役立てば、著者としてこの上なきしあわせである。

（昭和三十五年五月）

「井上靖自選集」著者の言葉

自選集というものを編むのは最初のことである。自選集の作品を選んでみて面白く思ったことは作者が何らかの意味で愛着を持つ作品ばかりが集ったということである。少しでも世評をかち得た作品とか評判になった作品とかそうした選択の基準には、拠らないで、専ら作者自身の好き嫌いから作品を、採ったり棄てたりした。苦労をかけられた作品もあるし楽しんで書いた作品もある。併し、みな作者が愛着を持つ作品であるということでこの巻に収められた作品は文字通り作者の分身ということができようと思う。

（昭和四十年七月）

わたしの好きなわたしの小説

私は歴史が好きなので、これまでにかなり歴史小説を書いているが、大きく二つの系譜にわけられると思う。

一つは「天平の甍」「蒼き狼」「風濤」とつづく流れで、史実そのものを忠実に追い、歴史の命を浮き彫りすることがねらいだった。もう一つは「敦煌」「楼蘭」「洪水」などの系譜だ。これは歴史そのものを無視しているわけではないが、史実と物語との境界は、相当あいまいになっている。つまり歴史のなかに主題を求め、想像力や詩的空想を自由にはばたかせているのだ。

古い歴史をもとに、近代小説としての血と命を吹きこんだ一編の物語を仕上げる仕事は、たいへん楽しい作業だった。小説を書くことは、私にとって大きな喜びだが、といって、いつも楽しんで書けるとは限らない。この点「楼蘭」や「洪水」のときは、苦しんだ思い出が全然なく、気持のよい後味だけが残った。

書き終えたとき、いかにも小説を書いた、という満足感があった。長い作家生活でも、こうした満ち足りた気持は、そう味わえるものではないだろう。

西域などの東洋の説話は、年代的にも地理的にも、私の詩的な空想をふくらませるのにかっこうの素材なのかもしれない。「楼蘭」は「敦煌」とともに毎日芸術大賞を受賞した。その意味でも忘れられぬ作品である。

こんど毎日新聞に書く小説も、できればこの系譜につながる、がっちりした中編を書きたいと思っている。

（昭和四十二年一月）

「詩と愛と生」あとがき

ここに収められてあるかなりの数の短い文章は、編者巌谷大四氏が私の小説や随想の中から抜き出したものである。作中の人物が誰かに対して喋っている言葉の一部分もあれば、作者である私自身の言葉もある。

私はこの書物のゲラ刷りを、一種独得な関心と興味で読んだ。どの一つを取り上げても、曾て私が愛について、あるいは人生について考えたことが、まさしくそこには綴られてあった。

私はたくさんの私自身の顔を見ているような気持であった。若い私の顔もあれば、中年の私の顔もあった。明るい顔もあれば、暗い顔もあった。明るかろうと、暗かろうと、私自身の顔であることには間違いなかった。

フローベールが「ボバリー夫人は私だ」と言ったその言い方を真似れば、ここに綴られている言葉に対して責任を負うべき作中の男女は、一人の例外なく私自身だと言うほかはない。

巌谷大四氏は、容赦なくたくさんの私の顔を並べた。これでもかこれでもかと並べ立てた。もうこれ以外に私の顔はないかも知れぬと思うほどである。お蔭で、これから私は、別の私の顔を用意しなければならなくなったようである。私はその難しい仕事を自分に課そうと思う。この一事だけでも、私は巌谷大四氏に深く謝意を表する次第である。

（昭和四十二年十一月二十六日記す）

（昭和四十二年十二月）

「三ノ宮炎上」と「風林火山」

昭和二十六年の春のことだが、「小説新潮」編集部の丸山さんが原稿を取りに来た時、まだ書くことが決っていなかった。丸山さんが明朝八時まで待ちましょうと言うのを、私は絶望的な思いで聞いた。その晩徹夜で書き上げたのが『三ノ宮炎上』である。私が最も猛スピードで書いた作品である。

『風林火山』は昭和二十八年十月号から二十九年十二月号まで連載した。この小説は初めの三、四回ひどく書きにくく、とんだものを書き出したと思っていたが、何かの時に、丸山さんが凄い評判ですよと、おだててくれた。すると、ふいに前が開けたように書くのもらくになり、書いていて楽しくなった。

「小説新潮」にはずいぶんたくさん、小説を発表している。『三ノ宮炎上』『風林火山』のほかにどのくらいあるかと調べてみたら、『春の嵐』『真田軍記』『兵鼓』など連載三本と、短篇約二十余篇。私が最も多く作品を発表した雑誌ということになる。こうなると改めて「小説新潮」にお礼を申し上げねばならぬ気持になる。ありがとう、ありがとう。

（昭和四十四年六月）

「自選井上靖短篇全集」内容見本
著者のことば

短篇の自選全集を編むのは初めてである。小説を書き出してから今日までに、かなりたくさんの短篇小説を書いている。書いた時気にいらなく思われたものでも、いま読み返して気に入るものもあれば、意気ごんで筆を執ったもので、いま読み返すと心動かされぬものもある。

こんどそうした自分が生んだ短篇小説を全部読み返してみて、気にいったものだけを選び出し、それを一冊に収めることにした。過去において何回も、こうしたことを夢みて来たが、それが、こんど人文書院の手によって実現することになったのである。

ここに収めた作品は、私の気にいっているものばかりであるだけでなく、全部自分が気のすむように手をいれたものである。そういう意味では、この自選短篇全集によって、私の短篇は一応安定した形を持つことになったと言っていいだろう。

（昭和四十四年十二月）

「射程」ほか

「新潮」に書いた最初の作品は『漆胡樽《しっこそん》』である。芥川賞受賞後の第一作で、昭和二十五年の四月号に掲載された。いま「週刊新潮」編集長である野平健一氏に二回に分けて渡したと記憶している。そしてその翌年の初めから『白い牙』を連載した。

その後『末裔』『胡桃林《くるみばやし》』『合流点』等の短篇を発表した後、三十一年の初めから『射程』を連載した。『夏の終り』『花のある岩場』『狼災記』『小磐梯』と、短篇が続くが、担当の菅原国隆氏におだてられたり、すかされたりして書いたものである。『小磐梯』は菅原氏といっしょに取材旅行に出掛け、帰ってくるとすぐ執筆した。旅行のことも、執筆時のことも、いま鮮やかに思い出される。昭和三十六年のことで、仕事で最も苦労した時期である。

それから暫く「新潮」にはご無沙汰した。そして四十四年久しぶりで『四角な石』、四十五年には『鬼の話』、そして今年になって『道』といった仕事を発表させて貰っている。

こうして「新潮」誌上に載せた作品を振り返ってみると、いろいろな思い出が残っている。幸運だった作品もあれば、不運だった作品もある。人間の運、不運と同じようなもので、でき不できとは無関係に、反響のあったものもあれば、全く反響のなかった作品もある。

将棋の坂田名人が自分が不手際にさして、にっちもさっちも動きがとれなくなっている銀を見て、ああ、銀が泣いているといったそうであるが、そういう言い方をすれば、『白い牙』などは、ああ『白い牙』が泣いていると言いたいようなものである。野平健一氏が担当してくれている時で、最初の長篇ではあり、これほど真剣に立ち向かった作品はないのであるが、書いていて、どうしても筆がのびない感じだった。

これは一冊にまとめる時、大々的に手を入れたが、雑誌に発表している時は全くの四苦八苦で、連載中いつも『白い牙』の泣き声が聞えた。ああ、『白い牙』が泣いている、といった気持であった。

同じ連載小説ではあるが、そこへ行くと、『射程』の方が書いていてらくであった。初めから終りまで、肩に力がはいらず、らくな姿勢で書き続けることができた。

「新潮」に約束して果さない仕事は幾つかあるが、その中で今でも気になっているのは、日本の上代を取り扱った歴史小説である。菅原国隆氏にも応援して貰って、ずいぶん本も集め、構想もたてたりしたが、未だにその約束を果さないでいる。それからいま担当して貰っている前田速夫氏に協力して貰って、筆まで執っていながら流産しているのは「孔子」である。

どちらも諦《あきら》めてはいないが、よほどの覚悟をしないと、改めて筆を執れない気持である。しかし、この約束はいつか果すに違いないと思っている。菅原氏や前田氏に集めて貰った材料が泣いているからである。その泣き声が聞えるからである。

（昭和四十六年十一月）

「詩画集 北国」あとがき

第一詩集『北国』の中から二十五篇の詩を選び出して、本輯に収めました。

「裸梢園」「梅ひらく」「落魄」「破倫」「さくら散る」等はいずれも昭和八、九年、二十六、七歳頃の作品で、己が青春の記念として、作者にとっては棄て難いものばかりであります。その他の二十篇は、「六月」一篇をのぞいて、いずれも終戦直後の昭和二十一年から三年ほどの間に書かれたものであります。終戦から最初の小説「猟銃」を発表する二十四年までの間、憑かれたように詩を書きました。今振り返ってみて、自分にとって特殊な時期であったという感を深くせざるを得ません。あるいは私の生涯で、まだ無名ではあったが、最も純粋で、充実した、文学の季節であったかも知れません。

そういう意味で、『北国』は私の文学の故里に他ならず、いつもこのページを開く度に、〝初心〟を眩《まぶ》しく感じます。

（昭和四十七年七月）

「詩画集　珠江」あとがき

作家であったら詩は書けないし、詩人であったら小説は書けない。詩も小説も書くには、小説家である自分をある時は詩人に切り替えねばならぬし、反対に詩人である自分をある時は小説家に切り替えねばならぬ。現在小説を書くことを本業としているので、詩を棄てて、小説一本にしぼってしまえばいいようなものではあるが、それができない。文学への最初の触れ合いを詩によって為したものは、一生詩とは縁が切れないもののようである。私は小説を書くようになってから、ずっと今日まで、詩人になったり、小説家になったりしている。その度にスイッチを切り替えているのである。そしてこの二十年ほどの間にかなりの量の小説を書く傍ら、八十篇ほどの詩を発表し、それを『地中海』（昭和三十七年、新潮社）、『運河』（昭和四十二年、筑摩書房）、『季節』（昭和四十六年、講談社）という三冊の詩集に収めている。詩画集『珠江』は、その八十篇の詩の中から二十五篇を選んで、一冊に編んだものである。私という一人の人間の中で、多少脊をつき合せるようにして詩人と小説家が坐っている。どちらの仕事がいいか、私は知らない。

（昭和四十七年九月）

「井上靖小説全集」内容見本
著者のことば

たくさんの小説を書いてきた。その自分の仕事を振り返ってみると、さながら廃園の感がある。まさに廃園である。のほうずもなくはびこった浜木綿《はまゆう》の株もあれば、丈高く、寝みだれたバラの花もある。キジル・クム沙漠の花もあれば、ヒマラヤの花もある。それらを雑草が取巻いている。廃園の中に立って思うことは、よかれ、あしかれ、これが私だ、私の総てだということである。

（昭和四十七年九月）

二十四の小石

　私の小説家としての出発は、昭和二十四年に雑誌「文學界」十月号に掲載した『猟銃』に始まる。それ以前にも小説や詩を書いているが、一般に作家として認められるようになったのは『猟銃』に依ってである。そして『猟銃』に続いて、「文學界」十二月号に『闘牛』を発表し、この作品に依って第二十二回芥川賞を受けている。今この二つの作品を読み返してみると、作品のいい悪いは別にしてひたすらに初心が眩《まぶ》しく感じられる。稚いところも、未熟なところも、ひたすらに眩しい。手を入れたいところもないではないが、二作の持っている初心は、それを強く拒否している。稚いところも、未熟なところも、いっさい手を触れないでくれ、自分たちはこれで充分満足しているのだから、要らぬお節介はごめん蒙る、恰《あたか》もこう言っているかのようである。

　私が『猟銃』を発表したのは四十二歳の時で、既に初老に踏みこんでいるが、創作活動の上ではこの時期が私の青春と言うほかはない。従って『猟銃』『闘牛』の二作は、作家としての私の青春期の所産である。作家というものは例外なくその処女作に向って成熟して行くと謂われるが、もしこの言い方が正しいとすれば、『猟銃』『闘牛』は、私の青春期の所産としての未熟さを持つと共に、私が終生そこから自由になれぬ根源的な何ものかを併せ持っていると言うことになる。作家としての私の本質が、ひたむきに、稚い形で、この二作の中に仕舞われているというわけである。その意味では、この二作は、他のいかなる作品よりも私自身の作品であるに違いない。はっきりと私の落款《らっかん》が捺《お》されている。

　『猟銃』『闘牛』を発表した昭和二十四年から今日までに、いつか二十三年という歳月が流れている。その間にかなり沢山の小説を発表して来た。長、中篇併せて四十数篇、短篇百七十余篇、――こうした仕事を振り返ってみると、多少廃園を望む感がないでもない。いたずらに大きくはびこった浜木綿《はまゆう》の株もあれば、寝乱れた恰好のバラの花もある。沙漠の花もあれば、ヒマラヤの花もある。咲いている花は大小さまざま雑多である。そしてその全体を雑草が埋めている。まさに廃園である。この廃園は眼を遣《や》る度に、私には多少異って見える。陽が当って明るく見える時もあれば、陽蔭《ひかげ》って、暗鬱に押し黙って見える時もある。しかし、どのように見えようとも、この廃園は私なのである。私以外の何ものでもなく、私自身であり、私の総てであると言うほかはない。

　亡き将棋の坂田八段は、盤上の一角に打ってしまったどうにもできぬ自分の不運な〝銀〟を見て、ああ、〝銀〟が泣いていると呟《つぶや》いたということである。そういう言い方をすれば、私の廃園からはたくさんの作品の泣き声が聞える。もう少しどうにかしてくれればよかったのに、下手なことをしてくれたので、動くに動けないではないか、そんな声があちこちから立ちのぼっている。

作品にも運、不運がある。五体満足に誕生するものもあれば、不具者として生み落されるものもある。世に迎えられるものもあれば、一生陽蔭者として片隅に屛息《へいそく》していなければならぬものもある。世に迎えられる、迎えられぬの割当てはかなり気まぐれだ。作者の眼から見ると成功している作品だと思われるのに、いっこうに世に迎えられぬ作品もあれば、その反対の場合もある。人間に運、不運があるように、作品にもまた運、不運があるのだ。私が二十三年間に発表したかなりの数の小説の中には、幸いにして世評を得た作品もあれば、その存在すら認められていないものもある。

しかし、作者の作品に対する愛情となると、これはまた別の問題である。結局のところは不出来にしか生めなかった作品であっても、今だに何とかして世の中に押し出してやりたいという気持を払拭《ふっしょく》できないでいるものもある。こんどの「自選集」（「名作自選日本現代文学館」）のような試みにおいては、当然作者のそうした気持が生かされることになる。「自選集」というものの持つ最も大きい意義は、このようなところにあるかも知れない。

過去二十三年の仕事を振り返ってみると、上述のように廃園的感懐はあるが、それと同時に大小の石が転っている磊々《らいらい》たる磧《かわら》を眺め遣るような趣もないではない。茫々たる歳月の流れの上に点々と作品が置かれているところは、長い磧の帯の上に石が転々と散らばっているようなものである。大きい石もあれば小さい石もある。いろいろな恰好の石が、それぞれ他とは無関係に、勝手なところに置かれている感じである。

こんどこの「自選集」を編むに当って、私はその磧に降り立って、大きい石は避け、小さい石の中から、これはと思うものを拾った。そして拾った石を「自選集」という籠《かご》の中に入れて行く。籠は次第に重くなり、丁度二十四個の石を入れたところでいっぱいになった。自分も入れてくれという声も聞えるし、そいつを入れて、どうして自分を入れないのかと苦情を言って来るものもある。そうした訴えに耳を傾けていたら、いつまで経っても「自選集」は編めない。もう一度やり直したら、半数以上の作品が入れ替ってしまうだろう。作家が自分で自分の作品を選ぶことは難しい。読者あるいは批評家に、この選考を依頼したら、取り上げられる作品は当然異ったものになるだろう。面白いということを選択の基準にすれば、この「自選集」の目次はかなり異ったものになるし、仕事の文学的意義といったものを重く考えれば、やはり何作かは入れ替えねばならぬだろう。しかし、自分が選ぶとなると、選択の基準というものは立てにくい。不出来であっても愛着のある作品はあるのである。二十三年間に生み出した百七、八十篇の短篇の中から、漠然と、まあこれならと思う作品を拾って行くしか仕方がなかった。そのようにして選ばれたのが、この「自選集」に収められた現代小説十一篇、歴史小説十三篇である。私の全短篇を代表するものであるかどうかは判らないが、私が愛着を持っている作品であることだけは間違いない。

今自分が選んだ二十四篇の作品の目次を眺めていると、有体《ありてい》に言って、いろいろな小説を書いてきたものだという感懐を持つ。現代小説も書けば、歴史小説も書いている。同じ現代小説と言っても、完全な仮構小説もあれば、私小説風な作品もある。ストーリーを持っているものもあれば、随想の形をとったものもある。歴史小説の場合も同様である。日本歴史に取材したものもあれば、異国の歴史を取り扱ったものもある。史実に忠実なものも、全くのフィクションで終始したものもある。これを一言で言えば、その時々で、書きたいものを、書きたい態度で書いて来たと言うほかはない。どの作品も自分が生んだ子供であるが、いろいろな子供を生んで来たものだと思う。しかし、どれも自分の子供である以上、それぞれ私の血を分け持っている筈である。もしも私がいずれ大作家たるの資格を持つことになるとすれば、将来、ここに収めてあるすべての短篇の生命を一つに集めたような渾然たる作品を書くだろうと思う。書けるか、書けないか、本人の私にも判らない。もし書ければ、その時私は初めて作家としての責任を果したと言うことができる。書けなければ、たくさんの作品をいろいろな形で発表し、ついに作家としての責任をとれぬ凡庸な作家で終ったと言うほか仕方ないだろう。この「自選集」の目次を目にして、二十四篇の短篇小説の作者としての私の偽らぬ感懐でもあり、自らを鞭打《むちう》つ自戒の弁でもある。

『漆胡樽』は芥川賞を受けた昭和二十五年の作であり、『猟銃』『闘牛』『通夜の客』『比良のシャクナゲ』に続く五番目の作品である。後に西域を舞台にした長篇、短篇を幾つか書くようになるが、これはその第一作である。学生時代から東西トルキスタンの風土や、そこに興亡した民族の歴史に対して、少なからぬ関心と興味を持っていたが、それをこの作品に盛ったのである。二十八年にやはり西域を舞台にした『異域の人』を発表しているが、この方は実在の歴史上の人物を取り扱っており、『漆胡樽』の方は全くのフィクションである。『漆胡樽』を書く時、既に『異域の人』の構想もできており、その孰《いず》れを、この種の作品の第一作として発表すべきかなかなか決らなかった。作家としても大切な時期にあって、ロマンティックな仮構小説を書くべきか、史実に則した歴史小説を書くべきか、容易に判断がつかなかった。そして結局気らくに楽しんで書けそうな『漆胡樽』の方を選んだのであるが、脱稿して、雑誌「新潮」に渡してから、それが発表になるまで、やはり『異域の人』にすべきではなかったかという思いを払拭できなかった。そういう意味で、作者としては、この「自選集」に二作を収めた。一つだけでは片手落ちになってしまう。今考えると、どちらを先きに発表してもいいようなものであるが、小説家として固まるか固まらないかの瀬戸際であったので、このようなことにも気を遣わなければならなかったのである。作品として、『漆胡樽』と『異域の人』で、どちらがいいか、私は知らない。ただその孰れもが、『猟銃』発表以前に構想をたてていた私にとっては特別な作品なのである。

『ある偽作家の生涯』『玉碗記』の二作は、『漆胡樽』を発表した翌二十六年の作品である。共に作家としての私の地位を、ある程度安定させてくれた作品である。年譜で見ると、この年は実に沢山の小説を書いている。三つの月刊誌連載小説のほかに三十篇の短篇小説を活字にしている。どうしてこんなに書いたのか諒解に苦しむが、とにかく朝から晩まで憑《つ》かれたように机に対《むか》っていた。そうした中で八月に『玉碗記』を、十月に『ある偽作家の生涯』を発表した。今でもこの二つの作品のことを思うと、乱戦の中の所産という感懐がやって来る。この年私は勤務先の新聞社を罷《や》めて、小説家として一本立ちを目差している。

これに較べると、この集に収めた他の作品はずっと穏やかな表情を持っている。現代小説の『グウドル氏の手套』『姨捨《おばすて》』『蘆《あし》』『川の話』、歴史小説の『信松尼記』『信康自刃』『犬坊狂乱』『真田影武者』『佐治与九郎覚書』『平蜘蛛の釜』などはいずれも二十八、九年から三十二、三年までの間の作品で、作風はそれぞれ異っているが、どれもらくな姿勢で書いている。どこにも傑作を書こうといった構えもなく、世評を気にしているところもない。一方で『黒い蝶』(三十年)、『射程』(三十一年)、『天平の甍』(三十二年)などの長篇小説の仕事をしていたので、短篇小説の方は世評を気にしないですむ仕事ができたのである。今になってみると、私はこの時期の構えのない作品が好きである。

三十三年の『楼蘭』と三十四年の『洪水』は、いずれも西域を舞台にしたもので、共に一応の世評を得た作品である。三十四年には『敦煌』、『蒼き狼』という二つの西域長篇小説を書いているが、今にして思うと、西域を舞台にした小説に最も熱を入れていた時期である。私の作家生活の中で、精神的にも、肉体的にも一番張りのあった時期と言っていいかも知れない。『楼蘭』を脱稿した日のことも、『洪水』を書き上げた日のことも忘れないでいる。『楼蘭』は暁方脱稿して、自分で「文藝春秋」の印刷工場に届け、帰宅すると、その日は一日寝たり起きたり、時折初夏の陽の当っている縁側に出てぼんやりしていたものである。疲れてはいたが、何となく仕事をしたあとの満ち足りた思いに揺られていた。『洪水』は季刊誌「声」に発表したが、この方は推敲を重ねる余裕があり、活字になってからも削ったり加えたりした。すっかり作品から離れた日、私は郷里に発った。前月父が亡くなっており、歿後の法要の打合せのためであった。

『補陀落渡海記』『小磐梯』の二作は三十六年の作品である。その前年の三十五年から私は仕事を少なくしている。この年は前半に週刊誌の連載小説を、後半に新聞小説を書いているが、それ以外には『補陀落渡海記』『小磐梯』の二作しかない。このあと、古代説話や口碑伝承に取材した小説を書くようになるが、この二作がその最初の試みである。

四十年代になってからのものでは、四十二年の『崑崙《こんろん》の玉』、四十四年の『アム・ダリヤの水溜り』、四十六年の『道』の三作がこの集に収められている。『崑崙の玉』を書いた時、私は既に六十歳になっていた。当然なことながら、気負った気持はなくなっている。この三作は、それぞれ作風は違うが、その時点に於て書きたかったものである。

（昭和四十七年十二月）

「歴史小説の周囲」あとがき

これまでかなり沢山の歴史小説を書いて来ておりますが、それに関して生れたエッセーもいつの間にかかなりの量になりました。こんどそれを『歴史小説の周囲』と題して一冊にまとめました。取材旅行の紀行もあれば、資料に関するノート様のものもあります。

なお「西安の旅」「揚州紀行」「長城と天壇」「万暦帝の墓」の四篇は曾て『異国の旅』（昭和三十九年、毎日新聞社発行）に収めたものでありますが、私にとって大きい意味を持つ中国旅行に関する文章ですので、ここに再録させて貰いました。

本書の上梓に当って、終始講談社の松本道子さんのお世話になりました。深甚の謝意を表します。

昭和四十七年十二月

（昭和四十八年一月）

「井上靖の自選作品」あとがき

私は四十歳を過ぎてから小説を書き出したので、作家としては遅い出発であるが、それでもいつか二十年に余る創作生活を持ってしまった。こんど八木岡英治氏の需めに応じて、その二十余年の歳月が生み出したものの中から、何篇かの作品を選ぶことになった。「黒い蝶」「暗い平原」は壮年期の仕事で、共に何かを為そうと思って筆を執った作品である。結局、何も為せなかったが、一時期の私の気負いのようなものが仕舞われてある私としては数少い作品の中の二作である。「風濤」は私の一連の歴史小説の中で、珍しくきちんと坐って書いた作品である。きちんと坐ることがいいか悪いかは知らないが、ふしぎにきちんと坐って書くことができた作品である。

他に短篇を六篇選んだ。短篇は作家の貌である。六つの短篇は私の六つの貌を現している。いろいろな貌があるだろうが、どれも間違いなく私の貌だ。

作家が自選集を編むということはたいへん難しいことで、もう一度選び直したら、また別のものになるかも知れないが、二十年の創作生活を振り返ってみて、ごく自然に心に浮かんで来る作品を拾うということになると、このようなものになる。なお、十数篇の詩をも併せ収めた。私が書いたというより、自然にどこからか私の手許に転り込んで来た石ころのようなものである。いろいろな色や形を持った石ころであるが、どれも小さい。これらの小さい石ころを、私は終生ポケットに入れて持ち歩くことであろう。

（昭和四十九年五月）

「私の歴史小説三篇」について

昭和二十五年に「闘牛」という作品で芥川賞を受け、それを出発点として作家生活に入ったが、いつか二十五年という歳月が経過してしまい、今年は七十代に踏み込むことになった。まことに光陰は箭の如しで、自分でも信じられぬ思いである。

こうした時に、講談社から人生にひと区切りつける意味で、古稀を記念して何か出版してみる気はないかという申し入れがあり、それに多少心を動かされるものもあって、この「私の歴史小説三篇」の上梓となった。収めている作品は「天平の甍」、「風濤」、「おろしや国酔夢譚」の三篇である。

「私の歴史小説三篇」と題したが、作者として特にこの三作が気に入っているとか、代表作であるとかいった意味からではない。いずれも異国を舞台にし、多かれ少かれ異国の歴史を取り扱っている歴史小説で、それを生み出すには多少煩瑣な手続きを踏まなければならなかった。特殊な配慮も必要であり、取材にもそれなりの苦心があった。そういう意味では、この三篇の小説は一連の共通したものを持っている。

異国に取材した作品は、この三篇のほかに、もう一つ、アメリカに於ける日系移民の歴史を取り扱った「わだつみ」という作品があるが、この方はまだ完結していない。

こうした一連の仕事は、私なりに多少意識して生み出したものである。日本と中国、日本と韓国、日本とロシア、日本とアメリカ、――それぞれ二つの国の交渉史の上で、私なりに一番関心の強い問題を取り扱っている。こうした仕事を自分に課したというと大袈裟になるが、幾らかそうしたところがないでもない。

「天平の甍」は、昭和三十二年三月から八月まで『中央公論』に連載され、「風濤」は三十八年八月と十月の『群像』に二回に分けて発表された。また「おろしや国酔夢譚」は四十一年一月から翌四十二年十二月まで、二年間にわたって『文藝春秋』に連載が続き、さらに四十三年五月号に終章が掲載された。

幸いに、それぞれの国でも訳されている。「天平の甍」は中国に於て、先年楼適夷氏によって訳され、多勢の人に読まれているし、「風濤」はすでに韓国で一冊になっているが、こんど改めて鮮于輝氏によって訳されることになっている。「おろしや国酔夢譚」も先年アンチピン氏の訳によって「外国文学」誌上に発表され、近く上梓されることになっている。

作者としては、この三作について、いろいろ語りたいものはあるが、既にそれぞれについて発表した幾つかの文章があるので、それを収めて、自作解題に替えさせて頂くことにした。

（昭和五十二年五月）

「西域をゆく」あとがき

去年から今年にかけて、潮出版社の志村栄一氏のきも入りで、司馬さんと四回対談した。対談の席にはいつも録音テープが用意されてあり、速記係りの女性も姿を見せていた。

が、しかし、対談していて、それが活字になるというような気持はいっこうになかった。自分が話したいことを勝手に話し、話し疲れて打ち切るといった、いつも、そんなその席の空気であった。

司馬さんはいささかの構えもなく話されたし、私もまた同じであった。司馬さんは談論風発というタイプであるし、私もまた相手次第で、自分中心に、いくらでも喋るというところがある。

だから、何回対談しても、なかなか一冊には纒めにくいだろうと思われたし、もしかしたらこの企画は流れてしまうのではないか、そんな懸念もないではなかったが、暫くすると、よくしたもので、自分たちが話したことがやはり原稿の形をとったり、活字に組まれたりして、一応の体裁をとって現われて来た。読んでみると、なるほどこういう話をしたことがあるなと思ったり、確かにこれは自分の発言以外の何ものでもないと思うものにぶつかったりした。

そういう意味では、こんど一冊の形をとったものの内容は、少くとも司馬さんが話したことであり、私が話したことである。他の誰が話したことでもない。しかも、それぞれが、自分が思い、感じ、考えていることを、何の構えもなく、ありのまま打ち出している。時には自己流の解釈もあろうし、独断的な発言もあるに違いないが、作家としての自分の責任に於ての解釈であり、発言であるので、大方の御容赦を願っておく。

またこの対談の何回目かには、ゲストとして藤枝晃、樋口隆康両氏をお招びして、二人の対談を、側面から応援して頂いている。お蔭で座談会の席は、ただひたすらに楽しいものになった。楽しいばかりでなく、専門家としての両氏の見識と、該博な知識に接し、頗る教えられるところ多かった。

ゲラの前半は、今年五月の初め、招かれた中国の旅に於て、北京で読み、ゲラの後半は、この八月、東京の自宅の書斎で読んだ。そしてそれぞれ、意味不分明なところは訂正したり、筆を加えたりした。そんなことをする度に、司馬さんとの対談の、――多少大袈裟な言い方を許して頂けば、生涯にそうざらにはあろうとは思われぬ楽しさが、少しずつ変革し、変質してゆくのを覚えた。それで、もう少し加筆すればと思うところも、そのままにしておく、そんなゲラへの対かい方をした。

司馬さんとは中国には五十年、五十二年と二回、ごいっしょの旅行をしている。昨五十二年の時は、新疆ウイグル自治区に入った。私にとっては生涯の一つの事件と言える旅であったが、司馬さんにとっても、また同じではなかったかと思う。

その二回の旅に於て、私たちは毎日のように話した。昼も夜も話した。東洋の古い歴史について、民族について、その運命について、自分ながらよく倦きないと思うほど話した。と言って、別に難しい話をするわけではない。日常茶飯のことを話しているのであるが、いつかそれが東洋史の大きな主題に結びついてしまうのだ。奇妙な機械である。

本書の内容は、その二回の旅の所産と言えるかも知れない。今になって思うと、話すべきであって、話してないことがたくさんある。そのことのためにも、司馬さんと三回目の旅をしたいものである。東洋なら、どこでもいい。

（昭和五十三年八月）

英訳井上靖詩集序文

私はこれまでに「北国」、「地中海」、「運河」、「季節」、「遠征路」の五冊の詩集を出している。収める詩篇約一六〇。二十三、四歳から詩作を始め、それが今日まで続いている。半世紀にわたっての詩作活動ということになるが、僅かな所産というほかない。恰も半世紀にわたる長い地下水の流れを望む思いである。地下の流れは、時に地表に出、すぐまた伏流する。伏流している期間の方が長い。しかし、たまたま地表に出た時、何篇かの詩は生れている。詩作とは、詩人の仕事というものは、このようなものではないかと思う。

こんどこの一六〇篇の詩の中から二十四篇を選んで、湯河京子さんが訳して下さった。初めにこのお話があった時、何を訳すかは湯河さんにお任せした。私の地下水のいかなる表出部を選ばれるか、しかも何篇取り上げられるか、すべて訳者にお任せしたわけであるが、それがこのような見事な形のものになって現れた。私のその時期、時期の気まぐれな詩的所産は、自ら一つの湯河的統一を与えられ、再構成され、一冊の訳詩集として、新しい生命を持つに到ったのである。

たいへん嬉しいことでもあり、有難いことでもある。どうかこの詩集が一人でも多くの人に読まれることを希ってやまない次第である。湯河さんのためにも、私のためにも。

（昭和五十四年三月）

「現代の随想 井上靖集」あとがき

私の場合は小説を書くのが本業なので、なるべく小説以外の文章は書かないようにと、自分を律してきたつもりであるが、それでもそうした小説以外の文章が何冊かの形をとって、私の著作集の中に顔をのぞかせている。いずれも私の作家生活三十年の間に生み出されたものである。美術について、歴史について、旅について、人生について、その他雑多なことについて、その時々の感慨や感想が書き記されている。

小説の場合は作品という呼び方ができるが、こうした随想、エッセーの類は作品とは呼び得ない。もっと直接に、その時その時の自分の心が刻みつけられている文章なのである。従って曾て自分が綴った随想、エッセーの類を読み返してみると、その時々の自分の息遣いまで聞こえて来るような気がする。静かな思いもあれば、烈しい思いもある。いずれもみな、曾て間違いなく、自分の心を横切ったものである。そういう意味では、どの文章にも自分の落款がはっきりと捺されていると言える。

そうした何冊かの随筆集の中から、自分の好む文章を選んで、それで一冊を編んだのが、こんどのこの「現代の随想シリーズ」の一冊である。自分が好む文章という言い方をしたが、結局のところは、自分という人間が出ているか、いないかが選択の基準になっているかと思う。よかれ、悪しかれ、これが私です、そう言えるようなものだけで一冊を編みたかったのであるが、果してそうなっているか、どうか。

こんどこの一冊を編むに当って、原稿の収集、整理、その他に於て、彌生書房の担当スタッフの方々にいろいろお世話になっている。心から謝意を表する次第である。

昭和五十六年三月一日

（昭和五十六年三月）

「井上靖歴史小説集」内容見本 著者の言葉

小説を書き出してから、いつか三十年の歳月が流れている。その作家生活三十年の間にかなりたくさんの小説を書いてきている。長篇小説もあれば、短篇小説もある。また内容から言えば現代に取材したものもあれば、歴史に取材したものもある。

現代小説と歴史小説では、作家の材料への対かい方は、かなり大きく異っている。また同じ歴史小説といっても、歴史そのものを書く場合もあれば、歴史上の人物を書く場合もある。また日本史に取材したものもあれば、異国の歴史を取り扱ったものもある。

私にとって現代小説と歴史小説と、どちらが大切かというようなことは言えず、どちらも大切なのであるが、ただいつからか、いろいろな角度から多少整理した歴史小説だけの選集を編んでみたいと思うようになっていた。こんど図らずも、その念願が岩波書店によって果されることになった。うれしいことである。

この機会に、それぞれの作品がいかにして生み出されたか、その主題設定や取材経過についても、できるだけ詳しく併せ記したいと思っている。読者諸氏のためと言うより、私自身のためである。いつかそういう年齢に、私は達している。

（昭和五十六年五月）

「井上靖歴史小説集」あとがき（抄）

第一巻

小説『敦煌』が私の作品系譜の中でいかなる位置を占め、いかなる評価が与えられているか知らない。発表当時、この作品について書かれたかなりたくさんの文章の中で、

――この作品の生命は、すさまじい音響と色彩感にある。読んでゆくとわかるが、そこには砂漠の暴風や、兵士の叫びや、馬のいななく声や、自然と生物との凄い咆哮がある。古代史からひびいてくる壮絶な音響に読者は耳を傾けるであろう。同時に大自然や、燃える城や、砂漠の夕暮などの見事な色彩感にも気づくであろう。

こういった亡き亀井勝一郎氏の批評の一節など、たいへん有難いものとして受け取った記憶を持っている。確かにこういうものを書きたくて、筆を執ったのに違いないのである。

西域という名で呼ばれている中国の西方辺境地帯の歴史と風土に興味を持ったのは、京都大学の学生時代からであるが、小

説『敦煌』を書いたのは昭和三十四年、作家として立ってから十年目である。それから今日までに、いつか二十二年の歳月が経過している。

その二十二年の間に、小説『敦煌』に関して綴った文章の中から主なものを選んで、次に再録して、作者の自己解説に替らせて頂く。

なお、本巻に収めた『洪水』は、『敦煌』の「群像」連載が完結した直後、同じ年の七月に雑誌「声」四号に発表したもので、材を中国の古代地理書『水経注』の「河水篇」にとっている。敦煌出身の索勱《さくばい》が精誠《まごころ》を以て呼沱《こだ》の流れをとどめたという短い二、三行の記述があるが、それを中心に据えて、私が自由に作り上げた物語である。索勱なる武人は、その短い記述だけに登場しており、果して実在の人物であったかどうか、甚だ疑わしい。そういう点から物語の主人公として登場して貰うには打ってつけの人物であった。

『異域の人』は二十八年、「群像」七月号に発表したもので、後漢の初めに西域経営を行った史上有名な将軍、班超の西域における後半生を描いたものである。内容は、その殆どを『後漢書』「班超伝」に仰いでおり、『後漢書』「西域伝」によって足りないところを補っている。

（昭和五十六年六月）

第二巻

『楼蘭』は昭和三十三年七月号の「文藝春秋」に掲載した小説である。舞台は現在の中国新疆ウイグル自治区、タクラマカン沙漠東部のロプノール周辺。小説で取り扱っている紀元前後の時代も、それから二千年経っている現在も、そこが沙漠のただ中であることは、いささかも変っていない。

もちろん『楼蘭』は現地を踏むことなしに書いた小説である。いくら行きたいと思っても、行けるところではなかった。

それから二十二年経った昨年、私は思いがけずこの地帯に足を踏み入れることができた。楼蘭の遺址、ならびにロプノール地区には外人ははいれないが、そこに最も近い若羌（チャルクリク）、ミーラン遺跡などには、自分の足で立たせて貰い、まことに感慨深いものがあった。共に小説『楼蘭』の舞台になっているところである。この西域南道の旅について綴った二つの文章（「謎の国 楼蘭」ならびに「絲綢南道を経巡る」）があるので、それを再録することによって、自作解題に替らせて頂くことにする。

なお本輯には『楼蘭』のほかに十一篇の短篇を収めている。『楼蘭』後、約十年間に亙って発表したものばかりである。発表年次、掲載誌は次のようである。

『狼災記』　昭和三十六年八月号「新潮」
『古い文字』　昭和三十七年十二月号並びに
昭和三十九年六月号「文學界」
『明妃曲』　昭和三十八年二月号「オール讀物」

『僧伽羅国縁起』　昭和三十八年四月号「心」
『宦者中行説』　昭和三十八年六月号「文藝」
『羅刹女国』　昭和三十八年八月号「新潮」
『永泰公主の頸飾り』　昭和三十九年十一月号「オール読物」
『褒姒の笑い』　昭和三十九年十一月号「心」
『古代ペンジケント』　昭和四十一年四月号「オール読物」
『崑崙の玉』　昭和四十二年七月号「オール読物」
『聖者』　昭和四十四年七月号「海」

（昭和五十六年七月）

第三巻

小説『天平の甍』は「中央公論」昭和三十二年三月号より八月号まで、六回に亙って連載したものである。この作品執筆に当って、多年鑒真《がんじん》研究に情熱を傾けておられた早稲田大学教授安藤更生博士に作品全般に亙って教示を得ることができたのは、私の倖せであった。

この作品発表後、今日までに、いつか二十四年の歳月が流れている。その間に十数回に亙って中国を訪ね、作品の舞台となっているその大部分のところに、自分の足で立つことができた。またその間に中国語訳『天平之甍』も出版されたり、揚州に唐招提寺講堂を模した鑒真記念館も造られている。それからまた中国各地で大々的なロケーションを行って、映画『天平の甍』の映画化も完成している。改めて二十四年という歳月の長さを思わずにはいられない。それにつけても、三十八年揚州における鑒真記念館の定礎式には共に土をすくった安藤更生博士は、今は故人になっておられる。当時を思うと感慨深いものがある。また作品発表以後、今日までに、この作品について語った文章もかなりの数に上っている。以下、その主なものを再録して、自作解題に替らせて頂くことにする。

なお、本巻には『天平の甍』のほかに、

『漆胡樽』　昭和二十五年四月号「新潮」
『玉碗記』　昭和二十六年八月号「文藝春秋」
『漂流』　昭和二十八年十一月号「文學界」
『僧行賀の涙』　昭和二十九年三月号「中央公論」
『補陀落渡海記』　昭和三十六年十月号「群像」
『塔二と弥三』　昭和三十八年十一月号「オール読物」

の六作品を収めている。『天平の甍』発表以前に書いたものもあれば、その後に書いたものもあるが、私にとっては初期の歴史小説の一群というべきものである。

（昭和五十六年八月）

第四巻

『蒼き狼』は昭和三十四年十月から翌三十五年七月まで、「文藝春秋」誌上に連載されたものである（同三十五年、同社より単行本として刊行）。この作品は成吉思汗に率いられた蒙古民族の生々発展の歴史を、蒙古民族の『古事記』とも言うべき『元朝秘史』をもとにして綴ったものであり、併せて成吉思汗その人の非凡さを、その人間関係から追求したものである。作品は当然ロマンの形をとっている。

この作品完結直後、「『蒼き狼』の周囲」（昭和四十八年、講談社刊の『歴史小説の周囲』に所収）という文章を発表しているので、それを再録して、作者の自己解説に替えさせて頂こうと思う。

なお、この作品を廻って大岡昇平氏との間に応酬があった。『蒼き狼』論争と言われているものである。それから二十年経った今になってみると、大岡氏の所論もよく理解でき、別に反論の筆を執る必要もなかったと思われるが、その時は自作を守らなければならぬ気持に駆り立てられて、「自作『蒼き狼』について」（同じく上掲書所収）の一文を綴った。この文章も自作解題の一助として再録させて頂くことにする。

（昭和五十六年九月）

第五巻

『風濤』は、昭和三十八年八月と十月の二回に分けて雑誌「群像」（同年、単行本として講談社より刊行）に発表した作品である。この作品は日本歴史に於て〝元寇〟とか〝蒙古襲来〟とか呼ばれている文永の役、弘安の役を、元の前進基地とされていた高麗側、つまり朝鮮側から書いたものであるが、この発想は池内宏氏の大著『元寇の新研究』から頂いている。氏の労作に刺戟されてのことである。『元寇の新研究』の上梓は昭和六年十二月であるが、初めて読んだのは三十年頃であったろうか。読後の感動は大きかった。それまで神風で片付けられていた文永の役、弘安の役なるものが、すっぽりと日本史から脱け出して、東洋史の大きい展望の中に置かれたような思いを持った。

『風濤』の筆を執ったのは、それから七、八年後である。その間に史料や参考書を集めたり、韓国を訪ねて小説の舞台になるところに自分の足で立ったりはしているが、結局、準備不足のままに筆を執らねばならなかった。そういうこともあって、史実に寄り添った仕事になっている。池内氏の大著の他には、『高麗史』と『元史』だけを座右に置いた。『高麗史』は明治四十一年十一月発行の国書刊行会本を使い、自分の力では読みこなせないところは専門家を煩わして訳して頂いた。

それから人名は、明らかに元側の人物と思われるものは『元史』記載のものを使い、高麗側の人物と思われるものは『高麗史』記載のものを使った。一例を挙げると同一人物が『元史』では〝赫徳〟、『高麗史』では〝黒的〟となっている。この場合は明らかに元から派遣されて来た人物であるので、『元史』の〝赫徳〟の方を採用している。

『風濤』という題は、元が国使を日本に送ろうとして、その嚮

導の役を高麗に命じて来た時の詔書の中の文章、

——風濤険阻ヲ以テ辞ト為スナカレ。未ダ曾テ通好セザルヲ以テ解《イヒワケ》トナスナカレ。

から採っている。

『風濤』執筆前に一回と、執筆後に二回、韓国を訪ねている。そのうちの二回の韓国紀行を、以下再録して、自作解題に替らせて頂くことにする。

（昭和五十六年十月）

第六巻

『おろしや国酔夢譚』は「文藝春秋」昭和四十一年一月号より四十二年十二月号まで二十四回にわたって連載し、四十三年五月号に発表した終章を以て完結した作品である（同四十三年、同社より単行本として刊行）。この作品を挟んで、書き始める前と、書き終ったあとに、それぞれ一カ月半ほどのロシアの旅をしている。書き始める前の四十年の旅では、私は『おろしや国酔夢譚』の主人公大黒屋光太夫について殆ど何も知っていなかった。帰国して亀井高孝氏校訂の『北槎聞略《ほくさぶんりやく》』（光太夫が帰国後、将軍家の前で語った漂流の顛末をもとにして桂川甫周《かつらがわほしゅう》が彼一流の筆で記述したもの）と、吉川弘文館発行の同氏の『大黒屋光太夫』を読んだ時、初めてこれを小説の形に綴ったら面白いだろうと思った。ロシア旅行から帰ったばかりの時で、光太夫と関係の深いイルクーツク、レニングラード（当時のペテルブルグ）の町の印象や、シベリアの風物が生き生きと蘇って来た。もし四十年のロシア旅行がなかったら、おそらく『おろしや国酔夢譚』という作品は生れなかったろうと思う。

「文藝春秋」四十三年五月号に終章を書き終えると、すぐ二回目のロシア旅行に出発した。この旅の主な目的は、小説で書いた舞台を改めて確認することと、書き足りない部分のために新たに取材することであった。

この小説の最初の筆を執った四十年の秋から、この小説が一冊の形を取った四十三年の秋までの三年の間は、光太夫、光太夫で暮した。亀井高孝先生、村山七郎、中村喜和、高野明、加藤九祚各氏を、この小説のために煩わしたことはたいへんなものである。なお、この作品発表後、今日までの十数年の間に、現地における取材について、幾つかの文章を発表しているが、その主なものを再録して、自作解題に替わらせて頂くことにする。

（昭和五十六年十一月）

第七巻

小説『額田女王』は「サンデー毎日」昭和四十三年一月七日号より、四十四年三月九日号まで連載されたものである（同年、毎日新聞社より単行本として刊行）。この小説の主人公額田女王が万葉初期歌人中、抜群の才媛であることは、万葉集に収められている長歌や短歌が、よくこれを示している。高い格調を持った情熱の歌人である。しかし、その生涯のことはよく判っていない。生没年も不明、その出生もはっきりしていない。若い時、大海人皇子（のちの天武天皇）と愛人関係にあって、十市皇女をもうけているが、後に天智天皇の後宮に入っており、壬申の乱の波も真向から浴びている。その人生行路は頗る複雑である。判らない部分もたくさんあるが、それだけに小説家にとっては、たいへん魅力ある女性である。その判らない部分を小説の形で埋めようとしたのが、小説『額田女王』ということになろうか。

これを書くに当って、執筆上いろいろな問題もあったが、この小説発表後に書いた「天武天皇」「大和朝廷の故地を訪ねて」「咲く花の薫うが如く」の三つのエッセーを収めて、自作解題に替らせて頂くことにする。

（昭和五十六年十二月）

第八巻

『後白河院』は昭和三十九年十月から翌四十年十一月にかけて、六回にわたって、「展望」に連載したものである（昭和四十七年六月筑摩書房より単行本として刊行）。この小説に於ては執筆上にいろいろな問題があり、それについて語らねばならないが、『後白河院』の周囲」と題した自作解題の文章があるので、それを読んで頂くことにする。

それからまたこの小説が取り扱っている時代がいかなる時代であったか、それを知って頂くために「『六道絵』私見」という随想も、再録させて頂く。

『楊貴妃伝』は「婦人公論」昭和三十八年二月号より昭和四十年五月号まで、二十八回にわたって連載した小説である（昭和四十年八月中央公論社より単行本として刊行）。「旧唐書」「新唐書」「資治通鑑」等の史書の記述を踏まえて、編年体に楊貴妃の半生を描いた歴史小説であるが、「楊太真外伝」「開元天宝遺事」「安禄山事蹟」等の伝奇類や戯曲「長生殿伝奇」なども参考にしている。

私は昭和三十二年、三十六年、三十八年と、この作品を書く前に三回中国を訪ねている。いずれも中国に招かれての旅であった。この三回の中国旅行がなかったら『楊貴妃伝』の筆を執ることはできなかったと思う。殊に三十八年の旅行は、『楊貴妃伝』連載中のことであり、しかもその主要舞台である西安市（昔の長安）を訪ね得たことは、この作品が持った大きい幸運であった。

外国を舞台にした歴史小説を書く場合、一番大切なことは、その小説と関係ある場所に、実際に自分の足で立ってみることである。しかし、このことはなかなか難しい。私はいわゆる西域小説なるものを何作か書いているが、タクラマカン沙漠周辺を舞台にしたものの場合は、文献や古い記述によって書く以外仕方がなかった。小説の舞台になっている地方に足を踏み入れたのは、その作品を発表してから二十年ほど経ってからである。

その点、『楊貴妃伝』の場合は、現地で取材のメモをとることができたのであるから幸運であったと言うほかはない。

自作解題に替えて、三十八年の折の紀行「西安の旅」を再録させて頂く。


（昭和五十七年一月）

第九巻

『淀どの日記』は「別冊文藝春秋」第四十七号（昭和三十年八月）より第七十一号（昭和三十五年三月）まで、二十五回にわたって連載した小説である（昭和三十六年、文藝春秋新社より単行本として刊行）。連載期間は足かけ六年の長きに及んでいる。

「茶々のこと」「塔・桜・上醍醐」の二つの随想の再録によって、自作解題に替らせて頂くことにする。


（昭和五十七年二月）

第十巻

『真田軍記』は、昭和三十年八月より十一月まで「小説新潮」に連載したものである。真田昌幸、幸村父子に関する四つの短篇から成っている。この種の作品に於て、作者がその作品に依拠した資料について語ることはいかがかと思うが、あるいは一部の読者諸氏の参考にもと思って、一応簡単にそれに触れておく。

「海野能登守自刃」――この作品は「羽尾記」（蕗原拾葉収載）を読んで海野能登守という人物に興味を覚えて筆を執ったもの。「羽尾記」は、上野吾妻郡羽尾村羽尾某の子孫がこの地方を領有するところから真田氏の沼田城経略に到る次第を記したものである。

「本多忠勝の女」――真田一族に関する資料は非常に少く、あっても講談まがいの記述が多いようであるが、その中で「鶴丸夜話」および「真武内伝」（信濃史料叢書収載）記載の本多忠勝の娘のことにはある真実性が感じられる。それに依って生れたのがこの作品である。

「むしろの差物」――元禄五年に出た本で、戦国時代より慶長頃に到る間の、信濃に関係深い武将の武功を記述した「武功聞書」（蕗原拾葉収載）にこの作品の二人の主人公のことが僅かながら出ている。

「真田影武者」――真田幸村とその子幸綱の最後については、徳川時代にいろいろ風説があったらしく、この作品は「真武内伝追加」（信濃史料叢書収載）に記載されてあること、および「日本戦史」に載っている「落穂雑談一言集」「慶長見聞書」からの抜萃に依ったものである。

いずれも根拠となっている記述や出典はあるが、それをもとにして、作者の自由の解釈で、人物や事件を取り扱っている。歴史的事件を書こうとしたものでもなければ、歴史的人物を描こうとしたものでもない。根拠となる記述はあるにしても、果してこうした事件が実際にあったか、あるいはこうした人物が実在したか、古い記述の判定は難しい。説話、伝承、伝説、ゴシップ、――そういった性格の記述である。

しかし、作者の私は、そうした事件や人物を逆に歴史の中にはめ込み、それに正当の座を与えることができたら、――多少そんな気負った気持で筆を執っている。真偽のほどは判らない記述ではあったが、それだけの魅力はあったのである。従って読みもの風の書き方はしているが、単なる読みものを書くつもりはなかった。

なお本巻には『真田軍記』のほかに、同じく戦国時代に取材した十四篇の短篇を収めている。その中で正史に登場しない人物を取り扱った作品だけについて、それの依拠した資料について簡単に触れておくことにする。

『篝火』――この作品の主人公多田新蔵についての記録は、「常山紀談」と「甲斐国志」に出ている。私は「日本戦史」に二つの記録が併せ収められているのを読んだが、記録といっても四五行程度の僅かなものである。

『高嶺の花』――「熊谷家伝記」巻ノ五（伊那史料叢書収載）に第七代直勝の事蹟が記されているが、その中に「大坂出陣人足帰国物語之事」という一項がある。そこに坂部村から賦役として出た二人の人足のことが、これも二、三行であるが、記されている。

『犬坊狂乱』――室町時代における伊那郡伊賀良庄の豪族関氏の興亡の事実を記した「関伝記」（伊那史料叢書収載）に拠っている。この書は上中下三巻より成っているが、中巻の巻頭に「下条家褒美幷犬坊変死之事」という一項があり、犬坊のことが出ている。「熊谷家伝記」にも大同小異の記載がある。

これらの作品に対しても、『真田軍記』について記したことが、そのまま当てはまる。それから随想「戦国時代の女性」（『歴史小説の周囲』所収、一九七三年一月、講談社）を再録して、他の作品に対する側面からの作者の解説とさせて頂くことにする。

（昭和五十七年三月）

第十一巻

『澄賢房覚書』は昭和二十六年六月号の「文學界」に掲載したものである。主人公澄賢房は実在の人物ではないが、このように修行途上、高野山を追われた人物はたくさん居る筈で、そうした人たちを代表して、澄賢房なる人物に小説の中に登場して貰った次第である。この作品を書くことができたのは、新聞記者時代から高野山に多少の関係を持っていたからであり、『若き日の高野山』なる随想一篇を再録して、この作品の自作解題に替らせて頂く。

『小磐梯』は昭和三十六年十一月号の「新潮」に、『北の駅路』は昭和二十七年二月号の「中央公論」に、『考える人』は昭和三十六年八月号の「小説新潮」に発表したものである。このうち『小磐梯』と『考える人』は、それぞれ現地に行って取材して書いたものであり、『北の駅路』は作品の中にその名を出している『日本国東山道陸奥州駅路図』なる書物をたまたま入手して、それを一篇の小説に纏めたものである。

『西域物語』は昭和四十三年十月六日の「朝日新聞」に第一回を掲載し、四十四年三月九日の同紙に最終回を掲載するまで、その間各日曜紙面に二十一回に亘って連載したものである。この作品は、『西域物語』という題名でも判るように、西域に関して筆者が調べたり、考えたり、実際にその土地土地に行って見聞したりしたことを、多少歴史物語風に整理して綴ったものである。従って純粋なエッセーでも、紀行でも、もちろん小説でもない。しかし、随所にエッセー風なところ、紀行風なところ、歴史物語風なところを持っている。

この作品を生み出すもとになっているものは、昭和四十年と、四十三年の二回に亘って試みた西トルキスタンの旅行である。ウズベク共和国、タジク共和国、キルギス共和国、トルクメン共和国といったたくさんの少数民族が蝟集している地帯の旅であった。最初の旅では、西域の歴史の上には必ず登場してくるサマルカンド、ブハラ、タシケントといった古い町々を訪ね、最近発見されたペンジケントの遺跡も訪ねた。二回目の旅では史記に出て来る大宛国、――現在のフェルガナ盆地に入り、そこにちらばっているアンディジャン、マルギラン、コーカンド、フェルガナといった古い町々を経廻った。それからまた天山越えの街道すじに当るフルンゼ、トクマクといった町々や、最近発見されたアク・ベシムの遺跡などをも訪ねた。

二回の旅、いずれも、それぞれ一カ月余ずつの日子をかけたが、所詮単なる旅行者としての旅であるにしかすぎない。しかし、この二回の西トルキスタン旅行がなかったら、『西域物語』は生れていない筈である。この二回の旅では、各地の大学や、科学アカデミーの世話になり、多勢の学者たちに会うことができた。また学者ではないが、歴史小説『サマルカンドの星』の作者であるボロジン氏に会って、氏の一家を挙げての款待に接したことも忘れることのできない旅の思い出である。二回の旅それぞれに於て、私は氏の家に招かれ、烈しいスケジュウルの旅の疲れを医《いや》すことができた。そのボロジン氏も今は故人になっておられる。

なお本巻には、私の詩の中から西域に関連する詩篇五〇を選び収めた。また、『明治の風俗資料』を解説に代えて収めている。併せお読み頂きたいと思う。

（昭和五十七年四月）

「シルクロード詩集」あとがき

この十年ほどの間、多少意識して往古の西域の地、今日の言い方で言えばシルクロード地帯を旅している。中国領の東トルキスタン、ソ連領の西トルキスタンを初めとして、アフガニスタン、パキスタン、イラン、イラク、トルコ、エジプトの沙漠地帯、辺境地帯の旅である。

本書に収めた詩は、最後の詩（「漆胡樽」）以外すべてそうした旅によって生み出されたものである。第一部、第二部と分けてあるが、第一部は東トルキスタン（中国の新疆ウイグル自治区、並びに甘粛省）の旅の所産であり、第二部はその他の国の旅から得たものである。

第一部の東トルキスタンの旅は五回に亘っているが、そのうちの二回はＮＨＫ「シルクロード」取材班に同行して、文字通りの辺境地帯、沙漠地帯に足を踏み入れることができた。その間、小説家を廃業して、詩人に終始した恰好である。第一部に収めた写真は、その二回の烈しい旅に於て行を共にしたカメラマン大塚清吾氏の労作である。氏は暑さも寒さもいっこうに寄せつけないで、流沙の中を、大乾河道の中を歩き廻っておられた。その氏の姿は今も私の眼にある。文字通りの労作であるが、それによってこの詩集を飾らせて頂くことのできたのは、私の幸運である。大塚さん、有難う。

昭和五十七年十月十四日

（昭和五十七年十一月）

「シルクロード詩集 増補愛蔵版」あとがき

昭和五十七年に「シルクロード詩集」を上梓してから、いつか九年という歳月が経過しており、その間に生み出された新作・シルクロード詩篇も二十数篇を算うるに到っている。

この度、その新作二十数篇を加え、装いを新たにして、「シルクロード詩集」増補愛蔵版を送り出すことにした。収める詩篇は、いずれもシルクロードの旅が生み出したもので、一篇一篇、独立した生命を持っているものではあるが、作品それぞれが、新作、旧作の別なく、互いに照応し、呼応しているような所があって、第一詩集、第二詩集といった形で、切りはなすことは如何かと思われた。前著に新作二十数篇を加えて、「増補愛蔵版」なる形をとらせて頂いたゆえんである。前著同様、本書に於ても、新しく収めた詩篇のすべてを、大塚清吾氏の労作によって飾らせて頂いている。改めて氏に謝意を表する次第である。

平成二年六月一日

（平成二年七月）

「井上靖エッセイ全集」内容見本 著者のことば

私の作家活動は小説「猟銃」を『文学界』（昭和二十四年十月号）に発表した時から始まっている。それからいつか今日までに三十四年の歳月が流れている。その間に小説以外に随筆、評論、紀行等の筆を執っている。需められて筆を執ったものもあれば、どうしても書いておかねばならぬもので、自分から進んで筆を執ったものもある。改めて振り返ってみると、そうしたものがかなりの量になっており、そのいずれもが、小説家としての私の本質に直接関係するもので、謂ってみれば私という人間の生まの切り口みたいなものである。

こんどそうしたものが全集という形をとって学研から出版されることになった。怖いことでもあれば、嬉しいことでもある。

この機会に、作家生活に入る以前の新聞記者時代、学生時代に書いたものをも筐底から取り出して、全集に一緒に収めることにした。これまた作家としての私を、一番下から支えてくれている、私にとっては大切なものであると信じるからである。

（昭和五十八年四月）

「井上靖エッセイ全集」あとがき

第一巻

本輯には私が已が生涯で出会った多勢の人々について綴った文章を収めている。人と人との出会いというものは、全く運命的なものである。そうした運命によって綴られたものが、人生と呼ばれるものであろうかと思う。

人生に於ける人との出会いは小学校の時から始まり、七十代の今日まで続いている。そうした人たちからたくさんのものを貰い、たくさんの影響を受けている。自分が歩いてきた人生というものは、そうした人たちとの出会いなしには考えられない。

そうした人たちとの出会いを、出会いの意味を綴ったものが本輯に収められている文章である。いま読み返して、なんと忘れ得ぬ人々の多いことか。たくさんの人たちが故人になっている。今はただ黙って頭を下げるのみである。

昭和五十八年六月

（昭和五十八年八月）

第二巻

本巻に於て、私がその人柄や作品について書いている作家、評論家、詩人たちの数は、一〇〇名に及んでおります。今更のように、私が作家として大きい恩恵を受けた人々の数の多さに驚かざるを得ません。この機会に一人、一人に、深く頭を下げたい思い切なるものがあります。それからまた、その一〇〇名の人たちの大部分が故人になっていることにも、感慨深きものがあります。

本巻の目次に眼を遣っての感想は、なんと多勢の人たちからたくさんのものを学び、たくさんのものを貰っていることか、そういう一語に尽きます。これらの人々に、その作品に出会ったことによって、今日の私はあると言って過言ではありません。標題の「一座建立」は、本巻に収められている同名のエッセイから貰いました。私の好きな言葉です。一つの作品の成功も、それに関係するすべての人の協力なしには考えられません。

昭和五十八年十一月

（昭和五十八年十一月）

第三巻

本巻には新聞記者時代から今日までの、半世紀近い歳月の間のことを、その時々で綴った文章が集められております。殆どが短い文章ですが、その標題を見ただけで、その内容がいかなるものか、筆者の私には判ります。たくさんの石ころを踏んで来た、そんな思いです。その石ころの一つ一つが、文章になって、ここに収められてあります。

本巻の標題「養之如春《ようしじよしゅん》」という言葉は、私とは、多少運命的とでも言える関係で繋《つな》がっております。それについては本巻に収められてある同名のエッセイを読んで頂くとして、この明るい孔子の言葉のお蔭で、私はいつも人生を明るく見て歩んで来ることができたかと思います。

私が祖先から貰った最も大きい遺産は、この「養之如春」という人生肯定の言葉であったかと思います。これをいかにして次代に伝えるか、いまそんなことを考えております。

昭和五十八年十二月

（昭和五十九年一月）

第四巻

私は京都大学時代、美学・美術史専攻の学生であったが、在学中、全く大学とは無関係に過した。講義も聴かなかったし、演習というようなものにも一度も出たことはない。しかし卒業させて貰ったお蔭で、大学時代、美学・美術史を多少は学んだということになってしまっている。

大学を卒業すると、すぐ毎日新聞社に入り、一年ほどして学芸部に配されたが、その時、いきなり美術欄を担当させられたのは、〝美学・美術史専攻〟なるもののお蔭である。そしてその時から、私なりに美術の勉強を始めた。始めざるを得なかったのである。美術批評の筆も執り、時には古美術特集の筆も執らねばならなかった。

こうした十年に亘った美術記者としての仕事のお蔭で、小説家になってからも、美術というものから足を洗えないでいる。美術作品との出会いは、人間との出会いと同じである。出会って、心を明け渡してしまえば、その作品との一生の付合いになる。

昭和五十九年二月

（昭和五十九年三月）

第五巻

私は題材を国内、国外にとったかなり沢山の歴史小説を書いている。そうした歴史小説を書く上に、ごく自然に生み出された文章が、本巻「北方の王者」に収められている。それぞれの歴史小説の研究ノートもあり、取材メモもあり、構想の覚え書きといったものもある。

私の場合、歴史小説執筆の楽しさは、筆を執る前の段階にある。全部ばらばらにして、解きほぐした歴史の欠片《かけら》のようなものが、ごく自然に集って、それが小説の形に構成されて行く時期である。

本巻に収められている文章のすべてが、そうした時期の所産であり、従って気負ったものもあれば、謙譲なものもある。何ものかへの果し状のようなものさえも入っている。謂ってみれば、私が書いた歴史小説の骨格のようなものが、いろいろな形で示されていると言っていいかも知れない。

昭和五十八年八月

（昭和五十八年十月）

第六巻

本巻には詩や小説に関して綴ったエッセイが収められている。長いものもあれば、片々たるものもある。自作の解題もある。

いま読み返してみると、作家として立ってから今日の時点まで、一本の道が真直ぐにのびて来ているのを感ずる。途中から大きく折れ曲ってもよさそうに思うが、私の場合は、よかれ悪しかれ、そうなっていない。その道は坦々と、真直ぐに、今日までのびて来てしまっている。

従って初期の文学エッセイを読んでも、若かったと思うこともなければ、未熟だったと思うこともない。書き足りているか、書き足りていないか、そういう感想を持つだけである。ただ七十歳台に入ってからのエッセイには、己が年齢への感懐というものが、いろいろな形で影を落しているのを覚える。争えないものである。

昭和五十八年十月

（昭和五十八年十二月）

第七巻

本輯に収められてある五十数篇の文章は、そのいずれもが日本列島の旅の所産である。紀行もあれば、随想もあるが、いずれもその時々に需められて筆を執ったものである。

読み返してみると、いろいろな自分と出会うことができ、筆者としては感慨深いものがある。四十代の自分も居れば、五十代、六十代の自分も居る。そうした各時期の自分が穂高について語ったり、琵琶湖々畔の十一面観音像について語ったりしていて、その時々の自分の身内を貫いたさまざまな懐いが、新しくよみがえって来るのを覚える。

もう一度、ここに書かれている曾遊の地を、同じ季節に訪ねてみたいと思う。こんどは七十代の半ばの年齢における再遊ではあり、いかなる感慨を持つか、実現できたら楽しいことであろうと思う。

昭和五十八年四月

（昭和五十八年六月）

第八巻

本巻には中国、ヨーロッパ、アメリカ、韓国、ロシア、印度、ネパールなどの旅の紀行が収められている。戦後初めて中国を訪れたのは昭和三十二年、五十歳の時であり、初めてヨーロッパ、アメリカを経廻ったのはローマ・オリンピックの年、三十五年である。それに続いて三十八年の第一回韓国旅行、四十年の第一回ロシア旅行となる。

こんど本巻上梓に当って、一応収められている紀行のすべてに眼を通したが、その中で五十歳台の初めから終りにかけての初期の旅の紀行を、筆者としては何とも言えない懐しい思いで読んだ。いずれも初心に貫かれており、謙譲で素直な自分が異国を旅している感じである。いつかそれから十数年乃至二十数年の歳月が流れている。

現在でも私は年に二回か三回は外国の旅に出ている。大体に於て気の向いたところだけに行くわがままな旅の仕方であるが、旅からは例外なく何か大切なものを貰っている。私の仕事の上に、いろいろな形で大きな影を落している筈である。

昭和五十八年五月

（昭和五十八年七月）

第九巻

西域の山河に思いを馳せるようになったのは二十代後半、京都大学の学生の頃からである。学校には殆ど出ない甚だずぼらな学生であったが、何がきっかけになったのか、当時の錚々たる東洋史学者たちの著述に心惹かれ、この方は下宿に籠って、手当り次第読んだ。たいへん面白かった。専攻外ではあったし、知識を自分のものとするという、そういう気持は全くなく、面白さに惹かれての読書であった。

その面白さの何分の一かは、その背景となり、その舞台となっている西域の山河にあった。文字通り西域の山河にうつつをぬかした。

沙漠ではキジルクム、カラクム、タクラマカン。河ではアム・ダリヤ、シル・ダリヤ、タリム、インダス。山脈ではヒンズークシュ、天山、パミール、カラコルム、崑崙《こんろん》。

若い日、西域の山河を己が視野の中に置いてみたいと、何回思ったことであろう。それが実現できたのは、それから三十年乃至四十年経ってからである。念願かなうことのできたのは、西域の山河に対する思慕にも似た思いを、その長い期間離すことがなかったからである。

昭和五十八年七月

（昭和五十八年九月）

第十巻

アレキサンダーの東征によって始まる東西文化交渉の大きい舞台に足を踏み入れてみたいと思ったのは、学生の頃である。そしてそれを果すことができたのは、六十歳代に入ってからである。

第九巻『西域の山河』に収めたものは、中国領東トルキスタン、ロシア領西トルキスタンの旅の紀行であったが、本巻収載のものは、更にそこから、西に南に大きく拡っているオリエント地帯への旅の記録である。アフガニスタン、イラン、トルコ、イラク、エジプト、パキスタンなどに、何回かに亘って旅行し、そこにちらばっている遺跡、遺跡を経廻った旅の報告である。

私の場合、オリエントのいかなる旅に於ても、多勢の方のお世話になっている。この機会をかりて、特に考古学者の江上波夫、樋口隆康両氏にお礼を申し上げたいと思う。多少歴史のにおいのする紀行を書くことができたのは、氏等の専門家の旅に紛れ込むことができたからである。

昭和五十九年一月

（昭和五十九年二月）

「井上靖展」図録序

私は小説を書き出した時、文学以外のものをすべて自分から切り捨てるよう、自分に言いきかせた。そして映画も、演劇も、音楽も、スポーツも、自分の関心の外に置くことにした。ただ一つ、美術だけは例外だった。捨てることはできなかった。お蔭で今でも、美術館とも画廊とも縁が切れないでいる。

美術と縁が切れなかったのは、たとえ名前だけであるにしても、京都大学時代に美学美術史を専攻したということになっており、またそうしたことのつながりで、毎日新聞社の記者時代は美術欄を受持たせられており、このように若い頃、美術と付合った一時期を持っていたからである。

こんど、そうした私と美術との関係を、具体的に構成した展覧会が開かれることになった。たいへん面映ゆいことではあるが、すべてを企画者に任せた。私の若い時に書いた美術随想、美術批評が、それから何十年か経った今、いかなる意味を持つか知らないが、美術界各方面の方々が作品や資料を賛助出品して下さるという。有難いことである。

私は若い頃、美術記者として仕事をしたことをよかったと思う。多勢の優れた美術家の知遇も得ているし、その作品からも、その制作態度からも、たくさんのものを頂戴している。
　そうした美術記者の頃から、いつか四十余年の歳月が経過している。当時を思い、今日を思って、まことに感慨深いものがある。

（昭和五十九年一月）

「井上靖自伝的小説集」内容見本　著者のことば

　多くの作家がそうであるように、私もまた何篇かの自伝小説、自伝風小説というものを持っています。「しろばんば」などは自伝小説と呼んでいいものですし、「夏草冬濤《なつぐさふゆなみ》」、「北の海」などは自伝風小説というものであろうかと思います。それから「わが母の記」、「幼き日のこと」などは、小説、随筆の違いはあれ、ある時期の私と私の周囲を正確に描こうとした文学的記録に他ありません。それからまた紛れもない私自身をどこかに嵌め込んであるたくさんの短篇小説があります。これは作者だけしか知らないことかも知れません。
　こんど学習研究社からそうしたものを「自伝的小説集」という形で纏《まと》めてみないかという話がありました。これまでにこうした企画が全くなかったわけではありませんが、こんど気持よく、それに応じたのは、今年喜寿を迎えた私の年齢のなせる業かも知れません。長く私の仕事を見守って来て下さった多くの方々に、よかれ、悪しかれ、私の自画像を見て頂こう、みて頂きたい、そんな現在の私の気持です。

（昭和五十九年十一月）

「井上靖自伝的小説集」あとがき

第一巻

こんど自伝風の小説、詩、随想の類を、五巻に纏めて出版して貰うことになった。ひと口に自伝風の小説と言っても、いろいろな形のものがある。『しろばんば』、『夏草冬濤』、『北の海』、『わが母の記』のように、それぞれの時期の実際の生活体験を、なるべく作為なく事実のまま綴ろうとしたものもあれば、ある時期の自分をどこかに嵌め込んで、それをフィクションで固めて、強く打ち出そうとした短篇もある。こんどの作品集には、そのいずれの形の小説も収められる。

それから自分の人間形成の上から見て、外すことのできない体験や感動を綴った詩や随想もあるので、そうしたものにも登場して貰うことにした。要するに小説にしろ、詩、随想の類にしろ、私はこのように生き、このようにして自分を造ってきた、そう言えるものばかりを五冊の作品集に編んだということになる。

この輯《しゅう》に収めた『しろばんば』は昭和三十五年一月から三十七年十二月まで、三年間に亘って「主婦の友」に連載したもので、五十三歳の私が幼少時代を回想して小説の形に綴ったものである。私はこの小説に書かれてあるような環境に生い育ち、この小説に書かれてあるような毎日を過し、幼年期から少年期へと移って行っている。この作品に登場してくる人物はみな実在の人物で、この作品に書かれてある事件も、作者の身辺に起った実際あったことである。

こんど久しぶりに『しろばんば』を読み返してみて、もう一度改めて、七十年ぶりに幼少時代を生きてみた思いであった。登場人物の多くは故人になっており、鎮魂の想い新たなるものがあった。

それから『しろばんば』の洪作がおぬい婆さんと起居した土蔵はとうになくなり、当時東京から来た医者に貸していた母屋の方も、一昨年、天城湯ケ島町に引きとって貰い、今は国立公園の中に移築されている。田舎の医者の家で立ち腐らせてしまうのも惜しいので、天城湯ケ島町に保管して貰うことにしたのである。従って、いま遺《のこ》っているのは庭だけであり、その庭から見える小さい形のいい富士山だけである。幼い私がおぬい婆さんと一緒に、毎日のように見た富士山である。

昭和六十年二月

（昭和六十年三月）

第二巻

私は三つの自伝風小説と言える作品を持っている。一つは伊豆の山村に於ける幼少時代を書いた『しろばんば』であり、もう一つは沼津に於ての中学時代を綴った『夏草冬濤』、それからもう一つ『北の海』である。

『しろばんば』は主人公洪作が小学校六年の三学期に、郷里伊豆の生活と別れて、浜松の両親の許に移って行くところで終っているが、本巻に収めた『夏草冬濤』では、それから三年半ほどの歳月が経過したところから書き始められている。

『しろばんば』に於て、毎日のように伊豆の山野を駈け廻っていた主人公・洪作は、『夏草冬濤』では早熟な文学少年の仲間に入って、監督者のない頗る自由な毎日を、駿河湾に面し、美しい富士の見える沼津の町で送っている。十六歳から十七歳、そろそろ思春期に入ろうとしている年齢である。

私は少年期の一時期を『夏草冬濤』に書かれてあるような、そんな毎日で埋めていたのである。こんどこの稿を綴るために『夏草冬濤』を読み返してみて、なんとも言えない懐しさを覚えた。私が現在小説を書いているのも、詩を書いているのも、この『夏草冬濤』に登場してくる少年たちのお蔭であると思う。監督者なしの、晩成《おくて》の、ずぼらな主人公にとっては、ちょっとこれ以上考えられないほどの、文学と青春のよき教師たちだったと思う。

『夏草冬濤』を読み返して、最初に襲ってきた感慨は、ここに登場してくる少年たちの多くが今は故人になっており、その連中に代って、いま自分が小説を書き、詩を書いている、そんな思いである。

昭和六十年三月

（昭和六十年四月）

第三巻

『北の海』は、『しろばんば』『夏草冬濤』に続く私自身を主人公にした自伝風小説の第三作である。

『北の海』を読み返してみると、自分の青春時代の一時期が、絵巻もののようにめくられて来、登場人物たちの会話も懐しく思い出されてくる。懐しく思い出されてくるということは、実際にそういう会話が、『北の海』時代の生活のあちこちに塡《は》め込まれていたということである。

青春というと、私はいつも『北の海』に書かれている日本海の砂丘に展開する感傷と狼藉《ろうぜき》の場面を思い出す。私たちの青春というものは、これ以上でもなく、これ以下でもなかったのである。

この小説には中学を卒業して浪人している時期の私が描かれているが、私は翌年、四高に入学し、三年間、柔道部生活を送っている。大天井は、私の四高在学中、ずっと受験生で過し、私が卒業した年、四高生になることは諦《あきら》めて四高柔道部の教師になった。四高時代に一緒にたくさんの試合に出た鳶、杉戸は、若くして大陸で戦死している。

昭和六十年四月

（昭和六十年五月）

第四巻

私が幼少時代を過した郷里の家の玄関の前に、大きなあすなろの木が一本ある。誰にこのあすなろという木の名の由来を聞いたか憶えていないが、いつとはなしにこの悲劇的な名前の意味するものは、少年時代から私の心のどこかに坐って、今日に到っている。よかれ、あしかれ、人生というものに対する私の根源的な考え方を、私はこのあすなろという木の名によって、心に捺されたような気がする。

本輯に収めた『あすなろ物語』は、そういう意味では、ごく自然に私の心に生れた物語であると言える。どれもフィクションであるが、私が郷里の家のあすなろの木から貰ったテーマが底に敷かれている。

三年程前に郷里の家は、天城湯ケ島町に引きとられ、天城国立公園の一隅に移されている。従ってあすなろの木だけが、家のなくなった屋敷の入口に、今も老いた姿を見せている。帰省する毎に、そうしたあすなろの木を仰ぐ。感慨深いものがある。

昭和六十年五月

（昭和六十年六月）

第五巻

『わが母の記』は『花の下』、『月の光』、『雪の面』の三つの作品から成っています。いずれも母の老いの姿を、三つの時期に分けて綴ったものですが、『花の下』、『月の光』の二作は母の生存中に、『雪の面』は母の歿後に発表しました。作家にとっては父や母を書くことが一番難しいのではないかと思います。本来なら、私は父や母を小説の中に登場させることは、まずなかったであろうと思います。

併し、父の歿後、母の老耄が目立って来、当然なことながら母は周囲から〝惚けた〟という言葉を浴せられることが多くなり、息子の私としては、そういう見方をされるのが嫌でもあり、辛くもありました。

『わが母の記』の内容は、そうした私が捉えた母の老いの姿であります。〝簡単に母を耄碌しているなどと言わないで貰いたい。母は母で必死にこういう世界に生きているのです〟――こういう気持が作品の下敷きになっています。

母が亡くなってから、いつか十一年の歳月が経過しています。この作品は英、独、仏訳になっています。〝いやですよ、外人さんなどに読んで貰うのは〟――そんな母の声が聞こえるようです。

昭和六十年六月

（昭和六十年七月）

中国語訳「井上靖西域小説選」序

「西域小説集」は中国の歴史に取材した九篇の小説と、朝鮮半島の歴史に取材した一篇（風濤）の小説を収めた作品集である。主題を正史に仰いだものもあれば、稗史《はいし》に拠ったものもあるが、一括して歴史小説の名で呼んでいいかと思う。

　収められている十篇、いずれも今から二十年、あるいは三十年前に発表したものであり、韓国に取材した「風濤」一篇は別にして、他はいずれも現地を踏まないで、筆を執ったものである。

「僧行賀の涙」、「天平の甍」の二篇は西安（唐都長安）を中心に物語を展開しており、「蒼き狼」、「漆胡樽」、「狼災記」の三篇は中国の辺境地帯を作品の舞台にしている。それから「敦煌」は河西回廊地帯が、そして「楼蘭」、「異域の人」、「洪水」等はタクラマカン沙漠周辺地帯が、その主要舞台になっている。

　私がこれらの小説の舞台となっている地域に、実際に足を踏み入れたのは、作品を発表してから何年も経ってからである。河西回廊地区に初めて足を印したのは「敦煌」を書いてから二十年後であり、タクラマカン沙漠地帯に入ったのは、そこを舞台にしている幾つかの作品を書いてから、これまた二十年後である。内蒙地区に入ったのも、「蒼き狼」を発表してから、これまた二十年経っている。

　日中国交正常化という輝かしい時代を迎えたお蔭で、私は中国側の大きい好意によって、河西回廊には二回、タクラマカン周辺の地には三回、自分の小説の舞台を経廻らせて貰っている。そうした地帯に足を踏み入れて、いかなる感慨を持つかという質問を、多勢の人から受けるが、作品の舞台はすべて土に埋まっており、その点感慨無量なるものがある。「敦煌」の舞台になっている涼州も、甘州も、みな砂に埋まっており、漢代の敦煌も、唐代の敦煌も、これまたみな砂に埋まっているのである。往古の于闐《うてん》もまた同じである。西域の古い歴史はみな砂の中に埋まってしまっているのである。

　そうした旅で一番感動的であったのは、一昨年西域南道の民豊、且末、若羌、米蘭等の、いわゆる西域南道の東部地帯の諸集落に足を印したことである。小説の舞台はみな砂に埋まっていたが、月光と、沙塵と、乾河道と、流沙は、おそらく往古から同じものであろうと思われた。私は夜毎、ごうごうたる風の音の中で、言い知れぬ安らかな眠りを持った。若き日情熱を傾けた小説の舞台に於てだけ持つことのできる、安らかな眠りであった。

　これらの小説が、こんど中国の多くの日本文学研究家諸氏の手で、中国語に飜訳されることになったと聞いている。たいへん嬉しいことでもあり、光栄なことでもある。飜訳の労をとられた諸先生に、衷心から謝意を表する次第である。

一九八二年七月七日、於東京

（昭和六十年一月）

中国語訳「西域小説集」序

蘭州大学外国語学部日本学科の郭来舜氏からお手紙を頂いた。氏によって私の小説「敦煌」、「楼蘭」、「異域の人」、「洪水」、「狼災記」等が中国語に飜訳され、それが『西域小説集』として、近く甘粛省に於て出版されるという大変嬉しいお便りであった。郭来舜氏とは先年、敦煌から蘭州までの旅を御一緒した旧知の間柄である。

これらの作品は主題を正史に仰いだものもあれば、稗史に拠ったものもあるが、一括して歴史小説の名で呼んでいいかと思う。

「敦煌」は河西回廊地帯が、「楼蘭」、「異域の人」、「洪水」等はタクラマカン沙漠周辺地帯が、「狼災記」は中国の辺境地帯が、その主要舞台になっているが、いずれも現地を踏まないで筆を執ったものである。私がこれらの小説の舞台になっている地域に、実際に足を踏み入れたのは、作品を発表してから二十年も経ってからである。日中国交正常化という輝かしい時代を迎えたお蔭で、私は中国側の大きい好意によって、河西回廊には二回、タクラマカン沙漠周辺の地には三回、自分の小説の舞台を経廻らせて頂いている。そうした地帯に足を踏み入れて、いかなる感慨を持つかという質問を、多勢の人から受けるが、作品の舞台はすべては土の中に埋まっており、その点感無量とでも言う他はない。「敦煌」の舞台になっている当時の涼州も、甘州も、みな砂に埋まっており、漢代の敦煌も、唐代の敦煌も、これまたみな砂に埋まっている。往古の于闐もまた同じである。西域の古い歴史はみな砂の中に埋まってしまっているのである。

そうした旅で一番感動的であったのは、一昨年（一九八〇年）西域南道の民豊、且末、若羌、米蘭等の、いわゆる西域南道の東部地帯の諸集落に足を印したことである。小説の舞台はみな砂に埋まっていたが、月光と、沙塵と、乾河道と、流沙は、おそらく往古から同じものであろうと思われた。私は夜毎、ごうごうたる風の音の中で、言い知れぬ安らかな眠りを持った。若き日情熱を傾けた小説の舞台に於てだけ持つことのできる、安らかな眠りであった。

ともあれ、私が若い時に書いた西域小説の飜訳の労をとられた郭来舜氏に衷心から謝意を表して已まない次第である。

一九八二年八月　　於東京

（昭和六十年八月）

「シリア沙漠の少年」序

私が詩を書き出したのは昭和の初め、金沢の高等学校（旧制第四高校）時代で、二十二、三歳の頃である。そしてその頃高岡で詩の同人雑誌『北冠』を主宰しておられた宮崎健三氏と親しくなった。従って宮崎氏は私の生涯に於て、文学を通じての最初の友である。

こんどその宮崎氏に私がこれまで発表した作品の中から、若い人たちに読んで貰いたい、あるいは読んで貰っても理解して貰えるであろうと思われる詩を選んで頂き、「シリア沙漠の少年」一巻に纏めて頂いた。この詩集が詩を書く若い人たちに、何らかの形で多少でも刺戟になればと思っている。

とまれ、生涯を通じて友情厚い宮崎健三氏に、こんどもまた貴重な時間をさいて頂いた。心からお礼申し上げる次第である。

（昭和六十年八月）

婦人倶楽部と私

「婦人倶楽部」とお別れすることになったと聞く。多少淋しいが、これも仕方ない。振り返ってみると「婦人倶楽部」にはいろいろなことでお世話になっているが、一番大きい関係は、二つの小説を連載させて貰ったことである。

一つは「夢みる沼」、昭和三十年一月号から十二月号までの、十二回の連載である。この小説に関しては、乱戦ただ中の仕事、そういう印象が強くのこっている。私は昭和二十五年二月に戦後二回目の芥川賞を受け、殆どそれと同時に作家生活に入っているが、「夢みる沼」執筆の三十年は、作家として一本立ちしてから五年目、一番忙しい時期の仕事、それだけに却って、ぴいんと張ったものはあるかも知れない。

もう一つは三十九年一月号に第一回を発表、それから連載十八回に及んだ「燭台」である。この時期は作家生活に入ってから十四年、一応作家として落着いた仕事をしている時である。この年は、六月、七月の二ヵ月をアメリカで過し、日系アメリカ移民の調べのために、各地を歩いている。

こういう時期の「燭台」であるので、「燭台」もまた海を渡っている筈である。ニューオリンズから一回、サンフランシスコから一回というように、原稿をアメリカから送った記憶がある。

（昭和六十三年四月）

頼育芳訳「永泰公主的項錬」序

こんど頼育芳氏によって私の歴史小説（短篇）八篇が選ばれ、氏の翻訳によって、それが一冊の形をとって、中国の読書界に送り出されると聞く。私としては、たいへん嬉れしいことである。収められている作品の一つ、『永泰公主の頸飾り』が、その短篇集の題となっているというが、これまた、わが意を得たことである。

収められている短篇八篇は、それぞれ古い時代に材をとっており、普通歴史小説という名で呼ばれているものではあるが、歴史というものに新しい照明を与えるとか、新しい解釈を試みるとか、そうしたことを意図したものではない。むしろ歴史の中から、これまで誰もが気付かなかった小さい挿話を拾い出し、それを小説の形に綴ってみようというのが、この一群の小説を支えているものである。

収められている作品は、いずれも一九五九年から一九六九年までの十年間に発表したもの、今からざっと二十年程前の作品である。

それはさておき、頼育芳氏から、〝中国の読者へ〟と題する一文を求められている。ここではこの作品集の標題になっている『永泰公主の頸飾り』を取り上げて、これを作品化するに到った経緯を記し、中国の読者諸氏への私の言葉としよう。

一九六三年の秋に何日か西安で過したが、その折一日をさいて乾陵を訪ねた。そしてその帰途、乾陵の丘の裾にある永泰公主の墓を詣でた。墓は発掘して何程も経っていず、一般には公開していないらしかったが、特別に内部に案内して貰った。

永泰公主は祖母則天武后を批判したばかりに、十七歳の若さで、夫の武延基と共に死を賜わった不幸な公主である。

長い地下の参道に導かれて、墓室に向う。参道はすばらしい壁画で飾られてあったそうであるが、それらは既に陝西《せんせい》博物館に移され、いまは模写したものに替っていた。

墓室の前の部屋に入り、そこに置かれてある墓誌の前に立つ。

――永泰公主、名は李《り》仙蕙《せんけい》、唐中宗の第七皇女。

――久視元年郡主に封ぜられ、魏王武延基に嫁し、十七歳にして崩ず。

――初め長安の郊外に葬られるも、神竜元年則天武后薨《こう》じ、中宗復位するや、乾陵に陪陵さる。

こうしたことが記されてある。杖死のことに一切触れていないのも、乾陵に陪陵されたのも、父中宗の、不幸であったわが娘への愛情から出たことであったろうと思われた。

この墓も、発掘してみて、初めて盗掘されていることが判ったという。金器、銀器などたくさんの品は失われていたが、併し、なお千数百点のものが残されており、唐三彩、壁画、石の彫刻など、いずれも唐代文物を代表する貴重なものばかりであった。

盗掘の跡は、私の眼にも、はっきりと、それと見ることができた。墓室の入口になっている石の扉の上部は壊されており、石棺にも槌様のもので叩かれた傷跡が、はっきりと残っている。そしてまた墓室の壁には、盗掘者のものと思われる大きな手套《てぶくろ》の跡も遺っている。

案内してくれた係員の説明によると、盗掘者は真上から穴を掘り下げて来て、あやまたず地下の参道に突当っており、その勘のよさには驚くほかはないという。

それにしても、地中の真暗い部屋の中で、頑丈な石の扉を壊す作業に従事している盗掘者たちを想像すると、凄さまじいの一語に尽きる思いであった。

なお、盗掘者は何人かの一団であったらしく、発掘してみると、侵入路の真下には、仲間の一人と覚しき人間の脛骨《けいこつ》と、槌とが転っており、その傍に宝石が散らばっていたということであった。

この中国の旅を終え、帰国してから、永年に亘っての懸案である永泰公主のことを、小説の形で書こうと思って、その下調べに入ったが、いつも永泰公主の墓に入った盗賊の一団のことが思い出されて来て、それが妙に気になった。何人ぐらいの一団であり、いかなる連中であったか。しかも、その一団の中の一人は、墓の中に閉じ込められて、その内部に死体をさらすに到っているのである。

そのうちに、ごく自然にでき上がったのが、『永泰公主の頸飾り』という短篇小説である。永泰公主を主人公にした小説ではなく、永泰公主の墓の中に入った盗賊の一団を取り扱った短篇である。

この作品を発表したのは一九六四年の秋であるから、永泰公主の墓に詣でた時から、丁度一年経っている。

このあと、十年ほど経った一九七五年に、もう一度、永泰公主の墓にお詣りしている。この時は墓を小説に書かせて貰ったお礼やら、お詫びやら、そうした気持で、再度、参道を歩かせて貰った。墓所の内部は、この前とは変っていた。長い参道も、前室も、墓室も、発掘時そのままの姿に復原され、すっかり面目を改めていた。

永泰公主そのひとをまん中に据えた小説の方は、もうそれを書く気持ちは、私から失われていた。永泰公主は小説になど書かないで、静かにしておいて上げた方がいい、そんな気持であった。それからまた十二、三年経った現在も同じ気持である。

（昭和六十三年八月）

「明治の月」をみる

——明治の月って、一寸題がいいな。

——題がよかったのに面白かった例しがねえや。

食堂で、隣り合せてすしを頬張っていた学生が二人斯う言ったので、生れて始めて芝居の作者と言うものになった私は、先ずいち早くドキリとして、珈琲茶碗を静かに口から離したものである。

それから、成程そう云えば題がいいなと、早速一人の意見にも讃意を表し題はいいけれど、どうも舞台にかかったらつまんな相だと、次に他の学生の主張をも素直に肯定して——とまれ、作者のホヤホヤは、開幕のベルがなるまで、大変吾ながら可憐であった。

偖て、最初に、元治、慶応、明治と次々に年号が映写されて、それが消えると、竹刀の音で幕があいた。此の幕があく前の年号の映写には、私は大変好感が持てた。維新前後のあわただしい数年の移り変りを背景にして、それに弄ばれる小さい人生の悲劇を書き度いのが最初の作意であり、此の特殊な時代の背景が此の作品では一番大きい役割をしている。それに対する演出者松井氏の親切さが劈頭第一番に窺われたからである。斯うした映写の是非は勿論、議論の余地はあろうと思うけれど。幕があいてから、幕が下がるまで、約一時間、私は此の芝居を甚だ熱心に凝視していた。

時折、辺りを見ると、ちらほらハンケチを眼にあてる婦人たちが見受けられた。そこで、始めて私は、ははあ悲しいのだなと思う。作者は永遠に自分の作品の観賞を喪失する。どうやら、私だけが「明治の月」を只、凝視していたものらしい。

併し、私が始めから終いまで、只凝視し続けたと言う事は、少くとも私にとっては、此の芝居は成功していたに異いない。何の不満も、何の意外さも感じなかったからである。

勘弥の唐木も、小太夫の源一郎も、律子のお幸も、栄二郎の時之介も、みな私の頭に描いた人物の幻影を殆ど打壊さなかった。よく、人から、舞台にかかったら、宛《まる》で自分のものではなかった、と言う様な話を聞くけれど、此の点、私は大変幸せであった。私は正しく、私の書いた芝居をそのまま見ていたのである。若し不評であったら、演出者の罪でも、俳優諸氏の罪でもなく、作者が罪を負うべきである。

勘弥の唐木が若すぎて、ぶち壊しだと言う評もあったけれど、その志士らしいひょうひょうとした風格と、少し水々し過ぎるくらいの律子の色っぽさとは私には少しも年齢の不自然さを感ぜしめなかった。

最後に、私自身が観賞を喪失した領分——芝居そのものに対する批評は、数種の新聞紙上で散見したけれど、大変まちまちであった。月光を浴びて二人の男が握手する幕切れの感傷がいいとか、その反対に悪いとか、或は、エノック・アーデン的で平凡だとか、よくまとまっているとか、等々。私はそれを、それぞれの意味に於て肯定する。今の私には、私の作品に対するあらゆる批評が多かれ少かれ全部営養になるからである。その中で、読売新聞の小島政二郎氏の批評は、若い胃の腑には大変いい馳走だった。何か暖いものを感じて嬉しかった。唐木の性格が書けていない。是を書くのが作者の正念場だと言う。此の言葉にはいろいろと深く考えさせられた。兎に角、私は今度の「明治の月」を肥料にして、更に高く伸び上らなければならない。

——うまく、行きましたね。

と、もう一度、我が事の様に森田信義氏に喜んで戴き度いのである。

終

（昭和十年十一月）

「流星」（自作自註）

「流星」という詩は、終戦直後の作品であり、四十歳の私が二十歳の己が青春を顧みて唱った詩である。日本海の砂丘で流星を見た時から、それまでに二十年の歳月が経過している。そしていまこの小文を綴っている私は「流星」を書いた時から更に二十年先の人生を歩んでいるわけである。高校時代に日本海の砂丘で星に寄せた感傷は、そのまま二十年後の敗戦の焼土で星に寄せた感傷につながり、そしてまたそれは、更に二十年後の、いまこの小文を綴っている私の人生に対する感懐につながっているのである。

人生須臾という言葉があるが、まことに人生は須臾であり、その短い間に、青春と壮年と老いとが詰まっていて、未熟も成熟も、未完成も完成もないようなものである。青春の日に感じ、考えたことは、さして訂正されることなく、老いの思想の中にも居坐っているのではないかと思う。

この間、高橋誠一郎氏の随筆「慶応義塾」の出版記念会が開かれ、それに私も出席した。大勢の人が氏に対して讃辞を呈したあと、最後に氏の挨拶があった。氏はその挨拶の中で、ある出版社から講演の原稿を一冊にまとめて出版することになり、その原稿を預ったまま机のひき出しの中に入れておいた。加筆訂正するつもりで預ったのであるが、なかなかその時間がなかった。漸くにしてそれを出版社に渡したが、なんとその間に二十年の歳月が経過していた。五、六ヵ月預っていたというと嘘になるが、実際に一、二年預っていたような、そんな気持でしかない。――こういったお話であった。高橋誠一郎氏は八十六歳である。八十六歳の氏にして初めて口に出せる人生に対する感懐であると思った。

高橋誠一郎氏より二十何歳か若い私の場合は、二十年を一、二年には感じないが、しかし、五、六年ぐらいには感じているのではないかと思う。流星を己が額に受けとめようとした心奢りと感傷は、それから四十年経ったいまの私から全く消え去ってしまったとは言えないのである。

詩を書くということは、人生のそれぞれの時点において自分を記録することである。私の場合、私の人生はこれまでに出した三冊の詩集の中に記録されていると言っていいであろうと思う。そして詩というものに永遠に完成がないように、当然なことながら人生には完成はない。人生に完成がないということが、人生というものの一番面白いところである。私は最近、詩でも、小説でも、それが人生について何かを考えさせてくれるものでないと、読む気がしない。わけの判らぬ人生というものを、ひとはどのように考えているか、それを知りたくて、詩や小説を読むのである。おそらく文学は、特に詩は人生に対する始末書以外の何ものでもなさそうである。「流星」は青春から壮年期にかけての若い私の、その時点における人生の始末書である。いま読むと、多少眩しい。

（昭和四十五年十二月）

私の言葉

猟銃の舞踊化は大変むずかしいことだと想います。

この作品は、人間と人間との関係の孤独さを主題としていますので、これがどのようなかたちで舞踊化されるか、作者として大きい興味を持っています。

そして、こうした作品を舞台にのせようとする橘弥生さんたちの野心に大きい敬意を表します。

新しい創作舞踊の将来のためにも、橘弥生さんたちの冒険が、ぜひ成功するように心から祈っております。

――十一月二十日――

（昭和二十八年十二月）

「闘牛」について

昭和二十二年一月、新大阪新聞社主催で闘牛大会が西宮球場で開かれた。闘牛大会といっても伊予宇和島で昔から行われている牛相撲を阪神に持って来て、それを近代的大スタジアムの中で行ってみたらというのが、主催者側の最初のアイデアであったようだ。

一日私も闘牛見物に会場へ出掛けた。みぞれの降る寒い日だった。天候に祟《たた》られてその日の入場者は極めて少かった。リングの中央で、角を突き合せたなりで微動だにせぬ二頭の牛。それを取巻くまばらな観衆。垂れ下っているのぼり。スタンドの所々から人々は外とうのえりを立てて、声もなくリングを見降ろしている。その会場に立てこめている異様な空気が私の心に冷たく突き上げて来た。恐らく西宮球場が、あのような一種異様な悲哀感にぬれ、ふしぎな緊張感に満たされたことは後にも先きにもないことだろうと思う。

私はその日の会場の詩を書きたいと思った。その会場の悲哀は、闘牛そのものから来るものではなく、終戦後一年半の、あの時代の日本が、日本の社会が、日本人のすべてが、意識すると、しないに拘らず、だれも持っていた悲哀に他ならなかったから。

実際にはこの闘牛大会は新聞社の思惑としては宣伝効果からみても大きい成功をおさめ、新大阪はために勇名を天下にとどろかしたが、私は勝手にそこから会場の詩だけを拝借して来た。会場の詩を頂きに置いて、それをささげもつ台坐をフィクションで構築し、時代相を把握した一種の社会小説を意図した。併し、乏しい私の才能は、時代の表面的な現象だけをなでるにとどまり、結局はあの時代の何ものをも描き出すことはできなかったようだ。


（昭和二十五年二月）

作品「闘牛」について

廿二年一月に新大阪新聞社主催のもとに、西宮球場で闘牛大会が開催されたことがある。私の作品「闘牛」はそこからモティフを得ている。この闘牛大会は、雨に祟られて思ったより入場者も少く、事業としては成功したとは言い得ないものであった。併し当時続々と発刊されつつあった夕刊紙群の中にあって、新大阪の名を天下に主張する上には極めて大きい役割を果し、その意味で創立当初の新聞社の事業としては大成功であったし、確かに名企劃でもあった。

私は三日間の闘牛大会のうち、最後の日に会場をのぞいてみた。霙の降る寒い日だった。スタンドの少数の入場者に見守られて、球場の中央の竹矢来の中で行われている二匹の牛のかくいしつは、私の眼には異様なものとして映った。なにしろ終戦直後のことであり、日本人のすべてが心の中に大きい穴を持っており、その虚脱感はいつ埋まるとも判らぬ時代であった。そうした人々が、外套の襟を立て、傘をさしかけ、なんの動きもない甚だ非近代的な牛の相撲を見ている。人々の服装は汚れ、人々の眼眸は、もはや何物にも感動しないように乾き疲れている。私も、勿論例外ではなく、そうした入場者の一人であった。

次第に言い知れぬ悲哀感が、私の心の中に立てこめて来た。私はこの会場の詩を一篇の小説に書き得たらと思った。そうして小説「闘牛」は、この会場の詩を頂きにおいて、それを最も効果的ならしめる意図のもとに、その台座をフィクションで構築したものである。

併し、勿論、出来上った作品は私の最初の意図とは大分はなれ、あの時代も、あの時代の人の心も、結局は書き得なかったようである。この事業の企劃者の内面的なものをあくまで追求することによってのみ、私の最初の意図は達成されたかも知れないと、いま私は考えている。

（昭和二十五年四月）

「闘牛」の小谷正一氏

「闘牛」の主人公はだれかと方々できかれる。新聞社関係では、実際の「闘牛」の企劃者小谷正一君（現在毎日新聞社―大阪―事業部長）がモデルに目されているようだ。正直にいって、あの材料も小谷君から得ているし、主人公の性格も大半を小谷君から借りている。敏腕で、優秀で、しかも人間的魅力のあるところは小谷君その人であり、ネガティブな面は、まあ作者僕自身の顔というほかあるまい。

実際の小谷君は「闘牛」の津上よりもっと弾力にとんだ人物で、津上的優秀さでなく、ほんとの意味での、近代的な新聞記者の型である。小谷君は僕の少ない親友の一人である。小谷君よ、君をモデルにして、まだ二つ三つ小説を書くつもりでいる。因果な友達をもったと思って、あきらめて頂きたい。

（昭和二十五年十月）

「吉岡文六伝」を読む

小説「通夜の客」の主人公は吉岡文六であるかと、よく人から質問を受ける。その度に私はそうでもあり、そうでないと答えている。私は吉岡文六氏に会っていない。いかなる風貌を持った人かも知らない。そういう点から言えば、「通夜の客」の主人公が吉岡文六であるなどとは、いくら図々しくても言えた義理ではないのである。併《しか》し、私は会ったこともない著名な先輩記者に対して、ひそかに敬慕の情を懐《いだ》き魅力を感じていた点では人後に落ちないと言っていいかと思う。当時私は大阪毎日新聞社の片隅に居て、文字通りの末輩記者であったが、そんな私の耳にも、どこからともなく吉岡文六の噂ははいって来た。どの噂も、直接その人柄に接してみたいような気持を起こさせる不思議な魅力あるものであった。いずれも片々たる噂話ではあったが、そうしたものから、私はいつとはなしに、私なりの吉岡文六像を作りあげていた。戦後間もなく吉岡さんが亡くなられたことを、これまた噂話で聞いた時、私はふいに書かずにはいられないような強い衝動を覚えた。本当の吉岡文六が書けよう筈はなかったが、抽象化された吉岡文六なら書けると思ったのである。

重く、暗く、沈んだ、それでいて透明なもの、……「通夜の客」の創作メモに、私はこんな言葉を記している。ついに会うことのなかった吉岡文六に対して、私の持ったイメージであったのである。

こんど「吉岡文六伝」を読んで、私は初めて本当の吉岡文六を知った。若《も》しこれを当時読むことができていたら、私の「通夜の客」の主人公は、人間としても、新聞記者としても、その最も大切な面に於いて、もう少し異《こと》なったものになっていたろうと、残念である。

吉岡文六伝はたいへん面白かった。吉岡さんの伝記には違いないが、そのまま戦時下日本の側面史、裏面史に繫《つな》ったもので、その貴重な記録であると思う。日本の新聞人が、この国が曾《かつ》て持った一番暗い時代をいかに生きたか、本書はそれをよく伝えている。

一人でも多くの人に読んで貰いたいと思う。

（昭和四十三年十一月）

映画「その人の名は言えない」を観る

昨年（昭和二十五年）、夕刊新大阪に連載した『その人の名は言えない』が杉江敏男氏の演出で映画化された。いかなる文学作品でも、映画化されるためには、まるいものが四角になる位の、筋や構成の上の改竄《かいざん》は免れないものらしいが、「その人」は珍しく原作通りに脚色され、作品の主題に忠実に演出されてあった。これは非常に珍しい例だそうである。原作者としても観ていて非常に気持よかった。

私は小説を書き出してから、かなり多くの作品が映画化を企画されたり、手をつけられたりしたが、比較的遅く企画されたこの作品が一番早く映画化されたわけである。

女主人公夏子の役は、いうまでもなく一番難しい。私自身この小説を書きながら、次々に何人かの男たちと恋愛し、その度に最後になって自分の本当の愛情を捧げる男性はこの人でないと相手から離れてゆくこの夏子という女性は、かなり神経を使って書いたものである。ちょっと間違えば、あばずれた感じを持たせたり、嫌味たっぷりの鼻持ちならぬアプレ娘になるからである。しかし、こうした気持は、現代の若い女性にも必ずあるし、女性たちはきびしくそれを守るべきだというのが、この作品のそもそもの主題であった。

従って作品を生かすも殺すも夏子の演技だったが、角梨枝子は、この難しい役を演技というよりは、むしろ地に持っている清純さで見事にやり了せている。このひと以外の他の誰がやっても、夏子は変な夏子になったのではないかと思う。

それから、作中に新聞記者瀬見が主人公夏子をめぐる五人の男性の中の一人として登場するが、新聞記者がうまく演《や》れるかどうか、かなり危惧の念を抱かざるを得なかった。出来上ってみると、小林桂樹の新聞記者は好演と言っていいと思う。杉江氏も、余程気になっていたと見えて、試写室を出ると「瀬見は大丈夫ですか」と真先きに私に訊いた。従来の日本映画に出る新聞記者は殆ど新聞記者らしからぬ新聞記者で、本物の新聞記者が見ると、照れ臭くて見ていられないものが多かった。従って新聞記者の出る映画は、新聞社の映画記者に真先きにやっつけられるのが通例だそうだが、これは新聞記者の出る映画の最初の例外を作るのではないかと思われる。多少ふざけた所はあるが、純真で熱情的な若い記者らしい性格がよく出ていると思う。

私は映画は、余程の評判になったものでないと観ないので、正確な知識を持ち合わせないが、これは日本映画としては卑俗さのないしゃれたものと言えるのではないかと思う。勿論原作のことを言っているのではない。演出技術の垢《あか》抜けした操作を言っているのである。

（昭和二十六年五月）

「その人の名は言えない」あとがき

「その人の名は言えない」は私の最初の新聞小説である。昭和二十五年五月から九月まで、夕刊新大阪へ連載したものである。この年の二月に、私は芥川賞を貰って作家として出発したが、それから三ケ月経ったばかりの時に、この小説を書き始めたわけである。まだそれまでに数篇の作品しか発表していなかった。

新聞小説など書くのは早いと人にも言われたし、自分でもそう思った。併し、私はその頃毎日新聞に籍を置いており、新大阪新聞は当時毎日新聞の子会社のような立場にあって、そこで働いている人たちも、私のよく知っている人許りで、そもそも私に紙面を提供しようという企画そのものが全くの好意や友情から出発していたので、多少冒険ではあったが、私としてはこれを無下に断わるわけには行かなかった。

「その人の名は言えない」という題は、執筆ぎりぎりまで決まらなかった。丁度高野山に「澄賢房覚書」という作品についての調べ事に出掛けていて、高野山から大阪へ帰る電車の中で、この題名を決定した。そしてその晩、大阪の旅館で、「その人の名は言えない」の第一回分を書いた。

この作品は新聞小説の最初のものであるという意味からも、また小説を書き始めた許りの五里霧中の一時期の所産であるという意味からも、私にはいろいろ思い出多い作品である。

それから、「その人の名は言えない」というような主題を前面に押し立てた決定的な題をつけたため、終始これに縛られて物語を展開して行くのに苦しんだことも、今となってみれば懐しい思い出である。成功不成功は別にしてこの作品を書いたため、私は引き続いて新聞小説の舞台が与えられるようになったのである。そうした意味でも、これは、私の作品系譜の中で特殊な席を持っている作品である。

こんど再刊するに当って、読み返してみたが、自分ながらも、文章が現在のものと違っているのに驚き、六年の歳月というものを感じた。この作品の文章が現在の私の文章に較べて、いいか悪いか、私には判定できない。たどたどしいところもある替りに、汚れのない澄んだところもある。人物の描き方もまた同じである。そんなわけで、何箇所か手を入れたところもあるが、大部分は最初の新聞小説として持っているに違いない長所を失わないために、そのままにしておいた。

昭和三十一年一月

東京・品川・大井滝王子町の自宅にて

（昭和三十一年二月）

暗い透明感

山村聡氏から、『黯い潮』の映画化の話を持ち込まれたのは、一昨年（昭和二十七年）のことである。その時、私は正面切って反対はしなかったが、何となく躊躇した。下山事件に対する世人の見方は、事件発生当時より、むしろ、混沌たるものがあり、映画化した場合、いろんな誤解が行われるのではないかと思ったからである。

山村氏は『黯い潮』をやめて『蟹工船』を撮った。そして改めて、今年の初め、氏の第二回作品として『黯い潮』の映画化の話を持って来た。こんどは私は喜んでこれを承諾した。時代は僅かの間に、すっかり変っていた。もはやいかなる方面からも利用される心配もなく、誤解を招くおそれもなかった。下山事件そのものが、全く過去のものとなり、それに対する世人の考え方も、従って冷静になっていたからである。

『黯い潮』の映画化の話を持ち込んで来たのは、山村聡氏だけである。他の誰も私のこの作品には関心を持たなかった。その意味で私は山村氏の、この作品に対する理解を有難く思っている。

映画『黒い潮』は、多くの人が山村氏に讃辞を呈しているので、今さら蛇足を加えるには及ばないと思う。日本映画としては珍しくボリュームのある、堂々たる第一義的作品であり、しかも作品全篇を流れている一種の気品には感心した。

何よりうれしいことは、この映画によって、新聞記者およびその活動が、まともに描かれていることである。従来の多くの映画においては、とかく新聞記者というものは、軽薄なおっちょこちょいになり勝ちであった。

小説においても、新聞記者を描くことは難しい。他紙との競争意識とか、時間に縛られていることとか、ニュースというものが絶えず念頭を離れないとか、――そうしたことで概念的に造型して行くと、どうしても一人の軽佻浮薄な落着きのない人間像ができ上がってしまうのである。映画や演劇では、小説以上にさらに難しくなると思う。

しかし、映画『黒い潮』では、山村氏は見事に新聞記者を描くことに成功している。

それから感心させられたのは、全作品を流れている一種独特な暗い透明感である。これは演出家山村聡だけの持つ稟質《ひんしつ》である。『蟹工船』においても、『黒い潮』においても、その作品を他の誰の作品とも区別している。そして、この暗い透明感が、そのまま少しも失われることなく、今後の氏のいかなる作品からも見出されることを期待したい。

私は小説『黯い潮』を書くに当って、事件当時の、毎日新聞の社会部長だった黒崎氏と、それから若い二人の、非常に真面目な警視庁詰の記者に何回も集まってもらって、そこから取材した。事件当時のデスクだったT氏には会っていない。会わない方が主人公を自由に描けると思って会わなかったのである。

小説『黯い潮』は私の作品の中では、最も不幸な作品の一つであった。取扱っている事件が事件だったので、「文藝春秋」に連載している時もほとんど黙殺の形だった。実際の事件そのものの方がまだ生々しかったし、果して他殺であるか、自殺であるかに対する、世人の関心の方が強烈であった。その前では、小説「下山事件」などすこぶる羸弱《るいじゃく》なものでしかなかった。

しかし、こんどこれが映画化され、多勢の人に観られるということは、原作者としても非常に嬉しいことである。黒崎氏、T氏、若い二人の記者に対して、ようやくこれで約束を果し得たような気がする。

それから映画では「秋山総裁」が自殺するシーンを劈頭に出している。自殺ということを前提において物語を進めているわけだが、これに対して、原作者の考えを何人かの人にきかれた。

私は、作品の主題を強く前面に押し出すために、映画化の場合、こうした仮定的手法が必要であったと思うし、またそれが賢明であったと思う。これによって、誰にも知られず、一つの真実がどこかに厳として坐っているという作品の主題は、少しも傷つけられていない。

これによって、この映画が、下山事件は自殺事件だったことを語るものだと思う者は、一人もいないであろう。この点、この映画において、脚色者の功績はすこぶる大きいといわなければならない。

（昭和二十九年八月）

「白い牙」の映画化

「白い牙」はこれまでに何回か映画化の話があったが、いつも途中で流産になっていた。「白い牙」の主題も、その筋も、映画になりそうでいていざ手をつけるとなると、難しいことが判る小説だということであった。

「白い牙」では、私は世俗と常識の世界を切る一本の白い牙のような若い女性を書きたかったのである。主人公沙夷子は、今日のように何事も信用できない時代に、愛情だけを変らぬものとして生きようとする。父の生き方をも、母の生き方をも、彼女は否定している。後妻としてはいって来た若い女の生き方も勿論否定している。

併し、彼女はまっこうから彼等と対立しないだけのゆとりは持っている。自分にはあくまできびしいが、周囲の者には協調的でさえある。

併し、世俗の波は、彼女の足許へ次々に打ち寄せて来る。そして彼女が唯一のものとして持った愛情でさえ、愛人の不信の行為に依って裏切られて失なわれることになる。が、この事によって彼女は、今までの女たちが選んだ悲恋の主人公の役割を自分に課することはしない。彼女は自分から自分の心の中の愛情を放逐して、その恋愛感情を清算し、新しく生きなければならぬと思う。そしてそのために、彼女流の非常手段を強行する。自分の貞操を路傍に棄ててしまうことである。そしてそこから改めて出発しようとした。新しく生きようとするには、そのようにしなければならなかったのである。

こうした彼女の自分の失恋事件の処理法は、恐らく人に依って批判はまちまちであろう。肯定する人もあろうし、否定する人もある筈である。作者の私自身にしても、必ずしも肯定できる行為ではない。

併し、沙夷子という女主人公を、妥協なく生かすためには、彼女をこのような条件のもとにそこへ行かせざるを得なかったのである。

この小説を書き終えた時、何人かの人たちから、「どうしてあのように残酷なことをしたのか」と詰られた。そう言われても、私は私が残酷にしたのではないと思った。彼女自身が選んだ生き方以外に、いかなる生き方があったであろうか。この小説を書いてから九年になるが、私の心の中では今日でもその考え方はいささかも変っていない。

彼女はいま九歳年を取って、どこかで逞しく明るく生きているに違いない。そして恐らく、誰よりもきれいに生きているに違いない。彼女を生み落した作者として、そうあって貰わねばならぬ。沙夷子は私が小説の中に生んだ唯一人の戦後の女性だからである。

（昭和三十五年七月）

「黄色い鞄」作者の言葉

本書に収められた作品は、昭和二十六、七年頃に書いたもの許りです。こんど本書を出すに当って、これらの作品を読み返してみて、その当時は気付かなかったこの時期独特の自分の表情を発見し、ひどく懐しいものを感じました。

それはこの時期の私が作家としてひどく素直であったということです。素直であるということは、勿論作品の上に長所とも短所ともなりますが、ともかくこれら作品が多勢の読者の方に愛されるとしたら、そういうところにあるかと思います。

昭和三十一年四月三日

（昭和三十一年五月）

「山の湖」あとがき

本書に収めた作品を発表した舞台は次のようであります。

山の湖　「女性改造」　昭和二十六年四月より三回連載

昔の恩人　世界短篇コンクール出品作

紅白の餅　「小説公園」　昭和三十一年一月号

秘　密　「婦人公論」　昭和二十六年八月号

初代権兵衛　「文藝春秋」　昭和三十年十二月号

その日そんな時刻　「別冊文藝春秋」　昭和二十九年第三十九号

発表舞台も、婦人雑誌・綜合雑誌・文芸雑誌・読物雑誌とまちまちでありますし、作品の内容も恋愛小説もあれば、諷刺小説もあるといった具合で、いろいろな傾向の作品が集っています。併し、どの作品が純文学的で、どの作品が読物的であるというような質的な差異はありません。作者としては全く同じ態度で筆を執ったもの許りで、どの作品にも、よかれあしかれ、全く同じ私の貌が出ているかと思います。いろいろな角度から、私という一人の作家の貌を見て戴きたいと思います。

昭和三十二年二月

（昭和三十二年三月）

「戦国無頼」について

「戦国無頼」は自分で実に楽しく書いた。処女作「猟銃」を書いて以来、かなりの数になる作品を発表してきたが、「戦国無頼」ほど、作者自身が楽しんで書き、それだけにまた特殊な愛情を持った小説はない。

作中人物の十郎太、弥平次の二人が戦死する場面を書いた時、私はペンを握りながら、曾て経験したことのなかった興奮に駆られた。可笑しな話だが、どうにかして助ける方法はないものかと考えた。しかし助ける方法はなかった。私自身が設定した彼等二人の青年武士の運命のきびしさのために、作者自身かなり手ひどく痛めつけられた恰好だった。

他の作品を書き上げた場合は、例外なく、いつも吻とするが、「戦国無頼」の場合は、吻とする気持はなかった。最後の一枚になった時、原稿用紙の小さいマスを埋めて行くのが惜しかった。

この作品を執筆中、私は琵琶湖畔に三回、丹波、長篠、山崎方面にもおのおの一回ずつ旅をした。丹波以外の土地は前に何回も行ったことがあったが、丹波の篠山地方は初めてだった。八上城のあった高城山の上に立ったのは、十二月の中旬で、風の強い日であった。平原に突き立った嶮しい岳陵で、私はその山嶺に僅かに残っている城塁の白い石の面を見ながら、この白い石の面のような読後感のものを書きたいと思って、「戦国無頼」の構想を考えたものである。

（昭和二十七年四月）

「戦国無頼」のおりょうへ

私が「戦国無頼」という時代小説をある週刊雑誌に連載したのは、もう四年程前のことです。「戦国無頼」は作者の私が意外に思う程読者の好評を博しましたが、その好評の大部分は女主人公である貴女の人気だったと思います。

貴女はあの物語の中へ、突然はいって来ました。作者の私は、初めから貴女のような女性を登場させようとは夢にも考えて居りませんでした。佐佐疾風之介という若い武士が合戦で傷き、野武士に救われて、小舟に乗り、琵琶湖上に浮かんだ時、突然貴女は佐佐疾風之介を終生愛する運命の女性としてどこからともなくやって来たのです。

私は名をつけなければならないので、貴女におりょうと名付けました。おりょう！　なんというい名前だったでしょう。

それ以後、作者の私は貴女の行動や考え方について、何も考える必要はありませんでした。貴女自身が勝手にそれを決め、私はただそれを見守り、諸君に報告すればよかったのです。美しい野性、火のような情熱、愛人に一眼会うためには千丈の城壁も攀じる貴女です。私は何回、貴女が恋い慕う佐佐疾風之介を戦場で討死させたかったし、断崖から突落して殺してしまいたかったことでしょう。併し、それはできなかった。そのために貴女を襲う山をも動かすような大きい慟哭が、私にはよく判っていたからです。おりょう！　私はもう一度貴女に会いたい。どの小説の中のだれにも会いたくはないが、私は貴女には会いたい。作者がどうすることもできなかった美しさをいっぱい詰め込んでいる女、おりょうよ。

（昭和三十一年一月）

「春の嵐」あとがき

「春の嵐」は「小説新潮」の昭和二十七年一月号から五月号までに、五回にわたって連載したもので、終戦直後の混乱期を生きた一群の若い男女の生態を描いたものです。言うまでもなく終戦直後の一時期は、日本人の誰一人もが曾て夢想だにしなかった不思議な酩酊の季節でした。過去のあらゆる権威は消えて失くなり、集団強盗は横行し、日本人の全部は闇ブローカアになってしまったかの観を呈し、それでいて一方では途方もない自由な解放感が人々の心を捉えていました。飢饑と罪悪と自由と恋愛が、戦争に替って華々しく登場して来た季節です。

この嵐の時代に青春期を迎えた若い人たちは、ともかく選ばれた特殊な人たちだったと言えましょう。青春の花は思いがけない明るさで大きく花咲きましたが、併し、それは飢餓と隣り合せていました。恋愛する自由もあった替りに、餓死する自由もあったわけです。大人たちは自分たちが生きることに忙しく、若い人たちのことを構ってやる暇はありませんでした。若い男女はそれぞれ自分の考えで、必死に自分の生きる道を考えなければならなかったのです。

作者はこの一時期を大阪で過していましたので、大阪のそうした一群の若い男女を知っています。「春の嵐」一巻はせいいっぱい生きるために闘ったそれら若い人たちへの、ともあれ、それは一つの讃歌と言っていいものであります。

「通夜の客」はやはり同じ終戦直後の一時期を、やはりこれもせいいっぱい生きようとした一人の女性の魂の記録を、モノローグの形で書いたものであります。多少のモデルらしいものはありますが、総体から見れば勿論これは純然たるフィクションです。戦争が終り、人間が初めて人間であると自覚した時、ふと何か純一なものに縋《すが》りつこうとした衝動は、この作品の主人公許りでなく、誰でも経験したことだと思います。ただこの女主人公は、実際に自分をその中に燃焼しつくそうとしたのです。「通夜の客」は、作者の「猟銃」「闘牛」に次ぐ第三作で、昭和二十四年歳末発行の「別冊文藝春秋」第十四号に発表したものであります。作者としては特殊な愛情を持っている作品であることを附記しておきます。

一九五五年八月

（昭和三十年九月）

「緑の仲間」作者の言葉

私は以前から青春小説を書いてみたいと思っていた。幸いにして今度舞台が与えられたので、年来の念願を果すつもりである。

青春は人生の緑地帯である。何もかもがここでは水々しく、やたらにきらきらしている。地位も名声も金も、そんなものは一切薄汚れして見える。あらゆるものへの可能性だけで、彼等は十分輝かしく、十分富んでいる。ここで幅を利かしているものは、いうまでもなく野心と冒険と夢と恋愛である。彼等が何を語り、何を夢み、何を仕出かすか。若さだけが生み出す野放図もないぜい沢な所業の数々を、作者も必死になって追いかけてみようと思う。

（昭和二十七年三月）

明るい真昼間の勝負

いま毎日の夕刊に『緑の仲間』を書いているが、書き出してみて、なかなか気骨の折れる仕事だと思っている。新聞小説は前に一度『その人の名は言えない』というのを夕刊新大阪に書いたことがあるが、中央紙へはこんどが初めてである。

新聞小説を書くと、体重が一貫も二貫も減るということを聞いていて、そんなものかと思っていたが、自分が書き出してみて、なるほどどうなずかされる。

従来、小説を書いていて、読者というものを意識するようなことはついぞ一度もなかったが、こんどの連載を始めてから、何か正体のつかめぬ真黒い大きい流れのようなものが、執筆している最中、眼の前をよぎることがある。実際に摑《つか》みどころのない洪水のような、どす黒い流れである。私は新聞記者を十何年やって来て、記事もずいぶん書いてきたが、その時でさえ、こうした大きい読者の幻影には取りつかれなかった。この事は別に考えてみたら面白い問題だと思っている。

しかし、これを意識したら、一回三枚の原稿を暗夜の海へ投入するようなものである。新聞小説の成功不成功は、かかって、これを意識するかしないかにあるのではないかと思っている。

といって、厖大《ぼうだい》な読者を考えることなしに、筆を執ったら、やはり新聞小説としていいものは書けないに決まっている。どす黒い流れの音を絶えず耳にしていて、それに脅かされないだけの自信と修練が必要なのだろうと思う。

『緑の仲間』を書き出してから机に向うのは朝にしている。朝の方が冷静さを失わないからである。新聞小説以外は、むしろ夜の方が、多少興奮していて、妙なアクセントが文章にも、会話にも出て来て、それが特殊な効果を上げることがあるようだが、新聞小説一回三枚の効果は、そんな夜襲的なものでなく、もっと明るい光線の降っている真昼間の勝負のようである。

それから、一日に一回書くということが、結局、新聞小説の最も適した執筆態度ではないかと思う。何回分も一度に書くということは、自分の試みた範囲では、どうも一回一回の効果がおろそかになり勝ちのようである。

『緑の仲間』を書き出してから、いろいろな勉強をしている。新聞小説というものが全く独自な形式であるからである。

私はこんどの小説で、時代と関連のある、ある主題を持ったものを書きたいと思っている。それが面白く読ませなければならぬ新聞小説の形で、どこまで書き得るか、全く自分でも判らないが。

何よりも厖大な読者というものを、原稿用紙の小さく四角な枡目に感じたということは、私にとっては何よりの勉強であった。私はどこかで読んでくれるかも知れないたった一人の読者のために書くつもりで、本当にそんなつもりで、今までいつも机に向っていたのだから——。

（昭和二十七年五月）

「座席は一つあいている」作者の言葉・ランナー寸感

作者の言葉

こんどの小説では三人でいろいろ題を考えた。「座席は一つあいている」は永井さんの提出した題である。真杉さんも私もこの題を耳にした時、直ぐとびついてしまった。三人が漠然と、この連作という一つの新らしい形の試みに考えている小説の内容にぴたりとしたものを、この題が持っていたからである。

永井さん、真杉さん、そして私という順でバトンは渡される。うまく真杉さんから受取って、うまく永井さんに渡さなければならぬ。へまをやらぬように、少々心配でもあるが、しかし小説を書く前に、これほどたのしさを感じたことは今までにない。

座席は一つあいている。そのあいている座席に永井さんにも、真杉さんにも内証で、私は私でこっそりと、ひとつすばらしいものを乗っけてやろうと考えている。何と娯しいたくらみであることか！

（昭和二十七年十月）

ランナー寸感

浅草でバスを降りた正木千鶴について、永井、真杉ご両氏とも照明を当ててくれず、お二人とも、にやにやしていらっしゃる。たまたま千鶴が浅草でバスを降りた時が、僕の執筆の番に当っていたので、僕はその事実を読者諸氏に報告したに過ぎないのだが、恰もそれが僕の責任のごとくである。

そういうわけで、僕は今回は千鶴から書かなければならなくなった。

尤もこの麗人と共に行動するお役目は、僕にとって満更でないことはもちろんである。

（昭和二十七年十一月十六日）

初めて観光バスに乗った時は、まだ暑い盛りだったが、いつか、すっかり初冬になってしまった。僕はいま頃の気候が一番好きである。「座席は一つあいている」もいつか九回である。早いものである。書きながら庭に目をやると、はちすの木もすっかり葉を落している。

物語も事件の中心にはいってきて難しくなってきた。受取り方も、渡し方も不手際ではないかと、書いたあとで心配である。また一方永井さん、真杉さんも同じ気持だろう。難しいが確かに今までにない楽しさもある。

（昭和二十七年十二月七日）

こんどは、けい子を書いた。けい子ばかりを書いた。けい子のために書いてやったようなものである。前回で、真杉さんが杉浦と千鶴との眩ゆい逢瀬を書いておられたので、嫉妬とは言わないまでも、多少けい子のために一肌脱いでやろうという気持になったのかも知れない。永井さんも、恐らく、これには同感ではないかと思う。読者諸氏はいかがでしょう。

（昭和二十七年十二月二十八日）

暮の廿八日から一月の五、六日まで九州へ旅行します。その出発真際に、真杉さんからバトンを渡されました。今年最後の仕事です。けい子から書くか、千鶴から書くか、大分迷いましたが、けい子から筆を執りました。珍らしく風が出ています。師走の風というのでしょう。明日はぜひとも永井さんにバトンを渡さなければなりません。僕も年内に走ってしまうんだと、永井さんが待機しています。（十二月廿七日記）

（昭和二十八年一月十八日）

小説の中の人物というものは、大抵途中から自分で勝手に動き出して、作者の手におえなくなるのが普通である。「座席は一つあいている」でもどうやら、けい子も千鶴も鮎子も杉浦も中西も、作者の思惑とは違った勝手な行動をし始める段階に来ている。これからが書いていて一番面白くもあるが、一方小説の成功するのも失敗するのも全くこれからである。

（昭和二十八年二月八日）

真杉さんからバトンを受け取って、新潟へ来ました。佐渡へ行くためです。町は一尺ほどの雪に包まれていますが、さほど寒いとは感じません。

ここで作中人物のことを考えていると、何人かの人物の行動が遠いところで行われている感じです。おかしなものです、千鶴もけい子も、遠い東京で何かやっている、そんな気持です。ときどき作家は東京を離れないといけないと思いました。

（昭和二十八年三月一日）

最後の走者を承ったのは僕は二回目である。一回はずっと昔小学校五年生の時のリレー。次が今度である。もう手に握っているバトンを渡す人はない。前方に見えるのはゴールばかりである。永井氏、真杉さんも既に見物席に立っておられる。

どんな駈け方をしたか僕は知らない。兎に角、いま「座席は一つあいている」で、僕はゴールにはいったようである。小学校の時、自分が勝ったかどうか判らなかったように、いまの僕には、最後の走者の役が果してうまく勤まったか、どうか、全く判らない。少年の僕に観衆の拍手が聞えなかったように、いまの僕にも聞えない。

僕はペンを置いて、煙草に火をつける。杉浦、中西、けい子、鮎子、千鶴、みんな僕を見ている。長い間僕は彼等を見守って来たが、いまは逆に見守られている気持である。

最後のランナーとして、せんえつではあるが、永井氏、真杉さんにも代って、読者諸氏の長い間のご声援を深謝します。

（昭和二十八年三月二十二日）

「風と雲と砦」作者の言葉

群雄が各地に割拠して、戦闘攻伐に寧日なかった戦国時代は、私には、日本歴史の中で、最も魅力ある時代である。どす黒い歴史の奔流の中で、人間がこれほど、大きくも小さくも見える時代はないからである。

私が、こんどの小説で書きたいのは、史上にその名を残している幸運だった時代のチャンピオンたちではない。英雄はしばらく措く。それより、若い無名な青年武士たちが、この未曾有の争乱の時代を、いかに闘い、いかに生きたか。——その夢と、野望と、冒険と、恋を、そして一様に彼等が経験しなければならなかった運命の転変を、戦国の風と雲と砦を背景にして書いてみたいと思う。

歴史の大きい流れの波間から、少しでもその時代の人間の息づかいが捉えられたらと、筆者も亦野望を持っている。

（昭和二十七年十一月）

「風と雲と砦」原作者として

こんど私の小説「風と雲と砦」が前進座に依って上演されることになった。私にとって小説の劇化は、この前の新国劇に依る「風林火山」の劇化に次いで二回目のことである。自分の作品が舞台にかかるということは、そら恐しいものである。文字に依って表現していた人間の心が、初めて肉体の中に収まって、肉体と一緒になって作者の前に立ち上がって来る感じである。

「風と雲と砦」は戦国時代の長篠の合戦から武田滅亡までの期間を舞台にとっている。私は戦国争乱の時代でこの一時期が一番好きである。人間の悲劇もいっぱい詰っていると同時に、人間の夢も、願望も、亦この一時期が何ものにも遮られず花咲くことができたのではないかと思う。日本歴史の上で、ある意味では一番ロマンチックな時代である。私は架空な何人かの人物をこの時代に投げ込んでみ、勝手気儘に歩かせてみた。

この作品の劇化については、私は何もかも前進座の畏敬する諸氏にお任かせした。私の作品をどのように料理して戴いても結構である。小説「風と雲と砦」を材料にした劇の「風と雲と砦」が輝かしい前進座の歩みの一つの里程標たり得たら、原作者としての悦びこれに過ぎたるはない。

（昭和三十六年十一月）

「風と雲と砦」壮大なドラマ化の中で

「風と雲と砦」が菊田さんの手で上演されることになりました。「敦煌」「蒼き狼」は共に菊田さんの手で美しく力強いドラマに生まれ変りましたが、「風と雲と砦」が三番目にその幸運をになうことになりました。どのような戦国絵巻が、帝劇の大きな舞台の上に展開されることになるか、たいへん楽しみです。

「風と雲と砦」は、戦国時代を生きた若者たちの、各人各様の個性がいかなる運命を呼ぶか、それを物語の形で取り扱ってみた作品です。主人公の左近八郎も、安良里姫も、それから俵三蔵、山名鬼頭太も、いずれも架空な人物ですが、このような人物が、あの戦国争乱の時代にはたくさんいたのではないかと思います。作者の私は、大勢の無名な若者たちが実際にそうであったに違いないように、登場人物たちを乱世の中に投げこみ、それぞれ好きなように生きさせてみました。

時代は、長篠城をめぐって、武田勢と徳川勢が烈しい攻防戦をくり返している時で、小説が終るまで、作者の私にも、若者たちの運命は判りませんでした。ただ、戦国の風、戦国の雲、戦国の砦――それを背景に、愛憎、生死のドラマの展開を、全く若者たちの若さとエネルギーにゆだねた恰好でした。このような書き方をした小説はほかにはありませんが、このようなことができたのも、舞台を戦国乱世に選んだからでありましょう。
小説「風と雲と砦」は、菊田さんの手で、兵鼓と弓弦の音にみたされた壮大なドラマとなるでしょう。小説では書けなかったものが劇としてどのように生かされるか。その上演の日を一番待ち望んでいるのは、小説の作者の私であると思います。

（昭和四十五年四月）

「若き怒濤」作者の言葉

恋愛の中には、神と悪魔が同居しています。人間のあらゆる営みの中で、恋愛が最も楽しいものであると共に、最も怖ろしいものでもあります。常にその周囲で波は荒れ騒いでいます。作者は都会の若い男女の心に芽生えた恋愛感情が、どのように育ち、どのような花をつけ、どのような運命をたどるか、彼女たちの心の内部の神と悪魔の争闘を描くことになりましょう。

（昭和二十八年五月）

「あすなろ物語」作者の言葉

私の郷里は伊豆半島の天城山麓の小村で、あすなろ（羅漢柏）の木がたくさんあります。あすは檜になろう、あすは檜になろうと念願しながら、ついに檜になれないというあすなろ（羅漢柏）の説話は、幼時の私に、かなり決定的な何ものかを植えつけたようです。この「あすなろ物語」一巻は、併し、自伝小説ではありません。あすなろの説話の持つ哀しさや美しさを、小説の形で取り扱ってみたものです。

（昭和三十年八月）

「花と波濤」作者の言葉

聡明で美しい一人の若い女性が、郷里の静かな村から都会へ出て来ました。都会へ一歩足を踏み入れた瞬間から、彼女をめぐって人生の波はたち騒ぎ、あちらに揺られたり、こちらに揺られたりしながら、彼女は自分の美しいものを失わないように、必死に波と闘い始めます。

波濤に漂う一個の花が、花弁がばらばらになって、無慚にも波打際に打ち上げられるか？　潮の流れと共にはるか遠くに運び去られるか？　作者は真剣にこれから一年の間、彼女の運命を追って行こうと思っています。

（昭和二十七年十二月）

紀代子に托して

この小説は、田舎から都会へ出て来た一人の若い女性が、いろいろな人生経験を通して、人生というものを考え、恋愛というものを知り、男性というものに驚き、徐々に、いろいろな人生知識を身につけて成長して行く、その課程《ママ》を書いたものである。

大小の波濤にもまれ、漂いながら、彼女は自分を傷けることなくすくすくと成長して行く。

悲しみも、悩みも、苦しみも、彼女にとっては、すべて彼女を育てて行く糧《かて》である。

私は多くの若く美しい女性たちに、こうであって欲しいと思うことを、この小説の主人公紀代子に托して書いたつもりである。

松林宗恵さん作品として、私が自分が最も愛している紀代子が、そのような女性として描かれることを楽しみにしている。

（昭和二十九年一月）

「昨日と明日の間」をみて

自分の小説が映画になったときそれをみていて、実に変な気がする。丁度自分の顔の写真を見せられているようなものである。確かに自分の顔であるに違いない。自分の顔の細部が大きくさらけ出されている。まさに自分の顔である。しかし、またどこかに自分の顔だと納得できない気持もある。どんな小説の映画化の場合でも、原作者はそれをみていて変な気持がするだろうと思う。これはすべての原作者に共通したことであろう。

「昨日と明日の間」は、殆んど原作通りに取り扱ってもらった。筋も最後の方の一部分を除いてこの通りである。会話も大部分原作の会話を採用してもらっている。その点原作を尊重してもらって有難いと思う。違うところは、作品の持つふん囲気である。しかしこれは映画と小説の違いである。原作者が望んでも、無理な注文であろう。映画「昨日と明日の間」をみている間、私は小説「昨日と明日の間」の骨格や姿勢ばかりが眼についた。映画と小説と、どちらが面白いか、私には見当がつかない。私はこの小説で、読んで面白いということを最大の主眼としたので、映画「昨日と明日の間」もぜひ面白くあってもらわなければ困る。実際の話が、原作者は、自分の作品の映画化されたものをみていて、面白いかどうか判断できない。
試写をみて戸外へ出たとき、同行者がみんな面白いといった。私はそれを聞いてホッとして、川島監督にやられたかなと思った。私は映画をみている間、映画「昨日と明日の間」と小説「昨日と明日の間」で、川島監督と張り合っていたのかも知れない。

（昭和二十九年六月）

「戦国城砦群」作者のことば

私は戦国時代の地図を見るのが好きです。全国の、凡そ要害と呼び得る要害には必ず城が築かれるか、砦が設けられてありました。幾十幾百とも知れぬ城と砦の群れ！　そしてその城砦の一つ一つには、悲惨と残虐、夢と野心と冒険——そんな、いいものも悪いものもいっぱい詰まっていたわけです。
私はこの時代をせいいっぱい生きた一人の若い武士を描いてみたいと思います。彼の持った烈しい性格は、彼に幾つかの城砦を経廻らせ、彼を幾つかの合戦に登場させます。作者は、いま、この戦国の若者に、いかなる場合も、怯者でないことを希うのみです。

（昭和二十八年九月）

「風林火山」の劇化

こんど私の小説「風林火山」が新国劇で劇化されることになった。小説「風林火山」は一種の騎士道物語であり、戦国女性の持つ運命の哀歓を主題にしたものである。しかし、これをいろいろの約束を持つ芝居の形にうつすことは、正直に言って、まず望めないのではないかと思っている。私は平生、小説は小説、映画は映画、演劇は演劇と考えている。殊に小説と演劇との関係は複雑である。こんどの新国劇の「風林火山」も恐らく私の小説とはかなり異ったものになるであろうし、またなって当然である。

原作者として、私は私の作品をどのようにでも料理して下さいと脚色者池波正太郎氏にお任せした。私は、小説「風林火山」がいかに新国劇調ゆたかな名演し《だ》物として、あざやかに変貌するかに寧ろ期待している。

（昭和三十二年十月）

「風林火山」原作者として

「風林火山」は書いていて楽しかった。作家にとって、小説を書くことは、大抵苦しい作業であり、私も亦、自作のどれを取り上げても、それを書いている時の苦しさだけが思い出されて来るが、「風林火山」の場合は少し違っている。楽しい思い出だけが蘇って来る。勘助、由布姫が自分から勝手に動いてくれて、うっかりすると筆が走り過ぎ、書き過ぎた箇処をあとから削るようなことが多かった。そのくらいだから、私自身、勘助も由布姫も信玄も好きである。取材のために何回か甲斐から信州へ旅行をした。勘助が馬を駈けさせたところは、どこへでも行った。自動車をとばしたり、自分の足で歩いたりした。

このように、作者の私にとってこの作品が楽しかったのは、山本勘助が実在の人物ではなかったためであろうと思う。と言って、全く架空な人物かと言うと、そうとも言えない。たれでも山本勘助という名を知っているように伝承の中に生きていた人物である。実在の人物ではないが、人々の心の中に生きている人物である。

「風林火山」は前に新国劇で上演されているので、舞台にのるのは今度で二度目である。その意味では幸運な作品である。新派の方達の演ずる「風林火山」がどのようなものになるか、それを見るのが楽しみである。

（昭和三十八年九月）

「風林火山」の映画化

私の作品の中で「風林火山」ほど映画化の申込みを受けたものはない。併し、何回映画化の話はあっても、そのいずれもが何となく立ち消えになる運命を持った。

それがこんど稲垣さんと三船さんの手で、本当に映画化されるという幸運に見舞われた。しかも堂々と正面から組んだ本格的な映画化である。「風林火山」は今日まで待った甲斐があって、漸くにしてゆたかな大きな春に廻り会えたのである。

稲垣さんと三船さんには以前「戦国無頼」を映画にして戴いたことがある。私の作品の最初の映画化であった。それから十何年経っている。最近稲垣さんと三船さんにお目にかかって感慨深いものがあった。「風林火山」は長い間稲垣さんと三船さんが手を差し出してくるのを待っていたのだと思った。それに違いないのである。

（昭和四十四年二月）

「風林火山」と新国劇

「風林火山」は昭和二十八年から二十九年にかけて『小説新潮』に連載した小説です。発表当時、多少の反響はありましたが、現在のように〝風林火山〟という四字は一般的なものではありませんでした。時代というものは面白いもので、いかなる風の吹き回しか一昨年あたりから、「風林火山」という作品が再び多勢の人に読まれ始め、テレビに劇化されたり、映画化されたりする機運にめぐりあいました。作者の私も驚いていますが、一番驚いたのは主人公山本勘助であろうと思います。彼の作戦家としての慧眼を以てしても、自分がいまになって脚光を浴びようと予想はできなかったことであろうと思います。

次に驚いたのは劇団「新国劇」の首脳部の方々ではなかろうかと思います。新国劇によって「風林火山」が最初に拾い上げられたのは昭和三十二年のことですから、十二年ほど前のことです。脚色、演出の池波正太郎氏も、島田、辰巳両氏も、「風林火山」の名が今日一般化したことで、すっかり驚いておられるのではないかと思います。

併し、作者の私は多少異った考え方を持っています。「風林火山」の名が多勢の人に知られるようになったそもそものきっかけははっきりしています。新国劇が「風林火山」を舞台にのせて下さったためであります。十二年前上演していただいたお蔭で、「風林火山」は今日のように有名になることができたとお礼を申し上げたい気持です。

こんどその新国劇の「風林火山」が再び舞台にのることになりました。作者としては懐かしさでいっぱいです。

（昭和四十四年九月）

私の夢

「風林火山」は昭和二十八年から二十九年にかけて『小説新潮』に連載した小説です。第一回の原稿を渡した時、担当記者のM君が「風林火山」という題名に首をひねりました。いかなることを意味しているか、よく解らないので、小説の題名としては損ではないかということでした。そう言われると、作者の私も自信はありませんでした。しかし、他に適当な題も思いつかないままに二日ほど考えてみようということになりました。

結局のところ、「風林火山」で押し切ることになりました。「風林火山」が新国劇によって最初に上演されたのは、昭和三十二年のことでした。それまで「風林火山」という題名は多少落着《おちつき》がない印象を人に与えていたのではないかと思いますが、これが舞台に取り上げられたことで、すっかり安定したものになり、堂々と世間に通るようになったかと思います。

この最初の上演からいつか今日までに十七年の歳月が経過しています。作者の私も十七の年齢を加え、新国劇も亦、劇団として十七の年齢を加えたわけであります。その間に「風林火山」は何回か上演され、その度に、より完全なものとして好評を博するという幸運に浴しています。「風林火山」が新国劇の名演《だ》しものの一つになったことは、原作者として何より嬉しいことであります。お陰で「風林火山」もすっかり有名になり、その題名に首をひねるような人はなくなってしまいました。こんど何回目かの上演を前にして、それこれ思い合せると、まことに感慨深いものがあります。

「風林火山」の主人公は武田信玄の軍師山本勘助であります。山本勘助が史上実在の人物であったかどうかは甚だ怪しいとされていますが、そうしたことは作者にとってはどうでもいいことであります。その存在に対してさえも甚だ韜晦的である一人の軍師に、私は自分の青春の夢を託しています。勘助は短軀で、指は欠け、眼はすがめで、頗る異相の人物であります。私はこうした山本勘助に生命をかけて高貴なものへ奉仕する精神を注入してみたかったのです。夢と言えば、信玄も作者の夢であり、由布姫も作者の夢であり、作中人物のすべてが作者の夢と言えましょう。それぞれに、まだ若かった私の夢がはいっています。

（昭和四十九年五月）

「風林火山」について

私は昭和二十五年二月に「闘牛」という作品で芥川賞を受け、翌二十六年五月に、それまで勤めていた毎日新聞社を退き、以後小説家として立っております。芥川賞を受けた二十五年から二十八、九年までの四、五年が、私の生涯で一番たくさん仕事を発表した時期であります。

私はその頃、いわゆる純文学作品なるものも、中間小説も、娯楽小説も、さして区別することなしに書いていました。娯楽雑誌には娯楽小説を、文学雑誌には文学作品をと、需《もと》めに応じて小説を書いていたようなところがあります。折角、芥川賞作家として出発したのだから、純文学一本にしぼって仕事をして行くべきだと言ってくれる人もありましたが、しかし、中間小説は中間小説として、読物は読物として書いていて面白く、純文学の仕事とはまた異った魅力がありました。そういう点、私は余り窮屈には考えていませんでした。仕事への没入の仕方も同じであり、読物は読物で夢中になって取組んだものです。

長篇時代小説だけ拾っても、この時期に「戦国無頼」、「風と雲と砦」、「戦国城砦群」、「風林火山」などを書いております。今考えてみると、さして無理をしないでも、次から次へと作品を生み出すことができた不思議な時期だと言うほかありません。

最近この時期の作品を読み返す機会を持ちましたが、面白いことには概して読物雑誌や中間雑誌に発表したものの方が生き生きとしていて、作品として纏まっているものが多く、肩を張って書いた文学雑誌掲載作品の方に失敗作が多いようです。三十年ほど経ってみると、文学作品にも、読物にもさして区別は感じられません。慌しく締切に迫られて書いたものでも生命あるものは生きており、正面から取組んで推敲《すいこう》に推敲を加えたものでも、生命ないものは、正直なものでむざんな屍を曝《さら》して横たわっていると思いました。

ただ現在の私は、読物の形で小説を書くより、読者へのサービスをぬきにした形で小説を書く方に気持が向かっています。これは言うまでもなく年齢のためであって、私が老いたということでありましょうか。そういう意味では「戦国無頼」や「風林火山」などは、私の若かった日の作品であり、もう再び書くことのない、あるいは書くことのできない作品と言えましょう。読み返してみると、そうした眩《まぶ》しさを感じます。

「風林火山」は二十八年から二十九年にかけて「小説新潮」に発表した作品で、いま読み返してみると、読者を楽しませると言うより、書いている作者自身がまず楽しんでいる作品と言えるかと思います。歴史を舞台にして、登場人物たちを物語の中に投げ込んで、それぞれの人生行路を歩ませています。主人公山本勘助に関する伝承や記述（「武田三代記」）はありますが、果して山本勘助なる人物が実在したかどうかとなると、甚だ怪しいとしなければなりません。おそらく山本勘助という名を持った人物は武田の家臣の中にあったかもしれませんが、その性格や特異な風貌は「武田三代記」の作者の創作ではないかと、一般に見られています。

私はその伝承の山本勘助を借りて、それを生きた歴史の中に投げ入れて、彼を自由に歩かせてみました。すると、彼をめぐって、到るところで歴史はざわざわと波立って来ました。その波立ちを一つ一つ拾って書いたのが、「風林火山」ということになろうかと思います。

昭和六十一年七月三日

（昭和六十一年九月）

「春の海図」作者の言葉

私たちは、陸の地図と違って、海の地図にはあまり縁がありません。しかし私は海図を見ることが好きです。あの大海原の底に、山があり、谷があり、平野があるからです。

人間の心の内側も丁度海図と同じように、自分以外誰にも知られていないが、そこにはやはり山があり、谷があり、平野があります。私は本誌によって機会を与えられたので、若い聡明な女性の心の海底を書いてみたいと思います。『春の海図』と題するゆえんです。

（昭和二十九年一月）

「魔の季節」作者の言葉

人間というものは、一生のうち何回か、悪魔のささやきを耳にする瞬間を持つものだと言われています。人間の運命は、そうした瞬間によって、大なり小なり、思いがけない方向に屈折して行くものです。

作者はいま、悪魔のいる季節に、何人かの男女を登場させてみようと思っています。小説の世界は自らそこから開けて行くだろうと思います。

（昭和二十九年十一月）

「姨捨」

よく自分の作品で何が好きかと訊かれるが、そんな時、長篇では「天平の甍」、短篇では「姨捨《おばすて》」と答えることにしている。どちらも、自分で他の作品ほど厭さを感じないからである。大体自分の作品というものは、自分の身振りが眼の先きにちらちらして読み返すのが厭なものであるが、この二篇は比較的それが少ない。「姨捨」の場合は、そうしたことの原因を考えてみると、姨捨という自分の好きな場所を舞台にし、そこへ行った時の情景を細かく描写しているためではないかと思う。

姨捨には何回も行っている。信濃地方は武田信玄、山本勘助を書くために何回も足も運んでおり、姨捨駅にもそのお陰で何回か下車し、丘の上から、千曲川の折れ曲った細い帯を眼にする機会を持った。

併し、「姨捨」を書く時は改めてそこへ出掛けた。「姨捨」の場合、そこへ改めて出掛けなくても充分書けた筈であるが、併し、実際にそこの月を見てみようといった気持で出掛けたのである。月は見られなかったが、併し、やはりそこへ出掛けて、その時の姨捨を細かく描写したことは、この作品の持つ生命の主な部分を作ったと思う。こうしたことがこの作品を、作者にとって特殊なものにしているのであろう。

　その後、姨捨には行かないが、もう一度行ってみたいと思う。姨捨の丘陵の上から見る平原の眺めは特殊なものである。千曲川の長い帯もいいし、少しの陽の光でもその表情を異にするその平原のナイーヴさもいい。

　私は平原というものは好きで、平原があると、高処から眺めないと気のすまぬ癖がある。平原というものは、自然の大きな顔である。平原の表情の違いを注意してみると面白い。不逞な面貌をしているものもあれば、女性的な細やかな表情をしているものもある。姨捨の舞台は後者である。

　それから作品の中にもそのまま書いたが、たくさんの歌碑の立っている場所は、ちょっと異様な感じのするものである。歌碑が一つや二つはいいが、沢山並ぶと墓石と変らない感じになり、しかも墓石の群よりもっと暗い感じを持つ。墓には何も残っていないから寧ろからっとしたものがあるが、歌碑の方にはいろいろな人たちのある日、ある時の、その場所に対する感じ方が、いつまでも消えないで残っているためであろうか。


（昭和三十七年一月）

映画「愛」原作者の言葉

映画「愛」についての原作者としての感想は、まさしく自分の作品の映画を観たという気持である。三つの作品をつなぐ操作を別にすれば、主題も、筋も、会話も、殆ど改変された跡はなく、しかも作品の持つニューアンスが充分生かされている。有難いと思った。

（昭和二十九年八月）

「篝火」について

「篝火」の主人公、多田新蔵についての記録は「常山紀談」と「甲斐国志」に出ている。私は「日本戦史」に二つの記録が併せ収録されているのを読んだ。記録といってもどちらも僅か四、五行のものである。

新蔵と久蔵という兄弟があったらしく、記録では新蔵になったり、久蔵になったりしている。私は新蔵として書いた。

私は裸で捕虜になったということだけで、記録を読んだ時、すぐ不逞な面貌とユーモラスな風態が思い浮かんで来て、この人物を書く意欲を感じた。筆を執る前に書きたくて、書きたくて堪らない気持を感じた。こうした衝動を感ずることは、作家にとって、そう度々あることではない。

若し、この作品が多少でも読者に何かを訴える力があるとすれば、それは書く意欲を持つことができた材料のお蔭である。

昭和三十年五月、奈良ホテルの一室で脱稿した。

（昭和三十年十月）

淀どの日記

「あの小説では、茶々の生きた歴史の上に、茶々という一人の人間を生かしてみたわけです。つまり、わたしは、茶々という人間を書きたかった。が、茶々について、単独の記録はほとんどありません。側室にあがってからも、いろんな史実のあいまに、ちらちらとのぞくだけです」

「このように、茶々の生きた足跡はないけれど、あの時代の歴史はわかっていますね。そこから、茶々の性格を作っていって、そうした性格の女性が、この歴史の上を歩くにはどうであったかを考える。つまり、魂を入れ、性格を作り、事件に反応させるわけで、これはもう、歴史家ではなく、小説家の仕事ではないかと思うんです」

「では、茶々の性格をどうして作ったか、というと、わたしは、茶々の生まれと、ただならぬ事件の連続の中から、性格が作られると想定して、作ってみたんです。それなら、茶々は誇り高い性格でなければならない。妹の小督なら、二回も夫と離別させられ、三回目に秀忠の正室というすごい幸運をつかんだ女の性格はどういうものか、と考えます。すると、おっとりしていながら情のこわい、どこかかわいげのない女、としか考えられない。こういう具合いに性格を決定してゆきました」

「むろん、史実にはないことですが、ひとりの女性が、若い時代にはやはりだれかを思慕したことはあったろう、と思います。するとああいう性格の茶々なら、だれにひかれるだろう。ひとつは名門というものに、ひとつはえらい青年武将というものにひかれるだろう。京極高次は死ぬまで文通があった名門の青年です。ひとりはこれではないか、と小泉信三さんに相談したら、『それは十分うなずける』と、京極の資料を貸して下さいました。もうひとりは、蒲生氏郷を当時いちばんえらい青年武将とみて、高柳光寿さんに相談したら、『小説の上では成り立つ』というお話で、設定してみたのです」

「だから、あれは歴史ではなく、たしかに小説です。しかし、歴史を曲げているとは絶対に思いませんね。あの小説の茶々は、小説的人物にはちがいないけれど、しかし、実際に歴史上に生きた茶々も、この通りの人物だったにちがいない――という自信がなかったら、歴史小説は書けませんね」

（昭和三十六年十一月）

受賞の言葉

「淀どの日記」は佳作を書こうとか、問題作を書こうとか、そういった気持は全然なく、足かけ六年に渉って、少しずつ書き綴った作品である。主人公の茶々に長くつき合ったためか、作者は主人公に対して、他の作品の主人公に対するとは多少異った感懐があって、終りになってから、その生涯を閉じるのが惜しまれる気持だった。

「淀どの日記」は、私の作品の中でも一番幸運な作品だったと思う。上梓すると間もなく、暖かい批評に包まれ、その上野間賞まで頂戴することになった。この作品は実に多くの人の厄介になっている。歴史学者、郷土史家には勿論、資料調書に於てはいまは名を忘れた多くの地方の方々の御厄介になった。掲載誌の記者諸氏にもわが儘な書き方を許して戴いて随分御迷惑をかけている。全く多くの方々の協力で、この作品は生まれた感じである。茶々の生涯は不幸だったが、作品「淀どの日記」は終始多くの好意に包まれて幸運であった。

（昭和三十七年一月）

山田五十鈴さんと「淀どの日記」

山田五十鈴さんから「淀どの日記」劇化の話があったのは大分前のことである。「淀どの日記」が一冊になって間もない時だったと思うので、それから数年経っている。この間に何回か他から劇化の話を持ち込まれたが、その度に、私は山田さんと約束がしてあるからと言って断って来た。と言って、その間、山田さんがこの問題をなげやりにしていたわけではない。一度など劇場も決定し、脚本もでき上っていながら流れてしまったことがある。山田さんが余りにこの劇化の問題に慎重であったからである。

こんど「淀どの日記」の上演が決まった。関係者の呼吸がぴたりと合って、極く自然に決まったのである。脚本、演出に於ては勿論のこと、出演者も、望み得る最高のスタッフである。茶々の山田さんか、山田さんの茶々か、——そんな山田さんの演技が今から楽しみである。このような数年がかりの慎重な上演は、作者にとっても初めてのことである。果報というものであろう。

（昭和四十三年九月）

山田さんと「淀どの日記」

「淀どの日記」は昭和三十年から三十五年まで、あしかけ六年にわたって「別冊文藝春秋」に連載した小説で、一冊にまとまったのは三十六年の秋である。連載の終り頃から、私はこれを舞台にのせる場合は、主人公の茶々は山田五十鈴さんに演ってもらいたいという気持を持っていた。そしたら一冊にまとまった直後、山田さんからこの作品を自分にくれないかという話があった。自分の気にいった脚本で、自分は茶々を演りたい、それまで「淀どの日記」を自分に預けてくれないかというのである。私は二つ返事で応諾した。上演が何年先になろうと、山田さんに茶々を演って頂くなら、作者としてこれほど嬉しいことはないと思ったからである。

そして、事実、上演は何年かさきになった。一度は脚本までできあがり、上演のスケジュウルにまではいっていて、それを山田さんは棄てたりした。その頃から、私は山田さんの茶々への執心がなみなみならぬものであることを感じ、こちらもその熱にあふられるような形になった。何回か、他から上演の申し込みもあれば、映画化の話があったが、私は〝山田さんにあげてあるから〟という言葉で断わった。私の方は断わるのは簡単であったが、しわよせが行って、山田さんはさぞたいへんであったろうと思う。

　待望の山田さんの茶々を明治座の舞台で見たのは四十三年の九月のことである。それを見せて頂いた時の感動は、いまも心に鮮やかに残っている。その時、何年がかりで、お約束を果すことができましたと、山田さんは茶々の衣裳のままで言った。私も、何年がかりで、心の重荷をおろすことができましたと言った。実際にそういう気持だった。山田さんの執心と情熱が、私の小説「淀どの日記」を、私にとって全く別のものにしていたのである。

　こんどは「淀どの日記」四回目の上演である。山田さんの茶々は上演の度に変っている。怖ろしいようなものである。私は一度、小説の主人公茶々といっしょに、山田さんに対してお礼を言わなければならぬと思っている。山田さんのお蔭で、「淀どの日記」も倖せであり、茶々も倖せであり、作者の私もまた倖せであったと思う。


（昭和四十六年九月）

真田軍記の資料

　私は昨年本誌（「小説新潮」）に〝真田軍記〟という小説を連載した。八月号に第一回を発表し、十一月号で一応筆を措いたので、連載小説ではあるが、四カ月にしか亘らなかった短いものである。それに、それぞれ毎月作品の主題も人物も変っているので、正確には連載小説とは言えない。それぞれ独立した四篇の短篇小説を連続的に発表したというだけの話である。併しそのいずれも、〝真田軍記〟という総括的タイトルがついていることでも判るように、真田一族に関係した事件や人物を取り扱っている。その意味からは、四篇はある繋りを持っている小説である。

　私が真田一族について、いつか小説を書こうと思ったのは大分前のことである。私の真田についての関心の持ち方は、真田父子の周囲に散在している資料の面白さであった。第一回に発表した真田幸村のために亡ぼされた海野能登守にしても、第二回の真田信之の妻になった本多忠勝の女にしても、小さい挿話から浮び上がってくる性格の面白さは、私の創作欲をそそるに充分なものであった。それからまた第三回に書いたむしろの差物をして大坂夏の陣に闘った二人の雑兵も、第四回に書いた何人かの影武者たちも、その資料に接した時は、私としてはもはや書かずには居られないような烈しいものを感じた。

私はこうした周囲の人物や事件を書くことに依って、できたら真田昌幸、幸村、信之という三人の史上有名な人物を、側面から浮び上がらせて行こうと思ったのである。

〝なぜ幸村なり、昌幸なりを正面から組んで書かないか〟という質問を何人かの読者の方から頂戴している。併し、残念ながら、私にはそれができなかった。

真田一族に関する資料というものは非常に少く、九度山麓に蟄居した十何年かの如きは全くブランクである。僅かに資料のあるのは幸村父子の大坂役に於ける活躍ぶりぐらいで、それだけからでは、非力な私には真田幸村という一個の武人の映像を摑みとることはできなかった。

僅かに私に、幸村なり昌幸なりが、生きた人間として眼の前に出て来るのは、前述のような彼等の周囲の人物との交渉面に於てだけであった。

私は幾つかの彼等を取り巻く挿話に依って、ある時代の、ある事件に於ける彼等のプロフィルを描くことで満足しなければならなかったわけである。

それから四回で、一応この小説を打ち切ったのは、真田父子に関係した資料が、私の狭い史実探索の網にはこれだけしかかかって来なかったということである。

真田一門の中に面白い人物や事件はまだ幾つもあるが、併し、それらの事件や人物を描くことによって真田父子の一面に触れるような史料となるとひどく局限されてしまう。

私は他日、若し、幸村父子の映像が、極く自然に私の眼の前に出てくるようなことがあれば（是非そうありたいものだが）、幸村父子を正面から組んで書いてみたいと思っている。併し、それは、私の場合、非常に難しいのではないかと思っている。


（昭和三十一年一月）

「本多忠勝の女」について

真田一族に関する資料は非常に少い。上田城攻防戦と、大坂役に於ける真田丸のことぐらいである。それも講談まがいの記述が多い。

そうした中で、私がこの作品で取り扱った本多忠勝の女の事には、ある真実性が感じられる。いかにも戦国時代の武将の妻にはこのような女もいたであろうと思わせるものがある。

本多忠勝の娘を書こうと思ったのは大分前のことだが、昭和三十年八月初めに筆を取り、三日ほどで脱稿、小説新潮九月号に掲載した。

（昭和三十一年十月）

登場人物を愛情で描く

毎日新聞朝刊の連載小説『満ちて来る潮』で、私は二つの恋愛のケースを取り扱っている。一つは人妻苑子と独身の紺野の恋愛、一つは未婚の若い女性笙子の妻帯者真壁に対する愛情である。前者はいわゆる「道ならぬ恋」であり、この恋愛が現状の形のままで成立すれば姦通と呼ばれるものである。もちろんこうしたケースの恋愛を取り扱っているからといって、作者がこれを肯定した立場に立っているわけではない。作者がこれに対していかなる考え方を持っているかは、恐らく小説が完結したあとで、読者が作品から、その中を流れている心として受け取ってくれるものであろうと思う。フローベルの『ボヴァリー夫人』を初めとして姦通を取り扱った傑作は古来沢山ある。そのいずれもが一人の女性がいかにして夫以外の男に恋愛しなければならなかったか、そしてそうした彼女が必然的にいかなる運命をたどらなければならなかったかということがきびしく追及されている。

『ボヴァリー夫人』は姦通小説の傑作であるがこの作品は一人の姦通者をもこのためには造らなかったに違いない。それは恐らくフローベルが肯定的な立場でもなく、否定的な立場でもなく、ただ人間を観る人の立場に、しかも愛情をもって（ということは、また突き離して）観る人の立場に立っていたためであろう。作者としての私は苑子と紺野との立場をも理解している。理解しているから、彼らのいい分を小説として書きたいのである。しかし同様に苑子の夫である安彦の立場をもまた理解しているつもりである。私はまだ一行も安彦に対して愛情なしに筆を執ったことはない。

笙子と真壁との場合は、真壁はいまのところ全然笙子の自分に対する気持を知っていない。したがって笙子の一方的な思慕だけが小説の中では取り扱われている。笙子は真壁が妻帯者であるという理由で、つまり夫婦という組合せは神が定めたものであるとして、自分の愛情を否定しようとしている。

しかしもちろん、これは作者の私の考え方ではない。しかしこうした稚い考え方で自分を律しようとしている若い笙子を私は愛している。苑子の場合にしろ、笙子の場合にしろ、この二つの恋愛のケースは現実社会において何も新しいものではない。戦後こうしたケースが表面に出てきて目立つようになっているだけの話である。そしてこうした問題は、恐らく永遠につきないであろうし、これに対する考え方は、否定とか肯定とか割りきった考え方では律し切れぬ深い人間の問題がひそんでいるはずである。姦通小説の傑作のすべてが悲劇であることは意味深いことである。私は愛情をもって、すべての登場人物を描いていく。それ以外仕方がない。裁くことはできない。小説が完結した時、苑子と笙子の行動とその運命について、読者と一緒に考えたいと思っている。

（昭和三十一年二月）

映画化された私の小説「満ちて来る潮」

自分の小説の映画化されたのを見るのはあまり好きではない。見ていても、自分の作品とも思えないし、かといって自分の作品でないともいえない。妙なものである。これは私ばかりでなく、すべての原作者が感ずることであろう。もちろん、映画は独立した芸術の一ジャンルであるから、映画作品の方が原作より大きい感動を与えることは幾らでもあり得る。しかしたとえ、そんな場合でも、原作者はそれが自分の作品に関係はしているが、自分の作品だとはいえない奇妙な感想を持つであろう。

こんどの「満ちて来る潮」の場合、原作は四人の男女の心理を追って行った作品で、物語に山がないので、映画化するとなると、原作とはかなり別個のものになるのではないかと思っていた。

ところが、予想に反して、映画「満ちて来る潮」は原作に忠実すぎるほど忠実に、四人の男女の心理を追っている。私の作品を映画という形で親切に解説していてくれる感じである。その点メロドラマではあるが、落着いた異色ある作品になっているのではないか。

出演者のうち山村聡氏は何回も私の作品に出ているのでよく知っている。この人に任せておけば大丈夫と思っていたが、案の定瓜生安彦をうまく演ってもらっていた。南原伸二氏は私の作品には初めてだが、人柄は前からよく知っていて、若い演技者として将来ある人と思っていたが、たまたま私の作品に出ることになった。むずかしい紺野の役をなかなか渋く演技でこなしていたと思う。

演出家の田中重雄氏は私が学生時代一緒に映画の仕事をしたことがある。こんど二十何年かぶりで会って懐しかった。氏がその当時持っていたものを、やはり氏が持っていることにある感慨があった。

高千穂、園両氏は私には初めての人だが、二人とも真剣に取り組んでくれたことを感謝する。それからこれはシナリオの問題だが、映画の最後の部分で、笙子が「お姉さんの負けね」といっている。これは原作にはない言葉だが、非常によく利いていた。

（昭和三十一年七月）

「黒い蝶」読者の質問に答える

近作『黒い蝶』について作者としてどう考えているかという質問にお答えします。「愛読者であるだけに疑問もまた憤慨も大きいのです」と言っておられるところから推して貴女が、『黒い蝶』に否定的見解を持っておられ、これを書いたことを苦々しく思っておられることが判ります。ただどういうようにこの作品に対して憤慨しておられるか、それが提示されてありませんので、お答えが貴女の質問の的にぴったりするかどうかを危ぶみます。その点予め御諒承願っておきます。

『黒い蝶』は私が初めて書き下ろした作品であります。私は小説を書き初めてから貴女のお手紙にもあるように「多作」であり、そのように人にも言われ、また自分でそれを認めております。そうした「多作の中で」作者がこの作品を書いたことをどう思うかという質問でありますから、そうした多作の中でなおこの作品を書き下す意義があったかどうかという疑念が貴女のこんどの質問の中にはいっていると思います。

まず私は、正直に言って、現在のジャーナリズムの機構の中で、作家が自分のやりたい仕事をするには、書き下しと言う形以外ないのではないかと、現在も思っていますし、『黒い蝶』を書こうと思った時も同じように考えていました。勿論書き下し以外の形でいい仕事をする作家は多勢おりますが、私自身の性格から考えて、私の場合は、どうも現在のところ締切を持たず、枚数の制限も考えず、雑誌の性質も考慮に入れず書くとなると書き下しの形に依るしかないと思います。（雑誌に依って作品を書き分けるべきでないという考え方も成立しますが、書く態度は変えないにしろ取り上げる材料は雑誌に依って多少考慮しなければなりません。「世界」と「オール読物」では、やはり取り上げる材料は違って当然だと思います）。『黒い蝶』を書き下しの形で書こうと思ったのは、これを私なりに自分の仕事にしたかったためです。その意味では野心とは言わないまでも、ある意気込みを持ってこの作品に対《む》かったと言っていいでしょう。併し、問題は作品がいいか悪いかという一事です。どんな忙しい最中に一晩で書いたものでも、その作品がよければいいんで、書き下しの形で書いたからと言ってそれが必ずしもいい仕事になるとは決まっておりません。時間をかけ何回も手を入れれば、それが佳作になるというのなら文学の仕事は大変簡単ですが、そんなわけのものではありません。

だから私が『黒い蝶』を、自分が最も理想的と考えられる形で書いたからと言って、それはそれの成功、不成功の問題には無関係です。ただ作者がその作品に対して他の作品の場合より、それを一つの仕事にしようとする意気込みを持って当ったということだけははっきりと言えましょう。従って『黒い蝶』は、よかれ悪しかれ、そういう形で仕事をした殆ど唯一つの作品で、こうした形の仕事をしたということからは、一つ二つの教訓を貰っています。

一つはこれを書いている七カ月程の期間作家としての充実した気持を持っていられたということ、もう一つは先きにも述べましたが、時間をかけ何回も書き直すということが、必ずしも佳作を生み出す技術的条件ではないということです。ことにあとのことは私にはいい経験でした。要するに私は私なりに自分の仕事になるような仕事をと念願して、私が最も仕事をしやすい法と考える形で、『黒い蝶』のペンを執ったのです。成功、不成功は別にして、私としては、やはり、これを書いたことは、書かなかったことよりよかったと思います。

次に私がこの作品で書こうとしたことは、オイストラッフが日本に来ていろいろな意味で世間の注視を浴び、大きい反響を呼びましたが、それを現代日本の一つの社会現象として諷刺的に取り扱おうと思ったのです。そして私はそれを正面から取扱うことは避けて、現実をばらばらに解体して一つのフィクションとして再編成する方法を取りました。最初、漠然と私が頭の中に描いたものは大人の面白い読物ですが、読物の形は取ってもこれを単なる読物として受け取られては困ると思っていました。

作品は、これを発表して半年以上経った現在考えてみると、かなり大きい根本的な誤謬や欠点があります。作者が考える一番大きい欠点は、諷刺小説としてのきびしさが作品を貫いていないことで、登場人物の戯画化に計算違いがあったと思います。殊に主人公三田村は登場人物の中の単なる一人として書かなければならなかったに違いなかったのですが、それが大きく坐を占めすぎて、ために作品がある一人のペテン師の恋愛小説になってしまったことです。

このペテン師についてはいろいろ作者としては思いがけない批評を貰いました。曰く「現代の英雄」、曰く「好感の持てない人物」。——自分の役割を忘れて舞台の真ん中に出すぎてその変な恰好を咎《とが》められた俳優に似ています。自業自得といったところでしょう。もう少し彼が控え目に自分の役割を受け持っていたら、お芝居そのものもうまく進行した筈です。

次にこの作品の文体ですが、私は私なりに自分の文体を変えようと意図しました。自分の文体を変えるということは、実際は容易なことではなく、望めないことだと思います。文体を変えるということは、作品全部が土台からそっくり変り、全く別の建築になってしまうことだからです。私は私なりに一つの文体を持っていますが、それは恐らく将来も変えることはできないのではないかと思っています。併し、自分の文体を根本から変えることはできないにしても、多少それを濡れたものから乾いたものへとか、軟いものから硬いものへとか、その程度には違ったものにすることができるかも知れません。私はこの作品で自分の文章が持っているといわれる叙情性というものをふっ切ってしまい、思い切ってそっけなく不愛想に書いて行こうと思いました。つまり、私はドライな文章をと心掛けたのです。私が予想した作品ではそれが当然なことでした。私がこの作品を何回か書き直したのは、主に思い入れのある箇処や、情感的な文字を他のものに置き替えることでした。それでも現在考えてみると、自分の優柔不断から削り落せなかったところが、二、三箇処あります。そして、それが全体の文章をやはり私の従来の文章以外の何ものでもないものに見せています。私は衣替えしたつもりでしたが、ネクタイだけ替えるのを怠ったのです。そしてそのネクタイのために、折角新調した洋服が新調したことにならなくなったわけです。

このほかまだこの作品について論ずべきことは沢山ありますが、要するに、今まで書いて来たことは『黒い蝶』で私が意図したものが、いかにして失敗したかということに他なりません。『黒い蝶』の失敗の原因を、作者自らが二つ三つ拾い上げてみたのです。所詮作者の弁解でしかありませんが、この作品の生誕に対して否定的な立場に立った貴女からこの作品を作者はどう思うかと言われると、このようにしか書かざるを得ないわけです。なぜ多作の中でこうした作品を書いたかという〝疑問〟はある程度これで解いていただくことができたのではないでしょうか。

併し「疑問もまた憤慨も大きい」の〝憤慨〟の方ですが、この方は厄介です。

これは恐らく『黒い蝶』が貴女自身の期待していた作品とは違ったものだったことから来た怒りではないかと思います。出版社へ来た読者からの葉書数十葉を読みましたが、貴女同様の抗議をやはり幾つかその中に発見しました。作家は常に自分の書きたいものをしか書かないでしょう。作家の本質は恐らく変らないでしょうが、併し、作家というものは限界はあるにしても、常に転身を心掛けているものです。心掛けるというより転身を本能的に希求し続けています。質疑者の田沢久仁子氏も同様な質問を寄せられましたが、田沢氏にも同様にお答えする以外仕方がありません。『暗い平原』を書いた当時は、ああしたものを書きたかったのです。現在同じようなものを書かないのは、書きたい気持にならないためです。私自身『暗い平原』は私のこれまで書いた作品の中で、好きな作品です。その点これを特に指摘して下さったことは、私には非常に有難いことです。『暗い平原』は自我というものに拡大鏡を当てたような作品で、「あのような作品」という言い方のできない作品です。あの作品は私にはあれ一つで、若し書くとすると、あの続篇しかないだろうと思います。併し、恐らく私はあの作品には戻って行かないだろうと思います。私は作家として常に転身することを念願としていますが、転身するなら、もとへは戻らないでまだ私の歩かないところを歩いてみたいと思っています。

それから現在の私の作品に『暗い平原』時代の密度がなく、人物の彫り下げ方も不足しているという忠告は、そのまま受け取る以外はありません。私自身、荒い仕事も投げやりな仕事もしているつもりは些《いささ》かもありませんが、〝多作〟の中に自分では気付かないでそうした過失をおかしているかも知れません。大いに自戒の資といたします。

それとは別のことですが、多少関係はあると思いますのでちょっと触れますが、書き込むということに私は最近多少疑いを持っています。一人の人物の、風貌でも、動作でも、心理でも、それが正確に捉えられてあるということと、丹念に書き込まれてあるということとは別のことのようです。また『黒い蝶』を例にとりますが、これには数人の人物を登場させておりますが、この中で一番よく書けている人物は誰かと訊いてみますと、殆ど例外なしに私が訊ねた人は佃《つくだ》という人物を上げました。が、この人物については、私は会話以外殆ど筆を費しておりません。作者としてこれは名誉になることではありませんが、この作品では書き込んだ人物程不鮮明な映像しか造れなかったようです。これは勿論「書き込む」ということの罪ではなく、書き込み方の問題ですが、それにしても私は現在正確に対象を捉えるためには原稿用紙何枚も書き込まなければならないという信仰からは解放されかけています。解放されていると言わず、解放されかけているといったのは〝書き込んである〟と感ずることから読者が持たされる信頼感に眼をつぶってしまうことができないからです。これは読者の錯覚だというようなことを言っているのではありません。小説の場合、描写に於ても表現に於ても、時には不必要な書き込みや、冗舌や、晦渋《かいじゅう》さが、それに替る明快さや正確さを犠牲にしても、必要な場合があるかも知れません。この問題は私にはまだよく判っていません。文学理論では単純な問題でも、これは一人一人の作家が自分の個性を通して、それぞれに解決しなければ意味のない問題だからです。

来年、もう一度書き下しの仕事にかかりたいと、現在少しずつその準備をしています。こんどはそれにかける日時に於ても、準備に於てももう少し書き下しらしい書き下しの仕事の体裁を整えたいと思います。

（昭和三十一年九月）

「白い風赤い雲」作者の言葉

私はこんどの作品で、おおらかでゆたかな愛情のすがたというものを書いてみたいと思っています。愛情というものは元来本質的にはそのようなものでありましょう。ただこれをそのような形で保つことが容易でないだけです。筆者は、いま一人の誠実で美しい女主人公を代表選手に選びます。彼女が果して愛情の玉を傷つけることなしに生きて行けるかどうか、筆者もまた読者諸氏と一緒にそれを見守って行きたいと思います。

（昭和三十年十二月）

「白い炎」作者の言葉

人間はたれでも一生に一度は情熱の炎の燃え上がる時期を持つものだと思います。こんどの作品では、そうした時期の一人の若い女性を描いてみたいと思っています。金属は高度に燃焼した場合白い光を放ちますが、女主人公の愛憎の炎の白い光を捉え得たらと、作者はひそかに念願しています。

（昭和三十一年七月）

「氷壁」わがヒロインの歩んだ道

「氷壁」を書く前年の九月、親しい仲間数人と、穂高の涸沢《からさわ》小屋へ月見に行った。これが山と名のつくところへ登った最初である。この観月のための穂高行きがなかったら、私は「氷壁」という小説を書かなかったろうと思う。

「氷壁」を書き出してから、何回か穂高に登った。速成の登山家だから、冬山へは登れないし、登ろうという気も起こさない。五月の穂高か、九月の穂高しか知らない。よく山の随筆を依頼されるが、穂高しか書けない。穂高オンリーの登山家であるからである。

「氷壁」を書いたお陰で、沢山の若い本当の登山家と友だちになった。若い登山家たちから山の話を聞くのは楽しい。

ヨーロッパ旅行の折り、わざわざモンブランの麓《ふもと》のシャモニーという町を見に行ったが、これも「氷壁」を書いたお陰であろう。またアメリカ旅行の折り、忙しい日程をやりくりして、シエラネバダへ自動車を飛ばしたが、これも「氷壁」を書いたために、近くに高名な山があると、ついその山の麓へ行ってみたくなるのである。

「氷壁」で一番思い出深いのは、十二月の雪の散らついている日に、生沢朗氏や朝日新聞の森田君たちと一緒に、沢渡までくるまを飛ばし、そこから先きは行けなくなって、沢渡の茶店へ飛び込んで、そこで炬燵《こたつ》へあたったことである。その茶店は「氷壁」の中で使っている。いまはその茶店も登山ブームで大きな構えになっている。そこで狸《たぬき》が飼われていたので、そのことも「氷壁」の中で書いた。その狸はその後、その茶店を訪ねるたびに健在であったが、一、二年前老衰で死んでしまった。私は動物好きではないが、その狸の死の報《しら》せを耳にしたときは、多少の感慨があった。

「氷壁」を書いている最中、涸沢小屋へ行った時、そこのシバ犬が私たちと一緒に上高地まで降りてきた。そして上高地へはいると一緒に、すぐ自分だけ引き返して行った。何時間がかりかで、私たちを送ってくれたのである。登山家仲間から「エコー」と呼ばれて、親しまれ、愛された犬である。

その犬の仔がいま私の家にいる。これも「氷壁」のとりもつ縁と言っていいであろう。この方はまだ丈夫である。

「氷壁」のモデルになった三重県の岩稜会の若い登山家たちは、その後登山家として大きく成長し、何回かエベレストにも登り、国際的な登山家としての足跡を残している。みんな本当に山の好きな連中である。一生山へ登ることだろうと思う。

こういう文章を書いていると、私も穂高へ登りたくなる。美しい梓川《あずさがわ》の流れの岸を歩いてみたくなる。

（昭和四十二年一月）

美那子の生き方

「氷壁」は二人の若い登山家の山の遭難事件を描いた小説である。そして二人の青年の行動を、その奥底において支配するものとして、作者は美那子という女性を登場させている。

その意味では、女主人公美那子は、二人の青年の運命と言ってもいいような存在である。そのために、作者は美那子を思いきって美化し、現実ばなれした女性として描いている。当然、美那子の生き方には、いろいろと批判ができるだろう。しかし、運命というものを批判できないように、美那子も亦《また》、作者は一応批判の埒外《らちがい》に置いている。

そのような作品として、「氷壁」を読んで戴《いただ》きたい。

（昭和四十二年二月）

「天平の甍」の登場人物

鑑真《がんじん》が渡日を決意してから日本へ渡って来るまでの経緯は、鑑真と終始行を共にした唐僧思託《したく》に依って書かれた。『大唐伝戒師僧名記大和上鑑真伝』三巻がこれである。併し、惜しいことにこの書物は古く佚《いつ》して今に伝わらず、この書を抄したものと言われる淡海三船《おうみのみふね》の『唐大和上東征伝』一巻があるだけである。

併し、この淡海三船の「東征伝」は紀行文学中の傑作で、原稿用紙にしたら三、四十枚の短いものであろうと思われるが、その中に鑑真一行が持った十何年かに亘る並々ならぬ歳月とその苦難に満ちた行動が書かれている。書かなければならぬことだけが書かれ、書かなくてもいいことは何一つ書かれていないといった感じのものである。文章は強く、しかも書かれてあることは悉く正確である。また鑑真が日本の青年僧の勧めに依って渡日を決意する条《くだ》りや、日本僧栄叡《ようえい》の死を描く部分、鑑真が盲目となるあたり、みな卓抜な文学的記述であり、描写である。筆は極度に押えられてあるが、読んでいる者の心に強く迫って来る。書かれてあることが正確であることは、安藤更生博士がつとに指摘しているところである。私は広州に行って、珠江河畔の愛群大廈《あいぐんたいか》に泊った時、「東征伝」のこの街の描写を思い出し、広州という街の特殊な雰囲気がみごとに映し出されていることに驚いた。往時の広州がいかなるところであったか、また珠江の支流・北江に沿った街々がいかなるところであったかを知るには、「東征伝」は数少い貴重な資料の一つであろうと思われる。

小説『天平の甍』はこうした「東征伝」をもとにして、それを小説化したものである。小説化するに当たって、正直なところ私はもうこれに何もつけ加えるものはないと思った。「東征伝」に名前をのぞかせている何人かの人物に血と肉を与える仕事が作家としての私に残されているだけだという気持だった。実際にまた私はそのようにしたのである。『天平の甍』の主要人物は、鑑真をのぞけば、栄叡、普照《ふしょう》、玄朗《げんろう》、戒融《かいゆう》、業行《ぎょうこう》という五人の日本留学僧たちである。このうち栄叡と普照は鑑真の渡日実現のために生涯をなげうった人物で、「東征伝」の中にも主要人物として登場して来ている。玄朗は「東征伝」に於ては、鑑真に渡日を請う時、栄叡、普照と共に顔を出し、それ一回だけで名前を消してしまっている日本僧である。私はこの人物を大陸に於て妻をめとり、向うに住みついてしまった留学僧として取り扱った。実際の玄朗がいかなる理由に依って一行から脱落したか知らないが、併し、当時日本から渡った留学生でいろいろな理由で帰国を断念しなければならなくなった者は沢山居る筈である。事実そうした人物で史実に散見する例は二、三にとどまらない。私は玄朗にそのような人物を代表して小説の中で生きて貰ったのである。

他の二人、戒融、業行という僧たちは「東征伝」にはその名を出していない。併し、栄叡や普照たちが第九次遣唐使船で大陸に渡った当時、実際にその名を持った人物は唐に居り、そして唐に居たということが記録に残っているだけで、帰国の年代も、また帰国したかどうかさえも判っていない。私はその二人に『天平の甍』に登場して貰い、それぞれ一つずつの役割を受持って貰った。業行は小説ではおびただしい数の経典類を写し、それを日本へ持ち帰ることを自分の仕事としている人物になっている。しかも、私はその人物にその半生の努力を無駄にして帰国の途中海底に沈む運命を持たせている。恐らく業行のような不幸な人物は一人ではなかったと思う。沢山の業行が居たに違いないのである。私はそうした人物を代表して、業行に『天平の甍』に登場して貰ったのである。戒融という留学生もまた同様である。大陸に渡ると同時に大陸の大きさに取り憑かれ、他の生き方をしようとして、帰国の心を失った青年である。一種の大陸浪人的人物ではあるが、こうした青年も亦戒融一人ではなかった筈である。

こうしたいろいろな運命を持った若い留学生、留学僧の犠牲の上に、天平の輝かしい大陸からの文化移入は為されたのである。これが小説『天平の甍』の主題であるが、果してそうした作者の意図が出ているかどうか。

唐招提寺の金堂の大棟の鴟尾《しび》は、その一つは創建当時のものであるが、他の一つは後年補修されたもので、明らかに最初のものではないと言われている。私は『天平の甍』という小説の題をここから貰っている。ここに小説家の私がはいり込んで行ける隙間があったからである。唐招提寺のいまはなくなっている一つの鴟尾を、私は唐土に居残る運命を持った日本留学生からの贈りものにしたのである。

鑑真が日本へ渡って来てから、鑑真に依ってもたらされた新渡の戒律を必要でないとする奈良の高僧たちと、鑑真たちの間に論争が行われた。場所は興福寺の維摩堂《ゆいまどう》で、鑑真側の代表選手が相手を論破して事は収まったが、問題はその鑑真側の代表選手がたれであったかということである。唐僧思託となっている記述もあり、日本僧普照となっている記述もある。仏教辞典でも二様に書かれてあって、どちらが真実か判らない。小説『天平の甍』では、私はその学僧としての栄誉を私の一存で日本僧普照に負わせた。が、あるいは普照ではなくて思託であったかも知れない。併し、思託は「鑑真伝」三巻の著者として、その名は不滅の輝きを持っているし、その仕事は淡海三船の「東征伝」の中に永遠に生きるであろう。小説家の私が日本僧普照の肩を持ったとしても、思託はそれを諒《よし》としてくれるに違いないと思う。

（昭和三十六年五月）

「天平の甍」について

よく人から自分の作品の中でどれが好きかときかれる。どれも自分が生んだ子供みたいなものだから、どれが好きでどれがきらいだといった区別の仕方はできないが、それを読み返す場合、比較的自然に作品の中へはいって行ける場合と、作者としての自分の身ぶりがちらちらして、どうしてもそこへはいり込んで行けない場合とがある。

大部分後者の場合だが、ごくたまに前者の、つまり自分を自分の作品の読者の立場に置くことのできる作品がある。四、五年前に書いた作品に『天平の甍』というのがあるが、これなどは自分の作品でありながら、自分を自分の作品の読者とすることのできるきわめて少ない例の一つである。強いて好ききらいを決めると、こういう作品が好きだということになるかも知れない。

『天平の甍』は一口に言うと、『唐大和上東征伝』という短い記録をもとにして、その中の登場人物に肉付けしたものである。『唐大和上東征伝』は唐招提寺の開祖で、日本に初めて戒律を伝えた唐僧鑑真が、日本の若い遣唐留学僧たちの招きに応じて、日本へ渡って来るまでの経緯を記述したもので、初め鑑真の弟子の思託《したく》がつづり、後にそれを淡海三船《おうみのみふね》が抄したものである。思託の編んだものがなくなっているので、今日これは鑑真関係の資料としてばかりでなく、遣唐使関係の文献としても貴重なものとされている。

早稲田の安藤更生博士が『鑑真大和上伝之研究』という大著を持っておられるが、これが上梓される以前に、私はその労作を読ませていただく幸運を持った。もしこれを読ませていただく機会がなかったら、私の小説は生まれなかったに違いない。『唐大和上東征伝』は何分天平時代に書かれたものであって、これに出て来る地名一つにしても、それが現在のどこに当たるか判定に苦しむものばかりである。

私の『天平の甍』では、開元二十二年から二十五年まで唐朝は洛陽にあることになっているが、これは安藤博士の説に依ったものであり、この期間唐朝はやはり長安にあったという説も学界には行なわれているようである。

また鑑真が日本へ渡って来てから、戒律の解釈について鑑真を中心とする一団と、奈良の学僧たちの間に討論が行なわれた。鑑真側の僧を代表してこの討論に出たのが、唐僧思託であるか、日本僧普照であるかは、必ずしもはっきりとわかっていない。信用すべき仏教辞典でさえ二様に記してある。思託も普照も私の小説に登場する主要人物である。私はこの討論において論敵を破って新渡の律をひろめる動機を作った栄光を小説家の立場から日本僧普照に負わさせてもらった。これに対して安藤博士がいかなる考えを持っていられるか、まだうかがっていない。

先年中国へ赴いた時、私は広州の知識人たちに唐時代の広州について尋ねたが、資料としては何も持っていないということで、ほとんどまとまった知識は得られなかった。『唐大和上東征伝』の中の広州の街の記述や、その街を流れる、北江の記述は、この意味では大変貴重なものであり、それが正確であることは驚くほどであった。

『天平の甍』の中の人物には作者の分身は居ない。きびしく言って、作者としての私の物の考え方や、感じ方があらゆる登場人物のどこかに影をさしているかも知れないが、それにしても、そうしたことは他の作品に比べて非常に少ないと思う。こうしたところが、私がこの作品を読み返した時、一人の読者としてはいって行けるゆえんかも知れない。

（昭和三十六年十二月）

心温まる〝普照〟との再会

自分の作品の主人公では、「天平の甍」の普照など、まあ好きなほうでしょうか。この作品は、唐僧鑑真《がんじん》が日本へ渡って来るまでの経緯を書いたもので、その意味では鑑真が主人公であるとも言えますし、その鑑真を日本につれて来るという大きい仕事が為《な》されるために、何人かの人物が登場して来、そのどの人物を主人公と呼んでもいいようなものです。

併《しか》し、その中で、あまりはっきりした性格も持たず、めざましい役割も果しませんが、やはり普照という人物が作者としては一番大切です。主人公がたれかと訊かれると、この人物を挙げなければなりません。このように、主人公らしからぬ主人公として描けたところが、作者の私の気にいっているところでしょうか。大抵自分の作品を読み返し、その主人公に再会すると、何となく面映ゆく、相手の厭なところも目について来るものですが、普照にはそうしたものは感じません。

（昭和三十八年二月）

「天平の甍」の作者として

「天平の甍」の時代は、日本の少年から青年への移行期である。もうすぐそこに輝かしい青春時代は来ようとしているが、それには少し間がある。学問も芸術も政治も、まだまだ青春の栄光を身につけるためには、幾多の苦難の道を歩かねばならなかったのである。

「天平の甍」は、そうした時代の日本の青年たちを描いた作品である。私は作者として、何人かの登場人物を前において、彼等がためしたことを終始記述して行く方法をとった。私自身はどこにもはいっていない。はいって行く余地はなかったのである。はいっているとすれば、当時の青年たちへの尊敬の念と愛情だけである。

よく自分の好きな作品はなにかと聞かれることがあるが、そうした時、私はいつも、「天平の甍」を挙げることにしている。自分の作品というものは多かれ少なかれ自分の過去の顔をみるようで読み返すのがいやなものだが、「天平の甍」の場合は、さして抵抗なしに読み返すことができる。自分がはいっていないからであろうか。自分の作品の劇化もまた同じである。作中人物が生きた人間として舞台で動き出すと作者は気恥しさと戸惑いから逃れ得ないものだが、この作品ではそうした心配がない。私は生きて口をきく普照にも栄叡にも戒融にも会いたい。

「天平の甍」は映画化も劇化もできないと思い込んでいたが、こんど前進座の舞台にのることになった。「天平の甍」は生れてから六年に大きい幸運に回り会ったわけで、作者としてはたいへん嬉しいことである。

（昭和三十八年四月）

「天平の甍」上演について

「天平の甍」を書いたのは昭和三十二年、私が五十歳の時です。いつかそれからひと昔半の歳月が経過してしまいました。その十五年の間に三回中国に招かれ、三回目の中国の旅では、「天平の甍」の大切な舞台である西安や揚州を訪ねることができました。その時の感動はいま思い出しても、なお新たなるものがあります。

「天平の甍」はたいへん幸運な作品で、中国で翻訳されて多くの人たちに読まれ、日本では多勢の人の協力のもとに度々舞台にのせられたり、放送されたりして来ました。

こんど依田義賢氏の新しい脚本で、河原崎長十郎氏によって再び上演される幸運を得ました。日中文化交流の上に大きい役割を果した鑑真について、鑑真招聘に青春の情熱を投入した遣唐留学生、遣唐留学僧たちについて、一人でも多くの人に知って頂きたいと思います。こんどの新しい企画の成功を、ただひたすら祈念してやみません。

（昭和四十八年十二月）

「天平の甍」の読み方

言うまでもなく「天平の甍」という作品は、わが国律宗の祖で、奈良の唐招提寺を開いた中国僧鑑真の日本に渡って来るいきさつを、小説の形で書いたものであります。しかし、この作品を通して一番知って頂きたいことは、今から千二、三百年前の日本が、先進国である中国から、いかに苦労して学問、芸術、宗教を移入していたかということであります。遣唐船というものは、そうした目的のために何年おき、何十年おきかに派遣されていたものでありますが、それに乗り込む人たちは、役人も、留学生も、留学僧も、みな生命がけでありました。目的地に無事に着けるかどうか判りませんでしたし、幸い無事に着いて、長年大陸で勉強できても、日本に帰る時には同じような危険を冒さなければなりません。また大陸で勉強の何年かを持つことができても、その異国における勉学の最中病気で亡くなる人もありますし、何かの理由で帰国の機を摑みかねて、ついに異国で一生を送らねばならなかった人たちも少くはなかったと思います。

「天平の甍」では、そうした当時の留学生や留学僧たちのさまざまな運命を書いていますが、この小説に登場する人たちと同じような運命を持った人は、他に数えきれないほどたくさんあったに違いありません。

日本の学問、芸術というものは、こうした人たちの生命がけの努力によって、あるいはそうした人たちの犠牲によって、大陸から移入され、日本列島に根付いて、大きな花を咲かせたのであります。一朝一夕に、ぬくぬくと花開いたものではありません。

それからこの小説から読みとって頂きたいもう一つのものは、鑑真という僧侶の、仏教のためには生命を惜しまぬ不屈な精神です。何回挫折しても、なお目的を果そうとする精神の強靱さには驚歎するほかありません。鑑真は途中で盲目になりますが、眼が見えなくなっても、志を変えず、ついに日本に渡って来、日本の仏教界に大きい貢献を果しました。

それから鑑真を日本に招くために、若い日の情熱のすべてを投入した普照、栄叡といった日本の青年留学僧についても、同じことが言えます。こうした日本の青年たちの純粋で、ひたむきな情熱に打たれたればこそ、鑑真もあの信じられぬような不屈な精神を持ちこたえることができたのでありましょう。こうした鑑真と日本僧の間に生れた師弟愛というものがいかに美しいものであったかも、この小説から読みとって頂きたく思います。

それからこの小説には、一生大陸で日本に持ち帰る経典の筆写に従事した業行という僧侶が登場しています。目立たない骨の折れる仕事ですが、業行はそうすることが日本文化建設のためにいかに大切であるかを自覚し、進んでそれを自分に課したのです。この人はこの人で、たいへん立派だと思います。

しかし、この人が写しとった夥しい数の経典類は、帰国の途中、暴風雨のために船が難破してすべて海底に沈んでしまわなければなりませんでした。自分も、自分の仕事も、海の藻屑となってしまいます。一生かけてやった仕事が、すべて水泡に帰してしまったわけですが、この人の考え方、生き方はやはり立派であったというほかありません。直接にはこの人の仕事は無駄になりましたが、この人の考え方や、生き方は、大陸に於て、多勢の留学生や留学僧に影響を与えたと思います。業行に会った多勢の人たちが鼓舞され、激励されたに違いありません。そう考えれば、この不幸な人物も、日本文化移入のために大きい役割を果していると言わなければなりません。この業行のような不運な留学生も他にたくさん居たと思います。日本文化は、こうした不運な人たちの目に見えない支えによって、他の言い方をすれば、こうした人たちの貴い犠牲に於て花咲いていると いうことも忘れてはなりません。このようなこともまた「天平の甍」から読みとって頂きたいと思います。


（昭和四十九年四月）

「天平の甍」の作者として

「天平の甍」は、作者の私にとっては特別な作品である。自分がこれまでに発表したたくさんの小説の中から一篇を選べと言われれば、結局この作品を挙げなければならないであろうし、自分がいろいろな作品に登場させた人物の中で好きな人を挙げよと言われれば、「天平の甍」に登場する何人かの遣唐留学生、留学僧たちに指を屈しなければならないだろうと思う。「天平の甍」は、若いエネルギーが渾沌とした形で、波立ち、流動していた日本の青春時代を取り扱った作品であるし、そこに登場する人物たちはいずれも、生命を賭して、先進国から学術文化を移入するために大陸に渡った青年たちであるからである。

それからまた日本歴史に登場する人物で、尊敬する人を挙げよと言われれば、その中にやはりこの「天平の甍」の主要人物である鑑真和上を逸することはできないであろうと思う。異国の僧ではあるが、これまた法のために身命を挺して日本に渡って来、日本文化形成のために大きい役割を果した人物であるからである。今日の言葉で言えば、日中文化交流の上に不滅の業績を遺した第一人者である。

こうした「天平の甍」が、こんど河原崎さんの手によって、新しい構想のもとに舞台にのせられ、大きい脚光を浴びることになった。たいへん嬉しいことである。河原崎さんにも、脚色者の依田さんにも、多勢の出演者、各方面関係者の方々にも、心からお礼を申し上げたい気持切なるものがある。この劇を多勢の日本の若い人たちにも見て貰いたいし、機会があれば、多勢の中国の若い人たちにも見て貰いたいと思う。千二百年前、日本と中国がいかなる関係にあったか、そういうことを十四場の大舞台によって知って頂きたいからである。

（昭和四十九年五月）

「天平の甍」ノート

『唐大和上東征伝』を初めて読んだのは昭和三十年の秋で、当時『鑑真大和上伝之研究』という大著に取り組まれていた安藤更生博士に勧められてのことであった。氏は自分は学究として鑑真伝の研究をするが、あなたは小説家として鑑真伝を小説の形で書いてみないかと言われた。

『唐大和上東征伝』は、奈良時代の高名な文人淡海三船《おうみのみふね》の筆になるものである。わが国に正しい戒律を伝え、東大寺に戒壇院を設けて、わが国の授戒制度を根本的に刷新し、同時に少なからぬ学術文化資料を伝えた唐僧鑑真の来朝は、奈良時代の文化的事件の中の最も大きいものであるが、その鑑真の来朝の経緯は、今日『唐大和上東征伝』に依って知ることができるだけである。鑑真が日本の留学僧栄叡《ようえい》、普照《ふしょう》の懇請によって、法のために渡日を決心したこと、その渡日の計画は何回も挫折し、途中海南島に漂着するといった困難にまで遇い、漸く六回目に志を果したこと、そういったことは尽く『唐大和上東征伝』のお蔭で今日に伝わっている。

私の小説『天平の甍』は言うまでもなく、この『唐大和上東征伝』を小説化したものであり、当時の日本の青年たちの大陸からの文化移入に命を賭けているその情熱と行動、それに協力する唐僧鑑真の国境を超えての大きい志と友情、そうしたものを作品の主題としている。昭和三十二年、六回に亘って雑誌「中央公論」に連載の形で発表したものである。

鑑真和上円寂千二百年記念集会が北京と揚州で開かれたのは三十八年九月である。中国に於ては、鑑真の為したことが大きく評価され、日中文化交流という面から鑑真に大きい照明が当てられるに到ったわけであるが、こうした機運醸成には安藤博士の『鑑真大和上伝之研究』が大きい役割を果たしていた。この集会に列するために安藤更生氏も、私も、招かれて中国に赴いたが、すでに『天平の甍』は楼適夷氏の訳で、作家出版社から出版され、中国の若い人々に読まれるという大きい好運を持っていた。この集会の企画者は今は亡き郭沫若《かくまつじやく》氏であった。

揚州の法浄寺で開かれた記念集会のあと、寺域の一画で、唐招提寺を模して造られるという鑑真記念堂の定礎式が行われた。安藤更生氏、大西良慶師、それに私も加わって、三人が折からの雨の中で、それぞれ少量の土を鍬ですくった。

揚州の鑑真記念堂が落成したのは昭和四十九年であった。定礎式が行われてから十一年の歳月が経過していた。丁度文革から四人組にかけての時代に当たっており、工事は一時停止していたのである。私は中国仏教界の指導者の趙樸初氏に請われて揚州に赴き、立派に完成した記念堂の前に立った。十一年前の定礎式に出席しておられた安藤博士はすでに亡かった。文革から四人組の時代にかけて、中国に於ては鑑真の名は聞かれなかったが、郭沫若氏は二回ほど、日本に於て『天平の甍』が河原崎長十郎氏によって演じられ、それが成功していることを話題に取り上げられたことがあった。氏の鑑真に対する関心は依然として強かったのである。

『天平の甍』の映画化が企画され、そのロケーションが中国に於て行われることが正式に決まったのは、昨五十三年六月である。が、突然決まったわけではない。熊井啓監督がこの映画化を計画したのは六年前のことで、四十七年頃から日中文化交流協会を通じて、中国における現地ロケーションを申し込んでおり、依田義賢氏の脚本も第三稿ができ上がっていたが、捗々《はかばか》しく交渉は進まなかった。今考えると、これも四人組体制下の時期で、現地ロケなど思いもよらぬ時代であったのである。

そして、熊井監督や私たちの念願が適って、中国に於て、大陸を舞台に一万数千キロに及ぶ大がかりなロケーションに入ったのは今年の六月である。七月、私も原作者として蘇州を訪ね、その撮影を見学させて貰った。

撮影に立ち合って、一番驚いたことは並々ならぬ中国側の協力であった。全く想像していないことが現地で起こっていたのである。中国側の支援隊は実に五百人を数え、酷暑の現地に於て、両国のスタッフは文字通り寝食を忘れて、撮影に取り組んでいた。そのまま日中両国の文化交流であり、文化提携であった。

蘇州の大運河に浮かぶ撮影班の船に乗せて貰った。鑑真和上円寂千二百年記念集会が開かれてから、いつか十六年が経過しており、「天平の甍」を発表してから二十二年の歳月が流れていた。あれを思い、これを思い、運河の川波を見守りながら感慨深いものがあった。

今はただ大きなスケールの映画「天平の甍」の完成を待つだけである。こういう文章を書いていても、熊井監督の、姫田カメラマンの、中国の揚静助監督の、そしてまた俳優諸氏の、蘇州における一様に烈しく、それでいて静かな顔が浮かんでくる。

（昭和五十四年十一月）

犬坊狂乱について

室町時代の末期に、信濃の伊那郡伊賀良庄新野に起り、後に和知野に城を構えて十九ヶ村三千貫の地を領有した豪族関氏の興亡の事実を記した「関伝記」という書物のあることを聞いたのは角川書店の下島正夫氏からである。そして下島氏を煩わして、「伊那史料叢書」の中に収められてある「関伝記」を手に入れて戴いた。

関伝記の原本は上、中、下三巻より成り、安永元年伊那郡坂部邑の熊谷直遐の編纂にかかるもので、当時信州の南部に勢威を振った関氏の跡をたずねるには唯一の資料である。

この書物の中巻の巻頭に「下条家褒美幷犬坊変死之事」という一項があり、犬坊のことが僅かであるが記録されている。これを読んだ時、犬坊という若者の変死のことが、いかにも戦国時代の信濃の片隅にでも起りそうな事件として、私の心に残った。それから後日「熊谷家伝記」にも大同小異の記載のあることを知った。

小説「犬坊狂乱」は犬坊に関する記録をもとにして作った創作である。実際の犬坊が果して私の描いたような性格の若者であったかどうかは判らない。併し、「関伝記」の短い記録からは、私は私の描いた犬坊以外のいかなる若者をも想像することはできない。記録を読んだ最初の時から人物のイメージが決まっていたので、私は「犬坊狂乱」を二晩程でらくに書いた。掲載したのは小説公園の三十二年三月号である。

（昭和三十二年九月）

「地図にない島」作者の言葉

いかに多くの作品を書いても、結局一人の作家が作品を通じて語ることはただ一つであると言われています。恐らく文学というものはそういうものだろうと思います。私もまた、これまで書いたすべての作品においてそうであったごとく、こんども、一人の人間の愛情というものを追求することになろうと思います。

いま、作者の頭には、一人の若く美しく誠実な女性が主人公として生み出されております。この女性が、何を悩み、何を考え、いかに行動するかを、作者は丹念に追ってみたいと思います。いかに風波が強くとも、彼女の生き方に誤りなからんことを、いまは読者と共に祈るばかりです。

（昭和三十二年九月）

「揺れる首飾り」作者の言葉

愛情というものは、一人の女性の心を悪魔にも神にもするものです。

私のこれまでの作品では、女主人公は神になるか、でなければ悪魔になるか、そのいずれかでした。

私はこんどの作品では、ある時は悪魔に、ある時は神になる女性を書いてみたいと思います。女性の心の美しさも、神秘さも、結局、そうしたところにあるのではないかと考えるからです。

本誌には、最初の登場です。

いまは、これから私が書く、若き女主人公が、生きることに切に真摯であらんことを祈るばかりです。

（昭和三十二年九月）

「朱い門」あとがき

私は昭和三十二年秋、山本健吉氏を団長とする日本文学代表団の一員として、招かれて中国へ赴いた。約一ヶ月の短い旅行であったが、新しい中国の各地を見て、楽しい旅でもあり、いろいろ考えさせられるものを多く持った旅でもあった。作家として新しい中国を見た以上それについて当然何か一言すべき義務があるわけであるが、わたしはそれをこのような小説の形に於て試みてみた。小説に書いたというより、私の場合こうした形に於てしか語れないようなものがあるのを感じたからである。

作中の人物は、勿論、作者が勝手に作り上げた人物で、私と一緒に旅行した人たちとは無関係である。私は架空な人物を設定して、架空中国訪問記を綴って、それに依って私の中国から受けた印象を語ることを企図したのである。が、果してそうした作品になっているかどうか。

この作品は「文學界」昭和三十三年一月号より十二月号まで一年間に亘って連載されたものであることを附記しておく。

昭和三十四年九月

（昭和三十四年十月）

「ある落日」作者の言葉

こんど本紙掲載の小説に「ある落日」という題をつけました。私には今のところまだ作中の何人かの男女の人生行路は判っておりません。ただ彼や彼女たちにとって、とある日の落日が壮大なものであらねばならぬことだけは判っています。赤く灼《や》けただれた日輪がゆっくりと、しかし素早く落ちて行くあの荘重な音楽の中に、私は私流の一つの劇を仕組んでみたいのです。

（昭和三十三年四月）

「ある落日」あとがき

「ある落日」は讀賣新聞紙上に昭和三十三年四月十二日から昭和三十四年二月十八日まで三百十回に亙って連載されたもので、私の新聞小説としては、「氷壁」に続く作品であります。今までのところこの作品が私の小説では一番長いものであります。男女の愛情の問題が主題になっており、さして新聞小説であるということを顧慮せず自由に筆を執りました。その点今までの私の新聞小説とは多少趣の違ったものになっているかと思います。新聞に発表したものに部分的に加筆訂正を加えました。

昭和三十四年四月八日

（昭和三十四年五月）

「楼蘭」の舞踊化

「楼蘭」は勿論小説であるが、殆ど史的事実の断片を羅列するという構成をとった作品で、結末にヘディンの探険記録「さまよえる湖」の中の短い文章を配して、全体の締めくくりとしたものである。主題は漢と匈奴という二つの大国に挟まれた小国の運命であり、主人公は歴史といってもいいし、時間といってもいい。

「楼蘭」はこのような作品なので、舞踊化ということになると非常に難しいと思われるが、花柳さんは敢てそれを企てられた。「楼蘭」が若い気鋭な名門の舞踊家花柳さんの新しい芸術意欲を刺戟したことは、私にとって大変光栄なことでもあり、嬉しいことでもある。恐らく花柳さんは、二大強国の間に挟まれた小国の運命と、その運命を象徴するような若い妃の死に、舞踊化可能な一つの詩と、それを舞踊化すべき今日的意味とを見出されたのではないかと思う。

私はどのように取扱って頂いても結構だといって、「楼蘭」を提供した。花柳さんがどのようにこの作品を通じて、御自分のものを生かされるか、それを拝見するのが楽しみである。

（昭和三十七年五月）

「楼蘭」新装版あとがき

「楼蘭」は昭和三十三年に発表した九十枚ほどの短篇小説である。私は他に中国の古い歴史に取材した何篇かの作品を持っているが、「楼蘭」はこれらの作品とは多少趣きを異にし、もともと散文詩として綴ろうとしていたものを、多少引きのばして小説の形に収めたものである。

こんど本書上梓に当って、改めて読み返してみたが、やはりこの作品を支えているものは、楼蘭という往古の城廓都市に対する若い日の私の詩であると思った。従ってその後私が書いた一群の歴史小説とは根本的に異る発想の上に立っているが、これはこれでいいのではないかと思う。これは私の楼蘭であり、若い日の私が惹きつけられて綴らずにはいられなかった私の楼蘭である。

この作品を発表してから、いつか二十七年という歳月が経過しているが、中国の招きによって、今年の九月、ヘディン、スタイン、わが大谷探検隊以来の最初の外国人として、楼蘭の故地に立たせて貰うことになっている。空々漠々たる沙《すな》の拡がりの上に立つだけのことであるが、そこで大きい天の拡がりを仰いで来たいと思っている。私の「楼蘭」は、その時本当の意味で完成すると言っていいかも知れない。

昭和六十年七月十八日

（昭和六十年八月）

「川村権七逐電」作者のことば

「川村権七逐電」は、長い間持っていた材料であったが、書くのは非常にあわただしく書いた。仕事が幾つか重なり、締切日が一遍に押し寄せてしまった時で、発表誌の「週刊朝日別冊」がそれにぶつかり、係りの中川氏に何回も足を運んでいただいたと思う。

この作品の主人公、川村権七のことは、「関ケ原軍記大成」巻の十に出ている。「関ケ原軍記大成」は、江戸初期の兵学者、宮川尚古の著であり、関ケ原合戦の始末を記したもので、いろいろ面白い話が収録されている。

川村権七は恐らく実在した人物であり、この小説に取扱った話は実際にあった話であろうと思う。

時代小説としては、この作品は非常に書きやすかった。主人公と加藤嘉明の室との関係はフィクションであるが、このような事件を想定しないと、川村権七の逐電がどうしても私には理解できなかったからである。

（昭和三十四年八月）

辺境地帯の夢抱いて

拙作「敦煌」をお読みいただいて有難うございました。主人公趙行徳の西夏文字に対する無償の烈しい情熱といったものがよく書けていず、形骸的な感じがするという御指摘ですが、これはまさにその通りで、私自身この作品の一番大きい欠点と思っております。まことに汗顔の至りであります。

敦煌がこうした欠点を持つに到りましたことの一番大きい原因は、作者の私が、西夏文字というものに対する関心が不足していたことにあったと思います。趙行徳を辺境にまで引張って行き、その一生の運命を変えさせてしまう動因になるものとして、作者は西夏文字の解読ということを考えたのですが、秀才学徒趙行徳の心を鷲づかみにするものとしては、一新興国の文字の解読ということは弱かったのではないかと思います。これがもし解読できない古語であったり、死語であったりした場合なら、主人公は全情熱をそこへ注ぐことができたのではないかと思います。

執筆中、既にこのことを痛感いたしました。作品というものは恐ろしいもので、作者の危惧は形を変えて趙行徳という主人公の造型を力弱いものにしたと思います。

一昨昨年の中国旅行において、西域地方を見聞できなかったことは残念でありましたが、敦煌を書く上に、このことはさほど影響はなかったと思います。もし西域を見ていたら「敦煌」における風景描写は多少違ったものになっていたことでありましょうが、しかしこんどの場合、私は私なりに中国の辺境地帯にかなりはっきりしたイメージを持っており（それは永年西域紀行関係の書物をあさったことから得たものではありますが）それによって筆をとりましたので、書いて行く上に不安も危惧も感じませんでした。実際の辺境地帯の風土とは違うかも知れませんが、小説の上では、これはこれでいいのではないかと考えております。

（昭和三十五年一月）

「敦煌」作品の背景

『敦煌』を「群像」に連載したのは昭和三十四年であるから、十年ほど前のことになる。『敦煌』のモティフは学生時代に私の心に飛び込んだものである。私が京都大学の学生のころはちょっとした西域ブームの時代で、学術書や、旅行記が次から次へと出版された。そんな関係で、敦煌に関する文章も幾つか読んだが、いつも不思議に思ったのは、いつ、いかなる理由で敦煌の石窟に夥しい数の経典や文書類が包蔵されたであろうかということであった。

この疑問は、小説を書くようになった私の頭にも時々閃いていたが、これを小説に書こうという気になったのは、京都大学の藤枝晃氏にお会いして、敦煌の話をする機会を持ったからである。

ある時、私は氏に敦煌の宝物を包蔵した時期を想定できるかとお訊ねした。

「そりゃできるでしょう。私は学者だから、私ひとりでは割り出す勇気はないが、小説家としてのあなたが一枚加われば、犯人を追い詰めるように追い詰めることができそうな気がする」

そう藤枝氏は言われた。いまになって考えると、こう言ったばかりに氏は、それから私のためにたいへんな時間を割かなければならぬ仕儀に立ち到ったのである。

私は『敦煌』連載中、毎月下旬の原稿締め切り近くになると、毎夜のように人文科学研究所で仕事をしておられる氏のもとに電話をかけた。夜半一時、二時の時もあった。電話の用件は質問ばかりである。質問を出しておいて、しばらくしてまた私は電話をかける。すると、

「そちらはどうですか。今夜はこちらはたいへん寒いですよ。しかし、研究室にいる限りは暖かです」

氏はそんなことを言った上で、私のために調べたことを伝えてくれた。私にはいつも研究室のストーブの音が聞こえるような気がしたものである。

いま考えると、『敦煌』を書いている時期は、ちょっと他に較べようもないほど楽しいものであった。人文科学研究所という大変な資料室を持ち、そこに直通電話を引いているようなもので、ひどく贅沢な気持ちであった。

『敦煌』の載っている「群像」が発売になった日の夜、氏に電話をかけると、氏は大抵、

「やりましたな」

と言われた。やったということは私と氏だけに通ずる言葉であった。

「いけませんか」

「いいですよ、小説家だから」

氏は寛容であった。氏が提出して下さった資料を、私は勝手

に料理する場合が多く、私の方はそのことにかなり神経質になっていたが、それに対して、

「やりましたな」

という言葉で包んで下さった。いかにも学者に小説家が包まれたといった思いであった。


（昭和四十三年十一月）

敦煌を訪ねて

去る五月、招かれて中国に赴き、敦煌を訪ねた。

北京から空路蘭州へ、蘭州から列車十八時間で酒泉へ、酒泉から安西を経て敦煌までは、ジープの旅になる。途中蘭州、酒泉、安西にそれぞれ一泊、列車でも一夜を過ごしているので、敦煌の町に入ったのは、北京を発ってから五日目である。

敦煌の町に入った時の最初の感慨は、やはり敦煌は都から遠いということであった。現在は辺境の町とは言えないが、西域史に出て来る辺境の町という印象は、そのまま今でも生きていると言える。

敦煌は沙州と呼ばれた時代があるが、その名のごとく沙漠の町である。蘭州から列車で通った河西《かせい》回廊地区は、ほとんどゴビと沙漠で織りなされていたし、酒泉からジープで通過した地区も沙漠かゴビ、でなければ半沙漠、半ゴビの荒蕪地であった。ヤルダン地帯もあれば、蜃気楼《しんきろう》の湖が見えている地帯もあった。

この沙漠の町・敦煌は人口九万、さわやかな風の通るのびやかな田園都市である。町の中に畑があったり、耕地がはさまれたりしており、街路樹のポプラもすくすくと伸びている。町の中心部でも自動車はほとんど見掛けず、自転車もさほど多くな

い。驢馬《ろば》がひく車には荷物が載せられてあるより、人が乗っていることの方が多い。五月初旬、日本と同じように薫風が渡っている。日中は三十一度であるが、空気が乾いているので、さわやかな暑さだ。

現在の敦煌は清代、十八世紀の初めに営まれた町である。

それ以前の古い敦煌の城市は、現在の敦煌の西南三キロのところにあったが、今は単に田野の拡がりを見るだけである。沙州、瓜州、敦煌などといろいろな呼び方をされ、五世紀以降の長い歴史を持った敦煌は、田野の下に眠っているのである。この敦煌がいかなる町であったかは、玄奘《げんじょう》や法顕《ほっけん》などの紀行によって想像する他はない。

この地に更に古いもう一つの敦煌がある筈である。漢の武帝によって元鼎六年（紀元前一一一年）に造られ、北涼と南涼の合戦において、放水攻撃を受けて潰《つい》えた城市である。その漢代の城の城壁の欠片《かけら》だと言われているものが、同じ田野の拡がりの一隅に並んでいる。大小十数個の城壁様のものの欠片である。それが果たして漢時代の城市のものであるかどうかは判らないが、こうした申し伝えがあることによって、漢代の城市と、その後に造られた城市とが、ほとんど同じ地域に営まれていたということだけは判る。そして現在の敦煌の町もまた、その二つの、今は地下に眠る城市に隣接して造られているのである。

敦煌の二字は〝大きく盛んなり〟という意味を持っているが、その歴史を振り返ってみると、敦煌はまことに大きく盛んな町と言う他はない。敦煌を大きく盛んな町にした要素は三つある。西域経営の前線基地として、軍事的要衝を占めていたこと、東西貿易の中継地として、これまた西域への関門という並びなき場所を占めていたこと、もう一つは現在敦煌の名を高からしめている敦煌千仏洞を、その郊外に持っている仏教都市であったということである。

時代、時代によって、大きく盛んな町・敦煌の性格は多少異なるが、しかし、ある時代には、その異なった三つの性格がいっしょになり、辺境の大都市敦煌を造り上げているのである。

現在の田園都市敦煌から、往時の大きく盛んな町・敦煌を思い描くことは難しいが、幸いに、それを想像する材料になるものが遺されている。一つは西方の沙漠のただ中に遺されている漢時代の玉門関、陽関の遺址であり、もう一つは西南二五キロの地点に、ほぼその全容を往古の形で遺している敦煌千仏洞である。

玉門関は巨大方形の関址と、その附近にちらばっている古代国境線である長城の欠片と、半壊の烽燧台《ほうすいだい》の遺址、こうしたものから往時の最前線の守備隊駐屯地としてのそれを頭に描く他はないが、ここに立った時、何よりも後方の軍事基地としての敦煌が大きく浮かんで来ることは不思議なくらいである。こうしたことは玉門関において許りではない。今は烽台以外何も遺されていない陽関址に立っても同じである。

時代が降って唐の時代になると、西域北道への新しい道が開かれ、玉門関は後方に移されるが、陽関の方は東西貿易の玄関口となり、西域からの旅行者はここから入って、敦煌へと向かう。日に三回市が立った当時の敦煌は、まさに大きく盛んな中国国境の大市場だったのである。

敦煌の千仏洞が開掘されたのは四世紀から十四世紀までの千年間である。漢時代の敦煌は純粋な軍事都市、貿易都市であったが、四世紀を出発点として、敦煌は新たに仏教都市としての性格を加え、それを徐々に色濃くして行く。そして仏教の聖域としての名は次第に高くなって行き、おそらく唐以後は僧侶、仏師、画師のこの町に逗留する者も多くなり、敦煌菩薩と呼ばれるような高僧をも、この町は生み出すようになって行く。こうなると、敦煌は仏教の中心地として、まことに大きく盛んな町と言う他はない。

今の敦煌の町から千仏洞までの、二五キロ、三十分のドライブは楽しい。ゴビの中を、千仏洞へと近付いて行く気持ちは、何とも言えずいい。三危山、鳴沙山という二つの小山脈が近寄って、ゴビの中に小さい狭間《はざま》を造っているが、その狭間の小さいオアシスの中に、鳴沙山の裾に開掘された千仏洞は匿《かく》されているのである。

この沙漠の中のひと握りほどの小オアシスは、まことに美しい。千仏洞を覆い包むようにポプラ、楡《にれ》、楊、くるみ、白楊などの大木が立ち並び、薬草もたくさん生えている。紅柳の赤い花、馬蘭の小さい紫色の花、その他甘草、苦豆子、積々《チーチー》草などが、足許の叢《くさむら》を造っている。

ここに一千年にわたって、次々に石窟は掘られて行ったのであるが、沙漠の中に匿されているこの小オアシスは、戦乱の中を生きる人々の眼には、例外なく聖地として映ったことであろうと思われる。今日判明している石窟は四百九十二窟、その中の五十六窟を、敦煌文物研究所長常書鴻《じょうしょこう》氏の案内で見せて頂いた。塑像、壁画が、それぞれの時代の特色を現した美術史上貴重なものであることは言うまでもないが、そうしたことから離れて、一窟から一窟へと移ってゆく気持ちは爽《さわ》やかで、のびやかである。贅沢なものが詰まっている窟から、また別の贅沢なものが詰まっている窟へ移って行く。たいへん楽しい作業である。石窟から歩廊に出ると、陽が当たっており、風が渡り、遠く見えている三危山の眺望も倦《あ》きない。

どの石窟の天井にも、壁面にも、飛天がたくさん描かれているが、一体、四百九十二の石窟の中にどのくらいの飛天が描かれているか、常書鴻氏に質問してみると、

——千でしょうか。あるいは千五百でしょうか。

と、おっしゃる。飛天だけ見て行っても楽しいし、各時代によって、飛天にもそれぞれ特色があるに違いなく、飛天を研究テーマに選んでも大きな仕事になるであろうと思われる。ただ厄介なことは、千何百の飛天を一つ一つ覗いてゆくことになると、少なくとも二年や三年は、ここに腰を据えなくてはならぬだろう。

まして、この千仏洞に安置されてある三千の塑像、横に並べると四五キロの長さになるという壁画、これを対象とした敦煌芸術、敦煌美術の研究になると、たいへんなことになる。敦煌

文物研究所はそのために設けられてあり、四十年の歴史を持っているが、まだ本格的な調査報告は発表されていない。

常書鴻氏の話によると、近くいろいろな研究の結果が発表されてゆく段階にあり、またこの秋あたりから砂に埋まっている窟の幾つかが新たに掘り出されてゆくということである。古い記述には千の石窟があると記されているくらいだから、実際に砂に埋まっている窟も少なくはないかも知れない。

毎年四月八日には、千仏洞前の水路が走っている疎林の中に市が立ち、沙漠の村々から多勢の人がやって来て、歌を唄ったり、胡弓をひいたり、屋台の店もたくさん並ぶという。お釈迦様の日に市が立つのである。おそらくこれは昔から続いて、今日に到っているのであろう。四月八日のこの小オアシスの賑《にぎ》わいを想像すると、世界に高名な敦煌千仏洞も少しく異なったものとして眼に映ってくる。千仏洞のたくさんの仏さまたちも、この日はさぞのどかで、楽しいことであろう。世界的な「美術の宝庫」とは別に、敦煌千仏洞はこのようにして、戦乱の時代をくぐりぬけ、今日まで生きて来たのであろうと思われる。


（昭和五十三年七月）

小説「敦煌」の舞台に立ちて

松岡譲の『敦煌物語』が一冊の形をとって出版されたのは昭和十八年の初めであった。それまで敦煌に関する研究書や翻訳紀行の類は、ある程度読んでいたが、敦煌というところに実際に足を踏み入れてみたいと思ったのは『敦煌物語』に依ってであったかも知れない。敦煌という西域への関門と、それに惹かれていく人たちが、なかなか魅力的に描かれていたと思う。『敦煌物語』の著者も、敦煌というところに行ってみたかったに違いなく、その敦煌に惹かれる心と、結局は行かれないであろうという想いが、『敦煌物語』を書かせたのではないかと思う。

『敦煌物語』を読んで十三、四年経って、私は『敦煌』という小説を書いたが、私の場合も、敦煌への関心と、結局はそこへ行かれないであろうという諦めが、私に『敦煌』の筆を執らせたのかも知れない。今になって振り返ってみると、そんな気がする。

この五月、招かれて中国に赴き、敦煌を訪ねることができた。『敦煌』を書いてから今日までに、二十年の歳月が経過しているが、その間敦煌というところに行けるものなら、一度足を踏み入れてみたいと思い、思いして来たが、今年までついにその機会に恵まれなかった。

こんど敦煌に行ってみて、最初に感じたことは、同じ中国を舞台にするにしても、ずいぶん辺境にカメラを据えたものだと思った。敦煌の土を踏んだのは、北京を発ってから五日目である。北京から蘭州までは飛行機、蘭州から酒泉までは列車、あとはジープの旅である。

蘭州から敦煌までの、列車とジープの旅は少しも飽きなかった。その間はずっと小説『敦煌』の舞台になっている地域であったからである。

蘭州駅を発ったのは夜半であるが、翌日の暁方、列車（上海発ウルムチ行き）は三八〇〇メートルの烏鞘嶺《うしようれい》を越える。烏鞘嶺は祁連《きれん》山脈の一つの尾根で、暁闇の中に白い雪の肌を見せていたがここを越えると、列車は甘粛省の狭い廊下、いわゆる河西回廊地帯に入って行く。武威（涼州）、張掖（甘州）といった古い歴史の町々を、列車の窓から見る。小説『敦煌』の舞台である。主人公の趙行徳という人物は、それぞれある期間、涼州にも、甘州にも生活している。恋愛も経験すれば、戦闘にも参加している。

酒泉からはジープの旅になったが、酒泉（粛州）、安西（瓜州）、敦煌（沙州）となると、作者は初めて小説の主人公と同じように、その町々の土を踏み、沙漠に取り巻かれた夜々の眠りを自分のものとすることができた。小説の主人公は酒泉から安西、安西から敦煌へと、行軍したり、転戦したりしながら慌しく移動して行くが、作者の私の方は一人の旅行者として、ジープの旅をさせて貰った。

——小説に書いた町のイメージと、現在の町とは、どのように変わっていたか。

帰国してから、何回か、このような質問を受けた。

——酒泉はあったが、その古い町である粛州はなかった。安西はあったが、瓜州はなかった。敦煌はあったが、沙州はなかった。

いつも、私はこのような意味のことを答えた。実際にその通りであった。小説『敦煌』で取り扱った粛州、沙州といった城市は、今は跡形もなくなってしまっていた。瓜州は半壊の城壁だけになり、沙州は十数個の城壁の欠片《かけら》だけになっていて、いずれも田野の中に打ち棄てられてあった。

武威、張掖といったところは、列車の窓からだけしかお目にかかれなかったが、事情は全く同じである筈だ。往古の涼州、甘州の町々は、せいぜい城壁の欠片を遺すぐらいのところで、すっかり砂の中に埋まっている筈である。

小説『敦煌』の時代、つまり宋、西夏の十一世紀の頃と同じものは、陽の光と、風の音と、そしてその町々を取り巻くゴビや沙漠であろうか。これ以外はみな変わっている。大体そこに住んでいる人たちが変わっている。

武威、張掖、酒泉、安西、敦煌といった河西回廊の町々は、時代々々で烈しい歴史の波に洗われ、匈奴が、鮮卑が、吐蕃が、突厥が、西夏が、モンゴルが、ウイグルが、漢族が、そこの住民になったり、追われたり、烈しい興亡を繰り返している。言うまでもなく、河西回廊はシルクロードの東端に当たり、東西交渉の幹線中の幹線であるが、それだけに端倪《たんげい》すべからざる転変の歴史の波を大きくかぶっているのである。

変わらないのは陽の光と、風の音であると記したが、もう一つある。東西二千キロの長さで、回廊の南部に置かれている祁連山脈と、それと対《む》かい合うように反対側の北部に配されている馬鬃山《ばそうざん》山系である。馬鬃山山系の方は、単独に置かれている山塊と山塊との間に、内蒙古の沙漠が入り込んでいる。

従って、列車であれ、ジープであれ、河西回廊の旅は概ねゴビと、沙漠の旅になる。そしていつも南方には、時にはゆるく、時には鋭い稜線を見せている祁連山脈を望むことができる。

小説『敦煌』の主要舞台である河西回廊地区を、東から西へと横切ってみて、当然小説の中の一情景として取り上げるべきであったのに、取り上げてないものが幾つかあるのを知った。往古の国境線であった長城、そこに置かれてある烽火台《ほうかだい》、それから蜃気楼《しんきろう》、更にもう一つ挙げるとなるとヤルダン地帯ということになろうか。

蘭州から酒泉までの列車の旅で、全く予期していなかったことは、張掖附近で北方の山の脊《せ》に万里の長城の欠片が幾つか置かれてあるのを見たことである。しかもその長城線には、明らかに烽火台の残骸と見えるものが幾つか認められた。その多くは山の脊にあったが、中には平原の中に遠く、近く置かれているものもあり、その最も近いものは、列車から十メートルほどのところにあった。

それから酒泉からのジープの旅でも、長城の欠片を見ているし、烽火台の遺址も見ている。安西から七、八十キロのゴビの中には、ほぼ完全と言える烽火台があったし、敦煌に近いところには、五つの烽火台の残骸があった。そのうちの三つは形を留めていたが、二つはすっかり形を失い、烽火台の跡という他なかった。

こうした長城や烽火台は、もちろん小説『敦煌』の時代にもあったし、あった許りでなく、もっと完全な形で、小説の登場人物たちの眼に入ってきた筈である。しかし、私が小説『敦煌』を書く参考とした古い記述のどれにも、長城のことや烽火台のことは見られなかった。従って、小説の中に、それを取り上げることはできなかったのである。

蜃気楼も、また同じである。この地帯の蜃気楼のことを綴った記述はない。しかし、安西から敦煌へかけてのゴビの果てには、いつも幻の湖が置かれてあった。小説の中で、この地帯を南下してゆく兵たちは、このふしぎな水域を見るべきであったのである。

それからまた、ヤルダン地帯も、古い記述には取り上げて貰えなかった。安西から敦煌に向かう途中に、見渡す限り砂と土の波が、ゴビを埋めている異様な地帯を横切る。この砂と土の波濤は、強風が永年に亘って造り上げたもので、〝風蝕によって造られた硬い粘土の波立っている地帯〟とでも言うほかはない。往古の西域紀行には〝竜堆〟という名で現れているが、これは専らロブ湖周辺の沙漠の様相を説明する時使われており、敦煌以東に、このような地帯があろうとは思われなかった。

もしこうしたヤルダン地帯が安西・敦煌間に置かれてあるのを知っていたら、小説『敦煌』のこの地区の戦闘描写は、多少異なったものになっていた筈である。ヤルダン地帯の戦闘、殊にそこにおける夜戦でも想定したら、それはこの世ならぬ凄絶なものになったろうと思う。

小説『敦煌』は、その題名が示しているように、敦煌の城市と、その郊外にある千仏洞が最も重要な舞台になっており、物語はそこにしぼられてゆく。

その頃の、つまり十一世紀の敦煌の町、沙州の城市は、今はすっかり砂の中に埋まり、広い田野の拡がりを見るだけである。小説で書いたたくさんの寺院も、街路も、官庁も、そしてそこを通過して行った歴史も、みな砂の中に埋まってしまっている。もう一つの千仏洞の方は、そう大きくは変わっていないだろうと思われる。この千仏洞は四世紀から十四世紀までの一千年の間に開掘されたものであるが、小説『敦煌』で取り扱ったのは、十一世紀の千仏洞であり、その後、千仏洞は更にその規模を大きくし、石窟は更にその数をふやしているわけである。

小説は、西夏が次々に河西回廊の諸城市を焼き、漢族とウイグル族の根拠地を征圧してゆくところで終わっているが、勝利者西夏は、千仏洞を壊さないばかりか、新たに石窟を掘り、壁画をふやしている。そして、どういうものか宋の壁画を自分流に塗り替えたり、それをそのまま、そっくり自分のものにしたりしている。そうした西夏の窟は全部で六十四洞ある。

古文書、経典の類が匿《かく》された石窟は、現在蔵経洞という呼び方をされている。小説の中で、せっせとここに運び込んだ古文書、経典の類は、当然なことながらすっかりなくなり、いまはひどくさっぱりしたものになっている。運び込んだのは小説の中に於てのことであり、それがなくなったのは、物語ではなくて、スタインやペリオが登場する儼とした歴史的事実である。

私はこの蔵経洞の中に立って、多少の感慨なきを得なかった。小説の世界と、現実とが入り混じり、錯綜し、それを解きほぐすのに、多少の時間を要した。

小説では、この洞の前で落雷のために死んだ何人かの男たちを描いている。この洞を出た時、

——この辺は、雷雨の時は凄いでしょうね。

私は敦煌文物研究所長の常書鴻氏に言った。すると、

——雷光があたると、洞内の仏像たちが、一瞬、明るく照らし出されるでしょうね。カメラのライトでは、どうも。

氏は言った。その時、私もまた、雷光以外、このたくさんの仏像群をカメラに収め得る光線はないだろうと思った。雷光によらなかった私のカメラの出来栄えは、残念ながら、甚だ心細いものであった。

（昭和五十三年七月）

小説「敦煌」ノート

小説『敦煌《とんこう》』は昭和三十四年（一九五九年）に文芸雑誌「群像」に五回にわたって、連載の形で発表した作品である。

日本では「敦煌学」という言葉があるくらいで、敦煌についての研究は明治以来盛んであるが、併し、敦煌に行った学者はなかった。私の小説『敦煌』も、私が敦煌の土を踏んでいないということのために生まれることができた作品かも知れない。若し敦煌というところを自分の眼に収めていたら、私は『敦煌』の筆を執らなかったかも知れない。勿論『敦煌』を書くためには、敦煌を見ないより見ておいた方がいいに違いないが、しかし、作品の発想ということになると、問題はまた別である。

私は学生時代から西域関係のものを読むのが好きで、西域への入口である敦煌附近の幾つかの都邑《とゆう》について、いつからともなく、それぞれのイメージを持つようになっていた。それらのイメージは全く書物から得たもので、ごく自然に私の心に生まれて来たものである。この私の長く持ちつづけて来た河西回廊地帯の諸都邑や、沙漠のイメージは、自分でもおかしく思うほど一種独特の安定したリアリティを持っていた。

この私のイメージが実際の都邑のたたずまいとどのように異っているかを知るのには、自分で河西回廊地帯から西域へと旅行してみる以外方法はない。しかし、実際に旅行してみても、さして大きい訂正を必要としないのではないかと思っていた。

「空に一飛鳥なく地に一走獣なし」（法顕）とか、「人骨、獣骨の類を以って、行路の標識となすのみ」（法顕）とか、そういった往古の紀行類の文章で、私はタクラマカン沙漠のイメージを造り上げていたし、「城郭は巋然たれど、人煙は断絶せり」（玄奘三蔵）といったような文章で、砂に埋もれかけた廃城の置かれている大沙漠のイメージを持っていたのである。

敦煌の千仏洞の窟洞の一つから、スタインやペリオや、わが大谷探険隊などの手に依って、世界文化史上貴重な、夥しい数の資料が発見されたということ、そしてまたその発見の経緯についても、学生時代にいろいろの書物を読んで知っていたが、いつも不思議に思ったのは、いつ、いかなる時代に、いかなる理由によって、この窟洞に夥しい数の古文書類が塗り込められたかということであった。これに対して答えるいかなる史書もないし、歴史学者の見解もない。

小説家にとっては大変ありがたい材料である。学生時代に持った「いつ、どうして、誰が」という疑問は、その後長く私の胸中にしまわれてあったが、小説を書くようになってから、いつかそれがはっきりと小説の材料として思い出されるようになった。そしてそれを小説に書くために、何となく準備し始めたのは昭和二十八年（一九五三年）頃で、それから五年ほどを準備期間に当て、史書、文献を読み漁った。いま振り返ってみると、なかなか楽しい時間である。

いつ古文書類は窟洞の一つに塗り込められたか？　これについては窟洞から発見された古文書類のうちの一番年代の降《くだ》るものが、宋の仁宗《じんそう》（一〇二二〜一〇六三年）時代のものだということで、それから推定して大体その頃、何かこの窟洞を埋めなければならぬ政治的、社会的変動があったのであろうということしか考えられない。私の推定ばかりでなく、歴史学者たちも発言する場合は、この推定の上に立って発言しているかのようであった。

それなら、なぜそのようなことになったか？　もちろん包蔵されるに到った原因は、異民族の侵入、侵略ということを措いては考えられない。異民族と言えば、この時代に於ては西夏が大きく舞台の正面に出て来る。西夏が沙州、瓜州を収めて、辺境地区の豪族であり、支配者であった帰義軍節度使曹氏《そうし》を滅してしまった場合より他には、どうも自然な推定は成り立たない。埋めた者は、埋められてあった物から推して僧籍にあった者か、当時の吏員と考えていいだろう。

小説『敦煌』の筆を執り始めたのは昭和三十三年の十月で、最初三百枚ぐらいの中篇にするつもりだった。敦煌石窟が包蔵される一日を書こうと思ったが、書き出してみると、何もかも知識が不足していて、一行も書き出せないことが判った。大体当時の沙州、瓜州の権力者である帰義軍節度使なるものが、いかなるものであるか判らない。京大人文科学研究所の藤枝晃氏が、「帰義軍節度使始末」なる大変な労作を大学の卒業論文にしていなかったなら、私はこの小説の執筆を断念していたことであろうと思う。この論文は一冊に纏まっていないので、古い収録雑誌「東方学報」を図書館から借り出して来て、大学ノート五冊に書き写した。（その後、藤枝氏から別刷の「帰義軍節度使始末」を複写したものを頂戴した。）

それから当時の西域への入口である河西一帯の辺境の歴史が、いざ書くとなると、よく判っていない。『宋史』に依って、こうした部分を拾って行くほかないが、一〇二六年からあと十年程の一番重要な部分は、どの史書に於てもブランクである。結局このブランクを小説に依って埋めることになったわけである。『宋史』も亦図書館から借り出していたが、その後中国の商務印書館から縮刷の複写本四冊が刊行されたので、それを使った。それからまた、『宋史紀事本末』も中華書局から出版されたものを使用した。その他宋の歴史関係の書物は手当り次第漁ってはノートした。お蔭で中国の歴史で、宋時代だけが特に詳しくなるという奇妙な現象を呈した。

当時の辺境の宗教事情は、これまた判らないことだらけであったが、丁度執筆にかかった頃、西域文化研究会編の『敦煌仏教資料』が法蔵館より出され、その中に塚本善隆氏の「敦煌仏教史概説」が載っていたので、大いに援けて戴いた。これに依って当時の宗教事情の大要を知ることができた上に、辺境の諸都市がいかなる大きさを持つものであったか、その大体のイメージを作る上に役立った。また昭和十一年の「史学雑誌」に掲載された鈴木俊氏の「敦煌発見唐代戸籍と均田制」も有難いものだった。

宋時代の風俗とか、都邑の賑わいとか、そういったものは、『東京夢華録』とか、多少時代は下るが、『水滸伝』などを読む以外仕方がなかった。『東京夢華録』は上海古典文学出版社のものを使って読めないで難渋しているところへ、『中国古典文学全集』が平凡社より出て、この中に抄訳ではあるが、村松一弥氏の訳が掲載され、しかも詳細な註が附けられていたことは、私にとって有難いことであった。

敦煌の千仏洞関係の書物はやたらに集めてあったが、中国から出た『敦煌芸術叙録』、『敦煌変文集』、大谷探険隊の『新西域記』などを座右に置いた。浜田、石浜、羽田氏等諸権威の書かれたものは一応すべて眼を通した。

執筆中、何回か京大人文科学研究所に藤枝氏を訪ね、『王延徳高昌行紀』、『高居晦于闐紀行』、それから『敦煌県志』や『武備志』、ル・コックのものなど、必要なところを写したり、複写させていただいたりした。藤枝氏にとっては随分厄介な闖入者であって、いまになって考えると、申し訳ないことだらけである。

小説『敦煌』では、主人公が進士試験の落第者になっているが、当時進士試験の落第秀才に西夏が眼をつけて、彼等を政治顧問のような役にしていたことは事実の記録があり、それについては宮崎市定氏『科挙』も、荒木敏一氏の東洋史論叢の殿試に関する二つの論文もそれに触れている。

それから藤枝晃氏の「維摩変の一場面」、「西夏経」、「遊牧民族の研究」、「長江馬」等の諸論文、岡崎精郎氏「河西ウイグル史に関する一研究」、亡くなった安部健夫氏「西ウイグル国史の研究」など、いろいろな意味で小説家としてのイメージを作る上に役立たせていただいた。

スタインの書物は、堀田善衛氏から拝借した書物と、その中国語訳『斯坦因西域考古記』の二冊を併用した。羅振玉の『雪堂叢刻』の中の「瓜沙曹氏年表」も逸しられぬものである。

また当時、小説の舞台になる敦煌を訪ねられた画家の福田豊四郎氏には、カラーのフィルムを家まで持って来て見せて戴き、カメラの浜谷浩氏にもフィルムをお借りした。どちらも大変参考になった。

小説「敦煌」を書き終えてから、いろいろ御厄介をかけたり、お世話になったりした方々に、申訳ない気持は、小説のどこにもそれらの大部分のものが取り入れられてないことであった。では、それらはどこへ使われたかと言うと、すべて作者のイメージを形成する上に使われているのである。一〇三〇年代に沙州に生きていた一人の僧侶を描こうとしても、その人物のイメージは容易には生れて来ないものである。いかなる知識をもっていたか、いかなる社会的地位にあったか、どんな服装をしていたか、どんな寺に住んでいたか。その寺はいかなる大きさで、いかなる組織にはいっていたか。その他いろいろなことが判らないと、たとえそれが架空の人物であれ、僧侶の目鼻立ち一つ思い浮かべることはできないのである。

（昭和五十五年六月）

敦煌 砂に埋まった小説の舞台

小説「敦煌」は昭和三十四年に五回に亘って雑誌「群像」に連載した小説である。当時は自由に中国には行けない時期だったので、小説の舞台になっている所には、どこも、自分の足で立つことができず、書物の知識で書くほかなかった。

そういうわけで、長い間、小説「敦煌」の舞台に自分の足で立ってみたいと思っていたが、それが果されたのは昭和五十三年五月、小説を書いてから十九年という歳月が経過していた。併し、たいへん楽しかった。各地で同行者から、

――実際に小説の舞台に立ってみて、感想はどうか。書き改めなければならぬ所はないか。という質問を受けたが、その度に、

――残念ながら、小説の舞台になっている所は、どこも砂の中に埋まってしまっている。掘り出してみたら、小説の中の町と同じ町が出て来るだろう。

私はいつも、そう答えた。実際にどこも古い町は砂の中に埋まり、その上か、その附近に、現在の町は造られていた。

現在の敦煌の町は人口十七万の明るい田園都市であるが、小説の舞台になっている十一世紀の敦煌の町は、三キロほど離れた所に、城壁の欠片の一部を地上に出して埋まっており、更に古い漢時代の敦煌が、それに重って埋まっている。ただ一つ往時のままの姿で今に遺っているのは、敦煌郊外の霊地・莫高窟《ばっこうくつ》、ここだけは、信仰の力が護ったのであろう。

河西回廊の諸都市も同様、みな古い時代の集落は土の中に入っている。大体小説「敦煌」の書き出しになっている、当時繁栄を極めていた都・開封もまた、黄河の氾濫で地中深く埋まり、その上に十六世紀の開封の町が重って埋まり、その上に現在の開封の町が乗っているのである。

敦煌およびその周辺の集落がなぜ滅び、砂に埋まっていったのか、そしてその上にどのようにしてまた新しい街が生まれていったのか、その歴史の記述はない。まことに不思議でもあり、興味のつきないところである。

（昭和六十三年一月）

「河口」作者の言葉

人間は己が人生へ悪魔をも神をも彫刻でき、そのいずれを選ぶかは各人の自由だと言われております。今度の私の作品では、悪魔の彫刻師も神の彫刻師も登場すると思います。あるいはその二つを併せ彫刻する人も出てくるかも知れません。題して「河口」といたします。作品の主題の象徴である「河口」の意味は、ここでは伏せておくことにいたします。

（昭和三十三年十二月）

「月光」作者の言葉

私はこんどの作品で、一人の若い女性が真剣に生きて行く姿を描いてみたいと思っています。真剣に生きるということで、神も彼女の幾つかの過失を許さなければならぬでしょう。題は「月光」といたしました。

往古西域の于闐国では玉を産しましたが、古書によると、于闐国人は月光盛んなる晩、それを川より得たということであります。こんどの作品の主人公にも月光さやかな夜、その刃のような鋭い光の中で、自分にとって一番大切なものを、自分の心の中から発見して貰いたいと念願しています。それまで作者は書き続けて行くつもりでおります。

（昭和三十三年十二月）

「群舞」作者の言葉

「作者の言葉」というものには、まだ生まれない子供の生涯について語るような戸惑いと不安があります。作者としては、ただこれから生まれる子供がどうか人並みに完全な四肢を持っていてくれるようにと、祈るばかりです。その子供の名を「群舞」と題しました。私は一瞬にして舞台というものを全く違ったものに見せる、あの群舞というものが好きです。類なく花やかで、しかも、どこかに物悲しさを持った充実した時間への移行！　こんどの物語の世界も、そのような構成を持ったものでありたいと念願しています。

（昭和三十四年三月）

「群舞」著者のことば

「群舞」は、私の最初の諷刺小説であります。実際にわが国から雪男の探険隊が出ましたが、それをモデルにしたものではありません。雪男のことが新聞に報じられる度に、科学万能の現代に対する一種の諷刺として、それを感じていましたが、これは強ち私ひとりのことではないと思います。雪男が実際に居るかどうか、いまのところたれにも判っていません。永久に判らないでいて、時折、人々が忘れた頃、ヒマラヤの一角にちらちら姿を現して貰いたいと思います。これは地球上に於て人類が持ち得る最後の夢であるかも知れません。「群舞」は作者としては、珍しく楽しく書きました。作者の夢も亦この作品の中にはいっているからでありましょう。

（昭和三十七年六月）

「洪水」上演について

今までに脚本を書くように人から勧められたことは何回となくあり、自分もそれに応ずる気持がないわけでもなかったが、どういうものか、実現しないまま今日に到った。そしてこんどの最初の脚本として舞踊劇「洪水」を書いた。何となく勧め上手の岡副氏の口車に乗せられて、うかうかと引き受けさせられてしまった恰好であった。舞踊劇としてはずいぶん不備な、無理な点が多々あろうと思う。これが曲りなりにも上演されることになったのは、全くひとえに演出の戌井市郎氏、作曲の杵屋六左衛門氏、振付の尾上菊之丞氏、舞台装置の伊藤熹朔氏等の苦心の賜物というべきである。

舞踊劇「洪水」は、同名の短篇小説をもとにしたもので、舞台も異郷であり、登場人物も異民族である。そして日本がまだ国の形をなさないずっと以前の古代の物語である。上演にいろいろの難点があるのは承知の上で、敢てこの題材を選んだのは、われわれ現代人が忘れている大切なものが、この古代説話の中にあると信じたからに他ならない。

（昭和三十七年四月）

「蒼き狼」について

「蒼き狼」は文藝春秋昭和三十四年十月号より、翌三十五年七月号まで、十回にわたって連載したものです。初め三、四回の連載の予定で筆を執りましたが、書き進んで行くうちに、自然に書きたいことが出て来て、予定の倍以上の長いものになってしまいました。

「蒼き狼」で私が書きたかったことは二つあります。一つは主人公テムジン（後のジンギス汗）の底知れぬ征服慾がどこでどのようにして生れて来たものであるかということであります。私はこれをモンゴル民族の持つ神話と、テムジンの出生の秘密という二つのものに求めました。「蒼き狼」の劇化に当って、菊田さんがこのことを私の作品から間違いなく受け取って下さったことを、大変うれしく思います。菊田さんの脚色、演出に依って、物語はこの主題を軸としてみごとに劇的に展開して行きます。

それから私がこの作品で書きたかったもう一つのことは、テムジンが愛人忽蘭との間に出来た子供を、雑兵の間に投げ込んだことであります。正妻との間に出来た子供たちには版図と富を分ち与えましたが、忽蘭の生んだ子供には何も与えず、雑兵の中から自らの力で生きる運命を与えたことです。この事実を、私は父親が子供に対して持つ最も純粋な愛情の一つの現われとして解釈しました。このことをも亦、菊田さんに正しく受け取って戴きました。大変嬉しいことです。

私の作品「蒼き狼」は、脚色者、演出家として菊田さんの御登場を得た幸運のほかに、もう一つの幸運を持っています。それは市川染五郎さんに依ってテムジンを演じて戴いたことです。私はテムジンは、まさしくこのような汚れのない、熱情的な、ひたむきな、そしてどこかに憂鬱なかげりを持った青年であったろうと思います。氏の演技に対する真剣さと、人間解釈の鋭さに驚く許りです。

この作品はテムジンを中心に展開しますが、忽蘭も、ジュチも、トオリル・カンも、ジャムカも、カサルも、チンベも、チラウンもみんな主要な人物です。それぞれの役を受持って下さった俳優諸氏の熱演にお礼を申します。

昨年につづいて、こんどは二回目の上演ですが、恐らく前回とはまた違ったモンゴルの高原が、そこの雲の流れが、兵馬の動きが再現されることだろうと思います。原作者として上演の日を待つ気持切なるものがあります。

（昭和三十九年二月）

原作者のことば

「蒼き狼」は「文藝春秋」昭和三十四年十月号から三十五年七月号まで、十回に亘って連載した長篇小説である。成吉思汗を主人公にしたモンゴル民族生々発展のドラマである。

モンゴルの古事記ともいうべき「元朝秘史」の冒頭には、蒙古民族の祖が、西方の大きく美しい湖を渡ってきた蒼い狼と白い雌鹿の交配によって生れたと記されてある。「蒼き狼」という題はここから採っている。蒼き狼はモンゴル民族の男性の象徴であり、白く美しい雌鹿は女性の象徴である。従って小説「蒼き狼」はまた、蒼き狼と白く美しい雌鹿の愛のドラマでもある。

執筆中、その舞台となっているところは、どこも訪ねることはできなかった。全く書物によって書いた。二十年前は、まだ外国旅行が不自由な時代であった。

ここ十年ほど、オリエント各地を旅行しているが、その度に「蒼き狼」の故地に立つことが多い。西トルキスタンのブハラ、サマルカンドも「蒼き狼」の主要舞台であれば、シル・ダリヤ、アム・ダリヤもまた、成吉思汗がその岸に帳幕を営んだところであった。

アフガニスタンのヒンズークシュ山脈も何回か越しているが、その度に、成吉思汗の愛妃クランのことを思った。一昨年、アフガニスタンとパキスタンの国境に近いカラコルム山脈の氷河地帯に立ったが、その時は、クランはこの辺りのどこかに眠っているのではないかと、そのような思いに捉われた。

昨年は内蒙古自治区の包頭《パオトウ》で、最も北の黄河を渡ったが、その時は成吉思汗も、クランも、そして成吉思汗が結局は最も愛した、不幸な長子ジュチも、この河をここで渡ったのだと、感深いものがあった。

こんど民主音楽協会で、この小説を劇化して頂く。嬉しいことである。作者ばかりでなく成吉思汗も、妻ボルテも、愛妃クランも、モンゴルの勇将たちも、みな悦んでいるのではないか。

（昭和五十六年七月）

原作者として

「蒼き狼」は昭和三十四年十月から翌三十五年七月まで、「文藝春秋」誌上に連載した小説である。

この作品は成吉思汗に率いられた蒙古民族の生々発展の歴史を、蒙古民族の「古事記」ともいうべき「元朝秘史」をもとにして綴ったものであり、併せて成吉思汗その人の非凡さを、その人間関係から追求したものである。

この作品は成吉思汗を主人公にはしているが、私は一代のうちに欧亜にまたがる大国を建設した英雄の英雄物語を書く気はなかったし、また古今未曾有の侵略者としての成吉思汗の遠征史を書く気もなかった。私が一番書きたいと思ったことは、成吉思汗のあの底知れぬほどの大きい征服慾が、一体どこから来たかという秘密である。

蒙古高原を取り巻く四囲の国々さえも、成吉思汗にとっては、その大きさも、地形も、民族の性情も全く判らない国々であった。ましてその向うにある国々に到っては、闇を手でさぐるようなものである。彼は大国金を征圧しただけでは収まらず、西夏、回鶻《ウイグル》と兵を進め、ついに回教圏内に入り、裏海沿岸からロシアまで軍を派したのである。それは全く一人の意志から出たものである。一人の人間が性格として持って生れた支配慾といったようなものでは片付きそうもない問題である。

成吉思汗の部下との関係、成吉思汗の妻ならびに愛人との関係、成吉思汗の己が子息たちとの関係、——こうしたところに見出せる成吉思汗は、文字通り非凡であり、その考え方、行動は、いささかの妥協もなく、己が信念によって貫かれている。そうした彼を支えていたものは何か、そうしたものはどこから来たか。

この作品のもとになっている「元朝秘史」の冒頭には、蒙古民族の祖が上天の命によって、西方の大きく美しい湖を渡って来た蒼い狼と、なま白い雌鹿との交配によって生れたと記されている。

私は成吉思汗に関する、上述の二つの問題は、この神話によって解決するほかないと思っている。従って小説の題もここからとって、「蒼き狼」と題したゆえんである。

（昭和五十八年十月）

「しろばんば」の幸運

小説の題ではいつも苦心するが、「しろばんば」だけは例外であった。題の方がさきにできていた。「しろばんば」という題で自伝風の小説を書こうと思ってから、二、三年経った頃、「主婦の友」の編集部から連載小説の依頼があった。その時、私はふと「しろばんば」のことを思い出し、婦人雑誌の小説としては定石を破ることになるが、もし書かして貰えるなら、書きよいのではないかと思った。そして、私の希望が容れられ、前後篇とも、「主婦の友」に連載することになったのである。もし、他の雑誌を発表舞台に選んでいたら、「しろばんば」という題名は同じでも、内容のかなり違った作品が生れたのではないかと思う。その点「主婦の友」を選んだことは、「しろばんば」のために第一の幸運であった。それから今考えると、私はずいぶんわがままな書き方をしたが、編集部の人たちが少しも文句を言わず、勝手気ままに書かせてくれた。これが「しろばんば」の第二の幸運であった。もう一つ幸運がある。それは挿絵を小磯良平画伯にお願いしたことである。実に作品にぴったりしたいい挿絵を描いて戴けたことは嬉しかった。いつも氏の絵のために、次号が待たれる気持だった。作品というものにも、幸不幸はある。もし「しろばんば」がある生命を持った作品であるとするなら、それは、以上三つの幸運のお陰であると思う。

（昭和四十二年二月）

「しろばんば」私の文学紀行

私の郷里は伊豆半島の天城山北麓《ほくろく》に位置している天城湯ケ島町である。現在は伊豆の温泉町として広く名を知られているが、私の幼少時代は〝上狩野村湯ケ島〟という全くの天城山麓の小集落であり、淋しい湯治場だった。

「しろばんば」は、そうした郷里伊豆における私の幼少時代の生活を綴った小説である。父は軍医で、当時旭川（靖の生地）、東京、静岡、豊橋といった風に任地を転々としていたが、私は両親とも弟妹ともはなれて、五歳の時から郷里伊豆で祖母の手ひとつで育てられた。

私が五歳の時、母はほんの一時期のつもりで、私を祖母の許に預けたらしかったが、祖母は私を手ばなせなくなり、私は私で祖母からはなれられなくなってしまったのである。

私は小学校時代をずっと、祖母と土蔵の中で生活した。この祖母との関係も、多少異常である。祖母は医者であった曾祖父の愛人であったが、曾祖父の死後、井上家の戸籍に入った女性である。

従って私と祖母とは血のつながりはなかった。しかし祖母は私に全部の愛情を注いでくれ、私は私で、祖母を世間のつめたい眼から守るために幼い神経の全部を使った。お蔭で私の幼少時代は、いま思うと、多少淋しくはあったが、反面生き生きとしている。

夕方になると、子供たちは道に出て、しろばんばという綿屑のような虫を追いかけて遊んだが、しろばんばはその頃の私の幼い生活の象徴と言っていいかと思う。どことなく虚《うつろ》で淋しいが、汚れというものの全くない影絵である。

ともあれ、小説「しろばんば」はそうした幼少時代の自分をはめ込んだ大正初期の伊豆の風物詩である。毎日のように伊豆の自然の中で遊びほうけた当時の子供たちの姿を描き、そして子供たちが伊豆の山野の中で少しずつ成長してゆく過程を、大人の生活と対比しながら描いている。

（昭和五十九年七月）

「しろばんば」の挿絵

新聞社から小磯さんが亡くなられた報せがあった時、私は書斎に入ると、机の前に坐り、淋しいというのは、このような時のことを言うのであろうかと思った。

――このまま別れるのは困る。別れる前に、話しておかねばならぬことがある。

そんな気持ちであった。と言って、改めて考えてみると、特に話しておかねばならぬようなことがあるわけではなかった。

ただ人生についても、美術についても、激動の八十余年を真剣に生きられた小磯さんが、最後にいかなる結論を持っていたか、それを聞いておくべきであったし、それから、また、私は私なりの人生論を披露し、それに対する小磯さんの反応をも知りたかったと思うのである。

それから、こうした小磯さんとの関係ではあったが、私は氏にお礼を言わねばならぬことが一つあった。それは、私が小説を書き始めた許りの時、「しろばんば」という山村に於ける自分の幼少時代を取り扱った小説を、婦人雑誌に連載したが、その時、小磯さんに挿絵を書いて頂いている。私が小磯さんに挿絵を依頼しよう筈はないので、雑誌社の方で交渉し、それが実現するに到ったのである。
小磯さんが挿絵の筆を執って下さるという話を聞いた時、私は、神戸の大きな邸宅に於て育ち、パリで絵の勉強をして来ている小磯さんに、山村の貧しい生活が背景になっている子供たちの世界が、果して描けるであろうかと、多少案じられないでもなかったが、毎月届けられてくるものには、いっさいそんな心配は不要だった。山村の子供たちの生活が生き生きと、たのしく描かれてあった。今も話題にされている名挿絵である。
今思うに、氏はこの時、美術記者上がりの、駆けだしの小説家の私を応援するために、雑誌社からの申出を引受けて下さったのである。いつか、多少改まって、この時のお礼を申し上げようと思っているうちに、あっという間に、四十年ほど経過してしまい、それを果たさないうちに氏とお別れすることになったのである。〝人生怱忙〟について、氏とお話したかったと思う。残念である。

（平成元年二月）

「盛装」作者の言葉

本紙には四年ほど前に「ある落日」を書きました。それ以来の登場です。こんどは「盛装」と題しました。私はこの言葉が好きです。盛んな装いという意味です。りっぱな贅沢《ぜいたく》な着物を着るという意味もありますが、私はそういう意味ではなく、人間はたれでも一生に最も盛んに己《おの》が精神を装う時があると思います。その誇りやかな瞬間を、物語りの中で捉《とら》えてみたいと思っています。が、果してそれができますか、どうか。

（昭和三十八年五月）

作品「風濤」の喜び

「風濤」で読売文学賞を受けましたことを、たいへん光栄に思っています。しかし、この言い方は恐らくどこか間違っているのではないかと思います。厳密に言うなら作品「風濤」が受賞しましたことを、その作者として光栄に思っていると言うべきでありましょう。

私は受賞の報に接した翌日、つまりきのうのことですが、銀座の書店に立ち寄りまして、「風濤」が何冊か積み重ねられてあるのを見ました。この場合に限りませんが、書店において、自分が書いたものが、本という形をそなえて置かれてあるのを目にしますと、いつもぎょっとした思いに打たれます。確かに、それは私の書いたものには違いありませんが、現在の自分とは何の関係もないもののような気がします。「風濤」の場合も、また同じ気持ちでした。去年の今ごろ、私は海のものとも山のものともわからぬ作品を書く仕事にぶつかかっていました。書斎で書いたり都心部のホテルに移って書いたりしていました。何の手ごたえもない不安な時間の中に揺られていましたが、確かにそのころは「風濤」は私と関係を持っておりました。私は「風濤」の中にはいっており、「風濤」は私の中にはいっておりました。

しかし、いま書店に積まれてある「風濤」を見ていますと、それが私から飛び出し、私をすてた何ものかであるというそうした思いから免れることはできません。その作品が賞を受けたのです。やがてその書物には読売文学賞受賞作品と刷られた帯がつくかも知れません。賞を受けたのは作品「風濤」であり、作者の私自身ではないと言っても間違いではないような気がします。

私は作者として、自分をすててどこかへ行ってしまった子供がほめられでもしたように、うれしくも思います。光栄にも思います。しかし、作品「風濤」は作者の私よりももっとよろこんでいるに違いありません。私は書店において、一冊の「風濤」を取り上げ、またそれをもとに戻し、その店を出ました。私は他の仕事に取りかかる準備をしなければならぬと思います。私はからっぽになっている自分を何かで満たさなければなりません。不安な手ごたえのない時間の中に自分を置く以外、自分を落ち着かせることができないとは厄介なことですが、小説家というものはみんなそのようなものを持っている生きものに違いなく、私もまたそのような職業を選んだ人間の一人であります。

（昭和三十九年一月）

「風濤」韓国訳の序に替えて

小説「風濤」を発表してから、いつか二十二年という歳月が経過している。こんど張炳恵先生（米国メリランド州立大学・国際経営院々長）の手によって、本格的な韓国訳が編纂、出版されることになった。しかもこの翻訳には一九八〇年から五年の歳月がかけられており、張炳恵先生を中心に多くの学者、研究員諸氏の協力によって訳稿の完成をみたと聞く。「風濤」が正確な解釈と訳によって、韓国読書界に登場し、多勢の韓国の人たちに読まれることを思うと、作者としては夢のような悦びである。どうか小説「風濤」が日韓両国の文化交流と相互理解を深める上に、少しでも役立つことを念願して已まない次第である。

最後に、「風濤」のために貴重な時間と多大な労力をさいて下さった張炳恵先生に、衷心からお礼申し上げさせて頂く。有難う、有難う、有難うございました。

（昭和六十一年十二月）

「塔二と弥三」について

塔二、弥三という二人の島民が高麗の使節に伴われて高麗へ渡り、さらに元にはいって、北京で元首フビライに謁して、款待された後、再び日本へ送り還されたという記述は、元史にも、高麗史にも、また日本の古書にも見えている。高麗の使節に伴われたといっても、いかなる伴われ方をしたのか判らないが、半ば拉致されたものであろうと思われる。

この小さい事件で、私が面白く思うのは、塔二と弥三という二人の人物が、フビライに謁していることである。日本人でフビライを知っているのはこの二人の人物だけである。しかもフビライから親しく言葉をかけられている。この点だけでも、容易ならぬ運命を持った男たちと言えよう。この男たちが若し文章を綴るだけの知識と才覚を持ち合せていて、自分たちの稀有の体験を書き残していたら、塔二と弥三という名はもっと大きなものになっていた筈である。現在、フビライについて、その印象を書いたものは、マルコポーロの「東方旅行記」しかない。

小説「塔二と弥三」は、作者の想像で、二人の島民のフビライ会見記の顚末を綴ったものである。塔二と弥三を見舞った運命は容易ならぬものであったが、作者の私は、終始この作品をたのしく書いた。

（昭和三十九年九月）

「紅花」作者のことば

こんどの小説には「紅花」という題を選びました。〝べにばな〟と読んでいただくつもりですが、実は〝べにばな〟と読んでいただいても〝こうか〟と読んでいただいても、どちらでも結構です。昔から二つの読み方が使われて来ております。以前から一度「紅花」という題の小説を書いてみたいと思っていましたが、こんどそれを果たすことになりました。花やかで、どこかに一抹の哀愁を帯びた古代染織に用いた紅花の色が象徴するような若い女性を描いてみたいと思います。が、果たして、それができますか、どうか。

（昭和三十九年九月）

「楊貴妃伝」の作者として

「楊貴妃伝」は一九六三年より一九六五年にかけて、雑誌『婦人公論』に連載の形で発表した歴史小説である。内容は題名が示す通り、楊貴妃の伝記である。開元二十八年（西紀七四〇年）に楊貴妃が玄宗皇帝に召されて温泉宮に赴いた時から、天宝十五年（七五六年）に馬嵬《ばかい》に縊《くび》られるまでの十七年間のことを編年体で綴っている。

小説の内容は「旧唐書」、「新唐書」、「資治通鑑」等の史書の記述を骨子にしているが、白居易、杜甫等の唐代詩文からもその材を得ている。

また「長恨歌伝」、「楊太真外伝」、「梅妃伝」、「開元天宝遺事」、「安禄山事蹟」等の唐宋代の伝記の類も一応参照しているが、史書の記述から離れているものは、なるべくこれを避ける態度をとっている。

この小説の連載中、一九六三年の中国旅行に於て、小説の主要舞台である西安市を訪ね得たことは、小説「楊貴妃伝」の持った幸運であった。このお蔭で、長安の都がいかなる規模のものであったかも知ることができたし、長安の都を取り巻く自然も眼にすることができた。終南山も秦嶺も望み得たし、灞水《はすい》、滻水《さんすい》、渭水《いすい》、灃水《ほうすい》といった当時の史書や、文学作品によく出てくる幾つかの川も、自分の足で、その岸に立つことができた。また楊貴妃とは切っても切れぬ関係にある華清宮にも赴くことができたし、そこの〝水滑らかにして凝脂を洗う〟と白居易に詠われた温泉で手を濡らしてみることもできた。

こんどこの「楊貴妃伝」が周進堂氏の訳で、中国に於て上梓されると聞く。たいへん嬉れしいことである。訳者周進堂氏に深甚の謝意を表して已まない次第である。（一九八四年四月十日記す）

（昭和六十年八月）

原作者として

私は中国の歴史に材をとった幾つかの小説を書いているが、どれも小説を発表してから何年か経って、その小説の舞台になっている所に自分の足で立っている。小説「敦煌」の如きは、それを発表してから二十年経って、初めてその舞台に立つことができたのである。

ただ一つ例外がある。それは「楊貴妃伝」である。この作品を書く前に二回、中国を訪れており、三回目の訪中の折は、雑誌に連載中で、至るところでメモをとって、それを小説の中に生かしている。そういう意味では仕合せな作品である。

白居易の「長恨歌」の〝春寒くして浴を賜う、華清の池〟で有名な華清宮は、第一に訪ねたところであるが、もちろん当時の面影を伝えるものは何一つ遺っていなかった。明治四十年（西紀一九〇七年）にここを訪ねた桑原隲蔵博士の日記には「山籟颯々、泉響淙々」と記されている。併し、今は山籟も、泉響も聞えない。裏山は全体が岩で覆われ、温泉の湧き口などはどこにあるのであろうか。

私が訪ねたその時は、桑原博士が訪ねられた時から五十八年経っているが、その間に〝松籟〟も、〝泉響〟も消えてしまったのである。

その時の私のメモに「遠くに始皇帝の墓なる土饅頭が見えている。万里の長城を造り、阿房宮を建てた人の墓にしては、余り見栄えがしない」と書いている。

このメモを書いた時から、また二十何年経っているが、この間に始皇帝の墓が掘られたことは、有名な事件である。

私が訪ねた時、あの夥しい数の、あのすばらしい兵馬俑が、まさか、あの土饅頭の中に埋まっていようとは思わなかったのである。――中国の歴史は、中国の遺蹟は怖くもあり、面白くもあると思う。

（昭和六十二年九月）

「後白河院」の周囲

小説『後白河院』は昭和三十九年から四十年にかけて六回に亘って「展望」に連載したものである。これほど書きにくくて、筆の進まない仕事をしたことは、あとにも先きにもなかった。一応準備はしてかかったつもりであったが、いざ筆を執ってみると、何もかも準備不充分で、調べながら書いて行かなければならなかった。

小説の題を『後白河院』とつけたくらいであるから主人公は後白河院であり、傑《すぐ》れた政治的人間か、陰険な策謀家か、謎の人物とされているこの武士階級登場時代の天皇を、同じ時代に生きた公卿たちに、彼等が自ら書いた日記を材料にして語らせようというのが、初めの覘《ねら》いであった。こうした方法を採らないで、後白河院を主人公としての小説の世界に登場させ、同じ公卿たちの日記の記述を材料にして正面から書いて行くのが一番いいには違いなかったが、謂わばこの正攻法とでも言うべき書き方には、二つの難点があった。

一つは、後白河院という特殊な権威によって固められている人物を、普通の人間の座に引き降ろして書く場合、もやもやした得体の知れぬものが全部洗われてしまって、いやにしらじらとした後白河院ができ上がりそうな懸念があった。やはり側近の者に語らせて、敬語で包んでおく方が大切なものを失わないのではないかと思われた。

もう一つの難点は、正攻法の書き方をすると、当時すっかり一般から匿《かく》されていた宮中の生活に触れなければならず、それがいかにも調べて書いたという印象を払拭できないであろうという怖れであった。書き方によっては〝見て来たような嘘〟になりかねなかった。

私は後白河院よりもう少し古い壬申ノ乱の時代を取扱った『額田女王』という小説を書いているが、この小説の場合は、そこへ登場する貴族たちを普通の作中人物と同様に取扱っている。これは時代が古代で、当時の歴史そのものが、ある意味では物語の世界に一歩足を踏み込んでいるようなところがあるので、どのように書いてもさして不自然ではなかった。〝見て来たような嘘〟でいっこうに構わないところがあった。時代が降って、源平争覇の後白河院の頃になると、そういうわけには行かなくなる。

話は少し横道に逸れるが壬申ノ乱よりもっと古い神話時代になると、殆ど史実というものがないので、すべてを見て来たような嘘で固めなければならない。見て来たような嘘を書く以外仕方ないのであるが、ただ壬申ノ乱の時代よりもっと難しいのは、荒唐無稽な印象を与えかねないことである。いくら見て来たような嘘で固めてもいいが、小説としての現実性だけは確保しなければならない。が、これはたいへん難しい。折口信夫《おりくちしのぶ》は

『死者の書』において、死人を蘇《よみがえ》らせるところを冒頭におき、読者を次第に物語の世界に引き入れて行く方法をとっているが、古代を取り扱うにはこの方法に勝るものはなさそうである。折口博士に『死者の書』を書かれたことは、小説家にはたいへん迷惑なことである。唯一無二の方法を先きに使われてしまった恰好である。

林語堂の『則天武后』を小沼丹氏の訳で読んだことがあるが、稀代の権力者を語らせるのに、その孫を選んでいるのは賢明だと思った。孫なら権力者をいかに突きはなして見ても不自然ではないし、外部からは窺い知れぬ権力者の日常生活の細部を語っても、見て来たような嘘にはならない。後白河院を書く場合、一人に語らせる方法をとるなら、丹後の局が生んだ宣陽門院でも選ぶことになろうか。

後白河院時代の公卿の日録では平信範の『兵範記』、中山忠親の『山槐記』、吉田経房の『吉記』、九条兼実の『玉葉』、藤原定家の『明月記』等がある。日録が取り扱っている時代はそれぞれ互いに重っているところもあるが、その主要な部分は少しずつずれていて、語り手にそれぞれの時代を受け持って貰うには都合よくできている。ただ問題は欠けている部分が非常に多いことである。何分日録のことであるから、何かの事情で筆を断った時期もあろうし、初めから欠けている部分もあれば、長い歳月の間に散佚《さんいつ》した部分もある。兼実の『玉葉』は、永万元年と承安元年が欠けているだけで、あとは大体長寛二年より正治二年まで、三十余年間に亘って同じような濃淡度で筆が執られているが、他の日録となると、『兵範記』も四十年に亘って筆を執られたと思われるものが、部分的に遺っているものを併せても、半分以上、詰まり二十年以上のものを失っている。『山槐記』、『吉記』となると、それぞれ僅かに五分の一ぐらいの年月に関係した部分を遺しているのみである。しかし、遺っている部分は少いにしても、それぞれ詳細な記述によって、他の追随を許さぬその日録を日録たらしめている部分を持っているようである。

『兵範記』は後白河帝即位から保元の乱前後にかけてが詳しく、この頃は『玉葉』の筆者兼実はまだ幼く、『吉記』の筆者経房は少年期にはいった許りの年齢である。中山忠親はこの頃から『山槐記』の筆を執り始めているが、いずれにしても、保元、平治の時代の語手となると、平信範以外にはないことになる。

『山槐記』と『兵範記』はかなり長い時代が重なっているが、『山槐記』のみに記述が遺っていて、『兵範記』に欠けている部分は、永暦、応保、長寛、永万といった時代である。この時期は平治の乱後の一応風波のおさまった時代で、小説の中に取上げるような事件は起こっていない。従ってその内容の資料的価値は歴史家でない私には判らないが、小説『後白河院』においては、『山槐記』の筆者中山忠親に登場して貰う場所はなかった。『吉記』は飛び飛びではあるが、平家の全盛時代から平氏打倒の黒い影が動き始める承安三年を出発点として、安元、治承へと記述があり、少し飛んで以仁王《もちひとおう》の令旨、頼朝挙兵、清盛の死と、平氏一門にとってはただならぬ時代の数年間のことが記されている。当然この平氏斜陽の十年間は吉田経房に受持って貰わねばならぬことになる。

　そして残りの全部、義仲、義経の登場と、その敗亡、後白河院崩御、頼朝の出現となると、九条兼実の『玉葉』の独擅場《どくせんじょう》である。兼実自身の浮沈がこの時代の幾つかの政治的事件に搦《からま》っているからである。

　このようなわけで、『兵範記』『吉記』『玉葉』、それぞれの筆者に後白河院について語って貰うことにしたが、ここで欠けているのは、平家全盛時代、つまり清盛が太政大臣になり、徳子入内が実現した、平氏以外は人でないと言われた時代で、それを受持つ人物が居ないことである。『兵範記』はこの時代で終っており、『玉葉』はこの時代から始っている。つまり平信範は、この時代で日録の筆を措《お》き、兼実はこの時代に日録の筆を執り始めているのである。しかし二人共受持ちが決まっている以上、新たに他の語手を探さなければならない。それで公卿ではないが、『建春門院中納言日記』の筆者、藤原俊成の女《むすめ》を煩わすことになったのである。

　『吉記』『兵範記』『玉葉』はいずれも漢文体の記述であるが、必要な箇処だけを拾い読みするだけのことで、それもたいした分量ではない。が、それでも私の力では読み下せない箇処が多かった。その解読に当って東大史料編纂所の辻彦三郎氏を煩して、いろいろ教えて頂いた。一番難渋したのは『兵範記』である。

　『玉葉』では、「先例を勘《かんがえ》る」「院宣を被るに偁《いわ》く」「これを悉《つく》せ」「偸《なおざり》に幼主を具し奉る」、『吉記』では「左中将を差《つかわ》し」「馬に鞍《の》り」の類で、それほどでもないが、『兵範記』になると全く歯が立たなかった。「仏布施三裹《つつみ》」「唄《ばい》、散花」「各被物《つつみ》」「下《した》襲《かさね》、純色の単衣」「衣　袴《うえのはかま》」「功名を形《あらわ》す」「次績を摂《かか》ぐ」「三代の賢聖の主を裨《たす》く」「永訣の憂云《ここ》に臻《いた》る」――といったような類である。辻氏に助けて頂かないと、全然読めなかった。俊成の女の日記の方は、日本古典全書の一冊として上梓されている『健壽御前日記』を使い、玉井幸助氏の詳細を極めた校註、解説によって終始助けて頂いた。

　『梁塵秘抄《りょうじんひしょう》』は小西甚一氏校註の同じく日本古典全書の一冊と、荒井源司氏の『梁塵秘抄評釈』を座右に置いた。小説『後白河院』において『梁塵秘抄』から二、三の歌を取り上げているが、その歌の解釈や取り上げ方は全く私の独断によるもので、あるいはとんでもない間違いを犯しているかも知れない。

　こんど『後白河院』を上梓してから、二、三の読者から信西の死が自殺になっているが、大和で穴の中に匿《かく》れているところを引き出されて斬られたのではないかという質問を受けた。『愚管抄』では追手に穴が発見された時、信西は腰刀を骨の上に強く突立てて死んだということになっている。『平治物語』では、穴を見付けて掘り起してみると、眼も見え、息も通っていたので、その首を斬って帰ったという記述になっている。『百錬抄』には「信西於志加良木山自害」とだけ記されている。『愚管抄』の著者を慈円とすれば、慈円は信西の事件の時は五歳ぐらいであるから、直接に信西事件についての知識はないと見ていい。慈円が『愚管抄』の筆を執る時、世上にそういう見方が行われていたということであろう。当時の公卿の日録に記されていると、それが一番確かだが、『兵範記』には保元三年の記述はあるが、肝心の平治元年を欠いており、『山槐記』には平治元年の一、二、三月の記述はあるが、これも肝心の後半年を欠いている。私は『百錬抄』の何となく用心深そうに感じられる短い記述をとって、小説では信西が穴に匿れていたということには触れなかった。穴に匿れていて云々は、何となく作られた話のような気がしたし、信西がそんな人間には思われなかったからである。

　この小説を『展望』に発表して暫くして、高柳光寿氏から、氏の古稀を祝っての記念論文集『歴史と人物』（日本歴史学会編）を送って頂いた。そして同時に氏から巻中の竹内理三氏の『丹後局』が小説『後白河院』の参考になるのではないかというお手紙を頂いたが、今になると、氏に関しての貴重な思出の一つである。

　小説『後白河院』は「展望」連載後、手を入れようと思いながらいつか七年ほどそのままにしておく結果になった。二、三年前の夏、軽井沢で本腰に取組んだが、結局実を結ばなかった。そして今年、いつまで経っても纏《まとま》りそうもないので、多少強引な手の入れ方をして、曲りなりにも一冊の形をとることにしたのである。そんなわけで、高柳光寿氏には激励して頂いたが、丹後局にまで筆を進めることはできなかった。この小説は亀井勝一郎氏にも激励して頂いたが、氏もまた故人になっている。

　最初に後白河院の構想を立てた時、果して書けるかどうか判らなかったので、笠原一男氏のお宅に伺って相談にのって頂いたことがあった。その時読むべき資料について、いろいろ教えて頂いたが、それから七年経っている。讃岐院の霊でも鎮めなければと思ったくらい、どうしても書けなかった小説がこんどどうにか一冊の形をとることができたので、その報告のために、この間久しぶりに笠原氏にお会いした。氏とお話していると、また新しいものを書きたくなるから不思議である。

（昭和四十七年十一月）

「凍れる樹」作者の言葉

五年ぶりに出した短編集です。いずれも私たちの周囲の生活から見たり聞いたりして得た題材を、楽な気持ちで楽しく書いた作品です。自分では成功した作品かどうかわからないのですが、楽しく読んで何かをうけとって戴ければ、と思っています。

（昭和四十年一月）

判らぬ〝一鬼〟の運命

「化石」はどういう小説になるかというようなことを多勢の人からきかれる。未知の読者からばかりではなく、自分の周囲の人たち、親戚の者とか友人たちからも、同じような質問を受ける。

――さあ、どういうものになるでしょうかね。

私はそういう返事をする。自分が書いている小説だから、どんな風に物語が展開して行くか、主人公がどのような運命を持つか、そういうことが判らぬはずはないと思うであろうが、正確に答えるとなると、

――さあ、どういうものになるでしょうかね。

ということになる。私たちが明日のことは判らないと同じように、主人公の一鬼の場合もまた、明日のことは判らないのである。ただ読者より、作者である私の方が、一鬼に対して強い予感が働いていることだけが違っていると思う。作者というものは、作中の人物について、またその将来について、かなり鋭敏な予感を持っているものである。その予感を持つことが、小説の作者の唯一つの特権である。

小説というものには二つの型がある。一つはある主題があっ

て、その主題を展開するために初めから終りまで物語りの筋ができ上がっている場合である。短篇小説というものはほとんどがこの型に属するし、長篇小説でもあるものはこの型に属する。もう一つは主題は決まっていて、その主題展開のために人物を配置することは同じであるが、登場人物のすべてを日常生活の中にとらえようとする型の小説がある。新聞小説などはこの型に属すると思う。新聞小説でもいろいろな型があり、すべての新聞小説がそうであるとは言い切れないが、私の書く新聞小説はこの範疇にはいるものである。新聞小説では、私は登場人物の性格を描くのに極力説明することは避けて、日常生活の中に投げ込んで、その人物を浮かび上らせようとする。だから、私が毎日生きているように、読者が毎日生きているように、一鬼もまた毎日彼の生き方で生きているのである。

こうなると、一鬼という人物は、作者の私が造ったものではあるが、つまり「化石」という小説を書くに当たって、その小説の中に私が生み出したものであるが、生み落してから一カ月以上生きているので、彼には彼の考えもあり、信念もあり、いまやもう作者の手に負えなくなろうとしている。

これは一鬼ばかりでなく、この種の小説の中の登場人物というものはみな同じである。作者の生んだ子ではあるが、作者をとかく無視して自分勝手な行動を起こし勝ちなところからすれば、鬼子と言うほかはない。

いまパリにいる一鬼が何をしでかそうとしているか、どこへ行こうとしているか、作者の私には予感があるだけである。予感はあくまで予感であって、その予感が当るかも知れないし、当らないかも知れない。私は自分の予感がどうか当ってくれるように、一鬼に頼む思いで一ぱいである。言うまでもなく、その予感は作者の構想であり、物語りの筋である。

一鬼にモデルはあるかという質問を受けることがある。一鬼にはモデルはない。モデルがないくらいだから、絶対に二人とない一鬼という姓を作って、彼に与えたつもりであったが、これは私の不注意で、あとで一鬼という姓があることが判った。一鬼という姓をお持ちの方にお詫びする以外にない。しかし、悪人を書くわけではないし、恐らく一鬼姓を汚すような人物にはならないであろうから、「化石」の主人公一鬼を暖く見守っていて戴きたい。作者の予感によれば、一鬼は奔放自在な行動を起しかねないところがある。何をしでかすか判らないところがある。彼が何をしでかしても、まあ、大目に見て戴きたいと思う。

それから小説にはいま一人の女性が登場して来ている。これはかなり強い作者の予感によって女主人公になることは間違いないことだと思う。これまで私の小説に登場して来た型の女性ではないと思う。どうかそうであってくれないと困ると思う。いま毎日「化石」を書きながら、私は初冬のパリに居る気持である。

丁度いまの東京ぐらいの気候である。やがて一鬼は帰国するに違いないが、それまで彼の健康を祈る気持切なるものがある。

〔十二月十五日記〕
（昭和四十年十二月）

映画「化石」と小説「化石」

「化石」は四十年から四十一年にかけて、四〇九回にわたって朝日新聞に連載した小説である。外国旅行中に自分が癌にかかっているのを発見し、しかも手術不能の最悪の状況に置かれていることを知った男が、この小説の主人公になっている。当然それを知った瞬間から、主人公を巡って流れる時間は、それまでとは異ったものになってしまう。主人公はいつも〝死〟という同伴者を随えている。会話は常に〝死〟という同伴者との間に交される。

こういう小説であるから、主題は決して明るいとは言えない。主人公が容易ならぬ立場にあることを発見するのはパリに於てである。パリでなくて、日本のどこに於てでもいいわけであるが、作者の私がパリという異国の都を選んだのは、主人公の気持をなるべく夾雑物のない箱に入れて、純粋な形で培養してみたかったからである。

主人公はフランスの田舎に旅する。ロマンのお寺のあるブルゴーニュ地方である。オータン、ヴェズレイ、トゥルニュー、そうした町々を主人公は経廻る。私はこの小説を書く五年前、三十五年の九月の終りに、この地方を旅行している。たいへん楽しい旅であったが、旅をしながら、一生でひどく疲れた時があったら、ここへ来ることだと思った。ここへ来たら気持が休まるのではないかという思いを持った。そういうこともあって、私は絶望にうちひしがれている主人公を、このブルゴーニュ地方の風光の中に置いてみた。

「化石」の主人公は、自分の持時間がいくらもなくなった頃、高遠の満開の桜を見に行っている。順境にある人には見えない満開の桜の美しさを、小説の主人公によって見て貰いたかったからである。私は満開の桜の花が好きである。古来多くの人が満開の桜の美しさを文章で書いたり、歌で詠ったりしている。しかし、この花を、これまで誰もが気付かなかった美しさで見るのは、「化石」の主人公のような立場にある人間ではないかと思うからである。

ブルゴーニュ地方の自然や高遠の桜ばかりではない。〝死〟という同伴者を連れた旅行者のはいってゆく空間は空間で、彼を巡って流れる時間は時間で、いずれも、彼だけの特別のものである。彼を待ち伏せている身辺の雑事も同じことである。彼の眼に触れた時、それらは特別の意味を持ってくる。

こうした作者の意図が、この小説に於て成功しているか、どうか判らない。読み直す度に、なお書き足りないもののあるのを、この長篇の到るところに感じる。しかし、この倍の分量を費しても、これが書けるという自信は持てない。

ところが、小林正樹氏によって演出された映画「化石」を見て、なるほど映画というものはこのようなものであったかという思いを深くした。文章表現でどうすることもできなかった部分を、カメラが心にくいほどみごとに捉えてくれている。私が意図して果し得なかったブルゴーニュ地方の大きい自然を、そこに嵌め込まれているロマンの寺々のたたずまいを、その寺々の中のひんやりした古い空気を、それからまた高遠の春を、その春の中に咲き盛っている桜花の悲しい奢りを、これでもか、これでもかというように、いろいろな角度から捉えている。死は、いつも主人公に寄り添っている。必要とあれば一人の女性の姿をかりて現われてくる。現われたり、消えたりする。自問自答は形あるものに置き替えられている。

小説「化石」で常に書き足りないと感じられていたものに対する、映画「化石」のアプローチの仕方はみごとと言うほかはない。あらゆる角度から、くり返しくり返し攻撃は加えられている。小林さんは原作に対して少しも遠慮していない。と言って土足で踏み込んでくるようなところは微塵もない。

言うまでもないことであるが、映画「化石」は、小説「化石」から独立した小林さんの作品である。にも拘らず、映画「化石」を見て、私が一番強く感じることは、これは小説「化石」であり、小説「化石」の映画化だということである。原作者として冥利につきる思いである。映画「化石」から、私はたくさんのことを教えられている。もう一度「化石」を書き直すことができたらと、ふとそんな夢想を持つ。映画「化石」に、それを作った小林さんに挑まれてのことである。

（昭和四十九年十一月）

「おろしや国酔夢譚」の旅

「文藝春秋」に連載した『おろしや国酔夢譚』の終章を書き終えてからロシアの旅に出た。五月初旬から六月下旬へかけての一カ月半ほどの旅であった。同行者に最近訳文集『ソグトとホレズム』を著した加藤九祚氏を得たことは倖せであった。小説を書き終えてからの旅なので、取材旅行とか調査旅行といったものではない。この前一九六五年（昭和四十年）にロシアに旅行し、帰国後その年の暮から小説に取りかかっているが、その時も取材旅行とは言えない。ただその旅をしたお蔭で『おろしや国酔夢譚』を書く気になっただけのことである。

　こんどの旅に目的というようなものがあるとすれば、それは二つあった。一つは中央アジアでこの前見て来なかった昔のシルク・ロードに沿った幾つかの都邑を訪ねることであった。フェルガナ盆地のアンディジャン、マルギラン、コーカンド、アム・ダリヤの下流に臨んでいるヒワ、それから天山の麓のトクマク、アク・ベシム、フルンゼ、そういったところを経廻ることであった。それからもう一つは、小説『おろしや国酔夢譚』の舞台になっているイルクーツク、レニングラード（当時のペテルブルグ）、シベリア街道に沿っている諸聚落、そういったところを、これまた作品を書き終えたあとののんきさで、新たに歩き廻ってみることであった。

　一つは南の旅であり、一つは北の旅である。南の旅では沙漠の街ヒワで三十八、九度の暑さにうだったが、北の旅ではまだ冬は終っていなかった。レニングラードも寒かったし、ノボシビルスク附近には雪が残っていた。こんどモスクワからナホトカまでシベリア鉄道に乗ってみたが、鉄道の沿線はどこも白樺の芽吹きで美しかった。往きは東京からモスクワまで十時間半、帰りは列車に八泊、船に二泊、こんどの旅ほど飛行機が早いということを実感として受け取ったことはなかった。

　さて、この小文では中央アジアの旅のことには触れないで、話を『おろしや国酔夢譚』に関した話題だけにしぼることにする。いずれにしても、上述したように至極のんきな半ば遊びの旅であった。しかし、遊びの旅ではあったが、いざその土地土地に足跡を印してみると、よくしたもので調べてみたいことが、極く自然に向うからやって来た。

　『おろしや国酔夢譚』という小説は十八世紀末に伊勢を出帆して江戸に向った神昌丸《しんしょうまる》が途中で難船し、アレウト列島のアムチトカ島に漂流するところから始まる。船には船頭光太夫等十七人が乗り込んでいるが、一人は漂流中に死し、残りの者はロシア人に助けられるが、その中七名はこの氷雪の孤島で歿する。それから残りの者はロシア人等と協力して船を造り、カムチャツカ半島に渡るが、漂民の中三人はここで餓死する。そして残りの六名の者が大陸に渡り、ヤクーツクを経て、イルクーツクに連れて来られる。一七八九年（寛政元年）二月のことである。そしてこの町で日本漂民たちは帰国の方便を得ようとして三年の悶々の日を過す。時のロシア政府は日本漂民たちを日本語教師として、将来の対日貿易の準備を始めようとしており、そのためになかなか漂民たちの帰国の願いは諾《き》き届けられない。しかし、船頭光太夫はあくまで帰国の希望を棄てず、キリル・ラックスマンという助力者を得て、ペテルブルグに赴き、エカチェリーナ女帝に謁し、ついに帰国の許可を得るに至る。

日本漂民たちは漸くのことで帰国できることになったが、イルクーツク滞在中に一人は病死し、庄蔵、新蔵という二人はロシア教に帰依してロシア人にならざるを得ない運命に置かれる。結局残りの光太夫、小市、磯吉の三人だけがロシア船で日本へ送り返されることになる。ロシア政府はこの漂民送還の機を日本との通商締結に利用しようとして、遣日修交使節としてキリル・ラックスマンの息子アダム・ラックスマンを乗り込ませることになる。

三人の日本漂民は十年間の漂泊生活の果てに漸くにして北海道根室の地を踏むが、三人の中の一人小市はここで病歿する。そして函館、松前を経て江戸の土を踏み得たのは光太夫、磯吉の二人だけである。鎖国政策に重く鎧《よろ》われた日本に最初のロシア使節としてやって来たアダム・ラックスマンは修交の目的を果さず空しく帰国の途に就き、漸くにして帰国の念願かなった二人の漂民を待っていたものは、実に半幽囚の生活であったのである。小説『おろしや国酔夢譚』は以上のような日本漂民たちの稀有《けう》な運命を綴ったものである。

『おろしや国酔夢譚』の主人公大黒屋光太夫がロシアを放浪したのは十八世紀の末である。光太夫がイルクーツクにはいって来たのは一七八九年、帰国のためイルクーツクを離れたのは一七九二年である。この間に光太夫はペテルブルグに赴いて、女帝エカチェリーナ二世に謁している。従って、この小説の作者としては、主人公になり替ってその土地土地を踏むとなると、当然なことながら現在のイルクーツクの街も、レニングラードの街も、一応二百年前の姿に置き変えてみなければならなかった。

勿論、町並みも変り、建物も変り、レニングラードの如きは戦火で大部分を壊されているが、それでもそうした操作が必ずしも絶望的なことではなかった。日本の場合と違って石造建築の居並んでいる街の有難さであった。十八世紀のかけらを、予想していたよりたくさんあちこちで拾うことができた。

イルクーツクは、光太夫を初めとして小市、磯吉、庄蔵、新蔵、九右衛門等六人の日本漂流民たちが最も長期にわたって滞在しなければならなかった街である。一行の滞在中に九右衛門はこの地で物故し、光太夫、小市、磯吉は帰国の途に上り、庄蔵、新蔵の二人はロシア正教に帰依して洗礼を受けたためこの地に留まらねばならぬ運命を持ったのである。またこの小説とは別に、光太夫たち以前に漂流した漂民たちの何人かも、ここで生活し、ここで相果てている。また光太夫たちのあとにも、同じような運命を持った日本人たちもある。日本漂流民たちにとってイルクーツクというところは因縁浅からざる街なのである。

それでは十八世紀末のイルクーツクはいかなる街であったか。光太夫が帰国後語った漂流の顚末を桂川甫周《かつらがわほしゅう》が綴った『北槎聞略《ほくさぶんりゃく》』（亀井高孝氏校訂本）に依ると、人家三千、寺院七座、学校病院等があり、市鄽《してん》（市場）は四方一丁半許りに一廓を構え、みな長生屋《どぞうづくり》にて瓦は銅《あかがね》なりとある。このような街に光太夫はやって来て、蹄鉄を造る鍛工《かじや》のもとに止宿し、この街で後に光太夫たちの帰国の道を開いてくれた博物学者キリル・ラックスマンと知り合い、その世話になったのである。

光太夫たちがやって来た時人家三千の街はそれから二百年後のいま、人口五十万、東シベリア随一の大きな都市になっている。バイカル湖から流れ出しているアンガラ川が街を二つに割り、二つの橋が二つの地区を繋いでいる。下流に向って右岸地区は古い街であり、左岸地区は新しく建設され、いまも建設されつつある地帯である。勿論光太夫たちが居た当時は右岸地区だけの小さい街で、アンガラ川を隔てて対岸は樹木に覆われた丘陵であった筈である。また右岸だけの街と言っても、現在の広さの何分の一かの場所に人家は密集し、現在人家が立ち並んでいる丘陵地帯はそのほとんどが樹木で埋まっていたのである。アンガラの美しい流れに沿い、周囲をふかぶかと森に包まれた人家三千の小都邑を想像することはなかなか楽しい仕事である。

春はそこに白樺がいっせいに芽吹き、ポプラの白い種子が飛び交い、冬になるとアンガラ川は固く凍結し、毎日のように雪が舞い落ちる。人家は狭い地区に身を寄せ合って建っており、人々も亦、春は春で、冬は冬で、身を寄せ合ってひっそりと住まっていたのである。流刑囚の街でもある。

光太夫が滞在した十八世紀の後半のイルクーツクにおいての出来事を知る上に、私は『イルクーツク年代記』という書物の厄介になっている。この書物は、この前のロシア旅行で、やはり同行者の一人であった加藤九祚氏がモスクワで入手されたもので、丁度光太夫等が滞在した当時のイルクーツクの出来事が詳しく拾い上げられている。

この書物のお蔭で街に起った小さい出来事の方はかなり詳しく書き込むことはできたが、街それ自体の有様については、想像で書く以外手懸りになるものはなかった。そうした意味では、こんどイルクーツク大学教授で、ブリヤート民族史やイルクーツク地方史の専門家であるクドリャフツェフ氏にお目にかかり、いろいろ教示を得たことはたいへん有難かった。氏はシベリア史のすぐれた専門家として広く海外にも知られ、日本でも戦時中氏の著書『ブリヤート蒙古民族史』が蒙古研究所から翻訳出版されている。

氏は私たちに光太夫がイルクーツクに滞在した一七九〇年当時のイルクーツクの状態について一つの古い文献を示された。〝一七九一年のルスカヤ・フィオフィリカ（ロシア古文書）〟と題するものの一部で、氏はそれを写真に撮って所有されており、私たちもそれを複写させて戴いた。それには町の沿岸から当時イルクーツクにあった大きな建造物、町の区画など、町の事情百般について詳しく記されていた。『北槎聞略』には当時教会が七座あったと記されているが、この記録に依ると、ウォズネセンスコイとズナメンスコイ（女子）という二つの修道院があり、それぞれその中に三つの小教会を持っていたということになっている。そしてさらにこのほかに八つの教会があったことが記されている。即ちボゴヤウレンスキー、スパスカヤ、プロコピヤ・イヨアンナ、トロイツカヤ、ハルラムピエフスカヤ、チフビンスカヤ、ウラジミルスカヤ、クレトフスカヤである。亀井高孝、村山七郎両氏編著の『魯西亜文学集』には十の教会が挙げられているが、神学院内の教会などを含めてのかぞえ方であろうと思われる。

『北槎聞略』に七座とあるのは、光太夫が当時のイルクーツクの教会の中の大きいものだけを挙げたためであろうと思われる。それは兎も角として、当時あった教会の中の五つが、現在イルクーツクの街に遺っている。スパスカヤ、ボゴヤウレンスキー両寺院は保護建造物として目下修復工事の最中であり、トロイツカヤ寺院はプラネタリウムになっている。何人かの街の人にこのプラネタリウムの前身について質問してみたが、これが以前教会であったということを知っている人は殆んどなかった。

残りのズナメンスコイ修道院（現在はズナメンスカヤ寺院）とクレトフスカヤ寺院は現在生きた教会として活躍を続けている。この生きている二つの教会は地方的バロック様式の建物で、全ロシアにその美しさで知られているものである。ただクレトフスカヤの建物は二つの部分から成り、一つは一七四八年、他は一八六一年の建造にかかるものである。従って、現在この寺院は五つの美しい尖塔を持っているが、光太夫は四つの尖塔しか見なかった筈である。またズナメンスコイ修道院は一七六三年の建造であるから光太夫の時より二十年程前に造られているわけである。創立してから一九三三年まで尼寺で男子はは入れなかったというから、日本漂民たちも遠くから美しい尖塔を眺め、朝夕ここの鐘の音を聞くだけで、足を踏み入れることはできなかった筈である。

しかし、この地区はヤクーツク街道の起点に当っているので、日本の漂流民たちがヤクーツクから初めてこの町にはいって来た時に、まっさきに見たものはこの寺院の建物であったに違いなかったし、また光太夫、小市、磯吉の三人がイルクーツクを去る時最後に眼に収めたのもまたこの修道院の建物であったはずである。現在この寺院の境内には、小説の中にも登場して来る露米会社の創設者でアラスカ経営に挺身した豪商グリゴリー・イワノウィッチ・シェリホフの墓がある。シェリホフの死後夫人が建てたものである。

先述したように『北槎聞略』に市鄽のことが出ているが、当時の市場はアンガラ河岸にある現在のキーロフ広場に当る場所にあった。いまは大学に囲まれた河岸の静かな美しい広場であるが、二百年前はチフビンスカヤ広場と呼ばれ、大市場が設けられ、それに隣り合す地区に官庁が立ち並び、この地区一帯がイルクーツクで最も殷賑を極めた場所であった。

この広場の裏手は港になっており、帆船は次々に発着していて、河岸から広場へかけては終日荷物を運搬する人たちでごった返していたのである。上記のスパスカヤ、ボゴヤウレンスキー両寺院はこの広場の河岸寄りの一郭にある。共にずんぐりした白い塔頂を持った寺院であり、この広場のただならぬ賑わいがいつか消えてしまったように、この二つの寺院の栄光も亦いつか消えてしまっている。光太夫が帰国歎願書を提出したり、月々の手当てを貰うために出掛けて行ったりした役所も当然この広場に隣り合せてあった筈で、光太夫もまたこの市場とは馴染み深かったわけである。

光太夫の宿舎になっていた蹄鉄工の家は勿論いまは遺っていないが、当時馬丁たちが集り住んでいた地区は判っている。ズナメンスコイ修道院の近くで、ウシャコフカ川という川がアンガラ川に流れ込んでいる地帯である。現在のウシャコフカ川は小さい川であるが、昔はもっと水量も多く、この附近をウシャコフカ地区と呼んでいたようである。馬丁がこのウシャコフカ地区に集り住んでいたとすれば、蹄鉄屋もまたこの地区にあったものと看做さざるを得ない。また、そうなると日本の漂流民たちに時には食事を運んでやったというラックスマンの家も、ここから余り遠くないところにあった筈で、山手の一郭を想定して、さして大きく誤らないであろう。このアンガラ川の岸に近い地区を私も何回も歩いたが、いつも河岸のズナメンスカヤ寺院の美しい尖塔が眼にはいって来た。私はその度に日本漂民たちもこの美しい修道院の尖塔にどんなに心を慰められたことであろうかと思った。

光太夫の一行の中で、一行の滞在中に物故した九右衛門は当然のこととしてイルクーツクの街に眠っている。また帰国を思い留まりこの地に残った二人の漂流民のうち庄蔵も亦明らかにこの地に眠っている。あるいは残りの一人新蔵も亦この地に葬られているかも知れない。そうした日本の漂流民たちが眠っている墓地はどこにあるであろうか。

十八世紀の市民たちが葬られた墓地はエルサレム墓地と言い、その場所も判っているが、残念なことに現在は中央公園と呼ばれる大きな公園になっている。ここはアンガラ川の流れも街のたたずまいも大きく俯瞰できる高台になっており、上記の幾つかの教会の建物も尽く眼に収めることができる。いまはこの台地は街の内部に取り入れられていて、この公園の裏手にも新しい市街地が伸び拡がっているが、二百年前はこの附近一帯は森になっていて、街はこの丘の麓で終っていたのである。

この公園の表門の傍にエルサレム寺院の建物が遺っているが、この寺院は墓地に附属した教会だったらしい。勿論、この墓地にはロシア正教に帰依している者しかはいれなかった筈である。そうなると、一行の滞在中に歿した九右衛門はロシア正教には帰依していなかったので、一体どこへ葬られたのであろう。

「心配なさることはありませんよ。異国人のこととて、特別扱いで、やはりここに葬られたと思いますね」

私たちをエルサレム墓地の跡に案内してくれたクドリャフツ

ェフ氏は言った。

光太夫の帰国後、あとに残った庄蔵と新蔵は日本語学校の教師として身を立てたが、それなら二人が教鞭をとった学校はどこにあったのであろうか。幸いなことに、これまた建物こそ変っているが、その場所はちゃんと遺っていた。現在のレーニン通り、十八世紀にはザモルスカヤ通りと呼ばれていた通りの一画である。ザモルスカヤというのは湖の向うに行く道という意味で、現在もバイカル湖へ行くにはこの道をまっすぐに東へドライブする。このレーニン通りの最も繁華地区の表通りに面して、精密機械工業学校の三階建てのビルがあるが、そのビルの建っているところが、日本語教育が行なわれていた中央国民学校のあった場所である。

それから日本の漂流民たちにとって忘れることのできぬのは、彼等を初めてイルクーツクへ運んで来たヤクーツク街道であり、また光太夫や新蔵をペテルブルグに運んで行ったモスクワ街道であろう。

この二つの古い街道も、現在くるまでその一部をドライブできる。当時のヤクーツク街道はウシャコフカ川の橋を渡ったところから始まり、一路まっすぐにゆるやかな段落のある丘陵地帯を北に伸びている。モスクワ街道の方はアンガラ川の対岸を起点に持っている。現在この川には二つの橋がかかっているが、二百年前にはそんなものはない。ウシャコフカ川流入口附近に筏の渡しがあり、その筏の渡しを越えたところから、モスクワ街道は始まり、アンガラ川沿いに走って、やがて一路西に向い、途中から現在の国道にはいる。これも段落ある大平原をまっすぐに西に走っている。『北槎聞略』に依ると、イルクーツクより二十二露里の地点にブキンという駅があり、光太夫はここで見送りの人たちと別れている。当時はこの駅まで見送りの人が同行する習慣であったらしいが、現在それに相当する地名を探し出すことはできない。クドリャフツェフ教授も、大学の歴史研究室の若い学者オルタルジェフスキー氏にもこれは難問であったようである。

また光太夫はイルクーツクから二百二十露里の地点カジカという地で乗船し、レナ川を降って行くが、この記述は正しい。カジカは当時の呼び方で正しくはカチェガ、現在はカーチュクと言っており、レナ川水路の埠頭である。

それから、もう一つ、『北槎聞略』の記述の中に、

——湖辺の寺にニコライという神僧の遺骸あり。例年四月初めに法会ありて、遺骸を拝せしむ。遷化より七百年許りなれども、渾身朽ちず面貌も生けるがごとくなりとぞ。甚だ崇敬し、遠くこの地に来りて礼拝するもの常にたえずと言う。

とある。これは文面からして明らかに光太夫がイルクーツク滞在中に、耳に入れたことに違いなく、光太夫自身がその遺骸を見たというものではない。これには多少の誤りがあって、クドリャフツェフ氏によって指摘された。

「確かにそのように遠くから信者を集めていた寺がアンガラ湖畔にあります。ニコライの教会のあるニコーラという村です。ただ一つ違うのは、その教会にあるのは神僧ニコライの遺骸で

はなく、イコンです。但しそこのイコンはいまは他部落の教会に移っています」

　氏は言って、バイカル湖へ行く時、そのニコーラという部落を通るので訪ねてみるようにと勧めてくれた。

　私はそのようにした。ニコーラはバイカル湖に通じている舗装道路が湖に突き当るすぐ手前にあった。アンガラ川の出口に臨んでいる静かな四、五十軒の部落であった。そのニコーラという村にはイコンがないばかりか、イコンのあった教会もなくなっていた。村人に訊くと、教会はやはり湖岸のリストビャカンカという村に移ってしまっているということだった。

　私はこんどはそこから程遠からぬその問題の教会のある村を訪ねてみた。木造建ての玩具のようなニコリスカヤ教会はすぐ判った。村の老婆が何人か祭りの支度をして、建物の内部の到るところを花で飾っていた。私はイコンについて訊いたが、曾てそういう立派なイコンはあったが、いつとはなしに失くなっているという事であった。のんきな話であった。そしてその代用品であると思われる神僧ニコライの肖像画の前に、私は連れて行かれた。白髯に顔を覆われたニコライが左手に大地と教会を捧げ、右手に剣を持っている。頭には法冠、肩には法衣をかけている。正面を向いている顔を見ると、眼は鋭く、唇は少し赤く塗られている。

　私はその代用品で満足する外はなかった。併し、そのリストビャカンカという聚落は実に美しかった。三、四十軒の農家が湖岸の丘陵の裾に固まっていて、冬はさぞ寒いだろうと思われたが、五月のいまは何とも言えずのびやかであった。たんぽぽが一面咲き乱れ、家の背戸にはチェリョムハの白い花が見られ、野放しの牛や馬がそこらをうろつき、それに混って鶏もまた歩き廻っていた。そしてどこで立停ってもバイカル湖の湖面が遠くに見えていた。


　当時人家三千のイルクーツクの町はいま人口五十万の大きな都市になっているが、アンガラ川の左岸の地区全部を無人の森林地帯にし、右岸の市街地のうちで、ゆるやかな丘陵の上に伸びている地区をこれまたすっかり森林地帯にしてしまうと、十八世紀末の小さいイルクーツクの町はでき上がる。――アンガラ川の河岸に互いに身を寄せ合うようにして三千の人家がたち並んでいる。前はアンガラ川に臨み、背後は森林で包まれている。十幾つかの教会や修道院が三千の人家の中に混じっていて、ところどころに美しい尖塔が聳えている。毎日のようにそれらの教会から鐘が鳴り出される。冬が来ると、すっぽりと上からこの小さい町を雪が包み、アンガラ川の流れは凍結する。ヤクーツク街道とモスクワ街道を通って、この東シベリアの小さい町に旅行者と物資は馬橇《ばそり》で運ばれて来る。

　私の眼に浮かぶ十八世紀末のイルクーツクは気の遠くなるような小さく美しい町である。多勢の日本漂民は、それぞれ時代を異にしているが、ここで生活し、当時エルサレム墓地と呼ばれた高台の墓処に眠ったのである。

　私はロシアの町では、イルクーツクが一番好きである。何日居ても飽きない。シベリアの町独得のしんとしたものを持っている町であるというばかりでなく、やはりここが多勢の日本漂民たちの第二の郷里であったためであろうか。

レニングラード（当時のペテルブルグ）は、光太夫が一七九一年二月から十一月退京するまで九カ月滞在したところである。尤もこの期間に光太夫は五月から九月まで、女帝の夏の離宮のあったプーシキン（当時のツァルスコエ・セロ）へ居を移している。光太夫から少し遅れて、新蔵もレニングラードへはいり、光太夫といっしょにこの都を訪れているので、ここもまた日本漂流民にとっては、イルクーツクに次いで関係の深い場所である。

私はここでも十八世紀の歴史のかけらを拾うに忙しかった。この街は第二次大戦でその大部分を破壊されたが、現在は戦火の跡がどこにも見られぬほど復旧されている。復旧と言うより復原と言った方がいいくらい戦前のレニングラードの家並みや街並みが再現されている。

光太夫はここに滞在中どこに宿舎を持っていたか。これが一番知りたいことであったが、これを突きとめる手立てというものはなかった。それ以外で、光太夫がこの街で関係を持った、つまり『北槎聞略』に記述されてある場所や建物は、その大部分のものを眼に収めることができた。光太夫はエカチェリーナ二世にツァルスコエ・セロで一回、レニングラードで一回、都合二回謁しているが、レニングラードで謁したのは、寵臣ポチョムキンの邸宅に於てではなかったかと思われる。『北槎聞略』にはそうした記述はなくて、その場所を明らかにはしてないが、明らかにしてないということに於て、却ってそう推定する方が自然のように思われる。

そのポチョムキンの邸宅は、スモーリノイ修道院の青と白の美しい建物が行手に見えているところにある、何千坪か判らぬ敷地を持った宮殿の如き建物であった。表玄関には六本の大円柱が並んでおり、建物の背後の庭園は、児童公園になっている。光太夫はまたウォロンツォーフの邸で女帝からの金牌《きんぱい》を渡されているが、そのウォロンツォーフ邸はフォンタンカ河に近い地域にあって、これまた王宮を思わせる三階建ての大建造物であった。

また光太夫はこの都を離れるに当って、所持品の幾つかを当時のクンストカメラ（現在の人類学・民族学博物館）に遺している。クンストカメラは、ネバ川の、エルミタージュ博物館とは反対側の河岸にあり、当時の建物がそのままの姿で遺っている。そこの納入品の控えには、椀、数珠、箸、扇、すりばち、矢立、鈴などが記されており、実際にそれらの品はそこに保管されている。また先年亀井高孝、村山七郎両氏が調査されたソウザとゴンザのマスクをも、ここで見ることができた。

このほかに光太夫は十二冊の浄瑠璃本や小判などを残して行ったが、浄瑠璃本の方はネバ河畔のアジア民族研究所の古文書室に、小判の方はエルミタージュ博物館にはいっている。

この都の中で、最も変らないのは美しいネバ川の流れであろうと思われるが、エルミタージュ博物館で十八世紀のこの川を描いた幾つかの風景画を見てみると、勿論現在とは橋の位置も変っているし、たくさんの帆船や筏を浮かべた川の姿も変っている。何も変らない筈の川が、現在のネバ川とは全く異なった川に見えるのであるから、十八世紀のこの街の姿も、いくら町並みが変らないと言っても、その町の持つ雰囲気やたたずまいは、恐らく現在とは異ったものであったのであろう。

それにしても、この街で十八世紀の末の遺物を拾って行くことはさして難事ではなかった。ペトロパウロフスク要塞の高い尖塔も当時のものであれば、新蔵がその近くに住んでいたという大カトリック寺院も繁華地区のまん中にその姿を遺している。また光太夫が何回か足を運んだ大学も、またその当時の姿を今に伝えている。

併し、私に最も興味深く思われたのは、レニングラードより、光太夫が暫く移り住んでいたプーシキン、当時のツァルスコエ・セロであった。ここは光太夫にとっては放浪十年の中で、最も派手な舞台であった。ここの宮殿で、彼はエカチェリーナ二世に謁し、帰国の端緒をつかむことになったのである。エカチェリーナ二世に謁した日のことは『北槎聞略』には次のように記されている。

——さても別墅《べっしょ》の王殿は五層に造り、磚《しきいし》はムラムラという石を磨いて砌《き》り成す。下の層は内臣侍医等の直舎《つめしょ》なり。第二層は供膳《くぜん》の所。第三層を座所となす。……宮中の結構は方二十間許りにて赤と緑の斑文あるムラムラにて飾り、女王の左右には侍女五六十人花を飾りて囲繞《いにょう》す。……また此方には執政以下官人四百余員両班に立ちわかれて、……

『北槎聞略』のこの記述の中で、ここも多少事実と異なっている。離宮は実際には三階建てである。地階一層あるが、それを加えても四層である。そしてエカチェリーナの座所は二階である。尤も『北槎聞略』で女帝の座所を三層としてあるのは、地階を含めてかぞえているのかも知れない。

この宮殿の二階には五十五の部屋があり、これのそれぞれの扉を開くと三百メートルの長い廊下になるように作られてある。第二次大戦中、ドイツ軍に一時占領されて将校宿舎になっていたため、破損甚だしく、現在修復作業が行われている最中である。

この宮殿への入口は中央にあり、そこをはいって階段を上り、右手に行くとこの宮殿で最も広い部屋——王冠の間がある。千平方メートルの広さで、何百人かの者が居並ぶ部屋となると、さしずめこの部屋しかないようである。併し、この部屋はまだ修復されてなく、修復された暁には、以前そうであったように全面金箔で飾られた部屋になると言う。若し光太夫がここに通されたとなると、圧倒的に黄金の印象以外のものは受けない筈である。

中央玄関から階段を上り、反対に左手へ行くと、儀式用食堂、赤柱の間、緑柱の間、肖像の間、琥珀の間、絵画の間といった順序でそれぞれの部屋が居並んでいる。六つ目の絵画の間は、この宮殿で二番目に広い部屋であり、光太夫が女帝に謁した部屋をこの絵画の間と推定するのが一番当を得ているのではないかと思われる。ここに来るまでに赤柱の間、緑柱の間を通過するので、当然赤と緑の斑文ある大理石で造ってある宮殿といった印象を受ける筈である。こうした印象を与えられるところは、五十五の部屋の中でここしかない。絵画の間は王冠の間に次ぐ第二の広さを持つ部屋であるが、侍女五、六十人はいいとして、官人四百余人が居並ぶことはできない。従って四百余人の官人は廊下に居流れていたのであろう。

光太夫はツァルスコエ・セロ滞在中園丁長の宿に止宿しているが、その園丁長の家というのも、レニングラード大学所属の建物の一部になって遺っている。宮殿の敷地と道一本隔てたサドワヤ通りにあった。この道は一七八〇年にでき上がっているので、光太夫がいつ帰国の許可がおりるか悶々の情を懐いて散策した道である。この道に沿って、十八世紀の建物が二つある。一つは馬丁詰所の建物であり、一つは二つの美しい尖塔を持った玩具のような小さい教会である。この教会にエカチェリーナ女帝が時に姿を現わすことがあったと、『北槎聞略』にも記されている。

光太夫ゆかりの地で、当時と比較して一番変化していないであろうと思われる場所は、このツァルスコエ・セロの宮殿附近であった。白樺と菩提樹の疎林が附近一帯に拡がって、『北槎聞略』の記述がいまでもそのまま生きている。

こんどのこの『おろしや国酔夢譚』の旅では、レニングラードでも、モスクワでも、ノボシビルスクでも、多勢のソ連の歴史学者のお世話になった。モスクワでは科学アカデミー・民族学研究所のグルビッチ、アルチューノフ、さらにはトカリョフ、ドールギフ氏等、ノボシビルスクでは科学アカデミー・シベリア支部のラリチェフ、カプィロフ氏等に協力して頂いた。

こうした学者に接して驚きもし、意外に思ったことは、誰もが日本漂流民の名前の一つや二つは知っていたことである。このような点からみて、ソ連の学界では目下日露交渉史の研究が非常に多勢の人たちに依って手がけられているのではないかと思われた。

またこんどの旅で今更のように感動したことは『北槎聞略』の記述が、いかに正確であり、いかに詳細をつくしているかと言うことであった。たまたまその一部を読み上げると、ソ連の学者たちも例外なく驚きの声を発して、どうしてこのような記録が日本の漂流民の一人に依って残されているか信じられぬものの如くであった。そういう意味では、私たちも改めて大黒屋光太夫という人物の非凡さに脱帽せざるを得なかった。

それにつけても、残念に思われるのはロシアにおける『北槎聞略』の権威ある紹介者で、日本にも多くの友人を持っていたコンスタンチノフ氏が『北槎聞略』のロシア語訳の大きな仕事に取りかかっておられたが、その完成をみずに、一年ほど前に他界されたことであった。日本のためにも、ロシアのためにも大きな損失であった。氏が恐らく取り組んでおられたに違いない註の部分など、私などは小説の作者としてどんなに教えられることが多かったことであろうかと思う。門下生たちに依ってその仕事が受けつがれ、それの一日も早い刊行を待つこと切なるものがある。

それからこんどの旅で、私は日露交渉史の研究家として知られているペトロワ女史に、そのお宅でお目にかかった。女史は「ロシアにおける日本学の歴史」と題する論文を書き上げられた許りだということで、その原稿の一部を私たちに読み上げて下さった。

——ゲオルギ（ロシアで活躍したドイツの学者）はイルクーツクで五人の日本人と会った。即ちハチ、イヘイ、キュータロー、チョウスケ、キュースケである。ゲオルギは彼等から聞いた日本の単語六十九を、その著『ロシア帝国における一旅行覚書』の中に書き残している。エカチェリーナ二世の命に依ってパラスらが編纂した『万国比較言語辞典』の中には二百八十五の日本単語がはいっているが、これはタタリノフとボグダノフ・ゴンザ共著の、『新スラブ・日本語辞典』からとったものである。従ってここには東北と薩摩の二つの方言が見られる。

——パラスは一七六〇〜七〇年頃、イルクーツクで徳兵衛グループの日本語学校教師たちに会っているが、イルクーツクの日本人たちは南部方言を使っていた。また前記の『万国比較言語辞典』における幾つかの単語は、一六〇四年長崎で刊行された『日本・ラテン・ポルトガル語辞典』からもとられている。

女史の書棚にはイルクーツクに残って日本語教師になった新蔵の著書も見られた。『日本および日本貿易について、あるいは日本列島の最新の歴史地理的記述』と題するもので、一八一七年ペテルブルグで刊行されたものである。その扉には「生粋の日本人、九等文官ニコライ・コロティギンによって監修され、イワン・ミルレルによって刊行された」と記されている。

コロティギンとはわが新蔵のロシア名であり、イワン・ミルレルはペトロワ女史によると、イルクーツク中学校の校長であった。大黒屋光太夫は帰国して『北槎聞略』を遺し、新蔵はロシアに留まって、その監修者として甚だ日本の漁師らしからぬ題名の書物を遺したということになる。

（昭和四十三年八月）

「おろしや国酔夢譚」の舞台

去る五月から六月へかけてロシアを旅行したが、その折り、六月七日から十三日までイルクーツクに滞在した。この前の一九六五年のロシア旅行の折りも、この地を訪ねているので、私にとっては二度目のイルクーツクである。ここは私の小説『おろしや国酔夢譚』の主要舞台である。

この小説は十八世紀末に伊勢を出帆して江戸に向った神昌丸が途中で難船し、アレウト列島のアムチトカ島に漂流するところから始まる。船には船頭光太夫等十七人が乗り込んでいるが、一人は漂流中に死し、残りの者はロシア人に助けられるが、その中七名はこの氷雪の孤島で歿する。それから残りの者はロシア人等と協力して船を造り、カムチャツカ半島に渡るが、漂民の中三人はここで餓死する。そして残りの六名の者が大陸に渡り、ヤクーツクを経て、イルクーツクに連れて来られる。一七八九年（寛政元年）二月のことである。そしてこの町で日本漂民たちは帰国の方便を得ようとして三年の悶々の日を過す。時のロシア政府は日本漂民たちを日本語教師として、将来の対日貿易の準備を始めようとしており、そのためになかなか漂民たちの帰国の願いは諾き届けられない。しかし、船頭光太夫はあくまで帰国の希望を棄てず、キリル・ラックスマンという助力者を得て、ペテルブルグに赴き、エカチェリーナ女帝に謁し、ついに帰国の許可を得るに到る。

日本漂民たちは漸くのことで帰国できることになったが、このイルクーツク滞在中に一人は病死し、庄蔵、新蔵という二人はロシア教に帰依してロシア人にならざるを得ない運命に置かれる。結局残りの光太夫、小市、磯吉の三人だけがロシア船で日本へ送り返されることになる。ロシア政府はこの漂民送還の機を日本との通商締結に利用しようとして、遣日修交使節としてキリル・ラックスマンの息子アダム・ラックスマンが乗り込むことになる。

三人の日本漂民は十年間の漂泊生活の果てに漸くにして北海道根室の地を踏むが、三人の中の一人小市はここで病死する。そして箱館、松前を経て江戸の土を踏み得たのは光太夫、磯吉の二人だけである。

鎖国政策に重く鎧われた日本に最初のロシア使節としてやって来たアダム・ラックスマンは修交の目的を果さず空しく帰国の途に就き、漸くにして帰国の念願かなった二人の漂民を待っていたものは、実に半幽囚の生活であったのである。

小説『おろしや国酔夢譚』は以上のような日本漂民たちの稀有な運命を綴ったものである。従ってイルクーツクという町は六人の漂民たちが三年間暮した町であり、しかも漂民の一人はこの土地で眠り、ロシア教に帰依した二人はこの土地に残って日本語学校の教師としての生活を送ったのである。

またこの小説とは別に、光太夫たち以前に漂流した漂民たちの何人かも、ここで生活し、ここで相果てている。また光太夫たちのあとにも、同じような運命を持った日本漂民もある。だから、イルクーツクは日本の漂流民たちにとっては甚だ因縁浅からざる土地と言わなければならない。

私はイルクーツクの町に滞在中、毎日のように町を出歩いた。光太夫たちが眼に入れたものを、私もまた眼に入れようと思ったのである。光太夫たちがここで生活した時から二百年経っているが、東部シベリアという特殊な地理的条件のお蔭で、この町は十八世紀末当時のものをさして変らない姿で今に遺している。当時の教会も五つ遺っており、その中の二つは現在も生きた教会として活動している。

その生きている教会というのは、ズナメンスコイ修道院（現在はズナメンスカヤ寺院）とクレトフスカヤ寺院である。どちらもその美しさで全ロシアにその名を知られている地方的バロック様式の建物である。

『おろしや国酔夢譚』の主人公たちが止宿した家がどこにあったか。勿論判ろうはずはないが、そこが蹄鉄屋であったという『北槎聞略』（光太夫が語った漂流の顚末を蘭学者桂川甫周が書き綴ったもの）の記述から、そこを当時馬丁が多く住んでいたウシャコフカ地区と呼ばれていた下町と想定して大きい間違いはなさそうである。その地区はアンガラ川の岸に近い地区で、私は何回もそこを歩いたが、いつも河岸のズナメンスカヤ寺院の美しい尖塔が眼にはいって来た。私はその度に日本漂民たちもこの美しい修道院の尖塔にどんなに心を慰められたことであろうかと思った。

この修道院は一七六三年の建造であるから光太夫の時より二十年程前に造られているわけである。創立してから一九三三年まで尼寺で男子ははいれなかったというから、日本漂民たちも遠くから美しい尖塔を眺め、朝夕ここの鐘の音を聞くだけで、足を踏み入れることはできなかったはずである。

しかし、この地区はヤクーツク街道の起点に当っているので、日本の漂流民たちがヤクーツクから初めてこの町にはいって来た時に、まっさきに見たものはこの寺院の建物であったに違いなかったし、また光太夫、小市、磯吉の三人がイルクーツクを去る時最後に眼に収めたものもまたこの修道院の建物であったはずである。

当時人家三千のイルクーツクの町はいま人口五十万の東シベリア随一の大きな都市になっているが、アンガラ川の左岸の地区全部を無人の森林地帯にし、右岸の市街地のうちで、ゆるやかな丘陵の上に伸びている地区をこれまたすっかり森林地帯にしてしまうと、十八世紀末の小さいイルクーツクの町はでき上がる。――アンガラ川の河岸に互いに身を寄せ合うようにして三千の人家がたち並んでいる。前はアンガラ川に臨み、背後は森林で包まれている。十幾つかの教会や修道院が三千の人家の中に混じっていて、ところどころに美しい尖塔が聳えている。毎日のようにそれらの教会からは鐘が鳴り出される。冬が来ると、すっぽりと上からこの小さい町を雪が包み、アンガラ川の流れは凍結する。ヤクーツク街道とモスクワ街道を通って、この東シベリアの小さい町に旅行者と物資は馬橇で運ばれて来る。

私の眼に浮かぶ十八世紀末のイルクーツクは気の遠くなるような小さく美しい町である。多勢の日本漂民は、それぞれ時代を異にしているが、ここで生活し、眠ったのである。その日本漂民たちの眠った当時エルサレム墓地と呼ばれた高台の墓処はいまは中央公園になっている。

ロシア正教に帰依したばかりに帰国できなかった二人の漂民が教鞭をとった日本語学校のあった当時のザモルスカヤ通りは、現在はレーニン通りという繁華地区になっている。そして同じ場所に精密機械工業学校の三階建てのビルが建っている。

私はロシアの町では、イルクーツクが一番好きである。何日居ても倦きない。シベリアの町独特のしんとしたものを持っている町であるというばかりでなく、やはりここが多勢の日本漂民たちの第二の郷里であったためであろうか。

（昭和四十三年十月）

受賞の言葉

この小説は、ロシアの東進策と日本の鎖国主義を背景に、一人の漂流民の行動とその悲劇を描こうとしたものですが、舞台が異国であり、時代が十八世紀末ですので、その点、多少他の作品とは違った苦心がありました。多勢の先輩諸氏に援けて頂いてできた小説です。思いがけず受賞の栄をにないました。正直に言うと、一番評価のほしかった作品です。それだけに嬉しいです。

（昭和四十四年五月）

日本漂民の足跡を辿って

『おろしや国酔夢譚』という小説を書いている。昭和四十一年から四十三年にかけて、「文藝春秋」に連載した小説で、私の作品系譜の中では、歴史小説の系列にならぶものである。この小説に関してのレニングラードにおける舞台調査について記してみたいと思う。

この小説は十八世紀末に伊勢を出帆して江戸に向った神昌丸《しんしようまる》が途中で難船し、アレウト列島のアムチトカ島に漂流するところから始まる。船には船頭光太夫等十七人が乗り込んでいるが、一人は漂流中に死し、残りの者はロシア人に助けられるが、その中七名はこの氷雪の孤島で歿する。それから残りの者はロシア人たちと協力して船を造り、カムチャツカ半島に渡るが、漂民のうち三人はここで餓死する。そして残りの六名の者が大陸に渡り、ヤクーツクを経て、イルクーツクに連れて来られる。一七八九年（寛政元年）二月のことである。そしてこの町で日本漂民たちは帰国の方便を得ようとして、三年の悶々の日を過す。

時のロシア政府は日本漂民たちを日本語教師として、将来の対日貿易の準備を始めようとしており、そのためになかなか漂民たちの帰国の願いは諾《き》き届けられない。しかし、船頭光太夫はあくまで帰国の希望を棄てず、キリル・ラックスマンという助力者を得て、ペテルブルグに赴き、エカチェリーナ女帝に謁し、ついに帰国の許可を得るにいたる。

日本漂民たちはようやくのことで帰国できることになったが、このイルクーツク滞在中に一人は病死し、庄蔵、新蔵という二人はロシア教に帰依して、ロシア人にならざるを得ない運命に置かれる。結局残りの光太夫、小市、磯吉の三人だけがロシア船で日本へ送り返されることになる。ロシア政府は、この漂民送還の機を日本との通商締結に利用しようとして、遣日修交使節としてキリル・ラックスマンの息子アダム・ラックスマンを乗り込ませる。

三人の日本漂民は十年間の漂泊生活の果てにようやくにして北海道根室の地を踏むが、三人の中の一人、小市はここで病歿する。そして函館、松前を経て江戸の地を踏み得たのは光太夫、磯吉の二人だけである。鎖国政策に重く鎧《よろ》われた日本に、最初のロシア使節としてやって来たアダム・ラックスマンは、修交の目的を果さず空しく帰国の途につき、ようやくにして帰国の念願かなった二人の漂民を待っていたものは、実に半幽囚の生活であったのである。

小説『おろしや国酔夢譚』は、以上のような日本漂民たちの稀有な運命をつづったものである。そしてこの小説の根本史料となっているものは、光太夫が帰国後、将軍家の前で語った漂流の顚末を、当時第一級の蘭学者として知られていた桂川甫周《かつらがわほしゆう》が筆録した『北槎聞略《ほくさぶんりゃく》』である。これには日本漂民の異国における十年間の漂泊生活と、その見聞がかなり詳細につづられており、その記述は驚くべき正確さで貫かれている。小説『おろしや国酔夢譚』は、この『北槎聞略』の記述を骨子とし、足りないところをロシア側の史実、文献、最近の研究などで補い、小説としての肉付けをしたものである。

『北槎聞略』の記述が、驚くべき正確さで貫かれているといっても、もともと漂民の語ったことであり、思い違いもあれば、記憶の誤りもある。また筆録者桂川甫周によって引き起された間違いもある。それはそれで、小説化する上で訂正してゆかねばならない。

それからこの小説の大部分が異国を舞台として展開しているので、作者はでき得る限り、その舞台となっているところを、自分の足で踏む必要がある。それからまた物語は十八世紀末の十年間に展開しているので、いくら自分の足で現地を踏んだといっても、それでよしとするわけにはゆかない。すべてを十八世紀のそれに置き替えなければならない。

私は『おろしや国酔夢譚』を書き始める前年の四十年五月から六月にかけてロシア旅行を試み、小説の舞台になっているイルクーツク、モスクワ、レニングラード（ペテルブルグ）といったところを訪ねている。しかし、この時の旅は『おろしや国酔夢譚』の取材旅行でも、調査旅行でもなかった。が、この旅において、ロシアの風物に接していたので『おろしや国酔夢譚』を書こうという気にもなり、実際にまた書くことができたのである。もしこの旅がなかったら、この小説の筆をとる勇気は生れなかったにちがいない。

二回目にロシアを訪ねたのは『おろしや国酔夢譚』の連載を終わった直後、四十三年五月から六月にかけてである。この時の旅ははっきりと小説の史料調査、舞台調査といえるもので、イルクーツク、モスクワ、レニングラードを訪れ、各地で多勢のソ連の歴史学者たちのお世話になった。そして帰国後、この旅によって得た知識によって、すでに発表してある小説に、全面的に手を入れ、同じ年の十月に脱稿、ようやくここに一冊の形をとることができたのである。

この小文では、四十三年の『おろしや国酔夢譚』調査旅行において、レニングラードを訪れた時のことだけを記すことにする。

レニングラードは十八世紀末のペテルブルグである。主人公光太夫が、ラックスマンの勧めで、時の権力者エカチェリーナ女帝に拝謁する機を得るために、一七九一年二月から十一月退京するまで九カ月滞在したところである。もっともこの期間中に、光太夫は五月から九月まで、女帝の夏の離宮のあったプーシキン（当時のツァルスコエ・セロ）へ居を移しているが、それはそれとして、光太夫より少し遅れて、新蔵もまたレニングラードに入っているので、日本漂民にとっては、この都はイルクーツクに次いで関係深いところである。

この街は第二次大戦で、その大部分は破壊されたが、現在は戦火の跡がどこにも見当らぬほど復旧されている。復旧というより復原といった方がいいくらい、戦前の家並みや街並みが再現されていた。

光太夫は帰国後、将軍家の前での取り調べにおいて、ロシアの国柄がどのようなものかという役人の質問に対して、〝曾て他国と事を構えたということは聞いていない〟という意味のことを答えているが、これらは明らかに光太夫がロシアという国と、そこで十年間生活をした自分とをかばっての、意識的発言であると見做《みな》さなければならぬ。光太夫がレニングラード滞在中は、時あたかも露土戦争の最中で、都は戦争の昂奮で沸き返り、船出してゆく出征兵士をも、光太夫は一再ならず眼にしたはずである。小説では、そのようなレニングラードにおける日本漂民を描いている。

光太夫はエカチェリーナ女帝にツァルスコエ・セロで一回、レニングラードで一回、都合二回謁している。レニングラードで謁したのは、寵臣ポチョムキンの邸宅ではなかったかと思われる。『北槎聞略』にはそうした記述はなく、その場所を明らかにしていないが、明らかにしていないということにおいて、かえってそう推定する方が自然であるように思われる。

そのポチョムキンの邸宅は、スモーリヌイ修道院の青と白の美しい建物が行手に見えるところにあって、何千坪かわからぬ広い敷地を持つ宮殿のような建物であった。飾りのある鉄柵の廻《めぐ》っている館で、表玄関には六本の大円柱が並び、円屋根で、建物の背後の庭は児童公園になっていた。この邸宅のたたずまいは、十八世紀末も、現在もさして変わりないであろうと思われた。現在は共産党最高学校の校舎として使われている。

光太夫はまたウォロンツォーフの邸で、女帝から金牌《きんぱい》を渡されているが、この邸はフォンタンカ河に近い地域にあって、これまた王宮を思わせる鉄柵の廻った三階建ての大建造物であった。現在は繁華地区で、附近に大きなビルが立ち並んでいるが、昔は静かな地帯であったにちがいない。建物に関するかぎりは、十八世紀末も、現在もさして大きい変わりがあろうとは思われない。

それから新蔵のレニングラードにおける宿舎は大カトリック寺院の傍であるとされているが、その寺院はカトリチェスカヤ・ツェルコウイ寺院で、現在繁華地区のまん中にその姿を遺している。新蔵がこの町に入る八年前に建てられ、現在国の文化財に指定されている。

レニングラードで十八世紀の歴史の欠片《かけら》を拾ってゆくことはさして難事ではない。しかし、そうした歴史の欠片の中で、私に最も興味のあったのは、光太夫がしばらく移り住んでいたプーシキン、当時のツァルスコエ・セロであった。ここは光太夫にとっては放浪十年の中で、最も派手な舞台であった。ここの宮殿で、彼は女帝に謁し、帰国の端緒をつかむことになったのである。ペテルブルグから二十二里と「聞略」にはあるが、正しくは二十五キロ、大平原のドライブ三十分である。昔は大森林が平原を埋めていたのであろうと思われるが、今は道は大平原にゆるやかに曲ったり、また伸びたりしている。この道に里程表があることを「聞略」は記してあるが、そのいくつかも眼にとまる。

やがて道は門に突き当り、それをくぐり、現在公園になっている疎林地帯をゆるく大きく曲りながら、宮殿に近づいて行く。昔はこの門はなかったが、道は今と同じように疎林の中を走っていたのであろうと思われる。

この宮殿で、エカチェリーナ女帝に謁した日のことを、「北槎聞略」は次のように記している。

――さても別墅《べっしょ》の王殿は五層に造り、礩《しきいし》はムラムラという石を磨いて砌《き》り成す。下の層は内臣侍医等の直舎《つめしょ》なり。第二層は供膳《くぜん》の所。第三層を座所となす。……宮中の結構は方二十間許《ばか》りにて赤と緑の斑文あるムラムラにて飾り、女王の左右には侍女五六十人花を飾りて囲繞《いにょう》す。……また此方には執政以下官人四百余員両班に立ちわかれて、……。

『北槎聞略』のこの記述は事実と異っている。離宮は実際には三階建てで、地階に一層があるが、それを加えても四層である。そしてエカチェリーナの座所は二階である。もっとも、この方は地層を含めてかぞえているのかも知れない。

この宮殿の、女帝の座所である二階には五十五の部屋があり、それぞれの扉を開くと、三百メートルの長い廊下になるように造られている。第二次大戦中、一時ドイツ軍に占領され、将校の宿舎になっていたため破損がはなはだしく、私が訪ねた時は、その修復作業が行われている最中であった。

この宮殿への入口は中央にあり、そこを入って、階段で二階に上がるようになっている。現在は石の階段であるが、十八世紀末は赤い木の階段であったという。階段は、途中に広い踊り場を持っており、上り階段も、下り階段も二つずつある。踊り場から、二つある階段の右手の方を上ると、右手の部屋に入り、右側のグループの部屋に通じるようになっている。修復中なので、よく見られないが、いくつ目かに、この宮殿で最も広い部屋――王冠の間がある。

この部屋は千平方メートルの広さで、「聞略」の記述にあるような何百人かの者が居並ぶ部屋となると、さしずめこの部屋しかない。しかし、この部屋はもともと全面金箔で飾られ、木彫りの柱にも、壁面にも金箔が塗られてあり、その他には大きな鏡があるだけである。もし光太夫がここに通されたとしたら、その場合は圧倒的に黄金の印象しか受けないはずである。

中央玄関から階段を上り、反対に左手の部屋のグループを目指すと、各部屋の扉が開いているので、長い廊下が走っている印象を受ける。床《ゆか》は寄せ木細工で、いろいろな木が嵌め込まれて、いろいろな模様を造っている。どの部屋も柱は大理石であるが、本当の大理石ではなくて、大理石に見せかけて造ったもの。

儀式用食堂、赤柱の間、緑柱の間、肖像の間、琥珀の間、絵画の間といった順序で、それぞれの部屋がならんでいる。赤柱の間は赤い大理石、緑柱の間は緑の大理石で造られてあり、肖像の間はその名の通り、ぎっしり壁面を肖像画で埋められている。そうして琥珀の間は、琥珀の柱、琥珀の置物、飾り物、まさに琥珀の部屋というほかない。

六つ目の絵画の間は、この宮殿で二番目に広い部屋であり、光太夫が女帝に謁した部屋を、この絵画の間とする推定が最も当を得ているのではないかと思われる。これは私の推定であるばかりでなく、プーシキン博物館の女の館長さんの意見でもあった。

この部屋はその名の通り絵画がぎっしりと壁面を埋めている。絵画はいずれも十七、八世紀のヨーロッパの絵で、画枠にはことごとく金箔が塗られていた。天井には一面に天女が描かれ、部屋への入口の扉も、出口の扉も、金箔で飾られている。その金の扉の入口を入って、部屋に向って立つ。正面の壁面には大きな鏡が二つ、その鏡の上にそれぞれ肖像画が架けられている。窓は鏡にならんで大きくとってあり、上部にも、肖像画をはさむようにして三つの窓が設けられている。それから部屋の左右の壁面には、それぞれ陶製の大ペーチカと金の扉が配され、あとは肖像画で埋められている。それから廊下に立っている私の背後にも鏡が置かれている。

つまり、この部屋は絵画と、金と、鏡の部屋といっていいであろう。絵画はエカチェリーナ女帝の頃より十五点少なくなっているそうであるが、しかし、ここの肖像画の中にスービンのエカチェリーナ女帝の肖像画があったことは有難かった。意志の強そうな、しかし聡明であるにちがいない女帝の顔が描かれてあった。

この部屋にくるまでに赤柱の間、緑柱の間を通過するので、赤と緑の斑文あるムラムラ（大理石）で造ってある宮殿といった印象を受けても不思議はない。こうした印象を与えられるところは、五十五の部屋がならぶ宮殿の中でここしかない。この絵画の部屋は王冠の間に次ぐ第二の広さを持つ部屋であるが、それにしても、侍女五、六十人はいいとして、官人四百余人が居並ぶことはできない。光太夫の気が動顚していて、そのような錯覚をもったのであるか、あるいは四百人の官人は部屋の内部ではなくて、廊下に居流れていたのかもしれない。

このところも小説では訂正しなければならない。作者の私は光太夫が女帝に謁見を許された部屋を絵画の間とし、ツァルスコエ・セロを引き揚げる前日の日記に、光太夫をして「聞略」の文章をそのまま記させている。そしてそのあとに、作者の私が顔を出し、光太夫がいかにその日、感激昂奮していたか、その証拠に、光太夫は女帝謁見時の印象を正しくはもてず、いろいろなものが入り混じっているということを説明している。光太夫のこの混乱には妙に生まな現実性があり、単なる誤りとして扱ってしまうには惜しく思われたからである。

光太夫は女帝に拝謁仰せつかって何日かしてから、皇太子の招きを受けて宮殿に参内している。その時皇太子と会った部屋も探さなければならない。

問題の絵画の部屋を過ぎて、さらにいくつかの部屋の前を通ってゆくと、皇太子が使っていたという部屋がつづいており、その一つに食堂があった。食堂といっても、応接間をも兼ねていたというから、光太夫が皇太子に招かれた時通された部屋はここではなかったかと思う。薄緑の壁の地に、白く彫刻や装飾物が浮き出している、明るい部屋であった。薄いピンクの椅子、薄いグリーンの椅子、濃いグリーンの椅子、濃いグリーンの燭《しょく》台《だい》、そうしたものが置かれ、暖炉も切られてあった。時計、燭台はフランス製、青い壺はペテルブルグで造られたもの。壁面の装飾はギリシャ神話に取材されている。〝明るい感じ、いつも陽が射している〟と、解説書はこの部屋について記している。まことに、そのような明るい部屋である。

光太夫はツァルスコエ・セロ滞在中は、宮殿のすぐ傍の園丁長の家に止宿していたが、その園丁長の家は今も遺っていて、宮殿の敷地に沿って走っている静かなサドワヤ通りに面していた。この家は光太夫の頃は一階であったが、今は二階建てのビルになり、レニングラード大学所属の建物の一部になっている。サドワヤ通りというのは一七八〇年に造られているので、光太夫が毎日のように散策したにちがいない道である。そしてこの道に沿って、さらに二つの十八世紀の建物が遺っていた。一つは馬丁詰所《つめしょ》の建物、一つは二つの美しい尖塔を持つ玩具のような小さい教会である。この教会に時にエカチェリーナ女帝が姿を現わすことがあったということが、『北槎聞略』にも記されている。

光太夫ゆかりの地で、当時と比較していちばん変化していないであろうと思われるところは、このツァルスコエ・セロの宮殿附近であった。白樺と菩提樹の疎林が宮殿を取り巻き、附近一帯に拡がっていて、「聞略」の記述が今でもそのまま生きている。昔は庭園の一部は鬱蒼たる森林になっていて、狩猟が行われていたというが、さもあったであろうと思われる。

このツァルスコエ・セロの宮殿はエリザベータが建てたもので、初めはスペイン庭園風の人工的なものであったらしいが、エカチェリーナ女帝が自然の庭に改めたといわれている。設計者はラストレーリで、その独特の様式はエカチェリーナのとき、カメレオンに依って造り変えられている。外観は青と白のラストレーリ独特のものがそのまま遺されているが、内部は半ば造り変えられ、たくさんの金箔から受ける息苦しい印象が、近代的の洗練されたものに置き替えられているのである。

『北槎聞略』の記述によると、レニングラード滞在中に、光太夫はアンガルタという学者の依頼で、日本の衣服を持ってワシリエフ地区の学校（当時の陸軍貴族士官学校）へ出向いている。そしてまたその学校にあった「万国言語辞典」に記されてある日本語の誤りを訂正することを依頼され、そのため六日間、その学校に通っている。

この学校は現在幼年学校になっているが、当時の姿だけは今に伝えている。民族学研究所の近くの幼年学校がそれである。アーチ形の門と、長方形の窓を持った、がっしりとした赤と白の二つの色によって彩られた二階建てのビルで、屋根のところどころに赤い煙突が顔を出している。現在、幼年学校になっているために、その内部をのぞくことはできなかった。ネバ川が近くを流れて、街路樹のポプラが美しい地帯であった。

また『北槎聞略』には、〝宝庫〟という呼び方で、当時のクンストカーメラ（美術保存室）のことに触れている記述がある。光太夫が実際にそこを訪ねたという記述はないが、現在そこに光太夫が寄附した身の廻りのこまごましたものが保管されている。

クンストカーメラというのは現在の人類学・民族学博物館である。エルミタージュとは反対側のネバ川の河岸にある。

この博物館の中に民族学研究所があるが、そこに行き、極東研究室を訪ね、博物館の日本室室長のクセノホントワ女史に紹介される。女史は光太夫の所持品で、光太夫がここに寄贈して行ったというものを取り出して来て、見せてくれた。椀、扇、硯箱、鈴、数珠の五点である。

椀は唐草模様、仏具か、神具か、お雛祭用のものか、よく判らない。扇はなかば壊れているが、三保の松原といった感じの、海と富士の絵が描かれてある。硯箱も壊れて、一方が欠けており、硯は嵌め込みになっていて動かない。鈴はお遍路さんの使いそうなもの。

こうした物が博物館に寄贈された時、当然一緒について来たはずの目録は失くなっているが、幸いに受入台帳が遺っており、それには、ワン、ジュズ、オーギ、スソリバカ、ヤダチと、日本名の音がロシア文字で写されている。また別の小さい紙片に、〝レ（お祈りする時に使う鈴）〟と記されている。こうしたものの中で、矢立ては現在失くなっているという。

この受入台帳に記されているいくつかの品名は、おそらく今は失くなっている寄贈目録に記入されていたものを、そのまま写しとったものであろうと思われる。光太夫はこれだけのものを、ここに寄贈して行ったのである。

しかし、これ以外に貨幣の部室の方の受入台帳には、コバン、コツボ、ナンギョウ、シモエン、ジェネ、ジェニ、ハガキ（一ルーブルの価値を持つ地方だけに使われる）といったものが記されている。これも発音通り、一音一音切って記されている。こういう書き方のできるのは、当時光太夫しかいなかったであろうと思われる。この貨幣は現在エルミタージュ博物館に移されているが、他の貨幣と混じってしまって、どれが光太夫関係のものか判らなくなっているそうである。

クセノホントワ女史は更に台帳に載っていない遺品として火箸、象牙の箸、硝子の角棒を見せてくれた。火箸は耳かきぐらいの太さの、ごく細いもので、二〇センチと、二二センチの長さで、揃っていない。象牙の箸も長さ一六・五センチのごく細いもの。硝子の角棒は青色、長さは二二センチ。正確に光太夫寄贈のものとは断定できないが、そう推定してもいいのではないかと思われる。

光太夫には関係していないが、この人類学・民族学博物館には日本漂民ソーザ、ゴンザを写したものではないかといわれている蠟人形の頭が収蔵されてある。

十八世紀の初め頃は、ここクンストカーメラには衣服を着けた人形の陳列が多かったらしい。いろいろな民族のマネキン人形を造ったのではないかと見られている。ソーザ、ゴンザの頭かと思われるものも、そのマネキン人形の一つであろうとされている。このことに関しては『おろしや国酔夢譚』の序章にくわしく記しているので、ここでは触れない。

ただこの二つの頭については、いろいろな見方をされている。一つは中国人、一つはシベリア少数民族のそれという見方もあれば、二つとも、貧しい日本人の顔を写したものだという見方もある。いずれにしても眼の吊り上がった異様な形相の頭で、私も意見を求められたが、答えることはできなかった。片方の髯《ひげ》のある方は錦絵などにある武者絵の感じである。二つとも頭髪を持っていないが、もとは着けていたものと思われる。頭髪も失い、衣服も剝ぎとられているので、何とも判定しようがない。

ここのマネキン人形は、十八世紀初めの最も有名な彫刻家コンラード・オスネルが造ったものであり、そのマネキン人形の中には日本人も含まれているという記録も遺っているというから、現在のところは、その記録を信用して、多少オーバーな彫刻表現ではあるが、まあ日本人を写したものとしておく以外仕方ないであろうと思われる。

人類学・民族学研究所は青と白の美しい建物である。レニングラードにはラストレーリの青と白の建物と、ロッシィの薄い茶褐色の建物と、二つの系統の古い建物が遺されている。いずれも美しい。二つの系統のものがあるので、たがいに相映えて美しいのかもしれない。その美しい建物を出る。ネバ川を隔てて、対岸のエルミタージュの建物が美しく見える。

次に『北槎聞略』には記されていないが、一九六五年にソ連の学者によって、光太夫が持っていた浄瑠璃本がレニングラードのアジア民族研究所に所蔵されているということが発表されている。光太夫がレニングラードを離れるに当って、寄贈して行ったものと思われる。

アジア民族研究所は、エルミタージュの近くにあってネバ川に臨んでいる。ここはもとアレキサンダー二世の弟の宮殿で、多少暗いが、太い大理石の柱が並び、まさに宮殿といった感じの建物であった。

古文書室はもとはダンスホールだったというが、ここも天井は高く、柱も太く立派で、その部屋の窓際の卓に、光太夫の十二点の遺品を並べてもらった。窓から正面に要塞の尖塔が美しく見え、すぐ窓の下にはネバ川の流れが置かれてあった。案内に当ってくれたのは中国宋時代の研究家レフ・メン氏。

遺品は「森鏡邪正録」、「絵本写宝袋」、「番場忠太紅梅箙《えびら》」、「源平曦軍配」(三冊)、「摂州渡辺橋供養」(四冊)、「太平記巻第三十一目録」、「奥州安達原」といった十二冊の浄瑠璃本であった。

「森鏡邪正録」だけが筆写本で、青い表紙に認められた〃大日本伊勢白子云々〃の何字かの墨の文字は立派であった。また「絵本写宝袋」には欄外にロシア文字の書き込みがあった。

エルミタージュ博物館には二回通った。この前、四十年にレニングラードに来た時、エルミタージュ通いをしているので、こんどは『おろしや国酔夢譚』関係の風景画、風俗画、肖像画だけにしぼった。

十九世紀後半のレニングラードの風景を写したものの中で、ネバ川の流れを描いたものがあった。出船、入船で輻湊している盛んなネバ川の眺めであった。六人の男が操っている屋根を持った大筏《いかだ》、八挺櫓のボート型の屋形船、大小の帆船、帆船の多くは赤い旗を川風に靡かせているが、青い旗も一つ二つ見える。――現在のネバ川とは大分ちがう。光太夫はこのようなネバ川を見ていたのであろうかと思った。

また浮橋の絵もあった。橋の上を人馬の往来ははげしく、雑然としていて、殷盛をきわめているペテルブルグの一部が写しとられてあった。

肖像画では、エカチェリーナ女帝の寵臣ポチョムキンの肖像が、なるほどと思われる彼らしいものであった。まる顔、肥満型、多少受け口である。白のチョッキを着け、その併せ目から絹のマフラーを覗かせている。そしてその上に青い上着を纏《まと》っているが、前は合せていない。

以上『おろしや国酔夢譚』についての、舞台調査というか、現地調査というか、そういう調べについてだけ記して来た。

この他に十八世紀末の港地区、市場の模様など知る必要があったが、そうしたことは古い記録に頼るしか仕方なかった。エカチェリーナ女帝、その周辺の権臣については、これまた史記に依るしか仕方なく、小説の中でそうしたことに触れているので、ここでは重複を避けた。これまで述べてきた舞台調査は、そのすべてを何らかの形で作品の中に生かしている。

（昭和五十四年一月）

「西域物語」作者の言葉

私は一九六五年と今年の二回、西トルキスタンを旅した。これによって、いろいろな意味で、学生時代から夢みていた西域というところを異った気持で受けとるようになった。そこに生起した歴史的事件も、民族の移動も、異った映像として私の目に映って来る。西域を舞台として起った歴史的事件の幾つかを、これから何回かにわたって連載してみたい。旅行者の目と小説家の目とで、歴史上の事件をつづってみたいのである。いかなるものができるかわからない。ただ書きたい、書かずにはいられぬ衝動が、まだ旅のふん囲気から脱け出せないでいるいまの私を大胆にしている。

（昭和四十三年九月）

「ローマの宿」作者の言葉

異国の旅というものはふしぎなもので、その旅から日が経るに従って、風景の印象は薄らいでゆきますが、一人か二人の人間だけがくっきりと、しかも、それが澄んだ形で残ります。それらの人々は人生という大きい岩の、ほんの小さい露頭部に立っています。そうした人たちとの出合いは、所詮人生というものとの出合いに他ならず、異国の旅でしか得られぬものかも知れません。

（昭和四十五年九月）

「花壇」作者のことば

私にとっては、久しぶりの新聞小説です。この四、五年、人生について、人間について、その他いろいろなことについて考えてきたことを、花壇に託して描いてみたいと思います。廃園の日々が明るく、楽しく、妥協なく書けるかどうか、とにかく新しい気持ちで机にすわっています。

（昭和五十年六月）

本覚坊あれこれ

小説『本覚坊遺文』を発表してから、〝本覚坊遺文〟なるものは実際にあるのか、本覚坊は実在の人物か、こういった種類の問合せを読者からかなり沢山頂戴している。

〝本覚坊遺文〟なるものは、もちろんこの小説の作者である私が作ったものである。実際にこのようなものが遺っていたら、茶道史上たいへん貴重な史料であるが、残念ながらそうしたものは見当らないので、替って私が書かせて貰ったというわけである。初めは主人公本覚坊の口で、小説の内容となっているものを語らせようと思って、そのような書き方をしてみたが、なかなか筆が進まなかった。それで思いきって日記体を採用した。日記体の方が書く上に自由で、幾らでも周囲に拡ってゆくので、「遺文」という形を採ることにしたのである。

次に主人公本覚坊についてであるが、この方は歴《れっき》とした実在の人物である。実在の人物ではあるが、詳しいことは残念ながら何も判っていない。

本覚坊という名が記録の上に最初に登場するのは、天正十六年（一五八八）九月四日の利休の茶会に於てである。この茶会のことは小説『本覚坊遺文』の中でかなり詳しく書いている。

秀吉の勘気にふれて博多へ流されることになった大徳寺の古渓を送る利休主催の茶会である。場所は聚楽第屋敷の利休の茶室。正客、次客、三の客は、春屋、古渓、玉甫、いずれも大徳寺の僧、そして末客として「本覚暹好」の名が見えている。「暹好」は「暹存」とも読める。正しいことは判らない。床には生島虚堂の文字、これは当時〝天下一の名物〟と言われた秀吉所有のもので、それを大胆にも隠密に使っている。なかなかきびしい大胆な茶会である。そしてこの茶会の始終を記録する役目は本覚暹好が受持っている。

それから本覚坊がもう一つ記録に名を出すのは、利休百会記に載っている利休との一亭一客の茶会である。これは利休が切腹する前年の秋、天正十八年九月廿三日朝の茶会で、聚楽第屋敷の利休の茶室。この茶会の記録には〝三井寺本覚坊〟となっている。

結局のところ本覚坊は二回、茶会記に名を出している。二回ではあるが、どちらも筋道の通った茶会ではあり、これだけのことからしても、本覚坊が利休門下の、利休に直き直きに仕えていた相当な茶人であったことが判る。

しかし、利休の歿後、本覚坊はいかなるところへも名を出していない。〝三井寺の本覚坊〟と記されているからには、三井寺と何らかの関係を持っていた人物と思われるが、それもはっきりしていない。

ただ利休の本覚坊宛自筆書状が一通遺っており、桑田忠親氏の『利休の書簡』に収められている。

——炉の茶事に用いる竹の自在を作ることを本覚坊から依頼された利休が、明日ひとまず大坂へ下向するが、当月の末にまたお目にかかり、その際に自在竹を渡すということを返答したものである。

と、桑田氏はその短い書簡について解説し、天正十二、三年の書状と見ておられる。

それからもう一つ、春屋宗園の本覚坊宛書状がある。この方は熊倉功夫氏によると、当時聚光院に住していた春屋和尚が、北野大茶湯の進行状態を本覚坊に知らせたものであるという。天正十五年九月十日と記されている書状である。春屋は先きに記した古渓送別の茶会に正客として出席している大徳寺の高僧である。

従って本覚坊はちゃんとした二つの茶会に名を出しており、その他に自分宛ての利休、春屋の二通の書状を遺しているということになる。

本覚坊を小説の主人公にする場合、一番困ったのは、利休の歿後、本覚坊がいかなるところへも名を出していないことである。茶の世界から全く姿を消してしまっている。大体、いつ頃まで生きていたかも判らない。人を介して三井寺関係をも調べて貰ったが、本覚坊関係の資料は全く出て来ない。

しかし、甚だ漠然とはしているが、その後の本覚坊を知る手がかりとなるものが全くないわけではない。それは〝本覚坊〟という銘のついた長次郎茶碗があることである。この茶碗の内箱の蓋裏には、表千家十一代（明治時代）の碌々斎が「長次郎造、黒茶碗、元伯銘、本覚坊」と書きつけている。元伯は千宗旦、従って本覚坊は宗旦時代まで生きていたと想像でき、その長次郎茶碗は本覚坊が宗旦に贈り、宗旦がそれに〝本覚坊〟という銘をつけたのではないかと思われる。従って小説に於ても、本覚坊と宗旦にある関係を持たせている。

本覚坊は以上述べきたったような人物である。判らないところの多い茶人ではあるが、利休を身近いところから語り得る人物となると、やはりこの人を措《お》いてはないかと思うのである。

（昭和五十七年七月）

「本覚坊遺文」ノート

——芭蕉にとって俳句が作品であるように、西行にとって和歌が作品であるように、利休にとって茶会は作品であるか。

——禅の修業は人間完成の道であるが、茶の修業もまた人間完成の道であるか。

このような初歩的な疑問の幾つかについてお訊ねしたのは、林屋亀次郎、小田栄作のお二人である。何十年かお茶をやって、茶人中の茶人と言える高齢の方を選んだのである。林屋氏には金沢のお宅で、小田氏には神戸の料亭まで御足労頂いて、それぞれ私のために一晩をさいて頂いた。質問は先きに出しておいてあった。十年ほど前のことで、今はお二人共、故人になられている。

それぞれから利休にとって茶会というものは作品と呼んでいいものであろうという答えを得、それからまた茶は本質的には人間完成の道といったようなものではなく、饗応接待のドラマである。謂ってみれば遊びである。遊びではあるが、ちょっと較べるものがないほど高級な遊びである。これもまたお二人から得た答えである。

『本覚坊遺文』は茶人としての利休の心の内側だけを書いてみようと思った小説である。茶道の大成者として、利休がいかにしてあの烈しい時代を生きたか、そしていかにして秀吉から死を賜るに到ったか、そうしたことを主題にする気はなかった。既に野上さんの名作『秀吉と利休』もあることであるし、利休を書くなら他に焦点を当てなければならなかった。そして茶室に於ける利休を、茶人としての利休の心を書いてみようと思ったのである。いずれにしても、茶人利休の大きさ、非凡さを書かなければならないが、これが容易にできることではなかった。西行も芭蕉もその作品によって、歌人、俳人としての大きさも、非凡さも判るが、利休の場合はそう簡単にゆかなかった。作品に相当するものは茶会であるに違いなかったが、厄介なことに茶会というものは、その茶会が終った時、すべては消えてしまう。音楽の演奏と同じである。音楽に於ては指揮者がタクトを静止させた瞬間、それまで続いていたすばらしい音楽の世界は消えてしまって、跡形ない。茶会もまた同じである。

茶会に於て、利休がいかに茶会を取り仕切り、いかにすばらしい茶会の雰囲気を作り上げていたか、残念ながらそれを知る手がかりというものはない。茶会記というものがあり、それによってその茶会の次第こそわかるが、その茶会が生み出した高級な遊びとしての雰囲気までは知ることはできない。茶会にはきびしい茶会もあれば、心あたたまる優しい茶会もある。そうしたことについては、茶会記は記していないし、記すことはできないのである。茶会記は、それがいかなる茶会であったか、それを知る上の重要な参考資料でこそあれ、所詮は茶会の演出台本であるに過ぎない。

以上記したように、残念ながら茶人としての利休の大きさ、非凡さを知る直接史料というものはない。一方利休の実生活の方はかなり詳しく知られている。いろいろな史料によって、利休が歩んだ人生行路の方は、これを追うことができる。そしてそれを追うことによって茶の湯の大成者としての利休像は、かなりくっきりと浮かび上がってくる。しかし、それだけでは茶人利休の本質的なものに触れることはできない。

利休の茶人としての豪さを伝える説話、ゴシップの類はかなりの数に上っている。しかし、その大部分のものは利休を偶像化、神格化したものであって、無視はできないにしてもそのまま受けとることはできない。むしろ贔屓のひき倒しになっているものが多いと言っていいだろう。

それより〝利休好み〟とか、〝利休所持〟とかいった肩書きのついた茶碗や茶杓の方が大切である。利休が好んでいたとか、利休が所持していたとか言われる道具類は、私の見るところでは、大体に於て、どれもいい。利休と関連させて考えて、なるほどと頷《うなず》かせられるものが多い。利休がそこに出てくる感じである。

道具ではないが、山崎の妙喜庵の茶室なども、私には有難いものであった。この茶室は利休が造ったものと伝えられ、殆ど手が入っていない利休好みのただ一つの遺構とされている。この二畳の席に坐っていると、利休はこれを造り、ここに坐っていたのかと、大きく納得させられるもののあるのを感ずる。この場合も、利休が出てくる。

それから茶人利休を知る上に大切なものは、利休の自筆書状である。書状であるので、どんな短い走り書きの中にも、利休の心が入っている。夥《おびただ》しい数の未発表の自筆書状の写しを、小松茂美氏から提供して頂き、その一つ一つについて、その読みや解説をつけて頂いた。

『本覚坊遺文』の中に、〝侘数寄常住、茶之湯肝要〟という利休自戒の言葉と思われるものを使っているが、これは小松氏提供の資料から頂戴したものである。矢部某なる人物から茶の湯の秘伝というものを訊《き》かれ、それに対する利休の返書に書かれている言葉である。

――もともと茶の湯に秘伝などというもののあろう筈はないが、まあ強いて言うなら、このようなことになりましょうか。

そしてそのあとに、〝侘数寄常住、茶之湯肝要〟の十字が認められてあるのである。侘数寄常住は、茶人としての心は四六時中離してはいけないという意味であり、茶之湯肝要は、茶を点《た》てることも大切であるという意味である。

茶之湯肝要の方は実行できるが、侘数寄常住の方は、たいへん難しい。小説家の私の場合に置き替えると、〝作家精神常住、もの創る肝要〟とでもいうことになろうか。小説を書くことも大切であるが、小説家としての心は朝から晩まで、片時も離してはいけない、ということになる。峻烈きわまりない言葉なので、利休が自分自身に課した自戒の言葉ではないかと思われる。もしそうだとしたら、利休の茶人としての怖さは〝侘数寄常住〟というこの短い言葉の中に充分窺われる。

このほかにまだ使いたいものはたくさんあったが、なべて書状から、それを認めた本人の心というものを取り出すことは難しい。表ての心もあれば、裏の心もある。遺書の類もまた同じで、それから、それを書いた本人の心を、正しい形で取り出すことは容易なことではない。

利休を書くとなると、一応茶会にも、道具にも、らくな気持で接しられるようになっていなければならない。この方は浜本宗俊、湯木貞一、林屋晴三、臼井史朗氏等、多勢の方のお世話になった。つとめて茶会に出、つとめて道具を見るようにした。

利休関係のものは別にして、なべて道具というものは、私には煩わしかった。何となくその来歴なるものが気持にひっかかった。この蒙《もう》をひらいて下さったのは、建築家の村野藤吾氏である。

――道具は氏《うじ》より素性《すじょう》ですよ。

氏に言われて、なるほどと思った。それがそのかみ、いかなる人が所持したものであったか、いかなる茶会に出たものであったか、その〝氏〟なるものは兎も角として、それが素直に信じられ、三百年以上に亘って、人から人に大切に受けつがれ、大切に守られて今日に到っているその来歴の、謂ってみればその〝素性〟の大きさは否定できないのである。道具なるものに対して持っていた煩わしさが、ふいに気持から消えたのは、村野氏のおかげである。

私は一時期、茶に関係を持っている人たちに会うと、——利休は死を賜って自刃する直前に、最後の茶を点てている。そこを小説の中で書きたいが、小説では利休はその席に自分と関係の深かった人を一人坐らせる。もちろん心の中でそう思っているだけで、幻覚の人物である。それを誰にしたらいいか。

こういう質問をした。つまり利休が最後の一亭一客の茶会に招く人は誰であろうかという質問である。利休は誰をそこに選び、誰をそこに坐らせるか。最も尊敬する人であるかも知れないし、最も親しかった茶人であるかも知れない。いずれにせよ、最後の茶会で、心がぴったりと寄り添える人物であることだけは確かである。一体、それを誰にすべきであろうか。

この質問に対する答えはまちまちだった。山上宗二、珠光、紹鷗、長次郎、織部、三斎、有楽、秀吉、いろいろな名前が出た。それぞれにそれを挙げる根拠があって、たいへん面白かった。私の場合も、利休最後の茶会に、利休の幻覚として登場する人物は、その時々で異り、長い間決まらなかったが、ある時ふと本覚坊のことが頭に浮かんで来、頭に浮かんで来ると、それ以後、何となく本覚坊一人にしぼられ、本覚坊一人に固まって行ったのである。

結局のところ小説では利休最後の一亭一客の幻の茶会は書かなかったが、こうしたことを考えたお蔭で、本覚坊という人物を、小説の主人公にすることができたのである。

『本覚坊遺文』発表後、本覚坊遺文なるものは本当にあるのか、それからまた本覚坊なる人物は実在の人物か、こういう二つの質問を、かなり沢山頂戴している。

もちろん、本覚坊遺文なるものがあろう筈はない。全くの架空なものである。こういうものが実際にあったら、茶道史上の貴重な史料であるが、残念ながらそれがないので、作家の私が作らせて貰ったということになる。

本覚坊の方は歴とした実在の人物である。利休が生涯に亘っての夥しい数の茶会の中で、最もきびしい茶会とされているものは、天正十六年九月の古渓和尚送別の茶会である。大徳寺の古渓が秀吉の勘気にふれて、九州へ流される時、その送別の茶会が、利休の聚楽屋敷の四畳半で、隠密に開かれている。しかも、その席に利休が秀吉から預っている、当時天下一の名物と言われた生島虚堂の墨跡も掛けられている。この茶会のことは堀口捨己氏が、その著『利休の茶』の中で鋭くはげしい茶会として、詳しく紹介されている。

本覚坊はこの茶会で詰客をつとめており、他の三人の客は古渓の他、春屋、玉甫といった大徳寺の僧たちである。この茶会は利休としては、生命をかけた烈しい茶会であり、その席に大徳寺の僧たちの他に、ただ一人出ている本覚坊なる人物は、単なる利休の門弟の一人と見做《みな》すことはできない。門弟ではあるが、ぴったりと利休に寄り添っている。

このほかに本覚坊が名を出しているのは、利休が死を賜る前年、天正十八年九月、聚楽屋敷に於ける利休の茶会、一つだけである。この時は亭主は利休、客は本覚坊、一亭一客である。従って本覚坊は実在の人物ではあるが、二つの茶会に名を出しているだけで、その他のことは何も判っていない。このほかでは、利休の本覚坊宛ての書状と、春屋の本覚坊宛ての書状があるぐらいである。前者は桑田忠親氏の『利休の書簡』に収められてあり、後者は最近、熊倉功夫氏によって紹介されたものである。それから利休の孫の宗旦によって「本覚坊」と銘された長次郎茶碗が一つ遺っている。

本覚坊は二つの茶会だけにしか名を出していないが、その二つの茶会は利休にとっては特別なものである。利休の自刃直前の最後の茶会に、利休が幻覚として坐らせる人物として、本覚坊を選ばせて貰ったゆえんであり、従ってまた小説で利休を語る人物として、主人公の役を引き受けて貰ったゆえんである。

それから、一般に山上宗二は秀吉の怒りに触れ、耳鼻をそがれたりして殺されたということになっているが、小説ではなぜそこをはっきり書かなかったかという質問があった。

山上宗二の死に関する噂の出所は春日神社の神職であった久保利世が書いた『長闇堂記』である。この書物は桃山時代の茶道史料としては珍重すべきものであるが、書かれたのは寛永十七年とされている。山上宗二の事件から五十年経過している。噂として記してはいるが、噂としても迫真性はない。小説では江雪斎に何となく否定して貰い、有楽に何となく肯定して貰っている。

それからまた、古田織部は一般には利休の死後、利休ばなれしたという見方をされているが、小説では利休にべったりの織部を書いている。それはどういうことか、これも質問である。

これに対する答は小説の中に書いているつもりである。今に「泪《なみだ》」という茶杓が遺っているが、これは織部が秀吉から貰った茶杓に自分で銘をつけ、そしてそれを位牌造りの筒に入れていたものである。織部が利休の死後、利休の位牌として、日夜拝んでいたと見る他はないのである。この一事だけから考えても、織部が利休ばなれしていようなどとは思われない。

『本覚坊遺文』執筆に当っては江守奈比古、熊倉功夫氏等のお世話になった。史料をお借りしたり、史料の読みについて教えて頂いたりした。

江守氏には何年かに亘って、時折、利休周辺の問題についての雑談の相手になって頂いた。こうした雑談の中で少しずつ私の『本覚坊遺文』は固まって行ったのである。原稿にもまた眼を通して頂いた。茶の世界には独特な言葉の使い方があるので、一応専門家に眼を通して頂かないと不安だった。

それから座右に置いたたくさんの茶道関係、利休関係の書物については、いちいち触れる余裕はないが、先学諸氏の著書からたくさんのことを教えて頂き、それに依って『本覚坊遺文』は書くことができたのである。

私の新聞記者時代の先輩であり、今は故人になっておられる高原杓庵氏の『茶杓三百選』、それから先きに記した小田栄作氏の『名物茶碗ものがたり』なども、たいへん有難いものであった。

（昭和五十七年八月）

「異国の星」作者の言葉

本紙に「欅の木」を連載してから、いつか十三年の歳月が経過している。こんど再び舞台を提供して頂いたので、この機会に外国の旅で拾った話の幾つかを紹介させて頂きたいと思う。悲しい話もあれば、楽しい話もある。私の年齢になって外国の旅で心ひかれるのは、人生の問題ばかりである。題して「異国の星」。いかなる星がいかなるまばたき方をするか、まだ作者の私にも判っていないが、最後までお読み頂ければ仕合せである。

（昭和五十八年五月）

新版「異域の人　自選西域小説集」あとがき

ここに収めてある小説は、昭和二十五年の「漆胡樽」から、四十四年の「聖者」に到るまで、いずれも西域小説の名で呼ばれているもので、作品の舞台となっているところには、自分の足で立つことなしに書いている。立たないというより、立つことのできない時代で文献によって書くほかなかった。

これらの小説の主要舞台は、現在の中国新疆ウイグル自治区、ソ連領西トルキスタン地区であるが、そうした地帯に初めて足を踏み入れたのは五十二年。それから五十五年まで、毎年のように自分が書いた小説の舞台の旅を続けたが、そのために作品に手を入れねばならぬということはなかった。作品の舞台となっている所は、その殆どが土の中に埋まっていた。変らないのは天だけであった。

昭和六十二年十月二十八日

（昭和六十二年十二月）

いまなぜ孔子か

私は近く、孔子のあとを訪ねるために中国にまいります。なぜ、いま「論語」の孔子なのか。孔子は紀元前五五一年、いまから約二千五百年前に生まれた思想家であり、哲学者であり、教育家であります。孔子の言葉を集めた「論語」は、この二千年の間、中国でも日本でも各時代、時代で多少異なった解釈をされてきております。

孔子の言葉は全部記憶されたものです。孔子の弟子が、師はこういった、いやこうだった、まあ、そういう整理は孔子が亡くなって喪に服した時から始められたと思います。それが長く続き、孫弟子、ヒマゴ弟子、つまり二伝、三伝の弟子、あるいは四伝の弟子たちによって、孔子の言葉は整理されたと思います。そして、孔子が亡くなって二百年から二百五十年後に「論語」を編んだ人がいます。だれだかわかりませんが、大変な編集者です。子路とか、顔回とか、子貢とか、いろいろな性格をもった人たちと孔子とを対談させたり、教えを聞かせたり、論争させたり……。「論語」は孔子の語録には違いありませんが、すばらしいドラマになっております。

秦の始皇帝に嫌われ、「論語」の基になるものは焼かれ、学んでいた学者も埋め殺されたとか、殺伐とした事件もありました。漢の時代になって、「論語」は復活――つまり、紀元前から「論語」は研究され、さまざまな解釈がなされて今日に到っております。孟子は「人間の性は善だ」という立場から「論語」の言葉を考えております。荀子は「人間の性は悪だ」という立場から。

孔子の教えを宗教にしようとする時代もありました。儒教です。孔子を宗教の始祖にしなければならない。中国で仏教の経典が精力的に編まれている時代です。この時、「論語」の中に孔子に関する新しい説明が入ったかも知れません。キリストや仏陀と同じように特別な人なんだと、多少の訂正があったかも知れません。こうした研究は世界中の孔子・「論語」研究家がやっております。

孔子が生まれた約二千五百年前は、大変な時代でした。黄河中流には漢民族の多くの小国があり、それをとり巻いて新興の異民族の国々もあった。乱世で、国が互いに争い、また主君と臣下の対立、親子、兄弟までもが対立しなければならなかった時代です。それをまとめようとしたのが孔子です。

孔子の教えの一番の基は「仁」です。仁は二人の人間が対かい合って立った時、成立する道徳。人間がまず持たなければならぬのは人間らしさ。相手の心になって思いやりをもつということです。孔子の門弟がある時、師に「人間が生涯もっていなければならないものは何か」と質問したら、孔子は「それは〝恕《じょ》〟じゃないか。相手への思いやりではないだろうか、己の欲せざる所、人に施すなかれ」と答えたといいます。確かにその通りです。それを一言で言い表したのが、仁であります。親は親であれ、子は子であれという、人間の根源的なことから整理していかなければならない時代だったのです。

長い間を経て「論語」の言葉の解釈が変わってまいりますと、その意味も変わってきます。たとえば私は、学生時代に孔子の「朝に道を聞けば、夕べに死すとも可なり」という言葉が好きでした。好きだけれど、はっきりとは訳がわかりませんでした。そんな真理があるだろうか、という気持ちが心の一部にありました。しかし、なんとなく好きでした。非常に古い時代の古注の解釈によりますと「朝に道あるを聞けば、夕べに死すとも可なり」とあります。

〝ある〟が入っており、あしたに道徳のある国が生まれたと聞いたら、自分は夕べに死んでもいいという解釈です。ぴったりします。いま、それがいいのなら、〝ある〟を付けて「論語」を直せばいいじゃないかと思いますが、簡単にはそういきません。約二千何百年の間、思想家、哲学者たちが調べ、考えた大変な歴史があります。古い時代には〝ある〟が入っていたのだから〝ある〟を入れるべきだという主張はできないと思います。

もう一つは「論語」の言葉の中に入っている心です。孔子の心――字句の解釈でなく、この言葉を言った孔子の、その時の心は何だろうとまで読まなければ、「論語」を読んだとはいえません。有名な言葉で紹介しましょう。

孔子が、ある川のほとりに立っていた時の感慨です。

「逝く者は斯くの如きか。昼夜を舎《お》かず」。「……すてず」と読む人もいます。おそらく孔子の晩年の言葉でしょう。意味は、人間の一生というものはどんどん過ぎ去って行くもの、この流れが一刻の猶予もなく、昼も夜もなく流れているのと同じじゃないか。自分の時代はすぐになくなり、子供の時代になり、やがて孫の時代になっていく。川の流れと何も変わらないじゃないか、という一つの感慨であります。

しかし、その言葉を口から出した孔子の心の解釈はいろいろあります。古注によると、孔子の人生に対する詠嘆が入っているという解釈であります。ところが、朱子学の全盛時代には、確かに人生は川の流れと同じように過ぎ去っていく。でも、人間はその短い間に正しいことをしなければならないという。これが朱子学一派の考え方です。近代になると、孔子の晩年における感懐とみている。孔子が、「仁」で世の中を平和になるようにと一生を送ってきたが、何もできなかった。その孔子の寂しさが言葉の中に入っている、といいます。どれでもいいのですが各時代によって微妙なニュアンスの違いがあります。「論語」に収められているあらゆる言葉がそうです。

私は孔子を小説に書きたい。なぜかと申しますと、私は二十一世紀の「論語」の解釈を書きたいと思うからです。「論語」の言葉は、いま生きている私たちが自分でその言葉の生命を引き出すべきではないでしょうか。

孔子は何より人類というものを信じていた、人間が造る人類の歴史を信じていた、私はそう思います。孔子は人間が、人類が信じられないようなひどい時代に生きています。しかし、「論語」の中のあらゆる言葉の底には、次のようなことが感じられます。人間は、人類というものは人類の理想とするところに向かって生きてゆく。そしていつの日か、理想的な人類の社会が生まれるに違いない。それに一歩でも近づくようにみんなが考え、その方向に目を向けてゆく。人類とは、そういうものであるに違いないと——。なぜなら、孔子の言葉の中には絶望がない。乱世の不幸な時代で、いまは一人々々の不幸を救っていられないかも知れないが、いつかきっと、ちゃんとした時代がやってくるという考え方を捨てていなかったと思えるからであります。そうした立場から、孔子の言葉の意味を考えたいと思います。

ところで、孔子が一生を過ごしたのは河南省の黄河の南岸です。生まれは山東省。黄河近くに葵丘《ききゅう》という丘があり、孔子はこの地点を二回通過しております。旅の道順といえばそれまでですが、私は違った解釈をしたいと思います。孔子が生まれる百年ほど前、葵丘で晋、秦、斉、宋、楚などの為政者たちが集まって、平和会議が開かれました。葵丘会議です。それは黄河の水を戦争に使わないという会議です。斉の国の桓公が中に入り、黄河流域の諸国の主催者に集まってもらいまして、会議で「水をもって兵となすなかれ」「隣の国を谷とするなかれ」というようなことを決めました。「孟子」という本の中にこういうことがあったと書かれております。なぜ、そういうことを決めたかと申しますと、黄河の堤防を切っただけで、流域のいくつかの国がすぐ流されてしまうからです。あれだけの乱世の中で、黄河の水を兵器として使わないという決議は、非常に理性的です。

当時、黄河流域の国の権力者による戦争に関する会議は、すべてヒツジを殺し、その血をすすり合って盟約の儀式としました。が、葵丘会議ではヒツジを殺していません。出席者全員は、それぞれ自分のサインをして壇上に一書を呈したという、実に理性的な平和会議だったのです。その誓いは破られることがありませんでした。春秋、戦国時代を通じて、どこの国も黄河の堤防を破ったことはありません。

黄河というのは、大変な暴れ川でして、三千年に二千回とか、二千年に三千回とか氾濫しています。私が「敦煌」で扱った汴《べん》京《けい》、十一世紀の開封は土の中に埋まり、その上に十七世紀の開封が、これまた土の中に埋まり、現在の街はその上に造られております。こうした暴れ川ではありますが、中国にとっては大切な川でもあります。黄土を運んできて、あの地帯を肥沃にし、黄河文明を生み出しております。黄河は中国の文化の歴史の中を流れているといっても間違いではありませんが、こわい川であることも確かなのです。

私は葵丘会議が守られて、春秋、戦国時代を通じて、黄河の堤防が人為的に切られなかったことは、人類の英知だったと思います。孔子はそこから人間を信じたのかも知れません。葵丘のあたりを孔子が二回にわたって通ったのは、同会議が開かれた小さい丘に敬意を表したかったからと思えてなりません。私も一昨年、葵丘に行ってまいりました。桐の林に取り巻かれた小さい、しかし美しい丘で、私もまたそこで二千何百年前の会議に敬意を表してきました。

孔子は魅力あふれる思想家です。詳しくどういう人間で、どういうことをした、どういう考え方をしたかは、いずれ私が書きます小説でじっくりと読んでいただけたらと思います。

（昭和六十一年五月）

小説「孔子」の執筆を終えて

こんど、「新潮」に連載していた小説「孔子」が終って、それが一冊の形をとった。ずいぶん長い間、楽しく遊ばせて貰ったが、まあ、これはこれでお仕舞、――そんな思いである。たいへん遅くなって、七十歳前後になってから、「論語」を読むと言えるような読み方で読んで、それを八十歳の声を聞いてから、小説に取り扱ったということになる。

小説の筆を執っている時も、終始、楽しませて貰ったが、私の場合は、その前の段階の、孔子の詞《ことば》が集められている「論語」を勉強させて貰っている時期が楽しかった。

中学でも、高校（旧制）でも、〝子曰く〟の一つや二つは、口から出した筈であるが、何も記憶にはなかった。私の場合、高校は理科だったので、〝漢文〟とは縁が切れていたかも知れないが、中学校の時は〝漢文〟の時間があり、〝子曰く〟の一つや二つは暗記させられた筈であるが、全く記憶にない。併《しか》し、憶えていないのが自然で、憶えていたら、却って、その方が不自然というべきであろう。

まあ、「論語」とは、そんな関係であったが、私の場合、人生の最後の直線コースとでも言うべき時期に入ってから、何かの切掛で、「論語」なるものを開き、忽《たちまち》にして孔子の詞に魅せられてしまい、それから十年程、あれこれ気ままに、「論語」の勉強をさせて貰った。少しも倦きなかった。倦きるどころか、次第に深みに入って行った。

たくさんの書物によって、多くの「論語」学者、「孔子」学者のお世話になった。このような「論語」への惹かれ方、入り方は、私の場合が特別なのではなく、六十歳、七十歳になって、この書物を読み出すと、多くの人が「論語」の擒《とりこ》になってしまうらしい。「論語」には、つまりそこに収められてある孔子の人生に対する発言には、すべて思い当ること、同感することが、近代的とでも言いたいふしぎな、魅力あるリズムを持った詞によって仕舞われてあるのを感ずる。それが、そろそろ人生的決算の時期に立ち到っている、こちらの心を打って来るのである。

しかも、こちらが退屈したり、倦きたりしないように、いろいろな配慮がなされている。孔子の主張は詩の形をとったり、随筆の形をとったり、時には弟子たちとの間に演じられる、ドラマの形をとったりしている。そういう点に於ては、「論語」という書物は、読者に対して、到れり尽くせりの配慮が、なされていると言っていい。

併し、こうした配慮がなされてあればこそ、今から二千五百年前に生きた人の詞を蒐めた書物が、二千二、三百年という長い歳月を経て、二十世紀末の現代に伝えられているのである。

それから、もう一つの大きい魅力、大きい価値は、これが春秋時代（前七七〇年より、前四〇三年に到る約三六〇年）末期という、古代の乱世中の乱世を生きた、孔子という人の詞を集めたものであるということ。それからまた、当然なことながら、これらの詞の醸し出す雰囲気は、乱世中の乱世、二千の都市国家が、朝に、夕に、次々に亡んで行ったと言われる時代のそれであり、これらの詞の中から聞えてくる地鳴りの如きものは、この時代を生きた人の、あるいは生きようとした人たちの、天に対する、或いは地に対する訴えであり、叫びであるということである。

時代は春秋末期、乱世中の乱世ではあるが、「論語」は史書ではないので、この孔子の詞を蒐めた書物から、乱世の雄叫びをこそ聞け、いかなる時代の歴史の記述をも求めることはできない。

併し、乱世という時代を舞台に載せ、そのただ中に孔子の教団に登場して貰ってみると、孔子も、子路、子貢、顔回といった弟子たちも、みな急に生き生きとした表情と動作を身に着けて、それぞれが春秋末期という時代を、その歴史の中を、それにふさわしい歩き方で歩き出す。そうしたものを感じる。

私が孔子を主人公にした小説は書けないものかと思ったのは、こうした時である。春秋末期の歴史を調べ、その中に孔子の一団を登場させる。孔子と、その教団は、春秋末期の烈しい歴史の中を歩いて行く。そして、そうした歴史の中から生み出される孔子の詞や、孔子と弟子たちの間に交された問答を拾ってゆく。

斯《こ》うなると、「論語」に収められているいかなる孔子の詞も、それが生み出された背景に歴史を持つことになる。孔子と門弟たちの問答も、同じことである。みな、歴史によって生み出されたものということになる。

実際にまた、その通りなのである。孔子は春秋末期の歴史の中を生きた人であり、「論語」に収められている如何なる孔子の詞も、春秋末期の乱世のただ中に於ての、孔子の叫びであり、発言である。

子路、子貢、顔回の門弟たちの場合も同じである。形影相伴うように、師・孔子と共に、同じ歴史の中を歩いてゆき、その歴史を背景にして、師との間に、たくさんのドラマが生み出されているのである。歴史が生み出したドラマだとも言えるし、歴史の中に、彼等が刻みつけたドラマであるとも言える。

ともあれ、このような対《む》かい方をして、つまり、それが生み出された歴史を背景にして考えて、初めて孔子の詞も、門弟たちの詞も、それが本来持つべき生命を持って来る、と言えるのではないか。

このように考えてくると、歴史的背景の考慮なしに「論語」に収められている孔子の詞も、門弟たちの詞も、正しく理解することは難しい、――こういうことになりそうである。

ひと口で言うと、孔子は乱世が生み出した紀元前の学者、思想家、教育家であるが、孔子の場合、その仕事の内容は、現代に於て、いささかも古くなっていない。古くなっていないからこそ、「論語」関係の書物は、いろいろな形で出版され、今日のこの二十世紀末の日本の書店にも並んでいるのである。

孔子は学者、思想家、教育家、——どのように称《よ》んでもいいが、アメリカのクリール教授、わが和辻哲郎博士等が使った〝人類の教師〟という称び方が、最もぴったりしているのではないかと思う。まさに、永遠不滅の人類の教師なのである。

「史記」の〝孔子世家〟に依ると、

——名は丘、字は仲尼《ちゆうじ》。通常、〝孔子〟と称ばれている。姓は〝孔〟、〝子〟は男性に対する敬称。従って、〝孔子〟は〝孔先生〟。

小説「孔子」は四百字詰め原稿用紙・七百枚ほどの作品で、二十一回に亘って、「新潮」に連載した。編集部とはかなり前からの約束であったが、なかなか踏み切れなかった。漸くにして執筆の段階に入り、その第一回の原稿を渡す日を取り決めたが、ついていないというか、その原稿渡しの日に、五時間ほどかかる大きな手術をすることになり、原稿どころではなくなった。

そして手術後半歳ほど、病院に入ったり、出たりの療養生活をしたところで、半ば病後の体の状態を打診するようなつもりで、二週間のヨーロッパ旅行を試みた。スイスの、雪山の見える町で、八十歳の誕生日を迎えた。

そして旅から帰ると、すぐ「孔子」の執筆を始め、二十一回の連載で、どうやら脱稿することができた。かたいものではあるが、終始楽しく筆を執った。

執筆前に三回、書き始めてから三回、全くの中国の好意によって、河南省に六回、入れて貰っている。孔子の郷里である山東省の曲阜へは、最初に訪問し、そのあとは専ら河南省の旅に、終始させて貰った。魯国を追われた孔子が、子路、子貢、顔回の門弟たちと、十四年に亘って放浪した地帯である。黄河流域の、いわゆる黄土地帯でもあり、中国文化が生み出された中原の地でもある。

いま、この仕事を振り返ってみると、河南省を何回かに亘って、隅から隅まで歩き廻らせて貰ったお蔭で、小説に於て、孔子の放浪を、さして大きく間違うことなしに、書くことができたのではないかと思う。大きく言えば、全省が伏流河川地帯と言ってもよく、のんびりと馬車の旅ができるような地帯でもないし、旅の所々で、講壇を設けて、教学の旅を楽しめるような地帯でもない。現代でもそうなので、春秋末期の戦乱の時代に於ては、この地帯の旅は労のみ多い、生命をかけての移動であったろうと思われる。

それから河南省を歩き廻らせて貰ったお蔭で、「孔子」を書く上で、最も厄介な二つの問題を解決することができた。

一つは、孔子の一行が、三年に亘った陳滞留を打ち切り、遠く楚を訪ね、負函《ふかん》なる所に滞在しているが、その負函なる所は、一体、楚のどこにあったか、謎《なぞ》のまま今日に到っている。

〝春秋左氏伝〟に、葉公なる楚の大官が、蔡という国の遺民を負函なる所に集め、そこに彼等のための新しい町を造ってやったという記事がある。

——葉公、蔡の遺民を負函に致す。

という、一行の記事である。

ただ、これだけなら、たいしたことではないが、その負函と思われる所を、孔子と、その一行が訪ね、そこで孔子が葉公なる人物と、政治問答を展開している件りが、「論語」に載っているのである。この個所は、「論語」の中でも孔子、葉公という二人のスタアによって、一級のドラマが演じられている重要なところである。

併し、そこが、負函なる所が、一体、楚のどの辺りに位置しているか、そうした事は、全く判っていない。〝春秋左氏伝〟に〝負函〟なる二字が記されているだけで、そこが一体、楚という国のどの辺りに造られた集落であるか、そうしたことは、全く判らないままに、今日に到っているのである。

四回目の河南省の旅の折、たまたま、負函の位置をどこかに決めないと、小説のストーリーを展開できなくなるという、甚だ以て厄介な時に立ち到っていた。大体に於て、淮河上流地域にあった町ではないか、そう想定するのが最も自然であると思われたので、現在、その地域の中心都邑になっている信陽なる町を訪ね、そこで土地の人たちの考えを訊いてみることにした。信陽という町に入るのは初めてであった。鄭州から乗った列車を信陽駅で棄て、初めての、街路樹の美しい地方都市に入って行った。

すると、その信陽の郊外の、淮河々畔に、掘られたばかりの〝大楚王城〟なる王城遺跡が横たわっており、その地区の考古学、郷土史関係の人たちの案内で、そこに立たせて貰った。

——ここが、貴方がお探しになっている〝負函〟なる所ではないかと思う。勿論、初めは蔡の遺民収容のための、小さい町であったであろうが、それが時代と共に次第に大きな町になり、城壁を廻した軍都にもなれば、いま掘られている楚王城という、この大きな城邑にもなったのではないか。

私は、その中年の郷土史家の説明を、神の声でもあるような、そんな思いで聞いていた。

私はそこを、小説の中で、負函なる町の造られた地域として使わせて貰っている。

面白いことに、その後、現地からの報告に依ると、その楚王城なる遺跡は、次第に負函の遺跡としての条件も具えつつあるようである。葉公時代の、つまり負函時代の指導者の一人の墓も、この遺跡から発見されているという。

それから、もう一つ、「孔子」を書いてゆく上に困惑したのは、蔡の都に関する記述が、漢書の〝地理誌〟のそれと、「史記」のそれと異なっていることである。

「漢書」に於ては、上蔡を蔡国の五百年の都とし、新蔡をそのあとに続いた四十年の都としている。ところが「史記」の記述に於ては、上蔡が四十年の都、新蔡が五百年の歴史、——全く反対になっている。

この問題はこの問題として、どちらが正しいか、何も解決を急ぐ必要はないが、小説「孔子」を書いている私の方は、そういうわけにはゆかない。

二年続けて上蔡、新蔡を訪ね、その地区の郷土史家諸氏の応援を得て、新蔡、上蔡、二つの往古の城壁の欠片、——現在はそれぞれ、丘陵の欠片としか見えないが、そうした所を訪ね、その城壁そのものの大きさや、その城壁に囲まれていた集落の結構を調べて貰ったりした。

　そして、その結果、上蔡を五百年の都、新蔡を四十年の都と決めることができた。

　この二つの城壁に囲まれた往古の都のことは、上蔡、新蔡、二つの地区の考古学、郷土史の若い学究のお蔭で、小説「孔子」の中に、それを活かすことができたということになる。

　いま、小説「孔子」を脱稿した時点で、〝負函〟について、〝上蔡、新蔡〟の問題について、河南省の郷土史関係の学究諸氏にお礼を申し述べておきたい気持、切なるものがある。

（平成元年十月）

中国の読者へ

一

私はたいへん遅くなって、七十歳前後になってから、たまたま「論語」を読み、すっかり「論語」に惹かれてしまい、それを八十歳になってから、小説に取り扱った。それが小説「孔子」である。

　小説「孔子」の筆を執っている時も、終始、楽しませて貰ったが、その前の段階の、孔子の詞《ことば》が集められている「論語」を勉強させて貰っている時期も楽しかった。

　中学校でも、高校でも、〝子曰く〟の一つや二つは、口から出した筈であるが、私の場合は、何も記憶にはなかった。まあ、「論語」とは、そんな関係であったが、人生の最後の直線コースとでも言うべき時期に入ってから、何かの切っ掛けで、「論語」なるものを開き、忽ちにして孔子の詞に魅せられてしまい、それから十年程、あれこれ気ままに、「論語」の勉強をさせて貰った。少しも倦きなかった。倦きるどころか、次第に深みに入って行った。

　たくさんの書物によって、多くの「論語」学者、「孔子」学者を知り、そのお世話になった。このような「論語」への惹かれ方、入り方は、私の場合が特別なのではなく、六十歳、七十歳になって、この書物を読み出すと、多くの人が、私の場合と同じように、「論語」の擒になってしまうらしい。「論語」には、つまり、そこに収められてある孔子の人生に対する発言には、すべて思い当たること、同感することが、近代的とでも言いたいふしぎな、魅力あるリズムを持った詞によって仕舞われてあるのを知る。それが、そろそろ人生的決算の時期に立ち至っている、こちらの心を打って来るのである。

しかも、こちらが退屈したり、倦きたりしないように、いろいろな配慮がなされている。孔子の主張は詩の形をとったり、随筆の形をとったり、時には門弟たちとの間に演じられる、ドラマの形をとったりしている。そういう点に於ては、「論語」という書物は、読者に対して、到れり、尽くせりの配慮が、なされていると言っていい。

併し、こうした配慮がなされてあればこそ、今から二千五百年前に生きた人の詞を集めた書物が、長い歳月を経て、二十世紀末の現代に伝えられているのである。

それから、もう一つの大きい魅力、大きい価値は、これが春秋時代（前七七〇年より、前四〇三年に至る約三百六十年）末期という、古代の乱世中の乱世を生きた、孔子という人の詞を集めたものであるということ。

それからまた、当然なことながら、これらの詞の醸し出す雰囲気は、乱世中の乱世、二千の都市国家が、朝に、夕に、次々に亡んで行ったと言われる時代のそれであり、これらの詞の中から聞こえてくる一種独特の響き、韻律——地鳴りの如きものは、この時代を生きた人たちの、あるいは生きようとした人たちの、天に対する、あるいは地に対する訴えであり、叫びであるに他ならないということである。

時代は春秋末期、乱世中の乱世ではあるが、「論語」は史書ではないので、この孔子の詞を集めた書物から、乱世の雄叫びといったものは聞こえて来るかも知れないが、いかなるこの時代の歴史の記述をも求めることはできない。

併し、乱世中の乱世である、この春秋末期という時代を舞台に載せ、そこに孔子の教団に登場して貰ってみると、孔子も、子路、子貢、顔回といった門弟たちも、みな急に生き生きとした表情と動作を身に着けて、それぞれが春秋末期という時代を、その歴史の中を、それにふさわしい歩き方で歩き出す。そうしたものを感じる。

そして、そうした歴史の中から生み出される孔子の詞や、孔子と門弟たちの間に交わされる問答も、当然なことながら、それまで持たなかった生き生きとした生命を持って来るに違いない。

斯うなると、「論語」に収められているいかなる孔子の詞も、それが生み出された背景に歴史を持つことになる。孔子と門弟たちの間に交わされた問答も、同じことである。みな、歴史によって生み出されたものということになる。

実際にまた、その通りなのである。孔子は春秋末期の烈しい歴史の中を生きた人であり、「論語」に収められている如何なる孔子の詞も、春秋末期の乱世のただ中に於ての、孔子の叫びであり、発言である。

子路、子貢、顔回の門弟たちの場合も同じである。形影相伴うように、師・孔子にぴったりと寄り添って、師・孔子と共に、同じ歴史の中を歩き、その歴史を背景にして、師との間に、たくさんのドラマが生み出されているのである。歴史が生み出したドラマだとも言えるし、歴史の中に、彼等が刻みつけたドラマであるとも言える。

ともあれ、「論語」に収められているすべての詞に対して、このような対《む》かい方をして、つまり、それが生み出された歴史を背景に置いて考えて、初めて孔子の詞も、門弟たちの詞も、それが本来持つべき生命を持ってくる、——このように言えるのではないか。

このように考えてくると、歴史的背景の考慮なしに、「論語」に収められている孔子の詞も、門弟たちの詞も、正しく理解することは難しい、——こういうことになりそうである。

次に孔子という人の肩書というか、その人格、教養の捉え方であるが、ひと口で言うと、孔子は乱世が生み出した紀元前の学者、思想家、教育家ということになろうか。どのように称《よ》んでもいいが、「論語」研究を以て知られているアメリカのクリール教授、それからわが和辻哲郎博士等が使った〝人類の教師〟という称び方が、最もぴったりしているのではないか、と思う。まさに、永遠不滅の人類の教師なのである。

孔子の場合、その発言の内容は、現代に於て、いささかも古くなっていない。古くなっていないからこそ、「論語」関係の書物は、いろいろな形で出版され、今日の、この二十世紀末の日本の書店に於ても、数多く並んでいるのである。

二

私の最近の作品である小説「孔子」は、四百字詰め原稿用紙・七百枚ほどの作品で、文芸雑誌「新潮」に、二十一回に亘って連載したものである。「新潮」編集部とはかなり前からの約束であったが、なかなか、その第一回が発表できなかった。漸くにして執筆の段階に入り、その第一回の原稿を渡す日を取り決めたが、いかなる天の配剤か、その原稿渡しの日に、私自身が五時間を要する大きな手術をすることになり、原稿どころではなくなった。この手術によって、私は親から貰った食道を喪っている。

そして手術後半歳ほど、病院に入ったり、出たりの療養生活をしたところで、半ば病後の体の状態を打診するようなつもりで、二週間のヨーロッパ旅行を試みた。スイスの、雪山の見える町で、八十回目の誕生日を迎えた。

そして旅から帰ると、すぐ「孔子」の執筆に取りかかり、一九八七年の夏から、一九八九年の春まで、「新潮」二十一回の連載で完結することができた。終始楽しく筆を執った。

執筆前に三回、書き始めてから三回、全くの中国の好意によって、河南省の未解放地区に六回、入れて貰っている。孔子の郷里である山東省曲阜へは、最初に訪問し、そのあとは専ら河南省の旅に、終始させて貰った。魯国を追われた孔子が、子路、子貢、顔回の門弟たちと、十四年に亘って放浪した地帯である。黄河流域の、いわゆる黄土地帯でもあり、中国文化が生み出された中原の地でもある。

いま、この仕事を振り返ってみると、河南省を何回かに亘って、隅から隅まで歩き廻らせて貰ったお蔭で、小説に於て、孔子の放浪をさして大きく間違うことなしに、書くことができたのではないかと思う。

往古は、全省が伏流河川地帯とでも言っていいような所らしく、のんびりと馬車の旅ができるような地帯でもなく、旅の所々で、講壇を設けて、教学の旅を楽しめるような、のんびりした地帯でもなかったと思う。

現代でも烈しい旅を余儀なくされるが、春秋末期の戦乱の時代に於ては、この地帯の旅は労のみ多い、生命をかけての移動であったろうと思われる。

それから河南省を歩き廻らせて貰ったお蔭で、小説「孔子」を書く上で、最も厄介な二つの問題を解決することができた。

一つは〝負函〟の問題。孔子の一行は、三年に亘った陳都滞留を打ち切って、遠く楚を目指し、楚国の負函なる所に滞在しているらしいが、その負函なる所は、一体、楚の、楚という大きな国のどこにあったか、謎のまま今日に至っている。

〝春秋左氏伝〟に、葉公なる楚の大官が、蔡という国の遺民を負函なる所に集め、そこに彼等のための新しい町を造ってやったという記事がある。

——葉公、蔡の遺民を負函に致す。

という、一行の記事である。一行の記事ではあるが、なかなか大切な記事である。

〝負函〟なる地名はこれ以外、どこにも発見できないが、まさしく、その負函と思われる所が、〝論語〟に登場してくる。孔子と、その一行が楚国に入り、葉公なる大官を訪ね、政治問答を展開している件りがあるが、その葉公所在の地が、負函なる新しく造られた問題の町ではないかと思われる。

孔子が葉公を訪ねて行った折、葉公が政治の理想はいかなるものかと訊ねると、

——近き者説《よろこ》び、遠き者来たる。

と、孔子は答えている。近い者はその政治の恩恵に浴して悦び、その噂を聞いて、遠くから人は集まってくる。これが政治というものの理想であろう。こう孔子は答えている。まさに、蔡の遺民のための、葉公の街造りに対して、孔子は讃辞を呈しているのである。

併し、その葉公が蔡の遺民のために造ってやった負函なる町が、楚という大きな国のどこにあったか、どの辺りに位置していたかは、全く判らないまま、今日に至っているのである。

四回目の河南省の旅の折、たまたま、負函なる往古の街の位置をどこかに決めないと、小説のストーリーを展開できなくな

るという、甚だ以て厄介な時に立ち至っていた。

大体に於て、淮河上流地域にあった町ではないか、——そのように想定するのが最も自然であると思われたので、現在、その地区の中心都邑になっている信陽なる町を訪ね、そこで土地の人たちの考えを訊いてみることにした。

鄭州から乗った列車を信陽駅で棄てた。信陽という町に入るのは初めてであった。街路樹の美しい、明るい町であった。出迎えの人たちの話に依ると、現在、信陽郊外の、淮河河畔に於て、〃大楚王城〃なる王城遺跡が発掘され、それがそのまま横たわっているということであった。

宿舎には鞄を投げ込んだだけで、この地区の考古学、郷土史関係の人たちの案内で、何はともあれ、その遺跡に立たせて貰った。

——ここが、貴方が探しておられる〃負函〃なる所ではないかと思う。勿論、初めは蔡の遺民収容のための、小さい町であったであろうが、それが時代と共に次第に大きな町になり、城壁を廻した軍都にもなれば、いま掘られている楚王城という、この大きな城邑にもなったのではないか。

私はその中年の郷土史家の説明を、神の声ででもあるような、そんな思いで聞いていた。それから、その日、翌日とその地区の考古学者、郷土史家の人たちと、座談会やら研究会を開いた。

私はそこを、楚王城遺跡を、小説「孔子」の中で、負函なる町の造られた地域として使わせて貰っている。

その後、現地からの報告に依ると、その楚王城なる遺跡は、次第に負函の遺跡としての条件も具えつつあるようである。葉公時代の、つまり負函時代の指導者の一人の墓も、最近、この遺跡から発見されているという。

それから、もう一つ、「孔子」を書いてゆく上に困惑したのは、蔡の都に関する記述が、「漢書」の〃地理誌〃のそれと、「史記」のそれと異なっていることである。

「漢書」に於ては、上蔡を蔡国の五百年の都とし、新蔡を、そのあとに続いた四十年の都としている。ところが、「史記」の記述に於ては、上蔡が四十年の都、新蔡が五百年の歴史、——全く反対になっている。

この問題はこの問題として、どちらが正しいか、何も解決を急ぐ必要はないが、小説「孔子」を書いている私の方は、そういうわけにはゆかない。

二年続けて上蔡、新蔡を訪ね、その地区の郷土史家諸氏の応援を得て、新蔡、上蔡二つの往古の城壁の欠片——現在はそれぞれ、丘陵の欠片としか見えないが、そうした所を訪ね、その城壁そのものの大きさや、その城壁に囲まれていた集落の結構なぞを調べて貰ったりした。

そして、その結果、上蔡を五百年の都、新蔡を四十年の都と決めることができた。

この二つの城壁に囲まれた往古の都のことは、上蔡、新蔡、二つの地区の考古学、郷土史の若い学究諸氏のお蔭で、小説

「孔子」の中に、それを活かすことができたということになる。

いま、小説「孔子」を読書界に送り出している時点で、〝負函〟について、〝上蔡〟〝新蔡〟の問題について、河南省の郷土史関係の学究諸氏に、心からお礼を申し述べておきたい気持、切なるものがある。

それから最後になったが、小説「孔子」に於て、終始、語り手の役を引き受けたのは、蔫薑なる人物であるが、この〝蔫薑〟という名は、中国文芸界の指導者・夏衍先生につけて頂いた名前である。この機会に、〝蔫薑〟名付けの親としての先生に、心からお礼申し上げておく次第である。

近く、鄭民欽氏の翻訳により、人民日報出版社から、「孔子」が中国の読書界に送り出されることになった。私としては、たいへんうれしいことである。一人でも多くの人に読んでいただきたいと思う。


（平成二年三月）

雑纂

［追悼文］

古知君のこと

古知君が亡くなったということほど、私の家の者全員を愕然とさせた事件はなかった。中学生の女の子も、高校の男の子も、みんなが信じられないと言った。信じられなかったのは、私や妻ばかりでなく家の者全員だったのである。

古知君が来ると、急に家の中は明るくなった。だから家中が古知君を歓迎した。私の家の子供は、どちらかと言うと人に会うのが嫌いのたちで、私の仕事関係の人の前には殆ど出ない。併し、不思議に古知君の場合は例外だった。

私は書斎に居ても、古知君が現れた時はすぐ判った。古知君の居る独特の和やかで明るい雰囲気が家の一角に生れている。そのうちに古知君の高い話声と笑声が私のところまで聞えて来る。

併し、古知君の最も古知君たるところは、仕事に熱心なところである。熱心ではあるが押しつけがましいところは少しもなかった。半分はこちらの味方になっているようなところがあった。だから私は、古知君には何でもありのままに話した。すると古知君は、こちらの立場に立ってくれて、兄弟か何かのように、なるほど少し仕事が多いですねとか、兎に角その方を先に片附けることにしますかとか、そんなことを言って自分の方の用件は後廻しにしたりした。親身になるという言葉があるが、古知君はいつも親身になってくれた。

私は古知君に自分の書こうとしているものを話すことが好きだった。古知君に聞いて貰うと、何か安心して書き出すことができた。「楼蘭」も、「敦煌」も、みんな古知君に聞いて貰ったことのある作品である。

古知君が亡くなったことは、私には損失である。それがいかに大きい損失であるかは、これから次第にはっきりしてくるのではないかと、そんな気がしている。淋しいことである。

（昭和三十四年十月）

渋沢敬三氏を悼む

一ヵ月の中国旅行を終わって二十五日夜九時半に羽田へつくと、すぐ渋沢さん（渋沢敬三氏）が危篤であることを知った。私は羽田空港からまっすぐに虎ノ門病院へ向かったが、わずか一時間ほどのことで間にあわなかったのは、なんといっても心残りであった。目を軽くつぶり、くちびるをかすかにひらいている死面は、おだやかで生前の氏と何も変わらなかった。私はいまにも氏が目をひらき、口をききだしそうに思われた。

夜の虎ノ門病院のなかで私は出口に迷った。氏の遺骸《いがい》のおかれてある部屋を出て、階段をおりていったが、いつか私は地下室にいる自分を発見した。私はまた階段を上っていった。そしてもう一度氏のおられる部屋にはいって行こうとした。氏に出口をきくような気持がどこかにあった。

病院を出てから、車を家へ走らせながら私は東京の夜がなぜこんなに暗いのかと思った。数時間前までいた香港がやたらに明るかったので、東京が暗く感じられるのかと思った。氏がなくなられたという実感が、心にしみてきたのは家に帰ってからであった。

氏のなくなられたことは、現在の日本にとっては大きい損失である。氏は財界人としても、学者としても一流であったが、氏が主たる真骨頂は日本の知識人の一つの良心であるところにあったと思う。氏ほど芸術と学問を本当のかたちにおいて尊敬し愛した人を知らない。氏は人間についても、仕事についても、真贋《しんがん》のわかる人であった。氏は多くの無名の学者をひろいあげ、立派な仕事をさせた。氏の援助と激励のもとに、大きい仕事をした人は数えきれぬだろう。私の氏との交際はわずか十二、三年ほどであったが、氏の人柄と学識から非常に大きいものをいただいている、お会いするたびに必ず何かをちょうだいした。あの若々しい感受性と、つきることを知らぬ好奇心と、そして学問と芸術を愛する大きい精神がもうこの世にないということは何といっても残念なことというほかはない。

（昭和三十八年十月）

永松君へのお別れのことば

あなたの訃報に接して、いまだに信じられぬ気持でいっぱいです。私たちは、この二、三年会っておりません。お互にいつでも会えると思ったので、特に会って話す機会をつくらなかったのです。話すことは、たくさんありました。それを、いつかゆっくり話そうと私は思っていましたし、あなたもそう思っていたにちがいありません。

あなたは亡くなる三日前、突然私のところへ電話をかけて下さいました。私は、あなたの声をきくと、たまらなく会いたくなり、自動車を迎えにやるから、すぐ家にこないか、といいました。すると、あなたは、今夜は仕事から抜けられぬので、つぎの上京の機会にしようといい、それからしばらく近況の報告をしあって電話をきりました。いま考えると、きちょうめんなあなたは私のところへ別れのことばをいってよこしたにちがいありません。

戦争末期に、私たちは岡山、広島、鳥取三県の国境に近い鳥取県の福栄村に、お互の家族を疎開させ、同じ家に住まわせました。あなたの方は、奥さんと、まだまだ幼なかった敬子さんと純子さん、私の方は、妻と妻の母と、これも幼なかった四人の子供たち。あの中国山脈の尾根の、いかにも天に近いといった感じの場所で営んだ共同生活は、夢ではなかったでしょうか。

あなたと私は、ときどき大阪から、その疎開地に行きました。上石見の駅でおり、リュックをせおって小さい峠を越えました。時代は暗く、貧しかったけれど私たちは不思議に充実し、緊張した共同の時間をもちました。あとにも、さきにもない不思議な時間の中に二人は生きていました。あれもまた夢ではなかったでしょうか。

私は、あなたに話さねばならぬことがあったといいました。それを、いまここで、あなたにいいましょう。

あの上石見の峠を越えながら、若かった二人が夢中で交した議論の続きです。そして、あなたという人間に対する私の結論でもあります。あなたは反論できないで残念でしょうが、素直にだまってきいて下さい。

あなたは、だれよりも奥さんと二人のお嬢さんを愛しました。あなたは間違ったことが嫌いでした。あなたは大きな体の中に、殆ど信じられぬくらいのやさしい魂を詰め込んでいました。そして、あなたは仕事においても友情においても男でした。本当の意味の男だったと思います。

以上が、私のいいたかったことです。反対に、あなたから私という人間について証明をきくことができなくなったことが残念です。

もっとも大きいものを失った悲しみの中で、最後のお別れのことばをいいます。「さようなら、永松君！」

（昭和四十三年十二月）

［鹿倉吉次追悼文］

昭和二十四年の秋、大阪から東京に向う列車の中で、鹿倉さんとお会いした。その時、鹿倉さんはご自分の席を立って、私の席のところに来られ、

「あなたの小説はたいへん評判のようだ。私はまだ読んでいないが、そのうちに読むつもりでいる。まあ、確りやりなさい」

というようなことを言われた。私が最初の作品「猟銃」を発表して何ほども経っていない時で、私は鹿倉さんが私の小説のことを知っておられたことを意外にも思い、また激励のあたたかさにも打たれた。それまでに鹿倉さんと言葉らしい言葉を交したことはなかった。新聞社の片隅に居た私のことなど、鹿倉さんはご存じないと思いこんでいたのであるが、私が新聞に書いた短い文章のことなど、ちゃんと記憶されているのには驚いた。

その時、鹿倉さんは横浜で下車されたが、荷物が多かったので、私が半分持ってさしあげた。私は大井町に住んでいたので、横浜でおりても、いっこうにさしつかえなかったのであるが、それを嬉しく思われたのか、その後お目にかかるたびに、

「あの時は厄介かけたね」

と、いつも礼を言われた。鹿倉さんが人の長に立たれる方であることは、こうしたことにもよく現われていた。

最近はゴルフ場で、時折お目にかかった。最後にお目にかかったのはこの春、スリー・ハンドレッドに於いてであった。私が席を立って行くと、じっとこちらに笑いを含んだ視線を当てて、私の近寄って行くのを待っておられた。今もその時の姿が眼に残っている。あたたかい鹿倉さんであった。

（昭和四十四年十一月）

堂谷さんと私

法順寺をお訪ねして、久しぶりに堂谷さんにお目にかかったのは、昭和四十七年四月の中旬、桜の季節であった。その時は福井県下の十一面観音を訪ねることを目的とした旅で、松下隆章氏（現京都国立博物館長）とご一緒であった。米原で下車して、あとは自動車で湖東から湖北にぬけて、今津から若狭街道に入って、小浜を目指した。そしてその途中、若狭街道と国道二十七号線の交叉する遠敷《おにゅう》郡上中《かみなか》町の法順寺に立ち寄った。その観音堂で平安後期の十一面観音像を拝ませて頂くためであった。

そしてそこで、思いがけず、実に久しぶりに堂谷さんにお目にかかった。久濶を叙するということは、このようなことかと思った。迂濶なことではあるが、その時まで、私は堂谷さんが法順寺にお住まいになっていることも、堂谷さんと法順寺との関係についても、全く知らなかった。その時はただ、堂谷さんの暖いお人柄がいきなりこちらに吹きつけて来て、眩しいような思いであった。三十余年ぶりの再会であった。

堂谷さんが大阪市立美術館にお勤めになっておられた頃、私は毎日新聞の記者として、度々美術館に行ってお目にかかっていた。特別の展観などが催される度に、出向いて行って、出陳物について解説して頂いたり、それを新聞に載せたりした。戦争中の、そろそろ時代がきびしくなる頃であった。若い新聞記者にとっては、博物館だけが、時代のきびしさとは無縁な贅沢な場所であった。そしてそこへ行くと、あの何の構えもない穏やかな学究の堂谷さんがおられたのである。

三十余年ぶりに法順寺でお目にかかったが、その折の短い時間のうちに、何をお話したか覚えていない。ただ私が揚州を訪ねたこと、そこの欧陽修の平山堂と、その庭園に足を踏み入れたこと、そしてまた揚州に於て揚州八怪の幾つかの作品を見たこと、そんなことについて、お話したいし、お話承りたい、そのようなことを申し上げたように思う。が、そうしたことを果す前に、氏はお亡くなりになってしまったのである。

こんど新たに〝八大山人〟や〝顧愷之〟、その他についてお書きになったものを読ませて頂いて、今更のようにそのすべてが該博な知識に裏付けられた卓越した論攷であることに打たれた。中国絵画に対する第一義的視点に立っての発言であり、しかも格調高い文章で貫かれ、一読襟を正しめられるものがあった。

この小文の筆を擱くに当って、この前堂谷さんにご案内頂いた古い観音堂を訪ね、温和で、端麗な、白山権現の本尊であったという十一面観音像の前に立ちたい思い切なるものがある。そしてそこで、もう一度氏の温顔に接し、氏の穏やかなお声を耳にしたいと思う。そこに於てなら、それが可能であるように思うのである。

（53年1月22日記す）

（昭和五十三年十一月）

竹林君のこと

竹林八郎君と初めて会ったのは昭和三年四月、旧制第四高等学校の道場・無声堂に於てである。私が二年生に進み、竹林君が新入部員として柔道部に入って来た時である。その日か、その翌日か、初めて彼と乱取稽古をしたが、その時、いやに腰が確りしていて、向う意気の強いのが入って来たものだなと思った。終始攻めの柔道であった。

それ以来、彼が亡くなる日まで、丁度半世紀にわたって、心を許した親しい友人としての交際は続いた。その間、一度も裏切ったこともなければ、裏切られたこともない。犯さず、犯されずといった関係で、長い間の友情を持続することが出来たと思う。

高校時代の友達の中で、一緒にゴルフをやったのは竹林君が一番多く、一緒に酒を飲んだのも彼が一番多い。酒席に於ても、お互いに難しい話はいっさいしなかった。そう取りきめたわけではなかったが、自然にそうなった。私は彼がどのような仕事をし、どのような仕事をしようとしているか、殆ど知らないと言ってよかった。彼の方も、私の仕事については、殆ど発言しなかった。いま、どのようなものを書いているか、そういう質問を受けたことはない。

私は竹林君とのこのような付合が好きだった。ウェットなところは少しもなかった。お互いがいかにも大きい友情で、相手を遠巻きにしているような感じで、黙って一緒に居るだけで、心は休まり、心はあたたまった。

竹林君が亡くなったので、残念ながらこの贅沢な友情を享受することはできなくなった。彼の死によって、一番大切なものが私から奪り上げられてしまった恰好である。

時折、竹林君が生きていてくれたらと思う。心衰えた時か、心疲れた時である。別に相談するわけでも、愚痴を言いたいわけでもない。よお！　という彼の声を聞きたいだけである。

晩年、彼は仕事の上でも、健康の上でも、思うようにならない不本意な時期があった筈である。しかし、そういう時期でも、彼は私の前では一度も弱音を吐かなかった。四高の道場で一度も弱味を見せなかった以上、終生弱味を見せることはできない、恰もそんな気持にでも支配されている如く、彼はむしろ私に対かって、

――君も仕事は大切だろうが、体だけは気をつけるんだね。酒もある程度でやめるんだね。

そんなことを言った。
竹林君と最後に会ったのは昨年の初夏、春日会の集りの時で、赤坂の料亭中川に於てであった。この時も、彼は同じようなことを言った。荒っぽい沙漠の旅行も結構だが、まあ、充分体に気をつけるんだね、と言った。私のことを案じての発言であり、自分のことには何も触れなかった。いま思えば、彼の私への友情の完成であり、完結であった。その時感じた彼の心の愛しさが、今でも私はこたえている。その時のことを思う度に、心痛むばかりである。

（昭和五十四年三月）

吉川先生のこと

吉川先生をお宅に訪ねて初めてお目にかかったのは、昭和十七、八年の頃、毎日新聞社学芸部記者としてであった。ずいぶん昔の話なので私も若かったし、吉川先生もお若かった。氏はお若かった筈であるが、すでに鬱然たる大家であった。私はただひたすら眩しかったことを覚えている。その時唐都長安について何か質問を用意して行ったが、結局口に出さなかったようである。

その後小説を書くようになって著書をお送りすると、いつも細字で書かれた受取りの葉書を頂いた。「面白く拝見したが、何頁の——のところはどうでしょうか」、そういったことが、いつも認められてあった。字句の間違いのところもあれば、事実の違いのところもあった。

いつか吉川先生と対談したことがあった。対談が終ってから食事になって、食卓に河豚が運ばれて来た。その時、中国でも河豚を食べるかと、私がお訊ねすると、すぐ河豚を食べる人と食べない人の話をして下さった。唐の文人にまつわる挿話だったと思う。河豚を食べる人が、食べない人に、「どうして社会に流れている大きい毒を怖れないで、卓上の小さい毒を怖れるのか」と言ったという話である。氏もその話はお好きだったらしく、気を入れてお話になっていたと思う。氏にとってもわが意を得たお話であったに違いないが、私にとってもわが意を得た話であった。河豚の季節になると、いつも私はこの話を、氏のお話として、氏に替って紹介させて頂く。毎年のことであるから、今やこの話は、かなり有名になっている。

晩年、吉川先生から『杜甫詩注』第一冊を頂戴した。すぐ頁を開けると、開けたところに私の名があった。井上靖の三つの小さい活字が、いきなり眼にとび込んで来たのである。本当に驚いた。どうして私の名がこのような書物に出て来るのかと思った。読んでみると、杜甫の「慈恩寺の塔にのぼる」という詩の解説の箇処で、そこに私が西安の大雁塔にのぼって、そこから渭水を遠望した時の感想を綴った短い文章が引かれているのである。もう一つ明治四十年に西安を訪ねられた桑原隲蔵《じつぞう》博士の文章も引かれてあった。

氏は、杜甫は「涇渭求む可からず」（涇水も渭水もゆくえ知られず）と唱っているが、時は唐末大乱の前夜で、俯瞰する首都の上に拡がる不安を、このような言い方で唱っているのであって、実際に涇水、渭水が見えなかったわけではない。実際は見えていたのである。見えない筈はない。桑原隲蔵博士も、井上靖もちゃんと大雁塔から渭水を見ている文章を書いている。──こういうわけで、私の短い文章は、桑原博士の文章と並んで、氏の畢生の大著『杜甫詩注』第一冊に採り上げて頂く幸運を得たのである。

このことのお礼を申し上げないうちに、吉川先生はお亡くなりになってしまった。手紙でお礼を申し上げればよかったのであるが、それを果さないうちにお亡くなりになられたのである。私の生涯における取り返しのつかないことの一つである。

（昭和五十七年三月）

高野君のこと

高野君というと、すぐ繃帯で頭を巻いた柔道着姿の彼が眼に浮かんでくる。年齢は二十歳前後、まだ初々しい若者で、場所は金沢・四高の無声堂である。

それからいつか半世紀余の歳月が経過しているが、すべてがつい昨日のことのように思い出されてくる。その遠い無声堂に於ける彼の印象は、少しも訂正することなく、彼の生涯のものであったかと思う。

私は高野君の生前、いつ彼に会っても無声堂時代の親しさで話し、無声堂時代の遠慮のなさで話した。大体、お互いに若い日の柔道のこと以外は話さなかったように思う。その他のことは二人にとっては付けたし、たいしたことはない、お互いにそんな気持ではなかったかと思うのである。

そうした友、高野君に先き立たれたことが残念である。今になってみると、二人だけで話しておきたいこともあったし、話しておかなければならないこともあったかと思う。すべてはあとの祭りである。しかし、それはそれでよかったかとも思う。人生に於て最も純粋で、最も情熱的で最も必死であった時代の友として終始したのであるから。いまこの文章を綴っていても、高野君の汗臭い肌が、烈しい眼が、苦しい息使いが聞えてくる。

ここで、ねえ高野君と呼びかけよう。そして言おう。──君は僕にこの人生に於ての一番いいものをくれたと思う。おそらく僕もまた君に、僕の人生における一番いいものを上げたように思う。

この確め合いをしなかったことだけが、今となっては、ただ一つ心残りである。

弔詞

高野君、淋しいことですが、とうとうお別れの時が来ましたね。思えば長いお付合でした。初めてお目にかかったのは昭和二年の春、四高の柔道場・無声堂に於てでした。友情は柔道を通じて、急速に深まりました。あなたが烈しい練習ではらした耳を、白い繃帯で巻いて、道場の片隅に坐っていた姿が、昨日のことのように、今もありありと眼に浮かんで参ります。あなたはどんなに辛い合宿の最中でも、温顔を崩すことはありませんでしたね。おそらく社会に出てからも、ずっと今日まで、いかなる苦難に満ちた時期でも、温顔を崩すことはなかったと思います。そういうところは見事でした。余人の真似て及ばないところであったと思います。

「今宵こそ思い知らるれ、浅からぬ君にちぎりのある身なりけり」という西行の歌がありますが、その歌の心が、いまこのお別れの言葉を綴っている私の心に、ひしひしと迫って参ります。確かに貴方と私とは浅からぬちぎりのある身であったと思います。それなのに、貴方が亡くなった今になって、そのことに思い当たるとは、何と悲しく、愚かなことでありましょう。

これから私の人生にも、淋しさが加わります。貴方のことを思い出す度に、心に吹き上げて来る淋しさであります。私ばかりではありません。貴方を取り巻いて、年に何回か集まっていた親しい四高出身の友達たちの気持も、また同じことでありましょう。

貴方に対するお別れの言葉を、これでやめましょう。悲しみに濡れた心で、今はただ御冥福を祈るばかりです。

昭和五十六年八月二十二日　　井上靖

（昭和五十七年七月）

弔詞（露木豊）

露木君、あなたのために弔詞を読まなければならぬ時が来ました。もし私の方が早く亡くなっていたら、あなたが私のために弔詞を読んで下さったに違いないと思います。私とあなたの関係は、どちらかが相手のために弔詞を読まなければならぬ、そんな関係にあったと思います。

いまあなたの葬儀が営まれているこの妙覚寺で、二人は玄関横の部屋に机を並べ、枕を並べて過した一時期を持っております。あれは中学三年生の時のことであります。思えばあれから六十年という歳月が経っております。その六十年の終りの方の十余年を、あなたは井上靖文学館の館長として、小説家の私を励まし、私の仕事を守って下さいました。友人としての大きい愛情で、私の仕事を整理し、それをひろく多勢の人に理解して貰うように、あなたは晩年のすべての時間を、そのために費して下さいました。殆ど考えられぬような大きい友情であります。

その大きい友情に対して、いま初めてお礼を申し上げます。考えてみると、今まで一度もお礼を申し上げておりません。お礼を申し上げると、瞬間、玉のように砕けて、乱れ飛んでしまうようなものがあるのを、あなたも私も知っていたと思います。

しかし、いま私としてはお礼を申し上げなければならぬ時に立っております。あなたはあなたで、笑いながら、黙って、それを受けて下さることでしょう。

有難う、露木君。有難う、有難う。

最後に、あなたが大きい期待を持って下さった小説「孔子」について一言、私はこれからすぐ明日からでも、今夜からでも、その仕事の筆を執ろうと思います。そしてその中で孔子がこの人生に於て最も価値あるものとしたものを、私の解釈で書いてみたいと思っております。

露木君、その仕事が完成した時は、それを真先に現世の私から、亡きあなたの許にお送り致しましょう。二人の間なら、そのようなことが出来ない筈はありません。孔子が精神の支柱としていた〝天〟は、それを為さしめてくれるでしょう。その時はそれを受けとって、いつものように優しく、愛情深く、そしてきびしく批判して下さい。

では、露木君、さようなら。いまはただひたすら、御冥福を祈るのみであります。

（昭和五十八年四月）

追悼・廖承志先生　北京でのひと時

一昨年の暮から昨年の正月にかけて、私は家族の者たちと北京で何日かを過した。かねがね中国に於て、一度正月を迎えてみたいと思っていたが、思いきって、それを実行に移したのである。家内と孫の高校生の男の子の他に、日中文化交流協会の白土吾夫夫妻、佐藤純子さん等三氏を誘って同行して貰っていたので、楽しい、しかも静かな北京に於ての迎春であった。

暮の三十日か三十一日に、廖承志先生から御連絡があり、一月三日に昼餐に招きたいが、どうであろうかというお誘いがあった。もちろん悦んでお受けした。

三日に六人で、先生のお宅に参上した。先生は前年に早稲田大学から名誉博士号を贈られていたので、私たちがそれを話題にすると、先生はすぐ隣室に立って行かれ、大学呈上の大きな立派な帽子を持って来られ、それを私たちに見せて下さった。たいへん楽しそうにしていらっしゃった。私は何年か、いつもどこか身体を悪くしておられた先生にお目にかかっていたが、その時が一番お元気であった。これで、もう心配はない、私は先生に対して、そのような思いを持った。

それから御一緒にお宅を出て、友好賓館で昼食を頂いた。一つの器にいろいろなものを投げ込んだ料理が出た時、

――これ、知っていますか。馬賊料理というんです。

先生は笑って仰言った。終始楽しく、明るい迎春のひと時であった。

しかし、この時が、先生との最後であった。それから半歳にして、先生の訃報に接したのである。私は先生の葬儀に列するために北京に赴いたが、私の二十何回かの北京訪問の中で、この時だけが特別だった。六月の北京が静かに、淋しく、醒めた

町として見えた。

（昭和五十九年六月）

平岡君のこと

平岡君が亡くなって、いつか六年という歳月が経過してしまっている。平岡君の温顔はいつでも瞼に浮かんでくるが、相談を持ちかけたり、助力を仰いだりすることのできない遠い人になってしまっている。淋しいことである。

殊に最近、私は文筆活動以外の仕事に関係することが多くなっているので、平岡君が居たらと思うこと屢々である。平岡君に相談したり、決を仰いだりしたいことが多くなっている。ビールのジョッキを卓の上に置いて、

——そりゃあ、あなた、こうですよ。

そういう言い方をする時の平岡君は、他の誰もが持たない非凡な判断力を持っていたと思う。

現在の私は、大きいことでも、小さいことでも、平岡君に相談にのって貰いたいたくさんのことを持っている。それなのに氏は居ないのである。そういうことに気付いた時の淋しさは格別である。

それは兎も角として、平岡君のビールの飲み方は天晴れだったと思う。あのように美味そうに、楽しそうに飲まれたら、ビールとしても満足だったに違いない。

四高時代は無声堂で、毎日のようにどたばたやった仲間である。氏が耳を痛めて、頭から耳にかけて繃帯をしていた姿が、昨日のことのように眼に浮かんでくる。若い平岡君である。

私の方が一年上級だったので、四高時代、氏は何事によらず、先輩、先輩といって私を立ててくれたが、その立て方は社会に出てからも変らなかった。そういうところはちょっと余人の真似られぬ律義さを持っていた。生れながらのものであった。

（昭和五十九年九月）

森さんのこと

森さんとは一九七七年、三月から四月の初めにかけて、エジプト、イラン、イラク、トルコの旅を御一緒させて頂いたことがある。その時の一行は氏の他に今里広記、江上波夫、相賀徹夫氏等数氏、それに私と妻。たいへん楽しい旅であったが、その旅の楽しさの大きい部分を、森さんが受持っておられたと思う。特に目立つようなことをされる方ではなかったが、氏が仲間に加わっておられるというだけで、何か安心できるものがあり、一座は和やかになった。そういう点に於ては、森さんは特別な人だったと思う。眼が優しく、話す時は、その優しい眼がいつも笑っていた。

今年（一九八四年）五月、第四十七回国際ペン大会が東京で

開かれ、海外からも四四センター、二五〇名の文化人が参加してくれて、予想以上の成功を収めることができたが、これに対する準備は大変だった。準備は早くから始めた。お金も調達しなければならなかったが、それ以上に厄介なのは外国のペン・センターとの連絡、招待する文学者との交渉などで、これは誰にでもできることではなかった。

こうした準備の初期の段階に於て、私は真先きに白羽の矢を、森さんにたてさせて頂いた。まずペンクラブに入会して頂き、その上で海外関係のことを取りしきって頂くようにお願いした。森さんは温和な謙譲な方なので、初めは、

——できますか、どうか。

そのような言い方をされていたが、やがて、

——できるだけやってみましょう。

という返事を頂戴することができた。森さんと一番親しく交際されていた相賀さんの側面からの助言もあってのことだと思うが、兎に角、最後は気持よく引受けて下さった。

私は森さんに表面に出て貰うことで、一番厄介な外国関係のことは、万事うまく行くであろうと思った。語学は達者だし、判断は正確、人柄は抜群、——もう、これで大丈夫ですよと、多勢の人に言ったものである。森さんも何回か、委員会に出て下さって、御自分の考えを発表して下さった。

それなのに、それから間もなく、森さんの急逝という悲しい日を迎えなければならなかったのである。

——すみません、すみません、こんなことになって！

私にはそんなことを言っている森さんの顔が見えるようであった。

とまれ、ペンの東京大会がうまく行ったのは、森さんが地下から守っていて下さったのであろうと思う。本当にそう思うのである。そしてその度に、森さんの亡いことが、堪まらなく淋しく思われる。（一九八四・一〇・二二）

（昭和六十年一月）

永野さんの笑顔

永野さんとはいろいろな会合でお目にかかることが多かったが、いつも多勢の人たちに取り巻かれていて、なかなか氏の顔をこちらに向けさせることはできなかった。一人が氏の前をはなれると、すぐ他の人が替り、まさに千客万来という恰好であった。報告もあれば、陳情もあり、相談もあるという感じであった。

そうした永野さんを傍から見守っていて感心することは、氏がどの人にも儀礼的な応対をしていないことであった。相手の話に親身になって耳を傾け、相槌を打ったり、質問したり、時には、反対意見を口にされたりしていた。そのような永野さんを見ていて、何事も儀礼的に片付けることをしない一級の人物を感じた。

氏の前に立つ人が跡切《と》れて、漸くにして氏の前に立つと、い

つも〝やあ〟と言って、こちらに笑顔を向けて下さった。笑顔ではあるが、正確に言うと、眼が笑っているのである。この眼もすばらしかった。心の中にあるものを全部、いつでも曝け出しますよといった、そんな優しさと好意に溢れた眼であった。

私はいつも永野さんの笑顔に触れただけで満足した。それだけで心充《み》たされるものがあった。

年に何回か、〝かすが会〟という若い時代に柔道着を着た人たちの集りがあって、時にその席でお目にかかった。そこでは専ら柔道の話をした。氏は六高の選手時代に、四高の強豪を以て知られた長谷川秀治氏と対戦し、引分けたことを話して下さったことがあった。

——長谷川さんと引分けましてね。堂々と、と言いたいが、全力をあげて、どうにか引分けましてね。

そういう言い方をした。それは生涯、氏の心から消えない己れを尽した仕合であり、青春時代の大きい出来事であったろうと思って聞いた。長谷川秀治氏（東大名誉教授）も亦、今は故人になっておられる。

六高時代、有名な選手だった早川勝氏が亡くなられた時、どなたからか話があって、私も氏に対する弔辞を読ませて頂いた。四高出身の私が早川勝氏の弔辞を読むことは、多少場違いの感じがあったが、敢えて私を名指して下さったのは、永野さんではなかったかと思う。

私は一度、学生柔道界が生んだ俊英として、また現代柔道界の指導者としての早川勝氏の見識の高さを、永野さんにお話ししたことがあった。永野さんはそれを覚えておられ、それで私に、早川勝氏の弔辞を読むようにというお話があったのではないかと思う。それを確めることのできないのは残念である。

いずれにせよ、永野さんが今亡いことは、政界にとっても、実業界にとっても、また柔道界にとっても、大きい痛手である。私も亦、あの温顔に接しられぬと思うと、その度に心痛むものがある。

（昭和六十年四月）

野間さんのこと

野間さんはどういう人であったかと訊かれると、

——大きかった！

と、私は答えることにしている。これ以外に答えようがない。あれこれ詮索して野間さんを語ろうとすると、野間さんはどこかへ逃げて行ってしまう。大きかった！　と、一言で片付けさせて頂く方が安全である。実際に大きかったと思う。

パーティ会場に於ける、あるいは酒宴の席に於ける野間さんを思い出しても、或いはまたゴルフ場に於ける野間さんを思い出しても、いつも大きい野間さんが、そこに居られる。野間さんがそこに居られるだけで、一座の雰囲気は和やかな、安定したものになった。そういう大きさである。

と言って、特別に一座の中心になって、何かを話されるというわけではなかった。むしろいつも控え目で、口数は少かった。それでいて、野間さんが居られるということだけで、一座の雰囲気は明るく、楽しく、安定したものになったのである。

野間さんが御健康な頃は、私はまだ駈けだし作家だったので、めったに二人だけで向かい合って話すようなことはなかったが、たまにそういうことがあった時の印象は、野間さんにあたたかく抱きとられているというか、大きく包み込まれているというか、そういう思いであった。

野間さんは仕事にかけては厳しい人であったに違いなかったが、そうした面の野間さんは知らない。いつのことか憶えていないが、どこかのゴルフ場で一緒に廻ったことがあった。私がゴルフを始めて間もない頃であったと思う。その時、

――ゴルフは自分一人で楽しく廻っていればいいですよ。他人のことなど気にかける必要はない。自分一人で遊んでいる限りは、勝つも、敗けるもありませんよ。あまり上達はしませんが、それでいいじゃないですか。

そう私に言いきかせて下さったことがあった。

それから、私はそのようなゴルフをやるように務めた。すると、確かにゴルフは楽しくなった。併し、あとで考えてみると、野間さんが仰有るように上達しなかった。

酒場に於ての野間さんのウィスキーの水割りのあけ方は、豪快だったと思う。余人を寄せつけぬ、そんな颯爽たるものがあった。いつか、

――あなたも飲む方ですね。でも、大切な体だから、ほどほどがいいですね。こんなものはきりがありませんからね。

と、仰有った。意見されたのに違いなかったが、私のグラスがからになると、すぐ御自分でボトルをとって、ウィスキーをついで下さった。豪快なつぎ方だった。

最近になって、いま野間さんが御健在であったらと思うこと、屢々である。いまなら野間さんと人生というものについて、仕事というものについて、あるいはまた天について、天命というものについて、いろいろなことをお話し合いできるのではないかと思う。

それからまた、御相談したいこともたくさんある。

――野間さんが居られたら！

そう思う。そう思うこと屢々である。それができないことが残念である。

（昭和六十年八月）

弔詞（今里廣記）

今里さん、

あなたがお亡くなりになった日の夜、渋谷・神山町のお宅に伺い、御遺体の前で焼香し、庭に出て何人かの方と短い言葉を交し、それからお宅を出て、自動車に乗りました。

私の生涯で今までにない特別な夜でした。

──今宵こそ思い知らるれ浅からぬ
君に契りのある身なりけり

この西行の歌を、くるまに揺られながら抱きしめておりました。

今宵こそ思い知らるれ、──まことにその通りでした。

今里さん、あなたにお亡くなりになられて、初めてあなたが私にとって、いかにかけ替えのない特別な友であったかを、この夜、改めて思い知らされた恰好でした。

今里さん、ずいぶん長いお付合でした。その間、欠点だらけな我儘な私を、いつも大きい友情で抱きとって、励まし、あたたかく付合って下さいました。

御生前には、一度もお礼を申し上げませんでした。

いま、改めてお礼を申し上げるということは、なんと悲しいことでありましょう。でも、あなたとの長いお付合に於て、ただ一度のことですから、心のありったけの思いをこめて、感謝の言葉を口にさせて頂きます。

──あり難う、あり難う。今里さん、本当にあり難うございました。

それにしても、あなたと御一緒の時間は、昼であれ、夜であれ、なんとすばらしいものでありましたことか。いかなる雑談、放談に於ても、学問を尊敬し、芸術を愛し、人間が造る人類の歴史を信じるあなたの思いが、爽やかな火花となって飛び散っておりました。銀座の夜、長崎の旅。イスタンブール、テヘラン、バグダッド、ナイル河畔のルクソール、そうした所で過した御一緒の時間。

あなたがお亡くなりになって、私の人生には大きな穴があきました。どうすることもできない大きな穴です。が、その穴を、私はこれから、小説を書く仕事で埋めてゆこうと思います。既にあなたにお話ししてある幾つかの仕事で。

──それがいい。そうなさい。

あなたの温顔が眼に浮かび、あなたの優しい激励の声が聞えてまいります。

では、お別れいたします。

今里さん、どうぞ心安らかに、お眠り下さい。どうぞ安らかに、安らかに、今はただ御冥福を祈るばかりです。

昭和六十年六月十四日

(昭和六十一年五月)

桑原武夫さんの死を悼む

桑原さんに最後にお目にかかったのは二月五日の夜、帝国ホテルに於てであった。京都大学の創立九十周年の記念出版の刊行物に載せる対談で、そのために桑原さんは東京まで出向いて来て下さったのであった。本来なら、私の方が京都へ出向いて行くのが自然であるが、私が大きな手術をしたあとで、寒い間の旅行を医師から禁じられてあり、そんなことから桑原さんの上京となったのである。

その対談の席では、氏は例の独特の人懐《な》つこい表情で、終始たのしそうに話しておられた。それから二カ月程経って、氏の訃報に接したわけである。

桑原さんには、ペンクラブではたいへんお世話になった。東京ペンが国際ペンの世界大会を東京で開催しなければならなくなり、そんなことから私は会長に選ばれたのであるが、その時、桑原さんは自らすすんで、副会長のポストに就いて下さった。私を応援し、国際ペンの大会を成功させようという大きな配慮から出たことであった。

そうした国際ペン大会開催の折は、氏のお蔭で、今は亡き貝塚（茂樹）さんも応援して下さり、京都・野村別邸に於ける最後の打揚パーティの大きな成功などは、全く両氏のお蔭であった。

桑原さんにたいへん丁寧にお礼を言われたことがある。それは岩波書店から出版されている桑原隲蔵全集の第五巻の月報に「桑原隲蔵先生と私」という文章を書いた時である。私は隲蔵先生にはお目にかかっていないが、先生の貴山城論争ゆかりの地である、ロシア・西トルキスタンのフェルガナ盆地を訪ね、マルギラン、コーカンドといった所を経廻っていたので、そういったところの紀行を載せたのである。その時、桑原さんから氏の厳父に関してのお礼を言われたのである。私の生涯でもそうたくさんはない気持ちよい事件であった。

桑原さんは亡くなられたが、私の場合、桑原さんとのお付合いは続く。いま孔子を書いているので、毎日のように桑原さんのお世話になったり、貝塚さんのお世話になったり、吉川（幸次郎）さんのお世話になったりする。

昭和六十三年四月二十七日記

（昭和六十三年八月）

弔辞（斎藤五郎）

ご逝去の報に接し、心から悲しんでおります。

あなたが決断された詩歌文学館の開設は、歴史に残る大きなものとなりましょう。

どうぞ安らかにおやすみ下さい。


（昭和六十三年十月）

巨星奔り去る

政治家として、一人の人間として偉大であった三木武夫先生の御逝去を、心からお悔み申し上げます。

先生御他界の報に接しました時は、まさに巨星が、大きな星が、長い光りの尾を曳いて、天体を奔り去り、奔りぬけてゆく、そのような思いを持ちました。

その日、悲しみの中で、いつか、先生から頂いた〝桃李不言〟の色紙を、書斎に飾らせて頂き、その前に端座しました。先生の高潔なお志に接している思いであります。

では、お別れ致します。今はただ御冥福を祈るばかりです。

昭和六十三年十二月五日　　　　　　　　井　上　靖

三木武夫先生御霊前に

（平成元年十一月）

五島さんへ

五島さんの訃報に接した時ほど、愕然としたことはない。氏の急逝を悼む気持と共に、もう一度お会いしておくべきだった、これは取り返しのつかぬことになった、という想いがあった。

氏の健康が勝れないことは、時折、新聞紙上で承知してはいたが、丁度、私の方も病院に入ったり、出たりしている最中だったので、自分を振り返って、それほど重大なことには考えていなかった。

それに私の場合、氏とのお付合の初めは、専らゴルフが取り持っており、氏の非凡な体力と、スポーツで鍛えたきびきびした体の動きは、よく承知してもおり、羨しくも思っていたので、まさか、このような形で、氏の訃報に接しようとは、夢にも考えていなかった。それに、私より一〇歳ほど若い筈である。

とまれ、一度お会いしておくべきだったという思いは、この一〇年ほど、殆ど氏にお目にかかる機会に恵まれていなかったことから来ている。私の場合、七十歳前後から、仕事の関係で外出を控えることが多くなり、当然なことながら、氏にお目にかかる機会に恵まれなくなったのである。

昭和五十九年五月、日本ペンクラブ主催の国際ペン大会が東京で開かれたが、この大会開催に当って、氏個人としての寄附を頂戴したので、私はペンクラブ会長として、氏のところに、そのお礼に参上している。お互いに忙しい時で、短い時間の対面であった。

この時が、氏との久しぶりの、何年かぶりかの対面でもあり、そしてまた、いま思えば、それが氏との最後の対面になっているのである。

今はあとの祭になってしまったが、氏とお会いしたからには、無理にでも時間をつくるべきであったと思う。久しぶりでお訊きしたいこと、こちらからお話しておきたいことも、たくさんあった筈である。

何はともあれ、世紀末の文化、経済、政治、――こうしたことについて自由なお考えをお聞きしたかったと思う。こうしたことについては、氏がうってつけの理解者でもあり、解説者ではなかったか。このところ、このように思うこと、しきりである。

世紀末的現象を、世紀末的現象として語れる文化人、経済人は、そうたくさん居ないのではないか。氏の世紀末的諸現象への発言を、聞かせて頂きたかったと思う。真先きに眼に笑いを浮かべてくる、氏のお顔が眼に見えてくる。

（平成二年三月）

［監修者・編集者の言葉］

「現代世界ノンフィクション全集」監修にあたって

ノンフィクションの面白さ

若い時夢中になって小説を読んだ者でも、中年になると、ノンフィクションの方が面白くなるのが普通であるというようなことが言われる。小説よりノンフィクションの方が面白くなられては、私たち小説家にとっては由々しき問題である。ノンフィクションより面白い小説を心掛けなければならなくなる。

併し、私はこのことには少しも頭を悩まさない。なぜなら、小説とノンフィクションは全く別のものであり、その面白さもまた別種のものであるからである。小説とノンフィクションの違いははっきりしている。それは主題を持つか、持たないかということである。小説はその作品を通して、読者に受けとって貰おうという主題を、初めから持っている。そしてその主題を打ち出すために、必要な人物が登場し、必要な物語りのすじが展開して行く。ノンフィクションの方には、そうした主題といったものはない。そんなものは初めから用意されてもいないし、匿されてもいない。ノンフィクションの面白さは、何が飛び出すか、最後まで読んでみないと判らぬ面白さである。こんなとんでもないことがあろう筈はないが、併し、実際にあったという儼とした事実の面白さである。

則天武后やカテリーナ女帝を取り扱った小説の面白さと、則天武后やカテリーナ女帝の生涯をそのまま綴ったノンフィクションの面白さは全く別のものである。一篇の小説から受ける感動と、一篇のノンフィクションから受ける感動とは自ら異ったものである。ただこういうことは言えると思う。人間中年になると、よほどの傑作に接しない限り、小説からはなかなか感動させられないが、ノンフィクションの面白さに対してはひどく寛容になり、無抵抗になって行く。結局のところ、ノンフィクションの魅力は、自分もやればよかったし、またやれたかも知れない事柄に対する、結局はやれなかった人間の讃仰である。平凡人の非凡人に対する羨望であり、驚きである。そして人生を、歴史を、何をしでかすか判らぬものとして、改めて認識させられる衝撃である。

こうなると、その魅力の点では、よほどの小説でない限り、ノンフィクションにはなかなか立ちうちできないことになる。私はヘディンの旅行記にも、ナポレオンやジンギスカンの実録にも、インカ帝国の年代記にも、讃仰と羨望と驚きを、うんざりするような烈しい衝撃の形で感ずる。

（昭和四十一年四月）

「日本の詩歌」編集委員のことば

近代詩歌発展の系譜

こんど『日本の詩歌』の編集委員の一人に選ばれて、日本近代詩の流れを身をもって形造っている多くの優れた詩人たちやその仕事について真剣に考える機会を持ったことは、私の生涯での大きな事件であった。初め委員の交渉を受けた時、光栄にも思い、大きい悦びも感じたが、いざその仕事に携わってみると、たいへんな役目を課せられていることを知った。日本近代詩の生成発展の系譜を限られた巻数によって綴ることが、そもそも至難なことであった。四回にわたった編集会議を振り返ると、その時々の心の高ぶりも、心の痛みも、まざまざと思い出されてくる。しかし、ともかく、いま自分たちの手によって成ったものを見て、もうこれ以上どうすることもできなかったという気持である。恐らく他の委員三氏も同じ思いではないかと思う。

（昭和四十二年四月）

昔の海外旅行

『歴代鎮西《ちんぜい》要略』に「文永六年己巳《つちのとみ》、蒙古《もうこ》ノ船対馬《つしま》ニ来タリ、塔二郎、弥三郎ヲ捕エ帰ル、日本ノ事ヲ尋問スルタメナリ」という記述がある。同じことが『五代帝王物語』にも載っている。このほうには「対馬の二人、とらえられて高麗へ渡る。高麗より蒙古へつかわしたれば、王宮へ召し入れて、見て、種々の禄をとらせて、本朝へ返送」と、やや詳しく記されている。この対馬の島民、塔二郎、弥三郎のことは、簡単ではあるが、『高麗史』にも『元史』にも見えている。

二人の島民を拉致《らち》した文永六年の蒙古の船というのは、蒙古の国信使赫徳、副国信使殷弘らが乗っていた船であり、案内役として高麗の申思佺、陳子厚らが従者七十余人を従えて同船していた。

蒙古の使節は結局わが国から返牒《へんちょう》を得ることができず、十数日対馬に滞留しただけで引き揚げて行かなければならなかったが、その時、塔二郎、弥三郎の二人は対馬から異国へ伴われて行ったのである。いかなる伴われ方をしたのかわからないが、半ば拉致されて行ったものであろうと思われる。

この事件で面白いことは、この二人の日本人が高麗へわたり、中国に運ばれ、フビライに謁していることである。日本人でフビライを知っているのは、この二人だけである。しかもフビライから親しく言葉をかけられたうえ、北京見物をさせられ、土産ものをもらって、対馬へ送り還されている。

だいたい、フビライについて、その印象を書いたものは、マルコポーロの『東方旅行記』しかない。もし塔二郎、弥三郎が文章を綴る知識と才覚を持っており、自分たちの稀有《けう》の運命の軌跡を文章に綴っていたら、二人の名はもっと大きなものになっていたであろうと思われる。しかし、恐らくは無学文盲の漁師たちであったに違いなく、帰国後の二人について書き記しているものはない。殺されたのかも知れない。

この対馬島民と同じような稀有な大きな運命を持ったものに、

伊勢の漂民大黒屋《だいこくや》光太夫《こうだゆう》がある。このほうは難船して、仲間たちとともにアレウト列島中のアムチトカ島に漂着、ロシア人に救われて、カムチャツカ半島に渡り、さらにオホーツクで大陸への一歩を踏み出し、ヤクーツク、イルクーツクに到っている。この間に十六人の漂流民は次々に死んで行き、光太夫、小市、磯吉という三人がロシア船で根室に送り還されることになる。しかし、根室で小市が死に、結局、光太夫、磯吉の二人だけが十年の放浪生活の果てに江戸の土を踏む幸運を持つ。これまで日本の漂流者でロシアへ連れて行かれた者は何人かあるが、一人も日本には還されていないので、光太夫、磯吉の二人がロシアからの最初の帰還者というわけである。

ところで、面白いのは、放浪生活十年の間に、光太夫はモスクワを経て、ペテルブルグに行き、時の権力者エカチェリナ二世に謁していることである。しかも自ら帰国について歎願し、高名な女帝の諾《き》き届けるところとなっているのである。エカチェリナ二世は啓蒙的専制女帝として、単にロシア史ばかりでなく、世界史のうえにも、その名を大きく遺している人物である。この間の事情は、光太夫の話を綴った桂川甫周《ほしゅう》の『北槎聞略《ほくさぶんりゃく》』に詳しく記されている。

対馬の島民や光太夫のほかに、もうひとり、ヨーロッパ文化に接し、異国の権力者と会った人物を探すと、慶長の頃、伊達《だて》政宗の遺使としてスペイン、ローマに赴いた支倉《はせくら》常長ということになろうか。支倉常長はスペインでは国王フェリペ三世に謁しており、ローマでは教皇パウルス五世に謁している。このほうは運命の波に運ばれてヨーロッパまで行ったのではなく、政宗の遺使として派せられたのであるが、当時の日本人でただ一人のヨーロッパ旅行者たり得たことは、やはり異常な運命の持主と言わねばならぬだろう。支倉常長はスペインに上陸すると、ガダルキビル川を溯《さかのぼ》って行ったが、筆者はセビリアの町でガダルキビルの流れを眺めた時、十七世紀の初め、この川を溯った日本人のあることが殆ど信じられぬ思いであった。

さらにもう一人選べば山田長政ということになろうが、長政の事蹟はすでに普《あまね》く知られているので、ここに記す必要はあるまい。

こうした人物以外に、史上には名を留めていないが、ただならぬ運命の波に弄《もてあそ》ばれて、異国をさまよい歩き、当時の日本人が夢想だにできぬ見聞を己《おの》がものとした日本人はかなり居るのではないかと思う。

最近、十七世紀の初め国外追放になり、十数年パレスチナ、ローマを経、再び日本に帰って処刑された宣教師ペトロ・岐部についての研究もすすめられているようである。また一人の日本人がカトリック教徒として、十六世紀末から十七世紀初頭へかけてのロシアの混乱時代にモスクワに現われたという記録もある。フツソフの『モスクワ年代記』についてのロシアの史学者スミルノフ氏の解説に記されている。いかなる日本人かわからぬが、ふいに姿を現して来る時代といい、場所といい、なかなかあっぱれだというほかはない。

（昭和四十三年三月）

「若い女性の生きがい」編者の言葉

自分が読み、妻に読ませ、息子に読ませ、娘に読ませる、そういう本を作りたい。そういう本が作れたらどんなにいいだろうと思う。家の中をぐるぐる廻るようなものでなければ良書とは言えない。そういう良書への念願だけが、私をこの企画に参加させている。

（昭和四十三年九月）

全集〝10冊の本〟完結に当たって

編者のことば

「10冊の本」を読んでいることごとくの人から、「あの本はいい本ですね」と、心から感謝され、編者のひとりとして喜びに耐えぬ思いだ。この全集は、十冊全部を通読することによって、その真価がくみとれるように編集に意を用いた。ぜひとも、全巻を座右に備えられることをすすめたい。

（昭和四十四年五月）

「世界の名画」編集委員のことば

贅沢なたのしい仕事

「世界の名画」二十四巻の編集、企画に加わりました。ちょっとこれだけ贅沢なたのしい仕事はなさそうに思われたからです。今日直接私たちの心に生き生きと迫ってくる世界の名画というと、当然十九世紀後半に起った印象派、それに続く新印象派の画家たちの仕事が主なものになります。ひと口に印象派、新印象派の運動と言っても、一つの定義のもとにその仕事を捉えることはできません。そこから逸脱したり、はみ出たりして、百花撩乱、澎湃たる近代絵画の流れとなり、当然なことながらシュルレアリスム、抽象絵画の仕事へと発展しています。

「世界の名画」二十四巻の企画は、所詮、近代絵画の大きい流れに隠現する数々の名品、傑作の整理ということになります。幸いこの方面の難しい仕事は高階秀爾氏が受持って下さいます。氏が筆を執る近代絵画史はこの意味で、本全集が大きく誇ってもいいものでしょう。それから、解説、エッセーの執筆陣には、私たちが日頃その仕事の清新さに於て畏敬して已まない作家、詩人、画家、評論家諸氏の登場を願いました。こうしたことで、気持よく引き受けて下さったことには驚きました。私自身充分にこの贅沢な企画をたのしみ、たのしんでいます。

（昭和四十七年一月）

「日本の名画」編集委員のことば

信じうる画家たち

明治以降の日本画、洋画の世界で、二十六名の代表的な画家を選び出すことはなかなか難しい。少し視点を変えると、登場する作家の顔ぶれはかなり異ったものになるだろう。こんどの場合、私はその作家、およびその作家の仕事を信ずるか、信じないかで決める以外仕方なかった。こういう選び方はかなり自分本位の独断的なものになりがちであるが、河北、高階両氏がそれぞれに選んだ顔ぶれも、たいした違いはなく、大体に於て一致していた。理想を言えばもう三、四巻ほしいと思うが、編集委員としての慾のきりのないところかも知れない。

美術全集はいろいろな形のものがあるが、本全集は一人一巻の形をとった。本当に一人の画家を理解するには、その仕事の全貌に触れる以外なく、画家の真価もまた、その仕事の全体にわたっての評価によって決まると信ずるからである。

（昭和五十年四月）

「現代日本紀行文学全集」監修者の一人として

亡き秋山修道氏は生前、出版会社「修道社」を経営して、二つのいい仕事を遺している。一つは『世界紀行文学全集』であり、一つは『現代日本紀行文学全集』である。ともに、氏が採算を度外視してやった名企画であり、今となってみると、不朽の名出版といったものになっている。明治時代の学者や文学者が綴った世界各国の紀行の類は、文化史的に見ても、非常に価値あるものであるが、これを集めることはたいへんな仕事であったと思う。が、氏は情熱を傾けて、それを為したのである。

秋山修道氏が亡くなったあと、この二つの全集がどのような運命を持つか、いささか心にかかっていたのであるが、こんどほるぷ出版の手によって受け継がれ、新しい装いのもとに、出版されることになったのは、たいへん嬉しいことである。地下の秋山修道氏も、どのように悦んでおられることであろうか。

当然なことながら、ほるぷ出版の新版は、世界紀行も、日本紀行も、共に一層充実した内容のものにならなければならぬ。洩れているものは補い、新しく発見されたものは加え収めなければならぬ。これがために巌谷大四、戸塚文子両氏に協力を願い、事実上の編集の役を受け持って頂くことになった。こうして今度補巻2、3の二巻を補った。

修道社から出版された時は、志賀直哉、佐藤春夫、川端康成三氏が監修者として名を列ねていたが、三氏とも故人になられているので、こんどのほるぷ版を出すに当って、小林秀雄氏と私が、新たに監修者として加わることになった。

こうしてこの二つの全集の再刊行が実現することになったが、まずはじめに『現代日本紀行文学全集』刊行によってこの仕事のスタートを切ることになった。

今日、国中どこに行っても、若い旅行者の姿を見掛けないことはない。これは旅行ブームといったような現象としてではなく、日本の若い世代の持つエネルギーの流動として受け取るべきであろうと思う。

しかし、若い人たちは、今ほど交通も便利でなかった時代に、自分たちの先輩が、自らの足ひとつでまだ見ぬ土地を訪れ、いかなる感想と感動とをもって、自らの生まれた国土のすがたをその心にきざんだかを知らなければならない。それを知ることで、現代の若い人たちにとって、日本列島の隅から隅までが、まったく異った風光をもつものとなるにちがいないからである。そのための役割を、こんどのほるぷ版『現代日本紀行文学全集』は受け持たなければならぬし、当然受け持つことになるだろうと思う。

（昭和五十一年八月）

「世界紀行文学全集」監修者の一人として

装いを新たにしてほるぷ版『現代日本紀行文学全集』が出版されたのは、五十一年八月である。その折、監修者の一人として、私は次のような文章を綴っている。

——亡き秋山修道氏は生前、出版会社「修道社」を経営して、二つのいい仕事を遺している。一つは『世界紀行文学全集』であり、一つは『現代日本紀行文学全集』である。ともに、氏が採算を度外視してやった名企画であり、今となってみると、不朽の名出版といったものになっている。……秋山修道氏が亡くなったあと、この二つの全集がどのような運命を持つか、いささか心にかかっていたのであるが、こんどほるぷ出版の手によって受け継がれ、新しい装いのもとに、出版されることになったのは、たいへん嬉しいことである。……修道社から出版された時は、志賀直哉、佐藤春夫、川端康成三氏が監修者として名を列ねていたが、……ほるぷ版を出すに当って、小林秀雄氏と私が、新たに監修者として加わることになった。

以上のような経緯によって『現代日本紀行文学全集』は出版され、それから三年経った今日、続いてこんどは、その姉妹篇ともいうべき『世界紀行文学全集』の刊行をみることになったのである。

『世界紀行文学全集』は、単なる海外紀行の集大成といったものではなく、明治、大正、昭和初めにかけての名紀行が選ばれ、今日とは異って、外国旅行がまだ容易に行われ難い時代に、われらの先達たちはいかに海外の風物に接し、いかなる感動を持ったか、——文化史的に見ても、非常に価値の高いものになっている。戦後のものもないではないが、それらは逸することのできない名篇であり、記録的価値あるものばかりである。

今日、日本の若者たちは、世界中、どこへでも出掛けて行く。私などの若い時には夢にも考えられぬことである。が、これは少しも非難すべきことではない。

ただ異国の土を踏むには、異国の土を踏む心の姿勢というものがある。旅の初心とでもいうべきものであろうか。いかにその旅の初心というものが大切であるか、『世界紀行文学全集』に収められたどの一篇も、それを語ってくれるだろう。

（昭和五十四年八月）

「大宅壮一全集」編集委員のことば

大宅さんの姿勢に強い共感

大宅壮一さんは根っからの生活者であった。いわゆる〝芸術家肌〟ではない。大宅さんの作品が数多くの人々に受けいれられた理由はここにある。皮肉な目で世相診断を行い、からかいの筆で人物をあげつらいながらも、大宅さんの胸底にはつねに人間に対する温かみが流れていた。こんど大宅さんの定本全集が出ることになった。わたしは喜んで編集委員を引き受けた。大宅さんの、もの書きとしての姿勢に強い共感を覚えるからである。

（昭和五十五年十月）

「カンヴァス世界の大画家」編集委員のことば

充分に楽しい古典絵画の豪華なお花畑

『世界の名画』二十四巻の編集、企画に加わったのは、ついこの間のことのように思いますが、いつかそれから十一年の歳月が経過しております。

こんど『世界の大画家』の発刊の運びとなり、高階秀爾氏とごいっしょに、楽しい仕事をさせて頂くことになりました。十三世紀から十八世紀にわたるルネサンス絵画を中心にして、それにバロック絵画、ロココ絵画と続く全二十巻、ジョット、ボッティチェルリ、レオナルド、ミケランジェロ、レンブラント等々、さまざまな古典絵画の豪華なお花畑が繰り展げられてゆきます。こんどもまた解説、エッセイの執筆陣には、私たちが日頃その仕事の清新さに於て畏敬して已まない作家、詩人、画家、評論家諸氏の登場を願うことになっております。私もまたこの全集の一巻の解説執筆のために、最近ヨーロッパを旅してまいりました。私は私で、この全集の編集委員として、私なりに充分楽しませて頂こうと思っております。

（昭和五十七年七月）

「日本の名山」監修の言葉

山を語ることの楽しさ

昭和三十一年の九月、私は初めて山というものに登った。穂高である。私は穂高に登り、日本の山の素晴らしさを知ったが、その時既に五十歳になっていた。もう少し若ければ、他の地域の山にも精力的に登っていたかも知れない。

私と穂高とのつき合いは、以来二〇余年になる。奥穂にも、前穂にも、北穂にも登った。登るたびに、私は穂高の魅力に心を打たれている。春には春の、秋には秋の、それぞれ違った穂高の美しさを見出すことができる。しかし、これは穂高に限ったことではない。日本の、どの山にも言えることだと思っている。

この「日本の名山」では全国の一〇〇〇座の山が取り上げられている。各地の山を愛する人たちが、それぞれの山の美しさ、登高の楽しさ、そして山と人間のドラマを、私たちに語ってくれることであろう。

山を語ることの楽しさを、私はこの全集で深く味わいたいと思っている。

（昭和五十八年五月）

「武者小路実篤全集」刊行によせて

武者小路実篤は小説家と言っても、画家と言っても、思想家、哲学者と言っても何かが残る。結局彼を縛るものはない。人間であると言うより仕方がない。——中川一政氏の言葉である。武者小路を最もよく知る人の言葉であろうかと思う。

明治、大正、昭和という変転極まりない時代を、武者小路は常に一人の人間として誠実、真摯に生き、優れた独自の作品によって、その時期、時期で、己が生きる姿勢を天に問うている感がある。核状況下の今日、改めてその作品を読み直さなければならぬ随一の文学者であろうかと思う。

今度、その生誕百年を記念して、「武者小路実篤全集」（十八巻）が出版される。この全集によって、一人でも多くの人に、巨人、武者小路実篤のあらゆる面に触れて頂きたいと思う。

（昭和六十二年八月）

「日本の庭園美」の監修にあたって

人は優れた芸術作品に触れたあと、その美しさの解明に参画せずにはいられなくなるものです。例えば桂離宮に対して、誰もが何かを語らずにいられないのはこのためです。私たちの祖先は奈良・平安の昔から数多くの名苑を造り、幸いにもその一部がいまに残されています。刻々と変わる庭の表情と対面しながら、その美しさについて存分に語り合う楽しさを、このシリーズで読者の方々と共にしたいと思います。

（平成元年二月）

［公演等パンフレット］

すゞらんグループ公演「商船テナシテイ」

美しい仲間

すゞらんグループは私の親しい友人たちが中心になって結成している集りで、会員はいずれも映画界の野心的な新人たちである。こんど第一回研究発表として〝商船テナシテイ〟を上演するが、これについて何も説明する要はあるまい。私はこの仲間の持つ雰囲気が好きである。みんな映画人であると共に、画家でもあり、詩人でもあり、作家でもある。彼等が身につけているものは頗る上等なものである。若さと野心と底知れぬ芸術への愛情。〝商船テナシテイ〟の上演はこの仲間の持つ雰囲気の第一回の自然発火である。願わくば、すばらしい爆発であって欲しい。ともかく将来の新しい日本の映画芸術がこうした仲間に依って切り拓かれて行くことだけは間違いあるまい。

（昭和三十年七月）

瀬川純シャンソン・リサイタル

期待

新らしい俳優としての瀬川君の個性と資質が如何なるものか——今度のリサイタルで、はっきりするとおもう。

願わくば、この若い俳優の芸術的意欲が時代から正しく評価され、氏が大成して行くことを望む。

（昭和三十四年十二月）

小沢征爾指揮日フィル特別演奏会

セイジのプロフィル

昨年十月パリで、私は初めて小沢征爾氏と会った。私は氏に自分の外套を買うおつき合いをさせたり、氏の自動車に乗せて貰ったり、一緒に食卓を囲んだりした。私にとっては、既にヨーロッパに於て将来を大きく期待されている若い音楽家と持った共同の時間は、かけがえなく楽しく貴重なものであった。

私は小沢征爾氏の柔和な、併し、時折鷲のような鋭い眼をする風貌も好きであるし、静かで、併し、時折身を乗り出して情熱的に語り出すその話し方も好きである。

併し、指揮者としての小沢征爾氏の姿は、恐らくまた別種のものである筈だ。氏はそれをこんど日本の音楽愛好家の前に披露するために帰って来た。人々は若い氏の肩にかかっている栄光が一朝一夕にして成ったものでないことを知るだろう。こう言うと氏は苦笑して言うに違いない。栄光なんて、そんなものとは無縁ですよ、と。

実際氏は栄光とか名声とかには無頓着である。ただ本当に心の底から音楽が好きなのだ。そして指揮者になるために、ただそのために、氏は生れて来たのである。

（昭和三十六年五月）

松美会開催によせて

シルク・ロードほどゆたかな幻想を伴う贅沢な往古の街道はない。曾てこの道を、中国産の絹は西へ運ばれ、西方からは宝石や玉や織物が駱駝の背に揺られてやって来たのである。いやそうした商品ばかりではない。この道を伝って、仏教も、イスラム教も、美術も、学問も、そして民族そのものさえも移動して来、移動して行ったのである。

このシルク・ロードの周辺に多くの民族は興り、多くの民族は亡んだ。併し、彼等の、その時々に花咲いた生活の智慧は、沙漠の熱砂にも、荒蕪地の雪にも耐えて、何千年かの時間と空間を突っ切り、美しい芸術品として現在に残されている。日本染織界の最高の技術は、こんどこのシルク・ロードに挑むときく。往古の西域諸民族の心が、そして彼等が生んだ芸術の花々が、いかに美しく二十世紀の日本の染織界に取入れられ、表現されるか、思っただけで心躍ることである。

（昭和三十六年頃）

前進座公演「屈原」

親しまれる英雄

屈原は中国の戦国時代の大政治家であり、大詩人であり、その一生を憂国の心を以て貫いた人である。中国にはこういうタイプの英雄が多いいが、案外日本には少ない。志操堅固という言葉があるが、本当に志操堅固に身を処して、それで一生を貫くということは容易なことではない。こうした英雄の多いい中国でも、屈原はその代表的人物であり、今日最も民衆に親しまれている歴史上の英雄である。

郭沫若の「屈原」は傑作である。傑作であると共に、大変面白い戯曲である。これは一九四二年の作であり、当時作者がこれを書かなければならなかった意義もはっきりしているし、いまこれを前進座が上演することの意義もまたはっきりしていると思う。今日の時代は、屈原の生きた時代と少しも変っていないし、時代が屈原的人物を必要としていることもまた、少しも変っていない。

前進座の「屈原」の上演は二回目であり、前回も好評であったが、こんどはそれを上回る規模のもとの上演だと聞いている。「屈原」を観ることは、私にとってはこの春の最も大きい楽しみである。

（昭和三十七年五月）

三代目花柳寿輔襲名披露舞踊会

新しい日本舞踊の創造をめざして、最も前衛的な仕事に情熱を燃やしていた花柳若葉さんが、舞踊界第一の名門花柳流の家元を継いだことは、日本舞踊界にとってちょっと類のないほどの意義深い事件であった。前衛的なものと、伝統的なものとを止揚して、真に新しい日本舞踊を生み出す使命は、この時若い氏の肩に置かれたのである。それからいつか三年の歳月が流れた。氏のこの三年の歩みは、堂々としておおらかである。名門の家元といった堅苦しさも窮屈さもさらさらなく、ひたすらに明るく自由である。そして、また嘗ての花柳若葉さん時代に見なかった貫禄を身につけ始めたことはさすがであり、天晴れと言うほかはあるまい。芸術の道は遠く、長く、険しい。ますます選ばれた人としての自覚を持って、その遠く、長く、険しい道を独自の歩み方で歩んで戴きたい。

（昭和四十年十一月）

前進座三十五周年興行

前進座の情熱

前進座の三十五周年興行が全国各地で盛大に行われ、各方面から大きい好評を得ていることは、まことに慶ばしいことである。三十五年というと、生れた子供も三十五歳になるわけで、その間に戦時下の暗い時代と終戦というわが国未曾有の試錬の時期とを持っている。前進座の少年期青年期の歩みがいかに厳しいものであったかは、誰でも知っている通りである。よくそれに耐えて、途中で挫折することなく今日の大を為すに到ったのは、驚歎すべきことである。前進座の今日あるは、演劇団体としてのよそ目にも美しい和と、何を演じなければならぬかという確固たる信念を持っていることと、そして、もう一つ、時代からも大衆からも遊離することのない新しい演劇創造への熱情に全員が常に燃え立っているところにあると思う。

前進座は三十五周年を一つのエポックとして更に大きく前進するであろうし、して貰わなければならぬ。私は前進座が好きである。前進座の幹部諸氏も若い人たちもみな好きである。私は前進座の人たちが火のように燃えるものを自分が書けたらと思う。劇作家ではないので、小説の形でしか書けないが、そうしたものを書くことが、小説家としての私のここ何年かの夢である。

（昭和四十年十二月）

島田帯祭

私の郷里は伊豆である。同じ静岡県であるが、これまで島田とは余り縁がなく過して来ている。十年ほど前に一度、新聞社か雑誌社の主催の講演で一泊したことがあるくらいである。

併し、島田の帯祭は前から見たいと思っている。柳田国男先生に「秋風帖」という帯祭のことを書いた短い文章がある。これは大正九年に書かれたものであるから、帯祭そのものも、その頃とは多少違ってしまっているかも知れない。

帯祭の島田を見たいと思いながら、それを果さないで今日に到っている。こんどもまた講演で出掛けて行くことになった。立派な市民会館ができ、そこでの最初の講演であるというから、たいへん光栄である。帯祭を見には、改めて出直すことにする。


（昭和四十三年四月）

前進座東日本公演

前進座とその若い人たちの活躍を応援し、ちからをかそうという会の発足をお祝いします。海外旅行のため出席できず残念です。今後の前進座がいっそうよい仕事をしてくれることを期待します。

（昭和四十三年九月）

「天山北路」芸術祭大賞受賞記念

おめでとう

こんどの「天山北路」の制作スタッフの方々が、軽井沢の私の小さい仕事場を訪ねて来られたのは昨年の八月の下旬だったと思う。要件は、私の小説、「聖者」を中心の軸にして、それに捉われない自由なのびのびとした放送劇を作りたいので、応援を頼むということだった。

そしてはるばる現地にまで出掛けて行って、風の音や、湖の水の音や、バザールの騒音を録音して来ると言い、ロシアの放送局とも、その打合せが出来ているということだった。更にまた、私にも一緒に来ないかと言った。私はたいへんな意気込みを見せている若い人たちが、いかなる作品を考えているか見当はつかなかった。ただ既に、その作品の形と内容が、それぞれの若い人たちの頭の中にできあがっていることだけは明らかだった。

私は何の応援もできないが、私の幾つかの西域小説は自由に使って貰って結構であると答えた。こうしたことにはかなり気難しくなる私が、この時はどういうものか、自分でも不思議なほど、こだわりがなかった。情熱を以て一つの作品を創り出そうとしている人たちが持っているきらきらしたものが、ただ眩しく、ただ爽やかであったのである。訪問者たちは一時間ほどで引きあげて行ったが、そのあと、私は椅子に腰かけたまま、身動きしないでいた。驟雨が襲い、晴れ、夕暮がやって来た。私は若い人たちの仕事が大きく実を結ぶことを信じて疑わなかった。それだけのものを、訪問者たちは私の仕事場に置いていったのである。

果して「天山北路」は成功した。おめでとう、といま私は言わなければならぬが、実はそれはあの晩夏の一日にこそ言うべきであったのである。私も亦、「天山北路」の制作陣の人たちが為したように、そのような情熱をもって、自分の仕事に向いたいと思っている。

（昭和四十五年一月）

和泉会別会

狂言を世界に

ひと口に〝無形の芸の伝承〟と言うが、その道に携る人の生死をかけた生涯の仕事である。自らが修得した芸を、芸の精神を、肉体を通して自らの子に伝えてゆく。壮絶である。

この度、和泉宗家のなみなみならぬ努力と精神が稔って、ここに一つ、狂言の大きな芽が誕生する。まことに慶ばしいことである。願わくばその芸は、日本にとどまらず、大きく世界に通じ拡ることを希みたいものである。

（昭和五十四年三月）

くれない会

第一回

花衣翠蝶、蝶二郎のお二人が舞踊の世界に一新天地を拓《ひら》こうと精進しておられる姿は、まことに凛々しく、美しく、頼もしい。第三者として勝手な言い方を許して頂けば、お二人は舞踊の世界に新しい境地を拓くために、この世に生れて来られた姉妹であろうと思う。すべての開拓者がそうであるように、お二人もまた花衣流の完成にご自分のすべてを賭けなければならぬ〝選ばれた人〟である。

どうか〝選ばれた人〟としての光栄ある、しかし多難な道を、きびしく、力強く、美しく歩んで頂きたい。紅焔霏々、――お二人の精進を横から拝見していると、そんな思いを持つ。どうかいつまでもくれないの焔の飛びちる二つの輪でありますように。

（昭和五十四年十二月）

第二回

花衣翠蝶、蝶二郎のお二人が、由緒ある花衣の名跡を継いで、〝くれない会〟を組織し、襲名リサイタルを開いてから早くも一年が経過する。この一年間に於けるお二人の精進ぶりには、まことにめざましいものがあり、必ずやその芸境に大きい進展あることを信じて疑わないものである。

そうしたお二人の精進の明け暮れが、こんどの第二回発表会にいかなる形で現れるか、一人でも多くの方に観て戴きたいと思う。

芸道には進歩しかない。若い二人の舞踊家の今日も、明日も、それだけに烈しい精進が約束されている。どうかこのお二人の大成のために大方の御指導と御鞭撻を得たいと思う。
以上、後援者の一人として、伏して念願して已まない次第である。

（昭和五十五年十二月）

第三回　光栄ある道

舞踊というもののすばらしさは、それが終ると同時に、すべてが跡形なく消えてしまうことである。それがいかにすばらしいものであったかは、その場でそれを観賞していた人たちの瞼ならびに心に捺されているだけである。舞踊家自身も、それを再現することはできないのである。音楽もまた同じである。指揮者がタクトを振り終わって、それを停めた瞬間、それまで演奏されていたすばらしい音楽の世界は消えてしまい、再びそれを再現することはできないのである。

舞踊や音楽は潔い芸術である。それだけに全力を挙げて、それを為し終えた時には、舞踊家や音楽家は大きな自足感と共に、誰も知らないある淋しさをも併せ持つことであろうと思う。余人が味わうことのできない高級な淋しさである。花衣流の家元・翠蝶、蝶二郎のお二人も、公演の度に一つのことを為し終えた大きな悦びと共に、そうした淋しさをも併せ味わっているに違いないと思うのである。それが選ばれた人としての光栄ある道というものである。

（昭和五十六年十二月）

第四回　凜と醇

花衣翠蝶、蝶二郎のお二人が、由緒ある花衣の名跡を継いで〝くれない会〟を組織してから、早くも四年の歳月が経過しようとしている。四年とひと口に言うが、芸道修業の四年は並み大抵のものであろう筈はない。それがこんどの公演に於て、いかなる形をとって現われるか。凜然たる烈しさも加わっているであろうし、醇乎たる和らぎも生れ出ているに違いないと思う。どうか若い二人の舞踊家の精進に対して、大方の御高評を得たいものである。そして更に、二人の大成のために御指導と御鞭撻の程を、伏して念願して已まない次第である。

（昭和五十八年三月）

第五回

潮が満ちて来るような、そんな満たし方で、人は己が生涯を何ものかで満たすべきだ。――私はこの言葉が好きであるが、実行は難しい。なかなかこのように己が生涯を設計することはできない。

花衣翠蝶、蝶二郎のお二人は、ごく自然に、この難しいことを為しておられる。己が生涯を、少しも無理でなく、着実に、真摯に、舞踊の大成に賭けておられる。お二人の精進を横から拝見していると、このようなものが感じられる。

お二人が〝くれない会〟を組織してから、早くも五年、どうか二人の若い舞踊家の精進に対して、大方の一層の御指導と御鞭撻を頂きたいものである。

（昭和五十九年一月）

第六回　己れを尽くす

最近、私は〝尽己（己れを尽くす）〟という二字が好きになっている。一つの事を為すに当って、自分の持っているすべてのものを投入するという意味である。なかなか実行は難しいが、私はそうありたい、そうあるべきだと思っている。己れを尽くしたのであれば、あとは天に任せればいいのである。

花衣翠蝶、蝶二郎のお二人の精進のまん中を貫いているものは、まさにこの〝尽己〟の二字であろうかと思う。「くれない会」を組織してから六年、その己れを尽くした精進の程を、こんどの舞台で見て頂きたいと思う。そしてこの若い二人の舞踊家への一層の御指導と御鞭撻を頂きたいものである。

（昭和六十年三月）

第七回

この一年間で最も心打たれたのは、『論語』に収められている〝詩三百、一言を以てこれを蔽う。曰く、思い邪《よこしま》なし〟という孔子の言葉である。詩三百というのは『詩経』のことで、『詩経』という詩集のすばらしさを一言で言うと、思い邪ないところであるというのである。

今年はこの孔子の言葉を花衣翠蝶、蝶二郎のお二人にお贈りしたいと思う。この一年間を振り返ってみると、お二人を貫いているものは、まさに思い邪なき精進である。有名になりたいのでも、派手な存在になりたいのでもない。新しい舞踊に取りくみ、舞踊の世界に新境地を拓《ひら》きたいだけである。どうかこの思い邪なき二人の若き舞踊家に、一層の御指導と御鞭撻の程を念願して已まない。

（昭和六十一年一月）

第八回

みなさまの御後援のもとに生れた「くれない会」も、いつか回を重ね、こんどは第八回、あしかけ十年目ということになります。

今回はそれにふさわしい演目として、凄艶な「雪の道成寺」（萩原雪夫・作）を上演する運びになりました。言うまでもなく、舞踊家によっての上演は、これが初めてで、是非とも成功させて、大きい栄冠を、この二人の若い舞踊家の肩に置きたいと思います。大方の御指導と御鞭撻のほどを念願して已みません。

（昭和六十二年一月）

第九回

「論語」の中に、〝五十にして天命を知る〟という孔子の言葉が収められてある。孔子は五十歳の時、自分が為そうとしていることに、天からの使命感を覚え、自信を以て、その道をつき進むことができたというのである。

考えてみるに、なべて価値ある仕事というものは、その大小を問わず、みな天命を感じての仕事ではないかと思う。意識する、しないに拘らず、天からの使命感が背後から支えてくれているのである。

私もおくればせながら、今や作家としてそういう仕事に入りたいと思っているし、こんど第九回の公演を世に問う若い舞踊家、花衣翠蝶、花衣蝶二郎のお二人にも、そうあって頂きたいと思う。併し、このお二人の場合、その長期に亘っての、烈しい精進に思いを致せば、既に天命を知っての闘いであり、天命を知っての公演であるかも知れない。

（昭和六十三年三月）

第十回　養之如春

〝養之如春〟（これを養う春の如し）の四文字は、翠蝶、蝶二郎のお二人が、花衣の名跡を継ぎ、〝くれない会〟を組織された折、精進にすべてを掛けられるお二人の、座右の銘として差し上げた詞《ことば》であります。

中国の古い詞ではありますが、時代が下がるにつれて、その詞の生命が輝いてくるような四文字であります。春の光が万物を育てるように、ゆっくりと、時間をかけて、精進に精進を重ねますように。

お二人の記念すべき第十回の公演に当って、改めて、この詞を差し上げたいと思います。

（平成元年三月）

第十一回

いま、私の「孔子」という小説が多勢の人に読まれているので、いろいろな人から、いろいろな質問を受ける。この間も、

――孔子は絵が判ったか。

という質問があった。

――さあ。

と言う以外、仕方がなかった。

――音楽の方は？

これに対しては、すぐ答えられた。「論語」の〝述而第七〟という章に、

――子《し》、斉《せい》に在りて韶《しょう》を聞く。三月、肉の味を知らず。曰《いわ》く、図《はか》らざりき、楽《がく》をなすことのここに到らんとは。

このようなことが記されている。

――孔子は斉の国で、韶（舜時代の音楽）を聞いた。長い間、肉の味に気付かなかった。そして言った。思いもかけなかった。音楽というものが、これほど私を夢中にさせようとは。

孔子らしい話である。音楽の素晴しさに打たれ、長い間に亘って、肉の味さえ判らなくなっていたというのである。

私はこの挿話を、「論語」の中の怖いものの一つにしている。私の場合、何事に夢中になっても、このようにはゆかない。

併し、舞踊に生涯をかけている花衣姉妹の場合は如何であろうか。自分が本当に心を奪われた、一つの芸にのめり込んでゆく時は、まさに、

――三月、肉の味を知らず。ではないかと思う。

それは兎も角、孔子を夢中にさせた〝韶〟という音楽が如何なるものか、機会があったら、花衣姉妹を煩わして、解説をして貰いながら、一緒に聴いてみたいと思っている。

――平成二年二月十七日――

（平成二年三月）

森井道男「花木なかば」出版記念会

金沢の五月は、

　さぞ美しいことでしょう。

お城の石垣にも、

　兼六園の緑にも、しばらく

ごぶさたしています。

「花木なかば」出版おめでとう。

（昭和五十六年五月）

歌劇「香妃」公演

香妃

去る五十四年八月に、中国新疆ウイグル自治区のカシュガルを訪ねた。カシュガルは文字通りの中国西部辺境のオアシスの町であり、紀元前からの古い歴史を持っている町である。

この町の東の端れに香妃一族の墓がある。高さ二十五メートル、左右三十六メートル、全面タイルで覆われた大きな墓廟で、そこに香妃の一族、ホージャ家五代七十二人の墓が収められてあった。

香妃についてはいろいろな話が伝えられており、どれが真相に近いか判らないが、いずれにしても香妃に関する説話の中心部分は、辺境に生まれ、若くして、召されて乾隆帝の妃となり、その体からは沙棗《すなつめ》の花の匂いに似た芳香を放っていた女性であるということになっている。ために香妃なる呼称は生まれているようである。沙棗の花の匂いは一種独特の甘さを持ち、しかも強烈である。

事実の話であれ、作られた話であれ、香妃の物語は哀《かな》しく、美しい。こんどの歌劇でいかに香妃が取り扱われるか、それを見せて頂くのが楽しみである。

（昭和五十六年十二月）

東宝ミュージカル「屋根の上のヴァイオリン弾き」公演

『屋根の上のヴァイオリン弾き』を観てつよく感じたことは、いわゆる翻訳劇の臭味がほとんどなかったことである。

勿論、装置や衣裳はまぎれもなく異国のものであるし、ストーリーも帝政ロシヤにおけるユダヤ人の迫害という、今日のわれわれにはかなり無縁な出来事が軸になって展開している。しかし、そこに盛られた貧しい牛乳屋テヴィエを中心にした村人たちの生涯の哀歓や、テヴィエ一家の父母と娘たちの心の交流と断絶は、何の異和感もなくこちらの胸に沁み渡ってくる。

これはやはり大変なことである。この作品が全国各地を巡演して五〇〇回以上という、戦後の演劇としては未曾有の記録を樹立した秘密もここにあると思う。日本の観客の間にミュージカルという異国の演劇形式をみごとに定着させたということにおいて、この翻訳劇が果した役割は限りなく大きい。

そういう意味で私は、この作品における森繁久彌氏をはじめ、俳優諸氏に心からの祝意と敬意を表する。もし森繁久彌という強烈な個性がなかったならば、そしてそれを支えた俳優諸氏のみごとな協力がなかったら、この作品の成功は望めなかったであろうと思う。初演以来十五年、森繁久彌氏は、この作品における自分の役柄を自分の胸中で執拗にあたためつづけて来たわけで、みごとなことでもあり、怖いことでもある。そういう過程を無視してやはりこの作品の成果は語れない。

ものごとはやはり、成るべくして成ったのであって、奇蹟や偶然があったわけではない。私も観客の一人として、また森繁久彌氏の友人のひとりとして、氏をはじめすばらしい俳優諸氏に、再び拍手をおくる日の近づきつつあるのを、しんとした思いで待っている。

（一九八二年二月九日）

（昭和五十七年三月）

中国越劇日本初公演

中国の越劇が、初めて日本へやって来ました。日中平和友好条約の締結五周年を記念するにふさわしい、この舞台芸術の来日に、心から歓迎の意を表します。

日中両国の友好をゆるぎないものに、そして長い将来にわたるものにと願う者にとって、何よりもたいせつなことは、相互理解です。お隣りの中国を理解するためには、歴史的に形成された中国の文化にふれることが大きい役割を果たします。

越劇の発祥は今世紀に入ってからと言われますが、中国の文化的特性や民族的伝統をもった、代表的な舞台芸術のひとつであることは御承知のとおりです。そして、これまでに何度か来日したことのある京劇が、あの広い中国の中で、どちらかと言えば北のものであるのに対し、越劇は南のものと言ってよいでしょう。広範な中国の人々に愛され、その中で育った芸術に、この日本でじかに接する機会が得られたことは、うれしいことであります。

今回の上海越劇院の訪日公演「紅楼夢」が、大きな成功を収められますことをお祈りするとともに、日中両国の文化交流の発展を願ってやみません。

（昭和五十八年十一月）

松竹九〇年の正月に

これを養う春の如し

今年は松竹創業九〇周年、いろいろな催しが賑やかに行われると聞いております。九〇年とひと口に言いますが、松竹が歩いてきたこの九〇年という歳月は、日本歴史の上でもたいへんな時期であります。日本の近代化が強力に推進された輝かしい時期でもありますし戦争をなかに嵌め込んだ烈しく、暗い時期でもあります。

とまれ、そうした容易ならぬ九〇年の歳月を、松竹は演劇、映画の老舗として歩いてきたわけで、歌舞伎は言うに及ばず、新派、新喜劇、現代劇等の継承、発展の上に果した役割は、非常に大きいものであります。

それからまた、この九〇年の間に、歌舞伎は何回か海を渡っております。アメリカ、ヨーロッパ諸国を初めとする海外公演に於て、松竹が受持った役割は、これまた特筆大書すべきものでありましょう。国際的文化交流上から見れば、まさに〝歌舞伎は旅する大使館〟であったわけであります。

松竹創業九〇周年の年頭に当って、私は〝これを養う春の如し（養之如春）〟という私の書初めの言葉を、私のお祝いとしてお贈りしたいと思います。何事をなすにも、春の光が万物を育ててゆくようにゆっくりと、あせらず、ゆたかにやってゆくべきだという意味であります。

松竹九〇年に亘って大きい業績の継承、発展が、春光が万物を育てるように大きく、ゆたかに、ゆっくりと行われてゆくことを期待して已みません。

（昭和六十年一月）

入江さんから教わったこと

入江さんの仏教伝道文化賞受賞を知って、たいへん嬉しく思った。入江さんの写真家としてのお仕事の分野は、非常に広い。四季の大和路も撮りつくしているし、京の庭に関する多彩なお仕事もある。戦前の文楽となると、氏の作品集を開かなければならない。

そうした各分野に亘ったお仕事の中でも、関西の古い文化の紹介者としてのお仕事は、文字通り独自であり、長い歳月がかかっていて、他の追随を許さぬものがある。こんどこの輝かしい賞をお受けになったのも、この分野でのお仕事の評価であろうと思う。

私個人の話になるが、私は入江さんからたくさんのものを頂戴している。いつ頂いたか判らぬような、そんな頂き方で、実にたくさんなものを頂いている。大和の仏像の本当の美しさも、その美しさの本当の見方も、入江さんから教わっている。一つ一つ算えたらきりがない。

それからまた奈良の寺院のいろいろな行事についても、たとえば二月堂のお水取りなどについては、どれだけ入江さんの恩恵を蒙っているだろうかと思う。私はお水取りにうつつをぬかした何年かを持っているが、それを思い出す度に、どこかに入江さんが居られる。入江さんのお仕事によって、お水取りという行事の、本当の生命の通っているところを教えて貰っているからである。

入江さんのお仕事は静かである。騒がしいところはみじんもない。大和の風景を撮っても、仏像を撮っても、寺院を撮っても、行事を撮っても、みな静かである。対象の持っているものをねじ曲げたり、強調したりする騒がしいところはいささかもない。一朝一夕の対象との関わり合いでは望み得ないことである。奈良に住まっておられる長い歳月と、古い文化に対する並み並みならぬ愛情と、そして写真家としての己が使命の確乎たる認識とが、氏の仕事を背後から強く支えているのである。

（昭和六十年三月）

橘芳慧さんへのお祝いの詞

昨年の夏のある日、家内が国立劇場から帰ってくると私に言った。

「すばらしい踊りでした。私は以前にレニングラードでバレエを見ましたが、今夜の橘芳慧さんの踊りはそれ以上でした。あなたもご覧になればよろしかった……」

私はその頃孔子を主題にした作品を書いている最中だったから、せっかくの橘芳慧さんからのお誘いを無にしてしまっていた。

橘芳慧さんは、いつも着物姿でしゃんと背筋をのばし、邪気のない表情で私の話に耳を傾けてくださる。聞き上手である。と思うと突然「先生、いまのお話難しくて判りません」などと直截に言われたりするから、私は言い直したり、別な方法で説明したりする。まなざしは一直線で清冽、反応は早いし、表情が面白いくらいに変化する。舞踊家だから当然といってしまえばそれまでだが、手指の動きが美しいのでそれを見ていても飽きない。

つまり話していて至極楽しいのである。

正月など我が家の沢山の来客に混じっていても、その起居振舞は無駄がなく美しい。

だから、橘芳慧さんの踊りは、その姿形のようにふっくらしていて、躍動感があって、その上、品格のあるものだろうと、私は勝手に想像している。

秋には橘芳慧さんの会があるそうで、ぜひその時は家内の解説付で拝見したいと今から楽しみに心待ちしている。

本年四月、橘芳慧さんが家元の、橘流が創流五十年を迎えられたとのこと、心よりお祝いを申し上げたい。

（昭和六十三年四月）

「世田谷芝能」によせて

芝の上で舞い能の発祥の姿を伝えるという「芝能」を、能楽の源流奈良の地から招いてこられたのが、「世田谷芝能」と聞いております。

今日の能楽四座は、いずれも大和猿楽を祖としておりますが、さらにさかのぼれば、シルクロードを経て伝来した雅楽や、伎楽が、その底流をなしていることでしょう。

私が総合プロデューサーをつとめる「なら・シルクロード博」のメインテーマは、「民族の英知とロマン」です。その凝縮された姿が、能の中にも生きているのだと思います。「世田谷芝能」をとおして、シルクロードの数千年の歴史と、一万キロの空間の拡がりに、思いを馳せてみたいと思っています。

（昭和六十三年十月）

歌舞伎・京劇合同公演

祝辞

日本と中国をそれぞれ代表する伝統演劇、歌舞伎と京劇の、文字通りの合同公演が、この「リュウオー（龍王）」でついに実現しました。

歌舞伎と京劇は、演技様式などに似た点が多く、長い交流の歴史をもっています。その交流の中で培われた友好の伝統が、初の合同公演にふさわしい新作「リュウオー」となって、ここに花開いたと言えましょう。

実現にいたった原動力は、市川猿之助氏と李光氏との海を越えた固い友情にあります。さらに、この友情を新たな創造へ向かって温かく育くんだ日中双方の関係者の努力がありました。文化交流はいつの時代でも、人と人との、心と心との触れ合いによって道が開かれるのであります。

歌舞伎が新中国を初めて訪れたのは、建国後わずか六年の一九五五年のことでした。先代猿之助一座によってなされたものであります。そして今年、中国は建国四〇周年を迎えます。この記念すべき年に、「リュウオー」の合同公演が実現しましたことを、うれしく思います。

「リュウオー」は、日中友好と文化交流の発展を象徴する舞台として、今後の交流に、そして歌舞伎、京劇それぞれの発展に、きわめて大きい意義をもつものであります。公演の成功を願ってやみません。

（平成元年三月）

和泉狂言会

祝辞

昭和五十四年の春、家元・元秀さんの御長男、元弥さんの初舞台を観て以来、いつか十数年が経ちました。この度、お姉さんの淳子さんが成人されると同時に、日本の狂言史上、初めての女性の専門家として出発されるとのこと、平成元年の、まことにすがすがしいニュースであり、ご同慶に耐えぬ次第であります。

それからまた、これと同時に、妹の祥子さんが、祖父さんの人間国宝・三宅藤九郎さんの名を襲名されると聞いております。ここに於て、和泉流の将来には、まことに盤石たるものがあり、心からなる祝意を呈して已みません。

（平成元年十一月）

日中合作大型人形劇「三国志」特別公演に寄せて

劇団影ぼうしと中国揚州人形劇団との合作による大型人形劇「三国志」の特別公演がいよいよ実現しました。

中国揚州人形劇団は、中国のみならず世界の人形劇界でも名のある劇団です。日中文化交流の大先達である唐僧、鑑真和上を生んだ揚州、その揚州で育くまれた人形劇団との合作特別公演は、日中両国文化交流の長い歴史と友好の伝統の中に、ひときわ鮮やかな花を添えるものとなりましょう。

日中両国の芸術家が、一つの作品を文字通り合同で創造することは、両国の友好と文化交流を促進する上で、大きい意義をもっています。しかし、それは誰もが簡単にできるものではありません。海をへだてた双方の関係者がともに力を合わせ、大小の困難を克服してはじめて実現することができるのです。それは、文化交流に情熱をもつ双方の関係者の友情の結晶と言ってよいでしょう。

今回の演目「三国志」は、「西遊記」とならんで、日本でもたいへんよく知られている中国の歴史的傑作であり、合作による斬新な舞台が大いに期待されます。

この公演の実現のために、三年間にわたる準備を続けてこられた日中双方関係者のご努力に敬意を表しますとともに、公演の成功を願ってやみません。

（平成二年六月）

［展覧会パンフレット］

田辺彦太郎油絵個人展

田辺君は京大時代の僕の友人である。植田寿蔵先生のもとで美学を一緒に専攻していた。その頃から君の絵画に対する特異な稟質は光っていたが、果して大学卒業後、君は学究としてではなく、芸術家としての途を選んだ。戦野にあった数年間の空白は君にとっては画壇的には大きい損失であったと思うが、いま君は近作十点を提げて、第一回個展を開かれる。幸か不幸か、どの既成団体にも所属しなかった、また所属することのできなかった世代の若い芸術家として、君の作品に清新純潔な美しさのあるのは言を俟たない。君の大きい明日を期待するのは昔の級友としての心情のみではない。具眼の士の一人でも多く鑑賞されることを切に希うものである。

（昭和二十三年七月）

須田国太郎遺作展

須田国太郎氏の作品

須田国太郎氏の作品の美しさは、一口に言うと東洋的静謐とでも言うべきものではないかと思う。私は以前氏の作品の持つものを文学的だとか宗教的だとか解した時期があったが、いまみんな当っていないと思う。もっと広く深く遠いところに根差している東洋的静けさなのだ。そしてそうしたものから出て来る気品は、きびしく氏を凡百の画家と区別している独自なものである。

私は氏の作品はどれも好きである。どの作品も氏以外の人の作品ではない。絵というものは大抵のものが書斎や応接室に掛けて毎日眺めていると、多かれ少かれ、必ず観るものと観られるものの間に一種の慣れ合いとでもいうべき状態が生れて来るものだが、氏の作品の場合はそうしたことは許されない。そうしたこちらの気安さや甘えは烈しく拒否されている感じである。いつもそこには気稟高い空間が儼然と坐っている。氏が本当の芸術家であり、その作品が本当に優れたものであるからだと思う。

（昭和三十八年一月）

今井善一郎作品展

私が知り合った頃の今井君は綺麗な詩を書いていました。その詩の殆んど無に近い感性の美しさが造型の世界で定着されて良い作品となっています。珍らしい絵と思います。

（昭和四十一年八月）

杉本亀久雄個展

一日、杉本亀久雄氏は私の宅を訪れて、三枚のカンバスを示した。氏と私の交友は、氏が毎日新聞社へ入社した時から、今日まで即かず離れず続けられている。私たちが会った最初の日、氏は自分は新聞社へははいったが、本来の志望はカンバスの上に自分を表現することにあると言った。その時の若き友の言葉は、いまも私の脳裡に、青春だけの持つ純粋な宣言として刻まれている。

氏はその後、美術評論家として、美術記者として活躍するようになったが、傍ら画業に専念していると聞いていた。いってみれば、氏は二十年前の青春の約を果すべく、私の前に現れたのである。私は一本の清冽な水の流れが、漸くにして己が出口を見出したかのような自然な思いに打たれた。

私は、氏が自らの作品を世に問うことに二十年の歳月をかけた慎重さを立派だと思う。こんど陳べる作品は、その多くが滞欧中の所産であるが、色感の美しさと清新さ、カンバスに塗られた特異なエネルギーの凄さまじさは、広く識者の注目するところとならない筈はないと信じている。私は、その新しい出発に対して、正しい評価が下され、それが、これからの仕事に大きくプラスすることを祈るばかりである。

（昭和四十一年十月）

石川近代文学館開館記念「郷土作家三人展」

文学の館をたたえる

こんど石川近代文学館を見せていただいて、すばらしいものができたと思った。鏡花、秋声、犀星といった物故大家のものは悉く集まっている。こうしたものが各県にあったら、文学研究家にとってはどんなに有難いことだろう。併し、こうした企画はよほどの見識ある推進者がない限り、なかなか実現は望めない。石川県が全国に魁けて、こうした文学の館を持ったことは、たいへん立派なことだと思う。

私もまた、四高に学んだというだけのことで、この館の一隅に著書を並べていただけるという。嬉しいことである。

（昭和四十三年十一月）

第十六回印刷文化展

私と印刷文化

印刷文化という言い方が奇妙に聞えるほど、現代文明そのものが印刷を切り離しては考えられない。われわれの日常生活は何から何まで印刷の恩恵に浴していないものはない。食卓に向かう。煙草を取り上げようが、マッチを取り上げようが、ナプキン紙に手を出そうが、メニューに手を伸ばそうが、みんな印刷インキで彩られている。食堂を見回すと、最近は壁紙までが印刷されたものが多い。私など文筆家の生活においては改めていうまでもない。書斎は印刷物で埋められ、印刷のお陰で仕事が成立っている。印刷インキと活字の中で、毎日を送り、生計を樹てているようなものである。活字の詰っている辞書を引き参考書を調べ、ノートに書き込み、印刷された原稿紙を拡げ、印刷されたレッテルのついているインキ壜の蓋をとる。一字一字書き綴った原稿は何日か後にはゲラ刷りとなり、更に何日かすると、雑誌に載せられたり、単行本になったりする。若し文明の音というものが聞えるとすると、その何割かは印刷機の音が占めるに違いない。

　こんど私の郷里静岡で全国印刷文化展が開かれることを悦ぶ。富士麗しく、潮美しい地において、催しのいやが上にも盛んで且大なることを希んでやまない次第である。

（昭和四十三年十一月）

小林勇水墨画展

個展に寄せて

　小林勇氏の水墨は、氏の余技であると思っている人も多いだろうし、私もその一人であったが、どうやらこの見方はあやまりとしなければならぬようだ。同じあやまりであるにしても、かなりたいへんなあやまりであるらしい。

　氏自身の内部における変貌もまた同じことだ。氏もまた自ら余技として出発したと思いこんでいたに違いないのだが、いつか余技的な気持のないことに、誰よりも氏自身が気付いているはずである。

　氏の作品が枯淡とか雅趣とかの境地から脱け出して、〝花〟を持ち出したのはいつ頃からであろうか。花とは内部から盛りあがって来る生命、ゆたかな遊びの生命である。氏のこんどの作品の前では氏に抱きついたり、肩を叩いたりはできない。それだけのものが厳として坐っている。お互いに若くはない。氏が水墨に賭けるなら、私もまた小説に賭けると、私は氏の作品の前で言う。

（昭和四十四年六月）

彫刻の森美術館に寄せて

彫刻の美と森の美と

　パリのロダン美術館にはいると、庭園の右手の方にナポレオンの記念塔を背景にして「考える人」の像が見え、反対の左手の方には「カレーの市民」と「地獄門」の二つの大きい作品が置かれている。私が行った時は秋の中頃で、すでに冬枯れの目立ち始めた木立が広い庭の一角を埋めていて、何とも言えず美しかった。

そうした作品が左右にあるのを眼に留めながら正面の美術館の建物の中にはいって行く気持は、いかにもこれからロダンの作品群の中にはいって行くといった感じで、期待とも悦びともつかぬ楽しい思いが、胸いっぱいに拡がってくる。若し庭園に「考える人」や「カレーの市民」「地獄門」等が置かれてなかったとしたら、ロダン美術館を訪れる気持は、また大分異ったものになるだろうと思う。

こんど、日本にも初めて屋内展示場と屋外展示場を持つ〝彫刻の森美術館〟ができると聞く。たのしいことである。ロダン美術館を訪れる時のあの静かな昂奮が、もっと大きい形で、箱根の二《に》の平《たいら》の森の中を歩いて行く私たちの胸をふくらませてくれることであろう。森の中に置かれてある彫刻の美しさを、そしてまた彫刻が置かれてある森の美しさを、日本人は漸くにして自分のものとする時代を迎えたわけである。

（昭和四十四年八月）

第六回人間国宝新作展

重要無形文化財を保持する人たちの新作が一堂に並ぶ人間国宝展は毎年の楽しみであるが、今年もまた他の美術展とは異って、会場には静かな、しかし一種独特の花やいだ空気が立てこめるだろう。日本の伝統文化の生粋なものだけが持つ静けさであり、花やぎである。陶芸、染織、漆芸、金工、竹芸、木工芸、人形、手漉和紙と、それぞれの分野において、現われている形こそ異なれ、その前に立つ私たちが受取るものは、日本人の心であり、日本人の心が生んだ美しさである。

ここにある色や、形や、模様は、日本人が美しいと感じ、長い歴史を通じてより高度なものへと育てて来たものである。ここにある技術も同様である。日本人が生活の中から作り出し、長い歴史を通じて、次第により優れたものへと育てて来たものである。日本の風土とも、宗教とも、道徳とも無関係ではないし、私たちの父や母の生活とも、あるいは遠い祖先の生活とも無関係ではない。

いま時代は烈しく移り変りつつある。何が変っても仕方はない。ただ一つ変ってならないものは、日本の伝統文化のもつ生粋な美しさである。これを失うことは、日本の心を、日本人の心を失うことである。今日日本の伝統文化と正面から取組んでいるこの会場に並ぶ作家たちの使命と役割は限りなく大きいと思う。

（昭和四十五年四月）

世界写真展「明日はあるか」

写真展「明日はあるか」は、現代に生きるわれわれへの、ちょっと較べるものがないほどの強烈な問いかけだ。ここに示されているものは、紛れもない今日の地球上の現実だ。この現実

を踏まえて出発しない限り、地球上に楽園がもたらせられぬことは、はっきりしている。（抜萃）

（昭和五十年八月）

国宝鑑真和上像中国展

おん眼の雫

芭蕉が唐招提寺を訪ね、〝若葉しておん眼の雫ぬぐはばや〟と詠った時は、和上像が安置されてあった開山堂は、鐘楼の北側の鑑真の住房跡に建てられてあり、芭蕉はそこで、異国の盲目の高僧の面に刻まれているものに、強く心打たれたのである。

この芭蕉の時の開山堂は天保の頃、火災によって焼失、以後長く和上像は講堂に安置されてあったが、明治になってから築山の上の開山堂にお移りになり、そして更に三十八年（一九六三年）に新装成った現在の、東山画伯の襖絵で飾られた新開山御影堂をお住居になされるようになったのである。和上は唐招提寺ができて四年目の天平宝字七年（七六三年）五月六日に亡くなられ、それから今日までの千二百余年の長い歳月の間に、上述の如く何回かお住居を替えておられるが、ずっと奈良唐招提寺からお離れになることはなかったのである。

言うまでもないことだが、初めて奈良の地を離れられたのは、去る五十二年（一九七七年）のパリ出座の折であり、それに続いてこんどの中国へのお旅立ちということになる。初めてのお里帰りであり、初めての故国訪問というわけである。

和上が長くお住居になった揚州に、和上像がお入りになる時のことを想像すると、烈しい感動に襲われざるを得ない。唐時代の〝二十四橋赤欄新たなり〟の揚州の町はすっかり変り、和上がお住居になった大明寺も当時の姿は全く失われているが、しかし、〝煙花三月揚州に下る〟と歌われた運河の町、揚州の風と光は、いささかも千二百年前と変っていない筈である。和上が長く瞼に載せておられる揚州の町のたたずまいは、和上像が揚州地区に入ることに依って、その香ぐわしい風光の中に置かれ、一段と生彩を帯びたものになって来るのではないかと思われる。

芭蕉が〝若葉して〟と詠ったのも五月であるが、こんどのお里帰りも同じ五月である。揚州の大明寺境内の鑑真記念堂に安置された和上像の前に立ち、その眼閉じた面を拝みたいものである。芭蕉なら、揚州に於けるそのおん眼の雫をどのように詠うであろうか。

（昭和五十五年四月）

中国を描く現代日本画展

日中国交正常化十周年を迎え、これを記念するさまざまな催しが行われておりますが、こんど読売新聞社主催のもとに開催される「中国を描く現代日本画展」は、日本美術界が、画筆を通じて両国の友好と相互理解のために、いかに大きく貢献しているかということをはっきりと示すものであります。

これまでに多くの第一級日本画家が中国を訪れ、中国の風物を描いておりますが、こんどの展観はその絢爛たる成果の報告であります。磨きに磨かれた日本画家二十六氏の感性と技術が、あの広大なる中国に於て、その風物をいかに捉えたか、まことに興味あることであります。

言うまでもないことですが、本展は日中両国の友好の基礎として、互いにその文化を理解し、尊重する上に、たいへん意義深い催しであります。本展を契機として、日中友好と日中文化交流が、いっそう発展するよう心から期待してやみません。

（昭和五十七年九月）

ガンダーラ美術展

ガンダーラ美術展に寄せて

ガンダーラ彫刻は、クシャン王朝の盛時に、現在のペシャワルを中心にした地方に造り出されたすばらしい仏教芸術である。クシャン王朝は紀元前後から五世紀にかけて、アフガニスタン北部のバルフを都として栄えた謎の王朝であるが、その盛時にはアフガニスタンはもちろんのこと、西トルキスタンからパキスタン、西北印度にかけての広大な版図を持っており、ペシャワルはその冬の都であったところである。

このクシャン王朝の盛時に、ペシャワル地方に於ては、印度からの仏教文化と、西方からのヘレニズム文化の混血が行われ、ギリシャ彫刻の手法の影響を受けた新しい仏教美術の誕生を見るに到ったのである。これが今に遺るガンダーラ彫刻に他ならぬ。

ガンダーラ彫刻の魅力をひと口に言うことは難しい。ペシャワル博物館にでも行って、その前に立って貰うしかない。仏陀も、菩薩も、供養者も、みな腫れぼったい眼をし、口許には一種独特の微かな笑いを湛えている。そして鼻と口との間は狭い。そうした大小の仏像に一つ一つ眼を当ててゆく楽しさ、みち足りた思いは格別である。いいものは例外なく彫りが深い。

こんどの展観には有名な「断食する仏陀」を初めとして、代表的なものが数多く並ぶが、それぞれ、その作品の前に立って、自分がすばらしいとする作品を選ぶことがいいと思う。ガンダーラ彫刻ともなれば、それだけの寛容さを持っている。

（昭和五十九年二月）

二村次郎写真展「巨樹老木」

写真展に寄せて

二村次郎氏が十数年に亘って、樹木を撮り続けていることは知っており、時には撮影の苦心談など聞かせて貰っていたが、こんど初めて氏の労作二十数葉を拝見し、氏の取り組んでおられるものが、いかなるものかを知った。

　どの一枚も、すぐにはそこから眼を離せなかった。あるものは烈しく、あるものは優しく、あるものは大きく、唸りたいようなものが、そこにはあった。

　氏は樹霊を撮り、樹齢を撮り、そして人間の遠く及ばない樹木というものの持っている何ものかを撮っていた。どの一枚にも、

　――立派ですね。

という他なかった。樹木も立派であり、それに取り組んでいる二村氏も立派だった。立派というほかなかった。日本列島には、こんな美しく凄いものが今も生きているのか、そしてまたこれからも生き続けてゆくのか。ともあれ氏が撮した樹木に対しても、氏の仕事に対しても、脱帽！　そんな思いである。


（昭和五十九年九月）

小野田雪堂展

貌（かお）

書は貌《かお》である。――いつ頃からか、このような書への対《む》かい方が、私にはできているようである。誰に教わったわけでもないし、考えて考えて、漸くにして到達したというような、そんな難しいものでもない。何となく七十代半ばを過ぎるまで生きてみたら、そのような思いで書に対かうようになってしまったのである。

　貌《かお》と言っても、もちろん顔の表情ではない。心の姿勢というか、その人が持っている全的なものの単純化された表出に他ならない。

　従って、日本、あるいは中国の書道史を飾るたくさんの名筆でも、心が寄り添えるものもあれば、何となく馴染めぬものもある。書というものの、ひとすじ縄ではゆかぬ面白いところである。

　小野田さんにはまだお目にかかったことはないが、そのお書きになったものから、どういう方か、私なりに存じ上げている気持ちである。一度お目にかかって、文学について、書について、人生について、ゆっくりお話したり、お話をうかがったりしたいものである。氏のお書きになったものは、そういう思いを私に懐かせる。


（昭和六十年七月）

東京富士美術館「中国敦煌展」

祝辞

私が初めて敦煌を訪れたのは、今から七年前の昭和五十三年五月のことである。私が小説『敦煌』を書いてから、実に二十年もの歳月が流れていた。

　敦煌の街に入った時、いきなり私の心を揺さぶって来る感懐

は、やはり敦煌は都から遠いということであった。わたしが訪ねた現在の敦煌は静かで、のびやかな田園都市という印象であったが、昔と少しも変っていないのは、そこが依然として沙漠に取り巻かれている街であるということである。

もうひとつ変らないものは、言うまでもなく、敦煌の街から東南に二十五キロ離れた莫高窟のたたずまいであった。このオアシスは何とも言えず美しく、ジープに乗って近付いて往く楽しさは格別である。往古、この路を駱駝の背に揺られて近付いて行った旅行者や巡礼者たちも同じ思いを持ったことであろう。

このたび、その敦煌莫高窟の芸術が日本に於て展観されることは、誠に喜ばしい限りである。かつてはシルクロードの要衝として栄え、亦、仏教美術の宝庫として名高い敦煌の史跡が世界に知られるようになったのは、たかだか今世紀に入ってからである。その意味では、未だ世の人びとの眼に触れる機会も少く、今度のように『法華経』写本や文物もまとめて海外で公開されるのは初めての試みと聞く。

東京富士美術館では開館以来、「近世フランス絵画展」を始めとする優れた海外交流展を開催し、今後も尚、数多の展覧が企画されているという。今回の「中国敦煌展」も亦、そうした国際文化交流の一環としての成果である。私どもの関係する日本と中国との交流を推進する上に於ても、この展観は更に日中友好の絆を強固にしていくに違いない。

（昭和六十年十月）

神奈川近代文学館「大衆文学展」

神奈川ならでは

大正の終りから昭和の初めにかけて、わたしが文学書に親しみ始めた頃は、まさに大衆文学の開花期であった。〈大衆文学時代〉といってもよい時代だった。日本の近代文学はこの時期に、それまでとは較べものにならないほど豊かになり広がりを持つようになった。この時代を抜きにして今日の文学はあり得なかったろう。わたし自身の仕事も、この時代の影響を強く受けているに違いない。

今回の展覧会は大衆文学のすべてのジャンルにわたって、その流れを体系的に展観するこれまでにない大規模な試みである。文学のあり方が厳しく問われている現在、今日の文学を知り明日の文学を考える上で、まことに意義のある企画であるといえよう。

神奈川は大衆文学と深い関わりがある。中里介山、長谷川伸、吉川英治、獅子文六、大佛次郎などの大家がこの地から輩出している。その意味からも、まことに神奈川近代文学館に相応しい催しである。

（昭和六十一年十月）

白川義員写真展「仏教伝来」

独自、強靭な精神がとらえたドラマ

白川さんの今度のお仕事『仏教伝来』について、ここに改めて解説する必要はないであろう。「仏教伝来」という大ドラマに於ける、優れた演出者であり、且また、長い歳月をかけて、氏独自の観点から、そこに生み出されている仏教文化の花々をカメラに収めておられるのである。古い仏教遺跡もあれば、現に生きている仏教活動の一端もある。

氏は『アメリカ大陸』『中国大陸』の大著があるが、こんどはそれに続き、それ以上に野心的な『仏教伝来』に取りくまれている。非凡な見識と非凡な体力と、非凡な実行力を以てして、初めて可能なお仕事である。

私もここ何年かに亘って、「仏教伝来」の大ドラマの幾つかの場面を覗かせて貰った。そうした私の見聞を、氏の労作によって、一つ一つ確認したり、訂正したり、教えられたりすることを思うと、私個人にとっては、また別の意味で、たいへん有難い氏のお仕事である。

氏は写真家としては、本当の意味での写実家である。これほど写実精神に徹した人は、そうたくさんはないだろう。叙情とか、詩情とかいったものほど、氏にとって無縁なものはない。写真家としての氏の独自、強靭な精神が、『仏教伝来』に於てどのように生かされているか、それを拝見するだけでも、心は弾まざるを得ない。

氏の大著の完成を心から祝って、この小文の筆を擱く。

（昭和六十二年十月）

牧進展に寄せて

川端さんほど作品の中に、花や植物を取り入れている作家はない。点景としてあしらっているのではなく、その作品の象徴のようなものとして、或いは生命のようなものとして、いろいろな花や植物が登場してくる。

「雪国」では萱の花、「舞姫」では沈丁花、「千羽鶴」では朝顔、――こうしたことについては、既に小林一郎氏の「花曼陀羅」という労作が知られており、それには〝川端康成の心〟という傍題がついている。まさしく川端文学に登場する花や、植物は、単なる作品の世界の点景ではなく、川端さんの心との関連に於て、考えなければならぬものなのであろう。

こんど、そのような川端さんの心ともいうべき、たくさんの名作の中に咲いている花々が、牧進画伯によって描かれ、それが一堂に並べられることになった。時、恰も、川端さんの没後十五周年に当り、それを記念しての企てでもある。

牧進氏は、川端さんが激賞已まなかった画家と伺っている。そうした牧画伯の手になった川端文学の花々が、「川端文学

花を描く　牧進展」として、多勢の人の眼に触れることになった。嬉れしいことでもあり、わが意を得たことでもある。

あるものは華麗、あるものは豪宕、蕭条たるものもあれば、飄々乎としたものもある。いずれも牧画伯の手によって、川端文学の世界から、画伯のカンバスの上に移された名作の花々であり、名作の生命でもある。

——すばらしい個展ですね。おめでとう。

会場のどこからか、牧画伯に挨拶している、川端さんの、そんな声が聞えて来そうな気がする。

（昭和六十三年三月）

なら・シルクロード博覧会

なら・シルクロード博が、いよいよ今日、待ちに待たれた、その大きい幕をあける。

戦後、日本に於ても、世界に於ても、急速に、シルクロードに対する関心が昂まって来ているが、そうした機運に呼応する形で、日本の古都でもあり、シルクロードの東の終着点でもある奈良に於て、大きい規模でシルクロード博が開かれ、シルクロードの祭典が催される。

これから十一月まで、奈良の町は日本各地からの人たちで賑わう許りでなく、世界各国から、この博覧会をめざしての観光客、旅行者も、次々にあとを断たぬことであろうと思われる。

それにしても、こうした大きいブームを招《よ》んでいるシルクロードなるものは、一体、何であるか。——時に、こうした質問を受けることがある。

シルクロードは、アジア大陸に古来から敷かれてある何本かの幹線道路であると言ってもいいし、長い歴史を通じて、絹で代表される東の物産が西方へ、また玉や宝石で代表される西の物産が東方へ運ばれた道であると言ってもいい。運ばれるのは物産だけではない。文化を重く考えれば、文化交流の道ということになる。

とまれ、アジア大陸の道である以上、それぞれが天山を越えたり、パミール、崑崙に分け入ったり、タクラマカン沙漠を横切ったりしている。あるものは黄河を渡り、あるものはインダス河を遡っている。

こうした地帯の旅となると、当然なことながら大小の隊商が編まれなければならない。そして駅亭から駅亭へと、沙漠の旅、或いはゴビの旅、或いは草原の旅が続けられ、駅亭、駅亭には市《いち》が立ち、隊商宿（キャラバン・サライ）という隊商宿は、どこも髪の色、眼の色を異にした旅行者、商人たちで賑わっている。

こうしたシルクロードであるが、われわれ日本人の立場から言わせて貰うと、文化東漸の道という言い方が、最もぴったりしている。往時、他国の文化は、この道を通って、東の日本へ運ばれて来たのである。仏教も、この道を通って日本へ入り、法隆寺の金堂の小壁に描かれてあった飛天の、その様式の如きものも、何百年がかりで、この道を通って東へ向かい、日本へ、奈良へ入って来たのである。

それはさて措き、現在、世界は新しいシルクロード時代を必要としているかも知れない。国籍を異にした人たちが、和気あいあいと商談した隊商宿、駅亭、国際市場。それから自然の暴威に対する共同の防衛、長い長い沙漠の道の管理、――いろいろなことを考えさせられる材料が、なら・シルクロード博には並ぶだろう。

（昭和六十三年四月）

三木武夫・睦子夫妻芸術作品展

二人展に寄せる

大政治家としての三木武夫先生も立派であるが、廟堂を退いてからの、悠々自適の三木先生も立派である。すべてを天に任せ、己れを虚しくして書を書き、絵を描いておられる姿は、遠くから見ていても、心を洗われる思いがある。

そして、そうした三木先生にぴったりと歩調を合せて、睦子夫人の方は夫人の方で、数々の美しい陶器の制作に取り組んでおられる。これまた見事という他ない。

こんど斯うした三木先生御夫妻の作品を、一堂に集め、展示する企てが、中国人民対外友好協会主催のもとに実現することになったと聞く。時は五月、所は北京、すばらしいの一語に尽きる。時恰《あたか》も日中友好条約締結十周年、今日の日中関係を造るために、最初に井戸を掘った人としての三木先生への、中国からの贈り物であることは、言うまでもあるまい。五月、私も北京で、三木先生御夫妻の近作にお目にかかることを楽しみにしている。

（昭和六十三年五月）

近代日本画と万葉集展

万葉集は奈良時代の後半に編まれたわが国最古の歌集。奈良時代を中心に四〇〇年間に亘って生み出された長歌、短歌、旋頭歌など四千五百首が収められています。言うまでもないことですが、当時の人たちの心や、その生活が、いわゆる万葉調なる高い格調で唱い出されています。

この万葉集が、日本画家にとって、たいへん魅力ある題材の宝庫であることは、改めて言うまでもありません。当然なことですが、既にこれまでに、たくさんの名作が生み出されています。

こんど、そうした名作が、〝近代日本美術と万葉集展〟に於て、「万葉の人びと」、「万葉の風景」、「万葉の草花」の三分野に構成、展観されると聞く。わが意を得たことであります。

それから、また、これまでに万葉集とは関係なく生み出されている名品で、万葉の歌を併せると、大きく、力強く、新しい生命を持ってくる作品があります。こんどの万葉集展に於ては、そのような名品も、また並べられると聞いております。今までになかった画期的な、新しい試みであろうかと思います。

（平成元年一月）

西山英雄展

対象の生命を描く

西山さんは自作に於いて、対象の持つ生命を描こうとされている。対象のもつ生命を描くということは大変な仕事であり、描く方も棄て身でなければ描けない。相手の中に入り込んで、相手と対決するような対《む》かい方でない限り、対象の持つ生命を摑みとることはできない。氏はその大変な仕事をなさっておられる。このたびの富士雪月花を前にして、氏独特のあのゆたかな色彩と色調の中から、凛然たるものが立ちのぼってくるのを覚える。

（初出不詳）

［その他小文］

消息一束

食慾を感ずる時、食べて了いたい様な詩を一つでもよいから創りだしたいと思います。否生み出したいと思います。今のところではまだ私の詩は作り出したものであって生れたものでないと思って居ます。そこに差し当って私の悩みが御座います。近頃フランスの詩人のをボツボツ読んでいます。富山地方はしの研究も随分盛んの様でなつかしく思います。金沢はそこへゆくと寂しう御座います。四高には真摯な態度で真剣にし作している者は実に寥々たるもので御座います。（井上泰）

（昭和四年四月）

おめでとう

わたくしは住みなれた大阪ともわかれ、いますみなれない東京でお正月をむかえようとしています。というのは十一月につとめのつごうで、きゅうに大阪から東京へうつらねばならなくなったからです。竹中さんや尾崎さん、足立さんなど「きりん」の編輯部ではにぎやかなお正月がむかえられていることと思うと、やはりさびしくてなりません。でも、東京でうんと「きりん」のお友だちをつくり、ますますりっぱな本にしたいと思って、元気いっぱいです。

（昭和二十四年一月）

本紙創刊五周年に寄せて

新大阪はよく言えば妙な香気を持った新聞だし、俗に言えば気の利いた毛色の変った新聞と言えるかも知れぬ。そして大阪から出ていることを、私は愉快にも又多少皮肉にも思う。

（昭和二十六年二月）

最近感じたこと

十一月京都で庭や寺を見て歩いた。西芳寺も龍安寺も銀閣寺も、地方からの団体の観光客でいっぱいだった。大原の三千院や寂光院ならと思って、そっちへ出掛けたら、そこも大変な人である。十年前は誰もこんなところにはいなかった。庭や茶室が観光名所になっていることは悦ぶべき現象と言わなければなるまいが、田舎のおばあさんたちが、龍安寺の石庭をけげんな顔で見ている風景は奇妙なものであった。

（昭和二十七年十二月）

あにいもうと

『あにいもうと』は、最近の日本映画の中では出色のものだと思った。この映画で一番感心したことは、後味のよさである。この作品は時代の波におしひしがれて行く一家を兄と妹の対立を中心にして克明に描いたものだが、肉親の愛情というものが登場人物のすべての心の底に流れているので観終ったあとで、物語の暗さにかかわらず、温かい明るいものが心に残る。

原作は大分改変されてあり、時代も戦後に持って来てある。しかし、肉親の愛情をお互いに持ちながら、睨《にら》み合って争う兄と妹はよく描かれ、原作の主題は逃されていない。むしろもっと大胆に原作をこなしてしまってよかったのではないか。時代は戦後に変えてあるが、戦後の風景としてはパチンコやがあるぐらいで、何となく古い時代の物語であることを思わせるのは、やはり原作の生れた時代がどことなしに登場人物の人情やものの考え方の中に出ているからであろう。

配役は適材適所。まさに演技の競演の感じである。久我美子は地の持っているものを生かして思春期の少女の稚さと固さとをよく出している。京マチ子、森雅之は二人とも力演。京マチ子の演技は慾を言えばやや自堕落な女の性格を強調する余り類型に陥っている。浦辺粂子も人のいい母親の役をこなしている。カメラも情趣的なものに溺れることなく、よく緊まっていたと思う。最近で、観てよかったと思った映画の一つである。

（昭和二十八年十月）

七人の侍

とにかく日本の時代劇映画としては異色あるもの。西部劇の痛快さと面白さを狙ったものであろうが、もっと西部劇に徹したら、底抜けの面白さを持った気の利いたものになったろう。シナリオについて勝手なことを言わせて貰えば、野武士と侍と百姓の関係はもっと単純化すべきではないか。時折野武士に詠歎的な述懐をさせているが、観ていて邪魔だった。それから西部劇ではピストルで撃たれてばたばた倒れるが、そこでは死の意味は昇華している。「七人の侍」の格闘は武器の種類のためか深刻になっている。今後この種の映画では考えるべきことではないか。

（昭和二十九年六月）

顔

典型的な伊豆の人間の顔。いいことも悪いこともできない人間の顔。眼は父から貰ったもので臆病を示し、顎は自尊心と一緒に母から貰った。両親の悪いところを併せている。いいところだけ貰ったら、併し、小説は書かなかったろう。

（昭和二十九年六月）

近況報告

仕事が終ると、たまらなく旅行したくなる。仕事中は、夜も昼もなくぶっかかってしまう性格で、食事も摂ったり摂らなかったりの不規則な生活が続くので、仕事が終ったとなると、仕事中のうっぷんを晴らすようなつもりで、たまらなく知らない風物の中へ出て行きたくなる。

今年になって、方々へ出かけたが、小諸から上田、上田から長野と、バスや自動車で、千曲川に沿って行った時は娯しかった。中でも、千曲川と犀川の合流点の風景が一番印象的だった。そこで、えんえんと日本アルプスの山々の間を流れ来たった犀川の名は消えて失くなってしまうのだが、いかにも一つの河川の終焉の地といった表情が、そこの風景にはあった。

（昭和二十九年七月）

私の夏のプラン

子供たちが伊豆の海岸へ出掛けるので、一ケ月、あとの留守番役を引き受けることになっている。家の中が静かになると思うと、それだけでも充分に有難い八月である。

原稿用紙に向うのは已むを得ないものだけにして、あとは仕事から離れて気ままにごろごろしていようと思う。まず眠りたいだけ眠り、仕事は平生ぶさたしている友人に手紙を書くことくらい。読書も、読みたい本があれば読むが、嫌になったら、さっさと頁を閉じて昼寝してしまう。――そんな学生時代に郷里の家で送った八月に似た八月を、今年はぜひ送ってみたいものである。

併し、考えてみると、これは、何年か前から、毎年のように夏前に取りつかれる夢で、いつも夢に終ってしまう。併し、今年は実現できそうである。

（昭和二十九年七月）

屋　上

僕はビルの屋上に登り、そこから街を見るのが好きだ。屋上から眺める東京の風景は、曇っている時は何か巨大な動物の背中のように見え、晴れた日はちょっと形容できない壮大な人工の平原である。何千のビルの果ては霞んで恰《あたか》も蘚苔類のようだ。遠くに海が見えるが、ここでは、海はひどく単純な卑小なものとして置かれている。大抵の時、屋上には風が吹き、空を仰ぐと、必ずどこかで雲が湧いている。

（昭和二十九年十月）

作家の言葉

養之如春

井上　靖

（昭和二十九年十二月）

「大衆文学代表作全集　井上靖集」筆蹟

戦国時代ほど人々の運命があらわに見える時代はない。月光に照し出された一本の川筋のように。

井上　靖

（昭和三十年三月）

オレンヂ　アルバム　評

私は碁を知らないので栓の配列の意味は解らない。然しデザインとして見た丈でも、これは仲々斬新で洒落たものである。それに、これを見つめていると、瓶の中味の黄色が黒地の中から浮んでくるから不思議である。そんな所に作者の狙いがあるのかもしれない。

（昭和三十年四月）

オレンヂ　アルバム　作者のことば

お座敷道場。練習を終えていっぱい。未来の高段者も、いまはジュースにつられて稽古しています。

（昭和三十年五月）

わたしの一日

――わたしとビル

街へ出ると、大抵どこかのビルの三階、四階ぐらいのところから街を見降ろす。東京が生きていると思うのはこの時だ。五階、六階になると高すぎる。街が玩具に見えてしまう。但し、百貨店の場合は屋上へ行く。屋上では街を見降ろさないで、雲を見ることにしている。いつでも必ず東京の上にはどこかに雲が湧いている。

――わたしの休憩所

明るい喫茶店が好きである。街路から硝子越しに店の内部が見えるような店がいい。息苦しい狭い店や、絶えずレコードが鳴っている店はごめんである。ここはビルの中の喫茶店だが、いかにも大建築の一部といったがっちりした感じが気にいっている。

——わたしと新聞社

新聞記者だったせいか新聞社の編集局の雑然とした空気が好きだ。

自家の書斎の机の上だと、いろんな小さいことを見落すが、新聞社で眼を通すと、却って注意が細部に行きとどく。新聞小説の執筆中は、毎日、新聞社へ出勤する方がよさそうだが、忙しいのでそうも行かない。

——わたしの好きな場所

東京で好きな場所を上げろと言われると、いつも明治神宮の内苑の森と国会図書館の庭。どちらもあまり人がいないから好きだ。ちょっと廃墟の感じもあり、まとまりはないが、たまに足を踏み入れるといい。夕方などに行くと、誰もいなくて、鳥の声だけだ。但し、公園ではないから、あまり人に行かれては困るだろう。

——わたしの時間潰し

街に出て、十分とか二十分の半端な時間ができると、大抵画廊をのぞく。絵描きさんには失礼だが、半端な時間の最もいい埋め方である。展覧会場で作品を観るといった硬い感じはなく、頗る気ままな、自分勝手な作品へのむかい方をさせて戴く。いいなと思えば、いつまでも睨めっこをしている。それに画廊の空気は好きである。静かで、贅沢で、しかも無料である。

——わたしと立ち読み

学生時代からの習慣でいまだに書店の店頭で立ち読みする。ぱらぱらとめくって、良書か悪書か、面白いか面白くないかを判定するかんは自分でも相当なものだと思っている。但し、このかんは店頭でだけの話である。店頭でないとだめだから不思議だ。書店というものは落着いて立ち読みできる雰囲気を作った方が勝ちである。その方が繁昌する。

——わたしの趣味

私は趣味といえるようなものを何一つ持っていない。強いて趣味の代用品を探すと、ステーションのような総じて人が離合集散する場所に好んで立つことであろうか。たとえば東京駅の乗車口の一隅である。時々ぼんやりと、人の流れを眺める。十分や十五分では倦きない。

（昭和三十年十二月）

私の抱負

新潮連載の「射程」文春別冊連載の「淀殿日記」それに目下執筆中の新聞小説——今年の主な仕事はこの位だ。なるべくこれらの仕事に精力を集中したい。直接の目的を持たぬ旅行をして、それを創作生活の栄養にしたい。

（昭和三十一年一月）

ふいに訪れて来るもの

だんらん。団欒。――ちょっと較べものないほど暖い感じの言葉である。

それは全く予期しない時にふいと訪れて来る。私が仕事に疲れて、煙草を銜えて縁側にひっくり返ると、そこへ二人の男の子が犬を連れて散歩から帰って来て、いま犬がどこの犬と喧嘩して困ったというような報告をする。丁度そこへ細君と親戚の娘と一番下の女の子が買物から帰って来る。上の娘がたまたま私のところへリーダーの単語を訊きに来て、そこへ合流する。――といった場合である。陽が当っていて、犬は尻尾を振っている。話題は犬の喧嘩と、百貨店の雑踏と、リーダーの単語である。

だんらんというものは、私自身の幼い時を振り返っても、やはり予期しない時ふいに訪れて来たようである。弟が庭で器械体操をやっているのを、私は庭先きに立って見ていたことがある。その時私の横に、当時五十四五歳の父がやって来て、何を思ったのか、若い時自分も器械体操がうまかったというような話をしだした。すると、縁側で洗濯ものをたたんでいた母が、「器械体操は落ちると怪我をするから嫌い！」と抗議を申込んで来た。父も私も笑った。弟も鉄棒の上で笑った。すると、母も笑った。

なんでもないことであるが、私はこの時の情景とその場の雰囲気を、いまだに忘れないでいる。あそこには、あの時、確かに、みなが一つのことに心を触れ合せたような幸福があったと思う。

だんらんという宝物は、計画しても造ることのできるものではあるまい。神さまがふと家族のものを一ヶ所に寄せ集めて、祝福してくれるのだ。

（昭和三十一年一月）

編集部の一年間

私は昭和十一年から十二年へかけて約一年間、サンデー毎日編集部で働いた。当時「サンデー毎日」は大阪で組んでいた関係上、編集の主力は大阪にあった。編集部員は数名で、私はジャーナリストとしての第一歩を、その数人の先輩記者たちの指導のもとに踏み出したわけであった。

私が見出しをつけた最初のものは「ルウジュをコンパクトに入れて第一線へ」というので、これをゴチックで二行に組んだ。ドイツだか、イタリアだかの女の兵隊が前線に現われたという特派員の原稿の題であった。いまでも、そのことを忘れないでいるくらいだから、苦労してつけたのであろう。

私が「サンデー毎日」の編集部にはいったのは「流転」という小説で、千葉賞をもらったことが機縁になっているが、私はその受賞作を、自分で組んだ。工場で大組しながら、ときどき文章を直したりした。

編集部にいた一年間のあいだに、二回大衆文芸の荒選りの選をした。高円寺文雄、南条三郎、大池唯夫氏らが胸のすくような作品を応募してきていた。


（昭和三十一年四月）

私の誕生日

この二、三年仕事が忙しくて誕生日をゆっくり家で送った記憶がない。昨年は講演旅行中だし、一昨年は仕事の調べもので旅に出ていた。家に帰って「あなたの誕生日はまた旅行中でしたね」といわれてはじめて「なるほど」と思い出すくらいのもの。

四年位前のことだったか、伊豆にいる両親の許に帰って誕生日を過したことがある。学生時代から両親のもとを離れていた僕にとっては何十年ぶりかで両親とともに過す誕生日だ。八十近い母がこしらえてくれる手料理の数々もうまかったが、それよりも両親と一緒だという事実が一層うれしく、いままでに一番楽しい誕生日だった。


（昭和三十一年四月）

作家の二十四時

この日十時に起床、食事を終って書斎へ坐ったところ。前日で仕事が一段落し、気持は吻としている。今日は一枚も書かなくていい。争われないもので、何となくぼんやりしている。

二時からＰＴＡの講演。聴講者は百人程、お母さんたちばかり。この小学校には三人の子供が次々に厄介になり、今年は二人目が卒業する。行きつけの床屋の内儀さんに小説の材料の問題について質問された。

四時から映画化された自分の作品の試写を見て、そのあとでＳクラブでお茶を飲む。どうしてこんな笑い方をしたのであろう。作品のよしあしに拘らず、いつも自作の映画化されたのを見たあとは憂鬱になっている筈なのに。隣りは新進の杉田弘子さん。

街へ出た序でに神田のＩ堂に立ち寄る。淀君関係の資料を探しに行ったのだが、買って来たのは、それとは無関係な、そして恐らく開くこともありそうもない本ばかりだ。古本というものは店頭に並んでいると、妙に欲しくなるから不思議だ。


（昭和三十一年五月）

友への手紙

二三日前京都へ参りました。桜にはひと足遅うございました。花のない南禅寺、御室、醍醐を見て廻りました。観光客の退けた暮方、御室の仁和寺の楼門が美しく、お見せしたいと思いました。いずれ帰郷の上にて。早々

＊

柿若葉の美しいこの頃、いかがお過しでいらっしゃいましょうか。今朝、お隣りから到来物のわらびをお裾分けいたゞき、昨年お宅に参上しました折、初物を美味しく御馳走になりましたことを思い出しました。急におなつかしく、御機嫌お伺いまで筆を執りました。早々

＊

漸く夏らしくなって参りました。本日はお茶会へのお誘い有難うございました。桐蔭席でのお茶会は久しぶりのことでございますし、あの竹の美しいお庭を拝見できるだけでも嬉しうございます。悦んで出席させて戴きます。

取り急ぎ御通知まで

＊

祇園祭を見に十五日頃上洛の予定、宿は木屋町の大見、お暇ならば御来訪を得たく、床にての一献たのしみにしています。

（昭和三十一年五〜八月）

識見を感じさせる作品

私はあまりラジオのいい聴取者とは言えない。暇がある時しかスイッチをひねらないし、暇があっても、よほど興味を持てるものでもやっていない限り、スイッチをひねることはない。だからことラジオに関する限り発言の資格はない。

子供たちがラジオを聴いている時、やかましくて仕事ができないので、机のそばを離れ、縁側の籐椅子に腰かける。この時は否応なしに、スポーツの放送とかラジオドラマなどが、多少遠くからであるが耳にはいって来る。従って、そんな時の、甚だ自発的でないおしきせのラジオに対する感想しか述べることはできない。

子供といっても、大学生、高校生、中学生、小学校の生徒と、各階級におよんでいるので、耳にはいって来る番組は一応雑多である。

ラジオドラマに関していつも思うことは、一般にあまりにも娯楽本位の脚本の選び方であるということである。ラジオが各家庭にはいり始めた昔の方が、却っていいラジオドラマが放送されたような気がする。昔のことだが、こんなラジオドラマとい

井上靖全集

別巻
月報

新潮社
2000年4月

編集を終えて

曾根博義

新潮社から井上靖全集編集の依頼を受けたのは、ちょうど八年前、井上靖が亡くなった翌年の一九九二年の初春のことだった。『新潮日本文学アルバム』その他でお世話になっていた木挽社の藤田三男氏の紹介である。

全体を二十五巻くらいに抑えたいのでそのつもりで編集プランを立ててくれないかという話だった。全二十五巻では各巻の枚数を増やしても未発表の草稿やノートはもちろん、既発表の作品も全部はとうてい収めきれない。そこでまず未発表の著作はすべて見送り、談話類も除くことにした。しかしそれ以外の既発表作品だけでも全部入れるとすれば確実に四十巻を越えてしまう。それを二十五巻前後にというのだから、最初から無理といえば無理な話だった。

何かを思い切って削らなければならない。さて何を削るべきか。答は最初から出ていると思った。詩や短篇やエッセイや雑文を多少削ったところでせいぜい二、三巻分の削減にしかならない。既発表の作品は原稿用紙で計七～八万枚になるが、そのうちの約五万枚が計七十四本に及ぶ長篇なのだ。幸か不幸か、既発表の長篇で本になっていないものは一つもない。たとえこの全集には入れなくても、どこかで単行本を探せばかんたんに読める。それに対して詩、短篇、エッセイ、雑文のなかには、一度どこかに発表されたきりで、著書や全集類には洩れて忘れられてしまっているものがかなりある。それらを一点、一点探し出して読むには大変な時間と労力が要る。そういう未収録作品を集めて読者に提供するのが、全集というものの第一の役割ではないのか。

苦しまぎれにそう考えて、半年後、私は七十四本の長篇を四十一本に絞るかわりに、その他の既発表の著作は文字通り断簡零墨にいたるまで可能なかぎりすべてを集め、ジャンル別に分けて収録するという基本プランを提出した。エッセイの分量によって全二十四〜二十六巻、できれば最終巻にノートや談話類のうちでとくに重要なものだけは収め、そのほかに年譜・著作目録その他の資料を中心とした別巻一巻をぜひ加えてほしいと申し出た。うれしかったのは、新潮社と井上家が私のこのプランをほぼ全面的に受けいれてくれたことである。

その後の調整で収録長篇は四十一本から四十三本になり、調査を進めるにつれて未収録作品が次々に出て来た結果、全体で二十四〜二十六巻の予定が二十七巻になり、さらに二十八巻にふくらんだ。当初収める予定だった談話やノート類はあきらめざるを得なくなった。新潮社がそれらの修正もすべて認めてくれたのは有難かった。

しかしそのために新潮社出版部の塙陽子さんと井上家の秘書の小山乃り子さんには大変なご苦労をお掛けしなければならなかった。私自身も自分の首を絞めるような羽目になった。既収録作品一点一点の初出調べだけでも容易ではないのに、膨大な未収録作品の探索がそれに加わって、何度も音をあげそうになった。エッセイの巻に入ってから、こんな細かいものまで探し出して載せることに意味があるのかとも思った。私の巻き添えを食った塙さんや小山さんにしてみればなおさらだったろう。

最初の企画から三年を経た一九九五年四月に刊行開始、詩篇、短篇、長篇と二年近く毎月巻数順に順調に配本を重ねたが、長篇が終わる二十二巻に来て息切れがして、エッセイ巻に移るまで四か月間休んでしまった。九七年六月からエッセイ巻に入り、最後の二十八巻は同じ年の十一月に出た。次の別巻が多少遅れることは止むを得ないと思っていたが、何とか九八年の春までには出したいと考え、また出せるはずだと思っていた。しかしいろいろな事情でそれが無理になり、二十八巻の月報の最後には「明年内の刊行を目指し鋭意編集中です」との予告を出した。その後も、来年は出る、今年中には出ると、自分を追い込むために、あちこちでいいふらした。その約束も次々に反故にして、とうとう二年以上も遅れてしまったことを、読者に心から深くお詫びしたい。遅れた分だけ充実した内容の別巻になっていれば、というのがせめてもの希いである。

年譜担当者の藤沢全氏、参考文献目録担当者の藤本寿彦氏には、早くからご協力をお願いし、最後まで意見を交換し合って、出来る限り正確で信頼し得るデータを提供できるよう心がけた。両氏のご尽力に感謝したい。

この八年間、全集の企画と編集の作業に携わってみて、井上靖についてはもちろんのこと、文学者の個人全集について実にさまざまなことを考えさせられた。

まず、どこまでを著者個人の作品とみなすかという根本的な問題がある。本全集が収録の対象としたのは、井上靖の署名や筆名があるか、なくても井上靖自身の執筆であることが何らかの証拠によって明らかな作品で、すでに一般に公表されているものに限っている。いま「公表」と書いたが、私は慣例に従って本全集では「発表」という言葉を使い、「公表」「公開」という言葉はなるべく避けた。作品が活字に印刷されて「発表」される形態を念頭に置いていたからである。

近代の文学作品は活字印刷された商品として販売されることを大前提にしているから、「発表」ということは著者の書いたものが活字で大量に複製されて商品として販売されることを意味している。しかし文学作品の複製はすべて活字によるとは限らない。肉筆原稿の写真による複製も存在するし、活字にくらべてその方が商品価値が高い場合が多い。文学全集類の巻頭によく掲げられる著者の筆蹟や、序跋、推薦文など、井上靖の作品にも原稿の写真版で「発表」されているものは決して少なくない。そういう作品も全集の収録の対象に含めたことはいうまでもない。

だがさらに、「発表」「公表」は活字や写真の複製だけによるとは限らない。未発表の作品が碑に刻まれて一般に公開されたり、展覧会や古書展などで誰でも見られるようになったりするケースもしばしばある。それだけではない。テレビやラジオを通じて、文字でなく音声や映像によって新作が発表されたり、録音カセットやビデオが売り出されたりすることもめずらしくない。井上靖にもそういう作品がかなり存在する。今後、インターネットの時代になれば、問題はますます複雑になるだろう。文学を成り立たせてきた活字メディアの時代が大きな転換期にさしかかっているのである。

そうしたなかで、活字で「発表」された膨大な作品を集めて、同じく活字で印刷した全集を作るということは、どういう意味を持っているのか。全集の編集を終わった今、初めからそのことを十分に考えていなかったことを反省せざるを得ない。たとえ十分に考えたとしても、それほど違ったものが出来ていたとも思えないが、今後の全集のあり方を考える場合には重要な問題であろう。

編集にあたって注意したのは、そのような発表形態の複雑さに対して、その都度、煩雑なまでの線引き、つまり分類と限定を行うことだった。しかし別巻の諸資料も含めて全体の統一は必ずしもうまくとれていない。収録の対象とした作品は、活字、原稿写真版、碑文にとどめ、展覧会や古書展や放送を通じて「公表」されたものにまでは及んでいない。ただ別巻補遺に収めた「西域四題」（短歌4首）のように、展覧会に出品された原稿の写真版で重要と思われるものだけは例外的に採った。

　碑文については、それがすでに活字で発表されている自作あるいはその一部だったり、道標や建造物等への命名・揮毫のみだったりするものは省き、著者の新作とみなされるものだけに限って、詩篇とみなし得るものは第一巻に、その他は別巻にそれぞれ収めた。従って日本全国にある井上靖関係の碑文のすべてが収録されているわけではないことをお断りしておきたい。

　別巻に収めた書誌についても、凡例に記した通り、どこまでを著書とするかについて細かすぎるほどの限定を設けた。点数が多いからだけではない。これまで書誌の作成者は、私自身も含めて、慣例らしきものに従うばかりで、書誌とは何をどう記述すべきものなのかについてあまり真剣に考えて来なかったのではないかという反省と、多少の冒険心も働いて、試みにこのような煩雑なものを作ってみたのである。

　別巻ではほかに作品年表と索引を担当した。それぞれについて書きたいことは多いが、言訳か自慢話になりそうなのでやめておく。ただ年譜や作品年表を作るとき、いつも気になりながら解決できない二、三の問題があったが、井上靖作品年表でも結局うまく行かなかった。一つは作品の発表時の設定についてで、雑誌の場合、便宜上、掲載号の発行年月日に従わざるを得ない。雑誌の発行月と月号は、戦後では平凡社発行の『太陽』等のわずかな例外を除いて一致しているが、実際の発売日はそれよりずっと早く、その開きは近年ますます大きくなっている。本来、作品は執筆順に並べるのが理想的であろう。しかしそれは不可能としても、せめて実際の発売日を基準にした作品年表を作りたい、というのが年来の私のひそかな夢なのだが、今回もやはり実現できなかったことが心残りである。

　最後に、解題の末尾に「全巻の訂正および補記」を掲げたが、現時点ですでに既刊二十八巻の本文や解題にいくつかのミスが発見されたり、初出、収録記事に補訂を要したりするものが出てきている。初出不詳のままの作品もまだかなりある。二十八巻までに収められるべき作品で当該巻刊行以後現在までに発見されたもの、および別巻本文校了後に発見されたものは、補遺に収めたが、今後、その他の逸文が出て来たり、初出が確認されたりすることがあるにちがいない。その場合には、発見者自身がぜひどこかにそれを公表するなり、私どもにお知らせ下さって、この全集の不備を補っていただきたい。それによって井上靖の著作全体がより完全なかたちで公にされ、後世に伝えられて行くことを願っている。

「井上靖年譜」作成について

藤沢　全

新潮社の最新版『井上靖全集』は、現在なしうる最大限の作品発掘と本文校訂、そして厳密で手際よい解題をもって完結を迎えた。編集の任に当たられた曾根博義氏の万般のご尽力に敬意を表したい。このように別巻を擁するのは、過去に出た井上靖全集類にはなかったことであり、その意味でも本全集は画期的であると思う。

その別巻に収められた「井上靖年譜」を作成した当事者として、いささかの感慨なしとはしない。もとより年譜は、個人一代の履歴を年代順に記した記録として詳密であるに越したことはないが、本巻所収の「書誌」「作品年表」との重複をできるだけ避けるようにとの方針に基き、作品の採録に当たっては、短篇は作者の採録意識を汲み、自選集や文学全集・合集の井上靖集類や文庫などに採られたもののうちで頻出度の高いもの、その他を考慮した。一方、長篇は純文芸雑誌・総合雑誌・読物雑誌（中間小説）・婦人＝女性雑誌・週刊誌・日刊紙に掲載されたもの、及び書き下ろしの中から選び、かつ本全集での採録作品に限った。随筆・自伝・紀行などは主なものとし、詩も個々的に取り上げるのを最小限にとどめ、詩集を中心にした。単行本・自選集・全集の類も主なものに絞ったが、座談会・対談・インタビューの類、及び外国語に翻訳された作品は割愛せざるを得なかった。如上の結果、文学活動と生活事項とのバランスを危惧する向きもあろうが、すべて前記した理由によることゆえ、適宜、「書誌」「作品年表」を併用していただければと思う。冒頭に家系図を掲げることができたが、これなど一特色となるかと考えている。

仕上がったところで俯瞰してみると、靖の年代記はやはり著しく独自性を擁していることが一目瞭然となる。ちなみに際立つところを若干挙げると、第一に、戦後文壇に登場後の靖は一度の中休みもとらず、筆の衰えもなくひたすら走って生を完遂したこと。そして詩・現代小説・歴史小説・時代小説・西域もの・エッセイ・紀行文などと表現領域を広め、時にはジャンルを混交させつつ間断なく作品を積み上げている。第二に、文壇内外で靖自身が自作と共に陽が当たり続けていたということ。すなわち、たちまち原稿依頼の殺到により文業が活気づき、漸次各種の文学賞を総なめにするような華やかさをなす一方で、推されて幾多の役職が付いて回るといった、文字通りに名誉ある展開図柄となっている。第三は、書斎から出て頻繁に外気に触れていたということ。それも講演や作品を書くための調べを専らとし、国内に始まり、やがて海外へと行動圏を広げて、中国旅行が即日中文化交流のごとき様相さえ呈している。さらに言えば、相当数の作品が映画や芝居になったり、ラジオやテレビで放送されたりしていること。また人と文学にちなむ井上靖文学碑が全国各地に多数建立をみている、といったことも一斑の特色として認めうる。ひとえに一徹な頑張りと、それに感応した外部の支持との阿吽の結果にして、当人がまさしく稀有の人材であったということでもあろう。

　井上靖を考究するようになって早くも四半世紀になるが、とりわけ本格的な作家活動に入ったあとの追尋に、私はいまもって苦慮している。あの旺盛な創作力の秘密を解く鍵が〈想像力と詩と旅〉だとしても、それらを要素立てるうちの作者の経験部の把握が、必ずしも首尾よくいかないからである。例えば、短篇小説『グウドル氏の手套』（「別冊文藝春秋」昭28・12）を構想する際、靖は確実に長崎の坂本外人墓地の一二三番墓の前に立ち、原爆にあって建て替えられた真新しい墓石の文字――「SACRED TO THE MEMORY/OF/ELIZA GOODALL,/16 YEARS HON MISSIONARY C.M.S./WHO DIED MARCH 22, 1893,／……／具宇土留氏之墓／……」を読んだ。そしてこの女性永眠者を単に「E・グウドル氏」、「具宇土留氏」と記して男性化し、かつ大柄に仕立てて、幼き日に湯ヶ島の土蔵で一緒に住んだ祖母かのを題材に、現場に来ないと決して書けない事実をちりばめながら前記の一篇をものした。では一体、靖はいつこの墓前を訪れたのであろうか。「年譜」では、①昭和二十七年末から翌年正月にかけて九州方面へ、②昭和二十八年五月末に福岡・長崎・熊本・大分方面に出掛けている。いずれも黒田佳子氏（靖次女）の「井上靖の国内旅行一覧表」（「伝書鳩」第五号）によるが、このたび直接うかがったところでは、長崎訪問は②と思われるとし、靖の遺した手帳などを基に調べた際のメモ書きを送っていただいた。紙数の都合で詳しくは書けないが、もし靖が手帳の記載通りに行動したとすると、当時の列車その他の事情から見てGOODALL女史の墓前には立てなかった筈である。してみると、①の可能性も出てくるのであるが、予定を変更しての行動であったかもしれず、目下のところ、訪問の年月を詳らかにしない。

　とかく表面に現われた記録だけでは十分とはいかないケースや、プライバシーの問題もあるので、年譜を作成する作業は楽しくも厳しいものがある。さいわいご遺族の方々の全面的なご協力を賜わり、他にもさまざまな方々からお力添えをいただいた。感謝あるのみである。

井上靖と丸山薫

藤本寿彦

山形県の月山山麓にひろがる西川町に建つ丸山薫記念館に一本のビデオテープが保管されている。それは記念館がオープンした平成二年五月二十日、北上市の日本現代詩歌文学館からの帰途、篠弘氏にいざなわれて山深いこの地を訪れた井上靖夫妻の姿を記録したものだ。

記念館設立に尽力した老婦人と親しくしていた私は、こう尋ねられた。「丸山薫記念館の扁額を、井上靖さんに揮毫していただきたいと思うのですが、どうでしょうね」と。その口調には願いをぜひにも聞きとどけてもらおう、という一途な思いがみなぎっていて、止めても駄目なことがわかった。

よろこんで揮毫する、こんな吉報が井上靖からもたらされた。即答だったという。オープン後に記念館を訪れ、井上靖は展示された丸山の写真に対して礼をし、「丸山さん、今参りました」と静かに語りかけたという。

＊

文献目録の点数は最上のもので零点、遺漏や表記ミスがあれば、そのつどマイナスになるだけ——。この発語は、曾根博義氏が折にふれて私にもらす自戒で、耳にするたびに因果な性分の方だ、と嘆息が出てしまう。

さて、井上靖は戦後日本を象徴する文化人であった。彼の発言は文壇や政治、文化全般に及ぶ。したがって、井上靖に対する言及は多岐に亘るわけだが、「参考文献目録」には主に署名入りの文献を収録し、文学者・井上靖像に迫る手掛りをめざした。それは厖大な無署名記事やビデオ映像文献などが欠落していることをも意味する。

ところで、曾根氏と交わりが出来はじめた頃、彼は新宿の酒場で、井上靖の詩「猟銃」と丸山の「砲塁」の類似性を挙げながら、いかに井上靖が丸山の影響を受けているかを熱っぽく語った。御高説はごもっともだったが、こんなにキラキラした眼で詩を論じている人がうらやましく、いささかは煙たがっていたのだと記憶する。というのも、故あって意気消沈していた私は、ますます文学なるものと自分との距たりを実感させられていたからだ。

丸山が昭和四十二年に第四次「四季」を創刊したとき、私は、井上靖がこれに参加し、終刊号（丸山薫追悼号）に詩を寄稿していることも知っていた。さらに角川書店刊の『丸山薫全集』第二巻に「解説」を書いていることもだ——。長いものではない。が、実に要を得た出来栄えである。昭和七年刊の『帆・ランプ・鷗』から戦後、二十三年刊の『仙境』まで（この中には『北国』も入っている）収録した第一巻の「解説」は竹中郁が担当しているが、井上靖とすれば、この巻の解説者になりたかったに違いない。それはともかく、この解説の末尾で、井上靖は丸山の詩「恥辱の形」にふれている。〈象の死、どこかの国の兵士の死、そうした死と較べながら自分の死を見詰めている。生涯の主題であった孤独と絶望が、ここでは一番大きい振幅で謳われている〉と。「恥辱の形」はたしかに丸山晩年の秀作である。ほっぽらかしにしていた全集第二巻の井上の文章を再読して、この人の眼の確かさに驚いた。丸山の本質が見通されているのである。こんなことも書いている。〈丸山薫は己が孤独と憂愁を謳うのに、多くの場合、自分を取り巻く物象の中に入って行く方法を採ってい〉て、〈おそらく方法といったような意識したものではなくて、詩人としての資質に関する生得のものであったろう〉と。二つの文脈をつなぎ合わせれば、井上が自分の詩に就て語っているも同然だとも気付くだろう。井上靖は遅れて来たモダニストとして、丸山の詩の中に詩法を発見し、文学意識というるつぼの中で鋳直し、鍛え上げたのだ。

そんな井上靖は丸山を語るに足るものとして、多くの作品の中から「恥辱の形」を選んだ。出征体験のない丸山が書いた兵士の死、それと重ね合わされる自己の死、かようなイメージを、井上靖は捉えて手離さない。これはどういうことなのか。全集第二巻収録詩の中で、とびきりの、と問われたら、私は躊躇なく「岩と波」を挙げる。「恥辱の形」に対する関心は、ただ優れた作品だからというだけですましてよいのだろうか。井上靖は『わが文学の軌跡』の中で、自分の戦争体験について書こうとしなかったこと、戦争時代の反動のようなもので、なにか贅沢なものを、まったくの遊びを書きたかったと述べている。しかし、〈敗戦の祖国へ／君にはほかにどんな帰り方もなかったのだ。／――海峡の底を歩いて帰る以外。〉という鎮魂の詩「友」は、井上の戦争体験が彼の意識の深所へと垂鉛していたことをしめしている。井上靖は戦前に丸山のモダニズム詩を読んだことだろう。彼の詩法が確立するのに、この丸山薫受容と戦争体験が深くかかわっているのではないか。丸山の詩が井上靖の血肉となりおおせるのは、戦中と戦後の再受容を経てのちだ、私はこのように推察している。

＊

ところで、私が編んだ「井上靖参考文献目録」には、丸山薫の書いた井上文献が載っていない、ということに気づいた。わが目録はもう零点どころではないと、一瞬、眼の前がまっくらになった。

うようなものができてしまったら、もう普通の劇も小説も太刀打ちできなくなってしまうと、心からそう思ったことがあった。

併し、幸か不幸か、それはいまのところ杞憂に終ったと言っていい。娯楽のみを目的としないラジオドラマが週に一本や二本あってもいいのではないか。

民間放送の場合、スポンサアの意志が大きくその作品の選択に関係するであろうが、それはともかくとして、一つの識見を感じさせる作品の選定を望みたい。

私は、子供たちに、さあ部屋へ集ってみんな聴きなさいと言えるようなラジオドラマが、週に一つや二つほしいと思う。低俗な娯楽一点張りのものはごめんである。

（昭和三十一年十一月）

孤愁を歌う作家

子供のころ土蜂の巣を探しに来た山だが、いまはバス道路ができている。伊豆の雪道を歩くのは久しぶり。

この水車は僕の生れない前から廻っている。ダンナ、お帰り、そんなふうに音が聞える。

天城街道。峠より少し下ったところ。昔心中がある度に、藁草履でこの道を駈けた。

湯ヶ島より大見へ行く峠。富士も、南アルプスも、駿河湾も見え、茅が冬陽に光っている。

前身は争えないもの、新聞社の編輯局にはいると落着く。ゴルフを始めないので横山さんにあやまっている。

講道館へ行ったら四高時代の師範佐藤金之助八段につかまった。師は投げられるだけで投げてくれない。

仕事がかたづいていないので、あまり愉快な顔はできない。頭の中では言訳を考えている。

（昭和三十二年二月）

清新さと気品

「週刊女性」が再び新しい人たちの手によって復刊の運びとなって誠に悦ばしい次第である。現在の週刊誌時代に女性向きの週刊誌が一誌ぐらいあって当然であるし、要望も極めて大きい。願わくは、常に清新さと気品を失わない週刊誌であってほしい。新時代の自由な、若い女性に対する本当の意味の娯楽と教養の役割を受持つ週刊誌であってほしい。若さは香気である。「週刊女性」もまた香気ある雑誌であってもらいたい。

（昭和三十二年三月）

「婦人朝日」巻頭筆蹟

潮が満ちて来るように、私は私の人生を何ものかで充《みた》したい。

井上 靖

（昭和三十二年五月）

「現代国民文学全集 井上靖集」筆蹟

私の好きなものは夏は夏草冬は冬濤。

井上 靖

（昭和三十二年七月）

「小説新潮」巻頭筆蹟

私にはいま正確なものだけが美しく見える。文章も風景も人と人との関係も。

井上 靖

（昭和三十二年十一月）

菊村到 新しい可能性

私の家から、松や欅やくぬぎの疎林をすかして、菊村到の住んでいるアパートの灯が見える。私はいつもその灯を見ながら、菊村到は仕事をしているだろうと思う。菊村君にこそ仕事をして貰わねばならぬといった気持である。これは私ばかりでなく、新しい小説に関心を持つ者のすべての声であり、願いである。ひろい社会的視野、確りした構成、卓抜な描写力、しかもその作品は常に新しい可能性を孕んでいる。菊村到の文壇への登場の意味は、彼自身が考えているより、もっと大きいものではないか。

（昭和三十三年四月）

読書人の相談相手として

読書の紹介と指導のための新しい新聞「週刊読書人」が出ることは有難い。書物の紹介はあくまで懇切、批評はあくまで公正なものであってほしい。われわれは今日何百冊の書物の中から一冊を選ばなければならぬ状態に置かれている。この新聞が、願わくばその役目を果すものであって貰いたいものである。

良書が多くなると、悪書も多くなる。その選択に、その推薦に、いくら良心的であっても良心的でありすぎることはない。読書人のよき相談相手として、われわれが座右から一日も離せないような、そんな清新潑剌たる良心的な読書の新聞の発刊を望む。

（昭和三十三年四月）

三友消息

午前は私の執筆時間にしていますので午前中に電話で打合わせた上、来訪は午後にして下さい。六月六日―九日「週刊朝日」松本、甲府、清水へ旅行。十九日、岐阜県中等学校校長会議へ行きます。七月四日から穂高へ行く予定。

（昭和三十三年六月）

青い眺め

私は仕事は坐ってやる方が好きだ。椅子はどうも落着かない。机は可なり大きい方がよい。

書斎は大きくても駄目で、どちらかというと狭い方が気がちらなくて好きなのだが――結局この新しい書斎は八畳、それに広縁をつけた。

歴史物など書く場合、資料などをひろげるので、好むと好まざるとにかかわらず、書斎はいつも雑然としている。

人によると、旅館など外でないと書けないというが、私はこの書斎が一番よい。庭の青い芝生は心を休めてくれるし、また塀の向うに森が見えるのが有難い。

万年筆には興味があり、セィファー、ウォーターマン、パーカーなど種々使ったが、線が太く、荒く使っても平気なのがよい。いま使っているオノトは、親友の北川（正夫）君のロンドン土産だ。

（昭和三十三年十一月）

日本談義復刊100号に寄する100名の言葉

日本談義、毎号御恵贈に与り有難うございます。頂戴すると、必ずすぐ目次を開きます。一見雑然として見える目次に、日本談義の特色が最もよく出ていると思います。必ず何篇か、頁を開かないでおくと気になるものがあります。頂戴した雑誌の三分の一は、スクラップするために、失礼なことですが雑誌をこわしています。小生のことを何号かに亘って書いて下さった小倉荘平氏に、去年門司で、久しぶりにお会いして懐しかったことを御報せいたし、御礼に替えさせていたゞきます。

（昭和三十四年三月）

三役の弁

昨年は「小結」、今年は「張出し小結」、多少下りましたが、それにしても小生は大いに満足です。これほど気持よく己が力倆を認められたことはありません。こういうのを本懐というのでありましょう。今年は大いに頑張って大関街道を目指して進みたいと思っております。ただ小生の場合は、酒品の方をより多く買われたのではないかと思うふしがあり、その点これから多少窮屈な感なきにしも非ずというところです。

昨年は東京新聞で物言いがついて腐りましたが、今年もまたどこからか文句が出ないとも限りません。併し、そうしたことは総て黙殺することにしています。

（昭和三十四年三月）

穂　高

私は穂高が好きだ。昭和三十二年の初夏初めて穂高に登ったが、それが病みつきになって、それから何回か穂高に登った。私は山登りが好きなわけではなく、穂高という山が好きなのだ。前穂、奥穂、涸沢岳といった山々の持つ稜線のきびしさ、そこへ行くまでの樹林地帯のこぼれ陽の美しさ、梓川の青い流れと白い磧、そうしたものの洗礼を受けると、人はたれでも一年に何回か強い穂高の呼び声を聞くようになる。そしてどうしてもそれに応じなければいられなくなるだろう。

（昭和三十四年四月頃）

沖ノ島

琵琶湖の中には竹生島、多景島、沖ノ島の三つの島があるが、その中で湖の中部東寄りにある沖ノ島が一番大きい。周囲は十二キロ程で、西部には小さい丘陵があり、あとは大部分森林に覆われた山地を形成している。そして丘陵と山地の間のくびれたところに、百四、五十戸の民家が蝟集している。

私は船で沖ノ島の近くを通るのが好きだ。沖ノ島そのものも美しいが、それより島のくびれめに、ひそやかに寄り添っている民家のたたずまいを眼に収めるのが好きである。いかにも島の聚落といった謙虚な表情であり、お互いに共通の運命を持っているものだけの持つ肩の寄せあい方をしている。

（昭和三十四年六月）

「週刊女性自身」表紙の言葉

幸福というものが、風のようなものか、光のようなものか、まだ誰も知らない。
ただ判っているのは、山の湖が澄んでいる日、鳩がそれをくわえて来るということだけだ。

（昭和三十五年一月）

「私たちはどう生きるか 井上靖集」筆蹟

いまの私には正確なものだけが美しく見える

井上 靖

（昭和三十五年五月）

独自な内容と体裁

週刊雑誌というものは大別すると二つか三つの型に帰してしまうようである。その型を出ようとすると、週刊雑誌の性格も機能も失なわれ勝ちである。
「週刊平凡」はこの点、そうした型にはまらず出発して、独自な内容と体裁で今日まで押し通している。なかなか見事である。殊にこの誌の表紙は週刊誌の表紙に新しい領域を開拓したものと言っていいであろう。
内容も表紙も、新奇はてらわず、あくまで都会の働く若い人たちの息吹を伝えて地についている感じである。この点も見事である。

（昭和三十五年五月）

「高校時代」巻頭筆蹟

潮が満ちて来るようなそんな満たし方で、人は自分の生涯を何ものかで満たすべきだ。

井上 靖

（昭和三十六年二月）

三友消息

今年は詩集一冊出したいと思います。詩を書きたいという気がおこったのは、多少時間に余裕ができたためかと思います。二月は前に書いた小説で、まだ上梓してないものに手を入れます。月末は永井、河盛両氏と京都で落合って早春の京都の町を歩こうということになっています。

（昭和三十六年二月）

税務委員会報告

国税庁における全国部課長会議に先だち、旧臘十二月二十日、急遽、税務委員会を開催して文芸家の税務について対策をねり、①必要経費控除標準率引上げ（特に五十万円超百万円までのものを現行四五％から五〇％にひきあげ百万円まですべて五〇％とすること）②さきに東京国税局通告として原稿料・印税の貸倒れ、こげつき債権救済の特例を獲得しているが、この特例を具体的明文化すること等を要望することを決定した。ついで委員が東京国税局に竹村国税局長を訪ね、文芸家の実情を説明するとともに、前記、委員会決定の線を強力要請した。局長は部課長会議に提出する旨答えたので、こえて本年にいり一月二十五日、この結果および文芸家の税務についてただすため再度、竹村局長および直税部長、所得税課長その他関係担当官を招き、国税庁決定の税方針をきいた。

結論的にいえば前記二要望はいずれも本年度は実現せず、必要経費控除標準率などすべて前年どおりと決定をみた。なお本年度も若干問題のあった中間報告については既定の線すなわち①中間報告は行わない。②源泉徴収票を出来るだけ確実に集め、確定申告の際持参する。③収支明細書を一月中に所轄税務署より送附されるが、これは確定申告の際、収入欄に記入して税務署に提出すればよい（支出欄は記入しなくてもよい）を確認した。

なお、国税庁決定の文芸家に対する税務一般について二月特別ニュースとして会員に詳細報告した。

最後に税制改正により本年四月一日より源泉税が現行一五％より一〇％に低下したことを報告しておきます。

（昭和三十六年四月）

さくら

春になると、今年はどこの桜を眺めようかという気持になる。人からよく年をとったなと笑われるが、満開時のさくらを眺めたいという気持と年齢との関係はない。私は学生時代から満開の桜を見るのは好きである。

毎年のようにどこかの桜を見ている。去年は東京の桜の名所を殆ど一日つぶして自動車で廻った。一昨年は醍醐と安土城址の桜を、一昨々年はやはり同じ京都の御室の桜を見た。私の知っている桜の名所では、満開時の花のみごとさは、弘前のお城の桜が一番のようである。

大分前のことだが、須田国太郎氏が萌え出そうとしている嵐山の木々の間に、遅咲きの桜を点々と配した作品を描いていた。その美しさはいまも眼に残っている。実際に嵐山の桜は、満開時よりむしろ、ひどくおっとりした遅口の桜が、桜の季節をとうに過ぎてから点々と雑木の間に咲いている頃が美しい。

（昭和三十六年五月）

「日本現代文学全集　井上靖・田宮虎彦集」筆蹟

薄暮とか黄昏とかいう言葉はあまり好きでない。夕方とか夕刻とかいう言葉が好きだ。

（昭和三十六年八月）

井上 靖

レジャーと私

仕事の疲れをいやすのに、私はよくコーヒーを飲んだり、散歩に出たりする。最近、ゴルフをはじめるようになったが、手近かな場所でできる散歩も、またすてがたいたのしみの一つである。ここは、わが家から二、三分の馬事公苑だが、私のよく行く場所である。

（昭和三十六年九月）

娘と私

最近、ゴルフの練習をはじめたおかげで、長女と一しょの時間を持つことが多くなった。私は私で、長女の性格の自分の知らなかった面を発見することができたし、長女のほうも父親の性格についての新しい発見があるようである。

私と長女の関係は、父と子というよりも、友人である。私のほうがわがままだが、それでも時には遠慮することもある。遊んでもらえないと大変だからである。

（昭和三十六年十月）

編集方針を高く評価

わたくしたちは現在、毎日のようにおびただしい数の出版物にうずまっている。どの書物でも、それを手にしようとすれば、それを手にすることができ、読もうと思えば読むことができる。問題はおびただしい出版書のなかから、自分がもっとも必要とする書物を、間違いなくえらび出すことである。良書の選択が今日ほどむずかしい時はないと思う。

われわれ読書家にとって、「週刊読書人」がいかなる役割を果しているかは、いまさらここにのべる必要はあるまい。おびただしい書物を対象に、縦からも横からも、いろんな角度から照明を与える本紙の編集方針を、わたしは高くかっている。こん切な解説と、一つの見方に偏しない批評、あくまでこの二つの編集態度をくずさないで、みずからが選択者となることなく、こんごも読者をしてみずから、書物をえらばしてもらいたいと思う。

（昭和三十六年）

私の好きなスター

岡田さんは私の作品が映画化される場合、大抵主人公の女性を演《や》って下さる。この三四年、私の作品で映画になったものにはみんな岡田さんが出ている。岡田さんは日本の女性では珍しく、ある雰囲気《ふんいき》を身辺に持っている人であると思う。しかもその雰囲気たるや、豪華というのでも絢爛《けんらん》というのでもない。香気を持った雰囲気とでも言ったら、あるいは近いかも知れない。どんな役を演っても、それが岡田さんを特殊な女優さんたらしめている。

（昭和三十六年頃）

私の好きな部屋

軽井沢のこの家は、中学時代の級友であった建築家I君の設計に依るものである。明るいがっちりした感じの居間を造ってくれと言ったら、そのように居間を造ってくれた。部屋に坐っていて、どこへ眼をやっても、窓から戸外の樹木が見える。全くの樹木に取り巻かれた部屋である。私は東京の家では自分の書斎で大部分の時間を過し子供たちと一緒の時間を持つことはめったにない。この軽井沢の家へ来ると、この部屋で否応なし

に、子供たちと顔をつき合せて、子供たちと話をする。戸外のみどりが子供たちの顔を、年齢より少しずつ稚く見せる。

（昭和三十六年頃）

横綱の弁

本誌編集部から酒徒番附の横綱に決定したので、何か書くようにという手紙を貰った。ひどく驚いた。が、ともかく横綱となったとあっては多少の感慨なきにしもあらずである。これまでに酒豪とか酒徒とか言う呼ばれ方をしたことなぞは一度もない。酒が強いと言われたことはあるが、それにしてもその強いという意味は知れたものである。その私が横綱になったというのであるから、驚くのは当然である。

審議会の委員諸氏はいかなる理由で私を横綱にしたのであろうか。去年は確か関脇であった筈である。一年間によほど酒量でも上げない限りあり得ないことである。酒量は併し、少しも変わっていない。ゴルフのお蔭で酒を飲む機会も減っている。

酒量が変わりないとすると、あとは酒の飲み方である。この方は多少違って来ている。目下記憶喪失症を材料に小説を書いているが、そういうことを思いつくくらいであるから、言うまでもなく私自身が記憶喪失の経験を持ったことになる。三回ほど酒を飲んでいて途中から記憶がなくなった。こんなことは今

までにないことで、この一年初めての現象と言っていい。齢のせいか、ゴルフのせいである。記憶喪失時のことは覚えていよう筈がない。何を喋り、何をしていたか、知りたくても判らない。他の者に判っていても自分だけには判らない。甚だ厄介なものである。

まあ横綱に据えられた原因で、思い当るものがあるとすればこのくらいのものである。私は酔っていて、いかなることを喋り、いかなることを仕出かしたのであろうか。

（昭和三十七年一月）

私の生命保険観

保険にはいろいろの形の保険があるらしいが、私は死んだら金が貰えるという最も単純な形式の生命保険が好きだ。私は若い時生命保険にはいったが、全く自分が若くして亡くなった場合、遺族の者がすぐには困らないといった気持からはいったまでである。全く妻や子供たちのためであった。私は今日人生五十年を上廻って生きているが、いまは保険にはいっている気持は遺族のためではない。自分のためである。自分が亡くなった時自分の死を処理する金額がそこに預けてあるという気持である。これはひどくさっぱりして気持がいい。この人生でなす最も気持のいい行為の一つかも知れない。

（昭和三十七年一月）

「昭和文学全集　井上靖」筆蹟

私の好きなものは夏の夏草冬の冬濤

井上　靖

（昭和三十七年十月）

社会人になるあなたへ

労力を提供する。そして、それに対する報酬《ほうしゅう》を得、それによって生活する。——人間は人類社会ができたときから、常にこの根本原則に従って生きてきた。

社会という巨大な歯車のどこかに、あなたの明日からの職場はあるだろう。あなたは、そこで額《ひたい》から汗を出したり、与えられた仕事のために小さな頭を悩ませたりするだろう。

そして、あなたは働くということがどういうことかを、ハチがむしょうに飛びまわり、アリがやたらに歩きまわることの本当の意味を知るだろう。若いあなたの目に、本当の人生が、本当の社会が映ってくる。

おめでとう、そうするために、あなたは長い間学んできたのだから。そして人間はそうするために生まれてきたのだから。

（昭和三十七年頃）

作家の言葉

揚子江の岸でわきめもふらずカメを洗っていた女たち。私もそのような所でそのようにして文字を書きたい。

井上　靖

（昭和三十八年一月）

ベニス

昭和三十五年、ローマ・オリンピックの年に取材を兼ねて、私は三カ月ばかり欧米を一まわりした。水の都といわれるこのベニス（北イタリア）にきたのは九月、空はあくまで晴れ、澄み切った大気の下で旅情を大いに満喫した。もう一度是非訪れたいと思う所だ。

（昭和三十八年三月）

香川京子さん

香川京子さんは女優さんという感じの少ないひとだ。いつ会っても、自分が女優さんであるということを意識していないかのように振舞う。それでいて、演技になると、最も女優さんらしい女優さんだから驚く。仕事を大切にしているところも立派だ。ゴルフも香川さんらしい無類に素直なゴルフだ。先生格の生沢朗氏が、香川さんの少しもいいところを見せようなどというところのない素直さは得難いものだ。確りしないと、じきに抜かれると、僕に注意してくれた。

（昭和三十八年五月）

駿河銀行大阪支店開店広告文

私は幼年時代から少年時代へかけて静岡県の東部・駿河で過しました。これを第一の故郷とすれば三十代から四十代へかけて新聞記者として過した大阪は、第二の故郷です。作家としての私を支えているものは、この二つの郷里に他ありません。

こんど私が少年時代を過した沼津に本店を持つ駿河銀行が大阪へ進出します。

駿河銀行という名は、沼津の千本浜の波の音と同じように、私には親しく嬉しいものです。

どうか、かわいがってやって下さい。

（昭和三十八年十一月）

帝塚山大学推薦のことば

専門家の養成でなく広く深く豊かな教養を持つ女性を育てるために、帝塚山大学は発足するという。双手をあげて賛成する。教養学部という新しい学部の機能を十分に発揮したならば、ほんとうの女子の大学が初めて日本に生まれることになるだろう。

（昭和三十八年十二月）

京劇西遊記

戦後日本で京劇が公演されるのは一九五六年（昭和三十一年）の時についで、こんどが二度目である。この前の公演には名優として知られていた梅蘭芳《メイランファン》が出演したが、私は何かの関係でその舞台を見る機会を失した。これは今考えても残念なことである。

京劇が日本で公演された翌年に、私は中野重治、山本健吉、本多秋五氏等と共に中国に赴いた。その時私たちは二回梅蘭芳に会った。一回は歓迎会の席上、一回は劇作家田漢氏に招かれて、その邸で夕食をご馳走になった時である。私たちは田漢氏邸では、京劇で現代の生活が取扱うことができるかどうかというような質問を次々に出した。それに対して、主として田漢氏が答え、梅蘭芳は終始控え目な態度をとっていた。そうした中で一度だけ、梅蘭芳は静かな言い方で短い言葉を口から出した。――これからの若い人たちが京劇を全く新しいものにすることでしょう。私は学校でそうした人たちの演技の指導に当っていて、それを強く感じます。

一九六一年に、私は二回目に中国に赴いたが、その時はすでに梅蘭芳は亡かった。しかし、彼が晩年に己れに課した仕事は、いま大きく花咲き、実を結んでいるのではないかと思う。

私は三回の訪中旅行において、そのたびに許される限り京劇や地方劇を見ている。京劇を勉強するためでなく、京劇が好きで、面白いからである。そのたびに演技の上にも、取りあげる脚本の上にも、京劇およびその系統の地方劇が着々新時代の劇として改められつつあるのを感じる。古い芝居であるには違いないが、また何と新しいものを持っていることであろう。歌詞や台詞のよくわからぬ他国人の私にも、それが感じられるのであるから、これは大変なことであろうと思う。

京劇の魅力は、それに憑《つ》かれると、そこから脱けられぬものだと聞くが、劇としての面白さの他に、京劇独得の雰囲気があって、開幕と同時に響いて来る胡弓の伴奏と共に、観客はその中に惹き入れられてしまう。ヨーロッパでは北京オペラと呼ばれるそうであるが、歌と抑揚ある台詞で物語は進められて行くのだから歌劇には違いないが、舞踏的な動き、時代離れしたメーキャップ、演技の約束などから見ると、日本の能に似ているとも言える。しかし、いたるところにリアルな演技も混じっている。

京劇の大衆に喜ばれる最も大きい魅力はその立ち廻りにあると思う。烈しい訓練に依ってのみ生み出されるその洗練された立ち廻りには、息もつかさぬ面白さがある。軽快で烈しく、それでいて決るところはぴしりと決っており、胸のすくような美しさである。またどんな殺陣場面においても、残忍さや残酷さは感じられない。京劇特有のユーモラスな処理があって、観客はそのアクロバット的な動きに眼を見はらせられながら、絶えず顔からは笑いを消すことはできない。

こんどの演しものに『西遊記』があるが、こうしたものの面白さは京劇以外からは期待できぬものであろう。私は北京で夥しい数の俳優の出演する『西遊記』を見て、初めて京劇の面白さを知ったが、こんどの『西遊記』には、それとは全く別種の面白さがあった。こんど上演を予定されていて、主演者の病気のために取りやめになったという『楊門女将』は去年の秋、これも北京で見た。これは重い扮装の女子将軍たちの立ち廻りが見せどころで、これにはこれでまた別種の美しさがあった。それぞれの演しものに依って殺陣の見せどころが違うところも、京劇だけのものであろう。

こんどの演しものの『欄馬』なども、私には面白かった。筋もよくまとまったもので、男女二人の立ち廻りにも独得の面白さがあった。

京劇で最も感心されることは伝統的な古い劇でありながら、全面的に大衆から歓迎される面白さを持っているということである。こうした点では、日本の歌舞伎が現在持っているような問題はない。新しい時代の劇として改良されていることは事実だが、本質的に大衆劇たるの要素を持っているのである。どんな芝居も芝居である限り面白くなければならぬだろう。それをさえ持っていれば、形式が新しい古いということはさほど問題ではないということを、京劇の公演から感じるのは私一人ではあるまいと思う。

(昭和三十九年一月)

「現代の文学 井上靖集」筆蹟

揚子江の岸で手を赤くして甕を洗っていた女たちよ
私も亦そのような場所でそのようにして私の文字を書きたい
井上 靖
(昭和三十九年二月)

井上吉次郎氏のこと

大学を出た昭和十一年に、私は毎日新聞社に入社し、学芸部に籍を置いて、新聞記者としての第一歩を踏み出したが、その時の部長は井上吉次郎氏であった。私はそれから何年か氏の許で働いた。社会へ出て最初の上役として氏を得たことは、いま考えても、これはちょっと類のない程の幸運だったと思う。上役ではあったが、上役という感じはみじんも持てなかった。師とでも言う以外仕方ない存在だった。私は物を書く人間としての大切なことを、何から何までみんな氏から教わったからである。

氏は社の内外に於てユニークな文章家として知られていた。他の誰もが真似することのできぬ独自な文章であった。氏はまた自分が自分の眼で見、自分の心で感じたことしか書かれなかった。社会通念となっている既成の価値をこれっぽっちも信用していなかった。価値のあるものと、価値のないものとを、氏は自分の眼でより分けていた。

私は当時、氏の前で物を言うことが辛かった。氏が体に詰め込まれているものが、あまりに豊富で、あまりに多方面に亘っていたので、私はいかなる言葉を口から出しても、それが自分ながら光のないものに感じられた。私は何年かに亘って、美術についても、歴史についても、宗教についても、氏の手ほどきを受けた。この意味では、私は井上吉次郎氏の研究室に勤めたようなものであった。氏は卓抜厳格な師であり、私は何人かの助手の中の一人であった。その当時から氏は社会学者として、民族学者として、野に在っての特異な存在であった。同郷の南方熊楠の血は、少し変った形で井上氏に伝わっていることを、私は何回感じたことであろうか。

果して氏は毎日新聞社を罷められると、井上吉次郎博士になられた。併し、氏の一番立派なところは、新聞記者井上吉次郎氏と、学者としての井上吉次郎博士とが少しもずれないで、一つの映像を作るところにあると思う。氏の学位論文である「文化野史」を初めとして、氏の多年に亘る民族学的、社会学的論攷の数々は、氏が卓抜な学究であることを示すと共に、やはりそれが単なる研究室に於ての所産ではなく、広い社会的視野を持っている人のユニークな見解であることを示すものであると思う。

このたび氏の述作が喜寿記念として上梓されることを心からお祝いすると共に、これを機として、氏がお仕事の上に更に大きく飛翔されんことを祈るものである。氏は曾て学芸部の席で私に言われた。——学者というものは長生きしないとだめだね、と。その言葉を、氏は今こそ自分に生かさねばならぬと思う。ぜひ生かして戴きたいものである。

（昭和三十九年三月）

「婦人公論」のすすめ

この雑誌の編集について、いつも感心するのは、どんな評論でも、写真でも、記事でも、かならず女性の立場から物が考えられており、日本の女性にとって、物を考える場になっていることでしょう。

娯楽にしろ、教養にしろ、編集者が作って無条件に読者に与える雑誌の多い中で、押しつけがましい態度はとらず、いつも読者に考える材料を与え、読者といっしょにそれを考えようとする編集の雑誌、批判精神をもった婦人雑誌は、現在の日本では非常に少いのではないかと思います。読者はこの雑誌によって、自分も考え、自分も発言する、ということの喜びを知ることができるでしょう。また、本誌について感心している点は、本当の教養というものを読者に知らせようとしているということです。このことは、非常に大切なことだと思います。

（昭和三十九年三月）

The East and the West

ONCE there was a time when it took scores of years—even hundreds of years—for the culture of the East to be introduced into West, and vice versa. One cannot even begin to estimate the time required for the transmission via the silk road of a Western potting design or painting from the Near East to the Far East,e.g.,to ancient China—and eventually to Japan.

Since the turn of the present century, however, there has been a remarkable change in the speed it takes for things to infiltrate from one part of the globe to another.

Today, after World War II, such antiquated words as "introduction" or "diffusion" can hardly be appropriate to describe the present day cultural interchange; it is instead a rapid flow, or rather a direct transplanting.

The reciprocation of culture can be effected anytime, anywhere instantly, if only an attempt is made.

If and when a new mode of art is born in Paris, it permeates the whole world in no time to be assimilated into the culture of all nations. And since such is the order of the day even in the domain of leaning and fine arts, it follows that it is all the more so for the mode of living in general. In a broad sense of the term, such an interchange is going on everywhere.

The greatest thing that we have lost under the existing situation would be the sense of distance—that of being remotely apart. We are still losing it.

A man may take off from Tokyo, fly over the polar region, and arrive in Copenhagen in North Europe within 16 hours. And it is also only a matter of hours for one to land in New York, after flying across the Pacific Ocean from Japan.

The sense of distance that we once had is being revised fundamentally; as we in Japan conceive of such a city as New York—and for that matter, London—we feel that it is just there within easy access.

We of the present day thus feel somewhat lost in the face of this need to readjust our sense of distance. But a new generation of mankind who is yet to come into existence will be born without such a sense of being far apart; there will be no need for such readjustment as are required of us today.

Come to think of it, the very absence of this sense of distance may signify the intermingling of the nations and races one with another. In point of fact, the nations and races are becoming mixed at a terrific speed.

What, then, will it be that refuses oneness in racial relations to the last, in these days of active intermingling? It would seem to the writer that it will be the idiosyncratic manner of thinking that each and every race has inherited; this is something which is not likely to mix easily.

It would seem that it is no easy task to have a mode of thought or habit peculiar to one race completely accepted by another; it would seem that there will remain in existence just as many characteristic manners of thinking as there are nations and races in the world.

It may require more than a century—or even longer—to have this barrier of thought removed. Nevertheless, one may endeavor to promote understanding between nations and among races, thus seeking amicable solutions to problems that originate in this very difference of opinion.

The writer, for one, hopes that our new born magazine may contribute much toward the promotion of this ungently sought-after understanding.

（昭和三十九年四月）

作家の顔

ゴルフのクラブを握っても、盃を持っても何でもないが、万年筆を持つと、掌から指先にかけて、電気でも当てたようにしびれてくる。こゝ半年程のことだ。医者にきくとリュウマチの一種だろうと言うし、友人にきくと書痙という病気だろうと言う。私自身は余り書きたくないものは書くなという事だろうと勝手に決めている。そして、実際になるべくそれを実行するように努めている。

（昭和四十年十月）

「婦人公論」の歩みを讃える

『婦人公論』が呱々の声を上げて五十年と聞いて感無量だった。この半世紀の日本の歩みには容易ならぬものがあったが、『婦人公論』の歩んで来た道もさぞ大変だったろうと思う。『婦人公論』を読む女性は生意気だと思われた時代があったが、そうしたところから出発して、ともかく戦後日本の女性は誇りと、自覚と、批判精神とを身につけることができたのである。そのために『婦人公論』が果した役割は限りなく大きいものである。毎月、一冊一冊世に送ることで、それを為したことは偉業と言っていいだろう。五十歳の『婦人公論』に讃辞と敬意を惜しまないゆえんである。

（昭和四十年十月）

「われらの文学 井上靖」筆蹟

揚子江の岸で手を赤くして瓶を洗っていた女たちよ。私も亦、そのような場所で、そのようにして私の文字を書きたい。

井上　靖

（昭和四十一年一月）

アトリエ風の砦

昨年、家の一部を改造して、応接室とも、仕事部屋とも、書庫ともつかぬアトリエ風の部屋を作りました。この部屋の隣りが書斎、書斎に続いて書庫がありますが、現在のところ、このえたいの知れぬ部屋で過す時間が一番多いようです。

客との応接も、この部屋ですし、調べものをするのも、孫と遊ぶのもこの部屋です。従って、時々、足の踏み場もないほどちらかってしまいます。城というより、砦《とりで》とでもいう方が、この部屋の主人である私の気持にはぴったりします。

（昭和四十一年五月）

「豪華版日本文学全集 井上靖集」筆蹟

若き者が老いるように新しきものは古くなる

井上　靖

（昭和四十一年八月）

木村国喜に注文する

男は生涯に一度本当の男になる機会があると言いますが、木村国喜にとっては、こんどの仕事が恐らくその一生に一度の機会だと思います。一にも誠実、二にも誠実、三にも誠実。

（昭和四十一年八月）

岡田茉莉子

岡田茉莉子さんは美しい翳《かげ》りを持っている。表情にも、話し方にも、また演技の上にも、その翳りはちらちらする。おそらく天成のものであろうが、他のひとの持つことのできない岡田さんの大きな魅力である。

併し、ここ二三年の岡田さんは、その天成のものに寄りかからないで、もっと正確な、手ごたえのあるものを目ざしている。芸の上にますます内面的な深みと迫力が加わって来ている。みごとと言うほかはない。

岡田さんの天成の美しい翳りがどう変って行くか、考えると楽しみである。

（昭和四十一年九月）

型を打ち破る

これまで新聞の連載小説というと、通常三百回とか、四百回とか、ある長さを要求されて来た。こんどの小説の企画は、そうした新聞小説の何となくでき上がった型を破る上において、非常に意義のあるものだと思う。

中、短編小説が、こんなにも新聞小説として成功するものであるかということなどが、ここに登場する作家のだれかによって証明されたら愉快だろう。そうなると新聞小説は長編小説でなければならぬという見方は、根本から改められることになる。

また、新聞小説は恋愛問題を取り扱わないと受けないという考え方も、こんどのこの企画によって改められるに違いない。私小説風の、あるいは随筆風の作品がこんなにも新聞読者全体の支持を受けるかということも、きっとここに登場する作家のだれかによって具体的に示されるだろう。そうなると、新聞小説を書く作家の顔ぶれも変わって来るというものである。

いろいろの意味で楽しそうな企画である。私も、この企画に賛成して、執筆を引き受けた以上、これまで書けなかったはなはだ非新聞小説的な新しいものを、書かせてもらいたいと思っている。

（昭和四十一年十月）

加藤泰安氏のこと

加藤泰安氏には『あした来る人』という小説の主人公のモデルになって戴いたことがある。〝君とはまだ十五年のつきあいだが、山とは三十年のつきあいだからな〟という、主人公の奥さんに対する名台詞は、加藤氏が考えて下さったものである。こうした台詞を考えることに於ては、氏は天才である。

登山家加藤泰安氏については、今さら喋々《ちょうちょう》する必要はあるまい。氏は日本山岳会の重鎮であり、再度に亘ってのヒマラヤ登攀の業績が不朽のものであることは、衆知の通りである。

併し、登山家という肩書は、加藤泰安氏の場合、必ずしもぴったりしたものではない。登山家も登山家、れっきとした登山家ではあるが、登山家というだけの呼称では、加藤泰安氏の全部を捉えることはできないような気がする。世界を股にかけての旅行家でもあるし、探検家でもあるし、更にぴったりしたものをということになると、その上に学術という言葉でもつけたくなる。併し、氏は学者ではない。氏と交遊浅からぬ人たちには高名な学究が多いが、氏自身は講壇に立ったり、論文を書いたりする学者ではない。ただ、そういう雰囲気を、かり物でなく、ひどくぴったりと身につけているのである。

知性とか教養とかいう言葉は、氏が厭がるに違いないので、そうした言い方を避けると、氏は日本が持っている数少い近代的登山家の一人であると言っていいと思う。しかも、その第一人者である。

こんど上梓《じょうし》された氏の著書は、いかに氏が本当の意味での近代的登山家であるかを、物語るものである。夢と、情熱と、そしてまた、優れた登山家の持つ、反対の醒めたものが、この書物のどのページにも顔を出している。

（昭和四十一年十一月）

居間で過ごす楽しみ

この家は十年前、中学の同窓だった磯山正君（美校出）に設計してもらって建てた。軽井沢の家も同様である。磯山君はガンコな感じの部屋をつくる人で、私は信頼してすべてをまかせた。できあがってみると思っていたとおり、重いがっしりしたものになった。私はこのごつさが好きだ。しゃれた軽い感じの家も部屋もきらいである。

庭は芝を植えてあるだけで、特別手は入れてない。ここで子供たちが走りまわり、私も日に一回はクラブを振る。私のゴルフは、上達が目的ではなく、健康法としてである。

午前中執筆、午後人に会うのが日課だが、子供や孫たちの集まるリビング・ルームでくつろぐのが楽しみだ。ステレオ、ラジオ、テレビがあり、梅原、須田、小倉各氏の絵がかかっている。いまは福島からおくってきたクシガキも、ムードづくりに一役かっている。

このリビング・ルームで孫の朋子（長女の子）をだっこして、話をするのがまたたのしい。二歳五ヵ月だが、言葉を覚える速度はこわいほど、電子計算機のようだ。三ヵ月ほどのあいだに「ツメ」「マユゲ」「ハナ」「メ」から、自分の周囲にあるものすべて吸収し、数までかぞえるようになった。私のことを、さいしょはお手伝いさんにならって「ダンナサマ」、さいきんやっと「オジイチャマ」と呼んでくれるようになった。

（昭和四十二年五月）

ハワイ焼けした井上靖さん

ハワイの盛夏二ヵ月の生活はなかなか快適だった。一年中夏で、秋も冬も春もないが、その代り夏が来ても、とりわけ暑いわけではない。東京の六月末ごろの気候だ。

あちらで一番有難かったことは、電話がかかって来ないことと、空気がきれいなことだ。太陽の光線に紫外線が多いので少し出歩くと、まっくろになる。日本から来る人が、例外なく、よくやけましたな、ゴルフと泳ぎですかと言う。冗談ではない。ゴルフもやり、海へもはいったが、そんなことばかりやっていたわけではない。ペンクラブから派遣されたハワイ大学の先生が本業である。一週間に一度は教壇に立ったのである。

ゴルフは簡単にできる。大抵のコースが二〜三十分で行けるところにある。午後三時ごろから九ホール廻る。コースはどこも海が見え、樹木が多くて美しいがふしぎなことに、技術の方はだんだん下手になる。ゴルフに、ハワイぼけということがあるかと訊いたら、そんなことはないという。顔だけまっくろになって、肝心のゴルフが下手になったのでは残念である。

講義と言っても、作家の立場から勝手なことをしゃべらせてもらった。聴講生は百名内外、別段講義のための準備はしないが、作品だけは読まなければならぬ。鷗外、漱石、藤村など、日ごろごぶさたしている先輩作家のものをこの二カ月でほとんど読み返したことになる。この点は、私自身のたいへんいい勉強だ。学生時代以来、こんな贅沢な夏の過し方はしていない。

泳ぎの方は五時ごろから。この方はうまいも下手もない。潮につかって、あとは砂にまみれていた。やたらに大きな体の女たちがごろごろしている。日本の女性たちも大きくなりつつあるが外国の女たちも、戦後また大きくなりつつあると言う。人類は際限なく大きくなって行くのかも知れぬ。百年後にはどんなことになっているか、砂にまみれて、そんなことを考えていた。

（昭和四十二年九月）

「詩と愛と生」筆蹟

人生は夜の海に似ている。何を投げ込んでも反応はない。反応がないのではなくて、恐らく人間には判らないのだ。

井上　靖

（昭和四十二年十二月）

吉兆礼讃

戦後の日本は大きく変わった。なかでも料理の世界は目まぐるしい。日本全国どこに行っても不自由という事を知らない。それなのに残念なのは純粋な日本古来の料理がだんだんなくなっていくことだ。いま日本で純粋な日本料理を作る人は吉兆の湯木貞一氏をおいて他にないと思う。季節を取り入れた美しい器物、座敷の装飾調度と、一分のすきもない。材料の吟味、そうした味覚になじんだ味のよさは最高に生かされている。まさに日本料理のトップを行く人だ。

（昭和四十三年一月）

「群舞」東方社新文学全書版筆蹟

井上　靖

小説は人間を、人間の心を書くものである。これだけは間違いないと思う。併し、その人間というものが、人間の心というものが、甚だ厄介なもので、自分が一生人間として生きているのであるが、それが判らない。摩訶不思議などろどろとしたもので、勝手な、とんでもない動き方をしてしまう。そうした人間と人間とがぶつかり合って、その軌跡として描かれる人生というものは、当然ひとすじ縄では行かぬ厄介なものである。その人生を正面からねじ伏せようとするのが長篇で、それを截断面で捉えようとするのが短篇であると思う。

（昭和四十三年二月）

小坂徳三郎君に、私たちの希望を託したい。

小坂さんが産業人として日本のホープであることはいうまでもないが、小坂さんはもっと広い文化人としても第一級である。人柄は誠実明朗。小坂さんのような人が先頭に立って活躍される時、はじめて日本の社会は本当に明るいものになるだろう。

（昭和四十三年秋）

三木さんへの期待

私は三木さんと同年齢ですが、いつも三木さんと会っていて、到底自分の及ばないものあるを感じます。誠実さに於ても、謙虚さに於ても、見識の高さに於ても。三木さんは、私が現代で尊敬している数少い人のひとりです。

（昭和四十三年頃）

文學界と私

私は昭和二十四年十月号の「文學界」に「猟銃」を、十二月号に「闘牛」を発表して、どうにか小説家として立って行かれるようになった。文壇に出た数年は「文學界」に一番多く作品を発表した。「文學界」は謂ってみれば私の育ての親であり、私の出身地である。「文學界」に拾い上げられ、「文學界」に育てられそしてどうにか一本立ちになったわけである。……

　文學界新人賞が設けられたのは確か三十年だったと思う。私は初めて文学賞というものの銓衡委員になった。石原慎太郎氏の「太陽の季節」もこの賞の受賞作である。有吉佐和子、菊村到氏もこの賞から文壇に出た。

　「文學界」は、昔も今も変らず新作家の登竜門であり、この雑誌の受持っている日本文学界における役割は非常に大きい。

（昭和四十四年一月）

「現代日本文学大系　井上靖・永井龍男集」筆蹟

養之如春

井上　靖

（昭和四十四年四月）

週刊新潮掲示板

　明治四十年に渡米した日本移民のことを小説に書いております。舞台はサンフランシスコとサクラメントです。はなはだ漠然とした言い方ですが、当時の両市における日本移民の生活や風俗を描く上の資料となる書物、写真、地図などをお持ちの方がありましたら、見せていただきたいと思います。また、同じ明治四十年ごろの、市電の路線のはいった東京地図、それから奈良・法隆寺に関する紀行・記録類も求めております。法隆寺紀行では、虚子『斑鳩《いかるが》物語』、里見弴氏の『若き日の旅』、その他学術論文的なものはいちおう読んでいますので、これ以外の、有名無名の人の日記・紀行のようなものがほしいのですが——以上お尋ね一束。

（昭和四十四年七月）

版画の楽しさ、美しさ

　ここに集められた版画の数は夥しいものである。しかも一流画家のものばかりで、石版、木版、銅版、すべての分野にわたって、一級品ばかりが集っている。壮観の一語につきると言っていいだろう。

　浮世絵という優れた芸術を生んだ日本ではあるが、私たち日本人は版画というものには案外に馴染みが浅い。エッチングなどが一般に理解され、愛好されるようになったのはごく最近のことであるが、なお現在でも、画家の余技として、あるいは趣味的な試みとして版画というものを考える、そういう受けとり方は必ずしも払拭されているとは言えないのである。そういう奇妙な理解の仕方を是正するためにも、ここに収められている版画群は大きい役割を果すことであろうと思う。

　現代作家ではマチス、ボナール、ルオー等が石版で優れた仕事をしており、またエッチングではピカソ、シャガール等の名を挙げなければならぬであろう。そうした画家たちの中の何人かの仕事に、ここでお目にかかることのできるのは有難いことである。日本の一流画家のほかに、シャガール、ブラック、ビュッフェ、ダリ、ピカソ、マチス等がずらりと並んでいる。

　私は版画の面白さは、各作家の持っている芸術家としての資質の原形がいろいろな形で、あるものは素朴なもの、単純なものへの思慕として、あるものはもっと生まな烈しいものへの志向として、はっきりと示され、打ち出されているところにあると思っている。私にはこれらの一級版画と向い合っている時間はちょっとかけ替えない楽しい時間である。

（昭和四十四年十月）

ロートレックのスケッチ

　私もロートレックの小さい絵を持っている。競馬場で父親の顔をスケッチしたものだそうだが、真物か贋物かは知らない。出場表の裏に描かれてある肥満した、人のよさそうな五十がらみの人物の顔を見ていると、いつも小説の主人公にしたくなってくる。酒も女も好きそうな俗物で、吝だが、おだてられると気まえよく振舞そうな人物である。果して実際にロートレックの父親がそんな人物であったかどうか、私は調べてみようと思っているが、まだ調べていない。

（昭和四十四年十一月）

東大寺のお水とり

二月堂のお水とりも近年はたいへんな賑わいである。ややショウ化してきているうらみがあるが、お水とりの行事そのものは千二百年の昔から今日まで変っていない。全国から見物人が押しかけるので、罪は見物人の方にあるだろう。終戦直後、人影まばらな中で、この古い火の行事を異様な思いで眺めた記憶がある。素朴で、雄渾で、格調高いこの行事が、戦争に破れてもなお行われていることに言い知れぬ感動を覚えたものである。大たいまつの動きも、こもりの僧のくつの音も厳粛で淋しかった。

　このお水とりの行われる日（三月十二日）を境に大和には春が来る。しかし、この行事のある前後は、気温が下って、冷えこみの烈しいのが例年のことである。関西の冬では、私はこの頃が一番好きだ。春がそこまで来ているのにやたらに寒いのである。火が闇をかくはんする妖しい美しさ、お水とり。

（昭和四十五年四月）

雑然とした書棚

この部屋は応接間でもあり、仕事部屋でもある。実際にペンをとるのはこの隣の部屋であるが、一日のうちこの書物のつまっている部屋で過ごす時間の方が多い。書棚につめてある書物は雑多である。歴史に関する書物が多いが、統一はない。小説家である主人の頭が雑然としているごとく、ここの書棚もまた雑然としている。

（昭和四十六年四月）

美術コンサルタント

上野さん、竹中（郁）さん、それに私が加わって、美術批評家サークルというのができたのは二十二年の初めである。一つの展覧会を三人で観て、それについての考えを持ち合った上で、それを綜合したものを新聞に発表しようというわけである。当時私は毎日新聞社の美術記者をしており、それまでの新聞の美術批評の在り方に疑問を持っていたので、そういうサークル批評の形を思いついたのである。一人で批評するとなると、どうしても好みが出るし、見間違いもあり、遠慮から思いきったことを言えない場合もある。サークル批評の形をとると、そうしたことの大部分は防ぐことができる筈であった。

この批評家サークルは、私の東京転勤のために、一年ほどで解消する運命を持ったが、もし何年も続けていたら面白い仕事ができたのではないかと思う。当時の美術界で最も大きい事件は上村（松篁）さんたちの創造美術（現在の新制作派日本画部の前身）の結成であったが、その第一回旗揚げ展は批評家サークルで批評した。京都の大丸百貨店へ行った。竹中さんには竹中さん流の絵の見方の方式があり、私は私なりの好みで見て行く。二人とも早い。絵の前を素通りしながら、いい悪いを区別して行くようなところがあった。そういう二人に対して上野さんは貴重な存在であった。一つ一つ作品の前に立って、作品の内面にはいって、いいところを、いいところをというような見方をされた。結局三人で話し合ってみると、上野さんの意見が通った。上野さんほど丁寧に観ていないので、竹中さんも、私も、上野さんに対してはたじたじだった。

こんどこの文章を綴るに当って、三人の名前が並んでいる創造美術第一回展の批評を読み返してみた。懐しかった。三人を代表して私の文章で綴ってあるが、はっきりとここは上野さんの見方だなというところが判った。と同時に、上野さんのその頃の、つまり二十年前の顔が浮かんで来た。竹中さんの顔も浮かび、私たちに批評された上村（松篁）さんの顔も浮かんできた。これまた懐しかった。ちょっと青春回顧の思いに似ている。もちろんお互いに青春とは遠い年齢ではあったが、終戦直後の時代の大きい転換期に際して、私たちはやはり青春と呼べるようなものを持っていたのである。批評家サークルの誕生も、創造美術の結成もその第二の青春と無関係ではなさそうである。

美術批評サークルのことに限らず、若い学究の上野さんに対して、若い新聞記者の私は、いろいろ厄介なお願いを持ちこんだ。断わられたこともあるが、大抵は気持よく引き受けて戴いた。私が大阪をはなれたことは上野さんにはよかったと思う。もし私が居たら、氏が今日の如く学者として大成されることを妨げたかも知れない。どうもそんな気がする。

（昭和四十六年五月）

サヨナラ　フクちゃん

フクチャン、サヨナラ、オゲンキデ。ヨコヤマサン、イツカマタ、オオキクナッタフクチャンニ、アワセテクダサイ。

（昭和四十六年五月）

「作家愛蔵の写真」解説

昭和三十二年十月、第二回中国訪問日本文学代表団の一員として羽田を発つ。同行の山本健吉、堀田善衛、中野重治、十返肇、本多秋五、多田裕計氏に見送りの丹羽文雄、青野季吉氏らの顔も見える。

（昭和四十六年十一月）

広い知性と教養

大佛さんは大正時代の大衆文学の興隆期に作家となられ、広い知性と教養を生かして時代小説や現代小説で多くの傑作を生んだ。「パリ燃ゆ」など史伝でもたくさんの話題作を残されたが「天皇の世紀」が未完のままに終わったことは、かえすがえすも残念でならない。

（昭和四十八年五月）

野心作への刺激に…

「大佛次郎賞」と大佛さんの名前を冠する以上、選考の対象はいわゆる純文学、読ものの区別はもちろんフィクション、ノンフィクションの垣を取り払ったものでなければならぬだろう。大佛さんは生涯にわたって、いろいろな形で、いろいろな仕事を遺しているが、いかなる仕事においても、一人の知識人としての姿勢を崩さず、批判精神を失わず、しかもその作品を文学的香気あるものにしている。

また大佛さんが晩年の全情熱を傾けた「天皇の世紀」は、広い意味での新しい文学領域の開拓でもあり、一人の文学者のみごとな到達点を示すものでもあった。

「大佛次郎賞」の設定が、このような野心的、情熱的な新しい仕事に対する一つの刺激になれば、それは実にすばらしいことだと思う。


（昭和四十八年十月）

序文　茶室を貴ぶ

日本の茶道が日本の文化の上にいかに大きい業績を遺したかということは、ここに改めて記す必要はあるまい。その芸術理論の根底をなす「侘びの心」は、「さびの心」と共に最も日本的な伝統精神の一つとして、私たちが現在受継いでいるものである。私たちが現在持っている生活というものへの考え方の根底に坐っているものは、言い替えれば日常生活の動かすべからざる規範となっているものは、長い歳月の間に茶道によって日本人の心に培われ、育てられ、牢乎として動かすべからざるものとなったものである。今日茶湯などに無関心な若者たちでも、日本人である限り、どうしてなかなかそれから自由になることはできないのである。

日本の茶道は一朝一夕にしてなったものではない。これを正しく理解するためには、茶道が歩んで来た長い道を歴史的に辿らなければならないが、歴史的に辿ろうとすると、茶の伝来より始め、平安・鎌倉の喫茶法の変遷の経緯を振り返り、更にその喫茶法に初めて日本的な芸術表現を与えた珠光、紹鷗、そのあとを受けての大成者利休、はては利休のあとに続く宗旦、織部、三斎、遠州、石州、不昧といったその時代時代の文化の担当者たちの上に筆を及ぼさなければならない。日本の茶道の歴史を綴ることは日本文化史の本流に身を投じなければならぬことになる。たいへんなことである。しかも、茶道の歴史は、茶というものの持つ精神の流れから少しでも外れることはできない。日本精神史の大切な一翼に正面から組まなければならぬ。考えただけでもたいへんである。

しかし、本書の著者田中仙翁氏は、その難しい茶の歴史に挑み、みごとにそれを為し終えたと言える。氏は大日本茶道学会の会長として、その伝統を守り、それを広く庶民大衆の中に正しく位置づけようとしている気鋭の若い茶人、茶道の指導者である。氏が単なる茶道の研究家、学者であったら、こんどの仕事はできなかったかも知れない。茶室の中に生涯を埋めようとした茶人であればこそ、この難しい仕事を、学者の論文の形でなく、一生を茶室の中に生きる茶人の心をとおして為し終え得たと信ずる。

私はかねがね日本の茶道の歴史を真に正しく語り得るものは茶人でしかないと考えている。他の言い方をすれば、茶道の歴史は茶室というものを離れては語り得ないと信じているからである。

茶が日本に伝わって来て、茶を飲む習慣が日本人の生活の中に落着いた時、茶を飲む特定の部屋を持とうという考え方が生れたのはごく自然なことと言っていいだろう。ごく自然なことと言ったが、日本以外の他のいかなる国にもあったことではない。が、日本に於ては自然なことであったのである。

茶室という特定な空間を設定した時、茶道は生れたのである。今日の茶道が持っているあらゆるものは、その時、そこに見えない形ですでに生れていたのである。

茶がそれを飲むために茶室という特定の空間を持つと、その空間をみたすにふさわしい礼儀作法も生れなければならないし、その空間をより美しいものにするために道具も選ばなければならなくなってくる。そして、各時代のあらゆる茶人たちはその生涯をきびしく茶室のために奉仕しなければならなかったのである。かくして茶室は、心和み、心清まるサロンとなり、高次な芸術鑑賞の場となり、俗世間から切り離された自己鍛錬の道場となった。しかし、そこでは他の何事が行われたのでもない。迎える者と、迎えられる者が、茶を点て茶を飲んだだけである。大宇宙はその小さい空間に収斂できたし、あるかないかのような心の触れ合いも、その空間に於ては、一言の説明もなしになされたのである。茶室は宇宙であり、天地であり、人生であり、そしてまた利休がそれを為したように、死をも辞さぬ対決の場でもあった。

私は茶室を貴ぶ。茶室に坐る人を貴ぶ。どうして茶室に坐っている人の心を通さずして茶の正しい姿が、茶の歴史が理解できるであろうか。

私は本書の著者田中仙翁氏に期することは大きい。氏は数少い昭和の茶道の指導者の一人である。時代時代の茶人たちが身をもって茶道の歴史を書いてきたように、氏もまたそれを為すべきであるし、為さなければならぬ責任があると思う。それは氏が担った運命の星である。その星の大きいことを、大きくあらんことを望む次第である。茶道は時代と共に変ってゆく。昭和の茶道史の一ぺえじを、氏は身を以て書かなければならない。

本書は氏が外国人に日本の茶道を正しく理解して貰うために筆を執ったものである。天心の「茶の本」が一九〇六年にアメリカで出版されてから六十年の歳月が経過している。この書物が第二の「茶の本」として、外国人の日本文化理解のために大きい役割を果すことを切望してやまない。それからまた「茶の本」がそうであったように、日本に於ても広く読まれるために、日本語版の書物を出すべきであろうと思うし、ぜひ出して頂きたいと思う。最後に氏の志高き一層の精進を祈念して、この小文の筆を擱く。

（昭和四十八年七月十六日）

（昭和四十八年十月）

観無量寿経集註

親鸞聖人真蹟の『観無量寿経』と『阿弥陀経』の、それぞれの巻頭の一部を、毎日新聞社刊の「国宝」図録で見たことがあるが、それを見た時、なるほど親鸞聖人を知る上には、これ以上のものはないと思った。軽やかであって、しかも力強い書体、恰かも一点一点息を詰めて置いてあるかのような夥しい数の朱点、それからまた行間、余白、欄外を埋めつくしている細字の註解――壮年期の親鸞の息遣いも、眼光も、精神のたたずまいも、非凡なエネルギーも、直接そこからこちらに吹きつけて来るような思いに打たれたものである。

それ以後、親鸞関係の書物を読む度に、私の心に衝き上げて来るものは、全巻を眼にしたいという思いと、しかも全巻を眼にするばかりでなく、その前に長く坐っていることができたらという、甚だ実現難しい欲求であった。

それが、こんど、思いがけず、全く思いがけず果されることになった。日本仏教普及会（雄渾社）各宗教義聖典の完全覆刻上梓の朗報である。その完全覆刻シリーズの一冊として、近く『観無量寿経集註』が出されると聞く。こうなると、全巻を繙くこともできれば、何時間でも、その前に坐っていることもできる。

『観無量寿経』『阿弥陀経』の二巻は、専門家の間では親鸞聖人の壮年期の編著とされているようである。吉水時代か、越後時代か、関東布教時代か、そのいずれの時期かは判らないにしても、壮年期の編著であるということは、聖人の生涯を考える上に、小説家の私にはたいへん有難いものである。聖人の生涯において、最も大きい空白として遺されている時期を『観無量寿経』『阿弥陀経』の二巻で埋めることができるからである。空白時代の聖人が、そこには坐っている。他の史料からは見出すことのできぬ大きさと重さで、聖人はそこに坐っている。

（昭和四十八年十月）

小料理「稲」案内文

私は「稲」の名付け親であります。私が名をつけた店が七年の歴史を持ったと聞いて、いつ七年経ったのかと驚くと共に、「稲」のママ・増山フサ子さんの奮闘を大いに褒めてやりたい気持になっております。どうか今後も「稲」を贔屓にしてやっていただきたいと思います。

（昭和四十八年十一月）

朝比奈隆氏と私

私は昭和七年から十一年まで、京都大学文学部に籍を置いていた。専攻は美学であったが、学校には全然出なかったので、同じ専攻の学生の殆どを知らなかった。卒業前年の秋、何かの用事で主任教授の植田寿蔵博士にお目にかかりに研究室へ出向いて行ったら、あなたが井上君かと言われた。そしてあなたと同じようにいっこうに学校に顔を現わさないのがもう一人居ると、先生は付け加えられた。朝比奈隆氏であった。

しかし、朝比奈隆氏はその頃既に大学では有名であった。大学のオーケストラの指揮者として、氏の名前は、音楽とは無縁であった私もまた知っていた。

私は卒業を一年おくらせたので、京都大学には四年間籍を置いたことになるが、その四年間に、一度だけ朝比奈氏と言葉を交したことがある。卒業論文を文学部の事務室に提出しに赴いた時、やはり卒業論文を持って来た朝比奈氏と、事務室の窓口でお会いしたのである。昭和十一年の二月の初めだったと思う。

その日、二人は二十分ほど大学附近の道を歩いた。下宿でも同じ方面にあったのかも知れない。朝比奈氏は、あなたですか、井上さんという人はと、植田先生と同じようなことを言われた。そして、お互いに一回の講義も聴かないで卒業するということは虫がよすぎますよと、そんなことを言って、笑った。その時、大学附近の喫茶店へでもはいったのではなかったかと思うが、確かなことは憶えていない。ただ一つ、その日のことで憶えていることは、一体音楽とは何か、指揮するとは何かと、甚だ第一義的なことを質問したかったのであるが、結局はそれを口に出さなかったことである。

その春、私はどうにか大学を卒業させて貰ったが、朝比奈氏が卒業したかどうかは知らない。氏は論文をひっこめるか何かして、もう一年おくれられたのではなかったかと思う。

数年前、「文藝春秋」誌上に〝同級生交歓〟という写真を載せるために、東京のどこかで氏とお会いしたことがある。大学卒業以来初めてであり、まさに同級生交歓であった。

その折、私は話題を音楽の方に持って行きかけて、途中で思い返して、話を他に移してしまった。若い時でさえ保留した質問を、今更どうして再びとり上げる必要があろうか、そんな気持がどこかにあった。

それ以来、今日まで、氏とはお会いしていない。私は氏の仕事がいかなるものか、新聞や雑誌で承知しているし、氏の指揮する交響楽団の演奏を、聴衆の一人として聴いてもいる。派手な舞台上の氏を遠くから見ていて、あそこに朝比奈隆が居ると思う。同じように氏もまた、小説家としての私の文章を眼にする機会を一回や二回は持っているのではないかと思う。大学の同級生ではあるが、そしてお互いに芸術、文学の仕事に携っているのであるが、二人の関係は甚だ疎遠と言う他はない。

疎遠という言葉は使ったが、他に適当な言葉がないから、この言葉に代行して貰ったわけであるが、実は、私の氏に対するものは、決して表面的意味での疎遠と言えるようなものではないのである。と同様に、おそらく氏の私に対するものも同じことではないかと思うのである。若い日、あの自己表現を摸索している、明るくも暗くもある特殊な時期に、そして朝比奈氏にとっても、私にとっても、おそらく生涯で最も大切であったに違いない時期に、たとい短い時間でも、京都の町を肩を並べて歩いた者同士が、どうして相手に疎遠であることができるであろうか。

疎遠でなかったからこそ、私は数年前にお会いした時にも、音楽について何も質問しなかったのである。この次お目にかかっても、やはり音楽についての質問は保留することになるのではないかと思う。

　音楽というものは、指揮するということは、一体何ですか。もし私が質問したら、氏もまた私に質問するかも知れない。文学とは、小説とは、詩とは、そしてそうしたものを書くということは、一体何ですか、と。

　考えてみると、若い日に交すべきであった言葉を、そして若い日であったら交してもおかしくなかった言葉を、そして交さないより交しておいた方がよかったに違いない言葉を、私たちは交していないのである。私たちは、音楽家としても、文学者としても、まだお互いに名乗りをあげていないのである。

　この小文を綴りながら、一度ゆっくりと氏にお目にかかりたい気持がしきりである。いつか京都大学の事務室の前でお目にかかってから三十数年経っている。当時大学の主任教授であった植田寿蔵博士は現在九十歳近い高齢であるが、今なおご健在である。博士は私のこの文章を読まれたら、音楽とか、文学とか、そんなものは判りはしませんよ。判ったら芸術家でも、文学者でもないでしょう。昔、一度も教室に顔を見せなかった二人の弟子に対する労わりの気持をこめて、博士は優しくこうおっしゃりそうな気がする。

（昭和四十八年十二月）

怒りと淋しさ

本書に収めた池島さんとの対談のゲラ刷りを読んで、久しぶりで実際にいま池島さんと対談しているような思いを持った。実にたのしかった。池島さんの温顔と、その時々の表情が眼にちらちらした。しかし、ゲラを読み終って、池島さんはもうこの世には居ないのだと思った時、どこへもぶつけようない怒りを感じ、その怒りは、忽ちにして淋しさに変った。こうしたことは、私の場合、こんどが初めてではなく、時々起っている。何か他人の意見を聞きたいような事にぶつかると、いつも池島さんのことを思い出す。そして氏が亡いことに思い当り、怒りを覚え、その怒りは淋しさに変ってゆく。

　池島さんは間違いなく、ものを見る稀有な人であった。公平で、見識を持ち、しかも鋭かった。そして、いつも大衆の中の一人としての立場でものを言った。その前も、その後も、めったに現れないジャーナリストの一級であった。そうした氏が今は亡いという怒りと、淋しさは、これから何回も私の中で繰り返されるだろう。

（昭和四十九年二月）

初めて見る自分の顔

　時に出版社や雑誌社から自作解題なる文章を需《もと》められることがあるが、いつも何を書いたらいいか戸惑ってしまう。一つの作品について語らなければならぬ大切なことはあるに違いないのであるが、どうもそこに這入って行けない。結局のところ外面的にしか自作については語れないようである。思うに作家というものは、多かれ少かれ、自分の内部に混沌としたものを詰め込んでいる生きものであって、その時々の衝動や刺戟によって、それを取り出しているのではないかと思われる。いろいろなものが取り出されてくる。白いものが取り出されたり、黒いものが取り出されたりする。烈しいものが摑み出されてくる場合もあれば、静かなものが摑み出されてくる場合もある。そのいずれもが自分の一部であることに変りはないが、それが、それぞれいかなる関係を持っているかということになると、かいもく判らない。ましてその内部に詰まっている混沌としたものの正体に於てをやである。

　人間というものは自分の顔を見ることができないので、一生自分がいかなる顔をした人間であるか知らないまま死んでしまうものであるが、作家と作品との関係もこれと同じようなものである。作品は自分が生み出した自分の一部であるに違いないが、因果なことにそれを正確に見ることはできない。

　こんど一線の学究三十氏によって、作家としての私や、私の作品が語られる。眩しくもあれば、爼上にのせられた者としての怖さもないわけではない。しかし、三十氏によって各角度からレントゲン光線を当てられれば、否応なしに私という作家のすべてのものが写し出されることだけは間違いなく、そういう意味では、好むと好まないに拘らず、私はこんど初めて作家としての自分の顔を見ることができるわけである。そういう機会を作って下さった長谷川泉氏ならびに南窓社編集部にお礼申し上げたい。

（昭和四十九年三月）

「井上靖の自選作品」筆蹟

　揚子江の岸で、手を赤くして、瓶を洗っていた女たちよ。私も亦、そのような場所で、そのようにして、私の文字を書きたい。

靖

（昭和四十九年五月）

美しく眩しいもの

私は四人の子供を持っているが、一番上の娘は昭和十一年生れ、末の娘は二十年生れである。四人の子供はみな戦時中に生れている。日本の国にとっても容易ならぬ時代であったし、私自身の生涯に於ても、仕事と生活に追いまくられていた最も烈しい時期であった。子供のことは何一つ満足にみてやれなかった。その四人の子供たちが、現在それぞれ子供を持った。私にとっては孫に当る幼い者たちが五人になっている。その中の三人といっしょにカメラに収った。あとの二人のうち一人はドイツに居り、一人は生れたばかりで、カメラに収めるのは無理である。よく人から、孫たちは可愛いかと訊かれる。可愛いと答える。どういうところが可愛いのかと訊かれる。可愛いというより、幼い者たちがその小さい体にあらゆる可能性と、無限のエネルギーを詰め込んでいるところが、美しく、眩しいと答える。そして、どこかに子供たちにはしてやれなかったことを、孫たちにはしてやりたいと思う気持があるようだ。

（昭和四十九年十月）

佐藤さんと私

佐藤さんが倒れられたという報に接したのは北京に於てであった。確か五月二十日の午前中だったと思う。詳しいことは判らなかったが、さしたることはないだろうと思っていた。二十日に北京を離れ、次に北京に入ったのは二十五日であった。すぐ北京駐在の新聞社の人に佐藤さんのことを訊ねた。そして佐藤さんが今もなお意識を失われたままでいることを知って、初めて暗然たる思いに打たれた。

私が中国の旅を終えて帰国してから一週間目に、佐藤さんは亡くなられた。佐藤さんは意識を失ったまま、二週間の闘病生活を持っておられたので、氏の逝去は来るべきものがついに来たといった思いで受けとっていいものであったが、私にはそうは思われなかった。やはり意外であり、信じられない気持であった。ノーベル賞を受けた時の悦びをそのまま現わした見るからに健康そうなお写真と受賞記念講演の全文を印刷したものとを送って頂いたのは北京に出発する少し前のことであった。

私は、自分の知っている政治家や財界人の中で、佐藤さんが一番健康でもあり、また健康に注意されている方でもあると信じていた。その佐藤さんが亡くなられたのである。人間の寿命というものは全く判らない、こういう思いを、悲しみと共に、こんどほど強く感じたことはない。

五、六年前、川端康成、小林秀雄、今日出海、永井龍男氏等と共に、佐藤さんのお招きを受け、大磯の吉田旧邸で昼食をご馳走になりながら三時間ほどお話したことがあるが、それが佐藤さんとお話をしたと言えるようなお話をした最初である。同行の誰かが、佐藤さんは一度、政治家として死ぬのを覚悟されたことがありますねと言うと、佐藤さんは顔の表情を一瞬固くされ、すぐそれを解いて、有難うというように頭を下げられた。たいへん印象的な瞬間であった。

次に佐藤さんとお話したのは、ＴＢＳのテレビで、今日出海氏と私が、佐藤さんを囲んで、飛鳥をいかにして守るべきかというテーマで話をした時である。その時の佐藤さんの印象は、終始、今日出海氏や私の発言に耳を傾け、慎重に受け答えされているといった感じで、自分の意見を押しつけるところはみじんもなかった。謙譲にして、包容力ある知識人という印象だった。

川端康成氏が亡くなられたあと財団法人川端記念会が造られ、私が理事長の役を引き受けたが、その時川端康成氏と親交あった方として、佐藤さんに理事になって頂いた。そして理事会にも出席して頂き、いろいろ力になって頂いた。川端記念会も一応軌道にのったので、近く一度理事会を開き、その席で、佐藤さんから最近の心境でもお聞きしたいものだと思っていたのであるが、それが果せなかった。残念である。

今はただ、氏の温顔を偲びながら、御冥福を祈るばかりである。

（昭和五十年六月）

「月刊美術」を推せんする

美術雑誌「求美」の気鋭な編集長として知られた中野稔氏が、この度「求美」を退き、その美術記者としての識見と抱負を、〝実業之日本社〟発売の新雑誌「月刊美術」に活かそうとしている。中野氏なら必ずや何事か時代に沿った新しいことを為《な》すであろうと信ずる。氏の仕事に一臂の力をかして上げて頂きたいと思う。

（昭和五十年十月）

私と福栄

こんど福栄《ふくさかえ》小学校創立百周年の記念碑に〝学舎百年〟の文字を書かせて頂いて、たいへん光栄である。

福栄村――当時は村であったので、こう呼ばせて貰うが、福栄村と私との関係は半年ほどのごく短いものである。しかし、私にとっては生涯忘れることのできないたくさんの思い出に満たされた半年であった。

家族を疎開させたのは終戦の二十年六月、家族を引揚げさせたのはその年の暮も押しつまった十二月二十八日である。その間の半年間、家族の者たち（妻、妻の母、十歳を頭に四人の子供たち）が、何かと村の方々のお世話になった。お世話になったのは、私たちの家族ばかりではなかった。私の親しい友である永松徹氏の家族（奥さんと二人の幼いお子さん）もまた、同じ家に同居していたので、両家を併せると、多勢の女子供たちが、村の人たちの庇護のもとに慣れない山村の生活を、大過なく営むことができたということになる。

取りわけ、何かとうしろ盾になって面倒を見て頂いたのは伊田家である。当主御夫妻にも、そこのお嫁さんであった若い葉子夫人にも、たいへん親切にして頂いた。今はみな故人になってておられる。悲しいことである。

私と永松徹氏は、当時共に毎日新聞社大阪本社に勤めていたので、家族を福栄に置いて、自分たちは大阪で生活していなければならなかった。しかし、家族たちが疎開している半年の間に、何回か福栄を訪ねている。二、三日の短い滞在しかできなかったが、烈しい空襲下にあった大阪の日々の疲れを、福栄の美しい風光の中で過すことができたのである。空気もおいしく、夜空にちらばっている星の光も美しかった。天の植民地にでも居る思いであった。夏の夜のたくさんの蛍のことも忘れない。今でも、あのようなたくさんの蛍が高く、低く飛び交うているであろうか。

私の長女は福栄小学校に通った。三年生であった。短い期間ではあったが、幼い心にたくさんの生涯の思い出を刻み込んだようである。今はその頃の自分より大きい二児の母になっている。

私は「通夜の客」という小説の舞台に当時の福栄村を使わせて貰っている。小説は全くのフィクション（作りごと）であるが、福栄村から受けたさまざまな印象は、そのまま小説の中に織り込んでいる。小説の中にきつね火のことが出てくる。それも実際に、永松氏といっしょに経験したことである。その永松氏も先年故人になられたが、奥さんはご健在であり、疎開時に幼かった二人のお嬢さんもそれぞれ立派に成人して、家庭を営んでいらっしゃる。

五年程前に、私は妻と二人で、二十何年ぶりに福栄を訪ねているが、こんど、なるべく近い機会に、娘を伴って福栄の土を踏みたいと思っている。そして娘と二人で、娘が日野川の橋を渡って通学した小学校を訪ねることを楽しみにしている。

（昭和五十一年十二月）

「政策研究」巻頭言

文化交流という言葉が方々で使われているが、確かに今日ほど各国間に文化交流が行われている時代はかつてない。特に日本は文化交流の渦巻きの中心部に位置している感がある。日本の古い美術も、新しい現代美術も、能も、歌舞伎も、海を渡ってアメリカにも、ヨーロッパにも出掛けて行くし、アメリカ、ヨーロッパのものも、毎年かぞえられないほど数多く日本に紹介されている。ミロのヴィーナスも、モナ・リザも日本に来ているし、ゴッホ展も、シャガール展も日本で開かれている。

文化交流が盛んになったのは、その国独自の芸術文化に接することが、その国を理解する最も効果的な方法であるということに、世界中の人が気付いたからである。確かに日本を理解して貰うには、まず日本の古い文化を理解して貰うところから出発しなければならない。

しかし、この場合最も大切なことは、外国人の理解しやすい輸出型文化を選んではならないということである。日本独自の美しさを持つ第一級のもので勝負しなければならない。理解されることを急ぐと、誤りをおかし易いと思う。いささかの妥協もない第一級のものが理解され、評価されて、初めて理解されたのであって、それが理解されるまで時間をかけて待つべきであろう。

古い芸術文化の場合に限ったことではない。日本の現代の画家、工芸家の個展が外国で開かれるのは、もはや少しも珍しいことではない。これから外国で大きい評価を受ける美術家もたくさん出て来るに違いないが、これまた外国で理解されることを急いではならないと思う。理解されることを急ぐと輸出美術になりかねない。文学でも同じことである。戦前に較べれば日本文学の飜訳は非常に多くなっている。が、飜訳されるものが外国人に理解され易い輸出文学では困る。

日本という国の風俗習慣、日本人の宗教観、自然観、みな日本独自である。そうそう容易に他国人に受け入れられたり、理解されたりするものではない。しかし、それが理解されなければ、理解されたとは言えないのである。文化交流の波にのって、外国に送り出すものは、純固とした日本独自なものでありたいと思う。

こういう時代であるから、当然なこととして、各国、各民族の文化は互いに影響し合い、入り混じって、新しい国際的文化を生んでゆく。これはこれで結構なことであるが、その反面、一つの国の独自な文化というものが影を薄めつつあることも事実である。日本人がどんなに国際的な日本人になってもいいが、日本人の日本人たる魂まで明け渡してしまっては困る。文化の問題も同様である。

往古の日本は大陸の先進国から学問、文化を移入し、それをある歳月をかけて、完全に日本化している。驚くべきことである。今日、他国の文化の日本化などというようなことは言わないが、日本を日本たらしめ、日本人を日本人たらしめている根源的なものだけは失ってはならないと思う。

（昭和五十一年十二月）

大きな役割

日本近代文学館が駒場で開館してから、今年は丁度十年目に当る。もう十年経ったのかという感慨を持つ人もあるだろうし、その反対にまだ十年しか経たないのかという思いを持つ人もあるだろうと思う。

私の場合は、後者である。それほどこの十年間に近代文学館が受持った役割は大きく、実際に為した仕事は多かったのである。その仕事の質と量を思うと、到底十年という歳月に置きかえて考えることはできない。

とまれ、近代文学館は十歳という年齢に達したのである。十歳の近代文学館は、現理事長の小田切進氏のもとで、漸くいま、完全な体制を調えるに到ったと言っていいかと思う。これまでの十年は何と言っても草創期であり、これからその本来の役割を大きく、力強く展開する時期に入って行くのである。いずれにしても十歳という年齢を持った近代文学館に、心からおめでとうを言いたい。

（昭和五十二年三月）

原文兵衛後援会入会のしおり

原さんの人柄の魅力は、素朴なこと、こころざし高いことである。これは、氏が本当の意味での男であり、同時に本当の意味での知識人であることの証拠である。原さん、またやってください。

（昭和五十二年六月）

信夫さんのこと

私がゴルフを始めたのは、信夫さんに勧められたからである。朝日新聞に連載した『氷壁』が終った頃、信夫さんからゴルフ道具一揃い贈られた。そしてそれを持って、信夫さんに連れられて那須のゴルフ場に行った。守山義雄さんが一緒だった。私はクラブは持たないで、半分だけついて廻って、ゴルフがどんなものであるかを知り、あとはクラブで何か本を読んでいたような気がする。

それから一カ月ほどして、もう一度那須に誘われた。こんどは守山さんの他に、広岡さんも、生沢朗さんも一緒だった。この時もまた、私は半分ついて廻って、あとはクラブで本を読んでいた。私は空振り一つしていなかったので、こうする以外仕方なかった。信夫さんの期待を裏切ること甚しいものがあった。

こうしたことがあって、一年ほど経ってから、私は本当にゴルフを始めた。信夫さんから頂戴した道具を使わないと申し訳けないと思ったからである。

ゴルフでは、もう一つ忘れられぬ思い出がある。ゴルフを始めて間もない頃のことである。どこのゴルフ場に於てのことか覚えていないが、コンペの時、信夫さんからたしなめられたことがある。一緒に廻っていた誰かが、いま自分は六つ叩いたか、七つ叩いたか、よく覚えていない、六つのような気がするが、と言った。六つでしょう。横から私は言った。その人はカードに六つと書き込んだ。

そんなことがあって、次のホールを歩いている時、信夫さんは私のところに近寄って来て、

「あなたはさっき、いい加減な相鎚を打った。あれは、いけない！　相手の人は悦んだかも知れないが、私ともう一人は、内心、あなたがいい加減な相鎚を打ったことに対して、あなたを信用できない気持にさせられてしまう。他人にも甘い人は、自分にも甘い、こういう見方をされても仕方ないですよ」

こう言われた。一言もなかった。私にとっては大きい訓戒だった。それ以後、私はこのようなことから、きびしく自分を守

っている。

毎日新聞に『城砦』という小説を書いたが、その主人公の性格は、信夫さんが身につけているものの一部を拝借した。たいへん気難しく、贅沢で、おしゃれで、潔癖で、多少虚無的でもある。信夫さんが新聞社を退いて宮崎に引込んだように、小説の主人公も社会の表面から引き退がる。信夫さんはゴルフであるが、この方は釣りである。

その小説を書いている最中、信夫さんは、「世間では、あの主人公のモデルは私ではないかと言っている。お手やわらかに願いますよ」

そんなことを言って、笑われた。その笑いは、信夫さん独特の魅力あるものであった。その時、私は到底信夫さんのような魅力ある紳士は書けない、そう思ったことを覚えている。

信夫さんと会った最後は、これも何のコンペであったか覚えていないが、相模のゴルフ場に於てであった。

私は朝日新聞に連載する小説の題が決まらないままに、ギリギリになっている時だった。

ゴルフを終えて、入浴したあと、懇親会の始まるまでの時間を持て余していると、隅の方でビールを飲んでおられる信夫さんの姿が眼に入って来た。

私はその信夫さんのところに行って、

「こんどの小説の題を〝星と祭〟というのにしようかと思いますが、どうでしょうか」

と言った。そして、星は運命、祭りは鎮魂を意味しているというようなことを説明した。すると信夫さんは、

「いいでしょう。よくは解らないが、活字面は何かありそうで、いいですね」

そんなことを言われた。私はそのあと、すぐクラブから学芸部に電話を入れ、『星と祭』という題に決したことを伝えた。

この時が、信夫さんとお会いした最後である。

信夫さんからは何回か、暮から正月にかけて宮崎に来るように誘われたが、いつも差し障りがあって応じられなかった。今思うと残念である。晩年の信夫さんにお目にかかっておかなかったことが心残りであった。


（昭和五十二年十月）

「月刊京都」創刊によせて

大学時代の三年を京都で過し、社会に出て大阪の新聞社に勤めるようになってからも、断続的に京都に生活の本拠を置いている。

結婚式を挙げたのも京都であり、新居を構えたのも京都である。妻は京都で生れ、京都で育った女であり、今は成人している四人の子供たちも、それぞれみな京都で呱々の声をあげている。

今年は彼岸の一日を、墓参のために京都で過した。妻の両親も、生れた許りで亡くなった私の不幸だった嬰児も、みな京都

で眠っている。

こんなわけで、私自身は京都人ではないけれど、京都の四季が身に着いてしまっている。春が来ても、秋が来ても、京都の春や秋の中に身を置かないと落着かない。夏は夏で好きだ。高専柔道大会が行われたのは七月であり、京都の暑さの中に入っていると、今や遥かに遠くなった青春が顔を出す。あそこだけに本当の夏があった、そんな思いを持つ。

新聞社時代は学芸部記者だったので、殆ど仕事の舞台は京都だった。大学と、寺院と、博物館を経廻ることで、私の若き新聞記者としての毎日は埋められている。終戦前夜の赤い下弦の月も、三条河原町で見ている。

こうした私ではあるが、かりそめにも京都を知っていると言える自信はない。京都の四季の変化は複雑微妙であり、京都の街の表情も、郊外の山野の風光も、それと共に全く異ったたたずまいと、息遣いを見せる。古い歴史、古い文化、古い習俗はいろいろな形で、現代の京都の中にひそみ匿れており、それを探り、それに触れることは容易でない。

こんど新しく生れた本誌「月刊京都」が受持つべき役割は極めて大きい。単なる観光案内誌であっては困る。幸いに京都を知り、京都を愛する各方面の一線の人たちが、本誌を支え、本誌によって京都を正しく守ろうとしていると聞く。わが意を得たことでもあり、嬉しいことでもある。

（昭和五十四年五月）

井上靖―シリーズ日本人

だいたい、毎日九時に目覚める。入浴、朝食、そして書斎にはいるのは十時半ごろである。書斎にはいっても、午前中は机には向わず、廊下の籐椅子に腰かけたまますごす。このなすことない午前の一時間半の時間が、一日じゅうでいちばんたのしい。お茶をのみながら、とりとめない思いに心をゆだねている。とりとめない思いは次から次へとやってき、そしてあとかたなく消えてゆく。

（昭和五十四年八月）

［好きな木］

好きな木を一つ挙げるとなると、私の場合は躊躇なしに〝欅〟ということになる。五月頃の薫風に鳴っている欅もいいし、葉を一つ一つ振り落してゆく十一月の欅もいい。一年中、いつの時期の欅もいい。それぞれに欅独特の凜としたものを持っている。

十年ほど前に「欅の木」という小説を書いたが、改めてもう一度書きたくなっている。こちらが年齢を加えているので、欅の見方も多少異ったものになっているかも知れない。

（昭和五十五年十月）

養之如春

郷里（伊豆）の家の二階の座敷に〝養之如春〟（これを養う春の如《ごと》し）と書いた横額がかかっている。

何事であれ、もの事を為《な》すには、春の陽光が植物を育てるように為すべきだという意味である。〝これを養う〟の〝これ〟には何を当てはめてもいい。子供を育てることも、愛情を育てることも、仕事を完成することも、病気を癒《いや》すことも、みな確かに、あせらず、時間をかけてゆっくりと、春の光が植物を育てる、その育て方に学ぶべきなのである。

（昭和五十六年一月）

新会長として

高橋健二氏のあとを承けて、会長をお引き受けすることにした。日本ペンクラブは五十年の歴史を持っており、その間に八人の会長が出ている。私はそれに続いて九代目の会長ということになる。たいへん責任の重いポストで、その任ではないかも知れないが、お引き受けしたからには、日本ペンの歴史を汚さないように微力をつくしたいと思う。前会長の高橋さんの誠実なペンへの対かい方のあとを承けて、その線に従ってやってゆきたいと思う。

会長に選ばれてから定款なるものを見て、多少怖れをなしたが、副会長、専務、常務、理事などに関する定款を覗いて、安心した。それぞれが、それぞれの立場で、責任を持って会を支え、その運営をあやまらせぬための役割が負わされており、大袈裟な言い方になるが、鉄壁の布陣である。これだけの理事、役員諸氏の支えと協力のもとでは、間違いたくても、間違うことはできないだろうと思う。

ペンクラブのペンは、詩人、随筆家、小説家の頭文字を集めたものであるが、現在ペンマンとしてペンクラブが包括している人員構成は、もっと大きくふくらんでいる。凡そペンを以て自己を、自己の思想、見解を表明する人たちは、みなペンマンである。雑誌、新聞ジャーナリストはもちろんのこと、凡そライターの名で呼ばれる人々は、みなペンマンならざるはない。ペンマンの活躍している分野は極めて多く、多種多様に亘っている。ペンクラブのペンは、凡そペンを握る人々のすべて代名詞になっていると言っていいだろう。

言うまでもないことだが、ペンクラブは職能団体でもなければ、組合でもない。世界のペンマンの言論、表現の自由を守るために生れたペンマンの集りである。たいへん高級な、しかし、たいへん大切にして実質的目的を持っているペンマンの集りである。親睦団体でもあれば、一日も活動を停止することのできないペンの自由を守るための集りでもある。

それから、これまた言うまでもないことであるが、日本ペンは、六十八カ国、八十二センターを以て構成されている世界ペンの一環である。世界の八十二センターを繋いだ鎖りが、ぐるりと世界を包んでいる。なかなか壮観である。世界ペンの一環である以上、そこに当然果さなければならぬ責任というものは生れてくる。これを守らなければならぬことは当然である。

そうしたことはそうしたこととして、一方で、わが日本ペンは、日本ペンとしての性格を逸脱しない限りに於て、ペンマン同志の腹蔵なく仕事を語ったり、己が仕事の企画を発表したりする明るく楽しい親睦の場にしたいものである。そうなったらどんなに楽しいだろう。


（昭和五十六年七月）

成人の日に

自分ひとりの幸福を求める時代は終った。

他の多勢の人が幸福でなくて、どうして自分が幸福になれるだろう。

自分の国だけの幸福を考える時代は終った。

地球上のすべての国が幸福でなくて、どうして自分の国の幸福が成立つだろう。

しかしこうした判りきったことが判るまでに、人類は長い歳月を必要とした。

血みどろに争い続けた二十世紀の混乱の果てに、漸くこの判りきったことが判ろうとしている。判ろうとはしているが、まだ混乱は続いており、いまや、その二十世紀は終りに臨んでいる。

もう私達に残されている歳月は幾何《いくばく》もない。

今日新しい人生に、社会に、時代に第一歩を踏み出したあなた方にバトンを渡す。

新しい秩序を持った新しい地球の創造に邁進して貰いたい。

そして新しい地球上に、平和な国々を、平和で幸福な人々の生活を打ち樹てて貰いたい。

人間はこの世に生れた以上、誰も幸福でなければならないのだ。

新しい秩序！　そうした私たちの夢を、あなた方に委ねる。

さあ、今こそバトンを渡す。

無限の可能性を若い心と体に秘めているあなた方に渡す。

新しい世紀・二十一世紀の主役であるあなた方に、さあ今こそバトンを渡す。


（昭和五十七年四月）

二十年の歩み

日本近代文学館二十年の歩みを振り返ると、まことに感慨深いものがある。設立準備会が発足したのは三十七年五月であったが、それからいつか二十年の歳月が経過したのである。関係者それぞれの立場で、二十年という歳月の重みは異るだろうと思う。長かったと思う人もあるだろうし、短かかったと思う人もあるだろう。

しかし、いずれにせよ、近代文学館が歩んだ二十年という歳月は、歴史的にみると、必ずしも長いとは言えない。人間で言えば漸く青春期に足を踏み入れたに過ぎない。だが、近代文学館がなした仕事は、質的にも、量的にもたいへんなものである。四十年、五十年、あるいはそれ以上に相当するのではないかと思われる。しかも、なされた仕事は、いずれも先駆者として当然なことながら、粒々辛苦の結晶である。そしてそうしたものが集って近代文学研究の大きい街道を形成している。

最近、全国的に各種の資料館や記念館設立の動きが活潑になっているが、こうした機運を醸成したのも、近代文学館二十年の歩みに他ならないと思う。先駆者として果すべき役割と責任はますます大きくなっている。青春期に入った近代文学館は、これから壮年期に向って、六月の明るい光の中に新しい一歩を踏み出してゆくことになる。

（昭和五十七年五月）

役員の一人として

近年、日本近代文学館をはじめ、全国各地に建設されている文学者の記念館、資料館等が、積極的に文学資料類の収集保管に努めていることは、たいへん悦ばしいことであるが、こんど新たに神奈川県が、長洲知事を中心に、私たち文学者の献言にも熱心に耳を傾けながら、大規模な文学館の建設事業を進めることになった。

神奈川県は日本文学地図の上で、第一に指を屈しなければならぬ特殊な地域であり、そこに内容充実した大文学館が造られることは、極めて意義あることである。この計画が成功することを期待している文学者が数多いことは当然であるが、この事業の運営を受持つ財団法人神奈川文学振興会の役員の一人として名を連ねている私としても、是非とも成功させねばならぬと思っている。

（昭和五十七年六月）

［便利堂会社概要］

法隆寺金堂の壁画が焼失してから三十年もたった。文化財保護法の制定を促したほどの大事件だったが、京都の学生時代から、その尊貴な美しさに魅せられていた私にとっても、たとえようもない虚脱感におそわれたできごとだった。

先年、日本画壇の著名な画伯達の手により、往時を彷彿させるような見事な壁画が復原された。その下敷となったのは便利堂が戦前に撮影していた厖大な数の写真原板による印刷物だと聞いて、復原壁画の精緻さが証明されたようで嬉しかった。

私が便利堂を初めて訪れたのは戦後間もない頃である。美術印刷の優れた技術をもっている会社と云うことで、当時「国華百粋」の編集にたずさわっていた新聞社の同僚に誘われて訪ねたのである。

京都風の古い木造の工房で、気の遠くなるようなこまかい仕事に、黙々と打ち込んでいる製版士の一群に、美しい印刷物の秘密を垣間見たような気がした。

最近、或る仕事を通じて便利堂とかかわりをもつようになったが、芸術性の高い仕事に情熱をもって取り組んでいる姿勢は昔と変りなく、便利堂人の心意気にふれたようで頼もしくなった。

〝古壺新酒〟と云うことばのあるように、ふるい歴史と伝統の上に、常に企画を新しくし、設備は最新鋭のものを備え、技術上の新しい工夫を試みていると聞く。

「宗教・芸術・学問のために、写真印刷の技術を役立たせる」との社是に沿って、ますますいい仕事を積み上げて頂きたいと念願し、大きく期待したい。

（昭和五十七年頃）

小林さんのこと

小林さんとは一時期、何かのパーティでお会いすると、どちらが誘うでもなく一緒に銀座に出て、酒場を一、二軒廻ったものである。二人だけの時もあれば、池島信平さんが加わっていることもあった。しかし、ふしぎにいかなる話をしたか覚えていない。ただ楽しかった雰囲気だけが記憶に遺っている。

毎年十二月に、神田の「砂場」で忘年会をやった。亭主は小林さんで、一座の顔ぶれは池島信平さん、中野好夫さん、中谷宇吉郎未亡人・静子さん、それに浅見いく子さん、江原通子さん、その他に銀座の女性も二、三人加わっていた。中谷未亡人が取り寄せて下さる金沢のコウバクガニに舌つづみを打ちながら酒を飲み、最後が蕎麦になった。年に一度の楽しい集りであった。この集りは中谷宇吉郎氏が御健在だった昭和三十四年から始ったということであったが、私が仲間に加えて貰うようになったのは三十八年からだったと思う。それから毎年同じ顔ぶれで続いたが、四十八年に池島さんが亡くなり、その年から今日出海さんが加わった。そして三回ほど続いて、確か五十年の忘年会が最後になったのではないかと思う。

この「砂場」の会の場合も、ふしぎに何も覚えていない。酒宴の席の楽しかったことだけが、何となく憶い出されて来、小林さんのこちらに話しかけてくる時の優しい笑顔がちらちらする。

小林さんとは軽井沢でも、毎年のようにお会いして、どこかで食事をしている。大抵小林さんの御馳走になったと思う。この軽井沢の場合もまた、その場の雰囲気の楽しさだけが思い出されてきて、その時取り交わした話題の方は、すっかり消えてしまっている。要するにその場限りの話をして、楽しく酒盃を傾けていたのである。

考えてみると、小林さんらしい酒の飲み方である。もちろん小林さんの方にだけ責任があるわけではないが、そうした酒の場の雰囲気は小林さんが造り出していたものに違いないのである。今にして思うと、小林さんらしい、なかなかしゃれた酒の飲み方で、その時の楽しさだけがあとあとまでに遺るような仕組みになっている。

今は小林さんも、池島さんも故人になっておられ、楽しい酒の飲み方も、私からとり上げられてしまっている。淋しいことである。

時々、小林さんが健在であったらと思うことがある。かなり烈しい思いで、小林さんと一緒になり、一緒に酒を飲みたいと思うことがある。年々歳々、そうした思いはしげく私を見舞いそうである。私はいつか池島信平さんより十二年も長く生きており、小林さんの場合もまた、いつか私はその生年を越そうとしている。そのためか、最近小林さんにも、池島さんにも、聞いて貰いたいようなことが、身辺にたくさんあることに気付く。そうした時の、そうしたことのできないと知った時の思いは格別である。人生の淋しさというものは、こういうことであろうかと思う。


（昭和五十八年四月）

週刊読売と私

私が小説家としてデビューしたのと「読売」が週刊誌としてスタートした時期とはほぼ同じ頃ではなかったろうか。それ以来、かなりの作品を誌上に載せた。すぐに題名を思い出せないほどの数であることは間違いない。とりわけ思い出深いのは、昭和三十一年から始まった「海峡」である。私としては一番忙しい頃であったし、それだけに印象深い。取材で全国を回ったこともそうであるが、なによりも気持ちよく仕事が出来たことが、今思い出しても懐かしい。

貴誌に対する注文などはない。今のままの編集方針を私は気に入っている。週刊誌は編集会議が生命である。それだけに編集長、そして編集者の方々のご苦労は大変であろう。次々に生起してくる社会的事件に姿勢を間違うことなく、貴誌が益々の発展をなされることを願っている。


（昭和五十八年五月）

徳沢園のこと

穂高登山史は明治二十六年（一八九三年）に嘉門次を連れて登ったウエストンから始まると見ていいのではないかと思うが、

いつかそれから百年の歳月が経過している。

この最初の穂高登山の頃、後年の山の宿・徳沢園の経営者である上条喜藤次氏は、現在の上高地の一画に牧場を営んでいた。牛、馬、それぞれ二百頭前後を預っていたというから、かなり大きい牧場であったと言っていいだろう。が、その牧場は次第に奥地に、つまり梓川の上流へ、上流へと移されている。初めは上高地温泉ホテル附近、それから明神池の入口に、次はそこから二キロ上流の古池地区に、更に昭和四年には現在徳沢園のあるところに牧場は移され、牧場小屋は建てられている。

そしてそこで五年程牧場は営まれていたが、次第に登山者も多くなれば、梓川上流に於ける牧場経営にも衛生上の問題が揆んできたりして、ついに牧場をやめ登山者相手の旅館の経営に切り替えるに到ったのである。昭和九年のことである。こうして山の宿、徳沢園は生れた。当時は附近に山小屋がなかったので、登山シーズンには、ざこ寝で百人ほどを収容しなければならなかった。山のホテルという名を掲げたらしいが、牧場小屋と呼ばれる方が多かったようである。戦後、それが改造、増築されて、今日見る徳沢園の結構になったのである。

前身の牧場時代が大体五十年、山の宿となってから五十年、今日の徳沢園は百年の歴史を持っていると言っていいかと思う。徳沢園を造った上条喜藤次氏は、現当主上条進氏の厳父で、昭和三十四年に七十七歳で他界されている。

私が初めて穂高の大きい自然に触れたのは、昭和三十一年九月である。上高地から穂高に登って、涸沢で観月の宴を張った。一行は登山家の長越茂雄、作家の瓜生卓造氏等五人、この最初の観月登山の帰途、長越氏からザイル事件の話を聞いたことが、小説「氷壁」を書く直接のきっかけとなっている。この年十一月二十四日より「氷壁」の朝日新聞連載は始まっている。

そしてこの年十二月に挿絵の生沢朗氏、朝日新聞社の森田正治氏、案内役の長越氏等と中の湯まで来ている。上高地まで行きたかったが、雪のためにそれは望めなかった。

それから翌三十二年五月、「氷壁」取材のために徳沢園を目指したが、これまた雪のため明神より引返さねばならなかった。生沢、森田、安川といった同じ顔触れであった。しかし、明神まで行ったお蔭で、明神池附近で、たくさんの蛙が長い冬眠から覚めて地中から出て来るのを目撃しており、その時のことは「氷壁」の中に取り入れている。

次いで同じ年の七月、同じようなメンバーで奥穂に登った。が、この時は帰途豪雨に見舞われ、全身ずぶ濡れとなって十三時間も歩き続け、夜遅く徳沢小屋に着いた。本谷の橋も、横尾の橋も、私たちが渡ると、間もなく流されてしまった。この時初めて美しい梓川の怒れる姿を見た。

その次は翌年三十三年七月、この時は既に「氷壁」の連載は終っており、取材とは無関係な穂高行きであった。涸沢岳の山巓を踏んだ。これは「氷壁」の主人公魚津が遭難した滝谷を見るためであった。私は「氷壁」の中で、この滝谷だけは自分の眼で見ることなく書いていた。

こうしたことから、すっかり穂高に魅せられてしまい、これからあとは「かえる会」という山の集りを作り、大体毎年、春か秋かに穂高に登るようになり、それが最近まで続いている。そしてその度に徳沢園の御厄介になっている。「氷壁」以来、今日までに、いつか二十六年という歳月が経過している。その間にどれだけ、徳沢園で山の眠りを眠らせて貰ったことであろうか。

毎年、毎年、徳沢園の御厄介になっての穂高行きであるが、そのほかに「氷壁」の中でたくさん徳沢園を使わせて貰っている。

「氷壁」の魚津、小坂の運命的な登攀への出発も、ここから始まっているし、遭難した小坂の捜索隊二つも、夜半徳沢園から出発している。捜索の時も、遺体搬出の時も、徳沢園がその基地になっている。

それから、かおるが魚津に結婚を申し込んだのも、徳沢園の広場の一画であり、また小説の最後に於て、かおるが魚津と落合うことになっていた場所も、この徳沢園を選ばせて貰っている。

徳沢園は小説では徳沢小屋として登場している。「氷壁」の当時は、徳沢小屋と呼ぶ方がぴったりしていたのである。現在は「氷壁の宿・徳沢園」という大きな表札が掲げられてあり、「氷壁」の作者としては多少の面映ゆさがないわけではないが、考えてみると、作者の立場からすれば、まさしく徳沢園は「氷壁」の宿に他ならないのである。

上条進氏に需《もと》められて、徳沢園の来《こ》し方百年を振り返って、この小文を綴った。最初に穂高を私に紹介してくれた瓜生卓造氏（作家）も、長越茂雄氏（登山家）も、またいつも穂高行を共にした野村尚吾氏（作家）も、高木金之助氏（毎日新聞記者）も、今は故人になっておられる。寂寥の懐《おも》い、切なるものがある。

（昭和五十八年六月）

「沼津市名誉市民に選ばれて」

七月一日の沼津市制施行六十周年の記念式典にお招きを受けた。たいへん嬉しいことである。沼津の町が市制を施行した大正十二年は、私の沼津中学（現沼津東高校）三年の時である。いつかそれから六十年という歳月が経過しているのである。沼津市の今日に見る繁栄の姿は、すべてこの六十年の間に築かれたのである。

もう一つ嬉しいことがある。市制六十周年にあやかって、私が名誉市民に推挙して頂いたことである。これまた思いがけぬ夢のような悦びである。言うまでもないことであるが、私が文学者として立つことができたすべての根源的なものは、沼津という町から、町を取りまく大きく美しい自然から、そして中学時代の友人から頂戴したものである。

この悦びの中で思うことは、これからの文字通りの晩年を、文学者としてきびしく生きることである。それ以外にわが沼津の町に応《こた》える道はなさそうである。

（昭和五十八年七月）

元秀舞台四十年

宗家元秀の舞台、三番叟を観たのは一昨年の改名の時であった。その舞台の爽快さ、明るさから、狂言の芸の力を感じたが、それが元秀の芸の性格かと思った。その三番叟、宗家継承披露に弱冠八歳十カ月で演じたことを聞き、改めて元秀の舞台に関心を持たざるを得ない。

芸に不惑があるか、ないかは知らぬが、舞台四十年とのこと、天に向って勢のよい竹の如き芸を期待したいものである。

（昭和五十八年九月）

庶民の体験のなかに感動のドラマが

今から三十三年前の昭和二十六年といえば、私は前の年に芥川賞を受賞して、ちょうど小説を本格的に書き始めた頃です。当時は、日本の敗戦処理も一段落して、さあ戦後の復興だ――という機運が、街の隅々にみなぎっていました。以降三十三年、聖教新聞も戦後史の一ページを歩んでこられたわけですが、歴史のもつ重みを大切にされることですね。

人生には、喜怒哀楽は付き物で、無名で平凡な庶民の体験のなかにも胸うつ感動のドラマが秘められているものです。

聖教新聞には、そうした体験譚が人間の生き方の素材として綴られていて、それが一つの特徴になっていると思います。

もう一つ、私にとっての思い出は、昭和五十年から五十一年にかけ、当時の池田会長と書翰《しよかん》を交換したことです。四季折々の香りをのせて、手紙が送り届けられました。私も刺激されて、その年の精神風景を、ほぼ余すところなくしたためました。楽しい一年でした。

（昭和五十九年三月）

週刊新潮掲示板

「核状況下における文学――なぜわれわれは書くのか」をテーマに、来たる五月十四日から国際ペン東京大会が開かれます。日本で国際ペン大会が開かれるのは二度目のことで、前回は、昭和三十二年、亡くなられた川端康成会長が尽力され、海外からスタインベックやドス・パソスなど高名な作家も参加して、活発な討議が行われました。ところで、この前回の大会に関する資料はペンクラブに保存されていますが、参加者たちを会議以外の場で撮影した写真などをお持ちの方はおられませんでしょうか。現在編集中の『ペン五十年史』の資料として使わせて頂きたいと思っています。

（昭和五十九年四月）

わが人生観

私は今年五月、喜寿を迎えた。七十七年生きたということになる。己が歩み来たった七十七年の過去を振り返って、多少の感なきにしもあらずである。

こんどの講演では、その過ぎ去った己が人生に対する多少の感慨なるものをお話してみたいと思う。

果して演題通り「わが人生観」になるか、どうか判らない。人生というものは、それほど複雑怪奇、端倪《たんげい》すべからざるものであるからである。

しかし、私は人生に対する肯定者として、バトンを次の世代の人たちに渡したいと思っている。人生の山河はいかに険しくとも、なお充分生きる価値があるものであろうという、そういう肯定的立場で、バトンを子供たちや孫たちの世代に渡したいと思っている。

（昭和五十九年八月）

文学館の先駆

神奈川近代文学館がいよいよ開館することになった。当初からこの計画に関わった一人として同慶に堪えない。

先日、神奈川文学振興会の役員会の際、完成したばかりの館を観せてもらった。公園の緑と見事に調和した建物はその外観だけでなく諸設備の点でも申し分のない、私が想像していたより遥かに立派なものである。長洲知事はじめ県のこの仕事に対する熱意がよくわかった。

最近、全国の県や市で文学館建設の機運が急速に高まっている。神奈川はその先駆として、全国の注目を一身に集めている。館の運営を受持つ神奈川文学振興会の役割が今後ますます重要になってこよう。私も関係者として微力を尽したい。

（昭和五十九年十月）

岡崎嘉平太「終りなき日中の旅」

岡崎先生の「終りなき日中の旅」を心打たれて読んだ。本書には氏自身の随想の他に、対談記事、雑誌に載った岡崎嘉平太論なども併せ収められてあり、岡崎先生の人柄と、その思想の全貌が判るように編輯されている。そしてそこから一貫して流れ出しているものは、氏の誠実にして卓越したアジア観であり、中国観である。中国を愛し、真剣に日本の将来を考えている人の中国理解、中国解釈がまん中に据えられている。若い時から今日まで六十年に亘って、身を以て真剣に中国問題を考えてきた人にして、初めて持ち得る高い識見、周総理と十八回も会見している人であればこその、現実を踏まえてのアジア観、――政治家にも、財界人にも、更にひろく中国に関心を持つすべての人に読んで貰いたい書物である。そして氏のいわゆる〝終りなき日中の旅〟に、新しい心で旅立って貰いたいと思うのである。

（昭和五十九年）

オリオンと私

オリオンとのお付き合いは創業当時からです。福田恆存さんからお手紙を頂き、友人の高野さんが日本文学の海外出版の仕事をしており、私の作品の翻訳出版権の扱いを希望されていることを知りました。そこで高野さんとお会いし、オリオンをエージェントに決めたのです。

日本は天平の時代に唐の文化を輸入、咀嚼して日本独自の文化を作り上げてきました。衣服でも中国にはない着物をつくり、裃など独特のものを生み出しています。漢字からは、平仮名、片仮名を創りました。明治以降は欧米先進国の文化の吸収に夢中になりました。文学でも著名な作品は次々と翻訳され、学生もフランスやドイツ、ロシヤの文学者で知らない名前がないほど熱心に読書、研究したのです。日本文学の出発点がここにあるわけです。

その日本文学は世界的にも高い水準にありながら、言葉や生活様式、人生観、死生観などが欧米とはまるっきり異なるので、理解されにくいという障害があり、なかなか紹介されなかったのです。高野さんが、三十年以上も前に翻訳出版権の仕事を始められ、多くの優れた日本文学作品の紹介に尽力されてきたことは、商売というよりは文化的な意味が深い事業であり、貴重なのです。

近く日本の短編や詩を相当数フランスに送りますが、このような積み重ねの中で、文学ばかりでなく、彫刻や美術に対する外国人の理解も一段と深まるでしょう。

外国との連係機関としての役割を果たすのがオリオンです。非常に大事な仕事だということを自覚され、今後も活躍なさるよう期待しています。

（昭和六十年四月）

「中華人民共和国現代絵画名作集」推奨の辞

『中華人民共和国現代絵画名作集』がこのほど山手書房から上梓された。

日本の画家が中国を訪れ、中国の風物を画題として作品を発表することは、近年とみに多くなったように思われる。しかし、現代中国の画家がどのような作品を描いているのか、そのわが国への紹介はまだ十分とはいえない。

本書はこの渇を癒やしてくれるものであろうと思う。ここに収められているものは、国画と呼ばれる伝統的な中国画、油絵、版画、いずれもそれぞれのジャンルの第一人者による作品である。この総合的な『名作集』の刊行は、現代中国絵画に対する理解を深める上で、大きい役割を果たすものと信ずる。

言うまでもないことであるが、わが国の絵画の歴史的源流は中国に求めなければならない。その後、日本の絵画は独自の道を歩んだのであるが、当然のことながら母なる国の絵画への関心は高いものがある。絵筆を執るとき、中国人の感性と日本人のそれにはきっと微妙な差異があるに違いなく、そうした問題を本書は解いてくれるであろう。

今、中国の絵画は新たな発展の時期を迎えて躍動している。その息吹きを伝える本書の刊行は、まことに時宜を得たものである。

本書の刊行を契機として、日中両国の友好と文化交流がいっそう発展することを願ってやまない。

（昭和六十年十月）

［修善寺工業高校創立五十周年記念寄稿文］

修善寺工業高校の校歌の歌詞を作らせて頂いたが、いつかそれから十年という歳月が経過している。歌詞について、あれこれ想いを廻らせたのは、ついこの間のことのように思われるが、実はそれから十回の春が廻《めぐ》り来たり、廻り去っているのである。

十年の歳月は決して短いものではない。修善寺工高では十回の卒業式を重ね、その度に有為な青年たちを社会へ送り出しているのである。

私は私で、この十年は私の生涯で大切な時期であった。若い日に夢に描いていた中国、ロシアの辺境や沙漠地帯に、足を踏み入れることのできたのは、この十年間のことである。

――古稀の年、天山越えぬ、機影《かげ》一つ、命にてこそ、ただに見守る

――タクラマカンの砂を手にとり、拝みて、果し終りぬ、若き日の夢

こういう歌とも詩ともつかぬものを書いたことがあるが、実際に若い日の夢を果したのは、この十年、七十歳の声を聞いてからのことなのである。

こんど久しぶりに自分が作った校歌の歌詞を口ずさんでみて、

何とも言えない満足な思いを持った。私自身の心にも、体にも、校歌のもたらす若い血が静かに伝わって来るからである。七十八歳の心と体が、一瞬にして若返ってくる思いである。私もまた老軀に鞭打って、〝自由の国の顕証《あかし》〟として、礼儀の炬火をかざさなければならぬと思う。そしてまた〝平和の国の顕証〟として、至誠の書を開かねばならぬと思う。本当にそう思うのである。

私は今、何年かがかりで『孔子』という小説に取り組んでいるが、それを書く目的は、礼儀と至誠、自由と平和の世界を造ることに、多少でも貢献したいからである。そしてその自由と平和、――人類が何千年も追い求めて来て、まだ実現をみないでいる理想世界の建設を下から支えるものは、人間を人間たらしめる礼儀と至誠の心、この二つであろうと信じているからである。

私は修善寺工高が更にこれから十回の卒業生を送り出すまで、健康を維持し、日本の一人の小説家として仕事に全精力を投入したいと思っている。そうしなければ作家としての私の仕事は纏まらないからである。私に作家の道を選ばせた〝天〟に対して顔向けができない、そんな思いである。

――一九八四・十・十五――

（昭和六十年十月）

竹内君と私

竹内黎一君と友達になったのは三十数年前である。私が処女作「猟銃」を発表することができた悦びの夜、氏は私のために祝盃をあげ、私を励ましてくれた。その時は氏も、私も新聞記者であった。その後氏は政治家になり、私は小説家になった。三十余年前の眉秀でた潔癖な青年は、いま数少い志高き政治家になっている。万国科学博覧会の輝かしい成功を取り上げるまでもなく、時代が、世界が今ほど氏を必要としている秋はない。氏の一層の自重と活躍を願って已まない。

（昭和六十年十月）

二十五周年に寄せて

日本近代文学館は創立二十五周年を迎えた。二十五年の歳月の重みを嚙みしめるとき、関係者の一人として感慨一入である。二十五年の道は決して平坦でなかったはずだが、小田切現理事長の情熱のもとに館の基盤は微動だにすることなく、近代文学研究のメッカとしてますます充実隆盛の一途を辿っていると言える。

とくに一昨々年秋、姉妹館・神奈川近代文学館が開館し予想を遥かに上回る活動を続けていることは、近年急速に高まっている全国各地での文学館建設の運動をいっそう盛りたてるものとして注目される。こうした機運の原動力となった文学館の先駆的役割と責任はますます大きくなっている。

五年前二十周年を迎えたとき、私は「青春期に入った近代文学館は、これから壮年期に向って、六月の明るい光の中に新しい一歩を踏み出してゆくことになる。」と書いた。二十五年という歴史の節目に立って、この言葉をもう一度振り返ってみるとき、それは次の四半世紀に向けての全く新しい第一歩なのだということをあらためて思い、力強い躍進を期待する。

（昭和六十二年五月）

「シルクロード幻郷」巻頭言

シルクロードはアジア全土を貫いている歴史の往還だ。文化も、宗教も、物資も、兵団もみなここを通っている。西へ向うのもあれば、東へ向うのもある。天山も越え、崑崙も越え、パミールも越えている。黄河も渡り、インダスも渡り、黒海も渡り、カスピ海も渡っている。

と言って、シルクロードは決して過去の往還ではない。今こそ新しい装いをこらし、新しい時代の到来を待たねばならぬだろう。その時こそ、ここが、次々にあとを断たぬ平和使節の往還になる時である。

（昭和六十三年五月）

「なら・シルクロード博」ごあいさつ

なら・シルクロード博は予定したすべての行事を終了いたしました。

四月の開会式以来一八三日間、奈良は完全に「なら・シルクロード博」の街になり、国の内外からたくさんの入場者を迎え、日本の古都奈良をシルクロードの終着駅、世界の奈良にすることに成功いたしました。

大変嬉しいことであり、ご同慶に堪えない次第であります。

なら・シルクロード博の総合プロデューサーという派手な名前を頂戴した者といたしまして、奈良県・奈良市並びにＮＨＫ、その他たくさんの方々に敬意を表し、皆様とともに大きな成功をお祝いしたいと思います。

これから私達にとって残されている仕事は、世界のシルクロードの終着駅「奈良」を、いままで以上の世界有数の緑の街にすることであります。

それからもうひとつ、なら・シルクロード博を記念して、シルクロード研究のうえに奈良が、なんらかの役割を果たす街になって頂きたいと思います。

これが、私の念願であります。

ここに、この博覧会の全容を収録した公式記録の刊行により、なら・シルクロード博の成果が内外に一層広まることを願ってやみません。

（昭和六十三年十月）

小誌「かぎろひ」に期待する

〝奈良発信〟の情報を提供し、奈良に対する新しい視点を模索するという、大和路小誌『かぎろひ』が発刊されます。この冊子が、奈良とシルクロードについての本物の理解を広め、奈良を楽しみ、奈良に学ぶ広範な人々のよりどころとなることを期待します。

このところ、藤ノ木古墳や長屋王家の木簡など、新たな考古学的発見をとおして奈良に対する関心は一段と高まってきたようです。奈良の歴史を世界史の流れの中に明確に位置づけ、今日の奈良を「世界の奈良」にする上で、昨年の「なら・シルクロード博」はたいへん良い契機であったと思います。

正倉院をはじめとする東西文化交流の歴史的遺産に囲まれた奈良が、シルクロードに関する情報と学問の中心地として、国内外の研究者や奈良ファンの、常により集う場となるよう願っています。

（平成元年三月）

「なら博」の建築

「なら・シルクロード博」総合プロデューサーというたいへん大きな役目を頂戴しましたが、名前だけを頂いて、仕事のほうは、何もかも、みな、それぞれの受持ちの方にやって頂きました。

私の場合、何もしないで、手を拱いている間に、あらゆる面から、奈良博という大建造物の建設が、着々と進んでゆく、そんな感じでした。

それから、当然なことながら、一番大切なことをやって頂いたのは菊竹清訓さんで、全博覧会場の構成から、そこに配する大パビリオンまで、みな氏に取り仕切って頂きました。

そうした中にあって、私のやったことと言えば、何も口を差し挿まなかったこと、――こういうことになりましょうか。

実際にパビリオン（館）の名で称《よ》ばれているものが、菊竹さんの思う形をとって、地上に現われて来た時は、私だけでなく、誰もが「なら・シルクロード博」なるものが、いかなるものか、その最も大切な部分が、いま、ここに形をとって現われた、そんな思いであったと思います。

自分などが考えもしたことのなかった、ひどくしゃれた、超近代的なものが、しかも世界の最先端をゆく機能と、美しさを持ったものが、いよいよ地上に現われた、そんな気持ちでした。

奈良博関係者は、みな同じ思いであったろうと思います。すべて膜によって造られている、たいへん斬新なパビリオンの誕生であります。

形をとって地上に現われてから、菊竹さんに案内して頂き、説明して頂きましたが、その時になって、初めて、博覧会なる名のもとに、いかなることが為されようとしているか、そうしたことも判りかけた思いでした。

それから、この時期において、初めて奈良が博覧会を開催する町に見えて来、奈良の自然も、町並みも、道も、鹿の群れも、すべてが博覧会と結びつけて考えられるように、——と言うより、結びつけて考えなければならぬようになりました。

菊竹さんにパビリオンを受け持って頂いたお蔭で、その建物の斬新さが、奈良博の斬新さになり、その建物の機能的な面が、これまた奈良博の持つべき一つの性格になりました。

容器ができて、その内部に入れるものが決まると言いますが、これはまさにその通りで、菊竹さんによってパビリオンが発表されると、殆ど、それと同時に、奈良博で陳列しなければならぬ物が、いかなる物であるか、そしてそれがいかに並べられねばならないか、そうしたほうへ準備は進められて行きました。

「なら・シルクロード博」の開会式の日、私は内心、これで博覧会は成功すると思いました。二つのことが、大きく私の心を支えてくれていました。

一つはパビリオンを外部から見た時の新しい、併《しか》し、奈良の自然の中にすっかり融け込んでいる印象、——これで奈良博の成功の半分は保証できると思いました。

それから、その日、同じように成功の予感を感じたのは、奈良博物館、奈良美術館の双方に見る、陳列、展示品のすばらしさでした。これはこの展示に関係した江上波夫、樋口隆康両教授を初めとする学究諸氏の見識と、権威と、自信が、いろいろな形で、外国の諸機関を動かし、今までの展観ではなかなか見ることのできなかった出品展示品の登場ということになっていたかと思います。

（平成元年四月）

奈良県新公会堂ごあいさつ

国際的な観光立県を目指す奈良県に、それにふさわしく国際交流の拠点となり、伝統文化振興に役立つ施設が設けられて、すっかり皆さん方に親しまれるようになったことは、大変嬉しいことであります。

私たちはこれからは、国際人として生きていかなければなりません。そして文化もまた、国際的な交流を図るなかで、育んでいかなければならないものと思います。

奈良県新公会堂は、まさに、良き伝統の上に立って、さらに国際的に飛躍せんとする〝奈良県文化〟の礎《いしずえ》であります。

このような立派な文化の拠点を持つことになった奈良県民の皆さんを、私は本当に羨ましく思います。

私は、新公会堂は奈良県民の誇りだと信じていますし、それにふさわしい仕事の舞台にして、世界的な存在にしなければならぬと思っています。

若草山の麓
　春日野の地に
奈良県新公会堂……
　　国際交流の拠点として
　伝統文化振興の拠点として
明日の世界に拓く奈良の
新しい顔
ビッグルーフ

（平成元年四月）

「むらさき亭」を名付けるにあたり

〝あかねさす紫野行き標野《しめの》行き〟――という有名な万葉の歌があるが、そのためか、〝あかね〟という庶民的なものを感じさせる色と、反対に貴族的な雰囲気漂う〝むらさき〟という色が、並んでも違和感はない。むしろ寄り添って、ぴったりとしたものを感じる。

いつか、この二つの名を茶室の名に選ばして貰いたいと思っていたが、こんどたまたま、その機会を得た。

むらさき亭では、はなやかな雰囲気を、茜庵ではつつましく、静かに座って頂くように。――これが二つの茶席の命名の、私の気持である。

（平成二年三月）

月刊「しにか」創刊によせて

私は中国の歴史に取材した何篇かの小説を書いている。「天平の甍」、「敦煌」、「蒼き狼」といった長篇もあれば、「楼蘭」「漆胡樽」といった中、短篇もある。全部ではかなりの数になる。

韓国の歴史に取材したものは、長篇・「風濤」一篇しかないが、まだ幾つか取り扱いたい題材を持っている。いつか、ゆっくり韓国に滞在して、「風濤」の時のように大学、図書館の厄介になって、筆を執る日が来たらと思う。

中国、韓国以外にも、日本との関係に於て、作家として取り扱いたい歴史事件は、たくさんあるが、この方は、結局のところ、小説の形で取り扱うことは無理のようである。小説として取り扱う以上、その時代や、その歴史的事件の、血の通った生きた内容を調べなければならないが、当然なこととして、他国語の書物が登場して来る。こうなると、同じ一つの事実の調査でも、漢字、漢文による史料調査の場合とは、すっかり異ってしまう。

殊に横文字の不得手な私の場合は、いかなる名訳の応援を得ても、そこから一篇の小説の生命になる血や肉を貰うことは、まず至難なことだと思う。

従って、私の場合、勝手な放言を許して貰えば、私は純粋な東洋人、しかも、漢字文化の信奉者であり、理解者であり、その担い手である、と言うことになる。

まあ、このような私なので、いろいろな意味で、月刊「しにか」の創刊は、わが意を得たことであり、急に視野が大きく開くような、明るい思いを持つ。

私自身に関係したことだけを述べて来たが、やがて来る廿一世紀に向けての、その前哨戦に於て、新しい漢字文化圏の建設のために、新しい文化運動、平和運動展開のために、「しにか」の受持つ役割は極めて大きいと思う。輝かしく、力強い出発を、ここに期待して已まない次第である。

（平成二年四月）

尽　己

若い時、私は青春のすべてを柔道に投げ入れた。その柔道生活において最も難しい問題は、柔道をやる以上絶対に勝たねばならない、しかし、勝ち負けに拘泥してはならないということだった。この相反する命題をいかに処理するかは、極めて難しいことである。

高校時代キャプテンをしていた時、わたしは「練習量がすべてを決定する柔道」を考えた。練習量が誰よりも多かったら、必ず勝つだろう。けれども、その場合、勝つことを考える必要はない。万一負けても、それはそれでいいではないか。

後年、柔道の創始者嘉納治五郎が、柔道の精神は「尽己」の二字につきると書いているのを読んで、非常に感銘した。己を尽くせば必ず勝つだろう。しかし、たとえ勝たなくても、試合においてすべてをだしきればそれでいいのだ。

これは柔道だけでなく、世の中のあらゆることに通じる、立派な言葉である。

（平成二年八月）

詩集「いのち・あらたに」に寄せて

矢野さんは真剣に、詩人としての一本の道を歩いて来られ、いまも歩いておられる。と言って、特に巧むことはなく、ごく自然に詩人としての生き方を貫いておられる。みごとという他はない。

こんどのお仕事は第十七詩集であると伺って、襟を正す思いを持つ。こんどの十七本目の道標には〝いのち・あらたに〟と刻まれている。いのち・あらたなる報告であり、宣言である以外の何ものでもないのである。女史は永遠の若さと、みずみずしい詩魂で、沖縄を唄い、中国・ヨーロッパを唄い、ご自分の身辺を唄っておられる。そして常にいのち・あらたなる明日を目指しておられるのである。

（平成三年七月）

［歌詞］

修善寺農林高等学校校歌

一、陽炎《かげろう》萌《も》えて　丘ひくく
天城の峯に　風わたる
自由の国の　顕証《あかし》とて
朝《あした》ゆうべに　若き子が
礼儀の炬火《きよか》を　かざすなり
三歳《みとせ》の春は　過ぎやすし
　学べおおらかに　おおらかに
向う馬場《ばんば》の学舎《まなびや》　ここ修善寺高校

二、風美しく　野はきよく
狩野の川瀬の　音冴《さ》ゆる
平和の国の　顕証とて
朝ゆうべに　若き子が
至誠の書《ふみ》を　ひらくなり
天馳ける日は　近くあり
　学べおおらかに　おおらかに
向う馬場の学舎　ここ修善寺高校

おおらかに

散文以外に郷土伊豆のことを書いたのは今度が始めてです。伊豆独特の清潔なのどかさ、美しさ、そうしたものを歌に出し度いと思いましたが、果してうまく出ているかどうか……と思っています。

第一節は春の季節の歌で、第二節は秋を歌い、あわせて伊豆の春秋を表わすことにしました。そしてこの二節に校訓である礼儀と至誠の文字をよみ込んで見ました。終りの「おおらかに」と云う言葉は私自身も好きですが作曲した場合にも大変よいと聞いています。

（昭和三十二年三月）

山高ければ

一、山高ければ山を行き
森深ければ森を行く
人煙遠く離れ来て
こぼれ落葉を踏みて立つ
ああ　暫し
人の世の掟を忘れ
ひたすらに
神々の座を仰ぐなり

二、尾根遠ければ尾根を踏み
岩きびしければ岩をよず
人煙遠く離れ来て
岩間の花をいとおしむ
ああ　暫し
人の世の悩みを棄てて
ひたすらに
神々のてに触れんとす

三、雪深ければ雪に耐え
風強ければ風に耐ゆ
人煙遠く離れ来て
わきいずる雲をめずるなり
ああ　暫し
人の世の絆を断ちて
ひたすらに
神々の声に和さんかな

（昭和三十四年八月）

吉原工業高等学校校歌

一、冬はましろく
夏は青き
富士の高嶺《たかね》を
まなかいに
朝な朝なに仰ぎつつ
努力の道をゆくわれら
比奈の丘辺《おかべ》に沸く雲の
野の花よりも美《は》しければ
礼と技術を修めんと
希望にもえて若き子が
ここ学舎《まなびや》に集《つど》うなり
ああ吉原工業高校

二、春はゆたけく
秋は冴ゆる
駿河の海を
指顧《しこ》のうち
ゆうべゆうべに眺めつつ
努力の道をゆくわれら
比奈の丘辺にわたる風
時勢の栄華超えたれば
新しき世の礎石とて
大志を胸に若き子が
ここ学舎に集うなり
ああ吉原工業高校

（昭和三十八年三月）

沼津聾学校校歌

一、夏はまさおく　冬は白き
富士の高嶺を　まなかいに
仰ぐわれらの　誓いこそ
愛と　自由と　誠心と
時代の炬火《ひ》をば　かざすなり
ああ　美しき学舎
沼津ろう学校

二、駿河の海は　いやひろく
狩野の流れは　ゆるやかに
時世《ときよ》のおごり　よそに見て
愛と　自由と　誠心と
集うわれらに　誇りあり
ああ　美しき学舎
沼津ろう学校

（昭和四十五年十一月）

集英社社歌

一、パイオニア
われら　パイオニア
創意の旗ひるがえす高き塔
清き使命に生きるため
未来にかかる虹の橋
面をあげてのぼるなり
出版文化の緑の森
ああ　わが集英社

二、パイオニア
われら　パイオニア
英知の鐘の音ひびく高き塔
世紀の夢に生きるため
日々にあらたな誓いもて
われらはここに集うなり
出版文化の希望の丘
ああ　わが集英社

三、パイオニア
われら　パイオニア
協調の歌声ひびく高き塔
理想の明日を築くため
朝に夕にいやしるく
時代の炬火を掲ぐなり

出版文化の世界の館
ああ　わが集英社

（昭和四十七年八月）

天城中学校校歌

一、天城の峰に　今日もまた
夢と希望の　白き雲
天城の男《お》の子《こ》　伊豆少女《おとめ》
歌声高く　集うなり
緑の岡に　三年の
学びに励む　若き日々
ああ　われらの天城中学校

二、狩野の流れは　永遠《とことわ》に
清く生きよと　岩走る
いで湯の煙り　丘の樹々《きぎ》
朝な夕なに　風渡る
この学び舎に　三年の
自己鍛錬の　若き日々
ああ　われらの天城中学校

三、富士の高嶺は　太古より
濁りに染まず　ひとり立つ
ちちはの国　伊豆の国
ゆたかに廻る　春と秋
狩野の川辺に　三年の
情操《こころ》育くむ　若き日々
ああ　われらの天城中学校

（昭和四十八年一月）

羽後中学校校歌

一、水ぬるみ行く　おもの川
陽炎もゆる　雄勝野よ
自由　平和　独立の
高楼《たかどの》に鳴る鐘の音
高らかに和す若き子が
希望の明日を眼間《まなかい》に
今日も集《つど》えり
緑の　緑の　学舎《まなびや》
羽後中学校

二、山脈《やまなみ》遠く　雲は湧き
風渡り行く　雄勝野よ
父母《ちちはは》の国　美《は》しき国

高く掲げる協調の
理想に生きる若き子が
国の運命《さだめ》を身に負いて
今日も集えり
　緑の　緑の　学舎
　羽後中学校

三、秋のみのりの　雄勝野よ
雲影よぎる　城の址《あと》
歴史の翳《かげ》り　深ければ
古き伝統を心《こころ》とし
次代を背負う若き子が
青春の日の証《あか》しとて
今日も集えり
　緑の　緑の　学舎
　羽後中学校

四、雄勝野白く　丘白く
白き鋼《はがね》の　鳥海よ
時世《ときよ》の奢《おご》り　よそに見て
高く　きびしく　清らかに
自己錬成の若き子が
天翔《あまか》ける日を夢見つつ
今日も集えり
　緑の　緑の　学舎
　羽後中学校

（昭和五十一年四月）

北陸大学校歌

一、潮《うしお》とどろく　日本海
加賀山なみに　降る雪よ
北の都の　学舎《まなびや》に
若き吾等は　春四《よ》たび
蛍雪の日を　過すなり
歴史の波濤《なみ》は　荒くとも
自然の心　わが心
医王山下《せん》に　高々と
吾等の炬火《ひ》を
ああ　吾等の
世紀の炬火《ひ》を　かざすなり

二、北辰高く　冴ゆる空
天の秩序《さだめ》の　美《は》しき国
北の都の　学舎に
若き吾等は　春四たび
友情の歌　刻むなり

新しき世の　指標《かなめ》とて
生命《いのち》の神秘《ふしぎ》　尊びて
医王山下に　高々と
吾等の炬火《ひ》を
ああ　吾等の
世紀の炬火《ひ》を　かざすなり

三、古き文化の　匂《にお》う国
静かに眠る　伝統の
北の都の　学舎に
若き吾等は　春四たび
心の信条《まこと》　築くなり
時世の奢《おご》り　よそに見て
真理究《きわ》むる　朝と夕《ゆう》
医王山下に　高々と
吾等の炬火《ひ》を
ああ　吾等の
世紀の炬火《ひ》を　かざすなり

（昭和五十一年十月）

［碑文］

沼津駅前広場母子像碑文

若し原子力より大きい力を持つものがあるとすれば、
それは愛だ。愛の力以外にはない。

井上　靖

（昭和三十三年八月）

宝蔵院史碑碑文

宝暦の頃　国事に勤むる男女この寺へ逃れしが捕吏の襲うところとなりて　当寺の住職と共に討たれしという哀史伝われり　寺鐘の失われしはその頃のことにして　爾来堂宇荒廃のまま　時移り　世は変り　今日まで鐘楼建つことなし　昭和の住職関谷宜雄師　鐘楼再建を発願して多歳浄財を得て　昭和三十八年春　和光の鐘楼の建立を見る　往古迦膩色迦王《かにしかおう》悪竜の請に依って伽藍を建て　鐘を打って　その瞋心《しんしん》を息むという諸々の悪竜の瞋心ここに息むべし　時恰も新中川放水路開鑿に当り　宝蔵院はその流れの岸に臨めり　晨夕の鐘声は水底に没せし農家　耕地のために　また新しき供養の意味を持つと謂うべし

井上　靖

（昭和三十八年十一月）

修善寺工業高校碑文

山河　美しければ　こころ　美し

井上　靖

（昭和四十年十一月）

世界貿易センタービルディング定礎の辞

世界貿易センタービルヂングを東京都港区芝浜松町三丁目五番地に新築するに当り、その揺ぎない礎石と、株式会社東京ターミナルの弥栄を祈求して、茲に永世不朽の柱礎を鎮定する。

そもそも世界貿易センタービルヂング建設に到る経緯をみるに、昭和三十八年暮にこの地に空陸海の交通網を立体的に集約した新時代にふさわしい一大交通センターの設置を財界（発起人代表今里広記）において計画したことに端を発し、時恰もわが国の経済が開放経済体制への移行という新段階に直面して、貿易に関する総合ビルヂング建設を要望する声が高まっているところから、ここに企画は従来の構想を兼ねた一大綜合センターの設立へと発展するに到った。而して日本および東京商工会議所（会頭足立正）を中心とするわが国経済界が推進母体となり、構想を練り、準備を進め、ついに昭和三十九年十二月二十二日に株式会社東京ターミナル（代表取締役社長本田弘敏）の誕生を見るに到ったのである。

終戦という歴史の厳しい時点から発して二十余年、今日ここに生れた広く内外の貿易に資する綜合ビルヂングは、日本経済が辿った苦難と栄光の道の記念の塔であると共に、世界の繁栄と平和を冀う祈念の塔でもある。北辰その所に居て衆星これに随うと言う。この地下三階、地上四十階のわが国最高の近代ビルヂングの建設は、明日の国際経済界に活躍するわが国経済人の理想の象徴でもある。礎石ここに定る。時まさに菊の季節にして、芳香地に満ちて芳し。

昭和四十四年十一月十一日

株式会社　東京ターミナル

井上　靖　撰並びに書

（昭和四十四年十一月）

秋田県西馬音内小学校碑文

故里の山河美し故里のこころ美し

井上　靖

（昭和四十九年八月）

「内灘の碑」碑文

日本海美し　内灘の砂丘美し　波の音聞きて　生きる人の心美し

井上　靖

（昭和五十年三月）

徳田秋声墓碑撰文

徳田秋声先生は明治四年十二月二十三日、金沢市横山町に生る。明治十二年、養成小学校（現金沢市立馬場小学校）に入学、明治二十四年、第四高等中学校を中途退学。

秋声文学は一市井人の冷徹澄明な客観描写をまん中

に据えた典型的な庶民文学であり、自然主義文学の最後の光芒として、文学史上に不滅の輝きを持つ。代表作は「黴」、「あらくれ」、「仮装人物」、「縮図」等。
　昭和十八年十一月十八日、多くの名作を生み出した本郷区森川町の書斎で永眠。

井上　靖　誌す
（昭和五十七年六月）

滋賀県向源寺（渡岸寺観音堂）碑文

慈眼　秋風　湖北の寺

井上　靖書
（昭和五十七年十月）

山本健吉文学碑撰文

　日本独自の〝美〟の探究に、山本健吉氏ほど己れを尽した人を知らない。不朽の名著『いのちとかたち』、『詩の自覚の歴史』を初めとする一連の仕事には、己れを尽した人だけの持つ凜乎《りんこ》としたものと、醇乎としたもののあるのを感ずる。併し、氏の仕事はまだ終っていない。
　新しい山嶺を窺っている氏の今後を、同時代に生きる一人の作家として見守り続けてゆかねばならない。そして氏の驥尾に付して、私も亦私の道を歩もうと思うのだ。

昭和五十九年十一月

井上　靖・誌す（碑文・裏）
（昭和五十九年十一月）

舟橋聖一生誕記念碑碑文

　作家舟橋聖一は明治三十七年（一九〇四）十二月二十五日に、本所区横網町二丁目二番地に生る。作家、国文学者として盛名高く、数々の名作を遺すも、その七十二年の生涯は権威に屈せず、市井の文人、文学者として独自の風格を以て貫かれている。
　代表作の一つ、「花の生涯」は井伊大老の生涯を綴った醇乎たる逸品であるが、文学者、文化人として、前人未踏の道を歩いた作者の人生行路もまた、そのまま花の生涯と呼ぶにふさわしいものである。

井上　靖
（昭和六十一年五月）

長崎物語歌碑撰文

黒崎貞治郎は、毎日新聞社会部長として、終戦前後のジャアナリズムの第一線にあった人であるが、梅木三郎の名で歌謡詞の筆をとり幾多のヒット作を世に送り出している。その代表的なものは〝長崎物語〟戦前から今日に至る長い生命を持っている。

井上　靖
（昭和六十二年三月）

沼津東高校碑文

潮が満ちて来るような、そんな満たし方で、人は己が生涯を何ものかで満たすべきだ。

井上　靖
（平成元年四月）

新高輪プリンスホテル新宴会場の命名

本宴会場A、Bの二つの名称を先ず決め、その上で、その二つの会場A、Bを総括する名称を決めるのが、順序であるかもしれないが、この場合、私は二つの会場A、Bを総括する名の方から決めさせて頂きたいと思う。

と言うのは、日本のホテルに於ては、今までになかった試みであり、二つの大宴会場を併せた総括名という相談を受けた時、私の場合、極く自然に、〝アジアの屋根〟とか、〝世界の屋根〟とか言われている、パミール高原の〝パミール〟という名が浮かんで来た。ヨーロッパにも、アジアにも通る大きな名前ではあるし、人によって〝パミール〟と称んだり、〝パミール高原〟と称んだりしているが、確かに世界の屋根であるという頼もしさが、その〝パミール〟と言う名前の響きの中にはある。

さて、そのパミールからは、たくさんの有名な山脈が四方に走っているが、その中で、東方に走っているアジアの大山脈は、言うまでもなく崑崙山脈である。世界の屋根・パミールの南東部から出て、東に走り、堂々二五〇〇キロに及ぶ、アジアの大山脈である。最も高い山は、コンロン・№1の七四〇九メートル。この高峯が世界の登山家を集めるのは将来のことであろう。それからまた、粛州から仰いだ崑崙の障壁の凄さも、将来の世界の登山家たちが挑まねばならぬ課題であろう。

併し、崑崙が私たちに親しいのは、この山脈が持っている、もう少し別の主題である。黄河の源は崑崙にあると信じられていた時代も長いし、永遠に生きる西王母の国が匿されているのは、崑崙であるという伝説も、また中国の歴史を明るく、美しいものにしている。

まあ、このような意味から、大宴会場Aは、〝崑崙〟と命名したいと思う。

世界の屋根のパミール高原。そこから派生している崑崙山脈。この二つの大きなものに対抗して、己が存在を主張できるものは、天体しか、天体の大きな星辰の存在しかなさそうである。

このように思った時、間髪を入れず、いきなり登場してくるのは〝北辰〟――北極星である。

――北辰居其所而衆星共之

――北辰、その所に居て、衆星これを共《めぐ》る。

と言う有名な孔子の詞が、「論語」に収められている。北極星が己が居るべき場所に居れば、他の星は、北極星を見習って、それぞれ、自分の居るべき場所を決めることができる。

このような意味であり、「論語」の中でも有名な詞である。

パミール高原、崑崙山脈、――と考えてくると、ここに何よりも、〝北辰〟を置きたくなる。パミール高原のどこからも、それからまた、崑崙山脈のどこからも、天空の一画に、その存在を確認できるのは、〝北辰〟しかない筈である。

まあ、こういった理由で、

――大宴会場A　崑崙（こんろん）

〃　　B　北辰（ほくしん）

そして、〝崑崙〟〝北辰〟を統括するのは、世界の屋根、〝パミール〟とさせて頂きたいと思う。

（平成二年九月）

妙覚寺碑文

私は沼津中学時代、三学年に進級した大正十三年（一九二四年）四月から、下河原町の妙覚寺に下宿させて貰った。正確な言い方をすれば、預って貰ったのである。そして翌十四年四月に沼津中学校の寄宿舎に入るまで、十七歳の春から十八歳にかけて、妙覚寺を根拠地として、なんと自由に、少年らしい明暮を持たせて貰ったことか。妙覚寺には、たいへんお世話になった。と言って、お世話になったのは、私ひとりではない。私を取り巻いている友人全部と言わなければならぬ。藤井寿雄、岐部豪治、露木豊、金井広らの面々で、いずれも、少年詩人でもあり、少年歌人でもあった。詩を書いたり、歌を作ったり、香貫山を歩き廻わったり、千本浜で泳いだりした。この間の消息は小説「夏草冬濤」に詳しい。それから、いつか、茫々六十余年、藤井、岐部、露木の三君は故人になっているが、金井、井上はまだ健在で、顔を合わせる度に、遠い妙覚寺時代を偲び、自分たちはあのすばらしい青春の泉から出発したと、そうした思いを深くしている。

平成二年六月

井上　靖

（平成三年四月）

上山田町碑文

潮が満ちて来るようなそんな充たし方で、私は私の人生を何ものかで充たしたい。

井上　靖

（平成五年七月）

［序跋］

中村泰明「詩集　烏瓜」序

詩集「烏瓜」に寄せて

詩集「烏瓜」には、いろいろな傾向の作品が収められている。本格的に、正面から取り組んだ作品もあれば、民謡調な作品もある。

併し、全巻を通読して言えることは、どの一篇にも素朴な生活の匂いがしていることである。これは貴いことであると思う。私は中村君の作品を読んで、今更のように、今日自分たちの周囲に、いかに、生活とは無縁な観念の詩が多いかを考えさせられた。

この作品を読むと、中村君という人がせいいっぱい生きている人だということがよく判る。その人格がよく出ている。

私は中村君に、文壇とか詩壇とかに考慮することなく、この種の作品を海の匂いのする生活の中で一生書き続けて行かれることを切望する。

中村泰明という名前は、私には懐しい名前である。二十年前、福田正夫氏の「焔」の同人として一緒に詩作し、毎号作品と名前とを並べたものである。中村君があれからひとすじに詩作の道に専念して、今日まで歩いて来られたことを思うと、そのことだけでも頭が下る気持である。あの頃の人が、現在何人詩を書いているであろう。中村君こそ、紛れもなく本当の詩人であったと思う。私たちの共同の師福田正夫氏が本当の詩人であったように——。

（昭和二十八年十月五日）

「創作代表選集13」あとがき

初め新しい編纂方法というものはないかと、そうしたことをいろいろ考究してみましたが、結局、従来通り、一応会員の推薦ということに重きをおいて、推薦票数の多いものから検討して行く方法を採りました。

半年間に発表された厖大な数の作品から、なるべく目落しないようにその期の代表的作品を選ぶということは大変なことで、結局この方法によらざるを得なかったわけであります。

代表作という言葉についても、厳密に言えば、いろいろな意味が考えられます。佳作、力作のほかに、一応なんらかの問題を提供したいわゆる問題作も、これを含めなければなりませんし、中間小説雑誌に発表された作品でも、いい作品はこれを落すことはできません。この選集の持つ性格からして、大体こうした考えのもとに、作品の詮衡に当りました。

第一回の委員会には、井伏、武田、十返、三島、井上の五委員が出席（中島委員欠席）、会員の投票数の多い作品を一つ一つ取り上げ、各自それに対する意見を述べ、異議のないものを

（昭和二十八年十二月）

順次決定して行きました。「電源工事場」「比叡おろし」「をぢさんの話」「戦争犯罪人」「紙一重」「生涯の垣根」「母の日」「水月」「大懺悔」「本能寺の信長」「グウドル氏の手套」等がこれであります。その折委員が読んでない作品が数篇未定のままに残りましたので各委員分担してこれを読むことにしました。同時に、その席上で名前の上がった同人雑誌の幾つかの作品にも眼を通すことにしました。

第二回委員会には、全委員出席して、この席上で、「ひもじい月日」「駄目な夜」「オンリー達」「流木」の収録が決定しました。

収録されませんでしたが、「スピノザの石」（竹田敏行氏）、「玩具」（甲斐洋氏）等が最後まで問題になり、その他頁数の関係で割愛するの已むなきに到った作品もありました。「蕃地」（坂口䙥子氏）などはその一つであります。

これで会員の総意というものもできるだけは反映したつもりですし、一応大過なく採録作品を選び得たのではないかと思っています。

以上、他の委員にかわって、編輯の経過を御報告しておきます。

（昭和二十九年五月）

村松喬「異郷の女」序

村松喬氏のこの作品を、私は非常に面白く読んだ。仕事が重っていてひどく忙しい時であったが、読み始めたら途中でやめることはできなかった。三分の一ほど読んで、間に一日をはさんだが、その間、この作品のことがずっと気になっていた。

私はかねてからこういう作品がいつかは出るだろうと思っていたが、果して戦争が終って十年経って村松氏に依って書かれたといった感じである。

これは一人の日本の新聞特派員とビルマの女との恋愛をビルマを舞台にして描いた小説である。立入った想像を許して戴くなら、この作品は恐らく作者の体験がもとになっているのであろうが、十年の歳月が作者からなまな昂奮を奪い、作者を見事な観る者の立場に立たしめていると思う。作者が、自分と自分を取り巻いた当時の情況を客観視できるようになるまで十年の歳月が必要だったわけだ。その意味でこの作品ほど歳月がものを言っている作品は少ないのではないか。

その十年の歳月は作者に随処にビルマの歴史を、政治を、習俗を、そしてその国の持つ運命を冷静に語らせている。単にビルマを舞台にしたといったいわゆる外地小説とは根柢から違っている。その点本格小説の本道を歩んでいる感じである。

それからもう一つ十年の歳月は、ビルマの自然や、ビルマの男女を描く筆をひどく冷静な落着いたものにしている。この作品の持つ一種独特の気品は、作者の稟質《ひんしつ》に依るものででもあろうが、この題材を長い間大切にし、それをじっと暖めていたためであろうと思う。

（昭和三十一年十二月）

船戸洪吉「画壇　美術記者の手記」序

「画壇」について

「画壇」というちょっと摑みどころのない題名の二百六十余頁のゲラ刷りを、私は一晩で一気に読んだ。一気に読んだとは言ったが、時々ゲラ刷りを措いてそれから眼を離した。そして若し需められた序文を書くという仕事がなかったら、ここでひと休みしたいと何回思ったことであろう。各章ごとに自分一人で考えなければならぬことが沢山あるような気がしたからである。これは恐らく私ばかりでなく、文学や芸術に関心を持つ者のたれもが、本書を繙いた時感ずるものに違いない。この点「画壇」は不思議な魅力と暗示を持った書物である。

著者船戸洪吉氏は現在毎日新聞社学芸部の美術記者である。美術記者というものは奇妙なもので、彼自身勿論美術家でもなければ批評家でもない。傍観者であり、観察者であり、記述者である。この美術記者の眼は、著者のよく使う言い方を借りれば〝一体何であろうか〟ということになる。

その不思議な美術記者という立場で、終戦後に起った画壇の諸事件を見、それを記述したのが「画壇」である。そして著者は自分が美術家にも批評家にもなることをきびしく禁じて、すべてを時代と密接に結びついた社会的事件として取り扱っている。みごとである。そしてその自分に課した禁制を破らざるを得ない意欲に駆られた時、それはある時は情熱的に、ある時は皮肉に、ある時は極めて示唆に富んだ文章となって現れている。

本書が持つ一気呵成に読ませる面白さは、画壇の事件や戦後の美術界の持ついろいろな問題を、裏側から冷静に見て、それをあけすけに書いている美術記者の眼の功績であり、時々一休みして物を考えたい気持にさせられるのは、著者が自分の領域を踏み外そうとして、それに耐えているところである。著者の人柄と教養が、発言の抑制を通して、本書を頗る重みあるものにしている。

現代日本の複雑極まりない「画壇」を誤りなく描き得るのは、恐らく船戸氏を措いては、そしてこの執筆態度を措いてはないのではないか。二科会の分裂、日展と在野団体との関係、戦争画の行方、藤田嗣治の日本脱出、創造美術の問題等、戦後の美術界の主な事件は、単なる現象としてではなく、それの拠って起って来る本質的な問題から説き明かされているし、また美術界の底を流れている最も大きい問題であるレアリスムの問題も、それを通して、みごとに日本画壇の複雑な動きが捉えられている。

いずれにせよ、本書の面白さも、魅力も、またその価値も、記者としての何から何まで知りぬいている著者の眼と、批評家としての氏の発言の抑制にあるようである。美術家も「画壇」は書けなかったし、批評家も「画壇」は書けなかったに違いない。そしてまた単なる美術記者も「画壇」は書けなかったであろう。著者船戸洪吉氏の近業に、限りない敬意を表する次第である。

（昭和三十二年八月）

安川茂雄「霧の山」序

「霧の山」について

安川茂雄氏の『霧の山』を面白く読んだ。作者安川氏は登山家で、『回想の谷川岳』『谷川岳研究』『登山技術』等の著者として知られており、登山関係の翻訳も何冊か持っている。従って『霧の山』はわが国に於て、登山家に依って書かれた最初の登山小説（かかる言葉があるとすれば）と言っていいのではないかと思う。

この作品は一人の若い登山家を主人公とし、戦時中から戦後へかけて、彼とその周辺に現われる幾人かの登山家との交渉を描いたものである。この作品の中に書かれている遭難遺体の捜索や、戦死した登山家の遺骨を富士山頂に撒きに行く美しい挿話など、各章を構成している物語は、作者自身が実際に持った体験と見聞ではないかと思われる。この作品の強さも魅力もそうしたところにあると言えよう。

何より読んで気持のいいのは作者の山への愛情が作品全体に漲《みなぎ》っていることであり、そして、すぐれた外国の山岳小説がそうである如く、友情、勇気、信義といったものが縦糸となり、自然と人間、生と死の明暗が横糸となってわが国の小説には珍しい特殊な、一種荘重なトーンを持った作品世界を構成していることである。

読後の印象は新しく、爽《さわ》やかである。作者が山を愛するように人間を愛し、山を肯定するように人間を肯定し、山に挑《いど》むように人間に挑んでいるからであろうか。

（昭和三十二年九月）

濱谷浩「写真集　見てきた中国」序

私は濱谷浩氏とはずいぶん親しくおつき合いしているような気がしている。しかし、考えてみると、仕事の上では何日か一緒に旅行したこともあるが、特に個人的におつき合いしたといった記憶はない。

それにもかかわらず親しく交際しているといった感じを持っているのは、氏の仕事を尊敬しその仕事に打ち込んでおられる氏の人格を尊敬しているからである。人間即作品という言葉があるが、氏の作品ほど氏の個性のにじみ出ているものはない。『雪国』にしても『裏日本』にしても、氏以外の何人の作品でもあり得ない。その一頁を開いただけで、まさしく濱谷浩氏の作品であることがわかる。

氏は一昨年中国へ旅行したが、その時のお土産がこんどの『見てきた中国』である。氏の新中国見聞記が、いかなる形で世に現れるか、私はひそかに期待していたが、いかにも満を持した形で、二年目の今日美しい装幀のもとに世に問われることになった。

濱谷さんから約一年遅れて、昨秋私も中国を月余にわたって旅行したが、その時濱谷さんが遠く敦煌を越えて砂漠地帯まで行かれたという噂を、中国の文化交流協会の人々から聞いて、濱谷さんの仕事に大きい期待を持ったが、いま氏の仕事を一見させていただいて、その期待の裏切られなかったことを悦ぶ次第である。

この一冊の写真集には、新しい中国の風土と民衆の表情がいっぱい詰まっている。その作品に見る中国の捉え方は、ここでもはっきりと濱谷浩氏であることを感ずる。これほど中国の姿を生き生きと、正確に、しかも大きい愛情をもって捉えた作品集は、これまでなかったと思う。

私はこの作品集を通じて、濱谷浩氏と一層親しくなったことを感じ、そのことを何より嬉しく思う次第である。

（昭和三十三年八月）

伊藤祐輔「石糞」序

石糞に寄せて

伊藤祐輔氏から歌集「石糞」の序文を求められたが、氏の作品の完成したきびしいたたずまいに対して、私はいかなる対い方もないことを感ずる。氏の作品は何人の讃辞をも拒否すると同時に、いかなる批判をも受けつけないであろうと思う。

伊藤氏の作品はすでに完成されたものであり、作者はこの作品の世界以外にはどこにも住んでいない。街を歩いている時の氏も、食事をしている時の氏も、本当は伊藤祐輔氏ではない。氏は「石糞」に収められた四百余首の歌の中に生きているだけである。

伊藤氏は自分の歌人としての仕事が、あくまで短歌というものの伝統の上に立ち、そこに新しい詩情を盛ろうとしていることにあると、私に語った。確かにその通りであろう。併し、それが、何であろう。「石糞」は恐らく氏の己が解説すら受けつけないであろう。そのように「石糞」の世界は峻烈である。そこには一人の歌人伊藤祐輔氏がいるばかりである。

「雪の山翡翠の氷湖鏤めて目にも耳にもみなすき透る」——これは、たまたま「石糞」の頁をあけて、そこに見出した歌である。私は「石糞」の作者を信ずる。信ずる以外はないではないか。

伊藤氏はこのような歌人であり、「石糞」はこのような歌集である。

一九五九年一月

（昭和三十四年三月）

斉藤諭一「愛情のモラル」序

「愛情のモラル」について

終戦前後、毎日新聞社の俊敏な社会部記者であった氏は、何年かぶりで突如、私の前に「愛情のモラル」の著者として現われた。ここには男女の愛情の問題や、夫婦間の問題が取り扱われてあるが、氏は、それらを自分自身の問題や自分を訪れた悩みを通して考え、筆を執ったのだと語った。それ以外、一語の説明をも加えなかった。恐らく氏は〝自分自身の問題や悩みを通して考えた〟という一語に依って、自著を凡百の抽象論議とも、興味本位の人生読本式の述作とも区別したのであろうと思う。

氏と相会わなかった何年間に、氏の身辺にいかなる問題や悩みがあったか知らない。ただ「愛情のモラル」を一読して感じることは、氏が真摯な思索の何年かを持ち、そこから得たものを、この一冊に凝集しているということである。

「愛情のモラル」は新聞に連載して好評を博したものだというが、まことに宜《むべ》なるかなと思われる。ここには本当の意味で新しい女性というものが、いかなるものであらねばならぬかが、決して教訓的でなく提示されている。

戦後女性は自由を獲得したというが、果してそうであろうか。旧時代の残滓は現在もいっぱい女性たちの周囲に、女性たちの心の内部に巣喰っている。それらを著者はとことんまで追求し、指摘し、そして向うべき方向を示唆している。

著者は現在報道陣の第一線にあるが、氏がジャナリストであることを示しているのは、その明快な文章だけである。氏は少しもジャナリスティックには語っていない。氏はむしろ思索者であり、新しい文化評論家である。

私は本書を一人でも多くの女性たちに読んで貰いたいと思う。女性の問題を、本当に真面目に考えた人の文章であるからである。

（昭和三十四年八月）

大竹新助「路」序文

大竹さんは優れたカメラマンであると同時に、優れた詩人である。大竹さんは詩人としての自分の眼で、対象を独特な摑《つか》み方で摑み取り、その上でそれをカメラの精巧な眼に任せる。こうして生れた大竹さんの人物写真には鋭さが、風物写真には楽しさがある。

大竹さんの風物写真集はカメラマンとしての氏の作品に、旅行家としての、詩人としての氏の文章を併せ載せたものが多いが、こんどの『路』もそうした形の楽しい作品集である。写真の中にも、文章の中にも、大竹さんがいる。どの頁をひろげても実に楽しい。大竹さんの独自な仕事に一文を草させていただいたことは、私の最近の悦びの一つである。

（昭和三十四年十月）

「きりんの本 5・6年」序

「きりんの本」によせて

「きりん」の第一号は、尾崎書房という書店から発行されました。

昭和二十二年の十二月、竹中さんと私とはほとんど毎日のように、梅田の桜橋交叉点からほど遠からぬところにあった尾崎書房にあつまり「きりん」をどんな雑誌にするか、その相談をしました。「きりん」という題名は、みんながいろいろと頭をしぼって考えた末、たしか竹中さんが「これにしようや」といって「きりん」という三字を小さい紙片に鉛筆で書いて出されたものだったと思います。「きりん」という雑誌のなまえは、日本ではちょっと他に類のないほど、しゃれた美しいなまえですが、このなまえが生れたのは、いまから十二年まえの十二月の中頃のさむい日だったのです。「きりん」創刊号の詩の選をやったのもやはり十二月の年の瀬のおしつまった頃ではなかったかと思います。創刊号のこととて直接の応募原稿はないので、関西の各方面の小学校から送ってもらった童詩の原稿をまえにして、その中から「きりん」第一号にのせる作品をえらんで行きました。私は神戸の小学校の五年生の、雨の日に家の中にまよいこんだ雀のことを歌った詩をえらびました。竹中さんは別の学校の自分の影のことを歌った詩をえらびました。そしてこの二篇には、新制作派の小松益喜さんに挿絵をかいてもらって、それをつけました。

雨の日

神戸市摩耶校・5年
中村喜代治

雨が降って
寒い日だった
二階へまよいこんだ雀をとった

お米をやると
箱の奥の方で
ふくれて動かなくなった

お昼頃
雨がやむと
庭の木で
ほかの雀が鳴いている
きいているとさびしい

私は、それから約一年ほど、竹中さんといっしょに「きりん」の詩の選をしました。白石欣也君、どうしていますか、宗次恭子さんはどうしているでしょうか。白石さん、宗次さんというのはそのころ盛んにいい作品を送ってきて私たちをおどろかせていた小学校の生徒です。

ほうかごの教室

愛媛県上分校・5年
白石欣也

だれもいないほうかごの教室
僕は
はいろうとした
すると
だれか
小さな声で
本を読んでいたので
僕はそのまま
だまって
帰って来た

影・影・影

滋賀県息長校・5年
田辺靖雄

白い道に
うつっている僕の影
走れば走り
止まれば止まる
朝夕は長く

昼は短かい
影は
僕の前後に
つきまとって歩く

「きりん」もその時から十二歳年齢をくわえました。雨の日に家にまよいこんだ雀のことを歌った少年詩人もいまはりっぱな青年に成長していることでしょう。いまも詩を書いているでしょうか。あるいは書いていないかも知れない。しかし、少年のころ、迷子の雀を見守った眼はおそらくそのままいまも、おなじ澄んだものを持って、世の中のいろいろなものを見守っていることだと思います。それだけはまちがいないことだろうと思います。

かれ木

愛媛県上分校・4年
宗次恭子

かれ木は秋になって
さみしくなるのだろう
風にふかれてきものが
とんで行くのだろう
しまいにはからだだけに
なって行くのだろう
雨にもうたれ
風にもうたれ
さみしくなって
行くのだろう

この十二年間に私は多くの人に会っていますが、たいていその人たちの名はわすれてしまいました。しかしいい詩を書いていた白石さんと宗次さんという未知の少年少女の名はわすれることができないからふしぎです。詩というものはこのようなものです。美しい詩のことばは、人の心にくい入って一生はなれないものだと思います。

私自身もいまそのような詩を書きたいと思っています。

私は現在東京におり、仕事のかんけいで、「きりん」の詩の選をすることはできませんが、「きりん」は毎月自分の雑誌のようなつもりで愛読しています。竹中さんの選んだ作品を次から次に読んで行きその詩を選んだ時の竹中さんのとくいげな顔を思いうかべたり、その詩を書いた未知の少年や少女の顔をいろいろそうぞうしたりしています。

「きりん」が創刊して十二年になったということにはおどろきました。いつ十二年の歳月がたったのでしょう。しかし、この十二年間に何千篇か何万篇かの童詩がこの雑誌を中心にして生み出されたことを考えると、あっと声をたててしまいたいような大きい感動をおぼえます。「きりん」よ、どうかこれからもすくすくと美しく育って下さい。

（昭和三十四年十一月）

「川」あとがき

私の尊敬する文学者の、川に関する文章を収めてみた。多くは作品の中からその一節を抜いたものである。

作品の中から一部分だけを抜き出すことにはいろいろの問題があるが、本書のような企画ではそうする以外仕方がなかった。こうした非礼を、快く許していただいた先輩諸氏に御礼と御詫びとを申し上げる次第である。

読者の方には、本書を手引きとして、どうか作品を完全に読んでいただく日のあることをお願いしておく。

この企画は、野村尚吾、小松伸六、瓜生卓造、福田宏年の若い文学者の諸氏の助力がなければ、到底陽の目をみることはできなかったものである。日頃親交をもっている諸氏と一緒に、何回かの楽しい会合を持ち、とも角本書を上梓し得たことは何よりの悦びである。厚く御礼申し上げておく。

昭和三十五年七月

（昭和三十五年九月）

大隈秀夫「露草のように」序

「露草のように」に寄せて

昨年の夏のことである。私は文藝春秋社の田川博一氏に頼まれて、病院生活をしている一人の女性に、自著にサインして贈った。その女性は私の小説の愛読者だということであった。その時、初めて、私はその女性が癌を患っていることも、そしてその夫君である大隈秀夫氏が、夫としての大きな愛情をもって、愛妻の生命をとりとめるために必死に闘っていることも知った。しかも二人は結婚して間もないということであった。私は大きな感動に打たれた。

それから更に二回、私は田川氏を通じて、大隈夫人の許に自著を贈った。癌と闘う新婚間もない一組の男女を応援する気持であった。

併し、大隈氏の大きな愛情を以ってしても、ついに夫人を病魔から救うことはできなかったのである。私は生前の夫人に会う機会を持たなかった。

田川博一氏が打たれ、私が打たれたように、大隈夫妻の話は、多勢の人たちの心を打つ筈である。大隈氏の病妻を看とる記録が、週刊文春や婦人公論に発表されて、それを読んだ多くの人に強い感動を与えたことは、当然なことである。

多少の縁《えにし》あるを以って、私は大隈氏の亡き夫人に対する愛情の記録に序を書く光栄を持った。そしてこの小文を認めながら思うのだ。——愛情とは、まさに斯くあるべきものなのだと。

昭和三十五年七月八日

（昭和三十五年十月）

山本和夫「町をかついできた子」序

「町をかついできた子」によせて

十年ばかりまえ、わたしは、山本君の生まれた若狭の山の村を、リュックをせおっておとずれたことがあります。

山峡にあるその部落の空は、高く、そして深い蒼で、ろうろうとトンビが舞っていました。鎌倉時代に創建された、森の中の古いお寺には、国宝の三重の塔がそびえ、部落の風景をひきしめていました。うねうねとまがりながら、バスのかける道にそうて、清らかな川がながれ、たわむれるアユのすがたが、はっきりと見えました。

山本君は、この美しい風土をバックにして、いまメルヘンをくりひろげました。むかしながらの、うららかな風景であるとはいえ、この山の中に住む人たちの生活は、いまや、はげしいいきおいで〝近代〟をむかえようとしています。この変りめのなかを走りまわる子どもたちを、愛情をもって、みごとにとらえたのが、この作品です。

（昭和三十五年十一月）

山下政夫「円い水平線」序

隠岐のこと

私は山下政夫氏の新著に一文を草することを引き受けたが、いまにして思えば多少迂闊であったようである。山下氏とは曾て同じ職場で働いた間柄であり、その人柄と才能にひそかに畏敬の念を懐いていたので、氏の労作に一文を綴ることを光栄に思ったのである。

併し、氏の新著「円い水平線」の内容を知るに及んで、それが隠岐に限られたものであることに於て、はたと当惑せざるを得なかった。私は氏の新著がひろく氏が愛する山陰一帯の氏の見聞に基く労作であるとばかり思いこんでいたのである。隠岐については残念ながら何一つ知るところがない。四五年前から隠岐の土を踏みたいと毎年のように念じながら、今だに果し得ないでいるのである。

隠岐という名は中学時代から歴史教科書で屢々お目にかかっていて、佐渡と共に貴人配流の島として、その名から特殊な冷たい印象を与えられていたが、いかなる土地柄か具体的な知識を得る機会には恵まれなかった。併し、一度金沢の高等学校時代に友達と隠岐旅行を計画したことがある。「増鏡《ますかがみ》」に後醍醐天皇配流の記述があって、その短い文章が心に沁みたからであった。その頃私は流人とか配流とかいう言葉に強く心惹かれていた。

今日は、若い日とは全く違った気持から隠岐の土を踏みたいと思っている。山陰へ旅行する度に車窓に隠現する隠岐のはろかな島影を見ながら、そこへ行きたいと思いながら、いつもあわただしい旅程にはばまれて実現しないでいる。

いま私が隠岐に惹かれるのは、曾てそこへ流された貴人たちのためではない。流された人たちではなく、流された人たちを受け容れた側の方にずっと強い関心を持っている。そうした角度から、隠岐の歴史も、自然も、隠岐の人たちの生活、風俗、習慣、そうしたもの全部を知りたいのである。日本海の荒い潮に護られて来、いまも護られているのだから、独得な美しいものがなかろう筈はない。そうしてそうしたものが、新しい時代の波濤といかに闘っているか。

尤も、こうしたことこそ、山下氏が氏の労作で語ろうとしている主題であるに違いない。そうであるとすれば、私は「円い水平線」を読んで、その印象新しいうちに、念願の隠岐旅行を企てるということになりそうである。いずれにせよ、氏の労作上梓に期して俟つものは大きい。

（昭和三十七年四月）

永田登三「関西の顔」序

永田さんの仕事

顔というものは恐ろしいものである。人間のすべてがその中に出てしまう。風雪に耐えて来た人の顔は、恰もそれに耐えて来た巌のように強く立派である。汚れたものを持たぬ人の顔は、やはりそこに刻まれた皺一本にも、汚れというものはついていない。一流人の顔は一流である。その人の闘って来た歳月の長さやその重さが、あまさずその表情の中に現われる。

永田登三氏は関西各分野の一流人の顔をカメラで捉え、それをここに一本に収めた。氏があとがきで述べておられるように、これは大変な仕事であったに違いない。顔にその人のすべてが出ていると言っても、それを最も完全な形に於いて捉えることは容易なことではない。いかなる時のいかなる顔が、本当にその人自身であるか、それを捉えるのは撮影者としての才能に依ること勿論であるが、それ以外に対象に対する深い愛情と理解がなければできぬことであろう。永田登三氏はまさにそれを為したと言えると思う。氏はたれよりも関西を愛し、関西人士を愛し、この仕事の持つ意義を知り、そしてなみなみならぬ熱情を以てこの仕事に当ったのであるから。

（昭和三十七年四月）

「半島」まえがき

私は自分が郷里を伊豆半島の中央部に持っているためか、半島が好きである。半島と言うと、すぐそこへ行ってみたい気持を起す。日本は島国だからたくさんの半島を持っている。もちろん、そのたくさんの半島のすべてを知っているわけではないが、半島はそれぞれ独特な風俗人情を持っていて、山河の表情はもとより、風の音、陽の光り一つにもそれぞれ独自なものがあるようである。

下北半島へ行ったのは冬であった。雪の落ちている中をジープで突端部まで行った。その時の北の海の潮の色は、いまでもまだ私の眼に残っている。「黒」でもなければ「黝」でもなく、まさに「黯」であった。黯いという感じがぴったりする潮の色を、私は初めて知った。そうした潮の中に突き出している半島として、私はいつも下北半島を思い出す。

大隅半島を、やはりその突端部まで行ったのも冬であった。併し、この方は黯い潮の中に突き出している半島ではなかった。冬の陽のもとに脱色されたような紺色の薄れた潮が、ぶさぶさと互いに体をぶつけ合って、南の大きな半島を取り巻いていた。

渥美半島へ行ったのもやはり冬であったが、ここは風の強い半島で、突端部へ行くに従って、砂粒が烈しく顔にぶつかって来た。潮の色はプルシャン・ブルーで、その潮の寄せる波打際から程遠からぬところには温室が並んでいて、色とりどりのカーネーションが咲き乱れていた。風の強い明るい半島であった。

私は自分が半島を旅行するのも好きだが、以前から半島を描いた文章を読むのも好きであった。いつもその半島の自然の景物を眼に浮かべながら、軽い昂奮を覚えてそれを読んだ。

本書の企ては私のそのような気持から生れた。ここには二十七の半島に関する二十七の文章が収められている。執筆諸家のそれぞれの半島に対する愛情が、その文章を独特の香気と輝きあるものにしていると思う。筆をおくに当り、本書の企てに御賛同下さって珠玉の文章を投じて下さった諸家に衷心から御礼申上げる次第である。

（昭和三十七年七月）

辻井喬「宛名のない手紙」あとがき

今年の夏は軽井沢で送った。毎朝八時に朝食をとり、午前中は正面に浅間山の見える縁側の籐椅子で過した。東京と違って訪問者もなければ電話もない時間のあるのが有難かった。久しぶりで、とりとめない思念の中に自分をうろつかせることができた。堤清二氏の『宛名のない手紙』は、そうした午前の時間に、大変気儘な読み方で読ませて戴いた。この感性ゆたかな詩人の言い方を借りれば、私も亦、毎朝「宛名のない手紙」を書いた。詰まり、編物をする女になったり、月に吠える犬になったり、金を数える商人になったりした。そしてまた、私の宛名のない手紙はこの詩集の中をさまよって、堤清二氏の宛名のない手紙とすれ違ったり、ぶつかったり、挨拶したりした。

『宛名のない手紙』は大変立派な仕事だと思う。優れた詩篇に接した時の悦びを、私は久しぶりで味わうことができた。その意味では私にとっては一つの事件であった。三好達治氏の『測量船』を読んだ時のように、また伊東静雄氏の『夏花』を読んだ時のように、一つの事件であった。『宛名のない手紙』は言葉の宝石箱である。言葉はそれぞれ独自の坐り方をしていて、類のない屈折の仕方で美しく鋭い光を発している。

（昭和三十九年十月）

小林敬三「宣伝のラフとフェアウェイ」序

友・小林敬三君

小林敬三君は今日日本の宣伝広告界の一方の雄であるが、私が毎日新聞記者時代の友である。終戦前後、親しくつき合った。その頃私は自分が将来作家として立とうとは思っていなかったが、小林君も亦、本書を執筆するようになろうとは思っていなかったに違いない。当時私たちの仲間では、小林君は独自な風格をもって目立っていた。考えることも、することも、話すことも、みな独自であった。人から借りたものは、彼の言動のどこからも発見できなかった。その点、小林君と話していると、いつも爽風の吹き通るに似た思いを持った。現在も亦、小林君は独自である。いよいよ独自であると言うべきかも知れない。彼の発想の泉は、彼が生れながらにして持って来たものである。彼はその自分の泉しか信じない。まことに見事である。

私は仕事をしている時、ペンをとめて思うことがある。小林君の如く独自であれ、独自でなければならぬ、と。

（昭和四十年二月）

池山広「漆絵のような」序

池山広氏の「日本の牙」が雑誌「作品」に載った時、それを読んで、非常にいい作品だと思った。私が最初の作品を「文學界」に載せた時期と相前後していたので、謂ってみれば、氏と私は新人作家として好敵手であったわけである。昭和二十五年前期の芥川賞に、氏の作品も、私の作品も共に候補作として選ばれたが、結果は私が受賞し、氏の作品が第二席となった。氏が受賞し、私が二席になっていたとしても、いささかも不思議はなかったのである。

池山広氏が、こんど長篇小説を上梓されると聞く。氏が文学の道をたゆまず歩んでおられることに敬意を表すると共に、十数年前と同じように、私は氏の作品に無心ではいられないのである。作家は処女作に対かって完成するものだと言われている。曾て「日本の牙」に対してそうであったように、こんどの作品に対しても、私は驚きを感じるであろうし、そしてやはり一緒に文壇へ出た者としての競争心を懐くに違いないと思うのである。私も作家であり、氏も作家である。作家というものはそのようなものだと思うのである。

私は氏が、こんどの作品の上梓を契機として、第二、第三の「日本の牙」を書かれることを切望してやまない。氏に期待するのは、私ひとりではない筈である。当時「作品」を編集しておられた八木岡氏を初めとして、「日本の牙」の読者全部が氏に期するところは大きいと思う。

（昭和四十一年六月）

西川一三「秘境西域八年の潜行」序

西域関係の書物が今日ほど数多く出版され、多勢の人に読まれている時代はない。併し、その大部分は一時代前に為された大探険家たちの記録であり、すでに古典的価値を持つものである。

それに比べると、『秘境西域八年の潜行』は、全く新しい。私たちはここに初めて同時代人に依る西域紀行を得たわけである。八年にわたって西域を潜行していた著者の記録が面白くなかろう筈はない。

私は著者西川一三氏の稀有な運命に対して大きい嫉妬を感じ

るものである。

（昭和四十三年二月）

宮本一男「ハワイ二世物語」序

一つの民族が他の民族の中に溶け込むのは容易なことではない。一つの少数民族として米国在住の日本人が過去半世紀に亘っていかなる道を歩いたか、誰かが書きとめておかねばならぬことである。併し、それは誰もができることではない。

――私がこの物語りを書かなかったとしたら、王朝時代のハワイに渡って来た日本人の生活や、大戦中の捕虜収容所や転住所で、実際に起ったことを世の人々に知らせ得る人は恐らく一人も居ないであろう。少し大げさな言い方ではあるが、本当にそうだと信じている。――

著者宮本一男氏は本書のあと書きで述べている。これだけ強く言いきるだけの自信と、この自信を支えている過去半世紀の生活と体験がなくしては、民族の歴史の記録者たるの資格はない。生活と体験だけでは書けない。それに支えられた自信が必要である。宮本一男氏の場合、その自信は、言うまでもなく、自分がそれを為さなければならぬという使命感である。

私は昨一九六三年ハワイ大学に招かれて、ホノルルで二ケ月過したが、その折、宮本一男氏にお目にかかり、何日か親しくお話をきく機会を持った。そして氏が、本書を書き上げることに、いかに情熱を持ち、いかに心血を注いでおられるかを知り、そして打たれた。本書の内容について喋々する必要はあるまい。日本人にも、日系米人にもアメリカ人にも一人でも多くの人に読んでいただきたいだけである。それぞれの立場で、本書から受ける感銘は異なるだろう。それだけのものを、この書物が持っていることを固く信じて疑わない。

一九六四年四月

山崎央氏のこと

山崎央「詩集　単子論」序

山崎央氏と初めて会ったのは昭和六、七年の頃、下北沢の福田正夫先生のお宅ではなかったかと思う。当時福田先生が詩誌「焔」を主宰されており、山崎氏も私も、その同人になっていたので、毎月一回開かれる同人の集りで、二人は初対面の挨拶を交したのではないかと思うのである。それから今日まで断続的に、二人の交友関係は続いている。文字通りの詩友――詩の友達である。初対面の時のことをはっきり思い出せぬほど、二人の出遇いは遠い青春の日のことであり、雲烟縹渺の彼方の事件である。

私は詩友山崎氏を貴ぶ。氏が私の青春の日からの友であるためではない。氏が現在も大きい情熱をもって詩作を続けている

（昭和四十三年四月）

からである。詩集「単子論」は、氏の最近の業績である。詩というものが青春一時期の激情の所産でないことを、氏ほどみごとに示している詩人は少いと思う。詩集「単子論」は氏の一つの到達であると同時に、また氏の出発点でもある。「単子論」に収められた詩篇の一つ一つが、それを何よりも強く語っている。生涯詩筆を折らないということは、言うは易くして、実は容易にできることではないのである。氏はそれをよくする数少い詩人の一人であるに違いない。

「単子論」一巻に燃えている火を、私は美しいと思う。氏の若き日の作品が持った輝きが、全く異った形で、もっと静かに、もっと烈しく燃えているからである。恐らくこの火は氏が生涯消すことのできないものであろう。詩人としての氏の宿命であり、氏が生命ある限り負わなければならぬ光栄ある業であろう。

（昭和四十三年七月八日記す）

（昭和四十三年六月）

野村米子「歌集　憂愁都市」序

私は歌人としての野村さんの経歴も、人間としての野村さんの過去も現在も全く知りません。こんどたまたまその作品何十篇かを読む機会を持ちました。原稿箋に書き綴られたもので「忘れかけた風景画」「華麗なる氷河」「遠ざかる地平線」の三部から成っており、恐らく年代順に配列したものであろうかと思いました。一人の歌人の成長の足跡がかなりはっきりと刻まれております。「忘れかけた風景画」の素直な叙情は、三部の「遠ざかる地平線」になると、がらりと異ったものになっています。もう素直な叙情といったものではなく、定型の容器の中で想念は烈しく屈折し、反射しています。恐らくこの屈折の仕方、反射の仕方は野村さん独自のものでしょう。感覚は鋭いけれど、きらきらはしていません。光は消されています。どこか暗いが、その暗さは透明です。

これもまたこの歌人独自のものでありましょうか。野村さんが優れた資質を大切にして、野村さんだけの道を歩まれることを希んでやみません。

昭和四十三年五月五日

（昭和四十三年九月）

井上吉次郎「通信と対話と独語と」序

社会に開く窓のある書斎の連想

井上吉次郎氏が喜寿記念として「記者と学者の間」を上梓されてから四年半になるが、こんど続「記者と学者の間」とでもいうべき「通信と対話と独語と」を出版されるという。たいへん悦ばしいことである。

「通信と対話と独語と」いかにも井上博士の面目躍如たる題である。私は社会に開いている窓を持った書斎を連想する。その窓際の机に対っておられる氏を瞼に描く。窓からはいって来るものは明るい光源と爽やかな風ばかりではない。めまぐるしい時代の騒音がだんだんに聞えて来る。氏はその書斎で原稿を書き、書物を読み、客と対話し、そしてただひとり物を考えられる。氏は若い時からそうして来られたし、いまもそうしておられるのである。

氏にお目にかかってから三年ほど経っている。お会いしたいと思うし、お会いしなければならぬと思う。氏と対座している時間というものは、私にとって他に較べもののないほど貴重なものである。人間は生きている限り書物を読み、考え、書かねばならぬ——いつも、そういうことを氏の眼は言っておられる。こんどの「通信と対話と独語と」の上梓を機として、私は氏にお目にかかることができるだろう。考えただけでもたのしいことである。

（昭和四十四年五月）

ヤクボーフスキー他著・加藤九祚訳「西域の秘宝を求めて」序

落日を背にモンゴルの草原に立たせた時、加藤九祚氏は生き生きとする。いや、春先のシベリヤの原始林の中をさまよい歩かせた方が、もっと生き生きするかもしれない。が、しかし、おそらくは東トルキスタンから西トルキスタンへとパミールの山ひだの道を行く隊商の中に、その一員として組み込む方が、氏は一層生き生きとするのではないか。いや、それよりは——、こう考えて行くと、加藤九祚氏を加藤九祚氏たらしめる舞台は、際限なく現われて来る。モンゴルや匈奴や、アジア北方の少数民族が定着し、移動して行った地域全土へひろがる。

氏は夢想家でも、放浪者でも、旅行家でもない。氏は学究である。アジアの草原と原野と沙漠を心底から愛するために生まれて来、愛するために知ろうとする学究である。私はかつて江上波夫氏に謀って、北方叢書なる名のもとに氏の訳業の出版を企てたことがある。それは実を結ばなかったが、こんどこのような形で刊行されることになった。嬉しいことである。

「西域の秘宝を求めて」に収められてある訳業は、現代ロシアの代表的な考古学、民族学者たちの大きい業績の報告である。加藤九祚氏によって訳出されたのを読んだのはもうだいぶ前のことであるが、それが一冊の形をとって上梓されるのはたいへん嬉しいことである。本書出版の意義については改めて言う必要はあるまい。ただ特に記しておきたいことは、氏のこれらの諸論文に対する愛情と熱意がなみなみならぬものであるということである。氏とこれらの諸論攷との結びつきは、何回かにわたるロシア旅行の賜物である。私も氏と共に二回ロシアに渡っているが、アフラシヤブも、ピャンジケントも、氏と共に訪ねたところである。本書に収められている氏の訳業に眼を走らせるたびに、私はいつも行間に氏の熱い眼眸を感ずる。

（昭和四十四年五月）

椿八郎「鼠の王様」序

椿八郎氏について語ることは非常に難しい。詩人であり、小説家であり、随筆家であり、趣味人であり、学究である。もしも研究家という名を冠するなら、宝石研究家であり、煉金術研究家であり、眼鏡研究家であり、医学史研究家であり、探偵小説研究家であり、それからいろいろ雑多な、しかし必ずどこかに奇妙な輝きを持つものの研究家である。

私は氏が持つ何ものとも定め難いようなその輝きに似たものの愛好家であり、その価値を認めるに吝かならざるものの一人である。敢て一人と書いたのは、氏が沢山の真の理解者を持っているからである。この装幀を引き受けておられる中尾進氏もそうであるに違いないし、この書物の編纂を受け持たれていると思われる中島河太郎氏もそうであるに違いない。

椿八郎氏は詩人である。詩を作る詩人は少なくないが、氏の如く現実の生活面をも詩的構成できる詩人は極めて少ないと思う。氏がヨットに乗る話をするのを聞くのも楽しいし、氏がモーターボートについて語るのを聞くのも楽しい。その時氏がすでにヨットになり、モーターボートになっているからである。私は氏と話していると、いつも自分が通俗的であり、常識的であるのを感ずる。氏は本書において自分がいかに通俗的であり、常識的であるかを何回も語っているが、氏の通俗的、常識的ならざる本領が躍如としているからである。

椿八郎というペンネームは魅力がある。椿という木の美しさにはある暗さがあるが、八郎と並べると、佐藤春夫先生の詩の持つ紀州の自然の明るさが思い出されてくるから不思議である。氏がものす小説、エッセー、詩、いずれも明るく、しゃれた、人工的、合成的なものである。氏の文業を珍重し愛好してやまぬゆえんである。

（昭和四十四年六月）

「現代の式辞・スピーチ・司会」序文

式辞とかスピーチとかいうものは特殊なものである。話術がうまいからと言って、式辞やスピーチがうまいというわけには行かない。平生話上手で通っている人が、結婚式の祝辞とか、パーティの挨拶になると、どうしてこんなに下手だろうと思うことがある。

なぜそういうことになるかと言うと、それははっきりしている。相手が一人の場合は勿論であるが、相手が三人か四人の限られている人数の場合は、絶えずこちらの言うことが相手にいかに受取られ、いかなる影響を与えたか、その反応を確かめることができる。対話というものには、意識するとしないに拘わらず、相手の反応を確かめながらこちらの表現を修正して行くところがある。相手の表情によって自分の言ったことが強すぎると思えば、それを適当に修正するし、弱すぎると思えば、同様に適当に修正する。対話とか会話とかいうものは、このようにお互いに口から出すことを修正しながら、自分というものを相手に理解させ、納得させて行くものである。

式辞や挨拶となると、全く異る。相手は一人ではない。何十もの、時には何百もの顔が並んでいる。相手の表情や相手の応答によって、自分の言葉や表現の仕方を修正するというわけには行かない。式辞を述べたり、挨拶をしたりしている場合、時折、不安に陥ったり、自分が喋っていることに自信をなくしたりするのは、そのためである。闇夜の大海に船出して行くようなものである。いま自分の口から出ている言葉が、いかなる受取られ方をしているか全く見当はつかないのである。

結婚式のような祝事の挨拶の場合は、これがまた多少複雑になって来る。自分が祝詞を捧げる相手は自分の前に控えており、それに祝詞を述べるのが第一の目的であるが、それだけではない。それと同時にそれはそこに居合わせている人たちにも聞かせる儀式的性格をもかね具えているものである。相手に祝を述べるだけなら、相手の前に行って、相手に判る言葉で言えばいいのであるが、そうではなくて、式場あるいは会場で喋るからには、多少その祝宴に打揚げる花火の役割もあれば、そこに張り巡らせているテープの役割も持っている。

従って式辞とかスピーチとかいうものは、対話とか会話とかの場合と異って、自らこれだけは守らねばならぬという多少の型がある。長く、くどく喋れば、その会場はだらけるし、余り独断的なことばかり喋れば、座は白ける。と言って、型にはまった儀礼的なことばかりで終始すれば、甚だ魅力ないものになってしまう。といって〝かっこう〟のいいことばかり話していると、軽薄感がつきまとう。

こう考えると、大ぜいの前で喋ることはたいへん難しく、そんな難しいことならごめんだという気になるかも知れない。しかし、実際はそれほど難しいものでも厄介なものでもない。

一つの型を踏まえてやることと、あとは本当に考え、感じ、思っていることを素直に喋ること、この二つの条件を守りさえすればいい。第二の本当に考え、感じ、思っていることを素直に喋るということであるが、人によって話し方のうまい下手のあるのは致し方ないことである。が、併し、それはたいしたことではないだろう。本当に考え思っていることを、素直に真面目に話せば誰の心をも打つだろう。素朴に話せば素朴な話し方のよさがあり、どもりながら話せば、どもりながら話す話のよさがある。

もう一つの、型を踏まえるということは、そのためにこその「現代の式辞・スピーチ・司会」が上梓される意味があるわけである。型はいつも型である。本書に収められているスピーチは、それぞれ一家を成している人たちの挨拶やスピーチであるが、これを毫末も真似る必要はないし、真似たら変てこなものであろう。あくまで、こういうものであるという型の紹介にほかならない。

またそれとは別に、本書に収められた挨拶やスピーチは、各人各様の人生観や処世観が端的に出ている点において、なかなかすばらしい人生語録であり、処世訓であると思う。人生について、処世について、結婚について、死について、人さまざまの考え方が並べられている。そしてどれもその人独自なものであると共に、誰をも納得させる普遍性をも兼ね備えている。恐らく名スピーチ、名挨拶というものは、このようなものであろうと思われるものばかりである。挨拶やスピーチがいかなるものか知るためばかりでなく、人生が、人間が、生きるということが、結婚するということが、いかなるものであるかということを知るために、この書物を読んで戴きたいと思うのである。

（昭和四十四年七月二十九日）

A・マルチンス・J「夜明けのしらべ」序

（昭和四十四年九月）

マルチンス氏の労作

「日本の解説者〝ポルトガル人モラエス〟」を読んでたいへん面白かった。併し、私はこの述作を読んだのはこんどが二度目であって、初めて目を通したのは三年ほど前のことである。どういう経緯だったかよく記憶していないが、ある日、私のところへ部厚い原稿が届けられた。原稿と言っても生原稿ではなく、マルチンス氏の文章を飜訳し、その飜訳原稿をゼロックスにかけたものであった。筆者は現在のポルトガル大使であるということであった。とにかくこれを読んでみないかという仲介者の言葉で、私はそれを何日か手許においた。その原稿には題名がついていなかったので、私はモラエスに関するマルチンス氏の研究論文であるというだけの予備知識で、それに眼を通して行った。読み始めたら、私はその文章の行間から立上って来る熱気のようなものにあてられた恰好で、途中でやめることはできなかった。読後幾つかの驚きがあった。一つはモラエスについて自分が何も知っていなかったということである。明治時代日本に来、日本を愛し、海外への日本紹介の大きい仕事をし、日本の土になった異国の文人について、本当の意味で知っているというような知り方では何も知っていなかったということである。そうした自分の無知がたいへん恥しかった。

それからもう一つは、著者マルチンス氏が心から日本を愛し、日本を愛するが故にそのモラエス理解がなみなみでないということであった。私はこの述作を繙く前は、マルチンス氏はポルトガル大使というものが受持たねばならぬ一つの仕事として、日本人のモラエス認識をもっと高い次元のものにしようとする意図のもとに、氏はこの論文を執筆されたと思っていたのである。そして、そのようなつもりでページを追って行ったのであるが、一読したあとは自分がとんでもない思い違いをしていたことを思い知らなければならなかった。そのようなものではなかった。氏はモラエスが日本を愛したように日本を愛し、モラエスが肌で日本を感じたように肌で日本を感じ、そうであればこそ、モラエスについて書かずにはいられなかったのである。

私はこんどこの小文を綴るに当って、氏の原稿を再読したが、私は全く自分の最初の読後感を毫末も改める必要のないのを感じた。それどころか一人の日本人としてますますモラエスが好きになり、おそらくモラエスの最も深い理解者であり、研究者であるマルチンス氏がますます好きになるのを覚えた。原稿には最初のものに更に手が加えられてあるように思った。

本書は一口に言えばモラエスの伝記であり、併せてモラエスの文学者としての本質の解明である。氏はたくさん参考文献を漁り、研究書に目を通し、各時期各時期のモラエス像を追求して、モラエスの生涯を辿ることに成功しているが、同時に亦、それを通して氏は氏自身の日本観、ならびに己が人生観、世界観を語っているのである。氏とモラエスとの関係はなみひと通りのものではない。氏は無二のモラエス理解者であるが、若し生れる時代を逆にすれば、モラエスこそ無二のマルチンス氏理解者であったろうと思う。そういう意味でモラエスは死後五十年にして初めて己れを知るものに際会したと言えるであろうと思う。

日本においてもモラエスの理解者は居る。モラエスの述作の訳業に生涯をかけた花野富蔵氏、近くは日本の作家としてモラエスの伝記を綴った佃実夫氏、そうしたモラエスを愛する人々の努力は徐々に実を結び、モラエスの全集の決定版の上梓も近いと聞く。この時に当り、マルチンス氏に依るモラエスの人間とその文学的本質の究明は、大きい意義と価値を持つものと思う。あとは日本人がもっとよくモラエスを知るために、あるいはモラエスを通じてもっとよく己が国を知るために、モラエスを読むことである。

私たちは、殆ど考えられぬくらいの深さで日本を愛してくれたモラエスに対して、いまいかなる感謝の仕方もない。ただ一つあるとすれば、それはその述作を読むことであろう。今日の時代ほど、モラエスが地下から己が日本理解を、日本人に知って貰いたがっている時はないのではないかと思う。

マルチンス氏の労作に対して、心からの敬意を払って、この小文の筆をおく。

（昭和四十四年十二月）

岸哲男「飛鳥古京」序

岸さんの仕事

昨年の春、岸哲男さんを煩わしていっしょに大和を旅行し、飛鳥の古い遺跡を案内して頂いた。三、四日のあわただしい日程であったが、たいへん楽しい旅であった。私はその旅で、岸さんの飛鳥に関する知識と、それに対する愛情が並みひと通りのものでないことを、今更のごとく感じた。氏ほど飛鳥というものを自分のものにしている人はないだろう。月なみな言い方だが、一木一草ことごとく氏のものといった感じであった。

私は奈良ホテルのロビイで、氏に一体何回ぐらい飛鳥の地を踏んでいるかと訊《たず》ねた。さあ、どのくらいでしょうかねと、氏は困惑した表情で言われた。氏が私といっしょに毎日新聞社の大阪編集局で机を並べていた若い日すでに飛鳥に通い始めていたことに思いを致せば、氏の困惑は当然なことであり、私の質問は甚だ心ないものだったということになる。あとで、私は氏が私の質問に対して悲しい思いをされたのではなかったかと、そのことが悔まれた。

氏は万葉研究家でも、歴史学者でも、写真家でもない。しかし、それを綜合した言い方で言えば、氏はそのいずれでもあるだろう。氏はまた専門家でも、アマチュアでも、趣味人でもない。しかし、この場合もそれを綜合した言い方を以てすれば、そのいずれでもあると言えるだろう。飛鳥という古代の都、大和朝廷の故里は、長くそうした紹介者を必要とし、求めていたのである。

『飛鳥古京』は岸さんが精根を傾けた仕事であり、氏でなければできぬ仕事である。収められた夥《おびただ》しい数の写真のどの一枚も、氏の半生にわたる飛鳥への愛情と執着が生み出したものである。飛鳥を語る氏の文章のどの一行にも、同じことが言える。岸さんの『飛鳥古京』に満腔《まんこう》の敬意を表するゆえんである。


（昭和四十五年一月）

加藤九祚「西域・シベリア」序

遊牧民（ノマド）の魂が私を遠くに招く。——これは高名なロシアの探検家コズロフの言葉であるが、これはコズロフの言葉でなくて、本書の著者加藤九祚氏の言葉であったとしても、いっこうに不思議はない。加藤氏は遊牧の魂に招かれて、何回もタイガ（密林）や草原や沙漠の地方に出掛けている。そして遊牧の魂に招かれて、数々の史書や、考古学、民族学関係の書物を渉猟し、それを翻訳紹介し、また自ら見聞と認識を、氏一流の文章に綴っている。

本書「西域・シベリア」はシベリア、中央アジア、カフカス、つまりひと口に言ってソ連領アジアに関する氏の論文、随想、紀行を集めたものである。どの一篇をとりあげても、氏のこの地方への異常なほどの情熱、この地方に関するなみなみならぬ教養と知識が、それを独特の色彩と模様を持った分厚い絨毯模様に織りあげている。

私は加藤氏と二回、シベリア、西域の旅に行を共にしている。私の「おろしや国酔夢譚」という小説も、「西域物語」という随想も、共に加藤氏の教示、激励を得て生れたものである。そういう意味で私は氏を最もよく知っている者の一人であろうと思う。その私に言わせれば、本書「西域・シベリア」は、氏が遊牧の魂に招かれて生きた長い歳月の所産にほかならぬのである。一人でも多くの人に読んで貰いたいと思う。

（昭和四十五年二月）

赤城宗徳「平将門」序

日本歴史の上で、平将門《たいらのまさかど》はたいへん興味ある人物である。興味があるというのは、判らない部分が、正しく受取られていない部分があるということである。多くの作家が将門を書いているが、私は私なりの将門が書けるのではないかと思っていた。しかし、筆を執らなかったのは、考えただけで、その準備がたいへんであったからである。

赤城さんの『平将門』が出たのは昭和三十五年である。その時それを読んで、私は自分が筆を執らなくてよかったと思った。一人の歴史上の人物の究明には、確かに赤城さんが為されただけの準備と、赤城さんが持たれただけの情熱が要るのである。こんど再読して更にその感を深くした。なかなかに余人の企て及ばざるところである。

氏は将門および彼が生きた時代に関するあらゆる史料を渉猟し、その誤謬を改め、混乱を整理し、実地に遺跡という遺跡を踏査し、長く民衆の中に温存されて来た伝説伝承の類までも大切にし、これらすべてを踏まえた上で、みごとにここに正しい形の平将門像が浮き彫りにされたのである。一些事を拾い上げるにも甚だ実証的であり、いささかの独断的解釈の影もない。

しかも巻中到るところで感ずるのは、記録の底にひそんでいるものを読みとる赤城さんの眼の確かさであり、見識の高さである。平将門という人物と、その時代と、彼を襲った運命というものは、誰にでも取り扱える相手ではないのである。

平将門は死後一千余年にして、赤城さんという正しい批判者と理解者を得たのである。氏のこの労作に依って、日本歴史の一部が書き改められたことは確かである。再読の感動消えやらぬ中に、この小文の筆をおく。

（昭和四十五年四月）

伊藤祐輔「歌集　千本松原」序

叙文

伊藤祐輔氏の歌集「石糞」を手にしたのはついこの間のような気がするが、いつかそれから十年の歳月が経っている。氏も十歳の年齢を加え、私も十歳の年齢を加えたわけである。氏はこの歌集「千本松原」のあとがきに、追いつめられてゆくいのちの不安を感じ、この十年間の作品を一冊にまとめる気になったと述懐しておられる。人によっていのちの不安を感ずる時期の早い遅いはあれ、いずれにしても、死の海面を遠くに望むようになって、人は初めて自己を表現する資格を持つようになると言えるのではないかと思う。このようなことを言うのも、私自身死の海面を見守るようになってから、所詮文学の仕事はこの世に生きた顕証《あかし》としての自己表現に他ならず、それ以外の何ものでもないと固く信ずるに到っているからである。

伊藤祐輔氏のこの十年間の作品を拝見して、何より強く心を打たれたことは、氏が歌人として、切ないほどぎりぎりの道を、氏独自な歩き方で歩いておられることである。一首として生の顕証としての表現ならざるはない。

私はこの数日、「千本松原」の稿本を机上に置いて、氏と共に氏の十年を歩いた。千本浜を徜徉し、北国の湖に、富士の裾野に、出雲に、長崎に、或は大雪山に遊んだ。自己を表現する場を求めての清冽きわまりない氏の放浪につきあわせて戴いた。

実作者としての氏の工房の秘密に触れる必要はあるまい。氏自身の言葉を借りて言うなら、〝自然界のあらゆる物象やことがらが秘めている意味を探りとって、自分の言葉で表現する〟仕事を、氏は自分に課しているのである。氏の短歌が単なる詠歎や抒情でない秘密はここにあると思う。ポエジーの、この作者独自の暗さと重さを持った開花である。

「石糞」から「千本松原」へと、氏は逞しく執拗な意欲をもって歩いて来られた。更にこの「千本松原」から第四歌集までの十年がどのようなものになるか、その大きい稔りを期待して、この小文の筆を擱く。

昭和四十五年六月二十日

（昭和四十五年十一月）

岩田専太郎画集「おんな」跋

岩田さんのこと

岩田さんとごいっしょに仕事をしたのは、長いものではサンデー毎日に連載した「魔の季節」の時である。短篇小説で氏を煩わしたことはかなりたくさんあるが、長篇では「魔の季節」しか記憶に残っていない。この小説は二十九年の暮から始め、翌三十年の夏に終ったが、この頃が私のこれまでの作家生活において一番忙しい時期であって、氏にはたいへんご迷惑をおかけした。いつも締切ぎりぎりに原稿を間に合せていたので、担当記者に原稿を渡す時、毎回岩田さんにお詫びしておいて下さいという言葉をつけ加えなければならなかった。そして岩田さんにご迷惑をおかけすることは仕方ないとしても、うまく挿絵が間に合うかどうか、雑誌が送られてくるまで心配だった。しかし、雑誌ができてきてみると、いつも、ううむと唸らざるを得ないような挿絵を頂戴できていた。時間の余裕があろうとは思われぬのに、どうしてこのような丁寧な仕事ができるのであるか、私には岩田さんという画家が魔法使のように思われ、氏の仕事場を見学してみたい気持にすらなった。女主人公の心理の綾ばかり追って、動きというものの余りない小説であったが、氏はその女主人公の心理の渦を、氏一流の姿態のリズムのようなものの中に捉えていて、いつも、さすがは岩田さんだという思いを深くしたものである。

この仕事のあと、私は長く岩田さんに顔を合せるのが辛かった。あまりご迷惑をかけ通しだったので、負債でも背負っているような気持だった。そうした気持を追放することができたのは、ゴルフのお蔭である。一時期よくゴルフ場でごいっしょになった。氏の腕前は私と同じぐらいで、好敵手と言えば、これほど恰好な好敵手はなかった。お互いにたくさん叩いた。同情したり、同情されたりした。そうしているうちに、いつか私の氏に対する負目はなくなってしまったのである。もしお互いにゴルフをやらなかったら、私は今も氏に対して、窮屈な思いを持ち続けていたかも知れない。氏は暫らく健康を害されてゴルフから遠ざかっておられたが、またお始めになったと聞いている。ごいっしょに回りたいものである。

（昭和四十六年五月）

今田重太郎「穂高小屋物語」序

今日、穂高を語る人として今田重太郎さんの右に出る者はあるまい。今から半世紀前に穂高小屋を開き、爾来《じらい》名ガイドとして、山小屋の主人として、文字通り穂高と共に生き、穂高の哀歓を身を以て体験している人である。登山道の開発だけでも一冊の本を綴れるであろうし、遭難救助の活動だけでも何冊かの本を綴れるであろう。また明治時代からの穂高登攀《とうはん》者の思出を綴るとなったら、厖大《ぼうだい》な穂高登山史ができあがってしまうにちがいない。

そうした今田重太郎さんが、こんど「穂高小屋物語」一巻を上梓《じょうし》する。生きた穂高の歴史を概括的に知るにはこれ以上の本はあるまい。一読襟を正さしめるもののあるのは、生涯を穂高に賭《か》けた人が、穂高の心を一番よく知っている人が、穂高について語っているからである。

穂高小屋をめぐっての氏の回想は壮大である。随処に氏の夢も、氏の悲しみも、氏の悦《よろこ》びも、宝石のようにちりばめられてある。山に関心を持つ人にはぜひ読んで貰《もら》いたい山の聖典である。

昭和四十六年七月

（昭和四十六年八月）

生沢朗画集「ヒマラヤ&シルクロード」序

ヒマラヤ、シルクロードの旅

昭和四十六年の九月から十月へかけて、インド、アフガニスタン、ネパール三ヵ国を廻った。一行六人、その中の三人は登山家で、あとは生沢朗氏と、私と、私の娘であった。旅の主な目的はアフガニスタン北部の草原地帯と、ネパールのヒマラヤ山地に足を踏み入れることであった。

アフガニスタンではバーミアン、クンドゥズ、マザリシャリフ、バルフといったところを自動車で経廻り、ソ連との国境線を形成しているアム・ダリアの岸にも立つことができた。時恰も北部の遊牧民の移動の時期に当っていて、私たちは毎日のようにパキスタンを目指して南下して行く大小の遊牧民の集団とぶつかった。自動車は遊牧民と駱駝の大きい流れを溯行して行くようなものであった。生沢氏は時折、自動車を停めては、スケッチ・ブックを持って草原の一角に降り立った。草原の落日が、人と駱駝の隊列が、沙漠の川が、点々と散らばっている遊牧民の包《パオ》が、崩れかかった往古の回教寺院が、紀元前の遺跡が、鬼哭啾々たる廃墟が、氏のスケッチ・ブックの中には仕舞われている筈である。

ネパールでは、首都カトマンズから小型飛行機を使って、登山家たちが十五日目に到達するヒマラヤ山地の一角に降り立った。そして、そこで二十五名のキャラバンを組んで、エベレストをまなかいに仰げる四〇〇〇メートルの地点にあるタンポチェの僧院を目指した。途中、ナムチェバザール、クムジュン、ホルシェといった優秀なシェルパの出ることで知られた幾つかの集落を通過して行った。

毎日のようにドゥトコシの大渓谷に沿って、断崖を攀じたり、断崖を降ったりした。苦しくはあったが、楽しいヒマラヤの旅であった。

到るところで、足を停めてスケッチ・ブックを開いている生沢氏の姿を見た。大抵の時、氏が何を画帳に収めているか知ることはできなかった。そのようなことに注意を払うだけの余裕は私にはなかった。歩くだけが精いっぱいでもあり、私は私でまたノートを取らねばならなかった。

しかし、生沢朗氏のスケッチ・ブックの中に収められてあるものの何分の一かは、私も知っている。テントを畳んで、宿営地を出発する時とか、シェルパの村へはいって昼食を摂る時とか、そんな時、氏のまわりに群っている集落の子供たちの肩越しに氏の作業を覗き見ることがあったからである。いま氏の画帳に収められているものが何であるかを思うと、気の遠くなるような思いに打たれる。そこにはエベレストが、ローツェが、タボツェが、タムセルクが、カンテガが、クンビーラが、あの雪に覆われた神々の座が、あるいは遠く、あるいは近く、氏の詩魂によって描かれてある筈である。それからそうした山々に取り巻かれた台地の僧院の建物が、またカンテガの支稜の肩から上った満月が、霧に半ば包まれた夜のアマダルガムが、そしてその台地から望めるドゥトコシの源近い姿が、それぞれ氏の逞しくもあり、流麗でもある線によって捉えられている筈である。それからまた私たちが経廻ったヒマラヤ山地の集落集落の独特のたたずまいと表情が、いかなる集落でも見掛けたチョルテン（石を積み重ねた塔）が、どの家の屋根にも立てられてあったタルシン（祈り旗）が、そして、そうしたものによって護られて生きているヒマラヤ山地の人たちの素朴な生活の姿が、これまた氏の画帳に収められている筈である。

こんど生沢朗氏は、氏がアフガニスタンとネパールの旅から得たものを、「ヒマラヤ・シルクロード」と題する一冊として発表されることになった。その旅からすでに一年半経っている。漸くにして、私は氏が画帳に仕舞われてあったものを、自分のものとすることができるわけである。嬉しいことである。

（昭和四十八年八月）

石岡繁雄「屛風岩登攀記」序

刊行によせて

石岡さんは名アルピニストであると共に、志を持った数少い登山家の一人である。私は氏の実弟の遭難事件をモデルにして「氷壁」という小説を書いているが、私に「氷壁」の筆を執らしめたものは、事件そのものよりも、寧ろその悲劇を大きく登山界にプラスするものであらしめようとする氏の志に他ならなかったと思う。

屛風岩完登の壮挙は日本山岳界の大きい事件であり、言うまでもなく氏の不屈な闘志によって成就されたものであるが、氏によって為されたということが大きい意義を持つものではないかと思う。氏は記録を造る人でなく、山に志を刻む人であるからである。

（昭和四十九年十月）

櫻野朝子「運命学」序

四柱推命と櫻野さん

運命学とむずかしく考えないで易とは何か、易占い、陰陽の数の計算、そんなことを思いながらこの本を自分のものにできたら〝運命〟も、また楽しいものではないだろうか——人間が生きていくうえに、自分が決めかねる〝運命〟というものがあるとするなら四柱推命のなかから自分を見とどけることもひとつの「平和的解決法」であるのかもしれぬ。

櫻野朝子さんの多年に亘る努力の結実を多とします。

（昭和四十九年十一月）

「日本教養全集15」あとがき

このところ年々歳々、古いものに惹かれてゆく自分を感ずる。彫刻でも、絵画でも、建築でも、庭でも、なべて古い時代に造られたものが、私には美しく、立派に見える。詩歌、説話、日記文学の類でも同じである。

どうして古いものに惹かれるのか、——しかし、この理由ははっきりしている。古い時代に造られたもので、現代に遺っているものは、第一級品ばかりであるからである。一級品でないものは、とうの昔に失くなってしまっており、第一級品だけが、長い歳月を通して、時代時代に守られて生き遺っているのである。こうした歳月による淘汰はおそろしいようなものである。

古いものはいかなるものでも、それがただそこにあるというだけで、大きい意味を持っている。押し黙り、何事も語っていないかのように見えるが、ちゃんと自己主張している。烈しい形で自己主張しているものもあれば、静かな形で自己主張しているものもある。そういう意味では、古いものはいかなるものでも、こちらに話しかけてくる。こちらが虚心にその前に立てば、必ず話しかけ、呼びかけてくるものがある。古いものは、それが生み出された時代のこころを持っている。古代は古代の、王朝時代は王朝時代のこころを持っている。古いものの前に立って、古いものの持つこころに触れている時間は、他にかけ替えない贅沢なものである。

古いものほど呼びかけてくるものは単純で、素朴で、力強い。現代の騒がしさの中に生きている私たちは、ものの本筋を見極める意味でも、時折古いものの前に立つことが必要である。

この集に収めたエッセーの多くは、そうした古いもののこころに触れようとした旅の所産であり、古いもののこころに触れた時の、私なりの驚きや感動の記録である。

昭和四十九年九月

（昭和五十年二月）

「わが青春の日々」上巻序

「わが青春の日々」に寄せて

毎日新聞静岡版に連載されている「わが青春の日々」は、既に三百七十回を超えているが、毎回面白く読んでいる。静岡県下の大半の高等学校が取り上げられ、旧制中学校時代からのその歴史が、主として教師、生徒の逸話や事件を通して浮き彫りにされている。謂ってみれば、人物・高校史とでも呼ぶべきものであるが、それぞれの高校の持つ独自な校風が語られ、そしてまたそれぞれの青春を嵌め込んだ時代が語られていることは言うまでもない。

青春というものも、その輝きも、学校によって異なり、時代によって異なっている。回を追って読んでゆくと、ここには明治、大正、昭和三代にわたる青春の日々が、多少学校によって異なった形で流れているのを感ずる。そういう点から言えば、単なる青春の物語ではなく、青春そのものの歴史が綴られていると言っていいだろう。

それから、また、たくさんの高校を経糸、緯糸として織られた静岡県史とも言える。気候温暖、山紫水明の静岡県という特殊な青春地帯が、分厚い絨毯として織りなされている。

こんど「わが青春の日々」の前半が、上巻として一冊に纏められるに当って、この小文を綴る光栄を得た。己が青春はすでに雲烟過眼の遠くに去っているが、「わが青春の日々」の連載のお蔭で、この一年その遠い青春の園の中をさまよい歩くことができ、今更の如く、若き日美し、青春美しの感慨を懐かざるを得なかった。嘗ての私たちの場合と同じように、現代の若い人たちの間にも、「わが青春の日々」は流れ来たり、流れ去っているのであるが、そういう若い人たちにも本書を繙いて貰いたいと思う。

（昭和五十年四月）

白川義員作品集「アメリカ大陸」序文

こんど「アメリカ大陸」の撮影で、白川義員氏は、大地の表面をばりばり引きはがして、そのままアルバムに貼りつけたような仕事をしたいと言っておられたということを聞いて、なるほどなと思った。白川氏以外、ちょっと口に出せないことばである。そのことばどおり、氏はそのような仕事を発表された。

前著「ヒマラヤ」に於ても、前々著「アルプス」に於ても、氏はそのような仕事をしてきている。アルプスのある時の表情とか、ヒマラヤのある時の横顔とか、そういったような仕事は一枚もなかった。アルプスの山塊が、あるいはまたヒマラヤの山塊が、もぎとられ、はぎとられ、そこに並べられたような仕事を私たちに見せてくれた。叙情とか、詩情とかいったものほど、氏にとって無縁なものはない。

氏はカメラマンとして、本当の意味での写実家である。これほど写実精神に徹した人は、そうたくさんはないだろう。山そのものを写そうとしている。山は巨大な生きものである。内部には火熱を蓄え、大洞窟を隠し、川を横たえ、そしてそうしたものいっさいを、永久氷河で包んだり、万年雪で覆ったりしている。どうして叙情で処理したり、詩情で解決したりすることができるであろう。山はそこに山として在るだけだ。

白川義員氏は山そのものを写そうとする。山が本来あるべき姿にあった時、その山を写そうとする。山は生きものであるから、いろいろな表情を持つ。白川氏は山が本当の表情を持つまで、何日でも待つに違いない。そして山の怒りを、山の静まりを、山の叫びを、山の悲しみを、山の孤独を、氏は山そのものを、山の本当の姿を写そうとする。ことばを替えて言えば、山をその存在の根源から写そうとする。そういう意味では、氏は稀有な男性的、写実的作家である。

氏はまた、こんどの「アメリカ大陸」の撮影で、人物および人工物をいっさい画面に取り入れず、撮影中は、人類が発生した当時の地球のことを、常に頭に描いていたという。これまたみごとなことである。氏はかつてアルプスやヒマラヤに臨んだと同じ態度で、アメリカという大陸の、無限に拡がっている地殻の表面に挑んだのである。

氏が「アメリカ大陸」のために撮影した膨大な量の写真のごく一部が、本書に収められているに違いないのであるが、それから推しただけでも、氏のこんどの仕事の全貌が、まさにそのようなものであることを知った。河川が、砂漠が、渓谷が、メサが、大地が、森林が、それらが永遠に持つであろう劫初の姿で、と言うことは、それが劫初より持っている本来の姿に於てということであるが、まさにそのようなものとして捉えられているのである。コロラド川一つとっても、天地創造の頃の姿が、祈りと呪詛を刻み込んだ永劫の静けさの中に写し出されている。

こんどの氏の「アメリカ大陸」によって、アメリカ大陸というものが、アメリカの自然というものが、初めて世界に紹介されることになるだろうと思う。アメリカ大陸の自然は、実に長いこと、忍耐強く氏を待っていたに違いない。氏はヒマラヤやアルプスに挑んだように、そして雪に覆われた神々の座そのものを写したように、アメリカ大陸の自然に挑み、アリゾナ砂漠を、レイク・パウェルを、それが持つ本来の姿で写したのである。

氏はアメリカ大陸の自然の紹介者であると共に、その発見者であると言っても、それほど言い過ぎにはならないであろうと思う。誰もこのようにアメリカ大陸の自然に対してカメラを構えたことはなかったであろうからである。

私は白川義員氏は、おそらく自然だけしか信じていない稀有な作家ではないかと思う。そういう作家でない限り、氏の仕事に見るような大きな自然との出会いは考えられぬことである。ある日、ある時の偶然の邂逅といったものではない。そのためにいかなるエネルギーが費やされているか、第三者には想像できないが、おそらくそれはたいへんなものであろうと思う。

私もかつて一度ヒマラヤ山地に足を踏み入れたことがあり、氏とヒマラヤについて話したい気持ちがないわけではないが、それはひかえている。もし私が何かヒマラヤについて話しかけたら氏は困惑するに違いないと思う。

氏とヒマラヤとが交わした対話は、氏とヒマラヤだけのものであり、他人に語れるようなものではないであろうからである。こんどの「アメリカ大陸」の場合も同じである。氏が取り扱っている渓谷の一つに私も立っている。しかし、氏を困惑させないために、私はそれについての話題を選ぶことを自分に禁じている。私がおそらく自然だけしか信じていないであろうと思っている非凡な作家への、私流の敬意の表し方であるに他ならない。氏の輝かしい大きい仕事について、この小文を綴る光栄を得たことを悦ぶ。

昭和50年1月15日

（昭和五十年五月）

秋山庄太郎作品集「薔薇」序

秋山さんの仕事

ローマのビーナス〝アフロディテ〟が海から誕生した時、バラもいっしょに現われたという説話があり、ボッティチェリの「ビーナスの誕生」は、その説話に取材したものであると言われている。私もフィレンツェのウフィツィ美術館で、ボッティチェリのこの高名な作品の前に立った。バラの花は何個か宙間にばら撒かれていた。ビーナスといっしょにバラが現われたという伝説は、なかなかすばらしいと思う。バラ以外にビーナスと結びつけられる花はなさそうである。

バラは中央アジアが原産地とされているらしいが、中国にも古くあった。木香《もっこう》、玫瑰《まいかい》、長春、月季《げっき》、庚申、いろいろな種類があったらしいが、どれもなかなかいい名前である。中国では翡翠、琅玕といった風に、硬玉や宝石にいい名前がつけられているが、それに劣らずバラの名前も凝ったものである。玫瑰はもともと美石の名前であるが、それと同時にバラの品種の名前にもなっている。長春は永遠の春という意味で、転じて四時花を開くバラの名前になり、庚申も、隔月に庚申があるところから、年中咲いているバラの名前になったのであろう。

しかし、日本の薔薇という名前もいい。漢字の字面もいいし、〝ばら〟〝そうび〟という音もいい。初めてこの字が現われて来たのは古今集に於てであるとされている。ずいぶん古くからしゃれた文字が使われていたものだと思う。

バラに関するビーナスの伝説もいいし、名前もいい。バラの花が美しいからである。高貴、典雅、いかなる讃辞も、バラの花の美しさを捉えることは難しい。バラの花を歌った詩はたくさんあり、その幾つかは読んでいるが、これこそと思うようなものにはぶつからない。

私は梅原龍三郎、須田国太郎両画伯描く薔薇は好きであるが、梅原さんのは梅原さんの薔薇で、須田さんのは須田さんの薔薇である。強い香気をその美しい画面から嗅ぐというわけには行かない。

バラを一番美しいと思ったのは、中央アジアのタシケントの空港に降り立った時である。空港の待合室の前の花壇に、丈高く伸びきったバラが、放恣とでもいいたい姿で、咲き乱れていた。砂漠の国の強い陽光の下に育つバラは、かなり日本のバラとは異った感じであった。その中央アジアの旅から帰った時、久しぶりでわが家の花壇の前に立った。二ヵ月ほど手入れをしなかったので、花壇は廃園と化していたが、バラだけが咲いていた。主人の留守の間も、ひとり咲いていたといった趣があった。この方は放恣ではなく、どこか淋しそうであった。

バラにもいろいろな表情があり、いろいろな美しさがあると思ったのは、中央アジアのバラと、わが家のバラを較べた時である。高貴と典雅ばかりではないと思った。放恣な美しさもあれば、淋しそうな美しさもある。

バラの美しさを捉えるのは詩でも難しいし、絵でも難しい。実際のバラを真近かに立って眺める以外仕方ないと、長い間思ってきた。ところが、こんど秋山庄太郎氏撮すバラを見て驚いた。顔をふと近づけてみたい衝動を覚えた。香気までが捉えられている感じである。カメラというものは怖いと思う。いや、こう言っては間違いになる。秋山庄太郎という人は怖いと思ったのである。氏の数々の労作が一冊に纏ることの一日も早いことを切望してやまない。

（昭和五十年五月）

大西良慶「百年を生きる」跋

昭和三十八年の秋、北京と揚州で鑑真和上円寂一千二百年記念集会が開かれたが、それに出席するために、私は日本文化代表団の一員として中国を訪れた。その折大西良慶先生も亦、日本仏教代表団の名誉団長として中国に渡られた。それぞれ中国におけるスケジュウルは異っていたが、北京、揚州で行われた鑑真関係の行事では、いつもごいっしょになった。

揚州では平山堂における記念集会のほかに、鑑真記念館の定礎式が行われ、その折烈しい雨の中で、大西良慶先生、安藤更生博士、そして私の三人が、それぞれひと鍬ずつ、鍬を雨でぬかるんでいる黒い土に当てた。

その中国の旅の時、先生は八十八歳の高齢であったが、文字通り壮者をしのぐ矍鑠たるものがあった。慈眼、そのようなものを、穏やかなお顔の表情の中に感じたことを記憶している。

一昨年（四十九年）の秋、私は十一年ぶりで揚州を訪れた。鑑真記念館は立派にでき上がっていた。唐招提寺の金堂の建物を模し、それに晩唐の建築様式を加味したものであった。その記念館の前に立った時、嘗ての定礎式のことを思い出し、今は故人となっておられる安藤更生博士を偲び、それからまた、益々御壮健で活躍していらっしゃる大西良慶先生の上に思いを馳せた。そしてその時案内役に当っていた中国側の人たちと、先生の年齢を算え、百歳に垂《なんな》んとしていることを知って、今更のように先生の御長寿に驚いた。

またその中国の旅に於て、北京で趙樸初先生にお目にかかり、大西先生のお噂をした。趙樸初先生はそのころ健康を害しておられたので、どうぞお元気になって、大西先生に敗けないようにと申し上げた。すると趙樸初先生は、大西先生は特別な方ですと言って、笑われ、そして笑いを消すと、こんどは真面目な顔で、もう一度、同じ言葉を繰り返された。

趙樸初先生が言われた〝特別な方〟という意味は、もちろん大西良慶先生が生れつき長命な方であるという意味ではない。百歳の寿を全うするには、全うするだけのものが、その人物、人格に備っていなければならない。こういう意味である。凡人の望んでできることではないのである。

こうしたことは、先生の御著書の、どの一冊を繙いても、よく判る。しかも、手にとるように、よく判る。もっと俗な言い方をすれば、百寿を保たれる秘密がよく判るのである。

もちろん本書『百年を生きる』に於てもまた同じことである。健康とか、長命とかいうものがいかなるものか、読む者は初めて、その正しい意味を知るだろう。

本書を読んで最も強く打たれることは、深い仏教の教えが、誰にも理解できる平明さで語られていることである。仏教の教えというものは、本来そういう平明さで語られるべきものであるに違いないのであるが、なかなかこうはゆかない。宗教家として、百歳を生きられた大西先生にして、初めてでき得ることなのである。

　本書の内容をひと口で言えば、百歳を生きた人にして初めて語れる人生の書であり、宗教の書であり、生命の書である。人生と宗教と生命が一本の地下水でつながっている。もっと別の言い方をすれば、それぞれが表となり、裏となり、緊密な関係で結ばれているのである。こうゆうことを本書は教えてくれる。とまれ、このようなことを、巧まずして、淡々と語れるのもまた、百寿を保たれる大西良慶先生にして、初めて可能なことであろうと思う。

　最後に先生の一層の御長寿と、一層の御活躍を祈ってやまない次第である。

（昭和五十一年二月）

「秘境」序

北海道の峻烈な貌

好きなものは、と問われると、大抵の場合、私は〝夏の夏草、冬の冬濤〟と答える。

　言うまでもなく、夏草も、冬濤も、季節の峻烈な象徴である。夏草のあの萌えあがる緑の憂悶。冬濤のあの怒りを底に沈めた潮の黒い拡がりと、荒々しい波濤。

　そうした夏草と冬濤の中で、北海道のそれは独自だ。夏草も、冬濤も、北海道独特のエネルギーに裏打ちされ、その印象はまことに強烈である。烈しい北海道の夏の貌《かお》であり、烈しい北海道の冬の貌である。そうした北海道の烈しい貌が、この写真集では、レンズにより、文章によって紹介されている。

　北海道の独自な風光と、その心が、夏草冬濤を通して的確に捉えられている。いい写真集である。

（昭和五十一年三月）

浦城二郎訳「宇津保物語」序

推薦のことば

浦城二郎氏から「宇津保物語」の全訳の原稿の写しが送られて来たのは、昨年の春のことであったと思う。六百字原稿用紙で八百五十八枚、それが二十巻に分けられてあって、ずしりと手ごたえのある重さであった。

　氏が戦時中から、この難解を以て聞える王朝文学の雄篇の訳業に取りかかられていることは、氏自身の口からも、氏周辺の人々の口からも聞いていたが、それを眼の前に具体的な形で示されると、さすがにたじたじとならざるを得なかった。原稿は何回目かに浄書されたものに違いなかったが、なお推敲の跡生々しく、氏がこの仕事に注いでいる情熱の並々でないことを物語っていた。

　十数年前のことであるが、必要あって、河野多麻氏校注の岩波本「宇津保物語」三巻を机上に置いたことがある。そして「俊蔭」の巻、「嵯峨院」の巻を繙き、平安宮廷の妖しく美しい世界を垣間見ただけで、到底専門家以外の者が踏み入ることのできない世界であることを知って、退散せざるを得なかった。

王朝文学の多くは、今日現代語訳を持っている。しかし「宇津保物語」は、昭和初頭以降、たくさんの研究論文が生み出されているにも拘らず、その全訳のことを聞かない。専門外の者の勝手な臆測を許して頂けば、なおこの「源氏物語」に先行する王朝文学が未解決の問題の多くを持っていることであろうか。

浦城二郎氏が、学界とは異る場所に位置して、この訳業を己れに課したことは頗る興味あることである。更にこの訳業の最初の筆を執ったのが、軍務に服している戦時下の暗い時代であると聞いて、氏と「宇津保物語」の関係が、その出会いも、それに惹かれた秘密も、他の容喙を許さざるもので支えられているのを感ずる。換言すれば、氏は幸か不幸か、若き日に「宇津保物語」に出会ってしまったのであり、出会ってしまったことに於て、それを一人でも多くの人に読ませずにはいられないほど「宇津保物語」の世界の擒になってしまったのである。そしてその仕事を己れに課して、専門の医学研究の余暇のすべてを、実に三十年に亘って、この仕事のために費してしまわれたのである。おそらく未開拓の分野における最初の仕事というものは、すべてこのようにして生み出されるものであろうと思う。

私は現在、氏の訳業のお蔭で、「宇津保物語」というものが、いかなる内容の王朝文学であるかを知っている。こんど改めて岩波本「宇津保物語」三巻を机上に置いても、多くの「宇津保」研究者の論文を繙いても、その所説の全貌を容易に把握することができ、更に深く平安宮廷の遠い生活の中に踏み込んで行くことができるだろうと思う。将来の「宇津保」研究者の多くも、また氏の訳業から出発してゆくことであろう。ともあれ、氏の「宇津保物語」が一人でも多くの人に読まれ、特異難解を以て聞えた平安朝文学の美しさ、妖しさ、面白さが、現代人の王朝理解、古典理解に大きい役割を果す日の近いことを念じて已まない次第である。

（昭和五十一年四月）

持田信夫「ヴェネツィア」序

ヴェネツィアにはこの世ならぬ贅沢なものがいっぱい詰まっている。この都市の持った歴史も贅沢なら、この都市に生きた人々の物語も贅沢である。しかも、それらが繁栄と亡び、明るさと暗さによって彩られている。商館、運河、イコン、モザイック、サン・マルコ広場、チントレット、みんな、その贅沢なものの欠片である。しかも、それらを載せて、この都市はいま沈みつつある。

持田信夫氏は、カメラと文章によって、こうしたヴェネツィアのすべてに挑んでいる。過去に於て、マヤ遺跡、ボロブドール仏跡など亡びゆくものの美しさをひたすら追い続けて来た氏が、ヴェネツィアこそ当然取り上げなければならぬ主題であったが、それを氏は、驚くべき情熱をもって為している。ヴェネツィアに関するすべてが、氏によって物語られ、整理され、紹介されている。すばらしい書物である。ヴェネツィアが贅沢であるように、この書物もまた贅沢である。

（昭和五十一年七月）

井上由雄「詩集　太陽と棺」序

丸山薫は「齢」という詩の中で、詩人に少年と老年の日はあっても、青春と壮年の時代はないと書いている。逝く前の津村信夫の言葉として書いているが、おそらく丸山薫自身の言葉であろうと思う。

私はこの詩を読んでから、なべて詩人というものの内部に坐っているものが少年であるか、老年であるか、そうしたことに敏感になっている。少年であっても、老年であっても、またその交替期がいつであろうと、さして詩人の本質には変りはないが、私自身の場合は棺を覆うまで少年でありたいと願っている。しかしそれの何と難きことか。最近あるひとが私の最近の詩業を評するに、老いの翳りという言葉を以てしている。天を仰いで三歎せざるを得ない。

こんど井上由雄氏の詩集「太陽と棺」を読んで、氏の中に坐っているものが少年であることを知り、眩しく、羨しく感じた。若々しく新鮮な感受性と、繊細な触角。レマン湖も、モンブランも、サン・マルコの広場も、那覇も、板門店も、氏の広角レンズに捉えられ、腑分けされ、構成され、生き生きとした生命を持つ何ものかになっている。少年は旅する氏の心の中に居るだけではない。「梅雨」「微風」といった作品の中に居るのも紛れもない少年である。

「太陽と棺」の詩人に永遠に少年である奇跡を行って貰いたいと思う。少くとも氏における少年と老年の交替の少しでも遅いことを願ってやまない。

（昭和五十一年十一月）

生江義男「ヒッパロスの風」序

生江さんの『考史遊記』

生江さんはたいへんな旅行家である。ただの旅行家ではない。足跡は世界各地に及んでいるが、いずれも古い歴史、古い文物を求めて、日頃ご自分が考えていることを纏める旅である。でなかったら、新しい発想を求めての旅である。

桑原隲蔵《じつぞう》博士に『考史遊記』という名著があるが、『ヒッパロスの風』は新しい形の、生江さんの『考史遊記』に他ならない。説くところ明快にして自在、最近これほど面白く感銘深く読んだ本は少ない。

（昭和五十二年一月）

尾崎稲穂「蟋蟀は鳴かず」序

序に代えて

尾崎さんの「蟋蟀は鳴かず」を感深く読んだ。氏のこれまでの生涯はなかなか波瀾に富んだものである。早稲田大学時代すでに柔道家として名をなし、卒業後は応召し、大陸での転戦の経験を持っている。戦後は新聞記者として活躍し、転じて武生市長に就任している。またその後、柔道指導のため渡仏して、フランスに滞留したり、ヘリコプターを求めて欧米各国を歩き廻ったりしている。氏が今日を為すまでの人生行路は、まことに多彩であり、多岐を極めている。

本書には、そうした時期、時期の回想や思い出が綴られているが、いかなることを論じても、氏独自の見解に貫かれていて見事である。そしてそれを支えるものとして、芸術、文学を愛する心が底に置かれている。

また氏は、これまでの人生行路に於て出会った人々について語っているが、讃仰の文字にしろ、批判の文字にしろ、口に衣を着せずして爽やかである。氏の人柄の然らしむるところであろう。

私の場合、「蟋蟀は鳴かず」を読んで特に心打たれたことは、氏という人間の中で、柔道と芸術、文学が少しも違和感を形成せず、一体となっていることである。そういう意味では、氏の人生への対かい方ほどわが意を得たものはない。私自身、己が辿ってきた人生行路を振り返ってみると、いかなることに於ても、氏が述懐しておられるように、私も亦〝やはり柔道のことがこころにしみて糸をひいている〟のである。

本書は、有態に言わせて頂けば、本当の孤独を知る年齢に達した氏の、もはや蟋蟀が鳴かなくなった今日という時代への発言であり、提言であると言っていいであろうか。その説くところ重厚にして自在、多くの人に読んで貰いたいと思う。

（昭和五十二年五月）

椿八郎「『南方の火』のころ」序

椿さんの『「南方の火」のころ』に一文を草するお約束をしたまま、今日までゲラ刷りに眼を通すことはできなかった。夕食後七時から読み始めて、深夜に到って読了することができた。何もこんな野暮ったい読み方をするつもりはさらさらなかったが、読み出したら最後まで読まないと気がすまなくなったのである。読み終ってから、書斎の縁側の籐椅子に腰かけてブランデーを飲んだ。そしてブランデーというものは、このような時このようにして飲むものか、そんな思いに揺られた。

椿さんの書かれたものは折にふれて読んでおり、この随想集の中にも何篇か収められているが、しかしいっ気に全篇を読み終った感懐は、一篇の随想から受けるものとは全く異ったものである。椿さんの七十余年の人生を、僅か数時間で駈け廻らせて貰った感じである。椿さんの少年時代にも付合えば、中学時代、大学時代にも付合った。社会に出てからも、パリの椿さんにも付合えば、ミラノの椿さんにも付合った。たいへん楽しかった。椿さんはどんな遠く過ぎ去った日のことでも、心に刻まれてあることだけで回想しておられるので、全巻が人生の欠片で織りなされている感じである。私は今夜、なんとたくさんの曾てその名を記憶に留めたことのある人たちと再会したことであろう。読後、いつまでもブランデーを嘗めながら一人にしておいて貰いたい気持ちである。人生というものの流れの縁に立っているような、そんな思いである。

と言って、椿さんは人生というものに対する感懐などひと言も述べられていない。頗る硬質な回想集である。だから、全く異った人生を歩いて来た私も、氏の過ぎ来し方に付合うことができたのである。そして、逆にたくさんの人生的感懐を『南方の火』のころ』から貰うことができたのである。

今夜ほど氏と胸襟をひらいて語ったことはない。語ったのは椿さんの方で、私は終始聞き手に廻っていたのであるが、なぜかそのような思いを持つ。

（昭和五十二年六月）

北条誠「舞扇」まえがき

北条誠は演劇人として、演出家として大をなし、その方面の仕事で五十八年の生涯を埋めている。志を演劇の世界に置いた氏にとっては満足なことであったと思う。

しかし、北条誠は初めから演劇人としてスタートしたわけではない。戦前から戦後にかけて、氏は若き小説家としての輝かしい時期を持っている。そしてその短い時期に一群の短篇を生み出している。いま振り返ってみると、氏独自の資質の閃《ひらめ》きを見せた珠玉の短篇と言っていいものばかりである。氏の急逝後、氏と親しかった者たちが氏を語る時、必ず一度は出る話題であった。

ここに、友人知己相集って、氏の若き日の作品を一冊に編んだ。『舞扇《まいおうぎ》』一巻が、現下の昏迷する読書界に果す役割は極めて大きいと思う。

（昭和五十二年十月）

石川忠行「古塔の大和路」序

写真集「古塔の大和路」の著者・石川忠行氏と私は、毎日新聞社大阪本社に於て、新聞記者として同僚であった一時期を持っている。昭和十一年から、終戦後の二十三年頃までである。氏は写真部に、私は学芸部に籍を置いていた。

昭和二十三年末に、私は東京本社に移り、その後間もなく社を退いて、文筆を業とするようになったが、石川氏の方は、新聞社に定年まで勤め、写真部長として活躍し、そのあと新聞社を退いてから、古都奈良を中心に、大和一帯の遺跡や、古い寺々を手がける写真家として大きい存在になった。

私の場合、奈良、大和との付合は、学芸部記者時代から始まっている。当時、新聞の美術欄、宗教欄を受け持たされていたので、奈良やその周辺の寺々を訪ねる機会は多かった。それに時恰も法隆寺の再建非再建論議のやかましい時でもあり、それに続いて法隆寺の金堂修理、壁画模写と、時局柄きびしい時代へと移って行ったので、足繁く法隆寺の取材に出掛けて行く、いわゆる法隆寺記者の一人にならざるを得なかった。

私は「天平の甍」、「額田女王」、「玉碗記」などの日本の古い歴史に取材した何篇かの歴史小説を持っているが、こうしたものを書くことができたのも、全く若い新聞記者時代の奈良行き、大和行きに負うところが多い。それからまた今日、同じ地方の古いものについて文章を綴ることが多いが、これまた若い新聞記者時代に於ける、そうしたものとの出会いが、未だに消えぬ感動として、心の底に坐っているからである。

石川忠行氏が今日、奈良、大和の古いものを対象として大きい仕事をしておられるのも、私の場合と同じことではないかと思う。おそらく今日の氏を背後から大きく支えているものは、毎日新聞社の写真部員時代の若い日に蓄えられた古いものへの愛情と、感動と、理解ではないかと思うのである。

と言って、私は氏と一緒に奈良の寺々を訪ねたり、法隆寺へ行ったりした記憶は持っていない。おそらく一度も行を共にしたことはないのではないかと思う。このことは、考えてみると、なかなか興味あることである。

私は奈良の寺や法隆寺を訪ねる時はいつも一人であり、もし写真が必要であれば、そのことを写真部に依頼し、そちらはそちらで自由に取材して貰いたいというような交渉の仕方をしたのではないかと思う。したのではないかと思うと言うよりは、そういう交渉の仕方をしたと思うのである。これは、立場を変えて言えば、石川忠行氏の場合もまた同じではなかったかと思うのである。氏はいかなる時でも、奈良や大和の古いものを訪ねる時は、カメラだけを持って、一人で歩かれたと思うし、一人で歩かなければならなかったと思うのである。どうして同行者を伴なったりするであろうか。古い寺々や、仏像や、遺跡などというものへの愛情も、それに対する理解も、真珠が貝殻の内側に造られるように、孤独な精神の裏側にひそかに胚胎されるものに違いないからである。

当時の毎日新聞社大阪本社には、もう一人、自分だけで黙って、奈良や飛鳥を歩いていた記者があったと思う。先年「飛鳥古京」、「萬葉山河」などを出された岸哲男氏である。氏は後年「カメラ毎日」の編集長として活躍されたが、奈良、飛鳥への繋がりは、おそらく若い氏が、氏の孤独な精神が、大和各地をひとりで歩き廻ることに依って造られたものではないかと思うのである。

石川忠行氏、岸哲男氏、そして私、——三つの孤独な精神の奈良、大和への、それぞれ勝手な放浪を思う時、この時ほど青春というものへの信頼を覚えることはない。青春というものは、充分信頼していいと思うのである。

「古塔の大和路」は、言うまでもなく石川忠行氏の多年にわたっての労作である。どの一枚を取りあげても、みごとと言う他はない。誰にでもできることではないし、一朝一夕の所産でもない。対象を、その隅々まで知り悉した人が、愛情を以てレンズに収めたものばかりである。先述したように、氏はおそらく四十年前に、この仕事のためにスタートされているのである。

本書に於ては、石川氏は奈良、およびその周辺の古い塔を、四季それぞれの季節の中に捉えておられる。同じ法隆寺の塔でも、春と秋とでは、そのたたずまいは、まるで異ったものになる。私はどちらかと言うと、法隆寺の塔は春の空虚なほど明るい光の中に於て見るのが好きであるが、これを人に押し付ける気はいささかも持っていない。厳寒期の法隆寺の塔を美しいと見る人もあるであろうし、夏の午《ひ》刻《る》下がりのそれを、美しいと見る人もあるであろうと思う。古塔は誰からどのように見られようと、そうした点は頗る寛容である。古塔の古塔たるゆえんである。

私は外国旅行から帰って来ると、いつも旅の疲れが癒った頃、奈良か京都へ出掛けて行く。ああ、ここは日本だと、そういう思いを持ちたいからである。そういう思いを持つのには、古い塔を見るのが一番いい。日本の木造塔は日本独自のものであり、他のいかなる国にもないからである。同じ塔という名で呼ばれてはいるが、中国の塔は塼塔（煉瓦塔）であり、韓国のそれは石の塔である。回教国のミナレットは色タイルで覆われている。それぞれ独自の美しさを持ってはいるが、形も異れば、造っている材質も異っている。

日本の塔は日本の風土が生んだものである。中国の塼塔の持つ威圧感もなく、回教の塔の持つ華麗さもないが、日本の風土にぴったりする美しさを持っている。韓国の石の塔も何とも言えず美しいものではあるが、四季それぞれの変化に対応しなければならぬ日本の場合は、木造塔ということになる。三重、五重と層を重ね、そのたたずまいは、凛々と鳴っている感じである。

外国旅行から帰って、京都へ行く場合は、醍醐の塔か、仁和寺の塔を見に行く。東寺に講堂を訪ねながら、その塔を見る場合もある。しかし、時間が許すなら、やはり奈良に行くことになる。奈良はどこへ行っても、簡単に己が視野の中に、美しい古塔を収めることができる。

新聞記者の頃、いつも、ああ、いいなと思ったのは、奈良から法隆寺に向う時、くるまであれ、電車であれ、その窓から、法起寺、法輪寺、法隆寺の順番で、それぞれの塔が右手の丘陵の木立の茂みの間から見えて来る時であった。昭和十九年に、法輪寺の塔は落雷で焼け、それ以来、このちょっと比肩するもののないほどの贅沢な眺めに接することはできなくなったが、こんど法輪寺の昭和の新塔ができたので、三つの塔を併せ見ることだけはできるようになった。有難しとしなければならぬと思う。

いつの頃か、真冬の季節に、薬師寺の三重塔の前に立ったことがある。〃建築は凍れる音楽である〃という有名な言葉があり、亡き亀井勝一郎氏は、いみじくも、それをそのままこの塔の讃辞として使われておられたが、私がその前に立った時も、本当に各層の間に裳階《もこし》をつけて、一見六層のように見える繊細巧緻の感じの塔は、まさしく〃凍れる音楽〃であった。雪模様の灰色の空を背景にして、いつでも鳴り出そうとしているかのように、そしてまたひたすら何ものかに耐えて、押し黙っているかのように見えた。いつまで見ていても倦きなかった。

室生寺の塔も、これはこれで、また格別である。いろいろな季節に訪ねているが、紅葉に焼けただれたような渓谷の道をドライブして行って、この塔を載せた台地の下に立つ時は、はるばるやって来たといった思いがあって、なかなかいい。漸くにして美しいもののあるところに辿り着いたといった感じである。最近、解体修理して、塔身を新しい色で塗り替えられてしまっているが、浄瑠璃寺の小型の置きもののような塔なども、やはり秋がいいと思う。そこへ行くまでの秋の山野が、塔の前に立つ者の心を特別なものにしている。当麻寺の塔、海住山寺の塔、興福寺の塔、その他たくさんの塔が、それぞれ已が季節を持っていそうな気がする。

こんど、いつか一度、石川忠行氏と共に、大和の古塔を経廻ってみたいと思う。氏には氏の見方があるので、それを説明して頂きながら、大和の古塔を一つ一つ訪ねて行ったら、さぞ楽しいことであろうと思うのである。贅沢なことである。しかし、このくらいの贅沢なことは許されていいのではないか。お互いに、四十年ほど前の若い日に、魂を売り渡し、うつつを抜かした大和古塔である。特別にどれがいいというわけにはゆかない。どの塔にも、それぞれ思い出もあり、旧知の間柄としての義理もあり、やあと、手を差しのべて久濶を叙するだけである。私もそうであり、石川忠行氏もまた、そうであるに違いないと思う。そうした旅を、氏と共にしてみたい思い、切なるものがある。

（昭和五十三年四月）

「観る聴く　一枚の繪対話集」

志《こころざし》を貫く

竹田厳道氏が〃一枚の繪〃の仕事を創められてから、十年になるという。もう十年になるかとも思うし、まだ十年にしかならないのかとも思う。氏がこの日本の美術界に大きい一石を投じた仕事は、ついこの間創められたような気がする。もう十年になるかという思いは、そこからやって来る。しかし、氏がこの十年間に為された〃一枚の繪〃の仕事の意義はまことに大きく、その反響もまた大きい。そういう点から考えると、まだ十年にしかならないのかという思いが、どこからともなく吹きつけて来るのである。

氏が創められた〃一枚の繪〃という仕事の意味は、一言で言うと、これまで一部の特殊な美術愛好家を対象としていた絵画というものの門戸を、ひろく一般大衆に開いたことである。誰かがいつかは為さなければならなかった仕事を、氏は為したのである。

氏は一人の画商として、私に語ったことがある。

——人の手から手に渡って、いっこうに席の暖まらぬような絵は取り扱いません。動かない絵とでも言いましょうか。本当にその絵を欲しいと思って買って、買った以上は、その絵を手放さない、そういう人たちを対象に、そういう絵を取り扱っていますし、これからも、そういう仕事に専念したいと思います。

爽やかな言葉である。従って、氏は一人の人気画家を追い廻すような仕事とは無縁である。無名であれ、新人であれ、その人が真剣に描いた作品を、それを本当に欲しいと思う人たちの手に渡しているのである。

絵を売って、それを職業にしている以上、氏は画商である。画商ではあるが、氏に新しい画商としての途を切り拓かせ、そしてその途を歩かせているものは、氏の志であると言っていいだろうと思う。氏がジャーナリストとして、新聞、テレビの経営者として過した前半生を貫いていた志である。

氏はいまの仕事に十年という区切りをつけるに当って、各界一線人士五十氏との対話と六十画伯の作品を一冊に収め、己が生涯の一道標たらしめんとしている。私が氏の人間について喋々する必要はあるまい。氏の人生観、人間観、美術観、すべてここに尽されていると言っていい。

私は氏の知遇を得てから二十余年になる。氏の対話集に文章を綴る光栄を得たことを悦ぶと共に、氏の仕事が、更に二十年、三十年の歴史を持ち、ますます大きく花ひらき、稔り多からんことを、ここに祈念して已まない次第である。

——昭和五十三年四月三日——

（昭和五十三年五月）

本木心掌「峠をこえて」序

「どろんこ半生記」を読んで

ここ三日間、毎夜のように、「どろんこ半生記」の主人公である生田五郎に付合った。彼が信濃で過した少年時代と付合い、丁稚奉公で辛酸を嘗めた大阪時代と付合い、そして青年期から壮年にかけて狂瀾怒濤の時代を生きた朝鮮平壌時代と付合った。そしてその間に挟まれている軍隊生活とも付合った。

たいへん面白かった。一人の人間が人生を真剣に生きてゆく姿というものは、それ自体感動的なものである。私の年齢になると、もはや事実をしか信用しなくなる。この作品は一応小説の形をとっているが、小説の形をとった生田五郎の自己形成史であり、半生史である。どの一ページをめくってみても判る。主人公が感じ、考え、そして自ら心に刻んだことしか、ここには書かれていない。

私は明治四十年の生れであるが、主人公生田五郎は大正四年の生れである。八年の開きがあるが、ほぼ同じ時期に前半生を送っていることになる。私は伊豆の山村で生い育っているが、生田五郎は信濃の寒村で幼少時代を過している。私は両親とはなれ、血の関係のない祖母のもとで愛情深く育てられてはいるが、主人公の幼少時代がどろんこであるように、私の幼少時代もまた、どろんこであったと言える。

生田五郎が郷里の村を出て大阪に来た年、私もまた、私なりのどろんこの青春期を京都に移し、それからあとは大阪で新聞記者として過している。生田五郎が軍隊生活を送っているように、私の方も、昭和十二年に召集され、大陸に渡り、野戦病院の明け暮れも知っている。

このようなことを記したのも、生田五郎とほぼ同じ日本の暗く慌しい時代を生きているので、同時代人としての共感が、「どろんこ半生記」の到るところから立ちのぼってくるということを記したかったからである。

私はまだ自分の青春期、壮年期のことを書いていない。この「どろんこ」の記録に刺戟され、私もまた自分の「どろんこ」を書き綴りたいと思う。その思い切なるものがある。

とまれ、この作品は著者の自己形成史であると共に、その背景をなしている日本の、今となってみれば〝狂える〟と言うしか仕方ないある時代の歴史でもあり、記録でもある。そしてそれがみごとに綴られている。みごとに綴られたということは、著者が自分が生きた「どろんこ」の過去を、必死に生きた軌跡を、大切にしているからに他ならないと思う。

（昭和五十三年八月二十日）

土門拳「女人高野室生寺」序

土門さんが、身体の不自由なのを押して、改めて室生寺を撮っているということを聞いて、土門さんらしいなとも思い、いいなとも思った。土門さんの健康を気遣う気持が先きにやって来るのが自然であるし、またそういう気持もないわけではないのであるが、それより、土門さんが今や、カメラマンとしても、人間としても、居坐るべき場所に居坐ってしまったという、そのことの感動の方が大きくもあり、強くもあったのである。

土門さんは昭和二十九年に写真集『室生寺』を刊行しておられるし、その後例の大著『古寺巡礼』を完成されたが、その中でも室生寺のためにたくさんの頁をさいておられる。普通なら、これで室生寺は充分であると思うであろうし、これで室生寺は卒業したという気持になるであろうと思われるが、土門さんはそうはならない。もう一度、改めて撮ろうとされる。もちろん、これまでに撮ったもので気に入らないものもあろうし、撮ってないものもあるかも知れない。それにしても、なかなか余人の真似て遠く及ばないところである。私はそういう土門さんが好きだ。豪いとも思うし、立派だとも思う。豪いと思い、立派だと思わなければ、私の年齢では、もう誰をも好きにはならない。

（昭和五十三年九月）

土門さんは私より二つ若い筈だ。が、もう間もなく古稀を迎える年齢である。そうした土門さんが、しかも不自由な身体を押して、数えきれないほどの室生寺通いの果てに、改めてもう一度、室生寺に乗り込んで行こうという気持は、非礼をかえりみず言わせて頂けば、頗るわが意を得たものである。土門さんは本当のカメラマンだと、これまで思い、思いしてきたが、その自分の見方は、寸分の狂いもなかった、そんな感動が、静かに心に拡がって来る。本当の悦びというものは、こういうものである。

こんどの土門さんの仕事がどんなものであるか、その一枚をも見ないでも判っている。すぐれた芸術家や、すぐれた職人の仕事というものは、——と言うのは、土門さんがすぐれた芸術家でもあり、すぐれた職人でもあるからだが、そういう人の仕事には偶然の所産と言えるようなものはない。もっと確かな、梃でも動かないものに支えられている。何を、どんなに撮ろうと、それは土門拳の仕事であり、今や土門拳の仕事である以上、それは撮るべきものであるに違いないし、撮らなければならないものであるに違いないのである。

土門さんにとって、『古寺巡礼』の土門さんにとって、おそらく室生寺というものは、特別なものであろう。土門さんの室生寺への血道の上げ方にはなみなみならぬものがあるし、己が魂の売り渡し方にも、なみ一通りでないものが感じられる。他の言い方をすれば、自分にとって特別なものへの義理の立て方が立派だ。カメラマンとしての土門拳の良心である。

土門さんの年譜によると、土門さんが初めて室生寺を訪ねたのは、昭和十四年の歳晩である。そしてその時、四囲の自然の美しさ、堂塔や仏像の魅力に強く打たれ、以後、戦時期をはさんで、機会あるごとに訪ねて撮影を繰り返し、その成果が二十九年の『室生寺』であるという。

私が初めて室生寺を訪ねたのも、大体土門さんと同じ頃である。昭和十四、五年の頃である。そしてその時、私は五重塔に打たれた。が、私の方は、それから三十年、室生寺を訪れることはなく、二度目に室生寺を訪ねたのは、四十五年の十一月の終りである。その間、私の心の中には五重塔だけが生きていた。〝朱塗の柱と白い壁が何とも言えぬ美しい対照をなしており、各層の軒ノ出は思いきって深い。少しも抹香臭いところはない。無数の小さい装飾物で全身を飾られている塔である。謂ってみれば、鈿《でん》や歩揺《ほよう》で飾られた塔だ。風が吹くと、装飾物は互いにぶつかり合って、金属性の小さい音を出して鳴り出しそうである〟、——自著『美しきものとの出会い』に、再会の印象としてこのように綴ってあるが、これは三十年間、私の心の中に居坐っていた若い日の〝室生寺五重塔讃〟である。

二度目に室生寺を訪ねた時は、塔の他に、金堂の十一面観音像に打たれた。豊麗な顔と体軀を持ったおしゃれな女王さまといった感じの観音さまである。塔も、十一面観音像も、私にとっては生涯に於ての出会いと言えるものである。塔は若き日に、十一面観音像には六十代の半ばになってからの出会いである。

しかし、同じ出会いであるにしても、土門さんと私とでは、出会った相手に対する尽し方が違う。写真家と小説家の違いであると言ってしまえば、それまでであるが、私は土門さんに適わないものを感じる。私も亦、土門さんのように血道を上げるべきであったし、魂の売り渡し方をすべきであったのである。だから、私は土門さんの、自分にとって特別なものへの義理の立て方が立派であると言ったのであり、そしてそれをカメラマンとしての土門拳の良心だと記したのである。

土門さんの『女人高野室生寺』をひもどくのが楽しみである。願わくば初秋の爽やかな朝、氏の新しいお仕事に接したいものである。そして、土門さんのお仕事の中に於て、私は私の五重塔にも、私の十一面観音像にも、久濶を叙したいものである。

（昭和五十三年九月）

安田登紀子仏画集「仏像讃美」序文

安田さんが近江の渡岸寺・十一面観音像を描いたものを何点か持って、拙宅へ来られたのは、数年前のことであったろうか。その時が安田さんとの初対面だった。その後安田さんは新しい感覚で仏画を描く仕事に専念され、個展も開いて好評を博したが、こんどそうした作品を一本に収めて、最初の画集を上梓されるという。たいへん結構なことである。これを機に、安田さんの、確かに新しくあるに違いない仕事が、広く世に迎えられ、正しく評価されるよう念願して已まない次第である。

（昭和五十三年十一月）

「長谷川泉詩集」序

邂逅

長谷川さんとお識り合いになったのは、いつのことだったでしょう。よく覚えておりません。度々お目にかかってお話もしておりますし、私の書いたものを批評して下さったり、紹介して下さったりした文章も、度々読んでおります。それから氏が近代日本文学の優れた研究家であり、鑑賞家であり、指導的立場にある学究であることも、識り過ぎるほどよく識っております。

ですが、一体、長谷川さんとは、いつお識り合いになったのでしょう。いまそのことに思いを馳せてみますが、はっきりと自分を納得させるようには思い出すことはできません。本当にお識り合いになったという言い方のできる邂逅というものは、長い人生に於てそうたくさんはないもののようです。

厳しい言い方をすれば、私が長谷川さんとお識り合いになったのは、そして文学を信ずる人間としての長谷川さんと私とが邂逅したのは、つい最近のことであるかも知れません。「長谷川泉詩集」に収められてあるすべての詩篇に眼を通し終えた時、私はおそらく心の中で氏の方に握手の手を差しのべたに違いないのです。そしてその時、私は長谷川さんと初めてお識り合いになった、そういう言い方ができるのではないかと思います。「長谷川泉詩集」の中におられる長谷川さんは、稀有な優しい、汚れのない心の持主です。繊細鋭敏な心の琴線が、いつも何ものかを感じ取ろうとして揺れ動いています。他人の悦びにも、悲しみにも、悩みにも、自分自身を失わないで同感できる方です。詩集の中に〝ゆかりなき人の画〟という作品が収められてあります。作品としても秀抜なものですが、その詩の中で語られている山手線の車中の事件には、私は感動しました。見知らぬ人が氏をスケッチし、その人が氏の降りぎわに黙って、そのスケッチを差し出して来たという事件です。本を読みふけっている無防備の長谷川さんの中に、その人は長谷川さんの詩人としての優しさも、厳しさも感じ取っていたに違いありません。人生に於ける邂逅というものは、おそらくこういうものでありましょう。

「長谷川泉詩集」によって、少しおくればせながら、長谷川さんと私の間にも、邂逅というそうざらにはない人生的契機が生み出されたようであります。長谷川さん、お互いにこれを大切にしてゆきましょう。

（昭和五十五年九月）

筆内幸子「丹那婆」序

推薦のことば

小説というものは
短編が勝負である。

筆内さんの最初の短編集
ということであるが
これは
きちんときまった
見事な短編集である。

文学というものは
こういうものだ、ということを
みせてくれた、
最近にない
見事な短編集である。

大勢の人々に
ぜひ読んでいただきたいと思う。

（昭和五十六年六月）

入江泰吉写真全集3「大和の佛像」序

入江さんの仕事は静かである。騒がしいところはみじんもない。ほんとうに静かである。大和の風景を撮っても、仏像を撮っても、お水取りを撮っても、みな静かである。対象の持っているものをねじ曲げたり、強調したりする騒がしいところはいささかもなく、ありのままを素直に撮ろうとしている。いつも静かで、その中に入江さんが坐っていらっしゃる。

しかし、これは誰にもできることではない。対象の持っているものを素直に取り上げるということは、対象の持っている生命の中に自分を投げ入れて、それを内側から理解するということに他ならない。一朝一夕の対象との関わり合いでは望み得ないことである。奈良に住まっていらっしゃる長い歳月と、大和地方の風景や古い文物に対する並み並みならぬ愛情と、そして写真家としての己が使命の確乎たる認識とが、氏の仕事を背後から強く支えているのである。

いつか、もう大分前のことであるが、入江さんから、終戦間もない頃の話を伺ったことがある。たしか、三月堂の四天王像であったと思うが、戦争が終って、それがどこかの疎開先きから、白布に包まれて帰って来た時、たまたま入江さんは道で、その一行に出会ったというのである。

この話を伺った時の感動は、いまも私の心に遺っている。と言うより、その話を思い出す度に、新たな感動がよみがえって来ると言った方がいい。いかにも入江さんらしい話である。

戦争で疎開していた高名な仏像が、戦争が終って、本来の己が住居に帰ってくるのは当然であるし、それにたまたま道で出会ったという、ただそれだけのことであるが、出会った人が他ならぬ入江さんであるということになると、ああ、そうか、ではすませなくなってしまう。入江さんであるからこそ、そういう出会い方をしたのであり、入江さんであるからこそ、その出会いに意味があるということになる。

入江さんは仏像を運ぶ何人かの人たちに道をゆずり、そしてそれを静かに見送られたことであろうと思う。この文章を綴っている今も、そうした入江さんの姿が眼に浮かんでくる。入江さんはそうした特別の時期に、そうした仏像を、そのように迎えるには一番ふさわしい人であり、そこには偶然と言えないようなものが働いているのを覚えざるを得ないのである。私にこのようなことを感じさせるところに、あるいはこのようなことを感じさせるほどに、入江さんの仕事は梃でも動かない磐石の重みを以て、入江さん独自なところに坐っておられると思うのである。

（昭和五十六年六月）

長井洞著・長井浜子編「続・真向一途」序

私と真向法（序にかえて）

私は真向法体操を十三年ほどやっている。朝、床から離れると、すぐ二十分ほどの時間を、この体操のためにさく。夜は就寝前に十分ほど。すっかり習慣になってしまっているので、この体操をやらずには洗顔もできないし、寝床に入ることもできない。この数年間、かなり荒っぽい外国旅行もしているが、旅行中でも一度も欠かしたことがない。欠かしたことがないのではなくて、欠かすことができないのである。私は酒のみの方で、酩酊して家に帰ることもあるが、そんな時でも、この体操をやらずには眠れない。この体操は汗をかくこともないし、息遣いが荒くなることもない。それから心臓の鼓動が烈しくなることもないので、私の場合はアルコールが入っていても心配はないのである。但し、体質は人それぞれによって異るので、飲酒時の体操はほかの人にはすすめない。

真向法体操のお蔭であろうかと思うが、私は六十歳を過ぎてからずっと健康を保ち、今や七十台の半ばに達しようとしている。ぎっくり腰になったこともないし、肩がこったこともない。NHKのシルクロード撮影班に同行して、沙漠での荒い旅も続けたが、別段落伍したようなこともない。真向法に負うこと大なるものがあると信じている。その点、真向法体操の創始者である長井津、その普及者である長井洞《はるか》両氏にお礼の申し上げようもない気持である。共に今は故人になっておられるが、お二人のなされたことは大変なことであったと思う。現在、私の周囲にも真向法体操の信奉者はたくさん居る。みんな真向法体操で健康を保っていると言っているし、そう心から信じている人たちである。

私はこの体操によって、生きている間は元気で仕事ができるのではないかと思っている。この体操によって病気を癒そうとか、長生きしようとかは思わない。そういうことができるかも知れないし、できないかも知れない。人間にはそれぞれ寿命というものもあるであろうし、体操だけではどうすることもできない病気もある。しかし、生きている間は、この体操によって精神的にも、肉体的にも若々しい健康を保ち、精力的に仕事ができるだろうと思うし、そうでない筈はないと信じている。

こんど長井洞氏の遺稿集が出版されると聞く。多勢の方に読んで頂きたいと思う。心からそう思うのである。

（昭和五十七年一月）

松本昭「弘法大師入定説話の研究」序

序に代えて

安藤更生博士を中心に出羽三山のミイラを対象とした「ミイラ学術調査団」が結成されたのは、昭和三十五年五月のこと、そして実際に調査が行われたのは七月の初旬であった。

それに私も特別に加えて頂いた。専門家でない私が加わることができたのは、安藤博士と親しかったことと、この調査のお膳立てをした松本昭氏の推奨というか、斡旋というか、勧誘というか、そういったことのためであった。氏は私に小説を書かせることを趣味としているようなところがあった。大体、私に安藤博士を紹介し、博士が半生にわたって研究されたその全資料を使って、私に小説「天平の甍」を書かせたのは氏である。

氏の慫慂がなかったら「天平の甍」は生れなかった筈である。この出羽三山のミイラの場合も、氏は私にミイラを取り扱った大作でも書かせようという、私にとっては大変有難い企みを持っておられたかと思うのである。

それはともかくとして出羽三山の場合は、私は毎日新聞社特派員という形でローマ・オリンピックに出向いて行くことになっていて、しかもその出発の直前だったので、そのためにミイラには一日しかさくことはできなかった。七月八日の夜行列車で酒田市に行き、一日ミイラ調査を見学し、その日の夜行列車で東京に引返すといった慌しさであった。

私のミイラ調査への参加はかくの如きものであったが、早稲田大学、新潟大学の教授陣によって編成された調査団は、この最初のミイラ調査に大きい成果を挙げ、そのあとこの調査団の第二陣として、東北大学の堀一郎博士による宗教史、民俗学的立場からの調査も行われたりして、日本におけるミイラ研究はこれを出発点として、更に大きく展開し、その全成果は昭和四十四年に平凡社から刊行された『日本ミイラの研究』一巻となって現われている。

私は松本昭氏の案内によって、もう一度この出羽三山地帯を経めぐっている。最初の調査の行われた翌年の五月のことである。この時は氏と一緒に三日か四日、ミイラ地帯を歩き、何かと出羽三山の修験道研究家である戸川安章氏のお世話になった。この時は松本氏の暗示にかかった形で、私にとってはミイラを取り扱った小説を書くための旅であったが、今にして思うと、松本氏の方は、御自分は御自分で大志を懐き、そのことで調査しなければならぬことがあったのである。それはともかくとして楽しい旅であった。ミイラを取り扱った小説は短いものしか書けなかったが、この頃私は「補陀落渡海記」という小説を書いている。これもまた松本氏から補陀落信仰の話を聞き、それが刺戟になって生れた作品である。

そうした時からいつか二十余年の歳月が経過している。二十年という歳月は決して短かくはない。その間に氏は、最初のミイラ調査を出発点として、「弘法大師入定説話の研究」という大きな研究に取り組んでおられたのである。しかも新聞記者としての繁忙を極めた生活の中に於いて、これを為しておられたのである。

氏が毎日新聞社を退かれ、大学教授に転身されたのは、ついこの間のことである。私は氏が新聞社を退かれたのを知った時、これから氏に御自分の仕事を為されるようにお勧めしたが、今思うと汗顔の到りである。氏は新聞社を退いて今日までの三年間を、こんどの大きいお仕事の完成に費っておられたのである。「弘法大師入定説話の研究」は、そのゲラ刷りを手にしただけでも、ずしりと重い。本格的研究だけが持つ重さである。それにつけても、氏のこの大きい研究を、氏が敬愛してやまなかった安藤更生先生にお見せしたかったと思う。どのようにお悦びになったであろうと思うのである。

昭和五十六年十二月

（昭和五十七年一月）

坂入公一歌集「枯葉帖」序

『枯葉帖』に寄す

坂入公一氏の歌集『枯葉帖』を何夜かかけて読んだ。若い日の〝若葉抄〟から、壮年期の〝青葉抄〟を経て、晩年の〝落葉抄〟へと、氏が歌人として歩まれた人生を、一緒に歩ませて頂いて感慨深いものがあった。殊に晩年の五十三年以降の作をまとめた〝落葉抄〟に到って、一首一首、ゆっくり読んだ。ゆっくり読まずにはいられなかった。一首読んでは、次に移るのが怖いような思いだった。氏の人間として行きついた懐いが、あらゆる事象、物象に託されて詠われていた。絶唱という言葉があるが、氏の晩年の歌は例外なく冴えた人生の切り口をみせていて、絶唱と呼んでいいものが多かった。

風葬の骸か石か百千の無縁仏に雪みだれ降る

亡ぶるはみなうつくしく落日の沁む石舞台の石に手を
　触る

時雨ふるはた落葉ふるみちのくの円空佛を寂とあら
　しむ

奥鬼怒の宿に見下す蒼淀のつひに氷りて片流れせり

落日に艶《なまめ》く晩きもみぢ葉に遇へるを今日のよろこびと
　する

真向へる埴輪少女の眼窩より暗き故なき悲しみのくる

このように拾って行ったら限りがない。氏は歌人として、晩年を実に澄み、冴えて生きておられたと思う。そうした中に『井上靖ノート』の作者としての歌もある。

歌の空白二十年傾けてわが得しはああ「井上靖ノート」
　一冊

「井上靖」に没頭し還暦も古稀もすぎこの二十五年実
　に短し

こうした述懐に触れると、ただひたすら、井上靖としては申訳けない思いを持つ。有難いと言っていいか、申訳けないと言っていいか、ただ黙って握手の手を差しのべるしかない。坂入さんが故人になっておられるのが残念である。私の一生でただ一回の、万斛の感謝の思いをこめての握手をしたかったと思うのである。

（昭和五十七年三月）

臼井史朗「古寺巡礼ひとり旅」序

淡交社の「古寺巡礼」も、その第一巻「東寺」を刊行してから、いつか七年余の歳月が流れ、全六十六巻の厖大なものになって、完結の日を迎えた。

私はこの古寺名刹全集とでも言うべき仕事に於て、塚本善隆博士と並んで、監修者に名を列ねさせて頂いて来たが、その間に塚本先生は故人となられている。古寺名刹を一ヵ寺一冊で編集したこの大構築物の完成を、先生に見て頂けなかったことが、返す返すも残念である。

それにしても、この仕事の総指揮に当った淡交社の臼井史朗氏の御苦労はたいへんなものであったろうと思う。氏は六十六の古寺名刹のすべてに足を運んでおられる。六十六の古寺のすべてに足を運ぶということは容易なことではないが、それを為しておられる。為しているというより、為さざるを得なかったのであろう。文字通りの氏の陣頭指揮によって、「古寺巡礼」六十六巻は完成の日を迎えることができたのである。

臼井氏はこの六十六寺院のすべてを訪ね、詳細なメモをとっておられる。そしてその御自分の古寺訪問を「仏教タイムス」に連載され、広く好評を博したが、こんどそれを一冊にまとめられると聞く。たいへん嬉しいことである。「古寺巡礼ノート」と言ってもいいし、「古寺巡礼覚え書」と言ってもいいものである。一人でも多くの人に読んで頂きたいと思う。

（昭和五十七年四月）

柳木昭信写真集「アラスカ」序

地球上にまだ会わない恋人がいる。ただひとり残っている。アラスカだ。ベーリング海、セントローレンス島、マッキンレー山、ユーコン川、ブルックス山脈、――何十年も思い続けて来た名前である。飛行機がアンカレッジに着く度に、多少胸をしめつけられるような思いを持つが、今はもう諦めている。齢七十代の半ばに達しては、もはやユーコン川の河岸に立つことは諦めなければならない。

三年前にカラコルム山脈のヒスパー氷河を初めとして、幾つかの氷河の尻尾が横たわっている地帯に立ったが、その時も氷河中の氷河であるアラスカの氷河を眼に収めたいという強烈な思いに襲われたものである。アラスカというところは、私にとってはそういうところである。まさに若い時から思い続けた意中の人に他ならない。

柳木昭信氏の写真集「アラスカ」一巻の上梓は、私にとっては特別な意味を持つ。カメラマンとしての仕事が、前人未踏の分野に鍬を入れた大きい意義を持つものであることは言うまでもないが、氏にそれをなさしめたものは、氏のアラスカに対するなみならぬ情熱であり、芸術的恋情であろうかと思う。氏もまたアラスカに魅せられた一人であるに違いないのである。アラスカというところはそういうところである。

とまれ、氏の非凡な感性によって捉えられたアラスカの大自然の諸相にお目にかかれることは、近頃にない有難いことである。

（昭和五十七年十月）

「世界出版業2 日本」序言

中国図書進出口総公司の「世界出版業——日本」の刊行は、日中文化交流史上における画期的な大きな事件であると思う。言うまでもないことであるが、今や世界各国に於て、文化活動を大きく支えているものは出版である。ただそれぞれの国に於て、文化の独自性が考えられるように、それを支える出版活動、出版機能、出版組織というものは、それぞれ異っている。お互いにそれを理解し、その上に立って初めて、文化交流というものはより正しく、より活潑に行われる筈である。

日中国交正常化十周年を迎える今、両国の文化交流は一段と盛んにならなければならないが、その基盤となるものは、日本は中国の、中国は日本の出版界の事情と、その特殊性を理解することである。

「世界出版業——日本」の刊行は、わが国日本にとって、たいへん有難いことである。日本の出版界は幾つかの水脈を持って揺れ動き、それぞれ独自の性格を持って、日夜活動を続けている。たいへん複雑にして鋭敏な生きものである。中国の出版界もまた同じことであろうと思う。この二つの生きものを通して日本文化を吸収して頂きたいし、この二つの生きものを通して中国の文化を日本に送り出して頂きたいと思うのである。

（昭和五十七年十月）

坪田歓一編「文典」序

よい文章を書けるようになりたい、という人に助言が許されるとすれば、まず多くのすぐれた文章にふれること、それが結局文章上達への早道だと言えるだろうと思う。すぐれた作品を読み、すぐれた文章を味わうことの中から、文章を見る目のたしかさが養われていくにちがいない。

とはいえ、すぐれた文章、いわゆる名文というものを、短かいことばで定義することはむずかしい。一つの文章が、ある人にすぐれた名文でありえても、他の人にはそのように見えないということは、容易に起りえる。かりに名文の条件というものがあるとしても、それは時代と共にかわり、また人によって千差万別である。しかし、名文はある。

私は、『詩集・北国』のあとがきの中で、詩を書く友人のことにふれて、つぎのように記したことがあった。

中学二年の時だつたと思ふ。

秋。どこかで石英のぶつかる音がしてゐる。

私はその友達からそんな短い一行の詩を見せられ、ひどく感心した。この詩を見たことが、私の詩との結びつきであつた。これを見たお蔭で、私は詩に取り憑《つ》かれ、小説を書き出すまで、約二十年間、五十篇の詩のために苦労する仕儀となつてしまつたのである。

名文は、結局、一人一人と文章との出合いの中に見出されるものであろう。それは、読む人の心に深くくい込んでいく。

この本『文典』には、編者坪田歓一氏が渉猟読破したおびただしい数の現代日本文学の作品の中から、氏の心をはげしく動かした「名文」が、事典ふうな配列で収められている。文章を書くときの要諦は対象の描写にある、名文すなわち対象をよく描写しえた文章である、という編者の文章観によって、手際よく分類・編集されている本書は、きっと、文章上達を望む読者に、多くの有益な示唆を与えることだろうと思う。

さらに、読者の皆さんが、本書に収められた文章から、その原作者へとおもむく機会を得られることを期待したい。すぐれた作品のすぐれた文章は、文章修業を心がけられる読者の文章を見る目のたしかさ、そして文章を書く力を養ってくれるにちがいないと思う。

（昭和五十八年一月）

「回想 小林勇」あとがき

さきに「小林勇文集」全十一巻の完結によってその文業が集成され、故人が生前個展を開いたゆかりの吉井画廊における「小林勇を偲ぶ書画展」によって画業の精粋が示され、いま三回忌に当って諸友知己による「回想 小林勇」が成り、小林君の面目は遺憾なくよみがえることになりました。

小林君は出版人であるとともに、文筆人であり画家であり、そのいずれにおいても豊かな才能を示しましたが、またもっとも人間くさい人間でもありました。敬すべきを敬し、愛すべきを愛し、憎むべきを憎み、独立不羈の個性をもって、まさしくその自伝の題名のごとく「一本の道」を歩んだ人間でした。友人知己はこの追悼文集によって、おそらく知らなかった小林君の一面を見出して追懐の情を新たにし、また出版、文業、画業によってその業績を知り、作品に親しんで来られた人々も、これによって人間小林勇を理解して下さるでしょう。

なお、御遺族は故人をもっともよく知る方々の協力によってこの追悼文集が刊行されることに深く感謝していることを加えておきます。

（昭和五十八年十一月）

「熱海箱根湯河原百景」序

日にちの富士

私は幼少時代を伊豆で、中学時代を沼津で過しているので、富士山とは切っても切れない関係を持っている。毎日のように富士を見て育ったとも言えるし、毎日のように富士に見られながら育ったとも言える。富士を詠った名歌はたくさんあるが、現在の私の年齢では、

風になびく富士のけぶりの空に消えて行方も知らぬ
　　わが思いかな

という西行晩年の歌が好きである。富士を描いた名画もたくさんあるが、最近は今は亡き田崎廣助画伯の富士を居間に飾っている。赤い富士である。毎朝、赤い富士を眺めながら、あるいはまた赤い富士に眺められながら、一日の仕事のスケジュウルをたてさせて頂いている。

（昭和五十九年四月）

「北日本文学賞入賞作品集」序

十八年の重み――『北日本文学賞入賞作品集』の刊行に寄せて――

『北日本文学賞入賞作品集』は、言うまでもなく北日本文学賞を受けた作品を一冊に収めたものである。北日本文学賞は第十八回――ということは、この賞が十八年の歴史を持ったということで、この作品集が生み出されるのに十八年かかっているということになる。

私はこの賞の選考に第三回（昭和四十三年度）から携っているので、いつかそれから十五年の歳月が経過している。この十五年間、毎年のように十二月になると、この賞の候補作を読ませて貰い、読後感を綴り、それが年中行事のようなものとなって、現在まで続いている。どうしてこのようなことになったか、自分ながらふしぎであるが、それにはそれだけの理由がなければならない。

一言で言えば応募作品を読ませて貰うことが楽しくもあり、意義あることに思えたからである。いわゆる文壇小説には見られぬ生き生きとした、あるいはむんむんした生きる問題が取り扱われていたからである。初めは富山県だけに限定した募集であったので、それは当然なことかも知れなかったが、その後全国公募に切り替えてからも、さして大きく応募作品の性格は変っていない。

言うまでもなくこの賞は文壇作家、職業作家の登竜門として設けられたものではない。そういう作家が生み出されても、いっこうに差支えはないが、もっといい意味でのすばらしい素人作家が、この賞を契機として登場することを期待して今日に到

っている。

こんど北日本新聞創刊百周年を記念して、この『北日本文学賞入賞作品集』が編まれたことは、たいへん嬉れしいことである。収められている作品の題名を見て、その選に当った私としては、まことに感慨深いものがある。続けて書いている人もあるであろうし、一作で筆を折っている人もあるかも知れない。しかし、そのいずれでもいいと思う。それぞれの入賞作によって、作者は生きる問題を小説という形に於て考えたのであり、そしてそれがいかに大切なことであったかは、作者各自の心の中に納得されて仕舞われてあるに違いないからである。

（昭和五十九年四月）

「中国　心ふれあいの旅」序

一九八三年九月、水上勉氏を団長として、中野孝次、井出孫六、黒井千次、宮本輝氏等、日本文学界の精鋭五氏が、日本作家代表団として中国を訪ねました。訪中期間は二週間、さして長いとは言えませんが、その間に北京、西安、成都、桂林、上海と訪問され、帰国後の氏等のお話によって、いかに稔り多い旅であったかを知りました。

氏等のお話の中で心惹かれたのは、中国の作家と同じ列車の旅をし、文学者同士が文字通り膝を交えて語ることができたが、そうしたことが、いかに大切であるかを知ったということでした。

さもあるであろうと思いました。こんど上梓されることになった「中国　心ふれあいの旅」は、そうした旅から生み出されたものであります。日本側の団員諸氏はもちろんのこと、代表団が訪中した際、全行程を一緒に旅された中国の作家・鄧友梅氏、並びに中国作家協会の通訳・陳喜儒の両氏も、こんどの旅について筆を執られるという。なかなか気持のいいことであります。

訪中した日本の作家代表団が全員で、旅の記録を一冊に纒めるということも初めての試みですが、それに中国側が加わるということになると、まさに完璧な「中国　心ふれあいの旅」ということになります。

私自身も、何回か訪中日本作家代表団の一員として、親しい作家、詩人、評論家たちと、楽しい中国の旅をしておりますが、その時々で、このような形で、旅行報告、旅行感想を一冊に纒めるべきであったと思います。それをなさなかったことが悔まれてなりません。

それは兎も角として、「中国　心ふれあいの旅」の一日も早い上梓が待たれます。改めて旅の報告を読ませて頂きましょう。

（昭和五十九年五月）

白川義員作品集「中国大陸 下巻 天壌無限」序文

白川義員氏は『中国大陸』上巻のあとがきで、次のように書いている。

――地球は人類を乗せて無限の宇宙に浮遊する一個の宇宙船といってよく、運命共同体であることを再発見再認識すれば、人間、いかに生きるべきかおのずとその方向も判るであろうし、連帯感も生まれるであろうと思う。我々が無意識に吸っている空気も無尽蔵ではない。

――そしてこの有限の宇宙船がいかに鮮烈で荘厳で神秘な美しさで満ちていることか。私が得た感動をあらゆる人々に紹介することによって、有限の運命共同体の将来を考えてみたいとするのが、私の仕事の一つの目的である。

最近、これほどみごとな、わが意を得た文章にぶつかったことはない。一人でも多くの人に読んで聞かせたい文章である。

今年の五月に第四十七回国際ペン大会が、東京で開かれたが、氏のこの文章と、氏がこれまでに撮影されたアルプス、ヒマラヤ、それからアメリカ大陸、そしてこんどの中国大陸と、氏が何次かに亘って努力を傾けた作品の数々を、その会場に飾ったら、どんなにすばらしかったろうと思う。そこに思いが到らなかったことは、まことに残念である。

もちろん氏の写真家としての独自な理念は、おそらく国際的によく知られているであろうし、その作品は国境を越えて、多くの人々に親しまれているであろう。しかし、それを日本の首都東京に於て、世界中から集まったペンマンに呼びかけて貰いたかったのである。

それはそれとして、こんどの『中国大陸』が、日中友好親善の上に果す役割は非常に大きいと思う。日本人はもちろんのこと、中国人もまた、白川氏の作品によって、初めて接する自国の自然が多いと思うからである。氏が繰り返して言われているように単なるある日、ある時の抒情ではない。対象そのものが本来持っているものを、氏は必死に取り出して、われわれの前に置こうとしているからである。

もうこうなると、国境というものはない。美しく、力強い山々があり、河川があり、遺跡があるばかりである。

私もまたこの数年間、中国の辺境地帯に足を踏み入れることが多くなっており、天山も、崑崙も、パミールも、何地点からか、その山容に接している。それからまた砂漠や草原にちらばっている幾多の遺跡にも立っている。私は私なりのそうしたものへの対《む》かい方をして来たが、こんどそれが氏の『中国大陸』によって、どのように訂正されるか、どのように強調されるか、それを知るのが楽しみである。

そしてそうしたことのあとで、白川さんと、その一つ一つに於て語り合うことが出来たら、どのように楽しいことであろうかと思う。

（昭和五十九年九月）

屠国壁「楼蘭王国に立つ」序

一九八〇年五月、シルクロード日中共同取材班に同行した私は、若い時から夢に描いていた西域南道から、ロプノール南方地域にかけての幾つかの集落を訪れることができた。

その時、民豊《ニヤ》で私たちを迎えてくれたのは、中国側取材班団長の屠国壁氏であった。氏とは半年前の敦煌取材の時以来の再会であったが、その半年の間に、氏は三週間にわたる楼蘭遺址への取材を終えていた。ヘディン以来半世紀、人跡絶えてなかった楼蘭の故地を踏むことができたとは、なんと倖せな人だろうと思った。

その屠さんが、その楼蘭行の記録をまとめられた。すばらしい記録でもあれば、すばらしい紀行でもある。

翻訳を担当された田川純三氏は、私が同行したＮＨＫ側の取材班のキャップとして、屠さんと共に西域南道の沙漠地帯を駈け巡り、厳しい仕事の日々を通じ、互いに肝胆照した間柄である。氏の訳文が豁達自在、生彩を帯びているのは、蓋し当然なことと言えよう。

いずれにせよ、日本と中国の二人のジャーナリストの相互協力のもとに、〝楼蘭〟の本が上梓される。たいへんすばらしいことである。

（昭和五十九年十月）

「日本の名随筆33　水」あとがき

孔子は『詩経』に収められている三百の詩について、〝一言を以てこれを言えば、思いよこしまなし〟と言っている。これほど詩歌に関する大きい肯定の言葉はないと思う。まことに詩や歌を創《つく》ろうとしている心には、よこしまな思いの入り込む余地はないのである。

私は旅に於て川の畔りに佇むのが好きである。川の畔りに立った時の思いは、例外なく一言を以てこれを言えば、〝思いよこしまなし〟である。川の流れというものが、その岸に立つ人間の心を洗い浄《きよ》めて、素直なものにしてくれるのである。言い方を替えれば、河畔に立つすべての人を詩人にしてしまうのである。過ぎ去りし日のことに思いを馳せる抒情詩人も誕生すれば、人生と結びつけて考える人生詩人も誕生する。

――逝く者は斯くの如きか。昼夜をおかず。

同じ孔子の大河の畔りに立っての感慨であるが、この場合、孔子は哲学者でも、思想家でもない。素直な主知派の抒情詩人である。

本輯に於ては、広く水に関して綴ったエッセーに登場して頂いた。思いよこしまなき珠玉の文章で一冊を編まして頂いた。

（昭和六十年七月）

「日本国立公園」序

1北海道／東北篇

日本国立公園には、日本のなかでも特に傑出した風景地が選ばれており、その自然景観が保護されていることは、われわれのよく知るところである。こうした日本の国立公園を、写真家の森田敏隆氏は永年にわたって撮り続けてこられたが、その厖《ぼう》大《だい》な写真を中心に、こんど「日本国立公園」四巻が編まれることになった。

第1巻の本書は、北海道・東北の8国立公園を取り扱っている。いうまでもなく、この地域は日本に於て、最も多くの自然が残されているところである。知床《しれとこ》のように秘境の名を冠せられるところもあるが、どちらかといえば、繊細な自然の変化を特色とする日本の風景の中では、多少異色の、男性的な景観が魅力となっている地帯と言えるかも知れない。雄大な広がりを持つ大地に、原始の姿を残す自然が展開し、野生動物も多くすんでいる。

北国の自然の魅力をあげるなら、やはり新緑と紅葉の鮮やかさであろう。長い冬を耐えしのんできた、立ち枯れたかに見える樹々たちが、遅い春の訪れとともに一時に芽吹く様には、まさに生命誕生のドラマを見るような、感動を覚える。芽吹きが始まるとともに、新緑は麓から山頂へと駆け上がり、初夏には高山植物が花開いて高原を彩る。低い高度でも高山植物を見ることができるのも魅力である。短い夏が一瞬に通り過ぎると、すぐに紅葉の秋となる。山頂部の草木の色が秋の気配を感じさせると思う間もなく、全山は燃えるような紅葉の錦を身にまとう。自然林の多い北国の紅葉は一段と鮮やかである。八幡平《はちまんたい》、奥入瀬《おいらせ》を紅葉の真最中に歩くと、それこそ我が身が赤く染まるのではないかというような錯覚にとらわれる。しかし、その頃はもう山頂部は白い雪におおわれはじめ、長い冬の始まりを告げているのである。北国の四季はそれぞれが凝縮されている。その四季の変化を最もよく見せてくれるのが、北海道・東北の国立公園である。本篇の写真を見ていると、自然をそのままに残すことが、いかに大切であるかを教えられる。

（昭和六十年九月）

2関東甲信越／中部篇

この巻で取り上げられている国立公園は、小笠原国立公園を除いて、高原、山岳が中心となっている。もっとも小笠原諸島も海中から突き出した山と考えれば、同じ分類に入るといえよう。

山といえば、私は中部山岳国立公園・北アルプスの穂高が最も親しみ深い。昭和三十一年の九月、親しい山の好きな友人たちに誘われて、初めて穂高に登り、涸沢ヒュッテに泊って、月見をした。私はこの時まで、山というものとは一切無関係であった。

　私はこの観月登山のお蔭で梓川という川の美しさも知り、トウヒ、ブナ、マカンバ、カツラ等の樹林地帯の美しさも知った。北穂、奥穂、前穂の穂高連山がいかなるものか眼に収めることもできた。

　この観月登山から帰って、山に同行した友の一人安川茂雄氏からナイロン・ザイル事件のことを聞いた。それを材料にして書いた小説が『氷壁』である。こうしてこの最初の穂高登山のお蔭で、小説『氷壁』は生まれ、『氷壁』を書いたお蔭で、穂高とは切っても切れぬ関係ができたのである。それから今日まで、殆ど毎年のように穂高に登っている。

　穂高を知ったことは、言うまでもなく、私の生涯での大きい事件である。この地球上に、何回見ても、決して倦きることのない美しさというものがあることも知ったし、また何回対かい合って立っても、その度に違う美しさというもののあることも知った。

　もちろん、山の美しさは穂高に限らない。あまりに見なれている富士山にしても、注意深く観察すれば、季節はもちろん、同じ日の昼と夕方とで全く異った表情を持つものである。また、他のいかなる山も、また同じことである。それぞれが独自の性格を持ち合わせている。この巻では、山を中心とする自然の美しさを存分に堪能することができる。写真を見ているうちに、いままでの穂高に於ける思い出がよみがえり、また出かけて行きたくなる。


（昭和六十年十一月）

3 近畿／中国／四国篇

　このシリーズでは、日本の風景が北から南へと、地域別に全4巻で構成されている。各巻を見てみると、それぞれの地域に含まれる国立公園が、それぞれ独自な自然景観の特色を持っていることに気付く。第1巻では原始の姿を残す雄大な自然が展開しているところが多く、第2巻では山岳と高原が景観の中心となっている。日本は南北に細長い列島であるから、気候風土の違いがその景観の変化に深く関わっているのである。

　この第3巻で紹介されている国立公園を見ると、そのすべてに海岸部が含まれている。志摩、南紀海岸、山陰海岸、隠岐島、瀬戸内海、足摺岬などである。もちろん、他に内陸部の山や高原、川、谷も多く含まれているが。しかし、この巻で紹介される国立公園の景観はやはり海岸美が中心となっているといえるだろう。

　その海岸も、比較的おだやかで親しみやすい景観を呈しているところが多い。波静かな内海に大小の島々が点在している瀬戸内海の多島海景観が、その代表ともいえるが、深い湾入の多い志摩の海岸部も同様である。山陰海岸、隠岐島、足摺岬などでは豪快な断崖が見どころのひとつになっているが、これも東北の陸中海岸に見られるような、人を寄せつけない厳しさというものは感じられない。海と人の生活が一体となって景観を展開しているところが多いのである。

そのため、それぞれの国立公園にも、信仰や政治、経済の場として古来から人々と深い関わりを持ってきたところが多い。伊勢神宮、吉野山、熊野、出雲、そして、瀬戸内海の宮島や屋島など、歴史の舞台としてよく登場するところである。自然の中に人間を取り込んだ景観ともいえよう。それだけに、自然は開発の危機にさらされることが多く、すでに自然が破壊されているところも一部にはある。この巻を見ていると、我々の身近にある自然が、いかに大切なものであるかを感じさせられる。

（昭和六十一年三月）

4九州／沖縄篇

九州の国立公園には火山が多い。なかでも主役と言えるのは、九州の中央部に位置する阿蘇山であろう。絶えず白い噴煙をたなびかせている阿蘇山は、「火の国」熊本のシンボルともなっている。また、九州の自然の魅力はその雄大さにもある。阿蘇山の北には九重火山群が続き、そこに展開する高原風景は、北海道の自然に負けないスケールを持っている。しかし、そこにある山や高原は、やはり北国や日本アルプスの山々とは異質の南国らしい景観を示している。ほぼ山頂部まで緑におおわれた山々と、そのすそに広がる草原は、のびやかな牧歌的ムードを造り上げている。初夏に、九重、雲仙、霧島などで見られるミヤマキリシマの大群落も、北国の高山植物の花畑とは異質な南国らしい彩りをそえる。

霧島屋久国立公園も、やはり火山が主役である。とくに、桜島は鹿児島の人にとっては欠かせない存在となっている。火山灰を降らす桜島は厄介もの扱いされる時もあるが、市内のどこからでも見られるその雄姿は、人々の心の中の風景として深く焼き付いている。島津藩主の別邸として建てられた磯庭園は、錦江湾と桜島を借景に取り入れるという雄大なスケールを持っている。噴煙を上げる火山を庭の一部にするという考えなどは、豪快な薩摩隼人ならではの気風を表わしているものと言えよう。

日本列島の最南端、そして最西端にある国立公園が西表《いりおもて》国立公園である。鹿児島から千二百キロメートル、沖縄本島から四百三十キロメートルの距離にある西表島は、沖縄本島よりむしろ台湾のほうが近い南の島である。サンゴ礁の海と亜熱帯樹の原生林におおわれた島の景観は、他の国立公園では見られぬ南国風景である。

この写真集であらためて日本の国立公園を見てみると、日本列島が実に多くの変化に富んだ美しい自然風景によって構成されていることを知る。そして、我々を楽しませてくれる美しい自然が、まだまだ沢山残されていることを知る。数々の美しい写真でそれを紹介してくださった森田敏隆氏の努力と情熱に対して、心から敬意を表し、感謝して已まない次第である。

（昭和六十一年一月）

大場啓二「まちづくり最前線」序

序に替えて

どこに住んでいるかと訊かれる。世田谷だと答えると、いいところですねという言葉が返って来る。悪い気持ちはしない。まだ世田谷には緑が多いとか、散歩道があるとか、そんな言葉を口から出してしまう。私もいつか、すっかり世田谷区の住民になり切ってしまっているのである。

併し考えてみると、世田谷区に住み着いて、いつか三十年という歳月が経っている。生涯で最も長く住んでいるところであり、作家として仕事の大部分も、ここでさせて貰っている。今やまさしく世田谷住民であり、世田谷っ子であり、世田谷人種以外の何ものでもないのである。

自慢は自慢として、真面目に世田谷区というものをも考えている。世田谷区で最も大切にしなければならぬものは、緑であろうかと思う。東京中で最も緑の多い地区とされているが、この世田谷の特色だけは絶対に失ってはならない。緑の世田谷、――これが一番の基本であろうかと思う。

緑が多ければこそ、文化の町たることも望めるし、教育の町たる構想も可能である。美術展、音楽会を開いて、しっくりと落着く町にもしたいし、講演会を開いても、それにふさわしい町にもしたいのである。

こうしたことは、おそらく夢ではないであろう。大場区長がとうから考えていることであり、そして着々、そうした構想のもとに世田谷区は営まれつつあるからである。

大場区長にお会いすると、いつも世田谷はいかにあるべきか、そうした問題に惹き入れられてしまい、文化地区・世田谷の構想に、何か発言しなければならぬ立場に追い込まれてしまう。併し、これはたいへん嬉しいことであり、世田谷の区民として気持ちのいいことでもある。世田谷区の素人俳人、あるいは素人歌人の作品発表会をやったらどうか、日曜画家の展覧会を開いてはどうか、そんなことを進言する。併し、大抵のことが大場区長の頭の中に既に組み込まれてあったり、既に実行に移されたりしてしまっているのである。実に夢の多い、そしてその夢を一つ一つ実行に移してゆく、すばらしい政治家だと思う。

私の場合、最近は緑、緑、緑一点張りで、進言している。既にどこより緑の地区であるに違いないが、これだけは幾ら主張しても主張しすぎることはないからである。緑は人の心を和らげ、人の生活を落着ける。そして緑の町・世田谷の運動を、ひろい東京のあらゆる地区にひろめてゆきたいものである。こうした私の進言を黙って聞いて下さっている時の大場区長の温顔はすばらしい。私は私で、そのことを朝から晩まで考えているんですよ。そんな言葉がとび出しそうである。併し、黙って笑って聞いて下さっている。

（昭和六十年十一月）

段文傑「美しき敦煌」序

現在、敦煌について語る人を独り求めるとなると、段文傑先生の名をあげないわけにはゆかない。氏は解放前に敦煌文物研究所（現在の敦煌研究院）に入り、爾来四十数年の長きに亘って敦煌壁画の模写、研究に従事され、現在は敦煌研究院々長の要職にあって、日夜、その保存、研究に献身的努力を払っておられる方である。

段文傑先生は昨年十月から十一月にかけて、三度目の日本訪問をなされたが、日本滞在中、執筆に、講演に、座談会に、まさに寧日なき有様だった。本書「美しき敦煌」は、氏の日本に於けるそうした活動のすべてを、一冊の形にまとめたものである。

本書上梓に当って、そのすべてを読ませて頂いたが、その感想を一言で言うと、待望久しき〝敦煌美術概論〟を、私たちは漸くにして手にすることができた、そんな思いである。

本書に収められているすべてのものが、段先生でなければ書けないものであり、語れないものである。私は本書から実にたくさんのものを学んだ。氏の敦煌美術に関する該博なる知識、高い見識、そして随所に感じられる古いものへの尊敬と愛情、——私は敦煌に、敦煌美術に関心を持つ日本のすべての人に、敦煌に足を踏み入れた人にも、踏み入れない人にも、この「美しき敦煌」を読んで戴きたいと思う。敦煌の美術が、まるで異ったスケールで私たちに迫って来るに違いないからである。

訳は、日本に於ける敦煌研究の第一人者である東山健吾氏が受け持たれたことも、頗るわが意を得たことである。

（昭和六十一年三月）

水越武写真集「穂高　光と風」序

水越さんの穂高の写真を見せて頂いた。この二十年間に亘って撮られた山岳写真を、一冊にまとめようとされている時である。モノクロームによる写真ばかりである。

——いいですね。

と一言だけ、私は言った。写真がいかに優れているか、いないか、門外漢の私には判らないが、モノクロームによる氏の穂高は、実にいいなと思ったのである。穂高の素顔が撮られているというか、穂高そのものが撮られているというか、そんな思いを持ち、ちょっと眼をはなせないような気持ちになったのである。冬の穂高はきびしく、美しく、それでいて静かでさえあった。

そして十作か、二十作か拝見して、厖大な写真の束を卓の上に置いた。こうして次々にめくっていてはいけない、そんな思いを持ったのである。今も、その時拝見した冬の穂高の写真から受けた印象は、私の心に遺っている。きびしいというか、きびしくて美しいというか、どの一枚にも凜々と鳴っているものがあった。紛れもない本当の登山家が、本当の穂高撮影者がここには居る、そんな思いであった。

併し、こうした私の感動は、そう的外れではないであろうと思う。と言うのは、ここ三十年ほど、一番気候のいい時であるにしても、毎年一回、穂高には登り続けているからである。穂高という山が好きなことにかけては、人後におちない。穂高だけが好きなのであり、穂高以外の山は知らない。穂高オンリーである。四十九歳から七十代の後半まで穂高詣でを続けている。

その穂高の最もきびしい時期に、氏は毎年のように穂高に登り続け、遭難も経験されながら、その穂高のきびしさも、優しさも、美しさも、穂高のすべてをカメラに収め続けて来られているのである。氏の本当の山への愛情に対し、お仕事の真剣さに対して、心から敬意を表し、この小文の筆を擱くことにする。

（昭和六十一年六月）

「写真集　旧制四高青春譜」序

四高時代に二つの言葉と出会っている。
一つは〝練習量がすべてを決定する柔道〟。
この言葉に心惹かれたために、
私は高校理科三年のすべてを無声堂に投入、
敢て悔ゆるところなかった。
もう一つは〝いかに感歎しても感歎しきれぬものは、
夜毎の星の耀きと、人間の心の内なる道徳律〟。
このカントの言葉からは、
それより半世紀過ぎる今日に於ても
自由になれないでいる。
柔道の言葉を私に示してくれた蓬髪の友は
大陸で戦死し、
カントの言葉を教えてくれた文科の学生は、
その名もその容貌も記憶していない。
その時が初対面であり、
永別の時であったかも知れないのだ。

（昭和六十一年七月）

白川義員作品集「仏教伝来2　シルクロードから飛鳥へ」序

「仏教伝来」という四文字が持っている生命は、他に類例がないほど大きいものである。この四文字を眼にすると、瞬間、大きなドラマに、やわらかく包み込まれてしまうような思いを持つ。言うまでもなく仏教東漸、文化東漸の大ドラマである。時間的には二千年の長きに亘っており、空間的にはアジア大陸全域に拡っている。

勿論、戦乱の時代もあれば、民族興亡の激動の時期もある。併し、そうした動乱の時期に於ても、仏教は東へ、東へと伝わり、その経廻《へめぐ》る地域、地域に於ては、民族独自の仏教文化の花が咲き盛っているのである。

この「仏教伝来」という大ドラマの舞台は、アフガニスタン、インド、パキスタン、中国、朝鮮を初めとして、アジア全域に亘っていて、沙漠の道も走っていれば、ゴビの海も拡っている。舞台の設定はたいへんである。

そうした無数の舞台に、これまた無数の人を配することになる。アショカ王も登場するし、カニシカ王も登場する。五世紀の法顕も、七世紀の玄奘法師も姿を見せる。鑑真和上と、それを取り巻く日本の留学生、留学僧たち、それから仏教伝来に大きい役割を果した日本の高名な求法僧たち、そうした人たちが長安の都に姿を現したり、各地の霊場に姿を現したりする。敦煌も、大同も、洛陽も重要な舞台であろうし、西域南道、西域北道も重要な舞台であろう。それぞれが文化東漸の道であり、文化東漸の駅亭である。

この「仏教伝来」という大ドラマは、多少視点を変えると、一枚の大きな美しい画布に見える。あるいはまた大きく、美しい大絨毯と言ってもいいかも知れない。長い歳月に亘って、アジア各国の人たちによって織りなされた最も価値のある美しい大絨毯である。「仏教伝来」という大きな歴史が、一枚の大絨毯に編み上げられているのである。

白川さんの今度のお仕事『仏教伝来』について、ここに改めて解説する必要はないであろう。「仏教伝来」という大ドラマに於ける、優れた演出者であり、且《かつ》また、長い歳月をかけて、「仏教伝来」という大絨毯の要所、要所に立たれ、氏独自の観点から、そこに生み出されている仏教文化の花々をカメラに収めておられるのである。古い仏教遺跡もあれば、現に生きている仏教活動の一端もある。

氏は『アメリカ大陸』、『中国大陸』の大著があるが、こんどはそれに続き、それ以上に野心的な『仏教伝来』に取りくまれている。非凡な見識と非凡な体力と、非凡な実行力を以てして、初めて可能なお仕事である。

私もここ何年かに亘って、「仏教伝来」の大ドラマの幾つかの場面を覗かせて貰ったり、「仏教伝来」の大絨毯のあちこちに立たせて貰ったりしている。そうした私の見聞を、氏の労作によって、一つ一つ確認したり、訂正したり、教えられたりすることを思うと、私個人にとっては、また別の意味で、たいへん有難い氏のお仕事である。

氏は写真家としては、本当の意味での写実家である。これほど写実精神に徹した人は、そうたくさんはないだろう。叙情とか、詩情とかいったものほど、氏にとって無縁なものはない。写真家としての氏の独自、強靱な精神が、『仏教伝来』に於てどのように生かされているか、それを拝見するだけでも、心は弾まざるを得ない。

氏の大著の完成を心から祝って、この小文の筆を擱く。

（昭和六十一年七月）

「西域・黄河名詩紀行」序

第一巻［西域《シルクロード》］

「西域《シルクロード》・黄河名詩紀行」全五巻の企画を聞いて、まことに感慨深いものがある。解説のペンを執られる田川純三氏は、あの大きい成功を収めたＮＨＫの「シルクロード」撮影班の中心に坐っていた人の一人であり、同じくＮＨＫの「大黄河」の撮影を指揮した人でもある。その田川氏が学生時代から今日まで、永年に亘って取り組んで来られた中国文学、特に西域・黄河詩篇について、実際にその舞台を自分の足で踏んだ人として、新鮮な解釈を試みられるわけである。

また西域各地を田川氏と同行、タクラマカン沙漠、黄河流域の要所、要所をカメラに収められた大塚清吾氏をはじめとするカメラマンの方々の仕事も、この企画を生き生きとしたものにすること必定である。

それから、もう一つ、感慨深いものを覚えるのは、この「西域・黄河名詩紀行」を手にされる読者諸氏の中に、西域地区の要所、要所に、自分の足で立たれている方が、たくさん居られるに違いないことである。十五年前には夢にも考えられなかったことである。「西域・黄河名詩紀行」が成立する、新しい西域時代は、いま明るく開けようとしているのである。

（昭和六十二年九月）

第二巻［黄河　青海・甘粛］

唐代には辺境を詠った詩が非常に多いが、実際に辺境に自分の足で立った詩人は、岑参《しんじん》ぐらいであろうとされている。岑参は安西節度使、河西節度使の部下として、長く塞外に於ける生活を経験しており、どの作品も、沙漠や、沙漠地区に自分の足で立った者の作品としての、有無を言わさぬ強さを持っている。岑参の詩はこの巻にも収められてあり、彼の眼に映った千二百年前の蘭州が、都を遠く離れた黄河の町として、格調高く詠われている。

私が彼の辺境の詩を一つ選ぶとすると、〝兵を魚海に洗えば　雲　陣を迎え／馬を竜堆に秣《まぐさか》えば　月　営を照らす〟（高木正一氏「唐詩選」）というのになろうか。一日の戦闘が終って、兵器を湖で洗っていると、兵団を迎えるように雲が湧き起り、竜堆（ヤルダン地帯）で馬にまぐさを与えていると、月が軍営を照らしている。ヤルダン地帯というのは、風蝕によって造られた硬い粘土の波立っている地帯のこと、凄愴な第一線部隊の情景が生き生きと綴られている。

（昭和六十二年十月）

第三巻〔黄河　陝西・長安〕

日本で最も古い歌集は、八世紀後半に編まれた「万葉集」で、わが国第一級の古典。収められている歌は、旅の歌、恋の歌、死者を弔う歌。作者たちはみな自分の心を歌い上げることに専念していて、そこから、奈良の都を知る具体的史料といったものを引き出すことはできない。

同じ時代の唐の詩人たちの詩は、いま我々はそれを集めた「唐詩選」によって読むことができるが、この方は唐の都・長安が八方から詠われていて、宛《さなが》ら大風俗辞典の観を呈している。

本書に収められてあるそれらの詩を読むと、長安の都は、その華やかな姿を次々に現してくる。

長安の二月　香塵多し
六街の車馬　声麟々《りんりん》――韋荘

長安　一片の月
万戸　衣を擣《う》つ声――李白

三月三日　天気新なり
長安の水辺　麗人多し――杜甫

本書を携えて、西安を訪ね、古都長安を偲んで頂きたいと思う。

（昭和六十二年十一月）

第四巻〔黄河　オルドス・山西〕

昭和五十五年八月に内蒙古自治区に赴き、包頭郊外を流れる黄河を目指す。町を出ると、東南部に拡がっている大原野のドライブになる。ひまわりの畑が多く、黄色の大輪の花が美しい。トウモロコシ畑、高粱畑が続くが、やがて辺りは白いアルカリ地帯になり、遠くに黄河の流れが見えてくる。それに近付いてゆく。原野のただ中に、一本の黄色の水の帯が置かれている。他には何もない。土もなければ、草もない。川幅は五百〜六百メートル。対岸にはチリメ沙漠が拡がっている。

黄河の五千四百何十キロという長い行程の中で、この辺りが一番北、無限のエネルギーを矯《た》め貯えている青春期の黄河である。

包頭市には匈奴王に嫁した悲劇の美女、王昭君の墓がある。そうしたところから考えると、往古、この地帯は匈奴の幕営が置かれていた所であろうか。河岸に腰を降ろして、天を仰ぐ。王昭君が仰いだであろう、沙漠の上に拡がっている青く澄み亘った天を仰ぐ。

（昭和六十二年十二月）

第五巻〔黄河　河南・河北・山東〕

黄河というと、すぐ思い出されてくる詩句がある。一つは、

——白草原頭　京師を望めば
　黄河　水流れて尽きる時なし。

それから、もう一つ、

——黄河　海に入りて流る。

どちらも、いつか、どこからともなく私の頭に入り、そのまま消えないで遺っている詩句である。一つは黄河の上流、白草の生えている沙漠地帯にて偲ぶ、空間的にも、時間的にも無窮な、延々たる黄河の流れ。もう一つは、そうした黄河が流れ流れて、ついに海に入る時の、最も直截、簡明な、力強い表現。

〝白草〟は唐の詩人王昌齢の「出塞行」という詩の前半であること、そしてまた「黄河　海に入りて流る」が王之渙の「鸛鵲楼に登る」という詩の一行であることなど、あとで知ったことである。王之渙の詩については、本巻に於て、現地に立たれた田川純三氏が、懇切な解説を試みている。

（昭和六十三年一月）

TBS特別取材班「シベリア大紀行」序

昭和五十八年の冬のある日、TBSのTVプロデューサーの篠崎敏男氏が、スタッフ諸氏を同行して拙宅を訪れた。

私が四十三年に書いた「おろしや国酔夢譚」と、桂川甫周の「北槎聞略」を基にしたドキュメンタリーを作りたいという申し出である。

江戸中期に起きたこの事件は、十年にわたる漂流と漂泊の話で、現代に生きるわれわれには想像を絶する事件であるが、その底に流れる日ソ交渉の経緯は、計りしれないくらいに今日大きな意味を持つ。伊勢白子を出て、やがて漂流し、アムチトカからオホーツク、ヤクーツク、イルクーツク、モスクワ、ペテルブルグと厳寒と酷暑のシベリアを横断、望郷の念ひたすらに日本に帰りつくことが出来た漂流民の話である。

この事実を出来る限り忠実に追跡してみたいというのが、TBSスタッフの企画であった。危険極りないシベリアの冬期横断をやってみたいという。面白いと思ったが、危険ではないかとも思った。しかし、私はこの小説を残された記録とシベリア抑留体験者からの話で書いたので、実際の極寒のシベリアを知らない。見てみたいと思った。また、大黒屋光太夫の歩いた同じ道を追体験するという試みも亦、興味深く感じて、私は快く承諾したのである。

ソ連との交渉は、さすがに難行したようであるが、ねばり強く話を進めて、実現にこぎつけたという。

あしかけ三年の歳月がかかったと記憶しているが、テレビ作品としても大変に優れたものであった。厳冬のシベリアの映像は圧巻であった。今でも、私はそのいくつかの苛烈で美しいシーンを記憶している。

その取材の過程で、私は妻とともに夏のシベリアを訪ねることができた。イルクーツクは十八年ぶり、ヤクーツクは初めてであった。冬に行ってみたかったが、無理だろうということで、周りが心配して果せず、いまでも残念に思っている。このヤクーツクの旅は、多くの私の旅の中でも最も強烈な印象で心にやきつけられている。

その時書いた詩は、この本に再録して貰ってあるかと思う。

本書は、冒険心と好奇心と、それ以上に江戸期の優れた男たちへの哀惜なみなみならぬ思いで、過酷な取材を敢行したテレビ人の痛切な記録である。

テレビ取材の裏話の枠を越えてわれわれの心を打つのは、彼らのシベリアと、そこに生きるひとびとへの愛情と、ロシアを知ろうという好奇心と、なににも増して江戸人、大黒屋光太夫たちへの畏敬の思いだと思う。

私はテレビというものに触れることの少ない人間であるが、おびただしい番組の中で、時に私たちを感動させるものがある。その優れた作品は、当たりまえのことであるけれど、関わり合った人たちの熱い思いが、テレビ画面からほとばしるという共通した要素をもっているように思える。

本書を読んでみるとその辺の事情がよくわかる。

彼らの熱い思いと、徒労と判っていながら執拗に努力するテレビ人たちの姿に、私は感動せざるを得なかった。

（昭和六十二年十一月）

「高山辰雄自選画集」英語版序

高山辰雄画伯は日本を代表する画家の一人である。一国を代表する画家という言い方をすると、行き着いた高い画境を持ち、何点かの有名な代表作によって囲まれている功なり、名遂げた芸術家を想像しがちであるが、高山画伯の場合は、いささか趣を異にしている。日本を代表する大きい存在であるには違いないが、今でも一作、一作、いかなる仕事が示されるか、その発表が、大きい期待を以て待たれている作家である。そうした点から見れば、現役中の現役、その仕事は現在《いま》なお動き、流れ、とどまるところを知らない感じである。

それならば、高山画伯がこれまでに為された仕事はいかなるものであるか。――それははっきりしている。氏の画壇への登場は戦後であるが、従来の日本画の世界に於ては考えることのできなかった新しい、自由な、生き生きしたものが、氏によって日本画壇に持ち込まれるに到った、こう言っていいのではないかと思う。しかも、それが非常に高いレベルに於て為されている。氏の代表作と言えるものの題名を、ここに並べると、それがはっきりすると思う。そういう意味で、日本画の世界に於て、時代に即した新領域を開拓した人、それが高山画伯であると言っていいかと思う。

氏のこうした日本画家としての、画期的な新しい仕事は、美術界に於て、多勢の人によって論じられ、論じつくされている。今改めて、それをここに紹介する必要はないであろうと思われる。それに替って、ここでは一人の小説家としての私の〝高山辰雄ノート〟の、一、二ぺえじを披露させて頂くことにする。

私は高山画伯と特に親しいと言えるような間柄ではないが、いろいろな会合で、時折お会いし、短い会話を交している。そうした時の、氏に対する私の関心は、専ら氏がいま、いかなる作品の主題を脳裡に、あるいは胸の内に懐き、それをいかに温めておられるか、――そういうことである。

氏は画家として、そのようなものを、氏に関心を持つ者に懐かせる。たいへん見事なことだと思う。

氏の画家としての最も大きい魅力は、氏が開き直ったというか、構えたというか、そうした意識した態度で仕事をされているところにあるように思う。一作ごとに、〝こんどは自分は自分といった気持ちで、こうした色で、こうした形で、こうした構成で描いてみました。さあ、これはどうでしょうか〟といった所があり、そういう点が、私を氏の仕事に対して無関心でいられなくしているのではないかと思う。

そして、言うまでもないことであるが、そういう開き直った態度でなければできない仕事に、氏は取り組んでおられるのである。

氏の代表的な、一群の仕事で見る限り、氏は詩人でもあり、画家でもある。氏は詩人として描く対象に取り組み、その対象の持つ詩的本質とでもいうべきものを抽出し、次にそれを、画家として色と形で表現している。なかなか大変な仕事である。前人未踏の分野へ氏は踏み込まれたと言っていいかと思う。

氏は詩人として対象に取り組み、そこから得たポエジー（詩的本質）を、画家として色と形で表現する。

そういう意味では、氏の作品は氏の〝心象風景〟ということにもなる。併し、おそらく氏は〝心象風景〟という言葉の持つ安易さには、やりきれないものを感じられるのではないかと思う。

描かれたものは心象風景には違いないが、その心象風景を内側から支えているものは、つまり、そのもう一つ奥の根底に置かれているものは、その対象が持つ詩的本質に他ならず、それの獲得のために、氏は血を流している筈である。

それからまた、詩的とか、叙情的とかいう言葉にも迷惑されるだろう。氏の仕事と、そういう言葉が意味しているものとは本質的に違うからである。

ポエジーの抽出、純化は終りというもののない仕事である。

対象の持つ詩的本質にいかに迫るか、迫れないかだけである。いくら努力しても、それを獲得できたという確信も、安心も得られないに違いない。氏の代表作の幾つかに見る、私たちが完成されたと思うような仕事に於ても、氏は到達点に立った思いは持たれないのではないか。

　画家としての氏は、安心立命とか、悟りとかいったものとは凡そ無関係であり、無縁である道を選んでおられる。こういうところに、私は何よりも氏の独自性を見る。氏の作品の前に立つ者がひとしく氏の作品に感ずる魅力は、氏のこの独自性と無関係ではないだろう。

　氏の作品の美しさは、見惚れるような性質のものではなく、そのみごとさは、堪能するような性質のものではない。が、ただ、一度その作品を見てしまうと、容易にそれを瞼から消すことはできないと思う。作品の前から立ち去ってから、誰もが氏の作品に支配されている自分を感ずるだろう。氏が血を流して闘いとったもの、或いは闘いとろうとしたものは、それだけの力で見る者の心に刻みついてしまうのである。

　脱帽！　氏の新作の前に立った時、いつもこうした思いを持つ。私だけであろうか。

（昭和六十二年）

入江泰吉写真集「新撰大和の仏像」序

　こんど上梓される入江さんの『新撰大和の仏像』に収める写真のうち、五十数葉を予め見せて頂いた。写真に撮されている仏像とは、いずれも旧知の間柄であるが、その大部分のものが久々の対面であった。

　最初の二、三枚をめくっているうちに、これからめったにない素晴しい時間が流れようとしているが、こちらにそれだけの心の準備ができているか、どうか、そんな思いが奔《はし》った。

　それで、席を仕事部屋に移して、誰にも煩らわされることのないようにして、文字通り素晴しい時間を過させて頂いた。仏像の写真をめくっているといった思いはなかった。次々に自分が曾て訪ねたことのある大和の寺々に案内され、そこに安置されてある仏像の前に立たせて貰い、一体、一体、異った挨拶をさせて頂いた、そんな思いであった。

　私は昨年の秋、入院、手術といった初めての経験をし、それから一年、漸くにして自分本来の生活に戻ることができた、丁度そうした時に当っていたためもあって、入江さんが一点、一点、案内して下さる度ごとに、全く心を虚《むな》しくして、その前に立つことができたのではないかと思う。

　ここで入江さんのお仕事を解説する必要はあるまい。この写真集を手にされる方は、入江さんのお仕事がいかなるものであるかは、よくご存じであるに違いないからである。

　入江さんは大和の仏像の心が一番よく判っている方である。奈良に住まっておられる長い歳月を思っても、大和地方の風景や古い文物に対する並み並みならぬ愛情の程を思っても、これは当然なことである。

そうした氏がそれをカメラに収められるのである。独自でなかろう筈はない。しかも、こんどの写真集は、氏がこれまで付合って来られた大和の仏像の集大成であると聞く。氏御自身にしても、感慨深いものがあろうかと思われる。

入江さんからは、いろいろなものを教わっているが、最も大きいものは、仏像それぞれの見方である。どちらから見たらいいか、どのように見たらいいか、――みな、氏の仏像写真が、静かに、大きい説得力を以て教えてくれる。

こんどの写真集には、法隆寺に於ての氏の新しい仕事が収められると聞く。いかなる新しい法隆寺が紹介されるか、拝見するのが楽しみである。

（昭和六十三年三月）

駒澤晃写真集「佛姿写伝・近江―湖北妙音」序文

駒澤さんの鎌倉の仏像を一冊に収められた『佛姿写伝――鎌倉』を、一枚、一枚、感深く、頁《ぺえじ》をめくらせて頂いた。仏教彫刻に対する敬虔な愛情が力強く貫いている立派な仕事であると思った。そしてそうした鎌倉の仏教彫刻に対する御自身の解説とも言うべき「鎌倉のこころ」も、感深く読ませて頂いた。

そうした氏が、こんど『佛姿写伝・近江―湖北妙音』を上梓されるに当って、一文を私に求めて来られた。私には曾て（昭和四十六、七年頃）湖北一帯の村々に蔵せられてある、地方色ゆたかな十一面観音像を訪ねて廻った一時期があり、それからまた『星と祭』という小説に、その地方のことを書いたりしたこともあって、そういうことから、私に声を掛けて下さることになったかと思う。勿論、悦んでお受けし、この小文を綴らせて頂くことになったのである。

私の湖北の旅の場合は、主として十一面観音像に焦点をしぼってはいたが、勿論、湖北の仏さまで、主なものには、一応みなお目にかかっているかと思う。併し、ただ、当時は何十年かごとの開扉、開帳ということがあって、お目にかかれぬものも、かなりの数に上っていた。

それは兎も角、湖北の仏さまは名品は名品、地方造りは地方造り、優れたものは優れたもの、素朴なものは素朴なもので、それぞれに何とも言えぬ魅力を持っていた。

この湖北の旅で知った最もすばらしいことは、こうした湖北の仏さまたちが、鎮護国家とか、仏法守護とか、そういったものとは、さして関係なく、専ら地方の庶民の生活の中に入り込んで、素朴で、切実な庶民の信仰の対象になっていることであった。安産の約束も守ってやらねばならぬし、長命の願いにも耳を傾けてやらねばならぬ。部落内のもめごと、男女の争い、――集落の守り本尊である仏さまたちの受持つ仕事は、頗る広範囲に亘っている。

それからもう一つすばらしいことは、永年に亘って、その集落の守り本尊である仏さまたちを、代々、村人たちが守って来ているということである。寺が住職の居ない無住の寺になると、新しくお堂を造って、そこに納めたり、公民館内にお迎えしたりして、いろいろな形で、集落の人たちが護り、そうしたことは今も続いているのである。

こうした私が歩いた同じ湖北を、駒澤さんはカメラを携えて歩かれ、村々の守り本尊を尽《ことごと》く訪ねておられる。氏がこんどのお仕事で訪ねられた寺の数は三十九、仏像は二百余体という。たいへんな数に上っている。そして十一面観音、約三十体、十一面千手、五或いは六体、薬師如来、阿弥陀如来、それぞれ十体、――大体のことを伺っただけであるが、壮観の一語に尽きる。

私はいつか、駒澤さんの新著に案内して頂いて、改めて湖北の風光の中を歩き、湖北の信仰の村々を、一つ一つ訪ねて行きたいと思う。いろいろなことを教えて頂けるに違いない。そうした日の早く来ることを望む想い、切なるものがある。

（昭和六十三年三月）

田川純三「絲綢之路行《シルクロード》」序

昭和五十五年五月、中国とNHKのシルクロード共同取材という画期的な企画に便乗して、私は西域南道に入らせて貰った。そしてNHK取材班と一緒になったり、離れたりして、ホータン、ケリヤ、ニヤ、チェルチェン、チャルクリク、ミーランといった沙漠の古い町々を経廻ることができた。ホータン以外は、私にとっては初めてのオアシスの集落であった。

そうした沙漠の旅に於て、終始、私はNHK取材班の田川純三氏のお世話になった。そして、その沙漠の旅に於て、お互いに心配したり、心配させたりした、いろいろな懐かしい思出を持っている。

氏が駱駝隊を組んで、沙漠深くニヤ遺跡を目指して進発して行った時は、一行が帰って来るまでの何日かというものは、私はニヤの集落に於て、無線の連絡が切れる度に、その安否が気遣われ、安眠できぬ夜を過している。

反対に、私の方がチェルチェン、チャルクリク間で、ジープが動かなくなり、十時間も沙漠の中で立ち往生した折は、チェルチェンに滞在しておられた氏に、なみなみならぬ心配をおかけしている。

そうした間柄の田川氏が、こんど『絲綢之路行』を上梓されることになり、求められて、それに一文を寄せることになった。たいへん嬉しいことである。

本書は、大学時代に中国文学を専攻し、そして今日まで、それから離れることのできなかった田川氏の、重厚なシルクロード紀行である。

玉門関、陽関を語り、ミーランを語り、そして西域南道の流沙の道を語っている。それから最後に、氏が首班としてニヤ遺跡を訪ねた折の詳細な報告が置かれている。終始、楽しく読ませて頂いた。

ニヤ遺跡以外のところは、私にとっても思い出深き曾遊の地でもあり、それぞれ楽しく読み、――楽しく読んだばかりでなく、たくさんのことを教えて頂いた。中国の歴史に詳しく、その歴史が生み出している文学に愛情を持っている氏にして、初めて書き得る文章だと思った。

私は仕事の関係で、田川氏にはよくお会いしている。お会いすると、時に、沙漠の旅のことが話題に上る。私がタクラマカン沙漠周辺のオアシスの名を口にすると、氏は例外なく遠い眼をされる。思い出を、その遠い沙漠の集落へと向けておられるのである。

反対に、田川氏の方が沙漠の川の名でも口にされると、こんどは私の方が、同じように遠い眼をすることであろうと思う。

そして、そういう時、二人はほんの僅かな間ではあるが、口をとざして黙っている。それぞれ自分ひとりの思いの中に入っているからである。

こういうところが、シルクロードの山河、集落の持つ独特の面白いところであろうかと思う。そこを訪ねてゆくまでの、人それぞれの歴史が、西域の山河、集落を一様には見せないのである。

田川氏の玉門関を語る文章にも、ミーランを語る文章にも、そうしたものがよく感じられる。氏は長い歳月をかけて、一歩一歩、玉門関に近づいて行ったのであり、そして玉門関に達すると、そこを越えて、こんどはミーランを目指したのである。ミーランに達するのに、どれだけの歳月がかかっているのであろうか。

こうした田川氏以外は知ることのできない歳月の重みが、氏の語るシルクロードの旅には出ている、と言っていいのではないかと思う。多勢の人に読んで貰いたい西域紀行である。

（昭和六十三年五月）

持田信夫遺作集「天空回廊」序

長く遺るべきお仕事

このままでは、いつか失われていくだろう人類の文化遺産に対して、嘆美と哀惜のカメラを向け続けることと、旅人として古い都市都市の新しい人々に対し、さまざまの伝統を生きてきたものの持つ美、誇り、歓び、寂寥、また生きてゆくものならどうしても避けることのできない老いの悲哀や明日へのかすかな憧憬の思《おもい》などをていねいに銀板に焼きつけること、これがわが友持田信夫さんが写真家として最も愛された二つのお仕事であった。

この書に収められたマヤ遺跡、ボロブドール仏蹟、沈みゆくヴェネツィア、スコットランド、それに中国の、東欧の、南仏サンポールの老人や若ものや子供たちの写真を見ると、それがなにより雄弁に彼の願いを語っている。私はずっと、持田さんのことを〝カメラの詩人〟だと思ってきたが、いま亡き人を偲ぶこの遺稿選集を見て、それが決して間違っていなかったことを再確認している。

立派な実業家としての激務のかたわら、これだけのことを志向し成しとげるのは決してたやすいことではないが、しかしそれをあえてした持田さんの業績はいつも必ず、見るものをしてまた後に続く芸術家や若い意欲ある青年をして、自分の人生への限りない愛情と可能性を信じさせるものとして強く長く銘記されたものであった。

いま、故人を偲ぶこの本には、そうした持田さんの写真のほかに、不惑の頃からの思いを託した絵、青年の時代からの俳句、晩年になって始められた書などの、代表的な作品が収められている。

持田さんが旋花の俳号を持つ若い頃からの俳人であったことは、その後の彼の生涯を見るときに、一種運命的なニュアンスを持つように思われる。生の一瞬一瞬にひたすら凝縮して無償の歌声を残すよりほか、漠然とした明日を信ずることはできなかった戦中の青年が、敗戦後に死の床から甦った後は、次々と新しく自分の命の燃焼を確認しようと事業に、絵に、句に、また書に、全身を集中していかざるを得なかったし、またそのようにして自分の人生を営為していくことで彼は過ぎし日の青春になんの喪失感も抱かなくてすんだのである。

一時は死をも覚悟していた結核の病床から甦った持田さんは、生を歓びの中でとらえ続けられる己れとなることにその後の自分の生きる意義を設定し、そのためにいつも明晰で偏らず、ともすれば陥る芸術家風のナルシストの罠にも落ちない稀有の例として、これらの創作活動に傾注したのだと思われる。

持田さんは私より十一歳も若かったが、あの戦前戦中の時代を必ずしも肯定の思いで生きられなかった同じ世代として持田さんが寸暇を惜しんでは、その時間を社会・文化のために使い続ける切磋に生き続けたことの意味がよく理解できる。

遺作集のタイトルにその意味で未亡人が『天空回廊』とつけられたのは、まさによき人生の伴侶として見てきたその夫の自由さ、闊達さ、大きさ、そして何より故人の強く持っていた神に感謝しつつ生きる態度の敬虔《けいけん》さに対して、また昇天後の彼に対して、愛する夫人の贈ったものとしてなによりふさわしいと言えるであろう。

（昭和六十三年五月）

舒乙「北京の父 老舎」跋

鎮魂の祈り

亡き老舎先生の令息舒乙氏の筆になる老舎伝『北京の父 老舎』の飜訳の原稿を感深く読ませて貰った。

私は老舎とはそう親しい関係にあったわけではない。雑誌

「中央公論」の一九七〇年十二月号に掲載した短篇『壺』に、老舎との関係のすべてが書かれている。『壺』以外に、老舎について綴った文章はない。

併し、『壺』には、私の知っている老舎のすべてが綴られ、老舎という優れた中国の文学者への、私の尊敬と親愛の情がありのまま刻まれているかと思う。

それから、この『壺』を発表する時は、中国の政情が混沌としている時期で、この『壺』の発表には多少の決意を要請されるものがあった。併し、それを敢て発表することに決意したのは、尊敬する老舎への鎮魂の思い以外の何ものでもなかった。当分、中国には行けなくなるかも知れないが、やはり、この際、発表せずにはおけない、そんな思いがあった。尊敬する異国の作家・老舎への、私の心からなる鎮魂の祈りであった。

併し、老舎を死に追いやった不幸な時代は、あっという間に終った。私は一九七八年五月、北京に於て、未亡人胡絜青女史と令嬢に悔みを述べる機会を持ち、翌年八月には令息舒乙に案内して頂いて、北京八宝山に赴き、老舎の墓参を果すことができた。

それから今年の五月、訪中の折、謝冰心女史のお宅に於て、久しぶりで舒乙氏にお目にかかり、氏の筆になった老舎伝が、日本に於て飜訳、出版されることを知った。老舎の全貌が令息の手で、日本に紹介される、たいへん嬉しいことである。一人の優れた文学者の精神と行動が、いかなるものであったか、一人でも多くの人に知って貰いたい思いである。

（昭和六十三年七月）

「中国漢詩の旅」序

①古都の詩情

『中国漢詩の旅』五巻の上梓企画を聞いた時、今更ながら、中国という国の大きさに、正面からぶつかったような思いを持った。それぞれ一巻として取り扱う〝古都〟、〝名山〟、〝黄河〟、〝長江〟、〝辺境〟、そのいずれもが、気の遠くなるような長い歴史を持ち、各時代、時代の高名な詩人たちの、高名な詩によって飾られているからである。飾られている許《ばか》りでなく、現在も、そうした詩によって生きているのである。長安、洛陽を初めとする古い都も、幾つかの名だたる名山も、そして黄河、長江も、それから、また、未知の異域への入口である辺境地区までが、生き生きと、その太古からの生命を持ち続けているのである。

本巻は、そうした『中国漢詩の旅』の第一巻・「古都の詩情」。――ここに収められている古い都は、長安、洛陽、南京、開封、成都、いずれも永遠の生命を持った高名な詩人たちの、高名な詩によって飾られて、大きい歴史の中に、今もなお生き続けているのである。それらの詩には、各時代、時代の都の賑わい、四季の行事、風俗、習慣、そうしたものが、克明に書き記され、謳われている。

日本の場合は、こういうわけにはゆかない。〝万葉集〟を繙《ひもと》

いてみても、

――あをによし寧楽《なら》の都は咲く花の
　薫《にほ》ふがごとく今盛りなり

という、この一首ぐらいにしか、奈良の都の華やかさは取り上げられていない。しかも、この歌からは、華やかだということ以外、奈良の都のいかなる具体的イメージも浮かんで来ない。〝万葉集〟に収められているものは、みな、こういった調子の歌許りである。

同じ時代の中国の唐の詩人たちの詩は、いま我々は、それを集めた詩集『唐詩選』によって読むことができるが、この方は唐都・長安が八方から詠われていて、宛《さなが》ら大風俗辞典の観を呈している。こうしたことは唐時代に限ったことではなく、歴史をとおして流れている民族の心が生み出す文化の違いである。

（昭和六十三年十二月）

②名山の美

本巻は『中国漢詩の旅』の第二巻「名山の美」。前巻「古都の詩情」では長安、洛陽、南京、開封、成都の五つの古都が取り上げられ、そこを舞台に花ひらいた名詩篇の数々が紹介されたが、こんどは、黄山、廬山、泰山、嵩山、華山といった五名山が登場し、そこを舞台にして謳《うた》われた歴代の名作が、田川氏一流の、広い視野に立っての解説で、一つ一つ拾い上げられてゆく。

言うまでもないことであるが、中国に於てのこの〝名山〟なる名称は、日本では用いられていない。中国に於ての、この〝名山〟は、文字通りの名山、いずれも古い歴史を持つ、由緒ある山々で、高名な詩人たちの名作によって、広く人口に膾炙《かいしゃ》され、その点位階勲等の高い山々ということになる。

日本では、必ずしもぴったりしないが、富士山、三輪山、箱根、出羽三山、穂高とでもいった山々になろうか。

私は残念ながら、ここに取り上げられている五名山のどれをも、訪ねていない。これまでに何回か、泰山に登った人から、泰山がいかにすばらしいかという話も聞き、また何人かの人から、是非登るようにと勧められてもいるが、ついにその機会に恵まれず、今日に到っている。

泰山は春秋戦国の昔から、歴代皇帝が封禅《ほうぜん》の儀を執《と》り行った聖山中の聖山、歴代の詩人たちに謳われ、幽邃《ゆうすい》な山中には沢山の、その遺跡が遺っている。

私は去る五月、済南《さいなん》、曲阜《きよくふ》間を、くるまで往復したが、泰山を、それを載せている大平原の何地点からか、眺めたかったのである。

泰山は天への階段と言われているが、私の場合、いつかそれを登って行くことの無理な年齢に達してしまっている。今は李白を初めとする歴代の詩人たちの名作によって、泰山に遊ばせて貰う以外、仕方なさそうだ。

（平成元年二月）

③大黄河のうた

漢民族がどこから来たか、明らかには判っていないが、黄河上流地方から東へ東へと移って来て、その中流地域に生活するようになったのではないかと言われている。この地方は、中央アジア方面から吹き送られてくる細かい砂が、降り積ってできた地層で、それが肥沃な耕地を造っている。

こうした黄河流域に成立した新石器農耕文化は、順調に成長、発展して、早くも前二千年代には殷の都市文明へ、更にまた前千年代には周の都市文明へと繋ってゆく。そして春秋、戦国時代を経て、大きく展開して行く中国史の上に、輝かしい文明、文化の階段が設けられてゆくことになる。

そしてこの大きい歴史の中を、終始、滔々《とうとう》と流れ、流れて已まないのは黄河である。私は黄河には、何カ所かの地点で、その岸に立っているが、最も感慨深いものあるを覚えたのは、蘭州郊外に於て、半沙漠地帯を流れている上流部の、つまり青年期の黄河に付合った時である。

白草原頭　京師を望めば
黄河　水流れて尽きる時なし

こういう詩を想い出した。唐の詩人・王昌齢の「出塞行」の前半。正確にはどこが舞台になっているか判らないが、何となくこの辺りの黄河が唄われているのではないかと思った。この歌詞のように、確かに黄河の水は流れ、流れて、尽きることはないのである。

そして、この時、心打たれたもう一つの感慨は、ここから流れ、流れてゆく下流部の黄河の川筋の長いのは当然であるが、ここに到るまでの上流部の黄河の流れも亦、長いと言わなければならぬ。一二八〇年に世祖フビライの命令で、都実が発見した〝星宿海〟なる河源も遠く、一七八二年、高宗の時、阿弥《アビ》達《タツ》が達したという〝北辰の石〟なる河源も遠い。それからまた、先頃、中国黄河水利委員会河源探索隊と共に、本篇の筆者・田川純三氏等が達した二十世紀設定の河源も遠い。

そうした遠い河源から発し、青海、四川、甘粛《かんしゅく》、寧夏《ねいか》、内蒙古、陝西《せんせい》、山西、河南、山東の九省を過ぎて海に注ぐ黄河は、実に全長五四〇〇キロ。まさに中国の歴史の中に横たわる巨大な竜であり、時代、時代で、たくさんの詩人を生み出している。

（平成元年三月）

④長江のうた

本巻に収められている項羽の辞世「垓下の歌」は、いつ私の記憶の中に席を占めたか知らないが、兎に角、それ以来、私にとっては特別な、詩とも、劇ともつかぬ大きな文学作品になっている。田川氏の訳に依ると、

力は山を抜き　気は世を蓋《おお》う
時に利あらず　騅《すい》逝《ゆ》かず
騅の逝かざるを　奈何《いかん》すべき

虞《ぐ》や虞や　汝を奈何せん

僅か四行の詩であるが、大きなドラマを形成しており、中国の歴史の中でも、この項羽の辞世の句が展開しているドラマは、大きく純粋で、美しく、悲しい。

〝四面楚歌〟の中にドラマは進行してゆく。そして虞は自決によって、最後の決戦に出陣して行く項羽にはなむけし、この美しく、悲しい劇をしめくくっているのである。

武人でもあり、詩人でもある項羽は、自作の詩の中に、武人としての自分を登場させて、名作を遺しているが、戦争というものに対して、これと対称的な態度を見せている、冷静極まりない詩人を、一人選ぶとすると、曹松ということになろうか。本巻には「己亥の歳」が選ばれている。詳しくは田川氏の解説に依るとして、その大意は、

――この水郷一帯の山野は、すっかり戦場に組み入れられてしまった。これまでも森や田畑で働いて、ほそぼそと生活していた連中だが、それにしても、働くことの楽しさがあった。が、こんどはそれさえ取り上げられてしまった。どうか、貴方にお願いするが、合戦で出世してゆく人のことなど、話題にしないで貰いたい。〝一将功成って万骨枯る〟で、兵卒はみな骨になって、山野に捨てられている。

〝一将功成って万骨枯る〟は、日本に於ても、広く使われている。一度、耳にしたら、消すことのできない詞。戦争というものの本質に触れた詞である。

（平成元年五月）

⑤遥かなる辺境

『中国漢詩の旅』も、あっという間に四巻を上梓、最終刊の第五巻「遥かなる辺境」を遺すだけになった。それにしても、漢詩と正面から取り組んだ大きな仕事が、あっという間に始まり、あっという間に終ってしまう、そんな思いである。名残り惜しい気がする。

併し、あっという間に始まり、あっという間に終ると思うのは私であって、解説の筆を執っておられる田川純三氏にしてみれば、半生に亘って研究し、貯えられたものが、この叢書に投入されてあるわけで、ずいぶん長い歳月がかかっている、そういう感慨をお持ちかも知れない。

それから、また、氏の解説によって判るように、氏は作品の舞台になっている殆どの場所に、ご自分の足で立っておられる。一朝一夕でできることではない。長い歳月に亘っての、氏の中国文学への執念の開花とでも言うか、これまた見事という他ない。

さて、こんどの第五巻「遥かなる辺境」であるが、私の場合、作家として、中国の歴史に入って行ったのは、この〝遥かなる辺境〟が生み出したたくさんの詩に、心惹かれたからである。

そういう意味では、たくさんの詩人とも、たくさんの詩作品とも、旧知の間柄であり、田川氏の取り做《な》しによって、久濶を叙し、旧交を改めた、そんな思いである。

こうした辺境詩人の作品に惹かれて、河西回廊をジープで走ったことがある。昭和五十四年十月のことである。酒泉、張掖、武威と、荒っぽいジープの旅を続けた。無数の赤い川を渡り、無数の白いアルカリ地帯を突切った。

こんど機会があったら、この「遥かなる辺境」を持って、もう一度、祁連《きれん》山脈の麓を走りに走ってみたいと思う。二千年前に霍去病《かくきよへい》が匈奴《きようど》を追って、追って、追いまくり、漠南にその王庭をなからしめた地帯である。私はこの二十四歳で夭折した若い軍司令官が好きである。

（平成元年五月）

「日本の短篇　上」序

はじめに

去る昭和五十七年（一九八二年）四月、日仏両国政府の提唱によって、両国間に横たわっている政治、経済、文化の諸問題について、民間人の立場から自由に意見を交換する「日仏・明日を考える会」なるものが設けられ、私もその日本側委員の一人に選ばれました。

その折、私は自分が受持つ文化部門に於ける問題として、かねがね考えていた一つのことを提案しました。

——明治以降、今日までに、日本が生み出した一級の文学作品を、フランスに於て、誤訳、抄訳のない完全な形で翻訳、出版して貰えないか。そして、そうした上で、それが正当な評価を得ることを望みたい。そのためには、日本側はいかなる努力も惜しまない。フランス側の全面的な協力を貰いたい。

こういう内容の提案であります。これまで万葉集、源氏物語などの古典類は、ある程度、フランスに於て翻訳されていますが、近代文学に於ては芥川、谷崎、川端、三島などが、一応集中的に訳されているとはいうものの、明治以降、日本内部で評価を得、重要視されている作品の多くは、未だに紹介されていない状態にあります。

それで、この際、日本文学として独自なものを具えている優れた短篇小説、ならびに詩を選び、それを日、仏一級の文学者、研究家の協力によって仏訳し、フランス一級の出版社にて上梓、改めて新たな世界的評価を得ることを期待したいというわけであります。

こうした私の提案は、幸いにフランス側の文化担当委員・ベルナール・フランク氏等の全面的賛同を得、氏等の協力のもとに、できるだけ早い時期に、実現への一歩を踏み出そうということになりました。

「日仏・明日を考える会」は、その後、予定された会合を重ねて、その上で解散しましたが、そこで採択されたフランスに於ての日本文学の翻訳、出版の企画は、終始、フランス側の好意ある協力と支持によって、着々、実現への運びとなりました。

日本側に於ての最初の仕事は、フランスに送り出す小説と詩の選定であります。短篇小説六十篇、詩百三十余篇の選出に当っては、山本健吉、中村光夫、清岡卓行、吉行淳之介、大岡信、大江健三郎の六氏を煩わせました。ここ半世紀に亘って生み出された、日本の最も優れた作品群の中から選び出されたものであります。

フランスに送り出す作品が決まると、東京に於ては、仏文学者の石井晴一氏等を中心にして「日本文学翻訳委員会」が結成され、フランス側の日本文学研究家諸氏と連絡のとり易い体制を整えました。斯くして一応、理想的と思われる形で、東京に於て、パリに於て、日本文学の仏訳の仕事は進められて行くことになりました。この委員会には、フランス側を代表して、往年、東大に於て教鞭をとられたベルナール・フランク氏に名を列ねて貰いました。

そして「日本文学翻訳委員会」の手によって、仏訳の完了した日本の短篇小説と詩は、パリのガリマール社に送られ、そこで厳密な校正を経て、出版されるということに決まりました。

「日本文学翻訳委員会」の人たちには、たいへん忙しい日が続き、作中の日本語の短い会話ひとつにしても、それを正しい形に於て、フランス語に移すということになると、東京とパリに於てでは、その連絡、打合せは容易なことではありません。それにしても、総ては予想していたよりも早く、順調に進んだかと思います。

ガリマール社から「現代日本短篇選集」上巻、「日本現代詩選集」の二冊が、同時に出版されたのは一九八六年十月。それに対するフランスに於ける大きい反響は、いろいろな形で、日本にも伝えられていますので、ここに改めて記す必要はないかと思います。

——随筆として読んでいたのに、いつか知らないうちに、自分は小説という建物の中に入っていた。ふしぎな魔法の函！

このような日本の私小説に対する感想もありました。雑誌の投書欄に載っていたものです。

「現代日本短篇選集」上巻のめざましい売行きのために、已むなく刊行を延ばしていた下巻が、漸くのことで書店に姿を見せたのは、今年（一九八九年）の二月、つい先頃のことであります。パリの文学界、読書界は、また、これから暫く、新しくお目見えした日本の短篇小説に対しての感想やら、批評やらで賑わうことでありましょう。

なお、日本の小説や詩を、正しい翻訳によって、フランスに送り出す企ては、これで終ったというわけではありません。こんどの短篇小説集、詩集に続いて、そのあとの時代に生れた小説や詩を、同じ形でフランスに送り出してみたいと思っています。こうしたことは、もうごく自然に、実現への道が開かれてゆくことであろうと思います。

更にまた、こんどの短篇小説集、詩集に於て、特に大きい関心を呼び、注目を浴びた作家の場合は、個人の作品集、詩集のフランス出版ということも考えられましょう。「日本文学翻訳委員会」の仕事は、一層多忙を極めることになりましょうが、やはり、この時期、どうしても受持って貰わねばならぬ、大切な仕事であろうかと思います。

以上、いろいろと述べて参りましたが、本書「日本の短篇」上、下二巻は、仏訳「現代日本短篇選集」を、もう一度、日本語に戻した日本語版ということになりましょうか。謂ってみれば、いずれも洋行帰り、いろいろな挿話に包まれ、未だ昂奮さめやらぬこれらの作品を、母国の皆さまにも、あたたかく迎えてやって頂きたいと思います。

最後になりましたが、この日本文学のフランスに於ての翻訳、出版については、国際交流基金、文藝春秋等の、いろいろな形に於ての後援を得たほかに、小西国際交流財団の全面的な支援を得て、予想以上の大きな成果を挙げることができたと思います。心から感謝の意を表して已みません。

（一九八九・三）

（平成元年三月）

斯波四郎「仰臥の眼」序

斯波四郎は数少い宝石のような作品を遺して、去る四月二十九日、特異な資質の作家としての七十九年の生涯を閉じた。「少女幻影」、「禽獣宣言」、「山塔」、「檸檬・ブラックの死」、「愛と死の森」、「月曜日の憂鬱」、「含羞の花」といった作品が、作家としての氏を飾っている。いずれも、汚れなき文学者としての、氏の生命の欠片である。

氏が亡くなられて間もなく、未亡人小夜子さんの訪問を受け、氏が晩年、半ば病床にあって、生命と引替えに綴られた遺稿を示された。散文十二篇、詩十八篇、――四四五枚のものが遺されていたという。夫人によると、他になお、中、小篇の小説、評論、未完の原稿若干が遺されているという。

氏らしい汚れなき、いちずな文学者としての晩年であり、最期だと思う。

そうした遺稿の中から「暦のない男の哀歓暦」、「病床から眺めている時間の足」の二篇の散文と、「白い画帖」ほか五篇の詩篇を選び、それを活字にして、生前、親しくお付合頂いた方々に読んで頂きたいと思うが、いかがなものであろうか、こういう相談を、未亡人から受けた。

私は即刻、賛成の意をお伝えした。まさにペンを握ったまま、その生涯を終えられた夫君への、これ以上の供養はないであろうと思う。それから、このお話を承って、私も亦、ほっとしたものを覚えた。私も氏と同じように、作家として立つ前は、毎日新聞社に勤めている。入社歴は、私の方が三、四年ほど早く、それから芥川賞によって作家生活に入ったところも同じであるが、これまた、私の方が何年か、先輩である。

こういうわけで、氏の友人の一人として、私も亦、氏の晩年の、文字通り純粋無比、氏でなければ書けない作品の幾つかを、氏の友人、知人の一人にでも多く読んで頂きたいと思う。そして氏の文学者としての晩年が、いかなるものであったかを、氏の遺稿に依って、知って頂きたい、――こういう思い切なるものがある。

（平成二年四月）

「茶の美道統」序

序に替えて

利休は日本文化形成の上に、最も大きい役割を果した数少い先覚者の一人である。今日われわれ日本人は生活文化のあらゆる面に於て、茶湯の大成者としての利休の恩恵を蒙ること頗る大なるものがある。日常生活のあらゆる面に於て、利休が提示した厳しくして優しい美的規範から、なかなか自由になることはできないのである。

私は以前、茶人利休が己が生涯をかけて追究したものは何であったか、「本覚坊遺文」という小説に於て、私なりの解釈をしたことがあるが、その頃から年々歳々、利休は私の生活のあらゆる面に、動かすべからざる規範として現われて来るようになっている。これはおそらく私ばかりでなく、日本人の誰もが、自分の生きる姿勢に意を用いずにはいられない年齢になると、利休の大きさを意識せざるを得なくなるのである。

と言って、茶人利休の大きさを本当に知ると言える形で知ることは容易でない。芭蕉にとって俳句が作品であるように、西行にとって和歌が作品であるように、利休にとっては茶会が作品である。芭蕉も西行も、その作品によって俳人、歌人としての大きさも、非凡さも判るが、利休の場合はそう簡単にはゆかない。作品に相当するものは茶会であるに違いないが、厄介なことに茶会というものは、その茶会が終った時、すべては消えてしまう。音楽の演奏と同じである。

茶会に於て、利休がいかに茶会を取り仕切り、いかにすばらしい一期一会の雰囲気を作り上げていたか、残念ながらそれを知る手がかりというものはない。茶会記というものがあり、それによって茶会の次第こそ判るが、その茶会が生み出した高級な遊びとしての雰囲気までは知ることができない。茶会にはきびしい茶会もあれば、心あたたまる優しい茶会もある。そうしたことについて茶会記は記していないし、記すこともできないのである。茶会記は、それがいかなる茶会であったか、それを知る重要な参考資料ではあるが、所詮は茶会の演出台本であるに過ぎない。

利休の茶人としての豪さを伝える説話、ゴシップの類はかなりの数にのぼっている。併し、その大部分のものは利休を偶像化、神格化したものであって、無視できないにしても、そのまま受取ることはできない。それより利休が手にふれ、利休が使い、利休が好んだ道具類の方が大切である。

本書、『茶の美道統――利休・織部・三斎』には、利休好みの茶道具として茶碗、茶杓はもちろんのこと、掛物、香合、花入、茶壺、茶入、棗、釜、水指、その他茶道具すべてが収められている。これは筆者にとっては心躍ることである。

利休の優しさ、繊細さは、いわゆる〝利休好み〟、〝利休所持〟の茶碗、茶杓を初めとする諸道具から感じとることができる。それらの前に坐って眼を当てていると、利休の優しさ、繊細さが、例外なくこちらに感じられ、伝わってくるから不思議である。利休その人が出てくる思いである。

それからまた、一級の文化人としての明るさ、おおらかさは、道具の銘のつけ方などからも感じられる。なかなか機智にとんだ、しゃれた命名の仕方であり、利休その人に触れたような思いを持つ。

道具ではないが、山崎の妙喜庵の茶室なども、利休が造ったものと伝えられ、殆ど手が入っていない利休好みのただ一つの遺構とされているだけに、この二畳の席に坐っていると、利休はこれを造り、ここに坐っていたのかと、大きく納得させられるもののあるのを感ずる。この場合も、利休が出てくる。

〝利休の文〟、〝利休消息〟と称せられる利休の書状類が大切なことは言うまでもあるまい。単なる消息にも利休の優しい心を窺うことができるし、思わず居住いを正さずには居られない厳しい心に触れることもある。

本書は利休好みの茶道具、利休の書・文、利休の茶室などを構成内容とすると同時に、利休に心を寄せ、また利休の信頼を受け、利休後の茶道の発展に尽した細川三斎と古田織部の茶に眼を向けて、利休の全貌を明らかにすると共に、利休のゆるぎない茶の美の神髄に迫ることがはじめて試みられたのである。本書が茶人はもとより、利休、ならびにその道統の茶に関心を持つすべての人の座右の書になることを、心から期待して已まない次第である。

（平成三年六月）

［アンケート回答］

文芸作品推薦あんけいと

一、戦後の文芸作品で推せんしたいもの
二、目下御執筆中御計画中の作品

一、①哭壁（丹羽文雄著・講談社）②俘虜記（大岡昇平・創元社）③帰郷（大佛次郎・苦楽社）
二、比良の石楠花（一月中）その他構想中のもの二篇あり。

（昭和二十五年一月）

アンケート

一、推薦したい本
一、一九五一年に期待する作家

一、ジイドの日記（新庄嘉章訳）
北京好日（林語堂作、佐藤亮一訳）
最近の新刊では以上の二著
二、一九五一年に期待する人は、若い作家では、真鍋呉夫、石浜恒夫両氏

（昭和二十六年二月）

わたしのペット

一、蕪村「芭蕉庵記」一幅。これは蕪村の字が好きですから愛蔵しています。
一、芥川賞の時計、文字盤が清潔で大いに気に入っています。
一、辞書「玉篇」。曾祖父が座右に置いたもので、その意味で愛蔵しています。それに現在は、無くなった漢字を見ます。

（昭和二十六年十月頃）

甘辛往来

①お菓子の餡はツブ餡を好まれますか、あるいはコシ餡ですか？
②今まで召上ったうちで一番良いとお思いになったお菓子を二つでも、三つでもお教え下さい。
③お菓子は召上らず、上戸でしたらお肴は何をお好みですか？
④清酒、麦酒、ウイスキーのうちどれをお好みになりますか？

一、ツブ餡でしょうか。
二、京都北野の粟餅。

のしうめ。
ちとせ。

三、このわた、うるか、といったもの。

四、やはり清酒です。

（昭和二十六年十一月）

二つのアンケート

㈠富山について知っていること

㈡地方文化について

❶四高時代富山高校と柔道の試合のために何回か富山に行った。そのころの富山は薬種商と迷路の多い城下町だった。終戦直後一度行ったがずんべら棒の焼野原にバラックの喫茶店が立ちならび、夜になると星が美しく、日本海の音さえ聞えそうだった。今度の富山はどんな富山か?

❷地方固有の風俗慣習の中のいいものの価値を認め、それを失くなさないこと。

（昭和二十七年六月）

美味求心

①今までにこれは珍らしいとお思いになった食べ物。

②東京で一番うまいもの、大阪で一番うまいもの。

③御自慢のお国料理と漬け物。

④旅先で最もおいしいと思った食べ物。

⑤お好きな食べ物の名と産地をお知らせ下さい。

一、佐藤春夫先生のお宅で御馳走になったドライ・カレイ。カレイ入り肉のおぼろとでもいったもの。

三、わさびの茎の酢漬。生椎茸のつけ焼。いずれも郷里伊豆のものでないと香りなし。

四、紀州木本《きのもと》でたべたメハリズシ。おにぎりをたか菜の漬物で巻いたものです。

（昭和二十七年八月）

時計と賞金

一、賞の時計は現在どうなって居りますか?

二、賞金の使用法は?

一、夏は腕時計を用いるので、芥川賞の時計は、机の中に入れてあります。夏以外の時期は、洋服の胸のポケットに入れて愛用しています。

二、賞金は全額祝宴のために蕩尽。

（昭和二十七年十月）

今日の時勢と私の希望

質　問

一、世界の政治家、日本の政治家達に、せめてどういうことをやってもらいたいとお考えになりますか。
一、こういう際に、私たちとしては、どんな心構えでどう生きていったらよいでしょうか、自分にできることで何をしたらよいでしょうか。

一、個人の生命、幸福の尊重。具体的なことはいちいち上げきれませんが、政治家は第一に人間が生きて行くことの尊さを自覚した人であってほしいと思います。
一、絶望的にならぬこと。どんな時代でもなおよりよく生きる意志を失わぬこと。

（昭和二十八年五月）

初めてもらったボーナスの使い方

ぜいたくなガラクタを

新聞社に入社したのは昭和十二年、支那事変の始まった非常に不景気な年でしたからボーナスと言ってもたしか半月分ぐらいだったでしょう。何しろ、薄給で生活に追われどおしでしたから、せっかくのボーナスも、借金の返済やら生活費の穴うめなどで、右から左に消えてゆきました。
そんな暮しの中で唯一の楽しみは、小額の金で買えるぜいたく物を集めること。ぜいたくと言っても、ただ持っていて楽しむという非実用的なというものですが。
最初のボーナスでは、なんとなく形が気にいったグリーンのターバン。それから船の解体品を売っている店へいき、こまごました品物を買いました。あのころは船を解体すると、その船の付属品をバラバラにして売ったもので、役にも立たないぜいたくなガラクタを買っては喜びました。こういうことが非常に楽しみだったのです。

（昭和二十九年七月）

梅本育子詩集「幻を持てる人」への手紙

詩的感覚の氾濫、まばゆく羨しく思いました。久しぶりで贅沢な時間を持ち得ましたことを、厚く御礼申上げます。

（昭和二十九年十一月）

NHKに望むこと

放送は大衆への教育宣伝機関であるということを留意してもらいたい。とくに娯楽という点で健全なものを望む。このことはNHKばかりでなくどこの放送でもいえることであるが、NHKは公共放送であることから、なおのことである。

子供番組や娯楽番組でどうかと思われるものがあるが、とくに〃健全〃ということを望みたい。

（昭和三十年三月）

先輩作家に聞く

質問

〔一〕先生の最新作又は、現在執筆中の作品
〔二〕先生の処女作及びその年代
〔三〕先生の会心作又は自信作と言った作品
〔四〕学生時代に愛読なさった作家と作品
〔五〕高校生に読ませたいと考えておられる作品

1　黒い蝶（新潮社十月初旬刊行・書下し小説）
2　猟銃・昭和二十四年
3　ある偽作家の生涯
4　森鷗外の諸作品
5　フローベル・志賀直哉

（昭和三十年八月）

読書アンケート

質問

①すすめたい本（新刊書、古典一冊ずつ）とすすめる理由
②仕事に非常にプラスした本、その理由

①「アフガニスタン紀行」（朝日新聞社）岡倉天心著「茶の本」（岩波文庫）前者は学術探検旅行がいかなるものかを知るために、後者は最近流行の茶道というものを正しくつかむために。

②森鷗外の「歴史小説」立派な文章というものをこれによって知った。伊東静雄の「詩集」これによって詩というものが、いかにきびしく、いかに美しいものであるかを知った。

（昭和三十年十月）

一九五六年型女性

清潔な美しさを感じさせ、誠実を持った女性

（昭和三十一年一月）

私の選んだ店

質　問

①一カ月のうち何回ぐらい銀座に出かけますか
②その目的は
③銀座のなんという喫茶店（おしるこ、あんみつ店を含む）で何を召上りますか
④そのお店に寄る理由
⑤銀座の何という洋品店で何を買いますか
⑥そのお店で買う理由
⑦銀座で靴、カバンを買うとすれば何というお店ですか
⑧そのお店で買う理由

①　一、二回。その月によって違う。
②　夜、何かの会合のあとで友達と話をしたい時
③　喫茶店のコーヒーは濃すぎるので、主に家で飲む。従ってここ十年行ったことがない。
⑤　壹番館。洋服。
⑥　柔道をやったために、体が左と右でいびつだが、この店は体に合わせてうまく仕立ててくれる。なれたところがよい。
⑦　みやこ
⑧　足先のひろがった私には、はきよい靴がある。ここでコードバンを何年となく買っている。

（昭和三十五年六月）

戦後の小説ベスト5

山の音（川端康成）
野火（大岡昇平）
金閣寺（三島由紀夫）
女人焚死（佐藤春夫）
楢山節考（深沢七郎）

（昭和三十五年八月）

批評家に望む

批評家から作品を褒《ほ》められればやはり満更《まんざら》でもないし、反対にけなされれば不快であるを免れない。これは人間として至極

く当然なことだが、併し、本当は褒められても顔の筋肉が硬直するような、けなされても少しも不快でないような、そんな批評が一級批評というものなのであろう。こうした批評にぶつかると、作家は勇気を感じ、次作への意欲を駆り立てられる。沢山の作品に触れなければならぬ時評などには望めないが、少しまとまった作家論や書評などでは、そのように褒められ、そのようにけなされたいと思う。正宗白鳥氏が御自分が読んだ小説について語った文章などには、時にそうしたものがある。私は自分の作品について、何人かの人からそうした批評を貰っているが、故人では神西清氏からそのような文章を頂戴した。中村光夫氏が知己の言として大切にすべきだろうとどこかで書いておられたが、第三者にも神西氏の文章はそのようなものとして感じられたのであろう。

（昭和三十七年七月）

芸術オリンピック――建築――

わたしの推す人

①**菊竹清訓**　古いものを意識的に払いのけている仕事ぶりはみごとである。出雲大社の庁の舎などに独創的なものをみることができる。

②**前川国男**　新しい仕事ではあるが、それを前進的というのではなく、現代の民衆の生活感情をしんしゃくしているおだやかさがある。東京文化会館など。

③**丹下健三**　常に実験的である。新しいこと、新しいことと新しいことを積み重ねていく仕事ぶりはめざましい。東京都庁・草月会館など。いずれもできあがったときには仕事は過去のものになっている。

④**吉村順三**　新しい中に建築の構成をすみずみまでよく考えた手堅いものを感ずる。親しみのある建築だ。日本ナショナル金銭登録機のビルなど。

⑤**村野藤吾**　北欧的建築が基本となりそれに新しい自分を加えている。日生劇場などやはりだれでもない氏独自の仕事である。

⑥**谷口吉郎**　哲学的冷たさと東洋的静けさ、清潔と気品、ユニークな存在であることはいうまでもない。資生堂・東宮御所など。

（昭和三十九年六月）

旅行　なくて7くせ

お聞きしたいこと

服装は？　日常とちがって気をつける点を一つ

車中のおたのしみというと、何でしょうか？

女中さんの容姿や身の上話に興味がありますか

夕食の料理で、嫌いなもの、食べ残すものは？

混浴があれば入ります？　アンマも好きですか？
酒類は？　飲みに出かけることもありますか？
土産を買うのにあれこれ、気が多い方ですか？

洋服。誰でもが気にかけるようなことを私もする。きたないものは着ない。
国内は殆んど知っているので、本を読んでいる。外国では別だが。
私の場合観光旅行とちがうのでホテルに泊まるが、ルームメイドには無関心。
食べ物の好き嫌いは全くない。
部屋についているバスに入ります。
ホテルで食事をする時にだけ、洋酒を少し飲みます。
観光地の土産品などくだらんものが多いので、買わない。

（昭和四十一年十一月）

「あまカラ」終刊によせて

「あまカラ」二〇〇号とは驚きました。
それにつけても廃刊は残念です。二、三回、書かせて戴いただけで、何の応援もできませんでした。この種の小型誌の先鞭をつけた水野さんの稀有な才能と努力に敬意を払います。

（昭和四十三年四月）

受賞作家へのアンケート

①「芥川賞」を受賞してよかったと思われますか。
②賞金は、当時何に使われましたか。
③「芥川賞」を受賞して負担を感じられますか。
④受賞後の第一作は、なんという作品ですか。
⑤先生の代表作としては、何を考えていられますか。
⑥今後の芥川賞にどんな希望がありますか。

①よかった。
②記憶なし。
③負担は感じなかった。
④「通夜の客」。
⑤「風濤」又は「天平の甍」。
⑥特に希望なし。

（昭和五十二年一月）

［推薦文］

「卒業期」

高校卒業前の、一時期の少女の姿が、その日記という形で、実にいき〳〵と描かれている。少女特有の繊細な心の動き、あらゆる知識に対する渇望と憧憬、漸く彼女の周囲で開こうとしている人生に対する驚きと批判——そうしたものが信濃の風物を背景としてよく捉えられている。私は思春期の少女を持つ両親にぜひ読んでもらいたいと思う。どんな書物からより、この期の少女の複雑微妙な心の構造を、この『卒業期』一編によって知ることができるからである。

（昭和二十六年頃、初出不詳）

若杉慧「青春前期」

十代の後半は一番神秘な時代である。私は自分をふり返ってみても、その時期の自分が一番つかみにくい。これは誰でも同様だろうと思う。花の蕾の神秘さである。きびしく言えばあのやわらかい花弁の中に包みこまれているものは神以外に知ることのできないものであるかも知れない。これにくらべれば、花弁をひらき切った開花期など、なんと単純なものであろう。

青春前期はあらゆるものが繊細で神秘である。その素直さも、その稚さもそしてまたその反抗までが、なんと繊細で神秘であることか。

美しいものも、醜いものも、いいものも、悪いものも、ありとあらゆる要素が、そこでは暁方前の睡りを睡っている。

「青春前期」を取り上げた若杉さんの小説はいかなるものか知らない。しかし、若杉さんの持っている作家としてのひたむきなもの——人生の問題に絶対にいい加減な妥協を許さぬもの——は、この神秘な花の蕾の中から、いろいろな問題を取り出して、われわれに示してくれているのではないかと思う。

（昭和二十九年六月、講談社、栞）

佐藤春夫「晶子曼陀羅」

……氏は晶子に材を取って、奔放自在に明治という時代と、その象徴たる晶子を描出している。虚構の真実という言葉がある。まことに「晶子曼陀羅」一巻にそれを見る……

（昭和三十年一月、講談社、帯）

現代女性講座

日本の女性は戦後になって初めて自分でものを考えようとし

始めている。自分を取り巻くあらゆる問題を自分で考え、自分の判断で処理し、そして自分で自分の生き方を確立しようとしている。日本の女性にとって、これ程大きい革命はない。女性にとって本当の恋愛、本当の生活はこれから始まろうとしている。

そうした女性を対象として刊行される「現代女性講座」は非常に意義深い企画である。

六人の編集者の編集企画も従来の講座類とは根本から異っているし、多勢の執筆者もお座なりに物を言わない人たちだけが集っている。本当に自分で考え、自分の人生で摑み取った知識だけが、この七巻の講座に盛られることは疑いない。

この講座が日本女性の、本当の意味での生きた百科辞典になることを望みたい。

（昭和三十年十月、角川書店、広告）

岸田国士長編小説全集

この全集で岸田国士の、名作『暖流』『落葉日記』等を初めとする本格的な長編ロマンをまとめて読むことのできるのは有難いことである。岸田国士が『由利旗江』で新聞小説に登場して来た時の新鮮さは驚異的なものであったが、現在彼の作品を読んでもその新しさは、少しも色あせていない。万人が読んで面白く、しかも通俗性を払い落しているところは見事である。劇作家としての彼の業績が不朽であることは言うまでもないが、新聞小説の分野に彼の為した仕事もまた文学史の上に特記さるべきものであろう。その緻密な構成、会話の面白さ、心理の深い彫り下げ、そして何より人間存在の根本に横たわる問題をその主題としている点、まさにその面白さは本格的ロマンの持つものと言うべきで、彼の長編小説が一人でも多くの現代の若い人たちに読まれることを希望する。

（昭和三十一年四月、鱒書房、内容見本）

長谷部成美「佐久間ダム」

佐久間ダムの完成は終戦後日本の最も明るい事件で、その明るさに於てちょっと匹敵するものはないのではないか。新聞記者として熱情をもってタッチした著者はその全貌を語り得る少数の中の一人である。

（昭和三十一年七月、東洋書館、帯）

日本人の生活全集

ある時代を知るには、その時代を生きた民衆の生活を知る以外、本当の知り方はない。従来の歴史書に於て、一番不満に思われるのは、この最も大切な民衆の生活がどういうものかとかく軽視されがちであったことである。こんどのこの企画では、生活そのものが、服飾・食事・すまい・習俗等々の各方面から取り上げられて、しかもそれが写真によって懇切に解明されている。本書に依って初めて、過去の時代も、また現代も、それが根源的に、具体的に捉えられることができたと言ってもよかろう。

（昭和三十一年七月、岩崎書店、内容見本）

世界大ロマン全集

今までに各出版社に依って為された世界文学全集の企ては夥しい数に上っている。併し、それの価値は全く収められた作品と、その選択の底に横たわっている編輯者の文学史観に依って決定する。

こんどの「世界大ロマン全集」は、その点収録作品にはっきりした編輯意図が窺われる。「鉄仮面」「田園交響楽」「金瓶梅」、――一見雑然としているようでいて、ここを貫いているものははっきりしている。いい意味で大衆性をもった誰が読んでも面白い作品ばかりである。つまり、ここには文学の本道から外れない作品ばかりが収められている。文学史の中に古典として残る作品がいかなるものか、読者はこの全集作品の持つずば抜けた面白さに依ってそれを知るだろう。

（昭和三十一年八月、東京創元社、内容見本）

新田次郎「孤島」

私はこの一篇を読んだ時は本当に嬉しかった。後味のいい、ヒューマンな匂いのするいい作品だ。

（昭和三十一年十二月頃、光和堂、帯）

新版世界文學全集

こうした時代に、人間がいかなるものであり、いかに生くべきかを教えてくれるものは、世界文学の幾つかの傑作しかないと思う。今こそ、われわれは世界文学の古典の持つ不滅の生命というものに、正しい触れ方で触れることができるのではないか。

（昭和三十二年五月、新潮社、内容見本）

富士正晴「游魂」

富士正晴の作品の新しさも、美しさも、おもしろさも、だれも認めるところであるが、いかに新しく、いかに美しく、いかにおもしろいかということはなかなか解明できない。

ただこれだけは判っている。これは日本の美しい文学がおそらく富士正晴の作品のもつ純粋度を無視しては出発できないということである。

（昭和三十二年六月、出版書肆パトリア、帯）

斯波四郎「禽獣宣言」

作家としての斯波君の道はおそらく氏以外たれもが踏みこめない道である。作品は決して明るくはないが、その憂鬱さにも、物憂さにも一種独特な透明感がある。ここに収められた数篇の作品は、いずれも氏が新文学の一方の旗手であることをハッキリと示していると思う。美しい物の怪に憑かれた作家斯波君の出発に期待する。

（昭和三十二年十月、朋文社、帯）

加藤てい子「廓の子」

私はこの作者についてはなにも知らないが、求められるままに、この作品を読んで未知の人の作品からでなければ得られない純粋な喜びと感動を味った。

特異な題材を、これだけ書きこなす手腕は凡手ではないし、なにより自分の眼でものを見、自分の感じかたで感じ、自分の考えかたで考えていることに感心した。その意味では、すでにできあがっている作家であり、特異な感性をもったユニークな新人である。

（昭和三十二年十月、第二書房、広告）

中国詩人選集

唐を中心とした中国の詩人たちの仕事が、世界文学史上に不朽の光彩を放っていることはたれでも知っているが、併し、それを本当に自分のものとして鑑賞して、その作品の大きい価値を理解している者は、一部の専門家を除いては、これまで非常に少なかったのではないかと思う。

こんど「中国詩人選集」が、吉川、小川両氏の編集校閲のもとに、多くの気鋭な学徒たちの手に依って成ることは実に有難いことである。ここでは三国の曹植から晩唐の李商隠まで、唐詩の遠い淵源からその輝かしい開花までの大きい足跡が、十六巻に収められている。われわれはさきに、吉川博士に依って杜甫、李白、王維などの盛唐の詩人たちの本当の理解と鑑賞とを教わったが、こんどはこの選集に依ってさらに、ひろく韓退之や白楽天等を初めとする多くの詩人たちの世界にも初めて正しく踏み込んで行くことができるだろう。

この選集に依って、中国の古典的な詩作品は、従来のいわゆる漢詩といった重い不恰好な着物をはぎとられ、生きた文学作品としてわれわれの前に示される。その意味では初めて中国の大詩人たちが日本の若い人たちのものになると言ってよかろう。

（昭和三十二年十月、岩波書店、内容見本）

世界文學大系

文学全集刊行ということは大変な仕事である。その仕事の文化的意義と役割をよく弁え、それが高い識見と、営利心に煩わされぬ良心的態度をもってきびしく貫かれねばならぬからである。筑摩書房がこの難事を「現代日本文學全集」に於てみごとに果したことは誰でも知るところである。更にこんど新しく「世界文學大系」を手がけると聞く。有難いことである。世界文学の正しい系譜とその開花が六十八巻に盛られ、それが一つの秩序と価値をもって示されるのである。しかも大半は新しい訳で埋められるという。信頼できる世界文学の大系的全集の出現は、われわれが長い間待ち望んで来たものである。その壮観さは今から期して俟つべきである。われわれの期待と信頼を筑摩書房はめったに裏切らないだろうから。

（昭和三十三年一月、筑摩書房、内容見本）

堀辰雄全集

私の知っている若い人たちの多くが堀辰雄の作品から文学へはいって行く。私は他のいかなる作家から文学へはいって行くより、堀辰雄の作品に依って、文学の洗礼を受けることはいいことだと思う。作品というものの純粋さがいかなるものか、人間の心理の陰翳がいかに美しいものであるか、そうした近代文学が具えなければならぬ幾つかの性格について、堀辰雄の作品は読者と一緒に考えてくれる。私自身は堀辰雄の全作品を一度読み返してみたいと思っていたが、こんどそれを作品集によって果せることは有難いことである。いかなる猥雑な現実からも美しい花を見付けた詩人の魂と、本格的なロマンを志向した「菜穂子」の作者のそれとの関連を、改めて考えることは、恐らく楽しい作業であろう。

（昭和三十三年四月、新潮社、内容見本）

獅子文六作品集

獅子文六氏の文学はわが国では珍しい大人の文学である。文学臭といったものは完全に昇華され、ここには大人の作者がでんと居坐っている感じである。それからまたわが国では珍しいバックボーンの一本太く貫いている文学である。作者の太々しい精神は到るところに岩盤のように露出している。

獅子文六氏の文学は、孤高の精神と庶民への愛情が結合した文学である。それは峻烈な諷刺ともなり、「娘と私」のような万人の心を動かす一人の人間の真実の告白ともなる。
獅子文六氏の文学は、名作「海軍」の昔から「大番」まで常に大衆に支えられ、大衆の中に生きている。作者の気難しい顔の中で、二つの眼が常に大衆を愛情深く見詰めているからだ。
（昭和三十三年四月、角川書店、内容見本）

新名将言行録

岡谷繁実の「名将言行録」が、過去においてなした役割は非常に大きいものである。それがさらに現代にふさわしい形で、より完全な内容で、「新名将言行録」として出現するときく。まさに時代が、最も必要とする書物であろう。編者は歴史文学第一線の諸家ではあり、これが後世まで残る歴史的な編纂事業となることを望むばかりである。
（昭和三十三年五月、河出書房新社、内容見本）

決定版世界文学全集別巻　シャーロック・ホームズ全集

探偵小説狂ならずとも、シャーロック・ホームズの名を知らない人はあるまい。コナン・ドイルは生涯に五十の短篇と四つの長篇を書いたというが、われわれは誰でもある時期にこのいくつかを読んでいるはずである。こんど阿部知二氏が新しく訳出されるときく。氏の名筆で、私は改めてシャーロック・ホームズ物語を読んで、あの若い日の感激と陶酔を新らたにしたいと思っている。
（昭和三十三年五月、河出書房新社、内容見本）

野口冨士男「ただよい」

戦争の暗い谷間へはいろうとする直前の、特殊な日本の一時期を、このようにみごとに捉えた作品はあるまい。演劇を自分の生命とする一群の若い人たちが作者のいわゆる〝たそがれ〟の時代をいかに生きたか。その生活と思索、そして抽象的な理想像を追い求めるその恋愛、――私は到るところに私自身や私の友達のいるのを発見する。これは野口氏の資性と情熱が静かに沈んでいる傑作である。
（昭和三十三年六月、小壺天書房、帯）

土門拳「ヒロシマ」

これは日本のカメラマンのだれかがやらなければならぬ仕事であった。それを土門さんがやった。しかも広く世界へ呼びかける大きさと重量感をもった形で、それをやったことは見事というほかはない。この写真集一巻の価値は、平和への激しい意志がカメラを通して対象を把握していることだ。

（昭和三十三年六月、研究社、毎日写真賞受賞記念小冊子）

新選現代日本文學全集

昭和の作家たちの、戦後の活動を、「全集」という形でまとめるということは、こんどが初めての企てであろう。考えてみれば、時代はすでにそういう時期に来ているのであって、真の動いている現代日本文学の俯瞰という意味で、この企ては大きい意義を持つものだ。

殊に作家活動を戦後と限定したことは、終戦を境として日本文学が初めて本来の自由と大きい振幅を持ったという意味で、この全集に今までの全集になかった一つの新しい性格を附与していると思う。

（昭和三十三年九月、筑摩書房、内容見本）

野口冨士男「海軍日記」

一人の知識人が戦時下を如何に生きたか、——読者は克明に綴られた野口氏の「海軍日記」をひもといて、至るところに自分の居るのを感じるはずである。

（昭和三十三年十一月、現代社、帯）

現代人の日本史

近頃、これほど面白く読んだ書物はない。神話の意味を正しく受取り、日本古代史の神秘と謎を探る人として、歴史家、文学者をひっくるめて、恐らく佐藤春夫氏に並ぶ人はないであろう。氏のなみなみならぬ情熱は文字通り行間に溢れている感じだ。

（昭和三十三年十二月、河出書房新社、広告）

萩原朔太郎全集

萩原朔太郎程近代の夜明けを感じさせる文学者はない。近代詩精神の形成の上に占める朔太郎の位置は限りなく大きいと思う。現在の四十代から五十代の文学者は、恐らくその青年時代にいろいろな意味で、朔太郎に関心を持たずにはいられない一時期を持ったに違いないと思う。私自身で言えば、「月に吠える」や「郷土望景詩」や「氷島」はある意味で青年時代の私の座右の書であり、聖典であった。

朔太郎の魅力は、その作品の中に永遠の憧憬を持っていることである。それが今日に於ても、その作品をいささかも古くしていないいし、またそれが改めて読み返されなければならぬものにしていると思う。朔太郎の全集が出ることは嬉しいことである。殊に近代詩精神というものを、改めてその発生の過程に於て捉えてみるという意味で、文学に関心を持つ者は是非一読しなければならぬだろう。私も勿論、この機会に朔太郎を読み返してみるつもりである。

（昭和三十四年三月、新潮社、内容見本）

ふるさと伊豆

伊豆の美しさは天城続きの低い丘陵と、雑木林と雑木林の中の竹むらと、そしてそれらのものの上に降る金剛砂でも撒いた様な柔かくて冷たい陽の光です。

特に早春から初夏へかけて、伊豆の風物は伊豆独特の美しさを持って来ます。

私はふるさとの山野に散る陽の光の中に立つのが好きです。いつも自然の心に触れた仕事をしたい欲望を強く感じます。

（昭和三十四年五月、「サンデー毎日」広告）

瓜生卓造「氷原の旅」

南極の極点に、人類最初の旗を立てようとするアムンゼン、スコット等の英雄的行為が、よく抑制のきいた筆で、息もつかせぬ面白さで、描かれている。われわれはこの作品によって、一つの英雄的行為というものがいかなる意味を持ち、そしてまたそれを内側から支えているものがいかなるものであるかを知ることができる。これは克己の、忍耐の、犠牲の、あらゆる高貴な精神の参画して初めて為し遂げられる極地探険の記録であり、こうした主題を取り扱って独自な仕事を見せている瓜生卓造氏の佳作である。

（昭和三十四年六月、雪華社、帯）

堀田善衞「上海にて」

ここには、歴史の持つ悪夢のようなものが、最も時代と歴史に敏感な文学者の誠実な眼を通して熱っぽく語られている。私も一昨年の秋の旅には氏と一緒であったが、上海に於いての氏の昂奮を美しく覚えている。その美しい昂奮の裏付けがここでは大きい文章となっている。そして中国を語ることを通して、自分を語っている。

（昭和三十四年七月、筑摩書房、帯）

現代語訳　古典日本文学全集

現代の若い人たちにとって一番大切なことは、何よりも自国の古典を自分のものとすることである。新しい文化も、新しい思想も、古典を基盤としたところから出発しなければならぬことは言うまでもないことである。

併し、自国の古典を自分のものにするということは容易なことではない。古事記も源氏物語も、数多い珠玉の随筆文学も、今日、国民から離れて、なんと遠い存在であることか。

筑摩書房の現代語訳による「古典日本文学全集」は、難解な古典文学のすべてを国民大衆のものにしようとする企画である。専門学者たることに捉われない訳者の選択もみごとであるし、解説に、鑑賞にそれぞれ、各方面の人材を網羅してあることも、従来のこうした企画にない周到さである。

この企画によって、王朝の物語も、万葉も、戦記ものも、高僧たちの著述も、近松も、初めて本当の意味で国民大衆のものとなるであろう。

（昭和三十四年八月、筑摩書房、内容見本）

日本地理風俗大系

戦前の『日本地理風俗大系』は懐しい本である。この全集には私も度々ご厄介になった。こんど新しい編集のもとに、戦後一変した新しい国土の新版ができる事を聞く。時代が大きく変っているので、全く面目を一新した日本地理の大集成になるであろうが、前の全集のもっていた良心的態度と格調が、そこに如何に生かされていくかが楽しみだ。

（昭和三十四年八月、誠文堂新光社、内容見本）

世界文学全集

現在何種かの世界文学全集が出版されている。それぞれ世界文学史の大系的な把握の方法と、作品の選択に個性があって、そこにそれぞれの特色が伺える。しかし、一番その全集の価値を決定づけるものは、編集監修者の良心的態度と言えよう。

こんど河出書房新社では、同社が先に出していた世界文学全集を基礎にして、新しく再編成し、多くの改訳、新訳のもとに全く新しい世界文学全集を企画しているという。全集の再編成ということはちょっと類のないことだが、今までにこうしたことがないのがむしろ不思議のようなもので、編集監修者のこの全集に対する愛着と意気込みのほどがうかがわれよう。

（昭和三十四年九月、河出書房新社、内容見本）

ゲーテ全集

学生時代、ゲーテというと頭が痛かった。日本のゲーテ学者のものはいうまでもないが、外国の文学者、哲学者のゲーテ研究書物や研究文献で翻訳されているものだけでも大変な数である。その上、翻訳出版されたゲーテ全集も、改造社版は三十何巻、大村版も二十巻といった大部のものだった。

こんど、人文書院によって、ゲーテの代表作が十二巻に改められた新訳のゲーテ全集が出されるときく。有難いことである。ゲーテ研究の専門家でないかぎり、これで十分であるし、訳者は現代一級の新鋭学徒諸氏、ここに久しぶりに今日の時代にぴったりしたゲーテ全集が生まれるわけである。ことに第十二巻に諸家のゲーテ論がまとめられていることは、われわれには何よりも有難いことである。


（昭和三十四年十二月、人文書院、内容見本）

世界名著大事典

わが国だけでも年々の出版物は夥しい数に上る。これが世界となると大変なことになる。われわれ現代人は今日出版物の洪水の中に置かれている。この中で真の名著の名にふさわしいものは、闇夜に星を求めるが如く寥々たるものであろう。ただそれが各部門部門の専門家でない限り判らないだけである。

こんど平凡社から《世界名著大事典》が出版されると聞く。往古から今日までの、学術文化諸部門に亘って、広大な書籍の海から、生粋の名著一万一千余点を選び出し、それに一流の専門家に依る詳細な解説を附しているという。平凡社でなくてはできぬ企画であり、まことに現代人にとっては有難い事典である。これが果す文化的役割については改めて云々する必要はあるまい。


（昭和三十五年一月、平凡社、内容見本）

野鳥の調べ

蒲谷さんが鳥の鳴き声を録音する仕事に没頭されているのを知ったのは三十二年の秋であった。私は春の伊豆や雪の下北半島に氏と一緒に旅行し、氏の仕事の類いまれな清潔さも、またそのために氏が持たなければならぬなみなみならぬ苦心も、何日かにわたって見学させて戴いている。

この「高原の一日」も、「海辺の四季」もこれを聞いている私には、重い録音器を肩に山道や海岸を歩いている氏のひたむきな表情と姿が思い出されて来る。

併し、ここに録音された野鳥の世界は、氏の苦心とは別に何と美しいものであろう。高原の鳥たちのさまざまな囀りや、海辺の渡り鳥たちの集いが、音楽の伴奏にのって美しく再現されている。これを聞いていると陽の光も、風のそよぎも波の音も空や海の色までが眼に見えて来るようである。これは自然からあらゆる夾雑物を取り除いて構成した不思議に純粋な美の世界である。野鳥の声の美しさも、優しさも、清らかさも、そしてまた生きようとする逞しさも、このレコードで初めて知る人は多いことだろうと思う。

（昭和三十五年三月、コロムビアレコード、内容見本）

福田宏年「山の文学紀行」

さいきん山に対する関心は極めてつよい。この本は、日本近代文学のうち、山を背景とし、舞台とした作品を網羅すると共に、山岳文学の本質についてふれたユニークなエセイ集である。

（昭和三十五年三月、朋文堂、帯）

エリオット全集

エリオットは詩人としても、評論家としても、また戯曲の仕事に於ても、本当の意味で第一級の仕事をしている文学者である。現代の知性という言葉が、少しも浮わついたところがなくこれほどぴったりと当てはまる文学者はあるまい。エリオットに対して我々が抱く信頼感は、何よりその仕事が革新的なものでありながら常に伝統を大切にし、その上に踏んまえていることにあると思う。

こんどエリオットの作品が、自選の形に於て五巻に収められて中央公論社から出ると聞く。これに依って、わが国がエリオット全集の決定版を持つことができるわけで、このことは一つの大きい事件と言っていいであろう。私は詩人としての彼の仕事をこの際、全作品を通して考えてみたいと思っている。

（昭和三十五年四月、中央公論社、内容見本）

日本文学鑑賞辞典

日本文学を正しく鑑賞することを主眼として編まれた辞典が出たことは大変有難いことである。古典編、近代編と、それぞれ一巻にまとまっているが、私はそのうち近代編を繙いてみて、その名の如くまさしく鑑賞の辞典であることを知った。小説・戯曲・評論・随筆・詩・短歌・俳句の各分野に亘って、日本の近代文学の代表的作品は尽く収められ、従来の文学辞典が概ね作者の紹介と作風の総括的な解説に終始しているのに、この辞典に於ては、個々の作品について、その梗概の紹介は勿論のこと、創作のモティーフ、主題の問題から、文体の特色まで詳細に解明され、全く新しい文学鑑賞の手引きたり得ている。記述は平明懇切であり、文学を大衆に結びつける大きい役割を果すであろう。

編者吉田精一氏の苦心の程も察しられるが、兎も角初めてわれわれは信用できる文学鑑賞辞典を座右に置くことができるわけである。

（昭和三十五年五月、東京堂、内容見本）

日本文学全集

日本の古典文学と、明治以降の作家ですでに日本文学の新しい古典としての地位を獲得している諸家の作品とを、あわせて一つの線上においた企画はこれが最初の試みであろうか。この全集では、古典文学は一流作家によってなされた現代語訳を採用しているが、これは明治以降の文学とそれ以前の古典とを、その間に断絶したものを感ぜしめず鑑賞せしめようという企画から出たものであろうし、それはそれでこの時代には一つの大きい意義をもつものであると思う。

（昭和三十五年六月、河出書房新社、内容見本）

続日本の名城

戦国時代の城は、その大部分がいまは失われてしまっている。僅かに城址のみをとどめるものもあるが、併し、その多くが、城址すらも残していない。いずれも戦火の中に壊《つい》えたのである。その落城史を綴ればそれはそのまま戦国時代の歴史を書くことになる筈である。城を訪ねる楽しさは失われた城址を訪ねる楽しさである。兵《つわ》もの共の夢がそこの一木一草にも感じられる。

（昭和三十五年六月、人物往来社、内容見本）

世界の歴史

『世界の歴史』第一巻は読みだしたら途中でやめられぬ面白さがあった。これは一流権威がその該博な知識と造詣とをぶちまけて書いた面白さであり、しかもあらゆる事象が、歴史の本当の流れにそって生き生きとして捉えられているからである。本来、世界歴史というものは、ずいぶん込み入った面倒くさいものだが、それがこのように明快にしかも全くいままで知られなかった面白さで説かれたということは驚くべきことである。第二巻を早く読みたいものだ。

（昭和三十六年一月、中央公論社、広告）

少年文学代表選集

ここに集められた二十九編の作品を読んでいただきたい。ここにこそ間違いのない少年少女の世界が描かれ、どの作品も少年少女を正しく大人の世界へと連れて行く橋渡しの役割をしている。本書は誠実な作家たちによって少年少女のために書かれた文学作品の代表作集で、珠玉という言葉がそのまま当てはまる珠玉集である。

（昭和三十六年二月、光文社、帯）

大屋典一「孤雁」

戦国時代から江戸時代の初期へかけて、剣法の達人が輩出し、幾多の流派が生まれた。この作品の主人公伊藤弥五郎も後世に名を喧伝された達人であり、一流の創始者である。他派の剣聖たちとの生命をかけた闘争の中に、技を磨いていく孤独な剣客の風貌は、この作品においてみごとに浮き彫りにされている。

読み出したらやめられぬ面白い小説であり、作品を構成し、筋を大きく展開していく技術、登場する何人かの男女の性格や人間像をつくっていく腕前においては、この作者は既成作家に劣らぬものを持っており、時代小説の分野において、この作品の主人公のように、ゆうに一派をなすだけのものを持っていると言えよう。

（昭和三十六年三月、河出書房新社、帯）

平野岑一「世界第六位の新聞」

私が毎日新聞社へ入社した当時、著者平野岑一氏は編集総務として活躍されており、今でも当時の氏の颯爽たる姿は、私の眼にあざやかである。氏は新聞社で一生を送った生粋の新聞記者であり、新聞人中の新聞人である。

本書は毎日新聞社の青春の貴重な記録であると共に、面白い読物であるが、ひろく日本の新聞界の生々発展のあとを浮き彫りにしたものといっていいだろう。その意味では、当然たれかによって書かれねばならなかった現代日本文化史の何頁かである。

（昭和三十六年四月、六月社、帯）

世界美術大系

私たちは今まで各種の美術全集に於て全く同じ写真にばかりお目にかかって来た。ダヴィンチの「モナリザ」など、日本人の大部分がルーブル美術館の現物に接して、その感じの違っていることに驚くが、これは全く多年同じものばかり見せられて来たからであろう。時代が変っているのだから、当然新時代の技術に依った精巧なものが収めらるべきだ。こうした弊はこの全集に於て大きく改められるに違いない。

（昭和三十六年五月、講談社、内容見本）

安藤更生「日本のミイラ」

中世の日本が、多くのミイラ志望者を持ったということは嘘のような話である。併し、それがれっきとした事実であることは、安藤博士のこの労作が明らかにしてくれている。

民間信仰の問題は勿論、日本の中世社会というものを考える上に、今後本書は大きい役割を持つだろう。

（昭和三十六年七月、毎日新聞社、帯）

図説世界文化史大系

私は小説「敦煌」を書く時、何回か京都大学人文科学研究所へ出掛けた。そこにいる東洋史学の若い権威者たちに、作品で取扱うことを、いろいろ教えて戴くためであった。丁度その頃、若い史学者たちの多くの人が、角川書店の「世界文化史大系」の編集者たちに依って、原稿を督促されている最中であった。私はその時、こうした学者たちに新しく原稿を書いて貰うことはさぞ大変であろうと思ったし、また若し、それが実現できたら立派なものになるだろうと思った。

やがて「世界文化史大系」は発刊され、その中国篇は私が小説「蒼き狼」を書いている時上梓された。「敦煌」執筆時に、私が自ら京都へ出掛けて行って多勢の学者たちから教えて戴いたことが、大系の中国篇には尽く収められてあった。お蔭で「蒼き狼」を書く時は、私は大変らくであった。「世界文化史大系」を座右に置くことで、貴重な新しい知識を活字の上から頂戴することができた。

（昭和三十六年八月、角川書店、完結記念内容見本）

日本山岳名著全集

山の本が急激にふえたのは戦後のことである。戦前は極く少数の、登山の権威者によって書かれたものだけが出版された。いまは月々に出版される山岳関係の書物は夥しい数に上り、書物の選択が大変である。こんどあかね書房によって、「日本山岳名著全集」八巻が編まれると聞く。時宜を得た企画と言うべきである。全八巻の内容は、まさに名著というにふさわしいものの許りで、私は山には登らなかったが、それでも愛読した懐しい書物の名を、何冊かその中に見出す。何にしても、もう一度、山岳の名著を読み返す機会を持つことのできるのは有難いことである。

（昭和三十七年四月、あかね書房、内容見本）

佐藤春夫監修「古戦場」

私も古戦場を訪ねて戦国時代の作品をいくつか書いた。古戦場は静かであり、流れる雲にも、そこの一木一草にも兵どもの夢が感じられる。私の作品に登場する古戦場が採り上げられていて懐しい。

（昭和三十七年六月、人物往来社、帯）

歴史小説の旅

小説家の歴史に対する対い方は、歴史学者の解釈だけでは説明できないところへ入って行き、表面に見えない歴史の一番奥底の流れのようなものに触れることであると思う。

私は歴史小説を書く場合、どの歴史書でも触れ得ない主人公の人間的側面を、小説化することに於て解決しようとしている。

（昭和三十七年八月、人物往来社、帯）

岩波文庫

岩波文庫は、私の父と母だ。優しいもの、厳しいもの、烈しいもの、あらゆる生きる根源をそこから得ている。

（昭和三十七年十一月、岩波書店、広告）

世界の文学

これまでに世界文学全集と銘打ったものは数えきれないほど沢山ある。現在刊行中のものも何種かあるであろう。私は一種でも多く出た方がいいと思う。ただその度にはっきりした特色を持って貰わねばならぬ。

幸い中央公論社の企画は、収録作品を見ただけでも一陣の涼風を感ずる。未紹介の名作もあれば、いきのいい現代作家の作品も収まっている。原典からの挿画の収載も面白い。

私はこの機会に古典作品も読み返したいし、読み残している短篇類も全部眼を通したいと思う。自分も含めて日本の現代作家は、世界の文学の数々の流れを、初心に返ってもう一度泳ぎ下ってみるべき時に来ているのではないか。現代の日本文学にとかく失われつつある大切なものを取り返すには、これ以外ないようだ。先ず読むことだ。読む以外にはない。

（昭和三十八年一月、中央公論社、内容見本）

岩波国語辞典

国語辞典は数多く出版されており、どの辞典が一番いいかということは言えない。それぞれに特色を持っており、ある人はAの辞典を、ある人はBの辞典を推す。私も亦自分の使い慣れた好きな辞典がある。それ許り使い、ぼろぼろになると、その同じ辞典を新しく買い直している。

そうした自分に合った自分の好きな辞典があるが、それでもなお最近は不便を感じ始めている。時代が烈しいスピードで変っており、それにつれて国語も亦変っているからである。現代生活に即した新しい辞典はどうしても必要である。その必要を痛感させられている時、岩波の「国語辞典」の誕生を知った。その新辞典としての特色も、今日座右に置くにふさわしい改良がなされていて、頗るわが意を得たものである。私たち文筆業者は従来の自分の好きな辞典のほかに、もう一冊この辞典を机上に備えることになるだろう。

（昭和三十八年一月、岩波書店、内容見本）

続歴史小説の旅

私は史実だけを取り扱った小説だけが歴史小説であるとは考えない。若し史実だけを取り扱うにしても、なおそれが文学作品である以上、作者は史実と史実の間にはいって行かなければならぬ。

歴史小説が小説である限り、そうした箇所を持つことによってこそ文学として支えられているのではないかと思う。

（昭和三十八年五月、人物往来社、帯）

安藤更生「鑑眞」

安藤博士が鑑眞研究に半生のなみなみならぬ情熱を注ぎ込んだことは余りにも有名である。その研究の一端がこんど一般読書人向きの平易な形に於て出版される。一字一句氏の学者としての労苦の結晶ならざるはない。私は小説『天平の甍』の執筆に当って全篇に亘って博士の教えを乞い、博士の厖大な鑑眞研究の資料に圧倒されたが、その厖大な資料をもとに造型される博士の鑑眞像がいかなるものか恐らくわれわれはこんど初めて全く新しい本当の鑑眞像を持つことができるであろうと思う。

（昭和三十八年八月、美術出版社、改訂第一版帯）

世界の文化地理

中国の河川では、私は珠江が一番好きだ。黄河、揚子江となると、ずっと上流は知らないが、中流下流ではあまり大きすぎて河という感じがしない。黄色の泥土が移動しているといった方がいいくらいだ。そこへ行くと、珠江は河らしい河である。私は広州の街が好きだが、それは美しい珠江が街を流れているからだ。大小の帆船、発動機船、雑多な形の雑多な船が昼夜を分たず上下している。これほど殷盛といった感じを持っている河を私はほかに知らない。

（昭和三十八年九月、講談社、内容見本）

岩波国語辞典

「岩波国語辞典」は私の師であり、友である。どこへ行くにもいつも一緒だという点では、私の肉体の一部だ。

（昭和三十九年一月、岩波書店、広告）

ロシア・ソビエト文学全集

現在文学に携わっている人たちの大部分は、ロシア文学によって、文学の洗礼を受けている。私自身も例外ではない。トルストイやドストエーフスキイによって、人生に美しいものや、恐ろしいものや、貴いものがあることを教わったのである。フランス文学に陶酔したのはそのあとの時期である。このことは昔も現在も変わらないであろうと思う。こんどの全集は手軽で軽快な装いを持つと聞く。結構なことである。若い人たちにどこへでも一緒に抱えて行かれるような形で出ることが望ましい。私もまたそのようにしてチェーホフを読み、ゴーゴリを読んだからである。

（昭和三十九年二月、平凡社、広告）

魯迅選集

魯迅ほど民族解放のために、あらゆる古いものと闘った文学者はないだろう。中国の近代文学の確立者として、中国の近代化の実践活動家として、その生涯は火の如く烈しく、そして光輝に満ちたものである。しかも、魯迅の文学精神は、いまも新しい中国に、同じような烈しさと光輝をもって生き続けている。このことは北京と上海の魯迅記念館に行っても、夥しい数の学生が詰めかけている一事をもって判るだろう。新しい中国を理解するためには、われわれが魯迅から出発しなければならぬことだけは確かだ。こんど岩波書店から出る魯迅選集は、出来得る限り正確を期した新しい内容と体裁を持ったものだと聞く。私はもう一度魯迅の述作を繙いて、そこから出発して、自分が三度訪れて、いろいろ考えさせられた新中国のあらゆる問題を改めて考えてみたいと思っている。

（昭和三十九年二月、岩波書店、内容見本）

高木健夫「新聞小説史稿」

三友誌上に連載されている高木健夫氏の「新聞小説史」が近く一冊になると聞いて、その発刊を心待ちにするのは私一人ではあるまい。

これは大変な仕事である。題名通り、まさに正確詳細を期した新聞小説の歴史であるが、無味乾燥な史的事実の列記とは凡そ違ったものである。新聞小説をまん中に据えた文学史でもあり、文壇史でもあり、当然また独自な文明批評でもある。

一つの作品がいかにして生まれるに到ったかの秘密の深淵にまで高木氏は鉤を降すことを怠ってはいないが、こうなると、資料蒐集の労は測り知られぬものがあろうと思われる。こんどは明治初年の胎動期から〝金色夜叉〟前後の開花期までが収められているというが、是非この仕事の大成を期したいものだ。

（昭和三十九年三月、三友社、内容見本）

日本近代文学図録

近代文学の曙から始まって、その生成発展の跡を一冊の図録に収めるといった企画は、これまでになかったことだと思う。大変有難いことである。本書によって、日本近代文学史は初めて具体的に捉えられるわけで、明治、大正の傑作、名作は恐らく今までとは全く異った親しい姿で、私たちの前に姿を現わすことになるだろう。

今や、偶像的存在となっている多くの文学者たちも、一人の人間として、彼等が生きた時代や、生活や、書斎の中に引き戻されるだろう。文学作品の正しい鑑賞のために、本書が果す役割は極めて大きいものであると信ずる。

（昭和三十九年五月、毎日新聞社、内容見本）

ヘディン中央アジア探検紀行全集

スウェン・ヘディンの名は若い頃の私には魔力的な魅力を持っていた。いつもその名を口にすると甘美な陶酔と戦慄に似た思いを持った。最近、ヘディンの探検記の中の一つを読んだが、そこから受ける感動は、若い頃と少しも変らなかった。ヘディンが探検家としてかち得た栄光が不滅なものであるように、ヘディンの述作はいつの時代になっても、青年たちの心を鷲摑みにする力を持っている。こんど白水社から「ヘディン中央アジア探検紀行全集」が刊行されると聞く。本全集において初めて、ヘディンの主要作品のほとんどが、しかも完全な形で収められたのは壮挙と言っていいだろう。これらを完全に読むことができるかと思うと、若い時と同じように私は胸の躍るのを禁じ得ない。

（昭和三十九年五月、白水社、内容見本）

漢詩大系

今日残っている漢詩のすべてのものは、その歴史的背景の知識なしには、その本当のよさも面白さも理解することはできない。一篇の漢詩は、一篇の短篇小説のようなものである。一人の人間の生きた心が、中国の長い歴史の、その時代時代に、これこそ誰も疑うことのできぬものとして坐っている。「漢詩大系」の長所は、それが生れた歴史的背景に懇切詳細な解明を与えている点である。

（昭和三十九年五月、集英社、内容見本）

世界文化シリーズ

ここ数年来、日本人の目は広く国外に向けられてきた。この傾向はことしあたりでピークに達するのではないかと思う。この時期に、従来の地理的網羅主義を排して新しい視点に立った各国紹介シリーズが出版されることの意義は大きい。私も、つぎの海外旅行の折りには、このシリーズの一、二冊を旅行鞄に忍ばせることになろう。

（昭和三十九年五月、世界文化社、折込広告）

島田謹介写真集「信濃路」

信州の山は雄大で変化に富んでいる。四季を問わずいつでも美しいが、冬山は特によい。この写真集のどの一枚にも、山のみえぬ作品はなく、しかも心にくいまでに信州の山の真姿をキャッチしている。雲も美しい。水も清らかだ。この山と雲と水によって古くから育くまれてきた信濃びとの生活文化もじっくり描き出されている。

作者島田さんは、私の最も好きな写真作家の一人で、「武蔵野」いらいその作品に注目しているが、こんどはまた信濃の四季ととりくんですばらしいよい仕事をやりとげられたと思う。

（昭和三十九年九月、雪華社、内容見本）

福田宏年「バルン氷河紀行」

このヒマラヤ紀行の新鮮さも、美しさも、面白さも、著者が登山家としてでなく、山には素人の一人の知識人として、バルン氷河帯の地に分け入ったことにあると思う。著者は立教大学ヒマラヤ踏査隊長ではあるが、本書は他のヒマラヤ紀行にない素直な驚きや、悦びや、発見が、宝石のように随所に光っている。ここではヒマラヤは私たちの手の届かない峻厳な神々の座ではなくて、生きた人間の息づかいの聞える親しい山になっている。出色のヒマラヤ登攀記録として多くの人に読んで貰いたいと思う。

（昭和三十九年十月、講談社、帯）

潤一郎新々訳源氏物語

源氏物語の世界を絵にすることは非常にむずかしい。王朝のはなやかさ、淋しさだけを取り上げてもひとすじ縄でゆく相手ではないだろう。挿画の場合これほど厄介な対象はないわけだ。それだけに画家にとっては意欲をそそられる主題でもあろうし、取り組み甲斐のある仕事でもあろう。

こんど新しく出た谷崎さんの「新々訳源氏物語」は、靫彦、土牛、平八郎画伯など十四氏の彩色挿画で飾られているが、さすがに見事なものである。各氏各様の王朝解釈、源氏解釈が面白い。こうなるともはや挿画ではない。一枚一枚独立した生命を持った歴史画である。

（昭和三十九年十月、中央公論社、内容見本）

世界の文化

河出書房からこんど出版される『世界の文化』の企画は、頗るわが意を得たものである。一国一国を単位としているのは、その国の古い文化と伝統が、いかなる発展の仕方をし、いかに他国の文化と接触し、その影響を受け、そして今日に到っているか、そうしたことを説くことに主眼を置いてあるためであろうと思われる。世界の文化といったこんとんとした生きものは、結局は民族独自の立場から解明して行く以外仕方がないようだ。執筆者は各分野の一流学者を揃えているので顔触れには申し分ない。企画そのものが新しい以上、それぞれ自分の考え方を自由に述べた、新しく大胆な文章であることを期待して已まない。

（昭和三十九年十一月、河出書房新社、内容見本）

日本の歴史

第一巻を読んで大変面白かった。この巻が受持つ時代はすべてが謎に包まれており、それを科学的に解明すべく、各分野の学究がそれぞれの立場からそれぞれの説をたてている。著者は古今東西にわたる主な説のすべてに触れながら、それを批判検討した上で、はっきりと自分の考えを打ち立てており、その推論の展開の仕方には胸のすくような快さがある。誰にでも面白く読める点では、どんな推理小説よりも面白く、小説家はここから魅力ある題材をふんだんに拾うことができるだろう。私はこの二三年、この時代の妖しい魅力に取り憑かれ、この時代に関する書物を手当り次第読んでいるが、一つの結論をこの書物に依って初めて与えられた気持である。

（昭和四十年一月、中央公論社、広告）

日本の合戦

高柳光寿氏の監修、桑田忠親氏の編集で「日本の合戦」別巻を含めて九巻が出版される。これを聞いて私は待ち遠しい気持である。

執筆者のメンバーを見ると、各時代ごとに、その道の権威がずらりと並んでいて、みごとである。項目を見ると、日本史上の有名な合戦のことごとくが取りあげられているが、合戦というものは、時代時代が持つすべての問題の一つの帰結であり、ある意味では、次の時代を呼ぶためのようなものである。
したがって、合戦の全趨勢を観ることは、ある意味で、とりもなおさず歴史の縮図を俯瞰することといえるかも知れない。
それぞれの権威によって、正しい解釈と詳細な記述を期待したいものだ。

（昭和四十年三月、人物往来社、内容見本）

歴程詩集

精神の奥底に設けられた秘密工場で、強烈な爆弾が作られる。詩とはそういうものだと、私は自分の詩集『北国』のあとがきにも書いたことがある。歴程という詩人グループに、私も加わっているがここはまさにその秘密工場の群立地帯だ。読者は、まず爆発に吹き飛ばされても厭わぬ勇気を持つべきであろう。

（昭和四十年五月、歴程社、帯）

折口信夫全集

最近、ある必要から折口信夫の著述を片っぱしから読んでいる。読めば読むほど氏の学者としての大きさに突き当る思いである。日本古代史の入口にも、日本文学史の入口にも、日本民俗学の入口にも、巨大な山嶽のごとく氏は聳え立っている。万葉集の口訳の価値については改めて言うまでもあるまい。氏を通らなければ日本の古いことは何も判らない。氏は古代人の心を持ち、古代人として生きた稀れに見る選ばれた学者と言っていいだろう。氏の論文はどんな片々たるものでもみな面白い。該博な知識を駆使しながら、それ自体が特異な文学作品ででもあるような面白さを持っている。「死者の書」一篇とっても、氏が普通の型の学者でなかったことは判ろう。多方面にわたる厖大な論述はいずれも、歌人であり、学者であり、しかも古代人の心を持ち得た特殊な人としての氏にして初めて為し得た業績である。「折口信夫全集」は若い人たちに是非読んで貰いたい。日本を、日本人を考える上に、ここから出発して行かねばならないからである。

（昭和四十年十月、中央公論社、内容見本）

フローベール全集

私は戦争の末期、トルストイ、ドストエフスキー、ゴーゴリ、バルザック、スタンダール、フローベールなどの全集を持っていた。いずれももう文学全集などというものが絶対に入手できない時代が来ると思って、戦争の初期に買い込んだものであった。昭和二十年の春の疎開騒ぎの時と、戦後の金に困った時代に、それらをどうしようもなくて、次々に手離して行った。結局はすべての全集が私の手許からなくなってしまったが、最後まで残っていたものは、改造社の『フロオベエル全集』の特製本だった。白い箱入の書物だが、箱の白さは銀色に光っており、書物の表紙も同質のものだった。私は最後に二足三文にその『フロオベエル全集』を手離す時、『ボヴァリー夫人』と『感情教育』の二冊だけを残した。それから暫くして『感情教育』を入院中の友人の見舞に送り、『ボヴァリー夫人』だけが一冊残った。その本はいまも持っている。

当時私は自分が小説家になるつもりはなかったが、フローベールに依って、特に『ボヴァリー夫人』に依って、小説というものがいかなるものかを教わり、作家の人間を見る眼がどのようなものかを教わった。小説について教えられた許りでなく、人生というものについても教えられた。ボヴァリー夫人を中心にした仮構の世界から教わったものが、五十何年生きて来た現実の人生から教わったものより大きいということは、多少困ったことだと思うが、事実である以上仕方ない。この作品を読まなかったら、純粋に小説の要素だけで組み立てられた作品の世界の確かさを今のように信ずることができたかどうか判らないと思う。

こんどこそ、筑摩書房の『フローベール全集』は、私の生きている限り、私の書架から消えることはないだろう。

（昭和四十年十一月、筑摩書房、内容見本）

町春草「たのしい書」

私はこの本を題名通り本当にたのしく読んだ。書というものがこのように身近かに親しいものに感じられたことはない。どんな字を見ても、それに対する理解と愛着は、本書を読むことに依って一変してしまうだろう。前衛派の高名な書家、町春草女史が、古い伝統的なものへのこのようなよき理解者であり、そこを踏まえて仕事をされていることを知ったことも、私には大きい事件であった。考えてみればこれは当然なことであるが、この当然なことを本書をひもどくまで知らなかったということは、私ひとりだけの問題としては片付けられないことのようだ。私はこの書を一人でも多くの人に読んで戴きたいと思う。書というものがどんなものか知って戴くために、そしてまた、それ以上に自分自身の生活をゆたかにするために。

（昭和四十年十二月、婦人画報社、内容見本）

少年少女日本の歴史

運命に似た大きな流れの中で、それぞれの時代を生きた人間の記録——その集積である歴史は、文学とは違った重量感をたたえている。本書は、叙述がわかりやすいうえに、豊富な写真・図版を配した一大歴史絵巻だ。若い世代の日本歴史として申分ない。

（昭和四十年十二月、偕成社、内容見本）

世界の名著

こんど貝塚さんの『論語』を読んで、宝石がぎっちり詰まっている宝石函の蓋をあけたような思いを持った。

中学時代に学校で教わった修身教科書の『論語』とはまるで違ったものだった。孔子の説くところもひどく人間的であれば、孔子と門弟との関係も濶達であり、自在であった。大教育者としての孔子はすばらしいと思う。私は孔子を中心とする教団がいかなるものであり、そこで師弟の間にいかなる論議がなされていたか、日本の大学生にも先生にも改めて知ってもらいたいと思う。

孔子の思想は体系づけられたものではないが、それだけに一つ一つが宝石の輝きを持っている。現代的な言い方をすれば、『論語』は何びとをも拒みはしない。こちらの読み方で、それぞれ異なった教訓を引き出すことができる。そこが東洋の聖典の東洋の聖典たるゆえんだ。

（昭和四十一年三月、中央公論社、広告）

西域探検紀行全集

こんど白水社から出る西域探検紀行全集の企画が若し二十年前にたてられていたら、私の青春は大分違ったものになっていた筈である。この全集に収められてある旅行記の一冊を手に入れるために、私たちはいかに若いエネルギーを費やしたことか。この全集に収まるどの一冊にも、ヤングハズバンドにも、河口慧海の旅行記にも、大谷探検隊の報告にも、それぞれに私の青春の思い出がこめられてある。こうしたものを居ながらにして書架に飾ることのできるいまの若い人たちは倖せである。白水社はあくまで良心的な編集で統一し、この出版を名実共に画期的なものにして戴きたい。

（昭和四十一年四月、白水社、内容見本）

「日本の美術」創刊

至文堂から出る「日本の美術」は、日本の代表的博物館の監修とか、各号の特集形式でそのまま事典に使えるという点が新しい。しかし特に、従来ありがちな実際以上に美しい色彩を避けて、原物に出来るだけ近い色を出すという点に期待を寄せている。

（昭和四十一年五月、至文堂、内容見本）

世界の戦史

戦争というものが、人間同士の、ある意味では単純だが、きわめて壮大な葛藤であることは間違いない。ヨーロッパの文学や戯曲がしばしば戦争と表裏一体の関係にあるのは、その故といってよい。地中海の景観を歌うものの胸には必ずホメロスの英雄たちのイメージが宿るであろうし、霧に包まれたドイツの森にわけ入るものは、木の間から金色の兜をにぶく光らせたニーベルンゲンの騎士の幻影を見るかもしれない。

私が、これまで西洋史の書物を読んで、いつもものの足りなく思うのは戦争の記述であった。ボロジノの会戦を描いて、トルストイの『戦争と平和』に匹敵する歴史書を、私はまだ読んだことがない。

今回の、新進西洋史研究者を動員した『世界の戦史』の刊行を、楽しみに待っている。

（昭和四十一年五月、人物往来社、内容見本）

世界の遺跡

「世界の遺跡」はたのしい本である。考古学の本でも、建築学の本でも、美術史の本でもない。美しい遺跡の写真をふんだんに収め、それぞれの対象に依って、それを観る視点を変え、写真と解説で、古代遺跡を全く新しい形で、われわれに示してくれる。ここではひとつひとつの遺跡がそれぞれ異った生きものである。確かに遺跡というものは、本来このようなものであったのである。遺跡の前に立つと、とたんに考古学者になったり、歴史家になったりするのは奇妙なことであり、しかも誰もが、その奇妙さに気付いていなかったのである。遺跡の魔法である。

この書物のおかげで、私はこれまでに見た遺跡を、改めて全く別の生きものとして感ずることができた。コリントの廃墟も、アテネの宮殿も、サマルカンドの壊れかかった回教寺院も、長安の都の跡も、同じ遺跡という言葉では捉えられないほど、それらはそれぞれ勝手気ままな呼吸の仕方をしている。共通していることは、それらが古い時代に烈しく生きそしていま静かな別の生き方をしているということだけである。

「世界の遺跡」は、今までになかった、たのしい古代遺跡の鑑賞書である。

（昭和四十一年六月、美術出版社、内容見本）

立川昭二「鉄」

立川さんは本書に於て、物質としての鉄の歴史に正面から取り組んでいる。歴史学、考古学は勿論のこと、神話の世界までにメスを入れて、鉄と人類のドラマを、可能な限り明らかにしようとしている。読者はこの書物を読むことに依って、歴史というものの見方を、多少変えなければならないだろう。歴史というものの流れの底に、いかに生きものとしての鉄の息吹きが聞えることか。教えられるところの多い真摯な研究書であると共に、また一方で面白い読みものともなっている。

（昭和四十一年七月、学生社、帯）

新十八史略

中国歴朝の治乱興亡を背景に、愛と憎しみ、喜びと悲しみのなかに生きた赤裸な人間の真実が、いまわれわれの魂をゆさぶるように迫ってくる。

（昭和四十一年九月、河出書房新社、帯）

世界の名画　洋画100選

世界の洋画の名作のなかから、百点を選びだすことはなかなか難しい作業だが、富永惣一氏監修のもとに、なるほどどうなずかされる選び方がなされている。第一巻だけをみても、ベラスケスから『王子バルタザール・カルロスの騎馬像』と『青衣の王女マルガリタ』が採られているし、ゴヤからは『マヌエル・オソリオの肖像』と『着衣のマハ』が採られている。いずれも、最も作者の特徴をよく示している代表作で、しかも、見て充分に楽しい作品である。

複製画の技術は定評のある出版社であるし、別冊の解説にも一流専門家があたっている。ともに期待していいだろう。

改めていうまでもないが、あくまで原画の姿を尊重し、その場かぎりの効果などのために原画のもつ生命を害うことなく、こうした企画のなかの最高のものにしていただきたい。

（昭和四十一年九月、三一書房、内容見本）

角田房子「アマゾンの歌」

アマゾン流域の大自然に挑み、その開拓に成功した日本農民たちの姿が、いきいきと感動的に描かれている。これは誰れかに依って書かれなければならなかった小説であるが、それが、執筆に当って現地にまで出掛けた作者の、主題に対するなみなみならぬ傾倒に依って、みごとな形で生まれている。記録文学の佳品である。

（昭和四十一年十月、毎日新聞社、帯）

講談社国語辞典

変化の激しい時代にあって、日本語も種々の面で変遷を余儀なくされてきた。したがって、現代国語の混乱がよく問題となる。

日本語を正しく理解し、美しく表現するためには、やはり、すぐれた辞典に親しみ、それにたよるしか方法はない。

その点、この「講談社国語辞典」は、私たち文筆を業とする者にとっても、一冊は常備したい、便利な、個性のある、斬新な辞典である。

（昭和四十一年十月、講談社、内容見本）

林屋辰三郎「日本　歴史と文化」

日本歴史に関する書物の出版が今日ほど盛んな時は、過去に於てなかったであろう。それぞれ専門分野の学者、学究が、己が造詣を次々に活字にしていることは壮観の一語に尽きる。これはこれで大いに歓迎すべき事象であるが、こんど林屋辰三郎博士による一二〇〇枚に及ぶ日本の通史の書き下し上梓は、また違った意味で、詰まり著者一人の史観に依って貫かれた歴史が書かれたということで、これを待望していた人々の渇を、久々に癒すものであろう。政治史、社会史、文化史が立体的に捉えられ、人間の生活の息吹きがどの頁からも聞えて来ることは、著者ひとりの眼が古代から現代までを貫いているからである。確かに、ここには歴史が書かれている。この思いを持つのは、私一人ではあるまい。この労作にふさわしく、図版、原色版を惜しげもなく使い、補註の行き届いていることもいい。

（昭和四十一年十月、平凡社、内容見本）

人物・日本の歴史

歴史というものは恐ろしい生きものである。自分の意志をもって奔騰し、駆けり、流れて行く生きものである。その流れの上に、それぞれの役割を持って、人間は登場して来る。人間は歴史の表面に出たり、押し流されたり、埋没したりする。併し、そうした現われたり消えたりする人間が歴史を作って行く。歴史というものは、歴史そのものの流れから見るか、そこに浮び、消える人間から見るか、そのいずれかである。曾て前者の立場に立って、「日本の歴史」を出した読売新聞が、こんど後者の立場に立つ「人物・日本の歴史」を出した。これこそ本当の姉妹編と言うべきものであろう。日本歴史を創り上げた時代時代の英傑、民衆群像が、人間の立場から捉えられている。読みものとしても充分面白く、新鮮な魅力を持った国民の歴史書となっている。

（昭和四十一年十一月、読売新聞社、広告）

角川日本史辞典

近く高柳光寿、竹内理三両氏の監修のもとに、各界一流権威の執筆にかかる日本史辞典が角川書店から出版されると聞く。この企画はずいぶん前から耳にしていたが、それが漸く上梓の運びになったことを知って嬉しい。絶えず座右に置く辞典、旅行に持って行ける辞典、そういう手ごろなもので、しかも内容の正確なものを欲しいと思っていたのは私ひとりではない筈である。こんどの「角川日本史辞典」の出現で、歴史小説を書いている作家は、どんなに助かるかわからない。本文中に図版の多いこと、書名には収録叢書名を入れてあること、解説が史料に即していることなど、本辞典の特色と言っていいであろう。

（昭和四十一年十一月、角川書店、内容見本）

ジュニア版日本の文学

文学が少年期の人間形成に、きわめて重要な役割をもつことはいうまでもありません。「ジュニア版日本の文学」は、明治・大正・昭和にわたる文学作品の枠を集めて、懇切な解説と読書の手引きを収録した青少年向の好シリーズとして、おすすめできる本です。

（昭和四十一年十一月、金の星社、内容見本）

日本詩人全集

晶子も、朔太郎も、光太郎も読みたい。たまらなく読みたくなっている。これは私だけのことではなく、みんながそんな気持になっているようである。いまはそういう時代なのだ。毎日の生活から失っているものを、詩によって奪《と》り返そうとしているのだろう。詩とは元来そういうものなのだ。

（昭和四十一年十二月、新潮社、広告）

日本の文学

私は自分の古い作品はめったに読み返さない。作品というものは、それが生れてある年月が経つと、もう作者がどうすることもできない生きものであるからである。自分が生み出した作品ではあるが、出来のいいものもあれば悪いものもあり、好きなのもあれば嫌いなのもある。しかし、作者はそれをどうすることもできない。それはそれなりに生きており、もはや作者にはそれに手を加える権利はなさそうである。

そんなわけで、私はめったに自分の過去の作品を読み返さないが、中央公論社の『日本の文学』の一冊として井上靖集が出た時だけは、否応なしにすべての作品に眼を通さざるを得なかった。編集者が、作品についてそれこそうんざりするほどのたくさんの質問を持って来たからである。編集者自身が疑問に思ったところもあれば、校正者が疑義を感じたところもあった。それから注解をつける上での質問もあった。私はそれらに一つ一つ答えるために、結局全作品を読み返さないわけには行かなかった。『日本の文学』が文学全集としてすぐれているところを挙げよと言われれば、私は躊躇なしに、編集者、校正者の全集というものに対するなみなみならぬ熱意にあると答える。私の場合は、おかげでいくつかの思いがけぬ誤りや、意味不分明なところを訂正することができた。ありがたいことだと思っている。

（昭和四十一年十二月、中央公論社、新内容見本）

中国の思想

日本の学生で孔子や老子や孟子の名を知らない者はない。しかし、彼等がいかなる時代に、いかに考え、いかに生きたかということを知っている者はごく少いと思う。私自身にしても長い間、これら東洋の思想家たちを、自分の生きる問題とは無関係な骨董品としてしか理解していなかった。誰からも彼等の魅力については教えられなかった。これは、しかし、強ち教育者の罪に帰することはできない。なぜなら、自分自身で彼等の述作を読み、一緒に考え、一緒に問答し、一緒に笑う以外、彼等の大きい泉に触れることはできないからである。こういうところが東洋思想家たちのヨーロッパの思想家たちと違ったところであろうと思う。

ずいぶん長い間、無用物扱いされて来た東洋の思想家たちの述作が、今日新しい関心で見直されつつあるのは、日本だけでなく、世界的趨勢だと言っていいと思う。アメリカのどの大学でも必ず一人や二人の孔子や老子の研究家を見出すだろう。

言うまでもなく、これら東洋の思想家たちに依る文化的遺産は例外なく戦乱の時代の所産であり、実践哲学あり、隠遁思想あり、徹底した政治理論あり、いずれも今日の時代に無縁であろう筈はない。

いずれにせよ、本全集の発刊の意義は非常に大きい。初めて、荘子も荀子も韓非子も全く違ったものとして、私たちの前に現れた感じである。

（昭和四十二年一月、徳間書店、内容見本）

旺文社国語実用辞典

人にはそれぞれ持ち味があるように、辞典にもそれぞれの味がある。この辞典は家庭的親切さがあふれた調法な辞典としての持ち味がよくでている。アンペアの項目に「家庭の一〇〇ワットの電球には約一アンペアが流れている」などの実用知識があり、生活に密着した付録は、日常のよき相談役となるでしょう。

（昭和四十二年一月、旺文社、内容見本）

中国文学名作全集

私の場合、「三国志」や「水滸伝」を読んだのは大学へはいってからであるが、もし、小、中学生時代に読んでいたら、全く異った少年時代を過ごしていたことだと思う。中国文学の名作は、いずれも例外なく壮大な夢をもっている。しかも架空な夢ではなく、変転極まりなき歴史が生み出す夢である。

こんど斯界の一流権威によって、これが少年少女向きに訳され、奥野信太郎先生の解説が付されて出された。これまでになかったことであり、最近での気持ちいい企画である。

この全集の果たす役割は、恐らく大人たちが考えるより、もっともっと大きいものであろう。

（昭和四十二年一月、盛光社、内容見本）

日本文学の歴史

優れた文学作品は例外なく、時代を父とし、作者を母として生れている。こんどの角川書店の企画は、文学作品の背景をなす時代から、逆に日本文学の生命の系譜を編もうとするものだ。日本精神史であり、生活史であり、風俗史であるといっていいかも知れない。

（昭和四十二年三月、角川書店、内容見本）

日本古典文學大系

日本古典文学大系全百巻が完結したと聞いて、出版社側ならぬ、購買者の一人である私も、多少の感なきにしも非ずである。朱色表紙の〝岩波の古典〟が私の書斎の書架に並び出したのは、ついこの間のことのように思われるが、それからいつか十年の歳月が流れているわけである。

私の書架に於ては「歌論集・能楽論集」「今昔物語集」「平家物語」「保元物語・平治物語」「栄花物語」「平安鎌倉私家集」などが目立って汚れている。「後白河院」という小説を書くために座右に置いたためである。私の「後白河院」の方はまだ上梓に到らぬが、百巻の大系の方が完結したと知って、いささか鞭打たれる気持である。今でもこれらの輯は机の上に置いている。専ら註を読むためである。定評ある解説と共に、この大系の特色となっているものは、欄外の註である。註だけ読むのは、恐らく私だけの読み方であろうが、往古の官位や風俗百般に関する知識を自分のものにするのはこの方法が一番いい。

他の輯で汚れているものがあるとすれば、末娘が試験勉強の時厄介になったためである。本文全部に仮名がふってあるので、いかに彼女がこの大系に頼むところ多かったかが判る。彼女許りでなく、私も亦、不可思議な古語の正しい読み方を、少からずこの大系から教わっている。

この大系のはさみ込みの月報には、二回執筆させて貰っている。一つは「沙石集」一つは「宇治拾遺物語」である。「沙石集」は初めて読むもので、書くには苦心したが、今はただひたすら、よい思い出になっている。

（昭和四十二年三月、岩波書店、完結記念内容見本）

近代日本の文豪

「近代日本の文豪」三巻に収められている二十三人の文学者は、近代日本文学史上に不朽の業績を打ち立てた人たちであるというだけでなく、それぞれが身を以て、明治・大正・昭和三代を伏流している近代日本精神史の貴重な一ぺえじを綴った人たちである。

その作品、その人間、その生涯の究明の意味については、改めて喋々する必要はあるまい。ただそれが今日の日本を背負っている一線の気鋭な評論家たちに依って為されることは注目すべきことである。必ずや新しい角度から、根源的なものの追求が為され、新しい文豪像が描かれるに違いない。

（昭和四十二年五月、読売新聞社、広告）

小島直記「岡野喜太郎伝」

幕末駿河国青野に生まれ、百壱年にわたる全生涯を駿河銀行の創設と興隆に専念した岡野喜太郎の足跡は、日本近代史を鮮明に刻む道標である。

（昭和四十二年七月、フジ出版社、帯）

日本短篇文学全集

日本短篇文学全集の企画を聞いて、何ともいえない楽しさを覚えた。普通の文学全集だと、作家の代表作が顔を揃えるわけで、大体において見慣れた顔が尤もらしい表情で雛段にかしこまるが、短篇文学全集となると、がらりと雛段の趣は異ってしまうだろう。たくさんの短篇小説の中から、何作かがその作家の顔として選ばれるのである。いかなるものが選ばれるかという興味もあれば、楽しさもある。こんどの場合は臼井さんの編集であるから、臼井さんがよしとするものが選び出されるわけで、自選の場合と違って作者の自惚れがものを言う余地がないだけに、日本の短篇小説のすっきりした新しい評価と、その見取図を期待していいだろう。

考えてみると、こうした企画はもっと早く出て然るべきものだったのである。力作主義が、長篇小説を重んじ、短篇小説を軽く見る結果を招き、その時代が長く続いているが、一人の作家の肖像を作品に依って打ち出そうとするなら、恐らく何作かの短篇を選ぶ方が間違いないだろうと思う。

鷗外は「阿部一族」「澀江抽斎」などに依って鷗外たり得ているわけであるが、「追儺」「百物語」「普請中」などといった短篇を併せ読むことに依っての方が、鷗外という一人の文学者の顔はよりよく自然な像を結びそうである。この短篇の選び方は私の選び方で、臼井さんは臼井さんで他の作品を取り上げられるだろうが、いずれにしても、澀江抽斎の追求に、その没後四十九年まで執拗に食いさがった鷗外の必死な恐ろしい顔、これも鷗外の顔ではあるに違いないが、そうした澀江抽斎的な顔でない顔が、幾つかの片々たる短篇に依って捉えられるだろうと思うのである。

芥川には百五十篇ほどの短篇があるが、この中から何作かを選ぶことは楽しい仕事であろう。選ぶ人に依って、恐らく異った作品が並べられるに違いないが、こうしたことを書いていると、私自身、先輩作家たちの短篇を選びたくなって来る。私ばかりでなく、文学愛好家の誰もが一度や二度はこういう誘惑を感ずることがあるに違いないと思う。短篇小説というものは読む者にそういう気持を懐かせるものを持っているのであり、そういうところが短篇小説の面白さというものであろう。

私の場合、一人の作家の好きな作品を挙げろと言われると、大抵の場合、短篇を選び出してしまう。鷗外なら「舞姫」「うたかたの記」、漱石なら「倫敦塔」「薤露行」といった初期の作品なども棄て難い。これらの明治の細密画を私は珍重し、愛翫する。骨董品のように愛翫できる長篇は少いが、短篇には探せばかなりあるだろう。

（昭和四十二年十月、筑摩書房、内容見本）

吉川幸次郎全集

私の書架には吉川さんの著書がずらりと並んでいる。頂戴したものもあれば、購入したものもある。これらの著書を通して、私は吉川さんからずいぶんたくさんのものを教わっている。若しこれらの著書を繙かなかったら、孔子についても、杜甫についても、武帝についても、いや何より中国という国そのものについて、ずいぶん間違った考えを持っていたことだろうと思う。

今日は、碩学という呼び方がぴったりする学者は数少いが、吉川さんはその数少い一人である。吉川さんから、学者としての氏が持っているものを蜘蛛の糸のように引張り出すことができたとしたら、どこまでも尽きない底知れぬ怖ろしさがあるだろうと思う。私はこの怖ろしさがないと、学者というものを信じないが、吉川さんの場合、たとえば近著「清虚の事」一冊繙いても、それがはっきりと判る。しかも、いつも人間というものをまん中に据えて考えている学者である。氏の随筆、随想類を愛好する読書人は多いが、それは当然なことである。生粋の学究であると共に、氏がいつも優れた文学者の立場に立ってものを述べておられるからである。私たちは氏が学者であることを忘れ、文学者としての吉川さんとおつきあいしているのである。

こんど吉川さんの全述作が全集の形にまとまると聞く。壮観の一語に尽きよう。高い峯が立ち並び、その間から小さい峯が無数に天を窺っている。そんな感じの全集になるだろう。大きくあれ、小さくあれ、吉川さんの場合、その一つ残らずが氏独自の見識に依って研がかれた峯であることに間違いはない。久しぶりで一人の学者の全業績を俯瞰できる全集らしい全集が出る感じである。

（昭和四十二年十二月、筑摩書房、内容見本）

新潮日本文学小辞典

新潮社の『日本文学小辞典』の発刊されるのを待ち始めてから、久しくなる。もう半年早かったら、私はハワイ大学での講義に大いに活用させてもらったことだろう。残念である。この辞典が座右にあったら、ハワイ大学の図書館をうろつかなくてすんだであろう。文学辞典の生命は、懇切な解説と正確な記述である。そのために長い年月がかけられたわけだが、この編纂に費やされた歳月こそ、この『日本文学小辞典』の生命になっている。

（昭和四十二年十二月、新潮社、内容見本）

新版西洋美術史

一二〇〇枚のスライドに依って、私は古代遺跡の上に立たせられたり、世界各国の高名な美術館や博物館の内部に連れて行かれたりした。非常に娯しかった。これは教材用、研究用として学校の教室で使われるだろうが、家庭の居間でも、こうしたものがもっともっと使われるようになりたいものである。企画が良心的で真面目であることが、何よりも気持いい。

（昭和四十二年十二月、美術出版社、内容見本）

新潮世界文学

こんど新たに新潮社で世界文学全集を出すと聞く。たいへん結構なことである。現在何種類かの文学全集が刊行されているが、それぞれ特色があって、こうした全集は何種類あってもいいと思う。新潮社の全集は当然その歴史と伝統を生かし、他のどこでもない、新潮社の世界文学全集になるだろう。収録作品と翻訳者の顔触れを見ても、新潮社らしい配慮がなされていて、そのことがよく判る。

（昭和四十三年一月、新潮社、内容見本）

奈良六大寺大観

今日、奈良の寺院、建築、美術に関する出版物は夥しい数に上っている。日本の文化遺産の最も大きい部分が奈良に集っているので、これは当然なことであるが、併し、外国から来た専門の研究家に、最も信用できる価値あるものを求められても、実のところその選択に困惑する実情である。それぞれ一長一短あって、その規模と見識と企画において、これこそはと自信を以て推せるものはない。

岩波書店が『奈良六大寺大観』に依って、それに名乗りを上げようとする。わが意を得たことである。岩波書店の全機能をあげ、その歴史と伝統を生かしたら、世界に誇り得る学術的な日本文化の真の紹介書、解説書ができるかも知れない。そしてまた真に現代印刷技術の性能を生かした美術図録ができるかも知れない。長くこの世界に君臨した「南都十大寺大鏡」に替って、岩波の『奈良六大寺大観』が登場することは、考えただけでも楽しいことである。当然こうした企画が生れなければならぬと思っていたが、いよいよ日本の戦後も、そうした時期を迎えるに到ったかという感を深くする。たいへんな仕事であり、多くの困難があるのは言うまでもないが、それに打克って、後世に残るものを作って貰いたい。後世に残そうという企画が余りに少いから、岩波書店に是非それをやって戴きたい。

（昭和四十三年三月、岩波書店、内容見本）

現代日本文學大系

戦後、文学全集はかぞえきれぬほど沢山出ており、それぞれ特色を持っているが、筑摩書房の「現代日本文学全集」と「現代文学大系」の二つが、時代の好尚や流行を全く廃して、正統的な日本文学の系譜を打ち樹てたことについては、今更改めて言う必要はあるまい。こんどこの二つの全集をさらに綜合・発展せしめ、現時点での望みうる最高の全集とも言うべき「現代日本文学大系」を新しく発刊するという。戦後二十余年を経過したいま、これは当然筑摩書房が、その責任において為さなければならぬことであろう。いま新全集九十七巻の内容を見て、明治から百年、日本文学の系譜の大きい樹枝状の拡がりに今更の如く感慨を覚えると共に、それが筑摩一流の見識によって支えられていることを見事だと思った。

（昭和四十三年七月、筑摩書房、内容見本）

新異国叢書

さきに雄松堂が「異国叢書」の刊行を発表した時、私はまっさきにその購入を申し入れた。いまその書物が私の書架に並んでいる。

　その雄松堂がこんど新たに「新異国叢書」十五巻の刊行を発表した。さきの「異国叢書」は昭和初年に刊行されたものの復刻で、これはこれでたいへん意義ある有難い企画であったが、こんどの「新異国叢書」は、それとは全く違って雄松堂独自の見識と抱負を世に問わんとする新しい編纂であり、新しい企画である。収むる十五巻のいずれもが、私などにとっては垂涎を禁じ得ないもの許りである。書名ばかり知っているものもあれば、こういう書物もあったのかと、初めてその著者と書物の名を知ったものもある。いずれも十六世紀以降日本へ渡来した各国人の日本見聞記であり、印象記であり、紹介記である。戦国時代から幕末へかけての日本歴史は、政治、宗教、文化、風俗各分野に亘って、恐らくこうした書物に依って、事実を確認したり、訂正したりするところがあるであろうと思われる。

　私は最近ロシアの旅において、伊勢の漂民大黒屋光太夫のロシア放浪記とでも言うべき「北槎聞略《ほくさぶんりやく》」を、ソ連各地の科学アカデミーの学者たちに示す機会を持ったが、ソ連の学者たちが一様に口にしたことは、〝驚くべき史的資料である〟という一語であった。「新異国叢書」に収むるものは、「北槎聞略」とは反対に、これこそ日本側の〝驚くべき史的資料〟であるに違いないと思う。

　兎も角、これまで専門家だけの所有物であったものが、この企画のお蔭で、ひろく一般読書人のものとなることは、たいへん嬉しいことである。願わくば雄松堂が、この劃期的企画を、あらゆる困難を乗りこえて、註釈に、解題に、解説に万全を期して、後世に遺るものとされんことを切望して已まない。

（昭和四十三年九月、雄松堂書店、内容見本）

牛島秀彦「アメリカの白い墓標」

　アメリカおよびアメリカ人について書いた書物は多いが、本書ほど説得力を持ったものは少ないのではないか。それは氏が、常に、アメリカの大学の留学生としての、自が体験を通して物語っているからである。

　いかなる偏見をも寄せつけぬ著者の若さが、アメリカを、アメリカ人を、アメリカの大学生活を、おそらく、過不足ない姿で正しく紹介していると思う。

（昭和四十三年九月、虎見書房、裏表紙）

工藤一三「柔道の技法」

　立っても、寝ても、その豪快さ、その精微さにかけて、他の追随を許さぬと言われた工藤九段の日本柔道の技法の書である。この「ダイナミック柔道」外国語版は欧米において物凄い売行きを示したと聞いているが、当然なことだと思う。ここには、単に技法ばかりでなく、日本柔道精神の神髄が氏独自の見識によって説かれているからである。

（昭和四十三年十一月、日貿出版社、内容見本）

定本モラエス全集

ヴェンセスラオ・デ・モラエスは、日本で見、感じ、考えたことを一流の文章に綴った。愛し、悩み、苦しんだことを、神に捧げるような純真で無垢な心で書き記した。「徳島の盆踊り」「日本精神」「極東遊記」――そうした著作のすべてが、世界に対して日本紹介のいかに大きい役割を果たしたかは改めていうまでもあるまい。しかし、日本を最もよく理解したモラエスは、現在日本によって最もよく理解されているとはいえない。

「徳島の盆踊り」「おヨネと小春」などの書名は知られていても、それを読んでいる人は意想外に少ないのではないかと思う。明治のよさが失われ、それが忘れられる時期が長く続いたことを思えば、明治の日本を愛し、明治の日本に生きたモラエスもまた、当然、不当な待遇と不運に耐え忍ばねばならなかったのである。

しかし、いまや漸く戦後の不毛の時代は終ろうとしており、あらゆるものが正しい評価の座におかれる機運を迎えている。モラエス全集刊行は、こうした時代の要望に応えたものといえるだろう。生涯をモラエス研究に捧げた花野富蔵氏の新たなる訳業を得、集英社の大きい理解のもとにモラエス全集五巻が刊行の運びになったことは、戦後の事件の一つといっていいであろう。私も編集者の一人になったのは、一人でも多くの人にモラエスを読んでもらい、明治の日本のよさを再発見してほしいと思ったからにほかならない。

（昭和四十三年十二月、集英社、内容見本）

美術文化シリーズ

中央公論美術出版の「美術文化シリーズ」は、これまでに出版されたどの巻も楽しく読んでいる。一流の専門家が自分の好きな対象を選んで、惚れこんで書いているので、日本の古い寺院も、神社も、庭園も、絵画も、彫刻も、私たちがこれまで持っていた概念を破って、まるで違った生きものとして、私たちの前に立ち現れて来る。日本の美術文化が、専門家の手から離れて大衆のものとなった感じである。

写真もいいし、解説も、専門研究家でない私たちには丁度いい分量である。何よりも楽しい本である。

（昭和四十三年頃、中央公論美術出版、刊行案内）

岩波講座　世界歴史

岩波講座『世界歴史』三十一巻、『日本歴史』二十六巻には、

ずいぶん御厄介になっている。私の場合、歴史小説も、歴史随想も書いているので、どれだけ御厄介になっているか、ちょっと見当がつかない。『世界歴史』のみごとさは、〝全世界的な視野に立って歴史を把握しよう〟という編者たちの意欲が、講座の全巻に溢れていることである。私などが若い頃から興味を抱いていて、従来は〝辺境〟として一般の歴史書から見落されがちであった内陸アジア、西アジアなども、古代から現代に到るまで、各分野の専門家たちによって、さまざまな角度から光があてられている。このことは索引の項目によって明らかで、小説家の私などにも興味深いものがいっぱい詰まっている。『日本歴史』の方には、原始から現代までの全時代史に於て、最新の実証研究の成果が、明快な記述によって盛り込まれており、史実の舞台、歴史の状況などの概括的な理解に役立つこと大なるものがある。全巻に亘って叙述は平易、明快、しかも高い学問的水準を確保している。別巻二の〝史料論〟などを繙くと、様々な史料のきっちりした位置づけに改めて目を見張らされる。両講座とも、私にとっては座右の書であり、書斎の書棚に備えて不可欠のものである。

（昭和四十四年四月、岩波書店、内容見本）

日本の名著

『日本の名著』五十巻に収められている人たちは、宗教家・歴史家・国学者・志士・文人・民俗学者と多種多様であるが、いずれもそれぞれの分野で、時代の先駆的役割を果したという点と、その仕事に全情熱を投入したという点と、ひろく今日の日本を作り上げた思想家と呼び得るという点において共通していると思う。その思想は百花撩乱、日本文化史のそれぞれの時点で決定的な席を占めるものばかりだ。私個人で言えば、今日ほど痛切にこれらの先人の業績に素直に触れてみたいという欲望を感ずることはない。時代が烈しく揺れ動いているためであろうか。

（昭和四十四年五月、中央公論社、内容見本）

世紀別日本と世界の歴史

本書の発刊によって、初めて日本列島の歴史が世界史的見地から眺められることになった。大化改新も、鎌倉幕府の成立も、世界史の中においてみた時、まるで異なった表情を持つのに驚くだろう。

（昭和四十四年七月、学習研究社、広告）

児島桂子「一死刑囚への祈り」

死刑囚の歌人島秋人の生涯が、彼をあたたかい愛情で包んでいた児島桂子さんの手によって「一死刑囚への祈り」として綴られ、それが同じように島秋人を大きい愛情を以て見守っていた秋山修道氏の手に依って出版される。最近での心に触れる気持いいことである。

「一死刑囚への祈り」は一人でも多くの人に読んで貰いたい書物である。精薄児というただならぬ運命を背負わされた一人の人間の魂がいかに悩み、いかに感じ、いかに成長し、いかに無限に高まって行ったか、——著書は島秋人から送られた二百通の手紙を以て、それを綴っている。もっと正確にいうなら手紙をして語らしめている。感動的な人間記録である。

（昭和四十四年八月、修道社、カバー）

現代日本の文学

こんど学研から出される「現代日本の文学」は、青春文学全集とでもいいたいくらい、収められた作品は「青春」を主題にしたものが多く、全巻青春の輝きと翳りをもっている。明治以降の日本文学の収穫が、編集に当った若い文学者諸氏によって見事に再編成されているのを感じる。

（昭和四十四年八月、学習研究社、内容見本）

県史シリーズ

私は仕事の関係でたえず県史や郡史や市史のご厄介になっているが、いつも不便に感じるのは冊数が多いことである。なかには二十冊、三十冊にも及ぶものもある。持ち運びもできないし、専門的で詳細にわたりすぎたり、あるいは地方誌的で視野の狭いうらみがあったりする。しかもそれぞれの県史、郡史、市史によって執筆者の姿勢が異っているので、必要箇所を探し出すだけでも容易なことではない。私は以前から一貫した編集方針のもとに地方史、地域史が編まれたら、どのように便利であろうと思っていたが、こんど児玉幸多氏監修のもとに「県史シリーズ」が編まれるという。たいへん嬉しいことである。一県一冊というのも有難いし、ひろい視野のもとに地方史を眺めることのできる一流国史家の執筆であるということも有難い。こうした便利で信用できるものが上梓されたら、私も仕事場を移動させることができるし、旅行にも携行できるだろう。いずれにしても、従来の日本地方史の再編成であり、日本全県の歴史が初めて全国的に統一された形で生まれるのである。山川出版社のこの企画に対して、大きい期待と悦びを感ずるのは、私ひとりではないだろう。

（昭和四十四年八月、山川出版社、内容見本）

角川国語辞典 新版

国字国語の問題が今日ほど混乱している時代はない。正しい漢字の表記、正しいかな使いを心掛けるなら、一日も辞書なしには暮せないが、問題はいかなる辞書を座右におくかにある。

こんど角川書店が新しく出した国語辞書は、その点非常に便利である。特に日常よく使われる言葉を、詳しく実例をあげて解いているところなどたいへん有難い。

（昭和四十四年十月、角川書店、内容見本）

モラエス「おヨネとコハル・徳島の盆踊（抄）」

ヴェンセスラオ・デ・モラエスは日本で見、感じ、考えたことを一流の文章に綴った。愛し、悩み、苦しんだことを、神に捧げるような純真で無垢な心で書き記した。彼の著作が、世界に対して日本紹介のいかに大きい役割を果したかは改めていうまでもないが、日本を最もよく理解したモラエスが現在日本によって最もよく理解されているとはいえない。

明治のよさが失われ、それが忘れられる時期が長く続いたことを思えば、明治の日本を愛し、明治の日本に生きたモラエスもまた、当然、不当な待遇と不運に耐え忍ばねばならなかったのである。

あらゆるものが正しい評価の座におかれる機運を迎えたいま、花野富蔵氏の訳業になる本書を、モラエス文学の精髄として、一人でも多くの人に読んでもらい、明治の日本のよさを再発見してほしい。

（昭和四十五年三月、集英社、帯）

有吉佐和子選集

「華岡青洲の妻」「出雲の阿国」と有吉さんは目を見はるような仕事ぶりを展開している。絢爛であり豪華である。

（昭和四十五年三月、新潮社、内容見本）

茶道美術全集

求龍堂の『茶道名器鑑』五巻の刊行は、お茶の世界においても、出版の世界においても、画期的な一つの事件であった。天下の名器、名品が良心的に洩れなく選び出され、しかもそれが高度の印刷技術によって、実物そのもののように映し出されたからである。私などはこの企てのお陰で、ずいぶんたくさんの高名な品々に初めてお目にかかることができた。

こんどそれが淡交社の協力のもとに、『茶道美術全集』十巻として、再編集されて刊行されると聞く。恐らく『茶道名器鑑』を一般大衆のものたらしめよという時代の要望に応えてのことであろうが、たいへん結構なことである。

いいものは、その価値を傷つけず、一人でも多くの人のものとならねばならぬ。それには解説に一層の充実を期して、大きい歴史的展望の中に名器、名品を位置づける斬新な編集を期待するものである。

（昭和四十五年三月、淡交社、内容見本）

現代版画

戦後の日本の芸術界において、最も目立つ現象を一つあげるとすれば、それは国際的評価を持つ多くの創作版画家が輩出したということであろう。文学、絵画、音楽、それぞれの分野において、日本はチャンピオンを世界の檜舞台に送り出しているが、それはごく限られた数であって、優れた個性が単独に獲得した栄光であるにすぎない。創作版画の場合は少し事情が違う。今や日本の版画家の仕事全体に改めて大きい照明が当てられている感じである。それほど数多くの版画家がこのところ海外において、大きい成功を収めている。ためていたものが、せきを切って、溢れ流れ出している感じである。そしてまだまだたくさんの優れた版画家が、この機運にのって輩出しそうな気がする。どうしてこのようなことになったか、門外漢の私には判らないが、この栄光はたいへん自然であり、手固い感じであり、いつか来るべきであったものが、いまやって来たといった感じである。

こういう版画時代の道を開いた世界的名声を持つ第一級の作家六氏の作品集が、筑摩書房において出版されると聞く。時宜を得た意義ある企てであると言えよう。

（昭和四十五年三月、筑摩書房、内容見本）

日本高僧遺墨

『日本高僧遺墨』三巻は、単に書架を飾る書物ではない。

心衰えた日、心昂ぶった日、思い悩んだ日、そのどの一頁でも開いて、静かな先人の声を聞く書物である。日本文化史上に大きい役割を果した日本の高僧たちの名品を通して、神の声も聞くことができるし、風の音も、せせらぎの響きも、それからまた雷鳴の如きものも聞くことができる。

〝書〟というものは不思議なものである。私には、最近これほどその出版の待たれる書物はない。初めて接する名品の数々が収められてあり、一流権威の解説によって、それが初めて自分のものになるからである。

（昭和四十五年四月、毎日新聞社、内容見本）

池大雅「瀟湘八景扇面帖」

大雅はその生涯の時期時期で、あのたくさんの傑作を遺しているが、晩年になると、いっさい捉われることなく、らくな気持で筆を揮い、天地に合一した高い画境に遊ぶようになる。そうした晩年の作品の中で、一つを選ぶとすると、「東山清音帖」ということになる。

瀟湘八景を一つずつ扇面に描き、それに対応させて中国の七言絶句を同じように扇面に描いている。絵も自在、書も隷、楷、行、草と自在である。大雅は絵を描くことでたのしみ、詩を選ぶことでたのしみ、それを書くことでたのしんでいる。「東山清音帖」はそういうものであり、大雅が己れを託した飄々として、しかも格を外さぬ高い遊びの中に、それを繙くわれわれもまた、たのしみ、遊ぶことができる。

この画帖の複製の意義は大きい。自分の手もとに置く以外、それが持つ本当の生命に触れることはできぬからである。

（昭和四十五年五月、中央公論美術出版、内容見本）

豊田穣「長良川」

豊田穣氏の短篇集「長良川」を読んで、近ごろにない大きい感動を覚えた。収める六篇それぞれに独立した作品であるが、もともと連作の形で発表されたもので、読後の感銘は長篇小説のそれと異らない。氏は妻を癌で失い、そのあと二人の子供との別居生活、やがて起る再婚話と、己が身辺に去来する事象を、私小説の形で綴っているが、いつも爆撃機の操縦士として、戦闘中ソロモンの海に突入した異常な体験が投影しており、特異な作品世界を作りあげている。深刻なるべき題材が、氏の筆にかかると、明るく、のびやかで、しんみりと読む者の心を打って来るのは、氏の天性の資質によるものであろうか、余りに若き日の体験が異常であるためであろうか。いずれにしても最近での最も読みごたえのある作品集であると言えよう。

（昭和四十五年六月、作家社、帯）

東西文明の交流

今日、東西交渉史という言葉は安易に使われているが、東西交渉の歴史は、無数の奔騰する渦巻が連なっているようなもので、その全貌を摑みとるのはたいへんなことである。「東西文明の交流」六巻の受持つ役割は、あらゆる方面からその渦巻に迫るようなものではないかと思う。東と西のいきいきした歴史の流れがいかにぶつかり合い、いかなる文明と文化を生み、いかにそれを変えて行くか、一流執筆陣によっての広く高い視点からの追求、展開は壮観と言うほかない。これまで望んで、実を結ばなかったことが、漸くにして実現するといった思いである。

（昭和四十五年八月、平凡社、内容見本）

岩波国語辞典 第二版

ここ数年間、私は毎日のように岩波の「国語辞典」のお世話になっている。近作「おろしや国酔夢譚」にも、「月の光」にも、みなつきあって貰っている。以前は机の右端しに置いてあったが、ここ二三年は、反対側の左端しに置いてある。眼をつむっても、すぐ取りあげることができる。外国旅行にも同行して貰っている。一回の中国旅行と、二回のロシア旅行には、この辞書を鞄の中に収めた。だからこの辞書は西トルキスタンの沙漠の町のホテルも知っている筈だし、中国の西安の町も知っている筈である。こういうつきあいは、なんと呼んでいいか知らない。小説家としての私の肉体の一部とでも言うほかないようである。

（昭和四十六年一月、岩波書店、内容見本）

特選名著複刻全集 近代文学館

さきに好評を博した『名著複刻全集』の第三弾として、こんど新たに『特選 名著複刻全集』が日本近代文学館から刊行される。明治、大正、昭和三代の名作を、それが出た最初の装いで手にすることができるのは、たいへん嬉しいことでもあり、意義あることでもある。いずれも今日となっては入手困難な初版本ばかりで、その名作誕生の秘密は、その装幀に窺える時代の風俗、好尚とも無縁ではないのである。全巻を書架に並べると宛ら百花撩乱、文学研究の欠くべからざる資料であるばかりでなく、文化史、風俗史上の好資料であると言えよう。

（昭和四十六年二月、ほるぷ、内容見本）

複刻日本古典文学館

久松、麻生、山岸、市古諸権威によって日本古典文学会が結成され、日本古典の複刻が企てられているということは聞いていたが、こんどその一期刊行作品の発表があった。「日本書紀」「万葉集」を初めとする二十余点。壮観の一語につきる。難事業中の難事業であるが、これが実現の暁はたいへんな仕事になると思う。

私たちは古典、古典といっているが、活字本でしか古典というものを知らない。こんどの企画で、初めて古典の原典がどのような形、どのような体裁のものであったかを知ることができる。と言うことは、私たちが初めて本当の古典の心に直接触れることができるということに他ならない。この画期的な事業に心からの声援を惜しまない。

（昭和四十六年二月、ほるぷ、内容見本）

日本の花木

日本の花木は日本の花木である。日本の自然と風土が生みだしたものである。中国にも梅樹は多いが、その花は一種老成した美しさであって、寒気を割って、一輪一輪花を開く日本の梅樹とは違う。日本の梅樹のあの凜乎とした気品は日本だけのものである。

中央アジアの沙漠の国の空港に降り立った時、まず眼をひかれるのはバラの花である。伸びるだけ伸びた茎の先きについている赤や白の花は、どこかに寝みだれたような放恣なものを持っている。同じように咲き盛っているバラにしても、日本のそれの場合には放恣さは感じられない。日本のバラ特有の気品が生命になっている。

桜もアメリカに移植されて、春になると、同じように花を開くが、日本の桜の短命さは、年々改められつつあるようである。日本の桜のぱっと開いて、ぱっと散る、あのいさぎよい美しさは、やはり日本だけのものであるようである。

本書「日本の花木」は、そうした日本だけにしか見られぬ日本の花木の辞典であり、図鑑である。これほど美しい辞典、図鑑はそうたくさんはあるまい。どのぺえじを開いても、日本の美しい花々にお目にかかれる。日本の野生の花木の素朴な美しさにも眼を見はらされるし、長い間忘れていたいろいろな花木にも久しぶりでお目にかかることができる。それからまた梅樹にしろ、牡丹にしろ、昔の古典的な品種が年々失くなりつつある今日、それへの再認識という点で、本書の受持つ役割は頗る大きいと思う。原種の殆どすべてのものが収められている。甚だわが意を得たことであり、本書刊行の最も大きい意義もまたここにあると思う。

（昭和四十六年三月、講談社、内容見本）

日本古地図集成

私は古地図に関して専門的知識は持っていないが、見るのは好きである。古本屋で古地図の束があったりすると、やはり手にとって見ないではいられない。木版は木版で面白いし、手書は手書で面白い。彩色してあるものも、単色のもの、町絵図、街道図、それぞれに魅力がある。一体、古地図のどこが面白いかと訊かれると、私は無心に古地図を眺めていれば判ってくると答えることにしている。気持がいらいらしたり、心が落着かない時は、古地図を見ているといい。歴史や風俗に関する興味もさることながら、それより、私の場合、悠久なものに触れたような気持になってくる。鹿島出版会の「日本古地図集成」の刊行はたのしみだ。殆ど知らないものばかりである。ヨーロッパで描かれたヨーロッパ製日本図も約二十面あり、その一部を見たが、なかなかいい。異国人の日本に対する夢と関心が、ふしぎな美術的明細所を作っている感じで、ここで触れるものもまた悠久な思いである。

（昭和四十六年四月、鹿島出版会、広告）

永野重雄「和魂商魂」

永野さんの『和魂商魂』は、小説家の私にもたいへん面白く、教えられるものが多かった。一読、永野さんの人柄と、見識と、信念が烈しい狂瀾怒濤の来し方を貫き生き通したという感動を受けた。若い人たちに読んで貰いたいと思う。たくさんの宝石がはいっている。

（昭和四十六年五月、学習研究社、帯）

小高根二郎「詩人伊東靜雄」

伊東靜雄ほど解説を要する詩人はない。一見難解とは思われぬ作風であるが、その底に無数の宝石の粒をひそみ匿し、その匿し方もこの詩人独特のひとすじ縄では行かぬものを持っている。今日、伊東靜雄の人と作品を正しく語る人として、小高根二郎氏に並ぶ者はないだろう。氏はさきに桑原武夫、富士正晴両氏と共に「伊東靜雄全集」を編纂し、続いてこの詩人の書翰を中心にして、「詩人、その生涯と運命」というみごとな伊東靜雄研究を世に問うている。

新著「詩人伊東靜雄」は、その「詩人、その生涯と運命」に続く小高根氏の伊東靜雄研究の第二著であり、伊東靜雄に対するあくなき追跡は、ここに漸く全き形をとったと言えるだろう。詩誌「果樹園」連載当時から毎号愛読し、その早い刊行が待たれていたものである。その生立ちから死まで、小高根氏一流の丹念さで追求されており、今更に一人の詩人の生涯がいかに烈しさと純粋さに貫かれていたかに驚く。ここに初めて詩人伊東靜雄は已が伝記を持ったということになる。

（昭和四十六年五月、新潮社、裏表紙）

世界紀行文學全集　豪華保存版

修道社の「世界紀行文学全集」は、戦後の数少い名全集の一つである。私は外国旅行する人に、前もってこの全集に収められている文章を読んで行くか、あるいはその一冊を携行することをすすめている。明治時代あるいは大正時代に、われわれのすぐれた先輩たちが、如何なる感動を以て外国をみているか、それを知ると知らないでは、旅行というものがまるで違ったものになるからである。

（昭和四十六年五月、修道社、内容見本）

絵巻・日本の歴史

「絵巻・日本の歴史」の一冊をひもといて、最も強く感じたことは、絵巻をして日本歴史を語らしめていることである。もちろん一流権威によっての懇切を極めた解説はついているが、絵巻の持っている生命、絵巻の持っている心を何よりも大切にして、たくさんの絵巻の中から歴史を語る圧巻の部分を選び出し、それによって具体的に日本歴史の流れを跡づけたことは、清新な企画というほかはない。当然なことながら、取りあげられた絵巻は夥しい数にのぼり、私などの初めてお目にかかるものも多い。全十二巻、完結の日が待たれる。

（昭和四十六年五月、白鳥社、内容見本）

石森延男児童文学全集

優れた童話を書く人は特殊な人である。一点の曇りもない澄んだ鏡を心の中に持っていなければならぬ。自然の心も、動物の心も、植物の心も、人間の心も映すことのできる鏡である。この鏡は誰でも子供の時持っているが、年齢を加えるに従って、いつかどこかに失ってしまうものである。優れた児童文学者はこの鏡を失うことなく、しかもそれを研ぎすますことのできた稀有な人である。石森延男氏の持っておられる鏡がいかに澄んで美しいかは、氏が時折発表されるエッセイ、たとえば「観光列車」に収められている諸篇などを読めばすぐわかる。「コタンの口笛」「千軒岳」などの名作は故なくしては生れていないのである。

氏が児童文学界の第一人者として、児童文化向上のためにつくされた功績については改めて言う必要はあるまい。全集十五巻、その一冊一冊が香気高い文学的所産であり、さながら日本の児童文学のけんらんたるお花畑を見る感がある。このお花畑の中に、一人残らずの日本の幼い者たちに、少年少女にぜひはいってもらいたいと思う。

（昭和四十六年九月、学習研究社、内容見本）

嵯峨野

日本で一番贅沢な、詩情ゆたかな自然公園はどこかということになると、私の場合は嵯峨野を挙げる。ここほど無雑作に古いものや、歴史のかけらが、美しい自然の中にちらばっている地帯はない。しかも長い歳月の間に、それらのものは自然の中に融けこみ、恰も自然の一部になり了せようとしているかのようである。嵯峨野特有の詩情はそういうところから生れる。ひと口に嵯峨野と言っても非常に広い地域である。山もあれば、川もあり、田野もあれば、池もある。春でもいい、秋でもいい、一度心ゆくまで嵯峨野を歩いてみようと思いながら、思うだけでなかなか果せないでいる。最も贅沢な楽しいことが自然に後回しになって行くようなものである。そうした私にはこんど出版される「嵯峨野」一巻は有難いものである。収められてある夥しい数のすばらしい写真と、一流執筆者の嵯峨野を語る文章を参考に、私は私で嵯峨野行きのスケジュウルをたてたいと思っている。

（昭和四十六年九月、光村推古書院、内容見本）

手塚富雄全訳詩集

外国の詩の理解はたいへん難しい。私たちは翻訳された詩を通して、詩人の心に触れる以外に仕方なく、それにはひたすら訳者の稟性を頼みとするということになる。私の場合、詩と哲学の合の子のようなあの難解なニーチェの〝ツァラトゥストラ〟が少しでも身近いところに置かれたのは手塚さんによってであったし、ゲーテの詩が平明にして、しかも格調高く、今日の日本人の心にも通ずる抒情詩として受取ることのできたのも、手塚さんによってであった。氏が「ゲオルゲとリルケの研究」「ドイツ近代詩人論」の著者であるばかりでなく、氏自身が本質的に第一級の詩人であるからに違いない。こんどの『手塚富雄全訳詩集』三巻はまさに待望久しきものである。シラーも、ヘルダーリンも、シュトルムも、ヘッセも、カロッサも、ブレヒトも、みな氏の訳で読めるのである。この機会にドイツの詩人たちの詩をまとめて読んでみようと思う。楽しいことである。

（昭和四十六年九月、角川書店、内容見本）

藍紙本萬葉集

藍紙本萬葉集の完全復元はさぞたいへんな仕事だと思うが源氏物語絵巻、信貴山縁起、鳥獣戯画、山水長巻と、次々に古典の完全復元に大きい成功を収めている講談社ならみごとにやってのけるだろう。平安古写本として特に学問的価値の高いこれが復元の意義は大きいが、更に藤原伊房と見られている男性的強さに溢れた書体、用いられている銀箔の置かれた薄藍色の料紙、いずれも復元によって初めて私たちのものにすることができる。別の言い方をすれば、初めて直接平安の心に触れることができる。

（昭和四十六年十月、講談社、内容見本）

陶磁大系

朝鮮の陶磁には朝鮮の心が、中国の陶磁には中国の心が、日本の陶磁には日本の心が、眼で見得るように、手で触れ得るように、そしてその重ささえ感得し得るように、摩訶不思議なこめられ方でこめられてある。しかも、時代時代によって、それの表出の形は独自である。唐宋の青磁が独自であるように、日本の古九谷も亦独自である。「陶磁大系」四十八巻は東洋の民族がその時代時代に生み出した四十八の美の主張である。

この機会に一流権威の解説を通して、改めて東洋の心に触れてみたいと思う。

(昭和四十七年一月、平凡社、内容見本)

御物集成

正倉院の宝庫の中にしまわれてある帝室の御物は別にして、将軍義政の東山御物も、徳川将軍家の柳営御物も、最初収められた秘庫から流れ出し、各地にちらばって、大勢の所蔵者の手にわたっている。それも大きい運命の手に操られて、その多くは所蔵者から所蔵者へと、何人もの保管者を変えている。いかに保管者を変えようと、大きい愛情の掌から掌へと渡り、大切に取り扱われて、今日に伝えられているのである。御物の御物たるゆえんである。

こんど淡交社から「御物集成」二巻が出ると聞く。各地にちらばっている御物を二巻にまとめることはたいへんな仕事であろうが、お蔭で私たちは完全な御物目録を持つことができるわけである。監修三権威の解説に期待すること大である。

(昭和四十七年一月、淡交社、内容見本)

藤田信勝「余録抄」

今日もっとも新聞記者らしい新聞記者を一人挙げるとなると、私は毎日新聞「余録」の筆者・藤田信勝氏を推すに躊躇しない。余録二千五百回を手がけたことも驚くべきことであるし、その見識の高さ、時代を見る目の鋭さは、今ここに一冊に編まれた「余録抄」のページをめくって、改めてそれを強く感じる。

(昭和四十七年二月、東京美術、帯)

トルストイ全集

近く河出書房から愛蔵決定版という形で、「トルストイ全集」十九巻が出ると聞いて、こんどこそトルストイを読み返したいと思った。ここ何年か、トルストイを読み返さなければと思いながら果さないでいる。私同様に、今日トルストイを読み返そう、読み返さなければと考えている人は非常に多いのではないか。何もかもがひどく混乱し始めた今日、人間の存在と理想の問題を改めて根本から考え直すには、トルストイに戻り、トルストイから出発しなければならぬからである。

(昭和四十七年四月、河出書房新社、内容見本)

野村尚吾「伝記　谷崎潤一郎」

「伝記　谷崎潤一郎」は、著者野村尚吾氏にとって、おそらく氏が初めて谷崎に会ったその日、氏に課せられた仕事ではなかったかと思う。誰が課したのでもない。運命が課したのである。谷崎は書かれなければならず、野村氏は書かなければならなかったのである。優れた伝記というものは、多かれ少なかれ、そのような性格のものであり、本書はそういう仕事だけに見られる緊張度と重量感を持っている。随所に作家論を点綴し、この作者らしいユニークな谷崎伝たり得ている。

（昭和四十七年五月、六興出版、帯）

文房四宝

中国に文房四宝とか、文房四侯とかいう言葉がある。筆、硯、紙、墨を以て、書斎の四つの宝としているのである。東洋の文化も、当然のことながら日本の文化も、文房四宝の生み出した文化である。争われないもので、日本人はある年齢になると、筆、硯、紙、墨が好きになる。そうしたものの第一級品に接していると、自ら心は正され、心は落着き、心は静まってくる。文房四宝の文房四宝たるゆえんである。

淡交社の「文房四宝」の上梓はわが意を得た企画である。中国、日本の名品にもお目にかかれるであろうし、それの歴史的解明も、一流権威によってなされると聞く。あくまで調子を高くして、日本で最初の「文房四宝譜」とでも言えるものを作って頂きたいと思う。

（昭和四十七年五月、淡交社、内容見本）

管野邦夫「草木と遊ぶ」

「自然と盆栽」誌上に一年に亘って連載された管野邦夫氏の「季節の草木遊び」は、たいへんいいものであった。たいへんいいというような漠然とした言い方しかできない。楽しいと言ってもいいが、楽しいばかりではない。面白いと言ってもいいが、面白いばかりではない。子供に読ませたいと思うが、子供ばかりでなく、大人にも読ませたい。自分の幼い頃のことを思い出して、懐しい思いに揺られもするし、このような草木遊びがあったかと驚きもする。この書物のよさは一言の讃辞では言い尽くせない。たいへんいいものだという漠然とした言い方しかできないのである。

よくこれだけ草木遊びを集めたものだと感心する。しかし、集めたものは草木遊びばかりではない。曾て私たちが幼い頃持っていた美しい生活の欠片や、純真な心や、ひたむきな思いが、いっぱい集められている。

こんどそれが「草木と遊ぶ」と題して一冊に纏められる。一人でも多くの人に読んで貰いたい。これほど美しいものがいっぱい詰まった宝石箱はちょっとないと思う。

（昭和四十七年九月、三友社、付録）

美術研究完全復刊

「美術研究」が昭和七年一月の創刊以来、今日で四十年になり、去る四月には二八〇号に達したと言う。これを聞いて、はっと胸を衝かれたような思いを持つのは私一人であろうか。戦前、戦中、戦後、絶えることなく続けられた美術研究の灯、その四十年の歳月の重さもさることながら、二八〇冊の中に宛らひしめき合うように詰め込まれてある貴重な研究の数々の重さが、素人の私の肩にも感じられるのである。

こんど「美術研究」創刊四〇周年と、東京国立文化財研究所創立二〇周年を記念して、吉川弘文館によって、「美術研究」の復刊が企てられていると聞く。まことに意義深いことである。現在全巻入手ということは殆ど望めないことであろうが、それを容易に書架に置くことのできるのは嬉しい。第一巻から繙いて行ったら、さぞ壮観であろう。それはそのまま昭和における美術研究史の展開に他ならず、どれだけの執筆者があり、どれだけの研究が為されていることか。また必要あって、それを繙くなら、それはそのまま厖大な美術辞典を形成している筈である。最後に、この壮んな企てに希望を述べるなら、別巻として、ぜひ総索引をつけて戴きたいと思う。

（昭和四十七年十月、吉川弘文館、内容見本）

日本国語大辞典

学界諸権威の多年にわたる努力が実を結んで、曾てなかった大きな規模に於て日本国語大辞典の誕生を見たことは、たいへん悦ばしいことです。昭和文化史上の一つの大きな事件であることは言うまでもありません。

イギリスのオックスフォード、ドイツのグリム、フランスのリトレなどの高名な辞典と並んで、わが国もまたここに外国に誇り得る国語辞典を持つことができたわけで、紺碧の空に凜々と秋風の鳴るのを聞く思いです。

（昭和四十七年十一月、小学館、広告）

日本庶民文化史料集成

庶民文化の資料というものは、われわれ専門外の者には、いかなるものがあるか、どこにあるか、全く霧の中を手探りするようなものである。「日本庶民生活史料集成」に続く企画として、三一書房が「日本庶民文化史料集成」の刊行を企てたということはたいへん有難いことである。これまで古本屋の雑書の山の中から、その資料的価値の判らないままに拾い出していたようなことは、お蔭でなくなりそうである。どうしてこれまでにこのような企画が企てられなかったのか、考えてみると不思議であるが、それだけにたいへんな仕事なのであろう。解題、注を可能な限り充実したものにして、芸能史史料大辞典として完璧なものにして頂きたい。推薦の資格はないが、これにかける期待に於ては人後におちないつもりである。

（昭和四十八年一月、三一書房、内容見本）

CLASSICA JAPONICA

異国叢書の一冊として「クルウゼンシュテルン日本紀行」の改訂復刻版が発行されてから、もう六、七年経っている。羽仁五郎氏の訳註で、十九世紀初頭の日本の風俗百般が、外国探険家の眼にいかに映ったか、異常な興味で読みふけった何夜かのことは、いまだに記憶新しいものがある。こんど「天理図書館善本叢書」の一冊として、その英語版が復刻される運びになったと聞く。原本と訳本を併せて書架に並べ得ることも嬉しいが、何よりも有難いことは図版全一〇七枚が附せられることである。さきの羽仁五郎氏訳註本にも何枚かの日本の風俗画が挿入されてあり、そのすべてが何とも言えず当時の日本風俗を伝え得て妙であったが、こんどはそうしたものが一〇七枚も収められるという。たいへん楽しみである。風俗資料としても価値あることは言うまでもないが、それよりも、何よりも、一枚一枚めくって行って、堪まらなく面白いのである。どのように日本が、日本人が描かれてあるか、——小説家の私などには、たいへん有難い企画である。

（昭和四十八年二月、雄松堂書店、内容見本）

現代韓国文学選集

私は最近、二回韓国に旅行している。一回は高麗時代の歴史に関係している場所に自分の足で立つため、一回は慶州と扶余の古い美術を自分の眼に収めるためである。私ばかりでなく、多勢の日本人が韓国の歴史や美術には大きい関心を持っている。しかし、韓国の今日の文学者や、文学者の仕事については、殆ど知るところがない。私自身小説家でありながら、隣国の文学者の仕事については何の知識も持っていない。考えてみると奇妙なことである。一番大切なことが棄ておかれている恰好である。その点、こんどの冬樹社の企画は、殆ど考えられぬくらいの大きい意味を持つものであり、大きい役割を果すものであると思う。韓国一線の文学者の心の脈動を、初めて私たちは作品を通して知ることができる。

（昭和四十八年三月、冬樹社、内容見本）

現代日本文学アルバム

この春から次々に上梓されてゆく学研の〝文学アルバム〟シリーズの中に、「井上靖・文学アルバム」も収められてある。初めてこの企画が持ち込まれてきたのは一昨年の秋で、それ以来今日までの間に、私と私の作品は徹底的にカメラで洗われた。どれだけの写真が撮られたか知らないが、その数は夥しいものであろうと思う。主な作品に関するあらゆる舞台がカメラに収められ、私が生きてきた六十余年の足跡まで執拗にカメラによって追求された。私に関することで、もうカメラに収められるものは何もありませんよ、こう言いたい気持である。〝文学アルバム〟というと優しく聞えるが、内容は徹底的に作家と作品を、カメラで追求したものである。そしてこのアルバムにふさわしく、解説担当の足立巻一、巌谷大四、福田宏年三氏の筆による追求もまた鋭い。年譜なども、初めて完全なものができたのではないかと思う。

学研がこの〝文学アルバム〟シリーズに払った情熱と時間はたいへんなものである。全十六巻が揃ったらさぞみごとであると思う。

（昭和四十八年三月、学習研究社、内容見本）

堀勝彦「写真集 アンナプルナ・ヒマール」

昭和四十六年十月、私はネパールの首都カトマンズで初めて堀勝彦氏にお目にかかった。氏の八ヵ月にわたるネパール滞在がいよいよ大詰めに来て、あと数日を残すのみという時に於て、私は精悍さと優しさを併せ持った氏の風貌と人となりに接したのである。

氏はたいへん元気にしておられたが、正直に言って、肉体的にはかなり憔悴しているように見受けられた。

その夜、私たちはカトマンズの町中の小さいレストランで卓を囲んだ。その席で初めて、私は氏がネパールで過された八ヵ月がいかなるものであるかを知った。氏は、アンナプルナⅡ峰を目指し、一人の犠牲者を出して、結局は登頂を断念せざるを得なくなった信州大学のネパール遠征隊の一員であった。氏自身もまた六〇〇〇メートルの高度で、映画撮影中、高度障害のために失神してしまったということであった。そしてそうした不運なアンナプルナへの挑戦のあと、氏はネパールに留まって、ポカラを根拠地として、ヒマラヤ山地に昆虫と植物を求めて、それをカメラに収める作業を自分に課していたのである。

氏は実に九千枚の写真を撮影していた。アンナプルナⅡ峰との闘いがいかなるものか、登山家でない私には想像すべくもないが、ヒマラヤ山地の幾つかの渓谷の中に、カメラを持って分け入って行く作業の方は、ドウドコシ渓谷に沿ってエベレストの麓まで行った自分のひと握りほどの小さい体験からしても、それがいかにたいへんなものであるかは判った。こうしたヒマラヤ山地を歩き廻った八ヵ月の疲労が、氏の精神を強靱に、氏の肉体を憔悴したものにしていたのである。

氏は帰国後、本来の健康を取り戻され、「ヒマラヤ・チョウと花の旅」というすばらしい写真と文章の書物を出された。更に、こんど、氏は「アンナプルナ・ヒマール」の大著を出されるが、私はそれにこの小文を綴る光栄をになった。この書物には、言うまでもないことであるが、氏をあれだけ憔悴させたネパール八ヵ月の旅のすべてが収められている。精悍さと、優しさと、私が初対面の氏から受けた印象は、そのままこの書物の中からも受けとることができる。なんと厳しい写真と、なんと優しい写真が、この一巻の中には同居していることか。おそらくヒマラヤというところはそういうところであり、氏もまたそうしたヒマラヤに惹かれ、憑かれたに違いないと思う。厳しく、優しく、美しいヒマラヤの本である。（昭和四十八年四月二日記す）

（昭和四十八年四月、鷹書房、内容見本）

雅楽

今日に伝えられる雅楽に対して、私たちは二つのことを為さなければならぬ。一つはその正しい鑑賞である。宮廷音楽として比類なき堅固な箱の中に仕舞われてあるものは、単に優れた音楽としてばかりでなく、日本および日本人の根源的なものを考える上に、たいへん貴重なものであろう。しかも、それは殆ど害われぬ形で取り出すことができる。雅楽に対して為さなければならぬもう一つのことは、言うまでもなくその保存である。この二点から考えても、創思社のこんどの充分な用意のもとに為される「雅楽」出版の意義は極めて大きいと思う。

（昭和四十八年四月、創思社、内容見本）

アイヌ絵集成

近世の蝦夷地探検家たちは、アイヌの風俗習慣に興味をもち、それらを記録するとともに、沢山の絵を画いた。また蝦夷地在住の絵師たちの中には、好んでアイヌを画いたものもあった。これらはアイヌ絵と呼ばれて、近世のアイヌ文化や、アイヌの歴史をとく上にまことに貴重な資料とされている。

ここにまとめられた「アイヌ絵集成」が、アイヌ文化研究に役立つ功績は、はかり知れないものがある。また本書の巻頭を飾る「夷酋十二列像」は、まさに芸術作品であって、近世絵画史に重要な位置を占めるものだろう。

（昭和四十八年四月、番町書房、内容見本）

久松潜一監修「萬葉集講座」

万葉集に関しての戦後における研究はたいへんなものだと聞いている。私などのところに送られてくる限られた国文学関係の雑誌においても、毎号一つや二つは、甚だ野心的と思われる万葉研究の論文やエッセーの標題を見出す。おそらく私などの知らないところで、大勢の万葉学者や万葉研究者たちによって、新しい視点、新しい角度からのめざましい研究はなされているのであろうと思う。万葉集が文字通り生きている古典であることを思えば、これは当然なことである。万葉集という大きい泉からは、いくらでも新しい水が汲みとれる筈で、この大古典の持つ生命は、時代時代によって、絶えず生き生きと波立ち、騒ぎ、ゆれ動き、その底に容易なことでは覗くことのできない部分を秘めているのである。

万葉集について門外漢である私などには、こんどの『萬葉集講座』はたいへん有難いものである。各分野における新しい万葉研究の全貌も知ることができるし、従ってまた万葉集の持つ新しい生命にも触れることができる。六巻の内容目次を見て、百に余る主題のどの一つにも大きい魅力を覚える万葉集というものを、この機会に改めて本格的に勉強してみようかと思う。本当にそう思うのである。

（昭和四十八年五月、有精堂、広告）

全釈漢文大系

私たちは今日、あらゆる権威と価値が揺れ動いている時代に生きている。哲学的絶対も、神も、これまで坐っていた座を光ないものにしてしまっている。これは世界的現象であるが、こうした時代に於て為すべきことは、日本人は日本の、あるいはもっと広く東洋の古典を読み返して、人間がいかなる時代に、いかなることを考え、いかに生きたかを知ることであろう。そこから始めなければならぬ。

集英社が宇野、平岡両氏を初めとする第一線学究諸氏の協力のもとに「漢文大系」三十三巻を発刊するという企ては、この時代に於てたいへん意義あるものであると信ずる。四書五経はもちろんのこと、収めるいずれもが、中国が生み出した世界的古典として、今日なお確乎たる存在を誇っているのは、人間がよりよく生きようとする意志が、時代を超えて烈しくわれわれの心を打ってくるからである。「漢文大系」発刊の機に、私もまた初心に返って、全巻を読みたいと思っている。この機会を外すと、私などはもう一生読めないかも知れない。

（昭和四十八年九月、集英社、内容見本）

彦火火出見尊繪巻

昨年の夏小浜の明通寺に国宝の本堂と三重塔を見に行った。その時、寺に「彦火々出見尊絵巻」模写本六巻たるものが伝えられてあることを知ったが、それがいかなる価値を持つものであるか、全く知らなかった。こんどそれが小松茂美博士の十年にわたる研究による解説と併せて、それが持つ絵巻としての生命を失わないようにレイアウトされて刊行されると聞く。先頃、カメラのレンズが捉えた夥しい数の画面のひとこま、ひとこまを見る機会を持ったが、なるほど小松博士がこれが研究に大きい情熱を傾注された筈だと思った。絵画史の上からも、風俗史の上からも、説話文学史の上からも、おそらくたいへんな価値を持つものであるに違いなく、それが、初めて世に紹介されることになって、大きい反響を呼び起すことになるであろうと思われる。今年第一の明るいニュースであり、一日も早い刊行が待たれる次第である。

（昭和四十八年九月、東京美術、内容見本）

田中仙翁「茶の心」

日本の茶道が日本文化の上にいかに大きい業績を遺したかということは、ここに改めて記す必要はあるまい。その芸術理論の根底をなす「侘びの心」は「さびの心」と共に、最も日本的な伝統精神の一つとして、私たちが現在受継いでいるものである。私たちが現在持っている生活というものへの考え方の根底に坐っているものは、長い歳月の間に茶道によって日本人の心に培われ、育てられ、牢乎として動かすべからざるものとなったものである。日本の茶道は一朝一夕にしてなったものではない。茶道の歴史は、茶というものの持つ精神の流れから少しでも外れることはできない。日本精神史の大切な一翼に正面から組まなければならぬ。考えただけでもたいへんである。しかし、田中仙翁氏は、その難しい茶の歴史に挑み、みごとにそれを為し終えた。氏は大日本茶道学会の会長として、その伝統を守り、それを広く庶民大衆の中に正しく位置づけようとしている気鋭の若い茶人、茶道の指導者である。氏が単なる茶道の研究家、学者であったら、こんどの仕事はできなかったかも知れない。茶室の中に生涯を埋めようとした茶人であればこそ、この難しい仕事を、学者の論文の形でなく、一生を茶室の中に生きる茶人の心をとおして為し終え得たと信ずる。私は本書の著者田中仙翁氏に期することは大きい。氏は、数少ない昭和の茶道の指導者の一人である。本書は、氏が外国人に日本の茶道を正しく理解してもらうために筆を執ったものである。この書物が第二の岡倉天心の『茶の本』として、外国人の日本文化理解のために大きい役割を果すことを切望してやまない。

（昭和四十八年九月、講談社インターナショナル、内容見本）

深井晋司「ペルシアのガラス」

深井晋司氏の「ペルシアのガラス」は、まさに待望久しいものがここに漸く上梓されるに到ったといった感じである。ペルシアのガラスについて知りたいことは、これまでに一再ならずあったが、その度に調べる手懸りというもののないことに閉口した。辞典類を繙いても、ペルシアのガラスについて詳説したものにはぶつからない。私自身、十何年か前に、安閑天皇陵出土のカットグラスと、正倉院御物の玉碗について、「玉碗記」という一篇の小説を綴ったことがあるが、その時、こんどの深井晋司氏の労作の助けを借り得ることができたら、私の作品は恐らく全く異った形のものになったことであろうと思われる。出版社に乞うて本書に収める各時代のペルシアのガラス製品のカラー写真を見させて貰ったが、往古生み出されたものの余りにも美しいことと、本書の資料となっているものの厖大なことに驚いた。

（昭和四十八年十月、淡交社、内容見本）

蔵書版新字源

角川書店の『新字源』はたいへん使いやすいので、机上からはなすことはないが、こんどこの辞書が、弱視者、低視力者のために、活字を大きくした拡大版で刊行されると聞いて、たいへん結構なことだと思う。

先ごろ新聞紙上で、一般書籍は見にくいが、と言って点字本を読むほどでないという程度の視力障害者が非常に多いこと、そしてそういう人たちのために手書きで拡大図書を作り図書館に贈っているという奉仕グループのあることを知ってたいへん感動した。

こんどの角川書店の拡大版の辞典が、いかに光の少い人々のために役立つかは、想像を越えたものであるに違いない。すべての盲学校や図書館にぜひ備えてもらいたいと思う。

（昭和四十八年十一月、角川書店、内容見本）

日本生活文化史

歴史小説を書く時、最も知りたいことは、その時代に生きていた人々の生活である。が、これは容易なことでは判らない。往古はもちろんのことだが、源平時代ぐらいまで下っても、その時代の人の具体的な生活内容を知るには、公卿の日録とか、随筆とか、歌集とかを丹念に繙くほかはない。しかし、このようなことは、専門家でない私などのいつも為し得ることではない。源平時代と言わず明治時代でも同じである。明治十年代に東京の都で生活していた人の一日を具体的に書こうとしても、なかなかどうしておいそれとは書けない。

こんど和歌森太郎氏を初めとする第一線の史学者諸氏によって『日本生活文化史』全十巻が編まれると聞く。たいへん有難いことである。世界文化史、東洋文化史、仏教文化史――文化史の名のもとにたくさんの名著は生まれているが、生活文化を正面に据えて歴史を編もうという大々的な企ては初めてではないか。どうか写真とか、絵とか、具体的資料を可能な限りたくさん収めて頂きたいと思う。私などはおそらく座右に置いて辞書替りに使わせて頂くことになるだろう。

（昭和四十八年十二月、河出書房新社、内容見本）

芹沢光治良作品集

芹沢さんはどの作品に於ても、生きるという問題に真摯に、しかも謙譲な態度で立ち向っている。芹沢さんがたくさんの読者を持っていることは極めて当然なことだ。文学の第一義的なものを踏まえての仕事であるからである。そうでなかったら大長篇「人間の運命」は生れなかった筈である。今日私たちの周囲には生の問題と死の問題が充満している。改めて芹沢さんの全部の仕事に触れてみたいと思うのは、私ばかりではないだろう。

（昭和四十九年一月、新潮社、内容見本）

大乗仏典

往古三、四世紀頃、パキスタン、アフガニスタンの南部国境地帯は国際的な大仏教霊地であった。私は昨年ハッダの地を訪ねたが、その時、その憂愁端麗な仏像の面差しを理解するには、サンスクリットの叙事詩「ブッダ・チャリタ」を読む必要があるのではないかと思った。しかし専門家でない私には、望んで果たせないことであった。ところが、それが十五巻の一冊に収められるという。有難いことである。ハッダの仏さまの初々しく哀しい面差しの秘密は、古代叙事詩の形で綴られた仏陀の生涯の中に匿されてあるのではないか。それだけの意味からしても、私はこの機会にこの「ブッダ・チャリタ」という高名な仏教古典に触れてみたいと思っている。

（昭和四十九年一月、中央公論社、広告）

韓国美術全集

現代韓国の最高権威によって監修、執筆された「韓国美術全集」十五巻の中の一、二巻を手にする機会を持ったが、そこに収められている各時代時代の夥しい数の美術作品を見て、初めて韓国美術全集の名にふさわしいものが生れたと思った。凡そいかなる国の美術でも、厳しく言えば、その真の理解、鑑賞、位置付けは、それを生み出した民族によってしか為され得ないものであるに違いない。その意味では画期的な仕事と言うほかない。ただ残念なことは、全巻韓国語で綴られてあって、私たちが読み得ないことであったが、こんど〝大日本絵画巧芸美術㈱〟によって、日本文による出版がなされるに到ったことは、たいへん有難いことである。私たちはここに初めて大々的に纏められた韓国美術全集を、――しかも韓国美術史家によって編まれた韓国美術全集を持つことができたわけである。日本美術と切っても切れぬ関係のある韓国の各時代時代の美術が、本書によって私たちに新しい驚きと感動を与えてくれることは必定だと思う。いずれにせよ、日韓文化交流の最も本質的な一石が、このような形で打たれたことを嬉しく思う。

（昭和四十九年四月、韓国同和出版公社、内容見本）

中国怪奇全集

「神仙」、「亡霊」、「妖怪」、「変化」の四巻より成る『中国怪奇全集』はなかなか卓抜な企画だと思う。中国古典の中から選び出された二百数十篇もの怪奇物語は、長い歴史を通じて、中国民衆の中に生き続けたものばかりである。いずれも一つの型に入れて論じられるような相手ではない。夢もあり、辛辣な諷刺もあり、茫乎とした処世訓もあり、端倪すべからざる人生の知慧もある。大体、中国という国を理解するにはこういうところから始めなければならないだろう。以前から中国のこの種のものを纏めて読みたいと念じていたが、こんど飯塚、駒田、後藤三氏の編訳によって、それを果せることは嬉しいことである。

（昭和四十九年五月、角川書店、内容見本）

入江泰吉「萬葉大和路」

入江さんの『古色大和路』が出てから三年ほどになるが、その間に一体何回ぐらいこの大きな写真集を書架から取り出したり、また書架に収めたりしたことだろう。人から奈良へ行って見るものの相談を受けるとこの書物の頁をめくらせる。ここに収められている入江さんの写真の中から選んだら間違いないと思うからである。

こんど、この『古色大和路』の姉妹編とでも言うべき『萬葉大和路』が出ると聞く。たいへん有難いことである。萬葉ゆかりの土地土地が、その風光が、大和を最もよく知っている入江さんによって選ばれ、入江さんのカメラによって捉えられているのである。萬葉の大和とひと口に言うが、萬葉の心を、その風景を通して捉えることは容易なことではない。ごく少数の選ばれた人たちの仕事であり、言うまでもなく、入江さんはその第一人者である。萬葉を理解し、鑑賞する上に、おそらく入江さんの新著は大きい役割を受持つことになるだろうと思う。

（昭和四十九年七月、保育社、内容見本）

顔真卿祭姪文稿

顔真卿の書には、その時々に顔真卿が持っていた精神がはっきりと現われている。「顔氏家廟碑」には、学者、文学者、書家の家柄としての自家の誇りを書き記すことによって、世に容れられない自分を支えようとした彼の静かな姿勢が、一字一画ゆるがせぬ楷書の書体に現われているし、「祭姪文稿《さいてつ》」には、安史の乱に倒れた一族の若者・顔季明に対する鎮魂の言葉が、大きい怒りと、悲しみと、感動を通して、行草の書体で綴られている。

「祭姪文稿」は、「祭伯文稿」「争坐位帖《そうざいじょう》」と並んで真卿の三稿と呼ばれているものである。草稿であるから、真卿のその時の精神は自在に現われている。怒りも、悲しみも、感動も、留まるところを知らぬ如く、時に烈しく、時に静かに流れている。文章も立派であるし、書も立派である。「祭姪文稿」は、剛勁、剛直を以て評される顔真卿の、最もその本領の現われている、しかも自在にのびのびと現われている逸品である。こんどその複製が、さきに「蘇東坡黄州寒食詩巻」を出して好評であった学習研究社によって出されると聞く。まさに朗報と言うべきであろう。一日も早く、みごとな一本を座右に置きたいものである。

（昭和四十九年九月、学習研究社、内容見本）

野村尚吾「浮標燈」

日本人が敗戦の虚脱感から抜け出し、本当の戦後を生き初めるのは、昭和二十四年頃からでしょうか。日本人は初めて、愛について、死について、自由について、自分の考え方で考え、行動しはじめます。後世の史家は、日本歴史の中で、この生動している一時期を何と名付けるのでしょうか。野村尚吾氏の「浮標燈」は、一組の男女の愛の記録を通して、正面からこの特殊な一時期に立ち向かっています。この野心的な力作が、正しい評価を受け、広く読まれることを念じて止みません。

（昭和四十九年九月、集英社、帯）

石坂洋次郎「わが日わが夢」

『わが日わが夢』は石坂さんが幼時の思い出を中心にして、郷里津軽の風土、人情を綴ったもので、こんど通読して、久しぶりで小説の滋味、醍醐味というものに堪能した思いであった。私も私なりの『わが日わが夢』的な作品を持っているが、石坂さんのこの幾つかの短篇のように郷里の匂いが濃厚に出たものにはならなかった。石坂さんの郷里津軽と私の郷里伊豆のそれぞれが持つ風俗、自然の大きさの違いであろうか。
それからこの一群の短篇はいずれも戦前、戦中に書かれたものので、そうした特殊な時代なればこそ、氏の郷里への愛情と思慕は烈しく燃え盛り、それが氏をして『わが日わが夢』の筆を、異常な情熱をもって執らしめたのではなかったか。そうした作品だけの持つ稀有な美しさが、この作品群を貫いている。

（昭和四十九年九月、立風書房、内容見本）

人物日本の歴史

こんどこの『人物日本の歴史』で、まず〝天武天皇〟を受持つことになった。天武天皇が生きた時代の史料としては「日本書紀」があり、当時の人たちの心の記録としては「万葉集」がある。どちらも貴重な第一級古典史料であるが、それで一人の眉秀でた天子の生きた生涯が綴れるというようなものではない。判らないと言えば、何もかも判っていないのである。ただ一つ判っていることは、天武天皇が生きた時代が、日本という国の国家形成の上での青春期であるということだけである。青春期特有の烈しさと、混乱と、理想が、青春期特有のエネルギーの中に渦巻いている。そういう日本の青春を、天武天皇をまん中に据えて書くことができたら、換言すれば、そういう日本の青春の象徴として天武天皇を描くことができたら――これは多年の私の夢であるが、こんどこの機会に、その夢を果したいと思っている。果せるかどうかはやってみないと判らないことであるが――。

（昭和四十九年十月、小学館、内容見本）

覆刻渡辺崋山真景・写生帖集成

渡辺崋山は「鷹見泉石像」や「市河米庵像」の肖像画の傑作で名高い。しかし、風景、花鳥においても、独自の風格と、一種独特の洗練された冴えを示していることは、改めて言う必要はあるまい。崋山のこうした画業の本質を理解するには、下獄三年にして自刃しなければならなかった時代を見る眼の新しさと、そして彼が為した夥しい数の写生がいかなるものであるかを知らなければならぬであろう。
崋山は描く対象を、正確に、鋭く描きとることを心掛けた当時としては最も新しい画家であった。崋山のスケッチは、崋山その人を知る上にも、彼が生きた時代を知る上にも、崋山の作品の高さがどこから生れているかを知る上にもたいへん貴重なものである。写生が画業の根源であることを、崋山は誰よりも早く意識的に捉えていた。
崋山の写生帖をあまねく集め、それを覆刻するという企ては、たいへん意義あることでもあり、有難いことである。

（昭和四十九年十一月、平凡社教育産業センター、内容見本）

角川日本史辞典　第二版

『角川日本史辞典』が、こんど新たに六〇〇項目を追加して、新装二版として出版されると聞く。ついこの間、この辞典を座右に置いたばかりだと思っていたのに、いつか八年の歳月が流れているのである。その八年間、この辞典にはずいぶんお世話になった。後白河院を書く時も、額田女王を書く時も、机上から放すことはできなかった。表紙もすっかり手あかで汚れてしまっている。新項目追加の補訂版の出ることは有難い。八年間の歴史学の歩みは、当然いろいろな形で、この辞典にも刻まれなければならぬだろう。それからこの辞典のもう一つの大きい特色をなす便覧は、たいへん利用度が高いので、初版のよさを失うことなしに、更に広い分野にわたるものを収めて貰いたいと思う。

（昭和四十九年十一月、角川書店、内容見本）

故宮博物院

故宮の広い敷地内に足を踏み入れ、大建築群に近付いて行く時の気持は、他のどこでも味わえぬ独特のものである。雄渾壮大なものが、さあどこからでも近付いて来なさいといったように、前に立ちはだかっている。

そして、その内部に入り、そこに収蔵されている各種の貴重な文物の前に立つと、雄渾壮大な建物を、内部から支えているものが、なるほどこのようなものであったかといった思いを持つ。中国の大きい歴史が、その時代時代で生み出したものばかりが、あるいは静かに、あるいは厳然と、そこに居坐っている。

こんど講談社から「故宮博物院」が刊行される。十年がかりの計画が漸く実現の運びになったものと聞く。故宮建造物の細部にまでわたった本格的な紹介も初めてであるが、何にもまして、中国が世界に誇る故宮美術群の大々的な紹介出版は、曾てないことであろう。この大図録に収められるものは、その収載目録から窺っても、絵画、工芸美術いずれも中国美術史の本流に位置する名品、逸品ばかりである。中国諸関係機関が協力し、提供してくれたこれらの一級品の解説には、これまた日本の一流学者、専門家の陣営が当っている。たいへん嬉しいことであり、壮観と言うほかはないと思う。

（昭和五十年三月、講談社、内容見本）

新修日本絵巻物全集

日本の絵巻物は、日本が生み出した独自の芸術である。物語や説話の内容を、絵画によって展開してゆく独自の表現形式が採られている。時間の経過もあれば、季節の推移もあり、事件の展開もある。往古の高名な画家たちが、絵巻物の作者になっているが、蓋し当然であろう。画家が大きい才能を発揮する上にこれ以上の場はない。風景、風俗、人物、事件、しかも、それらは大きい構成のもとに配されなければならない。こんど角川書店から「新修日本絵巻物全集」三十巻が刊行される。その顧問の一人に名を列することになったが、そうした一人として念ずることは、この機会に一人でも多くの人に、絵巻物に親しんで貰いたいことである。源氏物語絵巻、信貴山縁起絵巻、鳥獣戯画絵巻、伴大納言絵詞、――こうした名前は誰でも知っているが、実際にそこにいかなる絵が描かれ、いかなる物語が展開しているかを知る機会は案外少いのではないか。絵巻物は見るものでもあり、読むものでもある。詞書があろうとなかろうと、絵を見、絵を読んでゆくものである。尽きない泉のように、すばらしいものが、そこからは汲み出されてくる。まだ誰もが本当に誰もが発見していないすばらしいものが、たくさん詰まっていると思う。

（昭和五十年五月、角川書店、内容見本）

船山馨小説全集

終戦の二十年八月から二十三年いっぱいぐらいまでは、同じ戦後といっても、終戦の混乱が到るところに渦巻いていた特殊な一時期です。この時期に作家として名乗りを上げた人たちは、それぞれ作風は違っても、絶望と実存主義的なものを踏まえていました。「半獣神」「落日の手記」の船山さんもそうですし、野間、坂口、太宰、椎名、みな然りです。文学者として、身を以て解決しなければならぬ問題を出発点に於て自分に課してしまったということは、作家としての栄光でもあり、苦難の約束でもありました。船山さんは長い間苦しんだと思います。そして歴史小説の傑作「石狩平野」で、ふいに大きい展望台に立った氏を発見します。そしてそれ以後は誰もが知っているように「お登勢」「蘆火野」と、船山さんの仕事は豊かな水量をもった滔々たる流れになります。氏は出発点からひとすじの道を歩き、出発点に於て自分に課した問題を、いまも問い続けています。おそろしいほどの誠実さだと言うほかありません。氏の小説全集によって、一人でも多くの読者に氏が歩いた道を氏と共に歩いて貰いたいと思います。

（昭和五十年五月、河出書房新社、内容見本）

考古の旅

日本列島に何が埋り、その埋っているものが何を語っているか、――これほど興味ある問題はないが、残念ながら、すべてが専門家の研究分野に属することであり、専門家でない私たちは、これまで、それについてのまとまった知識を持つことはできなかった。戦後の考古学のめざましい発展は、日本古代史に点綴されてある神話や伝説をもつぎつぎに具体的事実に置き換えていると聞くが、これについても、私たちは知識と言えるような知識を持ち得なかった。

こうした時に「考古の旅」十巻が一流権威の監修と、執筆のもとに、出版されると聞く。嬉しいことである。日本列島の諸地域に花咲いた古代文化が、初めて大きな視野のもとに捉えられるわけで、日本古代史は全く異なった姿で、私たちの前に生き生きとした姿を現してくるだろうと思う。古代の列島民族の死生観、神、婚姻の問題、そして彼等が営んだ生活のかたち、みんな長い間知りたかったことである。本全集によって、古代の日本列島をゆっくりと、仔細に旅させて貰おうと思う。

（昭和五十年五月、明文社、内容見本）

ローマの噴水

ローマで私は、おびただしい数の噴水を見た記憶がある。ローマが世界一の噴水都市だからというので、私が一つ一つたずね歩いたのではなく、噴水は私が行く先々にあったのである。噴水は広場にも、道ばたにも、公園にもあった。それらは格別自分の形を主張するでもなく、広場のものは、いわば広場の造型そのものだったし、道ばたのものはローマの一市民が何となく立ちどまっているようでもあった。こういう完全な調和は、よほど優れた都市計画と建築と彫刻がそろわなくては、できないことである。

そのローマの噴水を一冊の本の中に再現する試みが、ローマではなく、また立派な出版物を出すことで知られたパリでもチューリッヒでもなく、東京でなされたことに私は驚いている。

（昭和五十年五月、鹿島出版会、内容見本）

芝木好子作品集

芝木さんは一作、一作を大切にして、それを積み重ねて、自分の道を切り拓いて来られた作家である。こんどの作品集五巻の内容を見ると、それがよく判る。どの作品も、芝木さんが全精力を投入したものばかりで、その時点、時点に於ての、文学者としての氏の証しに他ならない。「湯葉」も、「夜の鶴」も、「面影」も、みなそのような作品である。芝木さんほど初心を忘れない作家はない。芝木さんが一つの作品に取りかかる時の眼の輝きも、気負いの眩しさも、私などの容易なことでは持ち得ないものである。しかし、それなしには一級の文学作品は生れないのだ。人間としての芝木さんも、文学者としての芝木さんも、全部この五巻の中に入っている。

（昭和五十年八月、読売新聞社、内容見本）

原色茶道大辞典

私はこの二、三年、利休に関する小説にとりかかっているが、茶人、茶室、茶庭、絵画、墨蹟、茶道具、文献、何についても、ほんの僅かなことを調べるのに、夥しい数の参考書や辞典類を漁らなければならず、そのために費す労力と時間はたいへんなものである。茶道に関するいっさいを収めた本格的な茶道辞典があったらと、何回思ったことだろう。ところが、こんどその私が念願し、夢みていたものが、淡交社によって、周到な準備のもとに企画され、この秋出版されると聞く。まさに朗報である。有難いと思う。一日も早く座右に置きたいものである。

（昭和五十年九月、淡交社、内容見本）

ほるぷ日本の名画

好評だった「ほるぷ世界の名画」に続いて、「ほるぷ日本の名画」全十巻が出る。私も監修者の一人に名を列ねているが、雪舟、永徳等によってもたらせられた近世絵画の黎明期から昭和の現代まで大きい足跡を残した一二一名、四八〇点を十巻に収めてみると、まさに壮観の一語につきる。日本美術史の多岐、広汎な展開に、その烈しい息吹きに圧倒される思いを持つのは、私一人ではあるまい。

（昭和五十年十月、ほるぷ出版、内容見本）

ウエハラ・ユクオ「ハワイの声」

日本文学研究家として令名ある上原征生氏の随想集「ハワイの声」は、私にとっては文字通り待望の書である。日本で幼時を過し、半世紀をハワイで過した人でなければ綴れぬ珠玉の文字が、全巻到るところにちりばめられている。ハワイを知る上に、アメリカを知る上に、一人でも多くの日本人に読んで貰いたいと思う。

（昭和五十年十一月、五月書房、帯）

覆刻日本の山岳名著

日本山岳会の編集で「日本の山岳名著」の覆刻版が出ると聞いて、さっそくそこに収められる内容に眼を通す機会を持った。まさに壮観の一語に尽きる。志賀重昂、小島烏水、田部重治、冠松次郎等々、十八氏の代表的山岳紀行がずらりと眩しく並んでいる。どの一冊も、現在では容易なことでは手に入らなくなっている。その意味では、たいへん有難い企画である。私もこの際改めて十八著、全二十二冊のすべてに眼を通してみたいと思っている。若き日、それぞれの時期に心を洗われた大きい感動が、どのような形で蘇って来るか、それを思うと堪まらなく楽しい。遠い青春との再会である。

（昭和五十年十一月、大修館書店、内容見本）

平田郷陽作品集「衣裳人形」

美しい人形の写真集である。美しくて当然である。

被写体である人形は、人間国宝として人形造りの最高権威平田郷陽氏の作品であり、それに向ってカメラを構えたのは、これまたカメラ界の第一人者秋山庄太郎氏である。

平田郷陽氏の作品の持つそれ本来の美しさは秋山氏のカメラに因って、あるいは一層生々とし、あるいは一層静かである。

何はともあれ、美しい人形の写真集である。

（昭和五十年十一月、杉本商店、内容見本）

コンサイス世界年表

昭和七、八年頃、大阪で購入した三省堂の「最新世界年表」は、今でも書斎の書棚の一隅に置かれてある。当時購入した辞書類の大部分は姿を消してしまっているが、「最新世界年表」は、背の金色の文字が薄くなった程度で、青いクロースの表紙はまだ崩れていない。新聞記者時代、作家時代を通じて今日まで、私はずいぶんこの年表に働いて貰っている。しかし、年表もまた時代と共に年齢をとるものである。この年表に対する私の愛着は大きいが、今はすっかり老いてしまっていることは否めない。

こんど新しく、この時代にふさわしい、充実した内容を備えた「コンサイス世界年表」が出ると聞く。嬉しいことである。内容は私と共に四十余年生きた「最新世界年表」の再生である。内容の一部を見せて貰ったが、曾ての「最新世界年表」のすべての欠を補い、しかもその風格は失うことなく生かしている。その点、わが意を得たものと言うほかない。ともあれ新しい「コンサイス世界年表」の登場によって、私の書斎の空気も、新しい時代を迎えることになる。

（昭和五十一年二月、三省堂、内容見本）

石田茂作「聖徳太子尊像聚成」

聖徳太子のお姿を写した絵画、彫刻は全国的に見ると、たいへんな数に上るだろう。その総てが各時代を貫き流れている太子信仰の所産であり幾多の名品、傑作もあれば、民間に伝えられた無名の逸品もある。本書がその主なもののすべてを網羅しているのは壮観である。太子尊像の美術史的解明に更に広く、日本民族の心の出発点でもある聖徳太子の研究に本書が受け持つ役割は極めて大きい。

（昭和五十一年二月、講談社、内容見本）

貝塚茂樹著作集

貝塚さんが書かれるものは、眼につく限り読んでいる。読まずにはいられないからである。専門的な述作は、専門過ぎて厄介だと思うが、結局のところは読んでしまう。それはそれなりに面白いからである。比較的気軽に発表されるエッセー風のもの、解説風のものとなると、まず例外なく一気に読まされてしまう。独特の面白さである。何が独特かというと、書かれていることに、みな学者としての裏付けがあるからである。それで一行一行が刻まれているような小気味よい印象を受ける。

私は貝塚さんから実にたくさんのものを教わっている。中国古代のあの得体の知れぬ青銅器が好きになったのも、貝塚さんのお蔭である。ただでは好きにならない。あれを生み出した時代がどのようなものであるか、貝塚さんから教わっているからである。「貝塚茂樹著作集」十巻の発刊は、私などにはたいへん有難いことである。各巻に収められる論文、エッセーの題名を見ただけでも、読みたいもの、読まずにはいられないものがたくさんある。

（昭和五十一年四月、中央公論社、内容見本）

角川蔵書版辞典セット

角川書店の「蔵書版辞典セット」は、時宜を得た企画といえる。戦後三十年の間、私たち日本人は、物質生活・精神生活の両面にわたって、激動の中に生きてきている。戦前のタブーから解放された日本歴史への関心と知識は、テレビなどを通して、茶の間に入り込み、歴史ブームをもたらしたが、その研究の方法や内容は、さまざまに揺れ動いている。また、言語生活においても、漢字問題や送り仮名問題が戦後一貫して話題となり、特に、近年は国語への関心が国民的に高まっている。

このような時、私たちに要求されるのは、物事への誤りない判断の基準となる、出来るかぎり正確な、基礎的知識だろう。「角川蔵書版辞典セット」は、現代人の家庭にとって、何よりも正確な知識の拠り所となる。どれをとってみても、長い年月にわたって定評を得ている優れた辞典ばかりであり、判型や活字が目の健康のために大型化されているのも、大きな特色である。

この際、多くの家庭に備えられることを望みたい。

（昭和五十一年五月、角川書店、ポスター）

岸哲男「萬葉山河」

岸哲男氏が飛鳥の写真を撮り始めた頃を知っているが、考えてみると、いつかそれから二十年経過している。二十年にわたる飛鳥への愛着と執心というものは、並ひと通りのものであろうはずはない。正に氏の志である。アララギ派の歌人としての氏の志でもあれば、飛鳥研究家としての氏の志でもある。収める百七十二葉、みごとな飛鳥の重さである。氏が飛鳥に通いつめている二十年の間に、被写体である飛鳥も亦、歳月の変化をもっている。そういう点から見れば、本書はまた貴重な飛鳥資料であるともいえる。

（昭和五十一年六月、集英社、帯）

奥野健男文学論集

奥野さんはなかなか気難しい評論家である。私はその気難しいところが、たまらなく好きでもあり、そうした奥野さんを格別なものとして尊敬している。

その奥野さんの気難しさを分析してみると、その一つはいかなる場合でも、自分を偽らない点であると思う。自分が納得しない限りは梃でも動かない。それからもう一つは、明治以降、今日までの文学の世界に、奥野さんは独自な文学の脈管図を描き上げていることである。一本の太い幹があって、それから枝葉が出ているが、その太い幹の根もとには、誰でもない、奥野さん自身が坐っている。樹枝状に拡っている脈管図には、奥野さんの血が流れている。だから、奥野さんの場合は、極めて当然なことながら、有縁な作家と、無縁な作家がある。有縁な作品と、無縁な作品がある。奥野さんがこれまで書かれた文学論の魅力は、こうしたところにある。氏はいつでも自分を語っているのである。怖い評論家である。その奥野さんの主な仕事が何巻かに纏められて出る。文学に関心を持つすべての人に読んで貰いたいと思う。文学というものの最も大切な部分が、いろいろな形で仕舞われてあるからである。

（昭和五十一年七月、泰流社、内容見本）

小松茂美「平家納経の研究」

「平家納経」を初めて見た時、なるほど美しいものだと思ったが、それと同時に、こういう経巻を作って厳島神社に納めた平家一族も、その一族が持つ死生観も、宗教観も、美意識も、それからまた彼等が生き、亡んで行った源平争覇の時代そのものも、何もかも根本から考え直さなければならぬような、そんな思いに打たれたことを覚えている。しかし、これは私一人のことではないだろう。「平家納経」というものの持つ生命には、誰にもそのような思いを持たせるものがあるに違いない。それだけに「平家納経」の研究となると、たいへんである。

小松茂美氏が「平家納経」に取り組んでおられることは、私のような門外漢でも、いろいろな方面から耳にはいっていた。こんどその半生にわたってのひとすじの研究が『平家納経の研究』という大著として上梓されると聞く。すばらしいことだと思う。

小松氏は若くして「平家納経」に出会い、その研究を己が生涯の仕事として、ご自分に課せられたのであるが、氏は若い時に広島県に在住しておられ、「平家納経」が蔵されている厳島神社とは、年少の頃から無縁ではなかった筈である。畢生の研究というものは、なべてこのような事情のもとに成立するものではないかと思う。〝あとがき〟に依れば、氏は「平家納経」を研究し、それが持つ数々の問題を解明するために学界に入られているのである。その純一な情熱が三十年の歳月を貫いて、こんどのお仕事として大きく結晶したわけである。

氏はこれまでにたくさんの研究を発表されており、それによって学位を受けられたり、学士院賞を受けられたりしているが、みな「平家納経」研究途上における所産であったのであろう。『平家納経の研究』が学界に果す役割の大きいことは言うまでもないが、この大著が専門家ばかりでなく、ひろく読書階級の迎えるところとなることを期待するものである。生命を張った仕事は、多勢の人に読まれなければならないのである。

（昭和五十一年七月、講談社、内容見本）

唐墨名品集成

古墨、名墨というものに接するのはごく稀である。しかし、たまに展観などで見ると、例外なく強い魅力を覚える。しかも、その魅力の質は一つ一つによって異る。その魅力を分析して、幾つかの言葉に置き替えようと思っても、まず至難なことである。と言うことは、それだけ墨というものの持つ魅力が複雑であり、墨とこちらとの取引きが、幾つかの屈折を持った精神の深部で行われているということであろうか。神彩とか、韻致とかいう言葉がよく使われるが、他の言葉を使うと間違ってしまうからである。

何と言っても、一番大切なことは自分の眼で見、直接に自分の心で墨の生命に触ることであろう。その点『唐墨名品集成』は、古墨、名墨の鑑賞に大きい役割を果してくれるだろう。当代印刷技術の粋を駆使して、唐墨の名品の数々を、そのまま私たちの前に置いて貰いたい。その一つ一つが、何を語りかけてくれるか、思っても楽しいことである。

（昭和五十一年八月、講談社、内容見本）

油井一二コレクション　美の宝庫

美術年鑑社の油井一二氏のコレクションの図録「美の宝庫」を繙いて、氏が半生をかけて蒐められたもののすばらしさに驚いた。第一級作家の作品はすべて網羅されており、世に知られた力作、代表作もあった。氏は、近くこのコレクション四百余点のすべてを、氏の郷里佐久市に建設される市立美術館に寄贈されると聞く。蒐めたものもすばらしいし、その蒐めたものの措置もまた、すばらしいと思う。本当の意味での美術愛好家、美術理解者としての油井一二氏に敬意を表する次第である。

（昭和五十一年九月、美術年鑑社、広告）

石黒孝次郎「古く美しきもの」

石黒さんの蒐集品の図録「古く美しきもの」は、ちょっと類のない美しい本である。石黒さんのよき理解者であり、協力者であった亡き夫人との共著の形をとっていることも、そうざらにない心を洗われる企てであり、その蒐集品が中近東ならびに地中海域に於て、お二人によって集められたものばかりであることも、そこから蒐集遍歴の爽やかさが感じられる。そしてその集められたものが一冊に纏められるに当って、一つの古代造形美術史の流れの上に、各々がその居るべき位置を定めたということにも、石黒さんらしいしゃれた、気の利いた格別なものを感じる。

こう考えてくると、図録「古く美しきもの」は、石黒夫妻の創作であると言うほかないようである。考古学者としての、いわゆる西洋古美術商としての、蒐集家としての、趣味人としての石黒夫妻の美的遍歴から生み出されたものであり、お二人が、これはどうですかと、極めてしゃれた形で世に問う作品と言うほかない。

初めて本書上梓の企てを私に示された時、石黒さんは幾つかの題名を持っておられた。〝オリエント　古代美術の遍歴〟〝はるかなる古代の遺産〟〝創造の源をたどって〟〝文明の曙〟〝生命の樹〟〝美術の創造と発展〟〝オリエント　先史より中世迄の造形美術の創造と発展〟等々。

氏が挙げられたこれらの題名は、それぞれの角度から本書の内容と、その生命を明らかにしている。氏は東洋の古く美しきものの長い流れを、ある時は溯り、ある時は降り、そして次第、次第に、その源に近付いて行かれたのである。氏の美しく、価値ある永年の遍歴に脱帽して、この小文の筆を擱くことにする。

（昭和五十一年九月、求龍堂、内容見本）

日本原始美術大系

土器であれ、土偶であれ、壁画であれ、原始時代が生み出したものは、その前に立っていると自然に唸りたくなってくる。唸る以外仕方ない。感嘆するとか、見惚れるとか、そんな生易しい相手ではない。民族の一番根源的なものが、たくさんの謎を秘めて、そこに詰まっているからである。ただ唸るには、唸るだけの用意が必要である。その唸るための用意を、こんど講談社が世に問う「日本原始美術大系」六巻が受け持ってくれるだろう。私は以前から頭に入れようと思っていて未だに果していない原始美術の造型の系譜を、本書によって教えてもらいたいと思っている。

（昭和五十二年一月、講談社、内容見本）

郭沫若選集

郭沫若氏はいかなる人かと訊ねられると、世界にそうざらにはない、本当の意味での文化人であり、そうした大きい文化的雰囲気を身に着けている人であると答えることにしている。氏は文学者でもあり、歴史家でもあり、考古学者でもあり、そしてまた、現代中国を背負う指導者の一人でもある。私の小説「天平の甍」を中国に紹介するきっかけを作って下さったのも氏であり、鑑真和上を日中文化交流の上で大きく取り上げたのも氏である。私はかねがね、そうした氏の全著作をまとめて読みたいと思っていたが、その機会が意外に早く来たことを嬉しく思っている。

全十七巻、そのどの一巻に収められる題名を見ても、すぐそれを手に取ってみたい誘惑を感ずるものばかりである。『李白と杜甫』も読みたいし、『中国古代社会研究』も、『青銅時代』も読みたい。氏の並み外れた大きい教養が、それを独自なふくらみのあるものにしていることだけは確かである。ともあれ、『郭沫若選集』十七巻の出版企画は、私にとっては、最近での最も有難い朗報と言うほかはない。

（昭和五十二年二月、雄渾社、内容見本）

壬辰《いむじん》戦亂史

李烱錫氏の文禄・慶長の役に関する研究のことは、かねて私などの耳にも入っていたが、それが漸くこのほど完成して、近く「壬辰戦乱史」三巻の大著となって現れると聞く。厖大な韓国側史料を駆使しての、韓国側からの最初の本格的戦史研究の登場と言っていいものではないかと思う。

一作家として私なども、この研究に対して大きい関心と興味を持たざるを得ない。

（昭和五十二年四月、東洋図書出版、内容見本）

加藤義一郎「茶盌抄」

先年亡くなられた加藤義一郎氏の『茶盌抄』上下二巻は、氏の畢生の大著であり、ひろく名著として知られているものである。単なる名器の紹介でもなければ、茶盌の歴史の具体的展開といったものでもない。こよなく茶盌を愛し、茶盌と共に生きた氏が、氏の心と肌で選びとったものばかりが収められている。上巻百点、下巻百点、いずれも謂ってみれば、氏自身の責任に於て選びとったものばかりである。名著の名著たるゆえんである。その解説も、高い見識と広い知識に支えられたもので、説き去り、説き来たり、頗る懇切を極め、茶盌に対する氏独自の見解を披露して余すところないと言える。茶盌というものを愛する人の、そして茶盌というものを骨の髄から知っている人の文章である。

今日、未だ曾てない茶盌時代を現出している観があるが、この時に当って、名著『茶盌抄』再刊の意味は極めて大きく、その果す役割も亦、極めて大きいと思う。

（昭和五十二年五月、立風書房、内容見本）

高専柔道の真髄

いま振り返ってみると、高専柔道なるものは、若者たちが青春のありったけを賭けて磨いた技と技との果し合だったと思う。練習量がすべてを決定する柔道を夢み、信じ、そしてそれに若い全情熱を傾けたのである。日本の一時期の少年たちが生み出した寝技！　いまや日本の柔道は、もう一度、初心に戻って、そこから出発し直すべきではないか。そのためには、本書の受持つ役割は限りなく大きい。

（昭和五十二年八月、原書房、カバー）

佐多稲子全集

佐多さんを一語で評すると、立派だと言うほかない。立派だということは、作家としても立派であり、人間としても立派だということであるが、佐多さんの場合は、作家、生活人といった二つの立場はない。一個の佐多稲子という立場があるだけだ。稀有なことである。

佐多さんのこれまでのお仕事に対して、私は私なりの見方をしている。佐多さんは自分を材料にして、日本の最も苦難多かった時代を、紛れもない最も女らしい女として生きた一人の女性の歴史を綴っている。佐多さんの代表的な作品を、それが書かれた順に読んでゆくと、一人の女性をまん中に据えた大河小説を、佐多さんは一生かかって書いて来、そして現在も書き続けつつあるのを感ずる。主人公は言うまでもなく「キャラメル工場」の心優しく、感じ易く、必死に生きようとしている無力な少女である。いかなる人生が彼女に見舞って来るか。

私は現代の若い人たちに佐多さんの作品を纏めて読んで貰いたいと思う。本当にそう思う。ある時期の日本を知る上にも、人間が、特に女性が生きるということはどういうことであるかを知る上にも。それからまた、次々に立ち現れて来る苦難に対して、いつも面を上げて立ち向い、ついに一個の自由な佐多稲子という立場を確立するに到った人の、これまでの人生と、それと一体を為す優れた文学的業績の全貌を知って貰いたいと思うのである。

（昭和五十二年九月、講談社、内容見本）

現代日本画家素描集

素描の面白さは、描いた人のこころが直接に感じられ、その息遣いまでが聞えてくることだ。だから、彩画より寧ろ素描の方が内面的であるという見方さえできる。

こんどの『現代日本画家素描集』は、すばらしい企てだと思う。これまでに独自の領域を開拓して、名声嘖々たる代表的日本画家十氏の素描を十巻にまとめるという。氏等を氏等たらしめた彩画の場合とは異って、これまで気付かなかった、画家として、人間としての多くの面に触れることができるだろう。

その主題もまさに百花撩乱、十氏が十氏、それぞれ最も得意とする主題を選んで、その上に於ての〝線と筆触〟の競演であると言っていいだろう。一日も早い上梓が待たれる。

（昭和五十二年十月、日本放送出版協会、内容見本）

創作陶画資料

日本の陶器ほど、その美しさを論ずるのに厄介なものはない。いろいろな要素が組み合わさっているので、単純明快に割り切ることはできない。形、手触り、文様、色彩、品格、味、そして陶技、――こうしたもののすべてが検討されねばならない。個性だけの勝負というわけにはゆかない。すぐれた陶工が名器の写しに生涯を捧げているのも、同じ文様が繰り返し用いられているのも、陶器の世界の特殊な現象である。

日本の陶器の歴史を振り返って、多少そこだけ異って感じられるのは乾山、仁清の時代である。ぱあっと花が咲いたような華やかさを覚える。乾山、仁清が己が作品の中に、独自な芸術的文様を以て、他の誰でもない自分自身を強く打ち出したからである。しかし、それは一時期だけのことで終った。一人の陶工が、職人と芸術家を兼ねることは、それほど難しいからである。

こんどの美術出版「美乃美」の「創作陶画資料」全十冊の刊行の意義は頗る大きい。北大路魯山人、富本憲吉、河合卯之助、水町和三郎の四氏は、その難しい仕事に己れを賭けた人たちである。漸く創作陶画が重きをなそうとしている今、本書の受持つ役割は、ちょっと考えられぬほど大きいものであろうと思う。

（昭和五十二年十月、美の美、内容見本）

茶の本

綜合芸術としての茶を、どのように捉えるか。――茶に関する出版物のすべてが意図していることであるが、これがなかなか難しい。日本人の美意識の根源に坐っている茶というものは生きものであり、その内側から生々発展の歴史に触れる以外、その本質に迫ることはできないからである。

その意味では、こんどの新潮社版「茶の本」は、これまでにない茶の芸術美追求への野心的布陣である。「座敷と露地」、「用と美」、「茶碗」三巻による構成であるが、確かに茶というものは、茶室という空間、茶碗、そしていかなる茶室でいかなる道具がいかに用いられたか、この三つにしぼられる筈である。それぞれの巻の編集には中村昌生、田中仙翁、林屋晴三の三氏が当たるという。これ以上の人選はない。単にその道の権威というばかりでなく、真剣に茶というものに取り組んでいる人たちであるからである。この上は、ただ、茶室や茶碗のすばらしいカラー写真が、「茶の本」三巻にいかなる生動の趣を与えるか、それに期待するばかりである。

（昭和五十二年十一月、新潮社、内容見本）

入江泰吉「佛像大和路」

一つの仏像に何十回でも、何百回でも付合っていると、その仏像がこちらに語りかけて来る心が判り、その声が聞こえてくるという。確かにそういうものであろうと思う。しかし、そういうことのできる人は、そうたくさんはない。入江さんは奈良に生まれ、奈良に住み、その生涯を奈良、大和の仏像との付合いに捧げている。仏像が話しかけてくる心が判り、その声を聞くことのできる数少ない人の一人である。

その入江さんのこんどの『佛像大和路』について、改めて云々する必要はあるまい。『古色大和路』『萬葉大和路』のあとを受けての本書の上梓は、まことに入江さんの人柄と仕事を敬愛して已まぬ私たちにとっては、限りなく悦ばしいことである。

（昭和五十二年十一月、保育社、内容見本）

国宝綴織当麻曼荼羅

美しく、貴いものにも亡びはある。——こういうことを如実に示しているのは当麻曼荼羅である。当麻曼荼羅はたいへん有名なもので、私なども学生の頃からその名前は知っているが、もちろん実物にお目にかかったこともないし、模本さえ見ると言えるような見方はしていない。大体何が描かれているかはっきりしていない。

原図は損傷甚しく、長い間、織物であるか、絵画であるかもさだかではない時期を持っていたが、大賀一郎博士などの調査・研究によって、今は綴織りであることがはっきりしている。またこれが造られるに到った由来に関しては、中将姫の悲しい物語が流布されているが、こうした伝説を生むだけのものは、当麻曼荼羅そのものの持つ運命の中に仕舞われてありそうな気がする。

いずれにしても、これが造られた時代の信仰の形を知る上にも、そこに描かれている浄土の相がいかなるものであるかを知る上にも、たいへん貴重なものである。

こんど昭和十四年に大賀博士の研究に伴って撮影された原寸の写真によって、謎の、あるいは幻の当麻曼荼羅が初めて、われわれの眼にふれることになる。有難いことである。

解説は各方面の一流権威、当麻曼荼羅をいかに見ておられるか、それを読むのがたいへん楽しみである。

（昭和五十二年十二月、佼成出版社、内容見本）

日本書蹟大鑑

『日本書蹟大鑑』二十五巻の企画については、かねがね編者である小松茂美氏からお話を伺っていたが、最近その全巻の結構、編成の大要を知る機会を得て、なるほどこれはたいへんな書跡大事典だと思った。

能書家はいうまでもなく、飛鳥・奈良から江戸までの史上著名な人物一二七〇名の遺墨が写真として収められ、それについて人物・作品の解説、釈文が巻末に付せられる。小松茂美氏のこれまでの古筆学研究のすべてが、ここに形をとって現れた感じである。

上梓のあかつき、この全集が受持つ役割は、ちょっと想像できぬほど大きいと思う。私はいま利休を小説化しようとしているが、戦国の茶人たちはもちろんのこと、茶に関係した武将、禅僧たちがいかなる書跡を遺しているか、書斎の中で居ながらにして、それを知ることができる。たいへん有難いことである。

（昭和五十三年三月、講談社、内容見本）

敦煌への道

敦煌石窟は、雲崗石窟、竜門石窟と並んで、中国の三大石窟に数えられている。しかも、その規模の大きさと造営期間の長いことではひときわ他を抜きんでている。従って、そこに安置されている塑像、窟内荘厳の壁画が、東洋美術史の各時代、各分野にわたる貴重な資料となることは、改めて言うまでもない。

こんどの『敦煌への道』に於ての私の楽しみは、数多くの写真から、各時代の風俗を具体的に知ることである。辺境に大きい力を持っていた漢民族の出先機関、それからその後裔たちが、いかなる風俗を持って、いかなる生活を営んでいたか。また、そうした風俗資料としての壁画の中から、たくさんの西域的なものを拾ってゆくのも大きな楽しみである。

（昭和五十三年三月、日本放送出版協会、内容見本）

日本文学全史

日本文学の歴史は、日本人の心の歴史である。往古の古典に見る、その時代を生きた人たちの心は、中古、中世、近世、近代へと、歴史の波に洗われながら、滔々たる大河の流れを形成して、現代に及んでいる。そして現代から更に未来へと、川幅を広めつつ流れ進んでゆく。その流れ来たった大河の全貌を俯瞰できるのは、いつの時代でも、その時代を生きる人たちの立場からである。

当然なことながら過去に於て、文学史は何回も書き改められて来ている。はっきりとそれと判る訂正もあれば、眼に見えぬ訂正もある。これは文学史そのものが持つ免れ得ぬ運命である。永遠に河口を求めて、流れ下っている大河に似ている。

今や戦後三十余年、日本文学史は曾てないほど大きく書き改められねばならぬ時に来ている。時代も大きく変っているし、国文学各分野の研究も、曾てないめざましさで展開している。

こんど学燈社の創業三十周年記念事業として大規模な日本文学史刊行の企ては、まことに時宜を得たものであり、国語国文学専門の出版社として、当然それを為さなければならぬ責任もあると思う。

市古貞次氏編集のもとに、現代国語国文学界の第一線の研究家から新進気鋭の学究まで網羅しての布陣は、まことに壮観、めざましいものがある。日本文学全史六巻の野心的な企てが、大きく実を結んで、学界、文学界に寄与貢献する日の一日も早いことを、一文学の徒として衷心から願って已まない。

（昭和五十三年三月、學燈社、内容見本）

藤島亥治郎「塔」

日本の塔は日本独自のものである。中国の塼塔が中国の風土と無関係でないように、また韓国の石の塔が韓国の風土と無関係でないように日本の木造塔は日本の歴史と風土に密接に結びついている。

この日本の塔について美術史的、仏教史的立場からは、いろいろと論じられているが、それに建築学的、あるいは建築史的立場からの照明を加えた綜合的考察は、残念ながらこれまで纏まった形ではなされていない。

こんどの藤島亥治郎博士の『塔』は、まさしくその渇を医すものであることを信ずる。名著「日本美と建築」、「日本の建築」等の著者である氏によって、日本の木造塔の美しさも、その独自性も、初めてひろい視野に於て解明されるだろう。一日も早い上梓が待たれる次第である。

（昭和五十三年八月、光村推古書院、内容見本）

瓜生卓造「スキー風土記」

瓜生卓造さんの「スキー風土記」は、日本のスキーの歴史を語り、その歴史を造り上げた人々を語って、詳細を極めている。一読、何とも言えぬずしりとした重さを感ずるのは、作家でもあり、スキーヤーでもある著者が、多年にわたって、なみなみならぬ情熱をもって、この調査に当っているからである。まさに〝風土記〟の名を冠するに足る労作であり、内容であると言えよう。登山家、スキーヤー必読の書であるは勿論、一般の人にも教養の書として読んで貰いたい。初めてスキーというものがいかなるものであるかを知るだろう。

（昭和五十三年九月、日貿出版社、帯）

東山魁夷画文集

東山さんの絵も好きだし、随筆も好きだ。画業の傍ら、時折発表される紀行、芸術論、心象スケッチの類など、いずれも世界的な広い視野に立って、己れを語り、他を語り、東山さん独特の香気と味わいを持っている。読んでいて堪らなく楽しい。こんど氏の画文集十巻が上梓されると聞く。絵画と文章の両方で、東山さんにお目にかかれるのが楽しみである。氏の名随筆を、氏の画業と共にひもどく、なんと贅沢な楽しさであろう。

（昭和五十三年九月、新潮社、内容見本）

源豊宗「日本美術史論究」

源豊宗先生の「日本美術史年表」が京都星野書店から出版されたのは戦時中のことで、当時毎日新聞社の学芸記者であった私は、どのくらいこの書物のお世話になったか判らない。終戦疎開の折、他の書物と共に失い、残念に思っていたが、数年前、この改訂版が座右宝刊行会によって出版され、それ以来、文字通り座右の書となっている。この年表の上梓は、学界の一つの事件と言えるものであった。最近では「日本美術の流れ」を感銘深く読み、日本美術についての独創的見解と、その展開は、それを支える該博な知識と共に、氏ならではのものと思った。そうした源先生のこれまでの研究、論稿のすべてが「日本美術史論究」八巻として、思文閣出版から上梓されると聞く。有難いことである。これまで源先生の論稿、随想の類で、どうしても読みたいと思うものはたくさんあったが、そのいずれも入手困難で、それに眼を通すのは殆ど望んで果し得ないことであった。それが、こんどの上梓によって、鬱然たる大樹を直接仰ぐことができる、そんな思いである。いずれにせよ、「日本美術史論究」が、日本美術、美術史研究の上に果す役割は極めて大きいものであろうと思う。一日も早い刊行が待たれる。

（昭和五十三年十月、思文閣出版、内容見本）

新修大津市史

〝さざなみの志賀の都〟とか〝淡海の大津の宮〟とかいった呼称は、私たちの耳と心に特別なひびきをもって伝わってくる。日本黎明期の古い歴史と、美しい琵琶湖の景観が、大津という町を特別な詩情で包んでいる。小説家として、これまで『大津市史』『新大津市史』の御厄介になって来たが、それを更に完全なものとした『新修大津市史』十巻の大々的編纂が、林屋、飛鳥井、森谷氏等諸権威によって始められていると聞く。すばらしいことでもある。その一日も早い完成を祈念してやまない。

（昭和五十三年十月、大津市、内容見本）

講談社インターナショナル

今年の五月、中国の敦煌を訪ねた。

これは私にとって、永年の夢が実現した大きな出来事であった。この際、ジーン・モーイ女史が苦心して訳された、私の作品「敦煌」の英訳本を持参することが出来たことは、大へん恵まれたことであった。日本文学の英訳出版という地道な仕事が、中国にも紹介される時代が到来したことは、「敦煌」を最初に訪ねたスタインやペリオも、想像だにしなかったことであろう。

（昭和五十三年、講談社インターナショナル、宣伝パンフレット）

昭和萬葉集

昭和五十年間の短歌の集大成である『昭和萬葉集』の企てほど、近頃わが意を得たものはない。日本歴史の上で曾てなかったきびしいこの半世紀の歴史が、日本人の心の直截な表現である短歌によって編みあげられるわけである。有名、無名を問わず、秀作という秀作を収めなければならぬのはもちろんだが、更に広く昭和の〝読人知らず〟の歌にまで大きい網をかけるべきであろうと思う。公募、また賛成である。戦争をはさんだこの五十年ほど、多くの素人歌人に秀作を生み出させている時はないだろう。

（昭和五十四年二月、講談社、広告）

吉川靈華画集

吉川靈華の作品を、そうたくさん見ているわけではないが、靈華というと、何か遠い山巓の湖でも望むような思いにさせられる。もう現在はなくなってしまった独特の気品のようなものが、静けさのようなものが、そこには仕舞われてあるような気持になる。
時折、靈華の作品の前に立ち、靈華の芸術に触れてみたいと思うことがある。その作品から受けるものが、現在はなくなった貴重なものであるからである。
中国の文人、美女を描こうと、雅楽、伎楽の舞人を描こうと、梅花一枝を描こうと、そこから受けるものは、美しい線描によって生み出される気品高い静けさである。その前に立つと、心打たれ、心は洗い清められる。こうした靈華の芸術の生命を言い現わす言葉を知らない。が、まあ、古典的静謐美とでも言うことになろうか。日本の古い絵画の持つ技法、技術に支えられ、それからのみ生み出される気品ある静かな美しさという意味である。
吉川靈華逝いて五十年、その画集が出版されると聞く。たいへん結構なことである。久しぶりに「藐姑射處子」、「離騒」を初めとする靈華の代表作のすべてにお目にかかれると思うと、しんとした思いになる。すばらしいものに触れることのできる悦びである。

（昭和五十四年二月、集英社、内容見本）

桑田忠親著作集

私は戦国時代に材をとった幾つかの小説を書いているが、いつも桑田さんのお世話になっている。信長を書く時も、淀君を書く時も氏の著書を座右に置いての執筆であった。最近では利休でご厄介になっている。戦国の茶と茶人について、ずいぶんたくさんのことを教えて頂いている。こんど著作集十巻が出版されると聞く。氏のお仕事の全容に触れることができるのは嬉しいことでもあり、有難いことでもある。

（昭和五十四年四月、秋田書店、内容見本）

平山郁夫「現代日本巨匠選　浄瑠璃寺」

こんど共同印刷は社の総力を結集、劃期的な印刷技術を駆使して、平山郁夫画伯の名品「浄瑠璃寺」の複刻に挑んで、みごとにそれに成功している。作品の持つ生命感、画面の繊細な調子、押えられた抒情、みごとな「浄瑠璃寺」の再生である。平山画伯は西域に取材した多くの名品、傑作によって余りに有名だが、それとは別に、氏には日本の風土に材を取った一群の傑作群があり、「浄瑠璃寺」などは、その最も高い峰に位置している。私の堪らなく好きな作品だ。

（昭和五十四年四月、ベイシック、内容見本）

春名徹「にっぽん音吉漂流記」

『にっぽん音吉漂流記』をいっきに読んだ。一人の日本の漂流民が辿ったただならぬ運命の軌跡が、夥しい史料を駆使して、鮮やかに捉えられ、大きい感動を以て迫ってくる。作者は歴史の大きい波の中に隠現する一人の人物を、実証的に追求し、その生涯を綴ることに成功している。

（昭和五十四年五月、晶文社、カバー）

小島烏水全集

小島烏水は日本登山史の第一頁に位置する日本山岳界の先達であることは言うまでもないが、それ許りでなく山の文学の創始者としての輝かしい栄光をになっており、更に文芸批評家、美術研究家、愛書家といった肩書もはずすことはできない。多才、多趣味、それぞれの分野に、山岳人小島烏水が坐っている。

日本の登山史がこのような小島烏水によって開幕されたことは、日本の山岳界にとっては倖せであったという他ない。山と文学の切ってても切れぬ本質的関係は、小島烏水によって象徴されていると言える。

その烏水の全述作が十三巻に収められ、『小島烏水全集』として出版されることになり、別巻として〝小島烏水研究〟一巻も副えられるという。たいへん嬉しいことである。

編集者四氏は一級の山岳人、解説は烏水研究の第一人者近藤信行氏。この上は写真、図版の収載に遺漏なからんことを期すだけである。

（昭和五十四年七月、大修館書店、内容見本）

在外日本の至宝

海外に散らばっている日本美術の優品が、十巻にまとめられて、「在外日本の至宝」として、毎日新聞社によって刊行されると聞く。たいへん嬉しいことである。もっと早く為されるべきことであったかも知れないが、何分世界各国に分散しているもので、簡単にはそのリスト作製もできなかったであろうし、写真撮影ひとつ考えても、相手方の理解、協力がなければできないことである。漸く機熟して、こんどの快挙となったのであろう。

企画の大要を見せて貰って、取りわけ有難く思うことは、第一巻「仏教絵画」、第二巻「絵巻物」、第三巻「水墨画」というように整理統合されてあることで、この上は一流権威の解説に少しでも多くのぺえじをさいて頂きたいことである。

これからは日本美術について語る場合、論ずる場合、「在外日本の至宝」十巻はどうしてもひもどかねばならぬ書物になるだろう。

（昭和五十四年八月、毎日新聞社、内容見本）

加藤楸邨全集

加藤楸邨氏のここ何年かのロシヤ、アフガニスタン、あるいはイラクなどの旅で詠んでいる句を、たいへん興味深く読ませて頂いている。俳句という日本風土が生み出したぎりぎりの詩形を大陸の大きい時間と空間、つまり大きい歴史と風土の中に置いてみたら、どういうことになるか、たいへん興味ある問題である。興味ある問題であるばかりでなく、重要な問題である。これは誰かがやらなければならぬ課題であるが、氏はこれに挑み、これをご自分のお仕事として、ご自分に課しておられるように見受けられる。仕事は全く異るが、小説家の私にも多少そうしたところがあり、氏のお仕事に他人事ならぬ関心を持つ次第である。

アフガニスタンの沙漠に於ける、

澎湃と陽炎わたる沙の上

アフラシァブの廃墟にての、

一塊の灼け石チムールが過ぎ猫が過ぐ

チムールの墓を詠んだ、

石棺に封じたる死や火蛾の搏つ

ブハラ廃城の、

驢馬の耳ひたひた動く生きて灼けて

またバイカル湖を詠んだ、

玫瑰が沈む湖底へ青の層

こうした句にお目にかかると、それぞれにいいなと思い、なるほどと思う。それは兎も角として、近く加藤楸邨氏の全集が上梓されると聞く。たいへん嬉しいことである。これを機に俳人としての氏の全容に触れたい思い切なるものがある。

（昭和五十五年四月、講談社、内容見本）

小松茂美「国宝元永本古今和歌集」

『元永本古今和歌集』が、王朝貴族の美意識を代表する、豪華比類なき所産であること、すでに周知のとおりである。のみならず、この本は、『古今和歌集』の撰集後、二一六年の後に書写されたもので、現存最古の完本として、一首の欠脱もない、全くの最善本なのである。

かつて、三井高大氏の遺志によって、東京国立博物館に寄贈されてのちは、めったに陳列もされない。昨秋の特別展「日本の書」に、久々に人々の眼を奪った。が、たった見開き二ページ分。冊子本としては、如何ともなしがたい。隔靴掻痒のうらみを抱いたのは、私一人ではあるまい。

ところが、このたび、そのオール・カラー版の複製本が上梓されるという。まさに、青天の霹靂である。ゆくりなくも、王朝の美の高貴性を、居ながらにして堪能することが可能となったのだ。

ところで、この上巻の最巻末に、謎めいた、「元永三年七月廿四日」（一一二〇年）と一行の年紀がみえる。本文とは同筆。この日、書写を終えたという、メモであろうか。だが、それを加えたのが、いったい、だれであったのか。早くから問題となっていた。

が、このたび、小松茂美博士は、三十年にわたる氏独自の「古筆学」の方法を駆使して、その筆者の名を探り当てた。件の筆者こそ平安朝切っての能書家藤原行成の曾孫、右京大夫定実であるという。見事な推理が、科学的方法を踏まえて、緻密に展開されている。

私は、この新著によって、王朝の美の饗宴に酔いながら、氏の「古筆学」の軌跡を追ってみたいと思う。

（昭和五十五年四月、講談社、内容見本）

日本現代文學全集

戦後も三十五年になると、明治、大正、昭和三代にわたる日本文学の展望もなかなか複雑、多岐、ここらできちんと整理しておく必要を感じる。こうした時、日本文学全集の決定版としての評価を得ている講談社版（日本現代文學全集）の重版が進められているときく。わが意を得たことである。正しい文学史の把握、正しい作家、作品の評価、鑑賞の上にも、この全集の受持つ役割は限りなく大きいと思う。

（昭和五十五年六月、講談社、重版内容見本）

敦煌莫高窟

東洋美術の出版に於いては定評ある平凡社が長廣敏雄、岡崎敬、鄧健吾氏等第一級の学究を編集委員として、中国の代表的石窟のすべてを網羅する大きい企画がすすめられていると聞いていたが、こんどその全貌を知るに及んで、たいへん驚いた。敦煌、雲岡、龍門はもとより、楡林窟、炳霊寺、麦積山、キジール、クムトラなどがあますず取り扱われ、敦煌に到っては全五巻が用意されている。

それ許りでなく、中国・文物出版社との提携出版であり、夏鼐、常書鴻、宿白、金維諾氏等、私も面識のある中国斯界の四権威も直接編集に参画するという。まさに日中文化交流・学術交流・出版交流を地で行ったものであり、曾てない壮挙であると言えよう。斯くなる上は出版社、編集委員諸氏にお願いしたいことは、中国石窟に関する今世紀の決定版たらしめて頂きたいことである。自分が知りたい石窟は、まずこの全集を開けば、——そのくらいの内容の充実したものにして頂きたいと思う。本当にそう思うのである。

（昭和五十五年九月、平凡社、内容見本）

蔵

わたしは幼少時代を伊豆の山村で過している。その間ずっと祖母と二人、土蔵で暮したので、当時のいかなる思い出もみな土蔵に結びついている。土蔵というもの、土蔵のある風景というものに、特別な愛着をもつ所以である。本書を繙いてその充実した内容と見応えのある写真を見ながら本当に楽しかった。今更のように土蔵というものが、かつての日本がもった最も日本的な美しいものの一つであったことに、思いを致さざるを得ない。

（昭和五十五年十月、文藝春秋、内容見本）

陳舜臣「中国の歴史」

陳舜臣氏が『中国の歴史』を書きおろされるということを仄聞したのは、大分前のことである。その時からそれが実現するのを待つ気持が、私の心の中に入り、それが今日まで消えないで残っている。私はかねてから中国の歴史を、正しい形で語れる人は、陳氏を措いてはないと思い、そう信じている。そしてそのことを、直接氏に申し上げたこともある。

いろいろな観点から中国の歴史を考えることはできる。そうした方面の名著もある。しかし、中国の通史を正しい形で書くとなると、単なる学究の立場、研究家の立場では難しい。陳舜臣氏が持っておられるものを総動員した時、初めてそれは可能になる。

氏が持っておられるものは何か。その一つを挙げてみよう。氏の最近の幾つかの中国関係の著作からも窺えることであるが、氏は常に肌で感じ、肌で受取り、肌で考えておられる。私たちの真似て及ばないところである。それは氏が生れてから今日まで、中国の歴史そのものの中に生きて来たことによって身に着けたものである。

氏はそうしたものを武器として、こんどの書きおろしの仕事に於て、中国の古い、あるいは新しい歴史の中に入ってゆかねばならない。たいへんな仕事であるが、氏はそれを為さねばならぬ選ばれた人だと思う。今はただ、『中国の歴史』十二巻の壮んな稔りを希うばかりである。

（昭和五十五年十月、平凡社、内容見本）

速水御舟《作品と素描》

速水御舟は、大正から昭和初期にかけての日本美術界を、そのうしろに長く光芒の尾をひらめかせながら横切り、飛び去った一個の彗星である。その短い生涯と、次々に新しいものを求めて停止することなかった非凡な精神を思うと、彗星とでも言うほかない。烈しく、立派である。その画業の今もなお、なんと新しいことか。今度、御舟の「作品と素描」が、光村図書から上梓されると聞く。嬉しいことである。今日の未曾有の美術繁栄時代に、御舟の画業がいかなる意味を持ち、いかなる役割を果たすか、それを見るのが楽しみである。

（昭和五十六年一月、光村図書、内容見本）

升本順子「シルクロードの女たち」

シルクロードを中心に、アフガニスタン、パキスタン、ネパール、モンゴル、インド、トルコ、イスラエル、エジプトなど、十数年に亘って見聞した旅行記である。そこには女性の眼で捉えた、アジアの女たちの生活と哀歓が、エッセイスト升本順子さんのペンで心あたたかく描かれている。女性でなければ書けぬシルクロード紀行である。シルクロードの底辺を知るために、たくさんの方々の一読をお奨めする。

（昭和五十六年二月、新進、帯）

竹内栖鳳

竹内栖鳳は明治、大正、昭和にかけて、日本画壇の総帥とでも言うべき地位にあり、翠嶂、五雲、麦僊、松園、神泉等、みなその門から出ている。しかし、歿後四十年近い歳月が経過してみると、生前に栖鳳という名が持っていたいかめしいもの、華やかなものはすべて消えて、栖鳳という名は私には静かな、ひっそりした響きを持って聞こえてくる。作品も同じである。歿後四十年近い歳月が経った今、栖鳳の作品の独自性に眼を見はる思いを持つ。日本画の古い伝統を新しい現代日本画に切り替えた最初の画家であるが、気負ったところもないし、胸を張ったところもない。静かな、ひっそりした、洗練された作品が、卓抜な技法と、初期日本画の初心のようなものに守られているのを感ずる。どんな小さい短冊の絵でも、堂々と芸術的存在を主張している。こうしたところは他の企て及ばない、栖鳳の栖鳳たる独自なところである。こんどの作品集で、各時代の栖鳳に、その名作の数々にお目にかかれる。楽しいことである。

（昭和五十六年四月、光村推古書院、内容見本）

中国の博物館

こんど講談社から、中国の代表的な八つの博物館の大型図録が刊行される。

収載目録からうかがうと、各巻とも絵画、彫刻、工芸美術の逸品・名品をそろえて、豪華絢爛たるものがある。中国が世界に誇る第一級の美術品が、これほどまとまって紹介されるのは今までにないことであろう。さらに興味深いのは、中国国内でも紹介されていないという門外不出の尤品が数多く並んでいることである。中国という国の広大さと奥行の深さとを思わずにはいられない。
ともあれ、中国美術史の本流に位置する作品の大々的な紹介を承諾され、協力を惜しまれなかった各博物館や中国の関係諸機関に対して心から敬意と感謝の念を捧げ、この出版を祝いたいと思う。

（昭和五十六年七月、講談社、内容見本）

梅原猛著作集

梅原猛氏は哲学者でもあり、歴史家でもあり、そして何よりも詩人である。そうした氏によって初めて、氏の日本文化論も、日本古代史研究も、そしてその大きい成功も可能である。これは誰にも望み得ることではない。何ものにも捉われぬ大胆な視点と、綜合的な歴史の角度から、独自な梅原史学を確立するように、氏は運命づけられ、生れついているのである。氏はこれまでにたくさんの大きく、めざましい仕事をされて来たが、氏を必要とする仕事はまだまだ多い。
が、このあたりで氏が先駆者としてなされた業績を振り返り、改めてその仕事を纏めて読み直してみようというのが、こんどの氏の著作全集刊行の意義であろうか。
一人でも多くの人に読んで貰いたいと思う。そして歴史というものがいかなるものか、いかに生きもののように息づいているかを、知って貰いたいと思う。

（昭和五十六年八月、集英社、内容見本）

日本大歳時記

歳時記というと、〝俳人必携〟という言葉が浮かんで来る。しかし、俳人でない私にとっても、「歳時記」は必携、——座右から離すことのできないものである。いつからそうなったか知らないが、原稿を書く場合も、手紙を書く場合も、歳時記の御厄介になることが極めて多い。またそうした場合とは無関係に、この花は、この植物は、この魚はいかなる季節のそれであろうかと、歳時記をひもどくことは屢々である。こうなると、何はともあれ、〝家庭必携〟という言葉がぴったりする。歳時記はとりも直さず、一年間の自然、人事百般の辞書に他ならない。

（昭和五十六年九月、講談社、内容見本）

未完の対局

来年は、日中国交正常化十周年を迎えるが、その記念すべき年に、日本と中国の初の合作映画「未完の対局」が完成されると聞く。まことにうれしいことである。

これまでにも、映画、テレビなど、映像を媒体とした交流は盛んにおこなわれており、大きな成功をおさめているが、ついに、劇映画の共同製作にこぎつけたのである。このことに携わった日中双方の関係者に、心から、敬意を表し、また、「おめでとう」と申し上げたい。

二つの国の監督、俳優、撮影スタッフたちが、汗にまみれて、一つのものを創り上げる。これこそ、ほんとうの文化交流である。

日本は、中国から実に多くのものをもらっているが、囲碁もまたその一つである。「未完の対局」は、日本と中国が不幸な時代にあった時の、両国の棋士の友情を描いたものであると聞く。戦争を知らない若い人たちに、ぜひ、みてもらいたいものである。

「未完の対局」が、大きな成功をおさめることは疑いをいれないが、その成功を契機として、第二、第三の合作映画が生れることを期待して已まない。最後になったが、この計画のために全情熱をかけて、今日という日を迎えることができた徳間康快氏に心からお悦びを申し上げる。

（昭和五十六年十月、東光徳間・北京電影制片廠、広告）

松本和夫「シルクロード物語」

シルクロードは東西文化交流の大道であり、日本文化のルーツであった。著者は、幾度となく夢とロマンに満ちた現地に駆り立てられ、最新の資料にもとづき西域諸国の歴史をエピソードを交えて綴る。シルクロード入門百科！

（昭和五十六年十二月、論創社、帯）

近代文人の書画

私は尊敬する文学者たちが自ら筆を執った軸を何本か持っている。新しい仕事を始める時は、書斎にそのどれかを掛ける。その人のすぐれた仕事や、仕事への厳しい、あるいはゆったりした対かい方が、こちらに迫ってくる。心衰えた日に掛ける軸もある。文学者の書というものは、そういうそれに対かい合う者に直接働きかけてくる生命を持っている。激励されたり、慰められたり、心をなごやかにされたりする。毎日のように眺めていたい書もあれば、時折出して、その前に坐っていたい書もある。

（昭和五十六年頃、六耀社、内容見本）

會津八一全集

私は會津八一氏には新潟の料亭で、一度お目にかかっている。昭和二十七、八年の頃で、氏の晩年と言っていい時期である。

碩学と言っても、文人と言っても、書家と言っても、すべてがぴったりするたいへん大きい風格が、その時の印象として強く心に刻まれている。

お会いしたのは一度だけであるが、氏の歿後、氏の門から出た安藤更生、宮川寅雄氏等と親しくなり、その頃からいつか私も、氏の門下生の一人にでもなったような気持になって、氏に特別な親しみの気持を覚えている。私も氏の「奈良美術史」や「東洋美術史」の講座に出てみたかったと思う。単なる学究の講義ではなく、自らの文人的なものをそこにこめて渾然一体となったものであったろうと思う。

氏は『鹿鳴集』『寒燈集』に見る幽遠孤高の歌人であり、その書は凜然たる蒼古の風格を持っている。たいへん広い学殖をさりげなく鏤めた『渾齋随筆』の類もまた格別なものである。

このたび先の全集のあとをうけて、未発表資料多数を加えた新版『會津八一全集』全十二巻が出版されると聞く。嬉しいことである。日本の古美術に関心を持つすべての人に、この全集をおすすめしたい思う。美術研究の論文からでも、短歌、俳句、随筆からでも、どこからでも秋艸道人・會津八一の中に入ってゆくことができる。と言うことは学者でもあり、文人でもある氏の案内で、日本の古い美術や寺院について、本当の意味でたのしく遊ばせて貰えるということである。

（昭和五十七年二月、中央公論社、内容見本）

複刻日本の雑誌

日本近代文学館、講談社の協力による「複刻 日本の雑誌」の刊行は、日本近代史を振り返ってみる上に、たいへん意義ある企てである。ここに収められる九十余種の雑誌は、まさにその時代、時代における生きた文化の証人であり、特に創刊号が選ばれていることは、端的にその雑誌の時代への積極的な姿勢と、その抱負を知る上で、興味尽きないものがある。

戦後雑誌の性格は大きく変化し、今なお変化しつつある。この時に当って過去の文化の尖兵たちが、それぞれの形で目指していたものがいかなるものであったか、それを振り返ってみる意義は限りなく大きいと思う。

（昭和五十七年四月、講談社、内容見本）

石元泰博「湖国の十一面観音」

十一の仏面を頭に戴いた観音さまは、専ら地方の庶民の中にはいり込んで、長く生きた信仰の対象であった。十一の仏面を戴いているということに於て、いかなる往古の異国の権力者たちの宝石を鏤《ちりば》めた王冠も、その立派さでは足もとにも及びそうもない。地方の集落集落によってそれぞれに特色のある観音さまがおられるが、そのいずれもが、昔は恐らく集落全部の人たちの、現在は信心深いごく少数の人たちの美しい帰依によって守られてきているのである。

　このたび湖畔のたくさんの十一面観音像が、湖国の美しい風物と共に一書に収められたときく。再会が楽しみである。

（昭和五十七年九月、岩波書店、内容見本）

草人木書苑

　日本の出版界にあって、淡交社の存在は、きわめてユニークである。

　創業以来、一貫して出版姿勢を変えないで今日に到っている。具体的にいえば、日本の茶道を、日本の綜合的な文化体系として、学究的に解明し、これを出版を通じて普及するという、きわめて困難な主張を、終始ゆるぐことなく持ちつづけ、これに徹しきっているのである。

　今日の茶道の隆盛も、時勢の推移はあるというものの、淡交社の出版活動に負うところが、きわめて大なるものがあるといっても、決して過言ではあるまい。

　わが蔵書のなかで拾っても、『茶道古典全集』をはじめとする茶道文献図書、『茶道美術全集』を中心とする茶道美術図書、更に茶道関係辞典類など、茶道を学究するための基本文献ともなる淡交社の出版は、きわめて多いのである。

　これらは、いずれも、茶道なるものを、流派的伝承の世界から解放して、ひろく日本文化の流れの上に位置づける上に、大きい役割を果たしている。それからまた、多くの新しい学究の徒を生み出す素地ともなっている。

　こんど、淡交社が今日まで、茶道文化解明のために努力して生み出して来た珠玉の数々を、新しく『草人木書苑』と題して、全二十六巻にまとめるという。よろこばしいことである。茶道界にうちたてられた、一大金字塔として讃美して已まない。

　草人木とは、言い得て妙である。茶という字を解字すれば、草・人・木である。茶道大百科ともいうべきか。

　茶道という巨大な文化の体系的理解のために、『草人木書苑』の果たすべき役割は、きわめて大きい。これの出版をよろこび、ひろくおすすめしたいものである。

（昭和五十七年十月、淡交社、内容見本）

草人木書苑　染織大辞典

「陶器大辞典」、「茶道大辞典」につづいて、淡交社はこんど「染織大辞典」を刊行すると聞く。たいへん有難いことである。

すでに刊行されている上記の二つの辞典には、このところ毎日のようにお世話になっている。小説の形で、利休を取り扱おうとしているからである。こんどの「染織大辞典」にも、それが座右に置かれるに到っては、さぞ同様、お世話になることだろうと思う。染織に関することで、――たとえば古布《ぎ》れ一枚についても、知りたいこと、調べたいことはたくさんあるが、何を調べるにしても厄介である。技術史の本を開いたり、文化史、歴史の本を開いたりしなければならない。しかし、こんどの染織専門の大辞典の刊行によって、おそらくそうした煩わしさから解放されることだろうと思う。

本書の刊行の意義は、非常に大きいと思う。

（昭和五十七年十一月、淡交社、チラシ）

広漢和辞典

諸橋さんの「大漢和辞典」の一冊を書架から抜き出し、どこでもいいから開く。そしてそこに眼を当てる。それだけで、私の場合は一時間や二時間は過せる。世の中に、これほど贅沢な時間の過し方はないだろうと思う。そして哲学の講義を聴いたり、生活の講義を聴いたり、諸橋さんに到るところに連れて行って頂く。そして哲学の講義を聴いたり、宗教の講義を聴いたり、植物の講義を聴いたりする。そのようにして、私は「十一月」という詩を書いている。

――諸橋さんの大漢和辞典の鬼の部を引くと、ふしぎに鬼の名と星の名が多い。鬽《ビ》　魆《ユウ》　䰩《シ》　𩳐《ソク》　𩳁《リ》　𩴾《サイ》　𩴵《ウン》　䰕《サイ》　𩵄《キョウ》　𩴆《リン》　𩴾《ライ》　―みんな鬼の名である。どんな鬼か知らない。鬿《キ》　䰥《ホウ》　𩲋《シャク》　𩴫《ヒツ》　𩳇《ブ》　𩳁《フ》　𩵄《カン》　魒《ヒョウ》　―

みんな星の名である。どんな星か知らない。鬼の名も、星の名も麻雀の牌のようにかきまぜると、判らなくなる。どれが鬼の名で、どれが星の名か、撰り分けることは難かしい。所詮、星と鬼とは同族なのであろう。一つは天上を窺って星になり、一つは地上にひそんで鬼となったのである。だから一年中で最も夜空の澄み渡る十一月になると、界を異にした鬼たちが互いに呼び合う声が聞える。その魂のきしみが聞える。

私にとっては以上記してきたような諸橋さんの「大漢和辞典」であるが何しろ厖大な量なので、こんど一般向けに多少整理して、内容を縮小した新しい辞典が刊行されるときく。大変結構なことである。こんどは書架でなく、座右に置いて使わせて頂こうと思う。

（昭和五十七年十一月、大修館書店、完結記念内容見本）

古典大系　日本の指導理念

歴史における時代、時代の転換期には、必ずそれを動かしている一群の優れた人々が居る。大きくはこの国をどのようにして次代に引き渡すか、小さくは個々の人たちの処世の問題にまで心をつくして已《や》まなかった先達者たちである。『古典大系　日本の指導理念』全二十巻は、そうした真摯な行動者たちの言行の記録の集成である。本大系が現代日本に於て果たす役割は限りなく大きいと思う。

（昭和五十八年六月、第一法規、内容見本）

安嶋彌「虚と実と」

私は安嶋さんの随筆の愛読者である。時勢を語り、身辺を語り、過去の思い出を語り、古い行事を語るといった風に、氏が取り上げている題材は八方に拡っているが、決して談論風発といった感じではない。氏独特の静かな語り口で、対象を分析し、またそれを綜合して、読む者の心に呼びかけ、訴えてゆくところは見事である。氏の最近の随筆、随想集である『虚と実と』を、是非多勢の人に読んで貰いたいと思う。どの一篇を読んでも、瞬時思いはとどまり、どこかに清涼なるものの湧き出る音を聞く筈である。

（昭和五十八年七月、角川書店、帯）

日本の原爆文学

いまわれわれは地球が曾《かつ》て持たなかった容易ならぬ時代を迎えている。次代に生きる私たちの子供や孫たちの人生を思うと暗澹《あんたん》たる想いにとらわれざるを得ない。いつの時代でもそうだったように、歴史をバトンタッチする責務が今を生きる私たちに課せられている。この全集が、文学者たちの痛切な思いでつくられ、ほるぷによって拡められるなら、今を生きるものの責務がいくらかでも果たされることになるだろう。多くの人に読みつがれることを心より願う。

（昭和五十八年七月、ほるぷ出版、内容見本）

長澤和俊「シルクロード踏査行」

長澤さんとは一緒に西域南道の旅をしている。ニヤ遺跡へ三〇キロの地点で、砂漠の中の遺跡を目指す長澤さんと、そこから引き返す私は別れている。この人生に於て、そうざらにはない別離だったと思う。その長澤さんの文章と写真によるシルクロード紀行が、近く上梓されるという。楽しみである。氏一流の学究としてのシルクロードに対する識見が、実際にその足で立った現地に、いかに展開してゆくか、それを拝見するのが楽しみである。

（昭和五十八年七月、くもん出版、内容見本）

前田千寸「復刻版　日本色彩文化史」

『日本色彩文化史』は著者前田千寸氏が、文字通りその生涯をかけた大著である。王朝文化の実体を古代染色の面から綜合的に追求した唯一の仕事であり、その点不朽の価値を持っている。ただ一つ残念なことは、中に収められている著者自ら調製の染色標本の量が限られているため、増刷ができないことであった。その点入手困難な幻の名著という他なかった。が、こんど上村六郎氏の協力によって、その隘路が切り開かれたと聞く。最近での明るい話題である。たまたま今は亡き前田千寸氏の人柄に傾倒し、その生涯の仕事を比較的近いところで見守っていた者として、こんどの朗報は自分のことのように嬉しい。

（昭和五十八年八月、岩波書店、内容見本）

富岡鐵齋印譜集「魁星閣印譜」

印譜というものは、ふしぎな魅力を持っている。古印は古印として、古代の精神のようなものと無関係ではないし、新しいものでも、優れた画家や書家が愛用した印章になると、その使用者の本質的なものが、そこに凝縮している感じである。ただ眺めているだけで、心の安らぎを覚えるから不思議である。

こんど芸艸堂から鐵齋の有名な印譜集「魁星閣印譜」全二冊が、新しい形で発刊上梓を見ることになったと聞く。たいへん嬉しいことである。鐵齋愛蔵の印章のすべてが収められ、その一つ一つに鐵齋研究の第一人者である小高根太郎氏の解説が附せられるという。わが意を得たことである。鐵齋研究家にとっても、ひろく鐵齋に関心を持つ多くの人々にとっても、一つの事件と言っていいであろう。

（昭和五十八年九月、芸艸堂、内容見本）

エポカ

知識というものは、自分で調べ、自分で理解したものでないと、なかなか自分のものとすることはできない。私自身の場合を振り返ってみても、自分が身につけている知識というものは、大体において、自分が調べて、自分で理解したものである。自分で調べるという労力を払わずして、どうして自分のものとすることができよう。私は息子や娘たちにものを訊かれると、事典に書いてあると答える。自分で調べる習慣を与えたいからである。旺文社学芸百科事典は、その意味で、わが意を得たものである。おそらくこの百科事典の持つ最も大きい意義は、中学生や高校生がこれによって、自分で調べるということがいかなることかを知り、換言すれば、調べる楽しさ、調べる悦びを知り、その習慣を身につけることであろうと思う。

（昭和五十八年九月、旺文社、広告）

密教美術大観

昨年来、フランスの識者の間に、パリにおいて日本密教美術展の開催は望めないものかという声が起こっている。その希望は非常に強い。しかし、これはフランスばかりのことではない。今や欧米各国における日本の仏教美術、特に密教美術への関心の昂まりは異常なほどである。

そこに見出される独特の神秘性、暗く深いかげりと力、全くヨーロッパの美術伝統にはないものである。日本とは何か、日本人とは何かの鍵を、そこに求めようとしているかのようである。

パリにおける日本密教美術展の開催が、いかなる規模においてでも、それが実現できたらすばらしいことだとは思うが、国宝、重文の一級美術品の海外へのお目見えは、たいへん難しい。まあ、こちらへ来て、見て頂くしかなさそうである。

このように世界の関心が、漸く日本の密教美術に集まろうとしている時、こんどの「弘法大師と密教美術」展の開催も、それからまた、それへ出品される美術品の数々、密教ゆかりの秘宝に到るまで、そのすべてを全四巻に収める「密教美術大観」の上梓も、甚だ時宜を得たものであり、文字通りの壮挙であると思う。

（昭和五十八年十月、朝日新聞社、内容見本）

木本誠二「謡曲ゆかりの古蹟大成」

謡曲の文章の出典は記紀以降の文芸、口碑、伝説に及んでおり、従って謡曲関係の古蹟となると全国的に散らばり、たいへんな数になる。木本誠二博士は長い歳月をかけて、ほぼそのすべてを訪ね、それをカメラに収め、そのカメラ紀行というべきものを『謡曲ゆかりの古蹟大成』五巻として上梓した。巻中には曲目の概要も併せ記してあり、文字通りの労作であり、大著である。これが能楽、謡曲の世界ばかりでなく、ひろく日本文化史研究の上に果す役割は極めて大きいと思う。

（昭和五十八年十一月、中山書店、内容見本）

D&R・ホワイトハウス「世界考古学地図」

D・ホワイトハウス、R・ホワイトハウス両氏の「世界考古学地図」が、蔵持不三也氏の編集で出版されると聞く。私は専門家ではないので、この高名な書物の持つ大きい価値について触れることのできないのは残念であるが、難解で、混沌として、摑みどころのない考古学の世界が、地図の上に整理されて表現されているということは、なんとすばらしいことであろうかと思う。

こうした〝読める地図〟によってこそ、私たち門外漢は初めて、先史および原史の遺跡の、それぞれの持つ意味や、それぞれの関連を知ることができるであろうと思う。

人間とは何か、人類とは何か、その問いかけの昂まりつつある今日、本書の受持つ役割は極めて大きいと思う。

（昭和五十九年五月、原書房、内容見本）

大谷家蔵版新西域記　復刻版

私の書斎にある書物で最も大きく、最も重く、最も使いにくいのが『新西域記』上下二巻である。併し、私にとっては大切な書物である。モンゴルの旅行の折も、東トルキスタン、西トルキスタンの旅行の折も、出発前、帰着後、必ずこの書物を開いている。今から七、八十年前に、既にその辺境地帯に足を踏み入れている大谷探検隊員の報告が収められているからである。いずれも明治日本の青年たちの命を張った辺境紀行であり、調査報告である。

最近、大谷探検隊の業績が、学界各方面から新しい照明が当てられようとしているが、たまたまこの時に当って、この『新西域記』の原本がＡ４判に縮小されて出版されると聞く。わが意を得たことである。この機会にこの書物を多勢の人に繙いて貰いたいものである。ヘディン、スタインたちと同じ時期に、中国の沙漠地帯を初めとして、アジア各地の遺跡、仏蹟を、驚くべき情熱を以て経廻り歩き、貴重な報告をもたらせた青年たちはあったのである。

（昭和五十九年九月、井草出版、広告）

末永雅雄「日本史・空から読む」

こんど末永雅雄博士が、監修される「日本史・空から読む」という大著の表題ほど、最近心うたれたものはない。突然、日本列島のたたずまいが、まったく新しい展望をもって開けてきたような思いを持った。既に末永雅雄博士は、「古墳の航空大観」によって、この分野のお仕事の開拓者であり、先覚者であることは、言うまでもないが、こんどは単に古墳ばかりではなく、凡そ歴史、遺跡と言われるすべてのものが、その中に収められてしまい、日本歴史に新しい角度から新しい照明が当てられることになる。

それからもう一つ、こんどのお仕事のすばらしいことは、それぞれの遺跡の専門権威が、それぞれの遺跡についての解説の筆をとられることである。〝北辰その所にあれば、衆星これを共《ささ》ぐ〟という孔子の言葉がある。北辰があるべき所にあれば、他の多くの星がそれを捧げるように手を差しのべるという意味であるが、こんどの大著「日本史・空から読む」には、まさにそのような感慨を覚える。歴史学各分野の諸権威が挙って、末永雅雄博士のお仕事に手を差しのべ、それを支えておられるような思いを持つ。このすばらしい企画が曾てない大きい実を結ばれることを祈ってやまない。

（昭和五十九年九月、日本航空写真文化社、内容見本）

魯迅全集

　現在、北京、上海、紹興に魯迅記念館が設けられている。毎年一回は、そのどこかで魯迅の写真の前に立っていると思う。明晳、冷静なあの魯迅の顔は好きである。一級の文学者だけの持つ静かで、光っているものがある。

　こんどわが国で初めて本格的な魯迅全集が出版されると聞く。魯迅の作品は「阿Q正伝」を初めとして幾つか翻訳され、多勢の人に親しまれ読まれていると思うが、全集という形に於ての出版は初めてで、たいへん嬉しいことである。

　民族解放のために生涯を賭けて闘った文学者であり、その文学精神は現代の中国にも継承され、その評価は不動のものとなっている。若い時日本にも留学しており、文学を志したのは日本に於てであり、そうした魯迅の全貌に、全集をとおして初めて触れることができると思う。出版界に於ける久々の快挙である。


（昭和五十九年十月、学習研究社、内容見本）

観音経絵巻

　以前私は琵琶湖東岸に点在する多くの十一面観音像にめぐりあい、その美しさに深く感動したことがある。それらは村の草堂に納められていて、村人たちによって、いつくしまれ、現在にいたるまで長年月守り抜かれたものであった。あるものは、戦国の世にあって、織田信長が比叡山を焼打ちした際、ひそかに運び出され、湖面を渡って来たもので、一時は難を避けるために土中に埋められていたという。かくほどに、観世音菩薩の信仰は人々の中に深く根をおろしていた。

　昔の人々は現在のわれわれの想像もつかぬ厳しい生活条件のもとに生きていたであろう。そして彼らの幸せとはもろもろの危難からのがれることに他ならなかった。『観音経』に説かれているのは全ての危難から人々を救う観音菩薩の利益である。観音菩薩の御名を称えれば、直ちに苦しみから救済されると、くり返している。その経典を画図に表わした本絵巻は、渡海して久しく、現在は異国の美術館の所蔵となっているが、今回、多くの人々の要望に応えて、精巧な複製によって刊行され、再びわれわれの許へ帰ってきたことは大きなよろこびである。


（昭和五十九年十月、角川書店、内容見本）

秘仏十一面観音

　私は小説「星と祭」の中に、近江のたくさんの十一面観音像に登場して貰っている。少し大袈裟な言い方を許して頂けば、この小説を執筆している間、いつも琵琶湖湖畔の十一面観音像に見守られているような、そんな思いを持ったものである。そんな思いを持っての執筆であった。

「星と祭」を書き終えたあと、京都、奈良、福井はもちろんのこと、もっと広く、十一面観音と聞くと、どうしてもそこを訪ねて行かねばならなかった一時期を持っている。そしてその余波は今日まで続いていると言っていい。その土地、土地で、その集落、集落で、十一面観音の美しさ、貴さ、その魅力は異るからである。その土地の気候、風土の中に、長い歳月を生きて来られた仏さまたちである。

近く平凡社から、日本の十一面観音像を百余体選んだ、その写真集が出版されるが、監修の丸山尚一氏とは、石道寺の十一面観音像を一緒に訪ねたことのある間柄である。その頃は全くの秘仏の像として、村人たちの厚い信仰に護られていて、容易なことでは拝むことのできなかった仏さまである。数珠を手にした村人たちに囲まれて、一緒に十一面観音像を拝したが、〝そのお顔が村の娘さんたちの顔に実によく似ていたので、そっくりでしょう〟と、小声で丸山さんに囁いたことを憶えている。

その頃から丸山さんが十一面観音像に関心を持たれていることは知っていたが、こんど氏によって選ばれた百余体が一冊に纏められるということは、まことに感慨深いものがある。それに中央の有名な十一面観音像だけでなく、地方、地方の独特の風土の匂いをいっぱい身につけた十一面観音像が多く選ばれている。わが意を得たことである。

その百余体を、一人の写真家・藤森武氏が、一体一体、丁寧に追い続けて、全部新しく撮影したという。秘仏の多い十一面観音像の撮影にはさぞ並々ならぬ苦労があったであろうと思う。これまた、その労多い作業に心から敬意を表する次第である。

（昭和五十九年十一月、平凡社、内容見本）

新潮世界美術辞典

私が初めて「楼蘭」を書いたころ、私はまだ西域には行っていなかった。小説を書くことにおいて、中国、シルク・ロードへの旅のあこがれを持ったといってもよい。そのあと毎年のようにオリエントの古い歴史の跡に立った。遺跡に立って、悠久の歴史の流れを感じ、遊牧の民の活躍や法顕・玄奘の苦難の旅を思い、アレキサンダーの夢の跡を偲んだりした。そうしたとき、崩れかけた塔や柱、剝がれ落ちた壁画や浮彫にも、人類の作り上げた美術の営みの偉大さの片鱗がうかがわれ、目を瞠る思いがする。今度『新潮世界美術辞典』が刊行される。一級の学者の執筆・校訂によるこの辞典は、「美術」のジャンルを極限まで広げ、ことに東洋美術には相当の力点が置かれている。机上のこの一冊から、旅の予備知識も得られ、また旅の思い出が知識と化すことにもなろう。期待している。

（昭和五十九年十二月、新潮社、内容見本）

アジア歴史事典

『アジア歴史事典』には随分お世話になっている。刊行されると同時に書斎の書架に収めたが、それからいつか二十年という歳月が経過している。その間にどれほどこの事典をひき、どれほどこの事典に教えて貰ったか判らない。ある意味では、この事典の長所も知っていれば、気難しいところも、癖も知っている。そういう意味では、この事典は今や、私の皮膚の一部のようなものである。

こんどこの事典が、「東洋史料集成」と「アジア歴史地図」を加えて、十二巻だてで新装復刊されると聞く。わが意を得たことである。類書のない独特な事典として、ひろくお奨めする次第である。

（昭和五十九年十二月、平凡社、新装復刊内容見本）

新撰墨場必携

唐の柳公権という書家は、「用筆は心にあり、心正しければ筆正し」といったと伝えられています。これは広く解釈すれば、書の字句を選ぶうえにおいても、姿勢を正し慎重であらねばならぬということだと思います。

このたび新しく編集された「墨場必携」は、詩経のむかしから明清まで、実に豊富な名言佳句箴言が収録されていると聞いております。これらの中から時宜に応じたふさわしいことばを求め、古語に血をかよわせ現代によみがえらせることは、まことに楽しい作業といえましょう。この書物はそうした我々のねがいに充分に応えてくれるものだと信じます。

（昭和六十年四月、中央公論社、内容見本）

世界の民話

最近、世界的に民話の研究が盛んになってきている。欧米諸国でも、日本の民俗学者柳田国男の書物が読まれていると聞くが、こうしたことも、世界各国の民話が大きい視野のもとに研究されようとしていることを物語っていると思う。

改めて言うまでもなく、民話というものは、伝承であれ、昔話であれ、誰が作ったというようなものではなく、その民族が長い歳月の間に自然に生み出したものであり、従って、その民族の心が素朴な形で、それだけに混ざりもののない純粋な形で語られているものである。

私たちは日本の民話は知っているが、外国の民話には殆ど馴染みがないと言っていい。そういうものに触れる機会がなかったからである。こんど小澤俊夫氏の編のもとに「世界の民話」が出版されたことはまことに嬉しいことである。民話を通して、その民族の心の中にはいってゆく以外、その民族の本当の理解というものはないからである。

（昭和六十一年六月、ぎょうせい、第三期内容見本）

石田幹之助著作集

私は「天平の甍」、「楊貴妃伝」、その他何篇か、唐時代の歴史を取り扱った小説を書いているが、いつも石田先生の御著書の恩恵を蒙ること大なるものがある。私にとって、石田先生の著作は、辞書であり、参考書であり、そしてそれ以上に、中国の歴史を書く場合に座右からはなすことのできない護符のようなものである。

このたび、先生の未刊行の諸作が集められると聞き、その出版を心から期待している。

（昭和六十年九月、六興出版、内容見本）

文人畫粋編 中国篇

私は昭和三十二年、訪中代表団の一員として中国を訪れて以来、今日まで数えきれないほど中国の地を訪れている。ことに、四十九年には揚州に於てとくに便宜をはかって貰って、揚州八怪、石濤の作品をたくさん見、上海に於ても倪雲林、沈石田、石濤などを見せて貰った。以後も、訪中のたびに名品佳品に接する機会をできるだけつくっている。いつの旅をふりかえってみても、今も消えないではっきりした印象に残っているものは、何点かの美術作品であり、それから受けた感動である。

この全集は、中国文人画の流れを展望できる全集であり、私の多くの旅の中で出会った美への感動を、ふたたびよみがえらせてくれるもの、と思う。

（昭和六十年九月、中央公論社、内容見本）

遥かなる文明の旅

アレキサンダーの東征によって始まる東西文化交渉の大きい舞台、いわゆるシルクロードに足を踏み入れてみたいと思ったのは、学生の頃である。そしてそれを果すことができたのは、六十歳代に入ってからである。中国領トルキスタン、ロシア領西トルキスタン、更にそこから、西に南に大きく拡がっているオリエント地帯へ何回かに亘って旅行し、そこにちらばっている遺跡、遺跡を経廻った。古稀の年に初めて天山を眼のあたりに見たり、タクラマカン砂漠の一画に足を踏み入れたりしたが、その時の感慨はまさに〝いのちなりけり〟であった。

（昭和六十年十一月、学習研究社、内容見本）

葉上照澄「願心」

葉上先生にそう度々お目にかかっているわけではないが、お目にかかる度に大きく世界に目を見開かされる思いをもつ。人類の幸福ということをいつも考えておられる、そうした人だけの持つきびしさ、やさしさが、さわやかにこちらに吹きつけてくる。こんどそうした葉上先生の『願心』が上梓される。嬉しいことである。氏がお持ちになっている厳しいものが、氏独自の優しい口調で恂々と語られている筈である。一人でも多くの人に、生粋の求道者である氏の見識と、その醇乎たるものに触れて頂きたいと思う。

（昭和六十一年一月、法蔵館、帯）

河村藤雄「六代目中村歌右衛門」

私はさして熱心な歌舞伎の観客ではないのだが、六代目中村歌右衛門丈とは芸術院での会合の折に親しく口をきく機会があり、同丈の折り目正しくていねいな物腰に、いわゆる梨園の名優という言葉はこの人のためにあるのではないかと思うことがしばしばであった。この、一見古典的ともいえる同優の趣味が、海外旅行というのも意外であったが、そこに昭和の歌舞伎俳優の、それも女形という特殊な演技術の第一人者として今日の地位を保ちつづけているこの人の、古さと新しさを兼ね備えた芸の秘密の一端をかいまみた思いがした。この歌右衛門丈の芸に傾倒した故三島由紀夫氏が、昭和三十七年に『六世中村歌右衛門』を上梓してから約四半世紀がすぎた。それ以後に手がけた新しい役々は、それ以前の数を越すと聞く。その芸道六十余年の全記録が、このたび上下二冊の豪華本にまとめて刊行されるのはまことに同慶の至りにたえない。しかも、今回新たに書き下ろされた自伝「花と夢と」を読むと、大正・昭和初期の歌舞伎界の裏面史をはじめ、豊富な体験に裏づけられた女形芸談、さらに海外旅行の印象や交友関係が巧まずして語られており、同優の謙虚で優しい人柄がにじみ出ているのに心打たれるものがある。

演劇の真髄は、あくまでも俳優の演じる生身の芸を、われわれ観客が自分の眼で観、肌に感じるところにあるのはいうまでもないが、この不世出の女形の足跡と全貌をこのようなかたちで知ることは、ほとんど同時代を生きた私にとっての楽しみであり、本書の刊行に寄せる期待もまた、大きいものがある。

（昭和六十一年一月、小学館、内容見本）

日本現代詩辞典

明治十五年の『新体詩抄』刊行を日本の近代詩の第一声と考

えるとするなら、それから既に百余年の歳月を閲している。明治の知識人がヨーロッパの詩に触発されたあと、さまざまの過程を経て、新しい日本の詩が生まれ、わが国の文学ジャンルとして今日ではしっかりと定着している。

このたびの『日本現代詩辞典』の刊行は、一世紀に及ぶ日本の詩壇の歩みを初めて総合的にまとめた試みとしてきわめて貴重である。全一三六四項目という広い範囲にわたって、詩人、詩の雑誌に細かな光をあてたことは、日本の文学界に於ての大きい事件である。

多くの詩壇の先達たちと、本書の刊行をよろこびたいと思う。

（昭和六十一年一月、桜楓社、内容見本）

樋口隆康「シルクロード考古学」

樋口教授の大きなスケールのお仕事の数々が、「シルクロード考古学」と題して全四巻、別巻写真集一巻の形で出版されると聞く。新春早々の明るいニュースである。

樋口教授がそれぞれの時期で発表されたものは、でき得る限り読ませて頂くようにしてきたが、それにしても氏がお書きになったものの何分の一にも足らぬ量であろうかと思う。こんど氏のお仕事の集大成である「シルクロード考古学」五巻を書架に置くことのできるのは、たいへん嬉しいことである。かけがえない考古学者としての氏の論考、随想、発掘地それぞれの現地報告を、必要に応じて読ませて頂くことができるわけである。

私は氏とご一緒に旅行して、何回となく、現地で氏の講義を聴いている。ちょっと考えられぬほど贅沢な思い出である。カシュガル、アクス、クチャの天山南路の旅もご一緒だったし、アフガニスタンでは氏が発掘中のスカンダル・テペにも、京大隊のバーミアン仏蹟にも、クシャーン王朝関係の遺蹟、遺蹟にも、御一緒に立たせて頂いている。パキスタンでは現地、現地で、ガンダーラの講義を聴いているし、インダス文明のモヘンジョダロにも連れて行って頂いている。まだある、フンザ、ナガールの秘境の旅に到っては、氏からこの世ならぬ思い出の数々を頂戴している。

こういう立場にある私であるから、「シルクロード考古学」の上梓は他人事ではなく、その一日も早い出版が待たれる。樋口教授の現地、現地を踏まえての大きなお仕事の報告が、学界にも、読書界にも、改めて大きな反響を呼ぶであろうことを期待して已まない次第である。

（昭和六十一年三月、法蔵館、内容見本）

黄河図

一週間ほど、毎日のように「黄河図」一巻をひろげて楽しい時間を過させて貰った。縦四八・五センチ、長さ七五四センチ、絹布に彩絵された横長の巻子本である。渭河合流点附近から東に向う黄河が、海に収められるところまで描かれている。

私は「黄河」と題する何篇かの詩を発表しているが、その一つに次のようなのがある。

黄河は巨大な龍である。その横たわれる龍の腋の下や、腰や、足指のつけ根あたりに、太古から人々は棲みついて、今日に到っている。来る日も、来る日も、瓶《かめ》と野菜をその流れで洗って、人々はひそやかに、虔《つつま》しく生きている。――龍を怒《いか》らせないように。

夕闇が迫ると、川明りがそうした河岸の集落に独特の表情を持たせる。一日が終ったという安堵と淋しさが、村人たちを無口にし、石積みの家々を砦のように不愛想にする。そして川明りのたゆとう極く短い時間のことではあるが、集落を横切って行く旅人たちの心を、例外なく永劫という想いがよぎる。一日に一回、黄河という巨大な龍が、己が上に拡がる天を見入る時なのだ。

まさにこの絵巻で見る黄河は横たわれる龍である。そして河岸の集落が無数に描かれてある。私が詩で書いているような集落も、幾つか描かれてあるに違いない。いつか、そこを訪ねたいと思う。

私は河南省には二回入れて貰って、一応黄氾区（黄河氾濫地区）をドライブしているが、この絵巻には、幾つかの自分が経廻った集落が収められている。鄭州、花園口、白沙鎮、新鄭県、中牟県、尉氏県、開封府、会盟台、商丘県、永城県、等々。

船越昭生氏の懇篤を極めた解説によると、これは清朝初期の製作にかかるものだという。この絵巻「黄河図」はいろいろな楽しみ方、使い方があるが、私の場合、目下黄河文明なるものを考えている最中なので、当分の間、生きた黄河の材料として座右に置かせて頂こうと思っている。

（昭和六十一年四月、二玄社、内容見本）

昭和文学全集

昭和文学とひと口に言うが、その流れは戦争という大きな堰堤によって遮ぎられ、その時期、時期で、たぎったり、澱んだり、瀬を造ったり、独自な表情を見せている。

今や昭和も六十年、戦前、戦時、戦後、それぞれの時期に生れるべくして生れた代表的な作品を、改めて読み直してみるべき時期に到達しているかと思う。

そういう意味では、こんどの小学館編「昭和文学全集」の出版は、まことに時宜を得たものであり、わが意を得たものでもある。昭和の六十年の奔騰する歳月が生み出した文学所産の集大成であり、秀作、問題作で編まれた豪華、絢爛たる文学の絨毯である。

（昭和六十一年五月、小学館、内容見本）

少年少女世界文学館

長い年代にわたって、国境を越えて、大勢の人が大きい感動を受け、次々に読みつがれ、現代にいたっている文学作品がある。それが〝世界の名作〟と呼ばれているものである。人類が生み出した人類の宝といっていい。こうした作品に接することによって、読む者は大きいものをもらう。

こうした名作を読む楽しさは、こうした名作を読んだ人でないとわからない。面白さに惹《ひ》かれて読んでいると、読みながら考えるというか、考えながら読むというか、ごく自然にそういう現象が起こる。自分がそうしようと思って、そうなるのではなく、ごく自然にそうなってくるのである。そして人生について、愛情について、人間というものについて、生きるということについて考える。

こういうところが世界の名作の名作たるところである。どうか少年少女の純真さ、鋭敏さで、世界の名作からたくさんのすばらしいものを引き出し、それを身につけ、人生へのスタートをきっていただきたいと思う。

（昭和六十一年七月、講談社、内容見本）

裘沙画集「魯迅の世界」

一九三六年十月十九日、魯迅は五十六歳の生涯を閉じた。今年は、逝いて五十年になる。このたび、魯迅と同郷の中国画家裘沙氏が血みどろになって読みとった魯迅の世界を絵で表現した。画家が作家の懐に喰い入って彫りあげた画像である。これらの絵をみて、私はもう一度、魯迅の文学を確めたい衝動に駆られる。魯迅についてのこれまでの観念を破られた感さえある。それ程印象が強烈である。その画集を岩波書店が刊行する。この出版が果す役割と絵の衝撃は極めて大きい。

（昭和六十一年七月、岩波書店、内容見本）

松田壽男著作集

アジアの歴史、殊に東西交渉といった面から、アジアの歴史を調べる時は、いつも松田博士のお世話になっている。私の場合、どんな些細なことでも、高い見識と該博な知識によって裏打ちされた氏の論文、解説によって確かめないと安心できないからである。生前の博士にお世話になったばかりでなく、これからも長くお世話にならなければならない。そうした私にとって、この度の六興出版に依る「松田壽男著作集」全六巻の刊行は、たいへん有難いものである。アジア史に関心を持つすべての人に、おすすめしたい著作集であることはもちろんであるが、私自身、この機会に全巻を通読、たくさんのことを教えて頂きたいと思っている。たくさんの宝石を拾わせて頂きたいと思っている。

（昭和六十一年八月、六興出版、内容見本）

日本の絵巻

絵巻を見るのは楽しい。絵巻の歳月を経た色彩の美しさ、公達や女房や民衆、武士の生き生きとした表情、詞書とともに展開する豊饒な物語性など、つきせぬ楽しみを与えてくれる。これらの絵が画かれた時代とそこに生きた人々の想いがさまざまに想像される。「東征伝絵巻」の唐僧鑑真和上の辛苦の物語、「信貴山縁起」飛倉の巻の不思議やあわてふためく長者の驚きなど。また「地獄草紙」には時代を超えて私たちの思いをとめ、息をひそめさせる何ものかがある。今回中央公論社から代表的名作絵巻を集めた「日本の絵巻」全二十巻が出版されるという。この想像と愉悦の宝庫を、私はつねに身近かな場所においておきたい。また多くの人にお薦めしたい。

（昭和六十二年三月、中央公論社、内容見本）

原色茶花大事典

芸の熟達には、無心熱中の稽古と、正確な知識の学習とが欠かせない。稽古は書物の上ではできないが、学習には書物が重要な意味を持つ。『原色茶花大事典』は、茶花の熟達に大切な手がかりを与えてくれると思う。その上梓を心から喜ぶものである。

（昭和六十二年四月、学習研究社、内容見本）

学習漫画　中国の歴史3

中国は、四〇〇〇年もの歴史と文化を持つ国です。そして遣隋使や遣唐使でも知られるように、日本とは二〇〇〇年におよぶ交流の歴史があります。

この間、平安京の造営をはじめとして、日本は中国からいろいろな文化や技術を学んできました。

私たちが毎日使っている漢字も、中国から伝わってきたものであることはいうまでもありません。

みなさんが、日本の歴史を学ぶ上でも、中国は欠くことのできない国なのです。

これからの二一世紀をになうわかいみなさんは、よりいっそう国際人としての知識と感覚を身につけることが必要でしょう。
こういった意味からも、日本ともっとも関係の深い中国の歴史を知ることは大切なことだと思います。

（昭和六十二年八月、集英社、カバー）

鑑賞中国の古典

長い歴史を通して、我々日本人は、中国の古典から実にたくさんのものを学んでいる。わが国の学問、思想、芸術、どの分野においても、その在り方は、中国の古典からの影響を抜きにしては考えられない。

それからまた、これは言うまでもないことだが、中国の古典を通して、わたしたちは中国の人々の人間や社会や歴史への考え方、感じ方の原型を、最もいきいきと知ることが出来る。

近年とみに高まっている中国古典への関心は、こうした認識が、わたしたちの間に益々広く、深く浸透して来たためであろうと思われる。そうした意味では、今回の企画は、大変時宜を得たもの。すぐれた学究の懇切な手引きによって、中国古典の読み方、接し方を、親しく教えてもらえるに違いない。

（昭和六十二年十月、角川書店、内容見本）

冬青　小林勇画集

小林さんが亡くなったのは、ついこの間のことだと思っていたが、この十一月に七回忌をむかえるという。氏が健在なら、氏が健在ならと、何回か思うことがあったが、いつか七年経ってしまったのである。

それは兎も角、「冬青　小林勇画集」が出版されるときく。嬉しいことである。

小林さんの画業は、氏が独自であったように独自である。汚れがなく、枯淡で、しかも内部から盛り上がって来る生命のほむらで、華やいでいる。余技的なものから出発して、行き着いた世界は、そうしたところを大きく抜け出して、すべてをこの仕事に賭けるといった、小林さんらしい一途さが、氏独自の世界を造り上げている。枯淡でもあれば、華やいでもいる。

（昭和六十二年十月、同刊行会、内容見本）

「科学と文芸」復刻版

まぼろしの文芸誌と言われ、全号を通して眼にすることがなかなか出来なかった『科学と文芸』が、この雑誌の主宰者・加藤一夫の長女加藤不二子さんや、関係者の方々の努力によって、全三十三冊をそろえ、ここに復刻成ったことを嬉しく思います。途中、『近代思潮』と改題するまでの前期『科学と文芸』は、詩歌・小説はもちろん、文学・科学・宗教・美術等広い分野の論文、感想文、更に絵画や彫刻の写真などを数多く掲載、総合誌としてなかなかめずらしいものでした。『近代思潮』以後、題名をもとに戻した後期『科学と文芸』は、民衆芸術運動を推進し、特に、大正時代初期に発生した民主主義的詩の理論提唱の場でもあり、作品発表の舞台でもありました。当時の中堅、あるいは無名であったさまざまな人たちが執筆して、それぞれの仕事を跡付けています。『科学と文芸』の復刻は、大正時代初期から中期へかけての、加藤一夫を始めとする多くの執筆者たちの、主義主張を散見できる資料として、更に、今まで空白であった大正文芸史の一面や、詩の歴史を掘りおこす資料として大変意義ある企画であろうと思います。

（昭和六十二年十月、不二出版、内容見本）

「新しき村」復刻版

「大正」というのは特別な時代だ。明治にも昭和にもない不思議な魅力をもった時代といってもよい。激動する国際・国内状況のなかで、強烈な個性をもった人物が多く現われ、光を放ったのがこの時代である。この時代ぬきに日本の近代史そして現在を確かめることはできない。

明治・大正・昭和の時代を生きた武者小路実篤という大きな個性が、この大正という時代に放った「新しき村」という試みは、当時もそして今日でも、いわゆる世間の常識をたかく超えた行動である。そして人の愛と平等を信じたこの理想郷づくりこそ、武者小路の真髄であろう。

真実とか正義とかいう言葉を熱いおもいで共有することのほんとうにむずかしい現在、このたびの復刻は、六十年の時空を超えて私たちの生きざまに迫ってくる。

武者小路の「熱」をそのままに伝えてくれる、雑誌『新しき村』を目の当たりにできることを心から喜ぶものである。

（昭和六十三年四月、不二出版、内容見本）

小松茂美「古筆学大成」

滔々と流れる日本文学の伝統。『万葉集』『古今和歌集』『源氏物語』等々と、我々は身近でいとも気軽にひもといている。しかし、考えてみると、これはまことに不思議なことである。印刷技術の発達する以前は、無論、大半が筆写による写本作業であった。当然ながら、誤字・脱字、時には意図的な改竄もあったかもしれない。そうした時代を経て、現在に残っている古典の原初の姿はどうであったのか。そして、それを受け継いできた時代時代の人々の心象風景はどうであったのか。私の興味と連想は、限りなく膨らんでいく。

このたび、古筆学の小松茂美博士が『古筆学大成』三十巻をお出しになるという。聞けば、多年、執念を燃やし続けて、歌切を中心に古筆を集大成されたもので、未発表の切がほとんどとのこと。無論、国文の方々には無尽蔵の宝の山となるのは間違いなく、『古筆学大成』を基にした研究成果を、今から大いに期待するものである。また、実写した四万枚から厳選された一万二千枚もの写真の一葉一葉は、それぞれの時代の人々の、文学の享受の姿そのものを物語っているわけであり、私は、今から尽きせぬ興味をかきたてられている。

（昭和六十三年九月、講談社、内容見本）

秋岡コレクション　世界古地図集成

先日、新聞紙上で、日本学術会議が、世界の古地図をはじめとし環境汚染地図、資源地図、ガンの発生頻度分布図など、さまざまな地図を収集、研究する「国立地図学博物館（仮称）」の設立を、内閣および関係官庁に勧告したという記事を見た。欧米では、以前から、地図情報の収集が公共の機関でさかんに行われているようだが、これに対し日本では、伊能忠敬記念館や、神戸市立博物館などに古地図の収集がみられる程度で、すべての点で、たちおくれている印象をうける。

古地図研究の最高権威者であった亡き秋岡武次郎博士は、収集家としても著名で、いわば個人の力で博物館の仕事に匹敵する業績を残された。十数年前に刊行された鹿島版「日本古地図集成」はその業績の一半であるが、今回の「世界古地図集成」の刊行によって、ようやくその全容が公けにされることになった。私も一読者として大いに期待を寄せている。

（昭和六十三年九月、河出書房新社、内容見本）

加藤勝代「わが心の出版人」

戦後出版界の傑れたリーダーであった古田晁、臼井吉見、角川源義等の独自な人柄を、みごとに描き出した印象的人物論の傑作。当時、角川書店・筑摩書房の編集長であった氏にして、初めて可能であった至近距離からの適確無比の撮影。

（昭和六十三年十月、河出書房新社、帯）

影印本　天王寺屋会記

千利休の生と死を、『本覚坊遺文』と題した小説にまとめたのは、もう、八年も前のことになる。

その、侘茶の心と死の謎の解明のために、構想には、十年もの歳月を費した。その間に、多くの遺跡を訪ねたことはもちろんのこと、茶事の実際にも参会する、有難い機縁にもめぐまれた。

その中で、歴史史料としては、『天王寺屋会記』（茶道古典全集本）によって、茶の世界への開眼の道がひらかれたようにおもう。
この度、松浦家に伝わるその原本が影印本として、原本そのままに復刻されるときいて、誠によろこびにたえない。
それは、なかなかに、他見を許されない資料が、坐右におかれることによって、四百年もの時の流れのへだたりをこえて、当時の茶に参じることが出来るからである。
それに、永島福太郎博士の永年にわたる、詳密なる研究により、紙背文書から、利休の書をはじめ、山上宗二の筆蹟二通をあわせて、三十七点もが発見されたときく。これも大変な偉業として、そのよろこびを分ちあいたいものである。

（昭和六十三年十月、淡交社、内容見本）

明治文學全集

明治文学全集が、このたび別巻総索引の刊行を以て、完成に至るという。刊行開始以来二十有余年と聞けば、編輯作業の並々ならぬものであったことが察せられる。
近代先人の明治期における文学思想上の結実を編むことは、その時代が今日となお地つづきであるだけに却て、選択校訂に安易な妥協が許されない。私たちにとって真に近代古典と呼ばれるべきものは、本全集によって初めて、その全き姿を確立したと言える。深まりゆく国際化の趨勢のなかにあって、日本人であることの自覚が厳しく問われつつある今日、私たちがこれら先人の原典から汲みとるべきものは多い。
この全集もまた、臼井吉見さんの発案に懸るものであったと聞く。構想の雄大と内容の熱度において、在りし日の臼井さんがまことによく偲ばれるのである。

（平成元年一月、筑摩書房、完結記念内容見本）

小松茂美「日本絵巻聚稿」

絵巻は、絵と書と文によって作られた綜合芸術である。古筆学の第一人者である小松茂美氏は、従来顧られなかった詞書の重要性に着目、永年の古筆研究をふまえて、絵巻づくりの絵師や詞書の筆者を明確に位置づけ、その姿を生き生きと浮びあがらせた。権謀術数にたけた後白河院が、かたわら今様を好み、「源氏物語絵巻」をはじめとする華麗な絵巻を多数制作させたという。絵・書・文の三者を綜合的に研究する本書により、はじめて絵巻の全貌が解明された。

（平成元年四月、中央公論社、広告）

浦西和彦・浅田隆・太田登「奈良近代文学事典」

シルクロード博によって現代社会における奈良の文化風土の

意義が問いなおされた今、近現代文学を通じて、再び奈良の今日的意義を世に問うべく、本事典を推す。

（平成元年六月、和泉書院、帯）

日本の名随筆

孔子は『詩経』に収められている三百の詩について、〝一言を以てこれを言えば、思いよこしまなし〟と言っている。

私は旅に於て川の畔りに佇むのが好きである。川の畔りに立った時の思いは、例外なく一言を以てこれを言えば、〝思いよこしまなし〟である。川の流れというものが、その岸に立つ人間の心を洗い浄《きよ》めて、素直なものにしてくれるのである。言い方を替えれば、河畔に立つすべての人を詩人にしてしまうのである。過ぎ去りし日のことに思いを馳せる抒情詩人も誕生すれば、人生と結びつけて考える人生詩人も誕生する。

——逝く者は斯くの如きか。昼夜をおかず。

同じ孔子の大河の畔りに立っての感慨であるが、この場合、孔子は哲学者でも、思想家でもない。素直な主知派の抒情詩人である。

ここに集大成された随筆の数々は、全て思いよこしまなき珠玉の文章である。

（平成元年六月、作品社、第九期刊行案内）

岩波講座　現代中国

日本と中国の地理的な関係を指して、「一衣帯水」とよくいわれる。両国をへだつこの狭い海がときに広くも深くもあったことは、私たちのよく知るとおりである。しかし近年、というよりこの数カ月の中国報道には、この海を何度も往還した私も驚くことが多い。現代中国の抱える多くの問題を深く感じるが、私は背後の永い歴史を思うのである。この解明には広い視野にたち、新しい感覚を備えたジャーナリスト・研究者たちの総合的な対応が必要であろう。そしてこの解明は日本と中国の新たな交流を樹てることともなろうと思う。いま、岩波書店から『現代中国』の企画の報を聞いて、私はこの刊行を待望している。

（平成元年八月、岩波書店、内容見本）

田川純三「大黄河をゆく」

一九六五年、はじめて黄河の岸に立った著者が、それから二十余年にわたって念願しつづけてきた全域の踏破を実現させた。学生時代に中国文学を専攻して以来育んできた中国への想いと知識を現地に立って投げかけ確かめながら、著者は黄河の文明・歴史・自然を縦横に語っている。

　旅のよろこびが新しいものとの出会いと発見にあるとすれば、著者とともに黄河をまのあたりにした私にとっても、本書によって、ほんとうの黄河の旅ができたという思いが深い。

（平成元年九月、中央公論社、帯）

保坂登志子「青の村　山本和夫文学ガイド」

　建築家保坂陽一郎氏の描く表紙画、千年の歴史ある明通寺仁王門。明通寺は山本さんが一九〇七年四月に生まれ、少年時代の思い出を沢山胸にしみこませ、人生航路のスタートにした地点です。詩人山本和夫の「航跡」を辿っていただくことは、明治、大正、昭和を生きてきた私たち同時代人の軌跡の典型を知っていただける意味のあることです。お読みいただくことをお薦めします。

（平成元年十月、かど創房、帯）

中国石窟シリーズ

　東洋美術の出版に於ては定評のある平凡社が長廣敏雄、岡崎敬、鄧健吾氏等第一級の学究を編集委員として、中国の代表的石窟のすべてを網羅する大きな企画がこのたび完結すると聞いた。敦煌、雲岡、龍門はもとより、鞏県、炳霊寺、麦積山、楡林窟、キジル、クムトラなどがあまさず取り扱われ、敦煌にいたっては全五巻で構成されている。

　それ許りでなく、中国・文物出版社との提携出版であり、夏鼐、常書鴻、宿白、金維諾氏等、私も面識のある中国斯界の四権威も直接編集に参画している。まさに日中文化交流、学術交流、出版交流を地で行ったものであり、曾てない壮挙であると言える。まさに中国石窟に関する今世紀の決定版であり、自分が知りたい石窟は、まずこの全集を開けば発見できるであろう。

（平成二年九月、平凡社、内容見本）

シルクロードの民話

　わたしは、今日まで、東西トルキスタンをはじめ、アフガニスタン、エジプト、イラクなど数回にわたり、シルクロードを旅しています。

　そして、旅行するたびに新しい発見があり、また、新たに心躍る想いがいたします。この絹の道の周辺は、砂漠や山脈などの厳しい自然に囲まれています。そこには多くの国々があり、またタタール、ウズベク、カラカルパクなどさまざまな民族が住んでおります。この苛酷で魅力ある地域は、わたしたち日本人の生活とはまったくかけはなれた、異次元の神秘的な世界と感じずにはいられません。

この神秘の世界シルクロードに、実はもうひとつ興味をそそられる芸術があったのです。それは、この広大な地域の民話が、延々と続くシルクロードを、人々の口承により東へ西へ飛び交っていたということです。

本書に出会ってまたわたしの心が高揚し、シルクロードの旅に出たいという思いを禁じえません。今度訪れるときは、このシルクロードを見たり、感じたりできるのではないかと楽しみです。

（平成二年九月、ぎょうせい、内容見本）

国際交流につくした日本人

古来日本人は、海を越えて大陸に渡り、様々な文化を吸収し、また、大陸からも多くの人々が渡来し、新しい文化が伝えられた。こうした人の流れが文化の流れをつくり、東西の交流は連綿と続いてきたのである。

この『国際交流につくした日本人』には、様々な困難を乗り越えて行き交う人々の熱いドラマが描かれ、国境を越えて人と人が結ばれてゆく姿には、時空を超えて胸を打つものがある。

（平成二年十月、くもん出版、内容見本）

日本地名資料集成

地名の探求は、単に一地域、一地方に視点を据えた捉え方では不十分な面がある。「角川日本地名大辞典」全四十七巻で県別に、微細に捉えられた五十万項目に及ぶ地名は、この別巻I「日本地名資料集成」において、さらに巨視的探求を加えられている。様々な地名は、全国的視野の中で総括、分類され、また、時代別の視点によって、歴史の流れの中に占める位置と変遷の様子も明らかにされている。県別辞典では採り上げられなかった国号や広域地名が解説され、多くの地名関係語彙が分野別に収集整理されているのもありがたい。全国の地名を通覧するのに役立つ貴重な資料として、広く利用をすすめたい。

（平成二年十一月、角川書店、カバー）

ビデオライブラリー敦煌

小説「敦煌」は昭和三十四年の作である。先年、中国映画界の大々的な支援、協力のもとに、現地ロケという形で映画化された。しかも、映画「敦煌」は堂々たる出来映えである。

私は多年、日中文化交流の仕事に携ってきたが、自分の作品が、日中友好の上にひとやくつとめることは、原作者としてたいへん光栄なことであり、嬉しいことでもあった。

映画「敦煌」とその映像を通して、中国が生み出した敦煌という世界第一級の文化財が、いかなる歴史を持っているか、より多くの人に正しく理解されることを願うばかりである。

（平成二年、大映、内容見本）

槙有恒全集Ⅰ 憧憬

なぜ人は山に登るのだろうか？――生前、槙先生は「多分、行為の悦びだと思う」と答えられたという。生涯、山を愛し、山を通じ、虚飾を戒め、肉体と精神の鍛錬により、真実を追求した一人の男性が語った言葉である。

今、われわれは、槙先生が歩んだその道を振り返ることによって、思案したその足跡を辿ることによって、自然と対峙する人間の深淵なる一面をかいまみることができよう。

槙先生はご長命ではあったが、むしろ寡作の方であった。しかし、先生の人生観、世界観は普遍であり、純粋である。

広く多方面各士にこの全集が読まれることを期待してやまない。

（平成三年五月、五月書房、帯）

萬里の長城

〝萬里の長城〟は、中国の大きな歴史が、何回かに亘って生み出したものである。

前三世紀に、秦の始皇帝が天下を統一するや、それまでに燕、趙などの国々が北辺に築いていた城壁様のものを繫いで、匈奴に対する一大防禦線たらしめた。長さは万里と伝えられ、その位置は、現在の長城線より、ずっと北にあったとされている。

漢代になると、長城は更に延長、敦煌の西、国境・玉門関まで達している。併し、今日見る長城の堅固な規模は、蒙古の攻略に対して、明代になって、歴代修築が行われた結果である。

私は北京へ行って、暇があると、八達嶺附近の長城を訪れる。その高さは九メートル、幅は上部四・五メートル、底部九メートル。そして一〇〇メートル間隔に望楼が造られている。

いつも風が鳴っている。長城に上り、風の中に立つと、四方の山々が波のように拡がっているのが見える。城壁は望楼と望楼との間に、うねるように身を反らせ、ある所はゆるい傾斜で、ある所は激しい傾斜で続いている。

轟々たる風の中に身を縮めている私の心を打ってくるものは、実にこの所々に望楼を持つ巨大な鎖《くさり》が、渤海北岸に起り、河北、山西を貫き、陝西、蒙古の境を過ぎ、甘粛省まで、蜿蜒、長駆しているということである。実に六五〇〇キロ。私がいつも、風の中で思いしらされるのは、そのとてつもなく大きい図体の拡がりである。

　言うまでもないことであるが、北方異民族を一人も、自国内に入れないということは、長い歴史を貫いての、中国人全部の熾烈な願望であり、夢であり、そしてこの長城は、その願望と夢の壮大な現われ以外の何ものでもない。

　その願望と夢は、いろいろな形で、現代においても亦、それを眼にすることができる。私は辺境の沙漠地帯で、山嶽地帯で、長城の欠片が、民族の護符ででもあるかのように、並び立っているのを見ている。そしてこの長城の欠片と共に生きた人々の住む、その周辺の集落に足を踏み入れずにはいられなくなる。

　こんどのわがＴＢＳの企画も、こうしたところから出発している。


（平成三年秋、ＴＢＳ、番組広告）

ひろさちや「仏教の歴史」

日本とは何か、日本人とは何か、――現在、欧米に於て、こういう標題のエッセーがたくさん書かれている。併し当の日本人であるわれわれこそ、改めて日本とは何か、日本人とは何かと、自らに問いかけるべき時ではないかと思う。

　こうした時に当って、ひろさちや氏の『仏教の歴史』十巻の上梓は、頗る時宜を得たものでもあり、わが意を得たものでもある。インド、中国、そして日本への仏教東漸の歴史が、誰にでも読める形で説かれ、日本人の精神生活、日本文化の形成に、いかに仏教が大きい役割を果しているかが、これまた平易に、諄々と説かれている。一人でも多くの人に読んで貰いたいものである。


（平成四年六月、鈴木出版、内容見本）

毎日学校美術館

幼い頃に美しいものと出会うことは、本当の意味での出会いであり、それは一生を通じての、はかり知れない大きい心の財産となりましょう。

　一枚の絵の持つ重く深い意味が、少年少女の心の琴線にささやかな音を波打たせるなら、今回の学校美術館の企画は、それだけでも意義あることだと思います。自分たちの教室や廊下に、マネが、モネが、ゴッホが、――想像するだけですばらしいことです。


（年月不詳、毎日インターナショナル、内容見本）

補遺

［詩歌］

オリンピアの火

オリンピアの森の中で、
古代の巨大な反射鏡に依って灯された火は、
それが生まれると同時に、
遠い東方の島国の都をめざして旅立つ。
他のどこでもない東京をめざすために、
それは生まれたのだ。
沙漠の中の聚落、
シルク・ロードの町々、
回教の国、
象の国、
ヒマラヤ山麓の街道、
異なった風習から風習へ、
異なった言語から言語へと、
火は韋駄天の如く走り続ける。
とある空の青く晴れた日、
その火は東京の街へはいるだろう。
純粋絵画の曲線のような、
その火の通った軌跡だけに
その日、眩しく銀の雨が降るのだ。

友

小学校の時、机を並べていた友が亡くなった。郷里の親戚の者が電話のついでにそのことを知らせてくれた。友は一生郷里に住んでいたが、私は小学校以来その友と会っていない。私の瞼に浮かんで来るのは少年の頃の友の顔であり、友の瞼の上にあったのも、少年時の私の顔である。どうして会わなかったのか不思議なことだが、とにかくその機会に恵まれなかったのである。有縁と言うべきか、無縁と言うべきか、私はその友との関係を正確に言い現わす言葉を知らない。人生須臾そんな言葉が閃めいて消えただけだ。友の死を知った日、庭の白梅が花をつけ、夕方になると、東京では珍しいことだが、西の空を残照が焼いた。

郷愁

遠い、遠いところに
海がある。
遠い、遠いところに
海がある。
海のおもてが
三段にめくれている。
めくれたまま
動かない。
故里の時間は
午下《ひる》がりの時刻で
停まっている。
ああ
遠い、遠いところに
海がある。

西域四題

古稀の年　天山越えぬ
機影（かげ）　ひとつ
生命にてこそ　ただに見守る

タクラマカンの　砂を手にとり
拝（おが）みて

若き日の夢　果し終りぬ
年長（た）けて　于闐（うてん）の城の
跡に立つ
心騒ぎぬ　恋にかも似て

陽関を出ずれば　故人
なしと言う
故人なき野の　果てに湖（うみ）見ゆ

沙漠の花

十年ほど前、アフガニスタンの南部に拡っているマルゴ沙漠を、ジープで横切ったことがある。遠くに何本かの竜巻が立っている午下《ひる》がり、小休止をとるために漠地に降り立ったが、その時、足許の駱駝草が白く小さい可憐な花を着けているのを見た。そこは見渡す限りの駱駝草の原であったが、駱駝草という駱駝草はどれもこっそりと、白く小さい花を着けていたのである。今や駱駝草は花盛りであった。

――それ以後、もちろんそれ以前も、この漠地を覆う何の風情もない沙漠の草の繁栄に勝る繁栄を知らない。蓋し繁栄とは、竜巻の如きものと無関係ではなく、大地を埋めつくす多分に幻覚的な、可憐極りないものであるに違いないのである。

桂　江

――桂江を下ること七日、梧州に至る。次で端州の竜興寺に至る。栄叡師、奄然として遷化す。大和上哀慟、悲しむこと切なり。喪を送りて去る。

『唐大和上東征伝』において栄叡の死を取り扱ったこの短い記述は、もはや一語をもさし挟むことを許さない厳しさを持っている。

桂江に浮かぶと、その秘密がよく判る。河畔に点々たるあの不思議な、腐蝕し、銹び、息を引きとった山々の静けさが辺りを占め、流域を埋める桂樹の香り高き花の匂いが、香煙の如く拡散している。そうしたこの世ならぬ川波のきらめきを見せている桂江を、日本の一人の志高き留学僧は、己が異国の死に向って下って行ったのだ。

フンザ渓谷の眠り

フンザの夜の眠りはどうしてあんなに安らかだったのでしょう。

フンザの旅から帰って半年程の間は、時折、あのカラコルムの山々に包まれた渓谷の夜の眠りの安らかさを思い出しました。渓谷の闇は深く、星は高く、本当の夜があそこにはあったためかと思いました。

しかし、今は少し考え方が異って来ています。フンザという集落は、本当の意味での異国だったのですね。大体あの渓谷の人々は、いかなる人種か判っていません。ブルショ族と呼ばれてはいますが、その正体は不明、往古のギリシャ人の血が入っていても不思議ではありませんし、アーリヤ系、トルコ系、チベット、モンゴール、漢民族、何が入っていても、別にどうということはありません。血ばかりでなく、言葉だって同じです。ブルシャスキー語という特殊な言葉を使っていると言われていますが、そのくらいの誇りはあります。ソグド語でも、トカラ語でも、今は消えた北方遊牧民の言語でも、みんな勝手に取り入れ、ミキサアにかけて、もとの姿はすっかりなくしています。だからこそ、弓と矢が、フンザ渓谷の人たちの紋章なのです。

このような渓谷の眠りが、どうして安らかでないことがありましょう。本当の異国が、東洋でも西洋でも、古代でも近代でもない本当の異国が、——その異国の眠りが、あそこにはあったのです。

日本の春　——うずしお・さくら・飛天——

春になると、日本列島を取り巻く海域にはたくさんのうずしお（渦潮）が配される。ゆっくりと、しかし力強い春の潮の動き。列島日本への春の到来は、この渦巻く潮と無関係ではないだろう。

春の潮が渦紋を作る頃、日本列島はさくらの島になっている。細長い列島を南から北へと、規則正しく桜は咲いてゆく。日本の明るくなごやかな春を、満開の桜が支えている。

その頃、日本列島の上に拡がる蒼穹には霞が棚びき、無数の天女が舞っている。長く裳すそをひるがえして、天女は飛び交っている。春霞を縫って、次から次へと天女は現れてくる。ああ、日本の春を舞い、日本の春を泳ぐ無数の飛天たち。

車

救援の車にてあるか沙《すな》の海月光《つき》しるき果てに動くもの見ゆ

［自伝エッセイ］

伊豆の海

私は学生時代、毎夏のように伊豆の西海岸の三津《みと》で過した。三津には蜜柑山を持っている母方の親戚があり、そこの家へ厄介になったり、そこの家から程遠からぬ海へ迫っている丘陵の中腹にある寺へ下宿したりした。

三津で過す夏はひどく楽しかった。午前十時頃から海へはいり、昼食の時をぬかして、あとはずっと夕方まで三津の小さい砂浜で過したものである。いまは三津に水族館ができて観光客が沼津から船で送られて来るので、大変騒がしい海岸になっているが、二十年程前は静かなひっそりした海水浴場であった。毎年三津へやって来る人たちの顔触れも決まっていた。

現在私は自分の子供たちに海水浴の楽しさを教えてやりたいと思うが、もう日本中どこにも、日光と潮を楽しむ静かな海水浴場は失くなってしまったのではないかと思う。

三津に限らず伊豆では西海岸が好きである。学生の頃、よく土肥《とい》や松崎の方へ出掛けたが、東海岸と違って沈んだ海の色をしていて、私たちはその海の色に旅情といったものを感じたものであった。一緒に出掛けた連中のうち何人かは歌を作ったり、詞を作ったりした。伊豆の西海岸の海の色は若い者たちの心を多少感傷的にし、文学へ駆り立てるだけのものは持っていたようであった。

そこへゆくと、東海岸の海はずっと明るい。私たちは伊東から下田の方へ徒歩旅行したりしたが、東海岸の方には余り馴染みはなかった。

併《しか》し、やはりここも伊豆の海には違いなかった。むしろ実朝の「箱根路を」の歌から受取る伊豆の海の感じは東海岸であった。〝伊豆の海〟と言うと、ひっそりとした小さい入り江を沢山持っている西海岸より、美しい砂浜と明るい潮と、小さい波とを持っている東海岸の方がぴったりしている。

併し、学生時代も現在も、私は西海岸の方が好きである。伊豆半島の突端部の石廊崎《いろうざき》へ行くと、ここはもう伊豆の海ではなく、全く太平洋の荒さと大きさを持っている。

私は人から伊豆の海ではどこが美しいかと訊かれると、大抵石廊崎だと答える。ここはいつ行っても、濃い碧《みど》り色を呈した潮が立ち騒いでおり、岩礁の周囲には白い波が砕けている。岬の附近にはいつも海女をのせた小船が出ているが、それは木の葉のように大きく揺れている。

同じように太平洋に突出している知多半島や渥美半島に旅行したことがあるが、伊豆のような海の変化は見られなかった。東海岸も西海岸もない感じであった。

伊豆の旅の楽しさは海の変化の楽しさである。

現在バスで伊豆半島の海岸線を大体に於て一周することができるが、私は暇ができたら、二三人の親しい友達と徒歩で廻ってみたいと思っている。ことに西海岸にはまだ都会人に知られていない小さい入り江を持った部落が沢山ある。その部落を縫って行く旅はどんなに楽しいことであろう。

（昭和三十三年）

受賞が縁で毎日に入社

昭和八、九年頃、「サンデー毎日」が募集していた大衆文芸は、大衆文学の登竜門であった。私は京都大学の学生の頃、それに応募し、三つの短篇が入選して活字になった。同じ頃、千葉亀雄賞という名を冠した長篇小説の募集があった。これにも応募して『流転』という時代小説を書き、第一回千葉亀雄賞を受けた。賞金は千円で、当時としてはなかなかの大金だった。この賞をとったお蔭で、大学を卒業すると同時に、私は毎日新聞社大阪本社に入社し、すぐ「サンデー毎日」編集部に配された。『流転』は私が入社してから掲載され、私は自分の作品を自分で編集した。挿画は、この間亡くなられた堂本印象氏が受け持って下さったが、これを依頼に行ったのも私である。堂本印象氏は挿絵の仕事はされていなかったが、臆面もなく、私は自分の小説の挿画を頼みに行ったのである。氏は心よく引受けて下さったが、今になって思うとひや汗ものである。

戦後『闘牛』という作品で、二十五年前期の芥川賞を受けたが、その時は毎日新聞東京本社の出版局に勤めていた。芥川賞受賞直後、当時「サンデー毎日」編集長をしていた辻平一氏から長篇時代小説執筆の依頼を受けた。これは芥川賞を受けた私への「サンデー毎日」からのはなむけであったが、辻氏が時代小説を注文してきたのは、十五年ほど前に私が『流転』を書いたのを知っていたからであり、私がそれに応じたのは『流転』を書いた経験があったからである。この時連載したのが『戦国無頼』であり、この小説と並んで源氏鶏太氏の『三等重役』が掲載されていたことも、当時を思うと感慨深いものがある。

最近では『額田女王』を連載した。上村松篁氏が初めて挿画の筆を執って下さったが、毎号挿画を見るのが楽しみだった。それほどすばらしい挿画であった。

（昭和五十一年二月）

私の結婚

私たちの結婚は昭和十年十一月。私は京都大学哲学科の学生で二十八歳、妻ふみは二十四歳。京都ホテルで式を挙げ、吉田浄土寺町に新居を構えた。

この年は私なりに忙しかった。年譜を見ると——三月、卒業試験を放擲。六月、戯曲「明治の月」を雑誌「新劇壇」に発表。八月、同人雑誌「聖餐」を創刊、創刊号に詩七篇を掲載。九月、推理小説「紅荘の悪魔たち」が懸賞小説一席に当選、サンデー毎日に発表さる。十月「明治の月」が新橋演舞場で勘弥、律子等によって上演さる。十一月結婚。

新婚旅行には出なかった。式の翌日新妻が言ったことは、来年はぜひ卒業してくれということであった。京都大学に入る前に、九州大学に二年籍を置いているので、長い学生生活が続いており、妻の言うことも無理ではなかった。それから、もう一つ妻が言ったことは、家庭的な静かな生活を営みたいということであった。

しかし、結婚の翌年、新聞社に入り、翌々年は兵隊として大陸に渡るといった具合で、なかなか妻の希望は適《かな》えられなかった。考えてみると、それから四十余年、その希望は適えられぬままに、今日に至っている。

（昭和五十四年一月）

ペンが記録した年輪

毎日新聞が、気の遠くなるような年輪を重ねて、今日四万号に達するという歴史の節目に当たり、毎日新聞の記者として、そのただ中に籍を置いた者の一人としていま特別な感懐を覚えている。

私が大阪の毎日新聞へ入社したのは、もう五十年以上前。あちこち寄り道をしてきた私は、その時もう三十歳近くになっていた。この五十年は、実に激しい五十年であったことを改めて思う。

入社してみたら、時代は大きな戦争の直前の様相を見せていた。時代が大きく動こうとしていた。サンデー毎日の懸賞小説に入選していた私は、学芸部へ配属された。花形記者たちは、時代と自分自身を合わせるかのように南方派遣を希望し、次々と出ていった。しかし私には特派員のような華々しい仕事が自分には向いていないことをすぐに知った。私は、ある意味では〝下りた〟記者だった。しかし私がその時、美術と宗教を担当させてもらったお蔭で小説家になることができたのだから、人間の運命ほど分からないものはない。

私は、関西の美術展や宗教行事を細大もらさず歩いて回った。

今日のように美術展が溢れるようなことはなかったから可能であったのだろう。そのうち社費で京大大学院へも通わせてもらった。週に一日か二日、仕事の合間を見ては勉強に出かけた。「本格的に美術批評をやるのに、大学院へ入った方がいいなら入れ」と社の幹部がすすめてくれたのだった。新聞社へ入って社費で楽しく勉強させてもらえたいい時代だった。

尊敬できる大幹部に出会えたことも、私の記者時代の幸せだった。入社したての私は、誰にでも反抗したものだったが、当時の奥村信太郎社長や高石真五郎会長には、まるで歯が立たなかった。教養がまるで違っていた。奥村社長には、宗教記者として高野山などへもお供することがあったが、管長がどんな本を書き、どんなことを述べているか、一から教えてもらった。私は、自分が何も持っていないことを思い知らされた。

私にとって「終戦の詔勅を拝して」という記事を大阪版の社会面トップに書いたことは〝大事件〟であった。八月十五日の玉音放送後の新聞社は、新聞が出るのか出ないのかといった状況の中にあった。その中でとにかく作れ、お前が書けということになった。まだほとんどの社員が出てきてはいなかった。内容は、終わった、負けた、聞いた、とにかくそれぞれの持ち場を離れないで冷静に立ち向かおう、ということを活字にしただけのことであった。しかし、これは、読者に状況を説明したということと同時に、自分自身にも負けたということをはっきりと言い聞かせることになったと思う。私の生涯にとって、そうした立場を持たないよりは持った方がよかったと思う。あの時、私の中で何かが変わったのかもしれない。

毎日新聞の四万号は、まさに歴史を記録することであった。いちばん激しい歴史の記録者であった。記者たちが足で取材し、自分のペンで書くということは、歴史を書くという仕事であった。これほど細かい歴史は誰にも書けない。新聞記者たちによってはじめて書くことができた。私はその一人だったことを今でも誇りに思う。それだけに、とても大変でこわい仕事だと思う。

歴史の記録者には、まず細心に、そして正確なペンが求められる。

（昭和六十二年八月）

幼き日の正月

私は幼少時代を伊豆の山村で過したが、正月を迎えるということは、村の人たちにとっては、一年で一番大きい行事であった。

十二月の二十日頃、身をきるように寒い文字通りの〝師走の風〟が吹き始める頃から、村全体が正月を迎える準備で忙しくなった。山仕事、畑仕事にも、来年は来年のこととして、一応年内にかたをつけておかねばならぬことがあったし、村人同士の交際の面に於ても同様であった。不義理をしているところには顔を出し、年の内になるべく、物心両方面にわたっての取引きを完了し、精神的負担をなくしておかなければならなかった。心を軽くして、気持よく新しい年を迎えたかったのである。

一日一日、大人たちは多忙さを増した。村の中を飛び廻ったり、家の周囲の片付けに追いまくられたりした。その頃から子供たちは子供たちで、また忙しくなった。

村でお飾りを造る人は何人か、毎年決まっていた。老人が多かった。そうした人たちは方々から依頼を受け、お飾り造りに忙殺された。子供たちはそうした家の土間に集り、お飾り造りを見物した。しかし、お飾り造りばかり見ているわけにはゆかなかった。大人たちが門松の松を山に切りに行くので、そのあとにもついて行かなければならなかった。

二十八、九日になると、村のあちこちから餅搗きの杵の音が聞えてくる。子供たちは霜柱の立っている街道で竹馬にも乗らなければならなかったし、冬枯れた田圃に出て凧も揚げなければならなかった。そしてまた餅搗きをしている家々も、一軒ずつ覗いて廻らなければならなかった。

子供たちは終日、寒風の吹き荒れている中に出ていた。大人たちが忙しくなると、子供たちは家から戸外に追いやられ、否応なしに戸外で一日を過さなければならなかった。寒風の中で棒杭のように風に鳴っていた。しかし、決して辛くはなかった。やがて来る正月への期待で、心は大きくふくらんでいた。正月はもうすぐそこに来ていた。その正月のことを思うと、寒さも、つめたさも感じなかった。いつも頭の中は正月のことでいっぱいだった。夜になると霜焼けの足を塩湯の中につけたが、そうしている時でも、正月のことが頭をはなれなかった。

いま当時のことを振り返ってみると、子供の頃の正月への期待ほど大きい期待は、その後の人生に於て今日までなかったように思う。何を期待したのであろうかと不思議に思うが、子供たちは正体こそはっきりしないものの、とにかく正月というすばらしいに違いないものを期待していたのである。

大きい期待がふくらむだけふくらんで、もう待ちきれなくなった時、そのすばらしいに違いない正月というものはやって来る。

元日の朝は、どこの家でも夜が明けないうちに起きて、家の誰かが村の神社にお詣りする。大抵子供たちも連れてゆかれる。大人も子供も、暁闇の中を霜柱を踏んで行く。子供たちは歩きながら、いよいよ正月はやって来、そしてその正月の朝の暗い中を、いま自分は歩いているのだと、何回も自分に言い聞かせる。

初詣でから帰ると、一家揃って雑煮を祝い、大人も子供も、年齢を一つ加える。そして陽が当って来ると、子供たちはよそゆきの着物を着せられ、新しい藁草履を履かされ、そして凍《い》てついた街道に出て行く。これから何かすばらしいことがあるに違いないのであるが、そのすばらしいことは、そう簡単にはやって来ない。大人たちは街道で擦れ違う人たちとお互いに、おめでとうと挨拶するが、子供たちはよそゆきの着物を着せられたことで、何となくお互いに遊び仲間に近付いて行くのが、気恥しい思いなのである。

すばらしい筈の元日の一日は、あっという間に終って夕暮がやって来る。寒いだけで、これといってすばらしいことはなかったが、子供たちは失望しない。お正月は明日も、明後日もあるのである。

いま考えてみると、私たちの幼い頃の、大人たちの正月の迎え方は、なかなかみごとな巧まざる演出で彩られていたと思う。子供たちにあれだけ大きい期待を懐かさせるだけのものは、大人たちの正月というものの迎え方の中にはあったのである。

現在も田舎では大体同じようなことが行われているに違いないが、都会では当然なことながら、大分簡略化されてしまっている。門松の松を山にとりに行くこともできないし、家々で餅を搗くわけにもゆかない。平生仕事に追いまくられている人たちは、せめて正月休みぐらいはと、旅に出たくなる。

しかし、どのような正月の迎え方をするにしても、正月を迎えるという特別な気持だけを持たなければならないし、また子供たちにも持たせなければならぬと思う。長い人生の中で、一年一年で区切りをつけ、新しい気持を持つということは、生きてゆく上に大切なことであるし、年齢を一つ加えるという儼《げん》とした事実もまた、おろそかに受けとってはならぬであろう。

日本の長い歴史の中に据えられた正月を迎えるための行事、その演出は、日本人が生んだ生きてゆく上に大切な知慧である。地球上には幸福な人も、不幸な人もいる。得意な人も、失意な人もいる。しかし、そうした人の別なく、みなが平等に新しい気持を持ち、新しい気持で人生に立ち対かってゆけるのは、新年を迎える時ぐらいではないか。正月の行事は、いかに形式的であれ、できるならそれを守った方がいい。少くとも子供たちだけのためにも、それを守るべきであろうと思う。子供たちははちきれそうな大きな期待を持って正月を迎え、そして長い人生のひとこまである年齢というものを一つ、子供なりの新しく、清らかな思いの中で加えるべきであるからである。

（初出不詳）

星のかけら

沼中生として香貫山に登ったり、千本浜を歩き廻ったりしていた少年の日は、ついこの間のこととして思い出されて来るが、いつかそれから六十年近い歳月が経過している。その六十年の間には、私の場合は金沢の高校時代、京都の大学時代、そして新聞記者としての生活、作家としての日々と、それぞれ毛色の変った時期、時期が置かれている。六十年という歳月の中には、ぎっしりといろいろなものが詰まっていて、私という人間の人生を形成している。

しかし、沼中時代はその六十年の埒外に置かれている。人生以前である。さして悩みもなければ、悲しみもなかったと思う。毎日毎日をなんの屈託もなく遊び暮した感じである。授業というものは確かにあったが、何と贅沢で、程々であったことか。英語をほんのちょっぴり勉強し、代数をごく僅か学び、漢文の時間もあったが、論語の言葉を一つか二つ頭に入れたぐらいのところである。そのどれもが勉強というより遊びであったと思う。確かに毎日何時間か、何かを習ったのであるが、飛び箱を飛んだり、鉄棒にぶら下がったり、啄木の歌を節をつけて歌ったりすることと、さして変りはなかったのである。

いま沼中時代のことを思うと、何と贅沢な時期であったろうと思う。何もかもが、宝石のように輝いて見える。

高校時代、大学時代の友人に会うと、まず真先きにやってくる感慨は、お互いに年齢を加えたなという懐いである。ところが中学時代の友の集りになると、直接にはお互いに老いたなという感懐は来ない。いきなり中学時代の稚い顔が思い出されて来て、〝やあ〟とか〝よお〟とか言っているうちに、精神年齢まで少年の頃に戻ってしまうから不思議である。何の遠慮もない。何の遠慮もないのは、人生以前の仲間であり、人生以前の付合であったからである。ただやたらにきらきらして、星のかけらが集ったようなものである。

星のかけらは、なるべく度々集るべきだと思う。私の年齢になると、もう人生の付合は倦きている。沼津を舞台にして展開した人生以前の友人たちとの会合の、なんと楽しく贅沢であることか。中学時代のことを話している間中、香貫山からの風の音が颯々として聞え、千本浜の波の音が、果しなく遠いところから聞えてくる。

（初出不詳）

［文学エッセイ］

この人に期待する――文学――

今年期待する作家にはまず坂口安吾がいる、昨年度真にデカダンス文学といいうる作品があったとすればこの作家のものだ、特に「女体」（文藝春秋）一作は、心理や性格からでなく、生理的な面から女体の神秘を追求した作品として異彩を放っていた、評論も書くが、好評だった「堕落論」ほか一、二のものより、永井荷風を論じた小文が、とかく荷風文学を包みがちな得体の知れぬ礼讃をひっぱがした点、新風あるものだった。

坂口に次いでは、片隅の才質をもって一応買われてもおり見くびられてもいた太宰治が戯曲「冬の花火」（展望）一作によって、本格的な作品も書けますというところを見せたことも昨年度文壇の一つの出来事だ、第二作「春の枯葉」は期待外れだったが、今年度に期待する少数の一人ではある。

続いて「焼跡のイエス」（新潮）の石川淳、「妖怪」（世界）の高見順の仕事に興味を持つ、但し高見の「わが胸の底のここには」（新潮）の如き自伝小説に持つ甘さは文学青年がいくらほめても買えない、織田作之助にも期待する、作品には論議の余地あれど、その棄身の姿勢は少くとも通俗を超えた青いひらめきがある。

（昭和二十二年一月）

1947年の回顧―文学―

前半期、坂口安吾、太宰治、石川淳の文壇の鬼子たちがくつわを並べて、諸雑誌に書きまくったのはなか〳〵の壮観だったが、結局は太宰だけがコースをあやまたず佳作「斜陽」（新潮連載）をのこしてゴールインした形だ。途中から「肉体の門」の田村泰次郎が登場、「肉体の門」が劇化されて長期上演記録を作り、時流作家としてのイスを占めて精力的に書きはじめたが、作家としての本質的なものを見せた作品はまだ書いていない。悪評の中に逝った織田作之助が、死後各方面で論じられ注目され有名になった。その他では舟橋聖一、高見順等が精力的に書き、「厭がらせの年齢」「理想の良人」等で丹羽文雄はジャーナリズムにおぼれない確りしたところをみせた、このところ、作家精神より作家的エネルギーが強くものをいっている。

新人では「深夜の酒宴」（展望）の椎名麟三、「顔の中の赤い月」（綜合文化）の野間宏、それに梅崎春生、中村真一郎らが注目された。中でも野間の重厚誠実な作風は、全く新しい文学の質として明日を十分期待できよう。谷崎潤一郎「細雪」、宮本百合子「風知草」「播州平野」が出版文化賞を授与された。これにはたれも文句のないところ。評論では小林秀雄を裏返したような立論で「復興期の精神」「錯乱の論理」の花田清輝の活躍が、異色あったくらい、桑原武夫の「俳句第二芸術論」（本紙および〝世界〟）はゴウ〳〵たる物議をかもしたが、未だに目ぼしいばく論は出ていない。

詩では「マチネ・ポエティク」の主張が目新しかったが、肝心の作品は明かに一つの失敗した試みにすぎなかった。戯曲では「劇作」「悲劇喜劇」が出てようやく賑やかになったが、これといった作品もまだ生れていない。精力的に三四の大作を発表した小山祐士の創作活動がやや目立った。

（昭和二十二年十二月）

創作月評

文学界所載の富永次郎「化粧」は最近読んだ作品の中で一番面白かった、浮いたところの少しもない手堅い筆で、人生の傾斜面をあてどなく歩いている中年の男の生活と、味気ないその生活感情が、破綻なく描かれている、この作品から読者の面に吹きつけてくる人生のやりきれない空虚さは相当のものだ。

新人の観念的な、あるいは自意識すこぶる過剰な作品のはんらんする中に、この作品の淡々たる眼は、一抹の清涼さをもって光っている。

世界所載の「桜桃」ほか、やつぎばやに太宰治は多くの作品を発表している、どれも、作品のよしあしは別にして、作者の魂の悲しみのようなものが異様な烈しさでつらぬいている、面白くはないが打たれる、感心はしないが考えさせられる、太宰は太宰のユニークな世界を、ひた走りに走り出した感じだ。

（昭和二十三年六月）

佐藤先生の旅の文章

私は佐藤春夫先生が、御自分の旅の印象や見聞を綴った文章を読むのが好きである。先生には「南方紀行」「秦淮画舫納涼記」「バリ島の旅」「西湖の遊を憶う」といった紀行文学の名品があるが、そうしたものは言わずもがな、国内の小旅行を綴った短い文章に到るまでいずれも、高い格調で貫かれ、独特の面白さを持っている。

先生は大正九年に台湾や福建へ旅行され、昭和二年には中国へ再遊され、戦争中には南方へも出掛けておられる。旅行がお好きなことは言うまでもないであろうが、戦後もよく旅に出掛けられる。私も二三回お供できる機会があったが、いつも雑事に煩わされ、あたら好機をむざむざ逸して、毎回声を掛けて下さる檀一雄氏に半ば申訳ない気持にさえなっている。

佐藤先生の旅の文章の面白さは、先生の生地が直接に感じ取られることであろう。詩人としての、作家としての、批評家としての先生のいろいろな面が、外界の事象万般を通して、自在に現れ、縦横に行間に躍っていることである。本全集掲載の「恐山半島記」にしても、「洗塵紀行」「高野山上の春雪」「広島日記」にしても、また本輯の「再遊長崎」「徳島見聞記」にしても、天才佐藤春夫の面目躍如たるものがある。
私はこうした文章の中の先生は、目白坂のお宅に於ける先生に一番近いと思う。お宅を訪問した者のたれもが知っているあの警句や戯言を弄せられる先生が、どの旅の文章の中にも居られる。機嫌よく諧謔を弄せられているかと思うと、思わず坐り直さなければいられぬような高い文明批評や文学論や人生論が短い言葉で先生の口から飛び出して来る。ある時は辛辣な形で、ある時は温情に溢れた形で、またある時は雅味掬すべき形で、それらのものは出て来る。その表情も時には優しく、時にはきびしい。

私は佐藤先生の紀行文を読む度に、目白のお宅で対坐している時の佐藤先生を感じる。その声音や、表情や、その時々の姿までが眼に浮かんで来る。佐藤先生の人柄を、その高さも、きびしさも、優しさも併せ知るのには、先生の紀行に接するのが一番いいのではないかと思う。

私は先生の紀行文学の中では、たとえば「鷺江の月明」のような神韻を帯びた名品の味わいも好きであるが、それに劣らずお宅の応接間に於ける先生を直接感じさせる国内旅行を書かれた旅の文章も好きである。

いつか檀一雄氏が先生と一緒に姨捨へ月見に行った時のことを書かれた文章を読んで、ひどく羨しく思ったが、私も先生のお供をして、一度旅行をしてみたいと思っている。併し、先生と一緒に旅行する場合姨捨に勝る場所はそう沢山はないようである。檀一雄氏にしてやられた気持であるが、併し、それに勝る場所が絶対にないわけでもあるまいと思っている。

（昭和三十三年九月）

「詩と詩論」その他

私は幼少時代を伊豆半島の天城山麓の小さい農村で過した。雑誌というものに初めてお目にかかったのは、小学校四、五年の頃である。町に出ている親戚の人が、どういう風の吹き廻しか、半年ほど続けて「日本少年」を送ってくれたことがあった。祖母と住んでいる土蔵に町から雑誌が送られてくるということは、異常な事件であった。小学校時代の私にとって、ただ一つの異常な事件であったかも知れない。

面白かったとも、面白くなかったとも、全く記憶にないが、有本芳水、松山思水という名を今でも覚えているくらいだから、やはりそれなりに夢中になって読んだのではないかと思う。有本芳水の少年小説、松山思水の滑稽小説、――こういった形で二人の作家は少年の私の頭の中に入り、それが消えないで今日まで続いているのである。

読んだものを何も覚えていないくらいだから、あるいは「日本少年」という雑誌は、その頃の田舎の小学生には程度が高かったかも知れないし、都会的過ぎたかも知れない。いずれにせよ、その土蔵に舞い込んで来た何冊かの「日本少年」はすっかりぼろぼろになってしまうまで村の子供たちの間を経廻った。当時の伊豆の山村では、雑誌というものは、それほど珍しかった。そのくらいであるから、私の幼少時代は童話というようなものとは全く無縁であった。たくさんの内外の童話に取り巻かれている今の子供たちは、恵まれているのであろうか。あるいはその反対なのであろうか。

金沢の高等学校を卒えたあと、九州大学の法文学部に籍を置いたまま、東京に出て、二年ほどぶらぶらしていた時期を持っているが、その時期に「新青年」を愛読した。毎月売出されるのを、多少待ち遠い思いで待っていたくらいであるから、愛読したと言っていいだろう。しかし、この方もいかなる小説を読んだか、全く記憶にない。夢野久作の書くものが好きだったぐらいのところである。夢野久作と言えば、神田の古本屋で、この作家の作品の載っている古い「新青年」を漁ったことがある。多少湿った暗い文体で、なかなか洒落た筋立ての短篇小説を書いていたように思う。いかなる題の小説か記憶していないが、地方から出て来た青年の眼に映る東京駅の雑踏を描いたものがあり、そのうまさに堪能させられたことを覚えている。

この「新青年」という雑誌のお蔭で、私は小説というものを書いてみようかと思うようになり、実際に生れて初めて小説というもののペンを執ったのである。昭和七年の初めだったと思うが、『謎の女』という題の連載小説掲載中に、作者の平林初之輔が亡くなり、その作品の続篇を一般から募集したことがあった。それに冬木荒之介という筆名で応募して、当選し、「新青年」三月号に掲載された。私の最初の小説である。他人の小説の終りの部分を、その作者に替って書いたのであるから、果して創作と言えるかどうか判らないが、しかし、とにかく小説の形の文章で原稿用紙何枚か（三十枚ぐらいか）を埋め、そしてそれに対する稿料を、「新青年」編集部から貰ったのである。言うまでもなく最初の原稿料である。

同じこの時期に「詩と詩論」で勉強させて貰った。この方は愛読というより、多少読まなければならぬといったものを、自分に課していたようである。この詩の雑誌だけには、新しい上等なものがいっぱい詰まっている、そんな気持だった。

実際にこの季刊誌に掲載されている詩も、評論も、エッセーも、みなきらきら輝いて見えた。実際に輝いていたのである。私の場合、シュールリアリズム、モダニズム、そういう新しい文学の洗礼を受けたのは、この雑誌によってである。それよりももっと広く、詩というものがいかなるものか、こうしたことはみな、この雑誌から教わっていると思う。

と言って、やはり、「詩と詩論」にいかなる作品が載っていたかということになると、甚だ覚つかない。西脇順三郎、春山行夫、安西冬衛、近藤東、滝口武士、三好達治、そんな名前がちらちらするだけである。ちらちらする名前はまだたくさんある。竹中郁、笹沢美明、佐藤一英、吉田一穂、その他拾って行ったら限りがない。

今、当時を振り返ってみると、「詩と詩論」は、時代の先端に位置している詩人や評論家たちの、なかなか派手な社交場であったと思う。次々に欧米の新しい文学が紹介され、そして次々にそうした文学運動の線に沿って、試作が発表されて行った。成功したものもあれば、不成功に終ったものもあるが、成功、不成功の別なく、みな一様に新鮮で、輝いて見えた。いろいろな資質の詩人たちが、さして不自然でなく一堂に会していたと思う。その前にも、そのあとにもない昭和七、八年頃の日本が持った新しい文学運動の社交場であったのである。

今、当時を振り返ってみると、何とも言えぬ懐しさを覚える。「詩と詩論」を机の上に置くと、自分もまた何かを書かねばならぬ、そんな思いを持ったものである。言うまでもないことだが、「詩と詩論」が昭和詩史の上に果した役割は極めて大きい。こうした詩誌が発刊されている時代に、自分の青春を併せることができたのは、自分の幸運だったと言う他ない。この雑誌のお蔭で、私の場合、一生、詩というものからはなれられなくなったのである。

（昭和五十七年六月）

竹中さんのこと

竹中さんというと、私はすぐ生涯に亘って兄事していた親しい先輩のような気持ちになるが、よく考えてみると、氏と親しく交ったのは戦後であり、それもそれほど長い期間のことではない。私は二十三年の暮には居を大阪から東京に移しているので、それまでの僅か三、四年の間のことである。が、その三、四年の間は、かなり頻繁にお会いしていたと思う。当時、私は毎日新聞大阪本社の学芸部副部長というポストにあった関係で、氏には絶えず文化欄の企画の相談にのって頂いたり、原稿を書いて頂いたりしている。

氏と上野照夫氏（当時京都大学文学部助教授・美学）、それに私も加って、三人で美術批評サークルなるものを造って、美術批評を三人の連名で新聞紙上に載せたりしたのも、この時期のことである。この美術サークルは私の東京転勤によって解散の余儀なきに到り、あまり活躍はできなかったが、それでも何回か綜合展の批評を、三人の合議の上で一つの批評にまとめて、新聞に発表している。

氏とお会いするのは、いつも新聞社の学芸部の席か、新聞社の近くの喫茶店であった。氏のお宅を訪問した記憶はない。

こうした氏とのお付合が、急速に一層頻繁になり、親密の度を加えるようになったのは、二十二年の秋から二十三年にかけてである。童詩雑誌「きりん」編集のために顔を合せることが多くなったのである。今考えると、あとにも先きにもないふしぎに楽しい期間であった。

私は当時のことを、日本経済新聞紙上に発表した「過ぎ去りし日日」という、己が来し方を綴った文章の中に書いている。それを再録させて頂く。

＊

私は終戦の二十年八月から二十三年いっぱいぐらいまでを、つまり終戦後の三年半ばかりの間を、狐に化されたような奇妙な季節だと思っている。私ばかりでなく、その頃私の周囲に居た人全部が、多かれ少かれ狐に化されていたのではないかと思う。

私はこの奇妙な、ものの怪に憑かれたような三年半の時期を大阪で過した。その間に春も、夏も、秋も、冬も、なんの変りもなく廻って来ていたのであろうが、どうも暑さも、寒さも、あまり感じていなかったのではないかと思う。貧しさも、空腹感も、まともには受け取っていなかったような気がする。闇市が豊かであるように、私たちは豊かであり、闇市が貧しかったように、私たちは貧しかったと思う。空虚でもあり、充実もしていた。明るくもあり、暗くもあった。最も正確な言い方をするなら、私たちは水の底の薄明りのようなものの中を漂いながら、多少浮き浮きしていたように思うのである。

私たちは書くことから始めた。こういう言い方をするのは、私ばかりでなく、他の人もそうであったろうと思うからである。私はやたらに詩を書いては、それを活字にしていた。活字にしてくれる雑誌はあった。「火の鳥」、「航海表」、「柵」、「コスモス」、「文学雑誌」、「詩文化」、――こうした雑誌もまた、どうやらものの怪に憑かれているようであった。雑誌がものの怪に憑かれていたのではなく、雑誌を作っている人たちが、ものの怪に憑かれていたのである。そして、そこへ私同様、ものの怪に憑かれている人たちが詩を発表した。

私が竹中郁氏や足立巻一氏等と繁く往来し始めたのはこの頃である。竹中氏も、足立氏も、やはり正常ではなかった、狐に化されているか、ものの怪に憑かれているか、でなければ多少為体の知れぬ病気に罹って発熱していたのである。

もう一人、そういう人物が、ある日、新聞社に私を訪ねて来た。尾崎書房の経営者・尾崎橘郎氏である。文化新聞を出したいが、出せるかどうか相談に来たのである。二人が新聞社の前の喫茶店で話しているうちに、文化新聞は跡形なく消えてしまって、童詩雑誌を出そうということになった。尾崎氏が掌の上にのせていた一枚の大きな桐の葉は、一時間ほどで小さな楓の葉に変ってしまったのである。そして竹中氏を監修者に迎え、足立氏と私が編集スタッフになることになった。初め私が「たんぽぽ」という名をつけたが、竹中氏が現れると、あっという間に「きりん」という名に変ってしまった。植物が動物に変じてしまったのである。

私たちは毎日のように毎日新聞社の近くの尾崎書房に集り、風呂にはいり、闇市から仕入れた夕食のご馳走になった。尾崎書房はふしぎな集会場であった。そこに居ると誰も彼もが、やたらに贅沢な気分になり、贅沢な企画を樹てた。そして、それがまたふしぎに実現して行った。私たち自身にも判らなかったが、どこかにからくりが仕掛けられてあるようであった。脇田和、吉原治良、須田剋太、村尾絢子、伊藤継郎、山崎隆夫、松岡寛一、小松益喜、田川勤次氏等、一線の画家たちがみな応援してくれた。こうした人たちもまた、多少狐に化されていたのに違いないと思う。私たちの誰かが手を振ると、それにつられてふらふらと、私たちのところに引き寄せられて来るようなところがあった。安西冬衛、小野十三郎、杉山平一、坂本遼、こうした人たちも同じであった。

そして全国から小さい詩人の卵が作品を寄せて来た。白石欣也、宗次恭子といった天才少年、少女の名は今でも覚えている。

私から狐がおちたのは二十三年の暮、大阪を引き上げて東京に移った時である。誰かに力まかせに背中を叩かれ、はっとして正気に戻ったようなものである。これは東京に移ったためでなくて、大阪に居ても同じことだったと思う。終戦後の奇妙な季節は二十三年をもって終りをつげ、二十四年から物情騒然たる正気の、本当の戦後は幕を開けたのである。

しかし、今考えると、あの狐に化されたような戦後の一季節が、なんとすばらしい時期に見えることか。ものの怪に憑かれて私たちがやっていたことは、このあとにも先きにもない正確で純粋であったような気がする。「きりん」はそういう時期の所産である。もう今はできない。あの季節だけにできたことなのである。「きりん」は私の上京後も引続き発行され、三十七年に東京の理論社の手に移り、ずっと児童詩の世界で大きい仕事をしたが、四十六年に通巻二二〇号で廃刊となっている。

*

このものの怪に憑かれたようなふしぎな時期のまん中に坐っていたのは竹中さんである。竹中さんはいつ会ってもおしゃれで、贅沢で、明るく、話すことにも、考えることにも、身のこなしにも、爽やかな風が通っていた。

そうした竹中さんの影響を受けて、私もまた戦後の暗くあるべき時期を、明るく、いやに純粋なもの許りを思考して生きることができたのである。「過ぎ去りし日日」に、戦後の一時期を狐に化されたようなふしぎに明るい季節であったと記しているが、時代そのものがそうであったというよりは、戦後の暗くあるべき時期を、竹中さんを中心にして、氏を取り巻く仲間たちは、ふしぎな明るさを身にも心にも着けて、毎日を送ることができたのである。

私たちの仲間で一番暗くあって然るべきなのは竹中さんであったかも知れない。氏は戦火によって生家も、養家も、御自分の住居も、そしてたくさんの蔵書もすっかり焼いてしまっているのである。氏はそうしたことから受けられた筈の心の打撃の、その片鱗をも見せなかった。構えているわけではなく、それがごく自然であった。生粋の、天成の詩人として身に着けているものが、氏をそのようにあらしめたのである。

こうしたことは氏の第七詩集『動物磁気』をひもどくとよく判る。この詩集は二十三年七月、尾崎書房から出版されたもので、私が氏と漸く繁くお付合するようになったその時期の、戦後の作品が一冊に収められている。従って『動物磁気』は、私にとっては特別なものである。どの一篇をとっても、そこには戦後が顔を出しているが、しかし暗さはみじんもない。焼跡から詩を拾っているが、まるで宝石でも拾うような拾い方である。竹中さんの生粋の、天成の詩人としての独自なところである。

竹中さんの七十七年の生涯は決して長いとは言えないが、その間にたくさんの詩集を生み出している。初期の『象牙海岸』、晩年の『ポルカ　マズルカ』など、いずれも世評高いものであるが、竹中さんの詩人としての姿勢は終生一貫していたと思う。竹中さんほど洗練されたおしゃれな感性を身に着けていた詩人は、氏の前にもないし、氏のあとにも当分出そうもない。氏独自の機智であらゆるものを宝石にしてしまう抒情の手際は、まことに鮮やかであったと言う他はない。現下の混迷している詩界にあって、『竹中郁全詩集』一巻の受持つ役割は極めて大きいものであると思う。

（昭和五十八年三月）

知的な虚構の世界

　芥川龍之介が出世作「鼻」を雑誌『新思潮』に発表したのは大正五（一九一六）年二月、二十三歳の時であり、睡眠薬によって自分の生命を断ったのは昭和二（一九二七）年七月、三十五歳の時である。従ってその創作活動の時期は約十年、決して長いとは言えない。その長くない期間を、一人の作家として、ちょっとこれ以上を望めないほど充実させたということは驚くべきことである。

　芥川はこの十年の間に百五十篇ほどの小説と、ほぼそれと量を同じくする随筆、小品、評論、紀行文等を発表している。小説はその大部分が短篇小説であって、短いものは四百字原稿用紙五、六枚、長いものでも三十枚前後である。それ以上の長さのものとなると、「地獄変」「偸盗《ちゅうとう》」「或阿《あるあ》呆《ほう》の一生」「歯車」等をかぞえるのみである。「或阿呆の一生」「歯車」等は遺稿であり、小説として遇するのが妥当であるかどうか問題があるようなものなので、「地獄変」「偸盗」などが数少ない芥川の中篇小説ということになろうか。従って芥川は短篇小説の作家と呼んでいいかと思う。その仕事の大部分は短篇小説なのである。

　いつの時代でも新しい作家の文壇への登場は、多かれ少なかれ新鮮にして強烈な個性を必要とする。芥川の場合も同じである。殆どまだ実社会の経験を持たぬ芥川が、大学を出た直後、彗星の如く現われることのできたのは、言うまでもなく、その作品の持つ、それまでになかった際立った特色のためである。

　それでは芥川の作品の特色、特性というものはどのようなものであろうか。それはこの巻に収められた十二篇の作品を読んで頂けば、よく判ることであるが、一応それを整理してみよう。

　芥川の作品について誰もが言うことであるが、その特色の第一はその作品が都会的、書斎的であるということである。芥川が文壇に登場する以前は、日本の文学界に於ては、多かれ少なかれ、人生経験を土台にした作品が主流をなしていたが、芥川の場合、その作品はまるで異った地盤から生み出されている。題材を仏典に、漢書に、更に広く古今東西の書物に仰いでいることもあるし、そこから主題のヒントを得たり、時には文体まで借りていることもある。こういうところは頗《すこぶ》る自由、奔放自在である。

　それから当然なことながら、主題の設定の仕方は知的であり、主題展開のためには形式の上に趣向がこらされ、その文体も、作品作品によって異ったものが採用されている。繊細な感覚と、知識と、才気で織りなされた文章は全く独自と言っていい。

　先に芥川の作品は都会的、書斎的であると言ったのは、上述のような意味からである。それからまた別の言い方を探すと、工芸的であると言えるかと思う。いずれも工芸風な丹念な仕上げを必要とする仕事であるからである。芥川はそれに全力をあげて、独自な美しさを持った短篇を発表しているのである。いずれも学識と才気で、丹念に磨き上げている作品であり、少なくともそうしたことを意図した作品である。

　芥川は初期から中期にかけて、歴史小説を多く書いている。作品の大部分が歴史小説である。ひと口に歴史小説と言っても、今昔物語、宇治拾遺物語、古今著聞集等に収められてある説話に材をとったもの、元禄時代の人物や事件を取り扱ったもの、明治開化期の世相に取材したもの、その他キリシタンものと呼ばれるものなど、幾つかの系列に分けられる。

　芥川のこうした作品は古い説話によって古い時代を取り扱っているので、歴史小説の名で呼ばれているが、歴史や歴史上の人物をそのまま描こうとしたものではなく、古い説話の中の人物に近代的な自我意識を持たせて、新しい芥川的解釈を試みたものが多く、その点では、歴史の衣裳はまとっているが、現代小説とさして異るところはないと言える。鷗外や露伴が書いた歴史小説とは、題材に対する対かい方が根本から異っているのである。

　本巻には芥川の歴史小説として、「羅生門」「鼻」「戯作三昧《げさくざんまい》」「杜子春《とししゅん》」「蜘蛛《くも》の糸」「煙草《たばこ》と悪魔」などが収められている。

　「羅生門」は今昔物語巻二十九、三十一から材を採ったもので、芥川の才気がすっきりした形で光っている佳品。「鼻」は宇治拾遺巻二、今昔巻二十八の両方に出ている鼻の長い僧侶の話を取り扱い、その話をそのまま忠実に追いながら、一人の平凡人の心理をえぐり出して、みごとに一篇の近代小説にまとめ上げることに成功している。芥川の代表的短篇とされている佳品。

　芥川の作品系譜を見ると、後期から晩年にかけては、歴史小説が少なくなり、現代小説が多くなる。その現代小説も、大体二つに分けることができる。一つは初期から中期にかけて発表された作品で、いわゆる芥川らしい芥川的短篇である。作品世界は全く虚構であって、それぞれが主題を持った短い物語であるが、芥川は工芸家が工芸作品を造るように、それを完成度の高い形で示そうとしている。

　今日、芥川の短篇が未だに読者を失っていないのは、まず第一に面白いこと、第二に完全な虚構世界が形を整え、効果が計算され、磨きをかけられて、一個の芸術作品として示されているからである。この芥川的短篇の特徴は、歴史小説に於てより、現代小説に於ての方がよりはっきりしているかと思う。

　本巻にはこの期の現代小説として、「蜜柑《みかん》」「魔術」「トロッコ」「雛《ひな》」「少年」などが収められている。それぞれに面白く、どれを選ぶかは、読む者の好みである。もしこの中から二篇を選ぶということになると、私の場合、「蜜柑」「トロッコ」ということになろうか。

　「蜜柑」は小説というより小品、芥川らしい気持ちの動きのよく出ている作品。「トロッコ」は、誰にもありそうな少年時代の思い出を取り扱っているが、作中に書かれている上り坂、下り坂、美しい風景、暗い森など、人生の象徴としてうまく取り扱われている。小説的構成は持たないが、いい作品である。

現代の日本文学界では、虚構小説が小説というものの流れの中央に坐っているが、こうした機運を切り拓いたのは、芥川の一群の短篇小説であったと言っていいであろう。虚構即通俗といった見方、考え方が行われていた時代に、芥川が次々に純然たる虚構の小説を打ち出して行ったことは、今日考える以上にたいへんなことで、芥川に対する批判もきびしかったであろうと思われるが、ともかく芥川はこの点で、日本文学史上に不滅の大きな一つの峯を築いたということになる。

それはそれとして、芥川は晩年に「点鬼簿《てんきぼ》」「玄鶴山房《げんかくさんぼう》」「蜃《しん》気楼《きろう》」「河童《かっぱ》」、それから二つの遺作「歯車」「或阿呆の一生」等を書いているが、こうした作品に於ては、これまで純然たる虚構小説で押し通して来た芥川が、初めて自分というものを、あるいは自分の心境というものを作品を通して語ろうという坐り方を見せている。いずれも傑作と言えるものである。日本の作家の大部分が、多かれ少なかれ、老年期にはいると、私小説風に自分を語ることに惹かれ始めるが、芥川もまた例外ではなかったのである。ただ芥川の場合は、僅か十年の短い作家生活の果てに、まだ三十代の半ばの若さに於て、その老境はやって来たのである。健康が勝れなかったこと、病的な神経が時代的不安を人一倍強く感じたこと、その他内的外的な煩わしい問題が、この天才作家に精神的老齢を運びこんで来、己れを直接生地のままで書きたい気持ちを起させ、そしてその果てに、ついに本人を死に追い込んでしまったのである。

最後に私自身の好みで芥川の短篇を十篇選んでみよう。「羅生門」「鼻」「芋粥《いもがゆ》」「舞踏会」「南京《ナンキン》の基督《キリスト》」「トロッコ」「秋《しゅう》山図《ざんず》」「点鬼簿」「蜃気楼」「一塊《いっかい》の土」といったところになろうかと思う。芥川龍之介に関して綴った小文の筆を、ひとまず、この辺で擱くことにする。

（昭和六十年十二月）

山本さんのこと

五月三日に北京に向うことになっていたので、その二日前の五月一日に、私は家人と共に、榊原記念病院に山本氏を見舞った。食欲が全くないということで、点滴で栄養を摂っておられた。幾らか痩せが目立って来たかに見受けられたが、私の顔を見ると、旅の平安を祈ると言って、握手の手を差しのべて来られた。こういうところは、いつに変らぬ氏の優しいところであった。

確かに案じられる症状には見えたが、これが氏との最後になろうなどとは、夢にも考えられなかった。

私は予定通り、三日に北京に行き、四日の北京大学建校九十周年の祝典に列し、五日の人民大会堂に於ての映画「敦煌」完成祝賀宴というのに出席。翌六日、列車で済南へ。そして済南に一泊、翌七日、曲阜まで一七五キロのドライブ。泰山の麓を走り、夕刻、七年ぶりに曲阜の町に入る。

曲阜に於ける宿は闕里賓舎。その夜、市関係の小宴に列し、それが終って、ホテルの自分の部屋に引き上げたのは、八時半。北京から同行してくれている中国側の一人から、山本健吉氏の訃報を伝えられる。愕然とする。今日の正午頃、亡くなられたというから、多少段落ある大平原の、泰山周辺地区を走りに走っていた頃であろうかと思う。

訃報は東京から北京、北京から済南、済南から曲阜へと、連絡がうまくゆかず、長い時間を要している。

寝苦しい時間を過す。眼が覚める度に、もう山本氏が居ないことを思う。思い出されてくるのは、氏の優しいところばかりである。私が新疆ウィグル自治区の、多少荒い旅に出て行く時などは、いつも大抵、どこかの神社の御守を届けてくれていた。そういうところは、氏だけの持つ古風な優しさであった。私の家には〝山本さんの御守〟なるものが幾つかある。

沙漠の旅では一回、意識を喪った経験もあるし、一回は十時間、壊れたジープと共に立往生した経験もある。が、いっこうに生命に別条ないのは、〝山本さんの御守〟のおかげであろうと、家人は言う。

こうした氏の優しさは、批評家としての氏にも現われていた。氏はいかなる作品に対しても、いつも必ず無心にその作品の中に入ってゆき、そこにある作者の心に触れ、そしてその作者が何を語ろうとしているかを探《さぐ》って、それを読みとろうとする。

氏の場合、こうしたことには一つの例外もなかった。氏はいつも作者の心の中に入り、作者が語ろうとしているものに耳を傾けるのである。これは批評家としての氏の優しさであるに違いないが、作者にとっては、同じ程度に怖い批評家であるとも言える。氏が読み終って、最後のぺえじを伏せるまで、予断というものは許されぬのである。

私は文学賞の選考に於て、氏と席を共にすることがあったが、いつも氏の裁断があるまで、その席の空気は落着かなかった。いかにいいか、いかに悪いかでなくて、嘘か、真実かであった。作者のその作品に対しての坐り方の判定であり、一瞬のことではあるが、どこかに〝裁く〟という感じがあった。

それはそれとして、これから時間を造って、氏が生涯をかけて追求した大きい仕事を、改めてたどらせて貰いたいと思う。芭蕉、人麻呂についての氏の講義もゆっくり聴きたいし、その上で「詩の自覚の歴史」「いのちとかたち」へと入って行かせて貰おうと思う。その時々で、いかなる表情の氏が現われてくるか、それを思っただけでも、しんとした思いに打たれる。

（昭和六十三年七月）

［随想］

今年の春

逝く春を惜しむという言葉は若い頃から知っているが、実感として春の過ぎて行くのを惜しく思う気持は最近のことである。私は昨年還暦を迎えたが、春を惜しむ気持を持ったのは、還暦を迎える二、三年前からである。つまり五十代の終りに近づいてから、惜春の気持が解ってきたということになる。やはり自分の周囲からぼつぼつ友達が欠け始め、自分自身の体にも老化の現象が目立ち、毎年回って来る春も限られたものであることを思い知るようになって初めて春を惜しむ気持が自分の心に起こってきたのである。しかも、その春を惜しむ気持が、一昨年よりは昨年、昨年よりは今年と、年々歳々強くなってくるようである。

春を惜しむ気持はなかなかいいものである。ずいぶんたくさん〝惜春譜〟というような題の随筆を人が書くのを見て来たが、私もまたそれを書く年齢に達したのである。私は三月から四月へかけて、自家の狭い庭を歩くのがたのしみであった。朝も庭を歩き、夕方も庭を歩いた。いろいろな木が花を咲かせたり、散らしたり、芽吹いたりする。しかもごく短い期間である。いかにもあわただしい感じであるが、それだけにその短い期間を大切にも思い、いとおしむ気持にもなる。今年は紅梅も三月の初めに咲き始め、二十日の風で八分通り散り、二十五日には一輪もなくなっていた。杏は梅より十日ほど遅く咲いた。そして咲いては散り、咲いては散るといったことを繰り返して、梅が八分通り散った二十日の風の頃は、杏の方はまっ盛りで、多少あつぼったい薄桃色の花が遠くから見ると桜のように見える。そして梅が一輪もなくなった頃は、杏も樹下で一面に散った花を敷きつめていた。暮から咲いていた水仙はこれも二十日頃で終り、沈丁花も大体杏と歩調を揃えて盛衰を共にした。二十日頃がまっ盛りだったが、それが過ぎるとあっという間にだめになり、その頃から替って、ぼけが綻びだし、連翹とみずきがそれぞれに小さい可憐な花をいっぱいつけ始めた。

しかし、ぼけもみずきも連翹もあっという間に衰え、追いかけるように桜がいっせいに咲き、散ってしまった。そして、駈け足で春は退場して行った。

毎年春は家に閉じこもって過すが、今年は三月の終りに京都に、四月の初めに北陸へと、二回旅に出た。どこかに、東京の春に見きりをつけて、地方の春を追いかけるといった気持がないでもなかった。

京都では桂離宮の庭を見せて貰ったが、ここで世にも美しい椿と、これまた世にも美しい梅の花を見た。東京で自家の庭の梅の花も見たあとであったが、同じ椿と梅が環境によってこのように違うものかと思った。椿の花の赤さも、梅の花の白さも、眼に滲み入って来るように冴えていた。

京都から帰ると、すぐ北陸の旅に出た。関東平野をじぐざぐに自動車で走り回り、軽井沢まで行ったが、ほとんど花はなかった。東京を発った日は上野の桜が満開だったが、関東平野は、筑波山麓の農村に梅がちらほら咲いている程度で、春は東京より半月ほど遅い感じであった。

北陸は直江津、高岡、金沢を経て、敦賀から琵琶湖へと出た。どこも春はこれから来ようとしており、山も川もまだ完全に冬の装いであった。立山も白山もまっ白で、神通川も、早月川も、犀川も白濁した冷たい冬の流れを見せていた。湖北へ出るとさすがに春は来ていたが、桜はまだだった。この旅で、私は湖北の観音崎の桜の満開の時に、そこに辿りつこうとスケジュウルを組んでおいたのであったが、まだ桜の蕾は固かった。四、五日ずれていた。それから京都へはいった。桂離宮の庭を見た日から十日ほど経っていたが、その間に京都はすっかり春になっていた。どこの桜も満開であった。東京で別れた春に漸くにしてここで追いついた思いであった。

いま自家の庭では紫色の木蓮の花と、白いライラックの花がまっ盛りである。春はどこかに行ってしまい、陽の光も風の肌触りも、もう初夏のさわやかさである。

今年の春は斯くして終ってしまった。意地きたなく、あちこち春を追いかけてみたが、さしたることもなかったという思いである。やはり自家に閉じこもっていて、春の来るのを悦び、春の過ぎて行くのを惜しむべきものかも知れない。

（昭和四十三年六月）

中国文学者の日本の印象

昨年の春、中国から周揚氏を団長とする文学者代表団が来たが、その時、私はその歓迎委員長なるものを仰せつかって、その人たちと何日か行を共にして、たいへん楽しかった。

そうした旅の一夜、その人たちに日本の印象を訊いてみた。

——駅でも、町でも、列車の中でも、日本の娘さんたちの服装を見て、たいへん感心した。みんな思い思いの恰好をしており、そこには流行という軽薄なものが感じられない。自分の好みと個性を生かしている。それから着ているものも決して贅沢ではない。むしろ粗末なものが多いが、それを自分なりに着こなしていてみごとである。

これは女流詩人K女史の意見である。

——私は、銀座を初めとして、日本の盛り場が、どこもネオン・サインにただれた汚い町だと思っていた。そう聞いていた。しかし、こんど日本に来て、夜の銀座も歩いてみたが、少しもそうしたことは感じなかった。特に派手な広告燈にもぶつからず、なかなか美しい東京の繁華地区だと思った。

こうした感想を述べたのは最近大長篇を発表した知名な作家S氏である。K女史にしろ、S氏にしろ、お世辞を言うような人ではなく、本当に自分が感じたことを卒直に述べたのである。

その時、一人の日本人として、私はたいへん嬉しかった。確かに二、三年前までは、ミニスカートが流行すると、誰も彼もがみなミニスカートになったが、今は特にそういう流行に支配されていることはなさそうである。流行というものもあるかも知れないが、眼につくような形ではなさそうである。確かに若い女性たちは、みんな思い思いの恰好をしている。

東京の盛り場も、S氏の言う通りだと思った。何年か前のネオン・サインにただれた夜の町々は、確かにその多くが改まっている。

——でも、ここまで来るには戦後三十数年かかっている。誰が命令したのでもなく、若い女性自身の感性で、盛り場の商店主たちの自覚で、ごく自然に若い女性の服装も改まり、銀座の夜からも汚いものが消えて行ったのです。

私が言うと、

——そうでしょうね。三十数年！　私の国でも、これからその三十数年の段階を踏んでゆかねばならんでしょう。

他の一人が言った。評論家である。これも素直な言葉で気持よかった。

私は、中国の文学者たちから日本の印象を聞いた夜、ホテルの自分の部屋で、いろいろなことを考えた。現在、日本では次から次へ、世界各国の一流美術品の展観が開かれているが、こうした傾向に対して、私などは多少批判めいた気持を持たないではなかったのであるが、しかし、やはり見方を変えなければいけないと思った。世界の一級美術品に次々に接して行くことに於て、われわれすべてが、それとはっきり判らない形で、美的教養を高めているに違いないのである。いいものには、優れたものには、次々に接してゆくことが、すばらしいことであり、いいことであるに違いないのである。

それからまた、世界のどこへ行っても日本の旅行者がおり、ものに動じない日本の若者たちが闊歩しているのを見る。この傾向に対しても、私などは多少批判めいた気持を持っていたが、やはりこれも否定的でなく肯定的に見るべきである、そういう思いを持った。外国を見ることができる時間と金があるなら、日本の若者たちはどこへでも行くのがいいのである。おそらく失うものより得るものが多いに違いないのである。

その夜、私は久しぶりに明るく、素直に、日本の現実を見ようという気持になっていた。その夜の中国の文学者たちが明るく、素直な気持で、日本の現実を見てくれていたので、それに触発されての私の素直さであった。

（昭和五十五年一月）

育った新しい友情

日本と中国の国交が正常化され、この秋で十年の歳月が経過したことになる。両国関係の長い歴史の中でも、この十年はいろいろな意味で、まことに貴重な十年であったと思う。ただ漫然と過ごした十年ではない。日中両国にとって、それぞれ相手の国の存在がいかに大きいかを常に知らされた十年であったと思う。

私個人のことだけにしぼって考えても、この十年の間、中国にかかわるさまざまなことに身を置いている。二年ほど前に、日中文化交流協会の会長を敢て受けたことも、日中両国の文化交流のために多少でも役に立ちたいと思ったからである。言うまでもないことであるが、日中両国の関係に於て、最も基本的なことは、互いに相手の文化を理解し、尊重することである。あらゆることに先立って、文化の交流は行われなければならない。

一国の文化はその国の歴史が生み出したものである。歴史を土壌として花開いた花である。それぞれの国の歴史が異なるように、それぞれの国が生み出した文化は異なっている。

文化は歴史を土壌として花開いた花であるという言い方は簡

単であるが、その花が開く過程は複雑である。民族性とか民族の資質というものが重要な役割を果たしていることは言うまでもないが、国土の持つ地理的条件、風土的条件もまた無関係ではない。

中国の文化は中国の歴史が生み出したものであり、日本の文化は日本の歴史が生み出したものである。本来異なる文化だと言っていい。しかし、日中両国の文化の場合、多少この事情が複雑である。

日本は曾て、七、八世紀の奈良を都とした時期に、学術、文化のすべてを先進国・中国に仰ぎ、最初の律令国家成立の基礎に置いている。が、それは中国から推しつけられたものではなく、中国の協力のもとに、こちらから積極的に取り入れたものである。風俗も、習慣も、生活の様式も、実に多くのものが取り入れられている。それらはその後の長い歳月の間に、それぞれ日本独自の形に改められ、吸収され、日本の風土に適した独自な日本文化が生み出されている。

このような歴史的経緯があればこそ、われわれは日常身のまわりに触れる私たちの生活文化のあらゆる面に於て、遠くその源流を中国にたどるものがいかに多いかに気付かされる。いわば民族の歴史的記憶として、日本文化の底流の一つになっているのである。このことは、両国の友好を深めてゆく中で、他の国々との交流と異なった、日中両国が共有する良き伝統として大切にしなければならぬと思う。

私は、中国を最もよく理解するには、中国を訪ねること、中国の人と会い、膝を交えて語り合うことだと思っている。この思いは、私の心の中で、一つの動かすべからざる信念になっている。中国の人が日本を理解し、日本人を理解するには、やはり日本へ来て、日本の風土の中で日本の人々と語り合うことである。友好の土台をなす文化交流というものは究極的には文化を創る人、文化を背負っている人と人との触れ合い、心と心の問題以外の何ものでもない。海を隔てた二つの国は、すばらしい友情の始まる機会を相互により多く持って、両国の友好を発展させる基礎にしなければならない。

国交の正常化は、両国の人々が互いにこのような機会をより多く持つための保証であった。事実、この十年間に数えきれないほどの人が中国を訪れるようになったし、日本を訪れた中国の人もまた少なくない。その中から多くの新しい友情が生まれ、育っている。両国の平和も、文化交流の発展も、この友情に保証されるのである。

（昭和五十七年九月）

設立三十周年を祝す

中国人民対外友好協会が設立三十周年を迎えると聞いてまことに感慨深いものがある。心から祝意と敬意を表し、今後の御活躍を期待し、一層の御発展を祈念して已まない次第である。

貴協会設立以来、私たちの日中文化交流協会も、ぴったりと寄り添って、ほぼ同じ歳月を歩かせて頂いて、今日に到っている。それだけに貴協会設立三十周年の紀念すべき年を迎えて、まことに感慨深いものがある。

貴協会設立当初のことを振り返って、もう三十年経ったのかという思いと、まだ三十年にしかならないのかという思いと、相反した感慨を二つ持つ。併し、それはどちらも真実であると思う。殆ど考えられぬほどのたくさんの仕事が、三十年という歳月から生み出されており、その三十年の重みは、三十年という歳月によっては計算できぬものであるからである。

ひと口に三十年というが、たいへん充実した三十年である。随分お世話になったと思う。楚図南先生、王国権先生、柴沢民先生、そして王炳南先生と、会長四先生に先ずお礼を申し上げたい。それぞれの時期に一方ならぬお世話になっている。たくさんの文化交流の仕事をさせて頂いている。蔭になり、ひなたになり、御協力頂いたり、御支援頂いたりしている。北京でお目にかかったり、東京でお目にかかったりしている。その時々で、いろいろなお顔が浮かんで来る。そして何より、四先生共御健在で、この佳き年を迎えられたことを、たいへん嬉れしく思う。

対外友好協会の御協力と御支援によって、わが日中文化交流協会は、文化交流の歴史の何ぺえじかを書かせて頂いている。その一ぺえじ一ぺえじに、貴協会の工作員諸氏のお顔がはめ込まれている。いずれも佳き友であり、よき同志である。お互いに心の動き方まで知っている。あれを思い、これを思い、まことに感慨深いものがある。

私たちは過去三十年の歴史を踏まえて、これから新しい一歩を踏み出さねばならぬと思う。日中両国の文化交流には終着点というものはない。一年、一年、大きく花を咲かせ、実を結んで行かねばならない。それが私たちに与えられた天からの使命であると信ずる。その使命感を持って、一歩、一歩、足がためして進んで行かねばならぬ。どうか日中友好、親善のために、世界の平和への貢献のために、今まで以上に力強い御協力を頂きたいと思う。

これからの三十年は、二十一世紀の新しい時代へと入って行く。われら何を為すべきであろうか。私たちは視点を新しく、視野を一層広くして、文化交流による両国親善の靭帯をより強固に、より高度なものにしてゆかねばならない。そして両国文化の交流を、新しい文化創造の基盤にまで高めてゆかねばならぬと思う。共同研究、共同制作、シンポジウムと、新しい分野に活潑に鍬を入れてゆかねばならない。

私事にわたるが、昨年十一月、新疆ウイグル自治区に於て、ハミからウルムチまでの列車の旅に於て、十二時間に亘って車窓から、長く長く続く天山連峯の美しい姿を見た。そしてその時、文化交流の仕事も、あのように長く連なる山容を造るべきであるし、造らねばならぬと思った。

このお祝いのお手紙を書くに当って、前会長中島健蔵、前理事長宮川寅雄の両氏が、名前を連ねることのできないのが、堪まらなく淋しく思われる。もし連名で、このお祝いのお便りを綴ることができたらと、思い切なるものがある。

最後に貴協会全員の一層の御活躍を期待し、御健康を祈念して、この筆を擱く。

（昭和六十年六月）

［美術エッセイ］

静物画の強さ

静物は風景や人物に比して、描く対象の取扱いにおいて作者の意志がより大きく入り込んでいる。何をどういう構図で描こうと作者の自由である。

それだけに、静物においては、画家は美的観賞のすべての切札を出して勝負しているようなもので、自由である代りに、随分辛い仕事であるであろうと思う。芸術家としての身上がかけ値なしに全部さらけ出されて仕舞うからである。

連合展の夥しい作品の中で、静物は十分の一を占めるか占めないかの数であったが、強く印象に残る作品の何点かは、静物が占めているようである。春陽会の岡鹿之助氏『遊蝶花』は美しかった。背景を雪の置かれた庭園にしてその前に三色菫の鉢を置いてある。澄み切った華麗さである。氏のどの作品もが持つ知的な詩がこのように純粋に高い形で現れたことはいままでになかったのではないか。工芸的とか幻想的とかいえるようなものはもうここにはない。

国画会の青山義雄氏『静物』も、色彩家としての才能が奔放に現れたもので、ここに見る降るような情感は美しい。氏の好んで描く海浜風景などに見る特異な情感は、時に抵抗を感じないでもないが、それがこの静物では美しく収っている感じ。春陽会の加山四郎氏『チューリップ』も、その新鮮な感覚が印象に残っている。

新制作派三岸節子氏の二点、二科会鈴木信太郎氏『菊』第二紀会宮本三郎氏の二点、国画会の杉本健吉氏『カルラとケンダッハ』春陽会水谷清氏『エジプト壺のダリア』等、いずれも、それぞれの領域における手堅い仕事といえようか。但し、三岸節子氏の仕事は少し変って来ている。

（昭和二十六年五月）

銀製頭部男子像燭台（部分）

一昨年の秋、北京の故宮・武英殿で、そこに陳べられてあった中山王国の遺品群を眼にした感懐は、ただ大変なものが出て来た、そういった思いであった。そしてその大変なものが日本にやって来、それに東京国立博物館で再度お目にかかった時、心につき上げて来たものは、全く同じ感懐であった。そのあと、もう一度博物館の会場に足を運んでいるが、その時も、そしてそれから一カ月ほど経った今も、全く同じ感懐である。大変なものが出て来た！　ただそういった思いである。

大体、中山王国なる国は、日本人のわれわれには全く縁のない国である。専門家は別にして、私などは北京で初めて知った名前であり、いやにどっしりと構えた名前ではあるが、馴染みというものは全くなかった。

その後、今日までに、中山王国なる国について、多少の知識は蓄えたが、これは全くの知識であって、中山王国なる国の理解には、あまり役に立っていない。一体、いかなる国であったのであろう、この思いは北京でその遺品群の前に立った時も、それから二年余経った今も、全く同じである。

紀元前四七五年から前二二一年にかけて、二百五十年ばかり、河北省の保定、正定附近にあった国であり、広さは日本の四国ぐらいというからちっぽけな国である。中国の史書にも僅かしかその名を現わさないというが、それは当然であろう。しかも北方の少数民族・白狄が建てた国だという。その白狄がいかなる民族か、これまた判らない。

しかし一番判らないのは、その王陵から出てきた夥しい数の遺品群である。その中からどの一点を取り出しても、どうしてこのような高度の技術に支えられ、高度の芸術的感覚で処理されていたものが造られていたのであろうかと、眼を見張るだけである。遺品は何も語ってくれない。ここに登場して貰った「銀製頭部男子像燭台」に於ても、三つの灯皿を捧げ持っている人物は、ふしぎな表情で多少の笑みを浮かべ、何も判らないでしょうと言っているかのようである。一体、これは何だという他はない。鋭い芸術的感覚、驚くべき精巧な技術、これが紀元前に二百年ほど続いた中山王国というちっぽけな国で造られていたのである。

この前に三回立ったが、いつもつき上げてくる思いは、これに灯《ひ》を入れよ！　である。火焔を見詰めて生きていた北方遊牧民族の心が、もしかしたら、その焔のゆらめきの中に見えるかも知れないと思うのである。

（昭和五十六年六月）

［紀行］

ありふれた風景なれど

大阪で新聞記者時代の十五年を過しているので、関西のあちこちを随分歩いていていい筈なのに、いま思い出してみると、どこも知っていない関西知らずの自分に驚くばかりである。

同じ勤先の新聞社に「近畿景観」の著者である北尾鐐之助《りょうのすけ》氏のようなその道の大家や、石川欣一氏、井上吉次郎氏のような特殊な旅行好きの趣味人を先輩に持っていたので、もう少し関西のあちこちを歩いていてよさそうに思うのだが、案外どこも知っていないようである。又、たとえ足をのばしていても、新聞記者という特殊なあわただしい職業のなせる業か、落着いてその土地土地の特殊な楽しさや美しさを自分のものとはしていないようである。併し求めに応じて、私の数少ない経験の中から二三心に深く印象づけられた場所を拾ってみることにする。

＊

私は南紀州が好きで、これまでに何回となく紀勢西線に乗ってその終点まで出掛けている。白浜、椿を過ぎて暫らくすると、南紀特有の紺青の海が車窓の右手に顔をのぞかして来る。その辺りから終点木本までの海の美しさは格別であるが、いつもこの汽車に乗って特に楽しいと思うのは、那智の駅に汽車がとまった時、駅のホーム越しに海の深い青さを見入る時である。いかにも南端の海らしく、海の青さはぎらぎら陽に輝いている。那智の駅もそうした海に面している駅にふさわしく、陰影というもののない不思議に明るい駅であるが、この駅など恐らく日本では、最も明るい駅の一つではないかと思う。高知にもこんな明るい駅はない。

それからもう一つ、終点木本町の東端にある鬼ヶ城の渦である。あの巨大な岩の台《うてな》も勿論珍らしいものには違いないが、そこで見る岩の狭間《はざま》々の小さい潮の渦紋はちょっと他処《よそ》では見られないものかと思う。熊野灘がどんなに静かな時でも、ここには巨大な岩石の周辺に幾十という小さい潮の渦紋がゆるゆると流動している。昔鬼が棲んでいたという伝説があるそうだが、私はこの潮を見た時、恐らくここに棲んでいた人間が鬼になったものだろうと思った。こうした孤独傲岸《ごうがん》な潮の単調な退屈極まる動きを見ていたら、人間は誰だって鬼になる以外仕方がないではないかと思ったものである。この紀勢西線の沿線には潮岬があるが、ここの風景は余り好きでない。土用波でも立っている時か、暴風雨《あらし》の時でも行ったらいざ知らず、平生の日は断崖の肌が枯れた感じで、どこか貧しい感じがある。

＊

那智の駅のことを書いた序《つい》でに、駅のことに触れると、私は小海線の小さい駅々と伯備線の上石見《かみいわみ》駅が好きである。どちらも高原の駅であるが、高原の駅特有の閑散とした淋しさを夏には持っている。殊に上石見駅は一見すると何の変哲もない駅であるが、私はいつもここに汽車がとまると駅のホームに降り立ってみる。尤も他の時期のことは知らぬ。と言うのは、私は一月か二月雪の降る時期に、上石見の駅を通ったことがあるが、この時はただ細長いホームに雪が白く置かれてあるだけで、至極平凡な、つまらぬ山間の小駅といった感じであった。駅を外れると石見の国というだけあって、いたるところ山肌に石が露出しているが、その周囲を埋めている雑木や、雑草の動きの美しさは夏季だけのものであるかも知れない。

＊

京都で好きなのは、竜安寺から仁和寺《にんなじ》へ行くいかにも京都の郊外らしい、のどかさを持った白っぽい風景である。竜安寺の石庭も好きであるし、仁和寺の二つの茶室も好きなので、京都へ出掛けると、大抵この道を一度は歩くが、八瀬大原程は田舎びていず、道の両側には途切れ途切れであるが人家が並んでいて、人家が切れると、柿の木を二三本持った畑地が置かれてあったりする。

併し仁和寺に沿って曲るところまで来ると、あたりの感じは暗くなり、いかにも時代劇映画にでも出て来そうな通俗さを持って来る。尤も竜安寺仁和寺間のこの道は、美しい石庭から美しい茶室へ向かう特殊な興奮が特に美しく私にあたりの風景を見せているのかも知れぬ。法隆寺の部落の白い古い壁に挟まれた道も、一寸他に見当らぬ美しいものだが、極く短い間だけなのが惜しまれる。

道のことを言った序でに言うと、高野山の金剛峯寺《こんごうぶじ》の前から金堂の横手を通り、親王院の前を通っている道路は私の好きな道の一つである。片側に千年の老杉《ろうさん》が、さほど深くなく生えて居り、余り暗くもなければ、と言って勿論明るい道でもない。陽の光も道路の上にちらほら散る程度で、私は物を書く時いつもこの道を思い出す。あの道を歩きながら自分の書くものの主題を考えたいと思う。併し東京からではちょっと不便なのでなかなか実現しそうもない。

＊

山は、登山の経験を殆ど持っていないので、〝登る山〟については皆目知識の持ち合わせがないが、見る山としては、伊豆のくぬぎや、ぶなの雑木林の山と、雪に覆われた比良《ひら》の山が好きである。

伊豆の天城の雑木の美しさは、二月の終りから三月へかけての春先きが一番いいと思う。瀬戸物にでも描いた絵のような冷たい感じが山肌の灰色の中にあって、その中に黄色い絵具でも塗りつけたような竹叢《たけむら》が大きく風に揺らいでいる様は無類の美しさである。

比良は勿論雪に覆われないと、あのボリウムを持った山容の大きさは見られない。冬琵琶湖畔の堅田《かただ》あたりからまなかいに見る比良もいいが、併し私の好きなのは、琵琶湖の北岸から、東海道線の車窓で見る雪の比良である。車窓と平行して、遥か前方に連なっている比良山系の遠望は雄大でもあり、他の山に見られぬ気品がある。比良の東斜面に石南花《しゃくなげ》の大群落があるそうだが、登山に無縁な私は、琵琶湖を遠望できる斜面を埋《うず》める香り高い白い花の群落の美しさは、単に想像してみるだけで、そこに立つことは一生ないかも知れない。これに対する憧憬を、私は「比良のシャクナゲ」という、小さい作品に書いたことがある。

石南花と言えば、伊豆の天城にも万三郎岳の傍に石南花の群落があり、余り人に知られていないけれど見事なものだそうである。これは私の郷里に近いところであるが、私は勿論見たことがない。

＊

琵琶湖では景観は小さいが、石山の秋が好きである。石山の石より白し秋の風と芭蕉は咏《うた》っているが、晩秋ことに暮方あそこを音訪《おとず》れると、落莫《らくばく》たる気が白い石と石との間に立てこめていて、ちょっと立ち去り難い気がする。

先きに書いた堅田附近は晩秋から初冬へかけてがいい。人影のない浮御堂の辺りは、眺望そのものにこれといって曲節はないが、何となくまとまりなく大きく開けている感じで、やはり湖畔で昔から屈指の眺望の地として名があるのに頷かれる。石山で月を見たことはあるが、ここから月を見たことはない。浮御堂附近一帯が月光にろうろうと照り渡るさまは、想像しただけでも無類の美しさである。

＊

河では高等学校時代を過した金沢の犀川が何度見ても美しい。その後筑後川の満々と水を湛えた美しさにも惹かれたことはあったが、汪洋《おうよう》とした河面の感じでは日本の川は中国の河川に遠く及ぶべくもない。そこへゆくと、あのいかにも淙々《そうそう》というに相応しい川瀬の音を発している犀川の流れの美しさは最も日本的な特殊な美しさであるかと思う。

金沢には浅野川という川も市中の他の端しを流れているが、同じ金沢の川にしても犀川の広い河原を横たえ、そこの一部に清流を奔らせているゆったりとした眺めに較ぶべくもない。

＊

京阪地方では四季に亘って所謂《いわゆる》昔から景勝の地として名だたる場所が多いが、嵐山は何と言っても遅咲きの桜がちらほらと新緑の中に覗かれる四月の終りの頃がよく、それも暮方に行くに限る。いつか須田国太郎氏がこの時季の嵐山を描いて日展か独立展に出品していたが、あれも暮方の嵐山ではなかったかと思う。陽が落ちると嵐山は急に山容を改めるかと思うくらい通俗なものを払い落す。強《あなが》ち観光客が疎《まば》らになって埃りがおさまるためばかりではない。川の面だけに夕明りが漂い、夕闇は山の頂から次第に下に降りて来る。

高尾、栂尾《とがのお》、醍醐等秋の紅葉の名勝は京都には多いが、案外山崎の紅葉の美しさを知っている人は少ない。山崎の駅前の古い茶室妙喜庵の横を通って、天王山の中腹に上るのもいいが、谷崎潤一郎氏の「蘆刈」で有名な淀川の河畔から満山紅葉した天王山を見るのもいい。晩秋になると、あの附近は時雨《しぐれ》が多いが、時雨の過ぎた後の濡れた紅葉の多彩な美しさは形容する言葉がない。

この他高野沿線学文路《かむろ》附近、七夕の高岡の町、大和古墳群の中心にある古市《ふるいち》、内海沿岸の竹原等々、まだ書きたいところは沢山あるが他の機会にする。

（昭和二十六年十月）

木々と小鳥と

今年はせいぜい余暇を作って旅行しようと思ったが、旅行らしい旅行もしないうちに、いつか春も終って、五月の声を聞いてしまった。この調子では、どこへも出掛けず、東京にくすぶったまゝで、一年が終ってしまいそうである。

二三日前、箱根の山の新緑を見に乙女峠へ行って来た。どうせ旅行らしい旅行ができないなら、せめて実行可能なハイキングまがいの小旅行でもしないよりは増しだと思いついて、思いついてから一時間程の間に、鞄に洗面道具だけを詰めて家を出た。

誰でも知っているように、箱根の山は外輪山も内輪山も、老いた感じである。やわらかくておだやかで、その山の形にも山肌の色合にも青年の若々しい感じはない。

仙石原から見ると、山の斜面は二種類に分けられる。一つは箱根竹、かや、熊笹に覆われた遠くから見ると、灰色を基にしたやわらかな色調に塗られている山である。そっとその上を手で撫でてみたいほどの柔かさである。灰色の上質の毛布でも拡げているような、見た眼の感触である。

冬に見ると、これが幾らかそうけ立った冷たいものに感じられるが、この季節では、その冷たさが消えて、やわらかさだけが目立っている。ここを風が通るのは美しい。

もう一つは雑木林の山の斜面である。伊豆の雑木林とは美しさがまるで違う。伊豆はくぬぎが多いが、今度この山を歩いてみたところでは、くぬぎの木は殆ど見当らなかった。

雑木林の茶褐色の色調の中に明るい碧《みど》りの若葉がもくもくと盛り上がり始めている。ブナ、ナラ、ソノ、ケヤキ、コハゼといった種類の木である。山裾から登って行くと、グミの木の大きいのも注意して見ると到るところに見受けられる。山巓近くなると、ウツギ、リンカ、ヒイラギ、ツツジ、コメツツジが、風に頭を押えられるためか、発育を不自然にとめられた形で、雑木の中に混じっている。ツツジも多い。いま（五月初旬）は紫の花をつけている。土地の人に訊いてみると、紫の花が散ると、次に赤のツツジが咲き、最後の白のツツジが咲くということである。しかし、私は雑木の中に置いて見るには紫のツツジが一番好きである。雑木の中に点綴《てんてつ》する紫の色彩の美しさは、亡くなった二科の国枝金三画伯の作品から教わったものである。晩年の氏は雑木の中に咲いている紫色の花ばかりを好んで描いた。その頃は、氏がなぜこのように、紫色ばかりに取り憑《つ》かれているか奇妙な気がしたが近頃になって、自然の中に置かれている少々沈鬱なこの色の美しさに、心惹かれるようになった。萌え立とうとしている新緑の山の斜面の中に於て、殊に然りである。

ヤシャの木も芽を出し始めている。

私は、この春仕事であわただしく過してしまって、ろくに桜も見なかったが、金時山から乙女峠へ出る道の両側で、満開の山桜に何本もお目にかかった。しんとしたその静かな美しさに見惚れた。

鳥は、ウグイスとミソサザイが啼いていた。尤もミソサザイは麓は寒い時だけだが、このくらいの山になると、一年中居るのかも知れない。まだ少し時期が早いので、コマドリ、クロッチョ、カッコウ、ツツドリなどの鳥の啼き声は聞えないということだった。二年程前に、何種類かの鳥の啼き声が、山の斜面のあちこちに降るように聞えていた時に、ここに来たことがあった。六月であったか、七月であったか、季節ははっきりと記憶していない。

こんど、金時山の頂上に住んでいる小見山妙子さん（金時娘といわれている娘さん）に、この近くで一番美しい眺望の場所はどこかと訊いてみると、百子《ひゃくし》ガ崖だということだった。

道を訊くと、道がついていないから、知っている人に連れて行って貰う以外、行けまいという。そこで小見山妙子さんの兄さんの二十二三の青年を煩わして、そこに案内して貰った。

金時山と乙女峠の中間の地点を、仙石原の方とは反対の斜面に降りて行った。時間にすれば十分か十五分ほど降りて行ったところで、さほど遠い地点ではないが、雑木林の急な斜面を、木の枝につかまって降りて行くのが少々大変だった。

道案内の山の青年も、そこへの降り口が判らないらしく、二回自分だけ斜面を下って行って二回引き返しているところを見ると、彼もまためったに足を踏みいれることのない場所のようだった。

行ってみると、嶮しい山の斜面に、そこだけ巨大な岩石が重なり合って露出し、その一番先端の岩の下は、洞穴のようにくり取られたまま、深い谷になっていた。

岩石の質がやわらかくて崩れそうなので、その岩の尖端まで行く元気はなかった。しかし、眺望はなるほど大きかった。駿東郡の北部一帯の平原が眼下に収められ、その向うに大きい富士が坐っていた。

沼津から国府津に出る御殿場線が平原の左手の方に見えた。御殿場線に沿って流れている鮎沢川も、ちぎれた針金の欠片のように、所々陽に光っている。

右手の方には丹沢の山塊が起伏して平原を抱いている。平原には町らしい人家の茂りが二つ見える。御殿場町と小山町だということであった。

その平原に落ち込んでいる山の斜面は、反対側の仙石原寄りの斜面とは、趣きを全く異にしていた。雑木の種類は同じものらしいが、ひどく暗く冷たい感じだった。

眼下に見える平原そのものがまた陰鬱である。初夏の陽は同じように照っているが、全体に暗い翳がかぶさっている感じである。平原といっても、上から見降ろして言えることで、丘陵の起伏が波のように拡っているのがわかる。そうした土地の高低起伏が生み出す、特殊な表情であるかも知れない。

しかし、山に住む少女がここを一番美しい場所だと言ったことを考えると、私はそのことが面白かった。山に四六時中暮していると、こうした重くるしい沈鬱な表情に、次第に魅せられて行くのかも知れない。

この春の初めに四国の小豆島へ行った。これは全く、新聞小説にこの島および附近の島を書きたいためで、往きは宇野から高松に出て、そこから島に渡り、帰路は、島から大阪へ夜の船で渡った。

山はいくら向かい合っていても倦きないが、海は直きにその単調さがやり切れなくなる。

静かな海の到るところに、大小の島々が散在している瀬戸内海の風景は、美しいことは美しいが別段、暫らくでもここに住んでみたいとは思わない。

これと同様に、伊豆の西海岸の屈曲の多い海岸線も、これは郷里へのコースで年に何回となく、バスや自動車で通るが、やはり直きに倦きてしまう。

海なら、熊野灘とか、小さい砂丘を持っている日本海の海が好きである。躍り、怒っている荒い海が、私には性が合っている。潮岬へは二度行った。一度は夏季で、断崖が枯れて、いかにも貧相だったが、次に秋の暴風雨模様の日に行った時は、まるで全く異った海の感じで、荒れた潮岬は美しかった。

海で特に印象深いのは、夏の博多の海と、冬、雪の降っている日の津軽の海であった。

私は学生時代暫らく福岡で過したことがある。その頃は、夏になると、毎晩のように唐人町の下宿から裸体で飛び出して、夜の海につかった。海水を垂らしながら岸へ上がってくると、夜光虫がきらと光った。

青森の海岸で見た津軽の海はいかにも業苦という苦しい感じで、雪に降り込められて居り、視界は全く利かなかった。併し当時、倉田百三の「絶対的生活」に読みふけっていた二十代の初めの私には、極めて印象深いものであった。

私は一時間近くもその海を見詰めていて、少しも倦きることがなかった。

同じこの青森の夏の海で、詩人の井上康文氏と、泳いだことがある。夏の終りだった。風呂にでも浸かるように、私たちは肌に冷たい海に浸かった。その時のことが、どういうものか、妙に悲哀を伴った感情で、いまも私の心に強く捺されている。

（昭和二十七年七月）

わたしの山

「氷壁」を書いたおかげで、時折、山の雑誌から原稿の注文がある。時には、夏山の思い出とか、冬山の思い出とか、内容の指定まで受けることがある。また山の遭難事件があると、よく新聞社から電話がかかって来る。若い登山者への注意とか警告とかいったことを、簡単に話せという依頼である。

こうしたことがある度に、私は自分が山に関して、いかに貧しい経験と知識しか持っていないかということを、相手に説明しなければならない。冬山の思い出などという原稿の注文は、とんでもないことで、私は冬山はおろか、夏山にさえ算えるほどしか登っていないのである。それも穂高だけ、穂高オンリーの登山家なのである。

初めて「穂高」へ登ったのは、全く「氷壁」を書くためであった。登山家を主人公にした小説を書く以上、せめて一度だけでも登山の経験を持ちたかったし、また穂高を舞台にする以上、穂高という山を眼にするだけは、眼にしておきたかった。

最初の「氷壁」のための穂高行きが病みつきになって、それから今日までに五、六回穂高に登っている。甚だ貧しい経験の登山家である。経験は貧弱だが、穂高が好きなことは敢えて人後に落ちないと思う。他の山に登ろうという気にはならない。穂高以外に、もっと美しい山もあるかも知れないが、私は穂高で充分だという気持である。「氷壁」のおかげで山の楽しさ、山の美しさを知ったのであるから、「氷壁」の舞台の穂高に最後まで仁義をたて通したいと思っている。

（昭和四十一年十一月）

敦煌・揚州

去る五月中頃、中国人民対外友好協会の招きを受けて、敦煌を訪れることができた。敦煌は、美学専攻の学生であった頃から、大きい関心を持っていたところでもあり、またその後、私自身「敦煌」という小説も書いているので、機会があったら一度ぜひ足を印したいと思っていたところである。それが思いがけず今年、その永年の夢を果すことができた。良い年という他ない。

北京から空路蘭州に向かい、蘭州では、地区革命委員会の人たちに、誕生日の祝宴を設けて頂いた。七十一回目の誕生日を、敦煌に向う途中、蘭州で迎えたことも、これまた感深いことであった。

蘭州から酒泉まで、列車の旅十八時間。酒泉から敦煌まではジープの旅になった。酒泉、安西に、それぞれ一泊、敦煌に着いたのは、北京を発ってから五日目であった。やはり敦煌は都から遠くはなれた辺境の町であり、歴史の町であるという思いを深くした。

敦煌には五日滞在し、敦煌文物研究所長常書鴻先生御夫妻の案内で、五十六窟を参観させて頂いた。信じられぬような贅沢な五日間であった。四世紀から十四世紀まで、約一千年にわたって、次々に造られて行った石窟の中には、その時代時代の特色を現わした塑像が置かれ、同じように時代時代によって描法の異る壁画が、その窟の全壁画を埋めていた。どの窟に入っても、息をのむような思いを持った。どれもみな、歴史と信仰が生み出したものであった。

敦煌千仏洞は、文字通り東洋芸術の宝庫という他はないが、そればかりでなく、それが持つ東洋史、美術史、風俗史、宗教史、音楽史に関する資料的価値は、ちょっと想像できないほど大きいものであると思った。そうしたものに関する資料が、各窟全部を埋めつくしている壁画の中に、無雑作に描き込まれている。楽器だけを拾って行っても、今まで知られなかった東洋音楽史のある面に、新しい照明を与えることになるだろうと思う。

敦煌滞在中の一日をさいて、漢代の玉門関、陽関へも案内して頂いた。これも有難いことであった。歴史の上から見れば、敦煌は西域経営の国境の軍事基地であり、玉門関、陽関は、その最前線の守備兵の居留地であり、屯所であるということができる。

玉門関、陽関の遺址に立つことができて、そこから敦煌を振り返ってみた時、敦煌が単なる宗教都市、芸術都市であるというばかりでなく、往古の大軍事都市としての性格がはっきりして来るのを覚えた。その意味では、玉門関、陽関を訪ねたことはよかった。

敦煌の旅を終えたあと、日本作家代表団の団長として、北京の他に、南京、揚州、蘇州、上海を訪ねた。このほかに、作家代表団は大同をも訪れたが、私は前半の旅の疲れもあり、大同の方は割愛させて貰った。

この作家代表団の旅で、特に揚州の地を踏んだことには多少の感慨なきを得なかった。揚州は三度目の訪問である。

第一回目は昭和三十八年（一九六三年）で、北京と揚州で、鑑真和上円寂一千二百年記念集会が開かれることになり、そのための訪中であり、揚州訪問であった。法浄寺で鑑真の記念集会が開かれ、三百人の人が集った。集会は本堂の横手の平山堂で開かれ、丁度集会が開かれる頃から雨が降り始めた。そしてそのあと、新たに造ることになっている鑑真記念堂の定礎式が、一層烈しく降り出した雨の中で行われた。この集会開催に郭沫若先生と共に尽力された趙樸初先生の指示によって、日本側は大西良慶師、安藤更生氏、それに私が加わって、それぞれ少量の土を鍬ですくった。

私の小説「天平の甍」が中国語に翻訳されたのは、この年の初めで、その中国訳と、安藤更生氏の大著「鑑真大和上伝之研究」が平遠楼の三階の陳列ケースに収められてあり、その前に安藤更生氏と共に立ったことも、ついこの間のことのような気がするが、いつかそれから十五年の歳月は経過し、安藤更生氏は故人となられている。

二回目は四十九年（一九七四年）の、日中直行便一番機によっての中国訪問の時である。前回の揚州訪問より十一年経っており、前の時は大きな連絡船で揚子江を渡ったが、この時はその必要はなかった。美しく力強い長江大橋が江北と江南を繋いでいた。

十一年の歳月は、また古い歴史の町をも変えていた。揚州の町の郊外には新しく造られた大きな運河が三本走っており、江蘇省江都水利管理所が大々的な規模で設けられていた。

また法浄寺には鑑真記念堂がほぼ完成した姿を見せており、記念堂正面の壁面三つのうち、中央の壁面だけに波の絵が描かれてあった。この二回目の揚州訪問の折も、法浄寺の境内には時折雨が落ちていた。

こんどの揚州訪問は三度目である。鑑真記念堂は、もうどこにも手を加える必要がないように完成していた。記念堂正面の壁面も、堂の左右の壁面も、それぞれ美しい絵で埋められてあった。

しかし、それより強く印象づけられたことは、鑑真記念堂が今や生きて活動しているということであった。多勢の人たちが、老若男女を問わず、次から次へと鑑真記念堂に入って行き、決してあとを断つことはなかった。

十五年前に蒔いた芽は、やはり不幸な暗い十年という歳月を経験したに違いなかったが、いまや大きく育ち、葉を茂らせ、枝を四方に張った感じである。こんどは雨は落ちず、薫風が法浄寺境内の大きな樹々を渡っていた。法浄寺も明るく、鑑真記念堂も明るかった。

（昭和五十三年）

文明を生み育て葬る

　二、三年前にヨーロッパの川を経《へ》廻《めぐ》る旅をしたことがある。オランダのアムステルダムを基点として、列車の窓からライン渓谷のラインにお目にかかり、次はくるまでラインの支流であるネッカー河に付合い、それからまたくるまでドナウ河畔を、流れに沿って降った。この時の旅では、ほかにエルベにも、セーヌにも、その長い河畔を走らせて貰った。

　こうしたヨーロッパの川は、いずれも、その河畔に古い町々を持っており、ヨーロッパ文明、文化への大きい貢献を物語っている。河畔の都市も静かに美しく老い、流れもまた静かに美しく老いている感じであった。

　この何年か、毎年のように中国辺境の沙漠地帯に入り、沙漠の川にお目にかかっているが、沙漠の川となると、ヨーロッパ文明を生み出したヨーロッパの川のようなわけにはゆかない。

　言うまでもないことであるが、沙漠はそのままでは植物も生きられないし、動物も、人間も住むことはできない。しかし、そうした沙漠に一本の川の流れが置かれると、事情は全く異なってくる。その川筋には植物も繁茂し、人間が住むことの可能な地帯もできる。これがオアシスである。

　中国・新疆ウイグル自治区のタクラマカン沙漠には、往古、たくさんのオアシス国家が営まれ、たくさんのオアシス文化が生み出されている。これを造ったのは、沙漠を取り巻いている天山、パミール、崑崙といった大山脈から流れ出す川たちである。しかし、その河道の変遷によって、それを葬ったのも同じその川たちである。そうした往古の都市遺跡、集落遺跡が、点々と沙漠の中に打ち棄てられ、埋まっている。

　西トルキスタンのアム・ダリヤ、シル・ダリヤといった代表的な沙漠の川も例外ではない。文明、文化の育成に大きく貢献し、そしてそれを自らの手で葬っている。

　中国の古い文明は、黄河の流域に生み出されている。しかし、その文明も今は廃墟となって、土中深く睡っている。この方は黄河々道の変遷によるというより、それの洪水、氾濫によって、死の宣告が下されたのであろうと思われる。黄河文明を生み出したのも、それを葬ったのも、黄河自らが持つ巨大な力であったのである。

　ナイル文明のナイル河、インダス文明のインダス河、それぞれの川の岸に立つと、多少異なった感慨を持たざるを得ない。いかなるものが、これらの大きい文明を葬ったかは、詳しくは判っていないのである。

　ナイル河畔のカルナック神殿の址に立っても、インダス河畔のモヘンジョダロの廃墟の跡に立っても、ひたすら悠久な思いの中に取り入れられてしまう。しかし、悠久な思いでごまかされてしまってはいけないに違いない。川と人間と文明を結ぶ関係方程式は、いま私たちが考えているより複雑であり、まだ私たちの気付かない未知の因子が加わっているかも知れないのである。

（昭和五十九年八月）

〔選評〕

第十一回読売短編小説賞選後評

長崎達哉氏の「バス停留所」は、何より読後感のいい作品である。書き方も素直であり、短編としてもまとまっている。少年の気持も片腕のない女の気持もよく書けている。読んでいて作品の中から一陣の涼風が吹きつけて来る感じである。

これ以外に新郷久氏（刈谷市）の「薔薇かげの倫理」と原直哉氏（東京）の「蒼い炎」の二編が光っていた。二作とも読者の心を打って来るものはほんものである。ただいずれも、余りに文学的であることがかえって損をしている。

その他、子供をよく描いてある西和子氏（呉市）「黒ん坊」、谷口利之氏（東京）「師走」、加藤政久氏（宮城県）「仲間」等が、それぞれかなりはっきりした欠点はあるが、面白いと思った。

（昭和三十四年三月）

新文章読本

顔

なかなか確りした文章である。あいまいな表現は避けて、簡潔さを心がけているところは立派である。どこも直さなくても、原文のままでも通用するだろう。併し、私が私の文章として発表する場合は、なお何個所か訂正することになる。文章をよくするというより、より正確にしたいからである。「私はもう一度その新聞を開いてみた。それは……モンタージュ写真なのだ」という最初の文章は、「私はもう一度その新聞を開き、その写真に眼を当てた。それは」としたい。この方がはっきりする。「大きな鏡にうつる私は、もっと顎がはっている」は、これでもちゃんと通用するが、やはり「大きな鏡にうつる私の顔は」としたい。くどいようだが、いかにくどくても、正確な方がいい。「鏡の中の私と違った私の顔を、私は友人達と撮った写真の中に何枚かみている」は、「友人達と撮った何枚かの写真の中」としたい。非常にデリケートなことで意味が違ってくるというのなら、単に、「何枚かみている」を「何枚か発見している」と直しただけでもいい。

私はいい文章というものは正確な文章だという信念を持っている。正確な文章のお手本は、志賀直哉の文章である。

（昭和三十四年九月十六日）

雲

最後の選に残った十二篇はどれもちゃんとした文章で、それぞれに物を見る眼もできていて感心した。その中でも青柳英樹、八島八夫両氏のものはすなおでいいと思った。この二篇のうち、ここには八島氏の文章を取り上げることにする。「服地を背負い、訪ね行く村はまだ見えず」ははっきりとしない。背の服地のことと、訪ね行く村の見えないことは、二つに分けた方がいい。また「訪ね行く村」というような言い方も、調子があっていやである。「目的の村」とか「目当ての村」とかにした方がいい。

文中に「駈け来る」とか「押寄せ来る」とかいう言葉があるが、「駈けて来る」「押寄せて来る」にすべきである。「婦人」を「女性」に、「大樹」を「大木」に訂正したところがあるが、これは前後の関係で、言葉の持つ意味を正確なものにしたかったからである。この方が坐りがよくなると思う。それから雨雲が「低空を昂然と進み行く」はやはりちょっとおかしい。ここではむしろない方がいい。

（昭和三十四年十月二日）

怒り

平野多賀治、塩崎サカエ、藤田佳丘の三氏のものが、よく書けていた。三編とも、すなおな文章で、自分の力以上にいい文章を書こうとか、しゃれた書き方をしようとか、難しい言葉をつかおうとか、そういったところのないのが、読んでいて気持よかった。ここでは平野多賀治氏のものを取り上げた。

「夜風にさそわれて蜜柑の花の匂いがほのかに流れてくる」。これでもいいが、「夜風にさそわれて」という習慣的な言い回しより、「夜風にのって」とする方がはっきりする。「お前は家庭の和楽を害するものだ」という会話は固くるしい。「お前は家庭の平和を乱す気か」とした方が会話の言葉になる。「今の私の年齢はもう父には無かったなどしみじみ考えるのである」は、これでも、もちろんいいが、一読しただけではっきりしない。それよりすなおに、「今の私の年齢にはもう父は亡かった」とした方が、判り易く、かつ明快である。

同様な意味で「こういうことは以前にも繰返したのであったが」は、「こういうことは以前にも何回かあったが」の方がいいと思う。正確の言葉を選ぶことと、正確な表現を心がけること、これが文章を書く上の一番大切なことだと思う。

（昭和三十四年十月九日）

悲しみ

「悲しみ」という題材が書きよかったのか、どれもちゃんとした短文になっていた。最初の「十五という多感な年頃だった」の〝多感〟は、私なら〝感じやすい〟とする。多感という言葉には多少違った意味がはいって来るからだ。「その母の横顔も、父のそれと同じ色をしていた」はおかしい。「父のそれと同じように悲しみと苦しみにまみれていた」とでもすべきであろう。「夕闇の中に舞う枯葉を見ていた」は、これはこれで意味はわかるが、私なら「夕闇の中に舞い落ちる枯葉」とはっきり書く。「夕闇の中に舞う」という書き方の面白さはなくなるが、しかし、その持つあいまいさはなくなる。

しゃれた表現とか、ひねった表現というものには、必ずあいまいなものがはいって来る。そうした表現をすべき時もあるが、多くの場合、それを避けて、平凡ではあっても正確さをとった方が間違いはない。

（昭和三十四年十一月三日）

月

斎藤洋男君の文章を選んだ。高校三年生のものとは思われぬ程確かりしており、殆ど手を入れようのないほど整っていた。みごとな夕景スケッチである。

ただ「家々のかまどの煙が立ちはじめ」というところだけ多少ひっかかると言えばひっかかった。〝家々のかまど〟という言葉は昔から使われているもので、それだけに月並みであり、実感が弱いと思う。こうした使いふるされた言葉を使うより、〝炊事の煙〟とか〝夕食の支度の煙〟とかした方がはっきりしていい。

それから「こんなにも暖い色をした月を見たことがなかったのだ」という文章であるが、ここで問題になるのは最後の〝のだ〟である。〝のだ〟は意味を強める働きをしているが、ここはもっと静かに書くべきである。私は〝のだ〟という言葉はめったに使わない。筆者自身の昂奮が現われていやだからである。

以上のように私流に訂正してみたが、斎藤君の文章は、そのままでも立派である。

（昭和三十四年十一月十七日）

初冬

「初冬」という題が書きよかったのか、殆んど手を入れる必要のないような文章が多かった。山下泰民、奥野ナカ、塩崎サカエ、荻実氏等のものは、どれもちゃんとした小品で、文章もそれぞれ無駄がなくて気持よかった。

ここには篠沢栄一氏の作品を取り上げる。文章には難があるが、書いてあることが面白かったからである。新制中学二年の時、国語の試験に詩のような短文を書いた。それを先生がほめてくれて、六十五点くれた。在校中ただ一つのはなやかな思い出である。「それから十年、私の生活はなぜか六十五点のままを生き続けているような気がしてならない。その時の一点景が運命のように私の人生にスタンプされている。初冬の教室の窓の白さを、私はなぜか忘れることはできないのだ」

　これは散文詩として読むとなかなか面白い。併し、前半の文章はひどく乱れている。散文詩にするには、もっと神経が行き届いていないと困る。

「ふと何気なく答案用紙の裏に自由詩のような短文を書いた」とあるが「ふと何気なく」はおかしい。「後日、先生が答案用紙に点数をつけて還してくれる時、それをたいへん讃められ六十五点をもらった」は、文章になっていない。それから「雰囲気」を「奮囲気」などと書くのも不注意である。

（昭和三十四年十一月二十五日）

不安

　初めて野球の試合に出た時のことを書いた高校二年の藤田佳丘君、自分が物事を忘れっぽくなった不安を綴った塩崎サカエさん、それから友人の初産に立ち合った時の気持を書いた白石有子さん、以上三人の人の文章はどれも殆ど手を入れる必要のないものでした。素直で几帳面な文章で、読んでいて気持のいいものでした。今回は坪井二三子さんのものを取り上げます。これは初めて北海道へ渡る人の不安が全文にみなぎっていて「不安」という題には一番ぴったりしているものでしたが、文章はかなり乱暴です。

「窓外の移り変りを楽しみながら、青森へ着いたが、すでに夜半過ぎ」はおかしい。昼間から夜半への時間の推移を一行で片付けるのは乱暴です。「オロ〳〵」とわざわざ片仮名にしてありますが、何も片仮名にする必要はないでしょう。「おろおろと」とちゃんと書くべきです。「そこ〳〵」も「そこそこ」の方がいい。

「海は初夏の色もなく冷え」は、夜のことですから「初夏ではあったが、夜の海は冷え冷えとしていて」とすべきでしょう。それから最後の一節は混乱しています。短く切って几帳面に書くべきです。それから「克明に思いおこす事が出来る」の「克明」はおかしい。言葉の選択にはもっと神経質であっていいでしょう。

（昭和三十四年十二月五日）

いたずら

　水沼三樹男、木原規行両氏のものなど、コントとしてはなかなか面白いものでしたが、一般には「いたずら」という題がむずかしかったためか、目立ってうまい文章はありませんでした。

　東京助氏の文章を取り上げます。点とマルはきちんと区別してはっきり書くべきです。最初の行の「それは」何をさしているか判らない。「泣きじゃくりながら見ていたのだった」は

「いたのだ」できった方がはっきりします。

それから六行目の「その中にはもう忘れられたものが沢山入っていた」の「その中」も何をさしているか判りません。多分物置きの中という意味だと思いますが、小人が踊っているように聞えているうるさい声の中とも取れないことはありません。

最後の「これが私の母から受けたおしおきの一つだった。今はこのいたずらも遠い思い出の一つになってしまった」は、これで意味は判りますが文章としては乱れてもいますし、神経が行き届いているとは云えません。私は私流に訂正してみました。


（昭和三十四年十二月十二日）

争い

「争い」という題がむずかしかったのか、あまりいいものはなかった。千田信彦氏のが一応無難なので、これを取ることにした。

「どうしてあの様に断固として反対するのだろう」という一行は、「どうしてあの様に頑固に」とすると、母の反対している様子がはっきりと眼に浮かんで来る。「断固として」といったいい方は誤りではないが、型にはまっていて味もそっけもない。また「傷心のまま裕子の所に帰らなければならない」という文章の中の「傷心のまま」は、「傷ついたまま」とする方がいい。「傷心」という言葉を使っても誤りではないが、しかし、必ずしも的確ではない。傷心は痛み傷ついたといった意味に使われ、母と争うことによって引き起された気持の痛みの場合はただ「傷ついたまま」とした方がいいと思う。

それから文中に「それが判らぬではない」という句と、「と言って」という言葉を、勝手に二つ挿入した。この方が文章の意味がはっきりするからである。行を変えたり、続けたりしたところもあるが、これもこの方が読む人に親切だと思う。


（昭和三十五年一月十四日）

雪の日

東京助氏、根岸八重子氏、北村欣平氏などの文章はどれもきちんと整っていた。殆ど手を入れる必要のないものであった。ここに取り上げた篠沢栄一氏のものは、書いてあることは素直でいいが、文章は読む人に対して必ずしも親切なものだとはいえない。文章というものは他人に読んで貰うものだから、他人本位に書くべきである。余分なことを書けというのでなく、他人にはっきりと判るように書くべきである。「電車がホームへすべり込み、降りる際、誤って片方の――」は、「電車が駅へすべり込み、ホームへ降りる際、僕は誤って片方の――」とすべきであろう。同様に、「冷たいのと情なさで半分べそをかき、とまどっていると」は「足先きの冷たいのと情なさで半分べそをかき、どうしようかととまどっていると」と書けばはっきりする。このほかにも何か所か直してあるが、どこも文意をはっきりさせるためである。

最後の「母は人生の重荷を肩に負い、僕は雪の道をかぞえるように、踏みしだいていった」はひとりよがりの書き方である。「母は人生の重荷を肩に負っていまも歩いている。僕は雪の道を自分の足の運びをかぞえるようにして、一歩一歩路上の雪を踏んで歩いていった」とでもしたらどうであろう。「踏みしだく」という言葉は、霜柱などの場合は使うが雪の場合は少しおかしい。

（昭和三十五年一月二十七日）

別巻補遺

［自作解説］

「天平の甍」映画化のよろこび

小説「天平の甍」を発表したのは昭和三十二年、今から二十三年前のことである。その時この作品が中国の多勢の人に読んで貰うことができたらと、——そんな思いを持ったが、昭和三十八年に中国訳「天平の甍」（楼适夷氏訳）が北京の作家出版社から出版され、私の夢は適えられた。「天平の甍」は中国の多勢の人たちに読まれ、そうしたことも一役買って、鑑真和上円寂千二百年記念集会が北京と揚州で開かれた。

そうしているうちに、いつか私の心の中に、大々的な中国ロケーションによっての「天平の甍」の映画化という夢が生れた。この夢は年々私の心の中で大きく育って行ったが、なかなか実現は難しく、いつか十数年の歳月が経過した。そして、その夢が夢でなく、現実の事件となったのは、こんどの熊井監督によっての「天平の甍」の映画化である。中国側の大きい協力のもとに、中国各地で撮影が行われ、今や映画「天平の甍」は完成し、封切の日を待つばかりになった。

しかし、この映画化は簡単に実現したわけではない。熊井監督は熊井監督で、この作品の映画化実現のために、何年かにわたる粘り強い準備期間を持たなければならなかったのである。

私は昨年、七月に蘇州、九月に桂林と、二回現地ロケーションに立ち合った。そして最も強く心打たれたのは、出演俳優諸氏、撮影スタッフ全員の並々ならぬ真剣な取り組み方、それを支える中国側の大きい協力であった。原作者としてそれを見ていると、すべてが眩しく、心にこみ上げて来る感動があった。

私はたくさんの小説を書いているが、「天平の甍」という作品は仕合せだと思っている。作者の夢が適えられたという点で、最も仕合せな作品であるかも知れない。

（昭和五十五年一月）

［追悼文］

和歌森さんのこと

〝天智天皇と天武天皇〟という主題で、和歌森さんと対談したのは一昨年（昭和五十一年）の秋であった。その対談は学研の『日本の歴史』という全集の第二巻に収められている。

私が和歌森さんと対談したのは、あとにも先きにも、これが一回だったと思う。それだけにその時のことが印象深く記憶されている。

私は小説『額田女王』を書くに当って、天智、天武両天皇の年齢の開きを五歳と想定しており、その席でも、そのことに触れたが、和歌森さんはその開きをもっと大きく考えておられた。――大化の改新以来沈黙を守り続けて来た大海人皇子の、皇位に対する野心があらわになって来るのは近江朝になってからのことのように見られる。従って、その辺りで大海人皇子は成人化したという見方をしている。確証はないが、大海人皇子は天智天皇より八つか、九つ下ではないかと思っている。

氏はこのように言われ、更に続けられた。

――従って大海人皇子の愛人であった額田王はかなり若い女性だったと思う。大海人、額田の恋愛は、若者同士の恋として成立っていたと見るべきであろう。だから額田は大人の天智天皇に召し上げられてしまったのであり、それをいかんともなし難く許したのは、ボンボンの大海人皇子だったのである。

大体、このような言い方をされたと記憶している。

その時、私は和歌森さんの考え方の方が、ずっと自由で、自然だと思った。私の方は、大海人皇子の天智天皇に対する協力の年限はかなり長く、従って皇子の隠忍の期間も長く、そういうところに壬申の乱を誘発する動因を置いていたので、当然二人の年齢をそれほど大きく開かせるわけにはゆかなかった。

勿論、いずれにせよ、実証できることではないが、その時も、そして現在も、和歌森さんの考え方の方が自由で、自然だと思っている。和歌森さんが、この問題を、歴史的事件からでなく、人間から見ておられるところは、なかなかすばらしいと思う。

歴史学者としての和歌森さんの本領はこういうところにあったのではないか。いつも人間から歴史を考えておられるようなところがあって、そういうところは見事だったと言うほかはない。

最後にお目にかかったのは、昨年の春であったかと思う。病院から出て来られた許りの時で、その退院を祝っての三、四人の集りであった。その時はお元気になっておられ、宴席が終ってから、銀座に出ようか、出まいか、ちょっと思案されていたが、やはり自重しておきましょうと言われた。銀座に出ようか出まいか思案されたのは、ご自分のためではなかった。同席の私たちの銀座行きを淋しくさせないためであった。そういう氏の配慮が、私たちにはよく判った。

氏の逝去によって、大きい星が一つ墜ちた思いである。

（昭和五十三年六月）

［監修者・編集者の言葉］

「日本文学全集」編集委員のことば

まったく新しい文学全集

こんどの全集の編纂に当って、全委員が既成の考え方に捉われないで、良心的に公平に人選や作品の選に当ったが、その結果がある程度、今までのこの種の企画の持たぬ新しさとして出ているのではないかと思う。「三好達治、中原中也、伊東静雄集」の如きも、この全集だけの持つ誇りと言っていいであろう。文学全集の新しさというものははっきりと形の上に現わしにくいものだが、各集を手に取って戴けば、どこかにそのことを感じて貰えるのではないかと思う。

（昭和四十一年五月）

「黄文弼著作集」監修者のことば

「黄文弼著作集」四巻の日本語版が出版されるので、それに言葉を寄せるようにという、恒文社・編集部から声がかかったので、悦んでお受けすることにした。最初の黄文弼・日本上陸に立ち合う眩しさを、自分のものとさせて頂く。

この「黄文弼著作集」の日本語出版は、今は亡き宮川寅雄氏の永年に亘っての抱負であり、念願であり、志であって、私も亦、氏と一緒の、五回に亘っての中国旅行に於て、何回か、黄文弼の仕事と、その意義について、氏のお話を伺っている。

私の書棚には、黄文弼の著作としては、「吐魯番考古記」一巻があるが、これを入手したのも、宮川氏から、西域関係のことを調べる場合、ヘディン、スタイン等の著書のほかに、どうしても黄文弼の著作を座右に置かなければならぬということを、何回か聞かされていたからである。私所蔵の一冊は、私が黄文弼の著書を求めていることを知った、中国の古い友人の一人から贈られたものである。

ただ残念なことは、私の場合、中国語の文章を自由に読みこなす力を持っていないので、一知半解の読解力で、黄文弼の仕事に立ち向うほかはなかった。

併し、それでも、宮川氏が言われたように、ヘディン、スタイン等の仕事を正しく受取ったり、不明確な点を確めたり、補足したり、多少ニューアンスを変えて、受取ったりする上に、黄文弼の調査報告が、いかに必要欠く可からざるものであるか、ということだけは判った。宮川氏の言う通りであった。

その考古学者としての黄文弼の仕事のすべてが、こんど田川純三、土井淑子両氏によって訳出され、恒文社から出版される。わが国の西域研究に新しく、明るい、大きな窓が開く思いである。

早速、田川氏の手になる『ロプノール考古記』のゲラを読ませて頂く。一日一夜、全く田川氏の訳文から離れることはできなかった。小説「楼蘭」の作者としての、私の〝楼蘭〟に関する解釈が、ある所では支えられ、ある所では訂正され、ある所では対立したりして、めったに味合うことのできぬような、楽しい時間を持つことができた。

黄文弼の調査、報告、或いはその独自な見解に依って、ヘディン、スタインを初めとする、ヨーロッパのシルクロード学者たちの研究や、報告や、論文が、今まで感じなかった落着きを持って来たり、輝きを帯びたり、時には反対に、ある翳《かげ》りが感じられて来たりする。

そういう意味では、黄文弼は、革命前後の中国が生み出した、ただ一人の考古学者として、それからまた、スタインと一緒に現地で仕事をした、ただ一人の中国の学究として、スタイン、ヘディンの貴重な仕事の、側面からの実証者として、或いはその正しい解説者として、時にはまた、その訂正者として、頗る貴重な役割を持っているかと思う。

とまれ、黄文弼という生粋の、中国考古学者の真摯な仕事がいかなるものか、それに注いだ情熱がいかなるものか、一人でも多くの人に知って貰いたいものである。

『ロプノール考古記』に続く『トルファン考古記』その他の上梓も、一日も早くといった、いまの私の思いである。

それから『ロプノール考古記』に収められている令息・黄烈氏の「黄文弼略伝」は、革命前後の烈しい時代を、純乎たる一人の学究として生きた父君の人柄と、その業績について、語りに語って、余すところないと思う。かけ替えのない黄文弼・紹介である。

以上、甚だ意をつくさないが、小説「楼蘭」の作者として、黄文弼・讃の筆を執らせて頂いた。

最後になったが、本巻の訳者・田川純三氏とは、去る五十五年五月、一緒に新疆ウイグル自治区の西域南道を歩いており、それ以来、私にとっては、氏は文字通り畏敬して已まぬ友である。こんど、氏の仕事に、貴重な、新しい分野が加わったことを悦ぶ。

—一九八八・九・一五—

（昭和六十三年十一月）

［展覧会パンフレット］

石川近代文学館展

絢爛を支える北国の風土

東武百貨店に於て、石川近代文学館展が開かれる。

北陸の歴史と風土が生み出した多種、多様な文学が、――鏡花が、秋声が、犀星が、重治が、その他多勢の現役の作家、詩人の業績が一堂に展示される。

ここに見る多種多様な絢爛さを支えているものは、暗鬱な北陸の雪空であったり、日本海であったり、加賀百万石の城下町のたたずまいであったり、旧制四高の赤煉瓦の建物であったりする。そうしたことの証人として、原稿が、ノートが、写真が、たくさんの関係資料が展示されている。

（昭和六十二年十一月）

［その他小文］

扉のことば

「文芸　せたがや」の上梓は、世田谷区に住む者として、たいへん誇りやかな嬉しいことである。東京都の中でも文化と最も深い関係を持つ世田谷区らしい、すばらしい企てだと思う。初めての試みであるのに俳句、短歌、詩、小説、随筆、各部門に亘ってたいへん沢山な応募作品が集まり、その中から優れた作品が選ばれて、この作品集が編まれている。選に当ったのは世田谷区在住の第一級の文学者諸氏である。どうか多くの人たちに、この作品集を読んで貰いたいと思う。

世田谷区ではすでに在住美術家諸氏の作品展示会も開かれ、公募展も行われている。それからまた著名音楽家諸氏によって年に十二回のコンサートも開かれている。美術、音楽につづいて、いま新しく文学の灯がともされた思いである。どうかこの文学の灯が、文化振興の意味で、今後大きく発展し続けられてゆくことを願ってやまない。

（昭和五十七年三月）

フォトエッセイ

今年は五月に東京に於て、国際ペンの大会が開かれる。世界各センターのペン・マンが一堂に会し、文学を語り、言論の自由を語り、親睦、友好の盃を上げる。日本ペンクラブにとっては、なかなかたいへんな年である。たいへんではあるが、開催する以上は、未だ曾てなかったような大きい成功を収めたいものである。幸い文化界・各分野の人たちが、この大会の成功のために、それぞれの立場から応援を惜しまないで下さっている。有難いと思う。

（昭和五十九年三月）

「岩稜」お祝の詞

岩稜会が鈴鹿市に於て、社会人登山団体として呱々の声をあげたのは、昭和二十一年四月である。それからいつか、四十年という歳月が流れている。眩しい歳月である。トップ・レベルの技術を以て、穂高の岩場を開拓したこと、ナイロン・ザイル事件を通して社会的貢献したこと、それぞれ日本の登山界に於て、どの団体かがやらなければならなかったことである。

この度、こうした岩稜会の記念集会が開かれ、記念出版が為されると聞く。嬉しいことである。この機会に、岩稜会の総帥・石岡繁雄氏を初めとし、多くの親しい登山家諸氏に、『氷壁』の作者として、心からお祝の言葉を差上げたいと思う。おめでとう、おめでとう、おめでとう。

梓川の流れの音を耳に浮かべながら、ドウトコシの流れの音に体を投げ込みながら、いま、このお祝の詞を書く。

（昭和六十二年五月）

私と京都ホテル

私と家内が結婚したのは昭和十年十一月、私は二十八歳で、まだ京都大学文学部に籍を置いて、学校へも行かないでぶらぶらしていた頃である。

結婚式も、披露宴も、京都ホテルの御厄介になった。家内の父親が京都大学の医学部長をしていた頃で、披露宴には大学の先生がたが多かったので、京都ホテルを煩わすことになったのである。

京都ホテルとは、それ以来のお付合で、東京に居を構えてからも、仕事の関係で、京都へ行くことが多く、その度に京都ホテルの御厄介になって、今日に到っている。部屋も、いつも東山の見える同じ部屋を都合して貰うことが多い。窓から見える東山一帯の眺めは、すっかり一枚の絵になっており、それを眺めるのが楽しみである。

私もいつか八十歳、妻も七十七歳、京都ホテルとは、いつか半世紀をこえる長いお付合になり、この小文を綴っていて、感慨深いものがある。

五十年も付合っていると、特別の愛情の生まれるのは当然なことである。いつも、くるまを降りて、建物の中に一歩踏みこむと、やあ、暫らく、そんな思いがわいてくる。広さも、明るさも、客の混雑の仕方も、京都ホテル独特の好もしいもので、わが意を得たものなのである。

ヨーロッパを旅していると、時に京都ホテルに似た雰囲気を持つホテルに出遇うことがある。大抵古いホテルである。京都ホテルの持つ独特の雰囲気も亦、京都ホテルが歩んで来た長い歴史と無関係ではないに違いない。どうか、いつまでも、その長い歴史を大切にして、その独自な翳《かげ》りを、新しい時代のホテルの中に活《い》かされんことを。


（昭和六十二年）

［序跋］

北岡和義「檜花　評伝　阿部武夫」序

序にかえて

いつか竹田厳道さんが訪ねてこられ「辺境」という字を書いてくれとのこと、何に使うのかおききしたら、友人の阿部武夫さんが北海道は洞爺湖のそばにある留寿都《るすつ》というところに山荘を建て記念のパンフレットを出すので表題にするのだと——

そのとき阿部武夫さんがヒノキ新薬という化粧品会社の社長であることを知った。

もっとも阿部さんとは宴席や、銀座のバアなどでお逢いしている。私と同年輩とは思えぬ、至って元気な方である。最近身体の調子をくずされたときいて心配している。

その阿部さんが、こんど自身歩まれた道とでもいうべき「檜花」を出版されるという。きっと面白いといっては何だが、その人となりを余すことなく描き尽くせたら好箇の人生教科書になるのではと心待ちにしている。

わたしの小説に「あすなろ物語」というのがあるが、あすなろとは明日はヒノキになることであり、それを主題に、希望をもって人生を闘っていく話である。

阿部さんが会社を創設され「ヒノキ」と名付けられたのは、その製品の主剤が檜から採ったヒノキチオールに因るからだと思う。そして阿部さんの心の片隅にきっと「あすに成」るといった壮烈な志があったからでもあろう。
心から「檜花」の発刊を祝います。

（昭和五十六年三月）

矢野克子「詩集 空よ」序

——詩三百、一言以ってこれを蔽《おお》う、曰く思い邪（よこしま）無し。

「論語」為政篇に載っている孔子の言葉である。「詩経」三百十一篇の詩に対しての概括的批評であろうかと思う。

こんど矢野さんが編まれる詩集のお作を拝見して、この孔子の言葉を思い出した。優れた詩篇に接した時、それに対して言える感想は、この言葉しかないのではないかと思った。美しい想念はへんぺんと飜んでいて、一片のにごりもないのである。まことに〝思い邪無し〟である。

矢野さんの美しいお仕事が、多勢の人々に読まれ、迎えられることを念じて已まない次第である。

（昭和六十年六月）

［アンケート回答］

30人への3つの質問

最も深く影響をうけた作家・作品は？
戦後、最も強く衝撃をうけた事件は？
最も好きな言葉は？

フローベル「ボヴァリー夫人」。人間の一生というものを、この作品のように深く考えさせられたものはない。

社会的事件では全学連の学生と警官の衝突、文学的事件では、「太陽の季節」「楢山節考」の出現。

養之如春——これを養うや春の如し。何ごとをなすにも春の光が万物を育てる如く、あせらず、ゆっくりと、確実に。

（昭和四十年九月）

［推薦文］

串田孫一随想集

串田孫一氏の随想選集がこんど筑摩書房から出ることは有難いことである。氏の評論、随筆が氏独自の見識に支えられているものであることは言うまでもないが、その最も大きい特色は、それが日本では珍らしい知的な香気を持つ点にあると思う。哲学者としての、評論家としての、詩人としての、あるいは登山家としての氏が持っている知識や教養が、単なる知識や教養という生の形で出ないで、必ず一種独特の高い香気となって氏の文章の奥から発散して来るところに、氏の作品の魅力があると思う。そしてまたそこが氏が多くの愛読者を持つゆえんではないかと思う。

（昭和三十三年四月、筑摩書房、内容見本）

少年少女世界名作文学全集

こどもたちは、いつも、なにかを夢にえがいています。宇宙への夢、空想の世界への夢……。この全集は、そういうこどもの憧憬を満たしてくれる夢の宝庫です。

（昭和三十五年四月、小学館、内容見本）

世界の旅

私は旅の話が一番好きだ。自分も旅が好きだが、自分以外の人の旅の話をきくのも好きであるし、それに関する文章を読むのも好きである。紀行文とか、旅行記とかいったものを読む楽しさは、実に特別なものであり、そうした書物の頁をあけている時が、ある意味で、人間の持ち得る一番贅沢な時間だろうと思う。旅の文章を読む楽しさが特別のものであり、そしてそれがいかに贅沢であるかは、人間の心の一つの不思議でさえある。

（昭和三十六年十一月、中央公論社、内容見本）

太田亮「姓氏家系大辞典」

「姓氏家系大辞典」は、私の座右の書の一つである。たとえば、武田を名のる氏は、なんと有名な甲斐の武田氏から、武蔵の武田氏、上総の武田氏、真里谷武田氏……と五十近い。それがタテとヨコが巧みにパノラマを見るように作られている。小説を書く上の資料であるばかりでなく、私は読物としてこの書を愛する。深夜、辞典を繙くと、私の書斎いっぱいに歴史上の人物が押し寄せてくる。愉しい空想の一ときである。真里谷武田氏とは、どんな運命であったのだろうか。

（昭和三十八年十月、角川書店、内容見本）

日本の考古学

日本の古代を知りたいという欲求は、戦後の日本人の気持の中に極く自然に生れました。戦後の諸現象の中で、これが一番健康なことかも知れません。私たちが学生の頃は、考古学はその名の如く古い時代を考える学問でしたが、いまは現代を考える上にどうしても必要な生きた学問となりました。日本の考古学はここ十数年の間に驚くべき業績をあげ、日本古代史に曾てなかった大きい照明を当てています。この際河出書房の『日本の考古学』の受持つ役割は非常に大きいもので、新しい考古学にふさわしい編集意図、一流の執筆陣、早くその第一巻の出るのが待たれます。

（昭和四十年四月、河出書房、内容見本）

ひろすけ絵本

童話ひとすじに五十年間打ちこんでこられた浜田さんが、こんどすばらしい絵本をだされた。文章も美しく絵も気品にあふれていて、日本の絵本の水準を高める画期的なものである。このような香り高い絵本がうまれたことを喜びたい。

（昭和四十年十月、偕成社、内容見本）

石坂洋次郎文庫

「若い人」が発表当時の新しさを今でも失わず、ヒロイン〝江波恵子〟が依然として今の読者にも魅力を持ち続けているということは驚くべきことである。石坂さんの作品は「若い人」に限らず、どれも決して古くならない。人間の心の中にともっている燈火の明滅を、それに寄り添って書く作家であるからである。それから石坂さんの作品の持つ魅力の第一のものは、いかなる都会的な作品にも、氏が生い育った風土が北方的なものとして沈潜していることだ。私は石坂さんが東北に生れたことを時に羨しく思う。

（昭和四十一年三月、新潮社、内容見本）

日本歴史シリーズ

世界文化社の〈日本歴史シリーズ〉22巻は、編集の上から見ると写真、図版と本文とに同等の比重を持たせ、一流の歴史学者が本文を受持つほかに、作家、民族学研究家、文芸史家数氏がそれぞれの分野で筆を執っている。なかなか行き届いた多角的な編集である。新しく良心的なこの編集方針を崩さないでいけば、この種の叢書で決定的な場所を占めるものができるのではないか。たのしみである。

（昭和四十二年十二月、世界文化社、内容見本）

日本建築史基礎資料集成

中央公論美術出版から『日本建築史基礎資料集成』二十五巻が出版される。恐らく好評を収めた『日本彫刻史基礎資料集成』の姉妹編とでも言うべき甚だ学術的価値高い出版になるだろう。寺院、社殿、茶室、民家、城郭、塔、門など重要な建築物の実測資料、図面資料などは、今のうちに整理して、何らかの形で残しておかないとたいへんなことになる。古い建築物の美しさの秘密は、そうした基本資料の中に匿されているからである。国宝、重文などの古い建築物の、内部に立ちこめている生命を究明して行くとなると、必ずそういうところに突き当るだろう。もちろん文献資料も大切で、両々相俟って新しい建築史は構成されるに違いないのであるが、文献資料の方は、その多くが、過去においてすでに残り得る形に整理され、保存されている。実測資料、図面資料の方は今を措いては手遅れになるだろう。あまねく基本資料を収載して、一流権威の解説を附した本書が将来に果す役割は、恐らく現在私たちが考えているより、もっともっと大きいものであるに違いない。

（昭和四十六年十一月、中央公論美術出版、内容見本）

愛蔵版世界文学全集

今度の集英社版「世界文学全集」は、編集委員がいずれも、現在、外国文学の分野の第一線で活躍中の人ばかりで、選ばれた作品もいかにも新鮮な感じがあり愉しみな全集だ。

（昭和四十七年八月、集英社、内容見本）

ドキュメント苫小牧港

木野工さんのドキュメントを読んで、強い感動を覚えた。ここには、無人の湿原だった北海道・苫小牧に、近代的な港が建設されるまでの人間と技術の相克が生み出すドラマが、骨太な構成と綿密な取材にもとづいて生き生きと描破されている。すぐれた新聞記者でもある木野さんの真骨頂が発揮されたこの作品を支えるものは、異常な執念と郷土への強い愛情である。

（昭和四十八年十二月、講談社、帯）

世界陶磁全集

陶磁を通して見た人類の歴史――ちょっとこれほど野心的、魅力的な大きな主題はないが、こんどの小学館版「世界陶磁全集」は、それへの果敢な挑戦と言っていいだろう。当然、古今東西に亘る視野のもとに分類し、体系づけ、陶磁をまん中に据えた世界文化史を二十二巻の構成によって描き出すということになる。執筆陣は第一級である。どうか、気鋭の執筆諸氏が、最後までこの志高きを失わざらんことを希う。

（昭和五十年十月、小学館、内容見本）

日本の美 現代日本写真全集

第一級の写真家十二氏が、それぞれ自己の責任に於いて、これこそ〝日本の美〟だと言えるものをひっさげて、一堂に会している。まことに壮観である。風景あり、人物あり、花あり、旅情あり、富士山あり、古い往還あり、――いずれも、日本の風土と、日本の生活が造りあげた日本独自の美しさである。その日本独自の美しさに、改めて眼を見はらされる思いを持つのは、私ひとりではないだろう。

（昭和五十三年四月、集英社、内容見本）

学研漢和大字典

文章を書くのを仕事としているので、漢和字典は、一日も手放せない。諸橋さんの大きいものから、ポケット用の小さいものまで、何種類かのものを座右に置いている。それぞれ一長一短がある。大体われわれの漢和字典に対する要求は凄まじさの一語につきる。辞典を取り上げるその時々で、われわれが知ろうと思っていることは異なっている。いくら辞典でも神さまではない以上これに応えるということは容易ではない。

こんど新たに発刊される『学研漢和大字典』は、編者が漢字の字源研究の権威である藤堂博士であるという立場をよく生かし、たいへん懇切丁寧、あくまで読者の側に立って造られている。現代中国語の発音まで記述されているが、この一事を以ってしても、この字典の性格ははっきりしている。学生にとっても、一般人にとっても、『学研漢和大字典』の新たな登場は大きい意味を持つものであるに違いない。

（昭和五十三年九月、学習研究社、内容見本）

近代洋風建築シリーズ切手

文化財の保護、これが文化国家の第一の条件である。すべてはここから出発していく。古い文化をとうとぶ土壌があって初めて、輝かしい現代文化の開花も期待できるのである。しかし、文化財を保護するということは法律の力をかりることも必要であるが、それ以上に国民の一人一人が、自国の生んだ文化財の価値を知り、その美しさを愛し、そしてそれを護ることの意義を納得しなければならない。

こんど郵政省によっての近代洋風建築シリーズ切手の発行は、その意味では大きい意義を持っているものであろうと思う。どうか一枚の切手が、近代洋風建築の美しさを、更に広く文化財の美しさを、その価値を知るきっかけになってくれますように。

（昭和五十六年八月、週刊文春、郵政省広告）

山本健吉全集

この数年、山本健吉氏は評論家として独自な、大きい稔りの時期を迎えている。外部から見ていると、めざましくもあり、見事でもあり、眩しいくらいである。氏が長い間、精魂をこめて培った国文学のゆたかな教養と見識は、詩の自覚の歴史を中軸にして、ひろく日本文化全体に対する画期的な古典論を構築し、現代文化、現代文学に対してもまた、独自な理解と批判を打ち出している。

こんど講談社から『山本健吉全集』十六巻が上梓される。わが意を得たことである。私もまたこの機会に、氏の仕事の全体を、改めて初期から順を追って辿ってみたいと思っている。氏の業績はおそらくそのようにして初めて、その本当の大きさが判るものではないかと思うのである。

（昭和五十八年二月、講談社、内容見本）

八木義徳全集

八木文学の独自大成の姿を、福武書店が、全集八巻の形にまとめるという。わが意を得たことである。氏も私も、作家としては終戦を境にした同時期の出発。共に昭和の作家として、同じ道を歩んで来、今日、共に仕上げの時期を迎えている。この時に当って、氏の全集刊行は、頗る時宜を得たものである。「母子鎮魂」から始まる、氏の人間としての、作家としての、ひたむき、独自な生き方を、今こそ改めて振り返ってみなければならぬと思う。

（平成二年三月、福武書店、内容見本）

解　題

別巻には、本文として自作解説、雑纂、補遺を、資料として井上靖年譜（藤沢全）、井上靖作品年表（曾根博義）、井上靖書誌（同）、井上靖参考文献目録（藤本寿彦）、作品名索引（曾根博義）を、それぞれこの順に収めた。資料にはそれぞれ凡例が付されているので、ここでは本文のみについて記す。なお、末尾に本全集全巻の訂正および補記を掲げた。

自作解説

著者自身が自作あるいは自作を原作とした映画・演劇・舞踊等に言及した著作で、これまでの巻に収めていないものをここにまとめた。ただしすでに各巻の解題に全文を引用・紹介した「作者の言葉」「あとがき」等は重ねて収めなかった。読者の便を考えて、それらの解題所収自作解説のリストを左に掲げておく。

第1巻　「井上靖全詩集」あとがき
「北国」あとがき
「地中海」あとがき
「運河」あとがき
「季節」あとがき
「遠征路」あとがき
「乾河道」あとがき
「傍観者」あとがき
「星闌干」あとがき
「春を呼ぶな」あとがき
「紅荘の悪魔たち」作者の言葉
「闘牛」あとがき

第3巻　「暗い平原」あとがき
「伊那の白梅」あとがき
「美也と六人の恋人」あとがき
「野を分ける風」あとがき

第4巻　「姨捨」あとがき
「少年」あとがき

第5巻　「孤猿」あとがき
「真田軍記」あとがき
「満月」あとがき
「楼蘭」あとがき

第7巻　「真田軍記」作者の言葉
「わが母の記」あとがき
「星よまたたけ」読者の御両親へ

第8巻　「流転」あとがき
「その人の名は言えない」作者の言葉
事実の報道が触れ得ぬ面を―井上靖〝黯い潮〟を語る―

第21巻「星と祭」を終って
「流沙」作者の言葉
流沙を終わって
第22巻「幼き日のこと」作者の言葉
第23巻「過ぎ去りし日日」あとがき
第24巻「四季の雁書」あとがき
「六人の作家」あとがき
「作家点描」あとがき
第25巻「カルロス四世の家族」あとがき
第26巻「異国の旅」あとがき
「河岸に立ちて」あとがき
第27巻「西域」あとがき
「アレキサンダーの道」あとがき
「遺跡の旅・シルクロード」著者あとがき
「遺跡の旅・シルクロード」新潮文庫版あとがき
古代遺跡を訪ねて（「沙漠の旅・草原の旅」序文）
第28巻「更級日記」訳者の言葉
「現代先覚者伝」あとがき

本巻には、右にあげた以外の自作解説類を、大きく次の3部に分けてこの順に収めた。

1 新潮社版『井上靖小説全集』自作解題
2 自作品集の序跋および複数の自作に言及した文章等
3 自作の1作品あるいは1短篇集について述べた文章

それぞれのなかでの著作の配列は、1は巻数順、2は発表順、3は言及された作品の発表順（同一作品に言及したものが二つ以上ある場合は発表順に一括）とした。言及された作品名がわかるように、本全集収録に当たって、新たに題を付けたり、改めたりしたものがある。また3については、言及された作品名を［ ］で示した。

「井上靖小説全集」自作解題　昭和47年10月から50年5月にかけて新潮社から刊行された『井上靖小説全集』全32巻各巻巻末の「自作解題」を巻数順に収めた。各文章の末尾の括弧内にその巻の発行年月を記したが、その巻に関する詳細なデータについては本巻所収の書誌を参照されたい。この自作解題には再録あるいはそれに近い文章が多く含まれているが、第八巻「自作解題」に再録された「雪の下北半島紀行」（本全集第二十六巻所収）を省略したほかは、全文を収めた。第十五巻「自作解題」中の「『天平の甍』について」は、本文中に断られているように（一部誤記があるがそのままにした）、昭和41年4月1日、筑摩書房発行の『日本文化史1　古代』付録の月報6に発表された「『唐大和上東征伝』の文章」の改題再録、同じく「『敦煌』について」は昭和35年4月10日発行の『図書』特別号（第127号）に発表の「私の敦煌資料」の改題再録であり、いずれもこの直後にエッセイ集『歴史小説の周囲』（昭和48年1月20日、講談社刊）に、初出題に戻されて収められたが、本全集では題名、本文ともこの「自作解題」の方を採った。

「新文学全集　井上靖集」あとがき　昭和27年9月20日、河出書房発行の『新文学全集　井上靖集』の巻末に著者自筆の「年譜」

とともに発表。

私の処女作と自信作　昭和27年10月11日発行の『出版ニュース』10月中旬号（通巻第213号）に発表。

私の代表作　昭和30年4月28日付『讀賣新聞』に発表。

原作に固執せず　昭和31年10月10日発行の『週刊朝日』別冊16号の「特集 日本映画」中の「原作者物申す」欄に川端康成、三島由紀夫、吉川英治、大佛次郎らとともに発表。

井上靖年譜　昭和33年6月20日発行の『三友』第2号附録に発表。末尾に「（註）この年譜は井上靖氏より戴きました。」とある。自筆年譜には、これ以前に、前掲の『新文学全集 井上靖集』所収のもの、筑摩書房版『現代日本文学全集81 永井龍男・井上友一郎・織田作之助・井上靖集』（昭和31年12月20日刊）所収のものがあるが、本年譜は後者を増補した最後の自筆年譜である。

「旅路」あとがき　昭和34年7月30日、人文書院発行の自著『旅路』の巻末に発表。

「私たちはどう生きるか 井上靖集」まえがき　昭和35年5月5日、ポプラ社発行の『私たちはどう生きるか18 井上靖集』の巻頭に発表。

「井上靖自選集」著者の言葉　昭和40年7月10日、集英社発行の『井上靖自選集』の外函に無題で発表。

わたしの好きなわたしの小説　昭和42年1月3日付『毎日新聞』に発表。

「詩と愛と生」あとがき　昭和42年12月15日、番町書房発行の井上靖著・巌谷大四編『人生のことば6 詩と愛と生』の巻末に発表。

「三ノ宮炎上」と「風林火山」　昭和44年6月1日発行の『小説新潮』創刊三百号記念6月号（第23巻第6号）の「私と小説新潮」欄に発表。『井上靖エッセイ全集』第5巻（昭和58年10月26日、学習研究社刊）に収録。

「自選井上靖短篇全集」内容見本 著者のことば　昭和44年12月、『自選井上靖短篇全集』内容見本に発表。同書は昭和45年1月20日、人文書院刊。

「射程」ほか　昭和46年11月1日発行の『新潮』創刊８００号記念11月特大号（第68巻第12号）の「文学七十年」欄に発表。『井上靖エッセイ全集』第6巻（昭和58年12月20日、学習研究社刊）に収録。

「詩画集 北国」あとがき　昭和47年7月31日、求龍堂発行の『詩画集 北国』（詩・井上靖、画・脇田和）の巻末に肉筆原稿写真版で発表。

「詩画集 珠江」あとがき　昭和47年9月9日、求龍堂発行の『詩画集 珠江』（詩・井上靖、画・脇田和）の巻末に肉筆原稿写真版で発表。

「井上靖小説全集」内容見本 著者のことば　昭和47年9月、新潮社版『井上靖小説全集』内容見本に無題で発表。同全集は全32巻、第1回配本は昭和47年10月20日、第15巻。

二十四の小石　昭和47年12月1日、ほるぷ出版発行の『名作自選 日本現代文学館 猟銃 他二十三篇』の巻末に発表。『井上靖エッセイ全集』第6巻に収録。

「歴史小説の周囲」あとがき　昭和48年1月20日、講談社発行のエッセイ集『歴史小説の周囲』の巻末に発表。

「井上靖の自選作品」あとがき　昭和49年5月31日、二見書房発行の『現代十人の作家8 井上靖の自選作品』の巻末に発表。

「私の歴史小説三篇」について　昭和52年5月28日、講談社発行の『私の歴史小説三篇』の巻末に発表。このあとに三篇に関するエッセイが収められているが、いずれも再録なので省略。

「西域をゆく」あとがき　昭和53年8月25日、潮出版社発行の井上靖・司馬遼太郎著『西域をゆく』の巻末に発表。このあとに共著者司馬遼太郎の「あとがき」がある。

英訳井上靖詩集序文　昭和54年3月17日、湯河京子訳、北星堂発行の『英訳井上靖詩集1』（SELECTED POEMS OF INOUE YASUSHI VOL.1）の帯に肉筆原稿写真版で発表。

「現代の随想　井上靖集」あとがき　昭和56年3月25日、彌生書房発行の『現代の随想1 井上靖集』の巻末に発表。

「井上靖歴史小説集」内容見本　著者の言葉　昭和56年5月、岩波書店版『井上靖歴史小説集』内容見本に無題で発表。同集は全11巻、第1回配本は昭和56年6月30日、第1巻。

「井上靖歴史小説集」あとがき（抄）　昭和56年6月〜57年4月、岩波書店発行の『井上靖歴史小説集』全11巻の各巻巻末に発表。ただし既発表エッセイを再録した部分は省いて収めた。

「シルクロード詩集」あとがき　昭和57年11月10日、日本放送出版協会発行の『井上靖　シルクロード詩集』の巻末に発表。

「シルクロード詩集　増補愛蔵版」あとがき　平成2年7月20日、日本放送出版協会発行の『［増補愛蔵版］井上靖　シルクロード詩集』の巻末に発表。

「井上靖エッセイ全集」内容見本　著者のことば　昭和58年4月、学習研究社版『井上靖エッセイ全集』内容見本に発表。同全集は全10巻、第1回配本は昭和58年6月23日、第7巻。

「井上靖エッセイ全集」あとがき　昭和58年6月〜59年3月、学習研究社発行の『井上靖エッセイ全集』全10巻の各巻巻末に発表されたものを、巻数順に配列。

「井上靖展」図録序　昭和59年1月19日〜31日、横浜髙島屋、その他で開催された井上靖展の図録『美しきものとの出会い　井上靖図録　忘れ得ぬ芸術家たち』の巻頭に発表。

「井上靖自伝的小説集」内容見本　著者のことば　昭和59年11月、学習研究社版『井上靖自伝的小説集』内容見本に発表。同集は全5巻、第1回配本は昭和60年3月20日、第1巻。

「井上靖自伝的小説集」あとがき　昭和60年3月〜7月、学習研究社発行の『井上靖自伝的小説集』全5巻の各巻巻末に発表。

中国語訳「井上靖西域小説選」序　１９８５年1月、中国新疆人民出版社発行の耿金声・王慶江訳『井上靖西域小説選』に中国語で発表。１９８２年7月7日の執筆日付を持つ日本語の自筆原稿を底本とした。実際の収録作品には若干の異同がある。

中国語訳「西域小説集」序　１９８５年8月、中国甘粛人民出版社発行の郭来舜訳『西域小説集』に中国語で発表。１９８２年8月の執筆年月を持つ日本語の自筆原稿を底本とした。

「シリア沙漠の少年」序　昭和60年8月25日、教育出版センター発行の『ジュニアポエム叢書32　シリア沙漠の少年』の巻頭に無題で発表。

婦人倶楽部と私　昭和63年4月1日発行の『婦人倶楽部』4月終刊号（第69巻第4号）に発表。「思い出に新しい『夢みる沼』

と『燭台』の連載」の見出しが付く。

頼育芳訳「永泰公主的項錬」序　1988年8月、中国北京作家出版社発行の頼育芳訳『永泰公主的項錬』（「永泰公主の頸飾り」ほか7篇の中国語訳）の巻頭に発表。日本語の自筆原稿を底本にした。

［明治の月］

「明治の月」をみる　昭和10年11月1日発行の『新劇壇』11月号（第5号）に発表。井上靖作「明治の月」は新橋演舞場の「全新作狂言揃男女優大合同十月興行」4本のうちの1本として上演された。

［流星］

「流星」（自作自註）　昭和45年12月21日、芸術生活社発行の高田敏子編『わが詩わが心』に発表。

［猟銃］

私の言葉　昭和28年12月7日、新橋演舞場で開催された創作舞踊橘彌生発表会のパンフレットに発表。

［闘牛］

「闘牛」について　昭和25年2月2日付『毎日新聞』に発表。『井上靖エッセイ全集』第6巻に収録。

作品「闘牛」について　昭和25年4月1日発行の『文学生活』第2号に発表。

「闘牛」の小谷正一氏　昭和25年10月1日発行の『小説と読物』10月号（第5巻第6号）のグラビア頁に小谷正一との写真入りで発表。

［通夜の客］

「吉岡文六伝」を読む　昭和43年11月1日、清風書房発行の渋谷敦著『無冠の帝王（ある新聞人の生涯）』の巻末に発表。

［その人の名は言えない］

映画「その人の名は言えない」を観る　昭和26年5月17日付『新大阪』に発表。『井上靖エッセイ全集』第3巻（昭和59年1月26日、学習研究社刊）に収録。

「その人の名は言えない」あとがき　昭和31年2月10日、角川書店発行の角川小説新書版『その人の名は言えない』の巻末に発表。

［黯い潮］

暗い透明感　昭和29年8月30日付『新聞協会報』に発表。『井上靖エッセイ全集』第3巻に収録。

［白い牙］

「白い牙」の映画化　昭和35年7月1日発行の『マドモアゼル』7月号（第1巻第7号）の「映画サロン」欄に発表。

［黄色い鞄］

「黄色い鞄」作者の言葉　昭和31年5月10日、東方社発行の東方新書版『黄色い鞄』カバー袖に発表。

［山の湖］

「山の湖」あとがき　昭和32年3月5日、角川書店発行の角川小説新書版『山の湖』の巻末に発表。

［戦国無頼］

「戦国無頼」について　昭和27年4月1日発行の『毎日出版だより』第33号、4月5日発行の『旬刊 日販通信』等に発表。初出未確認。

「戦国無頼」のおりょうへ　昭和31年1月21日号の『旬刊 ラジオ東京』の特集「七つの恋文」欄に発表。

［春の嵐］

「春の嵐」あとがき　昭和30年9月15日、角川書店発行の角川小説新書版『春の嵐』の巻末に発表。

［緑の仲間］

「緑の仲間」作者の言葉　昭和27年3月11日付『毎日新聞』夕刊に発表。初刊本『緑の仲間』（昭和27年10月25日、毎日新聞社刊）帯の「作者の言葉」はこの抜粋。

明るい真昼間の勝負　昭和27年5月8日付『新聞協会報』に発表。『井上靖エッセイ全集』第3巻に収録。原題「『緑の仲間』を受持って」。

［座席は一つあいている］

「座席は一つあいている」作者の言葉・ランナー寸感　「作者の言葉」は昭和27年10月5日号の『サンデー毎日』、「ランナー寸感」は昭和27年11月16日号、12月7日号、12月28日号、28年1月18日号、2月8日号、3月1日号、3月22日号の同誌に発表。「座席は一つあいている」は同誌の昭和27年10月12日号から28年3月22日号にかけて永井龍男、真杉静枝、井上靖の3名の作者が交替で一人8回、計24回にわたって連載したリレー小説。昭和28年7月15日、読売新聞社刊。

［風と雲と砦］

「風と雲と砦」作者の言葉　昭和27年11月19日付『讀賣新聞』夕刊に発表。「風と雲と砦」の同紙連載は11月25日〜28年4月24日、150回。

「風と雲と砦」原作者として　昭和36年11月8日〜22日、新橋演舞場で上演された津上忠脚色・宮川雅青・小沼一郎演出の「風と雲と砦」を含む「前進座十一月公演」のパンフレットに発表。

「風と雲と砦」壮大なドラマ化の中で　昭和45年4月3日発行の帝劇グランド・ロマン公演パンフレットに発表。菊田一夫演出。

［若き怒濤］

「若き怒濤」作者の言葉　昭和28年5月14日付『京都新聞』に発表。「若き怒濤」の同紙連載は5月23日〜11月4日、165回。

［あすなろ物語］

「あすなろ物語」作者の言葉　昭和30年8月15日、新潮社発行の『あすなろ物語』小説文庫版カバー袖に無題で発表。

［花と波濤］

「花と波濤」作者の言葉　昭和27年12月1日発行の『婦人生活』12月号（第6巻第12号）の「新連載小説予告」欄に発表。「花と波濤」の同誌連載は昭和28年1月号〜12月号、12回。

紀代子に托して　昭和29年1月14日発行の『サンデー映画』1月第3週号（197号）に発表。副題「映画『花と波濤』雑感」。新東宝映画「花と波濤」は池田忠雄脚色、松林宗恵監督、久慈あさみ・岡田英次主演。

［昨日と明日の間］

「昨日と明日の間」をみて　昭和29年6月15日付『報知新聞』に発表。松竹映画「昨日と明日の間」は椎名利夫脚色、川島雄三監督、鶴田浩二・月丘夢路主演。

〔戦国城砦群〕

「戦国城砦群」作者のことば　昭和28年9月21日付『夕刊日本経済』（日本経済新聞夕刊）に発表。「戦国城砦群」の同紙連載は9月24日～29年3月7日、159回。

〔風林火山〕

「風林火山」の劇化　昭和32年10月3日～16日、読売ホールにおける創立四十周年記念新国劇十月公演パンフレットに発表。「風林火山」は池波正太郎脚色・演出。

「風林火山」原作者として　昭和38年9月1日、新橋演舞場発行の新派「風林火山」公演パンフレットに発表。

「風林火山」の映画化　昭和44年2月1日、東宝発行の映画「風林火山」パンフレットに発表。橋本忍・国弘威雄脚色、稲垣浩監督、三船プロ製作、東宝配給、三船敏郎・佐久間良子主演。

「風林火山」と新国劇　昭和44年9月2日、新橋演舞場発行の新国劇公演パンフレットに発表。

私の夢　昭和49年5月10日、新国劇発行の新国劇公演パンフレットに発表。

「風林火山」について　昭和61年9月20日、講談社発行の『日本歴史文学館8　風林火山／淀どの日記／後白河院』の巻末に発表。

〔春の海図〕

「春の海図」作者の言葉　昭和29年1月1日発行の『主婦の友』新年特大号（第38巻第1号）に発表。「春の海図」の同誌連載は昭和29年2月号～10月号、9回。

〔魔の季節〕

「魔の季節」作者の言葉　昭和29年11月14日号の『サンデー毎日』に発表。「魔の季節」の同誌連載は11月21日号～30年7月31日号、37回。

〔姨捨〕

「姨捨」　昭和37年1月1日号の『週刊読書人』に「名作取材紀行①」として発表。

〔短篇集「愛」〕

映画「愛」原作者の言葉　昭和29年8月20日、雲井書店発行の短篇集『愛』のカバー袖に発表。映画「愛」は「結婚記念日」「石庭」「死と恋と波と」の3短篇を原作としたオムニバス映画で、若杉光夫監督、富士プロダクション製作、新東宝配給。

〔篝火〕

「篝火」について　昭和30年10月10日、東京文藝社発行の『昭和三十年度 代表作時代小説』に「作者の言葉」として発表。

〔淀どの日記〕

淀どの日記　昭和36年11月19日付『朝日新聞』にインタビュー「歴史に反応させた女」として発表。『井上靖エッセイ全集』第5巻に収録。

受賞の言葉　昭和37年1月1日発行の『群像』新年特大号（第17巻第1号）ほかの昭和三十六年度野間文芸賞発表記事中に発表。

山田五十鈴さんと「淀どの日記」　昭和43年9月1日、明治座発行の「松本幸四郎・山田五十鈴九月特別公演」パンフレットに発表。後半手入れの上、昭和44年9月の名古屋公演パンフレットにも使用。

山田さんと「淀どの日記」　昭和46年9月2日～27日、山田五十鈴舞台生活三十五周年記念公演として帝国劇場で上演された菊田一夫製作、榎本滋民脚本・演出、山田五十鈴主演の「淀どの日記」パンフレットに発表。

［真田軍記］

真田軍記の資料　昭和31年1月1日発行の『小説新潮』新年号（第10巻第1号）に発表。

「**本多忠勝の女**」**について**　昭和31年10月25日、東京文藝社発行の『昭和三十一年度 代表作時代小説』に「作者の言葉」として発表。

［満ちて来る潮］

登場人物を愛情で描く　昭和31年2月12日付『毎日新聞』に掲載の記事「『満ちて来る潮』へ女性の意見」の冒頭に発表。このあとに4名の女性読者の意見を掲載。『井上靖エッセイ全集』第6巻に収録。

映画化された私の小説「**満ちて来る潮**」　昭和31年7月6日付『毎日新聞』に発表。東映映画「満ちて来る潮」は棚田吾郎脚本、田中重雄監督、山村聡・高千穂ひづる主演。

［黒い蝶］

「**黒い蝶**」**読者の質問に答える**　昭和31年9月1日発行の『群像』9月号（第11巻第9号）の「質疑応答2」に椎名麟三とともに発表。2名の読者からの「井上靖氏への質問」に対して「蔦田さん・田澤さんへのお答え」として掲載されたもの。『井上靖エッセイ全集』第6巻に収録。参考までに読者の質問を左に掲げておく。

井上靖氏作「黒い蝶」は現在圧倒的に人気を集めていますが作者御自身、御自分の多作の中で黒い蝶について如何お思いでしょうか？

私は極端な井上靖文学の愛読者であるだけに疑問も又憤慨も大きいのです。

神戸市　蔦田久須枝（教員　三四歳）

以前「暗い平原」という御作を読みました。普通表面には出されない人間の心理がみられて印象に残って居ります。最近はあのようなものをお書きにならないのですか。「暗い平原」が大衆に親しめないというのならば、「闘牛」のもっている迫力でもよいと思います。近頃のはうまくいえませんが、面白いことは大へん面白いのですがきれいごとのような小説ばかりで何かもう一歩というところで心に迫ってくるものがなくてものたりません。

類型的で混同してしまっています。読み終ってあまり感激が強くてその夜は眠られなかった。何回も何回もくりかえして読んだ。という風な小説も少しでもよいから書いて下さい。

長野市　田澤久仁子（主婦　二六歳）

［白い風赤い雲］

「**白い風赤い雲**」**作者の言葉**　昭和30年12月1日発行の『主婦の友』12月号（第39巻第12号）に掲載された新年号からの新連載予告中に「長篇小説 天平乙女（仮題）井上靖・森田元子画」の大見出しで発表。しかし新年号から実際に連載されたのは「白い風赤い雲」で32年2月号まで14回続いて完結。

［白い炎］

「白い炎」作者の言葉　昭和31年7月30日増大号の『週刊新潮』に発表。「白い炎」の同誌連載は8月13日号〜32年2月4日号、26回。

［氷壁］

「氷壁」わがヒロインの歩んだ道　昭和42年1月1日発行の『若い女性』1月号（第13巻第1号）のグラビア頁に発表。

美那子の生き方　昭和42年2月6日号の『ヤングレディ』のグラビア頁に発表。

［天平の甍］

「天平の甍」の登場人物　昭和36年5月17日付『アカハタ』に発表。原題「『天平の甍』の作者として」。『井上靖エッセイ全集』第5巻に収録。

「天平の甍」について　昭和36年12月6日付『朝日新聞』に「わが小説28『天平の甍』」として発表。朝日新聞学芸部編『わが小説』（昭和37年7月15日、雪華社刊）、『井上靖エッセイ全集』第5巻に収録。

心温まる〝普照〟との再会　昭和38年2月4日発行の『週刊サンケイ』600号記念特大号の「私の愛する人物」欄に発表。

「天平の甍」の作者として　昭和38年4月10日〜29日、読売ホール公演の『前進座四月興行』パンフレットに発表。

「天平の甍」上演について　昭和48年12月5日発行の『舞曲扇林』第18号に発表。

「天平の甍」の読み方　昭和49年4月25日、毎日新聞社発行の全国学校図書館協議会編『考える読書　第19回読書感想文　中学・高校の部』に「特別寄稿」。

「天平の甍」の作者として　昭和49年5月8日〜19日、読売ホールで上演された「天平の甍」パンフレットに発表。

「天平の甍」ノート　昭和54年11月3日付『毎日新聞』に掲載の記事「映画『天平の甍』原点のロケ／日中文化交流脈々と」中に発表。『井上靖エッセイ全集』第5巻に収録。

［犬坊狂乱］

犬坊狂乱について　昭和32年9月30日、東京文藝社発行の『昭和三十二年度　代表作時代小説』に「作者のことば」として発表。

［地図にない島］

「地図にない島」作者の言葉　昭和32年9月13日付『北国新聞』ほかに発表。「地図のない島」の同紙連載は9月15日〜33年7月8日、294回。

［揺れる耳飾り］

「揺れる首飾り」作者の言葉　昭和32年9月1日発行の『主婦と生活』9月号（第12巻第9号）に発表。改題「揺れる耳飾り」の同誌連載は10月号〜33年11月号、14回。

［朱い門］

「朱い門」あとがき　昭和34年10月1日、文藝春秋新社発行の『朱い門』の巻末に発表。

［ある落日］

「ある落日」作者の言葉　昭和33年4月8日付『讀賣新聞』に発表。「ある落日」の同紙連載は4月12日〜34年2月18日、310回。

「ある落日」あとがき　昭和34年5月10日、角川書店発行の『ある落日』の巻末に発表。

［楼蘭］

「楼蘭」の舞踊化　昭和37年5月1日、サンケイ・ホールで開催された花柳わかば舞踊会パンフレットに発表。

「楼蘭」新装版あとがき　昭和60年8月23日、講談社発行の『楼蘭』新装版の巻末に発表。

［川村権七逐電］

「川村権七逐電」作者のことば　昭和34年8月15日、東京文藝社発行の『昭和三十四年度 代表作時代小説』に「作者のことば」として発表。

［敦煌］

辺境地帯の夢抱いて　昭和35年1月11日付『産経新聞』の「本と交友」欄に浅見淵の『敦煌』書評「みごとな叙事詩展開」とともに発表。

「敦煌」作品の背景　昭和43年11月29日付『東京新聞』に発表。『井上靖エッセイ全集』第5巻に収録。

敦煌を訪ねて　昭和53年7月17・18日付『讀賣新聞』に2回連載。『井上靖エッセイ全集』第5巻に収録。

小説「敦煌」の舞台に立ちて　昭和53年7月25・26日付『毎日新聞』に2回連載。『井上靖エッセイ全集』第5巻に収録。

小説「敦煌」ノート　昭和55年6月1日、日本放送出版協会発行の『シルクロード　絲綢之路2　敦煌―沙漠の大画廊』に「敦煌と私」の総題で発表したうちの最後の1篇。『井上靖エッセイ全集』第5巻に収録。原型初出は『俳句とエッセイ』昭和53年7月号。

敦煌　砂に埋まった小説の舞台　昭和63年1月1日付『東京タイムズ』に発表。

［河口］

「河口」作者の言葉　昭和33年12月1日発行の『婦人公論』12月号（第43巻第12号）の「婦人公論新年特大号予告」欄に発表。「河口」の同誌連載は昭和34年1月号〜35年5月号、17回。

［月光］

「月光」作者の言葉　昭和33年12月1日発行の『若い女性』12月号（第4巻第12号）に発表。「月光」の同誌連載は昭和34年1月号〜35年2月号、14回。

［群舞］

「群舞」作者の言葉　昭和34年3月29日号の『サンデー毎日』に発表。「群舞」の同誌連載は4月5日号〜11月15日号、33回。

「群舞」著者のことば　昭和37年6月10日、角川書店発行の角川小説新書版『群舞』表紙袖に発表。

［洪水］

「洪水」上演について　昭和37年4月1日〜25日、新橋演舞場で開催の第40回春の東をどりパンフレットに発表。

［蒼き狼］

「蒼き狼」について　昭和39年2月8日、東宝事業部出版課発行のパンフレット『東宝現代劇2月公演　蒼き狼』（菊田一夫脚色・演出、市川染五郎主演）に発表。

原作者のことば　昭和56年7月2日〜17日、東横劇場公演の藤田敏雄脚本・演出「蒼き狼」パンフレットに発表。

原作者として　昭和58年10月1日、新橋演舞場発行のパンフレット『十月特別公演　サントリースペシャル劇場　蒼き狼』（10月1日〜27日、榎本滋民作・演出）に発表。

［しろばんば］
「しろばんば」の幸運　昭和42年2月14日、主婦の友社発行の『主婦の友社の五十年』に発表。
「しろばんば」私の文学紀行　昭和59年7月1日付『北海道新聞』日曜版に「私の文学紀行2　湯ケ島」として発表。
「しろばんば」の挿絵　平成元年2月1日発行の『神戸っ子』2月号（第334号）特集「故小磯良平画伯をしのぶ」に発表。
［盛装］
「盛装」作者の言葉　昭和38年5月21日付『讀賣新聞』に発表。「盛装」の同紙連載は5月24日〜39年5月15日、355回。
［風濤］
作品「風濤」の喜び　昭和39年1月28日付『讀賣新聞』夕刊に「読売文学賞　受賞者の言葉」として発表。
「風濤」韓国訳の序に替えて　昭和61年12月1日、東京の國際教育開発協會から発行された張炳惠訳『風濤』の巻頭に韓国語及び日本語で発表。なお同書巻末には「著者後記」があるが既発表エッセイの再録に近いので収録を見合わせた。
［塔二と弥三］
「塔二と弥三」について　昭和39年9月15日、東京文藝社発行の『昭和三十九年度　代表作時代小説』に「作者のことば」として発表。
［紅花］
「紅花」作者のことば　昭和39年9月15日付『京都新聞』に発表。「紅花」の同紙連載は9月19日〜40年5月15日、236回。
［楊貴妃伝］
「楊貴妃伝」の作者として　1985年8月、中国河南省中州古藉出版社発行の周祺・周進堂・李鴻恩による中国語訳『楊貴妃伝』の巻頭に中国語で発表。日本語の自筆原稿を底本とした。なお1985年10月、同じく中国黒龍江人民出版社から発行された郝迟・顔廷超訳『楊貴妃伝』にも中国語の序文を寄せているが、日本語の自筆原稿ではこれと同文で、末尾の4行だけを次のように改めている。

こんどこの『楊貴妃伝』が顔廷超氏の訳で、中国に於て上梓されると聞く。たいへん嬉しいことである。

（一九八四年十二月）

原作者として　昭和62年9月4日〜10月27日、新橋演舞場で公演の「玄宗と楊貴妃」パンフレットに発表。
［後白河院］
「後白河院」の周囲　昭和47年11月1日発行の『ちくま』11月号（第43号）に発表。『歴史小説の周囲』、『井上靖エッセイ全集』第5巻に収録。
［凍れる樹］
「凍れる樹」作者の言葉　昭和40年1月1日発行の『マドモアゼル』新年号（第6巻第1号）の〈ブックガイド〉欄に小松伸六『凍れる樹』井上靖」とともに発表。
［化石］
判らぬ〝一鬼〟の運命　昭和40年12月25日付『朝日新聞』ＰＲ版に発表。「化石」の同紙連載は同年11月15日〜41年12月31日、409回。
映画「化石」と小説「化石」　昭和49年11月22日、俳優座映画

放送発行の映画『化石』パンフレットに発表。

［おろしや国酔夢譚］

「おろしや国酔夢譚」の旅　昭和43年8月1日発行の『文藝春秋』8月号（第46巻第8号）に発表。『歴史小説の周囲』、『井上靖エッセイ全集』第8巻（昭和58年7月25日、学習研究社刊）に収録。

「おろしや国酔夢譚」の舞台　昭和43年10月26日付『朝日新聞』に「私の小説から―おろしや国酔夢譚」として発表。『歴史小説の周囲』、『井上靖エッセイ全集』第8巻に収録。

受賞の言葉　昭和44年5月1日発行の『新潮』5月号（第66巻第5号）の「第一回三大新潮賞決定発表」欄に発表。

日本漂民の足跡を辿って　昭和54年1月10日、講談社発行の加藤九祚編『世界の博物館13　エルミタージュ博物館』に発表。『歴史の光と影』（昭和54年4月20日、講談社刊）、『井上靖エッセイ全集』第5巻に収録。

［西域物語］

「西域物語」作者の言葉　昭和43年9月26日付『朝日新聞』の「次の日曜版小説」欄に発表。「西域物語」の同紙連載は10月6日～44年3月9日、21回。

［ローマの宿］

「ローマの宿」作者の言葉　昭和45年9月5日、新潮社発行の『ローマの宿』帯に発表。

［花壇］

「花壇」作者のことば　昭和50年6月28日付『秋田魁新報』に発表。「花壇」の同紙連載は7月1日～51年2月10日、221回。

［本覚坊遺文］

本覚坊あれこれ　昭和57年7月1日発行の『波』7月号（第16巻第7号）に発表。『井上靖エッセイ全集』第5巻に収録。

「本覚坊遺文」ノート　昭和57年8月1日発行の『群像』8月号（第37巻第8号）に発表。『井上靖エッセイ全集』第5巻に収録。

［異国の星］

「異国の星」作者の言葉　昭和58年5月26日付『日本経済新聞』に発表。「異国の星」の同紙連載は6月1日～59年3月31日、298回。

［異域の人 他］

新版「異域の人 自選西域小説集」あとがき　昭和62年12月10日、講談社発行の同書巻末に発表。

［孔子］

いまなぜ孔子か　昭和61年5月1日発行の『新潮45』5月号（第5巻第5号）に発表。

小説「孔子」の執筆を終えて　平成元年10月23・24日付『朝日新聞』夕刊に発表。

中国の読者へ　1990年3月、北京の人民日報出版社発行の鄭民欽訳『孔子』中国語版の序文として執筆。3月2日付『人民日報』海外版にも翻訳掲載。同年5月1日発行の『日中文化交流』第468号に日本語原稿が発表された。本全集にはこれを採った。

雑纂

雑纂は、これまでの巻に収めていない追悼文、監修者・編集者の言葉、公演等パンフレット、展覧会パンフレット、その他小文、歌詞、碑文、序跋、アンケート回答、推薦文等を、この順に分け、それぞれ発表順に収めた。一目で内容がわかるように、本全集収録に当たって新たに題を付けたり、改めたりしたものが多い。改題した場合は、本文の冒頭にゴシックで原題を掲げた。

［追悼文］

古知君のこと　昭和34年10月18日、光文社出版局内古知庄司追悼録編纂会編集発行の『童顔酒徒 思い出の古知庄司』に発表。

渋沢敬三氏を悼む　昭和38年10月27日付『毎日新聞』に発表。11月28日発行の『十和田観光』第76号に再掲、『渋沢敬三先生景仰録』（昭和40年10月25日、東洋大学刊）に再録。

永松君へのお別れのことば　昭和43年12月31日発行の『毎日放送社報』第157号に発表。

［**鹿倉吉次追悼文**］　昭和44年11月20日発行の『ＴＢＳ社報』第342号に無題の追悼文として発表。

堂谷さんと私　昭和53年11月15日、福井県法順寺門徒会発行の『堂谷憲勇先生遺芳』に「特別寄稿」として発表。

竹林君のこと　昭和54年3月10日、朝日企業株式会社みどり会発行の『報恩感謝 故竹林会長追悼文集』に発表。

吉川先生のこと　昭和57年3月18日、筑摩書房発行の『吉川幸次郎』に発表。

高野君のこと・弔詞　昭和57年7月10日、日本道路協会内高野務氏追悼録刊行委員会発行の『高野務さんの思ひ出』に発表。

弔詞（**露木豊**）　昭和58年2月11日、沼津市妙覚寺で行われた露木豊の葬儀において葬儀委員長として朗読した弔詞。同年4月1日発行の『芹沢・井上文学館友の会々報』第70号の特集・館長追悼に発表。

追悼・廖承志先生 北京でのひと時　昭和59年6月10日、新華通訊社写真部編、講談社発行の写真集『廖承志の生涯』に発表。

平岡君のこと　昭和59年9月1日、国際航業内刊行世話人会発行の『平岡学・そのあしあと』に発表。

森さんのこと　昭和60年1月25日、綜合社発行の『回想の森一祐』に発表。

永野さんの笑顔　昭和60年4月26日、東京商工会議所内刊行会発行の『永野重雄追想集』に発表。

野間さんのこと　昭和60年8月10日、講談社発行の『追悼 野間省一』に発表。

弔詞（**今里廣記**）　昭和61年5月30日、日本精工内編集委員会発行の『回想 今里廣記』に詩「遠いナイル」とともに発表。「遠いナイル」は『傍観者』所収、本全集第一巻に収録済。

桑原武夫さんの死を悼む　昭和63年8月10日、京都大学創立九十周年記念協力出版委員会発行の『京大史記』に発表。

弔辞（**斎藤五郎**）　昭和63年10月30日、斎藤五郎追悼集刊行会発行の『追悼　斎藤五郎』に発表。

巨星奔り去る　平成元年11月14日、社団法人中央政策研究所発行の『無信不立　三木武夫追悼文集』に肉筆原稿写真版で発表。

五島さんへ　平成2年3月20日、東京急行電鉄発行の『追想五島昇』に発表。末尾「世紀末的現象を」以下が「序」としても抜粋、使用されている。

［監修者・編集者の言葉］

監修あるいは編集に当たった全集・叢書類の内容見本等に発表した文章を収める。序跋の類は原則としてのちの［序跋］の項に収めた。

「現代世界ノンフィクション全集」監修にあたって　昭和41年4月、井上靖・今西錦司・桑原武夫・中野好夫・吉川幸次郎監修の筑摩書房版『現代世界ノンフィクション全集』内容見本（発行年月の記載なし）に「ノンフィクションの面白さ」として発表。配本開始は同年5月。以下、このように発行年月の記載を欠く内容見本類は配本開始の前月の発行として扱う。

「日本の詩歌」編集委員のことば　昭和42年4月、伊藤信吉・伊藤整・井上靖・山本健吉編集の中央公論社版『日本の詩歌』内容見本に「近代詩歌発展の系譜」として発表。

昔の海外旅行　昭和43年3月、山本達郎・秀村欣二・井上靖編集の集英社版『世界の歴史』内容見本に発表。

「若い女性の生きがい」編者の言葉　昭和43年9月5日付『朝日新聞』ほかに掲載された井上靖・扇谷正造・田中澄江・荒正人編集の主婦と生活社版『若い女性の生きがい』広告欄に発表。

全集〝10冊の本〟完結に当たって　昭和44年5月、井上靖・臼井吉見責任編集の筑摩書房版『全集　10冊の本』内容案内に「編者のことば」として発表。

「世界の名画」編集委員のことば　昭和47年1月、井上靖・高階秀爾編集の中央公論社版『世界の名画』内容見本に「贅沢なたのしい仕事」の題で発表。

「日本の名画」編集委員のことば　昭和50年4月、井上靖・河北倫明・高階秀爾編集の中央公論社版『日本の名画』内容見本に「信じうる画家たち」の題で発表。

「現代日本紀行文学全集」監修者の一人として　昭和51年8月1日、志賀直哉・佐藤春夫・川端康成・小林秀雄・井上靖監修のほるぷ出版版『現代日本紀行文学全集　北日本編』の巻頭に発表。

「世界紀行文学全集」監修者の一人として　昭和54年8月、志賀直哉・佐藤春夫・川端康成・小林秀雄・井上靖監修のほるぷ出版版『現代世界紀行文学全集』内容見本に発表。

「大宅壮一全集」編集委員のことば　昭和55年10月、青地晨・井上靖・梅棹忠夫・扇谷正造・草柳大蔵・永井道雄・三鬼陽之助編集、蒼洋社発行、英潮社発売の『大宅壮一全集』内容見本に「大宅さんの姿勢に強い共感」の題で発表。

「カンヴァス世界の大画家」編集委員のことば　昭和57年7月、井上靖・高階秀爾編集の中央公論社版『カンヴァス　世界の大画家』内容見本に「充分に楽しい古典絵画の豪華なお花畑」の題で発表。

「日本の名山」監修の言葉　昭和58年5月、今西錦司・井上靖監修のぎょうせい版『日本の名山』内容見本に「山を語ることの楽しさ」の題で発表。

「武者小路実篤全集」刊行によせて　昭和62年8月、稲垣達郎・井上靖・大津山国夫・小田切進・串田孫一・紅野敏郎・関口弥重吉・中川孝・本多秋五・武者小路辰子・渡辺貫二編集の小学館版『武者小路実篤全集』内容見本に発表。

「日本の庭園美」の監修にあたって　平成元年2月、井上靖・千宗室監修の集英社版『日本の庭園美』内容見本に発表。

［公演等パンフレット］

すゞらんグループ公演「商船テナシテイ」　昭和30年7月14日、東京田村町飛行館ホールで上演されたすゞらんグループ第1回研究発表会「商船テナシテイ」パンフレットに「美しい仲間」の題で発表。

瀬川純シャンソン・リサイタル　昭和34年12月26日、東京日比谷第一生命ホールで開催の「瀬川純シャンソン・リサイタル」パンフレットに発表。原題「期待」。

小沢征爾指揮日フィル特別演奏会　昭和36年5月27日、日比谷公会堂で行われた日本フィルハーモニー交響楽団特別演奏会パンフレットの「セイジのプロフィル」欄に無題で発表。NHK交響楽団発行の『フィルハーモニー』昭和37年6月号に再掲。

松美会開催によせて　初出不詳。昭和36年頃。

前進座公演「屈原」　昭和37年5月、前進座5月公演パンフレットに「親しまれる英雄」の題で発表。

三代目花柳寿輔襲名披露舞踊会　昭和40年11月26日〜29日、歌舞伎座で開催の三代目花柳寿輔襲名披露舞踊会パンフレットに発表。

前進座三十五周年興行　昭和40年12月、前進座公演パンフレットに「前進座の情熱」の題で発表。

島田帯祭　昭和43年4月16日、島田市民会館大ホールで行われた市制二十周年記念講演会のパンフレットに肉筆原稿写真版で発表。当日の講演は井上靖「作家の立場から」、藤枝静男「私の漱石」。

前進座東日本公演　昭和43年9月、前進座を応援し、次代を育てる「矢の会」発足にちなんで同座東日本公演パンフレットに発表。

「天山北路」芸術祭大賞受賞記念　昭和45年1月24日、昭和44年度（第24回）芸術祭ラジオ部門芸術祭大賞を受賞した東海ラジオ放送制作「天山北路」パンフレットに発表。原題「おめでとう」。

和泉会別会　昭和54年3月11日、渋谷観世能楽堂で開催の和泉会別会パンフレットに発表。原題「狂言を世界に」。

くれない会　昭和54年12月から平成2年3月まで毎年1回開催された舞踊家花衣翠蝶、蝶二郎の「くれない会」の各パンフレットに発表。

森井道男「花木なかば」出版記念会　昭和56年5月27日、金沢ニューグランドホテルで開催の森井道男著「花木なかば」出版記念会パンフレットに発表。同年3月、森井道男が井上家を訪問し、井上靖の口述を筆記して諒承を得た上で活字にしたもの。

歌劇「香妃」公演　昭和56年12月2日・4日、東京文化会館大ホールで山田耕筰17回追善記念公演として初上演された歌劇「香妃」パンフレットに「香妃」の題で発表。

東宝ミュージカル「屋根の上のヴァイオリン弾き」公演　昭和57年3月2日、大阪梅田コマ劇場発行の東宝ミュージカル特別公演「屋根の上のヴァイオリン弾き」パンフレットに発表。

中国越劇日本初公演　昭和58年11月、中国上海越劇院訪日公演団による越劇「紅楼夢」上演パンフレットに日中文化交流協会会長として発表。

松竹九〇年の正月に　昭和60年1月2日、歌舞伎座発行の「初春大歌舞伎」パンフレットに「これを養う春の如し」の題で発表。

入江さんから教わったこと　昭和60年3月16日、仏教伝道センタービルで開催の第十九回仏教伝道文化賞贈呈式のパンフレットに発表。

橘芳慧さんへのお祝いの詞　昭和63年4月2日、国立劇場大劇場で開催の第四十一回橘会のパンフレットに「お祝いの詞」として発表。

「世田谷芝能」によせて　昭和63年10月1日、東京世田谷砧公園で開催の第3回世田谷芝能パンフレットに発表。

歌舞伎・京劇合同公演　平成元年3月〜4月、新橋演舞場で上演されたスーパー歌舞伎・京劇「リュウオー」パンフレットに日中文化交流協会会長として寄せた「祝辞」。

和泉狂言会　平成元年11月23日、名古屋熱田能楽堂で開催の和泉狂言会パンフレットに肉筆原稿写真版で発表。原題「祝辞」。

日中合作大型人形劇「三国志」特別公演に寄せて　平成2年6月20日、劇団影ぼうし発行の日中合作大型人形劇「三国志」特別公演パンフレットに日中文化交流協会会長として発表。

［展覧会パンフレット］

田辺彦太郎油絵個人展　昭和23年7月13日〜18日、大阪阪急百貨店6階洋画廊で開催の田辺彦太郎油絵個人展チラシに毎日新聞社学芸部の肩書付で発表。

須田国太郎遺作展　昭和38年1月19日〜2月12日、京都市美術館で開催の須田国太郎遺作展パンフレットに発表。原題「須田国太郎氏の作品」。

今井善一郎作品展　昭和41年8月29日〜9月10日、東京八重洲巴里画廊で開催の今井善一郎作品展パンフレットに発表。

杉本亀久雄個展　昭和41年10月17日〜22日、東京数寄屋橋日動サロンで開催の杉本亀久雄個展パンフレットに発表。

石川近代文学館開館記念「郷土作家三人展」　昭和43年11月3日〜44年2月3日、石川近代文学館で開催の同館開館記念「郷土作家三人展」パンフレットに発表。原題「文学の館をたたえる」。

第十六回印刷文化展　昭和43年11月3日発行の『第十六回印刷文化展記念誌』に発表。原題「私と印刷文化―第十六回印刷文化展によせて―」。

小林勇水墨画展　昭和44年6月16日〜22日、銀座文春画廊で開催の小林勇水墨画展パンフレットに発表。原題「個展に寄せて」。昭和57年11月20日〜12月2日、銀座吉井画廊で開催の「冬青　小林勇を偲ぶ書画展」図録に再録。

彫刻の森美術館に寄せて　昭和44年8月開設の財団法人彫刻の森美術館開設記念パンフレットに「彫刻の美と森の美と」の題で発表。

第六回人間国宝新作展　昭和45年4月7日〜12日、上野松坂屋

で開催の第六回人間国宝新作展パンフレットに発表。

世界写真展「明日はあるか」　昭和50年8月15日、松屋発行、六興出版発売の『第3回 人間とは何か？ 世界写真展 明日はあるか』帯に横尾忠則、三木多聞らとともに発表。いずれも抜萃。写真展は8月8日〜20日、東京松屋を皮切りに51年9月まで全国各地で開催。

国宝鑑真和上像中国展　1980年4月19日〜5月24日、中国揚州、北京で開催の国宝鑑真和上像中国展図録に「おん眼の雫」と題して日中2か国語で発表。

中国を描く現代日本画展　昭和57年9月9日〜21日、東京新宿伊勢丹美術館で開催の日中国交正常化10周年記念「中国を描く現代日本画展」図録に発表。

ガンダーラ美術展　昭和59年2月25日〜5月6日、東京池袋西武美術館で開催のガンダーラ美術展パンフレットに発表。原題「ガンダーラ美術展に寄せて」。

二村次郎写真展「巨樹老木」　昭和59年9月17日〜29日、東京丸の内円鳥洞画廊で開催の二村次郎写真展「巨樹老木」パンフレットに「写真展に寄せて」の題で発表。

小野田雪堂展　昭和60年7月16日〜21日、銀座ゆふきや画廊で開催の小野田雪堂展パンフレットに「貌（かお）」の題で発表。

東京富士美術館「中国敦煌展」　昭和60年10月5日、東京富士美術館発行の中国敦煌展図録に「祝辞」として発表。

神奈川近代文学館「大衆文学展」　昭和61年10月25日、財団法人神奈川文学振興会発行の『大衆文学展 よみがえるヒーローたち』図録に「神奈川ならでは」の題で発表。

白川義員写真展「仏教伝来」　昭和62年10月9日発行の白川義員写真展「仏教伝来」図録に「独自、強靱な精神がとらえたドラマ」の題で発表。

牧進展に寄せて　昭和63年3月22日発行の『川端文学 花を描く 牧進展』図録に発表。

なら・シルクロード博覧会　昭和63年4月、「なら・シルクロード博」パンフレットに発表か。

三木武夫・睦子夫妻芸術作品展　昭和63年5月10日、日本臓器製薬発行の日中平和友好条約締結十周年記念「日本・三木武夫・睦子夫妻芸術作品展」パンフレットに「二人展に寄せる」の題で発表。

近代日本画と万葉集展　平成元年1月12日〜24日、横浜髙島屋ギャラリーで開催の「近代日本画と万葉集展」図録に発表。

西山英雄展　初出不詳。原題「対象の生命を描く」。

［その他小文］

消息一束　昭和4年4月5日発行の『日本海詩人』4月号（第4巻第2号）の「消息一束」欄に無題で発表。署名井上泰。

おめでとう　昭和24年1月1日発行の『きりん』1月号（第2巻第1号）の編集部「おめでとう よい一九四九年をむかえましょう」の一部に署名入りで発表。

本紙創刊五周年に寄せて　昭和26年2月14日付『新大阪』に発表。副題「連載小説十三作家の言葉」。

最近感じたこと　昭和27年12月1日発行の『藝術新潮』12月号（第3巻第12号）「ぴ・い・ぷ・る」欄に発表。

あにいもうと　昭和28年10月1日発行の『婦人公論』10月号（第37巻第11号）の「スクリーン・ステージ」欄に「あにいもうと 感想」として発表。

七人の侍　昭和29年6月1日発行の『藝術新潮』6月号（第5巻第6号）の映画「七人の侍 試写室にて」欄に発表。

顔　昭和29年6月15日発行の『群像』臨時増刊小説特集号（第9巻第7号）の巻頭グラビア「顔」（撮影・牛木嘉一）に顔写真入りで発表。

近況報告　昭和29年7月15日発行の『別冊小説新潮』創作二十五人集（第8巻第10号）の巻頭グラビア頁「近況報告」欄に無題写真入りで発表。

私の夏のプラン　昭和29年7月15日発行の『別冊小説新潮』創作二十五人集に発表。

屋上　昭和29年10月1日発行の『文藝』10月号（第11巻第11号）の巻頭グラビア頁に写真入りで発表。『井上靖エッセイ全集』第3巻に収録。

作家の言葉　昭和29年12月1日発行の『小説新潮』12月増大号（第8巻第16号）の巻頭「作家の言葉」欄に自筆筆蹟で発表。

「大衆文学代表作全集 井上靖集」筆蹟　昭和30年3月25日、河出書房発行の『大衆文学代表作全集8 井上靖集』の巻頭筆蹟。

オレンヂ アルバム 評　昭和30年4月1日発行の『文藝春秋』4月号（第33巻第7号）のバヤリース オレンヂ広告欄「各界名士競作 オレンヂ アルバム」に発表。永井龍男撮影の写真に対する評。

オレンヂ アルバム 作者のことば　昭和30年5月1日発行の『文藝春秋』5月号（第33巻第9号）のバヤリース オレンヂ広告欄「各界名士競作 オレンヂ アルバム」に自作の写真とともに発表。このあとに今日出海の評を掲載。

わたしの一日　昭和30年12月1日発行の『知性』12月号（第2巻第12号）のグラビアに土門拳撮影の写真入りで発表。『井上靖エッセイ全集』第3巻に収録。

私の抱負　昭和31年1月3日付『朝日新聞』の「私の抱負 一九五六年正月」欄に無題で発表。

ふいに訪れて来るもの　昭和31年1月5日発行の季刊『それいゆ』１９５６ＳＰＲＩＮＧ（第37号）の「だんらんを語る」欄に写真入りで発表。

編集部の一年間　昭和31年4月1日発行の『サンデー毎日』創刊35年記念増大号の「三十五年の思い出」欄に発表。

私の誕生日　昭和31年4月30日付『内外タイムス』の「私の誕生日」欄に「井上靖氏 6日」として発表。

作家の二十四時　昭和31年5月1日発行の『新潮』5月号（第53巻第5号）グラビアに発表。

友への手紙　昭和31年5月〜8月各1日発行の『淡交』5月号〜8月号（第95号〜98号）に「友への手紙⑤〜⑧」として町春草の書例とともに連載。①〜④は川端康成、⑨〜⑫は吉川英治。

識見を感じさせる作品　昭和31年11月11日、朝日放送発行の『ＡＢＣ 創業五周年記念』に「随想」として発表。

孤愁を歌う作家　昭和32年2月28日発行の『別冊文藝春秋』第56号のグラビア「孤愁を歌う作家―井上靖アルバム―」（カメラ・石井彰）のキャプションとして発表。

清新さと気品　昭和32年3月、河出書房より引き継いだ主婦と生活社版『週刊女性』復刊予告に発表。

「婦人朝日」巻頭筆蹟　昭和32年5月1日発行の『婦人朝日』5月号（第12巻第5号）の巻頭に発表。

「現代国民文学全集　井上靖集」筆蹟　昭和32年7月15日、角川書店発行の『現代国民文学全集4　井上靖集』の巻頭に発表。

「小説新潮」巻頭筆蹟　昭和32年11月1日発行の『小説新潮』11月号（第11巻第15号）の「作家の言葉」欄に発表。

菊村到　新しい可能性　昭和33年4月1日発行の『新女苑』4月号（第22巻第4号）のグラビア特集「若き芸術家の肖像」に発表。

読書人の相談相手として　昭和33年4月15日付『讀書タイムズ』の「週刊読書人　創刊に寄せて」欄に発表。

三友消息　昭和33年6月20日発行の『三友』第2号の「三友消息」欄に無題で発表。署名は「井上靖（代）」。

青い眺め　昭和33年11月1日発行の『随筆サンケイ』11月号（第5巻第11号）のグラビア「私の書斎」欄（カメラ・本橋亨）に発表。

日本談義復刊100号に寄する100名の言葉　昭和34年3月1日発行の『日本談義』復刊100号に発表。

三役の弁　昭和34年3月1日発行の『酒』3月号（第7巻第3号）に発表。

穂高　昭和34年4月頃発行の『文藝春秋だより』に写真入りで発表。

沖ノ島　昭和34年6月29日号の『週刊文春』のグラビア「日本ところどころ」欄に発表。

「週刊女性自身」表紙の言葉　昭和35年1月13日号の『週刊女性自身』の表紙に無題で発表。

「私たちはどう生きるか　井上靖集」筆蹟　昭和35年5月5日、ポプラ社発行の『私たちはどう生きるか18　井上靖集』の巻頭に発表。

独自な内容と体裁　昭和35年5月発行のＰＲ冊子『祝・週刊平凡創刊一周年』に祝辞として発表。

「高校時代」巻頭筆蹟　昭和36年2月1日発行の『高校時代』2月特大号（第7巻第11号）に扉の言葉として発表。

三友消息　昭和36年2月3日発行の『三友』第28号の「三友消息」欄に無題で発表。

税務委員会報告　昭和36年4月発行の『文芸家協会ニュース』第117号に発表。

さくら　昭和36年5月1日発行の『小説新潮』5月号（第15巻第6号）の「季節の言葉」欄に発表。

「日本現代文学全集　井上靖・田宮虎彦集」筆蹟　昭和36年8月19日、講談社発行の『日本現代文学全集102　井上靖・田宮虎彦集』の巻頭に発表。

レジャーと私　昭和36年9月25日発行の『別冊文藝春秋』第77号のグラビア「レジャーと私」に写真入り、無題で発表。

娘と私　昭和36年10月20日発行の『小説中央公論』秋季号（第2巻第4号）のグラビア「娘と私」に「井上靖氏・井上幾世さん（長女、二十四歳）」の見出しで、写真入りで発表。

編集方針を高く評価　昭和36年（月日無記）発行の『週刊読書

人』宣伝版に発表。

私の好きなスター　昭和36年頃、『週刊サンケイ』に発表か。詳細不明。

私の好きな部屋　昭和36年頃、グラビア文として発表。撮影・林忠彦。初出不詳。

横綱の弁　昭和37年1月1日発行の『酒』1月号（第10巻第1号）に発表。

私の生命保険観　昭和37年1月1日、生命保険協会発行の『くらしと保険』1月号（第3巻第1号、通巻第20号）に発表。

「**昭和文学全集　井上靖**」**筆蹟**　昭和37年10月15日、角川書店発行の『昭和文学全集21　井上靖集』の巻頭に発表。

社会人になるあなたへ　昭和37年頃、『女性自身』に発表か。詳細不明。

作家の言葉　昭和38年1月15日発行の『小説中央公論』新春特別号（第4巻第1号）巻頭の「作家の言葉」欄に筆蹟写真版で発表。

ベニス　昭和38年3月15日発行の『別冊文藝春秋』第83特別号のグラビア「海外旅行と私」に見開き写真入りで発表。

香川京子さん　昭和38年5月1日発行の『文芸朝日』創刊1周年記念増大号（第2巻第5号）のグラビア頁（カメラ・吉江雅祥）に発表。

駿河銀行大阪支店開店広告文　昭和38年11月20日付『サンケイ』夕刊の駿河銀行広告欄に発表。

帝塚山大学推薦のことば　昭和38年12月、『帝塚山大学要覧　教養学部開学のあいさつ』に「推薦のことば」として発表。

京劇西遊記　昭和39年1月26日号の『朝日ジャーナル』「鑑賞席」欄に発表。『井上靖エッセイ全集』第8巻に収録。

「**現代の文学　井上靖**」**筆蹟**　昭和39年2月5日、河出書房新社発行の『現代の文学24　井上靖集』の巻頭に発表。

井上吉次郎氏のこと　昭和39年3月25日、井上吉次郎博士喜寿記念出版刊行会発行の井上吉次郎著『記者と学者の間』の巻末「知音」の部に発表。

「**婦人公論**」**のすすめ**　昭和39年3月発行の『婦人公論』宣伝版に発表。

The East and the West　昭和39年4月、実弟森田達編集の英文雑誌『THE EAST』第1巻第1号に英文で発表。

作家の顔　昭和40年10月1日発行の『小説新潮』10月号（第19巻第10号）のグラビア「作家の顔（10）井上靖」に発表。

「**婦人公論**」**の歩みを讃える**　昭和40年10月7日付『朝日新聞』掲載の『婦人公論』広告欄に発表。

「**われらの文学　井上靖**」**筆蹟**　昭和41年1月15日、講談社発行の『われらの文学6　井上靖』の巻頭に発表。

アトリエ風の砦　昭和41年5月27日号の『週刊朝日』のグラビア「わたしの城」欄に発表。

「**豪華版日本文学全集　井上靖集**」**筆蹟**　昭和41年8月3日、河出書房新社発行の『豪華版日本文学全集28　井上靖集』の巻頭に発表。

木村国喜に注文する　昭和41年8月、創紀社創業挨拶のチラシに発表。

岡田茉莉子　昭和41年9月20日、東宝事業部出版課発行の『花

咲く扉　東宝株式会社演劇部女優アルバム』に発表。

型を打ち破る　昭和41年10月6日付『毎日新聞』に「名作書き下ろし現代日本の小説」に執筆予定の16名の作家の1人として発表。

加藤泰安氏のこと　昭和41年11月15日付パンフレット「森林・草原・氷河」に深田久弥、桑原武夫、今西錦司らとともに発表。茗渓堂発行の加藤泰安『森林・草原・氷河』出版記念会（11月17日）で配布。

居間で過ごす楽しみ　昭和42年5月1日発行の『毎日グラフ67 住まいと暮らし』に発表。

ハワイ焼けした井上靖さん　昭和42年9月9日号の『週刊新潮』にグラビア「ハワイ焼けした井上靖さん」（カメラ・川口陸）のキャプションとして発表。

「詩と愛と生」筆蹟　昭和42年12月15日、番町書房発行のエッセイ集『人生のことば（6）詩と愛と生』の扉に発表。

吉兆礼讃　昭和43年1月3日付『島根新聞』掲載の吉兆広告欄に発表。

「群舞」東方社新文学全書版筆蹟　昭和43年2月15日、東方社発行の新文学全書版『群舞』カバーに発表。

小坂徳三郎君に、私たちの希望を託したい。　昭和43年秋、小坂徳三郎後援パンフレットに発表。詳細不明。

三木さんへの期待　昭和43年頃、パンフレット『三木武夫君に期待する』に発表。詳細不明。

文學界と私　昭和44年1月1日付『毎日新聞』ほか各紙に掲載の文藝春秋広告欄に発表。

「現代日本文学大系　井上靖・永井龍男集」筆蹟　昭和44年4月5日、筑摩書房発行の『現代日本文学大系86 井上靖・永井龍男集』の巻頭に発表。

週刊新潮掲示板　昭和44年7月19日号の『週刊新潮』の「週刊新潮掲示板」欄に無題で発表。

版画の楽しさ、美しさ　昭和44年10月5日、ホテルニューナゴヤ・ホテルナゴヤキャッスル発行の『ART COLLECTION』に発表。

ロートレックのスケッチ　昭和44年11月、三菱銀行発行の『三菱ホームグラフ』69／11に発表。

東大寺のお水とり　昭和45年4月1日発行の『小説新潮』4月号（第24巻第4号）にグラビア「心に残る風景④」（撮影・入江泰吉）の文として発表。

雑然とした書棚　昭和46年4月1日、全日本ブッククラブ発行の『ブッククラブ情報』第2巻第2号のグラビア「私の書斎」に発表。

美術コンサルタント　昭和46年5月9日、永田書房発行の『ある停年教授の人間像』に発表。

サヨナラ　フクちゃん　昭和46年5月29日付『毎日新聞』に発表。

「作家愛蔵の写真」解説　昭和46年11月1日発行の『新潮』創刊八百号記念11月特大号にグラビア「作家愛蔵の写真」中のキャプションとして発表。

広い知性と教養　昭和48年5月1日付『毎日新聞』掲載の大佛次郎追悼記事中に発表。談話との断りがないので収めた。

野心作への刺激に…　昭和48年10月1日付『朝日新聞』掲載の

『大佛次郎賞』に期待する」に発表。

序文　茶室を貴ぶ　昭和48年10月25日発行の『茶道の研究』10月号（第18巻第10号）の巻頭に発表。「序文」と題されているが、雑誌掲載稿なのでここに収めた。

観無量寿経集註　昭和48年10月31日付『仏教タイムス』書評欄の「観無量寿経集註―刊行に寄せて―」に発表。

小料理「稲」案内文　昭和48年11月、増山フサ子経営の小料理「稲」の7周年記念挨拶状に添えて発表。

朝比奈隆氏と私　昭和48年12月15日、学習研究社発行の朝比奈隆指揮・大阪フィルハーモニー交響楽団演奏『ベートーヴェン交響曲全集』解説書に発表。『朝比奈隆音楽談義』（昭和53年12月5日、芸術現代社刊）に収録。

怒りと淋しさ　昭和49年2月10日、文藝春秋発行の池島信平対談集『文学よもやま話　上』に発表。

初めて見る自分の顔　昭和49年3月、長谷川泉編・南窓社発行『井上靖研究』内容見本に発表。

「井上靖の自選作品」筆蹟　昭和49年5月31日、二見書房発行の『井上靖の自選作品』（現代十人の作家8）の巻頭に発表。

美しく眩しいもの　昭和49年10月1日、婦人の友社発行の『明日の友』秋号（第7号）にグラビア「孫と私」のキャプションとして発表。

佐藤さんと私　昭和50年6月17日付『自由新報』の「みんなのコーナー」欄に随筆として発表。「佐藤さん」は佐藤栄作元首相。

「月刊美術」を推せんする　昭和50年10月15日発行の『月刊美術』11月創刊号に発表。「『月刊美術』を推せんする」は総題。

私と福栄　昭和51年12月1日発行の福栄小学校『記念誌　学舎百年』に発表。

「政策研究」巻頭言　昭和51年12月25日、中央政策研究所発行の『政策研究』第49号に「巻頭言」として発表。

大きな役割　昭和52年3月15日発行の『日本近代文学館』第36号に発表。6月9日発行の『現代作家三〇〇人展』図録に再録。

原文兵衛後援会入会のしおり　昭和52年6月、原文兵衛後援会入会のしおりに発表。

信夫さんのこと　昭和52年10月25日、朝日新聞東京本社内刊行会発行の『新聞人　信夫韓一郎』に発表。

「月刊京都」創刊によせて　昭和54年5月8日発行の『月刊京都』6月創刊号に発表。

井上靖―シリーズ日本人　昭和54年8月1日発行の『中央公論』8月号（第94年第8号）に発表。無題グラビア文。撮影・渡部雄吉。

［好きな木］　昭和55年10月発行の『みどりの道』に肉筆原稿写真版で発表。

養之如春　昭和56年1月1日発行の『ＰＨＰ』１９８１年１号（通巻392号）の扉「こころにひびくことば」欄に発表。

新会長として　昭和56年7月28日発行の『ＰＥＮ』第193号に発表。

成人の日に　昭和57年4月25日発行の『青春と読書』5月号（第77号）に発表。末尾に「この作品は、昭和57年『ＮＨＫ青年の主張コンクール』に井上氏がメッセージとして寄せられたものを採録しました」とある。目次には詩とあるが、ここに収めた。

二十年の歩み　昭和57年5月25日発行の『日本近代文学館』第67号に発表。6月10日発行の日本近代文学館創立二十周年記念『近代文学展』図録に再録。

役員の一人として　昭和57年6月23日、財団法人神奈川文学振興会発行の『神奈川文学館建設の趣意』に同会常務理事の一人として発表。

［**便利堂会社概要**］　昭和57年頃、便利堂会社概要パンフレットに発表。

小林さんのこと　昭和58年4月20日、筑摩書房発行の『小林勇文集』月報6に発表。同年11月20日、筑摩書房発行の谷川徹三・井上靖編著『回想 小林勇』に再録。

週刊読売と私　昭和58年5月1日発行の『週刊読売』１８００号記念特大号の創刊１８００号記念企画欄に発表。

徳沢園のこと　昭和58年6月11日、徳沢園発行の『楡の木は知っている』に発表。

［**沼津市名誉市民に選ばれて**］　昭和58年7月、沼津市から名誉市民の称号を贈られた感想。初出不詳。平成3年3月1日発行の『広報ぬまづ』に掲載の原稿写真による。

元秀舞台四十年　昭和58年9月18日、講談社発行の和泉元秀『狂言を観る』に発表。

庶民の体験のなかに感動のドラマが　昭和59年3月16日、聖教新聞社発行の『ＳＯＫＡ』に発表。

週刊新潮掲示板　昭和59年4月12日号の『週刊新潮』の「週刊新潮掲示板」欄に発表。

わが人生観　昭和59年8月３・４・５日の３日間開催された第60回高野山夏期大学プログラムに発表。

文学館の先駆　昭和59年10月、神奈川近代文学館開館記念パンフレットに発表。

岡崎嘉平太「終りなき日中の旅」　昭和59年。詳細不明。同書は昭和59年11月30日、原書房刊。

オリオンと私　昭和60年4月1日、株式会社オリオン発行の『株式会社オリオン 30年の歩み』に発表。

「**中華人民共和国現代絵画名作集**」**推奨の辞**　昭和60年10月1日、山手書房発行の『中華人民共和国現代絵画名作集』中の「推奨の辞」に無題で発表。末尾に「（日本中国文化交流協会会長）」とある。

［**修善寺工業高校創立五十周年記念寄稿文**］　昭和60年10月、修善寺工業高校創立五十周年記念式典で配布されたチラシに発表。平成7年1月29日、天城湯ヶ島町発行の『井上靖とわが町』第4集に原稿写真版掲載。初出の経緯については同書所収の大川善雄「特別寄稿文に接して」を参照。「校歌を作詞してから十年」とあるが、事実は二十八年。記念式典当日に配布されたチラシでは学校側により訂正されているが、本巻では内容上支障をきたすのでママとした。また末尾の原稿執筆日にも1年のずれがあるがママとした。

竹内君と私　昭和60年10月発行の『プロフィール 竹内黎一』に発表。

二十五周年に寄せて　昭和62年5月15日発行の『日本近代文学館』第97号に発表。館創立二十五周年記念「夏目漱石展」図録に再録。

「シルクロード幻郷」巻頭言　昭和63年5月1日、芸術新聞社発行の『アート・トップ』第104号に巻頭特集「シルクロード幻郷」の巻頭言として発表。

「なら・シルクロード博」ごあいさつ　昭和63年10月、財団法人なら・シルクロード博協会発行の『なら・シルクロード博 公式記録』に「財団法人なら・シルクロード博協会 総合プロデューサー」の肩書で発表。

小誌「かぎろひ」に期待する　平成元年3月15日、JR東海・広報室発行の大和路小誌『かぎろひ』創刊号に発表。

「なら博」の建築　平成元年4月1日、新建築社発行の菊竹清訓編著『なら・シルクロード博』に発表。

奈良県新公会堂ごあいさつ　平成元年4月、奈良県新公会堂パンフレットに発表。翌年発行の記念絵葉書添付文も加えた。

「むらさき亭」を名付けるにあたり　平成2年3月31日開会の国際花と緑の博覧会の茶室「むらさき亭」の栞に発表。

月刊「しにか」創刊によせて　平成2年4月1日、大修館書店発行の『月刊 しにか』4月創刊号に発表。

尽己　平成2年8月、日英柔道親善交流パンフレットに発表。

詩集「いのち・あらたに」に寄せて　平成3年7月1日発行の『共悦』夏季号（第340号）に掲載。初出は矢野克子『詩集 いのち・あらたに』（平成元年11月20日、講談社刊）の「序」。

［歌詞］

修善寺農林高等学校校歌　芥川也寸志作曲。昭和31年10月5日作詞、昭和32年3月発表。同校は32年4月、県立修善寺高等学校、36年4月、県立修善寺工業高校と改称。発表時にパンフレットに付載の「おおらかに」も添えた。

山高ければ　芥川也寸志作曲。昭和34年8月17日、御殿場市浅間神社境内で開催された読売新聞社主催日本山脈縦走完成祝賀会で藤浦洸作詞・古関裕而作曲「日本の尾根を行く」とともに発表。『讀賣新聞』にはこれに先立って8月12日に発表されている。

吉原工業高等学校校歌　芥川也寸志作曲。昭和38年3月12日の同校第6回卒業式で初めて歌われる。同年11月16日、著者臨席の校歌発表会で正式発表。

沼津聾学校校歌　平尾良蔵作曲。昭和45年11月28日、著者臨席の校歌制定発表会で発表。

集英社社歌　黛敏郎作曲。昭和47年8月制定、レコード作成。

天城中学校校歌　岡本敏明作曲。昭和48年1月制定発表。

羽後中学校校歌　芥川也寸志作曲。昭和50年12月制定、51年4月27日発表。

北陸大学校歌　石桁真礼生作曲。昭和51年10月24日制定発表。

［碑文］

第一巻の詩篇に収めたもの以外の著者の新作碑文に限った。既発表の作品の一部の抜粋や、命名・揮毫のみのものは省いた。

沼津駅前広場母子像碑文　昭和33年8月、沼津駅前に日本赤十字奉仕団によって建立。

宝蔵院史碑碑文　昭和38年11月26日、東京都葛飾区奥戸新町の宝蔵院内に建立、除幕。正式名称は和光之鐘楼記念史碑。

修善寺工業高校碑文　昭和40年11月26日除幕。同校は校歌を作

詞した県立修善寺農林高校、その後の修善寺高校の後身。

世界貿易センタービルディング定礎の辞　昭和44年11月11日、東京芝浜松町世界貿易センタービルの定礎式において東京ターミナル社長によって朗読され、直筆碑文銘板を同地に埋蔵、定礎としたもの。同ビル建設の発起人は今里廣記。昭和55年6月30日、世界貿易センタービルディング発行の『15年のあゆみ』より採った。

秋田県西馬音内小学校碑文　昭和49年8月18日、同校校庭に創立百周年を記念して建立、除幕。

「内灘の碑」碑文　昭和50年3月29日、石川県内灘町宮坂運動公園内に同町により建立、除幕。詩「海」（『運河』所収）を刻んだ副碑を伴う。

徳田秋声墓碑撰文　昭和57年6月27日、金沢市材木町の徳田家菩提寺静明寺境内に建立、除幕。

滋賀県向源寺（渡岸寺観音堂）碑文　昭和57年10月17日、滋賀県高月町向源寺（通称渡岸寺観音堂）境内に建立、除幕。

山本健吉文学碑撰文　昭和59年11月3日、長崎市上西山町諏訪神社境内に建立、除幕。表の碑文は山本健吉「母郷行」。

舟橋聖一生誕記念碑碑文　昭和61年5月28日、墨田区横網1丁目の舟橋聖一生誕地に建立、除幕。

長崎物語歌碑撰文　昭和62年3月30日、長崎市東山手町オランダ坂道路公園内に建立、除幕。「赤い花なら曼珠沙華／阿蘭陀屋敷に雨が降る」で始まる歌謡曲「長崎物語」（昭和14年発表）は梅木三郎作詞・佐々木俊一作曲。梅木三郎（本名黒崎貞治郎）はもと毎日新聞社社会部長、夕刊新大阪編集局長。

沼津東高校碑文　平成元年4月6日、同校校庭に建立、除幕。これに近い文はほかにも二、三あるが、それぞれ異同があるのであえて採った。

新高輪プリンスホテル新宴会場の命名　平成2年9月13日、東京都港区高輪の新高輪プリンスホテル「国際館パミール」ロビーに建立、除幕された碑「北辰」（本全集第一巻詩篇に収録）の裏面に活字で刻まれたもの。

妙覚寺碑文　平成3年4月7日、沼津市下河原町の妙覚寺境内に建立、除幕。中央に「思うどち／遊び惚けぬ」で始まる短詩（第一巻詩篇に収録）を刻んだ本碑の副碑。

上山田町碑文　平成5年7月18日、長野県上山田町中央公園内に同町により建立、除幕。これに近い文はほかにも二、三あるが、それぞれ異同があるのであえて採った。

［序跋］

自著以外の序跋類を集めた。収録に当たって題名は最初に著者、書名を掲げてから原題を記した。ただし原題が「序文」「序言」「まえがき」「あとがき」以外のもの及び無題のものはすべて「序」「跋」に統一し、原題のあるものは本文の冒頭にゴシックで掲げた。また連名の序跋で、井上靖文と見なされないものは省いた。

中村泰明「詩集 烏瓜」序　昭和28年12月25日、詩性社刊。

「創作代表選集13」あとがき　昭和29年5月5日、大日本雄弁会講談社刊。日本文芸家協会編。

村松喬「異郷の女」序　昭和31年12月25日、虎書房刊。『井上靖エッセイ全集』第2巻（昭和58年11月25日、学習研究社刊）に収録。

船戸洪吉「画壇 美術記者の手記」序 昭和32年8月1日、美術出版社刊。

安川茂雄「霧の山」序 昭和32年9月25日、朋文堂刊。『井上靖エッセイ全集』第2巻に収録。

濱谷浩「写真集 見てきた中国」序 昭和33年8月5日、河出書房新社刊。

伊藤祐輔「石糞」序 昭和34年3月15日、日本文芸社刊。

斉藤諭一「愛情のモラル」序 昭和34年8月1日、創元社刊。

大竹新助「路」序文 昭和34年10月15日、社会思想研究会出版部刊。現代教養文庫。『井上靖エッセイ全集』第2巻に収録。

「きりんの本 5・6年」序 昭和34年11月（日の記載なし）、理論社刊。日本童詩研究会編。

「川」あとがき 昭和35年9月17日、有紀書房刊。井上靖編。

大隈秀夫「露草のように」序 昭和35年10月20日、中央公論社刊。

山本和夫「町をかついできた子」序 昭和35年11月1日、東都書房刊。『井上靖エッセイ全集』第2巻に収録。

山下政夫「円い水平線」序 昭和37年4月15日、創元社刊。

永田登三「関西の顔」序 昭和37年4月25日、淡交新社刊。

「半島」まえがき 昭和37年7月5日、有紀書房刊。井上靖編。『井上靖エッセイ全集』第7巻に収録。

辻井喬「宛名のない手紙」あとがき 昭和39年10月10日、紀伊國屋書店刊。

小林敬三「宣伝のラフとフェアウェイ」序 昭和40年2月1日、日展（大阪）刊。

池山広「漆絵のような」序 昭和41年6月15日、岩手日報社刊。

西川一三「秘境西域八年の潜行」序 昭和43年2月1日、芙蓉書房刊。『井上靖エッセイ全集』第9巻（昭和58年9月27日、学習研究社刊）に収録。

宮本一男「ハワイ二世物語」序 昭和43年4月30日、同朋協会刊。

山崎央「詩集 単子論」序 昭和43年6月10日、木犀書房刊。末尾に「昭和四十三年七月八日記す」とあるが、発行年月日は奥付のままとした。

野村米子「歌集 憂愁都市」序 昭和43年9月9日、層の会刊。

井上吉次郎「通信と対話と独語と」序 昭和44年5月1日、井上吉次郎博士賀寿記念出版刊行会刊。

ヤクボーフスキー他著・加藤九祚訳「西域の秘宝を求めて」序 昭和44年5月10日、新時代社刊
椿八郎「鼠の王様」序 昭和44年6月5日、東峰書房刊。

「現代の式辞・スピーチ・司会」序文 昭和44年9月24日、講談社刊。

A・マルチンス・J「夜明けのしらべ」序 昭和44年12月1日、五月書房刊。

岸哲男「飛鳥古京」序 昭和45年1月20日、写真評論社刊。『井上靖エッセイ全集』第2巻に収録。

加藤九祚「西域・シベリア」序 昭和45年2月10日、新時代社刊。

赤城宗徳「平将門」序 昭和45年4月30日、角川書店刊。『井

上靖エッセイ全集』第5巻に収録。

伊藤祐輔「歌集 千本松原」序　昭和45年11月3日、新星書房刊。

岩田専太郎画集「おんな」跋　昭和46年5月30日、毎日新聞社刊。

今田重太郎「穂高小屋物語」序　昭和46年8月30日、読売新聞社刊。

生沢朗画集「ヒマラヤ&シルクロード」序　昭和48年8月28日、講談社刊。

石岡繁雄「屏風岩登攀記」序　昭和49年10月15日、名古屋碩学書房刊。昭和52年12月15日刊の異版『屏風岩登攀記』にも再録。

櫻野朝子「運命学」序　昭和49年11月25日、朝日ソノラマ刊。

「日本教養全集15」あとがき　昭和50年2月25日、角川書店刊。

「わが青春の日々」上巻序　昭和50年4月10日、毎日新聞社静岡支局刊。

白川義員作品集「アメリカ大陸」序文　昭和50年5月5日、講談社刊。

秋山庄太郎作品集「薔薇」序　昭和50年5月15日、主婦と生活社刊。

大西良慶「百年を生きる」跋　昭和51年2月15日、現代史出版会刊。

「秘境」序　昭和51年3月1日、東京文化センター刊。木野工総監修。

浦城二郎訳「宇津保物語」序　昭和51年4月20日、ぎょうせい刊。

持田信夫「ヴェネツィア」序　昭和51年7月20日、徳間書店刊。

井上由雄「詩集 太陽と棺」序　昭和51年11月15日、思潮社刊。

生江義男「ヒッパロスの風」序　昭和52年1月30日、原書房刊。

尾崎稲穂「蟋蟀は鳴かず」序　昭和52年5月8日、実業之日本事業出版部刊。

椿八郎「『南方の火』のころ」序　昭和52年6月5日、東峰書房刊。

北条誠「舞扇」まえがき　昭和52年10月20日、集英社刊。『井上靖エッセイ全集』第2巻に収録。

石川忠行「古塔の大和路」序　昭和53年4月5日、毎日新聞社刊。

「観る聴く 一枚の繪対話集」　昭和53年5月1日、日貿出版社刊。一枚の繪編集委員会監修。

本木心掌「峠をこえて」序　昭和53年9月1日、暁和出版刊。

土門拳「女人高野室生寺」序　昭和53年9月30日、美術出版社刊。

安田登紀子仏画集「仏像讃美」序文　昭和53年11月1日、冬樹社刊。

「長谷川泉詩集」序　昭和55年9月20日、アート・プロデュース株式会社出版部刊。私家版。

筆内幸子「丹那婆」序　昭和56年6月10日、北国出版社刊。

入江泰吉写真全集3「大和の佛像」序　昭和56年6月23日、集英社刊。

長井洞著・長井浜子編「続・真向一途」序　昭和57年1月1日、真向法体操普及会刊。

松本昭「弘法大師入定説話の研究」序　昭和57年1月20日、六興出版刊。

坂入公一歌集「枯葉帖」序　昭和57年3月26日、風書房刊。

臼井史朗「古寺巡礼ひとり旅」序　昭和57年4月27日、淡交社刊。

柳木昭信写真集「アラスカ」序　昭和57年10月15日、ぎょうせい刊。

「世界出版業2　日本」序言　1982年10月、中国学術出版社刊。

坪田歓一編「文典」序　昭和58年1月30日、現代情報研究所刊。

「回想　小林勇」あとがき　昭和58年11月20日、筑摩書房刊。谷川徹三・井上靖編。あとがきも連名。

「熱海箱根湯河原百景」序　昭和59年4月1日、一枚の繪刊。『別冊一枚の繪』第11号。

「北日本文学賞入賞作品集」序　昭和59年4月21日、北日本新聞社出版部刊。井上靖選。

「中国　心ふれあいの旅」序　昭和59年5月25日、桐原書店刊。水上勉、中野孝次、井出孫六、黒井千次、宮本輝らとの共著。

白川義員作品集「中国大陸　下巻　天壌無限」序文　昭和59年9月20日、小学館刊。

屠国璧「楼蘭王国に立つ」序　昭和59年10月1日、日本放送出版協会刊。

「日本の名随筆33　水」あとがき　昭和60年7月25日、作品社刊。井上靖編。

「日本国立公園」序　1　昭和60年9月30日、2　11月30日、3　61年3月30日、4　61年1月30日、毎日新聞社刊。監修井上靖・写真森田敏隆。

大場啓二「まちづくり最前線」序　昭和60年11月20日、日本経済評論社刊。

段文傑「美しき敦煌」序　昭和61年3月2日、潮出版社刊。

水越武写真集「穂高　光と風」序　昭和61年6月25日、グラフィック社刊。

「写真集　旧制四高青春譜」序　昭和61年7月12日、第四高等学校同窓会刊。

白川義員作品集「仏教伝来2　シルクロードから飛鳥へ」序　昭和61年7月24日、学習研究社刊。

「西域・黄河名詩紀行」序　第1巻　昭和62年9月20日、第2巻10月20日、第3巻　11月20日、第4巻　12月20日、第5巻　63年1月20日、日本放送出版協会刊。井上靖・陳舜臣・田川純三編。

TBS特別取材班「シベリア大紀行」序　昭和62年11月25日、河出書房新社刊。

「高山辰雄自選画集」英語版序　1987年（月日無記）、講談社インターナショナル刊。日本語版解説を底本とした。

入江泰吉写真集「新撰大和の仏像」序　昭和63年3月10日、集英社刊。

駒澤晃写真集「佛姿写伝・近江―湖北妙音」序文　昭和63年3月20日、日本教文社刊。

田川純三「絲綢之路行」序　昭和63年5月20日、潮出版社刊。

持田信夫遺作集「天空回廊」序　昭和63年5月30日、持田和枝刊。

舒乙「北京の父 老舎」跋　昭和63年7月30日、作品社刊。

「中国漢詩の旅」序　①昭和63年12月10日、②平成元年2月10日、③3月10日、④5月1日、⑤5月20日、世界文化社刊。井上靖監修・田川純三執筆。

「日本の短篇 上」序　平成元年3月25日、文藝春秋刊。井上靖・大江健三郎・大岡信・清岡卓行。中村光夫・山本健吉・吉行淳之介編。『日本の短篇』上下巻は仏訳『現代日本短篇選集』（1986年10月、1989年2月、ガリマール社刊）の日本語版。

斯波四郎「仰臥の眼」序　平成2年4月7日、柴田小夜子編刊。

「茶の美道統」序　平成3年6月15日、毎日新聞社刊。

［アンケート回答］

文芸作品推薦あんけいと　昭和25年1月中・下旬合併号の『出版ニュース』に井上友一郎、埴谷雄高、田宮虎彦、中村真一郎、上泉秀信、三島由紀夫、伊藤永之介らとともに発表。

アンケート　昭和26年2月5日発行の『文学者』第8号に発表。

わたしのペット　昭和26年10月頃、初出不詳。

甘辛往来　昭和26年11月5日発行の『あまカラ』第4号別冊に発表。

二つのアンケート　昭和27年6月23日付『北陸夕刊』に発表。

美味求心　昭和27年8月5日、大阪たべもの社発行の『たべもの』第10号に発表。

時計と賞金　昭和27年10月25日発行の『別冊文藝春秋』第30号記念号に発表。

今日の時勢と私の希望　昭和28年5月1日発行の『世界』第89号に発表。

初めてもらったボーナスの使い方　昭和29年7月1日発行の『主婦と生活』7月号（第9巻第7号）に発表。

梅本育子詩集「幻を持てる人」への手紙　昭和29年11月1日発行の『現代詩研究』第49号に発表。

NHKに望むこと　昭和30年3月20日付『週刊NHK新聞』放送開始30周年記念号に「各界名士アンケート」として発表。

先輩作家に聞く　昭和30年8月、静岡県立沼津東高校文芸部発行の『MINERVA』第18号に同窓の橋爪健とともに発表。

読書アンケート　昭和30年10月27日付『北国新聞』に中村光夫、高村光太郎、三岸節子らとともに発表。

一九五六年型女性　昭和31年1月3日付『新大阪』に発表。

私の選んだ店　昭和35年6月1日発行の『若い女性』6月号（第6巻第7号）の特集「銀座への招待」中に発表。

戦後の小説ベスト5　昭和35年8月1日発行の『群像』8月号（第15巻第8号）に発表。

批評家に望む　昭和37年7月1日発行の『群像』7月号（第17巻第7号）に発表。『井上靖エッセイ全集』第6巻に収録。

芸術オリンピック―建築―　昭和39年6月14日付『西日本新聞』に発表。

旅行　なくて7くせ　昭和41年11月1日発行の『旅』11月号（創刊40周年記念特大号、第40巻第11号）に幸田文、井伏鱒二、石原慎太郎、遠藤周作らとともに発表。

「あまカラ」終刊によせて　昭和43年4月5日発行の『あまカラ』4月記念号（第200号）に発表。終刊号は5月5日発行の続200

号。

受賞作家へのアンケート　昭和52年1月5日発行の『解釈と鑑賞臨時増刊　芥川賞事典』（第42巻第2号）に発表。

［推薦文］

各種全集・叢書等の内容見本、本の帯、栞、広告、チラシ等に掲載された推薦文を発表順に収めた。点数が多いため解題は省略し、それぞれの本文の末尾に発表年月、出版社、内容見本・帯・栞等の別を記載した。原題は省いた。

補　遺

本来、本巻までのいずれかの巻に収めるべき作品で、当該巻校了後、現在までに発見されたものをジャンル別、発表順にまとめて収めた。ただし本巻の補遺は最後に一括して収めた。

［詩歌］

オリンピアの火　昭和37年1月3日付『朝日新聞』第2部特集「幻想・聖火リレー」に発表。

友　昭和45年5月1日発行の『新評』5月号（創刊200号記念特別号、第17巻第7号）に発表。

郷愁　昭和53年9月10日、現代彫刻センター発行の土方定一・三ツ村繁監修『グレコの素描と日本の詩人たち』中の「グレコの素描への詩」の1篇として発表。

西域四題　短歌4首。昭和54年3月開催の「敦煌―壁画芸術と井上靖の詩情展」に原稿出品後、井上文学館に寄贈、新潮日本文学アルバム『井上靖』（平成5年11月、新潮社刊）に原稿写真版で発表。うち3首は、平成元年9月、毎日新聞社発行の展覧会図録『井上靖展―文学の軌跡と美の世界』に「西域三題」（末尾の執筆年月は「一九七七・八」）として同じく原稿写真版で発表されたが、異同がある。ここでは井上文学館蔵の原稿を底本とした。

沙漠の花　昭和54年10月28日、文化出版局発行の並河萬里写真

『砂漠の華 トルコタイルの花唐草』の巻頭に肉筆原稿写真版で発表。

桂江　昭和55年1月30日、集英社発行のカラー版『天平の甍』に肉筆原稿写真版で発表。

フンザ渓谷の眠り　昭和55年8月20日、聖教新聞社発行の松本和夫著『カラコルム紀行―仏法伝来の道を行く』の巻頭に発表。

日本の春―うずしお・さくら・飛天―　昭和57年3月、新高輪プリンスホテル大宴会場「飛天」玄関に肉筆原稿を木彫額装で公開、発表。

車　昭和63年1月12日、宮中で催された歌会始に召人として招かれて発表。宮内庁発行のパンフレット『昭和六十三年歌会始御製御歌及び詠進歌』を底本とした。

［自伝エッセイ］

伊豆の海　昭和33年、四季書房発行の『伊豆』第3集に発表。『伊豆の国』刊行会編『伊豆の国 第一集』（平成10年11月26日、木蓮社刊）に拠る。初出未確認。

受賞が縁で毎日に入社　昭和51年2月8日発行の『サンデー毎日』3000号記念号のPR欄に発表。

私の結婚　昭和54年1月18日号の『週刊文春』巻末1頁グラビアに結婚写真とともに発表。

ペンが記録した年輪　昭和62年8月30日付『朝日新聞』に発表。

幼き日の正月　初出不詳。

星のかけら　初出不詳。

［文学エッセイ］

この人に期待する―文学―　昭和22年1月7日付『毎日新聞』大阪版の「文化生活」欄に発表。文末署名「Y」。

1947年の回顧―文学―　昭和22年12月29日付『毎日新聞』大阪版に発表。文末署名「井上」。

創作月評　昭和23年6月9日付『毎日新聞』大阪版に発表。文末署名「I」。なお、この時期の『毎日新聞』大阪版には以上の3篇と同じ署名のものがほかにもあるが、著者のスクラップ帖に貼られているものだけを採った。

佐藤先生の旅の文章　昭和33年9月15日、修道社発行の『現代紀行文学全集』第5巻南日本篇に挟み込みの『附録』に発表。

「詩と詩論」その他　昭和57年6月1日、講談社発行の日本近代文学館編『復刻 日本の雑誌 解説』に発表。

竹中さんのこと　昭和58年3月7日、角川書店発行の井上靖監修『竹中郁全詩集』に発表。

知的な虚構の世界　昭和60年12月18日、講談社発行の『少年少女日本文学館6 トロッコ・鼻』に随筆として発表。同シリーズの編集企画は井上靖・小田切進。

山本さんのこと　昭和63年7月1日発行の『すばる』7月号（第10巻第8号）の特集「追悼・山本健吉」に発表。

［随想］

今年の春　昭和43年6月1日、国民評論社発行の『国民評論』6月号（第332号）に発表。

中国文学者の日本の印象　昭和55年1月1日・8日合併号の

『自由新報』に発表。

育った新しい友情　昭和57年9月29日付『東京新聞』朝刊1面に発表。

設立三十周年を祝す　1985年6月発行の中国人民対外友好協会機関誌『友声』に「中国人民対外友好協会的三十年」と題して中国語で発表。日本語の自筆原稿を底本とした。

［美術エッセイ］

静物画の強さ　昭和26年5月25日付『毎日新聞』東京版の「連合展をみて　上」に奥野信太郎とともに発表。

銀製頭部男子像燭台（部分）　昭和56年6月23日付『日本経済新聞』第2部教養読書特集「美の美」欄に発表。

［紀行］

ありふれた風景なれど　昭和26年10月1日発行の『旅』10月号（第25巻第10号）の随筆欄に発表。

木々と小鳥と　昭和27年7月1日発行の『旅』7月号（第26巻第7号）に発表。昭和31年11月10日、六月社発行の共著『旅』に収録。

わたしの山　昭和41年11月25日、朝日ソノラマ発行の『現代作家自作朗読集』に発表。同書にはほかに『氷壁』『天平の甍』の一部を著者自身が朗読したソノシート1枚及びその解説、福田宏年「造型的作家・井上靖の文学」などを収める。収録作家は順に佐藤春夫、武者小路実篤、大佛次郎、尾崎士郎、志賀直哉、川端康成、井伏鱒二、長谷川伸、谷崎潤一郎、室生犀星、野上弥生子、吉川英治、丹羽文雄、井上靖。

敦煌・揚州　昭和53年、初出不詳。

文明を生み育て葬る　昭和59年8月25日付『朝日新聞』第2部に発表。

［選評］

第十一回読売短編小説賞選後評　昭和34年3月15日付『讀賣新聞』に発表。

新文章読本　昭和34年9月〜35年1月、『産経新聞』夕刊に計10回連載。毎回、あたえられた課題で四百字以内の文章を募集し、採用された原稿が写真版で掲載された下に担当作家の評を載せるというシリーズ。著者の担当日付と課題は、9月16日「顔」、10月2日「雲」、9日「怒り」、11月3日「悲しみ」、17日「月」、25日「初冬」、12月5日「不安」、12日「いたずら」、1月14日「争い」、27日「雪の日」。

別巻補遺

［自作解説］

「天平の甍」映画化のよろこび　昭和55年1月10日、東宝事業部発行の映画「天平の甍」パンフレットに発表。

［追悼文］

和歌森さんのこと　昭和53年6月13日、「和歌森太郎」刊行会編集、弘文堂発行の『和歌森太郎』に発表。

〔監修者・編集者の言葉〕

「日本文学全集」編集委員のことば　昭和41年5月、伊藤整・井上靖・丹羽文雄・中野好夫・平野謙編集の集英社版『日本の文学』内容見本に「まったく新しい文学全集」の題で発表。

「黄文弼著作集」監修者のことば　昭和63年11月30日、井上靖・宮川寅雄監修、恒文社発行の『黄文弼著作集1　ロプノール考古記』に発表。

〔展覧会パンフレット〕

石川近代文学館展　昭和62年11月5日〜10日、東京池袋の東武百貨店で開催の石川近代文学館展パンフレットに「開催によせて」として「絢爛を支える北国の風土」の題で発表。

〔その他小文〕

扉のことば　昭和57年3月（日の記載なし）、東京都世田谷区発行の世田谷区民文芸集『文芸せたがや』創刊号に発表。

フォトエッセイ　昭和59年3月1日発行の『正論』3月号（第132号）に発表。

「岩稜」お祝の詞　昭和62年5月、鈴鹿市の社会人登山クラブ岩稜会発行の『岩稜』に発表。

私と京都ホテル　昭和62年、京都ホテル通信季刊誌『入舟』に発表か。

〔序跋〕

北岡和義「檜花　評伝　阿部武夫」序　昭和56年3月20日、ヒノキ新薬株式会社刊。

矢野克子「詩集　空よ」序　昭和60年6月20日、講談社刊。

〔アンケート回答〕

30人への3つの質問　昭和40年9月、講談社版『われらの文学』内容見本に発表。

〔推薦文〕（解題省略）

全巻の訂正および補記

現在までに判明した本全集全巻にわたる錯誤・誤記・誤植の訂正および補記をここにまとめて巻数順に掲げる。今後さらに誤りや逸文が発見される可能性があるが、その場合には何らかの方法で公表して本全集を補う共有財産としたい。読者のご理解とご協力をお願いしたい。

第一巻

「月の出」本文85頁上段10行「「山の生活」」→「「山の人生」」。これについては東郷克美氏のご指摘をいただいた。「幼き日のこと」（第二十二巻85頁）等でも著者自身同じ誤記を繰り返しているが、これまでのどのテキストでも訂正されていない。

「仙人が住む伝説の頂」本文343頁上段14行「列風」→「烈風」。

解題601頁上段18～19行「胡楊の死」「精絶国の死」の初出記事を「昭和55年10月10日、日本放送出版協会発行の井上靖・長澤和俊・NHK取材班『シルクロード　絲綢之道　第四巻　流砂の道　西域南道を行く』に発表。」と訂正。

605頁下段5～6行「年の始めに」の項の「原題「北海道九十九年」」を削除。

613頁下段1～2行「開幕」の項に「『東京オリンピック　文学者の見た世紀の祭典』（昭和39年12月20日、講談社刊）に収録。」を追加。

613頁下段24行「『風景』2月号（第17巻第1号）」→「『風景』2月号（第17巻第2号）」。

第三巻

解題623頁上段2行「海水着　初出未詳。昭和27年7月頃の発表と推定。」→「昭和27年8月5日付『青年新聞』第332・333合併号に発表。」

第五巻

解題611頁上段16行「火の燃える海」の発表誌『サンデー毎日』臨時増刊号の発行日を「昭和31年3月10日」と訂正。

第七巻

解題620頁上段17～18行「『新潮』2月号（第45巻第2号）」→「『新潮』2月号（第67巻第2号）」。

第十四巻

「崖」本文32頁上段22行「脳液」→「脳波」。

第十六巻

「夏草冬濤」本文26頁下段8行「痩やせて」→「痩《や》せて」。

「おろしや国酔夢譚」本文517頁下段6行「一九三九年」→「一七三九年」。

第二十三巻

目次（3）頁上段6行、本文232頁上段8行、下段1、15行、233頁上段4、6行、下段7行、解題779頁下段10行「むらさき草」→「むらさきくさ」。

「過ぎ去りし日日」本文88頁上段3行「向井久方」→「向井久万」。

本文208頁上段「故里の富士」は第一巻143頁下段の「故里の富士」と同文につき削除。

「わが青春放浪」本文216頁下段6～7行「宮崎譲三」→「宮崎健三」。

「［大正十五年書簡］」本文256頁上段11～12行「いやになっちもう」→「いやになっちまう」。

「弘前の思出」本文275頁上段13、14行、下段2行「白戸郁之介」→「白戸郁之助」、上段18行「文学ＡＢＣ」→「文学ａｂｃ」。

「四季の雁書」本文492頁下段4～13行、河井寛次郎「自警」の引用6～7行目の間に「誠実一途ヲ念ジマショウ」の1行が脱落しているほか、何箇所かに誤りがある。

「一年蒼煌」本文664頁下段3行「鯅《ブ》」→「鯅《ブ》」。

767頁下段「年の初めに」は第一巻197頁上段の「年の初めに」と同文につき削除。

解題778頁上段7～8行「匂い」の項に「新潮社編『香りの記憶』（平成2年2月5日、新潮社刊）に収録。」を追加。

779頁上段1～2行「天城湯ケ島」の項に「朝日新聞日曜版『ふるさと今昔』（昭和49年1月25日、学藝書林刊）に収録。」を追加。

779頁上段11～12行「わさび美し」の初出を「昭和44年5月、天城湯ヶ島町の静岡県農業試験場わさび分場新築移転記念パンフレットに発表」と訂正。

785頁上段1行「山なみ美し」の項に「読売新聞社編『日本山脈縦走』（昭和35年8月30日、朋文堂刊）に収録。」を追加。

786頁上段13～19行「ローマから東京へ」「オリンピック開会式を見る」「五輪観戦記」「たくまざる名演出」の各項に「昭和39年12月20日、講談社発行の『東京オリンピック　文学者の見た世紀の祭典』に収録。」を追加。

第二十四巻

解題733頁上段7行「月の人の」の項に「『花あれば　角川源義追悼録』（昭和51年10月23日、角川書店刊）に収録。」を追加。

734頁上段13行「昭和15年2日29日」→「昭和15年2月29日」。

734頁下段7行「文学と私」の初出は昭和25年7月5日付『沼津東高新聞』第17号。

第二十五巻

「美しきものとの出会い」本文59頁下段8行「澧水《ほうすい》」→「澧水《れいすい》」。

解題742頁上段19～20行「ヨーロッパ美術の旅から」の項の「昭和48年8月、ほるぷ出版発行の『世界の名画　別巻』」→「昭和45年4月15日、ほるぷ出版発行の『世界の名画　別巻』」。

743頁上段13～14行「日本放送出版協会発行の『婦人学級だより』」→「NHK放送事業局発行の『NHK婦人学級だより』」。

749頁下段2行「昭和50年4月20日、光潮社発行の『生沢朗さし絵画集』」→「昭和49年12月10日、光潮社発行の『生沢朗さし絵画集』限定480部版」。

749頁下段14行「平山郁夫氏のこと」の初出を「昭和51年4月、平山郁夫シルクロード展図録に発表。」と訂正。

749頁下段16行「昭和54年10月12日発行の『太陽』10月号」→「昭和54年9月12日発行の『太陽』10月号」。

第二十六巻

「大津美し」本文133頁下段10行「風・雲・砦」→「風と雲と砦」。

本文550頁下段「胡楊の夜」の題名を「胡楊の死」と訂正。初出の『PEN』の誤植が踏襲されていたもの。目次、解題もそれに従って訂正。

本文末尾742頁のノンブルは削除。

解題747頁下段16〜17行「井上靖・東山魁夷監修の風景画集『日本の四季』」→「井上靖・東山魁夷監修の風景写真集『日本の四季』」。

751頁上段2行「『日中文化交流』第62号」→「『日中文化交流』第201号」。

第二十七巻

巻頭口絵写真キャプションを全面的に「昭和40年5月5日より6月8日まで、モスクワ、レニングラード、タシケント、ブハラ、サマルカンド、ピャンジケント、ドシャンベ、アシュハバード、イルクーツク、ハバロフスク、ナホトカといったソ連領中央アジアを旅する。写真は、西トルキスタンのサマルカンドからブハラへ行く途中、ザラフシャン川の畔。」と訂正。

本文580頁下段「壺「貴族の生涯」」は第二十五巻615頁上段の「高官の生活風景を描いた壺」と異題同文につき削除。

曾根博義

井上靖年譜

藤沢　全編

凡　例

1　便宜上、冒頭に家系図を掲げた。
2　年譜本文は、上下二段に分け、上段には文学活動・生活事項を、下段には参考事項を記載した。
3　作品は、本巻所収の「書誌」「作品年表」との重複を配慮して、重要と思われるものだけに限って掲げた。
4　作品は「　」、単行本および新聞・雑誌は『　』で括り、補足・注記には（　）を用いた。また下段に▼印を付した記載は、その年全体にわたり、月を特定できない記事である。
5　文中の数字は漢数字としたが、（　）内に限って算用数字で統一した。年齢はすべて満年齢を採った。
6　没後は一段組みとし、平成10年まで記載した。
7　旅行、出張、作品の映画化・演劇化等に関しては、一部、福田宏年氏の『増補井上靖評伝覚』（平成3・集英社）、黒田佳子氏の「井上靖の海外旅行表」「井上靖の国内旅行一覧表」「井上靖の作品　映画・演劇化一覧表」（「伝書鳩」第3〜5号）を参照した。

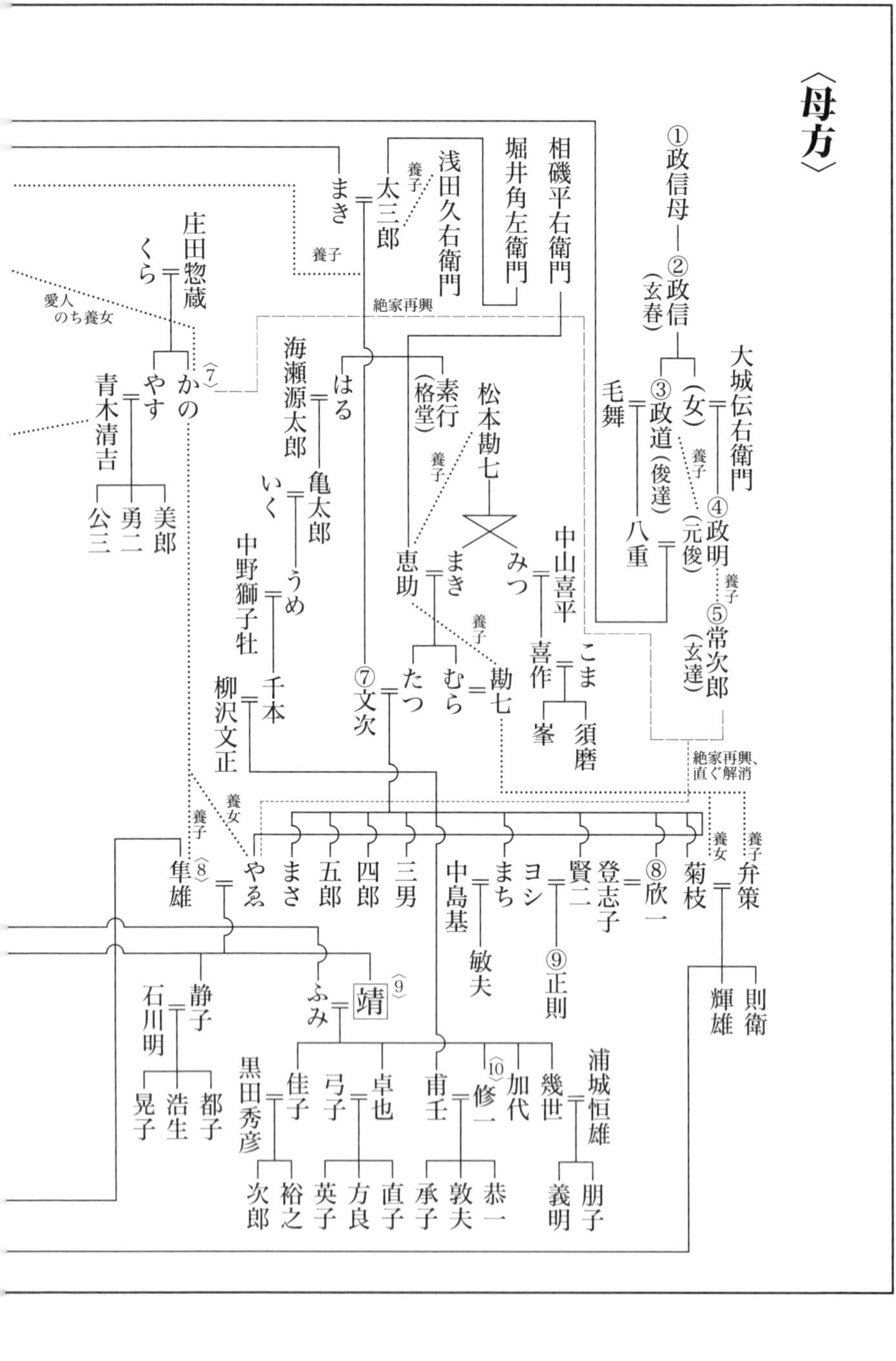
〈母方〉
①政信母
②政信（玄春）
大城伝右衛門
（女）
③政道（俊達）
毛舞
④政明（元俊）
八重
⑤常次郎（玄達）
養子
相磯平右衛門
堀井角左衛門
浅田久右衛門
まき
太三郎
庄田惣蔵
くら
愛人
のち養女
絶家再興
素行（格堂）
はる
海瀬源太郎
亀太郎
いく
うめ
中野獅子牡
千本
柳沢文正
松本勘七
まき
みつ
中山喜平
恵助
喜作
こま
峯
須磨
むら
たつ
勘七
⑦文次
〈7〉
かの
やす
青木清吉
美郎
勇二
公三
絶家再興、直ぐ解消
養女
菊枝
⑧欣一
登志子
賢二
ヨシ
⑨正則
まち
中島基
敏夫
三男
四郎
五郎
まさ
やゑ
〈8〉隼雄
弁策
則衛
輝雄
静子
石川明
都子
浩生
晃子
〈9〉靖
ふみ
浦城恒雄
幾世
朋子
義明
加代
〈10〉修一
恭一
敦夫
承子
甫壬
卓也
弓子
直子
方良
英子
佳子
黒田秀彦
裕之
次郎

〈父方〉

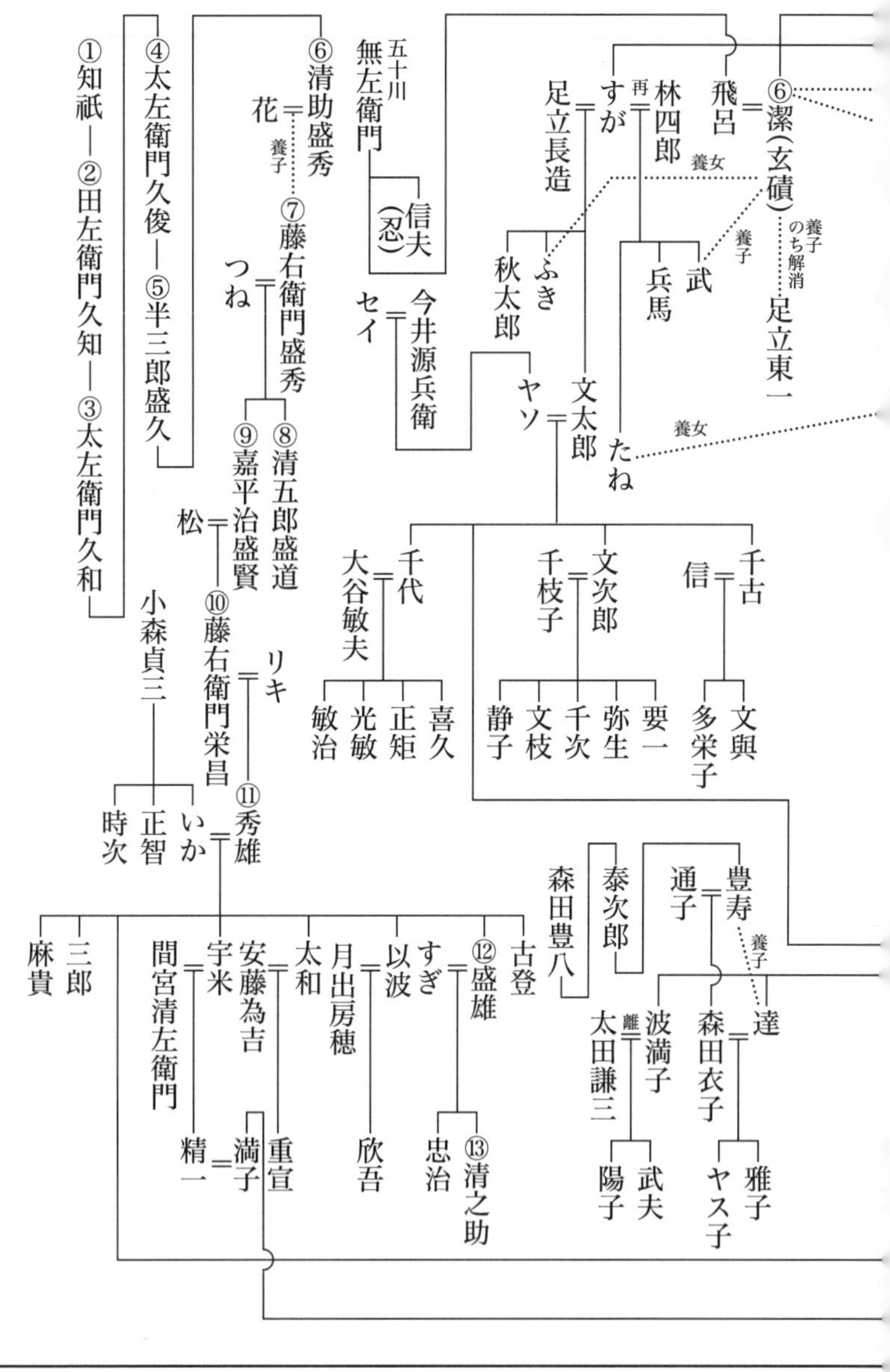

①知祇
②田左衛門久知
③太左衛門久和
④太左衛門久俊
⑤半三郎盛久
⑥清助盛秀
花
養子
⑦藤右衛門盛秀
つね
⑧清五郎盛道
⑨嘉平治盛賢
松
⑩藤右衛門栄昌
リキ
⑪秀雄
いか
小森貞三
正智
時次
五十川
無左衛門
信夫
（忍）
今井源兵衛
セイ
足立長造
すが
再
林四郎
飛呂
⑥潔（玄磧）
養女
養子
養子
のち解消
足立東一
秋太郎
ふき
兵馬
武
ヤソ
文太郎
たね
養女
千代
大谷敏夫
文次郎
千枝子
千古
信
敏治
光敏
正矩
喜久
静子
文枝
千次
弥生
要一
多栄子
文與
森田豊八
泰次郎
通子
豊寿
養子
達
波満子
離
太田謙三
森田衣子
陽子
武夫
ヤス子
雅子
古登
⑫盛雄
すぎ
以波
月出房穂
太和
安藤為吉
宇米
間宮清左衛門
三郎
麻貴
⑬清之助
忠治
欣吾
重宣
満子
精一

付記

(1) 前掲の系図は主要な範囲にとどめた。右上部から始まる井上家は靖にとっての母方で、湯ケ島を墳墓の地とし、第一祖の息子政信より第六代潔までは連続して、分家筋の第八代隼雄も医を継ぎ、医系をなして靖の代へと至り、今日、その世代が替って二百三十余年の家史を刻む。菩提寺は天城湯ケ島町雲金の日蓮宗妙本寺。

(2) 左上部から始まる石渡家は、後北条系退避者知祇《ともまさ》による門野原入植を以て始まり、以来、一貫して農業に携って家系をひらき、その第八代清五郎盛道が「清泉」の号を用いて文学的趣味性をちらつかせ、第十一代秀雄が椎茸栽培の先駆者として令名を馳せるなど、一族にさまざまなタイプの人材を混え、宗門も明治になって曹洞宗から神道自葬祭へと転換。家の興りも井上家のそれより百七十年余先立っている。

(3) 井上家と石渡家の結縁は、前者の第六代潔（年譜・明治40年参照）が自分の愛人かのを前代常次郎跡再興者に仕立てて、やゑと隼雄をかのの入嗣子としたことに始まる。これは本妻飛呂（沼津水野藩家老五十川家の出）はもとよりかのとの間にも子供が出来ず、養子の文次が医者になる道を放棄し、次に迎えた足立東一が不適応で復籍、妹すがの子武・兵馬が学業の途中で夭折するといった不本意続きの中での医系継続と、かのの老後を考えての分家継続を意味した。

(4) 曾祖父の代が錯綜するが、家系的には当該部が要というべく、自ずと生じた血続上の問題も、まきとすがの姉妹が潔の叶わぬ部分を補っている。すなわち、前者は、自分の子文次を弟潔の養子に出し、これによって文次が潔の本妻飛呂を擁す本家を継ぎ、また相磯格堂（沼津病院副院長で養子の慥《マコト》は宮内省侍医）の弟、松本恵助（三津の資産家）の次女たつと一緒になっており、井上家の血がやゑへと繋がる契機をなした。一方、後者は自己の蹉跌の人生とは別に、最初の夫である足立長造との間に生まれた長男文太郎（京大医学部教授）が継承する足立家を介し、結果的に同家の長女ふみによる井上家への近づきを因縁とした。したがって、靖とふみの間柄は、如上の回路がひとつになっての結縁となす。

(5) 家系中、靖の自伝的作品系列にそのまま配置登用された人物が少なくない。ちなみに『しろばんば』では、靖の両親隼雄・やゑが捷作・七重、曾祖父潔が辰之助、飛呂がしな、かのがぬい、祖父母文次・たつが文太・たね、母方の叔父叔母＝菊枝がすず江（その子則衛が義一、輝雄が武二、満子が春江）、欣一が大一、賢二が大二、まちがさき子（その夫中島基が中川基、その子敏夫が俊之）、三男が大三、四郎が大四、五郎が大五、まさがみつ、父方の祖父母秀雄・いかが林太郎・いさ、伯父夫妻盛雄・すぎが森之進・すみ（その子忠治が唐平）、伯母宇米が真門家の伯母（その子精一が俊記）、母方の縁戚中山家がかみき、そこの二姉妹須磨・峯が蘭子・れい子となっている（『夏草冬濤』では呼称に若干の異同がある）。同様に『桃李記』『風』『墓地とえび芋』『わが母の記』などでも適宜に対応。靖にとって家系の意味するところが限りなく大きかったと察せられるのである。

年号・年齢	文学活動・生活事項	参考事項
明治40年（1907）　0歳	五月六日、北海道石狩国上川郡旭川町第二区三条通一六番地ノ二号（現・旭川市春光町二区六条）の第七師団官舎にて二等軍医隼雄・やゑの長男として生まれる。この日に靖国神社の例大祭があり、道央一帯の天候が荒れていてかなりの未熟児でもあったので、健やかに育つようにと靖国神社の一字をとって「靖」（やすし）と命名される。 原籍地は静岡県田方郡上狩野村湯ケ島。湯ケ島での開基は宝暦から明和にかけての頃。以来、一貫して医系をなし、その祖系は四国からの落人（一説には香川県の金刀比羅宮関係者）とされ、六代目の曾祖父潔は松本順の門下で、明治初期には足柄県の韮山医局長、私立養和病院院長格として活躍し、やがて湯ケ島に戻って井上医院を開き、名医として知られた。母やゑはこの潔の初孫で、潔の愛人から養女となって分家を開いたかのの養女となり、同じくかのの養嗣子となった隼雄と結婚。その隼雄が軍医になったので、ここに一時途絶えていた医系が分家筋で復活継続。靖は如上の事情のもと、旭川に赴任した隼雄とやゑの新婚期に誕生、生まれながらにして医系の継承者として期待され、血の通い合わぬかのとの宿縁下、軍人家庭の落ち着かなさを身をもって体験していくこととなる。	三月、曾祖父の師で初代軍医総監松本順死去（74歳）。「居敬行簡」「養之如春康居長夏」などの遺墨が井上家に遺される。 八月、井上本家に叔母まさ生まれる。
明治41年（1908）　1歳	五月、父隼雄が第七師団第二十七聯隊付として韓国へと出動したのに伴い、母やゑに抱かれて上狩野村湯ケ島に移る。	一月、父方の祖父石渡秀雄、台湾で椎茸栽培指導。 十二月、叔父欣一、アメリカ移民として横浜港から旅立つ。
明治42年（1909）　2歳	十二月、父は一等軍医に昇任、静岡の歩兵第三十四聯隊付となったので、母と共に静岡市西草深町の民家へと移る。 この年、水疱瘡に罹る。	
明治43年（1910）　3歳	九月、母の身重により一時的にと湯ケ島に移され、母屋の裏の土蔵で暮らす祖母かのの溺愛を受け始める。妹静子、静岡市にて生まれる。	春頃、祖母かのは母屋を賃貸に回して裏の土蔵へと移る。 八月、韓国併合（朝鮮と改称）。

		九月、後に妻となる足立ふみ出生。
明治44年（1911） 4歳	一月、父に陸軍軍医学校での研修の機会が訪れ、家族全員で東京府牛込区若松町に移り住む。	父、陸軍軍医学校にて主に耳鼻咽喉科学を研究。
明治45年・大正元年（1912） 5歳	二月、父が軍医学校の研修を終えて復職。七月、父が第十五師団軍医部部員となったのに伴い、家族も静岡から豊橋（立川町仲八町七一番地ノ一）へと移動するが、この豊橋行きに際して靖のみ一時的にと祖母かのに再び預けられる。	十一月、父方の祖父石渡秀雄、大正天皇即位の大嘗祭に椎茸を奉献。
大正2年（1913） 6歳	年末頃、学齢期が近づいたため祖母かのに連れられて豊橋市の親元へと戻されたが、居心地の悪さから祖母と引き離されることに抵抗、同市内の小学校に通わせたいとする両親が遂に折れ、湯ケ島の土蔵生活に復す。	八月、湯ケ島一円大出水。
大正3年（1914） 7歳	四月、湯ケ島尋常高等小学校入学。叔母まさと同級。校長は父方の伯父石渡盛雄。六月、弟達《とおる》生まれる。十月、叔母まちが同校の代用教員として尋常科四年生を担任（10月29日〜12月25日）。	七月、第一次世界大戦勃発。八月、山東・南洋群島へと出兵。
大正4年（1915） 8歳	四月、二年に進級。七月、祖母に連れられて豊橋の両親のもとで過ごし、虫歯を治療。	五月、叔母まち、男児を出産。九月、曾祖母飛呂死去（67歳）。
大正5年（1916） 9歳	四月、三年に進級。	三月、湯ケ島—大仁間バス開通。十二月、父方の祖父石渡秀雄、腸チフスで死去（73歳）。
大正6年（1917） 10歳	三月、父の転属事情（第十九師団第七十三聯隊付で夏に朝鮮へと赴任）により母と妹弟が湯ケ島の自家母屋へと移ったが、祖母かのに馴染んで土蔵にもどることが多く、母を嘆かせる。四月、四年に進級。妹静子も同校に入学。十一月、叔母まちの夫中島基が同校に赴任、後日、この人物から「克己」の言葉を教わる。	八月、五年生担任の鈴木五平、ハワイへ旅立つ（そのまま移民となる）。十月、叔母まち、中島基の籍に入る。
大正7年（1918） 11歳	四月、五年に進級。夏に西伊豆の三津の叔母の家を訪ねる。この年、一年上級の転入生大槻雪子に	十月、岳父足立文太郎の父長造、神奈川県下の荻野村で死去

年	事項	関連事項
	対して淡い感情を抱く。	（78歳）。
大正８年（1919）　12歳	四月、六年に進級。 十二月、父が浜松衛戍病院院長に就任、浜松市元城町二四八番地に居を定める。	二月、叔母まち死去（23歳）。 三月、石渡盛雄退職。 三月、叔父賢二、家族を伴って満州へと渡る。 秋、川端康成が湯ケ島に滞在。
大正９年（1920）　13歳	一月、祖母かの、ジフテリアで死去（64歳）。 二月、父の新任地である浜松へと母、妹弟と共に移り、浜松尋常高等小学校（現・元城小学校）へと転入。 三月、県立浜松中学校（現・浜松北高校）の受験に失敗。 四月、浜松師範学校附属小学校高等科に入学。	一月、父隼雄家督相続。 八月、若山牧水が沼津市に移住。
大正10年（1921）　14歳	三月、妹波満子生まれる。月末、父が第二十九旅団付で満州へと赴任。 四月、県立浜松中学校に首席で入学、級長となる。 七月、浜名湖での水泳部合宿に参加。 十二月、作文「秋の夜」を浜松中学校	四月、曾祖叔母すが死去（76歳）。 夏、川端康成が湯ケ島に滞在。

年	事項	関連事項
	『校友会雑誌』に発表。	
大正11年（1922）　15歳	一月、県下七校の中学優等生を集めた学力奨励試験で一番となる。 三月、満州にいる父に台北衛戍病院院長の内示があったため（赴任は八月）、留守家族は県東部の三島町宮二一二四鳥居鎮の持家に移る。 四月、県立沼津中学校（現・沼津東高校）二年に転入。課外で柔道部の練習に時々参加。	四月、父方の縁戚筋の小野田作太郎が転校時の身元保証人となる。
大正12年（1923）　16歳	四月、三年に進級。同町六反田一〇番地の借家に移動。母、弟達、妹波満子は台湾の父のもと（台北市内の官舎）へと去り、湯ケ島から祖父文次夫妻が出て来て靖と三島高等女学校（現・三島北高校）に入学した妹静子を世話する。夏に台湾の両親のもとを訪ねる。	三月、叔父三男分家独立。 九月、関東大震災。
大正13年（1924）　17歳	四月、四年に進級。妹静子が台北第二高等女学校の二年に編入して去り、祖父母も湯ケ島へと引きあげたので、同町一二四二番地（三島大社前）の間宮宇米（父方の伯母）宅に下宿。夏休みに同家の長男精一（従兄弟）を伴って台北の両親のもとへ行く。秋、学友数	三月、学友の藤井壽雄、短詩「カチリ／石英の音。／冷い秋が来た。」を沼中『学友会々報』に発表。 六月、叔父欣一、サ

名で奥伊豆に旅行。この頃から図画と国語の教師前田千寸《ゆきちか》、学友の岐部豪治、金井廣、藤井壽雄らの影響で詩歌や小説に興味を持ち始める。沼津市内の路上で若山牧水と度々すれ違う。

ンフランシスコで小幡登志子と結婚。排日の嵐に向って進む。▼沼中の一部に文学熱高揚。

大正14年（1925）　18歳

一月、柔道部の学年別単試合に出場して二戦二勝。

三月、山形高等学校を受験して失敗。

四月、五年に進級。沼津の妙覚寺に下宿（葬儀等で僧が足りないと「小坊主」として狩り出しもあり）、二学期より学校の寄宿舎に入るが、ストーム騒動に捲き込まれ、その首謀者の一人として停学処分を受く。以後、卒業時まで学校近くの農家（斎藤竹次郎方の離れ八畳）に預けられて、教師の監視下で過ごす。


七月、足立文太郎京大医学部を停年退官。

八月、父隼雄陸軍一等軍医正（大佐）となる。

九月、沼中の寄宿舎で舎監排斥運動起こる。

大正15年・昭和元年（1926）　19歳

一月、級友藤井壽雄・岐部豪治と三人で西伊豆の土肥へ船で出掛けて歌を作る。

二月、「衣のしめり」九首を沼津中学校『学友会々報』に発表。

三月、沼津中学校を卒業。静岡高等学校を受験して失敗。これより進学浪人として沼津の友人の家や三津の叔母の家に滞在、台湾の両親のもとを訪ねる。

七月、帰省した仲間たちによる西伊豆重寺《しげでら》での自主合宿に合流。月末、台北へと赴き、同地の図書館にて勉強。

八月、金沢衛戍病院院長として赴任する父に伴って家族揃って金沢市彦三《ひこそ》四番町一一番地へと移動。

九月、受験雑誌『考へ方』の国漢文懸賞問題（「源平盛衰記」の口語訳解）で一等賞となる。

十月、親友岐部豪治を悼む挽歌八首を詠出。G・エリオットの『SILAS MARNER』を訳読。


七月、東京の東洋協会大学（後の拓殖大学）マレー語科に在籍中の岐部豪治、腸チフスに罹って小石川の隔離病舎にて死去（19歳）。

昭和2年（1927）　20歳

四月、金沢の第四高等学校（現・金沢大学）理科甲類に入学。柔道部に入って練習開始。強風下の大火災（金沢大火）で焼け出され、居所を市内彦三番町から兼六公園寄りの民家に変更。

七月、柔道部の大伴重治と西伊豆三津の来光寺に宿り、湯ケ島に帰郷。

この年、徴兵検査を受けて甲種合格。徴集猶予願の手続きを怠る。いつでも徴兵される可能性が生じたが、籤逃れ

二月、足立文太郎、大阪高等医学専門学校（現・大阪医科大学）の初代校長に就任。

五月、沼中の英語教師神保竜二、四高に赴任し、靖の担任となる。

となる。

昭和３年（1928）　21歳

五月、済南事件の余波で応召、静岡の歩兵第三十四聯隊に入るが、柔道で肋骨を折っていて即日帰郷となる。

七月、京都で開催の全国官公立高等専門学校柔道選手権大会中部地区大会に四高の中堅選手として出場。

八月、縁戚の足立文太郎宅を訪ねて長女ふみと初めて対面、一泊して滋賀県立大津商業学校柔道部の合宿にコーチとして参加。

十二月、父が第八師団軍医部部長に転じて家族も弘前市富田大野町四六番地へと移ったのに伴い、市内桜畠六番丁の大塚忠明宅に下宿。この頃より詩作を始める。


三月、足立ふみ、同志社女学校高等女学部を卒業、四月、同校専門学部（現・同志社女子大学）英文科に進学。

六月、祖母たつ死去（61歳）。

六月、四高でストライキ事件（13日〜19日）。


二月、富山県石動《いするぎ》町の大村正次が実質主宰の『日本海詩人』に井上泰の筆名で詩「冬の来る日」を発表、以後四月から「準同人」、六月から「同人並」、八月から「同人」になり、五年十一月まで詩を発表（うち最後の一篇にのみ実名使用）。

三月、講道館に入門。


三月、四高では社会思想研究会員による前衛思想誌『広場』創刊。学校当局、編集責任者を放校処分にする。

四月、足立ふみ、病気により同志社女学

昭和４年（1929）　22歳

四月、柔道部の主将となる。練習量重視の部活動を目指すが、後輩の反撥を招き、また古い伝統と左翼学生運動の煽りを受けた急進派の突き上げ等により混乱、五月ごろ三年生部員と共に退部。柔道そのものから遠のく。

五月、民衆詩派詩人福田正夫主宰の『焔』の同人となり、井上泰の筆名で八年五月まで詩を発表（5年9月から実名使用）。宮城（皇居）内主馬寮覆馬場で開催の「御大礼記念武道大会」に石川県代表としてノミネートされたが、体調を崩して出場断念。

六月、柔道初段（石川県柔道連盟推薦）。

八月、富山県高岡市の『高岡新報』の「高岡新報詩壇」（大村正次選）に井上泰の筆名で投稿し、五年九月まで詩を発表。東京の内野健児主宰のプロレタリア系詩誌『宣言』に井上泰の筆名で詩を発表。

十一月、高岡市の同人雑誌『北冠』（編集兼発行人宮崎健三）の創刊に加わり、井上泰の筆名で五年十月まで詩を発表。


校専門学部英文科中退。

四月、叔父賢二、一家で満州を引き揚げて沼津で再出発。

五月、金沢市で初のメーデー開催。

昭和5年(1930)　23歳

三月、第四高等学校を卒業。九州帝国大学医学部を受験したが失敗。

四月、九州帝国大学法文学部英文科に入学。福岡市唐人町海岸通りの岡部朔太郎方に下宿。登校の興味を失って三カ月ほどで上京、北豊島郡巣鴨町大字上駒込字染井八三六番（現・駒込六丁目五番一号）で植木屋を営む鈴木方の二階に部屋を借り、文学書を濫読。

九月、筆名が井上泰から本名の井上靖に改まる。

十月、九大の学籍抹消となる（退学許可年月日「昭和五年十月十五日」、退学理由「家事之都合」）。

十二月、弘前で白戸郁之助、青木了介（今官一）らと同人誌『文學ａｂｃ』を創刊、詩を発表。

この年、夏と冬を父の任地である弘前で過ごす。


四月、沼中先輩の芹沢光治良、短篇「ブルジョア」が『改造』の懸賞に入り、文学的出発をする。

五月、足立文太郎、『日本人の動脈系統』二巻により学士院賞恩賜賞を受賞。帝国学士院会員となる。同書の独語版出版に対し、ドイツ国政府から「ドイツ赤十字第一等名誉章」を贈られる。妻ヤソ、長女ふみ、次女千代を伴って湯ケ島訪問。

十一月、伊豆半島北部に大地震発生。湯ケ島の井上家も被害を受ける。


三月、父は軍医監（少将）に昇進して退職。金沢市長町五番地に移り、恩給生活に入る（予備役に編入）。

五月、沼中一年先輩の松本一三（筆名騎西一夫）の戯曲「天

昭和6年(1931)　24歳

四月、弟達は第四高等学校文科に入学、親元から通学。

十二月、両親は補修の終った湯ケ島の自家へと引越して、達は四高の寮に入る。

この年、兵役の簡閲点呼を受ける。この頃、詩誌『焔』を主宰する笹塚の福田正夫宅に通い、同人たちと交遊。また文学青年でもあった駒込の下宿の長男を介して辻潤を識り、交遊を広げて萩原朔太郎らとも面識をもつ。弘前、東京、福岡、金沢、伊豆などを転々とする。


理教本部」が『改造』の懸賞に入る。

六月、平林初之輔、パリで客死（38歳）。

九月、満州事変勃発。

昭和7年(1932)　25歳

一月、雑誌『新青年』が平林初之輔の未完遺作たる探偵小説「謎の女」続篇を募集したので、これを見て直ぐに同題の続篇を創作し、冬木荒之介の筆名で応募、三月号に入選として掲載される。

二月、上海事変の余波で再び静岡の第三十四聯隊に入るが、半月余で召集解除。

四月、京都帝国大学文学部哲学科美学美術史専攻に入学。左京区吉田神楽岡

一月、上海事変勃発。

五月、足立文太郎、大阪高等医学専門学校の校長を退く。

町の橋本家に下宿。平凡社版『江戸川乱歩全集1』の別冊付録『探偵趣味』に応募の短篇「夜靄」が入選、同誌に掲載される。夏頃から詩風を変え、行分けから散文詩に移行。大学の授業にもあまり出なくなり、読書、映画、芝居、寺社巡りなどを混え、居場所も時々変えながら気ままに過ごす。

昭和8年（1933）　26歳

四月、詩誌『日本詩壇』に詩を寄せる（11年2月まで）。

九月、『サンデー毎日』の「大衆文芸」に沢木信乃の筆名で応募した短篇「三原山晴天」が選外佳作に入り、十一月一日号に掲載される。

二月、妹静子、石川明と婚姻届出。

五月、京大に滝川事件起こる。

十一月、「三原山晴天」が劇団「享楽列車」により大阪道頓堀の角座で上演される。

昭和9年（1934）　27歳

三月、『サンデー毎日』の「大衆文芸」に沢木信乃の筆名で応募した短篇「初恋物語」が入選（賞金三百円）、四月一日号に掲載される。

四月、旧『日本海詩人』中心の新誌『結晶群』の創刊に同人として名を連ね、詩を発表。懸賞小説連続選入りの技量により新興キネマ社（のち大映）にスカウトされ、大学に在籍したまま月給五十円の社員となり、東京では妹静子の婚家のそばの中野区中野宮園通四丁目一番地に部屋を借りて月に一回上京し、板橋区の大泉撮影所内脚本部へと出勤。京都の太秦《うずまさ》撮影所の脚本部にも時折出かける。秋、京都市上京区等持院西町三五番地に新しく建った等持院アパートに住所を移す。

十二月、詩誌『日本詩』に詩を発表。

この年、兵役の簡閲点呼を受ける。

四月、妹波満子、三島高等女学校入学。

四月、高安敬義、京大哲学科入学。

昭和10年（1935）　28歳

二月、建国祭本部の募集した映画筋書きに「元寇の頃」を応募、四等選外佳作となる。

三月、卒業論文を書かず、卒業試験も放棄。

六月、足立文太郎の古稀の祝を兼ね、長女ふみと結納を交わして祝の膳を囲む。初の戯曲「明治の月」を新しい劇壇運動を目指す雑誌『新劇壇』に発表。

八月、京大哲学科の後輩高安敬義らと同人詩誌『聖餐』を創刊、「梅ひらく」「裸梢園」など旧作五篇を含む詩七篇

四月、弟達、東京帝国大学文学部独文科入学。

十月、千葉亀雄死去（57歳）。

十月、「明治の月」が新橋演舞場で上演される。翌月、劇団「あかつき座」の第一回公演として、大阪今里新地演劇場でも上演。

を掲載。十一年四月発行の第三号をもって同誌廃刊。合計九篇掲載。十月、『サンデー毎日』の「大衆文芸」に井上靖の実名で応募した探偵小説「紅荘の悪魔たち」が入選（賞金三百円）、十月二十七日号に掲載される。十一月、戸田正三（京大医学部教授）夫妻の媒妁により足立ふみと京都ホテルにて挙式（昭和11年1月24日婚姻届出）。左京区吉田浄土寺（のち神楽岡に編入）に新居を構え、二人して伊豆方面へ旅行。湯ケ島では肉親縁者に結婚の挨拶をする。

十一月、祖父文次死去（74歳）。アメリカ在住の叔父欣一、井上家の家督を相続。

昭和11年（1936）　29歳

二月、新興キネマ社の映画「尾上伊太八」の脚本打ち合わせで監督の野淵昶らと池袋の旅館に投宿。早朝、二・二六事件の発生を知る（この映画企画は途中で中止となる）。

三月、戯曲「就職圏外」を『新劇壇』に発表。卒業論文「ヴァレリーの『純粋詩論』」を提出、京大哲学科を卒業。

この頃、野間宏と知り合う。

七月、『サンデー毎日』の「長篇大衆文芸」に応募した「流転」が時代物第一席に選ばれて、第一回千葉亀雄賞を受賞（賞金千円）。これを機に新興キネマ社を退社。

八月、岳父足立文太郎の知人で大阪毎日新聞京都支局長岩井武俊の斡旋により大阪毎日新聞社の編集局見習となり、学芸部サンデー毎日課に配属される。

十月、長女幾世生まれ、西宮市香櫨園川添町の海の近くの家に転居。


二月、二・二六事件起こる。

三月、京大では卒業論文未提出者の呼び出しを行ない、靖にも連絡をとった。妻ふみの機転で漸く提出の卒業論文は、長さ四百字詰め原稿用紙で三十枚弱。九鬼周造の審査時手控ノートには「純粋詩ニ関シテ具体的ニドウ考ヘテヰルカ？」などとある。

昭和12年（1937）　30歳

一月、「流転」を『サンデー毎日』に連載（～2月、7回）。

二月、大阪毎日新聞社の社員となる。

四月、短篇小説「霰の街」を『サンデー毎日』に発表。

五月、コント「あすなろう」を『京都帝國大學新聞』に発表。

六月、学芸部直属となる。

九月、日中戦争の勃発により名古屋野砲兵第三聯隊補充隊に応召、第四兵站《へいたん》輜重《しちょう》兵中隊に二等兵（のち一等兵）として編入されて北支に渡る。

十一月、脚気で石家荘の野戦予備病院に収容される。


二月、兵役施行令改正。徴兵検査合格の身長基準五センチ緩和、視力・聴力基準引下げ、学生の兵役逃避を封鎖。

七月、日中戦争始まる。

九月、『流転』を松竹で映画化（一部・二部構成）、主題歌「流転」「流転三味線」もレコード化（唄・上原敏）。

一月、内地送還となり大阪港に上陸、

三月、弟達、東京帝

年	事項	社会・周辺
昭和13年（1938） 31歳	名古屋の野戦病院に収容される。 三月、召集解除。 四月、学芸部に復帰し、井上吉次郎部長の命で宗教欄を担当。大阪府茨木町下中条一七五番地に転居。 六月、コント「戦友の表情」を『京都帝國大學新聞』に発表。掌篇「母の手」を高木幸吉の筆名で『大阪毎日新聞京都版』に発表。 十月、次女加代、生後六日で死亡。その遺体を神戸の病院から京都へと運び、妻の実家の墓所に仮納骨する。	国大学文学部独文科を卒業、同盟通信社に入社し、六月、森田衣子と婚約、九月、広東支局に赴任。 三月、妹波満子、三島高等女学校を卒業。 四月、国家総動員法公布。
昭和14年（1939） 32歳	この年、美術欄も担当し、仏典、仏教美術、画壇関係の取材も併行。学芸部記者としての活動領域拡大する。	三月、高安敬義、京大哲学科卒業、四月、大学院に進む。
昭和15年（1940） 33歳	五月、評論「山西省の重要性」を『観光東亜』に発表。コント「旧友」を『京都帝國大學新聞』に発表。 九月、職制変更により文化部勤務となる。 十月、社内文化研究会幹事に就任。 十二月、長男修一生まれる。 この年、安西冬衛、竹中郁、小野十三郎、杉山平一、野間宏、伊東静雄らの詩人たちと交わる。	三月、神戸で詩人と学生二十数名、治安維持法違反容疑で検挙される（神戸詩人クラブ事件）。 五月、妹波満子、太田謙三と婚姻届出。
昭和16年（1941） 34歳	三月、コント「めじろ」を『京都帝國大學新聞』に発表。九月にも同「無声堂」を同紙に発表。	十二月、太平洋戦争勃発。
昭和17年（1942） 35歳	六月、新聞社勤務の傍ら、京都帝国大学大学院に籍を置き、学究活動を志向。自己の専門性として、できればヨーロッパ美術史・理論を本邦に導入するべく、M・ドヴォルジャーク、H・ヴェルフリン、A・リーグルらの著述の翻訳を目指す。 この年、一時漠然とではあるが、縁戚筋の杉道助の紹介で満州鉄道への転職を思い立つなど、新聞記者生活に迷いが伴う。	一月、母やゑ、上狩野村の国防婦人会会長となる。 四月、サンフランシスコに在住の叔父欣一夫妻、ユタ州のトパーズ強制収容所に収容される。 六月、社団法人日本文学報国会成立。
昭和18年（1943） 36歳	四月、整理部の浦上五六との共著『現代先覚者伝』を浦井靖六の名で大阪の堀書店から刊行。 十月、詩「この春を讃ふ」を日本文学報国会編『辻詩集』に発表。次男卓也生まれる。 十二月、京都帝国大学大学院除籍。暮頃、上司の井上吉次郎から高野山の末寺が二つ空いていると聞かされ、一緒	一月、『大阪毎日新聞』と『東京日日新聞』が合併して『毎日新聞』に、『サンデー毎日』が『週刊毎日』に名称変更。 六月、足立文太郎、ドイツ国政府より第一回ゲーテ賞贈られ

	昭和19年（1944） 37歳	昭和20年（1945） 38歳
に僧侶の試験を受けることを思い立つが風邪のために受験を断念。	二月、二男卓也、心嚢炎で京大付属病院に入院、翌月退院。その間、妻は付添看護、長女と長男は湯ケ島の両親のもとに預ける。 十月、詩「山西へ」を日本文学報国会編『詩集大東亜』に発表。	一月、毎日新聞社参事。 四月、紙面縮小により学芸欄がなくなったので社会部勤務。 五月、次女佳子生まれる。 六月、空襲の危険を避けるため家族を鳥取県日野郡福栄《ふくさかえ》村神福（現・日南町神福）に疎開させる。 七月、広瀬豊作蔵相が播州赤穂塩田を視察時、取材記事を伝書鳩を用いて社
る。 九月、弟達、森田衣子と婿養子縁組婚姻届出。 十一月、兵役法改正公布（国民兵役を四十五歳まで延長）。 十一月、高安敬義応召。	五月、高安敬義、中国河南省にて戦死（30歳）。 八月、学徒勤労令公布。学童疎開開始。	二月、日本画家橋本関雪死去（62歳）。 三月、東京、大阪空襲。 四月、岳父足立文太郎死去（79歳）。 八月、広島、長崎に原爆投下。敗戦。叔父欣一夫妻、トパー

	昭和21年（1946） 39歳	
に送る。高安敬義戦死の報に接して妙心寺の塔頭に住む久松真一（京大助教授）を訪ね、龍安寺の石庭へと巡る。 八月、終戦の記事「玉音ラジオに拝して」を執筆。 十一月、文化部勤務。 十二月、家族を妻の実家である足立家に引き揚げさせ、従前通り単身のまま大阪の茨木から通勤。	一月、大阪本社文化部副部長。 四月、第一回正倉院展を取材。 七月、高野山で開催の毎日新聞社主催日本棋院本因坊戦の対局場の運営を担当。 十二月、社内文化研究会幹事となる。 この年、詩作復活。五月以降『学園新聞』（京都大学新聞社発行）、詩誌『火の鳥』に詩を発表。	一月、雑誌『人間』の「第一回新人小説募集」をみて、西宮球場で開催の「南予闘牛大会」（新大阪新聞社主催・宇和島市後援・南予牛相撲協会協賛）について取材、二月から三月にかけて中編「闘牛」を執筆し、井上承也の筆
ズ強制収容所から解放されてニューヨークへ移る。 十月～十二月、『文學』『新潮』『文藝』『文藝春秋』など復刊。	四月～十月、野間宏「暗い絵」発表。 ▼この年、『中央公論』復刊。『人間』『展望』『群像』など続々創刊。	二月、大陸に取り残されていた弟達、引揚船沈没により米軍船に救出されて帰国。 五月、新憲法施行。 六月、父方の伯母間

昭和22年（1947）　40歳

名で応募、九月、選外佳作（奨励金二千円）となる。

四月、大阪本社論説委員を兼任。

八月、家族を湯ケ島の両親のもとに移す。

十月、『人間』に「第二回新人小説募集」が載ったので、再度挑戦を決め準備に入る。

この年、『学園新聞』『コスモス』『クラルテ』『文學雑誌』『火の鳥』『詩人』『柵』『働く人の詩』『ローマ字フレンド』『K・O・K』に詩作発表。


宮宇米死去（70歳）。

昭和23年（1948）　41歳

一月、第二作「猟銃」脱稿。再度井上承也の筆名で『人間』の「第二回新人募集」に応募したが、七月に審査発表があり、選外佳作となる。

二月、竹中郁らを助けて童詩童話誌『きりん』（大阪・尾崎書房）を創刊、詩の選にあたり、在阪中協力。月末より三月上旬、高野山で開催の日本棋院第七期名人戦挑戦者決定戦の運営にあたる。

四月、東京本社出版局書籍部副部長となり単身上京、葛飾区奥戸新町八〇六番地（現・奥戸八丁目一―一七番地）の日蓮宗・妙法寺に投宿。

十月、短篇集『流転』を有文堂より刊行。

この年、『自由文化』『文學雑誌』『柵』『青い鳥』『詩文化』『航海表』に詩を発表。随筆などにも力を入れ出す。


一月、日本画の新団体「創造美術」発足。

六月、太宰治入水自殺（38歳）。

八月、法然院に岳父足立文太郎の墓建つ。

十一月、東京裁判判決。

昭和24年（1949）　42歳

四月、短篇「ある兵隊の死」を井上承也の筆名で『世界の動き』に発表。この前後、「闘牛」が『日本小説』に載ることになったが雑誌社倒産により頓挫。

六月、「猟銃」を佐藤春夫に読んでもらう。その手直し原稿が大佛次郎を経て『文學界』編集長上林吾郎の手に渡り、今日出海、亀井勝一郎にも容れられて、十月、同誌に掲載される。

十二月、「闘牛」を『文學界』に発表。

短篇「通夜の客」を『別冊文藝春秋』に発表。品川区大井森前町五四〇四番地に所在する借家が空いたので弟達の世話で移り、湯ケ島から家族を呼び寄せる。


六月、芥川賞復活。

七月、下山事件・三鷹事件。

八月、松川事件。

十二月、父方の伯父石渡盛雄死去（82歳）。

二月、「闘牛」により第二十二回芥川

二月、森田幸之（弟

昭和25年（1950）　43歳

賞を受賞。

三月、出版局付となり、本格的に創作活動の態勢に入る。短篇「比良のシャクナゲ」を『文學界』に発表。短篇集『闘牛』を文藝春秋新社より出版。

四月、「漆胡樽」を『新潮』に発表。

五月、長篇「その人の名は言えない」を『夕刊新大阪』に連載（〜9月、143回）。

七月、長篇「黯い潮」を『文藝春秋』に連載（〜10月、4回）。

八月、「井上靖詩抄」の題下で詩「人生」「猟銃」「海辺」など三十四篇を『日本未来派』に発表。

十月、『黯い潮』を文藝春秋新社より刊行。『その人の名は言えない』を新潮社より刊行。

十二月、短篇集『死と恋と波と』を養徳社より、短篇集『雷雨』を新潮社より刊行。

この年、『文學界』『詩学』『文学生活』などに詩を発表。


達）、短篇「断橋」を『文學界』に発表。

六月、森田幸之、短篇「北江」を『作品』に発表（「断橋」と共に昭和二十五年上期の芥川賞候補となる）。

六月、朝鮮戦争勃発。

七月、レッド・パージ開始。


一月、長篇「白い牙」を『新潮』に連載（〜5月、5回）。

五月、『その人の名は言えない』を東宝

昭和26年（1951）　44歳

四月、短篇「利休の死」を『オール讀物』に発表。

五月、毎日新聞社を退社し、社友となる（以後毎年社友期間更新、44年4月まで続く）。

六月、短篇「澄賢房覚え書」を『文學界』に発表。『白い牙』を新潮社より刊行。

八月、長篇「戦国無頼」を『サンデー毎日』に連載（〜27年3月9日、27回）。短篇「玉碗記」を『文藝春秋』に発表。同「三ノ宮炎上」を『小説新潮』に発表。

十月、短篇「ある偽作家の生涯」を『新潮』に発表。

十二月、短篇集『傍観者』を新潮社より、短篇集『ある偽作家の生涯』を創元社より刊行。

この年、『歴程』同人。大阪、琵琶湖、丹波地方へしばしば旅行。


で映画化。チャタレイ裁判始まる。

六月以降、異邦人論争起こる。

九月、対日講和条約と日米安全保障条約調印。

十一月、『哀愁の夜』（原題「二枚の招待状」）を東宝で映画化。


一月、長篇「青衣の人」を『婦人画報』に連載（〜12月、12回）。

二月、短篇「北の駅路」を『中央公論』に発表。


五月、『戦国無頼』を東宝で映画化。

五月、『黄色い鞄』を松竹で映画化。

昭和27年（1952）　45歳

四月、『戦国無頼』を毎日新聞社より刊行。

五月、短篇集『春の嵐』を創元社より刊行。

六月、文藝春秋新社の文芸講演会のため、松本、長野、富山、金沢へ出張。

七月、中篇「暗い平原」を『新潮』に連載（～8月、2回）。日光中禅寺湖に家族旅行。

九月、短篇「滝へ降りる道」を『小説公園』に、同「晩夏」を『別冊小説新潮』に発表。『井上靖集』（「新文学全集」）が河出書房から出る。蘆花忌行事と講演のため伊香保温泉郷へ出張。

十月、短篇集『黄色い鞄』を小説朝日社より、短篇集『仔犬と香水瓶』を文藝春秋新社より、『緑の仲間』を毎日新聞社より刊行。

十一月、福田正夫を偲ぶ会に出席。

十二月、『青衣の人』を新潮社より刊行。年末関西、九州方面へ旅行出発。


六月、福田正夫死去（59歳）。

十月、栄田清一郎企画、宮田輝明・井上靖脚本「今日は会社の月給日」を東宝で映画化。
▼国民文学論争が盛ん。
▼ラジオ・ドラマ「君の名は」ブーム。

一月、正月を旅先で迎える。長篇「あすなろ物語」を『オール讀物』に連載（～6月、6回）。

昭和28年（1953）　46歳

二月、豊橋から長篠方面へ旅行し、新潟と佐渡へも出かける。

三月、講道館世田谷支部の推薦により柔道三段（初段からの跳昇段）となる。甲府、諏訪、伊那方面に旅行。

四月、茨城県五浦、諏訪湖、甲府の武田遺跡を巡り、京都と大阪に講演で旅行。

五月、長篇「昨日と明日の間」を『週刊朝日』に連載（～29年1月、35回）。文藝春秋新社の文芸講演会のため福岡、長崎、熊本、大分へと出張。

六月、短篇「伊那の白梅」を『小説新潮』に発表。短篇集『暗い平原』を筑摩書房より刊行。

七月、短篇「異域の人」を『群像』に発表。岐阜、彦根、大阪、京都へ旅行。

八月、短篇「信康自刃」を『別冊文藝春秋』に発表。『井上靖篇』（「長篇小説全集4」）が新潮社より出る。旧沼津中学校同級生の会に出席。

九月、京都と水戸大洗海岸へ旅行。

十月、長篇「風林火山」を『小説新潮』に連載（～29年12月、15回）。『婦人生活』の講演のため郡山市へ出張。


一月、父方の伯母石渡すぎ死去（84歳）。

十月、松川事件に対する文学者の発言活潑になる。
▼「第三の新人」（小島信夫、吉行淳之介、遠藤周作、庄野潤三、安岡章太郎、近藤啓太郎、三浦朱門ら）が登場。

十一月、短篇「大洗の月」を『群像』に発表。『風と雲と砦』を新潮社より刊行。『井上靖集』（「現代長篇名作全集16」）が講談社より出る。文藝春秋新社の講演会のため兵庫、岡山、広島、山口の諸県を巡る。

十二月、短篇「グウドル氏の手套」を『別冊文藝春秋』に発表。「週刊朝日」の講演会のため小倉、佐世保、長崎、熊本、鹿児島、宮崎、大分を巡る。品川区大井滝王子町四四八三番地に引越す。年末、九州桜島方面へ取材旅行出発。

昭和29年（1954）　47歳

一月、正月を旅先で迎える。『花と波濤』を講談社より刊行。

二月、取材のため富士川を遡り、下部を経て甲府に出るコースを巡る。浜名湖から渥美半島を回って蒲郡方面へも旅行。

三月、短篇「信松尼記」を『群像』に、同「僧行賀の涙」を『中央公論』に発表。短篇集『異域の人』を講談社より刊行。長篇「あした来る人」を『朝日新聞』に連載（～11月、220回）。取材のため信濃、川中島古戦場などを巡り高崎経由で旅行。

四月、短篇「二十年前の恩人」（後「昔の恩人」）を『讀賣新聞』にニューヨーク・ヘラルド・トリビューン社主宰の「世界短編小説賞コンクール参加作品」として発表（3回）。『あすなろ物語』を新潮社より、『昨日と明日の間』を朝日新聞社より刊行。『井上靖作品集』（全5巻）を講談社より刊行開始（～8月完結）。

六月、「あした来る人」取材のため松本方面に旅行。『週刊朝日』の講演会のため、富山、金沢、福井に出張。

七月、文藝春秋新社の講演会のため、苫小牧、小樽、芦別、稚内、札幌、定山渓に出張。

八月、短篇集『愛』を雲井書店より刊行。

九月、短篇集『風わたる』を現代社より刊行。『霧の道』を雲井書店より刊行。

十月、短篇集『青い照明』を山田書店より刊行。短篇集『末裔』（「昭和名作選4」）が新潮社より出る。『週刊朝

三月、ビキニ水爆実験で第五福竜丸被曝、乗組員被災。

六月、『昨日と明日の間』を松竹で映画化。

七月、『花と波濤』を新東宝で映画化。

八月、『緑の仲間』を大映で映画化。

九月、『黯い潮』を日活で映画化。

九月、『結婚記念日』『石庭』『死と恋と波と』を三話もの総タイトル「愛」と銘うち、富士プロダクションでオムニバス映画化。中国訪問学術文化視察団出発、日中学術交流共同声明を発表。

十月、『通夜の客』をＮＪＢホールで上演。
▼伊藤整の『女性に関する十二章』がベストセラーとなる。

日』の講演会のため、福岡、飯塚、佐賀、大牟田へ出張。

十一月、短篇「投網」を『知性』に発表。短篇集『伊那の白梅』を光文社より、『春の海図』を現代社より刊行。文藝春秋新社の講演会のため尾道、広島、宇部、下関、岩国へ出張。「魔の季節」取材で甲府、富士五湖へ旅行。

十二月、『オリーブ地帯』を講談社より、童話集『星よまたたけ』を同和春秋社より刊行。取材のため鹿児島県佐多岬へ旅行。

この年、日本ペンクラブ会員。

昭和30年（1955） 48歳

一月、短篇「姨捨」を『文藝春秋』に発表。飛驒高山に赴き、静岡、清水、興津を経て帰京。月末より「作家故郷へ行く」取材で伊豆方面へ旅行。

二月、短篇「黙契」を『小説公園』に発表。『あした来る人』を朝日新聞社より刊行。「魔の季節」取材のため富士五湖方面へ旅行。

三月、短篇集『美也と六人の恋人』を光文社より刊行。『井上靖集』（「大衆文学代表作全集8」）が河出書房より出る。「法隆寺」取材のため法隆寺を訪問。『サンデー毎日』の講演のため京都、大阪、神戸、姫路に出張。取材で天竜、浜松方面へ旅行。

五月、短篇「俘囚」を『文藝春秋』に発表。『サンデー毎日』の講演会のため舞鶴、鳥取、米子、松江に出張。

七月、短篇「川の話」を『世界』に発表。文藝春秋新社の講演会のため美唄、旭川、上川、北見、網走に出張。

八月、短篇「颱風見舞」を『週刊朝日』に発表。長篇「淀殿日記」（後「淀どの日記」）を『別冊文藝春秋』に連載（〜35年3月、25回）。中篇「真田軍記」を『小説新潮』に連載（〜11月、4回）。

九月、長篇「満ちて来る潮」を『毎日新聞』に連載（31年5月、243回）。

十月、短篇集『騎手』を筑摩書房より、『黒い蝶』を書き下ろして新潮社より刊行。角川書店の講演会のため花巻、盛岡、松島、上山、山形、福島へ出張。

十二月、『風林火山』を新潮社より、『夢見る沼』を講談社より刊行。「満ちて来る潮」取材のため紀州熊野川流域

一月、三重県の岩稜会員若山五朗、八ミリのナイロンザイル切断により前穂高で遭難。

五月、『あした来る人』を日活で映画化。

七月、『第二の恋人』（原題「オリーブ地帯」）を松竹で映画化。

七月、北海道講演旅行の途次、旭川で元「日本海詩人」主宰の大村正次（旭川東高教諭）と再会。

八月、ニューヨーク在住の叔父欣一、アメリカ合衆国の市民権を得る。

十月、『あすなろ物語』を東宝で映画化。

十二月、郭沫若、劉大年ら中国学術視察団十五人、日本学術会議の招きで来日。

へ旅行。多忙のため約二十日間都内の山の上ホテルで過ごす。

この年、芥川賞選考委員（〜58年）、サンデー毎日千葉賞（のち「サンデー毎日小説賞」）選考委員（〜38年）、小説新潮賞選考委員（〜42年）。

昭和31年（1956）　49歳

一月、長篇「射程」を『新潮』に連載（〜12月、12回）。金沢、福井方面へ旅行。甲南大学で講演。

二月、「私の詩のノートから」と銘うち自作解題付きで詩「人生」「猟銃」「北国」など合計17篇を『婦人画報』に再掲。

四月、短篇「蘆」を『群像』に発表。『魔の季節』を毎日新聞社より、短篇集『野を分ける風』を創芸社より刊行。日本文芸家協会理事（〜平成3年1月）。品川区立原小学校ＰＴＡの会合で講演。

五月、角川書店の講演会のため、甲府、静岡、清水、浜松を巡る。

六月、文藝春秋新社の講演で島田、豊橋、多治見、一宮などへ出張。『満ちて来る潮』、短篇集『姨捨』を共に新潮社より刊行。

七月、四高柔道部先輩の選挙応援のため福井へ、講演のため沼中の同級生が市長をつとめる富士宮市へ、『週刊朝日』の講演会のため会津若松へ出張。取材のため尾瀬沼、京都に旅行。

八月、短篇「夏の草」（のち「夏草」と改題）を『中央公論』に発表。

九月、短篇集『七人の紳士』を三笠書房より刊行。『週刊朝日』の講演のため八戸、宮古、釜石、花巻へ出張。岩稜会発行の冊子「ナイロンザイル事件」を入手し、前穂高に出かけて取材、「氷壁」の想を練る。

十月、短篇「孤猿」を『文藝春秋』に発表。静岡県立修善寺工業高校の校歌作詞。

十一月、長篇「氷壁」を『朝日新聞』に連載（〜32年8月、270回）。短篇集『ある愛情』を三笠書房より刊行。角川書店の講演会のため、佐賀、長崎、熊本へ出張。

十二月、短篇集『孤猿』を河出書房より刊行。『永井龍男・井上友一郎・織田作之助・井上靖集』（「現代日本文学

一月、ニューヨーク在住の叔父欣一の妻登志子、アメリカ合衆国の市民権を得る。

三月、日中文化交流協会発足。『春のみづうみ』（原題「魔の季節」）を松竹で映画化。

四月、『流転』を松竹で映画化。

四月、沼中時代の恩師前田千寸、『むらさきくさ』（日本色彩の文化史的研究）を河出書房から刊行。これにより十二月、第十回毎日出版文化賞を受賞。

七月、『満ちて来る潮』を東映で映画化。

八月、佐久間ダム完成。

九月、岩稜会の責任者石岡繁雄ら、ナイロンザイル事件をモデルとした小説創作に協力を約束。

全集81」）が筑摩書房より出る。

昭和32年（1957）　50歳

一月、『井上靖集』（「現代文学」）が藝文書院から出る。「氷壁」取材のため酒田、穂高周辺へ旅行。

二月、短篇集『真田軍記』を新潮社より刊行。『井上靖集』（「別冊文芸 現代名作全集7」）が河出書房より、『佐藤春夫・井上靖集』（「文芸推理小説選集3」）が文芸評論社より出る。

三月、長篇「天平の甍」を『中央公論』に連載（〜8月、6回）。短篇「犬坊狂乱」を『小説公園』に発表。短篇集『山の湖』を角川書店より、『白い炎』を新潮社より刊行。北海タイムス社の講演会のため、札幌、小樽へ出張。

四月、『白い風赤い雲』を角川書店より、『こんどは俺の番だ』を文藝春秋新社より刊行。『井上靖長篇小説選集』（全8巻）三笠書房より刊行開始（〜12月完結）。日本ペンクラブ主催ソ連作家来日記念講演会のため大阪中之島公会堂へ赴き講演。

五月、短篇「佐治与九郎覚え書」（のち「佐治与九郎覚書」と改題）を『小説新潮』に発表。『射程』を新潮社より刊行。『文藝春秋』の講演会のため東北地方へ出張。

七月、『井上靖集』（「現代国民文学全集4」）が角川書店より出る。「氷壁」取材のため上高地から穂高小屋まで出かける。

十月、長篇「海峡」を『週刊読売』に連載（〜33年5月、28回）。短篇「四つの面」を『群像』に、同「夏の終り」を『新潮』に発表。『氷壁』を新潮社より刊行。日中文化交流協会主催日本作家代表団（団長・山本健吉）の一員として初めて中国を訪問（10月26日〜11月22日）。

十二月、『天平の甍』を中央公論社より、短篇集『少年』を角川書店より刊行。世田谷区世田谷五—三三二二番地に転居。「海峡」取材のため福田豊四郎と湯ケ島へ旅行。

この年、ゴルフを始める。


三月、チャタレイ裁判、最高裁で訳者、発行者の罰金刑が決まる。

四月、ソ連作家イリヤ・エレンブルグ来日。

七月、日中国交回復国民会議創立総会。

九月、第二十九回国際ペン大会、東京で開催。

十月、『風林火山』を新国劇により読売ホールで上演。

十二月、伊豆天城山中で元満州国皇帝の姪愛新覚羅慧生と級友大久保武道の心中死体発見（天城山心中）。


二月、「天平の甍」により第八回芸術選奨文部大臣賞受賞。

三月、『白い炎』を松竹で映画化。

昭和33年(1958)　51歳

三月、短篇「満月」を『中央公論』に発表。詩集『北国』を東京創元社より刊行。「海峡」取材のため下北半島へ旅行。読売新聞社主催の講演会で講演。

四月、中央公論社の『谷崎潤一郎全集』記念講演会のため大阪へ出張。父の籍を抜けて湯ケ島の同番地に戸籍を独立。

五月、短篇「花のある岩場」を『新潮』に、同「幽鬼」を『世界』に発表。掌篇小説集『青いボート』を光文社より刊行。

六月、『週刊朝日』の講演会のため、清水、甲府、松本へ出張。鵜飼見物のため岐阜へ旅行。

七月、短篇「楼蘭」を『文藝春秋』に発表。穂高に登る。講演のため名古屋へ出張。

八月、講演のため門司、八幡、戸畑、若松、小倉、下関へ出張。

九月、日記「作家のノート」を『新潮』に連載(〜34年9月、12回)。『海峡』を角川書店より刊行。短篇集『満月』を筑摩書房より刊行。

十月、短篇「平蜘蛛の釜」を『群像』に発表。『井上靖集』(「現代長編小説全集4」)を講談社より刊行。『戦国無頼』(「新時代小説選集」)を六興出版社より刊行。『文藝春秋』の講演会で坂出、新居浜、今治、宇和島へ出張。

十一月、角川書店の講演会のため、新潟へ出張。NHKの公開講演のため延岡へ出張。

十二月、『揺れる耳飾り』を講談社より刊行。湯ケ島に帰郷。取材で信州から京都を巡る。

三月、『氷壁』を大映で映画化。

八月、「井上靖文学碑」(母子彫像付き)沼津駅前に建立。

八月、『風林火山』をNHKラジオ「日曜名作座」で放送。

九月、狩野川台風(湯ケ島の井上家被害免れる)。

十月、日中文化関係懇談会発足。

昭和34年(1959)　52歳

一月、中篇「敦煌」を『群像』に連載(〜5月、5回)。『井上靖集』(「新選現代日本文学全集21」)筑摩書房より出る。講演のため沼津、三島へ出張。

二月、「氷壁」その他の諸作品により第十五回芸術院賞を受賞。文藝春秋新社の講演会のため沖縄に出張。

三月、地番表示法改正により現住所が「世田谷区世田谷四―四一〇番地」となる。角川書店の講演会のため飯田市へ出張。

四月、講演で名古屋、京都、博多へ出張。

三月、叔父賢二死去(66歳)。

四月、『ある落日』を松竹で映画化。

四月、皇太子結婚パレード。

九月、小沢征爾、ブザンソン国際指揮者コンクールに一位入賞。

九月、伊勢湾台風。

秋、アメリカ合衆国情報庁日本支部作成

五月、『ある落日』を角川書店より、短篇集『楼蘭』を講談社より刊行。『井上靖集』(「日本文学全集66」)が新潮社より出る。父隼雄死去（79歳）、湯ケ島で葬儀を営む。家督を相続。

六月、講演で秩父へ出張。

七月、短篇「洪水」を『声』に発表。文集『旅路』を人文書院より刊行。講演で富山へ出張。上高地に家族旅行。

八月、『波濤』を講談社より刊行。

九月、聖路加国際病院の人間ドックに一週間入院。文藝春秋新社の講演会のため、宮津、小浜、彦根、大津、奈良方面へ出張。

十月、長篇「蒼き狼」を『文藝春秋』に連載（〜35年7月、10回）。長篇「渦」を『朝日新聞』に連載（〜35年8月、310回）。『朱い門』を文藝春秋新社より刊行。講演のため福島へ出張。

十一月、『敦煌』を講談社より刊行。講演のため金沢、七尾、輪島方面へ出張。「文春まつり」で講演。

十二月、静岡大学他で講演。取材で志摩半島方面に旅行。


の「USIS・ジャパン活動記録機密文書」に、日本の作家・文化人のオピニオンリーダーとして三十六名の名前があがっている。その中には、檀一雄、尾崎士郎、火野葦平、福田恆存らに混って井上靖の名前もある。当該部は「Mr. Yasushi Inoue, writer (former journalist, one of Japan's top ten)」とある。

十一月、安保改定阻止行動激化。

昭和35年（1960）　53歳

一月、長篇「しろばんば」を『主婦の友』に連載（〜37年12月、36回）。『敦煌』『楼蘭』により第一回毎日芸術賞（大賞）を受賞。宮中「歌会始」に出席。富士宮市の成人式で講演。

二月、短篇集『潮の光、青い照明』を角川書店より刊行。国語問題講演会で講演。

四月、文藝春秋新社の講演会のため、南紀各地へ出張。

五月、自伝「私の自己形成史」を『日本』に連載（〜11月、7回）。大阪の相愛学園で講演。NHKの公開講演のため、函館へ出張。日本文芸家協会の「税対策委員会」委員長に就任（〜45年4月まで）。

六月、随筆「『蒼き狼』の周囲」を『別冊文藝春秋』に発表。唐招提寺の「鑑真講演会」のため奈良へ出張。岩波書店の講演会のため、松本、長野、甲府へ出張。四高の総会で講演。

七月、ミイラ学術調査団の一員として酒田へ出張、海向寺で即身仏の調査に立ち会う。第十七回オリンピックローマ大会取材のため毎日新聞社の派遣で

一月、『わが愛』（原題「通夜の客」）を松竹で映画化。

三月、「文学者の見た中国写真展」を日本文芸家協会、日中文化交流協会の主催で東京数寄屋橋富士フォトサロンで開催（青野季吉、井上靖ら十四名出品）。

五月、叔父欣一、ニューヨークのホテル・エディソンで開催の日米修好通商百年記念式典に招待され、日本政府から表彰状と木杯を贈られる。

五月、『敦煌』がテレビ・ドラマ化され、NHKで放映。

五月、沼中時代の恩師前田千寸『日本色彩文化史』岩波書店

ローマへ出発。終了後欧米各地を巡って十一月帰国（7月20日〜11月28日）。八月、『河口』を中央公論社より刊行。十月、『蒼き狼』を文藝春秋新社より、『その日そんな時刻』を東方社より刊行。十一月、『井上靖文庫』（全26巻）を新潮社より刊行開始（〜38年6月完結）。十二月、『渦』を新潮社より刊行。『蒼き狼』によって「文藝春秋読者賞」を受賞。講演のため名古屋に出張。

刊。六月、『白い牙』を松竹で映画化。八月、『離愁』（原題「青衣の人」）を松竹で映画化。十月、『敦煌』を東宝グランド・ロマンスにより東宝劇場で上演。十一月、郷里の上狩野村、隣りの中狩野村と合併して天城湯ケ島町となる。

昭和36年（1961）　54歳

一月、長篇「崖」を『東京新聞』に連載（〜37年7月、517回）。日中文化交流協会で講演。この月の『群像』所載の大岡昇平「『蒼き狼』は歴史小説か」を契機に、大岡昇平との間に論争が起こる。二月、評論「自作『蒼き狼』について—大岡氏の〈常識的文学論〉を読んで—」を『群像』に発表。富士市の吉原工業高校を訪問。三月、日立製作所での講演のため日立へ出張。四月、京都へ出張。五月、紀行「北イタリアの旅から」（のち「北伊紀行」）を『婦人公論』に連載（〜10月、4回）。講演のため岐阜へ出張。「考える人」取材のため再度ミイラ学術調査団に加わって出羽三山地方へと旅行。中央大学で講演。六月、『群舞』を毎日新聞社より刊行。「補陀落渡海記」取材のため紀州へ旅行。中国対外文化協会の招きにより「日本作家代表団」の一員として中国を訪問、七月帰国（6月28日〜7月15日）。八月、短篇「狼災記」を『新潮』に、同「考える人」を『小説新潮』に発表。『井上靖・田宮虎彦集』（「日本現代文学全集102」）が講談社より出る。九月、『井上靖集』（「長編小説全集2」）が講談社より出る。文部省の「国語審議会」の次期委員に任命されるが、第一回の会合の席で宇野精一、時枝誠記と共に委員を辞退する。文藝春秋新社の講演会のため山陰地方へ出張。

一月、『猟銃』を松竹で映画化。二月、『風と雲と砦』を大映で映画化。六月、弟達、上京して英文出版書肆「ザ・イースト・パブリケーション」を六本木にて始める。七月、『河口』を松竹で映画化。十一月、『風と雲と砦』を前進座により新橋演舞場で上演。

十月、長篇「憂愁平野」を『週刊朝日』に連載（〜37年11月、61回）。短篇「補陀落渡海記」を『群像』に発表。『淀どの日記』を文藝春秋新社より刊行。明治大学の公開講座で講演。

十一月、短篇「小磐梯」を『新潮』に発表。岩波書店の講演会のため四国四県へ出張。角川書店の講演会のため福島へ出張。

十二月、『淀どの日記』により第十四回野間文芸賞を受賞。ライシャワー駐日米国大使と対談。

この年、六月より五十一年二月まで『風景』に詩を発表。文学界新人賞選考委員（〜40年）。

昭和37年（1962）　55歳

一月、小澤征爾夫妻の媒妁人をつとめる。大阪、名古屋方面へ旅行。大阪市の成人式で講演。

二月、『井上靖集』（「新日本文学全集6」）が集英社より出る。新橋演舞場「東をどり」のために脚本「洪水」脱稿。

三月、沼津ロータリークラブで講演。長女幾世、浦城恒雄と結婚。


一月、『淀どの日記』をNHKラジオで放送。

四月、舞踊劇『洪水』を新橋演舞場で上演。

五月、『霧子の運命』（原題「春の雑木林」）を松竹で映画

四月、自伝「わが青春放浪」を『讀賣新聞』に連載（〜4月、5回）。短篇集『洪水』を新潮社より刊行。新聞三社連合の招きで九州を旅行。川崎の日本鋼管で講演。毎日新聞発刊八十周年記念講演会のため大阪に出張。

五月、沼津市教育委員会で講演。

六月、筑摩書房の講演会で長野方面へと出張。集英社の講演旅行のため北海道へ出張。「西域」取材のため京都へ旅行。

七月、長篇「城砦」を『毎日新聞』に連載（〜38年6月、352回）。

八月、『井上靖・三島由紀夫・石原慎太郎』（「日本青春文学名作選5」）が学習研究社より出る。「城砦」取材のため伊豆妻良《めら》へ旅行。

九月、文藝春秋新社の講演会のため、豊橋、多治見、岐阜方面へ出張。

十月、『しろばんば』を中央公論社より刊行。『井上靖集』（「昭和文学全集21」）が角川書店より出る。『婦人公論』の講演会のため、静岡、岐阜、名古屋方面へ出張。岩波書店の講演旅行のため、秋田、弘前、山形へ出張。


化。

五月、舞踊劇『楼蘭』を「花柳わかば第一回リサイタル」で上演。

七月、『火の山』（原題「小磐梯」）をNHKラジオで放送。

七月、叔父欣一夫妻、三カ月のビザで四十五年ぶりに里帰りし九月、アメリカに戻る。

十月、妻ふみの母足立ヤソ死去（85歳）。

十一月、『しろばんば』を日活で映画化。

十一月、「風濤」の創作に着手。「小磐梯」を劇化した放送劇「火の山」でイタリアのラジオ・テレビ国際賞のグランプリを受賞。

十二月、詩集『地中海』を新潮社より刊行。「城砦」取材のため長崎へ旅行。

この年、吉川英治賞選考委員（〜平成1年）、女流文学賞選考委員となる（〜平成1年）。

昭和38年（1963）　56歳

一月、『憂愁平野』を新潮社より刊行。発起人の一人となって「小澤征爾の音楽を聞く会」を開く。柔道四段（東京都柔道連盟推薦）。

二月、長篇「楊貴妃伝」を『婦人公論』に連載（〜40年5月、28回）。

四月、岩村忍との共著『西域』を筑摩書房より刊行。近代文学館設立に関する朝日会館での講演会で講演。「風濤」取材のため韓国を訪問（4月13日〜19日）。

六月、佐藤春夫夫妻と共に北海道（札幌、網走、阿寒、釧路、小樽など）を旅行。

七月、日本近代文学館理事（〜平成3

一月、『憂愁平野』を東宝で映画化。

三月、沼津市千本浜に「井上靖文学碑」建立。

四月、『天平の甍』を前進座で上演。

四月、『憂愁平野』を劇団新派で上演。

六月、『真田軍記』を新国劇で上演。

七月、財団法人日本近代文学館設立。

九月、『蒼き狼』が劇化され、東宝現代

年1月）。講演で金沢へ出張。

八月、長篇「風濤」を『群像』に連載（第一部1回。10月、第二部1回）。

九月、訪中日本文化界代表団の一員として「鑒真和上円寂一千二百年記念集会」参加のため中国を訪問（9月27日〜10月25日）。木曾羽島市で講演。

十月、中篇『風濤』を講談社より刊行。『井上靖集』（「現代文学大系60」）が筑摩書房より出る。

十一月、『続しろばんば』を中央公論社より刊行。県立吉原工業高校校歌を作詞し、発表会で講演。


劇で上演。

十一月、日中文化交流協会の招きで中国作家代表団六名来日、井上靖宅に立寄る。

十一月、東京都葛飾区奥戸八丁目の宝蔵院境内に同院来歴碑建立（撰文・井上靖）。

昭和39年（1964）　57歳

一月、日本芸術院会員となる（終身）。湯ケ島で講演。中央公論社の講演会のため福岡へ出張。

二月、『井上靖集』（「現代の文学24」）が河出書房新社より、『井上靖名作集』（「少年少女現代日本文学全集21」）が偕成社より出る。『風濤』により第十五回読売文学賞受賞。

三月、文藝春秋新社の講演会のため、岐阜、西宮、赤穂方面へ出張。湯ケ島で講演。


三月、天城湯ケ島町熊野山の共同墓地に戦没者慰霊碑建立（碑詩・井上靖）。

五月、佐藤春夫死去（72歳）。

十月、東海道新幹線東京―新大阪間開業。

十月、第十八回オリンピック東京大会開催。

四月、長野市で講演。 五月、『城砦』を毎日新聞社より刊行。 弟達が始めた『THE EAST』創刊号に「The East and the West」と題したメッセージを寄稿。「わだつみ」取材のため米国務省の招きで長男修一を伴って渡米、七月に帰国（5月25日〜7月25日）。 六月、「花の下にて」（後「花の下」）を『群像』に発表。 九月、長篇「夏草冬濤」を『産経新聞』に連載（〜40年9月、350回）。 十月、長篇「後白河院」を『展望』に連載（〜40年11月、6回）。「夏草冬濤」取材のため沼津、三島へ旅行。 十一月、短篇集『凍れる樹』を講談社より刊行。『井上靖』（「日本の文学71」）が中央公論社より出る。日本近代文学館文庫開設記念の集いで講演。取材のため山梨県夜叉神峠等へ旅行。 十二月、紀行文集『異国の旅』を毎日新聞社より刊行。 この年、野間文芸賞の選考委員となる（〜平成2年1月）。	十月、叔母菊枝死去（77歳）。

昭和40年（1965）　58歳

一月、随筆「忘れ得ぬ人々」を『主婦の友』に連載（〜12月、12回）。紀行「アメリカ旅行」を『マドモアゼル』に連載（〜8月、8回）。短篇集『羅刹女国』を文藝春秋新社より刊行。『井上靖西域小説集』が講談社より出る。 三月、名古屋、京都、大阪へ旅行。 四月、父隼雄七回忌法要のため湯ケ島へ帰郷。 五月、ソ連を訪ね、中央アジアのシルクロード跡を巡って六月に帰国（5月5日〜6月8日）。 七月、『井上靖自選集』が集英社より出る。『中央公論』『婦人公論』の講演会のため新潟、長岡、富山、金沢へ出張。京都で講演。 八月、『楊貴妃伝』を中央公論社より刊行。長野で講演。 九月、『燭台』を講談社より刊行。 十月、文藝春秋の講演会のため山陰へ出張。 十一月、長篇「化石」を『朝日新聞』に連載（〜41年12月、409回）。広島で講演。京都へ旅行。	三月、叔父三男死去（67歳）。 四月、『天平の甍』を前進座で上演。 五月、叔父欣一夫妻、米国籍のまま帰国、湯ケ島の井上家の庭に家を建てて住む。 六月、湯ケ島に井上靖を後援し、郷土の文化向上を目指す「しろばんばの会」発足。 七月、『城砦』をNHKラジオで放送。 十一月、静岡県立修善寺工業高校に井上靖碑（庭石碑）建立。

昭和41年(1966)　59歳

一月、長篇「わだつみ」(第一部)を『世界』に連載(〜43年1月で中断)、長篇「おろしや国酔夢譚」を『文藝春秋』に連載(〜43年5月、25回)。『井上靖』(「われらの文学6」)が講談社より出る。紀行「西域の旅」を『太陽』に連載(〜9月、9回)。東京都の成人式で講演。文藝春秋の講演で大阪へ出張。

二月、郷里の湯ケ島小学校で講演。地番表示改正により住所が「東京都世田谷区桜三丁目五番一〇号」と改まる。

三月、『井上靖集』(「現代文学12」)が東都書房より出る。文藝春秋の講演会と取材のため伊勢へ出張。

四月、「化石」取材のため伊那高遠へ旅行。

五月、『井上靖』(「現代日本文学館43」)が文藝春秋より出る。

六月、『夏草冬濤』を新潮社より刊行。

七月、『井上靖集』(「日本文学全集83」)が集英社より出る。

八月、『井上靖集』(「豪華版日本文学全集28」)が河出書房新社より出る。

十月、御殿場市「青年の家」で講演。文藝春秋の講演会のため柏、今市などを巡る。四高八十周年記念講演会のため金沢へ出張。

十一月、『傾ける海』を文藝春秋より刊行。青山学院女子短期大学で講演。全国高等学校長会議で講演のため静岡へ出張。

この年、北川冬彦賞選考委員(〜47年)。


四月、弟達、『わだつみ』第一章を英訳して『THE EAST』に連載(〜43年6月、15回)。

八月、中国北京で文化大革命勝利祝賀の紅衛兵百万人集会。

十一月、日本ペンクラブ「ペンの日」制定。以後恒例化する。

昭和42年(1967)　60歳

一月、東京都の成人式で講演。

二月、沼津の駿河銀行で講演。

四月、大阪で講演。

五月、日本ペンクラブ理事(〜平成3年1月)。一家して軽井沢の別荘で還暦を祝う。

六月、長篇「夜の声」を『毎日新聞』に連載(〜11月、153回)。『化石』を講談社より刊行。詩集『運河』を筑摩書房より刊行。ハワイ大学の夏期セミナーに日本文学の講師として招かれ、妻ふみと出張(6月28日〜8月31日)。

七月、短篇「崑崙の玉」を『オール讀物』に発表。


一月、叔父五郎死去(64歳)。

六月〜七月、「『蒼き狼』をNHKラジオで放送。

七月、家族誌『まるいてえぶるI』(井上靖還暦記念号、井上修一編集、非売品)発行。

八月、『井上靖集』(「国民の文学20」)が河出書房新社より出る。

九月、『井上靖』(「カラー版日本文学全集39」)が河出書房新社より出る。

十月、講演で松江、京都、奈良へ出張。

十一月、『佐藤春夫・芥川龍之介・井上靖』(「日本短篇文学全集25」)が筑摩書房より出る。駒場の日本近代文学館で講演。静岡で講演。

十二月、文集『詩と愛と生』を番町書房より刊行。名古屋へ出張。この頃から健康を考えて「真向法」体操を始める。

昭和43年(1968)　61歳

一月、長篇「額田女王」を『サンデー毎日』に連載(〜44年3月、62回)。東京都の成人式で講演。

二月、『井上靖』(「歴史文学全集14」)が人物往来社より出る。京都府文化財保護基金主催の講演会のため京都へ出張。

三月、「宮廷の庭」取材のため桂離宮を見学。

四月、「夜の声」取材のため北陸方面、若狭、京都へ旅行。島田市で講演。

五月、「おろしや国酔夢譚」取材のため妻らと共にソ連の各地を旅行(5月9日〜6月21日)。

六月、「おろしや国酔夢譚」取材のため札幌、釧路、根室、函館、松前へ旅行。

八月、『夜の声』を新潮社より刊行。

十月、長篇「西域物語」を『朝日新聞』に連載(〜44年3月、21回)。『おろしや国酔夢譚』を文藝春秋より刊行。『井上靖Ⅰ』(「現代長編文学全集28」)が講談社より出る。富山の高岡中学校で講演。『婦人公論』の講演会のため京都、大阪、神戸、和歌山へ出張。講演と取材で盛岡、十和田湖へ出張。

十一月、湯ケ島、沼津で講演。

十二月、長篇「北の海」を『東京新聞』他数紙に連載(〜44年11月、340回)。随筆集『天城の雲』を大和書房より刊行。鈴鹿市民会館で講演。「わだつみ」「額田女王」取材のため吉野、奈良、京都方面へ旅行。

この年、新潮社の日本芸術大賞選考委員(〜平成2年)。北日本文学賞選考委員(〜平成2年)。


二月、中国で作家巴金、反革命のかどで失脚。

六月、『闘牛』をNHKラジオで放送。

六月、日本文化会議発足。

九月、『淀どの日記』を明治座で上演。

十一月、『ある日曜日』を中部日本放送テレビで放映。

十二月、川端康成、ストックホルムでのノーベル賞授賞式に出席。

昭和44年(1969)　62歳

一月、長篇「わだつみ」(第二部)を『世界』に連載(〜46年2月で中断)。紀行「西域紀行」を『太陽』に連載(〜6月、6回)。『井上靖Ⅱ』(「現代長編文学全集29」)が講談社より出る。『井上靖集』(「新潮日本文学44」)が新潮社より出る。東京都の成人式で講演。

二月、祖母かのの五十回忌法要を湯ケ島で行う。

四月、短篇「アム・ダリヤの水溜り」を『季刊藝術』に発表。日本文芸家協会の理事長に就任(〜47年5月)。『井上靖・永井龍男集』(「現代日本文学大系86」)が筑摩書房より出る。『おろしや国酔夢譚』により新潮社の第一回日本文学大賞を受賞。『モラエス全集』発刊の功で編集に関わった大佛次郎らと共に、ポルトガル政府から「インファンテ・ドン・ヘンリック勲章」が贈られる。日経ホールでの日本経済新聞社の講演会で講演。立教大学で講演。取材で奈良の明日香へ旅行。

五月、『井上靖』(「グリーン版日本文学全集43」)が河出書房新社より出る。


一月、『風林火山』をNHKラジオで放送。

二月、『風林火山』を東宝で映画化。

四月、『夜の声』をNHKラジオで放送。

五月、叔父欣一死去(81歳)。

六月、『風林火山』を前進座により上演。

七月、米アポロ11号人間をのせ初の月面着陸成功。

十一月、日本文芸家協会の「文学者之碑」、静岡県小山町の富士霊園に建ち、除幕式に二百五十名参加。


「北の海」取材で金沢へ旅行。

七月、軽井沢で講演。

八月、短篇「月の光」を『群像』に発表。

九月、文化庁文化財保護研究協議会で講演。

十月、短篇集『月の光』を講談社より刊行。『井上靖』(「日本文学全集36」)が新潮社より出る。『井上靖』(「デラックスわれらの文学6」)が講談社より出る。

十一月、『西域物語』を朝日新聞社より刊行。中国地方の国語教育研究会で講演のため広島へ出張。「北の海」取材と講演で金沢へ出張。

十二月、『額田女王』を毎日新聞社より刊行。文集『愛と人生』(「わが人生観9」)が大和書房より出る。京都へ出張。


一月、長篇「欅の木」を『日本経済新聞』に連載(〜8月、224回)。短篇「風」を『文藝春秋』に発表。『井上靖集』(「現代日本の文学34」)が学習研究社より出る。『自選井上靖短篇全集』

三月、世界貿易センター落成(定礎銘文・井上靖)。

三月、日本万国博覧会が大阪で開幕(3

昭和45年（1970） 63歳

が人文書院より出る。東京都の成人式で講演。

二月、短篇「鬼の話」を『新潮』に発表。

三月、伊豆へ出かけて韮山小学校で講演。万国博覧会開会式出席のため大阪へ出張。

五月、川端康成、東山魁夷らと金沢、伊豆、沼津へ出張。毎日新聞社主催の文化講演会のため名古屋へ出張。

六月、短篇「桃李記」を『すばる』に発表。短篇集『崑崙の玉』を文藝春秋より刊行。『井上靖集』（「あかつき名作館12」）が暁教育図書より出る。静岡県立中央図書館開館記念講演のため静岡へ出張。「風景」発刊十周年記念講演会で講演。昭和女子大学で講演。

八月、日経連主催の「経営トップセミナー」で講演。

九月、長篇「四角な船」を『讀賣新聞』に連載（～46年5月、239回）。短篇集『ローマの宿』を新潮社より刊行。文化庁主催の講演会のため新潟、富山へ出張。

十月、万博跡地利用懇談会委員を委嘱される。

十一月、同跡地へ出かける。静岡へ出張。朝日新聞社主催の講演会のため大阪、奈良へ出張。清水で講演。沼津へ出張。

十二月、短篇「壺」を『中央公論』に発表。『井上靖(二)』（「カラー版日本文学全集47」）が河出書房新社より出る。


月14日～9月13日）。

四月、『風と雲と砦』を帝国劇場で上演。

五月、静岡県沼津市に「芹沢文学館」（芹沢光治良）開館。

十月、『愛と恋と波と』を毎日放送ラジオで放送。

十一月、静岡西武百貨店前に「井上靖文学碑」（少年と鹿像付き）設置。

十一月、三島由紀夫割腹自殺（45歳）。

昭和46年（1971） 64歳

一月、美術紀行「美しきものとの出会い」を『文藝春秋』に連載（～47年7月、16回）。東京都の成人式で講演。「美しきものとの出会い」取材のため奈良、京都へ旅行。

二月、「美しきものとの出会い」取材のため奈良へ旅行。沼津東高校で講演。

三月、「わだつみ」取材のため渡米、サンフランシスコ他各地（フレスノ市では日系移民宅にも宿泊）を旅行（3月8日～21日）。

四月、「美しきものとの出会い」取材のため大津へ旅行。湯ケ島に帰郷。

五月、長篇「星と祭」を『朝日新聞』に連載（～47年4月、333回）。父隼雄の十三回忌法要で湯ケ島に帰郷。京都、

四月、湯ケ島小学校前庭に足立文太郎の記念碑建立（撰文・井上靖）。

五月、静岡県小山町富士霊園の「文学者之墓」墓前祭行われる。

六月、『風林火山』を帝国劇場で上演。

六月、「芹沢・井上文学館友の会々報」創刊（～継続中）。

九月、宮城県小牛田《こごた》町鶴頭公園に「千葉亀雄文学碑」建立

奈良へ出かける。静岡で講演。

六月、短篇「道」を『新潮』に発表。「美しきものとの出会い」取材のため大津へ旅行。取材のため、京都、奈良へ旅行。上智大学で講演。

七月、『欅の木』を集英社より刊行。軽井沢の別荘に数日滞在、八月再び同別荘で一週間過ごす。

九月、「星と祭」取材と海外旅行の打ち合わせのため京都へ旅行。九月、生沢朗、石原国利らと共にアフガニスタン、ネパール、ヒマラヤ方面へ旅行（9月20日〜10月16日）。

十月、四高同窓会で講演のため金沢へ出張。

十一月、紀行「アフガニスタン紀行」を『讀賣新聞』に連載（〜12月、15回）。詩集『季節』を講談社より刊行。「美しきものとの出会い」取材のため大津へ旅行。取材のため韓国へ旅行。


（題字・井上靖）。

十二月、『真田軍記』を明治座で上演。

昭和47年（1972）　65歳

一月、三木武夫らと共に大日本茶道学会の初釜に招かれる。「美しきものとの出会い」取材のため京都、奈良から紀州、伊勢方面へ旅行。ソビエト作家同盟・国連大使のフェドレンコ来宅。『朝日新聞』の婦人学級のため、西武百貨店池袋店で講演。

二月、山田久就の講演会で講演。大宮市民会館で講演。

三月、調布市教育委員会で講演。明治村七周年記念式典で名古屋へ赴き講演、大阪へと回る。

四月、電通の新入社員のため帝国ホテルで講演。「四角な船」取材のため佐渡へ、「美しきものとの出会い」取材のため福井県小浜市へ旅行。小浜市教育委員会で講演。次男卓也、次女佳子の婚約披露パーティを帝国ホテルで開く。京都、奈良へ旅行。

五月、次男卓也、高島弓子と結婚。「星と祭」取材のため琵琶湖周辺を巡る。川端康成の葬儀に参列。

六月、『後白河院』を筑摩書房より刊行。次女佳子、黒田秀彦と結婚。取材のため京都、奈良へ旅行。早稲田大学で講演。

七月、『四角な船』を新潮社より刊行。白河城址を探訪。静岡県長泉町駿河平での井上文学館起工式に出席。


一月、来日中のフェドレンコ、井上靖日本文芸家協会理事長・芹沢光治良日本ペンクラブ会長と会談、ソ連作家同盟との交流を強化したいと提案。

四月、『欅の木』をNHK「ラジオ名作劇場」で放送。

四月、川端康成自殺（72歳）。五月に日本ペンクラブ、日本文芸家協会、日本近代文学館による合同葬が青山葬儀場で行われる。

八月、奈良県桜井市に明日香村への道標建つ（標柱に「いわれ道　井上靖書」「磐余道　井上靖書」の二つがある）。

九月、日中国交回復。

十月、『蒼き狼』がオペラ化され、東京文化会館で上演。

九月、自伝「幼き日のこと」を『毎日新聞』に連載（〜48年1月、112回）。毎日新聞社主催「井上靖文学展」を西武百貨店池袋店で開催（15日〜26日）、講演。同展はこのあと静岡、大阪、久留米を巡って開催。

十月、長篇「わだつみ」（第三部）を『世界』に連載（〜50年12月で中断）。『星と祭』を朝日新聞社より刊行。『井上靖小説全集』（全三十二巻）が新潮社より刊行開始（〜50年5月完結）。「川端康成記念会」が設立され、理事長に就任（〜平成3年1月）。

十一月、短篇集『土の絵』を集英社より刊行。柔道五段（講道館推薦）。滋賀県高月町で講演。光村図書出版のため水戸で講演。

十二月、『猟銃他二十三篇』（日本名作自選文学館」）がほるぷ出版より出る。


一月、随筆集『歴史小説の周囲』を講談社より刊行。文部省主催の全国教職員の会で講演。

二月、電電公社で講演。

三月、短篇集『火の燃える海』を集英

一月、中国駐在日本大使館、北京に開設。

一月、『四角な船』をNHKラジオ「日曜名作座」で放送。

昭和48年（1973）　66歳

社より刊行。京都へ旅行。

四月、作家論集『六人の作家』を河出書房新社より刊行。早稲田大学で講演。NHKテレビ「天平の甍」に出演。頌讃曲「親鸞」を作詞、発表会に出席のため京都へ出張。奈良、京都に旅行。

五月、江上波夫、平山郁夫らとアフガニスタン、イラン、イラク、トルコへ旅行（5月16日〜6月21日）。

六月、『幼き日のこと』を毎日新聞社より、美術紀行文『美しきものとの出会い』を文藝春秋より刊行。

七月、『井上靖集』（「昭和国民文学全集26」）が筑摩書房より出る。長男修一、柳沢甫壬と結婚。

八月、随筆集『わが人生観』を大和出版販売より刊行。『井上靖』（「現代日本文学アルバム15」）が学習研究社より出る。

九月、奈良で講演し、京都を巡る。

十月、美術随想「天平彫刻十選」を『日本経済新聞』に連載（〜10回）。講談社のため徳島で講演、高知へ回る。読売ホールで講演。

十一月、短篇集『あかね雲』を新潮社

一月〜三月、『化石』をテレビで放映（8回）。

三月、天城中学校で校歌発表（井上靖作詞）。

四月、「親鸞聖人御誕生八〇〇年立教開宗七五〇年記念演奏会」が京都会館第一ホールで開かれ、五月、東京厚生年金会館でも発表会が行われる。

十一月、『しろばんば』をNHKテレビ「少年ドラマシリーズ」で放映。

十一月、静岡県長泉町駿河平に「井上文学館」開館。井上靖文学碑建立。

より刊行。金沢の泉鏡花賞記念講演会で講演。母やゑ死去（88歳）、湯ケ島で葬儀を営む。長泉町に行く。富士宮市で講演。

この年、泉鏡花賞選考委員（〜平成2年）。

昭和49年（1974） 67歳

一月、紀行「アレキサンダーの道」を『文藝春秋』に連載（〜50年6月、18回）。

四月、「残照―近代詩七編」と銘うち「残照」「トルコの沙漠」など詩七編を『新潮』に発表。逓信病院で講演。明治村の入魂式に出席。

五月、短篇「雪の面」を『群像』に発表。随筆「一期一会」（のち「わが一期一会」と改題）を『毎日新聞』日曜版に連載（〜50年1月、39回）。『井上靖の自選作品』（「現代十人の作家8」）が二見書房より出る。共立女子大学で講演。慶応義塾大学の佐藤春夫文学碑除幕式に出席。

六月、雑誌『大法輪』のため講演。

七月、日本近代文学館の夏期講座で講演。日中交流協会の常任理事（〜54年7月）。

八月、対談のため軽井沢へ旅行。

九月、短篇集『桃李記』を新潮社より刊行。三木武夫講演会で講演。日本武道館で講演。日中文化交流協会代表団の一員として、中華人民共和国建国二十五周年と日中国交正常化二周年の祝賀会に出席のため訪中（9月29日〜10月11日）。日本文化財保護審議会委員。

十月、美術論集『カルロス四世の家族』を中央公論社より刊行。文藝春秋の講演会で金沢、珠洲《すず》、高田、高山へ出張。小学館の講演会で講演。岩波文化講演会で京都に出張。

十一月、「文春まつり」で講演。沼津中学同窓会に出席。母やゑの一周忌のため湯ケ島に帰郷。

十二月、写真集『沙漠の旅・草原の旅』を毎日新聞社より刊行。東京工業大学で講演。京都御所、桂離宮などを見学旅行。日立造船所で講演。

この年、読売文学賞選考委員（〜平成2年）、大佛次郎文学賞選考委員（〜平成2年）。


五月、伊豆半島南部で大地震（死者30人）。

五月、佐久市に「佐藤春夫の碑」建立（碑面「仙禄湖畔井上靖書」）。
▼日本ペンクラブ、韓国の詩人金芝河の裁判問題をめぐりゆれる。

昭和50年（1975）　68歳

一月、美術随想「明治の洋画十選」を『日本経済新聞』に連載（～10回）。京都へ旅行し富岡鉄斎の絵を見る。

三月、短篇集『わが母の記』を講談社より刊行。奈良を旅行し、東大寺のお水取りを見る。内灘町へ出張。天城湯ケ島町の体育館落成式で講演。

四月、随筆「私たちの風景」を『毎日新聞』に連載（～3回）。

五月、日中文化交流協会の「日本作家代表団」の団長として、水上勉、司馬遼太郎らと訪中。洛陽、西安、延安、無錫などを巡る（5月8日～27日）。

七月、東宮御所を訪問して皇太子とシルクロードについて語る。金沢へ旅行。

九月、堂本印象の葬儀のため京都へ赴く。東山魁夷の招きで奈良唐招提寺での観月会に出席。

十月、随筆集『わが一期一会』を毎日新聞社より刊行。

十一月、『北の海』を中央公論社より刊行。富士宮市の「フジヤマ病院」訪問、図書館で講演、沼津中学同窓会に出席。御殿場市立図書館、沼津の芹沢・井上文学館友の会で講演。


三月、石川県内灘町海岸に「井上靖文学碑」建立（副碑付き）。

七月、鳥取県日南町の福栄小学校に開校百年の記念碑建つ（碑面「學舍百年 井上靖」）。

七月、沖縄海洋博覧会開催（7月19日～51年1月18日）。

九月、堂本印象没（83歳）。

十月、『化石』を東宝、俳優座映画放送、四騎の会の合作で映画化。


十二月、講演のため新潟へ出張。京都経済同友会主催の講演のため出張。

昭和51年（1976）　69歳

一月、開催中の沖縄海洋博覧会に招かれて、山本健吉・遠藤周作らと出かける。

二月、講談社と日本航空共催の「欧州文化講演会」のため、五木寛之、尾崎秀樹らとロンドン、マドリッド、ストックホルム、ハンブルグへ出張（2月21日～3月3日）。

三月、訪日中国代表団団長王炳南一行の接待で仙台へ旅行。小牛田町で講演。

四月、紀行『アレキサンダーの道』を文藝春秋より刊行。秋田県羽後中学校校歌を作詞し、その発表会に出席。京都博物館主催の「日本国宝展」開会式のため京都へ出張。

五月、日本文化財保護審議会委員として文化財視察のため、京都、奈良へ旅行。取材のため京都醍醐寺を訪問。

六月、韓国芸術院の招きにより「韓国に古きものをたずねて」取材で妻ふみと韓国を訪問（6月5日～16日）。

七月、醍醐寺の取材で京都へ旅行。


三月、宮城県小牛田町の鶴頭公園内に「千葉亀雄文学碑」建立（題字・井上靖）。

七月、文化財保護審議会、妻籠宿など七カ所を重要伝統的建造物群保有地区に選定。

十二月、叔父欣一の妻登志子死去（74歳）。

八月、紀行「韓国に古きものをたずねて」を『文藝春秋』に連載（9月完結、2回）。

十月、『花壇』を角川書店より、詩集『遠征路』を集英社より刊行。講談社の座談会のため宝塚へ出張。金沢の北陸大学の校歌を作詞し、その発表会に出席して講演。

十一月、『崖』（上下）を文藝春秋より刊行。文化勲章を受く。文化功労者に推される。天城湯ケ島町の山村開発センターで講演。母校の沼津東高校で講演し、井上文学館でも講演。日中文化交流協会の「日本作家代表団」団長として妻ふみを伴い、伊藤桂一、大岡信らと共に訪中、北京、上海、大同、杭州などを巡る（11月29日〜12月15日）。金沢で講演。

十二月、財団法人講道館の評議員（〜平成3年1月）。

この年、川端康成文学賞選考委員（〜平成2年）。


一月、自伝「私の履歴書」（のち「過ぎ去りし日日」と改題）を『日本経済

一月、日本文芸家協会、文学賞・芸術院

昭和52年（1977）　70歳

新聞』に連載（〜30回）。『紅花』を文藝春秋より刊行。大日本茶道学会の初釜に招かれる。

二月、『地図にない島』を文藝春秋より刊行。月曜クラブで講演。

三月、『戦国城砦群』を文藝春秋より刊行。京都旅行。箱根で三井家の茶道具を見る。天城湯ケ島町名誉町民に推挙される。妻ふみを伴い、江上波夫・平山郁夫夫妻らと共にエジプト、イラン、イラクなどを訪問（3月27日〜4月8日）。

四月、『盛装』（上下）を文藝春秋より、鼎談『わが文学の軌跡』（篠田一士・辻邦生と共著）を中央公論社より、往復書簡集『四季の雁書』（池田大作と共著）を潮出版より刊行。内閣総理大臣官邸の「芸術文化に活躍された人びととの懇親の集い」に招かれ、代表して挨拶を述べる。

五月、『兵鼓』を文藝春秋より刊行。「井上靖の古稀を祝う会」が帝国ホテルで開かれる。文化財保護審議会委員として北九州を視察。赤坂離宮の「春の園遊会」に招かれる。


会員年金の非課税についての要望書を文部省を通じて大蔵省主税局に提出。

二月、文化財保護審議会、国宝鑑真座像のフランスへの渡航許可。

三月、天城湯ケ島町の「昭和の森」標示碑建立（題字・井上靖）。

三月、岳父足立文太郎の胸像を大阪医科大学に建立。

この年、旭川の生家（旧第七師団官舎）が解体される。

六月、『若き怒濤』を文藝春秋より、自伝『過ぎ去りし日日』を日本経済新聞社より刊行。京都旅行。

七月、『月光・遠い海』を文藝春秋より刊行。岩波文化講演会のため仙台、盛岡で講演。琵琶湖畔の寺々を訪ねる。

八月、井上文学館で講演。日中文化交流協会代表団の一員として中島健蔵、司馬遼太郎らと共に訪中、北京、上海、新疆ウイグル地区を巡る（8月12日〜9月2日）。

九月、随筆「西域の旅から」を『日本経済新聞』に連載（〜5回）。紀行『遺跡の旅・シルクロード』を新潮社より刊行。長崎の八十二銀行で講演。小田原で講演。

十月、名古屋で「中華人民共和国出土文物展」を見る。日中文化交流協会のため朝日講堂で講演。日本記者クラブで講演。

十一月、長篇「流沙」を『毎日新聞』に連載（〜54年4月、515回）。沼津のスルガホールで講演。大阪医科大学で講演。

十二月、『わだつみ』（第一部・第二部・第三部）を岩波書店より刊行。京都で表千家茶道具を見る。東京ライオンズ・クラブで講演。遠州流家元主催の夜の茶会に招かれる。

昭和53年（1978）　71歳

一月、紀行「私の西域紀行」を『文藝春秋』に連載（〜54年6月中断）。

二月、生産性本部の講演のため京都へ旅行。文化財保護審議会委員として京都へ出張。

三月、『井上靖集』（昭和国民文学全集31）が筑摩書房より出る。三木武夫とお水取りを見に奈良へ旅行。アメリカン・クラブで講演。

五月、妻ふみを伴い訪中し、初めて敦煌を訪ねる。続いて日本作家代表団団長として水上勉、城山三郎らと共に北京、南京、揚州、上海、蘇州を巡る（5月2日〜6月7日）。

六月、大阪朝日生命ホールで講演。

七月、毎日新聞社主催のアジア調査会で講演。

八月、対談『西域をゆく』（司馬遼太郎と共著）を潮出版社より刊行。家族の戦時の疎開地に妻ふみ、長女幾世ら

一月、伊豆大島近海でマグニチュード7の地震発生、伊豆半島を中心に大被害。

一月、天城湯ケ島町中外鉱業持越鉱業所からシアン化合物が流出、狩野川を汚染。

五月、成田空港開港。

八月、鳥取県日南町神福に「井上靖文学碑」建立。

八月、北京で日中平和友好条約調印。

十月、鄧小平副首相来日。日中平和友好条約批准書交換。同条約発効。

を伴って赴き、講演。

九月、可児《かに》市立図書館完成で記念講演。

十月、樋口隆康・松山善三夫妻らと共にアフガニスタンを訪問、クシャーン王朝の跡などを巡る（10月8日〜27日）。

十一月、石川近代文学館開館十周年記念講演会で講演。泉鏡花賞贈呈式で講演。ペンクラブ京都例会で講演。文化財保護審議会視察のため月末から翌月にかけて福山、大三島、松山へ出張。

十二月、滋賀県高月町で講演。

昭和54年（1979） 72歳

一月、京都の修学院離宮を訪ねる。

二月、『井上靖』（「新潮現代文学28」）が新潮社より出る。紀行「クシャーン王朝と遺跡の旅」（のち「クシャーン王朝の跡を訪ねて」）を『潮』に連載（〜55年11月、22回）。

三月、『中野重治・伊藤整・高見順・井上靖集』（「日本の詩21」）が集英社より出る。毎日新聞社主催の講演会で講演。同社と日中文化交流協会による「敦煌―壁画芸術と井上靖の詩情展」を大丸デパート東京店で開催、引き続いて仙台と神戸でも開かれる。

四月、歴史紀行『歴史の光と影』を講談社より刊行。大阪で講演。

五月、随筆集『故里の鏡』（限定300部）を風書房より刊行。日中文化交流協会の招きで中国作家代表団が来日。団長の周揚夫妻の訪問を受ける。その歓迎委員長として京都、奈良、箱根などに同行、講演会や対談などもこなす。

六月、滋賀、京都、神戸へ出張。

七月、紀行文集『私の中の風景』を日本書籍より刊行。訪中して映画『天平の甍』の撮影現場に立ち合う（7月24日〜30日）。日中文化交流協会の常任顧問となる（〜55年6月）。

八月、樋口隆康らと共に訪中、ウルムチ、トルファン、カシュガールなどを回り、続いて、パキスタンを訪ね、ラワルピンディ、ギルギット、フンザなどを巡る（8月6日〜9月6日）。

十月、NHKシルクロード取材班と共に訪中し、酒泉、武威、敦煌などを旅行（10月4日〜20日）。

十一月、沼津のスルガホールで講演。北海道新聞社の文化講演会のため妻ふ

三月、『四角な船』をNHKテレビ「土曜ドラマ・サスペンスロマンシリーズ」として放映。

四月、『星と祭』をNHKラジオ第二「日曜名作座」で放送。

六月、中島健蔵死去（76歳）。

六月、カーター米大統領夫妻来日、下田の市民対話集会に出席。

みを伴って渡道。札幌、旭川などを回る。生地の旭川では道立旭川東高校および旭川信用金庫で講演、三浦綾子夫妻と夕食を共にする。訪中して映画『天平の甍』撮影現場再訪（11月24日〜30日）。京都、天理で講演。

昭和55年（1980）　73歳

一月、紀行「続・私の西域紀行」を『文藝春秋』に連載（〜56年12月完結、24回）。

二月、クラブ関東で講演。

三月、短篇「石濤」を『新潮』に発表。平山郁夫らと共にインドネシア訪問、ボロブドール遺跡を見学（3月21日〜4月4日）。

四月、NHKシルクロード取材班と共に訪中。ウルムチ、ホータン、ケリヤ、アチャン、チャルクリクを巡る（4月30日〜6月1日）。

六月、『流沙』（上下）を毎日新聞社より刊行。日中文化交流協会会長に就任（〜平成3年1月）。同前会長の中島健蔵を偲ぶ会に出席。NHKホールで講演。

七月、東京学芸大学で講演。郷里の「昭和の森会館」開館式に出席。仙台で講演。

八月、妻ふみを伴い、中島京子（中島健蔵未亡人）らと共に訪中し、北京、フホホト、パオトウ、上海を巡る（8月4日〜16日）。

九月、対談集『歴史の旅』を創林社より刊行。仏教伝道協会の仏教伝道文化賞を受賞。大津で講演。

十月、講演のため奈良、京都、大阪へ出張。神奈川県民ホールで講演。埼玉会館で講演。

十一月、随筆集『きれい寂び』を集英社より刊行。美術論集『ゴッホの星月夜—小説家の美術ノート—』を中央公論社より刊行。NHKシルクロード取材班と共に第二十八回菊池寛賞受賞。日大国際関係学部で開催の日本比較文学会東京大会で講演。イイノホールの毎日新聞社主催の講演会で講演。新潟総合テレビのために講演。

十二月、童話『銀のはしご—うさぎのピロちゃん物語—』を小学館より刊行。NHK静岡支局のシルクロード公開講座で講演。

一月、明日香村保有法案まとまる。

二月、『天平の甍』を東宝で映画化。

七月、天城湯ケ島町に「昭和の森会館」が開館。その文学展示場入り口壁面に井上靖の詩「新しい年」を刻むレリーフが据えられる。

十月、『蒼き狼』をテレビ朝日で放映。

十月、奈良東大寺大仏殿昭和大修理落慶法要。

▼この年、ノーベル文学賞候補として井上靖の名前があがる。以後、しばらく同様の現象が続く。

昭和56年（1981）　74歳

一月、長篇「本覚坊遺文」を『群像』に連載（〜8月、6回）。

二月、随筆集『作家点描』を講談社より刊行。NHK放送文化賞受賞。

三月、随筆集『井上靖集』（「現代の随想1」）を彌生書房より刊行。湯ケ島に帰郷。

四月、随筆「河岸に立ちて」を『太陽』に連載（〜60年6月、51回）。詩集『井上靖詩集』（「世界の詩74」）を彌生書房より刊行。

五月、日本ペンクラブの第九代会長に就任（〜60年6月）。

六月、『井上靖歴史小説全集』（全11巻）が岩波書店より刊行開始（〜57年4月完結）。講演のため会津、若松、花巻、名古屋へ出張。

七月、講演のため神戸に出張。

八月、妻ふみ、長男修一、次男卓也を伴ってオランダ、ドイツ、フランスを旅行（8月22日〜9月10日）。函館昭和女子学園高校創立五十周年記念で講演。

九月、カメラ紀行『流沙の旅・ゴビの旅』を毎日新聞社より刊行。日中文化交流協会の団長として妻ふみを伴い、白土吾夫らと共に訪中し、魯迅生誕百周年記念集会に参加して、北京、曲阜、上海を巡る（9月23日〜29日）。

十月、日本近代文学館の名誉館長に就任（〜平成3年1月）。

十一月、『本覚坊遺文』を講談社より刊行。上高地へ出かける。岐阜、京都を経て大阪で講演。


三月、天城湯ケ島小学校の校庭に「井上靖文学碑」建立。

三月、『楊貴妃伝』を日本橋三越劇場で上演。

五月、『菱の花咲く』（原題「盛装」）を名鉄ホールで上演。

七月、『蒼き狼』を渋谷東横劇場で上演。

九月、訪中団に加わった妻ふみ、孔子の生地の曲阜で、魯迅の誕生日（9月25日）に併せ、71歳の誕生を祝われる。

九月、国際ペンクラブ大会がフランスのソルボンヌ大学で開かれ、一九八四年の第48回大会を日本で開催することに決定。

昭和57年（1982）　75歳

一月、紀行『クシャーン王朝の跡を訪ねて』を潮出版より刊行。詩「もしもここで」他四篇を『すばる』に発表、以後、毎月同誌に詩発表（〜61年11月、59回）。

四月、神奈川近代文学館の常務理事に就任（〜平成3年1月）。湯ケ島に帰郷。日本ペンクラブの総会で会長として挨拶。

五月、『本覚坊遺文』により新潮社の第十四回日本文学大賞を受賞。日本青年館ホールでの文藝春秋講演会で講演。沼津のスルガホールで講演。日本ペンクラブ大会で新発足の国際ペンクラブ

一月、湯ケ島十六番地ノ二の井上邸、昭和の森会館の庭に移築。

三月、『西域物語』を毎日放送ラジオ「私の文庫本」で放送。

四月、『花壇』をNHKラジオ「日曜名作座」で放送。

四月、天城湯ケ島町の滑沢渓谷に「井上靖文学碑」建立（副

大会運営委員長に就任。

六月、日本近代文学館創立二十周年記念講演会のためNHKホールで講演。日中国交正常化十周年記念の来日客接待関係で箱根へ出張。金沢へ出張。

八月、日本ペンクラブ大阪セミナーに出席。

九月、日仏文化会議に出席のため関係者とパリへ出張（9月10日～19日）。日中国交正常化十周年記念祝賀会出席の日本代表団の団長として訪中（9月27日～29日）。

十月、東京都世田谷区の名誉区民に推挙される。滋賀県高月町を訪問。

十一月、詩集『井上靖シルクロード詩集』を日本放送出版協会より刊行。小学館文化講演会のため講演。日中文化交流協会代表団として妻ふみを伴い、清岡卓行らと訪中し、済南、淄博《しはく》、鄭州、淮陽、商丘などを巡る（11月22日～12月3日）。金沢へ出張。京都を経て奈良で講演。

十二月、対談集『歴史・文学・人生』を牧羊社より刊行。妻ふみ、次男卓也らを伴い訪中し、北京、上海を巡る（12月29日～1月6日）。

この年、新田次郎文学賞選考委員（～63年）。


碑撰文・山本健吉）。

四月、フランスのミッテラン大統領夫妻来日、鈴木善幸首相と会談、科学技術・文化交流で合意。

五月、日本ペンクラブ大会を開き、国際ペンクラブ東京大会運営委員会発足。

六月、金沢市材木町に「徳田秋声墓碑」建立（撰文・井上靖）。

六月、日本ペンクラブ理事会で国際ペンクラブ東京大会のメインテーマが「核状況下における文学――なぜわれわれは書くのか」と決まる。

十月、高月町の向源寺（渡岸寺観音堂）境内に「井上靖文学碑」建立。

昭和58年（1983）　76歳

二月、沖縄で講演。露木豊の葬儀で弔辞を読む。

三月、京都へ出張。

五月、静岡県総合福祉センターで講演。京王プラザで開催の国際ペンクラブ東京大会前年祭で挨拶。

六月、『井上靖エッセイ全集』（全10巻）を学習研究社より刊行開始（～59年3月完結）。「人民中国」創刊三十周年記念慶祝会参加代表団の一員として訪中（6月3日～7日）。廖承志葬儀列席のため日中文化交流協会代表団の団長として宮川寅雄、千田是也らと共に訪中（6月24日～26日）。下田のライオンズ・クラブの集いで講演。

七月、沼津市名誉市民に推挙され、沼津市制六十周年記念式典で講演。

八月、美術論集『忘れ得ぬ芸術家たち』を新潮社より刊行。硫黄島の「鎮魂の丘」建立式典に参列。

十月、紀行『私の西域紀行』（上下）

二月、中学時代の級友で芹沢・井上文学館長の露木豊死去（76歳）、沼津の妙覚寺で葬儀。

八月、東京都小笠原村硫黄島に慰霊碑建立（碑文・井上靖〈井上靖文学碑〉）。

十月、『蒼き狼』を新橋演舞場で上演。

十一月、中学時代の級友金井廣、詩集『西風の村』（跋文・井上靖「金井君の詩を読んで」）を出版。

を文藝春秋より刊行。高月町を訪問。四高の全国大会で講演。日本ペンクラブ京都例会に出席。

十二月、日中文化交流協会代表団団長として妻ふみを伴い、東山魁夷夫妻らと共に訪中し、鄭州、開封、葵丘、成都などを巡る（12月10日〜22日）。

昭和59年（1984）　77歳

一月、横浜高島屋で「井上靖展―美しきものとの出会い」を開催。終了後、大阪、札幌、京都、名古屋、米子、金沢を回る。

二月、大阪に出張。

三月、詩集『乾河道』を集英社より刊行。奈良へ旅行。

四月、日本現代詩歌文学館振興会最高顧問に就任（〜平成3年1月）。『北日本新聞』創刊百周年記念『北日本文学賞入選作品集』刊行パーティに出席。帝国ホテルでの「山本健吉さんを祝う会」に出席。

五月、東急日本橋店で開催の「井上靖展―東洋美と流沙」展に出席。第四十七回国際ペンクラブ東京大会が開かれ、開会式で挨拶。国際ペンクラブ副会長に就任（〜平成3年1月）。同大会の関係で京都に旅行。ＮＨＫ教育テレビで講話。

六月、自選短篇集『猟銃他二十三篇』をほるぷ出版より刊行。

七月、美術論集『美の遍歴』を毎日新聞社より刊行。

八月、高野山、大津で講演。

九月、『異国の星』（上）を、十月に同書（下）を講談社より刊行。日本近代文学館で講演。神奈川県民ホールで講演。

十月、神奈川近代文学館開館式に出席。京都へ旅行。

十一月、日中文化交流協会代表団団長として妻ふみを伴い、竹西寛子、大江健三郎らと共に訪中し、ウルムチ、ハミ、西安などを巡る（11月8日〜22日）。日大理工学部で講演。都内浜松町の中退金ホールで講演。長崎へ出張。

この年、菊池寛賞選考委員（〜平成2年）。

次第に発表作品が少なくなってきて、この年、詩と随筆の発表にとどまる。


五月、第四十七回国際ペン東京大会開催（5月14日〜18日）。メインテーマ「核状況下における文学―なぜわれわれは書くのか」。分科会（一）「東西の文学関係―現代世界における日本文学」、（二）「作家と人権」、（三）「文学と映像」）。国際ペン「平和の日」制定。

十一月、叔母まさ死去（77歳）。

十一月、長崎に「山本健吉碑」建立。

十二月、家族誌『まるいてえぶるⅡ』（井上靖喜寿記念号、浦城いくよ編集、非売品）発行。

昭和60年（1985）　78歳

一月、「長年にわたる文学上の業績と国際文化交流への貢献」により朝日賞を受賞。

三月、『井上靖自伝的小説集』（全5巻）を学習研究社より刊行開始（〜7月完結）。沼津で講演。大東町に出張。

四月、日本現代詩歌文学館賞選考委員長に就任（〜平成3年1月）。山形県酒田市へ出張。

五月、日本現代詩歌文学館で講演。金沢、七尾に旅行。

六月、TBS開局三十周年記念番組「シベリア大紀行」の企画により、妻ふみを伴い、シベリア、ロシア、ドイツを旅行（6月11日〜25日）。

八月、天城湯ケ島町の「昭和の森開館五周年記念式典」に出席。

十月、日中友好二十一世紀委員会第二回会議出席のため、向坊隆、石川忠雄らと共に訪中。北京、大連を巡る（10月14日〜19日）。毎日新聞社の講演会のため名古屋へ出張。

十一月、日本ペンクラブ創立五十周年記念パーティで会の功労者として感謝状と記念品を受く。


三月、鳥取県日南町神福の「井上靖文学碑」横に、井上靖記念館「野分の館」開館。

三月、静岡県大東町に「松本亀次郎記念碑」建立（撰文・井上靖）。

四月、山形県酒田市の日和山公園に「井上靖文学碑」建立。

十一月、箱根の茨ケ平に「井上靖文学碑」建立。

十二月、『補陀落渡海記』をNHKの「ラジオ名作劇場」で放送。

昭和61年（1986）　79歳

この年、詩と随筆の発表に終始する。


二月、紀行『河岸に立ちて』を平凡社より刊行。

三月、日中文化交流協会創立三十周年記念レセプションで挨拶。

四月、北京に招かれ、北京大学名誉博士号の称号を受く。鄭州、新鄭、上蔡、駐馬店などを巡る（4月20日〜5月1日）。

五月、東京両国の舟橋聖一記念碑除幕式に出席。北上市へ出張。

六月、渋谷公会堂で講演。広島、松山で講演。

七月、石川県立美術館の「黄河文明展」に出席して講演。『北陸中日新聞』主催の「中日サロン」会で講演。広島、松山で講演。

八月、名古屋電気文化会館で講演。沼津で講演。

九月、食道癌のため東京築地の国立がんセンターに入院手術、十一月退院。

十月、美術論集『レンブラントの自画像』を中央公論社より刊行。石川近代文学館で「井上靖特別展」開催、闘病

三月、日中文化交流協会創立三十周年記念レセプション、ホテル・ニューオータニで開催。

十月、石川近代文学館の新装オープン。横庭に「井上靖文学碑」建立。

秋〜春、仏訳『現代日本文学選集』『現代日本詩集』がガリマール社より出る（「日仏の明日を考える会」が提案し実現、推進役は井上靖）。

中につき妻ふみと長男修一が出席。

この年、詩歌文学館賞選考委員（〜63年）。

この年、詩と随筆の発表に終始する。

昭和62年（1987）　80歳

三月、日本ペンクラブ浦和大会で講演。

四月、『井伏鱒二・永井龍男・宇野千代・井上靖』（「昭和文学全集10」）が小学館より出る。日本ペンクラブの名誉会員に推挙される。石川近代文学館を訪ねて「井上靖特別展」を見る。

五月、日本文学のフランス語訳出版（二巻）を祝う会に出席のため妻ふみと共に渡仏（5月5日〜24日）。日本文芸家協会の総会で名誉会員に推挙される。

六月、長篇「孔子」を『新潮』に連載（〜平成1年5月、24回）。日本近代文学館の名誉館長に推挙される。

七月、日南町の「森の文化館」の名誉館長に推挙される。

八月、NHK教育テレビで講演を放送。

九月、『井上靖』（「石川近代文学全集7」）が石川近代文学館より出る。

十月、中国文化部長王蒙の招きにより

三月〜四月、NHK総合テレビ「テレビ文学館」で「あすなろ物語より」放映（5回）。

七月、鳥取県日南町に「森の文化館」開館（看板文字・井上靖）。

九月〜十月、『玄宗と楊貴妃』（原題「楊貴妃伝」）を新橋演舞場で上演。


訪中し、鄭州、信陽を巡る（10月29日〜11月8日）。奈良シルクロード博覧会議で講演。岸和田で講演。

この年、福田正夫賞選考委員（〜平成2年）。

昭和63年（1988）　81歳

一月、宮中歌会始の召人となる。

三月、毎日新聞社の講演会で大阪へ出張。

四月、日劇での映画『敦煌』完成披露特別試写会に出席。大阪阪急百貨店で開催の毎日フォーラム「敦煌・西夏を語る」に出席して講演。「なら・シルクロード博覧会」の開会式に参列、飛火野会場に設けられた「井上靖・シルクロードの足跡」館を見学。九月の閉会式にも出席。佐久間ダムを見に行く。

五月、北京大学創立九十周年記念集会に出席のため訪中し、済南、曲阜を巡る（5月3日〜12日）。青山斎場での山本健吉の日本文芸家協会葬にて葬儀委員長をつとめる。日本現代詩歌文学館の名誉館長に推挙される。

六月、詩集『傍観者』を集英社より刊行。毎日書道展四十周年祝賀会で祝詞

五月、山本健吉死去（81歳）。

六月、『敦煌』を東宝で映画化。

七月、沼津市文化センター前に「井上靖文学碑」建立。同センター内壁にも「ふるさと」の詩レリーフが据えられる。

十月、静岡県佐久間町に「井上靖文学碑」建立。

を述べる。

七月、右肺の初期癌治療のため国立がんセンターに入院、九月に退院。その間、病室で「孔子」を書き継ぐ。

八月、TBSの「テレビ私の履歴書」に出演。

十月、佐久間町へ出張。

昭和64年・平成元年（1989） 82歳

四月、沼津へ出張、講演。小田原に出張。

五月、全国漢文学会の依頼で文教大学で講演。京都でのハワイ大学国際会議で講演。山本健吉一周忌偲ぶ会に出席。

六月、日本近代文学館主催「芥川賞・直木賞百回記念展」東京展（於伊勢丹美術館）のレセプションに出席。昭和女子大学、明星大学で講演。

七月、「瀬沼茂樹さんを偲ぶ会」に出席。

八月、滋賀県のブルーレーク賞受賞、大津から京都を回る。

九月、『孔子』を新潮社より刊行。青森県風間浦村へ出張。

十月、鳥取県日南町の名誉町民に推され、同地で講演。NHK教育テレビ「日曜美術館」に出演。奈良国立文化財研究所開所式に出席し、飛鳥資料館を訪ねる。

十一月、初期詩篇集『春を呼ぶな』が「焰」の福田正夫の会より出る。朝日新聞社の事業による楼蘭訪問団の一員となるも、医者の忠告により出発前になって同行を断念。

十二月、『孔子』により第四十二回野間文芸賞受賞。『孔子』の原稿七三三枚と外国語訳書を日本近代文学館に寄贈。


一月、昭和天皇崩御、平成へと改元。

四月、静岡県立沼津東高校の中庭に「井上靖文学碑」（「芹沢光治良文学碑」と一対）建立。

四月、小田原市江ノ浦昌満寺に「福田正夫詩碑」建立。

七月、『猟銃』をスチュアート・サイド主催の劇団「KHI」によりパリ第十三区劇場で公演。

九月、青森県風間浦村下風呂漁港公園に「井上靖文学碑」建立。

十月、『千利休―本覚坊遺文』（原題「本覚坊遺文」）を東宝で映画化。

平成2年（1990） 83歳

四月、日本近代文学館主催「ドキュメント昭和の文学展」（於池袋東武百貨店）のレセプションで講演。毎日新聞大阪本社を訪問。花博会場の茶室「むらさき亭」訪問。

五月、小西財団の依頼で東京会館で講演。日本現代詩歌文学館の開館式に出席。帰途に山形県の斎藤茂吉記念館、丸山薫記念館を訪問。高山市へ出張、講演。

七月、文教大学で講演。

九月、旭川へ出張、講演。


四月、山形県西川町に「丸山薫記念館」開館（玄関の看板文字・井上靖）。

五月、岐阜県高山市に「井上靖文学碑」建立。

五月、日本現代詩歌文学館開館（前庭館名碑題字・井上靖）。

九月、北海道旭川市に「井上靖文学碑」

十月、詩集『星闌干』を集英社より刊行。国学院大学百周年記念「井上靖展」が開かれ、文化講演会で講演。

十一月、湯島聖堂三百年祭で講演。

十二月、主治医の自宅往診を受ける。

この年、伊藤整文学賞選考委員。富田砕花賞選考委員。

この年、詩と随筆の発表にとどまる。


建立。

九月、東京の新高輪プリンスホテル国際館パミール内に「井上靖文学壁碑」設置。

十一月、佐賀県立森林公園内に「鑒真和上嘉瀬津上陸記念の碑」建立（碑文・井上靖）。

十一月、妻ふみ、エッセイ集『風のとおる道』を潮出版社より刊行。


一月、急性肺炎のため死去（21日、国立がんセンターで定期検診。22日、容体急変し、長女幾世、医師の星野重雄が付き添って救急車で同センターに運ばれ、入院。29日、午後10時15分死去。30日、午前0時9分、遺体帰宅。31日、自宅にて通夜）。講道館より柔道六段贈られる（28日）。

二月、自宅にて密葬（1日）。勲一等旭日大綬章が贈られる（19日）。青山

一月、野間宏死去（75歳）。

一月、山川斌（沼中級友・富士宮市長）死去（85歳）。

三月、『猟銃』を毎日放送「ラジオ図書館」で放送。

四月、沼津市下河原の妙覚寺に「井上靖

平成3年（1991）　84歳

斎場にて告別式が行われる（20日）。

戒名「峯雲院文華《ぶうんいんもんげ》法徳日靖居士《ほうとくにちじょうこじ》」。

三月、四十九日の法要。

四月、随筆「負函」（絶筆）が『新潮』に載る。

五月、石川近代文学館、「井上靖追悼展」開催（10日〜6月10日）。

六月、短篇集『石濤』を新潮社より刊行。

七月、自宅で新盆の法要が行われる。

八月、遺骨は菩提寺、天城湯ヶ島町雲金の妙本寺に移され、十一月に熊野山の墓に納骨。

十月、ふみ夫人は次女佳子らと訪中して王効賢（中国人民対外友好協会副会長）、劉子敬（中日友好協会理事）など関係者に会う（5日〜15日）。

十一月、ふみ夫人ら遺族、日本近代文学館を訪問して香料の一部を寄付。


文学碑」建立（副碑付き）。

八月、天城湯ヶ島町で追悼のイベント。同町では追慕と顕彰を開始、小中高生対象「井上靖作品読書感想文コンクール」開始（〜継続中）。


一月、「井上靖さんを偲ぶ会」が東京会館で開かれ、ふみ夫人挨拶。天城湯ヶ島町で追悼のイベント開催。

三月、財団法人井上靖記念文化財団設立。

四月、三重県鈴鹿市白子に「大黒屋光太夫碑」建立（撰文・

平成4年（1992）　没後1年

井上靖）。

五月、鳥取県日南町神福に「井上靖文学碑」建立（揮毫・井上ふみ）。日本詩歌文学館で「井上靖展―詩の世界」展開催（24日〜6月28日）。

七月、『おろしや国酔夢譚』を映画化。

九月、毎日新聞社・日本近代文学館主催「井上靖展―文学の軌跡と美の世界」展を高島屋日本橋店で開催（3日〜15日）。引き続いて大阪、横浜、米子、神戸、旭川、柏、沼津でも開かれる。ならシルクロード博記念国際交流財団・毎日新聞社が「井上靖、その魅力と足跡」と題した会を奈良市で開催。

十月、石川県内灘町制施行三十周年記念「井上靖展―砂丘と青春」展を内灘図書館で開催（18日〜25日）。

十二月、『風林火山』を日本テレビで放映。

平成5年（1993）　没後2年

一月、天城湯ケ島町で追懐イベント開催。

四月、滋賀県高月町立図書館に「井上靖コーナー」開設。同図書館前に「井上靖文学碑」建立（併せて記念植樹にちなむ「夫　靖が好んだ欅の木　井上ふみ」と刻んだ碑も建つ）。

五月、旭川に「井上靖ナナカマドの会」ができ、会報「赤い実の洋燈」創刊（〜継続中）。

七月、旭川に「井上靖記念館」開館。沼津市立図書館に「井上靖コーナー」設置。静岡県菊川町立図書館で「山内六郎と井上靖展」開催（7日〜27日）。長野県上山田温泉中央公園に「井上靖文学碑」建立。

九月、米子市に「アジア博物館・井上靖記念館」開館。『風林火山』を明治座で上演。

十二月、井上靖記念文化財団、広報誌『伝書鳩』創刊（〜継続中）。『KOYA ―澄賢房覚え書』（原題「澄賢房覚え書」）を芸術文化振興基金助成作品として映画化。

平成6年（1994）　没後3年

一月、井上靖記念文化財団による「井上靖文化賞」が発足、第一回、小澤征爾に贈られる。弟森田達死去（79歳）。天城湯ケ島町で追懐のイベント開催。

三月、三島市の桜川沿いに「井上靖文学碑」建立。

五月、高松市中央図書館内菊池寛記念館で「井上靖展」開催（15日〜7月3日）。

八月、米子の「アジア博物館・井上靖記念館」で「井上靖展」開催（15日〜11月15日）。

十一月、『通夜の客』が銕仙会能楽研究所で舞台・語りとなる。

平成7年（1995）　没後4年

一月、第二回井上靖文化賞、ドナルド・キーンに贈られる。天城湯ケ島町旧井上邸跡に「井上靖文学碑」建立。天城湯ケ島町で追懐のイベント開催。

四月、『井上靖全集』（全28巻別巻1巻）が新潮社より刊行開始（平成12年4月完結）。石川近代文学館で「井上靖特別展・輝く五月詩人祭」を開催（28日〜6月6日）。

七月、滋賀県高月町立図書館で「井上靖の撮ったアフガニスタン一九七三」展を開催。

八月、天城湯ケ島町で「夏の文芸劇場―井上靖・天空を翔る」を開催。

九月、姫路市の姫路文学館が「井上靖展―いま歴史ロマンが光る―」を開催（9月14日〜11月5日）。天城トンネルコンサートにて「しろばんばの唄」披露される。

平成8年（1996） 没後5年

一月、第三回井上靖文化賞、陳舜臣に贈られる。米子市立図書館にて「井上靖没後五周年展」開催（5日〜3月31日）。

二月、司馬遼太郎（井上靖文化賞選考委員）死去（72歳）。天城湯ケ島町で追懐のイベント開催。

三月、井上正則（靖の従弟）死去（81歳）。

四月、井上靖記念文化財団に併せて「井上靖文化交流賞」発足、第一回、林林（詩人・中日友好協会副会長）に贈られる。

五月、奈良県の唐招提寺境内に井上靖と安藤更生の業績顕彰碑建立（碑面表に直筆拡大「天平の甍」と篆刻）。

六月、鳥取県日南町総合文化センター内に「井上靖文学展示室」設置。

九月、ふみ夫人、井上靖蔵書・関連資料約四五五〇点を神奈川近代文学館に寄贈。

十一月、昭和女子大学の光葉博物館で「天平の甍―鑑真大和上と唐招提寺」展開催（9日〜22日）。ふみ夫人、東京セントラル美術館で開催の「第三回日中婦人書道交流展」に特別出品する。

十二月、「井上靖さんを偲ぶ会」が新高輪プリンスホテルの国際館パミールで開催される。

平成9年（1997）没後6年

一月、第四回井上靖文化賞、白土吾夫と日中文化交流協会に贈られる。天城湯ケ島町で追懐のイベント開催。天城湯ケ島町民劇団発足、天城会館で『しろばんば』劇上演。

三月、滋賀県高月町立図書館で「井上靖の撮ったイラン一九七三」展を開催。

九月、京都の思文閣美術館にて「井上靖と京都―美と知の出会い」展開催（27日〜11月3日）。

平成10年（1998）
没後7年

一月、第五回井上靖文化賞、梅原猛に贈られる。天城湯ケ島町で追懐のイベント開催。天城湯ケ島小学校の前庭に「しろばんば像」建立。

十二月、『井上靖短篇集』（全6巻）が岩波書店より刊行（〜11年5月完結）。

井上靖作品年表

曾根博義編

凡　例

1　井上靖の既発表の作品を発表順に掲げた。
2　各項とも、上から発表月、題名、発表雑誌・新聞・図書名、巻―号（新聞・週刊誌等は日付）、本全集収録巻をあらわす。収録巻欄の「別」は別巻、「解」は同巻解題、空白は本全集に収められていないもの、巻数が二つ記されているものは重複掲載してしまった作品であることを示す。
3　同一月内に発表された作品が二つ以上ある場合は、詩、小説（短篇、長篇）、戯曲、童話、エッセイ、その他の順、つまりほぼ本全集収録巻数順に配列した。
4　同一作品の改題、改作、その他の異稿については、本全集第一巻の解題に記した原則に従って本全集に収録したものだけをその形態であげ、他の異稿は省いた。
5　題名の次のカッコ内に適宜以下の注記を加えた。
　a　詩・小説・連載エッセイ・アンケート等に限って、「詩」「小説」「連載小説」「連載」「アンケート回答」等のジャンル・発表形式。
　b　詩に限って、同題の作品が二つ以上ある場合、各々の本文の書き出し。
　c　初出時の署名が「井上靖」以外の場合、その筆名。
　d　原型、その他の重要な異稿がある場合、矢印で前後関係、題名の異なるものは「　」内にその題名。
6　同じ作品でほぼ同時に複数の新聞等に発表されたものは、いずれか一つで代表させた。
7　図書には「　」を付して雑誌や新聞と区別し、自編著以外はなるべく編著者、出版社名を添えるようにした。
8　連載作品は連載開始時に一括して掲げ、連載期間、回数等を記したが、巻号等の記載は原則として省いた。
9　本全集に収録できなかった長篇も掲げたが、別巻雑纂の部の最後に収めた推薦文は煩雑になるのを避けて省いた。
10　本全集に収録した作品で初出不詳のものは、本年表の最後に一括して掲げた。ただし、発表年の推定が可能なものは、各年の末尾に、発表月欄に「？」を付して掲げた。その他の未詳、推定事項にも「？」を付し、編者の注記には「＊」を付した。
11　表題を欠く作品には仮題を付して［　］で囲む。
12　その他、すべて本全集第一巻の解題に記した原則に従う。各作品の詳細については当該作品収録巻の解題を参照されたい。
13　本全集完結後に発見された既発表の作品（推薦文を除いて計20篇）も該当年月の項に繰り込んだが、本全集には本文が収められていない。したがって、収録巻欄は空白にした。（二〇一一年三月）

大正十年（一九二一）

12	秋の夜（作文）	浜松中学校校友会雑誌	51	23

大正十五年（一九二六）

2	衣のしめり（短歌9首）	沼津中学校学友会々報	32	1

昭和四年（一九二九）

2	冬の来る日（詩、井上泰）	日本海詩人	4—1	1
4	二月（詩、いつか此の町へ…、井上泰）	日本海詩人	4—2	1
	消息一束（井上泰）	日本海詩人	4—2	別
5	初春の感傷（詩、井上泰）	焰	4—3	1
	流れ（詩、何もしやべらない…、井上泰）	日本海詩人	4—3	1
	孤独（詩、井上泰）	日本海詩人	4—3	1
6	まひるの湯で瞑黙せる老人（詩、井上泰）	焰	4—4	1
	懐郷（詩、井上泰）	日本海詩人	4—4	1
7	五月の風（詩、井上泰）	焰	4—6	1
	蛾（詩、井上泰）	日本海詩人	4—5	1
8	淫売婦（詩、井上泰）	焰	4—7	1
	冷い流れ（詩、井上泰）	宣言	1—1	1
	無題（詩、妥協を…、井上泰）	高岡新報	7日	1
9	聖鐘の音は聞えない（詩、井上泰）	焰	4—8	1
	驚異（詩、宵闇よ…、井上泰）	宣言	1—2	1
	お便り（詩、井上泰）	高岡新報	11日	1
	稲（詩、井上泰）	高岡新報	22日	1
10	夕顔の花（詩、井上泰）	宣言	1—3	1
	流れ（詩、私は大川を…、井上泰）	焰	4—10	1
	山（詩、井上泰）	高岡新報	19日	1
	夕暮（詩、八月の夕暮の…、井上泰）	高岡新報	19日	1
11	稲の八月（詩、井上泰）	日本海詩人	巻号無記	1
	風に鳴りたい（詩、井上泰）	高岡新報	12日	1
	心のプレパラート（詩、井上泰）	高岡新報	12日	1
	驚異（詩、つぼみ…、井上泰）	北冠	1	1
	あらし（詩、井上泰）	北冠	1	1
	日記（詩、井上泰）	北冠	1	1
	秋（詩、井上泰）	北冠	1	1

昭和五年（一九三〇）

1	月明に吠ゆ（詩、井上泰）	日本海詩人	巻号無記	1
	みかん（詩、井上泰）	日本海詩人	巻号無記	1
	赤い花（詩、井上泰）	焰	5—1	1
	向日葵（詩、井上泰←「狂詩」）	高岡新報	1日	1
2	没落（詩、井上泰）	北冠	2	1
5	葬列（詩、井上泰、改作）	日本海詩人	巻号無記	1
6	吹雪の夜（詩、井上泰←「或る夜」）	焰	5—5	1
7	港の詩（詩、井上泰）	焰	5—6	1
	一つの出発（詩井上泰、改作）	焰	5—6	1
8	出航（詩、井上泰、改作）	日本海詩人	巻号無記	1

9	母へ(詩)	焔	5—7	1
10	秋・二ケ条(詩、井上泰)	北冠	3	1
	港の子(詩)	焔	5—8	1
11	少女(詩)	日本海詩人	巻号無記	1
12	倒像(詩)	焔	5—9	1
	しつぽ1(詩)	焔	5—9	1
	しつぽ2(詩)	焔	5—9	1
	死を思ふ日(詩)	文學abc	1	1
	笑ふ(詩)	文學abc	1	1
	或る男(詩)	文學abc	1	1
	希望(詩)	文學abc	1	1

昭和六年(一九三一)

1	溟濛の吹雪に(詩)	焔	6—1	1
	過失だらけの男(詩)	焔	6—1	1
6	面をあげてゆく(詩←無題)	焔	6—5	1
	春を呼ぶな(詩←無題)	焔	6—5	1
9	極(詩)	焔	6—7	1
10	嗤ふ(詩)	焔	6—8	1

昭和七年(一九三二)

1	晩秋賦(詩)	焔	7—1	1
3	謎の女(続篇)(小説、冬木荒之介)	新青年	13—4	1
4	夜靄(小説、冬木荒之介)	探偵趣味	12	1
7	渇(詩)	焔	7—5	1
11	靄(詩)	焔	7—8	1

昭和八年(一九三三)

1	餓死(詩)	焔	8—1	1
	途上(詩)	焔	8—1	1
3	裸梢園(詩←「裸梢圏」)	焔	8—3	1
4	手相(詩)	日本詩壇	1—1	1
5	無題(詩、母よ。…)	焔	8—4	1
	痼疾(詩)	日本詩壇	1—2	1
7	梅ひらく(詩)	日本詩壇	1—3	1
	無題(詩、雨の日あなたを…)	日本詩壇	1—3	1
11	三原山晴天(小説、澤木信乃)	サンデー毎日臨時増刊「新作大衆文藝」	1日	1
12	破倫(詩)	日本詩壇	1—7	1

昭和九年(一九三四)

4	初恋物語(小説、澤木信乃)	サンデー毎日	1日	1
	落魄(詩)	結晶群	1	1
	二月(詩、夜ごと、冷い…)	結晶群	1	1
	早春(詩、天上では…)	ヤング日本	1	1
12	二月(詩、父と私を棄てた母…)	日本詩	1—4	1

昭和十年(一九三五)

7	明治の月(戯曲)	新劇壇	1	7
8	小鳥死す(詩)	聖餐	1	1
10	紅荘の悪魔たち(小説)	サンデー毎日	27日	1

11	「紅荘の悪魔たち」作者の言葉	サンデー毎日	6日	1解
	「明治の月」をみる	新劇壇	5	別
12	夜霧（詩）	聖餐	2	1

昭和十一年（一九三六）

1	さくら散る（詩）	作品	7―1	1
2	聖降誕祭前夜（詩）	日本詩壇	4―2	1
3	就職圏外（戯曲）	新劇壇	8	7
4	過失（詩）	聖餐	3	1

昭和十二年（一九三七）

1	流転（連載小説）	サンデー毎日	3日・10日〜2月21日、7回	8
	徳島県阿部村	サンデー毎日	17日	28
2	試験について	大阪毎日新聞京都版	25日	23
4	霰の街（小説）	サンデー毎日臨時増刊	1日	1
5	あすなろう（小説）	京都帝國大學新聞	5日	1
8	近くに海のある風景	京都帝國大學新聞	5日	23

昭和十三年（一九三八）

6	戦友の表情（小説）	京都帝國大學新聞	5日	1
	母の手（小説、高木幸吉）	大阪毎日新聞京都版	30日	1

昭和十四年（一九三九）

5	関西日本画壇展望（連載、無署名）	大阪毎日新聞	18、19、23〜26日、6回	25
6	点心―不空羂索観音（無署名）	大阪毎日新聞	10日	28
7	幕末愛国歌	大阪毎日新聞	2日夕刊	24
	点心―勝鬘経（無署名）	大阪毎日新聞	4日	28
	点心―盂蘭盆会（無署名）	大阪毎日新聞	8日	28
8	東京画壇展望（連載、無署名）	大阪毎日新聞	8〜11、15〜18日、8回	25
9	点心―碧巌録（無署名）	大阪毎日新聞	23日	28
	点心―涅槃の意義（無署名）	大阪毎日新聞	30日	28
10	院展評（連載）	大阪毎日新聞	17、19、20日、3回	25
	点心―四天王（無署名）	大阪毎日新聞	14日	28
11	青龍展（↑「院展と青龍展」）	翠彩	1―2	25
	点心―大乗と小乗（無署名）	大阪毎日新聞	25日	28
12	文展評（連載）	大阪毎日新聞	5、6日、2回	25
	点心―菩薩（無署名）	大阪毎日新聞	16日	28
	点心―教行信証（無署名）	大阪毎日新聞	23日	28

昭和十五年（一九四〇）

1	本山物語1―法隆寺（無署名）	大阪毎日新聞	13日	28
	本山物語2―唐招提寺（無署名）	大阪毎日新聞	20日	28
2	今日の文学（Y・I）	大阪毎日新聞	29日	24
	本山物語3―薬師寺（無署名）	大阪毎日新聞	3日	28
	本山物語4―久遠寺（無署名）	大阪毎日新聞	17日	28
	本山物語5―向嶽寺（無署名）	大阪毎日新聞	24日	28
3	貼紙絵（Y・I）	大阪毎日新聞	13日	24
	本山物語6―東寺（無署名）	大阪毎日新聞	3日	28
	本山物語7―智積院（無署名）	大阪毎日新聞	10日	28
	本山物語8―東大寺（無署名）	大阪毎日新聞	17日	28

4	本山物語9—泉涌寺(無署名)	大阪毎日新聞	31日	28
	本山物語10—勧修寺(無署名)	大阪毎日新聞	8日	28
	本山物語11—園城寺(無署名)	大阪毎日新聞	15日	28
	本山物語12—長谷寺(無署名)	大阪毎日新聞	22日	28
5	旧友(小説)	京都帝國大學新聞	5日	1
	伝統について	翠彩	2—3	25
	山西省の重要性	観光東亜	7—5	28
	本山物語13—西大寺(無署名)	大阪毎日新聞	6日	28
	本山物語14—西教寺(無署名)	大阪毎日新聞	13日	28
	本山物語15—興福寺(無署名)	大阪毎日新聞	20日	28
	本山物語16—醍醐寺(無署名)	大阪毎日新聞	27日	28
6	本山物語17—延暦寺(無署名)	大阪毎日新聞	3日	28
	本山物語18—金剛峯寺(無署名)	大阪毎日新聞	16日	28
10	青龍社展評	大阪毎日新聞	10日	25
	太田伍長の陣中手記	大阪毎日新聞	19日	28
11	西行研究録	大阪毎日新聞京都版	16日	24
12	作家の誠実	翠彩	2—6	25
	奉祝展日本画評(連載)	大阪毎日新聞	7、10日夕刊	25

昭和十六年(一九四一)

3	めじろ(小説)	京都帝國大學新聞	5日	1
5	無名仏讃	大阪学士会倶楽部会報	66	25
9	無声堂(小説)	京都帝國大學新聞	20日	1
10	院展・青龍展所感(連載)	大阪毎日新聞	1、2日夕刊	25

昭和十七年(一九四二)

3	真田氏のこと	山雅房通信「真田喜七研究」		24
4	春の青龍社展	大阪毎日新聞	18日	25
5	小西謙三氏油絵展	大阪毎日新聞	27日	25
7	現代先覚者列伝—石原広一郎氏(連載、浦井靖六)	大日本青年	1日	28
8	現代先覚者列伝—吉岡弥生女史(連載、浦井靖六)	大日本青年	1日	28
9	現代先覚者列伝—加藤完治氏(連載、浦井靖六)	大日本青年	15日	28
10	乾坤社展をみる	大阪毎日新聞京都版	2日	25
	院展と青龍展	大阪毎日新聞	3日	25
	現代先覚者列伝—長岡半太郎博士(連載、浦井靖六)	大日本青年	15日	28
11	院展私観	美術と趣味	7—11	25
	現代先覚者列伝—徳富蘇峰翁(連載、浦井靖六)	大日本青年	15日	28
12	文展評—日本画—	大阪毎日新聞	4日	25
?	現代先覚者列伝—横山大観画伯(連載、浦井靖六)	大日本青年	?	28

昭和十八年(一九四三)

1	大東亜戦争美術展を見る	毎日新聞大阪版	23日	25
4	古典書と美術書	週刊毎日	11日	24
	春の美術展から(連載)	毎日新聞大阪版	28、29、5月1日、3回	25
	「現代先覚者伝」あとがき(浦井靖六)	堀書店刊		28解
5	春陽会展評	毎日新聞大阪版	20日	25
6	国展評	毎日新聞大阪版	5日	25
	美術の鑑賞	みつこし	巻号無記	25
9	青龍展評	毎日新聞大阪版	29日	25
10	この春を讃ふ(詩)	日本文學報國會編「辻詩集」		1

	新制作派展評	毎日新聞大阪版	24日	25
11	関西作家院展出品画展	毎日新聞大阪版	7日	25
	二科展評	毎日新聞大阪版	8日	25
	青龍展を見る	美術と趣味	8—11	25
	時局解説　美術界の決戦体制	毎日新聞大阪版	20日	25
	一水会展評	毎日新聞大阪版	25日	25
	新燈社展	毎日新聞大阪版	30日	25
12	文展の日本画・洋画	毎日新聞大阪版	10日	25
昭和十九年（一九四四）				
4	春の青龍社展	毎日新聞大阪版	28日	25
5	陸軍美術展	毎日新聞大阪版	5日	25
	現地報告　敢闘する農村②近畿㊦	毎日新聞大阪版	31日	28
7	大日展評	毎日新聞大阪版	4日	25
10	山西へ（詩）	日本文學報國會編「詩集　大東亜」		1
	新興美術協会展評	毎日新聞京都版	29日	25
昭和二十年（一九四五）				
2	関雪を悼む	毎日新聞京都版	27日	25
3	戦時文展を見る	毎日新聞京都版	11日	25
8	玉音ラジオに拝して（無署名）	毎日新聞大阪版	16日	28
昭和二十一年（一九四六）				
5	石庭（詩）	學園新聞	21日	1
	友（詩、どうしてこんな…）	學園新聞	21日	1
	第二回京展評	毎日新聞大阪版	20日	25
9	野分（一）（詩）	火の鳥	1	1
	野分（二）（詩）	火の鳥	1	1
	耕しながら考える―福井県鶉山農場の例―	毎日新聞大阪版	16日	28
10	日展の不人気	毎日新聞大阪版	3日	25
	院展日本画を観る	毎日新聞大阪版	15日	25
	青龍社展評	毎日新聞大阪版	24日	25
11	比良のシャクナゲ（詩）	火の鳥	2	1
	高原（詩）	火の鳥	2	1
	輸送船（詩）	火の鳥	2	1
	安西冬衛氏の横顔	現代詩	1—10	24
	富士正晴版画展	毎日新聞大阪版	9日	24
	美術断想	余情	1—2	25
	行動美術展評	毎日新聞大阪版	9日	25
	二科展評	毎日新聞大阪版	19日	25
12	荷風の日記	文学雑誌	1—1	24
	日展を見る（無署名）	毎日新聞大阪版	9日	25
昭和二十二年（一九四七）				
1	出発（詩）	少國民新聞	1日	1
	この人に期待する―文学―（Y）	毎日新聞大阪版	7日	別
	日本画の新人群	毎日新聞大阪版	14日	25
	詩を選んで	少國民新聞	9日	28
3	半生（詩）	學園新聞	21日	1
4	渦（詩）	詩人	1—3	1

5	流星（詩、高等学校の学生のころ…）	詩人	1―3	1
	ボール（詩、蹴上げられた…）	東海スポーツ・ニュース	25日	1
	シリア沙漠の少年（詩）	コスモス	5	1
	漆胡樽（詩）	文學雑誌	1―3	1
6	カマイタチ（詩）	火の鳥	3	1
	不在（詩）	火の鳥	3	1
	純美術家の工芸品製作	毎日新聞大阪版	22日	25
7	元氏（詩）	働く人の詩	2	1
	記憶（詩）	柵	13	1
	雨あがり（詩）	英字少國民特別号「ローマ字フレンド」	10日	1
8	日本画と額縁	毎日新聞大阪版	6日	25
9	現実遊離の画境	毎日新聞大阪版	8日	25
	連合展を見る（連載）	毎日新聞大阪版	11、12日、2回	25
10	院展評	初出不詳	17日？	25
	院展を見る	初出不詳	17日？	25
11	生涯（詩）	學園新聞	3日	1
	瞳（詩）	クラルテ	4	1
12	葡萄畠（詩）	K・O・K	8	1
	1947年の回顧―文学―（井上）	毎日新聞大阪版	29日	別

昭和二十三年（一九四八）

1	雪（詩、ラジオは…）	毎日小學生新聞	9日	1
2	愛情（詩）	自由文化	6	1
	名作かんしょう	きりん	1―1	24
	みなさんの詩（連載、竹中郁と連名）	きりん	1―1～5	28
3	水仙のはなし	きりん	1―2	23
6	北国（詩）	文學雑誌	2―3	1
	創作月評（I）	毎日新聞大阪版	9日	別
7	七月の海（詩）	青い鳥	1―2	1
	あすなろう	きりん	1―5	23
	田辺彦太郎油絵個人展	同展チラシ		別
8	海辺（詩）	柵	15	1
	二つの詩集	毎日新聞大阪版	8日	24
9	どうぞお先きに！（童話）	きりん	1―6	7
10	猟銃（詩）	詩文化	5	1
	期待（小説）	風物	5	
	学芸部	毎日新聞社報	1日	23
	「流転」あとがき	有文堂刊		8解
11	人生（詩）	航海表	2―7	1
	くもの巣（童話）	きりん	1―8	7
	創造美術展を見る（共同執筆）	毎日新聞大阪版	1日	25
12	質的にみた淋しさ	毎日新聞大阪版	19日	24

昭和二十四年（一九四九）

1	おめでとう	きりん	2―1	別
4	ある兵隊の死（小説、井上承也）	世界の動き	4―7	1
10	猟銃（小説）	文學界	3―8	1
12	闘牛（小説）	文學界	3―10	1
	通夜の客（小説）	別冊文藝春秋	14	1
	たれか新聞記者を書くものはないか	新聞協会報	8日	24

	人生の始末書	夕刊新大阪	31日	24
	今月の詩について	きりん	2―8	28

昭和二十五年（一九五〇）

1	作品の周囲	東海夕刊ほか	28日	24
	文芸作品推薦あんけいと	出版ニュース	中・下旬合併号	別
2	「闘牛」について	毎日新聞	2日	別
3	比良のシャクナゲ（小説）	文學界	4―3	2
	私の愛読書	全国出版新聞	15日	24
	「闘牛」あとがき	文藝春秋新社刊		1解
4	漆胡樽（小説）	新潮	47―4	2
	人妻（小説）	都新聞	19日	2
	芥川賞を受けて	文藝春秋	28―4	24
	二つの文学賞―永井龍男氏へ	夕刊新大阪	14日	24
	作品「闘牛」について	文学生活	2	別
	「その人の名は言えない」作者の言葉	夕刊新大阪	27日	8解
5	踊る葬列（小説）	オール讀物	5―5	2
	岬の絵（小説）	電信電話	5月号	2
	断雲（小説）	小説公園	1―3	2
	あすなろう（小説）	サンデー毎日新緑特別号	10日	2
	その人の名は言えない（連載小説）	夕刊新大阪 10日～9月30日、143回		8
	日記	文學界	4―5	23
	永平寺の米湯	東京日日新聞	16日	23
	連載されるまで―「少将滋幹の母」のエピソード	毎日出版だより	13	24
6	ある旅立ち（詩）	詩學	5―6	1
7	七人の紳士（小説）	小説新潮	4―6	2
	その日そんな時刻（詩）	文學界	4―7	1
	水と光と魚（詩）	サンデー毎日涼風特別号	？日	1
	ほくろのある金魚（童話）	東京日日新聞	8日	7
	黯い潮（連載小説）	文藝春秋 ～10月、4回		8
	事実の報道が触れ得ぬ面を―井上靖〝黯い潮〟を語る―	新聞協会報	24日	8解
	文学と私	沼津東高新聞	5日	24
8	流星（小説）	小説と読物	5―5	2
9	闘牛（詩）	サン写真新聞	21日	1
	早春の墓参（小説）	人間	5―9	2
	星の屑たち（小説）	文學界	4―9	2
10	零時二分梅田発（詩）	文學生活	4	1
	死と恋と波と（小説）	オール讀物	5―10	2
	二分間の郷愁（小説）	新聞協会報	2日	2
	石庭（小説）	サンデー毎日中秋特別号	20日	2
	「闘牛」の小谷正一氏	小説と読物	5―6	別
	「黯い潮」あとがき	文藝春秋新社刊		8解
11	波紋（小説）	小説新潮	4―12	2
	雷雨（小説）	中央公論文芸特集	5	2
12	碧落（小説）	別冊文藝春秋	19	2
？	中尊寺と藤原四代	初出不詳		25

昭和二十六年（一九五一）

1	黄色い鞄（小説）	オール讀物	6―1	2
	舞台（小説）	展望	61	2

	銃声（小説）	文學界	5—1	2
	無蓋貨車（小説）	新聞協会報	1日	2
	年賀状（小説）	夕刊京都	1日	2
	悪魔（小説）	別冊小説新潮	5—2	2
	白い牙（連載小説）	新潮	48—1、3〜6、5回	8
2	二月の詩（詩）	新大阪	1日	1
	結婚記念日（小説）	小説公園	2—2	2
	蜜柑畑（小説）	地上	5—2	2
	アンケート	文学者	8	別
	本紙創刊五周年に寄せて—連載小説十三作家の言葉	新大阪	14日	別
3	かしわんば（小説）	文藝	8—3	2
	表彰（小説）	別冊文藝春秋	20	2
	勝負（小説）	サンデー毎日	1日	2
	大佛さんの作品	文藝春秋新社版「大佛次郎作品集」内容見本		24
4	山の湖（連載小説）←「山湖」	女性改造 〜6月、3回		2
	利休の死（小説）	オール讀物	6—4	2
	霧の道（連載小説）	ニューエイジ 〜6月、11月〜27年1月、6回		
	美術記者	藝術新潮	2—4	25
5	潮の光（小説）	面白倶楽部	4—5	2
	傍観者（小説）	小説新潮	5—6	2
	百日紅（小説）	別冊小説新潮	5—7	2
	「法王庁の抜穴」の面白さ	新潮社版「ジイド全集」月報	XI	24
	映画「その人の名は言えない」を観る	新大阪	17日	別
	静物画の強さ—連合展をみて 上	毎日新聞（東京）	25日	別
6	澄賢房覚書（小説）←「澄賢房覚え書」	文學界	5—6	2
	大いなる墓（小説）	小説公園	2—6	2
	小説は誰でも書けるか	新潮	48—7	24
	「谷崎潤一郎随筆選集1」解説	創藝社刊		24
	岡鹿之助の「帆船」について	美術手帖	44	25
7	夜明けの海（小説）	オール讀物	6—7	2
	小鳥寺（小説）	サンデー毎日涼風特別号	1日	2
	斜面（小説）	別冊文藝春秋	22	2
	ひと朝だけの朝顔（童話）	東京日日新聞	28日	7
	アメリカ文化	装苑	6—7	23
8	玉碗記（小説）	文藝春秋	29—11	2
	三ノ宮炎上（小説）	小説新潮	5—10	2
	秘密（小説）	婦人公論	37—8	2
	古九谷（小説）	夕刊朝日新聞	7日	2
	戦国無頼（連載小説）	サンデー毎日 26日〜27年3月9日、28回		8
	「吉野葛・盲目物語」解説	新潮文庫		24
	「戦国無頼」作者の言葉	サンデー毎日	19日	8解
9	ある愛情（小説）	小説公園	2—9	3
	ある自殺未遂（小説）←「或る自殺未遂」	別冊文藝春秋	23	3
	七夕の町（小説）	別冊小説新潮	5—12	3
	学校給食のこと	夕刊鹿児島ほか	17日	23
10	高原の駅（詩）←「高原」	文學生活	6	1
	ある偽作家の生涯（小説）	新潮	48—11	3
	二枚の招待状（小説）	オール讀物	6—10	3
	昔の愛人（小説）	婦人倶楽部講和記念臨時号	32—12	3
	石川五右衛門	日本読書新聞	17日	24

	ありふれた風景なれど	旅	25—10	別
	わたしのペット（アンケート回答）	初出不詳		別
11	梧桐の窓（小説）	キング	27—11	3
	甘辛往来（アンケート回答）	あまカラ	4別冊	別
12	鶫（小説）	別冊文藝春秋	25	3
	「青衣の人」執筆者の言葉	婦人画報	567	9解

昭和二十七年（一九五二）

1	薄氷（小説）	新潮	49—1	3
	楼門（小説）	文藝	9—1	3
	星よまたたけ（童話←「星よまたたけ！」）	少女 ～12月、12回		7
	青衣の人（連載小説）	婦人画報 ～12月、12回		9
	春の嵐（連載小説）	小説新潮 ～5月、5回		
	某月某日	別冊小説新潮	6—2	23
	佐藤春夫	讀賣新聞	28日	24
	詩人 竹中郁氏	新大阪夕刊	29日	24
2	北の駅路（小説）	中央公論	67—2	3
	貧血と花と爆弾（小説）	文藝春秋	30—2	3
	桶狭間（小説←「決戦桶狭間」）	オール讀物	7—2	3
3	氷の下（小説）	群像	7—3	3
	楕円形の月（小説）	小説公園	3—3	3
	小さい旋風（小説）	文學界	6—3	3
	緑の仲間（連載小説）	毎日新聞夕刊 17日～7月9日、115回		
	如来形立像について	美術出版社版「日本の彫刻V 平安時代」		25
	「緑の仲間」作者の言葉	毎日新聞	11日夕刊	別
4	千代の帰郷（小説）	小説朝日	2—4	3
	「戦国無頼」について	毎日出版だより	33	別
5	素直な″生への愛情″—第41回大衆文芸選評	サンデー毎日新緑特別号		28
	明るい真昼間の勝負	新聞協会報	8日	別
6	白い手（小説）	オール讀物	7—6	3
	贈りもの（小説）—コント・コンクール第1位受賞作	讀賣新聞	9日	3
	仔犬と香水瓶（小説）	別冊文藝春秋	28	3
	二つのアンケート	北陸夕刊	23日	別
7	暗い平原（連載小説）	新潮 ～8月、2回		9
	海水着（小説）	北国新聞	23日	3
	大阪の星座	新大阪夕刊	30日	24
	木々と小鳥と	旅	26—7	別
8	青いボート（小説）	産業経済新聞	17日	3
	落葉松（小説）	別冊文藝春秋	29	3
	老兵	朝日新聞	22日	23
	「創造美術」の誕生	紙名不詳	26日	23
	美味求心（アンケート回答）	たべもの	10	別
9	水溜りの中の瞳（小説）	文學界	6—9	3
	あげは蝶（小説）	オール讀物	7—9	3
	滝へ降りる道（小説）	小説公園	3—9	3
	夏花（小説）	小説新潮	6—11	3
	晩夏（小説）	別冊小説新潮	6—12	3
	海浜の女王（小説）	初出不詳		3
	アンリ・ルソーの「人形を持てる少女」について	美術手帖	60	25
	北国の城下町—金沢—	流行	1—2	26

	後味のよいものを―第42回大衆文芸選評	サンデー毎日新秋特別号		28
10	「新文学全集 井上靖集」あとがき	河出書房刊		別
	十月の詩（詩、十月は、すべて…）	初出不詳		1
	頭蓋のある部屋（小説）	群像	7―10	3
	美也と六人の恋人（小説）	別冊文藝春秋	30	3
	断崖（小説）	サンデー毎日中秋特別号	25日	3
	座席は一つあいている（リレー小説）	サンデー毎日 12日～28年3月22日、24回		
	雑木林の四季	讀賣新聞	16日夕刊	23
	私の処女作と自信作	出版ニュース10月中旬号	213	別
	「座席は一つあいている」作者の言葉	サンデー毎日	5日	別
	時計と賞金（アンケート回答）	別冊文藝春秋	30	別
11	山の少女（小説）	改造	33―16	3
	爆竹（小説）	労働文化	3―11	3
	再会（小説）	初出不詳		3
	風と雲と砦（連載小説）	讀賣新聞夕刊 25日～28年4月24日、150回		
	わが青春記	文學界	6―11	23
	「座席は一つあいている」ランナー寸感	サンデー毎日 16日～28年3月22日、7回		別
	猟銃（エッセイ）	北国新聞	21日	
	日本の彫刻 飛鳥時代	全国出版新聞	25日	25
	「風と雲と砦」作者の言葉	讀賣新聞	19日夕刊	別
12	私の好きな作中人物	別冊文藝春秋	31	24
	明るい風景 暗い風景	アトリエ	313	26
	「花と波濤」作者の言葉	婦人生活	6―12	別
	最近感じたこと	藝術新潮	3―12	別

昭和二十八年（一九五三）

1	ある日曜日（小説）	小説新潮	7―1	3
	石の面（小説↑「石のおもて」）	サンデー毎日新春特別号	1日	3
	元旦の恋文（小説）	北国新聞	4日	
	あすなろ物語（連載小説）	オール讀物 ～6月、6回		9
	花と波濤（連載小説）	婦人生活 ～12月、12回		
	野間宏	婦人公論	39―1	24
	私の理想の女性	婦人朝日	8―1	24
	安閑天皇の玉碗	藝術新潮	4―1	25
2	黄いろい帽子（リレー小説第1回）	花椿	33	3
	大佐渡小佐渡（↑「雪と海の大佐渡小佐渡」）	別冊文藝春秋	32	26
3	燃ゆる緋色（小説）	文學界	7―3	3
	青い照明（小説）	小説公園	4―3	3
	風わたる（小説）	週刊朝日春季増刊号	20日	3
	早春の甲斐・信濃	讀賣新聞	16日	26
	「峠」のひたむきな態度―第43回大衆文芸選評	サンデー毎日陽春特別号	1日	28
4	騎手（匿名小説）	群像	8―4	3
	春寒（小説）	小説新潮	7―5	3
	天目山の雲（小説）	別冊文藝春秋	33	3
5	春のうねり（小説）	サンデー毎日新緑特別号	10日	3
	若き怒濤（連載小説）	京都新聞 23日～11月4日、165回		
	昨日と明日の間（連載小説）	週刊朝日 24日～29年1月17日、35回		9
	永遠の未完成	文學界	7―5	24
	岡倉天心（↑「岡倉天心 五浦紀行」）	藝術新潮	4―5	25
	応募作品を読んで―たばこ製造専売50年記念懸賞小説選評	専売	54	28

	「昨日と明日の間」作者の言葉	週刊朝日	17日	9解
	「若き怒濤」作者の言葉	京都新聞	14日	別
6	今日の時勢と私の希望(アンケート回答)	世界	89	別
	伊那の白梅(小説)	小説新潮	7—8	3
	信長	日本読書新聞	22日	24
	足跡に汚れがない	産業経済新聞	24日	24
	福井良之助氏のポエジー	福井良之助画集「窓」実業之日本社刊		25
	旅先にとらえた季節	旅	27—6	26
	橋本関雪	藝術新潮	4—6	25
	「暗い平原」あとがき	筑摩書房刊		3解
7	異域の人(小説)	群像	8—8	4
	僕にかわって	週刊朝日	5日	23
	弘前の思出	東奥日報	17日夕刊	23
	登山愛好	都新聞	21日	23
	壁を相手の新聞小説	新聞研究	25	24
	大佛さんの椅子	角川書店版「昭和文学全集」月報	17	24
8	信康自刃(小説)	別冊文藝春秋	35	4
	十二段家	週刊朝日	16日	23
	丹羽さんの顔	図書新聞	1日	24
	愛と誓い	毎日新聞	17日	24
	国枝金三	藝術新潮	4—8	25
	男はどんな女性に魅力を感ずるか?	主婦之友	37—9	26
9	稲妻(小説)	小説公園	4—9	4
	戦国城砦群(連載小説)	夕刊日本経済(日本経済新聞夕刊)	24日〜29年3月7日、159回	
	荒井寛方	藝術新潮	4—9	25
	説話風に長ず—第44回大衆文芸選評	サンデー毎日臨時増刊新秋特別号	10日	28
	「戦国城砦群」作者のことば	夕刊日本経済	21日	別
10	末裔(小説)	新潮	50—10	4
	みどりと恵子(小説)	オール讀物	8—10	4
	野を分ける風(小説)	婦人倶楽部	34—12	4
	風林火山(連載小説)	小説新潮 〜29年12月、15回		9
	都会と田舎	原小学校創立三十周年記念誌		23
	上村松園	藝術新潮	4—10	25
	あにいもうと	婦人公論	37—11	別
11	大洗の月(小説)	群像	8—12	4
	漂流(小説)	文學界	7—11	4
	私と文壇	四國新聞	10日	24
	瀬戸内海の美しさ	初出紙不詳	5日?	26
12	湖上の兎(小説)	文藝春秋	31—17	4
	グウドル氏の手套(小説)	別冊文藝春秋	37	4
	締切り	新潮	50—12	24
	手帳	文學界	7—12	25
	私の言葉	橘彌生発表会パンフレット		別
	中村泰明「詩集 烏瓜」序	詩性社刊		別

昭和二十九年(一九五四)

1	少年(小説)	サンデー毎日臨時増刊新春特別号	1日	4
	オリーブ地帯(連載小説)	婦人生活 〜12月、12回		
	「春の海図」作者の言葉	主婦の友	38—1	別
	紀代子に托して	サンデー映画	14日	別

2	春の海図（連載小説）	主婦の友 〜10月、9回		4
3	信松尼記（小説）	群像	9―3	4
	僧行賀の涙（小説）	中央公論	69―3	4
	森蘭丸（小説）	講談倶楽部	6―4	4
	あした来る人（連載小説）	朝日新聞 27日〜11月3日、220回		10
	愛撫	婦人公論	39―3	24
	将来は芸術家に	婦人画報	595	24
	若き日の信長	日本読書新聞	8日	24
	「『夜のリボン』推薦文」	同書帯 講談社刊		24
	回を追って向上―第45回大衆文芸選評	サンデー毎日臨時増刊陽春特別号	10日	28
	「あした来る人」作者の言葉	朝日新聞	24日	10解
4	驟雨（小説）	オール讀物	9―4	4
	ひとり旅（小説）	キング	30―5	4
	昔の恩人（小説↑「二十年前の恩人」）	讀賣新聞 8〜10日、3回		4
	その日そんな時刻（小説）	別冊文藝春秋	39	4
5	胡桃林（小説）	新潮	51―5	4
	春の雑木林（小説）	小説公園	5―5	4
	赤い爪（小説）	サンデー毎日臨時増刊新緑特別号	10日	4
	李さん（小説）	新聞協会報 31日、6月3日、2回		4
	父の願い	主婦の友	38―5	23
	「創作代表選集13」あとがき	日本文芸家協会編、講談社刊		別
6	六月（詩）	オール讀物	9―6	1
	青いカフスボタン（小説）	新聞協会報 14日、17日、2回		4
	新聞記者というもの	「新聞の読み方に関する十二章」		23
	七人の侍	藝術新潮	5―6	別
	「昨日と明日の間」をみて	報知新聞	15日	別
	顔	群像 臨時増刊号	9―7	別
7	花粉（小説）	文藝春秋	32―10	4
	鮎と競馬（小説）	オール讀物	9―7	4
	殺意（小説）	別冊文藝春秋	40	4
	三ちゃんと鳩（童話）	新聞協会報 12日、15日、2回		7
	初めてもらったボーナスの使い方（アンケート回答）	主婦と生活	9―7	別
	近況報告	別冊小説新潮	8―10	別
	私の夏のプラン	別冊小説新潮	8―10	別
8	父の愛人（小説）	週刊朝日別冊	3	4
	映画「愛」原作者の言葉	短篇集「愛」カバー袖 雲井書店刊		別
	暗い透明感	新聞協会報	30日	別
9	風（小説）	婦人画報	601	4
	日記から	新潮	51―9	23
	私の読書遍歴	日本読書新聞	13日	24
	解説	角川書店版「昭和文学全集44 舟橋聖一」		24
	紀の国・伊豆・信濃	暮しの手帖	25	26
	九月の風景	サンケイカメラ	1―5	26
	従来の型を破れ―第46回大衆文芸選評	サンデー毎日臨時増刊新秋特別号	10日	28
10	夜の金魚（小説）	改造	35―10	4
	銹びた海（小説）	オール讀物	9―10	4
	チャンピオン（小説）	別冊文藝春秋	42	4
	龍若の死	キング	30―12	23
	京に想う	京都新聞	21日	23
	赤い林檎	MINERVA	16	23

	街	新潮	51—10	26
	屋上	文藝	11—11	別
11	投網(小説)	知性	1—4	4
	魔の季節(連載小説)	サンデー毎日 21日〜30年7月31日、37回		24
	舟橋氏の姿勢	筑摩書房版「現代日本文学全集」月報	21	24
	「伊那の白梅」あとがき	光文社刊		3解
	梅本育子詩集「幻を持てる人」への手紙(アンケート回答)	現代詩研究	49	別
	「魔の季節」作者の言葉	サンデー毎日	14日	別
12	某月某日	日本経済新聞	14日	23
	Xマス・イブ東京	朝日新聞	25日	23
	晶子曼陀羅	読書タイムズ	5日	24
	小説とモデル	エコノミスト	25日・1月1日合併号	24
	佐多岬紀行—老いたる駅長と若き船長(↑「老いたる駅長と若き船長」)	別冊文藝春秋	43	26
	「星よまたたけ」読者の御両親へ	同和春秋社刊		7解
	作家の言葉	小説新潮	8—16	別
?	講演旅行スナップ	初出不詳		23
?	講道館の寒稽古	初出不詳		23

昭和三十年(一九五五)

1	明き窓に坐して(詩)	毎日新聞	5日	1
	合流点(小説)	新潮	52—1	4
	姨捨(小説)	文藝春秋	33—1	4
	二つの秘密(小説)	オール讀物	10—1	4
	天正十年元旦(小説)	日本経済新聞	1日	4
	帰郷(小説)	サンケイタ刊	9日	4
	夢見る沼(連載小説)	婦人倶楽部 〜12月、12回		23
	私の洋画経歴	スクリーン	98	23
	今年のプラン	別冊小説新潮	9—2	23
	勝手な夢を二つ	東京新聞	31日	23
	私の小説作法	文藝	12—1	24
	作中人物	京都新聞ほか	11日	24
	薄雪に包まれた高山の町	讀賣新聞	10日	26
2	風のある午後(小説)	文學界	9—2	4
	黙契(小説)	小説公園	6—2	4
	作家の日記	小説新潮	9—3	23
3	失われた時間(小説)	中央公論	70—3	4
	湖の中の川(小説)	文藝	12—3	4
	白い街道(小説)	面白倶楽部	8—4	4
	寸感—第32回芥川賞選評	文藝春秋	33—5	28
	素材を生かす技術—第47回大衆文芸選評	サンデー毎日臨時増刊陽春特別号	10日	28
	「美也と六人の恋人」あとがき	光文社刊		3解
	「大衆文学代表作全集 井上靖集」筆蹟	河出書房刊		別
	NHKに望むこと(アンケート回答)	週刊NHK新聞	20日	別
4	湖岸(小説)	新潮	52—4	4
	篝火(小説)	週刊朝日別冊	7	4
	伊豆の食べもの	主婦の友	39—4	23
	新潮と私	新潮	52—4	24
	早春の伊豆・駿河	小説新潮	9—5	26
	「傀儡」の気品—新人賞第1回候補	文學界	9—5	28
	オレンヂ アルバム 評	文藝春秋	33—7	別

	私の代表作	讀賣新聞	28日	別
5	俘囚(小説)	文藝春秋	33—9	5
	みごとな闘い	河出書房版「横光利一全集」内容見本		24
	法隆寺のこと(←「春の法隆寺」)	婦人画報	609	25
	オレンヂ アルバム 作者の言葉	文藝春秋	33—9	別
6	ダムの春(小説)	オール讀物	10—6	5
	白い手の少女	産業経済新聞	11日	23
	文芸時評	朝日新聞	3日	24
	「盲目物語・聞書抄」解説	角川文庫		24
	小説の文章というもの—梶井基次郎と徳田秋声—	文學界	9—6	24
7	川の話(小説)	世界	115	5
	伊東静雄の詩(←「私の愛する詩と詩人(アンケート)」)	文學界	9—7	24
	庄野潤三氏について(←「庄野潤三について」)	知性	2—7	24
	文学開眼	群像	10—7	24
	新しさを認めて—新人賞第2回候補	文學界	9—7	28
	当落は紙一重—第48回大衆文芸選評	サンデー毎日臨時増刊涼風特別号	5日	28
	「真田軍記」作者の言葉(←「真田幸村(仮題)」)	小説新潮	9—10	5解
	すゞらんグループ公演「商船テナシティ」	同パンフレット		別
8	真田軍記(連載小説)	小説新潮 ~11月、4回		5
	颱風見舞(小説)	週刊朝日別冊	9	5
	淀どの日記(連載小説←「淀殿日記」)	別冊文藝春秋 ~35年3月、25回		10
	前田先生のこと	沼津朝日	11日	23
	好きな仏像	国立博物館ニュース	99	25
	「あすなろ物語」作者の言葉	新潮社小説文庫版カバー袖		別
	先輩作家に聞く(アンケート回答)	MINERVA	18	別
9	満ちて来る潮(連載小説)	毎日新聞 11日~31年5月13日、243回		10
	雁	新潮	52—9	24
	小説への誘惑者(←「小説への誘惑者—野間宏のこと」)	文學界	9—9	24
	「「悲壮美の世界」推薦文」	講談社刊		24
	選後に—第33回芥川賞選評	文藝春秋	33—17	28
	「満ちて来る潮」作者の言葉	毎日新聞	5日	10解
	「春の嵐」あとがき	角川小説新書		別
10	十月の詩(詩、はるか南の…)	朝日新聞	1日	1
	夏の雲(小説)	新潮	52—10	5
	ざくろの花(小説)	オール讀物	10—10	5
	黒い蝶(書き下ろし長篇)	新潮社刊		11
	伊豆生れの伊豆礼讃	旅	29—10	26
	美しい服装	ドレスメーキング	55	26
	岩村忍「アフガニスタン紀行」	日本読書新聞	31日	27
	安易を惜しむ—新人賞第3回候補	文學界	9—10	28
	総て発表したいくらい—百万円懸賞小説選評	サンデー毎日中秋特別号	10日	28
	「篝火」について	「代表作時代小説」昭和30年度版		別
	読書アンケート	北国新聞	27日	別
11	趣味ということ	「現代女性講座3たのしい生活のために」		23
	悲壮美の世界	群像	10—11	24
	「語らざる人」について(←「解説」)	由起しげ子著「語らざる人」講談社刊		24
	北尾鐐之助「富士箱根伊豆」	毎日新聞	15日	26
12	初代権兵衛(小説)	文藝春秋	33—22	5
	解釈の自由ということ—歴史小説家の手帳から—	文學界	9—12	24
	「風林火山」著者の言葉	新潮社小説文庫版同書カバー		9解

	「白い風赤い雲」作者の言葉	主婦の友	39—12	別
	わたしの一日	知性	2—12	別

昭和三十一年（一九五六）

1	紅白の餅（小説）	小説公園	7—1	5
	梅（小説）	讀賣新聞	3日	5
	あした来る人（短篇）	朝日新聞	3日	5
	射程（連載小説）	新潮　～12月、12回		11
	白い風赤い雲（連載小説）	主婦の友　～32年2月、14回		
	こんどは俺の番だ（連載小説）	オール讀物　～12月、12回		
	子供の正月	図書新聞	1日	23
	正月の旅	新潟日報ほか	1日	23
	正確な文章	群像	11—1	24
	古風さを惜しむ—新人賞第4回候補	文學界	10—1	28
	真田軍記の資料	小説新潮	10—1	別
	私の抱負	朝日新聞	3日	別
	ふいに訪れて来るもの	それいゆ	37	別
	一九五六年型女性（アンケート回答）	新大阪	3日	別
	「戦国無頼」のおりょうへ	旬刊ラジオ東京	21日	別
2	その人の名は言えない（小説）	新大阪	4日	5
	私の詩のノートから	婦人画報	618	24
	選後評—第2回小説新潮賞	小説新潮	10—3	28
	選評—懸賞コント	小説新潮	10—3	28
	更級日記（現代語訳）	河出書房版「日本国民文学全集7 王朝日記随筆集」		28
	「更級日記」訳者の言葉	「日本国民文学全集7 王朝日記随筆集」		28解
	「その人の名は言えない」あとがき	角川小説新書		別
	登場人物を愛情で描く	毎日新聞	12日	別
3	どうぞお先に（小説）	小説新潮	10—4	5
	火の燃える海（小説）	サンデー毎日臨時増刊	10日	5
	私の一日	文藝	13—3	23
	妊娠調節と特殊列車	文藝春秋	34—3	24
	「「贋・久坂葉子伝」推薦文」	筑摩書房刊同書帯		24
	ご返事	新潟日報	13日	24
	新・忠臣蔵に期待する	毎日新聞宣伝版		24
	選後に—第34回芥川賞選評	文藝春秋	34—3	28
	新しさに欠ける—第49回大衆文芸選評	サンデー毎日臨時増刊	10日	28
4	蘆（小説）	群像	11—4	5
	湯ケ島	旅行の手帖	26	23
	龍安寺石庭	きようと	3	23
	「野を分ける風」あとがき	創藝社刊		4解
	読後感—新人賞第1回候補	文學界	10—4	28
	選評—懸賞コント	小説新潮	10—5	28
	編集部の一年間	サンデー毎日創刊35年記念増大号 1日		別
	私の誕生日	内外タイムス	30日	別
5	暗い舞踏会（小説）	文藝	13—7	5
	「ピクニック」を観る	スクリーン	114	23
	新聞記者の十年	文藝	13—7	24
	立原章平氏へ	群像	11—5	24
	文章今昔	北海道新聞	23日	24
	杉本健吉「新平家・画帖」上	日本読書新聞	28日	25

	「満ちて来る潮」を終って	毎日新聞	17日	10解
	「黄色い鞄」作者の言葉	東方新書版同書カバー袖		別
	作家の二十四時	新潮	53―5	別
	友への手紙(連載)	淡交別冊付録 ～8月号	95～98	別
6	某月某日	日本経済新聞	4日	23
	「むらさき草」(＊正しくは「むらさきぐさ」)の著者	図書新聞	23日	23
	丸子のとろろ汁	あまカラ	58	24
	天竜川の旅	角川写真文庫「天竜川」		26
	「姨捨」あとがき	新潮社刊		4解
	選評―懸賞コント	小説新潮	10―8	28
7	レモンと蜂蜜(小説)	知性	3―8	5
	講道館	週刊朝日	1日	23
	季節の言葉	小説新潮	10―9	23
	仁和寺の楼門	きようと	4	23
	カラコルム	婦人公論	41―7	27
	はっきりした力倆―新人賞第2回候補	文學界	10―7	28
	映画化された私の小説「満ちて来る潮」	毎日新聞	6日	別
	「白い炎」作者の言葉	週刊新潮	30日	別
8	夏草(小説←「夏の草」)	中央公論	71―8	5
	白い炎(連載小説)	週刊新潮 13日～32年2月4日、26回		
	佐藤春夫全集について	河出書房新社版「自選佐藤春夫全集」内容見本		24
	今西錦司「カラコラム」・日本映画新社監修「カラコルム」	東京新聞	8日夕刊	27
	選評―懸賞コント	小説新潮	10―11	28
9	高嶺の花(小説)	小説新潮	10―12	5
	夏の終り	漫画読売	4	23
	出生地の話	しるえつと	1―1	23
	坂口さんのこと	創元社版「坂口安吾選集」月報	3	24
	善意について	新女苑	20―9	26
	作り物の「海人舟」―第35回芥川賞選評	文藝春秋	34―9	28
	精彩を欠く―第50回大衆文芸選評	サンデー毎日臨時増刊	15日	28
	「黒い蝶」読者の質問に答える	群像	11―9	別
10	孤猿(小説)	文藝春秋	34―10	5
	波の音(小説)	若い女性	2―10	5
	郷里のこと	群像	11―10	23
	スケジュールをたてる	知性	3―11	24
	如来形立像	東京新聞	1日	25
	美しい囃の筥―祇園祭を観る	婦人画報	626	26
	穂高の月	讀賣新聞	5日夕刊	26
	少年老いやすし―教科書の中の時限爆弾	日本経済新聞	15日	26
	美しい京の欠片	きようと	5	26
	深田久弥「ヒマラヤ―山と人―」	中央公論	71―11	27
	選者のことば―懸賞コント	小説新潮	10―13	28
	原作に固執せず	週刊朝日別冊	16	別
	「本多忠勝の女」について	「代表作時代小説」昭和31年度版		別
11	夏の終り(詩)	文藝	13―19	1
	氷壁(連載小説)	朝日新聞 24日～32年8月22日、270回		11
	東京という都会	新婦人	11―11	23
	らくがん	あまカラ	63	23
	「きりん」創刊のころ	きりん	9―11	24
	「冷たい手」を推す―新人賞第3回候補	文學界	10―11	28

	「氷壁」作者の言葉	朝日新聞	22日	11解
	識見を感じさせる作品	「ABC」朝日放送創業五周年記念		別
12	梓川の美しさ	旅	30—12	26
	歳の暮の話	それいゆ	42	
	選評—懸賞コント	小説新潮	10—16	28
	「孤猿」あとがき	河出書房刊		5解
	村松喬「異郷の女」序	虎書房刊		別

昭和三十二年（一九五七）

1	元旦に（詩）	日本経済新聞	1日	1
	司戸若雄年譜（小説）	群像	12—1	5
	ある関係（小説）	文學界	11—1	5
	ある旅行（小説）	小説新潮	11—1	5
	良夜（小説）	キング	33—1	5
	故里の鏡	風報	4—1	23
	母を語る（↑「黙って笑顔を見せた母—わが母を語る」）	婦人倶楽部	38—1	23
	幼時の正月	日本読書新聞	1日	23
	故郷への年賀状	毎日新聞静岡版	1日	23
	二十年	群像	12—1	23
	樹木の美しさ	夕刊フクニチ	2日	23
	人間が書きたい	文藝	14—1	24
	作家生活八年目	産業経済新聞	3日	24
	古典への道しるべ—天心の「茶の本」に大きな感銘—	毎日新聞	11日	24
	嵐山と三千院	きようと	6	26
2	旅のノートから	小説新潮	11—3	26
	選後評—第3回小説新潮賞	小説新潮	11—3	28
	「真田軍記」あとがき	新潮社刊		5解
	孤愁を歌う作家	別冊文藝春秋	56	別
3	犬坊狂乱（小説）	小説公園	8—3	5
	天平の甍（連載小説）	中央公論	～8月、6回	12
	孤独な咆吼	文藝	14—6	24
	書きたい女性	スタイル	20—3	24
	旅の丹羽文雄	角川書店版「丹羽文雄作品集」月報4		24
	推すべき作品なし—第36回芥川賞選評	文藝春秋	35—3	28
	何か新しいもの—第3回新人賞	文學界	11—3	28
	「山の湖」あとがき	角川小説新書		別
	清新さと気品	「週刊女性」復刊予告		別
	修善寺農林高等学校校歌	同校学校案内		別
	おおらかに	修善寺農林高校学校案内		別
4	トランプ占い（小説）	オール讀物	12—4	5
	我が十代の思い出	毎日新聞	6日	23
	団体旅行者	北海道新聞	20日	23
	鳩	別冊週刊サンケイ	25日	23
	「暖簾」について	「暖簾」序文　東京創元社		24
	私の取材法	産経時事	28日	24
	関雪追想	「橋本関雪名作展」図録		25
	戦国時代の女性	クイーン	16	25
	感じるまま—第51回大衆文芸選評	サンデー毎日陽春特別号	1日	28
5	佐治与九郎覚書（小説↑「佐治与九郎覚え書」）	小説新潮	11—7	5
	「婦人朝日」巻頭筆蹟	婦人朝日	12—5	別

6	屋上（小説）	文藝春秋	35―6	5
	真田喜七氏の作品	昭森社パンフレット「真田喜七をめぐって」		24
	上高地	學鐙	54―6	26
7	書き出し―自然に、素直に―	群像	12―7	24
	風土	東京新聞	31日夕刊	24
	遣唐船のこと	日中文化交流	9	25
	逞しい筆力―第4回新人賞	文學界	11―7	28
	「現代国民文学全集　井上靖集」筆蹟	角川書店刊		別
8	高天神城（小説）	オール讀物	12―8	5
	山登りの愉しみ	山と高原	250	23
	私の登山報告	毎日新聞	4日	23
	「自選佐藤春夫全集」第六巻解説	河出書房新社版		24
	船戸洪吉「画壇　美術記者の手記」序	美術出版社刊		別
9	地図にない島（連載小説）	北国新聞　15日～33年7月8日、294回		
	「夏の終」解説	婦人生活	11―9	24
	広重の世界	みすず書房版「原色版美術ライブラリー118　広重」		25
	「硫黄島」を推す―第37回芥川賞選評	文藝春秋	35―9	28
	「揺れる首飾り」作者の言葉	主婦と生活	12―9	別
	「地図にない島」作者の言葉	北国新聞	13日	別
	安川茂雄「霧の山」序	朋文堂刊		別
	犬坊狂乱について	「代表作時代小説」昭和32年度版		別
10	四つの面（小説）	群像	12―10	5
	夏の終り（小説）	新潮	54―10	5
	ある女の死（小説）	小説新潮	11―13	5
	別れの旅（小説）	太陽（筑摩書房）	1―1	5
	海峡（連載小説）	週刊読売　27日～33年5月4日、28回		12
	揺れる耳飾り（連載小説）	主婦と生活　～33年11月、14回		
	東洋の美の正しき理解	講談社版「亀井勝一郎選集」月報	1	24
	岩手県の鬼剣舞	随筆サンケイ	4―10	26
	近来にない力作ぞろい―第52回大衆文芸選評	サンデー毎日特別号	7	28
	「海峡」作者の言葉	週刊読売	20日	12解
	「氷壁」について	新潮社版同書しおり		11解
	「風林火山」の劇化	新国劇創立40周年記念公演パンフレット		別
11	生沢氏の仕事	生沢朗著「氷壁画集」朋文堂刊		25
	メソポタミア	世界	143	27
	「小説新潮」巻頭筆蹟	小説新潮	11―15	別
12	「少年」あとがき	角川書店刊		4解
	「天平の甍」あとがき	中央公論社刊		12解

昭和三十三年（一九五八）

1	元日（詩）	日本経済新聞	1日	1
	冬の外套（小説）	オール讀物	13―1	5
	ボタン（小説）	週刊新潮	6日	5
	朱い門（連載小説）	文學界　～12月、12回		
	波濤（連載小説）	日本　～34年3月、15回		
	金沢の正月	北国新聞	3日	23
	私の味覚	あまカラ	78	23
	子供と風と雲	朝日新聞静岡版	15日	23
	私と毎日会館	文学座関西第55回公演パンフレット		23
	一ヵ月遊びたい	内外タイムス	3日	

	書くべき何ものか	信濃毎日新聞	5日	24
	「盲目物語」と「蘆刈」	「谷崎潤一郎全集」附録	3	24
	東京の敦煌	毎日新聞	10日	26
2	奇妙な夜（小説）	小説新潮	12―3	5
	ふるさと―伊豆―	日本	1―2	23
	映画「遭難」を見る	東京新聞	19日夕刊	23
	現代詩に望む	文學界	12―2	24
	野間宏氏のこと（←「野間宏のこと」）	筑摩書房版「現代日本文学全集」月報84		24
	選後評―第4回小説新潮賞	小説新潮	12―3	28
3	満月（小説）	中央公論	73―3	5
	大阪駅付近	大阪暖簾	1	23
	長城と天壇（←「偉大なる無名の人」）	文藝春秋	36―3	26
	大江氏の才能と資質に―第38回芥川賞選評	文藝春秋	36―3	28
	「北国」あとがき	東京創元社刊		1解
4	ある落日（連載小説）	讀賣新聞 12日～34年2月18日、310回		
	風景描写―現地へ行ってノートする―	群像	13―4	24
	若山牧水のこと	雄鶏社版「若山牧水全集」内容見本		24
	信濃川と私	小説公園	9―5	26
	仁和寺	朝日新聞京都版	21日	26
	達者なサンデー調―第53回大衆文芸選評	サンデー毎日特別号	16	28
	「ある落日」作者の言葉	讀賣新聞	8日	別
	読書人の相談相手として	読書タイムズ	15日	別
	菊村到 新しい可能性	新女苑	22―4	別
5	青の一族（詩←「六月」）	アルビオン	3	1
	花のある岩場（小説）	新潮	55―5	5
	幽鬼（小説）	世界	149	5
	ひばの木	オール讀物	13―5	23
	季節の言葉 五月	家庭画報	1―3	23
	夏の初め	プリンス		23
	伊豆の風景	週刊読書人	5日	24
	「「失脚」推薦文」	中央公論社刊同書帯		24
	いっきに読ませる面白さ	中央公論社版「花のれん」パンフレット		24
	広州のこと	季節 詩の手帖	10	26
6	旅のこと	週刊大衆	2日	23
	「長恨歌」讃	岩波書店版「中国詩人選集」第6巻付録		24
	井上靖年譜	三友附録	2	別
	三友消息	三友	2	別
7	青葉の旅（小説）	オール讀物	13―7	5
	楼蘭（小説）	文藝春秋	36―7	5
	貫く実行の精神（←「江川坦庵」）	日本読書新聞	21日	23
	遠雷（連載）	東京新聞夕刊 28日～9月6日、6回		23
	茶の本	新潟日報	6日	24
	日本絵巻物全集第一巻 源氏物語絵巻	週刊読書人	7日	25
	日本の英雄	産経新聞	22日	25
	雪の下北半島紀行（←「本州の北の果て・下北半島」）	旅	32―7	26
	穂高行	朝日新聞	21日	26
8	成熟した静けさと誇りと 三十代 淡島千景さん	それいゆ	52	
	濱谷浩「写真集 見てきた中国」序	河出書房新社刊		別
	沼津駅前広場母子像碑文			別
9	川村権七逐電（小説）	週刊朝日別冊	27	5

	静岡の思い出	静岡百点	3—22	23
	作家のノート	新潮 〜34年9月、12回		24
	「点描・新しい中国」を読む	信濃毎日新聞	13日	24
	佐藤先生の旅の文章	修道社版「現代紀行文学全集5 南日本篇」附録		別
	いっぱいの初々しさ—第39回芥川賞選評	文藝春秋	36—10	28
	「満月」あとがき	筑摩書房刊		5解
	「海峡」あとがき	角川書店刊		12解
10	平蜘蛛の釜(小説)	群像	13—10	5
	一年契約(小説)	小説新潮	12—13	5
	[「生方たつゑ選集」推薦文]	四季書房刊同書帯		24
	滝谷を見る	ケルン	1	26
	石山寺のこと	「還暦大津市」市制60年記念特集号		26
	正面から人間と取り組んだ作品を—第54回大衆文芸選評	サンデー毎日特別号	22	28
11	皇太子よ、おめでとう	讀賣新聞	27日夕刊	23
	子供の頃	むつみ	21	23
	「みそっかす」について	中央公論社版「幸田文全集」月報	4	24
	「戦艦大和の最期」について	筑摩書房版「現代教養全集」月報	3	
	女であるために	婦人公論	43—11	26
	青い眺め	随筆サンケイ	5—11	別
12	「河口」作者の言葉	婦人公論	43—12	別
	「月光」作者の言葉	若い女性	4—12	別
?	伊豆の海	伊豆	3	別

昭和三十四年（一九五九）

1	神かくし(小説)	オール讀物	14—1	6
	ある交友(小説)	サンデー毎日特別号	25	6
	故里の海(小説)	日本経済新聞	1日	6
	梅林(小説)	週刊明星	11日	6
	ハムちゃんの正月(小説)	週刊新潮	12日	6
	敦煌(連載小説)	群像 〜5月、5回		12
	兵鼓(連載小説)	小説新潮 〜35年2月、14回		
	月光(連載小説)	若い女性 〜35年2月、14回		
	河口(連載小説)	婦人公論 〜35年5月、17回		
	故里の山河	毎日新聞	1日	23
	養之如春	螢雪時代	28—11	23
	海の元旦	カトレア	2—1	23
	石と木と	産経新聞	1日	23
	郷里伊豆	「日本の風土記 伊豆」		23
	伊藤さんのこと	光文社版「伊藤整作品集」第4巻月報		24
	ただ穂高だけ	アルプ	11	26
	正月の旅	東京タイムズ	3日	26
2	とんぼ(小説)	週刊女性自身	27日	6
	才能 あなたの新しい首途に…	つどい臨時増刊	3—3	23
	初めてテレビに出る	放送と宣伝 CBCレポート	3—2	
	中野全集について	筑摩書房版「中野重治全集」内容見本		24
	[「私本太平記」推薦文]	毎日新聞社版同書内容見本		24
	選後評—第5回小説新潮賞	小説新潮	13—3	28
3	沖縄の一週間	毎日新聞	9日	26
	推す作品なし—第40回芥川賞選評	文藝春秋	37—3	28
	第十一回読売短編小説賞選後評	讀賣新聞	15日	別

	日本談義復刊１００号に寄する１００名の言葉	日本談義	１００	別
	三役の弁	酒	7—3	別
	伊藤祐輔「石糞」序	日本文芸社刊		別
	「群舞」作者の言葉	サンデー毎日	29日	別
4	日本列島の春(詩)	岐阜タイムス	10日	1
	群舞(連載小説)	サンデー毎日 5日〜11月15日、33回		
	故里の子供たち	こども部屋	1—1	23
	北京の中野さん	筑摩書房版「中野重治全集」月報	2	24
	穂高	文藝春秋だより		別
5	穂高の犬	週刊読書人	4日	23
	〝小説の面白さ〟を考えてほしい—第55回大衆文芸選評	サンデー毎日特別号	28	28
	「楼蘭」あとがき	講談社刊		5解
	「ある落日」あとがき	角川書店刊		別
6	凍れる樹(小説)	婦人画報	658	6
	茶々の恋人	宝石	14—6	25
	選後評—山の放送劇入選作	山と高原		28
	沖ノ島	週刊文春	29日	別
7	洪水(小説)	聲	4	6
	感じたこと二つ	柔道	30—7	23
	山なみ美し	讀賣新聞	21日	23
	戦国時代の女性	読売新聞社版「日本の歴史6群雄の争い」		25
	「旅路」あとがき	人文書院刊同書		別
8	中島敦全集全四巻に寄せて	週刊読書人	17日	24
	沖縄の印象	主婦の友	43—8	26
	美しい川	世界の旅・日本の旅	1	26
	忘れ得ぬ村	サーファクタント	4	26
	女のひとの美しさ	婦人公論臨時増刊「美しき人生読本」		26
	斉藤諭一「愛情のモラル」序	創元社刊		別
	山高ければ	讀賣新聞	12日	別
	「川村権七逐電」作者のことば	「代表作時代小説」昭和34年度版		別
9	新文章読本(連載)	産経新聞夕刊 16日〜35年1月27日、10回		別
	「山塔」を推す—第41回芥川賞選評	文藝春秋	37—9	28
10	蒼き狼(連載小説)	文藝春秋 〜35年7月、10回		12
	渦(連載小説)	朝日新聞 15日〜35年8月22日、311回		13
	ハトとAさん	東京新聞	7日夕刊	23
	私の恋愛観—自作に沿って—	角川書店版「現代女性講座1新・恋愛作法」		26
	「朱い門」あとがき	文藝春秋新社刊		別
	「渦」作者のことば	朝日新聞	11日	13解
	大竹新助「路」序文	現代教養文庫版同書		別
	古知君のこと	「童顔酒徒 思い出の古知庄司」		別
11	人と風土	群像	14—11	23
	新聞記	毎日新聞ＰＲ版		23
	白瑠璃碗を見る	毎日新聞	19日	25
	「敦煌」あとがき	講談社刊		12解
	「きりんの本 5・6年」序	理論社刊		別
12	面(小説)	婦人画報	665	6
	傾ける海(連載小説)	週刊文春 21日〜35年7月18日、31回		
	秋索々	駒場東邦中学・高等学校ＰＴＡ会報		23
	「しろばんば」作者の言葉	主婦の友	43—12	13解
	瀬川純シャンソン・リサイタル	同パンフレット		別

昭和三十五年（一九六〇）

1	元旦に（一）（詩↑「元旦に」）	北国新聞	1日	1
	元旦に（二）（詩↑「元旦に」）	日本経済新聞	1日	1
	白い峰（詩）	東京新聞	3日	1
	しろばんば（連載小説）	主婦の友 〜36年9月、21回、36年10月〜37年12月、15回、計36回		13
	ふるさとの正月	朝日新聞静岡版	1日	23
	養之如春Ⅰ（↑「養之如春」）	婦人公論付録「一九六〇年一週一言」	45—1	23
	山へ行く若者たちに	産経新聞	3日	23
	冬を讃う	大書	13	23
	天風浪浪	東京タイムズ	1日	24
	言葉についてⅠ（↑「言葉について」）	測量	10—1	24
	英雄物語の面白さ—「世界山岳全集」にふれて—	週刊読書人	18日	24
	直言に答える—篠田一士氏へ—	産経新聞	30日夕刊	24
	富士美し	(静岡県)県民だより	40	26
	黄色い大地	新日本文学	15—1	26
	中国は大きい	新大阪	15日	26
	辺境地帯の夢抱いて	産経新聞	11日	別
	「週刊女性自身」表紙の言葉	週刊女性自身	13日	別
2	冬の来る日（小説）	オール讀物	15—2	6
	街角（小説）	週刊女性自身	3日	6
	天城の雲	旅	34—2	23
	あんころ	あまカラ	102	23
	湯ケ島小学校（↑「障子のはまった教室」）	週刊朝日	14日	23
	［「菊池寛文学全集」推薦文］	文藝春秋新社版全集内容見本		24
	稀有な作品	中央公論社版「宮本武蔵」内容見本		24
	わが娘に与う—作家の父から—	マドモアゼル	1—2	26
	愛される女性—女の美しさ—	それいゆ	61	26
	選後評—第6回小説新潮賞	小説新潮	14—3	28
3	宝石を讃う（詩）	「宝石の展覧会」パンフレット		1
	菊池さんのこと	毎日新聞	5日	24
	小林高四郎「ジンギスカン」Ⅰ	東京新聞	15日	24
	小林高四郎「ジンギスカン」Ⅱ	北海道新聞	16日	24
	佳作なし—第42回芥川賞選評	文藝春秋	38—3	28
4	某月某日	小説新潮	14—5	23
	自作解題「敦煌」について（↑「私の敦煌資料」）	図書	127	別
	「さまよえる湖」について	筑摩書房版「世界ノンフィクション全集」1付録		27
5	私の自己形成史	日本 〜11月、7回		23
	故里の家	月刊週末旅行	1—1	23
	宇治拾遺物語と芥川の作品	岩波書店版「日本古典文学大系」月報37		24
	漱石の大きさ	岩波書店版「漱石全集」内容見本		24
	「私たちはどう生きるか 井上靖集」まえがき	ポプラ社刊		別
	「私たちはどう生きるか 井上靖集」筆蹟	ポプラ社刊		別
	独自な内容と体裁	「祝・週刊平凡創刊一周年」		別
6	蟬のこえ	マドモアゼル	1—6	24
	［「歌集 火の系譜」推薦文］	芳たつゑ著同書帯 白玉書房刊		24
	「蒼き狼」の周囲	別冊文藝春秋	72	24
	湖畔の城	小説新潮	14—8	26
	干拓田—見事な人間描写—第1回小説賞選評	サンデー毎日特別号	40	28

7	私の選んだ店(アンケート回答)	若い女性	6—7	別
	山の美しさ	若い女性	6—8	23
	高橋義孝氏のこと	筑摩書房版「新選現代日本文学全集」付録31		24
	ノートから	国立博物館ニュース	158	25
	小山冨士夫編「中国名陶百選」	週刊読書人	4日	25
	南紀の海に魅せられて	旅	34—7	26
	「白い牙」の映画化	マドモアゼル	1—7	別
8	匂い	The TAKASAGO Times	8	23
	高い星の輝き	大学進学コース	1—4	23
	歴史小説の主人公	歴史読本	5—8	24
	〝聖火〟の点火式をみる	毎日新聞	13日夕刊	26
	北欧の二都市	サンデー毎日	14日	26
	ギリシャの旅	毎日新聞	20日	26
	ローマ・オリンピックを観る	毎日新聞、サンデー毎日	20日	26
	太陽と噴水と遺蹟と	サンデー毎日臨時増刊	20日	26
	ローマそぞろ歩き	毎日新聞	20日夕刊	26
	オリンピック開会式(↑「華麗なる開会式をみて」)	毎日新聞	26日夕刊	26
	競技点描	毎日新聞夕刊	29日〜9月11日、7回	26
	シルクロードへの夢	婦人画報	673	27
	「蒼き狼」受賞の言葉	文藝春秋	38—8	12解
	「炎の城」について—作者のことば—	「代表作時代小説」昭和35年度版		10解
	戦後の小説ベスト5(アンケート回答)	群像	15—8	別
9	馬とばし(小説)	週刊朝日別冊	39	6
	平凡さのもつ力—第43回芥川賞選評	文藝春秋	38—9	28
	「川」あとがき	井上靖編 有紀書房刊		別
10	伊東静雄について	果樹園	56	24
	フランスの旅から	毎日新聞	18・19日	26
	北京その他	毎日新聞社版「文学者のみた現代の中国・写真集」		
	「蒼き狼」あとがき	文藝春秋新社刊		12解
	大隈秀夫「露草のように」序	中央公論社刊		別
11	王朝日記文学について	筑摩書房版「古典日本文学全集8王朝日記集」		24
	スペインの旅から	毎日新聞夕刊	26日〜12月18日、5回	26
	山本和夫「町をかついできた子」序	東都書房刊		別
?	私の辞書	辞書	3	23
	昭和三十六年(一九六一)			
1	崖(連載小説)	東京新聞夕刊	30日〜37年7月8日、517回	14
	新しい政治への期待	毎日新聞	1日	23
	旅の話	産経新聞	30日	24
	歴史のかけら—北斎と法隆寺と……—	産経新聞	4日夕刊	25
	島田謹介写真集「旅窓」	週刊読書人	16日	25
	「かたまり」とリズム—イタリア現代彫刻展を観る—	毎日新聞	27日	25
	白夜	週刊読書人	1日	26
	ニューヨークにて	風景	2—1	26
	欧米の街・東京の街—新春に想う—	サンデー毎日	1日	26
	ドイツ人のこと	讀賣新聞	3日	26
	小さい四角な石	東京新聞夕刊	6日〜8日、3回	26
	「崖」作者のことば	東京新聞	20日	14解
2	自作「蒼き狼」について	群像	16—2	24
	西域のイメージ	平凡社刊「世界教養全集」月報	5	27

3	選後評―第7回小説新潮賞	小説新潮	15―2	28
	三友消息	三友	28	別
	「高校時代」巻頭筆蹟	高校時代	7―11	別
	北極圏の海(詩)	風景	2―3	1
	春の入江(小説)	週刊文春	13日	6
	今日このごろ	婦人画報	681	23
	四季の石庭通い	京都新聞	31日	23
	「伊東静雄全集」に寄せて	毎日新聞大阪版	9日	24
	結婚というもの	婦人画報臨時増刊「'61結婚入門」		26
	二篇について―第44回芥川賞選評	文藝春秋	39―3	28
4	オリーブの林(詩)	週刊朝日	7日	1
	人生の智慧	家の光	37―4	23
	「サンデー毎日」記者時代	サンデー毎日	2日	23
	ナゾの古代都市―パキスタン古代文化展をみて―	朝日新聞	6日夕刊	25
	税務委員会報告	文芸家協会ニュース	117	別
5	ロスアンゼルスの遊園地(詩)	風景	2―5	1
	北国の春(小説)	オール讀物	16―5	6
	二つの主題	国語・社会	?	25
	ヨーロッパの旅から(連載)	婦人公論 ～37年2月、10回		26
	井上靖・欧州カメラ紀行	サンデー毎日特別号	49	26
	四編ともに甲乙なし―第3回小説賞選評	サンデー毎日特別号	49	28
	「天平の甍」の登場人物	アカハタ	17日	別
	小沢征爾指揮日フィル特別演奏会	同パンフレット		別
	さくら	小説新潮	15―6	別
6	夏雲(詩)	毎日新聞	21日夕刊	1
7	天城に語ることなし	小説中央公論	2―3	23
	ゴヤについて	マドモアゼル	2―7	25
	偶然の傑作	アサヒカメラ	46―7	25
	中国散見	毎日新聞	21日	26
8	エトルスカの石棺(詩)	風景	2―8	1
	狼災記(小説)	新潮	58―8	6
	考える人(小説)	小説新潮	15―8	6
	木乃伊考	春の日	1	25
	井上靖・中国カメラ紀行	サンデー毎日	6日	26
	ダイナミックな美―「ローマ・オリンピック一九六〇」を見る―	毎日新聞	22日夕刊	26
	万暦帝の墓	毎日新聞	26日	26
	「日本現代文學全集 井上靖・田宮虎彦集」筆蹟	講談社刊		別
9	珠江(詩)	風景	2―9	1
	二つのブービー賞	讀賣新聞	17日	23
	選後に―第45回芥川賞選評	文藝春秋	39―9	28
	「憂愁」という言葉	週刊朝日	29日	14解
	レジャーと私	別冊文藝春秋	77	別
10	カルモナの街(詩↑「カルモラの街」)	風景	2―10	1
	補陀落渡海記(小説)	群像	16―10	6
	海の欠片(小説)	日本	4―10	6
	ローマの宿(小説)	小説中央公論	2―4	6
	憂愁平野(連載小説)	週刊朝日 6日～37年11月30日、61回		14
	四年目の中国	世界	190	26
	「しろばんば」第二部作者の言葉	主婦の友	45―10	13解
	「淀どの日記」あとがき	文藝春秋新社刊		10解

	娘と私	小説中央公論	2—4	別
11	天壇（詩）	風景	2—11	1
	小磐梯（小説）	新潮	58—11	6
	欲しい読後の悦び—第13回新人賞	文學界	15—11	28
	「風と雲と砦」原作者として	前進座11月公演パンフレット		別
	淀どの日記	朝日新聞	19日	別
12	白夜（詩）	風景	2—12	1
	訪問者（小説）	別冊文藝春秋	78	6
	私の好きな風景（連載）	マイホーム ～37年11月、12回		26
	「天平の甍」について（←「天平の甍」）	朝日新聞	6日	別
?	料理随筆	料理手帖		23
?	言葉の話	東芝グラフ	12	24
?	松美会開催によせて	初出不詳		別
?	私の好きなスター	週刊サンケイ？		別
?	私の好きな部屋（グラビア文）	初出不詳		別
?	編集方針を高く評価	「週刊読書人」宣伝版		別

昭和三十七年（一九六二）

1	木乃伊（詩）	風景	3—1	1
	そんな少年よ（詩）	日本経済新聞	1日	1
	オリンピアの火（詩）	朝日新聞	3日	別
	晴着（小説←「盛装」）	家の光	38—1	6
	岩の上（小説）	オール讀物	17—1	6
	菊（小説）	週刊朝日別冊	47	6
	幼いころの伊豆	讀賣新聞	1日	23
	人間を信ずるということ	毎日新聞	1日	23
	宝石と石ころ	婦人生活	16—1	24
	お祝いのことば	「成人手帳1962」講談社刊		26
	「姨捨」	週刊読書人	1日	別
	受賞の言葉	群像	17—1	別
	横綱の弁	酒	10—1	別
	私の生命保険観	くらしと保険	3—1	別
2	ポンペイ（詩）	風景	3—2	1
	故里美し（小説）	小説新潮	16—2	6
	私のふるさと	若い女性	8—2	23
	永井さんのこと	講談社版「日本現代文学全集」月報	17	24
	選後評—第8回小説新潮賞	小説新潮	16—2	28
3	ビイディナという部落（詩）	風景	3—3	1
	道 道 道	中央公論	77—3	23
	文学を志す人々へ—詩から小説へ—	群像	17—3	24
	親から巣立つ娘へ（←「娘の結婚に想う」）	婦人公論臨時増刊「人生読本」		26
	エネルギーに満ちた作品—第46回芥川賞選評	文藝春秋	40—3	28
4	落日（詩、匈奴は平原に…）	風景	3—4	1
	地中海（詩）	文藝	1—2	1
	インダス河（詩）	文藝	1—2	1
	わが青春放浪（連載）	讀賣新聞夕刊 11日～17日、5回		23
	「宇治十帖」私見	筑摩書房版「古典日本文学全集」付録31		24
	山月記	新潮社版「日本文学全集34」付録		24
	娘の結婚	毎日グラフ	8日	26
	「洪水」上演について	新橋演舞場第40回春の東をどりパンフレット		別

5	山下政夫「円い水平線」序	創元社刊		別
	永田登三「関西の顔」序	淡交新社刊		別
	ガダルキビル河（詩←「ガダルキビール河」）	風景	3—5	1
	生方さんの仕事	「歌集 海に立つ虹」帯 白玉書房刊		24
	豪華で精巧な作品	中央公論社版「瘋癲老人日記」発売広告パンフレット		24
	長女の結婚	主婦の友	46—5	26
	嫁ぎし娘よ、幸せに	マドモアゼル	3—5	26
	意見が分裂—第14回新人賞	文學界	16—5	28
	佳作「さくらの花」—第1回女流文学賞選評	婦人公論	47—5	28
	読みごたえがあった—第4回小説賞選評	サンデー毎日特別号	55	28
	「楼蘭」の舞踊化	花柳わかば舞踊会パンフレット		別
	前進座公演「屈原」	同パンフレット		別
6	私の石川県時代	北国新聞	3・4日夕刊	23
	「群舞」著者のことば	角川小説新書版同書表紙袖		別
7	布哇の海（詩）	文藝春秋	40—7	1
	コリントの遺跡（詩）	風景	3—7	1
	城砦（連載小説）	毎日新聞 11日〜38年6月30日、352回		15
	父として想う	婦人倶楽部	43—7	23
	大和山河抄	週刊読書人	2日	24
	出色の中国旅行記	亀井勝一郎著「中国の旅」帯		24
	「城砦」作者のことば	毎日新聞	8日	15解
	「崖」を終わって	東京新聞	10日夕刊	14解
	批評家に望む（アンケート回答）	群像	17—7	別
	「半島」まえがき	井上靖編 有紀書房刊		別
8	ある漁村（詩）	風景	3—8	1
	色のある闇（小説）	小説新潮	16—8	6
9	アスナロウ（詩）	風景	3—9	1
	フライイング（小説）	新潮	59—9	6
	台風	朝日新聞ＰＲ版	1日	23
	小説の材料	朝日新聞ＰＲ版	29日	24
	武将の最期	朝日新聞ＰＲ版	22日	25
	海	朝日新聞ＰＲ版	8日	26
	登山	朝日新聞ＰＲ版	15日	26
	執拗な主題の追求—第47回芥川賞選評	文藝春秋	40—9	28
10	明方（詩）	風景	3—10	1
	けやきの木	小説新潮	16—10	23
	「昭和文学全集 井上靖」筆蹟	角川書店刊		別
11	高層ビル（詩←「危険なビル」）	風景	3—11	1
	加芽子の結婚（小説）	美しい女性	1—1	6
	無難な作品—第15回新人賞	文學界	16—11	28
12	少年（詩）	風景	3—12	1
	古い文字（小説、未完）	文學界	16—12	6
	裸の梢（小説）	週刊文春 12月31日・1月7日合併号		6
	鑑真和上のこと	日中文化交流	66	25
	「しろばんば」を終って	主婦の友	46—12	13解
	「憂愁平野」を終って	週刊朝日	7日	14解
	「地中海」あとがき	新潮社刊		1解
?	社会人になるあなたへ	初出不詳		別

昭和三十八年（一九六三）

1	海―詩三題（詩↑「千本浜にて」）	風景	4―1	1
	千本浜―詩三題（詩↑「〇」）	風景	4―1	1
	揚子江―詩三題（詩↑「中国の旅から」）	風景	4―1	1
	愛する人に（詩）	東京新聞	1日	1
	夏の焔（小説）	小説新潮	17―1	6
	明るい海（小説）	文藝春秋	41―1	6
	見合の日（小説）	女性明星	2―1	6
	別れ（小説）	週刊女性	2日	6
	遠い海（NHK連続ラジオ小説、書き下ろし）	4日〜31日、22回放送		
	若木とびょうぶ	北日本新聞	1日	23
	北海のフグ	讀賣新聞	3日	23
	富士の話	産経新聞	5日夕刊	23
	出色の面白さ―第1回吉川英治賞審査委員の評	毎日新聞	3日	28
	「楊貴妃伝」作者のことば	婦人公論	48―1	15解
	作家の言葉	小説中央公論	4―1	別
	須田国太郎遺作展	同展パンフレット		別
2	編ものをしている娘（詩↑「無題」）	風景	4―2	1
	明妃曲（小説）	オール讀物	18―2	6
	あかね雲（小説）	小説現代	1―1	6
	楊貴妃伝（連載小説）	婦人公論	〜40年5月、28回	15
	古代説話のこころ	月刊カワイ	33	25
	選後評―第9回小説新潮賞	小説新潮	17―2	28
	心温まる〝普照〟との再会	週刊サンケイ	4日	別
3	千本浜のこと	沼津朝日	13日	23
	私の文学碑	北海道新聞	29日夕刊	23
	講演 小説について（↑「最近考えていること」）	図書	163	24
	須田国太郎遺作展を観る（↑「須田国太郎のこと」）	朝日新聞	5日	25
	「光芒」の軽さを惜しむ―第48回芥川賞選評	文藝春秋	41―3	28
	吉原工業高等学校校歌	昭和三十七年度同校学校要覧		別
	ベニス（グラビア文）	別冊文藝春秋	83	別
4	僧伽羅国縁起（小説）	心	16―4	6
	西域に招かれた人々（↑「西域の人物」）	井上靖・岩村忍著「西域」筑摩書房刊		27
	「西域」あとがき	筑摩書房刊		27解
	「天平の甍」の作者として	前進座4月興行パンフレット		別
5	城あと（小説）	文芸朝日	2―5	6
	盛装（連載小説）	讀賣新聞	24日〜39年5月15日、355回	
	韓国の春	毎日新聞	10日	26
	美しくけなげな韓国学生	週刊現代	23日	26
	はっきりした欠点―第16回新人賞	文學界	17―5	28
	「女の宿」のみごとさ―第2回女流文学賞選評	婦人公論	48―5	28
	香川京子さん	文芸朝日	2―5	別
	「盛装」作者の言葉	讀賣新聞	21日	別
6	宦者中行説（小説）	文藝	2―6	6
	猫の話	朝日新聞PR版	9日	23
	父のこと	朝日新聞PR版	16日	23
	あすなろのこと	朝日新聞PR版	30日	23
	韓国日記	文藝春秋	41―6	26
	旅情	朝日新聞PR版	23日	26
	私のオリンピック	サンデー毎日	23日	26
7	川の話	朝日新聞PR版	7日	26

	金沢城の石垣	北国新聞	23日夕刊	26
	韓国紀行	毎日グラフ	28日・8月4日	26
	「城砦」を終わって	毎日新聞	16日夕刊	15解
8	羅刹女国（小説）	新潮	60—8	6
	風濤（連載小説）	群像	18—8	15
	三つの海	暮しのリズム	1	23
9	土の絵（小説）	小説新潮	17—9	6
	監視者（小説）	小説中央公論	4—8	6
	断絶	風景	4—9	23
	愛についての断章	ヤングレディ	23日〜10月14日、4回	26
	「蟹」を推す—第49回芥川賞選評	文藝春秋	41—9	28
	「風林火山」原作者として	新橋演舞場新派「風林火山」公演パンフレット		別
10	風濤 第二部（連載小説）	群像	18—10	15
	「風濤」あとがき	講談社刊		15解
	渋沢敬三氏を悼む	毎日新聞	27日	別
11	塔二と弥三（小説）	オール讀物	18—11	6
	言葉についてⅡ（←「言葉について」）	「日本近代文学館設立の趣意Ⅱ」		24
	中国の旅—鑑真逝世千二百年記念行事—	サンデー毎日	17日	26
	西安の旅	朝日新聞	19日〜21日、3回	26
	面白く読ませる力—第17回新人賞	文學界	17—11	28
	後味の悪い原因—第5回小説賞選評	サンデー毎日別冊	38—9	28
	宝蔵院史碑碑文	葛飾区奥戸新町宝蔵院		別
	駿河銀行大阪支店開店広告文	産経新聞	20日夕刊	別
12	ローヌ川（小説）	別冊文藝春秋	86	6
	「鑑真和上」「鑑真」	讀賣新聞	26日夕刊	25
	銓衡委員のことば	第16回野間文芸賞要項		28
	帝塚山大学推薦のことば	帝塚山大学要覧		別

昭和三十九年（一九六四）

1	春を呼ぶために（詩）	北海タイムス	1日	1
	火はやって来る（詩）	新潟日報	1日	1
	五輪の年（詩）	讀賣新聞	1日	1
	富士の見える日（小説）	週刊サンケイ	6日	6
	冬の月（小説）	週刊文春	6日	6
	燭台（連載小説）	婦人倶楽部	〜40年6月、18回	
	北海道の春	朝日新聞北海道特集	1日	23
	少年に与える言葉	毎日新聞	1日	23
	四角な箱の中で	東京新聞	4日夕刊	23
	私のビジョン	毎日新聞	21日	23
	佐藤春夫氏の「戦国佐久」	週刊読書人	13日	24
	女性の美しさ	新婦人	19—1	26
	やや「小型」—第2回吉川英治賞審査委員の評	毎日新聞	3日	28
	作品「風濤」の喜び	讀賣新聞	28日夕刊	別
	京劇西遊記	朝日ジャーナル	26日	別
2	風の話	主婦の友	48—2	23
	選後評—第10回小説新潮賞	小説新潮	18—2	28
	「現代の文学 井上靖集」筆蹟	河出書房新社刊		別
	「蒼き狼」について	東宝現代劇2月公演パンフレット		別
3	褒姒の笑い（詩）	風景	5—3	1
	［湯ケ島熊野山慰霊詩碑碑文］（詩）	同碑		1

	ほんとうのライスカレー	あまカラ	151	23
	芥川賞受賞の頃	「芥川・直木賞の三十年」文藝春秋新社刊		24
	作家生活十四年	婦人生活	18—3	24
	十返肇のこと(↑「十返君のこと」)	三友	47	24
	休息を知らなかった作家	新潮社版「室生犀星全集」内容見本		24
	光る資質—第50回芥川賞選評	文藝春秋	42—3	28
	井上吉次郎氏のこと	井上吉次郎著「記者と学者の間」		別
	「婦人公論」のすすめ	婦人公論宣伝版		別
4	海鳴り(詩)	風景	5—4	1
	陝西博物館にて(詩)	文藝	3—4	1
	眼(小説)	小説新潮	18—4	6
	推薦の言葉	生方たつゑ著「急がない人生」帯 日本経済新聞社刊		24
	揚州紀行(↑「中国紀行 揚州の旅」)	小説現代	2—4	26
	珠玉の広場ヴェネツィア	毎日新聞日曜特集	5日	26
	The East and the West	THE EAST	1—1	別
5	春の日記から(詩)	風景	5—5	1
	四篇の作品を読んで—第18回新人賞	文學界	18—5	28
	「秀吉と利休」を推す—第3回女流文学賞選評	婦人公論	49—5	28
6	立入禁止地帯(詩)	風景	5—6	1
	花の下(小説↑「花の下にて」)	群像	19—6	7
	古い文字(小説、続)	文學界	18—6	6
	すずらん	北海タイムス	1日	23
	三つの書斎	文芸朝日	3—6	23
	解説	中央公論社版「日本の文学6島崎藤村」		24
	わが北海道(↑「あとがき」)	佐藤春夫著「わが北海道」新潮社刊		24
	芸術オリンピック—建築—(アンケート回答)	西日本新聞	14日	別
7	佐藤春夫先生の耳(詩↑「弔詩」)	文藝	3—7	1
	碑林(詩)	風景	5—7	1
	北海道の先生 二つの句	群像	19—7	24
8	ミシシッピ河(詩)	風景	5—8	1
	大津美し	大津市編「OTSU」淡交新社刊		26
9	秋のはじめ(詩)	風景	5—9	1
	夏草冬濤(連載小説)	産経新聞 27日～40年9月13日、350回		16
	紅花(連載小説)	京都新聞 19日～40年5月15日、236回		
	文學界と私	文藝春秋PR版 1964秋		24
	「塔二と弥三」について	「代表作時代小説」昭和39年度版		別
	「夏草冬濤」作者のことば	産経新聞	22日	16解
	「紅花」作者のことば	京都新聞	15日	別
10	雷雨(詩)	風景	5—10	1
	開幕(詩)	毎日新聞	11日	1
	後白河院(連載小説)	展望 ～11月、40年4月～6月、11月、6回		16
	ローマから東京へ	毎日新聞	10日	23
	オリンピック開会式を見る	讀賣新聞	11日	23
	五輪観戦記	神戸新聞	24日	23
	たくまざる名演出	毎日新聞	25日	23
	アメリカの休日	若い女性	10—10	26
	辻井喬「宛名のない手紙」あとがき	紀伊國屋書店刊		別
11	ホタル(詩)	風景	5—11	1
	永泰公主の頸飾り(小説)	オール讀物	19—11	7
	褒姒の笑い(小説)	心	17—11	7

	白瑠璃碗	国立博物館ニュース	210	25
	夜叉神峠	週刊朝日	27日	26
	読後感—第19回新人賞	文學界	18—11	28
12	川明り(詩)	風景	5—12	1
	墓地とえび芋(小説)	別冊文藝春秋	90	7
	銓衡委員のことば	第17回野間文芸賞要項		28
	「異国の旅」あとがき	毎日新聞社刊		26解

昭和四十年（一九六五）

1	運河(詩)	風景	6—1	1
	ある晴れた日に(詩)	朝日新聞	1日	1
	忘れ得ぬ人々(連載↑「忘れえぬ人々」)	主婦の友 ～12月、12回		23
	私のさかな	酒	13—1	23
	人生の階段	中日新聞	1日	23
	初孫讃	毎日グラフ	31日	23
	アメリカ紀行(連載)	マドモアゼル ～8月、8回		26
	旅の収穫	日本経済新聞	3日	26
	「凍れる樹」作者の言葉	マドモアゼル	6—1	別
	小林敬三「宣伝のラフとフェアウェイ」序	日展(大阪)刊		別
2	颯秣建国(詩)	風景	6—2	1
	魔法の椅子(小説)	小説現代	3—2	7
	杉さんのこと	CHAMBER杉道助追悼特集	169	23
	選後評—第11回小説新潮賞	小説新潮	19—2	28
3	雪(詩、私の肋骨と肋骨の…)	風景	6—3	1
	佳作二篇—第52回芥川賞選評	文藝春秋	43—3	28
4	別離(詩)	風景	6—4	1
	須田国太郎のこと—嵐山の遅桜—	藝術新潮	16—4	25
5	雪(詩、—雪が降って来た。…)	風景	6—5	1
	老舎先生の声	日中文化交流	93	24
	「蝶の季節」の才能—第20回新人賞	文學界	19—5	28
	感動を受けた「底のぬけた柄杓」—第4回女流文学賞選評	婦人公論	50—5	28
	選後に—第3回吉川英治賞審査委員の評	毎日新聞	7日	28
6	滑り台(詩)	風景	6—6	1
	海(詩)	文藝春秋	43—6	1
	竹本辰夫君のこと	毎日新聞社報	1日	23
	沢渡部落	東京新聞	11日夕刊	26
7	旅から帰りて(詩、一ヵ月の旅…)	風景	6—7	1
	「井上靖自選集」著者の言葉	集英社刊		別
8	沙漠の街(詩)	風景	6—8	1
	「楊貴妃伝」あとがき	中央公論社刊		15解
9	モンゴル人(詩)	風景	6—9	1
	谷崎先生のこと	心	18—9	24
	死せる遺跡と生きている美術	人類の美術サロン	1	25
	中央アジアの薔薇	小説新潮	19—9	27
	黒部氏に新風—第53回芥川賞選評	文藝春秋	43—9	28
	「夏草冬濤」を終えて	産経新聞 16日夕刊		16解
	三代目花柳寿輔襲名披露舞踊会	同会プログラム		別
	30人への3つの質問(アンケート回答)	講談社版「われらの文学」内容見本		別
10	前生(詩)	風景	6—10	1
	ゴルフ	週刊新潮	2日	23

旅の効用　自由民主　25日　23
「死の淵より」について　群像　20—10　24
サマルカンドの市場にて　団体通信(第一生命)　29　27
作家の顔　小説新潮　19—10　別
「婦人公論」の歩みを讃える　朝日新聞全面広告　7日　別
11　かちどき(詩)　風景　6—11　1
化石(連載小説)　朝日新聞　15日〜41年12月31日、409回　17
一生消えぬ衝撃　河出書房新社版「青年の環」5部作全4巻内容見本　24
候補作を読んで—第21回新人賞　文學界　19—11　28
「化石」作者のことば　朝日新聞　9日　17解
修善寺工業高校碑文　別
12　菊(詩)　風景　6—12　1
第一回西トルキスタン紀行(連載↑「西域の旅」)　太陽　41年1月〜9月、9回　27
銓衡委員のことば　第18回野間文芸賞要項　28
判らぬ"一鬼"の運命　朝日新聞PR版　25日　別
前進座三十五周年興行　前進座公演パンフレット　別
?　日の丸・二題　沼津ロータリークラブ会報　26

昭和四十一年(一九六六)

1　元日に思う(詩)　東京新聞　1日　1
凧を揚げる(詩)　日本経済新聞別刷　3日　1
テペのある街にて(小説)　文學界　20—1　7
帽子(小説)　潮　67　7
おろしや国酔夢譚(連載小説)　文藝春秋　〜42年12月、43年5月、25回　16
わだつみ(連載小説)　世界　〜43年1月、44年1月〜46年2月、47年10月〜50年12月、未完　18
作家生活十六年　讀賣新聞　4日夕刊　24
一文字の風景(連載)　婦人画報　〜12月、12回　26
砂漠の詩　毎日新聞　1日　27
「われらの文学　井上靖」筆蹟　講談社刊　別
2　選後評—第12回小説新潮賞　小説新潮　20—2　28
3　私の愛することば　マドモアゼル　7—3　23
[「定本佐藤春夫全集」推薦文]　講談社版全集内容見本　24
三篇の中から—第54回芥川賞選評　文藝春秋　44—3　28
4　古代ペンジケント(小説↑「古代ピャンジケント」)　オール讀物　21—4　7
解説—谷崎潤一郎　文藝春秋版「現代日本文学館」16・17・18　24
自作解題「天平の甍」について(↑『唐大和上東征伝』の文章)　筑摩書房版「日本文化史」月報　6　別
「現代世界ノンフィクション全集」監修にあたって　筑摩書房版同書内容見本　別
5　勇気あることば　毎日新聞　22日　23
「沙石集」を読んで　岩波書店版「日本古典文学大系」月報25　24
デローシュ=ノーブルクール「トゥトアンクアモン」　みすず　8—5　27
大きい収穫「なまみこ物語」—第5回女流文学賞選評　婦人公論　51—5　28
アトリエ風の砦　週刊朝日　27日　別
「日本文学全集」編集委員のことば　集英社版同全集内容見本　別
6　新緑と梅雨　朝日新聞PR版　10日　23
天城の粘土　朝日新聞PR版　25日　23
南紀美し　若い11　名古屋テレビ50　26
天山とパミール　人類の美術サロン　3　27
池山広「漆絵のような」序　岩手日報社刊　別
7　旅先からの便り拝見　旅　40—7　23

	お話を集めて歩く	希望の光	別冊	23
	吉川さんのこと	「講談社出版案内」吉川英治特集		24
	[「吉川英治全集」推薦文]	講談社版全集内容見本		24
	ドガ「少女像」	「主婦の友立体名画シリーズ④」		25
8	藤村全集の意義	筑摩書房版「藤村全集」内容見本		24
	「湖畔」の女性	NHK婦人学級だより		25
	セザンヌ「壺の花」	「主婦の友立体名画シリーズ⑤」		25
	今井善一郎作品展	同展パンフレット		別
	「豪華版日本文学全集 井上靖集」筆蹟	河出書房新社刊		別
	木村国喜に注文する	創紀社創業挨拶チラシ		別
9	井戸と山	風景	7—9	23
	法隆寺のこと	総合教育技術	21—7	23
	遺作として新たに読み返したい	中央公論社版「谷崎潤一郎全集」内容見本		24
	女性に神を見出した時代	婦人倶楽部	47—9	25
	千曲川	信濃路	6	26
	モスクワ・レニングラード	太陽 10・11月号、2回		26
	強い読後感—第55回芥川賞選評	文藝春秋	44—9	28
	岡田茉莉子	「花咲く扉」東宝女優アルバム		別
10	神々とともに永遠に(詩)	毎日新聞	6日	1
	三つの作品	群像	21—10	24
	生方さんの仕事	「定本生方たつゑ歌集」序文 白玉書房刊		24
	型を打ち破る	毎日新聞	6日	別
	杉本亀久雄個展	同展パンフレット		別
11	夜半の眼覚め(詩)	心	19—11	1
	詩人との出会い(←「詩人との出遇い」)	新潮	63—11	24
	画家になった美術記者	藝術新潮	17—11	25
	わたしの山	「現代作家自作朗読集」朝日ソノラマ社刊		別
	旅行 なくて7くせ(アンケート回答)	旅	40—11	別
	加藤泰安氏のこと	茗渓堂パンフレット「森林・草原・氷河」		別
12	弔辞	「思い出」曾根徹追想記編集委員会刊		23
	「海軍主計大尉小泉信吉」を読む	三田評論	655	24
	解説	中央公論社版「日本の文学35 室生犀星」		24
	初冬の大雪山	ヤングレディ	12日	26
	青空を望む思い	第19回野間文芸賞要項		28

昭和四十二年（一九六七）

1	年の始めに(詩←「北海道九十九年」)	北海タイムス	1日	1
	日の出(詩)	讀賣新聞	1日	1
	雪の札幌・讃	日曜夕刊タイムス	29日	1
	還暦有感	山形新聞	1日	23
	山美し 山恐ろし	サンケイ新聞	5日夕刊	23
	金沢の室生犀星	三田文学	54—1	24
	新春所感—忘れられぬ文章	中日新聞	1日	24
	ふしぎな光芒(←「『李陵』と『山月記』」)	旺文社文庫版「李陵・弟子・山月記」		24
	冬の京都	きようと	46	26
	「氷壁」わがヒロインの歩んだ道	若い女性	13—1	別
	わたしの好きなわたしの小説	毎日新聞	3日	別
2	黄河(詩、世紀一二八〇年…)	文藝	6—2	1
	胡姫(小説)	小説新潮	21—2	7
	二月堂お水とり	サンデー毎日	12日広告頁	26

	選後評―第13回小説新潮賞	小説新潮	21―2	28
	美那子の生き方	ヤングレディ	6日	別
	「しろばんば」の幸運	「主婦の友社の五十年」		別
3	青春のかけら(←「藤井君を弔う」)	沼津朝日	21日	23
	文字 文字 文字	文學界	21―3	24
	[「小泉信三全集」推薦文]	文藝春秋版「小泉信三全集」広告		24
	腕の確かさ―第56回芥川賞選評	文藝春秋	45―3	28
4	「しろばんば」	中3計画学習	6―1	23
	「測量船」と私	講談社版「日本現代文学全集」月報	79	24
	「日本の詩歌」編集委員のことば	中央公論社版「日本の詩歌」内容見本		別
5	土蔵の窓	暮しの手帖	89	23
	亀井さんの言葉	くらしのちえ	64	24
	よろこばしい二中堅の受賞―第6回女流文学賞選評	婦人公論	52―5	28
	「夜の声」作者の言葉	毎日新聞	27日夕刊	17解
	居間で過ごす楽しみ	毎日グラフ '67住まいと暮らし		別
6	魔法壜(小説)	別冊文藝春秋	100	7
	夜の声(連載小説)	毎日新聞夕刊	2日〜11月27日、153回	17
	解説(←「解説 芥川龍之介」)	河出書房新社版「カラー版日本文学全集18」		24
	法隆寺	小説新潮	21―6	25
	「運河」あとがき	筑摩書房刊		1解
7	崑崙の玉(小説)	オール讀物	22―7	7
	神かくし	心	20―7	23
	還暦有感	まるいてえぶる	I	23
9	[「萩原朔太郎初版本翻刻版」推薦文]	「萩原朔太郎初版本翻刻版刊行趣意書」		24
	ハワイ焼けした井上靖さん	週刊新潮	9日	別
10	石川啄木の魅力	朝日新聞	16日広告頁	24
11	芥川龍之介の「トロッコ」	讀賣新聞	2日	24
	感銘深い小泉信三さん	東京新聞	14日夕刊	24
12	五陵の年少	「四高八十年」		23
	「海軍主計大尉小泉信吉」を読んで	文藝春秋版「小泉信三全集」月報	9	24
	私の東大寺	太陽新年号	55	26
	受賞の二作	第20回野間文芸賞要項		28
	「額田女王」作者のことば・附記	サンデー毎日	31日	19解
	「詩と愛と生」あとがき	巌谷大四編同書 番町書房刊		別
	「詩と愛と生」筆蹟	番町書房刊		別

昭和四十三年（一九六八）

1	月の出(詩←「いけない刻」)	風景	9―1	1
	額田女王(連載小説)	サンデー毎日	7日〜44年3月9日、62回	19
	切り棄てよ	現代	2―1	23
	正月三ケ日	小説新潮	22―1	23
	年の初めに	三友	61	23
	生命の問題	本願寺新報	1日	23
	異国で考える日本	自由新報	5日	23
	二冊の本	心	21―1	24
	九十歳のりっぱさ	サンケイ新聞	9日夕刊	24
	わが愛するもの 法隆寺	マドモアゼル	9―1	25
	絵巻物による日本常民生活絵引	文藝	7―1	25
	「大宛」へ寄せる夢―ロシア旅行で訪れたい―	朝日新聞	6日夕刊	27
	「わだつみ」二章作者あとがき	世界	265	18解

	吉兆礼讃	島根新聞広告	3日	別
2	爪(詩)	風景	9—2	1
	海(小説)	小説新潮	22—2	7
	好きな短篇	角川書店版「芥川龍之介全集」月報Ⅲ		24
	選後評—第14回小説新潮賞	小説新潮	22—2	28
	「群舞」東方社新文学全書版筆蹟	同書カバー		別
	西川一三著「秘境西域八年の潜行」序	芙蓉書房刊		別
3	夜光虫(詩)	風景	9—3	1
	駒場の春	日本近代文学館ニュース	10	23
	切りすてよ	東京国税局局報	808	23
	今年大学を卒業するわが娘とその友達に	セントポール(立教大学)	193	26
	佳作三篇—第58回芥川賞選評	文藝春秋	46—3	28
	昔の海外旅行	井上靖編「世界の歴史」内容見本(集英社)		別
4	二月(詩、オリーブのあぶらの…)	風景	9—4	1
	わさびの故里	魚菜	18—4	23
	私のゴルフ	東京読売カントリー・クラブ会報	1	23
	悦ばしいこと	第1回吉川英治文学賞要項 選考委員の言葉		28
	島田帯祭	島田市市制20周年講演会パンフレット		別
	宮本一男「ハワイ二世物語」序	同朋協会刊		別
	「あまカラ」終刊によせて(アンケート回答)	あまカラ	200	別
5	仮説(詩)	風景	9—5	1
	解説(↑「作家と作品 佐藤春夫」)	集英社版「日本文学全集32 佐藤春夫」		24
	日本文学の正統派	新潮社版「舟橋聖一選集」内容見本		24
	[生沢朗個展推薦文]	同展案内葉書		25
	名短篇「秘密」を推す—第7回女流文学賞選評	婦人公論	53—5	28
6	約束(詩)	風景	9—6	1
	桂離宮庭園の作者	淡交新社版「宮廷の庭Ⅱ 桂離宮」		25
	「旅と人生」について	文藝春秋版「生活の本8 旅と人生」解説		26
	今年の春	国民評論	332	別
	山崎央「詩集 単子論」序	木犀書房刊		別
7	旅三題(詩)	無限	24	1
8	ニコーラという村(詩)	風景	9—8	1
	龍安寺の石庭	産経新聞	13日夕刊	25
	幻覚の街ヒワ	別冊サンデー毎日読物専科	1—1	27
	幻覚の街ヒワにて	別冊サンデー毎日読物専科	1—1	27
	「おろしや国酔夢譚」の旅	文藝春秋	46—8	別
9	失踪(詩)	風景	9—9	1
	茶々のこと	東宝	24	25
	千利休	毎日新聞	12・13日	25
	須田国太郎の「野薔薇」	週刊朝日	27日	25
	「恋愛と結婚」について	主婦と生活社版「若い女性の生きがい1」		26
	西トルキスタンの旅(↑「西トルキスタンとシベリアの旅 ロシアの旅」)	今日のソ連邦	1968—18	27
	目立った二篇—第59回芥川賞選評	文藝春秋	46—9	28
	「西域物語」作者の言葉	朝日新聞	26日	別
	山田五十鈴さんと「淀どの日記」	明治座特別公演パンフレット		別
	「若い女性の生きがい」編者の言葉	朝日新聞 5日 主婦と生活社広告		別
	野村米子「歌集 憂愁都市」序	層の会刊		別
	前進座東日本公演	同パンフレット		別
10	晩夏(詩)	風景	9—10	1
	西域物語(連載小説)	朝日新聞日曜版	6日〜44年3月9日、21回	17

	桑原隲蔵先生と私	岩波書店版「桑原隲蔵全集」月報	5	24
	ふたつの作品	小学館版「少年少女世界の名作文学」付録	50	24
	自分で選ぶ喜び	讀賣新聞	25日	24
	「おろしや国酔夢譚」あとがき	文藝春秋刊		16解
	「おろしや国酔夢譚」の舞台(↑「私の小説から―おろしや国酔夢譚」)	朝日新聞	26日	別
11	十一月(詩)	風景	9―11	1
	ニコライのイコン	心	21―11	26
	「吉岡文六伝」を読む	渋谷敦著「無冠の帝王(ある新聞人の生涯)」		別
	石川近代文学館開館記念「郷土作家三人展」	同展パンフレット		別
	第十六回印刷文化展	同展記念誌		別
	「敦煌」作品の背景	東京新聞	29日	別
12	心衰えた日に(詩)	風景	9―12	1
	北の海(連載小説)	東京新聞夕刊	9日〜44年11月17日、340回	19
	ゴルフ	週刊新潮	7日	23
	五陵の年少	「わが青春・旧制高校」		23
	川端康成の受賞(↑「川端康成氏の人と文学」)	婦人公論	53―12	24
	第2回西トルキスタン紀行(連載↑「西域紀行」)	太陽	44年1月〜6月、6回	27
	「吉田松陰」について	第21回野間文芸賞要項		28
	永松君へのお別れのことば	毎日放送社報	157	別
?	三木さんへの期待	「三木武夫君に期待する」		別
?	小坂徳三郎君に、私たちの希望を託したい。	小坂徳三郎後援パンフレット		別
	昭和四十四年(一九六九)			
1	新しき年の初めに(詩)	讀賣新聞	1日	1
	四角な石(小説)	新潮	66―1	7
	一年蒼惶	サンケイ新聞	11日夕刊	23
	中学時代の友	「新潮日本文学」月報	5	23
	「風景」と詩	風景	10―1	24
	川口さんと私	講談社版「川口松太郎全集」月報	15	24
	選評―北日本文学賞	北日本新聞 〜平成3年1月	1日	28
	「風林火山」の映画化	東宝映画「風林火山」パンフレット		別
	文學界と私	毎日・讀賣各新聞 1日 文藝春秋広告		別
3	故里美し	清流	14	23
	「細雪」讃(↑「谷崎潤一郎 細雪」)	毎日新聞	9日	24
	赤彦と私	岩波書店版「赤彦全集」再版内容見本		24
	モラエスのこと(↑「解説 モラエス」)	集英社版「モラエス全集」Ⅰ		25
	旅情・旅情・旅情	主婦の友社版「10冊の本7 旅のこころ」解説		26
	候補作を読んで―第60回芥川賞選評	文藝春秋	47―3	28
4	アム・ダリヤの水溜り(小説)	季刊藝術	9	7
	殉情詩集	「名著復刻全集 近代文学館 作品解題 大正期」		24
	美しきものとの出会い	主婦の友社版「10冊の本8 美をたずねて」		25
	ゴンチャロフの容貌	雄松堂書店版「新異国叢書」月報	7	25
	旅で見る家	城と旅	1―1	26
	極めて自然なこと	第2回吉川英治文学賞要項 選考委員の言葉		28
	「現代日本文学大系 井上靖・永井龍男集」筆蹟	筑摩書房刊		別
	わさび美し	静岡県農業試験場わさび分場新築移転 記念パンフレット		23
5	陽光輝く遺跡を訪ねる	週刊朝日	16日	23
	「「人生音痴」推薦文」	サンケイ新聞社版同書帯		24
	シルクロードの旅	日本経済新聞	19日	27

	二つの作品—第8回女流文学賞選評	婦人公論	54—5	28
	受賞の言葉—日本文学大賞「おろしや国酔夢譚」	新潮	66—5	別
	井上吉次郎「通信と対話と独語と」序	井上吉次郎博士賀寿記念出版刊行会刊		別
	[無題／序文]	ヤクボーフスキー他著・加藤九祚訳「ソグドとホレズム」(私刊)		
	ヤクボーフスキー他著・加藤九祚訳「西域の秘宝を求めて」序	新時代社刊		別
	全集"10冊の本"完結に当たって	主婦の友社版同全集内容案内		別
6	少年老いやすし	NHK学園	7—2	23
	「追儺」その他	海	1—1	24
	「吉野葛」を読んで	谷崎潤一郎著「刺青・春琴抄」旺文社文庫		24
	シベリアの列車の旅	文藝春秋	17—6	26
	大和朝廷の故地を訪ねて(↑「飛鳥の山・飛鳥の水」)	太陽7月号	73	26
	「三ノ宮炎上」と「風林火山」	小説新潮	23—6	別
	椿八郎「鼠の王様」序	東峰書房刊		別
	小林勇水墨画展	同展パンフレット		別
7	受胎告知(詩)	早稲田文学	1—6	1
	青葉(詩)	早稲田文学	1—6	1
	月に立つ人	毎日新聞	22日夕刊	1
	聖者	海	1—2	7
	文化の氾濫	諸君！	1—1	23
	これを養う春の如し	小説新潮	23—7	23
	[「親鸞」推薦文]	新潮社版「親鸞」全5巻チラシ		24
	栄光と孤高の記録	筑摩書房版「野間宏全集」内容見本		24
	週刊新潮掲示板	週刊新潮	19日	別
8	月の光(小説)	群像	24—8	7
	シベリア紀行(↑「シベリアの旅」)	心	22—8	26
	彫刻の森美術館に寄せて	同館開設記念パンフレット		別
9	職人かたぎ その他	心	22—9	23
	佳作三篇—第61回芥川賞選評	文藝春秋	47—9	28
	「風林火山」と新国劇	新国劇公演パンフレット		別
	「現代の式辞・スピーチ・司会」序文	講談社刊		別
10	奈良と私	淡交社版「奈良の仏像」		26
	版畫の楽しさ、美しさ	「ART COLLECTION」ホテルニューナゴヤ・ホテルナゴヤキャッスル私刊		別
11	秋索索	講談社版「吉川英治全集」月報	46	24
	「西域物語」あとがき	朝日新聞社刊		17解
	小説「北の海」を終えて	東京新聞	24日夕刊	19解
	世界貿易センタービルディング定礎の辞	「15年のあゆみ」同ビルディング刊		別
	[鹿倉吉次追悼文]	TBS社報	342	別
	ロートレックのスケッチ	三菱ホームグラフ		別
12	N君のこと(↑「私のチャンス」)	小説新潮	23—12	24
	私の好きな短歌一つ	ちくま	8	24
	角川さんとゴルフ	「現代俳句15人集6 角川源義 神々の宴」月報		24
	「甲乙丙丁」を読んで	第22回野間文芸賞要項		28
	「欅の木」作者のことば	日本経済新聞	26日	20解
	A・マルチンス・J「夜明けのしらべ」序	五月書房刊		別
	「自選井上靖短篇全集」内容見本著者のことば	人文書院刊		別
?	たのしかった国語の時間	新塔社「図書目録」		23

昭和四十五年（一九七〇）

1	風(小説)	文藝春秋	48—1	7
	欅の木(連載小説)	日本経済新聞 1日〜8月15日、224回		20

	旅で会った若者	小説サンデー毎日読物専科	4	23
	講演 歴史と小説	月刊文化財	76	24
	明治の資料	明治村通信	1	24
	若い日の夢	徳島新聞	1日	27
	「天山北路」芸術祭大賞受賞記念	同パンフレット		別
	岸哲男「飛鳥古京」序	写真評論社刊		別
2	鬼の話(小説)	新潮	67—2	7
	三好達治の「冬の日」	図書	246	24
	加藤九祚「西域・シベリア」序	新時代社刊		別
3	容さざる心	潮	123	23
	万国博開会式を見て	讀賣新聞	16日夕刊	23
	樹木美し	自然と盆栽	1—1	23
	幸福について	女性セブン	25	23
	坂本繁二郎追悼展を見る	朝日新聞	25日夕刊	25
	佳作三篇—第62回芥川賞選評	文藝春秋	48—3	28
4	青春(詩)	風景	11—4	1
	明窓浄机	茶道の研究	15—4	23
	ヨーロッパ美術の旅から	ほるぷ出版版「世界の名画 別巻」		25
	高山辰雄氏のポエジー(↑「高山さんのポエジー」)	藝術新潮	21—4	25
	川口文学の傑作	第3回吉川英治文学賞要項 選考委員の言葉		28
	東大寺のお水とり	小説新潮	24—4	別
	「風と雲と砦」壮大なドラマ化の中で	帝劇グランド・ロマン公演パンフレット		別
	第六回人間国宝新作展	同展パンフレット		別
	赤城宗徳「平将門」序	角川書店刊		別
5	三月(詩)	風景	11—5	1
	友(詩、小学校の時…)	新評	17—7	別
	秋山さんの仕事	秋山庄太郎著「花・女」主婦と生活社刊		25
	ある空間—親と子の関係—	サンケイ新聞	12日夕刊	26
	佳作二篇—第9回女流文学賞選評	婦人公論	55—5	28
6	遺跡(詩)	風景	11—6	1
	桃李記(小説)	すばる	1—1	7
	講演 詩と私	現代教養文庫版「詩をどう書くか」		24
	残したい静けさ美しさ	東京新聞	3日	26
7	某月某日(詩、書物を擲って…)	風景	11—7	1
	揚州に於ける河上氏(↑「河上さんのこと」)	勁草書房版「河上徹太郎全集」月報	5	24
	豪雨の穂高	小説サンデー毎日	2—7	26
8	あじさい(詩↑「雨期」)	風景	11—8	1
	「鷺江の月明」讃	三田評論	8月・9月合併号	24
9	四角な船(連載小説)	讀賣新聞 16日〜46年5月16日、239回		20
	文化財の保護について(↑「文化財私ならこうする⑮」)	朝日新聞	7日	23
	牧水のこと	短歌研究	27—9	24
	講演 明治の風俗資料(↑「寸感」)	風景	11—9	24
	河井寛次郎のこと	朝日新聞社版「河井寛次郎作品集」		25
	二つの才能—第63回芥川賞選評	文藝春秋	48—9	28
	「四角な船」作者の言葉	讀賣新聞	11日	20解
	「ローマの宿」作者の言葉	新潮社版同書帯		別
10	回転ドアー(詩)	風景	11—10	1
	挽歌について	言論人	106	24
	上村松篁展の意味	上村松篁「画業五十年記念展」図録		25
11	雨期(詩、深夜、依然として…↑「雨期(二)」)	風景	11—11	1

	「西武百貨店静岡店前の文学碑碑文」(詩)	同碑		1
	中国山脈の尾根の村	「永松徹への追想」		23
	「信貴山縁起絵巻」第一巻を観る	講談社版「国宝信貴山縁起絵巻」解説		25
	砂丘と私	「砂丘の幻想」淡交社刊		27
	伊藤祐輔「歌集 千本松原」序	新星書房刊		別
	沼津聾学校校歌			別
12	礎石(詩←「遺跡(二)」)	風景	11—12	1
	壺(小説)	中央公論	85—12(1000)	7
	思い出すままに(連載)	CREATA	～47年3月、6回	23
	解説(←「森鷗外／文学入門」)	河出書房新社版「グリーン版日本文学全集1 森鷗外」		24
	飛鳥の地に立ちて	月刊文化財	87	26
	天山の麓の町	「沈黙の世界史」月報	12	27
	受賞二作	第23回野間文芸賞要項		28
	「流星」(自作自註)	高田敏子編「わが詩わが心」芸術生活社刊		別

昭和四十六年(一九七一)

1	廃墟(詩)	風景	12—1	1
	四十年目の柔道着	潮	135	23
	孔子の言葉	税務大学校税大通信	53	23
	美しきものとの出会い(連載)	文藝春秋	～47年3月、7月、16回	25
	肯定と否定	心	24—1	25
	青く大きな空	朝日新聞	4日夕刊	25
	顔真卿の「顔氏家廟碑」(←「書人の伝記—剛勁の魅力」)	中央公論社版「書道芸術4 顔真卿・柳公権」		25
	自分が自分であること	自由新報	1日	26
	幸福の探求	日本経済新聞	1日	26
2	挽歌(詩←「断章」)	風景	12—2	1
	入江泰吉「古色大和路」	週刊読書人	15日	25
3	立春(詩、雪が降った日から…)	風景	12—3	1
	桃李の季節	讀賣新聞	31日夕刊	23
	行き届いた計算—第64回芥川賞選評	文藝春秋	49—3	28
4	淵(詩)	風景	12—4	1
	白鳳・天平の美	毎日新聞	19日夕刊	25
	「英雄ここにあり」の面白さ	第4回吉川英治文学賞要項 選考委員の言葉		28
	雑然とした書棚	ブッククラブ情報	2—2	別
5	象(詩)	風景	12—5	1
	星と祭(連載小説)	朝日新聞	11日～47年4月10日、333回	20
	ほんものの強さ—第10回女流文学賞選評	婦人公論	56—5	28
	「星と祭」作者のことば	朝日新聞	1日	20解
	「四角な船」について	讀賣新聞	22日夕刊	20解
	美術コンサルタント	「ある停年教授の人間像」永田書房刊		別
	サヨナラ フクちゃん	毎日新聞	29日	別
	岩田専太郎画集「おんな」跋	毎日新聞社刊		別
6	碧落(詩)	風景	12—6	1
	道(小説)	新潮	68—7	7
	「吉行淳之介全集」推薦文	講談社版全集内容見本		24
7	五月(詩、水量を増した…←「断章」)	風景	12—7	1
	亀井さんのこと	講談社版「亀井勝一郎全集」月報	3	24
8	暁闇(詩)	風景	12—8	1
	金子光晴氏の詩業	「金子光晴と駒井哲郎展」パンフレット		24
	わが家の「蘭疇」	二玄社版「書道講座3 草書」		25

	大和路たのし	「日本の道シリーズ 大和路」毎日新聞社刊		26
	今田重太郎「穂高小屋物語」序	読売新聞社刊		別
9	佳作三篇—第65回芥川賞選評	文藝春秋	49—11	28
	山田さんと「淀どの日記」	「淀どの日記」帝国劇場公演パンフレット		別
10	志賀さんをいたむ(→「すずめの誤解」)	神戸新聞	22日	24
11	一人でも多くの人に	志賀直哉著「玄人素人」内容見本		24
	湖畔の十一面観音	心	24—11	25
	東山魁夷氏の「窓」(→「東山さんの『窓』」)	日本美術	80	25
	アフガニスタン紀行(連載)	讀賣新聞	30日〜12月23日、15回	27
	「射程」ほか	新潮	68—12	別
	「作家愛蔵の写真」解説	新潮	68—12	別
	「季節」あとがき	講談社刊		1解
12	選評	第24回野間文芸賞要項		28

昭和四十七年（一九七二）

1	千利休を書きたい	朝日新聞	10日	24
	近藤悠三氏のこと(→「近藤さんのこと」)	近藤悠三陶画集「呉須三昧」群青社刊		25
	旅の話	東京新聞	6日夕刊	26
	シェルパの村	毎日グラフ	16日	27
	「世界の名画」編集委員のことば	中央公論社版同書内容見本		別
2	ゴヤの「カルロス四世の家族」について	中央公論社版「世界の名画1 ゴヤ」		25
	明治五年	毎日新聞	21日	25
	沖縄のこころにふれる	「50年前の沖縄」展パンフレット		26
	草原の旅 アフガニスタン	月刊エコノミスト	3—2	27
3	森田さんのこと	「わたしの森田たま」東京文化センター刊		24
	「砧をうつ女」を推す—第66回芥川賞選評	文藝春秋	50—3	28
4	古都バルフ(詩、壊れかかった回教寺院には…)	四季	12・13合併号	1
	アム・ダリヤ(詩、パミールのワハン渓谷の…)	四季	12・13合併号	1
	生きもの(詩)	四季	12・13合併号	1
	遊牧民(詩)	四季	12・13合併号	1
	クンドウズの町(詩)	四季	12・13合併号	1
	言葉の生命	高校クラスルーム国語	臨時増刊号	23
	極北に立った鋭さ	生方たつゑ「歌集 花鈿」帯 牧羊社刊		24
	塔	藤本四八写真集「日本の塔」平凡社刊		25
	源氏さんの仕事	第5回吉川英治文学賞要項 選考委員の言葉		28
	「星と祭」を終って	朝日新聞	14日夕刊	20解
5	[無題／鬼ケ城にて](詩)	千趣会発行「文学の旅10 伊勢・志摩・紀州」		
	戦国時代の天正十年	国語教育相談室	149	25
	私の東大寺	「東大寺」毎日新聞社刊		25
6	五月(詩、娘よ…)	小説新潮	26—6	1
	川端さんのこと	群像	27—6	24
	晩年の川端さん(→「川端さんのこと」)	新潮	69—6	24
	川端さんの眼I(→「川端さんのこと」)	心	25—6	24
	春の十一面観音像	医科芸術	16—6	25
7	天城湯ケ島	朝日新聞	9日	23
	「詩画集 北国」あとがき	求龍堂限定版		別
8	平泉紀行(連載)	潮	〜11月、4回	26
	集英社社歌			別
9	ふるさと(詩)	「詩と写真 白の風景」		1
	二つの挿話(小説)	小説新潮	26—9	7

幼き日のこと（連載小説） 毎日新聞夕刊 11日～48年1月31日、112回 22
川端さんの眼Ⅱ（←「川端さんの眼」） 川端康成展パンフレット 24
平山郁夫氏の道（←「平山さんの道」） 三彩社版画集「平山郁夫」 25
渡岸寺十一面観音像 日本経済新聞 22日 25
佳作三篇―第67回芥川賞選評 文藝春秋 50―11 28
「幼き日のこと」作者の言葉 毎日新聞 5日夕刊 22解
「詩画集 珠江」あとがき 求龍堂限定版 別
「井上靖小説全集」内容見本著者のことば 新潮社刊 別
10 ダージリン（連載小説） 新潮 ～11月、2回 7
作家の関心 文學界 26―10 25
青春とは何か いづみ 24―10 26
並河萬里の仕事 並河萬里写真集「シルクロード文明1」光潮社刊 3 2 3 27
「わだつみ」第三部を始めるにあたって 世界 18解
「井上靖小説全集」自作解題 新潮社刊 ～50年5月 別
11 日本のことば・日本のこころ 東京新聞 20日広告頁 23
［近藤悠三作陶五十年近作展推薦文］ 同展パンフレット 25
佳作「荒れた庭」―第11回女流文学賞選評 婦人公論 57―11 28
「後白河院」の周囲 ちくま 43 別
12 「樹影」について 第25回野間文芸賞要項 28
二十四の小石 「名作自選日本現代文学館 猟銃 他二十三篇」 別

昭和四十八年（一九七三）

1 はるかなる西域（詩） 毎日新聞 1日 1
セキセイインコ（小説） 週刊朝日 5日 7
六十六段目の展望 熊本日日新聞 5日 23
読書について 読売ブッククラブ 88 24
大佛さんと私 朝日新聞社版「大佛次郎自選集 現代小説」付録 4 24
優れた伊東静雄論（←「江藤淳氏のこと」） 講談社版「江藤淳著作集」続1月報 24
吉川英治の仕事 六興出版「吉川英治作品出版目録」 24
書の国・中国 東京新聞 1日 25
「歴史小説の周囲」あとがき 講談社刊 別
天城中学校校歌 校歌制定パンフレット 別
2 針金の欠片と夕暮の富士 「PHP青春の本8 日本の美と心」 23
「サンデー毎日」と私 野村尚吾著「週刊誌五十年 サンデー毎日の歩み」 23
3 仏教讃歌「親鸞」のこと 讀賣新聞 25日 25
「ベティさんの庭」ほか―第68回芥川賞選評 文藝春秋 51―4 28
4 けやき美し 後楽園オープン記念パンフレット 23
「定本図録川端康成」刊行のことば 日本近代文学館編・世界文化社刊同書 24
上村松篁氏と私 ぽざある 春季号 4 25
讃歌 親鸞 頌讃曲「親鸞」記念演奏会パンフレット 25
選評 第6回吉川英治文学賞要項 選考委員の言葉 28
「六人の作家」あとがき 河出書房新社刊 24解
5 万葉名歌十首 文藝春秋臨時増刊「万葉の旅」 24
日本の風景 「日本の四季」毎日新聞社刊 26
広い知性と教養 毎日新聞 1日 別
6 庄野潤三氏の短篇 講談社版「庄野潤三全集」月報 1 24
豪華絢爛たる開花 並河萬里写真「シルクロード文明2」光潮社刊 25
私の高野山 「高野山」三彩社刊 26
8 「明治五年」について 筑摩書房版「中村光夫全集」第14巻月報 24
深田久弥氏と私（←「深田さんのこと」） 「ヒマラヤの高峰」月報 3 24

	生沢朗画集「ヒマラヤ&シルクロード」序	講談社刊		別
9	沙漠の国の旅から	別冊文藝春秋	125	27
	民族興亡の跡に—アフガニスタン—	朝日ジャーナル	7日	27
	素朴な荒々しさ—69回芥川賞選評	文藝春秋	51—13	28
10	きりんの頃	天秤	38	24
	天平彫刻十選	日本経済新聞 8〜11、13、15〜18、20日		25
	十一面観音	平凡社版「平凡社ギャラリー3 十一面観音」		25
	野心作への刺激に…—「大佛次郎賞」に期待する	朝日新聞	1日	別
	観無量寿経集註	仏教タイムス	31日	別
	序文 茶室を貴ぶ	茶道の研究	18—10	別
11	[井上文学館文学碑碑文](詩)	同碑		1
	回教国の旅	心	26—11	27
	読後感—第12回女流文学賞選評	婦人公論	58—11	28
	小料理「稲」案内文	同店7周年記念挨拶状		別
12	詩集・北京郊外にて他	伊勢新聞	20日	24
	難しかった選考	第26回野間文芸賞要項		28
	「天平の甍」上演について	舞曲扇林	18	別
	朝比奈隆氏と私	「ベートーヴェン交響曲全集」学習研究社刊		別
	昭和四十九年(一九七四)			
1	夕暮の富士	オール讀物	29—1	23
	わが青春の日々	毎日新聞静岡版	1日	23
	無形遺産三つ	サンケイ新聞	1日	23
	短篇の河原	海	6—1	24
	遠い読書の思い出	ほるぷ新聞	5日	24
	「殉死」私見	文藝春秋版「司馬遼太郎全集」月報	29	24
	叙事詩的世界の魅力	日本経済新聞	1日	25
	旧知貴ぶべし	日中文化交流	201	26
	アレキサンダーの道(連載)	文藝春秋 〜50年6月、18回		27
2	文学の大河	講談社版「丹羽文雄文学全集」内容見本		24
	脇田和氏の作品(←「脇田さんの作品」)	「画集脇田和1960—1974」求龍堂刊		25
	怒りと淋しさ	池島信平対談集「文学よもやま話 上」文藝春秋刊		別
3	佳作「月山」—第70回芥川賞選評	文藝春秋	52—4	28
	初めて見る自分の顔	長谷川泉編「井上靖研究」内容見本(南窓社)		別
4	残照—近作詩七篇—(詩)	新潮	71—4	1
	旭川・伊豆・金沢	「ふるさとの文学 静岡」		23
	「つきじの記」を読んで	朝日新聞	30日夕刊	24
	モナ・リザ私見	岩手日報	26日夕刊	25
	水上氏の二作	第7回吉川英治文学賞要項 選考委員の言葉		28
	「天平の甍」の読み方	「考える読書 第19回読書感想文 中学・高校の部」		別
5	雪の面(小説)	群像	29—5	7
	川の畔り(小説)	野性時代	1—1	7
	わが一期一会	毎日新聞 5日〜50年1月26日、39回		23
	私のイメージ・名歌と名画	文藝春秋デラックス創刊号「日本名歌の旅」		24
	微笑と手と(レオナルド・ダ・ヴィンチ小論)	「世界の名画 別巻 レオナルド・ダ・ヴィンチ」		25
	揚州の雨	毎日新聞	16日夕刊	26
	「天平の甍」の作者として	読売ホール公演パンフレット		別
	私の夢	新国劇公演パンフレット		別
	「井上靖の自選作品」あとがき	二見書房刊		別
	「井上靖の自選作品」筆蹟	二見書房刊		別

6	東山魁夷氏の作品(↑「東山さんの作品」)	毎日新聞社版・東山魁夷画集「四季」序文		25
	子供と季節感	国語教育相談室	172	26
	選考経過―第1回川端康成文学賞選評	新潮	71―6	28
7	利休と親鸞	歴史と人物	4―7	25
8	「安曇野」について(↑「臼井吉見『安曇野』」)	ちくま	64	24
	「スズメの誤解」(↑「〝スズメの誤解〟について」)	岩波書店版「志賀直哉全集」月報	14	24
	「明清工芸美術展」に寄せて(↑「秋の空よ高く青く」)	日本経済新聞	30日	25
	並河萬里「シルクロード 砂に埋もれた遺産」序	新人物往来社刊		27
	沙漠の町の緑	エコノミスト	臨時増刊号	27
	秋田県西馬音内小学校碑文			別
9	美術から見た日本の女性	文藝春秋デラックス「目で見る女性史・日本の美人たち」		25
	澄んだ華麗さ	日中文化交流	209	25
	カメラで捉えた遺産	並河萬里写真展パンフレット「シルクロード」		27
	「小蟹のいる村」ほか―第71回芥川賞選評	文藝春秋	52―10	28
10	選評寸言―第1回大佛次郎賞選評	朝日新聞	2日	28
	「カルロス四世の家族」あとがき	中央公論社刊		25解
	美しく眩しいもの―孫と私	明日の友	7	別
	石岡繁雄「屏風岩登攀記」序	碩学書房刊		別
11	ペルセポリス(詩)	風景	15―11	1
	天武天皇	小学館版「人物日本の歴史1 飛鳥の悲歌」		25
	京の春	淡交社版版画集「京の四季」		26
	揚州の旅	日中文化交流	211	26
	「冥土の家族」私見―第13回女流文学賞選評	婦人公論	59―11	28
	映画「化石」と小説「化石」	映画「化石」パンフレット		別
	櫻野朝子「運命学」序	朝日ソノラマ社刊		別
12	ビストの遺蹟(詩)	風景	15―12	1
	生沢朗氏と私(↑「生沢朗の画風」)	光潮社版「生沢朗さし絵画集」限定版		25
	中国の旅―国慶節に招かれて―	毎日グラフ	1日	26
	オリエント古代遺跡を訪ねて(↑「解説」)	毎日新聞社刊「沙漠の旅・草原の旅」		27
	選後に	第27回野間文芸賞要項		28
	古代遺跡を訪ねて	「沙漠の旅・草原の旅」序文		27解

昭和五十年（一九七五）

1	星(詩)	風景	16―1	1
	ハバロフスク(詩)	新潮	72―1	1
	日本の美と心	讀賣新聞	1日	25
	「観無量寿経」讃	本願寺新報	1日	25
	明治の洋画十選(連載)	日本経済新聞 13〜16、18、20〜23、25日、10回		25
	「漢唐壁画展」を見て(↑「辺境官吏の生活」)	毎日新聞	13日夕刊	25
	加山又造展図録序文	同図録		25
	レンズに憶えておいて貰った〝沙漠の旅〟	カメラ毎日	255	27
2	遠征路(詩)	風景	16―2	1
	時計とカメラ	オール讀物	30―2	23
	ものを考える時間(↑「75年に思うこと」)	正論	12	23
	拒絶の木	讀賣新聞	1日	24
	芥川の短篇十篇	國文學	20―2	24
	再び揚州を訪ねて	舞曲扇林	22・23合併号	26
	「日本教養全集15」あとがき	角川書店刊		別
3	岬(詩)	風景	16―3	1
	講演 歴史小説と史実	図書	307	24

	「『若山牧水全歌集』推薦文」	短歌新聞社版、大悟法利雄編同書内容見本		24
	平山郁夫氏と一緒の旅（←「平山さんと一緒の旅」）	読売新聞社版「平山郁夫素描集 わがシルクロード」別冊		25
	佳作二篇—第72回芥川賞選評	文藝春秋	53—3	28
	「わが母の記」あとがき	講談社刊		7解
	「内灘の碑」碑文			別
4	梅咲く頃（詩←「梅ひらく」）	風景	16—4	1
	梓川沿いの樹林—「私たちの風景①」	毎日新聞	8日	26
	佐渡の海—「私たちの風景②」	毎日新聞	15日	26
	塔—「私たちの風景③」	毎日新聞	22日	26
	新田次郎氏の仕事	第8回吉川英治文学賞要項 選考委員の言葉		28
	「わが青春の日々」上巻序	毎日新聞社静岡支局刊		別
	「日本の名画」編集委員のことば	中央公論社版同書内容見本		別
5	二つの絵（詩）	風景	16—5	1
	天球儀（詩）	四季	丸山薫追悼号	1
	鉄斎の仙境	中央公論社版「日本の名画3 富岡鉄斎」		25
	アナトリア高原の〝謎の民族〟	藝術新潮	26—5	27
	白川義員作品集「アメリカ大陸」序文	講談社刊		別
	秋山庄太郎作品集「薔薇」序	主婦と生活社刊		別
6	仙境（詩）	風景	16—6	1
	「鉄斎の仙境」など	別冊文藝春秋	132	25
	前田青邨のこと（←「青邨先生のこと」）	毎日新聞社版「青邨の画集 御水取絵巻」		25
	お水取りと私	文藝春秋デラックス	2—7	26
	ふしぎな美しいはにかみ	毎日グラフ	29日	26
	選考経過—第2回川端康成文学賞選評	新潮	72—6	28
	佐藤さんと私	自由新報	17日	別
	「花壇」作者のことば	秋田魁新報	28日	別
7	夕映え（詩）	風景	16—7	1
	夏（詩、四季で一番好き…）	サンケイ新聞	18日夕刊広告欄	1
	明治二十八年（詩）	日本経済新聞	26日広告欄	1
	四季の雁書（連載）	潮 ～51年6月、12回		23
	遺跡保存二、三	日中文化交流	219	26
	花壇（連載小説）	秋田魁新報 1日～51年2月10日、221回		
8	廃園（詩）	風景	16—8	1
	中国の文化財保護	文部時報	10日	23
	中国の旅から（連載）	現代 ～10月、3回		26
	世界写真展「明日はあるか」	同展図録 六興出版刊		別
9	盗掘（詩）	風景	16—9	1
	正確な言葉（←「私の文章修業」）	國文學臨時増刊号「あなたも文章が書ける」		24
	「祭りの場」をとる—第73回芥川賞選評	文藝春秋	53—9	28
10	友（詩、ここだよ、俺の墓は…）	風景	16—10	1
	「オロチョンの挽歌」讃	同書		23
	京都御所の庭園（←「二つの宮廷庭園」）	世界文化社版「御所離宮の庭1 京都御所 仙洞御所」		25
	沙漠と海	野性時代	臨時増刊号	27
	選評寸言—第2回大佛次郎賞選評	朝日新聞	1日	28
	「月刊美術」を推せんする	月刊美術11月創刊号		別
11	遺偈（詩）	風景	16—11	1
	詩人としての江上さん	江上波夫著「幻人詩抄」世界文化社刊		24
	明治の洋画を見る	ほるぷ出版版「日本の名画 別巻」		25
	土器の欠片	中央公論	90—11	27
	感想—第14回女流文学賞選評	婦人公論	60—11	28

	「北の海」あとがき	中央公論社刊		19解
12	坂道(詩)	風景	16—12	1
	加山又造氏の仕事(↑「加山さんの仕事」)	「加山又造自選画集」集英社刊		25
	選後に	第28回野間文芸賞要項		28
	「わだつみ」第三部あとがき	世界	361	18解
	羽後中学校校歌			別

昭和五十一年（一九七六）

1	時雨(詩)	風景	17—1	1
	旅(詩)	PEN	158	1
	点は墜石の如く	新潟日報	1日	23
	日本の伝統工芸の美しさ	文藝春秋デラックス「人間国宝」	3—1	25
	おしゃれな観音さま—室生寺十一面観音像—	讀賣新聞	1日	25
	歴史に学ぶ	東京新聞	1日	25
	世界の大きな星は落ちた	日中文化交流	226	26
	私の理事長時代	日本文藝家協会ニュース	294	
2	新しい年(詩、元日の教室で…)	文藝春秋	54—2	1
	新しい年(詩、新しい年は…)	風景	17—2	1
	月の人の	俳句	25—2	24
	「鞄の中身」について	讀賣新聞	2日夕刊	24
	ふしぎな光芒	筑摩書房版「中島敦全集」内容見本		24
	受賞が縁で毎日に入社	サンデー毎日	8日	別
	大西良慶「百年を生きる」跋	現代史出版会刊		別
3	弔詞—追悼・舟橋聖一—	風景	17—3	24
	「海戦」讃	「丹羽文雄文学全集」月報	23	24
	晩年の志賀先生	國文學	21—4	24
	長信宮灯について	日本経済新聞	26日	25
	聖家族 讃	高山辰雄展パンフレット		25
	充実した二十年	日中文化交流	229	26
	佳作二篇—第74回芥川賞選評	文藝春秋	54—3	28
	「秘境」序	東京文化センター刊		別
4	「風景」と私	風景	17—4	24
	平山郁夫氏のこと	平山郁夫シルクロード展図録		25
	「落日燃ゆ」を推す	第9回吉川英治文学賞要項 選考委員の言葉		28
	「アレキサンダーの道」あとがき	文藝春秋刊		27解
	浦城二郎訳「宇津保物語」序	ぎょうせい刊		別
5	日本国宝展を見て	讀賣新聞	1日夕刊	25
	講演 人間と人間の関係	現代	10—5	26
6	強靱な織物—第3回川端康成文学賞選評	新潮	73—6	28
7	「韓国美術五千年展」を見て(↑「一つ一つが新しい生命」)	朝日新聞	10日夕刊	25
	若者たちのエネルギー	新風ニュース	64	26
	持田信夫「ヴェネツィア 沈みゆく栄光」序	徳間書店刊		別
8	贅沢な時間	同門	増刊号	23
	美しいものとの取引き	美をもとめて	12	25
	韓国に古きものをたずねて	文藝春秋	～9月、2回	26
	穂高美し	アサヒグラフ	20日	26
	「現代日本紀行文学全集」監修者の一人として	ほるぷ出版版同全集「北日本編」		別
9	大きく、烈しく、優しく	日中文化交流	238	26
	並河萬里「シルクロード」序文	新潮社刊		27
	村上氏の資質—第75回芥川賞選評	文藝春秋	54—9	28

10	天然の林美し	季刊もり	7	23
	私の中の日本人—親鸞と利休—	波	10—10	25
	船のこと港のこと	ラメール	1—1	25
	塔・桜・山上の伽藍	淡交社版「古寺巡礼 京都3 醍醐寺」		25
	選者から—第3回大佛次郎賞選評	朝日新聞	1日	28
	「遠征路」あとがき	集英社刊		1解
	「北の都」讃	勁草書房発行神保龍二著同書序文		
	北陸大学校歌			別
11	私の四高時代	北陸中日新聞	5日	23
	丸山薫の詩(↑「解説」)	角川書店版「丸山薫全集2」		24
	《星月夜》讃	小学館版「世界美術全集22 ゴッホ」		25
	美女と竜	絵巻	9	25
	委員の一人として—第15回女流文学賞選評	婦人公論	61—11	28
	井上由雄「詩集 太陽と棺」序	思潮社刊		別
12	落葉しきり	讀賣新聞	1日夕刊	23
	回教寺院、その他	講談社版「グランド世界美術8 イスラムの美術」		25
	二つの受賞作	第29回野間文芸賞要項		28
	私と福栄	福栄小学校「記念誌 学舎百年」		別
	「政策研究」巻頭言	政策研究	49	別

昭和五十二年（一九七七）

1	過ぎ去りし日日(連載↑「私の履歴書」)	日本経済新聞 1、3〜31日、30回		23
	冬の朝	主婦の友	61—1	23
	去年・今年	朝日新聞	1日	23
	一本の長い道	静岡新聞	3日	23
	作家七十歳	讀賣新聞	5・18日夕刊	24
	明るくなった中国	毎日新聞	1日	26
	雲崗石窟を訪ねて	學鐙	74—1	26
	生江義男「ヒッパロスの風」序	原書房刊		別
	受賞作家へのアンケート	国文学 解釈と鑑賞臨時増刊「芥川賞事典」	42—2	別
2	雪の宿	小説現代	15—2	23
	春風吹万里	日中文化交流	242	26
3	一応の成功作—第76回芥川賞選評	文藝春秋	55—3	28
	大きな役割—十歳の近代文学館	日本近代文学館	36	別
4	五木氏の仕事	第10回吉川英治文学賞要項 選考委員の言葉		28
	「四季の雁書」あとがき	潮出版社刊		23解
5	尾崎稲穂「蟋蟀は鳴かず」序	実業之日本事業出版部刊		別
	「私の歴史小説三篇」について	「私の歴史小説三篇」講談社刊		別
6	好きな詩	俳句とエッセイ	5—6	24
	「敦煌壁画写真展」に寄せて(↑「シルクロードの要衝・敦煌」)	毎日グラフ別冊「敦煌・シルクロード」		25
	竹竹竹	淡交社版「日本の美 竹」序		25
	佳品二作—第4回川端康成文学賞選評	新潮	74—6	28
	「過ぎ去りし日日」あとがき	日本経済新聞社刊		23解
	椿八郎『南方の火』のころ」序	東峰書房刊		別
7	枯れかじけて寒き	季刊藝術	42	24
	《華厳縁起・義湘絵》の周辺	淡交社版「古寺巡礼 京都15 高山寺」		25
8	「木精」を読んで	新潮社版「北杜夫全集」月報		12
	エジプト、イラク紀行	波 〜9月、2回	11—8〜9	27
9	「木乃伊」讃	ユリイカ	9—9	24
	読書のすすめ	「わが青春わが文学」集英社刊		24

土門拳の仕事　世界文化社版「土門拳自選作品集1」　25
西域の旅から（連載）　日本経済新聞　23、26〜29日、5回　27
読後の感想―第77回芥川賞選評　文藝春秋　55―9　28
「遺跡の旅・シルクロード」著者あとがき　新潮社刊　27解
10 西域の山河（↑「西域の山と河と沙漠」）　毎日新聞　7日夕刊　27
限りなき西域への夢　週刊読書人　10日　27
「ゴヤ」四巻、情熱の重さ―第4回大佛次郎賞選評　朝日新聞　1日　28
「流沙」作者の言葉（↑「年来の夢、果たしたい」）　毎日新聞　25日　21解
「天平の甍」新版あとがき　中央公論社刊　12解
信夫さんのこと　「新聞人 信夫韓一郎」同刊行会刊　別
北条誠「舞扇」まえがき　集英社刊　別
11 流沙（連載小説）　毎日新聞　1日〜54年4月10日、515回　21
弔辞　「和田芳恵 自伝抄」和田静子刊　24
河井寛次郎　講談社版「日本近代文学大事典」　1
須田国太郎　講談社版「日本近代文学大事典」　2
加彩騎馬武士俑　日本経済新聞　29日　25
ホータンを訪ねる　日中文化交流　251　27
二つの佳品―第16回女流文学賞選評　婦人公論　62―11　28
12 トルファン街道　文体　2　27
読後感　第30回野間文芸賞要項　28
? 原文兵衛後援会入会のしおり　別

昭和五十三年（一九七八）

1 だんらん 団欒　主婦の友　62―1　23
中島氏のこと　日中文化交流　253　24
須田国太郎の世界　東京新聞　11日夕刊　25
穂高の紅葉　心　31―1　26
面を上げ、胸を張って　毎日中学生新聞　1日　26
命なりけり　北日本新聞　4日　27
私の西域紀行（連載）　文藝春秋　〜54年6月、続55年1月〜56年12月、計42回　28
2 風の奥又白　小説現代　16―2　26
3 「古代エジプト展」を見て（↑「この神秘、壮麗さは何だろう！」）　讀賣新聞　25日　25
佳作三篇―第78回芥川賞選評　文藝春秋　56―3　28
4 銀のはしご（連載童話↑「ウサギのピロちゃん物語」）　小学一年生　〜54年4月、13回　7
雪 月 花　季刊水墨画　4　23
選評　第11回吉川英治文学賞要項 選考委員の言葉　28
石川忠行「古塔の大和路」序　毎日新聞社刊　別
5 きれい寂び　「村野藤吾和風建築集」新建築社刊　23
お水取り・讃　季刊・泉　20　26
「観る聴く 一枚の繪対話集」　日貿出版社刊　別
6 舟橋さんの人と作品　舟橋聖一著「与三郎ざんげ一」学習研究社刊　24
静かな感動―第5回川端康成文学賞選評　新潮　75―6　28
和歌森さんのこと　「和歌森太郎」弘文堂刊　別
7 敦煌の旅　日中文化交流　259　26
敦煌を訪ねて　讀賣新聞　17・18日　別
小説「敦煌」の舞台に立ちて　毎日新聞　25・26日　別
8 [鳥取県日南町井上靖文学碑碑文]（詩）　同碑　1
永遠の信頼樹立を　東京新聞　12日夕刊　23
玉門関・陽関を訪ねる（↓「敦煌と私」）　朝日新聞　3・4日　25
雲岡・菩薩像　日本経済新聞　1日　25

	文芸復興期の中国	現代	12—8	26
	「西域をゆく」あとがき	潮出版社刊		別
9	郷愁(詩)	「グレコの素描と日本の詩人たち」現代彫刻センター刊		別
	牧水の魅力	牧水没後50年記念「若山牧水展」図録		24
	生粋の詩、生粋の詩人の魅力	立風書房版「小野十三郎全詩集」内容見本		24
	〔「和田芳恵全集」推薦文〕	河出書房新社版同全集内容見本		24
	敦煌千仏洞点描	藝術新潮	29—9	25
	新たな信頼と信義の関係	日中文化交流	261	26
	新隆浩作品集「穂高」序	毎日新聞社刊		26
	読後感—第79回芥川賞選評	文藝春秋	56—9	28
	本木心掌「峠をこえて」序	暁和出版刊		別
	土門拳「女人高野室生寺」序	美術出版社刊		別
10	「郷土望景詩」讃	國文學	23—13	24
	大津美し	市制80年記念誌「大津」		26
	伝記を越え明治山岳史—第5回大佛次郎賞選評	朝日新聞	1日	28
11	柔道の魅力	嘉納治五郎杯国際柔道大会プログラム		23
	敦煌莫高窟の背景	「敦煌の美百選」日本経済新聞社刊		25
	感想—第17回女流文学賞選評	婦人公論	63—11	28
	安田登紀子仏画集「仏像讃美」序文	冬樹社刊		別
	堂谷さんと私	「堂谷憲勇先生遺芳」福井県法順寺刊		別
12	私の文章修業	週刊朝日	22日	24
	郭沫若先生のこと	舞曲扇林	39・40合併号	24
	「夕暮まで」を推す	第31回野間文芸賞要項		28
?	敦煌・揚州	初出不詳		別

昭和五十四年（一九七九）

1	年の初めに	自由新報	2日・9日合併号	23
	周揚先生を団長とする中国作家代表団の来日を喜ぶ	日中文化交流	265	26
	日本漂民の足跡を辿って	講談社版「世界の博物館13 エルミタージュ博物館」		別
	私の結婚	週刊文春	18日	別
2	カラヤン讃	婦人公論	64—2	23
	芸術的な握手	讀賣新聞	1日	24
	クシャーン王朝の跡を訪ねて(連載↑「クシャーン王朝と遺跡の旅」)	潮 ～55年11月、22回		27
	カイバル峠を越えパキスタンへ	日本・パキスタン協会会報	27	27
3	交脚弥勒(詩)	「敦煌—壁画芸術と井上靖の詩情展」図録		1
	千仏洞点描(詩)	「敦煌—壁画芸術と井上靖の詩情展」図録		1
	飛天と千仏(詩)	「敦煌—壁画芸術と井上靖の詩情展」図録		1
	胡旋舞一(詩)	「敦煌—壁画芸術と井上靖の詩情展」図録		1
	胡旋舞二(詩)	「敦煌—壁画芸術と井上靖の詩情展」図録		1
	四月八日(詩)	「敦煌—壁画芸術と井上靖の詩情展」図録		1
	幻の湖(詩)	「敦煌—壁画芸術と井上靖の詩情展」図録		1
	白龍堆(詩)	「敦煌—壁画芸術と井上靖の詩情展」図録		1
	炎(小説)	小説新潮	33—3	7
	中野さんの詩	筑摩書房版「中野重治全集」月報		24
	行けぬ聖地ゆえの情熱(↑「松岡譲著『敦煌物語』」)	朝日新聞	4日	27
	秀作なし—第80回芥川賞選評	文藝春秋	57—3	28
	竹林君のこと	「報恩感謝 故竹林会長追悼文集」朝日企業みどり会刊		別
	和泉会別会	同会パンフレット		別
	英訳井上靖詩集序文	北星堂書店版「英訳井上靖詩集1」帯、湯河京子訳		別
4	序・敦煌の美術	SUN MOOK 別冊シリーズ3「敦煌の美術」		25

民族の足跡　交流の華　讀賣新聞　4日　27
シルクロードの風と水と砂と　石嘉福著「絲綢之路千里」講談社刊　27
選評　第12回吉川英治文学賞要項　選考委員の言葉　28
5　流沙を終わって　毎日新聞　13日夕刊　21解
日本独自の美しさ　「人間国宝」　23
虚空の庭　小学館版「探訪日本の庭6　京都2　洛中・洛北」　25
選評　第1回旺文社児童文学賞要項　選考委員のことば　28
「月刊京都」創刊によせて　月刊京都　6月創刊号　別
6　西山英雄氏のこと（←「西山さんのこと」）　毎日新聞社版「西山英雄オリジナル石版画集　北陸二景」　25
選考に当って―第6回川端康成文学賞選評　新潮　76―6　28
7　必読の書　石田幹之助著「長安の春」講談社学術文庫　24
楽しい充実した二十日間　日中文化交流　272　26
8　「坑夫」（詩）　「現代彫刻　彫刻の森美術館コレクション」　1
中島健蔵氏のこと　群像　34―8　24
中島さんのこと　日中文化交流　273　24
「世界紀行文学全集」監修者の一人として　ほるぷ出版版同全集内容見本　別
井上靖―シリーズ日本人　中央公論　94―8　別
9　旅の平山さん　太陽10月号　198　25
鑑真和上坐像　淡交社版「古寺巡礼　奈良9　唐招提寺」　25
黄河の流れ　旅　53―9　26
佳作二篇―第81回芥川賞選評　文藝春秋　57―9　28
10　沙漠の花（詩）　並河萬里写真「砂漠の華　トルコタイルの花唐草」文化出版局刊　別
いつでも小さい像に光が　世界文化社版「御仏の心　日本の仏像」　25
長城と天壇　「中国の旅1　北京とその周辺」　26
最も幸せな作品　日中文化交流　276　26
11　生涯かけた知識を投入―第6回大佛次郎賞選評　朝日新聞　1日　28
ゴー・オン・ボーイ（小説）　文學界　33―11　7
読後感―第18回女流文学賞選評　婦人公論　64―11　28
「天平の甍」ノート　毎日新聞　3日　別
21世紀の主役へ　毎日新聞　国際児童年特集第1部　22日
12　選後に　第32回野間文芸賞要項　28
「井上靖全詩集」あとがき　新潮社刊　1解
くれない会（＊祝辞）　同会パンフレット　〜平成2年3月　別

昭和五十五年（一九八〇）

1　桂江（詩）　集英社カラー版「天平の甍」　別
年の初めに　毎日新聞　4日夕刊　23
自分の見方で物を見る　毎日新聞　7日夕刊　23
富士の歌―忘れがたい帰還兵の作―　静岡新聞　5日　24
鬱然たる大樹を仰ぐ　新潮社版「川端康成全集」内容見本　24
歴史小説と私　新潮文庫PR用チラシ「井上靖の歴史ロマン」　24
新たな発展の年　日中文化交流　280　26
大黄河　土木学会誌　65―1　26
インダス渓谷を下る　聖教新聞　1日　27
ペルセポリスの遺址　「世界の聖域2　ペルシャの聖都」講談社刊　27
中国文学者の日本の印象　自由新報　1日・8日合併号　別
「天平の甍」映画化のよろこび　東宝映画「天平の甍」パンフレット　別
「火の聖女」を読んで　森英介詩集「地獄の歌　火の聖女」跋
2　堀口先生のこと　三田評論　800　24
詩集　ポルカ　マズルカ　讀賣新聞　1日　24

	小林さんのこと	國文學	25—2	24
	舟越さんのこと	繪	192	25
3	石濤(小説)	新潮	77—3	7
	佳作三篇—第82回芥川賞選評	文藝春秋	58—3	28
4	[シルクロード](詩、新しい時代…)	「長安から河西回廊へ」		1
	講演　最近の西域の旅から	「続シルクロードと仏教文化」東洋哲学研究所刊		27
	選評	第13回吉川英治文学賞要項　選考委員の言葉		28
	国宝鑑真和上像中国展	同展記念パンフレット		別
	三冊の本	「読書と私」文藝春秋刊		24
5	敦煌一三〇窟の弥勒大仏像	月刊文化財	200	25
	《六道絵》私見	淡交社版「古寺巡礼　近江1　聖衆来迎寺」		25
	敦煌と私	「シルクロード2敦煌　沙漠の大画廊」		27
6	玉門関、陽関を訪ねる	「シルクロード2敦煌　沙漠の大画廊」		27
	河西回廊の旅	「シルクロード2敦煌　沙漠の大画廊」		27
	小説「敦煌」ノート	「シルクロード2敦煌　沙漠の大画廊」		別
	選後に—第7回川端康成文学賞選評	新潮	77—6	28
7	持統天皇	小学館版「図説人物日本の女性史1」		25
	桂林讃	「中国の旅5　桂林と華中・華南」		26
	胡楊の夜(＊正しくは「胡楊の死」)	PEN	186	26
8	フンザ渓谷の眠り(詩)	松本和夫「カラコルム紀行」聖教新聞社刊		別
	会長就任に当って	日中文化交流	289	26
	謎の国楼蘭	「シルクロード3　幻の楼蘭・黒水城」		27
9	平山さんのこと	「平山郁夫シルクロード展」図録		25
	ボロブドール遺跡に立ちて	京都新聞	23日	27
	若羌という集落—西域南道の旅—	文化庁月報	144	27
	寸評—第83回芥川賞選評	文藝春秋	58—9	28
	「長谷川泉詩集」序	アート・プロデュース出版部刊		別
10	胡楊の死(詩)	「シルクロード4　流砂の道　西域南道を行く」		1
	精絶国の死(詩)	「シルクロード4　流砂の道　西域南道を行く」		1
	絲綢南道を経巡る	「シルクロード4　流砂の道　西域南道を行く」		27
	今さんと私	東奥日報	2日	24
	異国辺境の子供たち	翼(航空自衛隊連合幹部会)	6	27
	整然とした追求の方法—第7回大佛次郎賞選評	朝日新聞	1日	28
	[好きな木]	みどりの道		別
11	「大宅壮一全集」編集委員のことば	蒼洋社版同全集内容見本		別
	寸感—第19回女流文学賞選評	婦人公論	65—12	28
12	選評	第33回野間文芸賞要項		28

昭和五十六年(一九八一)

1	本覚坊遺文(連載小説)	群像 1、3、5～8月、6回		22
	九鬼教授のこと	図書	377	23
	人生の滑り台	中國新聞	1日	23
	梅華書屋図	マダム	201	25
	年頭の言葉	日中文化交流	293	26
	ミーラン遺址	新潮	78—1	27
	養之如春	PHP	392	別
2	「作家点描」あとがき	講談社刊		24解
3	[湯ケ島小学校詩碑碑文](詩)	同碑		1
	青春の粒子	「沼中東高八十年史　上巻」		23
	創立二十五周年を迎えて	日中文化交流	295	26

	河岸に立ちて（連載）	太陽	4月号〜60年6月号、51回	26
	私と南京	中日新聞	17日	26
	選後に—第84回芥川賞選評	文藝春秋	59—3	28
	「現代の随想 井上靖集」あとがき	彌生書房刊		別
	北岡和義「檜花 評伝 阿部武夫」序	ヒノキ新薬刊		別
4	香妃随想	日本医事新報	2974	25
	河西回廊の町	NHK取材班編「写真集シルクロード1」		27
	感想	第14回吉川英治文学賞要項 選考委員の言葉		28
5	旅行	週刊新潮	7日	23
	西山さんのお仕事	「西山英雄画業五十年展」図録		25
	歴史の通った道	篠山紀信著「シルクロード3 中国1」		27
	読後感	第3回旺文社児童文学賞要項 選考委員のことば		28
	森井道男著「花木なかば」出版記念会	同会パンフレット		別
	「井上靖歴史小説集」内容見本著者の言葉	岩波書店版同集内容見本		別
6	銀製頭部男子像燭台（部分）	日本経済新聞	23日	別
	慧敏な眼—第8回川端康成文学賞選評	新潮	78—6	28
	「井上靖歴史小説集」あとがき	岩波書店版同集全11巻〜57年4月		別
	筆内幸子「丹那婆」序	北国出版社刊		別
	入江泰吉写真全集3「大和の仏像」序	集英社刊		別
7	「青梅雨」その他	講談社版「永井龍男全集」月報	4	24
	立原正秋・二題	創林社版「立原正秋・人と文学」		24
	西行と利休	毎日新聞	14日夕刊	25
	西行（現代語訳）	「現代語訳 日本の古典9 西行・山家集」		28
	原作者の言葉	「蒼き狼」東横劇場公演パンフレット		別
	新会長として	PEN	193	別
8	「瑞光」の前に立ちて	日本経済新聞	18日	25
9	タリム河（詩）	「流沙の旅・ゴビの旅」		1
	天池（詩）	「流沙の旅・ゴビの旅」		1
	ソバシ故城（詩）	「流沙の旅・ゴビの旅」		1
	米蘭（詩←無題）	「流沙の旅・ゴビの旅」		1
	若羌（詩←無題）	「流沙の旅・ゴビの旅」		1
	シルクロード地帯を訪ねて	「流沙の旅・ゴビの旅」		27
	啄木のこと	別冊國文學 石川啄木必携		24
	選後に—第85回芥川賞選評	文藝春秋	59—10	28
10	酒との出逢い	オール讀物	36—10	23
	文明の十字路に新たな光	朝日新聞	1日	27
	楽しい知識美しい文章—第8回大佛次郎賞選評	朝日新聞	1日	28
12	大きい説得力	第34回野間文芸賞要項		28
	歌劇「香妃」公演	同パンフレット		別

昭和五十七年（一九八二）

1	人生とは（詩）	すばる	4—1	1
	街燈（詩）	すばる	4—1	1
	合流点（詩）	すばる	4—1	1
	もしもここで（詩）	すばる	4—1	1
	バルフの遺跡にて（詩）	すばる	4—1	1
	白梅（詩）	日本経済新聞	3日	1
	あの日本人は？（詩）	日本経済新聞	10日	1
	帰省（詩）	日本経済新聞	17日	1
	ロボット（詩）	日本経済新聞	24日	1

	寒波(詩)	日本経済新聞	31日	1
	年頭に当たって	日中文化交流	3—2	26
	年頭に思う	毎日新聞	1日	23
	人生の階段	公明新聞	1日	23
	北方の王者	淡交社版「古寺巡礼 東国1 中尊寺」		25
	穂高	佐賀新聞	3日	26
	川と私(→「筑後川」)	西日本新聞	6日	26
	漢代且末国の故地	学士会会報	754	27
	長井洞著・長井浜子編「続・真向一途」序	真向法体操普及会刊		別
	松本昭「弘法大師入定説話の研究」序	六興出版刊		別
2	羌(詩)	すばる	4—2	1
	養之如春Ⅱ(←「養之如春」)	毎日新聞	21日 創刊110年特集Ⅱ	23
	「ひとびとの跫音」について	讀賣新聞	1日	24
	素直に書く	第1回高校生の読書体験記コンクールパンフレット		28
3	若羌というところ(詩)	すばる	4—3	1
	訣別(詩)	すばる	4—3	1
	日本の春—うずしお・さくら・飛天—(詩)	新高輪プリンスホテル大宴会場飛天玄関		別
	「伊豆の踊子」について	新潮社版「川端康成全集」附録	27	24
	中国文物展ノートから	主婦の友社版「エクラン世界の美術1 中国」		25
	読後感—第86回芥川賞選評	文藝春秋	60—3	28
	舞姫(現代語訳)	「カラーグラフィック 明治の古典8 舞姫・雁」		28
	東宝ミュージカル「屋根の上のヴァイオリン弾き」公演	同公演パンフレット		別
	吉川先生のこと	「吉川幸次郎」筑摩書房刊		別
	扉のことば	文芸せたがや	1	別
	坂入公一歌集「枯葉帖」序	風書房刊		別
4	流沙(詩)	すばる	4—4	1
	塔什庫爾干(詩)	すばる	4—4	1
	集会へ寄せる	「反核—私たちは読み訴える」		23
	西域・千年の華	毎日新聞	6日夕刊	25
	ミレーの「晩鐘」について	讀賣新聞	13日	25
	鳴沙山の上に立ちて	太陽5月号	235	26
	法顕の旅	別冊文藝春秋	159	27
	感想	第15回吉川英治文学賞要項 選考委員の言葉		28
	成人の日に	青春と読書5月号	77	別
	臼井史朗「古寺巡礼ひとり旅」序	淡交社刊		別
5	比良八荒(詩)	すばる	4—5	1
	惑星(詩)	すばる	4—5	1
	四十五歳という年齢	新潮45+	1—1	23
	七歳の時の旅	東京新聞	26日夕刊	23
	「眠れる美女」を読む	新潮社版「川端康成全集」附録	28	24
	二十年の歩み	日本近代文学館	67	別
6	乾河道(詩)	すばる	4—6	1
	海・沙漠(詩)	すばる	4—6	1
	短篇四つ	新潮社版「川端康成全集」附録	29	24
	異色ある佳品—第9回川端康成文学賞選評	新潮	79—6	28
	「詩と詩論」その他	日本近代文学館編「復刻 日本の雑誌 解説」講談社刊		別
	役員の一人として	「神奈川文学館建設の趣意」		別
	徳田秋声墓碑撰文	金沢静明寺境内		別
7	手(詩)	すばる	4—7	1
	本覚坊あれこれ	波	16—7	別

高野君のこと・弔詞　「高野務さんの思ひ出」　別
「カンヴァス世界の大画家」編集委員のことば　中央公論社版同全集内容見本　別
8　灊水(詩)　すばる　4—8　1
辻さんと私　「花にあらしのたとえもあるぞ」　23
木枯　HBF(放送文化基金報)　17　23
レンブラントの自画像　中央公論社版「世界の大画家16　レンブラント」　25
これこそ本当の文化交流　日中文化交流　324　26
「本覚坊遺文」ノート　群像　37—8　別
9　ボール(詩、芝生の上に…)　すばる　4—9　1
旅から帰りて(詩、沙漠の旅…)　すばる　4—9　1
日本文化の独自性　世界　442　24
巴金先生へ　讀賣新聞　20日夕刊　24
レンブラントの「老ユダヤ人の肖像」について(↑「魂の肖像　レンブラント展(1)」)　東京新聞　21日夕刊　25
福田さんのこと　秋田魁新報社版「福田豊四郎素描集」序文　25
育った新しい友情　東京新聞　29日　別
読後感—第87回芥川賞選評　文藝春秋　60—10　28
中国を描く現代日本画展　同展図録　別
10　一日の終り(詩)　すばる　4—10　1
立秋(詩)　すばる　4—10　1
「立原正秋文学展」序　同展パンフレット　24
日中国交正常化十周年を祝い王震団長一行の来日を喜ぶ　日中文化交流　327　26
独創的分析魅せられた—第9回大佛次郎賞選評　朝日新聞　1日　28
柳木昭信写真集「アラスカ」序　ぎょうせい刊　別
「世界出版業2　日本」序言　中国学術出版社刊　別
滋賀県向源寺(渡岸寺観音堂)碑文　同寺境内　別

11　高昌故城(詩)　すばる　4—11　1
王庭(詩)　すばる　4—11　1
長安紀行(詩)　「井上靖シルクロード詩集」　1
河西回廊(詩)　「井上靖シルクロード詩集」　1
イリ河(詩)　「井上靖シルクロード詩集」　1
火焔山(詩)　「井上靖シルクロード詩集」　1
南道の娘たち(詩)　「井上靖シルクロード詩集」　1
カシュガル(詩)　「井上靖シルクロード詩集」　1
パミール(詩)　「井上靖シルクロード詩集」　1
[シルクロード](詩)　「井上靖シルクロード詩集」　1
[無題](詩)　「井上靖シルクロード詩集」　1
「シルクロード詩集」あとがき　日本放送出版協会刊　別
小寒、大寒　HBF　18　23
解説　井上靖選「十字路の残照」集英社文庫　24
佳品「氷輪」—第21回女流文学賞選評　婦人公論　67—11　28
12　星月夜(詩)　すばる　4—12　1
古い路地(詩)　すばる　4—12　1
「別れる理由」私見　第35回野間文芸賞要項　28
「遺跡の旅・シルクロード」　新潮文庫版あとがき　27解
?　[便利堂会社概要]　同社パンフレット　別

昭和五十八年(一九八三)

1　裸木(詩)　すばる　5—1　1
わが人生(詩)　朝日新聞　3日　1
故里の富士(詩)　毎日新聞　4日夕刊　1・23

	七十五歳の春	自由新報	4日・11日合併号	23
2	坪田歓一編「文典」序	現代情報研究所刊		別
	孔子(詩)	すばる	5―2	1
	好きな言葉	暮しの手帖	82	23
	春寒	HBF	19	23
	北京の正月	日中文化交流	334	26
	入選作は主題にぴったり	第2回高校生の読書体験記コンクールパンフレット		28
3	再び友に(詩)	すばる	5―3	1
	千本浜に夢見た少年の日々	「グラフ沼津　明日へはばたく」		23
	選後評―第88回芥川賞選評	文藝春秋	61―3	28
	竹中さんのこと	井上靖監修「竹中郁全詩集」角川書店刊		別
4	弔詩(詩)	すばる	5―4	1
	「細香日記」を読んで	第16回吉川英治文学賞要項　選考委員の言葉		28
	弔詞(露木豊)	芹沢・井上文学館友の会々報	70	別
	「井上靖エッセイ全集」内容見本著者のことば	学習研究社版		別
	小林さんのこと	筑摩書房版「小林勇文集」月報6		別
5	春昼(詩)	すばる	5―5	1
	ひまわり	HBF	20	23
	小林さんのこと	文學界	37―5	24
	近藤さんのこと	近藤悠三展パンフレット		25
	「異国の星」作者の言葉	日本経済新聞	26日	別
	「日本の名山」監修の言葉	ぎょうせい版同書内容見本		別
	週刊読売と私	週刊読売	1日	別
6	くさり鎌(詩)	すばる	5―6	1
	ライター(詩)	すばる	5―6	1
	異国の星(連載小説)	日本経済新聞　1日～59年3月31日、298回		23
	四季それぞれ	WINDS(日本航空)	23―6	23
	幼い日々の影絵	南日本新聞	5日	23
	私のライフワーク	月刊国語教育	3―4	24
	佳品二篇―第10回川端康成文学賞選評	新潮	80―7	28
	徳沢園のこと	徳沢園私家版「楡の木は知っている」		別
	「井上靖エッセイ全集」あとがき	学習研究社版　全10巻　～59年3月		別
7	テトラポッド(詩)	すばる	5―7	1
	廖承志先生の逝去を悼む	日中文化交流	346	26
	三つの教訓	初等教育資料	439	26
	[沼津市名誉市民に選ばれて]	広報ぬまづ		別
8	訪問者(詩)	すばる	5―8	1
9	黄河(詩、紀元前六五一年に…)	すばる	5―9	1
	鎮魂(詩)	「鎮魂の丘」碑文		1
	古稀の旅	オール讀物	38―10	23
	己れを尽くす	「嘉納治五郎著作集」月報	1	23
	選後に―第89回芥川賞選評	文藝春秋	61―10	28
	元秀舞台四十年	和泉元秀「狂言を観る」講談社刊		別
10	生と死(詩)	歴程	300	1
	書斎(詩)	すばる	5―10	1
	テッセン(詩)	すばる	5―10	1
	優しい魂に大きな感動―第10回大佛次郎賞選評	朝日新聞	1日	28
	原作者として	サントリースペシャル劇場「蒼き狼」公演パンフレット		別
11	交歓―西域二題(詩)	すばる	5―11	1
	日没―西域二題(詩)	すばる	5―11	1

金井君の詩を読んで　「詩集　西風の村」　23
「上海」私見―第22回女流文学賞選評　婦人公論　68―12　28
中国越劇日本初公演　「紅楼夢」上演パンフレット　別
「回想　小林勇」あとがき　筑摩書房刊　別
12　遠い日(詩)　すばる　5―12　1
イシク・クル(詩)　「シルクロード　ローマへの道9」　1
胡耀邦総書記の来日を歓迎する　日中文化交流　355　26
感想　第36回野間文芸賞要項　28

昭和五十九年（一九八四）

1　落葉(詩)　すばる　6―1　1
石英の音(詩)　すばる　6―1　1
橋本関雪生誕百年の展覧会に寄せて　朝日新聞社主催「生誕百年橋本関雪展」図録　25
葵丘会議の跡を訪ねて　毎日新聞　6日夕刊　26
「井上靖展」図録序　「美しきものとの出会い　井上靖展図録　忘れ得ぬ芸術家たち」　別
2　木守柿(詩)　すばる　6―2　1
伊吹(詩)　すばる　6―2　1
故里の家　オール讀物　39―2　23
葵丘と都江堰　日中文化交流　359　26
読書経験は人生観の土台　第3回高校生の読書体験記コンクールパンフレット　28
ガンダーラ美術展　同展パンフレット　別
3　開封(詩)　すばる　6―3　1
フォトエッセイ　正論　132　別
庶民の体験のなかに感動のドラマが　「ＳＯＫＡ」聖教新聞社刊　別
「乾河道」あとがき　集英社刊　1解
4　ローマ・オリンピック讃(詩)　すばる　6―4　1
毎日新聞と私　毎日新聞社1985年度会社案内　23
いまの日本人を見て頂きたい―フランシス・キング氏への返書―　毎日新聞　25日夕刊　24
選評　第17回吉川英治文学賞要項　選考委員の言葉　28
週刊新潮掲示板　週刊新潮　12日　別
「熱海箱根湯河原百景」序　一枚の繪刊　11　別
「北日本文学賞入賞作品集」序　井上靖選　北日本新聞社出版部刊　別
5　此の日雪降れり(詩)　すばる　6―5　1
薫風の五月―国際ペン大会に寄せて―　静岡新聞　12日　24
中国の友人の皆さんの来日を歓迎して　日中文化交流　364　26
「中国　ふれあいの旅」序　桐原書店刊　別
6　狭間の家(詩)　すばる　6―6　1
朱穆之文化相の来日を歓迎して　日中文化交流　365　26
二つの佳品―第11回川端康成文学賞選評　新潮　81―6　28
追悼・廖承志先生　北京でのひと時　写真集「廖承志の生涯」講談社刊　別
7　雨季(詩)　すばる　6―7　1
沼津とわたし　沼津朝日　15日　23
「しろばんば」私の文学紀行　北海道新聞日曜版　1日　別
8　ある酒宴(詩)　すばる　6―8　1
湖畔の十一面観音　「太陽　観音の道シリーズ3　近江路から若狭へ」　25
文明を生み育て葬る　朝日新聞　25日第2部　別
わが人生観　第60回高野山夏期大学プログラム　別
9　啓蟄(詩)　すばる　6―9　1
ある感慨　オール讀物　39―9　24
平岡君のこと　「平岡学・そのあしあと」同刊行世話人会刊　別

	二村次郎写真展「巨樹老木」	同展パンフレット		別
	白川義員作品集「中国大陸 下巻 天壌無限」序文	小学館刊		別
10	旧黄河（詩）	すばる	6―10	1
	中華人民共和国建国三十五周年を祝って	日中文化交流	373	26
	説得力ある実証的労作―第11回大佛次郎賞選評	朝日新聞	1日	28
	文学館の先駆	神奈川近代文学館開館記念パンフレット		別
	屠国璧「楼蘭王国に立つ」序	日本放送出版協会刊		別
11	流刑の町（詩）	すばる	6―11	1
	三作三様の持味―第23回女流文学賞選評	婦人公論	69―11	28
	「井上靖自伝的小説集」内容見本著者のことば	学習研究社刊		別
	山本健吉文学碑撰文	長崎市諏訪神社境内		別
12	とある日（詩）	すばる	6―12	1
	喜寿の年	まるいてえぶる	Ⅱ	23
	選評	第37回野間文芸賞要項		28
?	岡崎嘉平太「終りなき日中の旅」	初出不詳		別
	昭和六十年（一九八五）			
1	わが家系（詩）	すばる	7―1	1
	木立の繁み（詩）	すばる	7―1	1
	利休の人間像	淡交	39―1	25
	年頭にあたって	日中文化交流	377	26
	哈密を訪ねる	文學界	～2月	27
	松竹九〇年の正月に	新春大歌舞伎パンフレット		別
	森さんのこと	「回想の森一祐」綜合社刊		別
	中国語訳「井上靖西域小説選」序	中国新疆人民出版社刊		別
2	辺境の町・ウルムチ（詩）	すばる	7―2	1
	「田園の憂鬱」を読む	ほるぷ出版版「日本の文学36 田園の憂鬱・殉情詩集」		24
	お水取り・讃	小学館版「東大寺お水取り 二月堂修二会の記録と研究」		25
	《聖フランチェスコの葬儀》	中央公論社版「世界の大画家1 ジョット」		25
	秋野さんのこと	秋野不矩自選展パンフレット		25
	告別の辞	日中文化交流	380	26
	未知の人生に関連させて読んでいる	第4回高校生の読書体験記コンクールパンフレット		28
3	冬の日（詩）	すばる	7―3	1
	中央公論社と私	中央公論	100―3	24
	遺跡とロマン	「EXPO 85集英社館」		25
	入江さんから教わったこと	第19回仏教伝道文化賞贈呈式パンフレット		別
	「井上靖自伝的小説集」あとがき	学習研究社版 全5巻	～60年7月	別
4	天命（詩、〝天命〟という言葉…）	すばる	7―4	1
	感想	第18回吉川英治文学賞要項 選考委員の言葉		28
	永野さんの笑顔	「永野重雄追想集」同刊行会刊		別
	オリオンと私	「株式会社オリオン 30年の歩み」		別
5	迅雷風烈（詩）	すばる	7―5	1
	野上先生のこと	日本近代文学館	85	24
6	ヘルペスの春（詩）	すばる	7―6	1
	野上さんのこと	すばる	7―6	24
	草野心平・讃	草野心平展パンフレット		24
	「10冊の本」の頃	筑摩書房版「臼井吉見集」月報	4	24
	設立三十周年を祝す	友声（中国人民対外友好協会機関誌）		別
	佳作二篇―第12回川端康成文学賞選評	新潮	82―6	28
	矢野克子「詩集 空よ」序	講談社刊		別

7	ハジラール(詩)	すばる	7―7	1
	小野田雪堂展	同展パンフレット		別
	「日本の名随筆33 水」あとがき	井上靖編 作品社刊		別
8	遠いナイル(詩)	すばる	7―8	1
	高官の生活風景を描いた壺(←「壺『貴族の生涯』」)	日本経済新聞	10日	25・27
	「敦煌」新版あとがき	講談社刊		12解
	「楼蘭」新装版あとがき	講談社刊		別
	「楊貴妃伝」の作者として	中国語訳「楊貴妃伝」		別
	野間さんのこと	「追悼 野間省一」講談社刊		別
	「シリア沙漠の少年」序	ジュニアポエム双書32 教育出版センター刊		別
	中国語訳「西域小説集」序	中国甘粛人民出版社刊		別
9	白夜(詩、十時五十分、…)	すばる	7―9	1
	巴金先生と私	中国現代劇「家」公演パンフレット		24
	レナ河一(←「レナ河に浮かぶ」)	文藝春秋	63―10	26
	レナ河二(←「ソーチンツィ村行」)	図書	433	26
	「日本国立公園」序	井上靖監修 毎日新聞社版 全4巻 ～61年3月		別
10	孔雀(詩)	すばる	7―10	1
	現代史の記述者	静岡新聞	15日	23
	考えさせる人生の問題―第12回大佛次郎賞選評	朝日新聞	1日	28
	「中華人民共和国現代絵画名作集」推奨の辞	山手書房刊		別
	東京富士美術館「中国敦煌展」	同展図録		別
	[修善寺工業高校創立五十周年記念寄稿文]	記念式典チラシ		別
	竹内君と私	「プロフィール竹内黎一」		別
11	詩人(詩)	すばる	7―11	1
	黄河(詩、黄河は巨大な龍…)	焔	1	1
	寸評―第24回女流文学賞選評	婦人公論	70―13	28
	大場啓二「まちづくり最前線」序	日本経済評論社刊		別
12	二つの言葉(詩)	すばる	7―12	1
	知的な虚構の世界	講談社版「少年少女日本文学館6 トロッコ・鼻」		別
	講演 共存共栄の哲学	まるいてえぶる	Ⅱ	24
	真田さんのこと	「真田喜七全詩集 誕生と死」勁草書房刊		24
	野間賞の二作	第38回野間文芸賞要項		28

昭和六十一年（一九八六）

1	夏祭(詩)	すばる	8―1	1
	ヤクーツクにて(詩)	すばる	8―1	1
	年の初めに(詩)	図書	437	1・23
	シベリアの旅	今日のソ連邦	29―1	26
	税対策のことなど	日本文藝家協会ニュース	413	
2	初冬日記(詩)	すばる	8―2	1
	鐘の音(詩)	焔	2	1
	祝辞	第5回高校生の読書体験記コンクールパンフレット		28
	「河岸に立ちて」あとがき	平凡社刊		26解
3	雪の小屋(詩)	すばる	8―3	1
	創立三十周年を迎えて	日中文化交流	398	26
	段文傑「美しき敦煌」序	潮出版社刊		別
4	夕暮(詩、薄暮、黄昏、…)	すばる	8―4	1
	読後感	第19回吉川英治文学賞要項 選考委員の言葉		28
	平野さん、おめでとう	第19回吉川英治文化賞要項		28
5	魅(詩)	すばる	8―5	1

	中国文明のゆりかごの地を訪ねて	東京新聞	20日	26
	いまなぜ孔子か	新潮45	5—5	別
	舟橋聖一生誕記念碑碑文	墨田区横網1丁目生誕地		別
	弔詞（今里廣記）	「回想 今里廣記」日本精工刊		別
6	花の散る日（詩）	すばる	8—6	1
	二十五回目の訪中	日中文化交流	403	26
	佳品「逸民」—第13回川端康成文学賞選評	新潮	83—6	28
	水越武写真集「穂高 光と風」序	グラフィック社刊		別
7	天・黄河（詩）	すばる	8—7	1
	「写真集 旧制四高青春譜」序	第四高等学校同窓会刊		別
	白川義員作品集「仏教伝来2 シルクロードから飛鳥へ」序	学習研究社刊		別
8	武（ぶ）（詩）	すばる	8—8	1
	殷墟にて（詩）	焔	4	1
9	迅雷風烈（二）（詩）	すばる	8—9	1
	「風林火山」について	講談社版「日本歴史文学館8」		別
10	雨期点景（詩）	すばる	8—10	1
	わが青春（詩）	「四高百年 吾永久に緑なる」		1
	思い出多き四高	「石川近代文学館移転開館記念図録」		23
	感想	群像	41—10	24
	ぜひ読んでほしい力作—第13回大佛次郎賞選評	朝日新聞	6日	28
	神奈川近代文学館「大衆文学展」	同展図録		別
11	日曜日の朝（詩）	すばる	8—11	1
	雪の夜に（詩）	焔	5	1
12	「風濤」韓国訳の序に替えて	張炳惠訳「風濤」國際教育開發協會刊		別

昭和六十二年（一九八七）

1	孔子の言葉	波	21—1	24
	新しい年の始めに	日中文化交流	414	26
2	流星（詩、高等学校の学生の頃…）	焔	6	1
	飛天・讃（詩）	焔	6	1
	祝辞	第6回高校生の読書体験記コンクールパンフレット		28
3	長崎物語歌碑撰文	長崎市オランダ坂道路公園内		別
4	王蒙文化相の来日を歓迎して	日中文化交流	417	26
	感想	第20回吉川英治文学賞要項 選考委員の言葉		28
	選考のことば	第20回吉川英治文化賞の要項		28
5	傍観者（詩）	焔	7	1
	二十五周年に寄せて	日本近代文学館	97	別
	「岩稜」お祝の詞	岩稜		別
6	孔子（連載小説）	新潮 〜平成元年5月、21回		22
	十五年の歳月—第14回川端康成文学賞選評	新潮	84—6	28
7	唐招提寺・ノート	朝日新聞社主催「唐招提寺展」図録		25
	「中日文化賞」を受賞して	日中文化交流	422	26
8	白い蝶（詩）	焔	8	1
	記念誌刊行にあたって	「懍然」		23
	ペンが記録した年輪	毎日新聞	30日	別
	「武者小路実篤全集」刊行によせて	小学館版同全集内容見本		別
9	夏（詩、七十代の半ばを…）	小説新潮	41—9	1
	「西域・黄河名詩紀行」序	井上靖・陳舜臣・田川純三編 全5巻 〜63年1月		別
	原作者として	「玄宗と楊貴妃」公演パンフレット		別
10	歴史の顔	徳間書店版「交流 ふれあい—わたしと中国」		25

	説得力ある展開は爽快―第14回大佛次郎賞選評	朝日新聞	4日	28
	「敦煌」徳間書店版あとがき			12解
	白川義員写真展「仏教伝来」	同展図録		別
11	古都バルフ(詩、壊れかかった古いカテドラルには…)	焔	9	1
	アム・ダリヤ(詩、アム・ダリヤ…)	焔	9	1
	作品にかけた情熱と時間―第26回女流文学賞選評	婦人公論	72―13	28
	TBS特別取材班「シベリア大紀行」序	河出書房新社刊		別
	石川近代文学館展	同展パンフレット		別
12	早春(詩、―くぬぎ多く…)	女人短歌	1988冬季号	1
	特異な力篇	第40回野間文芸賞要項		28
	新版「異域の人 自選西域小説集」あとがき	講談社刊		別
	「高山辰雄自選画集」英語版序	講談社インターナショナル刊(月日無記)		別
?	わたしの一首	初出不詳		24
?	私と京都ホテル	入舟		別

昭和六十三年(一九八八)

1	車(短歌1首)	「昭和六十三年歌会始御製御歌及び詠進歌」		別
	鉄のレール	沖積社版「北川冬彦全詩集」栞		
	掌の小説と装画集「四季」より	川端康成・東山魁夷「四季」より内容見本		24
	年頭にあたって	日中文化交流	431	26
	敦煌 砂に埋まった小説の舞台	東京タイムズ	1日	別
2	桐の花(詩)	焔	10	1
	国境の町・クンドウズ(詩)	焔	10	1
	〝天命〟秘めた団欒の美しさ	信濃毎日新聞	29日	25
	読後感	第7回高校生の読書体験記コンクールパンフレット		28
3	尽己	柔道	59―3	23
	〝猫〟と私	「少年少女日本文学館28 吾輩は猫である(下)」		24
	牧進展に寄せて	同展図録		別
	入江泰吉写真集「新撰大和の仏像」序	集英社刊		別
	駒澤晃写真集「佛姿写伝・近江―湖北妙音」序文	日本教文社刊		別
4	奈良をめざして(詩)	「シルクロード大文明展」図録		1
	敦煌の歴史を知ってほしい	日中文化交流	435	26
	婦人倶楽部と私	婦人倶楽部終刊号	69―4	別
	なら・シルクロード博覧会	同パンフレット		別
	橘芳慧さんへのお祝いの詞	第41回橘会パンフレット		別
5	天涯の村(詩)	新潮	85―5	1
	夏草(詩)	焔	11	1
	八十歳有感(詩)	焔	11	1
	月光しるき夜	三田文学	67―13	23
	八月の午後	群像	43―5	24
	青邨先生のこと	アサヒグラフ別冊・美術特集前田青邨		25
	「沖縄の陶工 人間国宝 金城次郎」序	日本放送出版協会刊		25
	「シルクロード幻郷」巻頭言	アート・トップ	104	別
	三木武夫・睦子夫妻芸術作品展	同展パンフレット		別
	田川純三「絲綢之路行」序	潮出版社刊		別
	持田信夫遺作集「天空回廊」序	持田和枝刊		別
6	別れ(詩、さよなら、さよなら…)	詩集「傍観者」		1
	ああ沼津中学!	東京香陵同窓会会報	6	23
	二十周年を慶ぶ	月刊美術	14―6	25
	佳作二篇―第15回川端康成文学賞選評	新潮	85―6	28

7	「傍観者」あとがき	集英社刊		1解
	山本氏との別れ	群像	43—7	24
	山本さんのこと	すばる	10—8	別
	大きな宝石箱	毎日新聞社版「不滅の建築2 唐招提寺金堂」		25
8	舒乙「北京の父 老舎」跋	作品社刊		別
	天龍川・讃(詩)	焰	12	1
	桑原武夫さんの死を悼む	京都大学創立九十周年記念協力出版「京大史記」		別
	頼育芳訳「永泰公主的項鏈」序	北京作家出版社刊		別
9	月光(詩、台風が次々に…)	朝日新聞	2日夕刊	1
10	渡り鳥(詩)	すばる	10—11	1
	「世田谷芝能」によせて	第3回世田谷芝能パンフレット		別
	弔辞(斎藤五郎)	「追悼 斎藤五郎」斎藤五郎追悼集刊行会刊		別
	「なら・シルクロード博」ごあいさつ	「なら・シルクロード博 公式記録」		別
11	わが青春(詩、青春なんて…)	すばる	10—12	1
	某月某日(詩、誰も彼も…)	すばる	10—12	1
	眼鏡(詩)	焰	13	1
	「黄文弼著作集」監修者のことば	恒文社版同著作集	1	別
12	羊群南下(詩)	すばる	10—13	1
	「僕の昭和史」・讃	第41回野間文芸賞要項		28
	「中国漢詩の旅」序	井上靖監修 世界文化社刊 全5巻〜平成元年5月		別

昭和六十四年・平成元年(一九八九)

1	歳月(詩)	すばる	11—1	1
	終戦の放送 陛下を身近に	毎日新聞	10日	23
	年頭にあたって	日中文化交流	448	26
2	近代日本画と万葉集展	同展図録		別
	タリム河畔にて(詩)	すばる	11—2	1
	永別(詩)	焰	14	1
	ご挨拶	第8回高校生の読書体験記コンクールパンフレット		28
	「しろばんば」の挿絵	月刊神戸っ子	334	別
	「日本の庭園美」の監修にあたって	集英社版同書内容見本		別
3	星闌干(詩)	すばる	11—3	1
	い、い、みかんのように(詩)	文學界	43—3	1
	小誌「かぎろひ」に期待する	かぎろひ(JR東海)	1	別
	「日本の短篇 上」序	井上靖ほか編、文藝春秋刊		別
	歌舞伎・京劇合同公演	スーパー歌舞伎・京劇「リュウオー」公演パンフレット		別
4	〃昭和〃を送る(詩)	すばる	11—4	1
	立春(詩、〃平成〃になって…)	すばる	11—4	1
	「なら博」の建築	菊竹清訓編著「なら・シルクロード博」新建築社刊		別
	沼津東高校碑文	同校校庭		別
	奈良県新公会堂ごあいさつ	同パンフレット		別
5	戎衣(詩)	すばる	11—5	1
6	昭和も遠く(詩)	すばる	11—6	1
	十七年の歳月—第16回川端康成文学賞選評	新潮	86—6	28
7	椿(詩)	すばる	11—7	1
8	六月有感(詩)	すばる	11—8	1
	雨期(詩、何年かぶりで…)	焰	16	1
	三岸節子展に寄せて	三岸節子展パンフレット		25
9	アカエリヒレアシシギ(詩)	すばる	11—9	1
	〃負函〃の日没—「孔子」取材行—	新潮	86—9	24

10	周揚さんを悼む	日中文化交流	460	26
	汝南・落陽（詩）	すばる	11―10	1
	［なら・シルクロード博を終えて］	井上靖・ならシルクロード博を書き残す会「出会いの人々」		27
	小説「孔子」の執筆を終えて	朝日新聞	23・24日夕刊	別
11	杞国の憂い（詩）	すばる	11―11	1
	零れ陽（詩）	焔	17	1
	「春を呼ぶな」あとがき	福田正夫詩の会刊		1解
	巨星奔り去る	「無信不立　三木武夫追悼文集」		別
	和泉狂言会	同会パンフレット		別
12	秋・二題（詩）	すばる	11―12	1
	手術で得た天命への理解	朝日新聞	25日	23
	野間賞を頂いて	第42回野間文芸賞要項		28

平成二年（一九九〇）

1	大落陽の日（詩）	すばる	12―1	1
	新年有感―風の音―（詩）	讀賣新聞	6日夕刊	1
	新年有感―揚がらぬ凧―（詩）	讀賣新聞	13日夕刊	1
	新年有感―築地市場―（詩↑「築地市場」）	讀賣新聞	20日夕刊	1
	新年有感―心衰えた日は―（詩↑「心衰えた日は」）	讀賣新聞	27日夕刊	1
	生きる（小説）	群像	45―1	7
	新しい年の始めに	日中文化交流	464	26
2	初冬（詩）	すばる	12―2	1
	ヤクーツク讃（詩）	焔	18	1
	草野さんのこと	歴程	369	24
	祝辞	第9回高校生の読書体験記コンクールパンフレット		28
3	雪が降る（詩）	すばる	12―3	1
	中国の読者へ	鄭民欽訳「孔子」序文　中国人民日報出版社刊		別
	五島さんへ	「追想　五島昇」東京急行電鉄刊		別
	「むらさき亭」を名付けるにあたり	同亭栞		別
4	紅梅（詩）	すばる	12―4	1
	こやみなく雪が―井上靖小詩集（詩）	鳩よ！	8―4	1
	神かくし―井上靖小詩集（詩）	鳩よ！	8―4	1
	黄河（孔子は五十五歳…）―井上靖小詩集（詩）	鳩よ！	8―4	1
	別れ（河北省の…）―井上靖小詩集（詩）	鳩よ！	8―4	1
	無声堂―井上靖小詩集（詩）	鳩よ！	8―4	1
	河井寛次郎論	鳩よ！	8―4	25
	中国人民対外友好協会代表団、中国国家文物局代表団を歓迎して	日中文化交流	467	26
	月刊「しにか」創刊によせて	月刊しにか	1―1	別
	斯波四郎「仰臥の眼」序	柴田小夜子編刊		別
5	天（詩）	すばる	12―5	1
	花冷え（詩）	焔	19	1
	飛騨高山・讃（詩）	高山市の詩碑碑文		1
6	落日（詩、二十歳代のことだが…）	すばる	12―6	1
	見事な短篇―第17回川端康成文学賞選評	新潮	87―6	28
	実力者の受賞を喜ぶ	第1回伊藤整文学賞パンフレット		28
	日中合作大型人形劇「三国志」特別公演に寄せて	劇団影ぼうし公演パンフレット		別
7	天命（詩、―死生、命あり…）	すばる	12―7	1
	「シルクロード詩集　増補愛蔵版」あとがき	日本放送出版協会刊		別
8	月光（詩、今日は、私という…）	すばる	12―8	1
	ナナカマドの赤い実のランプ（詩）	焔	20	1

	尽己―日英柔道交流を祝して	親善交流パンフレット		別
9	秋草（詩）	すばる	12―9	1
	北辰（詩）	新高輪プリンスホテル「国際館パミール」ロビー碑文		1
	［旭川井上靖文学碑碑文］（詩）	同碑		1
	新高輪プリンスホテル新宴会場の命名	「国際館パミール」ロビー「北辰」碑裏面		別
10	夏（詩、今年は例年にない…）	すばる	12―10	1
	「星闌干」あとがき	集英社刊		1解
11	日暮れて（詩）	すばる	12―11	1
	若葉して（詩）	鑑真和上讃仰碑碑文		1
	蟬（詩）	焰	21	1
	「平山郁夫全集2　歴訪大和路」序	講談社版同書		25
	三岸さんの独自なところ	求龍堂版「三岸節子画集1990」		25
12	マタタビ（詩）	すばる	12―12	1
	平成三年（一九九一）			
1	郷関（詩）	すばる	13―1	1
	仙人が住む伝説の頂（詩）	讀賣新聞	1日	1
	天命について	群像	46―1	23
	「行く秋」を前に	小説新潮	45―1	25
2	五月のこと（詩）	すばる	13―2	1
3	病床日誌（詩）	すばる	13―3	1
4	負函	新潮	88―4	24
	妙覚寺碑文	沼津市同寺境内		別
6	「茶の美道統」序	毎日新聞社刊		別
7	［大正十五年書簡］	沼津中学校「二十二期だより」井上靖追悼号		23
	詩集「いのち・あらたに」に寄せて（←「序」）	共悦	340	別
	平成四年（一九九二）			
4	大黒屋光太夫・讃（詩）	大黒屋光太夫出帆文学碑碑文		1
	平成五年（一九九三）			
4	聖韻（詩）	渡岸寺文学碑碑文		1
7	上山田町碑文	同町中央公園内		別
9	「平山郁夫シルクロード展」によせて	同展図録		25
11	西域四題（短歌4首）	「新潮日本文学アルバム　井上靖」新潮社刊		別
	初出不詳			
	猫がはこんできた手紙（童話）			7
	人間文化財への熱情			25
	［生沢朗水墨画展推薦文］			25
	西山英雄展（←「対象の生命を描く」）	同展パンフレット		別
	幼き日の正月			別
	星のかけら			別

井上靖書誌

曾根博義編

凡　例

1　1998年までに刊行された井上靖の著書を次の8部に分けて一覧した。

詩集

短篇集

長篇

エッセイ集

全集・選集

文学全集・合集等の井上靖集類

録音・ビデオカセット

外国語訳

2　全集・選集は、1998年末までに配本が開始されたものも含めた。

3　視力障害者向けの拡大写本、録音図書、点字図書等は紙数の都合で省いたが、埼玉福祉会発行の大活字本シリーズは収めた。

4　録音・ビデオカセットは、著者自身が朗読するか語ったもの、あるいは著者の作品の全部ないし一部を他の者が原作通りに朗読、編集したものに限った。著者の原作を著者以外の者が脚本、漫画、映画等に改作した図書や録音・ビデオカセットは省いた。

5　外国語訳については、別に凡例を設け、その部の冒頭に掲げた。

6　共著は、便宜上、井上靖を含む共著者が4名以内で、書名に井上靖あるいは井上靖の作品の名を掲げたものだけに限った。ただし他の著者による画集、写真集等にエッセイ、解説、序跋等を寄せただけのものは省いた。編書・監修書は省いた。

7　詩集、短篇集、長篇、エッセイ集の部は、それぞれ初刊本と再刊本に大別した上で、初版初刷の発行順に配列した。

8　右にいう初刊本とは当該作品を収録した最初の刊本、再刊本とは初刊本と同じ作品ないし同じ作品を中心とする著作を再度収録した刊本を指す。本文の増補・改訂の有無は問わない。

9　各項について、書名（ゴシック）／発行年月日、発行所、叢書名（全集の場合は全巻数および配本回）、判型（文庫判は記載省略）、付き物（カバー、帯等に書中にない著者の言葉や第三者の推薦文等がある場合はその旨記載）、ノンブル頁数、装幀者名、定価（地方定価は省略）等／本文内容／月報内容等を記した。

10　付き物は本の内側から外側への順に記載した。ただしパラフィン・カバー、出版案内、読者カード、スリップの類の記載は省略した。

11　詩集の初刊本に限って、使用漢字・かなの種類、収録詩篇数を記した。

12　共著の本文、月報等の井上靖関係以外の著作の記載は原則として省略した。

13　初刊本と同一内容の限定本、特装本、改版等は独立に取り上げず、初刊本の項の末尾に＊印を付して適宜注記した。なおそれ以外の注記にも＊印を付した。

14　発行年月日、頁数、定価、その他の数字の表記はアラビア数字で統一したが、発行年の元号、西暦の使い分けは当該書の奥付の表記に従った。

15　童話集は短篇集の部に、古典の現代語訳、対談集はエッセイ集の部に、小説全集・選集、エッセイ全集・選集は全集・選集の部にそれぞれ収めた。
16　全2冊以上の単行本で同時に発行されたものは原則として一括して掲げた。
17　全集・選集の類は原則として発行日にかかわらず巻数順に配列した。

詩集

［初刊本］

詩集 北國
昭和33年3月30日、東京創元社発行　A5変型判　函　121頁
題簽・佐藤春夫　定価350円
正漢字　旧かな　収録詩篇数38
［内容］口絵写真／人生、獵銃、海邊、北國、愛情、葡萄畠、瞳、生涯、記憶、元氏、カマイタチ、不在、漆胡樽―正倉院御物展を観て―、シリア沙漠の少年、渦、流星、半生、比良のシャクナゲ、高原、輸送船、野分（一）、野分（二）、石庭―亡き高安敬義君に―、友、聖降誕祭前夜、さくら散る―四月の夜の抒情―、夜霧、落魄、二月、破倫、梅ひらく、裸梢園、十月の詩、六月、夏の終り、その日そんな時刻、ある旅立ち、元旦に／あとがき
＊限定版　昭和33年4月10日、同社発行。500部記番署名入り、夫婦函、帯、880円。復刻版　平成8年11月30日、同社発行。函、帯、2500円。

詩集 地中海
1962年12月5日、新潮社発行　A5変型判　函　帯（草野心平・村野四郎評）85頁　装画・風間完　定価350円
正漢字　新かな　収録詩篇数23
［内容］オリーブの林、落日、エトルスカの石棺、地中海、白夜、インダス河、北極圏の海、ロスアンゼルスの遊園地、夏雲、布哇の海、アスナロウ、珠江、カルモナの街、天壇、木乃伊、ポンペイ、ビイディナという部落、ガダルキビル河、コリントの遺跡、ある漁村、明方、高層ビル、少年／あとがき

詩集 運河
昭和42年6月25日、筑摩書房発行　A5変型判　函　帯（伊藤整「『運河』頌」）84頁　装幀・風間完　定価650円
正漢字　新かな　収録詩篇数26
［内容］運河、川明り、滑り臺、雪、雷雨、ホタル、前生、かちどき、海鳴り、佐藤春夫先生の耳、海、旅から歸りて、沙漠の街、菊、黄河、褒姒の笑い、立入禁止地帶、碑林、春の日記から、陝西博物館にて、別離、ミシシッピ河、秋のはじめ、颯秣建國、モンゴル人、雪／あとがき（発表誌付記）
＊限定版　同日、同社発行。800部記番署名入り、函、外装紙、1300円。

詩集 季節
昭和46年11月24日、講談社発行　A5変型判　函　帯　98頁　装幀・織田広喜　定価760円
新漢字　新かな　収録詩篇数30
［内容］雨期―雨期、象、受胎告知、失踪、仮説、回転ドアー、月の出、青葉、夜光虫、凧、約束、廃墟、ニコーラという村、青春、

某月某日／挽歌―挽歌、二月、立春、三月、遺跡、礎石、五月、旅三題、あじさい、淵、晩夏、碧落、暁闇、十一月、心衰えた日に／あとがき（発表年月・掲載誌付記）

＊限定版　昭和47年3月20日、同社発行。４００部記番署名入り、夫婦函、外函、２３００円。

詩集　遠征路

昭和51年10月25日、集英社発行　Ａ５変型判　函　帯　１５１頁

定価１３００円

新漢字　新かな　収録詩篇数41

［内容］遠征路―遠征路、梅咲く頃、坂道、星、岬、二つの絵、夕映え、仙境、天球儀、夏、廃園、盗掘、友、遺偈、時雨、某日有感、新しい年、旅／残照―残照、トルコの沙漠、月、カスピ海、鏃形の石、ターバンの老人、ペルセポリス、ビストの遺蹟、古都バルフ、アム・ダリヤ、生きもの、遊牧民、クンドウズの町／ハバロフスク―ハバロフスク／古いノートから―五月、ふるさと、元旦に（一）、元旦に（二）、白い峰、詩三題、凧を揚げる、新しき年の初めに、月に立つ人／あとがき（発表年月・掲載誌付記）

＊限定版　同日、同社発行。８００部記番署名入り、夫婦函、外函、２８００円。私家版　昭和51年12月20日、同社製作開版。非売品。

井上靖　シルクロード詩集

昭和57年11月10日、日本放送出版協会発行　Ａ５変型判　函　カバー　帯　１２８頁　装幀・レイアウト・熊沢正人　写真・大塚清吾　定価３６００円

新漢字　新かな　収録詩篇数64

［内容］第一部　シルクロード、シルクロード、長安紀行、灞水、河西回廊、落日、交脚弥勒、千仏洞点描、飛天と千仏、胡旋舞一、胡旋舞二、四月八日、天池、王庭、イリ河、タリム河、合流点、火焔山、高昌故城、盗掘、乾河道、幻の湖、ソバシ故城、白龍堆、米蘭、若羌、若羌というところ、羌、南道の娘たち、流沙、海・沙漠、胡楊の死、精絶国の死、訣別、もしもここで、カシュガル、塔什庫爾干、パミール、無題／第二部　新しき年の初めに、クンドウズの町、遊牧民、古都バルフ、バルフの遺跡にて、ビストの遺跡、鏃形の石、遠征路、アム・ダリヤ、旅、遺偈、街灯、人生とは、インダス河、颯秣建国、モンゴル人、約束、人造湖、ターバンの老人、沙漠の街、ペルセポリス、カスピ海、月、トルコの沙漠、漆胡樽／詩篇出典／あとがき

＊限定版　昭和59年3月20日、同社発行。８００部記番署名入り、夫婦函、外函、２４２頁、６０００円。増補愛蔵版は再刊本の項に掲げた。

詩集　乾河道

昭和59年3月25日、集英社発行　Ａ５変型判　函　帯　２４２頁

定価１６００円

新漢字　新かな　収録詩篇数74

［内容］春書―人生とは、生と死、比良八荒、惑星、手、灞水、ボール、旅から帰りて、一日の終り、立秋、星月夜、古い路地、裸木、孔子、再び友に、弔詩、春書／遠い日―くさり鎌、ライター、テトラポッド、訪問者、黄河、書斎、テッセン、遠い日、落葉、石英の

音、木守柿、伊吹、故里の富士、わが人生、白梅、あの日本人は？、帰省、ロボット、寒波、鎮魂／乾河道―街燈、合流点、もしもここで、バルフの遺跡にて、羌、若羌というところ、訣別、流沙、塔什庫爾干、乾河道、海・沙漠、高昌故城、王庭、交歓、日没／交脚弥勒―交脚弥勒、千仏洞点描、飛天と千仏、胡旋舞一、胡旋舞二、四月八日、幻の湖、白龍堆／天池―長安紀行、河西回廊、イリ河、火焔山、南道の娘たち、カシュガル、パミール、タリム河、天池、ソバシ故城、米蘭、若羌、胡楊の死、精絶国の死／あとがき（発表年月・掲載誌付記）

［付録］井上詩雑感（草野心平）、「もしもここで」について（清岡卓行）、不逞なるもの（大岡信）

＊限定版　昭和59年3月30日、同社発行。８００部記番署名入り、夫婦函、外函、６０００円。

詩集　傍観者

１９８８年6月10日、集英社発行　Ａ５変型判　函　帯　１８２頁　装丁・後藤市三　定価１８００円

新漢字　新かな　収録詩篇数52

［内容］雨季―開封、ローマ・オリンピック讃、此の日雪降れり、狭間の家、雨季、ある酒宴、啓蟄、旧黄河、流刑の町、とある日、わが家系、木立の繁み、辺境の町・ウルムチ、冬の日／天命―天命、迅雷風烈、ヘルペスの春、ハジラール、遠いナイル、白夜、孔雀、詩人、二つの言葉、夏祭、ヤクーツクにて、初冬日記、雪の小屋、夕暮、魃、花の散る日、天・黄河、武（ぶ）、迅雷風烈（二）、雨期点景、日曜日の朝、早春、夏、別れ／傍観者―年の初めに、黄河、鐘の音、殷墟にて、雪の夜に、流星、飛天・讃、傍観者、白い蝶、古都バルフ、アム・ダリヤ、桐の花、国境の町・クンドウズ、天涯の村／あとがき（発表年月・掲載誌付記）

＊限定版　１９８８年11月10日、同社発行。５００部記番署名入り、夫婦函、外函、１７８頁、８５００円。

初期詩篇集　春を呼ぶな

１９８９年11月10日、福田正夫詩の会発行、教育企画出版発売　焔叢書1　Ａ５判　カバー　帯　１１９頁　定価１５００円

新漢字　旧かな　収録詩篇数41

［内容］冬の来る日、流れ、蛾、稲の八月、月明に吠ゆ、みかん、葬列、少女、驚異、秋・二ケ条、死を思ふ日、初春の感傷、まひるの湯で瞑黙せる老人、五月の風、あらし、吹雪の夜、倒像、しつぽ1、しつぽ2、溟濛の吹雪に、過失だらけの男、面をあげてゆく、春を呼ぶな、極、嗤ふ、晩秋賦、靄、裸梢圏、無題（母よ）、手相、瘤疾、聖降誕祭前夜、梅ひらく、二月、落魄、破倫、無題（雨の日あなたを）、小鳥死す、夜霧、過失、さくら散る―四月の夜の敍情―／あとがき／作品掲載誌／解説（瀬戸口宣司）

詩集　星闌干

１９９０年10月10日、集英社発行　Ａ５変型判　函　帯　１９４頁　装丁・後藤市三　定価１８００円

新漢字　新かな　収録詩篇数49

［内容］星闌干―渡り鳥、わが青春、某月某日、羊群南下、歳月、タリム河畔にて、星闌干、〝昭和〟を送る、立春、戎衣、わが青春、

昭和も遠く、椿、六月有感、アカエリヒレアシシギ、汝南・落陽、杞国の憂い、秋・二題、大落葉の日、初冬、雪が降る、紅梅、天、落日、天命、月光、秋草／零れ陽—夏草、八十歳有感、天龍川・讃、眼鏡、永別、雨期、零れ陽、ヤクーツク讃、花冷え／こやみなく雪が—年の始めに、みかんのように、新年有感—風の音—、新年有感—揚がらぬ凧—、新年有感—築地市場—、新年有感—心衰えた日は—、こやみなく雪が、神かくし、黄河、別れ、無声堂、月光、飛騨高山・讃／あとがき（発表年月・掲載誌付記）

＊限定版　１９９１年１月10日、同社発行。５００部記番署名入り、夫婦函、外函、９０００円。

［再刊本］

詩集 北國

昭和35年11月20日、新潮社発行　新潮文庫１４３４　帯　１０３頁　定価50円

［内容］北國／解説（村野四郎）

詩画集 北國

１９７２年７月31日、求龍堂発行　詩・井上靖　画・脇田和　限定１０００部　Ｂ４桝型判　ノンブルなし　無綴　３重函　定価１８０００円

［内容］梅ひらく、裸梢園、落魄、破倫、さくら散る、比良のシャクナゲ、高原、野分（一）、野分（二）、石庭、友、シリア沙漠の少年、流星、渦、生涯、元氏、カマイタチ、漆胡樽、瞳、獵銃、北國、愛情、葡萄畠、人生、六月／あとがき（自筆原稿写真版）

＊１９７２年９月30日、限定25部版発行。２００００円。

詩画集 珠江

１９７２年９月９日、求龍堂発行　詩・井上靖　画・脇田和　限定１０００部　Ｂ４桝型判　ノンブルなし　無綴　３重函　定価１８０００円

［内容］北極圏の海、エトルスカの石棺、オリーブの林、珠江、天壇、白夜、落日、地中海、布哇の海、アスナロウ、明方、少年、ホタル、川明り、運河、雪、滑り臺、海、旅から歸りて、前生、かちどき、夜光蟲、雨期、淵、象／あとがき（自筆原稿写真版）

＊１９７２年12月25日、限定25部版発行。２００００円。

井上靖詩集

昭和50年７月12日、五月書房発行　限定１０００部記番　Ａ６判　夫婦函　１３５頁　定価２８００円

［内容］『北国』抄—人生、猟銃、北国、瞳、元氏、カマイタチ、シリア沙漠の少年、渦、比良のシャクナゲ、高原、野分（一）、野分（二）、石庭、友、落魄、梅ひらく、裸梢園／『地中海』抄—オリーブの林、落日、地中海、白夜、北極圏の海、アスナロウ、珠江、木乃伊、明方、少年／『運河』抄—運河、川明り、滑り台、雪、ホタル、海、旅から帰りて、黄河、褒姒の笑い／『季節』抄—雨期、象、受胎告知、失踪、回転ドアー、月の出、青葉、夜光虫、凧、青春、挽歌、五月、あじさい、淵、晩夏、暁闇、十一月

井上靖全詩集

昭和54年12月15日、新潮社発行　菊判　函　帯　465頁　題字・装画・カット・加山又造　定価3500円

［内容］『北国』／『地中海』／『運河』／『季節』／『遠征路』／《西域詩篇》白龍堆、交脚弥勒、飛天と千仏、幻の湖、胡旋舞（一）、胡旋舞（二）、千仏洞点描、四月八日／《拾遺詩篇》少女、無題（母よ。…）、瘧疾、無題（雨の日あなたを…）、早春、過失、七月の海、ボール、雨あがり、雪、高原の駅、そんな少年よ、愛する人に、編ものをしている娘、夜半の眼覚め、「坑夫」／発表誌紙一覧／『北国』あとがき／あとがき

［しおり］卓絶した詩人（西脇順三郎）、詩の塔（竹中郁）、井上靖氏の詩の特質（中村真一郎）、詩心を鼓舞するもの（辻邦生）

自選　井上靖詩集

1981年1月15日、旺文社発行　旺文社文庫11―9　190頁
定価280円

［内容］北国―人生、猟銃、北国、葡萄畠、瞳、生涯、記憶、元氏、カマイタチ、漆胡樽、シリア沙漠の少年、渦、流星、比良のシャクナゲ、高原、輸送船、野分（一）、野分（二）、石庭、友、落魄、梅ひらく、裸梢園、十月の詩、六月、夏の終り、ある旅立ち／地中海―オリーブの林、落日、エトルスカの石棺、地中海、北極圏の海、布哇の海、アスナロウ、珠江、木乃伊、ビイディナという部落、ガダルキビル河、明方、少年／運河―運河、川明り、雪、ホタル、海、黄河、褒姒の笑い、陝西博物館、雪／季節―〈雨期〉雨期、象、失踪、仮説、青葉、青春〈挽歌〉挽歌、二月、立春、淵、碧落、暁闇、十一月、心衰えた日に／遠征路―〈遠征路〉坂道、二つの絵、夏、時雨、新しい年〈残照〉残照、月／解説 詩人井上靖―主題と方法（大岡信）

井上靖詩集

昭和56年4月30日、彌生書房発行　世界の詩74　清岡卓行編　小B6変型判　函　口絵写真2葉　158頁　表紙装画・浜田知明　定価800円

［内容］『北国』より―人生、猟銃、北国、愛情、不在、葡萄畠、瞳、漆胡樽、輸送船、シリア沙漠の少年、半生、比良のシャクナゲ、高原、野分（一）、野分（二）、石庭、友、さくら散る、二月、その日そんな時刻、ある旅立ち、裸梢園／『地中海』より―オリーブの林、落日、地中海、インダス河、アスナロウ、珠江、天壇、ポンペイ、ガダルキビル河、コリントの遺跡、明方、少年、布哇の海／『運河』より―運河、川明り、滑り台、雪、前生、旅から帰りて、佐藤春夫先生の耳、黄河、碑林、別離、ミシシッピ河、立入禁止地帯／『季節』より―雨期、象、回転ドアー、月の出、青葉、夜光虫、青春、凧、五月、挽歌、淵、碧落、暁闇、十一月／『遠征路』より―遠征路、星、仙境、二つの絵、夏、盗掘、時雨、残照、月、ターバンの老人、クンドウズの町、ハバロフスク、ふるさと、詩三題／『西域詩篇』より―白龍堆、幻の湖、胡旋舞（一）、胡旋舞（二）、千仏洞点描／解説―井上靖の詩・序説―（清岡卓行）

井上靖全詩集

昭和58年8月25日、新潮社発行　新潮文庫3054　カバー（加山又造）帯　263頁　定価280円
［内容］新潮社版『井上靖全詩集』に同じ／解説（宮崎健三）

井上靖詩集　シリア沙漠の少年
昭和60年8月25日、教育出版センター発行　ジュニアポエム双書32　宮崎健三編　A5判　カバー　139頁　注釈・表記・飯塚浩　装画・駒宮録郎　定価1200円
［内容］（無題序文）／序詩―瞳／母とふるさと―母へ、懐郷、ふるさと、カマイタチ、凧、落魄、秋・二ケ条／海―海、千本浜、港の子、地中海、渦、運河／青春―青春、あらし、少女、ボール、流星、早春、驚異、海辺、愛する人に／生―夜光虫、月に立つ人、シリア沙漠の少年、落日、蛾、象／戦いの日―元氏、友、手、野分／季節の詩―雪、新しい年、立春、六月、夏、稲の八月、秋、石英の音、落葉、冬の来る日／解説（宮崎健三）

増補愛蔵版　井上靖シルクロード詩集
1990年7月20日、日本放送出版協会発行　B5変型判　カバー　函　帯　207頁　題字・井上靖　写真・大塚清吾　装幀・熊沢正人　定価7500円
［内容］旧版に「魃」「別れ」「飛天・讃」「黄河」「天・黄河」「旧黄河」「開封」「武（ぶ）」「殷墟にて」「迅雷風烈一」「迅雷風烈二」「夕暮」「辺境の町・ウルムチ」「タリム河畔にて」「月光」「詩人」「羊群南下」「流刑の町」「遠いナイル」「ハジラール」「歳月」「啓蟄」「渡り鳥」「椿」の計24篇の詩を増補し、巻末に大塚清吾「井上靖先生を撮影して」、井上靖「増補版あとがき」を新たに付す。

井上靖・山本和夫　青春詩集
1997年5月1日、福田正夫詩の会発行　焔選書　瀬戸口宣司編集　A5判　カバー　帯　115頁　装幀・福田達夫　定価1500円
［内容］井上靖―冬の来る日、流れ、孤独、初春の感傷、懐郷、五月の風、蛾、冷い流れ、稲の八月、驚異、秋、向日葵、みかん、母へ、少女、死を思ふ日、面をあげてゆく、春を呼ぶな、無題（母よ）、無題（雨の日あなたを）、二月／山本和夫／初出誌と収録詩集、あとがき（福田美鈴）

井上靖シルクロード詩集
1998年3月20日、日本放送出版協会発行　NHKライブラリー76　文庫大判　カバー　227頁　レイアウト・熊沢正人＋パワーハウス　写真・大塚清吾　定価1020円（本体）
［内容］本文増補愛蔵版に同じ／NHKライブラリーのためのあとがき（大塚清吾）、靖のこと（井上ふみ）

短篇集

［初刊本］

闘牛
昭和25年3月20日、文藝春秋新社発行　B6判　カバー　帯（佐藤春夫、石川達三の芥川賞選評抄）　266頁　題簽・佐藤春夫　装幀・猪熊弦一郎　定価200円
［内容］猟銃、闘牛、通夜の客／あとがき

死と恋と波と
昭和25年12月10日、養徳社（奈良県）発行　B6判　帯　273頁　装幀・吉原治良　定価180円
［内容］死と恋と波と、あすならう、七人の紳士、波紋、断雲、石庭、流星、踊る葬列

雷雨
昭和25年12月25日、新潮社発行　B6判　折込表紙　帯　249頁　装幀・古茂田守介　定価200円
［内容］比良のシャクナゲ、漆胡樽、早春の墓参、星の屑たち、雷雨、舞台、碧落

傍観者
昭和26年12月15日、新潮社発行　B6判　カバー　帯　242頁　装幀・三岸節子　定価220円
［内容］傍観者、三の宮炎上、夜明けの海、結婚記念日、表彰、ある愛情、斜面、かしわんば

ある偽作家の生涯
昭和26年12月20日、創元社発行　B6判　カバー　帯　181頁　装幀・福沢一郎　定価200円
［内容］ある偽作家の生涯、玉碗記、澄賢房覚書、漆胡樽

春の嵐
昭和27年5月31日、創元社発行　B6判　折込表紙　カバー　帯　248頁　装幀・脇田和　定価200円
［内容］春の嵐、楕円形の月、蜜柑畠、百日紅、七夕の町

黄色い鞄
昭和27年10月15日、小説朝日社発行　B6判　カバー　帯　282頁　装幀・古茂田守介　定価250円
［内容］夏花、あげは蝶、滝へ降りる道、晩夏、白い手、悪魔、千代の帰郷、黄色い鞄、大いなる墓

仔犬と香水瓶
昭和27年10月25日、文藝春秋新社発行　B6判　カバー　帯　242頁　装幀・脇田和　定価230円

［内容］氷の下、仔犬と香水瓶、ある自殺未遂、楼門、北の駅路、貧血と花と爆弾

暗い平原

昭和28年6月5日、筑摩書房発行　B6判　カバー　帯（野間宏推薦文）　286頁　定価280円

［内容］暗い平原（長篇）、水溜りの中の瞳、小さい旋風、鵯（ひよどり）、落葉松、頭蓋のある部屋／あとがき

異域の人

昭和29年3月30日、大日本雄弁会講談社発行　B6判　カバー　帯（中山義秀評）　253頁　装幀・吉田健男　定価260円

［内容］信松尼記、信康自刃、天目山の雲、利休の死、桶狭間、漂流、僧行賀の涙、異域の人

風わたる

昭和29年9月25日、現代社発行　B6判　カバー　帯　243頁　装幀・一木平蔵　定価250円

［内容］春のうねり、ある日曜日、風わたる、勝負、石の面、驟雨、稲妻、赤い爪、鮎と競馬

青い照明

昭和29年10月25日、山田書店発行　B6判　カバー　帯　306頁　装幀・有井泰　定価280円

［内容］断崖、みどりと恵子、青い照明、春の雑木林、小鳥寺、昔の愛人、爆竹、春寒、梧桐の窓、潮の光

伊那の白梅

昭和29年11月20日、光文社発行　カッパ・ブックス　新書判　カバー（山口長男）　210頁　定価100円

［内容］伊那の白梅、傍観者、三ノ宮炎上、銹びた海、七夕の町、父の愛人／あとがき

星よまたたけ

昭和29年12月10日、同和春秋社発行　昭和少年少女文学選集4　B6判　カバー　帯　口絵写真　258頁　装幀・大橋彌生　挿絵・櫻井誠　定価190円

［内容］星よまたたけ、ほくろのある金魚、猫がはこんできた手紙／読者の御両親へ（井上靖）

美也と六人の恋人

昭和30年3月5日、光文社発行　カッパ・ブックス　新書判　カバー（斎藤清、袖に山本健吉「孤独な人間の抒情的メロディー」）　190頁　定価100円

［内容］美也と六人の恋人、チャンピオン、合流点、投網、夜の金魚、薄氷／あとがき

騎手

昭和30年10月25日、筑摩書房発行　新書判　カバー（須田壽）　195頁　定価130円

［内容］騎手、失はれた時間、黙契、燃ゆる緋色、湖岸、ダムの春、風のある午後、ある兵隊の死

その日そんな時刻
昭和31年2月10日、東方社発行　B6判　カバー　帯　283頁　装幀・阿部龍應　定価260円
［内容］昔の恩人、颱風見舞、紅白の餅、秘密、白い街道、初代権兵衛、その日そんな時刻
＊昭和32年7月15日、再刊。

野を分ける風
昭和31年4月15日、創藝社発行　新書判　カバー　口絵写真　225頁　定価130円
［内容］ざくろの花、殺意、野を分ける風、二つの秘密、ひとり旅、二枚の招待状／あとがき

姨捨
昭和31年6月15日、新潮社発行　四六判　カバー　217頁　装幀・永園皓哉　定価280円
［内容］胡桃林、姨捨、グウドル氏の手套、湖の中の川、大洗の月、俘囚、山の少女、花粉、夏の雲／あとがき

孤猿
昭和31年12月10日、河出書房発行　B6判　カバー　199頁　定価250円
［内容］孤猿、夏の草、レモンと蜂蜜、暗い舞踏会、蘆、川の話／あとがき

眞田軍記
昭和32年2月28日、新潮社発行　B6判　カバー　帯　197頁　装幀・江崎孝坪　定価230円
［内容］眞田軍記（海野能登守自刃、本多忠勝の女、むしろの差物、眞田影武者）、篝火、高嶺の花、犬坊狂乱、森蘭丸／あとがき

少年
昭和32年12月5日、角川書店発行　角川小説新書　新書判　カバー　173頁　定価110円
［内容］少年、晩夏、滝へ降りる道、颱風見舞、白い街道、黙契、驟雨、ざくろの花／あとがき

掌篇小説集　青いボート
昭和33年5月15日、光文社発行　新書判　函　202頁　装幀・庫田叕　定価180円
［内容］風、天正十年元旦、帰郷、梅、青いボート、再会、古九谷、秘密、無蓋貨車、李さん、青いカフスボタン、ほくろのある金魚、ひと朝だけの朝顔、岬の絵

満月
昭和33年9月10日、筑摩書房発行　四六判　カバー　帯　230頁　装幀・加山又造　定価290円

［内容］満月、花のある岩場、四つの面、司戸若雄年譜、夏の終り、ある関係、屋上、良夜、波の音、ボタン／あとがき

楼蘭
昭和34年5月10日、講談社発行　A5判　函　帯　202頁　定価280円
［内容］楼蘭、幽鬼、平蜘蛛の釜、佐治與九郎覚え書／あとがき
＊限定版　同日、同社発行。300部記番署名入り、函、帯、夫婦函、480円。

洪水
昭和37年4月30日、新潮社発行　A5判　函　帯　210頁　装画・山口源　定価350円
［内容］洪水、補陀落渡海記、狼災記、考える人、小磐梯／本書収録作品の発表誌名

凍れる樹
昭和39年11月20日、講談社発行　四六判　函　帯　281頁　装幀・畦地梅太郎　定価450円
［内容］凍れる樹、晴着、北国の春、一年契約、色のある闇、どうぞお先に、眼、面、故里美し

羅刹女国
昭和40年1月1日、文藝春秋新社発行　A5判　函　帯　198頁　装幀・杉本健吉　定価580円
［内容］羅刹女国、僧伽羅国縁起、宦者中行説、褒姒の笑い、永泰公主の頸飾り、塔二と弥三、明妃曲

月の光
昭和44年10月14日、講談社発行　A5判　函　帯（中村光夫評）ビニルカバー　200頁　定価620円
［内容］花の下、月の光、墓地とえび芋／発表掲載誌

崑崙の玉
昭和45年6月30日、文藝春秋発行　A5判　函　帯　242頁　定価870円
［内容］崑崙の玉、聖者、古代ペンジケント、古い文字／初出誌一覧

ローマの宿
昭和45年9月5日、新潮社発行　四六判　函　帯（著者の言葉）185頁　装画・カット・平山郁夫　定価550円
［内容］ローマの宿、フライイング、ローヌ川、テペのある街にて、アム・ダリヤの水溜り／発表掲載誌

土の絵
昭和47年11月25日、集英社発行　A5判　函　帯　296頁　装丁・横山操　定価880円
［内容］海の欠片、ある交友、胡姫、土の絵、春の入江、別れの旅、城あと、青葉の旅、冬の月、海、トランプ占い／掲載誌

火の燃える海
昭和48年3月30日、集英社発行　A5判　函　帯　268頁　装丁・加山又造　定価850円
［内容］菊、明るい海、富士の見える日、奇妙な夜、監視者、ある旅行、訪問者、盛装、加芽子の結婚、見合の日、二つの挿話、火の燃える海、コント四篇（二分間の郷愁、年賀状、海浜の女王、海水着）／掲載誌

あかね雲
昭和48年11月15日、新潮社発行　四六判　函　帯　202頁　装画・カット・脇田和　定価680円
［内容］帽子、魔法壜、あかね雲、魔法の椅子、夏の焔、馬とばし、ハムちゃんの正月、岩の上、裸の梢、ある女の死、とんぼ／発表掲載誌

桃李記
昭和49年9月30日、新潮社発行　A5変型判　函　帯　240頁　装画・東山魁夷　定価1300円
［内容］道、風、桃李記、雪の面、壺、ダージリン、鬼の話／発表年月・掲載誌

わが母の記
昭和50年3月20日、講談社発行　A5判　函　帯　ビニルカバー　204頁　装幀・川島勝　定価1600円
［内容］花の下、月の光、雪の面／あとがき

井上靖の童話　銀のはしご―うさぎのピロちゃん物語―
1980年12月10日、小学館発行　B6判　カバー　帯　158頁　鈴木義治・画　装幀・中野博之　定価780円
［内容］銀のはしご

石濤
平成3年6月25日、新潮社発行　四六判　函　帯　203頁　装画・石濤　定価1800円
［内容］石濤、川の畔り、炎、ゴー・オン・ボーイ、生きる／発表誌

［再刊本］

猟銃・闘牛
昭和25年11月30日、新潮社発行　新潮文庫134　帯　203頁　定価70円
［内容］猟銃、闘牛、比良のシャクナゲ／解説（河盛好蔵）
＊昭和41年10月30日、改版。

愛
1954年8月20日、雲井書店発行　新書判　カバー（袖に著者の言葉）　帯　123頁　100円

［内容］結婚記念日、石庭、死と恋と波と

末裔
昭和29年10月15日、新潮社発行　昭和名作選4　四六判　折込表紙　帯　口絵写真　２９１頁　装幀・山田申吾　定価２３０円
［内容］末裔、湖上の兎、楕円形の月、ある偽作家の生涯、玉碗記、利休の死、漆胡樽、比良のシャクナゲ、猟銃／解説（中村光夫）

異域の人
昭和30年12月25日、大日本雄弁会講談社発行　ミリオン・ブックス　新書判　折込表紙　帯（臼井吉見・中山義秀評）　２２８頁　装幀・中川一政　定価１３０円
［内容］信松尼記、信康自刃、天目山の雲、利休の死、桶狭間、漂流、僧行賀の涙、異域の人／解説（浦松佐美太郎）

貧血と花と爆弾　他二篇
昭和31年3月5日、角川書店発行　角川文庫１３５０　帯　１９８頁　定価70円
［内容］貧血と花と爆弾、或る自殺未遂、暗い平原／解説（十返肇）

風わたる
昭和31年3月20日、三笠書房発行　三笠新書　新書判　カバー（難波田龍起、袖に瓜生卓造推薦文）　２１２頁　定価１２０円
［内容］春のうねり、ある日曜日、風わたる、勝負、石のおもて、驟雨、稲妻、赤い爪、鮎と競馬／解説（平山信一）
＊昭和32年3月25日、同社よりＢ６判単行本として再刊。

黄色い鞄
昭和31年5月10日、東方社発行　東方新書　新書版　カバー（袖に著者の言葉）　帯　２０５頁　定価１３０円
［内容］夏花、千代の帰郷、黄色い鞄、あげは蝶、瀧へ降りる道、晩夏、悪魔、大いなる墓、白い手

青い照明
昭和31年5月20日、三笠書房発行　三笠新書　新書判　カバー（阿部竜応、袖に野村尚吾推薦文）　２６１頁　定価１５０円
［内容］断崖、みどりと恵子、青い照明、春の雑木林、小鳥寺、昔の愛人、爆竹、春寒、梧桐の窓、潮の光／解説（野村尚吾）

ある偽作家の生涯
昭和31年5月30日、新潮社発行　新潮文庫７４９　帯　２２３頁　定価70円
［内容］ある偽作家の生涯、玉碗記、澄賢房覚え書、漆胡樽、信松尼記、僧行賀の涙／解説（神西清）
＊昭和45年7月30日、改版。

七人の紳士
昭和31年9月30日、三笠書房発行　新書判　カバー（袖に斎藤豊節推薦文）　帯　２２８頁　定価１５０円

［内容］あすなろう、七人の紳士、波紋、断雲、流星、百日紅、踊る葬列／解説（斎藤豊節）

ある愛情

昭和31年11月10日、三笠書房発行　Ｂ６判　カバー（袖に高木金之助推薦文）帯　２３０頁　定価１５０円

［内容］夜明けの海、結婚記念日、表彰、ある愛情、斜面、かしわんば、蜜柑畠、舞台、千代の帰郷／解説（高木金之助）

楼門　他七篇

昭和31年12月25日、角川書店発行　角川文庫１１９５　帯　２０８頁　定価70円

［内容］早春の墓参、鵯（ひよどり）、落葉松、氷の下、楼門、末裔、湖上の兎、楕円形の月／解説（小松伸六）

山の湖

昭和32年3月5日、角川書店発行　角川小説新書　新書判　カバー（袖に丹羽文雄「鮮明な詩情と誠実」）２１４頁　定価１２０円

［内容］山の湖、昔の恩人、紅白の餅、秘密、初代権兵衛、その日そんな時刻／あとがき

異域の人　他五篇

昭和32年8月30日、角川書店発行、角川文庫１６０７　帯　１７６頁　定価70円

［内容］信康自刃、天目山の雲、利休の死、桶狭間、漂流、異域の人／解説（山本健吉）

眞田軍記

昭和33年11月10日、角川書店発行　角川文庫１７４７　帯　１８６頁　定価70円

［内容］眞田軍記、篝火、高嶺の花、犬坊狂乱、森蘭丸／あとがき、解説（小松伸六）

＊昭和45年5月20日、改版。

愛

昭和34年4月30日、角川書店発行　角川文庫１８１２　帯　１０６頁　定価40円

［内容］結婚記念日、石庭、死と恋と波と／解説（野村尚吾）

＊昭和45年3月20日、改版。

孤猿

昭和34年9月20日、角川書店発行　角川文庫１８７０　帯　１５８頁　定価60円

［内容］孤猿、夏の草、レモンと蜂蜜、暗い舞踏会、蘆、川の話／あとがき、解説（進藤純孝）

満月　他九篇

昭和34年10月10日、角川書店発行　角川文庫１８７２　帯　２２６頁　定価80円

［内容］満月、花のある岩場、四つの面、司戸若雄年譜、夏の終り、

ある関係、屋上、良夜、波の音、ボタン／あとがき（昭和33年8月16日付）／解説（佐伯彰一）

潮の光・青い照明
昭和35年2月20日、角川書店発行　角川小説新書　新書判　カバー　帯　247頁　定価150円
［内容］断崖、みどりと恵子、青い照明、春の雑木林、小鳥寺、昔の愛人、爆竹、春寒、梧桐の窓、潮の光

楼蘭
昭和37年10月10日、講談社発行　ロマン・ブックスR287　新書判　折込表紙　218頁　装幀・山口源　定価200円
［内容］楼蘭、幽鬼、平蜘蛛の釜、佐治与九郎覚え書、川村権七逐電、高天神城

異域の人
昭和38年6月15日、講談社発行　ロマン・ブックスR101G　新書判　カバー　228頁　装幀・山口源　定価220円
［内容］信松尼記、信康自刃、天目山の雲、利休の死、桶狭間、漂流、僧行賀の涙、異域の人／解説（浦松佐美太郎）

傍観者
昭和42年3月5日、講談社発行　ロマン・ブックスR101R　新書判　カバー　217頁　装幀・山口源　定価260円
［内容］傍観者、三ノ宮炎上、夜明けの海、結婚記念日、表彰、ある愛情、斜面、かしわんば、伊那の白梅、銹びた海、七夕の町、父の愛人

風わたる
1967年7月25日、集英社発行　コンパクト・ブックス322A　新書判　カバー　222頁　定価260円
［内容］春のうねり、ある日曜日、風わたる、勝負、石のおもて、驟雨、稲妻、赤い爪、鮎と競馬

凍れる樹
昭和42年8月28日、講談社発行　ロマン・ブックスR101S　新書判　カバー　285頁　装幀・山口源　定価300円
［内容］凍れる樹、晴着、北国の春、一年契約、色のある闇、どうぞお先に、眼、面、故里美し

青い照明
1967年9月25日、集英社発行　コンパクト・ブックス322B　新書判　カバー　266頁　定価290円
［内容］断崖、みどりと恵子、青い照明、春の雑木林、小鳥寺、昔の愛人、爆竹、春寒、梧桐の窓、潮の光

姨捨
昭和42年10月30日、新潮社発行　新潮文庫1772　帯　276頁　定価110円
［内容］姨捨、胡桃林、グウドル氏の手套、湖の中の川、大洗の月、

孤猿、蘆、川の話、湖上の兎、俘囚、花粉、四つの面／解説（福田宏年）

楼蘭

昭和43年1月25日、新潮社発行　新潮文庫1782　カバー（脇田和）　305頁　定価130円

［内容］楼蘭、洪水、異域の人、狼災記、羅刹女国、僧伽羅国縁起、宦者中行説、褒姒の笑い、幽鬼、補陀落渡海記、小磐梯、北の駅路／解説（山本健吉）

＊平成5年6月30日、改版。郡司勝義「注解」を付加。

楼蘭・孤猿

昭和43年10月25日、新学社発行　新学社文庫17　新書判　カバー　190頁　装幀・岡村夫二　扉版画・棟方志功　さし絵・柳井愛子　定価170円

［内容］井上靖の文学（河上徹太郎）／小磐梯、川の話、孤猿、大洗の月、楼蘭／解説　井上靖（山本健吉）、読書のしかた（相原永一）、年譜

孤猿・小磐梯　他八編

昭和46年4月1日、旺文社発行　旺文社文庫A113　函　口絵写真　291頁　挿絵・中本達也　定価180円

［内容］孤猿、玉碗記、ある偽作家の生涯、北の駅路、大洗の月、湖上の兎、グウドル氏の手套、姨捨、湖の中の川、小磐梯／解説（佐伯彰一）、短篇小説の魅力（菊村到）、「きりん」の頃（竹中郁）、代表作品解題（福田宏年）、参考文献、年譜（福田宏年）

月の光

昭和46年7月1日、講談社発行　講談社文庫A21　カバー（亀倉雄策）　140頁　定価120円

［内容］花の下、月の光、墓地とえび芋／解説（中村光夫）、年譜（福田宏年）

洪水・異域の人　他八編

昭和46年8月20日、旺文社発行　旺文社文庫A112　函　口絵写真　320頁　挿絵・松田穰　定価200円

［内容］漆胡樽、利休の死、信松尼記、幽鬼、僧行賀の涙、楼蘭、洪水、宦者中行説、褒姒の笑い、異域の人／西域関係参考地図、西域関係年譜、解説（高橋英夫）、西域への憧れ（大原富枝）、井上さんの酒とゴルフ（源氏鶏太）、代表作品解題（福田宏年）、参考文献、年譜（福田宏年）

楼門

昭和47年11月20日、潮出版社発行　潮文庫87　カバー（市川正三）　207頁　定価140円

［内容］結婚記念日、ある日曜日、ボタン、黙契、暗い舞踏会、司戸若雄年譜、三ノ宮炎上、楼門／解説（山本健吉）

暗い平原

昭和48年7月10日、中央公論社発行　中公文庫A8　カバー　23

9頁　表紙・扉・白井晟　定価１８０円

［内容］暗い平原、美也と六人の恋人、その日そんな時刻／解説（奥野健男）

傍観者

昭和48年7月20日、潮出版社発行　潮文庫１００　カバー（市川正三）　２１9頁　定価１５０円

［内容］傍観者、面、夏花、一年契約、錆びた海、七夕の町、大いなる墓／解説（尾崎秀樹）

伊那の白梅

昭和48年11月20日、潮出版社発行　潮文庫１０７　カバー（市川正三）　２０３頁　定価１５０円

［内容］伊那の白梅、夜明けの海、斜面、かしわんば、失われた時間、薄氷、夜の金魚、千代の帰郷／解説（尾崎秀樹）

山の少女・北国の春

昭和49年3月20日、潮出版社発行　潮文庫１１１　カバー（市川正三）　２８１頁　定価２７０円

［内容］山の少女、星の屑たち、春寒、みどりと恵子、騎手、石の面、北国の春、七人の紳士、眼、晴着／解説（高野斗志美）

真田軍記　他七編

昭和49年9月20日、旺文社発行　旺文社文庫11―7　カバー（山野辺進）　２９０頁　挿画・山野辺進　題字・賀茂牛之　定価２４０円

［内容］真田軍記、篝火、高嶺の花、犬坊狂乱、桶狭間、天正十年元旦、佐治与九郎覚書、川村権七逐電／解説（杉本春生）、関係系図・年表（郡司勝義）、代表作品解題（福田宏年）、参考文献（郡司勝義）、年譜（福田宏年）

崑崙の玉

１９７４年12月25日、文藝春秋発行　文春文庫１０４―２　カバー（栗屋充）　２５１頁　定価２６０円

［内容］崑崙の玉、聖者、永泰公主の頸飾り、古代ペンジケント、古い文字、明妃曲、塔二と弥三／解説（佐伯彰一）

天目山の雲　他十一篇

昭和50年2月10日、角川書店発行　角川文庫３１０９　カバー（上村松篁）　２８３頁　定価２６０円

［内容］桶狭間、平蜘蛛の釜、信康自刃、天正十年元旦、天目山の雲、利休の死、佐治与九郎覚書、漂流、塔二と弥三、明妃曲、異域の人、永泰公主の頸飾り／解説（山本健吉）

満月　他七篇

昭和50年8月1日、角川書店発行　角川文庫１８７２　カバー（上村松篁）　２７９頁　２６０円

［内容］満月、舞台、考える人、初代権兵衛、胡桃林、碧落、チャンピオン、頭蓋のある部屋／解説（奥野健男）

滝へ降りる道 他十編
昭和50年9月10日、旺文社発行　旺文社文庫11―8　カバー（関合正明）　挿絵・関合正明　263頁　定価240円
［内容］ある兵隊の死、雷雨、勝負、楕円形の月、氷の下、滝へ降りる道、晩夏、投網、黙契、颱風見舞、神かくし／解説（長谷川泉）、代表作品解題（福田宏年）、年譜（福田宏年）

花のある岩場
昭和51年2月10日、角川書店発行　角川文庫3296　カバー（上村松篁）　275頁　定価260円
［内容］花のある岩場、末裔、鶫、落葉松、花粉、屋上、俘囚、夏の終り、氷の下、早春の墓参／解説（奥野健男）

わが母の記
昭和52年5月15日、講談社発行　講談社文庫A394　カバー（上村松篁）　207頁　定価260円
［内容］わが母の記（花の下、月の光、雪の面）、墓地とえび芋／あとがき、解説（中村光夫）、年譜（福田宏年）

冬の月
昭和52年9月30日、集英社発行　集英社文庫3B　カバー（堀文子）　204頁　定価180円
［内容］明るい海、胡姫、二つの挿話、海の欠片、土の絵、海、冬の月、ボタン、ある交友、四角な石／解説（福田宏年）

青葉の旅
昭和52年12月30日、集英社発行　集英社文庫3C　カバー（堀文子）　261頁　定価220円
［内容］波の音、良夜、トランプ占い、別れの旅、冬の外套、青葉の旅、一年契約、春の入江、城あと／解説（奥野健男）

火の燃える海
昭和53年5月30日、集英社発行　集英社文庫3D　カバー（堀文子）　221頁　定価180円
［内容］火の燃える海、ある旅行、奇妙な夜、訪問者、菊、盛装、加芽子の結婚、見合の日、監視者、富士の見える日／解説（進藤純孝）

少年・あかね雲
昭和53年10月27日、新潮社発行　新潮文庫2493　カバー（脇田和）　299頁　定価280円
［内容］帽子、魔法壜、滝へ降りる道、晩夏、少年、帰郷、黙契、白い街道、ある女の死、ハムちゃんの正月、とんぼ、馬とばし、岩の上、裸の梢、夏の焰、あかね雲、眼、魔法の椅子／解説（北杜夫）

三ノ宮炎上
昭和53年10月30日、集英社発行　集英社文庫3E　カバー（堀文子）　278頁　定価240円
［内容］眼、黙契、面、山の少女、三ノ宮炎上、星の屑たち、夜明けの海、みどりと恵子、千代の帰郷、大いなる墓／解説（尾崎秀

樹）

夏花

昭和54年2月28日、集英社発行　集英社文庫3Ｆ　カバー（堀文子）　２５６頁　定価２２０円

［内容］傍観者、夏花、伊那の白梅、石の面、薄氷、かしわんば、騎手、失われた時間、暗い舞踏会／解説（山本健吉）

楼門

昭和54年7月25日、集英社発行　集英社文庫3Ｇ　カバー（堀文子）　２６９頁　定価２４０円

［内容］楼門、司戸若雄年譜、春寒、北国の春、銹びた海、斜面、ある日曜日、七夕の町、夜の金魚、七人の紳士／解説（福田宏年）

貧血と花と爆弾

１９７９年9月25日、文藝春秋発行　文春文庫１０４—15　カバー（粟屋充）　３８１頁　定価３８０円

［内容］貧血と花と爆弾、ある自殺未遂、夏の雲、銃声、燃ゆる緋色、湖岸、小さい旋風、断雲、夏草、風のある午後、水溜りの中の瞳、仔犬と香水瓶／解説（福田宏年）

断崖

１９７９年12月25日、文藝春秋発行　文春文庫１０４—16　カバー（粟屋充）　３８０頁　定価４００円

［内容］断崖、驟雨、蜜柑畑、ダムの春、波紋、あげは蝶、夜の金魚、百日紅、流星、父の愛人、ある関係、赤い爪、表彰、殺意、合流点／解説（福田宏年）

北国の春

昭和55年10月15日、講談社発行　講談社文庫Ａ６５１　カバー（佐田勝）　２３６頁　定価３２０円

［内容］凍れる樹、晴着、北国の春、一年契約、色のある闇、どうぞお先に、眼、面（めん）、故里美し／解説（福田宏年）

道・ローマの宿

昭和56年10月25日、新潮社発行　新潮文庫２７７６　カバー（東山魁夷）　帯　３４６頁　定価３６０円

［内容］道、風、桃李記、雪の面、壺、ダージリン、鬼の話、ローマの宿、フライイング、ローヌ川、テペのある街にて、アム・ダリヤの水溜り／解説（秦恒平）

楼蘭

昭和60年8月23日、講談社発行　Ａ5判　函　帯　１８８頁　定価１９００円

［内容］楼蘭、幽鬼、平蜘蛛の釜、佐治与九郎覚え書／あとがき（昭和60年7月18日付）

異域の人—自選西域小説集—

昭和62年12月10日、講談社発行　Ａ5判　函　帯　１８６頁　装幀・川島羊三　定価２２００円

［内容］漆胡樽、玉碗記、異域の人、洪水、狼災記、聖者／あとがき、初出一覧
底本・『井上靖歴史小説集』（岩波書店）

星よまたたけ―井上靖童話集―
昭和63年2月25日、新潮社発行　新潮文庫4023　カバー（鈴木義治）帯　297頁　挿絵・鈴木義治　定価360円
［内容］銀のはしご―うさぎのピロちゃん物語―、猫がはこんできた手紙、ほくろのある金魚、星よまたたけ／解説（福田宏年）

ある偽作家の生涯
1988年4月10日、埼玉福祉会発行　大活字本シリーズ　A5判　461頁　500部限定　装幀・早田二郎　定価3600円
＊底本・新潮文庫「ある偽作家の生涯」

楼蘭―西域小説集―
1988年7月15日、第三文明社発行　21C文庫1　B6判　カバー　219頁　定価800円
［内容］楼蘭、崑崙の玉、永泰公主の頸飾り、褒姒の笑い、宦者中行説、明妃曲、塔二と弥三

猟銃・闘牛
1990年10月10日、埼玉福祉会発行　大活字本シリーズ　A5判　401頁　500部限定　装幀・早田二郎　定価3600円（本体）
＊底本・新潮文庫「猟銃・闘牛」

楼蘭
1993年4月8日、牧羊社制作、一枚の絵発売　B5判　函　71頁　豪華愛蔵和綴本2000部限定記番　絵・平山郁夫　装幀・川島羊三、渡部俊慧　定価12000円
［内容］楼蘭／あとがき（井上ふみ）

わが母の記
1994年4月10日、埼玉福祉会発行　大活字本シリーズ　A5判　379頁　500部限定　定価3600円（本体）
＊底本・講談社文庫「わが母の記」

石濤
平成6年7月1日、新潮社発行　新潮文庫4113　カバー（石濤）帯　173頁　定価320円
［内容］石濤、川の畔り、炎、ゴー・オン・ボーイ、生きる／解説（曾根博義）

わが母の記―花の下・月の光・雪の面―
1997年7月10日、講談社発行　講談社文芸文庫いH1　カバー　238頁　定価910円（本体）
［内容］わが母の記（花の下、月の光、雪の面）、墓地とえび芋／解説（松原新一）、年譜（曾根博義）、著書目録（曾根博義）、参考文献（曾根博義）

長篇

［初刊本］

流転
昭和23年10月10日、有文堂（大阪）発行　B6判　帯　246頁
装幀・挿画・堂本印象　定価100円
［内容］流転、紅荘の悪魔たち、霰の街／あとがき

黯い潮
昭和25年10月30日、文藝春秋新社発行　B6判　折込表紙　カバー　帯　223頁　装幀・内田巖　定価180円
［内容］黯い潮／あとがき

その人の名は言えない
昭和25年10月31日、新潮社発行　B6判　カバー　帯　337頁
装幀・小磯良平　定価220円
［内容］その人の名は言えない

白い牙
昭和26年6月30日、新潮社発行　B6判　カバー　帯　216頁
装幀・林武　定価190円
［内容］白い牙

戦国無頼
昭和27年4月1日、毎日新聞社発行　B6判　カバー　帯　414頁　装本・野口彌太郎　定価300円
［内容］戦国無頼

緑の仲間
昭和27年10月25日、毎日新聞社発行　B6判　カバー　帯（作者の言葉）　273頁　装本・猪熊弦一郎　定価250円
［内容］緑の仲間

青衣の人
昭和27年12月31日、新潮社発行　B6判　カバー　帯　227頁
装幀・吉岡堅二　定価230円
［内容］青衣の人

座席は一つあいている
永井龍男・真杉静枝との共著（リレー小説）　昭和28年7月15日、讀賣新聞社発行　B6判　折込表紙　帯　220頁　装幀と扉・小川マリ　挿絵・生沢朗　定価180円
［内容］座席は一つあいている

風と雲と砦
昭和28年11月30日、新潮社発行　B6判　カバー　帯　338頁

表紙・カバー・杉本健吉　定価310円
［内容］風と雲と砦

花と波濤
昭和29年1月15日、大日本雄弁会講談社発行　B6判　カバー　帯（丹羽文雄評、映画出演スタッフ所感）　315頁　装幀・中島靖侃　定価250円
［内容］花と波濤

昨日と明日の間
昭和29年4月10日、朝日新聞社発行　B6判　カバー　406頁　装幀・吉田健男　題字・高橋錦吉　定価320円
［内容］昨日と明日の間

あすなろ物語
昭和29年4月28日、新潮社発行　B6判　カバー　帯　193頁　定価230円
［内容］あすなろ物語

霧の道
1954年9月25日、雲井書店発行　B6判　カバー　帯　198頁　定価220円
［内容］霧の道、山の湖
＊のち同一紙型で新書判、カバー、帯（十返肇評）付に改判、改装。

春の海図
昭和29年11月15日、現代社発行　B6判　カバー　帯　212頁　装幀・桜井誠　定価220円
［内容］春の海図

オリーブ地帯
昭和29年12月15日、大日本雄弁会講談社発行　B6判　カバー　帯　249頁　装幀・中島靖侃　定価200円
［内容］オリーブ地帯

あした来る人
昭和30年2月25日、朝日新聞社発行　B6判　カバー　帯　333頁　装幀・榎戸庄衛　定価280円
［内容］あした来る人

黒い蝶
昭和30年10月10日、新潮社発行　四六判　折込表紙　帯（伊藤整、高橋義孝、十返肇、福田恆存、吉田健一評）　311頁　装幀・山田申吾　定価290円
［内容］黒い蝶

夢見る沼
昭和30年12月10日、大日本雄弁会講談社発行　ロマン・ブックス新書判　折込表紙　帯　249頁　装幀・勝呂忠　定価140円
［内容］夢見る沼

風林火山
昭和30年12月30日、新潮社発行　B6判　折込表紙　276頁　装幀・江崎孝坪　定価280円
［内容］風林火山
＊奥付記載の発行日は新潮社小説文庫版（1955年12月25日発行）の方が早いが、こちらを初刊本とした。

魔の季節
昭和31年4月15日、毎日新聞社発行　新書判　カバー・扉（難波田龍起）　帯　309頁　定価150円
［内容］魔の季節

満ちて来る潮
昭和31年6月30日、新潮社発行　四六判　折込表紙　カバー　284頁　装幀・中村岳陵　定価270円
［内容］満ちて来る潮

白い炎
昭和32年3月30日、新潮社発行　四六判　カバー　帯　276頁　装幀・山田申吾　定価260円
［内容］白い炎

白い風赤い雲
昭和32年4月15日、角川書店発行　B6判　カバー　帯　326頁　装幀・森田元子　定価260円
［内容］　白い風赤い雲

こんどは俺の番だ
昭和32年4月30日、文藝春秋新社発行　小B6判　函　帯　294頁　装幀・大久保恒次　定価230円
［内容］こんどは俺の番だ

射程
昭和32年5月30日、新潮社発行　四六判　カバー　函　帯（臼井吉見評）　249頁　装幀・中野謙二　定価300円
［内容］射程

氷壁
昭和32年10月30日、新潮社発行　四六判　函　帯　しおり　325頁　定価310円
［内容］氷壁
［しおり］「氷壁」の舞台（近藤等）、「氷壁」について（井上靖）、「氷壁」のことで（串田孫一）

天平の甍
昭和32年12月10日、中央公論社発行　四六判　函　帯（山本健吉『天平の甍』を推す」）　209頁　装釘・橋本明治　定価280円
［内容］天平の甍／あとがき
＊昭和52年10月25日改版（「新版あとがき」付）、昭和54年10月10日

新装版発行。

海峡
昭和33年9月10日、角川書店発行　四六判　函　帯　309頁　定価310円
［内容］海峡／あとがき

揺れる耳飾り
昭和33年12月25日、講談社発行　四六判　函　帯　260頁　装幀・森田元子　定価280円
［内容］揺れる耳飾り

ある落日
昭和34年5月10日、角川書店発行　四六判　函　帯　355頁　装画・久保守　扉題字・町春草　定価370円
［内容］ある落日／あとがき

波濤
昭和34年8月25日、講談社発行　四六判　函　帯　283頁　装幀・川崎鈴彦　定価290円
［内容］波濤

朱い門
昭和34年10月1日、文藝春秋新社発行　四六判　函　帯　275頁　函撮影・林忠彦　題簽・佐佐木茂索　定価270円
［内容］朱い門／あとがき

敦煌
昭和34年11月10日、講談社発行　四六判　函　帯（河上徹太郎評）280頁　題簽・装釘構成・藤枝晃　箱・西夏経の一部　表紙・西夏文字による沙州　見返・敦煌石窟天井の辺飾　扉・莫高窟碑残片　定価300円
［内容］敦煌／あとがき／［参考地図］
＊特製限定版　昭和35年3月25日、同社発行。800部記番、四六判、函、680円。

河口
昭和35年8月5日、中央公論社発行　四六判　函　帯　262頁　題字・著者　函写真・浜谷浩　見返絵・生沢朗　定価320円
［内容］河口

蒼き狼
昭和35年10月10日、文藝春秋新社発行　四六判　函　帯（中村光夫評）327頁　装幀・川端龍子　定価320円
［内容］蒼き狼／あとがき／［参考地図］

渦
昭和35年12月20日、新潮社発行　A5判　函　帯　419頁　装幀・脇田和　挿絵・生沢朗　定価500円
［内容］渦

群舞
昭和36年6月20日、毎日新聞社発行　四六判　函　帯（山本健吉「「群舞」を読んで」）　389頁　装画・加山又造　定価380円
［内容］群舞

淀どの日記
昭和36年10月15日、文藝春秋新社発行　A5判　函　帯（野間文芸賞受賞発表後配本分のみ。吉田健一評）　390頁　装幀題字・小倉遊亀　定価560円
［内容］淀どの日記／あとがき

しろばんば
昭和37年10月30日、中央公論社発行　A5判　函　帯　273頁　装幀装画・小磯良平　定価480円
［内容］しろばんば
＊限定版　昭和46年11月28日、同社発行。1000部記番、1冊本、A5変型判、二重函、口絵・挿画・小磯良平、490頁、定価10000円。昭和55年4月20日、新装版発行。

憂愁平野
昭和38年1月31日、新潮社発行　四六判　折込表紙　函　帯　401頁　装画・生沢朗　定価380円
［内容］憂愁平野

風濤
昭和38年10月15日、講談社発行　A5判　函　帯（河上徹太郎、平野謙評）　276頁　題字・小倉遊亀　定価480円
［内容］風濤／［参考地図］／あとがき
＊昭和45年8月1日、全日本ブッククラブ版発行。

続しろばんば
昭和38年11月30日、中央公論社発行　A5判　函　帯（波多野勤子評）　210頁　装幀装画・小磯良平　定価460円
［内容］続しろばんば
＊昭和55年4月20日、新装版発行

城砦
昭和39年5月15日、毎日新聞社発行　四六判　函　帯（「作者のことば」）　427頁　装幀・生沢朗　定価460円
［内容］城砦

楊貴妃伝
昭和40年8月30日、中央公論社発行　A5判　函　帯　260頁　装幀装画・福田豊四郎　定価580円
［内容］楊貴妃伝／あとがき
＊昭和55年2月10日、新装版発行

燭台
昭和40年9月10日、講談社発行　四六判　函　帯　314頁　装

幀・小磯良平　定価380円
［内容］燭台

夏草冬濤
昭和41年6月15日、新潮社発行　四六判　カバー　帯　413頁
装画・麻生三郎　挿絵・杉全直　定価520円
［内容］夏草冬濤

傾ける海
昭和41年11月5日、文藝春秋発行　四六判　函　帯　342頁　装
幀・生沢朗　定価470円
［内容］傾ける海

化石
昭和42年6月20日、講談社発行　四六判　函　帯　467頁　装
幀・鳥海青児　定価590円
［内容］化石

夜の声
昭和43年8月15日、新潮社発行　四六判　カバー　帯　287頁
装幀・挿絵・加山又造　定価500円
［内容］夜の声

おろしや国酔夢譚
昭和43年10月30日、文藝春秋発行　A5判　函　帯　335頁　装
幀・杉本健吉　定価800円
［内容］おろしや国酔夢譚／あとがき

西域物語
昭和44年11月30日、朝日新聞社発行　菊判　函　241頁　事項・
人名・地名解説17頁　装幀・原弘　定価1300円
［内容］西域物語／あとがき／事項・人名・地名解説（加藤九
祚）／西域地方の鳥瞰図（吉沢家久）

額田女王
昭和44年12月25日、毎日新聞社発行　A5判　函　帯　310頁
装幀装画・上村松篁　定価1050円
［内容］額田女王

欅の木
昭和46年7月30日、集英社発行　A5判　函　帯　361頁　装
幀・関野準一郎　定価980円
［内容］欅の木

後白河院
昭和47年6月15日、筑摩書房発行　A5判　函　帯　218頁　装
幀・安東澄　定価950円
［内容］後白河院

四角な船

昭和47年7月15日、新潮社発行　四六判　カバー　帯　２８５頁
装画・挿絵・杉全直　定価６００円
［内容］四角な船／付記

星と祭
昭和47年10月25日、朝日新聞社発行　Ａ５判　函　帯　３４０頁
装画・平山郁夫　装幀・原弘　定価１２００円
［内容］星と祭／［著者付記］

幼き日のこと
昭和48年6月5日、毎日新聞社発行　四六判　函　帯　２７３頁
本文挿画・平山郁夫・上村松篁・加山又造　装幀・安東澄　定価９５０円
［内容］幼き日のこと
＊限定版　昭和49年10月1日、同社発行。６５０部記番、二重函、２５４頁、定価１５０００円。

北の海
昭和50年11月20日、中央公論社発行　四六判　カバー　帯（「わが青春への鎮魂譜」著者）ビニルカバー　３６１頁　装幀・挿画・風間完　定価９５０円
［内容］北の海／あとがき

花壇
昭和51年10月30日、角川書店発行　四六判　函　帯　２８３頁　装幀・加山又造　定価９８０円
［内容］花壇

崖（上）（下）
昭和51年11月30日、文藝春秋発行　四六判　上下とも函　帯（作者の言葉）各４６１頁　題簽・著者　定価各１７００円
［内容］崖

紅花
昭和52年1月30日、文藝春秋発行　四六判　カバー　帯　２９８頁　装幀・平山郁夫　定価９８０円
［内容］紅花／解説（福田宏年）

地図にない島
昭和52年2月25日、文藝春秋発行　四六判　カバー　帯　３１８頁　装幀・平山郁夫　定価９８０円
［内容］地図にない島／解説（福田宏年）

戦国城砦群
昭和52年3月25日、文藝春秋発行　四六判　カバー　帯　２６１頁　装幀・平山郁夫　定価９５０円
［内容］戦国城砦群／解説（福田宏年）

盛装（上）（下）
昭和52年4月30日、文藝春秋発行　四六判　カバー　帯　上２８５

頁、下２５３頁　装幀・平山郁夫　定価上９５０円、下９００円
［内容］盛装／解説（下、福田宏年）

兵鼓

昭和52年5月25日、文藝春秋発行　四六判　カバー　帯　１８８頁　装幀・平山郁夫　定価８００円
［内容］兵鼓／解説（福田宏年）

若き怒濤

昭和52年6月25日、文藝春秋発行　四六判　カバー　帯　２５１頁　装幀・平山郁夫　定価９００円
［内容］若き怒濤／解説（福田宏年）

月光・遠い海

昭和52年7月30日、文藝春秋発行　四六判　カバー　帯　２６０頁　装幀・平山郁夫　定価９５０円
［内容］月光、遠い海／解説（福田宏年）

わだつみ　第一部・第二部・第三部

１９７７年12月16日、岩波書店発行　四六判　函　第一部３６２頁、第二部３８０頁、第三部５４２頁　装丁・東山魁夷　題字・著者　定価第一部、第二部各２０００円、第三部２４００円
［内容］わだつみ

流沙　上下

昭和55年6月15日、毎日新聞社発行　Ａ５判　函　帯　上３３４頁、下３４２頁　装画・舟越保武　定価各１５００円
［内容］流沙

本覚坊遺文

昭和56年11月20日、講談社発行　Ａ５変型判　函　帯　２０３頁　装幀・川島羊三　定価１５００円
［内容］本覚坊遺文

異国の星　上

昭和59年9月20日、講談社発行　Ａ５判　函　帯　３２２頁　装幀・西山英雄　定価１６００円
［内容］異国の星 上

異国の星　下

昭和59年10月20日、講談社発行　Ａ５判　函　帯　３１３頁　装幀・西山英雄　定価１６００円
［内容］異国の星 下

孔子

平成元年9月10日、新潮社発行　四六判　函　帯　４１３頁　題字・井上靖　装画・下保昭　付録挟み込み　定価２２００円
［内容］孔子
［付録］〝負函〟の日没―「孔子」取材行―（井上靖）

［再刊本］

黯い潮 他一篇
昭和27年2月10日、角川書店発行　角川文庫350　帯　193頁　臨時定価70円
［内容］黯い潮、雷雨／解説（浦松佐美太郎）

戦国無頼 前篇
昭和28年10月10日、春陽堂発行　春陽文庫1138　帯　170頁　定価70円
［内容］戦国無頼 前篇

戦国無頼 中篇
昭和29年5月20日、春陽堂発行　春陽文庫1139　帯　159頁　定価70円
［内容］戦国無頼 中篇

戦国無頼 後篇
昭和29年7月10日、春陽堂発行　春陽文庫1140　帯　170頁　定価70円
［内容］戦国無頼 後篇

昨日と明日の間 〈上〉
昭和30年4月10日、河出書房発行　河出新書　新書判　カバー（生沢朗、袖に山本健吉「物語性と抒情性の文学」）　口絵写真　161頁　定価100円
［内容］昨日と明日の間 上

昨日と明日の間 〈下〉
昭和30年4月15日、河出書房発行　河出新書　新書判　カバー（生沢朗、袖に山本健吉「物語性と抒情性の文学」）　口絵写真　164頁　定価100円
［内容］昨日と明日の間 下

春の海図
昭和30年7月15日、河出書房発行　河出新書　新書判　カバー（玉置正敏）　口絵写真　207頁　定価100円
［内容］春の海図

あすなろ物語
1955年8月15日、新潮社発行　小説文庫　小B6判　カバー（著者の言葉）　193頁　装幀・野島青茲　定価120円
［内容］あすなろ物語

オリーブ地帯
昭和30年8月15日、大日本雄弁会講談社発行　ロマン・ブックス新書判　折込表紙　帯　251頁　装幀・中島靖侃　定価140円
［内容］オリーブ地帯

白い牙 他一篇
昭和30年8月20日、角川書店発行　角川文庫1128　帯　220頁　定価70円
［内容］白い牙、北の駅路／解説（高橋義孝）

青衣の人
昭和30年8月30日、筑摩書房発行　新書判　カバー（生澤朗）帯　190頁　定価130円
［内容］青衣の人

戦国無頼　上下巻
昭和30年9月10日、角川書店発行　角川文庫1224、5　帯　上巻222頁、下巻210頁　定価各70円
［内容］戦国無頼／解説（下巻、小松伸六）
＊昭和33年8月30日、1冊本発行。昭和45年6月20日、改版。

春の嵐
昭和30年9月15日、角川書店発行　角川小説新書　新書判　カバー（高橋忠弥、袖に高橋義孝「永遠の女心の解明」）帯　182頁　定価110円
［内容］春の嵐、通夜の客／あとがき（1955年8月付）

風林火山
1955年12月25日、新潮社発行　小説文庫　小B6判　カバー　276頁　装幀・江崎孝坪　定価150円
［内容］風林火山

緑の仲間
昭和30年12月25日、三笠書房発行　三笠新書　新書判　カバー　262頁　定価150円
［内容］緑の仲間／解説（瓜生卓造）

その人の名は言えない
昭和31年2月10日、角川書店発行　角川小説新書　カバー（高橋忠弥、袖に佐藤春夫「文学の大道をゆく」）198頁　定価120円
［内容］その人の名は言えない／あとがき（昭和31年1月付）

青衣の人
昭和31年3月20日、角川書店発行　角川文庫1373　帯　246頁　定価80円
［内容］青衣の人／解説（亀井勝一郎）
＊昭和45年4月28日、改版。

花と波濤
昭和31年4月10日、大日本雄弁会講談社発行　ロマン・ブックス　新書判　折込表紙　176頁　装幀・阿部龍応　定価100円
［内容］花と波濤

流転
昭和31年4月15日、河出書房発行　河出新書　新書判　カバー（江

崎孝坪）　口絵写真　２１９頁　定価１２０円
［内容］流転、森蘭丸

あした来る人
昭和31年5月10日、筑摩書房発行　新書判　カバー（三岸節子）
帯　３１４頁　定価１６０円
［内容］あした来る人

黒い蝶
１９５６年5月25日、新潮社発行　小説文庫　小Ｂ６判　カバー
２２５頁　装幀・山田申吾　定価１３０円
［内容］黒い蝶

あした来る人　上巻
昭和32年1月28日、新潮社発行　新潮文庫１０１７　帯　２３９
頁　定価80円
［内容］あした来る人　上巻

あした来る人　下巻
昭和32年3月5日、新潮社発行　新潮文庫１０１８　帯　２７８
頁　定価90円
［内容］あした来る人　下巻／解説（山本健吉）
＊昭和36年7月10日、１冊本（新潮文庫１５０１）発行。昭和46年
5月20日、平成4年1月20日、改版。

緑の仲間
昭和32年3月25日、三笠書房発行　Ｂ６判　カバー　２６２頁　定
価２２０円
［内容］緑の仲間／解説（瓜生卓造）

霧の道　他四篇
昭和32年3月30日、角川書店発行　角川文庫１５３１　帯　１９４
頁　定価70円
［内容］霧の道、流星、梧桐の窓、ある愛情、斜面／解説（沢野久
雄）

春の海図
昭和33年9月30日、角川書店発行　角川文庫１７４６　帯　１８８
頁　定価70円
［内容］春の海図／解説（福田宏年）
＊昭和45年3月30日、改版。

黒い蝶
昭和33年11月20日、新潮社発行　新潮文庫１２４０　帯　３０８
頁　定価１００円
［内容］黒い蝶／解説（十返肇）
＊昭和45年7月30日、改版。

あすなろ物語
昭和33年11月30日、新潮社発行　新潮文庫１２３８　帯　２０８

頁　定価70円
［内容］あすなろ物語／解説（亀井勝一郎）
＊昭和50年1月30日、改版。

風林火山
昭和33年12月5日、新潮社発行　新潮文庫１２４８　帯　２８０頁　定価90円
［内容］風林火山／解説（吉田健一）
＊昭和44年1月16日、平成4年11月10日、改版。

天平の甍
昭和33年12月10日、中央公論社発行　新装普及版　カバー（橋本明治）帯　２１６頁　定価１３０円
［内容］天平の甍／あとがき／解説（山本健吉）

春の嵐・通夜の客
昭和34年4月10日、角川書店発行　角川文庫１８０５　帯　２３６頁　定価90円
［内容］春の嵐、通夜の客／解説（小松伸六）
＊昭和45年3月10日、改版。

満ちて来る潮
昭和34年9月15日、角川書店発行　角川文庫１８１３　帯　４５４頁　定価１５０円
［内容］満ちて来る潮／解説（瓜生卓造）

＊昭和45年2月20日、改版。

風と雲と砦
昭和35年2月20日、角川書店発行　角川文庫１８７３　帯　カバー　３４４頁　定価１２０円
［内容］風と雲と砦／解説（杉森久英）
＊昭和50年10月10日、改版。

揺れる耳飾り
昭和35年2月25日、講談社発行　ロマン・ブックス　新書判　折込表紙　１７４頁　装幀・堀文子　定価１３０円
［内容］揺れる耳飾り

ある落日　上
昭和35年6月10日、角川書店発行　角川文庫１９３３　帯　カバー　２９２頁　定価１００円
［内容］ある落日　上

ある落日　下
昭和35年6月20日、角川書店発行　角川文庫１９３４　帯　カバー　２７６頁　定価１００円
［内容］ある落日　下／あとがき、解説（河盛好蔵）
＊昭和36年11月30日、1冊本発行。昭和45年3月10日、改版。

波濤

昭和36年3月30日、講談社発行　ロマン・ブックス　新書判　折込表紙　２０３頁　装幀・鈴木義治　定価１５０円
［内容］波濤

海峡
昭和36年6月20日、角川書店発行　角川文庫２０３６　帯　カバー　３５４頁　定価１３０円
［内容］海峡／解説（山本健吉）

河口
昭和36年7月31日、中央公論社発行　普及版　新書判　カバー（写真・浜谷浩）　題字・著者　帯　２０５頁　定価１６０円
［内容］河口

白い風赤い雲
昭和36年9月15日、角川書店発行　角川文庫２０９３　帯　カバー　２７２頁　定価１１０円
［内容］白い風赤い雲／解説（福田宏年）

群舞
昭和37年6月10日、角川書店発行　角川小説新書　新書判　カバー（袖に「著者のことば」）　２６１頁　定価２４０円
［内容］群舞

波濤
昭和37年10月30日、角川書店発行　角川文庫２１４５　帯　カバー　２８４頁　定価１３０円
［内容］波濤／解説（進藤純孝）

敦煌
昭和38年5月10日、講談社発行　ロマン・ブックスＲ１０１Ｈ　新書判　カバー　２００頁　装幀・山口源　定価２００円
［内容］敦煌／参考地図

射程
昭和38年6月20日、新潮社発行　新潮文庫１５７０　帯　４１４頁　定価１４０円
［内容］射程／解説（山本健吉）

河口
昭和38年10月15日、角川書店発行　角川文庫２２３３　カバー　２９４頁　定価１３０円
［内容］河口／解説（福田宏年）

氷壁
昭和38年11月5日、新潮社発行　新潮文庫１６１１　帯　カバー　５４７頁　定価１８０円
［内容］氷壁／解説（佐伯彰一）
＊昭和50年3月20日、改版。「解説」は「井上靖 人と作品」（福田宏年）に変更。

淀どの日記
昭和39年1月10日、講談社発行　ロマン・ブックスR101I　新書判　カバー　263頁　装幀・三井永一　定価250円
［内容］淀どの日記

天平の甍
昭和39年3月20日、新潮社発行　新潮文庫1613　帯　182頁　定価80円
［内容］天平の甍／解説（山本健吉）
＊昭和62年8月30日、改版。郡司勝義「注解」を付加。

淀どの日記
昭和39年5月30日、角川書店発行　角川文庫2246　カバー　396頁　定価170円
［内容］淀どの日記／解説（篠田一士）

蒼き狼
昭和39年6月25日、新潮社発行　新潮文庫1612　帯　342頁　定価130円
［内容］蒼き狼／『蒼き狼』参考図／解説（亀井勝一郎）
＊昭和46年5月25日、昭和62年9月20日改版。

しろばんば（全）
昭和39年12月20日、主婦の友社発行　主婦の友名作シリーズ　新書判　カバー　帯　367頁　カバー絵・さし絵・小磯良平　定価420円
［内容］しろばんば第一部、第二部

しろばんば
昭和40年3月30日、新潮社発行　新潮文庫1678　帯　カバー（小磯良平）　514頁　定価180円
［内容］しろばんば（全）／解説（臼井吉見）
＊昭和63年4月15日、改版。

敦煌
昭和40年6月30日、新潮社発行　新潮文庫1700　帯　カバー　237頁　定価100円
［内容］敦煌／解説（河上徹太郎）
＊昭和62年5月25日、改版。郡司勝義「注解」を付加。

風濤
昭和40年7月5日、講談社発行　ロマン・ブックスR101J　新書判　カバー　239頁　装幀・山口源　定価260円
［内容］風濤

渦
昭和40年9月20日、角川書店発行　角川文庫2334　カバー　628頁　定価240円
［内容］渦／解説（山本健吉）

渦
昭和40年10月5日、講談社発行　ロマン・ブックスR101K　新
書判　カバー　383頁　装幀・山口源　定価320円
［内容］渦

憂愁平野
昭和40年10月15日、新潮社発行　新潮文庫1710　帯　カバー
（生沢朗）699頁　定価230円
［内容］憂愁平野／解説（進藤純孝）

魔の季節
昭和40年12月5日、講談社発行　ロマン・ブックスR101L　新
書判　カバー　272頁　装幀・山口源　定価280円
［内容］魔の季節

白い炎
昭和41年4月5日、講談社発行　ロマン・ブックスR101M　新
書判　カバー　199頁　装幀・山口源　定価220円
［内容］白い炎

風林火山
昭和41年4月5日、講談社発行　ロマン・ブックスR101N　新
書判　カバー　199頁　装幀・山口源　定価230円
［内容］風林火山

白い風赤い雲
昭和41年5月5日、講談社発行　ロマン・ブックスR101O　新
書判　カバー　182頁　装幀・山口源　定価220円
［内容］白い風赤い雲

昨日と明日の間
昭和41年5月20日、角川書店発行　角川文庫2412　カバー（上
原正太郎）432頁　定価190円
［内容］昨日と明日の間／解説（野村尚吾）

風と雲と砦
昭和41年6月5日、講談社発行　ロマン・ブックスR101P　新
書判　カバー　211頁　装幀・山口源　定価230円
［内容］風と雲と砦

あすなろ物語 他一編
昭和41年6月10日、旺文社発行　旺文社文庫A26　函　口絵写真2
頁　268頁　挿絵・生沢朗　定価160円
［内容］あすなろ物語、川の話／解説（福田宏年）、人生の詩情を
読む（平山信義）、井上さんという人（角田明）、代表作品解題（福
田宏年）、参考文献、年譜（福田宏年）
＊昭和42年10月1日、特製版発行。

霧の道・山の湖

昭和41年9月5日、講談社発行　ロマン・ブックスR101Q　新書判　カバー　200頁　装幀・山口源　定価230円
［内容］霧の道、山の湖

城砦

昭和41年12月30日、角川書店発行　角川文庫2423　カバー（飯塚八朗）　698頁　定価250円
［内容］城砦／解説（福田宏年）

風濤

昭和42年3月30日、新潮社発行　新潮文庫1761　帯　257頁　定価110円
［内容］風濤／解説（篠田一士）
＊平成3年2月15日、改版。

群舞

昭和43年2月15日、東方社発行　新文学全書　新書判　カバー（著者筆蹟）　253頁　装幀・吉田誠　定価250円
［内容］群舞

燭台

昭和43年4月4日、講談社発行　ロマン・ブックスR101T　新書判　カバー　314頁　装幀・山口源　定価340円
［内容］燭台

傾ける海

昭和43年7月20日、角川書店発行　角川文庫2530　カバー（門田ヒロ嗣）　350頁　定価160円
［内容］傾ける海／解説（進藤純孝）

楊貴妃伝

昭和43年9月12日、講談社発行　ロマン・ブックスR101U　新書判　カバー　257頁　装幀・山口源　定価280円
［内容］楊貴妃伝／あとがき（昭和43年7月5日付）

群舞

昭和43年11月10日、角川書店発行　角川文庫2549　カバー（門田ヒロ嗣）　394頁　定価180円
［内容］群舞／解説（進藤純孝）

天平の甍（他）補陀落渡海記

昭和43年12月20日、旺文社発行　旺文社文庫A66　函　口絵写真2葉　274頁　挿絵・福田豊四郎　定価160円
［内容］天平の甍（注付き）／『天平の甍』参考地図、補注、鑒真略年譜／補陀落渡海記（注付き）／解説（山本健吉）、二つの僧の物語（河上徹太郎）、四高の先輩たち（杉森久英）、代表作品解題（福田宏年）、参考文献、年譜（福田宏年）

風林火山

昭和44年1月15日、新潮社発行　新潮小説文庫　新書判　カバー

２４３頁　定価２８０円
［内容］風林火山、信松尼記、天目山の雲

しろばんば

昭和44年1月15日、旺文社発行　旺文社文庫A67　函　口絵写真2葉　５４５頁　挿絵・生沢朗　定価２７０円
［内容］しろばんば／解説（小松伸六）、草の匂いとユーモア（福田宏年）、井上靖氏とふるさと（巌谷大四）、代表作品解題（福田宏年）、参考文献、年譜（福田宏年）

化石

昭和44年5月20日、講談社発行　ロマン・ブックスR１０１V　新書判　カバー　４６７頁　装幀・山口源　定価４２０円
［内容］化石

傾ける海

昭和44年8月4日、講談社発行　ロマン・ブックスR１０１W　カバー　２１９頁　装幀・山口源　定価２６０円
［内容］傾ける海

化石

昭和44年11月30日、角川書店発行　角川文庫２６１５　カバー（松本弘子）　７６０頁　定価３１０円
［内容］化石／解説（福田宏年）

夏草冬濤

昭和45年4月30日、新潮社発行　新潮文庫１９２８　カバー（麻生三郎）　７４３頁　定価３００円
［内容］夏草冬濤／解説（小松伸六）
＊平成元年5月25日、上下2冊本発行。

天平の甍

１９７０年7月1日、正進社発行　正進社名作文庫18　文庫判　２０６頁　語注・竹内温　装丁・粟津潔　さしえ・吉松八重樹　定価１００円
［内容］天平の甍（注付き）／解説（中山渡）

蒼き狼

昭和45年7月10日、旺文社発行　旺文社文庫A68　カバー　口絵写真　４２２頁　挿絵・山崎百々雄　定価２２０円
［内容］蒼き狼／補注、チンギス・カンの系図、チンギス・カンの関係年譜／「蒼き狼」解説（奥野健男）、「蒼き狼」の周囲（井上靖）、同じ職場で（野村尚吾）、「蒼き狼」のゆくえ（岩村忍）、代表作品解題（福田宏年）、参考文献、年譜（福田宏年）

風濤

昭和46年5月24日、講談社発行　現代文学秀作シリーズ　四六判　折込表紙　帯　ビニルカバー　口絵写真　２８６頁　装幀・大沢昌助　定価５２０円
［内容］風濤／解説　歴史における人間の意志（利沢行夫）

楊貴妃伝
昭和47年9月15日、講談社発行　講談社文庫A115　カバー（関野準一郎）　装幀・亀倉雄策　311頁　定価200円
［内容］楊貴妃伝／あとがき、語注（塚越和夫）、解説（石田幹之助）、年譜（福田宏年）

額田女王
昭和47年10月30日、新潮社発行　新潮文庫2079　カバー（上村松篁）　479頁　定価240円
［内容］額田女王／解説（山本健吉）
＊昭和62年8月30日、改版。

西域物語
1974年2月20日、朝日新聞社発行　朝日選書2　四六判　カバー　帯　226頁　定価580円
［内容］西域物語、アフガニスタン紀行／後書き（昭和48年11月付）

淀どの日記
昭和49年6月15日、文藝春秋発行　四六判　カバー　帯　366頁　装幀・粟屋充　定価980円
［内容］淀どの日記

おろしや国酔夢譚
1974年6月25日、文藝春秋発行　文春文庫104―1　カバー（粟屋充）　382頁　定価360円
［内容］おろしや国酔夢譚／参考図、編註／解説（江藤淳）

その人の名は言えない
1975年2月25日、文藝春秋発行　文春文庫104―3　カバー（粟屋充）　316頁　定価280円
［内容］その人の名は言えない／解説（小松伸六）

星と祭
昭和50年3月10日、角川書店発行　角川文庫3418　カバー（上村松篁）　616頁　定価490円
［内容］星と祭／解説（角川源義）

欅の木
1975年7月25日、文藝春秋発行　文春文庫104―4　カバー（粟屋充）　帯　430頁　定価400円
［内容］欅の木／解説（奥野健男）

後白河院
昭和50年9月30日、新潮社発行　新潮文庫2286　カバー（上村松篁）　190頁　定価180円
［内容］後白河院／注解、解説（磯田光一）
＊平成5年5月15日、改版。注解者名（郡司勝義）記載。

緑の仲間

1976年6月25日、文藝春秋発行　文春文庫104―5　カバー（栗屋充）　270頁　定価260円

［内容］緑の仲間／解説（福田宏年）

こんどは俺の番だ

1976年10月25日、文藝春秋発行　文春文庫104―6　カバー（栗屋充）　284頁　定価300円

［内容］こんどは俺の番だ／解説（福田宏年）

幼き日のこと・青春放浪

昭和51年10月30日、新潮社発行　新潮文庫2346　カバー（小野竹喬）　265頁　定価220円

［内容］幼き日のこと、青春放浪、私の自己形成史／解説（福田宏年）

西域物語

昭和52年3月30日、新潮社発行　新潮文庫2387　カバー（並河萬里）　口絵写真2頁　参考図　256頁　定価240円

［内容］西域物語、アフガニスタン紀行／解説（江上波夫）

揺れる耳飾り

1977年4月25日、文藝春秋発行　文春文庫104―7　カバー（栗屋充）　250頁　定価260円

［内容］揺れる耳飾り／解説（福田宏年）

白い牙

昭和52年5月30日、集英社発行　集英社文庫3Ａ　カバー（生沢朗）　204頁　定価180円

［内容］白い牙／解説（福田宏年）

魔の季節

1977年10月25日、文藝春秋発行　文春文庫104―8　カバー（栗屋充）　461頁　定価440円

［内容］魔の季節／解説（福田宏年）

四角な船

昭和52年12月20日、新潮社発行　新潮文庫2439　カバー（風間完）　472頁　定価360円

［内容］四角な船／解説（福田宏年）

花と波濤

昭和53年2月15日、講談社発行　講談社文庫20―3　カバー（尾崎良二）　278頁　定価320円

［内容］花と波濤／解説（福田宏年）

燭台

1978年2月25日、文藝春秋発行　文春文庫104―9　カバー（栗屋充）　350頁　定価360円

［内容］燭台／解説（福田宏年）

オリーブ地帯
1978年5月25日、文藝春秋発行　文春文庫104―10　カバー（栗屋充）　252頁　定価260円
［内容］オリーブ地帯／解説（福田宏年）

夢見る沼
昭和53年9月15日、講談社発行　講談社文庫20―4　カバー（井上公三）　250頁　定価280円
［内容］夢見る沼／解説（進藤純孝）

白い炎
1978年10月25日、文藝春秋発行　文春文庫104―11　カバー（栗屋充）　317頁　定価340円
［内容］白い炎／解説（福田宏年）

崖　上
1979年1月25日、文藝春秋発行　文春文庫104―12　カバー（栗屋充）　454頁　定価520円
［内容］崖（上）

崖　下
1979年2月25日、文藝春秋発行　文春文庫104―13　カバー（栗屋充）　462頁　定価520円
［内容］崖（下）／解説（福田宏年）

黯い潮・霧の道
1979年5月25日、文藝春秋発行　文春文庫104―14　カバー（栗屋充）　350頁　定価360円
［内容］黯い潮、山の湖、霧の道／解説（福田宏年）

天平の甍
1980年1月30日、集英社発行　集英社カラー版　A4判　カバー　帯　181頁　写真撮影・石月美徳、小沢忠恭　定価2800円
［内容］天平の甍　一章／『天平の甍』の登場人物／二章／揚州紀行／三章／桂江（詩）／四章／奇巌の庭と革命の遺跡、『唐大和上東征伝』の文章／五章／揚州再訪、鑒真和上坐像、『天平の甍』ノート／「天平の甍」年表

紅花
1980年2月25日、文藝春秋発行　文春文庫104―17　カバー（栗屋充）　476頁　定価460円
［内容］紅花／解説（福田宏年）

夜の声
昭和55年2月25日、新潮社発行　新潮文庫2606　カバー（木村茂）　帯　288頁　定価280円
［内容］夜の声／解説（佐伯彰一）

花壇
昭和55年2月29日、角川書店発行　角川文庫4434　カバー（上村松篁）　444頁　定価460円
［内容］花壇／解説（小松伸六）

額田女王
昭和55年4月15日、中央公論社発行　四六判　カバー（安田靫彦）帯　ビニルカバー　280頁　定価880円
［内容］額田女王

地図にない島
1980年6月25日、文藝春秋発行　文春文庫104―18　カバー（粟屋充）　522頁　定価500円
［内容］地図にない島／解説（福田宏年）

北の海
昭和55年7月25日、新潮社発行　新潮文庫2650　カバー（関野準一郎）　675頁　定価560円
［内容］北の海／解説（山本健吉）

北の海
昭和55年9月10日、中央公論社発行　中公文庫A8―2　カバー（風間完）　643頁　定価560円
［内容］北の海／解説（小松伸六）

盛装（上）（下）
1980年9月25日、文藝春秋発行　文春文庫104―19、20　カバー（粟屋充）　上382頁、下366頁　定価各420円
［内容］盛装／解説（福田宏年、下）

戦国城砦群
1980年12月25日、文藝春秋発行　文春文庫104―21　カバー（粟屋充）　348頁　定価380円
［内容］戦国城砦群／解説（福田宏年）

月光
1981年5月25日、文藝春秋発行　文春文庫104―22　カバー（粟屋充）　270頁　定価300円
［内容］月光／解説（福田宏年）

若き怒濤
1981年9月25日、文藝春秋発行　文春文庫104―23　カバー（粟屋充）　379頁　定価420円
［内容］若き怒濤／解説（福田宏年）

天平の甍
昭和56年10月24日、埼玉福祉会発行　Large Print Books　500部限定　A4判　178頁　装幀・鈴木清三　定価4800円
＊底本・新潮文庫「天平の甍」

遠い海
1982年1月25日、文藝春秋発行　文春文庫104―24　カバー（粟屋充）　195頁　定価260円
［内容］遠い海／解説（福田宏年）

兵鼓
1982年6月25日、文藝春秋発行　文春文庫104―25　カバー（粟屋充）　246頁　定価280円
［内容］兵鼓／解説（福田宏年）

しろばんば　前・後編
昭和57年9月30日、埼玉福祉会発行　Large Print Books　500部限定　A4判　前編275頁　後編216頁　装幀・鈴木清三　定価各4900円
＊底本・新潮文庫「しろばんば」

流沙（上）（下）
1982年11月25日、文藝春秋発行　文春文庫104―26、27　カバー（舟越保武）　上435頁、下444頁　定価各480円
［内容］流沙／解説（諏訪正人）

あすなろ物語
昭和58年4月10日、埼玉福祉会発行　Large Print Books　500部限定　A4判　199頁　装幀・鈴木清三　定価4800円
＊底本・新潮文庫「あすなろ物語」

本覚坊遺文
昭和59年11月15日、講談社発行　講談社文庫い5―8　カバー（川島羊三）　帯　231頁　定価340円
［内容］本覚坊遺文／解説（高橋英夫）、年譜（福田宏年・井口一男）

敦煌　上下
昭和60年4月10日、埼玉福祉会発行　大活字本シリーズ　500部限定　A5判　上256頁、下242頁　装幀・関昭夫　定価各3100円
＊底本・新潮文庫「敦煌」

敦煌
昭和60年8月23日、講談社発行　A5判　函　帯　256頁　装幀・川島羊三　定価1900円
［内容］敦煌／あとがき（昭和六十年七月十八日付）／参考地図

異国の星（上）（下）
昭和62年10月15日、講談社発行　講談社文庫い5―9、10　カバー（東山魁夷）　帯　上361頁、下373頁　定価各480円
［内容］異国の星／解説（福田宏年）、年譜（福田宏年・井口一男）

敦煌
1987年10月31日、徳間書店発行　小B6判　カバー　帯　口絵

写真4頁　敦煌要図　278頁　定価880円
［内容］敦煌／あとがき（昭和六十二年十月十日付）

あすなろ物語
1988年3月1日、旺文社発行　中学生・高校生必読名作シリーズ　文庫判　カバー　286頁　挿絵・生沢朗　定価500円
［内容］あすなろ物語／解説―井上靖の人と文学　作品解説（福田宏年）、代表作品解題（福田宏年）、年譜、「あすなろ物語」をどう読むか（尾木和英）

本覚坊遺文
1989年4月10日、埼玉福祉会発行　大活字本シリーズ　500部限定　385頁　装幀・早田二郎　定価3500円
＊底本・講談社文庫「本覚坊遺文」

天平の甍
1990年3月25日、旺文社発行　必読名作シリーズ　文庫判　カバー（倉橋三郎）　256頁　定価500円
［内容］天平の甍（注付き）／補注、解説（山本健吉）、「天平の甍」をどう読むか（尾木和英）

おろしや国酔夢譚
1991年12月15日、徳間書店発行　徳間文庫い22―1　カバー（秋山法子）　帯　口絵写真16頁　396頁　定価480円
［内容］参考地図／おろしや国酔夢譚／編註
＊底本・文春文庫「おろしや国酔夢譚」

おろしや国酔夢譚
1992年1月20日、文藝春秋発行　四六判　カバー　帯　332頁　定価1400円
［内容］おろしや国酔夢譚／あとがき／編註、参考図

おろしや国酔夢譚　上下
1992年12月20日、埼玉福祉会発行　大活字本シリーズ　500部限定　A5判　装幀・早田二郎　上392頁　定価3600円（本体）　下422頁　定価3700円（本体）
＊底本・文春文庫「おろしや国酔夢譚」

孔子
平成7年12月1日、新潮社発行　新潮文庫5587　カバー（題字井上靖）　428頁　定価560円
［内容］孔子／解説（曾根博義）

あすなろ物語
1997年4月10日、旺文社発行　愛と青春の名作集　小B6判　287頁　表紙デザイン・滝村訓子　挿絵・徳田秀雄　定価950円（本体）
［内容］あすなろ物語／解説―井上靖の人と文学　作品解説（福田宏年）、代表作品解題（福田宏年）、年譜、「あすなろ物語」をどう読むか（尾木和英）

氷壁　上中下

1997年10月20日、埼玉福祉会発行　大活字本シリーズ　500部限定　A5判　装幀・早田二郎　上404頁　定価3700円（本体）中353頁　定価3600円（本体）下371頁　定価3600円（本体）

＊底本・新潮文庫「氷壁」

氷壁

2005年12月20日、新潮社発行　新装版　A5判　カバー　帯　装画・横山操　装幀・新潮社装幀室　517頁　定価2300円（本体）

＊NHK土曜ドラマ原作として再刊

孔子　《上》《中》《下》

2006年11月20日、埼玉福祉会発行　大活字本シリーズ　500部限定　A5判　装幀・関根利雄　上238頁　定価2800円（本体）中280頁　定価2900円（本体）下350頁　定価3100円（本体）

＊底本・新潮文庫「孔子」

エッセイ集

［初刊本］

現代先覚者伝

浦井靖六著（浦上五六との共著）昭和18年4月30日、堀書店（大阪）発行　B6判　カバー　305頁　装幀・西山英雄　定価1円80銭

［内容］山田孝雄博士（浦上五六執筆）、加藤完治氏（井上靖執筆）、本多光太郎博士（浦上五六）、徳富蘇峰翁（井上靖）、牧野富太郎博士（浦上五六）、吉岡彌生女史（井上靖）、幸田露伴博士（浦上五六）、長岡半太郎博士（井上靖）、山崎延吉翁（浦上五六）、大谷光瑞氏（浦上五六）、石原廣一郎氏（井上靖）、横山大観画伯（井上靖）／あとがき（浦井靖六）

旅路　私の愛する風景

昭和34年7月30日、人文書院発行　四六横変型判　ビニルカバー　函　帯　239頁　写真・大竹新助・入江泰吉　定価550円

［内容］詩篇―獵銃、カマイタチ、流星、渦、野分／宗谷岬、雪の下北半島、猪苗代湖、大洗、日光・戰場ヶ原、河口湖、箱根の櫻、箱根・金時山、伊豆・湯ケ島附近、湯ケ島・淨蓮の瀧、天城を越えて、千曲川と犀川、信濃・姨捨附近、上高地から徳澤へ、信濃・大

町附近、八ヶ岳高原、諏訪湖、天龍川に沿つて、辨天島にて、渥美半島と伊良湖岬、北陸・北潟、比良と堅田、京都（一）、京都（二）、河内平野・古市附近、潮岬行、紀伊半島縦斷、中國山脈の尾根の部落、長崎の一日、有明海／あとがき。撮影取材旅行から（大竹新助）

西域　人物と歴史

井上靖・岩村忍著　昭和38年4月30日、筑摩書房発行　グリーンベルトシリーズ15　新書判　カバー　242頁　定価200円

［内容］まえがき（岩村忍）／西域の人物―張騫（井上靖）、班超（井上靖）、王昭君（井上靖）、玄奘（井上靖）、ジェラル・ウッディン（井上靖）、耶律楚材（岩村忍）／西域の歴史（岩村忍）／あとがき（井上靖）／西域年表

異国の旅

昭和39年12月15日、毎日新聞社発行　四六判　函　帯　255頁　装本・高木寛　定価550円

［内容］北欧の二都市《ストックホルムとヘルシンキ》、ギリシャの旅《オリンピアにて聖火点火式を見る》、イタリア中世の街《アッシジとフィレンツェ》、北伊紀行《ヴェネツィア・ヴェローナ・ミラノ》、シンプロンを越えて《スイスの三日間》、フランスの旅から《ロマンとゴシック》、パリの秋《ルアンとシャルトル》、ベルリンとお蝶夫人《西と東の壁》、スペインの旅から《グラナダ・コルドバ・セヴィリア》／揚州紀行、西安の旅、韓国日記／白夜、萬暦帝の墓、長城と天壇、小さい四角な石／ローマ・オリンピックを観る―太陽と噴水と遺蹟と、ローマそぞろ歩き、オリンピック開会式、競技点描／あとがき／地図・写真（著者撮影）

詩と愛と生　人生のことば（6）

川端康成監修　井上靖著　巌谷大四編　昭和42年12月15日、番町書房発行　小B6判　帯　ビニルカバー　270頁　定価340円

［内容］口絵写真／扉詩（原稿写真「人生は夜の海に似ている。何を投げ込んでも反応はない。反応がないのではなくて、恐らく人間にはわからないのだ。井上靖」）／目次／現代小説の章／歴史小説の章／詩・随想・紀行の章／私の自己形成史／あとがき

天城の雲

1968年12月15日、大和書房発行　小B6変型判　函　253頁　定価520円

［内容］口絵写真／天城の雲、梓川の美しさ、母を語る、美しい川、言葉について、私の自己形成史、心にのこる人々―サンデー毎日記者時代―、青春放浪、父として想う、台風、海、登山、武将の最期、小説の材料／長城と天壇、北欧の二都市、ギリシャの旅、シンプロンを越えて、パリの秋／（詩）―猟銃、葡萄畠、漆胡樽、比良のシャクナゲ、運河、モンゴル人／（小説）グウドル氏の手套、孤猿／解説（島村利正）

愛と人生　わが人生観9

1969年12月31日、大和書房発行　四六判　カバー　帯　228頁　装幀・上口睦人　写真・榊原和夫　筆蹟・著者　定価450円

［内容］口絵写真／原稿写真／私の青春―私の自己形成史、青春放浪／作家として―言葉について、小説について／愛について―愛についての断章、女のひとの美しさ、「恋愛と結婚」について／人生について―人生、人間、人間の心、恋愛、幸福、男、女、男と女、結婚、夫婦、死／自然との豊かな調和―解説―（巌谷大四）／年譜
＊新装版2種（昭和48年8月1日発行、1983年5月20日発行）あり。

歴史小説の周囲
昭和48年1月20日、講談社発行　四六判　函　帯　295頁　定価750円
［内容］Ⅰ「唐大和上東征伝」の文章、「天平の甍」の登場人物、私の敦煌資料、西域のイメージ、「蒼き狼」の周囲、自作「蒼き狼」について、「おろしや国酔夢譚」の旅、安閑天皇の玉碗、白瑠璃碗を見る、「風濤」の取材、「後白河院」の周囲／Ⅱ明治の風俗資料、戦国時代の女性、「信貴山縁起絵巻」第一巻を観る、桑原隲蔵先生と私、木乃伊考、ゴンチャロフの容貌、長恨歌讃、肯定と否定、「むらさき草」の著者、茶々のこと／Ⅲシベリア紀行、西トルキスタンの旅、大和朝廷の故地を訪ねて、飛鳥の地に立ちて、西安の旅、揚州紀行、長城と天壇、万暦帝の墓／あとがき

六人の作家
昭和48年4月30日、河出書房新社発行　四六判　函　帯　261頁　定価750円
［内容］第一部　六人の作家―森鷗外、島崎藤村、芥川龍之介、谷崎潤一郎、室生犀星、佐藤春夫／第二部　餘録―私の見た菊池寛、王朝日記文学について、宇治十帖私見、十返肇のこと、牧水のこと、『沙石集』を読んで、『海軍主計大尉小泉信吉』を読んで、『測量船』と私、二冊の本、川端康成の受賞、秋索索、三好達治の『冬の日』、亀井さんのこと、詩人福田正夫、スズメの誤解、川端さんのこと、川端さんの眼／あとがき／発表誌一覧

美しきものとの出会い
昭和48年6月25日、文藝春秋発行　A5判　函　帯　268頁（図版37頁）装幀・粟屋充　定価1500円
［内容］1室生寺の五重塔、2浄瑠璃寺の九体仏、3秋の長谷寺、4東大寺三月堂、5法隆寺ノート、6渡岸寺の十一面観音像、7東寺の講堂と龍安寺の石庭、8鑑真和上坐像、9日本の塔、異国の塔、10水分神社の女神像、11漆胡樽と破損仏、12タジ・マハル、13バーミアンの遺跡、14扶余の旅、慶州の旅、15飛鳥の石舞台、16十一面観音の旅

カルロス四世の家族―小説家の美術ノート―
昭和49年10月25日、中央公論社発行　A5判　函　外函　119頁　図版10葉　定価1800円
［内容］ゴヤの「カルロス四世の家族」について、桂離宮庭園の作者、微笑と手と（レオナルド・ダ・ヴィンチ小論）、顔真卿の「顔氏家廟碑」、「信貴山縁起絵巻」第一巻を観る／あとがき
＊限定版　昭和50年3月10日、同社発行。A4判450部記番、夫婦函、外函、128頁、定価28000円。新たに「あとがき」と

高階秀爾「美と想像力」を付す。

沙漠の旅・草原の旅―オリエントの道―

昭和49年12月1日、毎日新聞社発行　写真・文 井上靖　1200部限定　B4判　夫婦函　外夫婦函　225頁　装幀レイアウト片岡脩・松本芳和　定価35000円

［内容］序詩―残照（原稿写真版）／序文―古代遺跡を訪ねて／写真245枚／オリエント詩抄―遊牧民、クンドウズの町、生きもの、古都バルフ、アム・ダリア、カスピ海、月、ターバンの老人、鏃形の石、トルコの沙漠、沙漠の町、颯秣建国、モンゴル人、沙漠の人造湖／解説―アフガニスタン、イラン、トルコ

わが一期一会

昭和50年10月15日、毎日新聞社発行　A5判　函　帯　286頁　装幀・粟屋充　定価1600円

［内容］別離―木の下蔭、ヒマラヤ山地にて、雪の原野、梅の咲いている日／旅情―アムールの町ハバロフスク、シベリア鉄道にて、沙漠の町・アシハバード、川の畔、下北半島のアスナロウ／詩のノートから―『きりん』のこと、先生の結婚、石英の音、あじさい、韃靼海峡／人生について―光陰矢の如し、天上の星の輝き、老歌人の言葉、ゆるさざる心／小説のノートから―ある空間、生と死の間、紫草のにほへる妹を、宦者中行説、穂高の月　ヒマラヤの月、古代説話のこころ、北方の王者、揚州再訪／シルクロード―川の話、草原の旅　沙漠の旅、道道道、新しい道 古い道／近時寸感―点は墜石の如く、一座建立、ある晴れた日に、落日と夕映え、年の暮れ／新しき年に―元日のこと、とりとめない時間、春近し、終回に臨んで

＊限定版　昭和52年1月1日、同社発行。菊判500部記番、夫婦函、外函、口絵（加山又造）、286頁、定価25000円。

アレキサンダーの道 アジア古代遺跡の旅

昭和51年4月25日、文藝春秋発行　井上靖・文　平山郁夫・画　B5横判　函　217頁　装幀・平山郁夫　3600円

［内容］Ⅰアフガニスタンの旅―カーブル川、ハッダ周辺、ナガラハーラ、ハッダ、バーミヤーン、スルフ・コタル、クンドゥズ、アム・ダリア、ハイバク、マザーリ・シャリーフ、バルフ、ダルワジン、ガズニの旧都、ブスト、ヘラート／Ⅱイランの旅―メシェド、ニシャプール、ゴルガーン、カブース墓廟、チュウラン・テペ、カスピ海、テヘラン街道、イスファハーン、ペルセポリス、ナクシ・ラール、ユルギップ、ギョレメ教窟院、ソアンリ付近の窟院、カイマクリ地下都市、イヒララ窟院、チャタル・ヒュユク、イスタンブール、黒海／旅を終えて／あとがき（井上靖、平山郁夫）

わが文学の軌跡

聞き手・篠田一士・辻邦生　昭和52年4月25日、中央公論社発行　四六判　カバー　帯　ビニルカバー　284頁　装幀・熊谷博人　定価880円

［内容］第一部　青春と人間形成／第二部　現代小説／第三部　歴史

小説／井上靖年譜（福田宏年編）／井上靖主要参考文献（福田宏年編）

四季の雁書　往復書簡

井上靖・池田大作著　昭和52年4月28日、潮出版社発行　B5横判　函　223頁　挿画・装幀・平山郁夫　定価2000円

［内容］友好そして師と弟子（池田大作）〝永遠〟に触れること（井上靖）、武帝と霍去病のこと（井上靖）ある獄中体験に思う（池田大作）、滝山祭・そして恩師戸田先生（池田大作）カントの言葉・若い人たちのこと（井上靖）、烈日の如き人生への想い（井上靖）「アロハ」の精神と世界市民（池田大作）、生と死について想うこと（池田大作）千利休・秋水・「化石」の頃（井上靖）、穂高のこと・鉄斎のこと（井上靖）人生の年輪・トルストイの顔（池田大作）、広島で考えたことども（池田大作）老人問題・龍のこと（井上靖）、富士のこと・殯のこと（井上靖）ロシアの美術・仏教の死生観（池田大作）、大阪の心・「周恩来戦友」のこと（池田大作）沖縄のこと・ダ・ヴィンチのこと（井上靖）、芸術家・学者（井上靖）早春の賦・祈りについて（池田大作）、卒業式のこと・女性の生き方（池田大作）春・ヨーロッパの旅（井上靖）、茶室の意味・新聞記者時代の勉強（井上靖）「子供の庭」のこと・人間化の季節（池田大作）／あとがき（池田大作、井上靖）

＊同日発行の夫婦函入り特装本（非売品）あり。

過ぎ去りし日日

昭和52年6月6日、日本経済新聞社発行　四六判　函　帯　140頁　定価750円

［内容］過ぎ去りし日日／あとがき

遺跡の旅・シルクロード

昭和52年9月5日、新潮社発行　小A5変型判　函　帯　227頁　写真・地図・永田一脩・風見武秀・井上靖　絵・矢崎虎夫　定価1800円

［内容］Ⅰ西トルキスタンの旅　第一回西トルキスタン紀行―ピャンジケント、タシケント、ブハラ、サマルカンド、ドシャンベ、アシュハバード　第二回西トルキスタン紀行―フェルガナ盆地、アム・ダリヤ下流、天山の麓の国／Ⅱ オリエントの旅　アフガニスタン紀行―古い隊商路、バーミアン、クンドゥズ、マザリ・シャリフ、バルフ　オリエント古代遺跡を訪ねて―アフガニスタン、イラン、トルコ　エジプト、イラク紀行―ナイルの流れ、ノアの洪水地帯／著者あとがき

西域をゆく

井上靖・司馬遼太郎著　昭和53年8月25日、潮出版社発行　B6桝型判　カバー　帯　236頁　定価1200円

［内容］口絵写真（井上靖・司馬遼太郎撮影）／西域の山と河と沙漠（井上靖）、新疆ウイグル自治区を訪ねて（司馬遼太郎）／西域への夢（井上靖・司馬遼太郎）／西域をゆく（井上靖・司馬遼太郎）／西域を語る（井上靖・藤枝晃・樋口隆康・司馬遼太郎）／敦煌への旅（井上靖・司馬遼太郎）／あとがき（井上靖、司馬遼太郎）／註と索引

歴史の光と影

昭和54年4月20日、講談社発行　四六判　函　帯　279頁　装幀・東山魁夷　定価1200円

［内容］中国の旅から、韓国に古きものをたずねて、アナトリア高原の〝謎の民族〟、日本漂民の足跡を辿って／平泉紀行、塔・桜・上醍醐、私の東大寺、若き日の高野山、天武天皇／「中国の旅から」参考地図、「韓国に古きものをたずねて」参考地図、初出一覧

故里の鏡

昭和54年5月6日、風書房発行　坂入公一編集　限定300部特装版記番　題字・井上靖　装幀・坂入公一　A5判　二重函　403頁　定価25000円

［内容］見返し序詞（「思うどち／遊び惚けぬ／そのかみの／香貫　我入道／みなとまち／夏は　夏草／冬は　冬濤」）／故里の鏡、養之如春、天城に語ることなし、人間を信ずるということ、長女の結婚、巣立つ娘へ、忘れえぬ人々、井戸と山、言葉の話、還暦有感、職人かたぎその他、容さざる心、挽歌について、幸福の探求、自分が自分であること、四十年目の柔道着、幸福について、日本のことば　日本のこころ、書の国・中国、万葉名歌十首、無形遺産三つ、日本の美と心、ものを考える時間、人間と人間の関係、落葉しきり、冬の朝、去年・今年、枯れかじけて寒き、だんらん・団欒、命なりけり／あとがき

私の中の風景　現代の随想

昭和54年7月20日、日本書籍発行　四六判　函　帯　290頁　装幀・熊谷博人　定価1500円

［内容］Ⅰ日本の風景、梓川沿いの樹林、佐渡の海、塔／Ⅱ台風、海、登山、武将の最期、小説の材料、猫の話、父のこと、旅情、あすなろのこと、川の話／Ⅲ北欧の二都市、ギリシャの旅、イタリア中世の街、北伊紀行、シンプロンを越えて、フランスの旅から、パリの秋、ベルリンとお蝶夫人、スペインの旅から、白夜、小さい四角な石、アメリカ紀行、旅情・旅情・旅情・旅情／Ⅳ人と風土、私の小説作法、正確な言葉、文字・文字・文字・文字、作家七十歳／あとがき

シルクロード　絲綢之路

共著　昭和55年6月〜10月、日本放送出版協会発行　A5判　カバー　帯　装幀・竹内宏一

＊1988年5月〜7月、新コンパクト・シリーズ版（小B6判、カバー、帯、定価各700円）発行。

第二巻　敦煌―砂漠の大画廊

井上靖・NHK取材班著　昭和55年6月1日発行　243頁　定価1500円

［内容］敦煌と私（井上靖）／取材記　敦煌　沙漠の大画廊（NHK取材班）／あとがき（玉井勇夫）

＊1988年5月20日、新コンパクト・シリーズ版発行。

第三巻　幻の楼蘭・黒水城

井上靖・岡崎敬・NHK取材班著　昭和55年8月20日発行　235頁　定価1700円

［内容］謎の国　楼蘭（井上靖）／取材記　楼蘭王国を掘る（NHK

取材班）／取材記 幻の黒水城（NHK取材班）／漢居延城と西夏カラホト古城（岡崎敬）／あとがき（玉井勇夫）
＊1988年6月20日、新コンパクト・シリーズ版発行。

第四巻 流砂の道 西域南道を行く
井上靖・長澤和俊・NHK取材班著 昭和55年10月10日発行 271頁 定価1700円
［内容］絲綢南道を経巡る（井上靖）／取材記 流砂の南道（NHK取材班）／取材記 ウィグルの街ホータン（NHK取材班）／西域南道の謎（長澤和俊）／あとがき（玉井勇夫）
＊1988年7月20日、新コンパクト・シリーズ版発行。

歴史の旅 井上靖対談集
1980年9月20日、創林社発行 四六判 カバー 帯 212頁 装画・東山魁夷「燕湖の古塔」 定価1200円
［内容］「スズメの誤解」の話（対談者・志賀直哉）、命なりけり（谷川徹三）、美しき日本の心（東山魁夷）、美へのいざない（岡潔）、シルクロードの虹（ライシャワー）、中国の歴史をふみわけて（荒垣秀雄）、西アジア先史遺跡の旅（江上波夫）、日本文化の風土（樋口隆康）、豊臣秀吉と千利休（林屋辰三郎）、詩から小説へ（野間宏）／註・索引、著者略歴、初出掲載紙誌一覧

きれい寂び 人・仕事・作品
1980年11月10日、集英社発行 四六判 函 帯 197頁 挿画・平山郁夫 装丁・後藤市三 定価1200円
［内容］Ⅰ 桑原隲蔵先生と私、私にとっての座右の書―石田幹之助著「長安の春」、行けぬ聖地ゆえの情熱―松岡譲著「敦煌物語」、「海軍主計大尉小泉信吉」を読んで、きれい寂び―「村野藤吾氏の茶室」序／Ⅱ 上村松篁氏と私、東山魁夷氏の作品、東山魁夷氏の〝窓〟、平山郁夫氏の道、平山郁夫氏と一緒の旅、高山辰雄氏のポエジー、脇田和氏の作品、加山又造氏の仕事、西山英雄氏のこと、福井良之助氏のポエジー、生沢朗氏と私、近藤悠三氏のこと／Ⅲ 菊池さんのこと、秋索索―優れた人生詩人・吉川英治、深田久弥氏と私、川端さんのこと、大佛さんの椅子、詩人・福田正夫氏、牧水の「木枯紀行」、中学時代の友／初出紙誌一覧／著者あとがき

ゴッホの星月夜―小説家の美術ノート―
昭和55年11月30日、中央公論社発行 A5判 二重函 141頁 定価3200円
［内容］鉄斎の仙境、《星月夜》讃、ヨーロッパ美術の旅から、明治の洋画を見る、天平彫刻十選、京都御所の庭園、日本の美と心―桂離宮の庭園に立って、《華厳縁起・義湘絵》の周辺、美術から見た日本の女性／図版目録、初出一覧
＊限定版 昭和58年5月20日、同社発行。A4判 380部記番、夫婦函、外函、152頁、定価38000円。

作家点描
昭和56年2月10日、講談社発行 四六判 函 帯 229頁 定価1300円
［内容］安西冬衛―安西冬衛の横顔 伊東静雄―「庭の蝉」と「夏の終り」、天風浪々 江藤淳―優れた伊東静雄論 大佛次郎―『つき

じの記』を読んで、『帰郷』の頃　亀井勝一郎―『美貌の皇后』の重さ　河上徹太郎―揚州に於ける河上氏　川端康成―川端さんのこと、晩年の川端さん、川端さんの眼1、川端さんの眼2　北杜夫―『木精』を読んで　小林秀雄―小林さんのこと　佐藤春夫―「鷺江の月明」讃、北海道の佐藤先生　志賀直哉―「スズメの誤解」、晩年の志賀先生　島崎藤村―藤村全集の意義　司馬遼太郎―『殉死』私見　庄野潤三―『蟹』の作者、庄野潤三氏について　高見順―『死の淵より』　谷崎潤一郎―『細雪』讃、『吉野葛』を読んで、谷崎先生のこと　中島敦―『木乃伊』讃、『李陵』と『山月記』　中島健蔵―中島健蔵氏のこと　中野重治―中野さんの詩　中村光夫―「明治五年」について　丹羽文雄―『海戦』讃　野間宏―野間宏氏のこと　萩原朔太郎―「郷土望景詩」讃、詩人との出会い　舟橋聖一―舟橋さんの人と作品、「風景」と私　堀口大學―堀口先生のこと　丸山薫―丸山薫の詩　三好達治―「冬の日」讃、『測量船』と私　室生犀星―金沢の室生犀星／あとがき／初出一覧

井上靖集　現代の随想1

昭和56年3月25日、彌生書房発行　井伏鱒二・河盛好蔵・串田孫一監修　井上靖編　Ｂ６判　ビニルカバー　函　口絵写真2頁　本文２２１頁　装幀・安野光雅　装画・丹阿弥丹波子　定価９８０円

［内容］人生というもの―光陰矢の如し、天上の星の輝き、老歌人の言葉、ゆるさざる心／詩のノートから―先生の結婚、石英の音、あじさい／鑑真和上坐像／桂離宮庭園の作者／「海軍主計大尉小泉信吉」を読んで／敦煌と私／西域南道の旅から（詩四篇）―胡楊の死、若羌という集落、ミーランの遺跡に立ちて、精絶国の死／讃歌「親鸞」／半生点描―おかのおばあさん、戦時下の社会部勤務、空襲と詩、〝玉音を拝して〟のトップ記事、不思議な時期、「創造美術」結成の特ダネ、「闘牛」「猟銃」、芥川賞受賞、下山事件と二人の記者、「氷壁」、「わが母の記」、父／天武天皇／あとがき／年譜／底本一覧

西行・山家集　現代語訳　日本の古典9

１９８１年7月31日、学習研究社発行　Ａ４判　カバー　函　帯　１８０頁　定価２４００円

［内容］西行・山家集（井上靖）／特集口絵　西行と伝説（目崎徳衛）、解説　山家集の世界（窪田章一郎）、エッセイ（五来重、糸賀きみ江、片山貞美）、古典の旅（木村利行）、他

［月報21］西行と利休（井上靖、再掲）、西行の伝説について（堀信夫）

流沙の旅・ゴビの旅

昭和56年9月20日、毎日新聞社発行　限定１２００部記番　Ｂ４判　夫婦函　外函　ノンブルなし　定価５００００円

［内容］序文（シルクロード地帯を訪ねて）、中国西域略図、河西回廊（紀行文、詩―無題、白龍堆、幻の湖）、敦煌（紀行文／詩―四月八日、交脚弥勒、千仏洞点描、飛天と千仏、胡旋舞一、胡旋舞二）、天山北路（紀行文／詩―天池）、西域北道（紀行文／詩―ソバシ故城、タリム河）、西域南道（紀行文、紀行文／詩―精絶国の死、胡楊の死、無題、無題／旅行の記録）

クシャーン王朝の跡を訪ねて
昭和57年1月10日、潮出版社発行　四六桝型判　函　364頁　装丁・田中一光　定価1800円
［内容］詩—人生とは、街燈、バルフの遺跡にて／Ⅰモヘンジョダロ紀行／Ⅱクシャーン王朝の跡を訪ねて—スカンダル・テペを訪ねて、ベグラムの丘、バーミヤン幻想、カニシカ王の神殿、古代の幻影城、古代バクトリアの跡に立つ、サラン峠を越えて、大宗教都市・ナガラハーラ、歴史的往還・カイバル峠、冬の都・ペシャワール、ガンダーラからスワットへ、タフティバハイの山岳寺院、タキシラの三つの都市／Ⅲフンザ、ナガールの旅—往古の仏教都市・ギルギット、大斜面の町・フンザ、ナガールの少年、弓と矢の国・フンザ、インダス渓谷を下る／シルクロードの発掘（樋口隆康）

舞姫　雁　カラーグラフィック・学研版・明治の古典8
1982年3月12日、学習研究社発行　井上靖訳・編　A4判　カバー　函　帯　187頁　注釈・山崎一穎　写真・吉岡勇　定価2400円
［内容］口絵／舞姫（井上靖訳）／雁／阿部一族／鷗外のふるさと津和野／乃木大将の殉死と鷗外／小倉時代の鷗外／鷗外の青春と独逸（吉岡勇）／森鷗外—聡明なる生涯（井上靖）／鷗外の作品世界（三好行雄）／鷗外の遺書（杉森久英）／私の父（森茉莉）／森鷗外（大河内昭爾）／作品小事典・年譜（山崎一穎）
［月報7］鷗外と明治の画壇（三宅正太郎）、「舞姫」のエリス（長谷川泉）

井上靖対談集　歴史・文学・人生
昭和57年12月10日、牧羊社発行　四六判　カバー　帯　318頁　定価1500円
［内容］井上文学の周辺（対談者・河上徹太郎）、よくぞ日本人に生まれける（岡田謙三）、想像力の世界と現実（石川達三）、父的なる世界（山崎正和）、第二の人生は四十歳で勝負せよ（牛島治朗）、昨日と明日の間（扇谷正造）、歴史の夢（尾崎秀樹）、利休と芭蕉（山本健吉）、作家の内部（三好行雄）、史と詩の間に（梅原猛）、歴史と小説（林屋辰三郎）、現代文学について（E・G・サイデンステッカー）／初出年月一覧

忘れ得ぬ芸術家たち
昭和58年8月5日、新潮社発行　A5判　函　帯　170頁　装画・加山又造　定価1900円
［内容］Ⅰ 河井寛次郎のこと、荒井寛方、橋本関雪、前田青邨のこと、国枝金三、上村松園、坂本繁二郎追悼展を見る、須田国太郎の世界、岡倉天心／Ⅱ 岡鹿之助の「帆船」について、「湖畔」の女性、広重の世界、美女と龍、安閑天皇の玉碗、白瑠璃碗を見る、如来型立像について

私の西域紀行　上下巻
昭和58年10月25日、文藝春秋発行　A5判　カバー　帯　上巻251頁、下巻236頁・索引19頁　写真撮影・井上靖・大塚清吾　装幀・レイアウト・地図作製・柴永文夫・納富進　定価各2000円
［内容］上巻　口絵写真—河西回廊、天山北路、西域北道／一　ウル

ムチへ～二十五　アクスにて／西域地図
下巻　口絵写真─敦煌莫高窟、西域南道／二十六　酒泉の月～四十二　柳架舞う旅の終り／シルクロード詩集／索引
＊特装限定本　１９８３年11月25日、同社発行。Ａ５判１冊本、６００部記番署名入り、巻頭詩「若羌」、函、４８４頁、索引17頁、地図、定価１２０００円。

シルクロード　ローマへの道
共著　昭和58年12月、59年4月、日本放送出版協会発行　Ａ５判　カバー　帯　装幀・竹内宏一
＊１９８８年12月、１９８９年1月、新コンパクト・シリーズ版（小Ｂ６判、カバー、帯、定価各７００円）発行。

第九巻　大草原を行く　ソビエト（１）
井上靖・樋口隆康・ＮＨＫ取材班著　昭和58年12月20日発行　２４９頁　定価１８００円
［内容］天山の麓の国（井上靖）／湖底に消えた道　幻のイシククル湖に潜る（ＮＨＫ取材班）／大草原を行く（ＮＨＫ取材班）／はるかなる大宛　天馬を求めて（ＮＨＫ取材班）／フェルガナ歴史紀行（樋口隆康）／あとがき（平尾浩一）
＊１９８８年12月20日、新コンパクト・シリーズ版発行。

第十巻　アジア最深部　ソビエト（２）
井上靖・加藤九祚・ＮＨＫ取材班著　昭和59年4月10日発行　３４０頁　定価１８００円
［内容］西トルキスタンの町々にて（井上靖）／消えた隊商の民　ソグド商人を探す（ＮＨＫ取材班）／草原の王都　サマルカンド・ブハラ（ＮＨＫ取材班）／灼熱・黒砂漠　さいはての仏を求めて（ＮＨＫ取材班）／トルクメン民族史（加藤九祚）／あとがき（平尾浩一）
＊１９８９年1月20日、新コンパクト・シリーズ版発行。

美の遍歴
昭和59年7月30日、毎日新聞社発行　Ａ４判　函　１９８頁　造本・松本芳和　定価８５００円
［内容］美の遍歴　序文／美術批評─美術記者、私の自己形成史　抄、関西日本画壇展望、東京画壇展望、院展評、文展評、奉祝展日本画評、青龍社展評、院展・青龍展所感、日展を見る／新進画家との交友─「創造美術」結成の特ダネ、新団体の誕生、創造美術展を見る、日本画の新人群／画人伝─須田国太郎のこと、橋本関雪、河井寛次郎のこと、荒井寛方、上村松園、国枝金三／美術家交友録─上村松篁氏と私、東山魁夷氏の作品、東山魁夷氏の〝窓〟、平山郁夫氏の道、加山又造氏の仕事、高山辰雄氏のポエジー、西山英雄氏のこと、福井良之助氏のポエジー、脇田和氏の作品、生沢朗氏と私、近藤悠三氏のこと、きれい寂び／解説・井上靖美術略年譜─井上文学と美術（福田宏年）、井上靖美術略年譜、初出・再録一覧

河岸に立ちて　歴史の川　沙漠の川
１９８６年2月25日、平凡社発行　菊変型判　カバー　帯　２７７頁　写真・井上靖　装丁・レイアウト・三村淳　定価３８００円
［内容］詩四篇　まえがきにかえて─黄河、ミシシッピ河、ガダルキビル河、珠江／Ｉ　黄河（一）、黄河（二）、黄河（三）、旧黄河、渭水、岷江、揚子江（一）、揚子江（二）、揚州の運河、洛東江、漢

江、ソロ河／Ⅱ　疏勒河、黒河、ホータン河（一）、ホータン河（二）、ケリヤ河、ニヤ河（一）、ニヤ河（二）、チェルチェン河、ハルメラン河、チャルクリク河、タリム河、ヤルカンド河、クチャ河、アクス河、イリ河、乾河道／Ⅲ　インダス河（一）、インダス河（二）、インダス河（三）、ユーフラテス河、ナイル河（一）、ナイル河（二）／Ⅳ　カーブル河、スワット河、ゴルバンド河、クンドゥズ河、ヘルマンド河、アム・ダリヤ（一）、アム・ダリヤ（二）、ギルギット河、フンザ河（一）、フンザ河（二）、ナガール河、ドウトコシ（一）、ドウトコシ（二）／Ⅴ　セーヌ河、ライン河、ネッカー河、ドナウ河、エルベ河、アムステル河、ローヌ河／Ⅵ　ザラフシャン河、レナ河（一）、レナ河（二）、アンガラ河、オビ河、アムール河／あとがき

ＮＨＫ　大黄河　第一巻　遥かなる河源に立つ

井上靖・ＮＨＫ取材班著　１９８６年4月13日、日本放送出版協会発行　Ａ5判　カバー　帯　２８７頁　装幀・竹内宏一　定価１８００円

［内容］黄河と私（井上靖）／はじめに／取材記　遥かなる河源に立つ（ＮＨＫ取材班）、資料　黄河の河源について／取材記　空から見た上流の大河（ＮＨＫ取材班）／取材記　上流・大屈曲部を行く（ＮＨＫ取材班）／あとがき

レンブラントの自画像―小説家の美術ノート―

昭和61年10月25日、中央公論社発行　Ａ5判　二重函　１７１頁　定価３２００円

［内容］レンブラントの自画像、《聖フランチェスコの葬儀》、塔・桜・山上の伽藍、鑑真和上坐像、《六道絵》私見、北方の王者、お水取り・讃、香妃随想、美術詩集　漆胡樽（漆胡樽、石庭、受胎告知、二つの絵、エトルスカの石棺、陝西博物館にて、交脚弥勒、飛天と千仏、胡旋舞（一）、胡旋舞（二）、千仏洞点描、米蘭、仙境、坑夫、星月夜）／図版目録、初出一覧

＊限定版　昭和62年5月20日、同社発行。Ｂ5判３２０部記番、二重函、１８０頁、定価４５０００円。

西域仏跡紀行

平成4年1月29日、法蔵館発行　法蔵館一四〇年（丁字屋三七〇年）創業記念出版　Ｂ5判　函　帯　６２３頁　口絵・素描・平山郁夫　定価７８００円

［内容］Ⅰシルクロードへの夢―シルクロード詩集一、シルクロードへの夢、シルクロードの風と水と砂と、シルクロード地帯を訪ねて、法顕の旅、草原の旅　沙漠の旅、道　道　道、新しい道　古い道／Ⅱ韓国・中国の旅―シルクロード詩集二、韓国日記、扶余の旅　慶州の旅、韓国に古きものをたずねて、揚州紀行、桂林讃、西安の旅、雲崗・菩薩像／Ⅲ敦煌から西域へ―シルクロード詩集三、私の西域紀行、小説『敦煌』の舞台に立ちて、謎の国楼蘭、トルファン街道、西域南道を経廻る、天山の麓の国／Ⅳ文明の十字路―シルクロード詩集四、アフガニスタン紀行、アフガニスタン再訪、クシャン王朝の跡を訪ねて／初出一覧／平山郁夫収録作品一覧

日本古寺巡礼

平成4年1月29日、法蔵館発行　法蔵館一四〇年（丁字屋三七〇年）創業記念出版　B5判　函　帯　415頁　口絵・素描・平山郁夫　定価6700円

［内容］Ⅰ日本の美をたずねて―美しきものとの出会い、日本の風景、塔、日本の塔、異国の塔、美術から見た日本の女性／Ⅱ奈良の古寺―奈良と私、法隆寺のこと、法隆寺ノート、私の東大寺、東大寺三月堂、漆胡樽と破損仏、お水取りと私、天平彫刻十選、鑑真と唐招提寺、鑑真和上坐像、如来形立像、浄瑠璃寺の九体仏／Ⅲ飛鳥・大和路―大和路たのし、大和朝廷の故地を訪ねて、飛鳥の地に立ちて、飛鳥の石舞台、水分神社の女神像、秋の長谷寺、室生寺の五重塔、「信貴山縁起絵巻」第一巻を観る、私の高野山／Ⅳ京都・近江路―京の春、東寺の講堂と龍安寺の石庭、龍安寺の石庭、仁和寺、「華厳縁起・義湘絵」の周辺、塔・桜・上醍醐、渡岸寺の十一面観音像、湖畔の十一面観音、十一面観音の旅／Ⅴ奥州路・本山巡り―北方の王者、木乃伊考、平泉紀行、本山物語／初出一覧／平山郁夫収録作品一覧・収録写真一覧

井上靖　高校生と語る　若者への熱いメッセージ

1992年1月29日、武蔵野書房発行　小俣正己・稲垣信子（都立日野高校）編　B6判　カバー　口絵写真4頁　本文126頁　定価1500円

［内容］インタビュー「井上靖　高校生と語る」を読んで（福田宏年）／第一回訪問記録（昭和五十二年九月八日）／第二回訪問記録（昭和五十二年九月十八日）／「井上靖氏を囲んで」を上梓するまで（小俣正己）、井上靖先生にお会いして（武藤誠）、詩・紀行文を手がけて（星野宏和）、印象的な言葉（広瀬美知代）、文化祭の責任者として（横田叔子）、むずかしかった歴史小説（横山律子）、やさしい井上靖先生（石関紀子）、偉大な人　井上靖先生（池田弥生）、すばらしい出会い（稲垣信子）、永遠の会話（小俣正己）、甦る井上靖先生のお言葉（稲垣信子）

シルクロード紀行（上）

1993年8月20日、岩波書店発行　同時代ライブラリー157　文庫大判　カバー　帯　297頁　カバー・扉デザイン・谷村彰彦　定価900円

［内容］限りなき西域への夢―西域のイメージ、砂丘と私、川の畔、ある晴れた日に、レンズに憶えておいて貰った〝沙漠の旅〟、命なりけり、行けぬ聖地ゆえの情熱―松岡譲著『敦煌物語』、西域南道を経廻る、歴史の通った道／中国の旅―長城と天壇、万暦帝の墓、四年目の中国、中国の旅―鑑真逝世千二百年記念行事、西安の旅、揚州紀行、桂林讃、敦煌を訪ねて、小説『敦煌』の舞台に立ちて、鳴沙山の上に立ちて、揚州の雨、揚州再訪、揚州の旅、中国の旅から／謎の国楼蘭―謎の国楼蘭、河西回廊の旅、玉門関、陽関を訪ねる／天山の麓の国―西域の旅から、トルファン街道、法顕の旅、ホータンを訪ねる、漢代且末国の故地、天山の麓の国／井上靖との旅（福田宏年）

シルクロード紀行（下）

1993年9月16日、岩波書店発行　同時代ライブラリー158　文庫大判　カバー　帯　306頁　定価950円

［内容］シルクロードへの夢―シルクロードへの夢、西域の山河、シルクロードの風と水と砂と、シルクロード地帯を訪ねて／西トルキスタンの旅―西トルキスタンの旅、「大宛」へ寄せる夢―ロシア旅行で訪れたい、フェルガナ盆地、アム・ダリヤ下流、幻覚の街・ヒワにて、川の話、沙漠の町アシュハバード／オアシスの町―ピャンジケント、タシケント、ブハラ、サマルカンド、ドシャンベ、アシュハバード／アフガニスタンの旅―古い隊商路、バーミアン、クンドゥズ、マザリ・シャリフ、バルフ、バーミアンの遺跡／旅の父（井上修一）

日本紀行

１９９３年12月15日、岩波書店発行　同時代ライブラリー１６９　文庫大判　カバー　帯　２５２頁　カバー・扉デザイン・芦澤泰偉　定価１０００円

［内容］日本の風景、美しい川、旅情・旅情・旅情、「旅と人生」について／平泉紀行、穂高の月、涸沢にて、穂高の月・ヒマラヤの月／大佐渡小佐渡、早春の伊豆・駿河、川の話、早春の甲斐・信濃／京の春、塔・桜・上醍醐、十一面観音の旅、法隆寺のこと、お水取りと私、南紀の海に魅せられて／佐多岬紀行―老いたる駅長と若き船長／幻華―井上靖氏の「旅」（十川信介）

［再刊本］

西域

井上靖・岩村忍著　１９７１年４月20日、筑摩書房発行　筑摩教養選８　Ｂ６判　ビニルカバー　函　２４２頁　５００円

［内容］初刊本に同じ

西域―人物と歴史―

井上靖・岩村忍著　１９８０年12月30日、社会思想社発行　現代教養文庫１０３６　文庫判　カバー　２４２頁　４００円

［内容］初刊本に同じ

四季の雁書　往復書簡

昭和56年９月20日、聖教新聞社発行　井上靖・池田大作著　聖教文庫１４９―Ｇ57　カバー　２５６頁　定価３４０円

［内容］初刊本に同じ

わが文学の軌跡

昭和56年12月10日、中央公論社発行　中公文庫Ａ８―３　カバー　２７４頁　定価３８０円

［内容］初刊本に同じ

西行

昭和57年７月１日、学習研究社発行　日本の古典ノベルス　四六判　カバー　帯　１９３頁　装幀・太田道武　写真・吉岡勇　定価９８０円

［内容］身を捨ててこそ身をも助けめ、陸奥へ心惹かれて、君に契りのある身なれば、讃岐詣、厭離穢土・欣求浄土、再び陸奥へ、西

行の名歌、結び、山家集抄、索引

故里の鏡

昭和57年8月10日、中央公論社発行　中公文庫A８―４　カバー（安野光雅）帯　２５４頁　３２０円

［内容］初刊本と同じ／「郷土望景詩」讃、私の文章修業、カラヤン讃、咲く花の薫うが如く、年の初めに、西行と利休、立原正秋・二題、酒との出逢い、年頭に思う／あとがき／解説（福田宏年）／初出一覧

わが一期一会

昭和57年9月20日、毎日新聞社発行　普及版　四六判　カバー帯　２４１頁　装幀・栗屋充　定価９８０円

［内容］初刊本に同じ

遺跡の旅・シルクロード

昭和57年12月25日、新潮社発行　新潮文庫２９３５　カバー（大塚清吾）帯　口絵写真2頁　参考図　３０９頁　定価３６０円

［内容］第一回西トルキスタン紀行、第二回西トルキスタン紀行、オリエント古代遺跡を訪ねて、エジプト、イラク紀行、敦煌と私、玉門関、陽関を訪ねる、河西回廊の旅、謎の国楼蘭、絲綢南道を経巡る、あとがき

歴史小説の周囲　歴史エッセイ集1

昭和58年5月15日、講談社発行　講談社文庫い５―６　カバー（東山魁夷）２６５頁　定価３４０円

［内容］初刊本に同じ

歴史の光と影　歴史エッセイ集2

昭和58年7月15日、講談社発行　講談社文庫い５―７　カバー（東山魁夷）２５８頁　定価３４０円

［内容］初刊本に同じ

西域をゆく

井上靖・司馬遼太郎著　昭和58年11月10日、潮出版社発行　潮文庫２０２　カバー　帯　口絵写真16頁　本文２２０頁　定価３７０円

［内容］西域をゆく／解説（陳舜臣）、註と索引（松本和夫）

きれい寂び　人・仕事・作品

昭和59年9月25日、集英社発行　集英社文庫３Ｈ　カバー（平山郁夫）２０３頁　定価２４０円

［内容］きれい寂び／解説（福田宏年）

忘れ得ぬ芸術家たち

昭和61年8月25日、新潮社発行　新潮文庫３６７４　カバー（平野甲賀）帯　口絵写真2頁　１７０頁　定価２４０円

［内容］忘れ得ぬ芸術家たち／解説（高階秀爾）

アレキサンダーの道

１９８６年12月10日、文藝春秋発行　平山郁夫・画　文春文庫１０

4—28　カバー　231頁　580円
［内容］初刊本に同じ

私の西域紀行（上）（下）
1987年6月10日、文藝春秋発行　文春文庫104—29、30　カバー　帯　上288頁、下232頁　定価各480円
［内容］初刊本（下）の「シルクロード詩集」「索引」を省き、田川純三「解説」を付すほかは、初刊本に同じ。

河岸に立ちて　歴史の川　沙漠の川
平成元年2月25日、新潮社発行　新潮文庫4223　カバー　帯　291頁　写真・井上靖　定価640円
［内容］河岸に立ちて／解説（大岡信）

カルロス四世の家族—小説家の美術ノート—
1989年5月10日、中央公論社発行　中公文庫A8—5　カバー　帯　151頁　口絵図版4葉　定価420円
［内容］本文、あとがきとも初刊本に同じ／美と想像力（高階秀爾）

西行—さすらいの歌人
1991年6月20日、学習研究社発行　ワインブックス　新書判　カバー　196頁　カバー・表紙イラスト・松本剛　定価1200円
［内容］初刊本から「山家集抄」「索引」を削り、新たに「西行の略年譜」を付す。

わが一期一会
1993年1月10日、三笠書房発行　知的生きかた文庫い28—1　カバー　284頁　定価500円
［内容］初刊本に同じ

西域をゆく
1998年5月10日、文藝春秋発行　文春文庫し1—66　カバー（平山郁夫）帯　283頁　定価467円（本体）
［内容］初刊本より口絵、註と索引を除き、新たに平山郁夫「解説」及び「註」を付す。

西行・山家集
2001年10月19日、学習研究社発行　学研M文庫C—い、6—1、カバー　帯　定価500円（本体）

現代語訳　舞姫　森鷗外　井上靖訳
2006年3月10日、筑摩書房発行　ちくま文庫　監修・山崎一穎　カバー　定価580円（本体）

全集・選集

井上靖作品集

全5巻　昭和29年4月～8月、大日本雄辯会講談社発行　四六判表紙網掛　函　口絵写真　題字・佐藤春夫　装幀・中島靖侃　定価各350円

第一巻　昭和29年4月30日発行　第1回配本　294頁

［内容］黯い潮、白い牙、澄賢房覚え書、ある偽作家の生涯／解説（浦松佐美太郎）

第二巻　昭和29年5月30日発行　第2回配本　274頁

［内容］猟銃、闘牛、比良のシャクナゲ、漆胡樽、玉碗記、或る自殺未遂、仔犬と香水瓶、暗い平原／解説（河盛好蔵）

第三巻　昭和29年7月30日　第4回配本　263頁

［内容］七人の紳士、断雲、早春の墓参、雷雨、碧落、舞台、蜜柑畠、表彰、夜明けの海、鵯（ひよどり）、楼門、北の駅路、氷の下、千代の帰郷、落葉松、水溜りの中の瞳、伊那の白梅／解説（高橋義孝）

第四巻　昭和29年6月30日発行　第3回配本　257頁

［内容］通夜の客、春の嵐、貧血と花と爆弾、その日そんな時刻／解説（山本健吉）

第五巻　昭和29年8月30日発行　第5回配本　290頁

［内容］戦国無頼／著者年譜（自筆）

井上靖長篇小説選集

全8巻　1957年4月～12月、三笠書房発行　B6変型判　カバー　帯　口絵写真（第八巻以外、石井彰撮影）　装幀・阿部龍應　月報（第三巻、第五巻なし）　定価各220円

＊限定版　昭和32年9月20日、第一～五、八巻の6冊同時発行。300部、各巻450円。第六巻、第七巻の2冊は未刊。

第一巻　あすなろ物語・霧の道　1957年4月30日発行　第1回配本　260頁　口絵写真・著者近影（天城附近）

［内容］あすなろ物語、霧の道／解説—I 人について（小松伸六）、II 作品について（福田宏年）

［月報1］非文学青年的作家—井上靖と石原慎太郎（小松伸六）

第二巻　戦国無頼　1957年7月5日発行　第3回配本　293頁　口絵写真・講道館に於ける著者

［内容］戦国無頼

［月報3］井上靖の歴史小説（山本健吉）

第三巻　その人の名は言えない・白い牙　1957年9月10日発行　第5回配本　322頁　口絵写真・新聞社のデスクに於ける著者

［内容］その人の名は言えない、白い牙

第四巻　青衣の人・黯い潮　1957年10月20日発行　第6回配本　263頁　口絵写真・日活会館のロビーにて、著者近影

［内容］青衣の人、黯い潮

［月報5］井上靖の女性観（十返肇）

第五巻　風と雲と砦・流転　1957年11月20日発行　第7回配

本　264頁　口絵写真・書斎における著者
［内容］風と雲と砦、流転
第六巻　昨日と明日の間・春の嵐　1957年12月25日発行　第8回配本　333頁　口絵写真・尾瀬沼にて、著者と令嬢幾世さん
［内容］昨日と明日の間、春の嵐
［月報6］ある日の井上さん（瓜生卓造）
第七巻　魔の季節　1957年8月15日発行　第4回配本　321頁　口絵写真・富士を背景に立つ著者
［内容］魔の季節
［月報4］「魔の季節」の背景（野村尚吾）
第八巻　あした来る人　1957年5月30日発行　第2回配本　298頁　口絵写真・穂高・涸沢に於ける著者（撮影安川茂雄）
［内容］あした来る人／「あした来る人」余聞（森田正治）
［月報2］山と井上靖さん（野村尚吾）

井上靖文庫
全26巻　昭和35年11月〜38年6月、新潮社発行　小B6変型判　函　二重カバー　各巻口絵1頁　巻末に「発表年月及び掲載誌」　装幀（大和古瓦拓本作成）・豊住謹一　月報　定価各260円　昭和37年1月第15回配本以後各290円
1　天平の甍・異域の人　他　昭和35年12月25日発行　第2回配本　340頁　口絵写真・故郷伊豆の山にて（昭和32年2月撮影）
［内容］天平の甍、漆胡樽、玉碗記、異域の人、僧行賀の涙、漂流、ある偽作家の生涯、澄賢房覚え書、北の駅路／解説（山本健吉）
［月報2］戦争中の揚州（安藤更生）
2　敦煌・洪水　他　昭和37年11月30日発行　第25回配本　293頁　口絵写真・敦煌展にて（昭和33年1月撮影）
［内容］敦煌、洪水、補陀落渡海記、狼災記、考える人、小磐梯／解説（河上徹太郎）
［月報25］井上文学の殺気（菊村到）
3　楼蘭・蒼き狼　昭和37年2月28日発行　第16回配本　328頁　口絵写真・小説の資料を求めて（昭和31年3月撮影）『蒼き狼』参考地図（巻末）
［内容］楼蘭、蒼き狼／解説（亀井勝一郎）　蒼き狼・主要人物（栞）
［月報16］重量上げ（永井龍男）
4　風林火山　他　昭和36年6月30日発行　第8回配本　415頁　口絵写真・中仙道上和田にて（昭和33年12月撮影）
［内容］風林火山、利休の死、信松尼記、信康自刃、天目山の雲、佐治与九郎覚え書、篝火、平蜘蛛の釜、幽鬼、桶狭間、高嶺の花、犬坊狂乱、天正十年元旦、川村権七逐電／解説（吉田健一）
［月報8］最初の新聞小説（沢野久雄）
5　戦国無頼・真田軍記　昭和36年12月25日発行　第14回配本　386頁　口絵写真・信濃路の古戦場で（昭和33年12月撮影）
［内容］戦国無頼、真田軍記（海野能登守自刃、本多忠勝の女、むしろの差物、真田影武者）／解説（杉森久英）
［月報14］「猟銃」のころ（上林吾郎）
6　淀どの日記　昭和37年10月31日発行　第24回配本　329頁　口絵写真・松本郊外島々にて（昭和33年2月撮影）
［内容］淀どの日記／解説（篠田一士）
［月報24］あの頃の井上君（磯山正）

7 白い牙・春の嵐・霧の道　昭和37年7月31日発行　第21回配本　340頁　口絵写真・昭和34年5月撮影（東京駅にて）
［内容］白い牙、春の嵐、霧の道／解説（小松伸六）
［月報21］中国旅行（有吉佐和子）

8 黒い蝶 他　昭和36年4月30日発行　第6回配本　338頁
口絵写真・昭和34年5月撮影（東京駅にて）
［内容］黒い蝶、貧血と花と爆弾、チャンピオン、初代権兵衛／解説（杉森久英）
［月報6］井上君との三十年（藤田信勝）

9 射程・黯い潮　昭和36年1月25日発行　第3回配本　422頁　口絵写真・「射程」執筆の頃（昭和31年撮影）
［内容］射程、黯い潮／解説（臼井吉見）
［月報3］氷壁・氷塊（小谷正一）

10 渦（うず）　昭和35年11月25日発行　第1回配本　469頁
口絵写真・自宅書斎にて（昭和35年撮影）
［内容］渦／解説（河盛好蔵）
［月報1］『井上靖文庫』について（編集部）、因縁のような話（大佛次郎）

11 ある落日　昭和36年9月30日発行　第11回配本　421頁
口絵写真・郷里湯ヶ島の家で（昭和32年11月撮影）
［内容］ある落日／解説（村松剛）
［月報11］山の月見（野村尚吾）

12 氷壁　昭和37年4月30日発行　第18回配本　393頁　口絵写真・穂高への道（昭和33年2月撮影）
［内容］氷壁／解説（佐伯彰一）
［月報18］「氷壁」こぼれ話（瓜生卓造）

13 満ちて来る潮　昭和37年3月31日発行　第17回配本　333頁　口絵写真・松本市郊外にて（昭和33年2月撮影）
［内容］満ちて来る潮／解説（小松伸六）
［月報17］「きりん」の頃（竹中郁）

14 あした来る人　昭和36年3月30日発行　第5回配本　362頁　口絵写真・昭和32年3月撮影
［内容］あした来る人／解説（佐伯彰一）
［月報5］井上さんと私（松本清張）

15 その人の名は言えない・青衣の人　昭和36年10月31日発行　第12回配本　383頁　口絵写真・ローマ・オリンピックにて（昭和35年8月撮影）
［内容］その人の名は言えない、青衣の人／解説（十返肇）
［月報12］井上さんとの十年間（細川忠雄）

16 昨日と明日の間・その日そんな時刻　昭和37年5月30日発行　第19回配本　353頁　口絵写真・モンブランの展望台で（昭和35年9月撮影）
［内容］昨日と明日の間、その日そんな時刻／解説（十返肇）
［月報19］井上さんと私たち（角田房子）

17 波濤・河口　昭和37年1月30日発行　第15回配本　405頁
口絵写真・早春の奥伊豆にて（昭和32年2月撮影）
［内容］波濤、河口／解説（河盛好蔵）
［月報15］井上さんと私（源氏鶏太）

18 海峡・緑の仲間　昭和36年8月30日発行　第10回配本　409頁　口絵写真・浜名湖畔にて（昭和30年1月撮影）

［内容］海峡、緑の仲間／解説（小松伸六）
［月報10］変らぬ人井上靖（今日出海）
19 群舞・風のある午後 他　昭和37年9月30日発行　第23回配本　367頁　口絵写真・湯ヶ島の家にて（昭和32年11月撮影）
［内容］群舞、燃ゆる緋色、風のある午後、紅白の餅、梧桐の窓、爆竹、父の愛人／解説（瓜生卓造）
［月報23］「靖さん」と私（生沢朗）
20 猟銃・闘牛 他　昭和36年2月25日発行　第4回配本　386頁　口絵写真・コリントの遺蹟にて（昭和35年8月撮影）
［内容］猟銃、闘牛、三ノ宮炎上、楕円形の月、千代の帰郷、舞台、七人の紳士、七夕の町、蜜柑畠、落葉松、楼門、鵯、表彰、碧落、雷雨、早春の墓参、斜面／解説（山本健吉）
［月報4］井上先生にお供して（二村次郎）
21 満月・通夜の客 他　昭和37年6月30日発行　第20回配本　371頁　口絵写真・世田谷の自宅で（昭和36年6月撮影）
［内容］暗い平原、通夜の客、古九谷、屋上、レモンと蜂蜜、夏の終り、満月、花のある岩場、殺意、ある自殺未遂、銃声、湖の中の川、勝負、花粉、湖岸、俘囚、騎手、山の少女／解説（江藤淳）
［月報20］「海峡」への旅（福田豊四郎）
22 姨捨・比良のシャクナゲ 他　昭和36年7月30日発行　第9回配本　341頁　口絵写真・宇治川にて（昭和33年12月撮影）
［内容］姨捨、末裔、湖上の兎、グウドル氏の手套、小さい旋風、比良のシャクナゲ、大いなる墓、合流点、四つの面、蘆、大洗の月、水溜りの中の瞳、川の話、孤猿、胡桃林、断雲／解説（福田宏年）
［月報9］ヨーロッパでの井上さん（角田明）
23 朱い門 他　昭和37年8月31日発行　第22回配本　401頁　口絵写真・万里の長城（八達嶺）にて（1957年11月撮影）
［内容］朱い門、夏の雲、ある関係、ある兵隊の死、かしわんば、百日紅、流星、夏の草、昔の恩人、良夜、夜の金魚、司戸若雄年譜、青い照明、ボタン、青いカフスボタン、風、ひとり旅、夲さん／解説（平野謙）
［月報22］中国旅行のこと（山本健吉）
24 あすなろ物語 他　昭和36年5月30日発行　第7回配本　351頁　口絵写真・故郷湯ヶ島の家で（昭和32年2月撮影）
［内容］あすなろ物語、滝へ降りる道、ざくろの花、晩夏、白い街道、帰郷、黙契、颱風見舞、少年、神かくし、氷の下、驟雨、投網、あすなろう、白い手、悪魔／解説（亀井勝一郎）
［月報7］井上さんの耳（丸野不二男）
25 伊那の白梅・傍観者 他　昭和36年11月30日発行　第13回配本　395頁　口絵写真・伊豆湯ヶ島にて（昭和32年11月撮影）
［内容］伊那の白梅、美也と六人の恋人、仔犬と香水瓶、傍観者、断崖、夜明けの海、夏花、岬の絵、波の音、薄氷、野を分ける風、秘密、波紋、冬の外套、結婚記念日、石の面、ある日曜日、失われた時間、ある愛情、暗い舞踏会／解説（福田宏年）
［月報13］井上さんの印象（庄野潤三）
26 詩集・随筆・紀行　昭和38年6月15日発行　第26回配本　388頁　口絵写真・軽井沢追分にて（昭和37年8月撮影）
［内容］詩集（『北国』、『地中海』）、随筆（万暦帝の墓、青春放浪、母を語る、サンデー毎日記者時代、華麗な開会式をみて、美しい囃の笛、私の敦煌資料、「蒼き狼」の周囲、茶々の恋人、言葉につい

て、天風浪々、美しい川)、紀行(北イタリアの旅から、万里の長城と北京の天壇、雪の下北半島紀行、大佐渡小佐渡、佐多岬紀行、穂高の月、早春の甲斐・信濃、沖縄の一週間、早春の伊豆・駿河、新春紀行)/解説(福田宏年)、年譜(福田宏年)
[月報26] 井上靖氏の涙(森田正治)

井上靖西域小説集
昭和40年1月25日、講談社発行 Ａ５判 ビニルカバー 二重函 口絵写真２葉 ８６６頁 装幀・直木久蓉 定価１８００円
[内容] 漆胡樽、異域の人、僧行賀の涙、天平の甍、楼蘭、敦煌、洪水、蒼き狼、狼災記、風濤/解説(山本健吉)、井上靖年譜(福田宏年)

井上靖自選集
昭和40年7月10日、集英社発行 特装限定版１０００部記番署名入り Ａ５判 二重函(外函に著者の言葉) 口絵写真 ４０６頁 装幀・伊藤憲治 定価２８００円
[内容] 射程、天平の甍、猟銃、澄賢房覚え書、玉碗記、グウドル氏の手套、姨捨、楼蘭、洪水、補陀落渡海記、小磐梯、詩(シリア沙漠の少年、渦、比良のシャクナゲ、梅ひらく、オリーブの林、エトルスカの石棺、白夜、北極圏の海、アスナロウ、木乃伊)/井上文学の心象風景(福田宏年)

自選 井上靖短篇全集
昭和45年1月20日、人文書院発行 １０００部限定版記番 菊判 ビニルカバー 二重函 １１００頁 定価７５００円
[内容] 猟銃、闘牛、比良のシャクナゲ、漆胡樽、早春の墓参、雷雨、舞台、結婚記念日、利休の死、澄賢房覚書、玉碗記、三ノ宮炎上、ある偽作家の生涯、鵯、楼門、北の駅路、楕円形の月、氷の下、滝へ降りる道、ある日曜日、伊那の白梅、異域の人、信康自刃、末裔、漂流、大洗の月、湖上の兎、グウドル氏の手套、信松尼記、僧行賀の涙、胡桃林、チャンピオン、姨捨、黙契、湖の中の川、篝火、俘囚、川の話、颱風見舞、海野能登守自刃、本多忠勝の女、むしろの差物、真田影武者、初代権兵衛、蘆、暗い舞踏会、夏草、高嶺の花、孤猿、司戸若雄年譜、犬坊狂乱、佐治与九郎覚書、屋上、夏の終り、四つの面、ボタン、満月、花のある岩場、幽鬼、楼蘭、平蜘蛛の釜、洪水、狼災記、補陀落渡海記、小磐梯、僧伽羅国縁起、宦者中行説、羅刹女国、永泰公主の頸飾り、褒姒の笑い/作品解題(福田宏年)、解説(山本健吉)

井上靖小説全集
全32巻 昭和47年10月~50年5月、新潮社発行 四六判 カバー帯 装画・加山又造 付録 定価各６５０円 ほかに同日発行の愛蔵版(上製、函、筒袋、定価各３５００円)あり
第1巻 猟銃・闘牛 昭和49年1月20日発行 第16回配本 ４８０頁
[内容] 猟銃、闘牛、通夜の客、その人の名は言えない、青衣の人/紅荘の悪魔たち、あすなろう、戦友の表情、旧友、めじろ、無声堂、母の手、再会、猫がはこんできた手紙/自作解題/本巻収録作品の発表年月及び掲載誌(紙)

［付録］第1巻解説（福田宏年）、芥川賞を受けて（井上靖、再録）、芥川賞選後評再掲（滝井孝作、佐藤春夫、石川達三、岸田国士、舟橋聖一、丹羽文雄、宇野浩二、坂口安吾、川端康成）

第2巻　黯い潮・白い牙　昭和48年9月20日発行　第12回配本　440頁

［内容］黯い潮、白い牙、昨日と明日の間／自作解題／本巻収録作品の発表年月及び掲載誌

［付録］第2巻解説（福田宏年）、年譜のすき間―下山事件、前田千寸

第3巻　比良のシャクナゲ・霧の道　昭和49年5月20日発行　第20回配本　450頁

［内容］比良のシャクナゲ、霧の道、ある兵隊の死、年賀状、断雲、七人の紳士、流星、ほくろのある金魚、星の屑たち、早春の墓参、死と恋と波と、石庭、二分間の郷愁、雷雨、波紋、碧落、銃声、舞台、黄色い鞄、無蓋貨車、結婚記念日、かしわんば、表彰、勝負、山の湖、傍観者、百日紅、大いなる墓／自作解題／本巻収録作品の発表年月及び掲載誌（紙）

［付録］第3巻解説（福田宏年）、年譜のすき間―足立文太郎

第4巻　ある偽作家の生涯・暗い平原　昭和49年7月20日発行　第22回配本　456頁

［内容］ある偽作家の生涯、暗い平原、夜明けの海、斜面、ひと朝だけの朝顔、三ノ宮炎上、古九谷、秘密、ある自殺未遂、ある愛情、七夕の町、鵯、薄氷、楼門、春の嵐、貧血と花と爆弾、北の駅路、小さい旋風、楕円形の月、千代の帰郷、仔犬と香水瓶、夏花／自作解題／本巻収録作品の発表年月及び掲載誌（紙）

［付録］第4巻解説（福田宏年）、年譜のすき間―『聖餐』、松本順（二）、井上さんとの旅（生沢朗）、井上靖先生と私（上村松篁）

第5巻　戦国無頼・風林火山　昭和48年6月20日発行　第9回配本　418頁

［内容］戦国無頼、風林火山／自作解題／本巻収録作品の発表年月及び掲載誌

［付録］第5巻解説（福田宏年）、年譜のすき間―戯曲「明治の月」、新聞記者時代の井上さん（野村尚吾）

第6巻　あすなろ物語・緑の仲間　昭和47年11月20日発行　第2回配本　394頁

［内容］あすなろ物語、緑の仲間、あすなろう、蜜柑畑、氷の下、滝へ降りる道、晩夏、少年、驟雨、投網、黙契、白い街道、颱風見舞、ざくろの花、帰郷、神かくし／自作解題／本巻収録作品の発表年月及び掲載誌（紙）

［付録］第6巻解説（福田宏年）、あすなろう（井上靖）、年譜のすき間―賞金魔

第7巻　あした来る人・波濤　昭和48年1月20日発行　第4回配本　442頁

［内容］あした来る人、波濤／自作解題／本巻収録作品の発表年月及び掲載誌（紙）

［付録］第7巻解説（福田宏年）、年譜のすき間―豪勢なアルバイト、千葉亀雄賞

第8巻　海峡・魔の季節　昭和48年10月20日発行　第13回配本　458頁

［内容］海峡、魔の季節／自作解題／本巻収録作品の発表年月及び

掲載誌
［付録］第8巻解説（福田宏年）、年譜のすき間―終戦前後、井上靖氏にひそむ「風」と「月」（岡田喜秋）

第9巻　黒い蝶・射程　昭和48年4月20日発行　第7回配本　412頁
［内容］黒い蝶、射程／自作解題／本巻収録作品の発表年月及び掲載誌
［付録］第9巻解説（福田宏年）、作品評再掲―非常に面白い小説―「黒い蝶」―（十返肇）、〝芸術的〟な保守派―「黒い蝶」―（中村真一郎）、無償の情熱―「射程」―（小松伸六）、騎士道的ロマネスク―「射程」―（佐伯彰一）、孤独を繫ぎとめる幻―「射程」―（村松剛）

第10巻　伊那の白梅・大洗の月　昭和49年4月20日発行　第19回配本　462頁
［内容］伊那の白梅、大洗の月、水溜りの中の瞳、あげは蝶、落葉松、頭蓋のある部屋、断崖、爆竹、美也と六人の恋人、石の面、ある日曜日、風わたる、燃ゆる緋色、青い照明、騎手、春寒、春のうねり、稲妻、末裔、みどりと恵子、湖上の兎、グウドル氏の手套、その日そんな時刻、ひとり旅、胡桃林、夲さん、赤い爪、殺意、青いカフスボタン、三ちゃんと鳩／自作解題／本巻収録作品の発表年月及び掲載誌（紙）
［付録］第10巻解説（福田宏年）、安曇野への旅（東山魁夷）、年譜のすき間―松本順（一）

第11巻　姨捨・蘆　昭和49年11月20日発行　第26回配本　440頁
［内容］姨捨、蘆、花粉、鮎と競馬、父の愛人、風、夜の金魚、銹びた海、二つの秘密、合流点、風のある午後、湖の中の川、失われた時間、湖岸、俘囚、ダムの春、川の話、昔の恩人、夏の雲、初代権兵衛、紅白の餅、梅、火の燃える海／利休の死、桶狭間、信康自刃、森蘭丸、天正十年元旦、篝火、高嶺の花、犬坊狂乱、佐治与九郎覚書、川村権七逐電／自作解題／本巻収録作品の発表年月及び掲載誌（紙）
［付録］第11巻解説（福田宏年）、年譜のすき間―終戦直後の詩（一）、井上靖の散文詩（篠田一士）、山荘の隣人（芝木好子）

第12巻　満ちて来る潮・河口　昭和49年3月20日発行　第18回配本　434頁
［内容］満ちて来る潮、河口／自作解題／本巻収録作品の発表年月及び掲載誌（紙）
［付録］第12巻解説（福田宏年）、作品評再掲―満ちて来る潮、独特の抒情的色彩―「河口」―（八木義徳）、幾何学的な構図―「河口」―（中野好夫）、井上文学における歴史と孤独（山崎正和）

第13巻　氷壁　昭和48年8月20日発行　第11回配本　383頁
［内容］氷壁、山の少女、チャンピオン、花のある岩場／自作解題／本巻収録作品の発表年月及び掲載誌（紙）
［付録］第13巻解説（福田宏年）、穂高岳周辺地図、作品評再掲―魅力ある登山小説―氷壁―（深田久弥）、ある不貞（無署名）、ただ穂高だけ（井上靖）

第14巻　淀どの日記・風と雲と砦　昭和49年12月20日発行　第27回配本　488頁
［内容］淀どの日記、風と雲と砦、真田軍記／自作解題／本巻収録作品の発表年月及び掲載誌（紙）

［付録］第14巻解説（福田宏年）、作品評再掲─冷徹な史眼の下に─「淀どの日記」─（桑田忠親）、「淀どの日記」を推す（亀井勝一郎）、年譜のすき間─終戦直後の詩（二）、雑感のような（司馬遼太郎）

第15巻　天平の甍・敦煌　昭和47年10月20日発行　第1回配本　459頁

［内容］天平の甍、敦煌、楼蘭、漆胡樽、澄賢坊覚書、玉碗記、天目山の雲、異域の人、漂流、信松尼記、僧行賀の涙／註解、自作解題／本巻収録作品の発表年月及び掲載誌（紙）

［付録］第15巻解説（福田宏年）、作品評再掲─信仰と流離の物語─「天平の甍」─（亀井勝一郎）、「天平の甍」をよむ（広津和郎）、古い東洋の再現─「楼蘭」─（吉田健一）、美しい詩的な瞬間─「楼蘭」─（佐伯彰一）、壮大な叙事詩─「敦煌」─（亀井勝一郎）、文学的な冒険─井上靖氏への直言─（篠田一士）、人間の根元にふれたい─直言に答える・篠田一士氏へ─（井上靖）

第16巻　蒼き狼・風濤　昭和48年2月20日発行　第5回配本　461頁

［内容］蒼き狼、風濤、幽鬼、平蜘蛛の釜、洪水、狼災記、塔二と弥三／註解／自作解題／本巻収録作品の発表年月及び掲載誌

［付録］第16巻解説（福田宏年）、作品評再掲─英雄の生涯─「蒼き狼」─（河盛好蔵）、「歴史小説」に新生面─「蒼き狼」─（中村光夫）、井上文学の新しい形式への試み─「蒼き狼」─（手塚富雄）、高麗側から描いた元寇─「風濤」─（山本健吉）、一期を画す業績─「風濤」─（小林秀雄）

第17巻　群舞・傾ける海　昭和49年2月20日発行　第17回配本　432頁

［内容］群舞、傾ける海／自作解題／本巻収録作品の発表年月及び掲載誌

［付録］第17巻解説（福田宏年）、井上靖とその文学館（露木豊）、『日本海詩人』『北冠』のころ（宮崎健三）

第18巻　朱い門・ローマの宿　昭和49年8月20日発行　第23回配本　440頁

［内容］朱い門、ローマの宿、考える人、補陀落渡海記、小磐梯、フライイング、古い文字、明妃曲、僧伽羅国縁起、宦者中行説、羅刹女国、ローヌ川、永泰公主の頸飾り、褒姒の笑い、テペのある街にて、古代ペンジケント、崑崙の玉、アム・ダリヤの水溜り、聖者／註解／自作解題／本巻収録作品の発表年月及び掲載誌

［付録］第18巻解説（福田宏年）、作品評再掲─黒い影絵の「謎」─「朱い門」─（八木義徳）、特異の西域小説─「崑崙の玉」─（無署名）、淡々と人生の深奥─「ローマの宿」─（無署名）、ソ連旅行の思い出（加藤九祚）、井上靖語録（有吉佐和子）

第19巻　ある落日　昭和49年9月20日発行　第24回配本　466頁

［内容］ある落日、暗い舞踏会、レモンと蜂蜜、夏草、孤猿、波の音、ある旅行、司戸若雄年譜、良夜、トランプ占い、屋上、夏の終り／自作解題／本巻収録作品の発表年月及び掲載誌（紙）

［付録］第19巻解説（福田宏年）、詩人のヴェール（辻邦生）、女人像（進藤純孝）、作品評再掲─きびしい愛の倫理─「ある落日」─（河盛好蔵）

第20巻　渦・白い風赤い雲　昭和48年12月20日発行　第15回配本　497頁

［内容］渦、白い風赤い雲／自作解題／本巻収録作品の発表年月及び掲載誌（紙）
［付録］第20巻解説（福田宏年）、作品評再掲（「渦」）―魅力的な男性像（村松剛）、孤児の魅力（小松伸六）、幻影を抱く少年（江藤淳）、年譜のすき間―『焰』

第21巻　崖　昭和50年1月20日発行　第28回配本　５２０頁
［内容］崖／自作解題／本巻収録作品の発表年月及び掲載紙
［付録］第21巻解説（福田宏年）、年譜のすき間―終戦直後の詩(三)、「かえる会」の穂高行（杉森久英）

第22巻　憂愁平野　昭和48年11月20日発行　第14回配本　４０３頁
［内容］憂愁平野／自作解題／本巻収録作品の発表年月及び掲載誌
［付録］第22巻解説（福田宏年）、作品評再掲―何か異常な登場人物（沢野久雄）、年譜のすき間―『日本海詩人』、『北冠』

第23巻　城砦　昭和49年10月20日発行　第25回配本　４２６頁
［内容］城砦／自作解題／本巻収録作品の発表年月及び掲載紙
［付録］第23巻解説（福田宏年）、作品評再掲―胸にしみてくる悲しみ（佐多稲子）、密度濃く描いた愛の宿命（奥野健男）、年譜のすき間―柔道、「通夜の客」の家（小野十三郎）

第24巻　化石　昭和48年7月20日発行　第10回配本　４７１頁
［内容］化石／自作解題／本巻収録作品の発表年月及び掲載紙
［付録］第24巻解説（福田宏年）、作品評再掲―特殊な主題を見事にこなす（無署名）、死との孤独な問答（進藤純孝）、年譜のすき間―美術記者

第25巻　しろばんば・月の光　昭和48年3月20日発行　第6回配本　３７５頁
［内容］しろばんば、花の下、月の光、墓地とえび芋／自作解題／本巻収録作品の発表年月及び掲載誌
［付録］第25巻解説（福田宏年）、作品評再掲―淡々と描く〝生のはかなさ〟―「月の光」―（川村二郎）、老母を淡々と語る―「月の光」―（佐伯彰一）、〝老い〟と正面から対応―「月の光」―（野村尚吾）、年譜のすき間―石渡家、幼時の湯ヶ島

第26巻　夏草冬濤　昭和48年5月20日発行　第8回配本　４２１頁
［内容］夏草冬濤／自作解題／本巻収録作品の発表年月及び掲載紙
［付録］第26巻解説（福田宏年）、作品評再掲―ユーモアのある自伝的小説（足立巻一）、平凡な少年襲う春の嵐（篠田一士）、旧制中学の青春像（河盛好蔵）、ユーモラスな牧歌調（無署名）、年譜のすき間―最初の懸賞小説

第27巻　西域物語・幼き日のこと　昭和50年5月20日発行　第32回配本　４４５頁
［内容］西域物語、幼き日のこと、四つの面、別れの旅、ある女の死、ボタン、冬の外套、満月、青葉の旅、一年契約、ある交友、ハムちゃんの正月、とんぼ、凍れる樹、面、馬とばし、春の入江、北国の春／自作解題／本巻収録作品の発表年月及び掲載誌（紙）
［付録］第27巻解説（福田宏年）、作品評再掲―幼年時代の〝絵〟―「幼き日のこと」―（無署名）、井上靖との新しい出会い（野間宏）、「旅人」井上靖さん（江上波夫）、私信（上林吾郎）

第28巻　おろしや国酔夢譚・楊貴妃伝　昭和47年12月20日発行　第3回配本　４１４頁

［内容］おろしや国酔夢譚、楊貴妃伝／参考図２／註解／自作解題／本巻収録作品の発表年月及び掲載誌

［付録］第28巻解説（福田宏年）、作品評再掲―〝人生への愛惜〟にじむ―「おろしや国酔夢譚」―（磯田光一）、苛酷で妖しい漂流譚―「おろしや国酔夢譚」―（司馬遼太郎）、みごとな小説的効果―「楊貴妃伝」―（奥野信太郎）、重厚な歴史小説―「楊貴妃伝」―（駒田信二）、複雑な唐朝宮廷の裏面史―楊貴妃伝―（石田幹之助）

第29巻　額田女王・後白河院　昭和50年３月20日発行　第30回配本　４２３頁

［内容］額田女王、後白河院／註解／自作解題／本巻収録作品の発表年月及び掲載誌

［付録］第29巻解説（福田宏年）、本物の小説（吉田健一）、井上靖における歴史と超歴史（佐伯彰一）、作品評再掲―人間くさい歴史―「後白河院」―（磯田光一）、「歴史其儘」の小説―「後白河院」―（佐伯彰一）

第30巻　夜の声・欅の木　昭和49年６月20日発行　第21回配本　４６４頁

［内容］夜の声、欅の木、海の欠片、訪問者、菊、岩の上、晴着、加芽子の結婚／自作解題／本巻収録作品の発表年月及び掲載誌（紙）

［付録］第30巻解説（福田宏年）、井上靖と老年様式（小松伸六）、作品評再掲―「万葉の心」通して夢想を楽しむ―「夜の声」―（篠田一士）、憂い顔の騎士の日本的刻印―「夜の声」―（佐伯彰一）、ユーモラスで滋味のある家庭小説―「欅の木」―（奥野健男）

第31巻　四角な船　昭和50年２月20日発行　第29回配本　４５３頁

［内容］四角な船、明るい海、夏の焰、見合の日、裸の梢、あかね雲、城あと、土の絵、監視者、冬の月、眼、魔法の椅子、帽子、胡姫、魔法壜、海、風、鬼の話／自作解題／本巻収録作品の発表年月及び掲載誌（紙）

［付録］第31巻解説（福田宏年）、作品評再掲　正常人の怒り（高田欣一）、年譜のすき間―『文学ＡＢＣ』、小説家（秦恒平）

第32巻　星と祭　昭和50年４月20日発行　第31回配本　４５７頁

［内容］星と祭、桃李記、壺、道、二つの挿話、ダージリン／自作解題／本巻収録作品の発表年月及び掲載誌（紙）／年譜（福田宏年・新潮社出版部）

［付録］第32巻解説（福田宏年）、湖北での一日（足立巻一）、李と桃の花（庄野潤三）、作品評再掲―愛する子への鎮魂歌（無署名）、年譜のすき間―登山

猟銃　他二十三篇

昭和47年12月１日、ほるぷ出版発行　日本名作自選文学館　セット販売　Ｂ５判　二重函　６８０頁　挿絵・加山又造　題字・井上靖　装幀・加山又造

［内容］猟銃、闘牛、漆胡樽、玉碗記、ある偽作家の生涯、異域の人、信康自刃、グウドル氏の手套、信松尼記、天正十年元旦、姨捨、川の話、真田影武者、薑、犬坊狂乱、佐治与九郎覚書、楼蘭、平蜘蛛の釜、洪水、補陀落渡海記、小磐梯、崑崙の玉、アム・ダリヤの水溜り、道／発表年月日表／二十四の小石

＊独立単行本（昭和59年６月10日発行、１３０００円、内容・装本

同じ)。

井上靖の自選作品
昭和49年5月31日、二見書房発行　現代十人の作家8　限定200部記番　A5変型判　ビニルカバー　二重函　帯　筆蹟　口絵写真　591頁　製作・創造集団　造本・芝本善彦　定価4800円
［内容］詩―人生、猟銃、愛情、瞳、カマイタチ、不在、シリア沙漠の少年、比良のシャクナゲ、高原、二月、落日、白夜、アスナロウ、ある漁村、少年、春の日記から、碑林、秋のはじめ、運河、沙漠の街、断章／小説―玉碗記、グウドル氏の手套、姨捨、補陀落渡海記、小磐梯、アム・ダリヤの水溜り／暗い平原、黒い蝶、風濤／井上靖の散文詩（清岡卓行）、アム・ダリヤの水溜り（安岡章太郎）、風濤について（小林秀雄）、あとがき

私の歴史小説三篇
昭和52年5月28日、講談社発行　A5判　函　口絵写真　574頁　装幀・辻村益朗　定価3500円
［内容］天平の甍、風濤、おろしや国酔夢譚／「私の歴史小説三篇」について（著者）

井上靖歴史小説集
全11巻　1981年6月～1982年4月、岩波書店発行　菊判　函　帯　ビニルカバー　装幀・東山魁夷　月報　巻数順に配本

第一巻　敦煌　1981年6月30日発行　335頁　定価3400円
［内容］「敦煌」参考図、敦煌、後漢代西域諸国図、異域の人、洪水／あとがき（あとがき、『敦煌』について、敦煌と私、河西回廊・点描、十七窟蔵経洞の謎）／「あとがき」出典
［月報1］『番漢合時掌中珠』（西田龍雄）、敦煌蔵経洞についてのいくつかの問題（抄）（馬世長著、鄧健吾訳）、敦煌と井上靖先生―シルクロード取材メモ―（和崎信哉）

第二巻　楼蘭　1981年7月30日発行　405頁　定価3800円
［内容］「楼蘭」参考図、楼蘭、崑崙の玉、永泰公主の頸飾り、狼災記、宦者中行説、褒似の笑い、明妃曲、古代ペンジケント、聖者、僧伽羅国縁起、羅刹女国、古い文字／あとがき（あとがき、謎の国楼蘭、絲綢南道を経巡る）／「あとがき」出典／作品収録の単行本
［月報2］九達す　長安の道（小野勝年）、〃その地に立つ〃こと―シルクロード取材記―（和崎信哉）

第三巻　天平の甍　1981年8月31日発行　382頁　定価3800円
［内容］「天平の甍」参考図、天平の甍、玉碗記、漆胡樽、僧行賀の涙、漂流、補陀落渡海記、塔二と弥三／あとがき（あとがき、『天平の甍』の登場人物、『唐大和上東征伝』の文章、鑑真和上坐像、奇巌の庭、映画『天平の甍』ノート）／「あとがき」出典／作品収録の単行本
［月報3］仙台の津太夫一行の漂着地その他（加藤九祚）、井上先生と中国（白土吾夫）

第四巻　蒼き狼　1981年9月30日発行　376頁　定価3800円

［内容］「蒼き狼」参考図、蒼き狼／あとがき（あとがき、『蒼き狼』の周囲、自作『蒼き狼』について―大岡氏の『常識的文学論』を読んで―）

［月報4］蒼き狼・狗・「灰色の狼」（護雅夫）、遊牧の日々（松原正毅）

第五巻　風濤　1981年10月30日発行　298頁　定価3400円

［内容］「風濤」参考図、風濤／あとがき（あとがき、『風濤』の取材、韓国に古きものをたずねて）／「あとがき」出典

［月報5］三別抄の反蒙抗戦と日本への通牒（旗田巍）、『風濤』を読み直す（金達寿）

第六巻　おろしや国酔夢譚　1981年11月30日発行　432頁　定価3800円

［内容］「おろしや国酔夢譚」参考図、おろしや国酔夢譚／あとがき（あとがき、『おろしや国酔夢譚』の旅、シベリア紀行、ゴンチャロフの容貌、日本漂民の足跡を辿って―『おろしや国酔夢譚』調査紀行―）／「あとがき」出典

［月報6］歴史学から歴史小説に（奈良本辰也）、漂流（三浦綾子）、訳者の意見（ボリス・ラスキン）

第七巻　額田女王　1981年12月23日発行　600頁　定価4000円

［内容］額田女王／あとがき（あとがき、天武天皇、大和朝廷の故地を訪ねて、咲く花の薫うが如く）／「あとがき」出典

［月報7］万葉の女性たち（杉山二郎）、井上靖文学館（露木豊）

第八巻　後白河院・楊貴妃伝　1982年1月29日発行　491頁　定価4000円

［内容］後白河院、楊貴妃伝／あとがき（あとがき、『後白河院』の周囲、「六道絵」私見、西安の旅）／「あとがき」出典

［月報8］楊貴妃のころの唐朝（栗原益男）、ただならぬこと（竹西寛子）、井上靖さんと私（東山魁夷）

第九巻　淀どの日記　1982年2月26日発行　459頁　定価4000円

［内容］淀どの日記／あとがき（あとがき、茶々のこと、塔・桜・上醍醐）／「あとがき」出典

［月報9］秀頼と千姫（岡本良一）、小さな民の声の歴史（田中克彦）、私の好きな井上文学（唐月梅）

第十巻　真田軍記　1982年3月30日発行　467頁　定価4000円

［内容］真田軍記、篝火、高嶺の花、犬坊狂乱、川村権七逐電、信松尼記、佐治与九郎覚書、信康自刃、平蜘蛛の釜、幽鬼、利休の死、桶狭間、天目山の雲、森蘭丸、天正十年元旦／あとがき（あとがき、戦国時代の女性）

［月報10］「利休の死」そして本覚坊のこと（熊倉功夫）、乱世に弄ばれる人たち（福田宏年）、史話の屑籠（原田伴彦）

第十一巻　小磐梯・西域物語　1982年4月30日発行　453頁　定価4000円

［内容］澄賢房覚書、小磐梯、北の駅路、考える人、西域物語、西域詩篇（漆胡樽、シリア沙漠の少年、落日、エトルスカの石棺、地中海、白夜、インダス河、ポンペイ、コリントの遺跡、ホタル、旅から帰りて、沙漠の街、陝西博物館にて、颯秣建国、約束、廃墟、

遠征路、トルコの沙漠、カスピ海、鏃形の石、ターバンの老人、ペルセポリス、ビストの遺跡、古都バルフ、アム・ダリヤ、生きもの、遊牧民、クンドウズの町、白竜堆、交脚彌勒、飛天と千仏、幻の湖、胡旋舞（一）、胡旋舞（二）、千仏洞点描、四月八日、フンザ渓谷の眠り、シルクロード、天池、ソバシ故城、タリム河、精絶国の死、胡楊の死、若羌、米蘭、人生とは、街灯、合流点、もしもここで、バルフの遺跡にて、羌）／詩篇出典／あとがき（あとがき、若き日の高野山、明治の風俗資料、あとがき出典）

［月報11］井上文学の寂しみ（秦恒平）、井上さんと詩と大阪（足立巻一）、後白河院の一面（上横手雅敬）

井上靖エッセイ全集

全10巻　1983年6月～1984年3月、学習研究社発行　菊判　函　帯　ビニルカバー　月報　装幀・平山郁夫　ケース装画「駱駝にのる楽人」平山郁夫

第一巻　忘れ得ぬ人々　1983年8月25日発行　第3回配本　413頁　定価3800円

［内容］天城美し―郷里のこと、故里の鏡、郷里伊豆、天城の雲、天城に語ることなし、天城湯ケ島、故里の富士、幼い日々の影絵／あすなろう―あすなろう、あすなろう、母を語る、父のこと、あすなろのこと、旭川、曾祖母、若い叔母、ちちはは／幼き日々―幼時の正月、あらし、ふろ、患い、旅情、季節、食べもの、祭、山火事、歳暮、正月、へちま水、あじさい／私の自己形成史―父・母への厳しい眼、人生の目覚めに導いたもの、他人につくられる自分、自然との奔放な生活、青春を賭ける一つの情熱、沈黙をはいでた熱望、「自己」を見つめる心／青春放浪―わが青春記、人と風土―文学自伝、わが青春放浪、井戸と山、中学時代の友、四十年目の柔道着、旭川・伊豆・金沢、雪の原野、天上の星の輝き、青春の粒子／忘れ得ぬ人々―伯父と旧師花井先生、名も知らぬ二人の兵士、鳩の秋さん、喪服の女、少年の日の感動、亡き父のこと、柔道部の先輩、高校時代の友の背後姿、お祭りUさんのこと、おくらさんのこと、詩人福田正夫のこと、亡き友・高安敬義、容さざる心、夕暮の富士／あとがき／初出紙誌一覧

［月報3］少年歌人井上靖について（大岡信）、湯道―井上医院の屋敷跡と建物の所在（宇田博司）、井上靖エッセイ全集刊行記念応募原稿入選作―井上文学とわたし（畠中美和子）

第二巻　一座建立　1983年11月25日発行　第6回配本　443頁　定価3800円

［内容］一座建立―秋索索―優れた人生詩人吉川英治、一座建立、落日と夕映え、きれい寂び―「村野藤吾氏の茶室」序／詩人との出会い―安西冬衛氏の横顔、韃靼海峡―安西冬衛、伊東静雄の詩、「伊東静雄全集」に寄せて、優れた伊東静雄論、牧水のこと、牧水の魅力、「死の淵より」について―高見順、詩人との出会い―萩原朔太郎、「郷土望景詩」讃―萩原朔太郎、九十歳のりっぱさ―窪田さんの言葉、三好達治の「冬の日」、詩人・福田正夫氏、丸山薫の詩、「きりん」のこと、「風景」と私、中野さんの詩、「甲乙丙丁」を読んで―中野重治、堀口先生のこと／孤独な咆吼―荷風の日記、永遠の未完成―丹羽文雄、大佛さんの椅子、大佛さんと私、「つきじの記」を読んで―大佛次郎、舟橋氏の姿勢、解説　舟橋聖一、弔詞―舟橋聖一、舟橋さんの人と作品、庄野潤三氏について、庄野潤

三氏の短篇、小説の文章というもの―梶井基次郎と徳田秋声、小説への誘惑者―野間宏氏のこと、「語らざる人」について―由起しげ子、「異郷の女」序文―村松喬、孤独な咆吼―中島敦、ふしぎな光芒―中島敦、「木乃伊」讃―中島敦、「暖簾」について―山崎豊子、「霧の山」について―安川茂雄、菊池さんのこと、「町をかついできた子」によせて―山本和夫、小説の材料―柳田国男、三つの作品、「追儺」その他、坂口さんのこと、「殉死」私見―司馬遼太郎、「ひとびとの跫音」について―司馬遼太郎、「安曇野」について―臼井吉見、「鞄の中身」について―吉行淳之介、「ゴヤ」、「明治五年」について―中村光夫、立原正秋・二題、「立原正秋文学展」序文／佐藤春夫、北条誠の「舞扇」、堀田善衛氏の「木精」を読んで―北杜夫と谷崎潤一郎―解説 佐藤春夫、佐藤春夫「わが北海道」、佐藤春夫「晶子曼陀羅」、解説 谷崎潤一郎／芥川龍之介と川端康成―解説 芥川龍之介、芥川の短篇十篇、川端康成の受賞、川端さんのこと、晩年の川端さん、川端さんの眼Ⅰ、川端さんの眼Ⅱ、「定本図録川端康成」刊行のことば／森鷗外と志賀直哉―解説 森鷗外、「スズメの誤解」―志賀直哉、晩年の志賀先生／島崎藤村と室生犀星―解説 島崎藤村、藤村全集の意義、解説 室生犀星、金沢の室生犀星／心に遺る人々―「むらさき草」の著者―前田千寸、「路」序文―大竹新助、「海軍主計大尉小泉信吉」を読んで―小泉信三、感銘深い小泉信三さん、桑原隲蔵先生と私、十返肇のこと、岸さんの仕事、秋山さんの仕事、揚州に於ける河上氏、亀井さんのこと、「シルクロード・砂に埋もれた遺産」序文―並河萬里、詩人としての江上さん、角川さんとゴルフ、月の人の―角川源義、土門拳の仕事、中島健蔵氏のこと、小林さんのこと、九鬼教授のこと、香妃随想―足立文太郎遺稿刊行に当って／あとがき／初出紙誌一覧／人名索引

［月報6］井上靖氏を幾度か訪ね（野間宏）、壮心やまず（陳舜臣）、井上靖エッセイ全集刊行記念応募原稿入選作―井上文学とわたし（牧野桂三）

第三巻　養之如春　1984年1月26日発行　第8回配本　425頁　定価3800円

［内容］養之如春―人生の始末書、養之如春Ⅰ、女のひとの美しさ、愛についての断章、幸福の探求、幸福について、木の下蔭、点は墜石の如く、講演 人間と人間の関係、だんらん 団欒、養之如春Ⅱ／父として想う―結婚というもの、長女の結婚、嫁ぎし娘よ幸せに、父として想う、親から巣立つ娘へ、「恋愛と結婚」について、無形遺産三つ、梅の咲いている日、先生の結婚、ある空間、生と死の間／冬の朝―屋上、わたしの一日、私の一日、今日このごろ、神かくし、自分が自分であること、とりとめない時間、春近し、ものを考える時間、落葉しきり、冬の朝／老歌人の言葉―私の愛読書、私の読書遍歴、「沙石集」を読んで、「観無量寿経」讃、二冊の本、絵巻物による「日本常民生活絵引」、モラエスのこと、私の好きな短歌一つ、老歌人の言葉、ゆるさざる心、読書のすすめ、三冊の本／旅で会った若者―ひばの木、新しい政治への期待―外国の旅から帰って思うこと、道 道 道、台風、猫の話、三つの書斎、ローマから東京へ、オリンピック開会式を見る、たくまざる名演出、異国で考える日本、月に立つ人、職人かたぎ その他、旅で会った若者、桃李の季節、宦者中行説、時計とカメラ、集会へ寄せる―詩、森繁氏胸中の芸、元秀舞台四十年／人間を信ずるということ―人間を信ずるということ、還暦有感、一年蒼惶、光陰矢の如し、年の暮れ、元

日のこと、「わが一期一会」終回に臨んで、去年・今年、年の初めに、年頭に思う、四十五歳という年齢／新聞記者の十年―たれか新聞記者を書くものはないか、芥川賞をうけて、事実の報道が触れ得ぬ面を、映画「その人の名は言えない」を観る、明るい真昼間の勝負、暗い透明感―原作者として観た映画「黯い潮」、日記から、新聞記者の十年、「サンデー毎日」記者時代、N君のこと、明治五年、「サンデー毎日」と私、「きりん」の頃、酒との出逢い、玉音ラジオに拝して／点心―不空羂索観音、勝鬘経、盂蘭盆会、碧巌録、涅槃の意義、四天王、大乗と小乗、菩薩、教行信証／本山物語―法隆寺、唐招提寺、薬師寺、久遠寺、向嶽寺、東寺、智積院、東大寺、泉涌寺、勧修寺、園城寺、長谷寺、西大寺、西教寺、興福寺、醍醐寺、延暦寺、金剛峯寺／あとがき／初出紙誌一覧

［月報8］情誼（松本清張）、井上先生と茶道（田中仙翁）、井上靖エッセイ全集刊行記念応募原稿入選作―井上文学とわたし（小林俊二）

第四巻　わが美術ノート　1984年3月27日発行　第10回配本　603頁　定価4200円

［内容］美しきものとの出会い―美術記者、美しきものとの出会い、美術から見た日本の女性、「鉄斎の仙境」など、日本の伝統工芸の美しさ、明治の洋画を見る、竹 竹 竹／東大寺三月堂―如来形立像、浄瑠璃寺の九体仏、東大寺三月堂、渡岸寺の十一面観音像、水分神社の女神像、漆胡樽と破損仏、天平彫刻十選、鑑真和上坐像／桂離宮庭園の作者―桂離宮庭園の作者、龍安寺の石庭、「信貴山縁起絵巻」第一巻を観る、京都御所の庭園、「華厳縁起・義湘絵」の周辺／鉄斎の仙境―岡倉天心―五浦紀行、広重の世界、「湖畔」の女性、鉄斎の仙境／河井寛次郎のこと―橋本関雪、橋本関雪生誕百年の展覧会に寄せて、国枝金三、荒井寛方、上村松園、須田国太郎のこと―嵐山の遅桜、須田国太郎の「野薔薇」、須田国太郎の世界、「坂本繁二郎追悼展」を見る、前田青邨のこと、河井寛次郎のこと／上村松篁氏と私―岡鹿之助氏の「帆船」について、福井良之助氏のポエジー、高山辰雄氏のポエジー、東山魁夷氏の「窓」、東山魁夷氏の作品、「瑞光」の前に立ちて―東山魁夷、近藤悠三氏のこと、生沢氏の仕事、生沢朗氏と私、平山郁夫氏の道、平山郁夫氏と一緒の旅、上村松篁氏と私、脇田和氏の作品、加山又造氏の仕事、西山英雄氏のこと、福田さんのこと／敦煌千仏洞点描―東京の敦煌、白瑠璃碗を見る、顔真卿の「顔氏家廟碑」、肯定と否定、日本の塔・異国の塔、タジ・マハル、書の国・中国、「明清工芸美術展」に寄せて、「漢唐壁画展」を見て、長信宮灯について、「韓国美術五千年展」を見て、「敦煌壁画写真展」に寄せて、加彩騎馬武士俑、「古代エジプト展」を見て、雲岡・菩薩像、敦煌千仏洞点描／モナ・リザ私見―アンリ・ルソーの「人形を持てる少女」について、ゴヤの「カルロス四世の家族」について、ヨーロッパ美術の旅から、モナ・リザ私見、微笑と手と―レオナルド・ダ・ヴィンチ小論、「星月夜」讃、ミレーの「晩鐘」について、レンブラントの「老ユダヤ人の肖像」について／創造美術展を見る―関西日本画壇展望、東京画壇展望、院展評、文展評、伝統について、作家の誠実、奉祝展日本画評、院展私観、青龍展を見る、美術断想、日本画の新人群、創造美術展を見る／あとがき／初出紙誌一覧／人名索引／「井上靖エッセイ全集」全10巻作品総目録

［月報10］井上靖氏との交遊（奥野健男）、井上靖の美術展（福田

宏年)、井上靖エッセイ全集刊行記念応募原稿入選作—井上文学とわたし(網田彌一)

第五巻 北方の王者 1983年10月26日発行 第5回配本 467頁 定価3800円

[内容]歴史と小説—講演 歴史と小説、講演 歴史小説と史実、遺跡保存二、三、歴史に学ぶ/天武天皇と飛鳥—安閑天皇の玉碗、大和朝廷の故地を訪ねて、文化財の保護について、飛鳥の石舞台、叙事詩的世界の魅力、天武天皇、自作解題「額田女王」について、咲く花の薫うが如く/北方の王者—木乃伊考、赤城宗徳著「平将門」序、平泉紀行、「後白河院」の周囲、北方の王者、自作解題「後白河院」について/利休と親鸞—解釈の自由ということ—歴史小説家の手帳から、貫く実行の精神—江川坦庵、日本の英雄、茶々の恋人、戦国時代の女性、淀どの日記、武将の最期、茶々のこと、千利休、「三ノ宮炎上」と「風林火山」、千利休を書きたい、仏教讃歌「親鸞」のこと、自作解題「戦国無頼」「風林火山」について、利休と親鸞、自作解題「淀どの日記」「風と雲と砦」について、讃歌 親鸞、私の中の日本人—親鸞と利休、枯れかじけて寒き、西行と利休、本覚坊あれこれ、「本覚坊遺文」ノート/敦煌と私—直言に答える—篠田一士氏へ、私の敦煌資料、万暦帝の墓、作品の背景—「敦煌」、敦煌を訪ねて、小説「敦煌」の舞台に立ちて、敦煌と私、小説「敦煌」ノート、鳴沙山の上に立ちて/「蒼き狼」の周囲—「蒼き狼」の周囲—成吉思汗を書く苦心あれこれ、自作「蒼き狼」について—大岡氏の「常識的文学論」を読んで、自作解題「蒼き狼」「風濤」について/揚州の雨—「天平の甍」の登場人物、「天平の甍」について、揚州紀行、自作解題「天平の甍」について、鑑真と唐招提寺、揚州の雨、揚州再訪、揚州の旅、韓国に古きものをたずねて、「私の歴史小説三篇」について、私にとっての座右の書、必読の書、「天平の甍」ノート/「おろしや国酔夢譚」取材記—大黒屋光太夫—小説「おろしや国酔夢譚」序章、ゴンチャロフの容貌、自作解題「おろしや国酔夢譚」「楊貴妃伝」について、日本漂民の足跡を辿って—「おろしや国酔夢譚」調査紀行/あとがき/初出紙誌一覧

[月報5]井上靖さんのこと(佐多稲子)、井上文学の世界(山崎一穎)、井上靖エッセイ全集刊行記念応募原稿入選作—井上文学とわたし(窪田純子)

第六巻 天風浪浪 1983年12月20日発行 第7回配本 475頁 定価3800円

[内容]文学を志す人々へ—作品の周囲、文学開眼、作家生活八年目、文学を志す人々へ—詩から小説へ、批評家に望む—一つの注文、講演 小説について、四角な箱の中で—自由な時間にひたる、短篇の河原、作家七十歳/天風浪浪—小説は誰でも書けるか、私の小説作法、登場人物を愛情で描く、妊娠調節と特殊列車、立原章平氏へ、人間が書きたい、書き出し—自然に、素直に、風景描写—現地へ行ってノートする、天風浪浪、言葉についてⅠ、言葉についてⅡ、文字 文字 文字、日本のことば・日本のこころ、正確な言葉、私の文章修業/詩と私—現代詩に望む、詩集「北国」あとがき、「長恨歌讃」、「測量船」と私、「風景」と詩、石英の音、好きな詩/挽歌について—王朝日記文学について、「宇治十帖」私見、挽歌について、万葉名歌十首、紫草のにほへる妹を/西行/「闘牛」について—「闘牛」について、読者の御両親へ—童話集「星よ、またたけ!」序文、読者の質問に答える—「黒い蝶」、美沙子という女性—「憂愁平野」

を終えて、「城砦」を終えて、「夏草冬濤」を終えて、「北の海」を終えて、「四角な船」について、「射程」ほか、「星と祭」を終えて、二十四の小石／自作解題―あすなろ物語、あした来る人、しろばんば・月の光 ほか、黒い蝶・射程、夏草冬濤、化石、氷壁、黯い潮、憂愁平野、渦・白い風赤い雲、猟銃・闘牛・その人の名は言えない、群舞、満ちて来る潮、伊那の白梅 ほか、比良のシャクナゲ ほか、夜の声・欅の木、ある偽作家の生涯・暗い平原、朱い門 ほか、ある落日、城砦 ほか、姨捨 ほか、崖、四角な船、星と祭／作家のノート／あとがき／初出紙誌一覧／作品名・書名索引

［月報7］一期一会をめぐって（目崎徳衛）、挽歌の系譜―井上靖の文学世界（工藤茂）、井上靖エッセイ全集刊行記念応募原稿入選作―井上文学とわたし（高木繁）

第七巻　穂高の月　1983年6月23日発行　第1回配本　432頁　定価3800円

［内容］穂高の月―穂高の月、梓川の美しさ、穂高行、涸沢にて、ただ穂高だけ、登山、沢渡部落、残したい静けさ美しさ、豪雨の穂高、穂高の月・ヒマラヤの月、梓川沿いの樹林、穂高美し、新隆浩『穂高』序文、穂高／佐渡の海―大佐渡小佐渡、雪の下北半島、下北半島のアスナロウ、佐渡の海／奈良と私―法隆寺のこと、私の東大寺、奈良と私、飛鳥の地に立ちて、室生寺の五重塔、秋の長谷寺、大和路たのし、お水取りと私／京の春―美しい囃の宮―祇園祭を観る、仁和寺、妙喜庵、東寺の講堂と龍安寺の石庭、京の春、桂離宮の庭園に立って、塔・桜・上醍醐／湖畔の十一面観音―早春の甲斐・信濃、薄雪に包まれた高山の町、早春の伊豆・駿河、湖畔の十一面観音、十一面観音の旅、私の高野山／南紀の海に魅せられて―佐多岬紀行―老いたる駅長と若き船長、沖縄の一週間、南紀の海に魅せられて、『半島』まえがき、海／旅と人生―美しい川、旅情、川の話、『旅と人生』について、旅情・旅情・旅情、日本の風景、塔、筑後川／現代語訳 更級日記／あとがき／初出紙誌一覧

［月報1］律義さと自恃と―井上文学におけるエッセイ（篠田一士）、一生の思い出（巌谷大四）、井上靖エッセイ全集刊行記念応募原稿入選作―井上文学とわたし（今井ふじ子）

第八巻　長城と天壇　1983年7月25日発行　第2回配本　445頁　定価3800円

［内容］長城と天壇―長城と天壇、四年目の中国、中国の旅―鑑真逝世千二百年記念行事、西安の旅、京劇西遊記―大衆に愛される要素、講演 中国と私、中国の旅―国慶節に招かれて、ふしぎな美しいはにかみ、中国の旅から、明るくなった国―中国の旅から帰って、文芸復興期の中国、桂林讃／扶余の旅・慶州の旅―韓国日記―「風濤」の取材、扶余の旅・慶州の旅／ソ連紀行―モスクワ・レニングラード、「大宛」へ寄せる夢―ロシア旅行で訪れたい、「おろしや国酔夢譚」の旅、「おろしや国酔夢譚」の舞台―今なお残す十八世紀の姿、ニコーラという村、ニコライのイコン、シベリアの列車の旅、シベリア紀行、アムールの町ハバロフスク、シベリア鉄道にて／パリの秋―フランスの旅から―ロマンとゴシック、スペインの旅から―グラナダ・コルドバ・セヴィリア、ベルリンとお蝶夫人―西と東の壁、パリの秋―ルアンとシャルトル、北欧の二都市―ストックホルムとヘルシンキ、白夜／北イタリア紀行―北イタリア紀行―ヴェネツィア・ヴェローナ・ミラノ、シンプロンを越えて―スイスの三日間、イタリア中世の街―アッシジとフィレンツェ、珠玉の広場ヴ

ェネツィア／ローマの夏─ギリシャの旅、太陽と噴水と遺跡と、ローマそぞろ歩き、オリンピック開会式、競技点描／アメリカ紀行─ニューヨークにて、小さい四角な石、旅の収穫、アメリカ紀行／シェルパの村─旅の話、シェルパの村、回教国の旅、川の畔、ボルブドール遺跡に立ちて／あとがき／初出紙誌一覧

［月報2］年譜を見つつ（司馬遼太郎）、「蘆」のこと（竹西寛子）、井上靖エッセイ全集刊行記念応募原稿入選作─井上文学とわたし（長坂弘之）

第九巻 西域の山河 1983年9月27日発行 第4回配本 415頁 定価3800円

［内容］シルクロードへの夢─シルクロードへの夢、西域のイメージ、「秘境西域八年の潜行」序文、砂丘と私、ヒマラヤ山地にて、深田久弥氏と私、ある晴れた日に、レンズに憶えておいて貰った〝沙漠の旅〟、限りなき西域への夢、命なりけり、行けぬ聖地ゆえの情熱／西域に招かれた人々─張騫、班超、王昭君、玄奘、ジェラル・ウッディン／西トルキスタンの旅Ⅰ─ピャンジケント、タシケント、ブハラ、サマルカンド、ドシャンベ、アシュハバード／西トルキスタンの旅Ⅱ─西トルキスタンの旅、フェルガナ盆地、アム・ダリヤ下流、天山の麓の国／西域の山河─川の話、西域の旅から、西域の山河、ホータンを訪ねる、シルクロードの風と水と砂と、西域南道を経廻る、シルクロード地帯を訪ねて／沙漠の街─幻覚の街ヒワにて、沙漠の国の旅から、沙漠の町アシュハバード、沙漠の町の緑／道─草原の旅 沙漠の旅、道 道 道、新しい道 古い道、トルファン街道／胡楊の夜（＊）─玉門関、陽関を訪ねる、河西回廊の旅、胡楊の夜（＊）、謎の国楼蘭、漢代且末国の故地、法顕の旅／あとがき／初出紙誌一覧

［月報4］放擲と専念と─四高の井上靖（杉森久英）、玄奘三蔵の道（平山郁夫）、井上靖エッセイ全集刊行記念応募原稿入選作─井上文学とわたし（岸田定雄）

＊「胡楊の夜」は「胡楊の死」の誤り。

第十巻 文明東漸 1984年2月24日 第9回配本 543頁 定価4200円

［内容］「文明東漸」参考図Ⅰ・Ⅱ／歴史の通った道─歴史の通った道、沙漠と海、土器の欠片／アフガニスタン紀行─古い隊商路、バーミアン、クンドゥズ、マザリ・シャリフ、バルフ、バーミアンの遺跡／民族興亡の跡に─民族興亡の跡に、オリエント古代遺跡を訪ねて、アナトリア高原の〝謎の民族〟／アジアにおける文化の道Ⅰ アフガニスタンの旅─カーブル川、ハッダ周辺、ナガラハーラ、ハッダ、バーミアン、スルフ・コタル、クンドゥズ、アム・ダリヤ、ハイバク、マザリ・シャリフ、バルフ、ダルワジン、ガズニの旧都、ボスト、ヘラト／アジアにおける文化の道Ⅱ イランの旅─メシェド、ニシャプール、グルガン、カブース墓廟、トウラング・テペ、カスピ海、テヘラン街道、イスハハーン、ペルセポリス、ナクシ・イ・ルスタム／アジアにおける文化の道Ⅲ トルコの旅─ゴオルディオン、ボガズ・キョイ、ヤズルカヤ、ヒッタイト学、アラカ・ヒュユク、キュル・テペ、ハジラール、ユルギュプ、ギョレメ窟院、ソアンリ附近の窟院、カイマクリ地下都市、イヒララ窟院、チャタル・ヒュユク、イスタンブール、黒海、アジア古代遺跡の旅を終えて／エジプト・イラク紀行─メソポタミア、ナイルの流れ─エジプトの旅、ノアの洪水地帯─イラクの旅／モヘンジョダロ紀行／謎の

王朝クシャンの盛衰―スカンダル・テペを訪ねて、ベグラムの丘、バーミアン幻想、カニシカ王の神殿、古代の幻影城、古代バクトリアの跡に立つ、サラン峠を越えて、大宗教都市ナガラハーラ、歴史的往還カイバル峠、冬の都ペシャワール、ガンダーラからスワットへ、タフティバハイの山岳寺院、タキシラの三つの都市／フンザ、ナガールの旅―往古の仏教都市ギルギット、大斜面の町フンザ、ナガールの少年、弓と矢の国フンザ、インダス渓谷を下る／あとがき／初出紙誌一覧／井上靖アジア・オリエントの旅とエッセイ関連表／地名索引

［月報9］井上さんとシルクロードを旅して（樋口隆康）、クシャン王国の謎（加藤九祚）、井上靖エッセイ全集刊行記念応募原稿入選作―井上文学とわたし（児玉敏郎）

井上靖自伝的小説集

全5巻　1985年3月〜7月、学習研究社発行　菊判　函　帯　ビニルカバー　月報　装幀・上村松篁　ケース装画「桃花」・表紙絵・扉絵・上村松篁　巻数順に配本

第一巻　しろばんば　1985年3月20日発行　725頁　定価4200円

［内容］第一部　序詩―ふるさと、新しい年、凧、川明り、瞳、猟銃、淵、夏、地中海、故里の富士／第二部　しろばんば／第三部　孤猿―魔法壜、夏の焰、滝へ降りる道、投網、白い街道、神かくし、ハムちゃんの正月、馬とばし、帽子、孤猿／あとがき／初出紙誌・単行本一覧

［月報1］死から還って―『しろばんば』を読む（梅原猛）、井上文学と伝記的事実（一）（福田宏年）

第二巻　夏草冬濤　1985年4月23日発行　815頁　定価4500円

［内容］第一部　序詩―海辺、別離、夜光虫、詩三題、カマイタチ、石英の音／第二部　夏草冬濤／あとがき／初出紙誌・単行本一覧

［月報2］戦後の三十六年間（吉行淳之介）、井上文学と伝記的事実（二）（福田宏年）

第三巻　北の海　1985年5月25日発行　743頁　定価4300円

［内容］第一部　序詩―流星、落魄、そんな少年よ、青春／第二部　北の海／あとがき／初出紙誌・単行本一覧

［月報3］井上先生と柔道（山下泰裕）、井上文学と伝記的事実（三）（福田宏年）、井上靖自伝的小説集刊行記念応募原稿入選作―銚子の月（島田士朗）、一年がかりで読んだ「夏草冬濤」（三浦幾代）、「ゴシ、ゴシ」（二木秀雄）

第四巻　あすなろ物語　1985年6月26日発行　811頁　定価4500円

［内容］第一部　序詩―アスナロウ、雪、北国、高原、輸送船、石庭、友、手、再び友に、半生、木乃伊／第二部　あすなろ物語／第三部　無声堂―二つの挿話、胡姫、あすなろうⅠ、無声堂、あすなろうⅡ、めじろ／第四部　ある兵隊の死―戦友の表情、旧友、無蓋列車、ある兵隊の死、銃声／第五部　楼門―勝負、楼門、李さん、青いカフスボタン、三ちゃんと鳩、ボタン、考える人、夏草、ダージリン、ローマの宿、フライイング／第六部　ある美術記者の目／あとがき／初出紙誌・単行本一覧

［月報4］井上靖の詩の〈白〉のイメージ―散文詩「猟銃」まで（清岡卓行）、記者時代の井上さんの二、三のこと（中川善教）、井上文学と伝記的事実（四）（福田宏年）

第五巻　月の光　1985年7月25日発行　670頁　定価4200円

［内容］第一部 序詩―無題、元旦に（一）、記憶、くさり鎌、遠い日、十一月、北極圏の海、約束、アム・ダリヤ、一日の終り／第二部 わが母の記―花の下、月の光、雪の面／第三部 桃李記―桃李記、グウドル氏の手套、風、墓地とえび芋、土の絵、鬼の話、道／第四部 壺―大洗の月、テペのある街にて、アム・ダリヤの水溜り、壺／第五部 幼き日のこと／第六部 過ぎ去りし日日／あとがき／初出紙誌・単行本一覧

［月報5］智慧の文学―井上靖における「私」（佐伯彰一）、井上文学と伝記的事実（五）（福田宏年）

井上靖歴史紀行文集

全4巻　福田宏年編　1992年1月～4月、岩波書店発行　菊判　函　帯　装幀・東山魁夷　定価各4200円　巻数順に配本

第一巻　日本の旅　1992年1月9日発行　357頁

［内容］詩 三編―ある漁村、アスナロウ、渦／日本の風景―日本の風景、美しい川、旅情・旅情・旅情、「旅と人生」について／穂高の月―穂高の月、涸沢にて、ただ穂高だけ、沢渡部落、豪雨の穂高、穂高の月・ヒマラヤの月、梓川沿いの樹林／平泉紀行―雪の下北半島、下北半島のアスナロウ、平泉紀行／大佐渡小佐渡―大佐渡小佐渡、佐渡の海／早春の伊豆・駿河―早春の伊豆・駿河、川の話、早春の甲斐・信濃、夜叉神峠、薄雪に包まれた高山の町／京の春―美しい囃の宮―祇園祭を観る、東寺の講堂と龍安寺の石庭、京の春、桂離宮の庭園に立って、塔・桜・上醍醐、十一面観音の旅／飛鳥の地に立ちて―法隆寺のこと、私の東大寺、お水取りと私、秋の長谷寺、大和朝廷の故地を訪ねて、飛鳥の石舞台、奈良と私、飛鳥の地に立ちて、室生寺の五重塔、南紀の海に魅せられて／佐多岬紀行―筑後川、佐多岬紀行―老いたる駅長と若き船長、沖縄の一週間／解題（福田宏年）／出典一覧

第二巻　シルクロード行 上　1992年2月10日発行　363頁

［内容］詩 三編―落日、天壇、白龍堆／限りなき西域への夢―西域のイメージ、砂丘と私、川の畔、ある晴れた日に、レンズに憶えておいて貰った〝沙漠の旅〟、命なりけり、行けぬ聖地ゆえの情熱―松岡譲著『敦煌物語』、西域南道を経廻る、歴史の通った道／韓国に古きものをたずねて―韓国日記―『風濤』の取材、扶余の旅・慶州の旅、韓国に古きものをたずねて／中国の旅―長城と天壇、万暦帝の墓、四年目の中国、中国の旅―鑑真逝世千二百年記念行事、西安の旅、揚州紀行、桂林讃、敦煌を訪ねて、小説『敦煌』の舞台に立ちて、鳴沙山の上に立ちて、揚州の雨、揚州再訪、揚州の旅、中国の旅から／シェルパの村―旅の話、ボロブドール遺跡に立ちて、シェルパの村、ヒマラヤ山地にて／1971アフガニスタンの旅―古い隊商路、バーミアン、クンドゥズ、マザリ・シャリフ、バルフ、バーミアンの遺跡／1973アフガニスタン、イラン、トルコの旅―民族興亡の跡に、沙漠の国の旅から、回教国の旅、沙漠の町の緑、草原の旅 沙漠の旅、道 道道、新しい道 古い道、アナトリア高原の〝謎の民族〟、沙漠と海、土器の欠片／解題（福田宏年）／出典一

覧

第三巻　シルクロード行　下　1992年3月10日発行　379頁

［内容］詩　三編―残照、天池、モンゴル人／シルクロードへの夢―シルクロードへの夢、西域の山河、シルクロードの風と水と砂と、シルクロード地帯を訪ねて／謎の国楼蘭―謎の国楼蘭、河西回廊の旅、玉門関、陽関を訪ねる／天山の麓の国―西域の旅から、トルファン街道、法顕の旅、ホータンを訪ねる、漢代且末国の故地、天山の麓の国／西トルキスタンの旅―西トルキスタンの旅、「大宛」へ寄せる夢―ロシア旅行で訪れたい、フェルガナ盆地、アム・ダリヤ下流、幻覚の街・ヒワにて、川の話、沙漠の町アシュハバード／オアシスの町―ピャンジケント、タシケント、ブハラ、サマルカンド、ドシャンベ、アシュハバード／イスラムの旅―オリエント古代遺跡を訪ねて、メソポタミア、ナイルの流れ―エジプトの旅、ノアの洪水地帯―イラクの旅／フンザ、ナガールの旅―往古の仏教都市ギルギット、大斜面の町フンザ、ナガールの少年、弓と矢の国フンザ、インダス渓谷を下る／解題（福田宏年）／出典一覧

第四巻　北からヨーロッパへ　1992年4月10日発行　347頁

［内容］詩　三編―ニコーラという村、地中海、ミシシッピ河／旅の話―小さい四角な石、旅の話／『おろしや国酔夢譚』の舞台―『おろしや国酔夢譚』の舞台―今なお残す十八世紀の姿、ニコライのイコン、シベリアの列車の旅、モスクワ・レニングラード／シベリア紀行―シベリア紀行、アムールの町ハバロフスク、シベリア鉄道にて／北欧の二都市―北欧の二都市―ストックホルムとヘルシンキ、白夜／ローマ・オリンピックをめぐって―ギリシャの旅、太陽と噴水と遺跡と、ローマそぞろ歩き、オリンピック開会式、競技点描／イタリア紀行―イタリア中世の街―アッシジとフィレンツェ、北イタリア紀行―ヴェネツィア・ヴェローナ・ミラノ、珠玉の広場ヴェネツィア／フランスの旅から―シンプロンを越えて―スイスの三日間、フランスの旅から―ロマンとゴシック、パリの秋―ルアンとシャルトル／スペインの旅から―スペインの旅から―グラナダ・コルドバ・セヴィリア、ベルリンとお蝶夫人―西と東の壁／アメリカ紀行―旅の収穫、ニューオリンズ、おけいの墓を訪ねる、シアトル／年譜（福田宏年編）／解題（福田宏年）／出典一覧／初出掲載誌一覧／収録作品索引

井上靖全集

全28巻・別巻1　1995年4月〜2000年4月、新潮社発行

監修・司馬遼太郎、大岡信、大江健三郎　編集協力・曾根博義　A5判　函　帯　題字・井上靖　表紙・著者直筆原稿（「孔子」冒頭）各巻口絵1頁　装幀・新潮社装幀室　月報　巻数順に配本

第一巻　全詩篇・短篇1　1995年4月20日発行　619頁
定価8000円

［内容］詩篇―北国／地中海／運河／季節／遠征路／乾河道／傍観者／星闌干／拾遺詩篇（『井上靖全詩集』拾遺詩篇、『春を呼ぶな』初収分、詩集未収録詩篇）／短篇1―謎の女（続篇）、夜靄、三原山晴天、初恋物語、紅荘の悪魔たち、霰の街、あすなろう、戦友の表情、母の手、旧友、めじろ、無声堂、ある兵隊の死、猟銃、闘牛、通夜の客／解題（曾根博義）

［月報］靖の誕生（井上ふみ）、井上靖と『宣言』（曾根博義）

第二巻　短篇2　1995年6月10日発行　600頁　定価8000円
［内容］比良のシャクナゲ、漆胡樽、人妻、踊る葬列、岬の絵、あすなろう、断雲、七人の紳士、流星、早春の墓参、星の屑たち、死と恋と波と、二分間の郷愁、石庭、波紋、雷雨、碧落、黄色い鞄、舞台、銃声、無蓋貨車、年賀状、悪魔、結婚記念日、蜜柑畑、かしわんば、表彰、勝負、山の湖、利休の死、潮の光、傍観者、百日紅、澄賢房覚書、大いなる墓、夜明けの海、斜面、小鳥寺、玉碗記、三ノ宮炎上、秘密、古九谷／解題（曾根博義）
［月報］わが家の第一祖（井上ふみ）、『サンデー毎日』の花形作家（曾根博義）

第三巻　短篇3　1995年7月10日発行　625頁　定価8000円
［内容］ある愛情、ある自殺未遂、七夕の町、ある偽作家の生涯、二枚の招待状、昔の愛人、梧桐の窓、鵯、薄氷、楼門、北の駅路、貧血と花と爆弾、桶狭間、氷の下、楕円形の月、小さい旋風、千代の帰郷、白い手、仔犬と香水瓶、贈りもの、海水着、青いボート、落葉松、水溜りの中の瞳、あげは蝶、滝へ降りる道、夏花、晩夏、海浜の女王、頭蓋のある部屋、美也と六人の恋人、断崖、山の少女、爆竹、再会、ある日曜日、石の面、燃ゆる緋色、青い照明、黄いろい帽子、風わたる、騎手、春寒、天目山の雲、春のうねり、伊那の白梅／解題（曾根博義）
［月報］金比羅さん（井上ふみ）、「第二の新人」（曾根博義）

第四巻　短篇4　1995年8月10日発行　622頁　定価8000円
［内容］異域の人、信康自刃、稲妻、末裔、みどりと恵子、野を分ける風、大洗の月、漂流、湖上の兎、グウドル氏の手套、少年、信松尼記、僧行賀の涙、森蘭丸、驟雨、ひとり旅、その日そんな時刻、昔の恩人、胡桃林、春の雑木林、赤い爪、李さん、青いカフスボタン、花粉、鮎と競馬、殺意、父の愛人、風、夜の金魚、銹びた海、チャンピオン、投網、合流点、姨捨、二つの秘密、天正十年元旦、帰郷、風のある午後、黙契、失われた時間、湖の中の川、白い街道、湖岸、篝火／解題（曾根博義）
［月報］子供たちのお楽しみ（井上ふみ）、芥川賞受賞（曾根博義）

第五巻　短篇5　1995年9月10日発行　613頁　定価8000円
［内容］俘囚、ダムの春、川の話、真田軍記、颱風見舞、夏の雲、ざくろの花、初代権兵衛、紅白の餅、梅、あした来る人、その人の名は言えない、どうぞお先に、火の燃える海、蘆、暗い舞踏会、レモンと蜂蜜、夏草、高嶺の花、孤猿、波の音、司戸若雄年譜、ある関係、ある旅行、良夜、犬坊狂乱、トランプ占い、佐治与九郎覚書、屋上、高天神城、四つの面、夏の終り、ある女の死、別れの旅、冬の外套、ボタン、奇妙な夜、満月、花のある岩場、幽鬼、青葉の旅、楼蘭、川村権七逐電、平蜘蛛の釜、一年契約／解題（曾根博義）
［月報］狩野川台風のこと（井上ふみ）、小説の芸術性と大衆性（曾根博義）

第六巻　短篇6　1995年10月10日発行　586頁　定価8000円
［内容］神かくし、ある交友、故里の海、梅林、ハムちゃんの正月、とんぼ、凍れる樹、洪水、面、冬の来る日、街角、馬とばし、春の

入江、北国の春、狼災記、考える人、補陀落渡海記、海の欠片、ローマの宿、小磐梯、訪問者、晴着、岩の上、菊、故里美し、色のある闇、フライイング、加芽子の結婚、古い文字、裸の梢、夏の焰、明るい海、見合の日、別れ、明妃曲、あかね雲、僧伽羅国縁起、城あと、宦者中行説、羅刹女国、土の絵、監視者、塔二と弥三、ローヌ川、富士の見える日、冬の月、眼／解題（曾根博義）

［月報］お蔵の坊の中学時代（井上ふみ）、短篇の評価（曾根博義）

第七巻　短篇7・戯曲・童話　1995年11月10日発行　623頁　定価8000円

［内容］短篇7―わが母の記（花の下、月の光、雪の面）、永泰公主の頸飾り、褒姒の笑い、墓地とえび芋、魔法の椅子、テペのある街にて、帽子、古代ペンジケント、胡姫、魔法壜、崑崙の玉、海、四角な石、アム・ダリヤの水溜り、聖者、風、鬼の話、桃李記、壺、道、二つの挿話、ダージリン、セキセイインコ、川の畔り、炎、ゴー・オン・ボーイ、石濤、生きる／戯曲―明治の月、就職圏外／童話―星よまたたけ、銀のはしご、どうぞお先きに！、くもの巣、ほくろのある金魚、ひと朝だけの朝顔、三ちゃんと鳩、猫がはこんできた手紙／解題（曾根博義）

［月報］お蔵の坊の中学時代2（井上ふみ）、井上靖の戯曲（曾根博義）

第八巻　長篇1　1995年12月10日発行　685頁　定価8500円

［内容］流転／その人の名は言えない／黯い潮／白い牙／戦国無頼／解題（曾根博義）

［月報］第四高等学校にはいれた（井上ふみ）、『流転』と『黯い潮』（曾根博義）

第九巻　長篇2　1996年1月10日発行　677頁　定価8500円

［内容］青衣の人／暗い平原／あすなろ物語／昨日と明日の間／風林火山／解題（曾根博義）

［月報］青春の悦びと悲しみ（井上ふみ）、『黯い潮』をめぐって（曾根博義）

第十巻　長篇3　1996年2月10日発行　780頁　定価9000円

［内容］あした来る人／淀どの日記／満ちて来る潮／解題（曾根博義）

［月報］靖と私が初めて会った日（井上ふみ）、『淀どの日記』（曾根博義）

第十一巻　長篇4　1996年3月10日発行　699頁　定価9000円

［内容］黒い蝶／射程／氷壁／解題（曾根博義）

［月報］風来坊から京都帝国大学学生に（井上ふみ）、長篇の発表舞台（曾根博義）

第十二巻　長篇5　1996年4月10日発行　629頁　定価8000円

［内容］天平の甍／海峡／敦煌／蒼き狼／解題（曾根博義）

［月報］文学の芽は育ち始めた（井上ふみ）、時代小説から歴史小説へ（曾根博義）

第十三巻　長篇6　1996年5月10日発行　656頁　定価8500円

[内容] 渦／しろばんば／解題（曾根博義）
[月報] 結婚の日を迎えた（井上ふみ）、『天平の甍』まで（曾根博義）

第十四巻 長篇7 1996年6月10日発行 930頁 定価9500円
[内容] 崖／憂愁平野／解題（曾根博義）
[月報] 湯ヶ島でのおふるまい（井上ふみ）、正宗白鳥の井上靖評（曾根博義）

第十五巻 長篇8 1996年7月10日発行 729頁 定価9000円
[内容] 城砦／楊貴妃伝／風濤／解題（曾根博義）
[月報] 靖、毎日新聞社入社（井上ふみ）、さまざまな『天平の甍』評（曾根博義）

第十六巻 長篇9 1996年8月10日発行 732頁 定価9000円
[内容] 夏草冬濤／後白河院／おろしや国酔夢譚／解題（曾根博義）
[月報]「楼蘭」の同時代評（曾根博義）

第十七巻 長篇10 1996年9月10日発行 706頁 定価9000円
[内容] 化石／夜の声／西域物語／解題（曾根博義）
[月報] 靖と登山（井上ふみ）、『敦煌』発表まで（曾根博義）

第十八巻 長篇11 1996年10月10日発行 606頁 定価8000円
[内容] わだつみ／解題（曾根博義）
[月報] 今年の「かえる会」（井上ふみ）、『敦煌』の同時代評（一）（曾根博義）

第十九巻 長篇12 1996年11月10日発行 661頁 定価8500円
[内容] 額田女王／北の海／解題（曾根博義）
[月報] 疎開（井上ふみ）、『敦煌』の同時代評（二）（曾根博義）

第二十巻 長篇13 1996年12月10日発行 840頁 定価9500円
[内容] 欅の木／四角な船／星と祭／解題（曾根博義）
[月報] 軽井沢今昔（井上ふみ）、『蒼き狼』の同時代評（曾根博義）

第二十一巻 長篇14 1997年1月10日発行 531頁 定価7500円
[内容] 流沙／解題（曾根博義）
[月報] 野菜党になった靖（井上ふみ）、『蒼き狼』論争（一）（曾根博義）

第二十二巻 長篇15 1997年2月10日 462頁 定価7500円
[内容] 幼き日のこと／本覚坊遺文／孔子／解題（曾根博義）
[月報] 靖の散歩（井上ふみ）、『蒼き狼』論争（二）（曾根博義）

第二十三巻 エッセイ1 1997年6月10日発行 790頁 定価9200円（本体）
[内容] 自伝エッセイ—私の自己形成史／忘れ得ぬ人々／過ぎ去りし日日／（旭川）旭川・伊豆・金沢、出生地の話、北海道の春、すずらん／（湯ケ島）雑木林の四季、都会と田舎、龍若の死、伊豆の

食べもの、子供の正月、湯ケ島、郷里のこと、らくがん、故里の鏡、母を語る、幼時の正月、故郷への年賀状、子供と風と雲、ふるさと―伊豆―、私の味覚、貫く実行の精神、子供の頃、故里の山河、郷里伊豆、故里の子供たち、ふるさととの正月、天城の雲、湯ケ島小学校、故里の家、匂い、天城に語ることなし、幼いころの伊豆、私のふるさと、台風、父のこと、あすなろのこと、三つの海、風の話、ほんとうのライスカレー、新緑と梅雨、天城の粘土、「しろばんば」、土蔵の窓、わさびの故里、故里美し、容さざる心、思い出すままに、天城湯ケ島、七歳の時の旅、故里の富士、幼い日々の影絵、故里の家、わさび美し／(沼津) わが青春放浪、人と風土、試験について、わが青春記、赤い林檎、前田先生のこと、「むらさき草」の著者、我が十代の思い出、静岡の思い出、千本浜のこと、私の愛することば、青春のかけら、中学時代の友、たのしかった国語の時間、針金の欠片と夕暮の富士、わが青春の日々、青春の粒子、千本浜に夢見た少年の日々、金井君の詩を読んで、沼津とわたし、記念誌刊行にあたって、ああ沼津中学！ [大正十五年書簡]／(金沢) 金沢の正月、あんころ、私の石川県時代、井戸と山、弔辞、五陵の年少、五陵の年少、四十年目の柔道着、「オロチョンの挽歌」讃、私の四高時代、思い出多き四高／(京大) 弘前の思出、十二段家、龍安寺石庭、仁和寺の楼門、四季の石庭通い、九鬼教授のこと／(毎日新聞社)「サンデー毎日」記者時代、学芸部、老兵、「創造美術」の誕生、日記から、二十年、鳩、私と毎日会館、ハトとAさん、杉さんのこと、竹本辰夫君のこと、勇気あることば、法隆寺のこと、中国山脈の尾根の村、「サンデー毎日」と私、夕暮の富士、酒との出逢い、辻さんと私、毎日新聞と私、終戦の放送 陛下を身近に／随想―わが一期一会、四季の雁書、秋の夜、近くに海のある風景、水仙のはなし、あすなろう、日記、永平寺の米湯、アメリカ文化、学校給食のこと、某月某日、僕にかわって、登山愛好、講演旅行スナップ、講道館の寒稽古、父の願い、新聞記者というもの、京に想う、某月某日、Xマス・イブ東京、私の洋画経歴、今年のプラン、勝手な夢を二つ、作家の日記、白い手の少女、趣味ということ、正月の旅、私の一日、「ピクニック」を観る、某月某日、講道館、季節の言葉、夏の終り、東京という都会、樹木の美しさ、団体旅行者、山登りの愉しみ、私の登山報告、映画「遭難」を見る、大阪駅付近、ひばの木、季節の言葉 五月、夏の初め、旅のこと、遠雷、皇太子よ、おめでとう、養之如春、海の元旦、石と木と、才能 あなたの新しい首途に…、穂高の犬、感じたこと二つ、山なみ美し、秋索々、新聞記、養之如春I、山へ行く若者たちに、冬を讃う、某月某日、山の美しさ、高い星の輝き、私の辞書、新しい政治への期待、今日このごろ、人生の智慧、二つのブービー賞、料理随筆、人間を信ずるということ、道 道 道、父として想う、けやきの木、若木とびょうぶ、北海のフグ、富士の話、私の文学碑、猫の話、断絶、少年に与える言葉、四角な箱の中で、私のビジョン、三つの書斎、ローマから東京へ、オリンピック開会式を見る、五輪観戦記、たくまざる名演出、私のさかな、人生の階段、初孫讃、ゴルフ、旅の効用、旅先からの便り拝見、お話を集めて歩く、還暦有感、山美し 山恐ろし、神かくし、還暦有感、切り棄てよ、正月三ケ日、年の初めに、異国で考える日本、駒場の春、切りすてよ、私のゴルフ、生命の問題、ゴルフ、一年蒼惶、陽光輝く遺跡を訪ねる、少年老いやすし、文化の氾濫、これを養う春の如し、職人かたぎ その他、旅で会った若者、万国博開会式を見て、樹木美し、明窓浄机、文化財の保護について、孔子の言葉、幸福について、桃李の季節、言葉の生命、日本のことば・日本のこころ、六十六段目の展望、けやき美し、無形遺産三つ、時計とカメラ、ものを考える時間、中国の文化財保護、点は墜石の如く、贅沢な時間、天然の林美し、落葉しきり、冬の朝、去年・今年、一本の長い道、雪の宿、だんらん 団欒、雪 月 花、きれい寂び、永遠の信頼樹立を、柔道の魅力、年の初めに、カラヤン讃、日本独自の美しさ、年の初めに、自分の見方で物を見る、人生の滑り台、旅行、年頭に思う、人生の階段、養之如春Ⅱ、集会へ寄せる、四十五歳という年齢、木枯、小寒、大寒、春寒、ひまわり、七十五歳の春、好きな言葉、四季それぞれ、古稀の旅、己れを尽くす、喜寿の年、現代史の記述者、年の初めに、尽己、月光しるき夜、手術で得た天命への理解、天命について／解題（曾根博義）

［月報］暮、正月（井上ふみ）、『風濤』評（曾根博義）

第二十四巻 エッセイ2 1997年7月10日発行 739頁

定価8800円（本体）

［内容］作家・作品論―（萩原朔太郎）詩人との出会い、［「萩原朔太郎初版本翻刻版」推薦文］、「郷土望景詩」讃、（北原白秋）名作かんしょう、（堀口大學）堀口先生のこと、（三好達治）「測量船」と私、三好達治の「冬の日」、（丸山薫）二つの詩集、丸山薫の詩、（草野心平）草野心平・讃、草野さんのこと、（金子光晴）金子光晴氏の詩業、（安西冬衛）安西冬衛氏の横顔、（北川冬彦）詩集・北京郊外にて他、（竹中郁）詩人 竹中郁氏、詩集 ポルカ マズルカ、（小野十三郎）拒絶の木、生粋の詩、生粋の詩人の魅力、（伊東静雄）伊東静雄の詩、「夏の終」解説、蟬のこえ、伊東静雄について、「伊東静雄全集」に寄せて、（真田喜七）真田氏のこと、真田喜七氏の作品、真田さんのこと、（富士正晴）富士正晴版画展、［「贋・久坂葉子伝」推薦文］、（清岡卓行）芸術的な握手、（森鷗外）雁、「追儺」その他、解説、（夏目漱石）漱石の大きさ、〝猫〟と私、（徳田秋声）解説、（島崎藤村）解説、藤村全集の意義、（永井荷風）荷風の日記、（志賀直哉）志賀さんをいたむ、一人でも多くの人に、「スズメの誤解」、晩年の志賀先生、（谷崎潤一郎）連載されるまで――「少将滋幹の母」のエピソード―、「谷崎潤一郎随筆選集1」解説、「吉野葛・盲目物語」解説、「盲目物語・聞書抄」解説、「盲目物語」と「蘆刈」、豪華で精巧な作品、谷崎先生のこと、解説、遺作として新たに読み返したい、「細雪」讃、「吉野葛」を読んで、（佐藤春夫）佐藤春夫、晶子曼陀羅、［「悲壮美の世界」推薦文］、悲壮美の世界、佐藤春夫全集について、「自選佐藤春夫全集」第六巻解説、佐藤春夫氏の「戦国佐久」、わが北海道、北海道の先生 二つの句、［「定本佐藤春夫全集」推薦文］、解説、殉情詩集、「鷺江の月明」讃、「田園の憂鬱」を読む、（室生犀星）休息を知らなかった作家、解説、金沢の室生犀星、（芥川龍之介）宇治拾遺物語と芥川の作品、解説、芥川龍之介の「トロッコ」、好きな短篇、芥川の短篇十篇、（菊池寛）［「菊池寛文学全集」推薦文］、菊池さんのこと、（野上弥生子）野上先生のこと、野上さんのこと、（川端康成）川端康成の受賞、川端さんのこと、晩年の川端さん、川端さんの眼Ⅰ、川端さんの眼Ⅱ、「定本図録川端康成」刊行のことば、鬱然たる大樹を仰ぐ、「伊豆の踊子」について、「眠れる美女」を読む、短篇四つ、掌の小説と装画集「四季」より、（横光利一）みごとな闘い、（中野重治）中野全集について、北京の中野さん、中野さんの詩、（梶井基次郎）

小説の文章というもの―梶井基次郎と徳田秋声―、（深田久弥）深田久弥氏と私、（伊藤整）伊藤さんのこと、（高見順）「死の淵より」について、二冊の本、（岡本かの子）丸子のとろろ汁、（中島敦）孤独な咆吼、中島敦全集全四巻に寄せて、山月記、ふしぎな光芒、ふしぎな光芒、「木乃伊」讃、（大佛次郎）大佛さんの作品、大佛さんの椅子、若き日の信長、大佛さんと私、「つきじの記」を読んで、（吉川英治）「「私本太平記」推薦文」、稀有な作品、吉川さんのこと、「「吉川英治全集」推薦文」、秋索索、吉川英治の仕事、（丹羽文雄）永遠の未完成、丹羽さんの顔、旅の丹羽文雄、「「親鸞」推薦文」、文学の大河、「海戦」讃、（舟橋聖一）「「夜のリボン」推薦文」、解説、舟橋氏の姿勢、新・忠臣蔵に期待する、日本文学の正統派、弔詞、舟橋さんの人と作品、（檀一雄）石川五右衛門、足跡に汚れがない、（川口松太郎）川口さんと私、（永井龍男）永井さんのこと、「青梅雨」その他、（坂口安吾）信長、坂口さんのこと、（和田芳恵）弔辞、「「和田芳恵全集」推薦文」、（今官一）今さんと私、（野間宏）野間宏、小説への誘惑者、野間宏氏のこと、一生消えぬ衝撃、栄光と孤高の記録、（武田泰淳）愛と誓い、（福永武彦）風土、（由起しげ子）「語らざる人」について、（幸田文）「みそっかす」について、（庄野潤三）愛撫、庄野潤三氏について、庄野潤三氏の短篇、（吉行淳之介）「「吉行淳之介全集」推薦文」、「鞄の中身」について、（有馬頼義）「「失脚」推薦文」、（北杜夫）「木精」を読んで、（立原正秋）立原正秋・二題、「立原正秋文学展」序、八月の午後、（司馬遼太郎）「殉死」私見、「ひとびとの跫音」について、（山崎豊子）「暖簾」について、いっきに読ませる面白さ、（小林秀雄）小林さんのこと、小林さんのこと、（河上徹太郎）揚州に於ける河上氏、（中村光夫）旅の話、「明治五年」について、（亀井勝一郎）東洋の美の正しき理解、出色の中国旅行記、亀井さんの言葉、亀井さんのこと、（中島健蔵）「点描・新しい中国」を読む、中島氏のこと、中島健蔵氏のこと、中島さんのこと、（高橋義孝）高橋義孝氏のこと、（臼井吉見）「安曇野」について、「10冊の本」の頃、（十返肇）十返肇のこと、（山本健吉）大和山河抄、山本氏との別れ、（江藤淳）優れた伊東静雄論、（森田たま）森田さんのこと、（小泉信三）「海軍主計大尉小泉信吉」を読む、「「小泉信三全集」推薦文」、感銘深い小泉信三さん、「海軍主計大尉小泉信吉」を読んで、（桑原隲蔵）桑原隲蔵先生と私、（石川啄木）石川啄木の魅力、啄木のこと、（島木赤彦）赤彦と私、（若山牧水）若山牧水のこと、牧水のこと、「「若山牧水全歌集」推薦文」、牧水の魅力、（窪田空穂）九十歳のりっぱさ、（川田順）幕末愛国歌、西行研究録、（生方たつゑ）「「生方たつゑ選集」推薦文」、「「歌集 火の系譜」推薦文」、生方さんの仕事、推薦の言葉、生方さんの仕事、「「人生音痴」推薦文」、極北に立った鋭さ、（角川源義）角川さんとゴルフ、月の人の／文学エッセイ―大阪の星座、私の詩のノートから、「きりん」創刊のころ、現代詩に望む、「長恨歌」讃、「風景」と詩、私の好きな短歌一つ、講演 詩と私、挽歌について、万葉名歌十首、「きりん」の頃、私のイメージ・名歌と名画、詩人としての江上さん、「風景」と私、好きな詩、富士の歌―忘れがたい帰還兵の作―、ある感慨、わたしの一首、今日の文学、貼紙絵、質的にみた淋しさ、たれか新聞記者を書くものはないか、人生の始末書、作品の周囲、芥川賞を受けて、二つの文学賞―永井龍男氏へ―、文学と私、「法王庁の抜穴」の面白さ、小説は誰でも書けるか、私の好きな作中人物、私の理想の女性、壁を相手の新聞小説、私と文壇、締切り、将来は芸術家に、私の小説作法、小説とモデル、作中人物、新潮と私、文芸時評、文学開眼、解釈の自由ということ―歴史小説家の手帳から―、正確な文章、妊娠調節と特殊列車、ご返事、新聞記者の十年、立原章平氏へ、文章今昔、人間が書きたい、作家生活八年目、書きたい女性、私の取材法、書き出し―自然に、素直に―、書くべき何ものか、風景描写―現地へ行ってノートする―、伊豆の風景、作家のノート、天風浪浪、言葉についてⅠ、直言に答える―篠田一士氏へ―、「蒼き狼」の周囲、歴史小説の主人公、王朝日記文学について、自作「蒼き狼」について、言葉の話、宝石と石ころ、文学を志す人々へ―詩から小説へ―、「宇治十帖」私見、小説の材料、講演 小説について、言葉についてⅡ、芥川賞受賞の頃、作家生活十四年、文學界と私、老舎先生の声、作家生活十六年、「沙石集」を読んで、三つの作品、新春所感―忘れられぬ文章―、文字 文字 文字、N君のこと、講演 歴史と小説、明治の資料、講演 明治の風俗資料、千利休を書きたい、短篇の河原、講演 歴史小説と史実、正確な言葉、作家七十歳、枯れかじけて寒き、私の文章修業、郭沫若先生のこと、歴史小説と私、日本文化の独自性、巴金先生へ、私のライフ・ワーク、いまの日本人を見て頂きたい―フランシス・キング氏への返書―、薫風の五月―国際ペン大会に寄せて―、中央公論社と私、巴金先生と私、講演 共存共栄の哲学、感想、孔子の言葉、〝負函〟の日没―「孔子」取材行―、負函、古典書と美術書、私の愛読書、私の読書遍歴、スケジュールをたてる、古典への道しるべ―天心の「茶の本」に大きな感銘―、茶の本、英雄物語の面白さ―「世界山岳全集」にふれて―、小林高四郎「ジンギスカン」ⅠⅡ、ふたつの作品、自分で選ぶ喜び、読書について、遠い読書の思い出、読書のすすめ、必読の書、私にとっての座右の書、三冊の本／解題（曾根博義）

［月報］私の初めての中国訪問（井上ふみ）、『おろしや国酔夢譚』評（曾根博義）

第二十五巻 エッセイ3 1997年8月10日発行 754頁定価8800円（本体）

［内容］美術エッセイ―美しきものとの出会い／カルロス四世の家族―小説家の美術ノート―／ゴッホの星月夜―小説家の美術ノート―／忘れ得ぬ芸術家たち／レンブラントの自画像―小説家の美術ノート―／関西日本画壇展望、東京画壇展望、院展評、青龍展、文展評、伝統について、青龍社展評、作家の誠実、奉祝展日本画評、無名仏讃、院展・青龍展所感、春の青龍社展、小西謙三氏油絵展、乾坤社展をみる、院展と青龍展、院展私観、文展評―日本画―、大東亜戦争美術展を見る、春の美術展から、春陽会展評、国展評、美術の鑑賞、青龍展評、新制作派展評、関西作家院展出品画展、二科展評、青龍展を見る、時局解説 美術界の決戦体制、一水会展評、新燈社展、文展の日本画・洋画、春の青龍社展、陸軍美術展、大日展評、新興美術協会展評、戦時文展を見る、第二回京展評、日展の不人気、院展日本画を観る、青龍社展評、美術断想、行動美術展評、二科展評、日展を見る、日本画の新人群、純美術家の工芸品製作、日本画と額縁、現実遊離の画境、連合展を見る、院展評、院展を見る、創造美術展を見る、美術記者／美しきものとの出会い、竹竹竹、手帳、好きな仏像、如来形立像、法隆寺のこと、歴史のかけら―北斎と法隆寺と……―、法隆寺、わが愛するもの 法隆寺、白鳳・天平の美、湖畔の十一面観音、春の十一面観音像、渡岸寺十一面観

音像、十一面観音、湖畔の十一面観音、日本の彫刻 飛鳥時代、日本絵巻物全集第一巻 源氏物語絵巻、ノートから、龍安寺の石庭、わが家の「蘭疇」、私の東大寺、作家の関心、明治の洋画十選、日本の伝統工芸の美しさ、おしゃれな観音さま―室生寺十一面観音像―、日本国宝展を見て、美しいものとの取引き、虚空の庭、いつでも小さい像に光が、唐招提寺・ノート、大きな宝石箱、「沖縄の陶工 人間国宝 金城次郎」序、人間文化財への熱情／「鉄斎の仙境」など、梅華書屋図、関雪を悼む、関雪追想、橋本関雪生誕百年の展覧会に寄せて、須田国太郎のこと―嵐山の遅桜―、須田国太郎の「野薔薇」、福井良之助氏のポエジー、高山辰雄氏のポエジー、聖家族 讃、上村松篁展の意味、上村松篁氏と私、東山魁夷氏の「窓」、東山魁夷氏の作品、「瑞光」の前に立ちて、「行く秋」を前に、近藤悠三氏のこと、［近藤悠三作陶五十年近作展推薦文］、近藤さんのこと、生沢氏の仕事、［生沢朗個展推薦文］、生沢朗氏と私、［生沢朗水墨画展推薦文］、平山郁夫氏の道、平山郁夫氏と一緒の旅、平山郁夫氏のこと、旅の平山さん、平山さんのこと、「平山郁夫全集2 歴訪大和路」序、「平山郁夫シルクロード展」によせて、加山又造展図録序文、加山又造氏の仕事、脇田和氏の作品、西山英雄氏のこと、西山さんのお仕事、福田さんのこと、三岸節子展に寄せて、三岸さんの独自なところ、舟越さんのこと、秋野さんのこと、青邨先生のこと、河井寛次郎論、杉本健吉「新平家・画帖」上、島田謹介写真集「旅窓」、画家になった美術記者、秋山さんの仕事、塔、土門拳の仕事、入江泰吉「古色大和路」／小山冨士夫編「中国名陶百選」、ナゾの古代都市―パキスタン古代文化展をみて―、白瑠璃碗、死せる遺跡と生きている美術、肯定と否定、書の国・中国、豪華絢爛たる開花、「明清工芸美術展」に寄せて、澄んだ華麗さ、「漢唐壁画展」を見て、長信宮灯について、「韓国美術五千年展」を見て、回教寺院、その他、「敦煌壁画写真展」に寄せて、加彩騎馬武士俑、「古代エジプト展」を見て、雲岡・菩薩像、敦煌千仏洞点描、敦煌莫高窟の背景、序・敦煌の美術、敦煌一三〇窟の弥勒大仏像、中国文物展ノートから、西域・千年の華、高官の生活風景を描いた壺、二十周年を慶ぶ／アンリ・ルソーの「人形を持てる少女」について、「かたまり」とリズム―イタリア現代彫刻展を観る―、二つの主題、ゴヤについて、ドガ「少女像」、セザンヌ「壺の花」、女性に神を見出した時代、青く大きな空、モナ・リザ私見、ミレーの「晩鐘」について、レンブラントの「老ユダヤ人の肖像」について、〝天命〟秘めた団欒の美しさ／歴史エッセイ―中尊寺と藤原四代、戦国時代の女性、遣唐船のこと、日本の英雄、茶々の恋人、戦国時代の女性、木乃伊考、武将の最期、鑑真和上のこと、古代説話のこころ、「鑑真和上」「鑑真」、絵巻物による日本常民生活絵引、茶々のこと、千利休、モラエスのこと、ゴンチャロフの容貌、明治五年、戦国時代の天正十年、仏教讃歌「親鸞」のこと、讃歌 親鸞、叙事詩的世界の魅力、利休と親鸞、天武天皇、「観無量寿経」讃、歴史に学ぶ、私の中の日本人―親鸞と利休―、船のこと港のこと、持統天皇、西行と利休、利休の人間像、遺跡とロマン、歴史の顔／解題（曾根博義）

［月報］靖について敦煌まで（井上ふみ）、署名のない作品について（曾根博義）

第二十六巻 エッセイ4 1997年9月10日発行 756頁

定価8800円（本体）

［内容］日本紀行―穂高の月、梓川の美しさ、上高地、穂高行、滝谷を見る、ただ穂高だけ、登山、沢渡部落、残したい静けさ美しさ、豪雨の穂高、梓川沿いの樹林、穂高美し、穂高の紅葉、風の奥又白、新隆浩作品集「穂高」序、穂高／初冬の大雪山、大佐渡小佐渡、佐渡の海、岩手県の鬼剣舞、雪の下北半島紀行、平泉紀行／私の東大寺、奈良と私、飛鳥の地に立ちて、大和路たのし、二月堂お水とり、お水取りと私、お水取り・讃、大和朝廷の故地を訪ねて／美しい囃の宮―祇園祭を観る―、美しい京の欠片、嵐山と三千院、石山寺のこと、湖畔の城、大津美し、大津美し、仁和寺、冬の京都、京の春、塔／北国の城下町―金沢―、金沢城の石垣、早春の甲斐・信濃、紀の国・伊豆・信濃、薄雪に包まれた高山の町、早春の伊豆・駿河、伊豆生れの伊豆礼讃、北尾鐐之助「富士箱根伊豆」、富士美し、夜叉神峠、私の高野山／瀬戸内海の美しさ、佐多岬紀行―老いたる駅長と若き船長―、沖縄の一週間、沖縄の印象、沖縄のこころにふれる、南紀の海に魅せられて、海、南紀美し、明るい風景　暗い風景、旅先にとらえた季節、九月の風景、街、天竜川の旅、旅のノートから、信濃川と私、正月の旅、美しい川、忘れ得ぬ村、私の好きな風景、旅情、川の話、一文字の風景、千曲川、「旅と人生」について、旅情・旅情・旅情、日本の風景、川と私／外国紀行―異国の旅／河岸に立ちて―歴史の川　沙漠の川―／東京の敦煌、広州のこと、黄色い大地、中国は大きい、中国散見、井上靖・中国カメラ紀行、四年目の中国、中国の旅―鑑真逝世千二百年記念行事―、旧知貴ぶべし、揚州の雨、揚州の旅、中国の旅―国慶節に招かれて―、再び揚州を訪ねて、ふしぎな美しいはにかみ、遺跡保存二、三、中国の旅から、世界の大きな星は落ちた、充実した二十年、大きく、烈しく、優しく、明るくなった国、雲崗石窟を訪ねて、春風吹万里、敦煌の旅、文芸復興期の中国、新たな信頼と信義の関係、周揚先生を団長とする中国作家代表団の来日を喜ぶ、楽しい充実した二十日間、黄河の流れ、長城と天壇、最も幸せな作品、新たな発展の年、大黄河、胡楊の夜（＊正しくは「胡楊の死」）、桂林讃、会長就任に当って、年頭の言葉、創立二十五周年を迎えて、私と南京、年頭に当たって、鳴沙山の上に立ちて、これこそ本当の文化交流、日中国交正常化十周年を祝い王震団長一行の来日を喜ぶ、北京の正月、廖承志先生の逝去を悼む、胡耀邦総書記の来日を歓迎する、葵丘会議の跡を訪ねて、葵丘と都江堰、中国の友人の皆さんの来日を歓迎して、朱穆之文化相の来日を歓迎して、中華人民共和国建国三十五周年を祝って、年頭にあたって、告別の辞、創立三十周年を迎えて、中国文明ゆりかごの地を訪ねて、二十五回目の訪中、新しい年の始めに、王蒙文化相の来日を歓迎して、「中日文化賞」を受賞して、年頭にあたって、敦煌の歴史を知ってほしい、年頭にあたって、周揚さんを悼む、新しい年の始めに、中国人民対外友好協会代表団、中国国家文物局代表団を歓迎して、韓国の春、美しくけなげな韓国学生、韓国紀行、韓国に古きものをたずねて／ニューヨークにて、欧米の街・東京の街―新春に想う―、ドイツ人のこと、井上靖・欧州カメラ紀行、ダイナミックな美―「ローマ・オリンピック一九六〇」を見る―、私のオリンピック、珠玉の広場ヴェネツィア、アメリカの休日、アメリカ紀行、旅の収穫、日の丸・二題、モスクワ・レニングラード、ニコライのイコン、旅で見る家、シベリアの列車の旅、シベリア紀行、旅の話、シベリアの旅／人生論・女性論―男はどんな女性に魅力を感ずるか？　美しい服装、善意について、少年老いやすし―教

科書の中の時限爆弾―、女であるために、女のひとの美しさ、私の恋愛観―自作に沿って―、わが娘に与う―作家の父から―、愛される女性―女の美しさ―、結婚というもの、お祝いのことば、親から巣立つ娘へ、娘の結婚、長女の結婚、嫁ぎし娘よ、幸せに、愛についての断章、女性の美しさ、今年大学を卒業するわが娘とその友達に、「恋愛と結婚」について、ある空間―親と子の関係―、自分が自分であること、幸福の探求、青春とは何か、子供と季節感、講演 人間と人間の関係、若者たちのエネルギー、面を上げ、胸を張って、三つの教訓／解題（曾根博義）

［月報］靖について敦煌まで2（井上ふみ）、『化石』評（曾根博義）

第二十七巻 エッセイ5 1997年10月15日発行 592頁

定価7800円（本体）

［内容］西域エッセイ―西域に招かれた人々／西域紀行1―アフガニスタン紀行／アレキサンダーの道／遺跡の旅・シルクロード／シルクロード地帯を訪ねて／クシャーン王朝の跡を訪ねて／岩村忍「アフガニスタン紀行」、カラコルム、今西錦司「カラコラム」・日本映画新社監修「カラコルム」、深田久弥「ヒマラヤ―山と人―」、メソポタミア、「さまよえる湖」について、シルクロードへの夢、西域のイメージ、中央アジアの薔薇、サマルカンドの市場にて、砂漠の詩、デローシュ＝ノーブルクール「トゥトアンクアモン」、天山とパミール、「大宛」へ寄せる夢―ロシア旅行で訪れたい―、幻覚の街ヒワ、幻覚の街ヒワにて、西トルキスタンの旅、シルクロードの旅、若い日の夢、砂丘と私、天山の麓の町、シェルパの村、草原の旅 アフガニスタン、並河萬里の仕事、沙漠の国の旅から、民族興亡の跡に―アフガニスタン―、回教国の旅、カメラで捉えた遺産、並河萬里「シルクロード 砂に埋もれた遺産」序、沙漠の町の緑、レンズに憶えておいて貰った〝沙漠の旅〟、アナトリア高原の〝謎の民族〟、沙漠と海、土器の欠片、並河萬里「シルクロード」序文、西域の旅から、西域の山河、限りなき西域への夢、ホータンを訪ねる、トルファン街道、命なりけり、カイバル峠を越えパキスタンへ、行けぬ聖地ゆえの情熱、民族の足跡 交流の華、シルクロードの風と水と砂と、インダス渓谷を下る、ペルセポリスの遺址、講演 最近の西域の旅から、ボロブドール遺跡に立ちて、若羌という集落―西域南道の旅―、異国辺境の子供たち、ミーラン遺址、河西回廊の町、歴史の通った道、文明の十字路に新たな光、漢代且末国の故地、法顕の旅、哈密を訪ねる、壺「貴族の生涯」、［なら・シルクロード博を終えて］／解題（曾根博義）

［月報］靖について敦煌まで3（井上ふみ）、「月の光」その他（曾根博義）

第二十八巻 エッセイ6 1997年11月10日発行 657頁

定価8300円（本体）

［内容］西域紀行2―私の西域紀行／現代語訳―更級日記、西行、舞姫／選評―「少国民新聞」投稿詩、「きりん」投稿詩、「サンデー毎日」大衆文芸、「サンデー毎日」百万円懸賞小説、「サンデー毎日」小説賞、たばこ製造専売五〇年記念懸賞小説、芥川龍之介賞、文學界新人賞、小説新潮賞、小説新潮サロン・懸賞コント、山の放送劇、女流文学賞、野間文芸賞、吉川英治賞、吉川英治文学賞、吉川英治文化賞、北日本文学賞、川端康成文学賞、大佛次郎賞、旺文社児童文学賞、高校生の読書体験記コンクール、伊藤整文学賞／雑

稿―現代先覚者伝（抄）、徳島県阿部村、点心、本山物語、山西省の重要性、太田伍長の陣中手記、現地報告 敢闘する農村②近畿下、玉音 ラジオに拝して、耕しながら考える―福井県鶉山農場の例―／解題（曾根博義）

［月報］靖との最後のヨーロッパ旅行（井上ふみ）、『現代先覚者伝』について（曾根博義）

別巻 自作解説・雑纂・補遺・年譜・作品年表・書誌ほか

2000年4月25日発行 1080頁 定価11000円（本体）

［内容］自作解説―「井上靖小説全集」自作解題、「新文学全集 井上靖集」あとがき、私の処女作と自信作、私の代表作、原作に固執せず、井上靖年譜、「旅路」あとがき、「私たちはどう生きるか 井上靖集」まえがき、「井上靖自選集」著者の言葉、わたしの好きなわたしの小説、「詩と愛と生」あとがき、「三ノ宮炎上」と「風林火山」、「自選井上靖短篇全集」内容見本 著者のことば、「射程」ほか、「詩画集 北国」あとがき、「詩画集 珠江」あとがき、「井上靖小説全集」内容見本 著者のことば、二十四の小石、「歴史小説の周囲」あとがき、「井上靖の自選作品」あとがき、「私の歴史小説三篇」について、「西域をゆく」あとがき、英訳井上靖詩集序文、「現代の随想 井上靖集」あとがき、「井上靖歴史小説集」内容見本 著者の言葉、「井上靖歴史小説集」あとがき（抄）、「シルクロード詩集」あとがき、「シルクロード詩集 増補愛蔵版」あとがき、「井上靖エッセイ全集」内容見本 著者のことば、「井上靖エッセイ全集」あとがき、「井上靖展」図録序、「井上靖自伝的小説集」内容見本 著者のことば、「井上靖自伝的小説集」あとがき、中国語訳「井上靖西域小説選」序、中国語訳「西域小説集」序、「シリア沙漠の少年」序、婦人倶楽部と私、頼育芳訳「永泰公主的項錬」序、「明治の月」をみる、「流星」（自作自註）、私の言葉、「闘牛」について、作品「闘牛」について、「闘牛」の小谷正一氏、「吉岡文六伝」を読む、映画「その人の名は言えない」を観る、「その人の名は言えない」あとがき、暗い透明感、「白い牙」の映画化、「黄色い鞄」作者の言葉、「山の湖」あとがき、「戦国無頼」について、「戦国無頼」のおりょうへ、「春の嵐」あとがき、「緑の仲間」作者の言葉、明るい真昼間の勝負、「座席は一つあいている」作者の言葉・ランナー寸感、「風と雲と砦」作者の言葉、「風と雲と砦」原作者として、「風と雲と砦」壮大なドラマ化の中で、「若き怒濤」作者の言葉、「あすなろ物語」作者の言葉、「花と波濤」作者の言葉、紀代子に托して、「昨日と明日の間」をみて、「戦国城砦群」作者のことば、「風林火山」の劇化、「風林火山」原作者として、「風林火山」の映画化、「風林火山」と新国劇、私の夢、「風林火山」について、「春の海図」作者の言葉、「魔の季節」作者の言葉、「姨捨」、映画「愛」原作者の言葉、「篝火」について、淀どの日記、受賞の言葉、山田五十鈴さんと「淀どの日記」、山田さんと「淀どの日記」、真田軍記の資料、「本多忠勝の女」について、登場人物を愛情で描く、映画化された私の小説「満ちて来る潮」、「黒い蝶」読者の質問に答える、「白い風赤い雲」作者の言葉、「白い炎」作者の言葉、「氷壁」わがヒロインの歩んだ道、美那子の生き方、「天平の甍」の登場人物、「天平の甍」について、心温まる〝普照〟との再会、「天平の甍」の作者として、「天平の甍」上演について、「天平の甍」の読み方、「天平の甍」の作者として、「天平の甍」ノート、犬坊狂乱について、「地図にない島」作者の言葉、「揺れる首飾り」作者の言葉、「朱い門」あとがき、

「ある落日」作者の言葉、「ある落日」あとがき、「楼蘭」の舞踊化、「楼蘭」新装版あとがき、「川村権七逐電」作者のことば、辺境地帯の夢抱いて、「敦煌」作品の背景、敦煌を訪ねて、小説「敦煌」の舞台に立ちて、小説「敦煌」ノート、敦煌 砂に埋まった小説の舞台、「河口」作者の言葉、「月光」作者の言葉、「群舞」作者の言葉、「群舞」著者のことば、「洪水」上演について、「蒼き狼」について、原作者のことば、原作者として、「しろばんば」の幸運、「しろばんば」私の文学紀行、「しろばんば」の挿絵、「盛装」作者の言葉、作品「風濤」の喜び、「風濤」韓国訳の序に替えて、「塔二と弥三」について、「紅花」作者のことば、「楊貴妃伝」の作者として、原作者として、「後白河院」の周囲、「凍れる樹」作者の言葉、判らぬ〝一鬼〟の運命、映画「化石」と小説「化石」、「おろしや国酔夢譚」の旅、「おろしや国酔夢譚」の舞台、受賞の言葉、日本漂民の足跡を辿って、「西域物語」作者の言葉、「ローマの宿」作者の言葉、「花壇」作者のことば、本覚坊あれこれ、「本覚坊遺文」ノート、「異国の星」作者の言葉、新版「異域の人 自選西域小説集」あとがき、いまなぜ孔子か、小説「孔子」の執筆を終えて、中国の読者へ

雑纂――［追悼文］古知君のこと、渋沢敬三氏を悼む、永松君へのお別れのことば、［鹿倉吉次追悼文］、堂谷さんと私、竹林君のこと、吉川先生のこと、高野君のこと・弔詞、弔詞（露木豊）、追悼・廖承志先生 北京でのひと時、平岡君のこと、森さんのこと、永野さんの笑顔、野間さんのこと、弔詞（今里廣記）、桑原武夫さんの死を悼む、弔辞（斎藤五郎）、巨星奔り去る、五島さんへ ［監修者・編集者の言葉］「現代世界ノンフィクション全集」監修にあたって、「日本の詩歌」編集委員のことば、昔の海外旅行、「若い女性の生きがい」編者の言葉、全集〝10冊の本〟完結に当たって、「世界の名画」編集委員のことば、「日本の名画」編集委員のことば、「現代日本紀行文学全集」監修者の一人として、「世界紀行文学全集」監修者の一人として、「大宅壮一全集」編集委員のことば、「カンヴァス世界の大画家」編集委員のことば、「日本の名山」監修の言葉、「武者小路実篤全集」刊行によせて、「日本の庭園美」の監修にあたって ［公演等パンフレット］すゞらんグループ公演「商船テナシテイ」、瀬川純シャンソン・リサイタル、小沢征爾指揮日フィル特別演奏会、松美会開催によせて、前進座公演「屈原」、三代目花柳寿輔襲名披露舞踊会、前進座三十五周年興行、島田帯祭、前進座東日本公演、「天山北路」芸術祭大賞受賞記念、和泉会別会、くれない会、森井道男「花木なかば」出版記念会、歌劇「香妃」公演、東宝ミュージカル「屋根の上のヴァイオリン弾き」公演、中国越劇日本初公演、松竹九〇年の正月に、入江さんから教わったこと、橘芳慧さんへのお祝いの詞、「世田谷芝能」によせて、歌舞伎・京劇合同公演、和泉狂言会、日中合作大型人形劇「三国志」特別公演に寄せて ［展覧会パンフレット］田辺彦太郎油絵個人展、須田国太郎遺作展、今井善一郎作品展、杉本亀久雄個展、石川近代文学館開館記念「郷土作家三人展」、第十六回印刷文化展、小林勇水墨画展、彫刻の森美術館に寄せて、第六回人間国宝新作展、世界写真展「明日はあるか」、国宝鑑真和上像中国展、中国を描く現代日本画展、ガンダーラ美術展、二村次郎写真展「巨樹老木」、小野田雪堂展、東京富士美術館「中国敦煌展」、神奈川近代文学館「大衆文学展」、白川義員写真展「仏教伝来」、牧進展に寄せて、なら・シルクロード博覧会、三木武夫・睦子夫妻芸術作品展、近代日本画と万葉集展、

西山英雄展［その他小文］消息一束、おめでとう、本紙創刊五周年に寄せて、最近感じたこと、あにいもうと、七人の侍、顔、近況報告、私の夏のプラン、屋上、作家の言葉、「大衆文学代表作全集井上靖集」筆蹟、オレンヂ アルバム 評、オレンヂ アルバム 作者のことば、わたしの一日、私の抱負、ふいに訪れて来るもの、編集部の一年間、私の誕生日、作家の二十四時、友への手紙、識見を感じさせる作品、孤愁を歌う作家、清新さと気品、「婦人朝日」巻頭筆蹟、「現代国民文学全集 井上靖集」筆蹟、「小説新潮」巻頭筆蹟、菊村到 新しい可能性、読書人の相談相手として、三友消息、青い眺め、日本談義復刊100号に寄する100名の言葉、三役の弁、穂高、沖ノ島、「週刊女性自身」表紙の言葉、「私たちはどう生きるか 井上靖集」筆蹟、独自な内容と体裁、「高校時代」巻頭筆蹟、三友消息、税務委員会報告、さくら、「日本現代文学全集 井上靖・田宮虎彦集」筆蹟、レジャーと私、娘と私、編集方針を高く評価、私の好きなスター、私の好きな部屋、横綱の弁、私の生命保険観、「昭和文学全集 井上靖」筆蹟、社会人になるあなたへ、作家の言葉、ベニス、香川京子さん、駿河銀行大阪支店開店広告文、帝塚山大学推薦のことば、京劇西遊記、「現代の文学 井上靖集」筆蹟、井上吉次郎氏のこと、「婦人公論」のすすめ、The East and the West、作家の顔、「婦人公論」の歩みを讃える、「われらの文学 井上靖」筆蹟、アトリエ風の砦、「豪華版日本文学全集 井上靖集」筆蹟、木村国喜に注文する、岡田茉莉子、型を打ち破る、加藤泰安氏のこと、居間で過ごす楽しみ、ハワイ焼けした井上靖さん、「詩と愛と生」筆蹟、吉兆礼讃、「群舞」東方社新文学全書版筆蹟、小坂徳三郎君に、私たちの希望を託したい。三木さんへの期待、文學界と私、「現代日本文学大系 井上靖・永井龍男集」筆蹟、週刊新潮掲示板、版画の楽しさ、美しさ、ロートレックのスケッチ、東大寺のお水とり、雑然とした書棚、美術コンサルタント、サヨナラ フクちゃん、「作家愛蔵の写真」解説、広い知性と教養、野心作への刺激に…、序文茶室を貴ぶ、観無量寿経集註、小料理「稲」案内文、朝比奈隆氏と私、怒りと淋しさ、初めて見る自分の顔、「井上靖の自選作品」筆蹟、美しく眩しいもの、佐藤さんと私、「月刊美術」を推せんする、私と福栄、「政策研究」巻頭言、大きな役割、原文兵衛後援会入会のしおり、信夫さんのこと、「月刊京都」創刊によせて、井上靖―シリーズ日本人、［好きな木］、養之如春、新会長として、成人の日に、二十年の歩み、役員の一人として、［便利堂会社概要］、小林さんのこと、週刊読売と私、徳沢園のこと、［沼津市名誉市民に選ばれて］、元秀舞台四十年、庶民の体験のなかに感動のドラマが、週刊新潮掲示板、わが人生観、文学館の先駆、岡崎嘉平太「終りなき日中の旅」、オリオンと私、「中華人民共和国現代絵画名作集」推奨の辞、［修善寺工業高校創立五十周年記念寄稿文］、竹内君と私、二十五周年に寄せて、「シルクロード幻郷」巻頭言、「なら・シルクロード博」ごあいさつ、小誌「かぎろひ」に期待する、「なら博」の建築、奈良県新公会堂ごあいさつ、「むらさき亭」を名付けるにあたり、月刊「しにか」創刊によせて、尽己、詩集「いのち・あらたに」に寄せて［歌詞］修善寺農林高等学校校歌、山高ければ、吉原工業高等学校校歌、沼津聾学校校歌、集英社社歌、天城中学校校歌、羽後中学校校歌、北陸大学校歌［碑文］沼津駅前広場母子像碑文、宝蔵院史碑碑文、修善寺工業高校碑文、世界貿易センタービルディング定礎の辞、秋田県西馬音内小学校碑文、「内灘の碑」碑文、徳田秋声墓碑撰文、滋賀県向源寺（渡岸寺観音堂）碑文、山本健吉文学碑撰文、舟橋聖一生誕記念碑碑文、長崎物語歌碑撰文、沼津東高校碑文、新高輪プリンスホテル新宴会場の命名、妙覚寺碑文、上山田町碑文 ［序跋］中村泰明「詩集 鳥瓜」序、「創作代表選集13」あとがき、村松喬「異郷の女」序、船戸洪吉「画壇 美術記者の手記」序、安川茂雄「霧の山」序、濱谷浩「写真集 見てきた中国」序、伊藤祐輔「石糞」序、斉藤諭一「愛情のモラル」序、大竹新助「路」序文、「きりんの本 5・6年」序、「川」あとがき、大隈秀夫「露草のように」序、山本和夫「町をかついできた子」序、山下政夫「円い水平線」序、永田登三「関西の顔」序、「半島」まえがき、辻井喬「宛名のない手紙」あとがき、小林敬三「宣伝のラフとフェアウェイ」序、池山広「漆絵のような」序、西川一三「秘境西域八年の潜行」序、宮本一男「ハワイ二世物語」序、山崎央「詩集 単子論」序、野村米子「歌集 憂愁都市」序、井上吉次郎「通信と対話と独語と」序、ヤクボーフスキー他著・加藤九祚訳「西域の秘宝を求めて」序、椿八郎「鼠の王様」序、「現代の式辞・スピーチ・司会」序文、A・マルチンス・J「夜明けのしらべ」序、岸哲男「飛鳥古京」序、加藤九祚「西域・シベリア」序、赤城宗徳「平将門」序、伊藤祐輔「歌集 千本松原」序、岩田専太郎画集「おんな」跋、今田重太郎「穂高小屋物語」序、生沢朗画集「ヒマラヤ&シルクロード」序、石岡繁雄「屏風岩登攀記」序、櫻野朝子「運命学」序、「日本教養全集15」あとがき、「わが青春の日々」上巻序、白川義員作品集「アメリカ大陸」序文、秋山庄太郎作品集「薔薇」序、大西良慶「百年を生きる」跋、「秘境」序、浦城二郎訳「宇津保物語」序、持田信夫「ヴェネツィア」序、井上由雄「詩集 太陽と棺」序、生江義男「ヒッパロスの風」序、尾崎稲穂「蟋蟀は鳴かず」序、椿八郎「『南方の火』のころ」序、北条誠「舞扇」まえがき、石川忠行「古塔の大和路」序、「観る聴く 一枚の繪対話集」、本木心掌「峠をこえて」序、土門拳「女人高野室生寺」序、安田登紀子仏画集「仏像讃美」序文、「長谷川泉詩集」序、筆内幸子「丹那婆」序、入江泰吉写真全集3「大和の佛像」序、長井洞著・長井浜子編「続・真向一途」序、松本昭「弘法大師入定説話の研究」序、坂入公一歌集「枯葉帖」序、臼井史朗「古寺巡礼ひとり旅」序、柳木昭信写真集「アラスカ」序、「世界出版業2 日本」序言、坪田歓一編「文典」序、「回想 小林勇」あとがき、「熱海箱根湯河原百景」序、「北日本文学賞入賞作品集」序、「中国 心ふれあいの旅」序、白川義員作品集「中国大陸 下巻 天壌無限」序文、屠国壁「楼蘭王国に立つ」序、「日本の名随筆33 水」あとがき、「日本国立公園」序、大場啓二「まちづくり最前線」序、段文傑「美しき敦煌」序、水越武写真集「穂高 光と風」序、「写真集 旧制四高青春譜」序、白川義員作品集「仏教伝来2 シルクロードから飛鳥へ」序、「西域・黄河名詩紀行」序、TBS特別取材班「シベリア大紀行」序、「高山辰雄自選画集」英語版序、入江泰吉写真集「新撰大和の仏像」序、駒澤晃写真集「佛姿写伝・近江―湖北妙音」序文、田川純三「絲綢之路行」序、持田信夫遺作集「天空回廊」序、舒乙「北京の父 老舎」跋、「中国漢詩の旅」序、「日本の短篇 上」序、斯波四郎「仰臥の眼」序、「茶の美道統」序 ［アンケート回答］文芸作品推薦あんけいと、アンケート、アンケート、わたしのペット、甘辛往来、二つのアンケート、美味求心、時計と賞金、今日の時勢と私の希望、初めてもらったボーナスの使い方、梅本育子詩集「幻を持てる人」への手紙、NHKに望むこと、先輩作家に聞く、読書アンケート、一九五六年型女性、私の選んだ店、戦後の小説ベスト5、批評家に望む、芸術オリンピック―建築―、旅行 なくて7くせ、「あまカラ」終刊によせて、受賞作家へのアンケート［推薦文］（細目省略）

補遺―［詩歌］オリンピアの火、友、郷愁、西域四題、沙漠の花、桂江、フンザ渓谷の眠り、日本の春―うずしお・さくら・飛天―、車［自伝エッセイ］伊豆の海、受賞が縁で毎日に入社、私の結婚、ペンが記録した年輪、幼き日の正月、星のかけら［文学エッセイ］この人に期待する―文学―、1947年の回顧―文学―、創作月評、佐藤先生の旅の文章、「詩と詩論」その他、竹中さんのこと、知的な虚構の世界、山本さんのこと［随想］今年の春、中国文学者の日本の印象、育った新しい友情、設立三十周年を祝す［美術エッセイ］静物画の強さ、銀製頭部男子像燭台（部分）［紀行］ありふれた風景なれど、木々と小鳥と、わたしの山、敦煌・揚州、文明を生み育て葬る［選評］第十一回読売短編小説賞選後評、新文章読本 別巻補遺―［自作解説］「天平の甍」映画化のよろこび［追悼文］和歌森さんのこと［監修者・編集者の言葉］「日本文学全集」編集委員のことば、「黄文弼著作集」監修者のことば［展覧会パンフレット］石川近代文学館展［その他小文］扉のことば、フォトエッセイ、「岩稜」お祝の詞、私と京都ホテル［序跋］北岡和義「檜花 評伝 阿部武夫」序、矢野克子「詩集 空よ」序［アンケート回答］30人への3つの質問［推薦文］（細目省略）／解題（曾根博義）全巻の訂正および補記（曾根博義）／井上靖年譜（藤沢全）／井上靖作品年表（曾根博義）／井上靖書誌（曾根博義）／井上靖参考文献目録（藤本寿彦）／作品名索引（曾根博義）

［月報］編集を終えて（曾根博義）、「井上靖年譜」作成について（藤沢全）、井上靖と丸山薫（藤本寿彦）

井上靖短篇集

全6巻　1998年12月～1999年5月、岩波書店発行　菊判　函　第三巻まで帯　装幀・東山魁夷　本体定価　巻数順に配本

第一巻　1998年12月15日発行　415頁　定価4200円

［内容］あすなろう、猟銃、闘牛、通夜の客、比良のシャクナゲ、漆胡樽、早春の墓参、死と恋と波と、波紋、雷雨／解説（曾根博義）、初出・出典一覧

第二巻　1999年1月14日発行　365頁　定価4000円

［内容］銃声、かしわんば、利休の死、澄賢房覚書、玉碗記、三ノ宮炎上、ある偽作家の生涯、鵯、楼門、北の駅路、氷の下、滝へ降りる道、伊那の白梅／解説 散りての花（十川信介）、初出・出典一覧

第三巻　1999年2月8日発行　484頁　定価4400円

［内容］異域の人、末裔、大洗の月、湖上の兎、グウドル氏の手套、信松尼記、僧行賀の涙、胡桃林、花粉、チャンピオン、姨捨、黙契、湖の中の川、篝火、川の話、真田軍記／解説（中村稔）

第四巻　1999年3月8日発行　369頁　定価4200円

［内容］蘆、夏草、孤猿、四つの面、夏の終り、ある女の死、満月、楼蘭、平蜘蛛の釜、洪水、馬とばし、狼災記、考える人、補陀落渡海記、小磐梯／解説（竹西寛子）

第五巻　1999年4月8日発行　383頁　定価4200円

［内容］ローマの宿、フライイング、古い文字、明妃曲、あかね雲、

僧伽羅国縁起、宦者中行説、羅刹女国、土の絵、ローヌ川、わが母の記（花の下、月の光、雪の面）、墓地とえび芋／《解説》父の作品と体験（井上修一）

第六巻　1999年5月10日発行　401頁　定価4200円

［内容］褒姒の笑い、永泰公主の頸飾り、テペのある街にて、崑崙の玉、アム・ダリヤの水溜り、聖者、風、鬼の話、壺、桃李記、道、ダージリン、川の畔り、炎、石濤、生きる／《解説》井上靖　話情の詩人（秦恒平）

文学全集・合集等の井上靖集類

猟銃・脱出・警視総監の笑ひ・俘虜記

1950年8月10日、家城書房発行　B6判　カバー　帯　221頁　定価150円

［内容］猟銃（井上靖）、脱出（駒田信二）、警視総監の笑ひ（由起しげ子）、俘虜記（大岡昇平）／後記（無署名）

新文学全集　井上靖集

昭和27年9月20日、河出書房発行　全10巻第2回配本　B6判　カバー　帯　口絵写真（著者近影、「闘牛」の原稿）　246頁　装幀・脇田和　定価230円

［内容］猟銃、闘牛、比良のシャクナゲ、ある偽作家の生涯、漆胡樽、黯い潮／あとがき／年譜（著者自筆）

長篇小説全集4　井上靖篇

昭和28年8月25日、新潮社発行　全19巻第5回配本　B6判　函　帯　348頁　定価200円

［内容］戦国無頼、青衣の人

現代長篇名作全集16　井上靖集

昭和28年11月10日、大日本雄弁会講談社発行　日本文芸家協会編

全17巻　四六判　函　帯　口絵写真（著者近影）　495頁　定価260円
［内容］春の嵐、通夜の客、緑の仲間、その人の名は言えない

大衆文学代表作全集8　井上靖集
昭和30年3月25日、河出書房発行　全24巻第8回配本　A5判　カバー　函　帯　著者照影　筆蹟　417頁　装幀・恩地孝四郎　カバー絵・木下二介　定価280円
［内容］戦国無頼、風と雲と砦、漂流、桶狭間、森蘭丸、流転／解説（野村尚吾）
［月報8］井上靖さんのこと（杉森久英）、浦井靖六のこと（浦上五六）、戦国時代の映画化（筈見恒夫）

現代日本文学全集81　永井龍男・井上友一郎・織田作之助・井上靖集
昭和31年12月20日、筑摩書房発行　全97巻・別巻2巻・第60回配本　菊判　函　口絵写真　434頁　装幀・恩地孝四郎　定価350円
［井上靖集内容］猟銃、闘牛、漆胡樽、ある偽作家の生涯、姨捨／井上靖論（吉田健一）、解説（河盛好蔵）／井上靖年譜（著者自筆）
［月報60］結晶の世界（野間宏）、研究書目・参考文献（編集・吉田精一）
＊昭和48年4月1日、増補決定版発行。総発売元・図書月販、内容同じ。

現代文学　井上靖集
昭和32年1月10日、藝文書院発行　全10巻第3回配本　B6判　函　帯　395頁　定価350円
［内容］初期詩篇（梢、渦）、猟銃、漆胡樽、玉碗記、ある偽作家の生涯、暗い平原、異域の人、漂流、姨捨／年譜／井上靖論（高山毅）
［藝文（月報）3］芥川賞の頃の井上さん（野村尚吾）、秋の山行き―井上靖さんと―（瓜生卓造）、「孤猿」の世界（小松伸六）、「あした来る人」など（加藤一郎）

別冊文藝　現代名作全集7　井上靖集
昭和32年2月1日、河出書房発行　A5判　雑誌型　376頁　巻頭グラビア5頁（著者近影、映画 昨日と明日の間、井上靖アルバム）　表紙・永園皓哉　目次・高橋忠弥　挿絵・カット・生沢朗、佐藤泰治　定価150円
［内容］猟銃、青衣の人、昨日と明日の間、通夜の客、チャンピオン／流星、野分、石庭、輸送船、梅開く、さくら散る、十月の詩、元氏、葡萄畠／井上靖の女性観（十返肇）、解説（亀井勝一郎）、年譜、参考文献

文芸推理小説選集3　佐藤春夫・井上靖集
昭和32年2月15日、文芸評論社発行　全5巻　B6判　函　343頁　装幀・勝呂忠　定価330円
［井上靖内容］七人の紳士、驟雨、黄色い鞄、死と恋と波と、紅荘の悪魔たち、殺意

現代国民文学全集4　井上靖集
昭和32年7月15日、角川書店発行　第4回配本　A5判　函　帯　口絵写真　筆蹟　414頁　定価320円
［内容］風林火山、あした来る人、ある偽作家の生涯、春の嵐、霧の道、姨捨、詩（シリア沙漠の少年、渦、北国、人生、元氏、愛情）／解説（山本健吉）、年譜
［月報4］井上靖君のこと（丹羽文雄）、私小説を書かない態度（十返肇）、醱酵しつつある美酒（浦松佐美太郎）、新聞記者時代（野村尚吾）、父のこと（井上幾世）、井上さんの一面（小松伸六）

現代長篇小説全集4　井上靖集
昭和33年10月10日、講談社発行　B6判　函　帯　477頁　装幀・斉藤清　定価200円
［内容］満ちて来る潮、あすなろ物語、風林火山

新・時代小説特選集　戦国無頼　井上靖
昭和33年10月15日、六興出版部発行　全6巻第3回配本　四六判　函　383頁　装幀・福田豊四郎　定価360円
［内容］戦国無頼、眞田軍記、篝火、高嶺の花、犬坊狂乱、森蘭丸／解説（福田宏年）

新選現代日本文学全集21　井上靖集
昭和34年1月15日、筑摩書房発行　全38巻第5回配本　菊判　函　カバー　口絵写真　437頁　装幀・恩地孝四郎・恩地邦郎　定価350円
［内容］黯い潮、黒い蝶、天平の甍、早春の墓参、比良のシャクナゲ、澄賢房覚え書、玉碗記、或る自殺未遂、楼門、北の駅路、暗い平原、末裔、大洗の月、胡桃林、蘆、満月、利休の死、異域の人、信松尼記／井上靖論（河盛好蔵）、解説（山本健吉）
［付録5］北京、上海の本屋（なかの　しげはる）、『天平の甍』をめぐって（安藤更生）、歴史と時代小説（吉田健一）、不在のデスク（山崎豊子）
＊『増補決定版　現代日本文学全集　補巻21　井上靖集』（昭和48年4月1日発行）、『現代日本文学20　井上靖集』（昭和49年9月1日）として再刊。内容同じ。

日本文学全集66　井上靖集
昭和34年5月12日、新潮社発行　全72巻第1回配本　小B6判　カバー　函　口絵写真　537頁　定価260円
［内容］闘牛、漆胡樽、ある偽作家の生涯、異域の人、姨捨、氷壁／注解／年譜／解説（山本健吉）
［付録］紳士ということ（河盛好蔵）、その羞恥心（野間宏）
＊1967年9月15日、1969年10月30日、セット版の1冊としてそれぞれ再刊。内容同じ。

私たちはどう生きるか18　井上靖集
昭和35年5月5日、ポプラ社発行　全20巻第20回配本　A5判　函　口絵写真　筆蹟　254頁　装幀・上原重和　さしえ・カット・山内秀一　定価320円

［内容］まえがき（井上靖）／あすなろ物語（抄）、ある偽作家の生涯、姨捨、夌さん、青いカフスボタン、詩集「北国」より、氷壁（抄）、僧行賀の涙、（注）／読書の手引き（山本和夫）、解説 井上靖氏とその文学（山本和夫）、年譜
＊新装版各種あり

日本現代文學全集102 井上靖・田宮虎彦集
昭和36年8月19日、講談社発行 全100巻・別巻2巻・第11回配本 A5判 函 口絵写真4頁 筆蹟 478頁 定価450円
［内容］猟銃、ある偽作家の生涯、山の少女、大洗の月、グウドル氏の手套、花粉、姨捨、湖の中の川、夏の雲、孤猿、満月、楼蘭、敦煌、私の自己形成史、詩集北国抄／作品解説（亀井勝一郎）、井上靖入門（篠田一士）、井上靖年譜（福田宏年）
［月報11］詩から小説に移って行くなかで（野間宏）、読みもの（吉田健一）、井上さんと田宮さん（高橋義孝）
＊昭和44年1月30日、同じ内容で巻の編成を改め、『豪華版 日本現代文学全集33 丹羽文雄・井上靖集』として再刊、昭和55年5月26日、初刊本と同じ編成で増補改訂版を発行、それぞれセット販売。

長編小説全集2 井上靖集
昭和36年9月10日、講談社発行 全37巻第1回3冊同時配本 B6判 函 著者紹介 355頁 装幀・原弘 定価280円
［内容］蒼き狼、波濤

新日本文学全集6 井上靖集
昭和37年2月10日、集英社発行 全38巻第1回配本 四六判 ビニルカバー 函 カバー 著者近影 筆蹟（詩「落魄」） 481頁 装幀・沢田重隆 定価390円
［内容］猟銃、闘牛、玉碗記、湖上の兎、姨捨、満月、楼蘭、蘆、天平の甍、射程／井上靖の文学（解説）（瀬沼茂樹）、井上靖年譜（福田宏年）
［月報1］太古文字の夢（尾崎秀樹）、ヨーロッパの井上さん（角田房子）

日本青春文学名作選5 あすなろ物語・潮騒・太陽の季節
昭和37年8月1日、学習研究社発行 ガッケン・ブックス 新書判 カバー 320頁 定価230円
［内容］あすなろ物語／解説（荒正人）

昭和文学全集21 井上靖集
昭和37年10月15日、角川書店発行 全40巻 ルビーセット全20巻第1回配本 四六判 函 帯 筆蹟 525頁 付録「井上靖アルバム」 定価420円
［内容］氷壁、敦煌、闘牛、比良のシャクナゲ、利休の死、玉碗記、ある偽作家の生涯、グウドル氏の手套、信松尼記、姨捨、四つの面／解説（河上徹太郎）、年譜
［井上靖アルバム］文壇には珍らしい紳士（佐藤春夫）、人間悲劇の審判者（今日出海）、一つの想い出（小野十三郎）、靖（やす）さんとしか呼べない（斎藤栄一）

現代文学大系60　井上靖集
昭和38年10月10日、筑摩書房発行　全69巻第2回配本　四六判　函　カバー　口絵写真　筆蹟（「天平の甍」冒頭）　520頁　定価430円
［内容］淀どの日記、天平の甍、楼蘭、猟銃、闘牛、ある偽作家の生涯、姨捨、満月／年譜（自筆）、人と文学（河盛好蔵）
［月報2］兄靖のこと（森田達）、楼蘭の河龍（岩村忍）、「淀どの日記」の周辺（高柳光寿）、私の名作鑑賞―「天平の甍」―（吉田精一）
＊1975年7月20日、『筑摩現代文学大系70　井上靖集』（全97巻第6回配本、定価1600円）として再刊。年譜を福田宏年編に改め、月報に「参考文献」（福田宏年）を追加した以外、内容に大きな変更はない。

現代の文学24　井上靖集
昭和39年2月5日、河出書房新社発行　全43巻第10回配本　小B6判　ビニルカバー　函　帯　著者肖像　筆蹟　537頁　装幀・原弘　挿画・福田豊四郎　定価390円
［内容］蒼き狼、黒い蝶、猟銃、通夜の客、孤猿、詩集（北国・地中海）／年譜（著者自筆）、解説（山本健吉）
［月報10］草原の国紀行（福田豊四郎）、一匹狼（山崎豊子）

少年少女現代日本文学全集21　井上靖名作集
昭和39年2月10日、偕成社発行　三好行雄編　全24巻第19回配本　A5判　ビニルカバー　函　口絵写真4頁　308頁　装幀・池田和邦　さし絵・須田寿　定価380円
［内容］はじめに（三好行雄）／あすなろ物語（抄）、ある偽作家の生涯、漂流、姨捨、川の話、孤猿、しろばんば（抄）／その他の作品紹介、井上靖の人と文学（三好行雄）、作品の読み方、味わい方（滑川道夫、飛田文雄）、井上靖の年譜、現代日本文学年表、教科書にとりあげられた井上靖の作品
＊昭和45年7月20日、『少年少女現代日本文学全集23　井上靖集』として再刊。内容同じ。

日本青春文学名作選9　美しい暦・桜島・猟銃・朝霧
昭和39年4月1日、学習研究社発行　新書判　カバー　313頁　定価260円
［内容］猟銃／解説（瀬沼茂樹）

日本の文学71　井上靖
昭和39年11月5日、中央公論社発行　全80巻第10回配本　小B6判　ビニルカバー　函　帯　口絵写真（著者肖像、橋本明治「敦煌」）　531頁　挿画・小磯良平、橋本明治　装幀・中林洋子　定価390円
［内容］黯い潮、天平の甍、敦煌、猟銃、玉碗記、ある偽作家の生涯、洪水、補陀落渡海記、小磐梯／注解（福田宏年）、解説（河上徹太郎）、年譜（福田宏年）
［付録10］対談　井上文学の周辺（井上靖、河上徹太郎）、新しき意匠家井上靖（佐藤春夫、再抄録）
＊昭和47年10月20日、軽装のアイボリーバックス版として再刊。

ジュニア版 日本文学名作選7 しろばんば 井上靖

昭和39年12月25日、偕成社発行 全20巻 Ｂ6判 カバー 口絵写真 310頁 装幀・沢田重隆、坂野豊 さし絵・市川禎夫 定価290円

［内容］この本について（福田宏年）／しろばんば（注）／作者と作品について（解説）（福田宏年）

＊昭和43年5月25日、再編新装版『ホーム・スクール版／日本の名作文学22 しろばんば 井上靖』発行。内容同じ。

アイドル・ブックス14 しろばんば 井上靖

昭和40年11月20日、ポプラ社発行 全20巻 四六判 ビニルカバー 函 帯 口絵写真 286頁 装幀・菊地薫 さし絵・富永秀夫 定価390円

［内容］しろばんば（注付き）、漆胡樽（注付き）／解説 井上靖の人と作品（高田瑞穂）、年譜

＊昭和43年10月30日、全60巻のシリーズの1冊として、昭和46年4月5日、全50巻のシリーズの1冊としてそれぞれ再刊。内容同じ。

われらの文学6 井上靖

昭和41年1月15日、講談社発行 全22巻第3回配本 小Ｂ6判 二重ビニルカバー 函 帯 著者肖像 筆蹟 497頁 装幀・細谷巌 定価430円

［内容］風濤、猟銃、闘牛、通夜の客、あすなろ物語、楼蘭、洪水、狼災記、補陀落渡海記／私の文学 詩について（井上靖）、解説 青春恢復の文学（村松剛）、略年譜

＊昭和44年10月12日、四六判『Ｄｅ Ｌｕｘｅ われらの文学6 井上靖』として再刊。

現代文学12 井上靖集

昭和41年3月25日、東都書房発行 全30巻第5回配本 四六判 函 帯 477頁 装幀・真鍋博 定価380円

［内容］満ちて来る潮、あすなろ物語、風林火山

現代日本文学館43 井上靖

昭和41年5月1日、文藝春秋発行 全43巻第3回配本 四六判 函 帯 ビニルカバー 口絵写真 505頁 装幀・杉山寧 定価480円

［内容］井上靖伝（山本健吉）／射程、猟銃、玉碗記、満月、姨捨、敦煌、洪水／注解（瀬沼茂樹）、解説（山本健吉）、井上靖年譜（瀬沼茂樹）

［附録］井上靖スケッチ、漢字かなまじり文（岩淵悦太郎）、現代日本文学と映画―日本文学史の側面3（荻昌弘）

日本文学全集83 井上靖集

昭和41年7月12日、集英社発行 全88巻第2回配本（2冊同時配本）小Ｂ6判 ビニルカバー 函 帯 口絵写真 452頁 装幀・伊藤憲治 挿絵・小磯良平 定価290円

［内容］猟銃、小磐梯、楼蘭、黒い蝶、天平の甍／注解（小田切進）、作家と作品（篠田一士）、年表（小田切進）

［付録４］井上靖関係文献なし
＊昭和47年４月８日、豪華版発行。全88巻第６回配本（２冊同時配本）、四六判、二重ビニルカバー、函、帯、口絵写真、筆蹟、４６０頁　定価５９０円。［月報12］井上靖のこと（野間宏）、湯ケ島の井上家（石坂洋次郎）、「姿勢」について（柴田錬三郎）。

豪華版　日本文学全集28　井上靖集
昭和41年８月３日、河出書房新社発行　全54巻第15回配本　Ａ５判　ビニルカバー　函　帯　ビニルカバー　口絵写真（著者肖像、筆蹟）　４６６頁　装幀・亀倉雄策　挿絵・生沢朗、福田豊四郎　定価４８０円
［内容］城砦、猟銃、楼蘭／注釈（稲垣達郎）、年譜（福田宏年）、解説（小松伸六）
［しおり15］シルクロードの井上さん（野村尚吾）
＊昭和42年11月30日、43年２月10日、豪華愛蔵セット版発行。

少年少女日本の文学16　井上靖　しろばんば
昭和42年８月15日、あかね書房発行　全24巻第14回配本　Ａ５判　ビニルカバー　函　口絵写真　口絵　２５４頁　定価３９０円
［内容］はじめに（福田宏年）／しろばんば／井上靖―人と作品―（福田宏年）、年表
［月報14］還暦を迎えられた井上靖さん（巌谷大四）

国民の文学20　井上靖集
昭和42年８月20日、河出書房発行　全26巻第１回配本　四六判　函　カバー　口絵（中尾進）　５２８頁　定価５９０円
［内容］風林火山、戦国無頼、真田軍記、天目山の雲、高嶺の花、犬坊狂乱、篝火、信康自刃、信松尼記、天正十年元旦、森蘭丸／井上靖年譜（大衆文学研究会）、解説（尾崎秀樹）
［月報］昔語り（吉田健一）

カラー版　日本文学全集39　井上靖
昭和42年９月25日、河出書房発行　全39巻・別巻２・第９回配本　菊判　ビニルカバー　函　帯　ビニルカバー　著者肖像　４１０頁　装幀・亀倉雄策　挿画・小磯良平、福田豊四郎、中村岳陵　定価７５０円
［内容］しろばんば、猟銃、闘牛、比良のシャクナゲ、異域の人、蘆、楼蘭、洪水、詩集 北国／注釈（保昌正夫）、年譜（福田宏年）、解説（進藤純孝）
［しおり９］井上靖の詩（村野四郎）

日本短篇文学全集25　佐藤春夫・芥川龍之介・井上靖
昭和42年11月25日、筑摩書房発行　責任編集・臼井吉見　全48巻第１回配本　小Ｂ６変型判　カバー　函　帯　口絵写真　２７７頁　装幀・栃折久美子　定価３６０円
［内容］グウドル氏の手套、川の話、洪水、補陀落渡海記／鑑賞（臼井吉見）
［別冊］「短篇への招待」　座談会 短篇小説の今昔（伊藤整、平野謙、臼井吉見）、私の好きな短篇小説 井上靖『楼蘭』（小松伸六）

歴史文学全集14　井上靖

昭和43年2月1日、人物往来社発行　全24巻第1回配本　A5判　函　帯　口絵・挿絵・山崎百々雄　502頁　定価1200円

［内容］淀どの日記、天平の甍、玉碗記、洪水、利休の死、幽鬼、羅刹女国／解説（日沼倫太郎）

世界の名著26　あすなろ物語

昭和43年9月30日、ポプラ社発行　A5判　函　ビニルカバー　口絵　318頁　装幀・難波淳郎　口絵挿絵・市川禎男　定価550円

［内容］あすなろ物語／川の話、楼蘭、小磐梯／〈解説〉作者と作品について（野村尚吾）

＊昭和46年3月5日、再刊。

現代長編文学全集28　井上靖Ⅰ

昭和43年10月6日、講談社発行　全53巻第3回配本　B6判　ビニルカバー　函　帯　口絵写真　口絵（生沢朗）　427頁　装幀・原弘　定価490円

［内容］あした来る人、青衣の人、霧の道／井上靖略年譜

現代長編文学全集29　井上靖Ⅱ

昭和44年1月6日、講談社発行　全53巻第6回配本　B6判　ビニルカバー　函　帯　口絵写真　口絵（佐多芳郎）　422頁　装幀・原弘　定価490円

［内容］風林火山、淀どの日記、真田軍記、篝火、高嶺の花／井上靖略年譜

新潮日本文学44　井上靖集

昭和44年1月12日、新潮社発行　全64巻第5回配本　四六判　カバー　函　帯　ビニルカバー　口絵写真　704頁　900円

［内容］氷壁、天平の甍、敦煌、猟銃、玉碗記、ある偽作家の生涯、姨捨、楼蘭、洪水、補陀落渡海記、小磐梯／解説（山本健吉）、年譜（編集部）

［月報5］中学時代の友（井上靖）、西域での井上さん（野村尚吾）

＊昭和56年9月10日、セット版発行。

ジュニア版　日本文学名作選50　天平の甍　井上靖

昭和44年2月25日、偕成社発行　全52巻　B6判　カバー　帯　口絵写真　300頁　装幀・沢田重隆、坂野豊　さし絵・永井潔　定価290円

［内容］この本について（山本健吉）／天平の甍、漂流（注）／解説作者と作品について（山本健吉）

＊昭和45年9月20日、『ホーム・スクール版／日本の名作文学44　天平の甍　井上靖』として再刊。内容同じ。

現代日本文学大系86　井上靖・永井龍男集

昭和44年4月5日、筑摩書房発行　全97巻第11回配本　A5判　函　帯　ビニルカバー　肖像写真　筆蹟（「養之如春」）　443頁　定価720円

［内容］天平の甍、猟銃、早春の墓参、ある偽作家の生涯、鵯、異

域の人、グウドル氏の手套、姨捨、川の話、孤猿、満月、楼蘭、洪水、補陀落渡海記／井上靖の書斎（山本健吉）、井上靖―人と文学（河盛好蔵）、井上靖年譜（著者自筆）
［月報11］井上さんと永井さん（高橋義孝）、不往生（益田勝実）、井上靖研究案内（小田切進）

グリーン版　日本文学全集43　井上靖
昭和44年5月20日、河出書房新社発行　全52巻第25回配本　小B6判　ビニルカバー　函　帯　ビニルカバー　口絵カラー写真　394頁　定価430円
［内容］天平の甍、楼蘭、洪水、補陀落渡海記、猟銃、闘牛、通夜の客、ある偽作家の生涯、姨捨、詩集『北国』抄／井上靖年譜、井上靖文学入門（佐伯彰一）、父の書斎から（井上佳子）
［月報］不敵な魂（野間宏）、井上さんと金沢（小松伸六）

現代日本の文学34　井上靖集
昭和45年1月1日、学習研究社発行　全50巻第4回配本　編集責任・桜田満　四六判　ビニルカバー　函　カバー　口絵写真（井上靖文学紀行）16頁　本文448頁　装幀・大川泰央　定価680円
［内容］あすなろ・海流・噴煙（足立巻一）／しろばんば、玉碗記、小磐梯、補陀落渡海記、詩集（抄）（北国より、地中海より、運河より）／注解（紅野敏郎、矢沢麗子）、年譜（編集部）、井上靖文学アルバム、評伝的解説（進藤純孝）
［月報8］対談 怠惰と勤勉の谷間で（井上靖、角田明）、井上靖旅行ガイド―「しろばんば」の旅（涌田佑）、井上靖主要文献一覧（紅野敏郎）、読者通信（大西美智子、堀絢子）

カラー版・日本の文学26　しろばんば　井上靖
昭和45年1月28日、集英社発行　全30巻第19回配本　B6判　函　帯　口絵　289頁　定価380円
［内容］しろばんば／注解／井上靖の人と作品（奥野健男）、年譜（小田切進）
＊昭和47年2月15日、『日本の文学ジュニア版26　しろばんば　井上靖』として再刊。内容同じ。

あかつき名作館＝日本文学シリーズ12　井上靖集
昭和45年6月15日、暁教育図書発行　全12巻　小B6判　ビニルカバー　函　帯　口絵写真　350頁　装幀・栃折久美子　さしえ・高橋清和　定価370円
［内容］はじめのことば（飛田多喜雄）／あすなろ物語、ある偽作家の生涯、玉碗記／読書のまど（石森曙峰）、人と作品（福田清人）、著者略歴、年譜

中学生の本棚18　走れメロス　しろばんば
昭和45年9月1日、学習研究社発行　四六判　ビニルカバー　口絵カラー写真4頁　本文287頁　装丁・今井稔　さしえ・宮沢紅子　定価330円
［内容］しろばんば　後編／読書指導（斎藤はるみ）／読書感想文（梅下浩司）、感想文指導（斎藤はるみ）／井上靖の半生（東郷克美）／井上靖アルバム

カラー版　日本文学全集47　井上靖（二）
昭和45年12月30日、河出書房新社発行　全55巻・別巻2・第46回配本　菊判　二重ビニルカバー　函　帯　著者肖像　346頁　装幀・亀倉雄策　挿画・上村松篁、平山郁夫、榎戸庄衛、大山忠作　定価750円
［内容］天平の甍、風濤、玉碗記、三ノ宮炎上、グウドル氏の手套、姨捨、ある偽作家の生涯、俘囚、孤猿、狼災記、四つの面、補陀落渡海記、花の下、小磐梯、羅刹女国／注釈（小久保実）、年譜（福田宏年）、解説（山崎正和）
［しおり46］ある触れあい（辻邦生）、挿画を描いて（上村松篁）

カラー版名作全集　少年少女世界の文学30　日本編5　潮騒　しろばんば
昭和46年2月25日、小学館発行　全30巻第30回配本　菊判　カバー　函　帯　口絵　413頁　若菜珪・画　定価500円
［内容］しろばんば／読書のしおり『潮騒』と『しろばんば』について（福田清人）、井上靖年譜
［月報30］井上靖関係文献なし

現代の文学12　井上靖
昭和48年6月16日、講談社発行　全40巻第23回配本　四六判　函　カバー　口絵写真　415頁　定価750円
［内容］猟銃、闘牛、楼蘭、おろしや国酔夢譚、花の下、月の光、墓地とえび芋／巻末作家論＝井上靖　井上靖論序説（奥野健男）、年譜
［月報23］井上靖の詩の位置（清岡卓行）

昭和国民文学全集26　井上靖集
昭和48年7月5日、筑摩書房発行　全30巻第2回配本　四六判　函　帯　ビニルカバー　口絵写真　筆蹟（「蒼き狼」冒頭）　467頁　装画・村上芳正　定価980円
［内容］蒼き狼、あした来る人／井上靖年譜（福田宏年）、解説（臼井吉見）
［付録2］「サンデー毎日」の周辺―大衆文学逸史2（尾崎秀樹）
＊昭和53年3月20日、増補新版発行。全35巻の第31巻、第15回配本。内容同じ。

日本青春文学館10　あすなろ物語・キタ・セクスアリス・生まれ出づる悩み
昭和48年12月20日、立風書房発行　新書判　カバー　帯　306頁　定価390円
［内容］あすなろ物語／解説（荒正人）、年譜

日本の文学ジュニア版32　あすなろ物語　井上靖
昭和49年11月（日の記載なし）、集英社発行　全50巻　四六判　カバー　帯　316頁　装幀・鈴木安男　さし絵・朝倉摂　定価550円
［内容］あすなろ物語、小磐梯、北の駅路、川の話、姨捨、孤猿／注解、井上靖の人と作品（小田切進）、年譜（小田切進）

現代日本の名作42　あすなろ物語・しろばんば　井上靖
昭和50年9月1日、旺文社発行　B6判　ビニルカバー　函　口絵写真　702頁　挿絵・生沢朗　定価無記
［内容］あすなろ物語、しろばんば

現代日本の名作43　天平の甍・蒼き狼　井上靖
昭和50年9月1日、旺文社発行　B6判　ビニルカバー　函　口絵写真　576頁　挿絵・福田豊四郎、山崎百々雄　定価無記
［内容］天平の甍、蒼き狼（注、補注、年表付き）／井上靖の人と文学（福田宏年）

ジュニア版　日本の文学18　天平の甍
昭和51年2月（日の記載なし）、金の星社発行　全20巻　四六判　カバー　口絵写真　277頁　定価680円
［内容］若い読者に贈る言葉／天平の甍、川の話、詩集北国（抄）／（付録）作品にふれて（井戸賀芳郎）、作者にふれて（林富士馬）、靖の年譜

新潮現代文学28　天平の甍・しろばんば
昭和54年2月15日、新潮社発行　全80巻第13回配本　四六判　函　帯　口絵写真　436頁　装画・上村松篁　定価1200円
［内容］天平の甍、しろばんば、遺跡の旅・シルクロード（抄）／解説（秦恒平）、年譜（編集部）

日本の詩21　中野重治・伊藤整・高見順・井上靖集
昭和54年3月25日、集英社発行　全28巻第5回配本　小B6判　函　帯　口絵写真　270頁　装幀・後藤市三　定価890円
［井上靖集内容］『北国』―猟銃、愛情、葡萄畠、記憶、カマイタチ、漆胡樽、シリア沙漠の少年、比良のシャクナゲ、高原、友、十月の詩、六月／『地中海』―落日、エトルスカの石棺、地中海、白夜、インダス河、アスナロウ、ポンペイ、コリントの遺跡、ある漁村、少年／『運河』―運河、雪、前生、海鳴り、佐藤春夫先生の耳、海、菊、黄河、褒姒の笑い、秋のはじめ／『季節』―雨期、回転ドアー、二月、遺跡、旅三題、淵、碧落／『遠征路』―遠征路、坂道、二つの絵、夕映え、残照、月、カスピ海、ビストの遺蹟／小説家の詩（中村真一郎）、年譜（小田切進）

日本の文学79　天平の甍
昭和59年8月1日、ほるぷ出版発行　市古貞次・小田切進編　四六判　函　315頁　装幀・多田進　装画・安西水丸　定価無記（セット販売）
［内容］天平の甍／注（小田切進）／解説　壮大な叙事詩（水上勉）

日本の文学34・35　しろばんば　上・下
1985年12月（日の記載なし）、金の星社発行　全40巻　四六判　カバー　帯　口絵写真
上286頁　定価680円
［内容］若い読者に贈る言葉／しろばんば（前編）／年賀状／［付録］作者にふれて（福田宏年）、作品にふれて（伊藤始）

下270頁　定価680円
［内容］若い読者に贈る言葉／しろばんば（後編）／石英の音、先生の結婚、孤猿／［付録］作者にふれて（宇田博司）、作品にふれて（伊藤始）、井上靖の年譜

少年少女日本文学館18　しろばんば
昭和61年2月27日、講談社発行　全24巻第5回配本　A5判　カバー　口絵写真4頁　413頁　装丁・菊地信義　さし絵・高田勲　定価1400円
［内容］しろばんば／解説（高橋英夫）、〈白〉のイメージとポエジーの結びつき（清岡卓行）、井上靖略年譜
［月報］読書指導のしおり（日本文学教育連盟）

日本歴史文学館8　風林火山／淀どの日記／後白河院
昭和61年9月20日、講談社発行　全34巻第7回配本　四六判　函カバー　口絵写真（真野満「後白河院」、「後白河院」原稿冒頭）578頁　挿絵・江崎孝坪、東啓三郎　定価2300円
［内容］風林火山、淀どの日記、後白河院／「風林火山」について（井上靖）、茶々のこと（井上靖）、「後白河院」の周囲（井上靖）、著者インタビュー、年譜（井口一男）、参考文献（大衆文学研究会）
［別冊付録　歴史文学ハンドブック］図録・風林火山／淀どの日記／後白河院、作品鑑賞のてびき（杉田幸三、磯貝勝太郎）、歴史文学夜話（7）（尾崎秀樹）

昭和文学全集10　井伏鱒二・永井龍男・宇野浩二・井上靖
昭和62年4月1日、小学館発行　全35巻・別巻1・第4回配本　菊判　ビニルカバー　函　帯　口絵写真　1089頁　装幀・菊地信義　定価4000円
［井上靖内容］楼蘭、漆胡樽、小磐梯、月の光、道、風濤、本覚坊遺文、ゴヤの「カルロス四世の家族」について、井上靖詩抄／作家アルバム／解説（辻邦生）／年譜（福田宏年）
［月報4］即興的・構築的（中島和夫）

石川近代文学全集7　井上靖
昭和62年9月25日、石川近代文学館発行、能登印刷・出版部発売　全19巻・別巻1・第2回配本　森井道男編　A5判　カバー　帯　口絵写真（肖像、「流星」原稿、沼津・金沢時代写真）　583頁　定価4500円
［内容］北の海、夜の声、あすなろう、流星、夜の金魚、波の音／自然との奔放な生活、青春を賭ける一つの情熱、金沢城の石垣、柔道部の先輩、高校時代の友の背後姿、井戸と山、砂丘と私／シベリアの旅／巻末研究（森井道男）―評伝　芥川賞までの道程、解説、参考文献、年譜／あとがき（森井道男）

作家の自伝18　井上靖
1994年10月25日、日本図書センター発行　第Ⅰ期全20巻　監修・佐伯彰一、松本健一　竹内清己編　A5判　カバー　口絵写真2頁　241頁　定価2600円（本体）
［内容］過ぎ去りし日日、グウドル氏の手套、花の下、雪の面／年譜、『過ぎ去りし日日』解説（竹内清己）

ポケット日本文学館14　しろばんば
1995年9月15日、講談社発行　B6判　カバー（金田理恵、桑原伸之）　口絵写真2頁　本文405頁　装丁・菊地信義　さし絵・赤坂三好　本文カット・柴田慎　定価1400円
［内容］しろばんば（注・小田切進）／解説（篠崎美生子）、井上靖略年譜

録音・ビデオカセット

文芸レコード　わが文学わが人生／詩と私
昭和48年6月1日、学習研究社発行　LPレコード　MR—4　1枚　ジャケット　非売品
［録音内容］A面　わが文学わが人生（石坂洋次郎、昭和48年2月20日　東京都大田区田園調布自宅にて）／B面　詩と私（井上靖、昭和48年2月24日　東京都世田谷区桜自宅にて）
＊学習研究社版『現代日本文学アルバム』全16巻の全巻予約購読者へのサービス品として作成、頒布されたもの。

現代文学の世界1　井上靖
昭和58年2月、アポロン音楽工業発行　録音テープ朗読カセット全10巻　解説書　函　セット定価24000円
［録音内容］A面　しろばんば（抄、中西妙子朗読）、天平の甍（抄、川久保潔朗読）／B面　光陰矢の如し（坂本和子朗読）、歴史の光と影（吉田光男朗読）
［解説書内容］監修の言葉（渡辺富美雄、小林一仁）、現代文学の世界作品内容、現代文学の世界（＊指導上の注意）、朗読本文
＊1993年、CD版発行。

ビデオ文学館7　あすなろ物語より「深い深い雪の中で」

昭和63年8月1日、NHKソフトウエア制作・発行　講談社発売　VHSビデオカセット　第1期〜第4期各5巻セット・全20巻のうち第2期の1巻　函　ビニルカバー　解説書　朗読・高橋長英　挿絵・風間完　音楽・広瀬量平　第2期セット定価63000円

［解説書内容］井上靖／あすなろ物語より／深い深い雪の中で（紅野敏郎）

＊昭和62年3月31日より4月4日までNHK総合テレビ「テレビ文学館」で5回にわたって放映された番組のビデオ版。

「孔子」を語る

1990年2月20日、新潮社発行　新潮カセット・講演　函（装画・東山魁夷）定価1800円

［録音内容］講演（1989年5月）、インタビュー（1990年1月、インタヴューアー・岩波剛）

カセット文芸講座　日本の近代文学9

1990年4月5日、C・B・エンタープライズ発行　録音テープカセット　全12巻　監修・井上靖、小田切進　編集・制作・エディトリアルさぁかす　しおり　函　ビニルカバー　セット定価38000円

［録音内容］A面　井上靖が語る川端康成／B面　小川国夫が語る梶井基次郎

［しおり内容］川端康成・井上靖・梶井基次郎・小川国夫略歴、文学の愉しみ—文学者が心を傾けて語る—（小田切進）

井上靖『詩』と私

1991年7月1日、学習研究社発行　学研CDブック　A5判冊子15頁　CD1枚（1973年2月24日、自宅にて収録）ビニルカバー　帯　定価2200円

［冊子内容］井上先生との旅（平山郁夫）、猟銃（詩）、解説、夫・井上靖—詩をめぐる思い出—（井上ふみ）、病床日誌（詩原稿写真）

＊前掲『文芸レコード　わが文学わが人生／詩と私』B面の再録、市販版。

井上靖朗読詩集『雪の夜に』

1996年10月4日、福田正夫詩の会発行　CDカセット1枚　冊子　函　定価3000円

［CD内容］神かくし、こやみなく雪が、別れ、無声堂、黄河、雪の夜に、スピーチ、わたり鳥、眼鏡、アカエリヒレアシシギ（朗読・井上靖、音楽・金井英人、ギター・増渕利昭、録音・猪狩裕之）

［冊子内容］録音内容要約、解説（福田美鈴）

新しい時代の文学

2006年9月1日、NHKサービスセンター発行　CD　ソニーミュージックダイレクト　Label・ANY

＊1984年5月14日ヤクルトホールにおける講演の録音、裏面に井上修一「父、井上靖を語る」

外国語訳
Books in Foreign Languages

凡　例

1　日本語以外の言語に翻訳されて出版された単著の訳書だけに限り、アンソロジー等の共著や、雑誌・新聞等に掲載されただけのものは省いた。ただし韓国語訳については主な共著も含めた。
2　それぞれについて初版初刷本のみをあげ、改装や叢書編入などによる再刊本は省いた。
3　全体を翻訳された言語別、発行順に配列し、それぞれについてタイトル（ゴシック）／[収録作品原題]／訳者、出版地、出版社、初版出版年、頁数を、この順に記載した。本文最終頁にノンブルがないものは補って頁数に数えた。
4　ただし数点については当該訳書に当たれなかったので目録等に拠った。原題、頁数等が記されていないものがそれに当たる。
5　中国語訳については北京大学副教授于栄勝氏、韓国語訳については日本大学人文科学研究所研究員高栄蘭氏の協力を得た。記して御礼申し上げる。

ENGLISH（英語）

Ice-wall
[氷壁] H. Kitawaki（北脇秀市）. Yamagata, Miyauchi High School（山形県立宮内高等学校外国語倶楽部）, 1960. 479p.

The hunting gun
[猟銃] Sadamichi Yokoö and Sanford Goldstein. Tokyo, Charles E. Tuttle; London, Prentice-Hall, 1961. 74p.

The palely-loitering wolves
[蒼き狼] H. Kitawaki（北脇秀市）. Yamagata, Miyauchi High School（山形県立宮内高等学校外国語倶楽部）, 1961. 421p.

Wind and waves
[風濤] James T. Araki. Honolulu, University of Hawaii Press, 1963. 201p.

Lou-lan
[楼蘭、比良のシャクナゲ（現代日本文学英訳選集 2　楼蘭）] E. Seidensticker. Tokyo, Hara Shobo（原書房）, 1964. 229p.

Flood

［洪水、猟銃（現代日本文学英訳選集 4　洪水)］John Bester and George Saito. Tokyo, Hara Shobo（原書房), 1964. 195p.

The counterfeiter and other stories

［ある偽作家の生涯、姨捨、満月］Leon Picon. Tokyo, Charles E. Tuttle; London, Prentice-Hall, 1965. 124p.

Journey beyond Samarkand

［西域物語］Gyo Furuta and Gordon Sager. Tokyo, Kodansha International, 1971. 130p.

The roof tile of Tempyô

［天平の甍］James T. Araki. Tokyo, University of Tokyo Press（東京大学出版会), 1975. 140p.

Tun-huang

［敦煌］Jean Oda Moy. Tokyo, Kodansha International, 1978. 201p.

Lou-lan and other stories

［楼蘭、聖者、永泰公主の頸飾り、玉碗記、比良のシャクナゲ、補陀落渡海記］James T. Araki and E. Seidensticker. Tokyo, Kodansha International, 1979. 160p.

Selected poems of Inoue Yasushi, Vol.1

［英訳井上靖詩集 第1巻］Kyoko Yukawa（湯河京子). Tokyo, Hokuseido Press（北星堂書店), 1979. 68p.

Letters of four seasons

［四季の雁書］Richard L. Gage. Tokyo, Kodansha International, 1980. 123p.

Chronicle of my mother

［わが母の記］Jean Oda Moy. Tokyo, Kodansha International, 1982. 164p.

Shirobamba

［しろばんば］Jean Oda Moy. London, Peter Owen, 1991; New York, Weatherhill, 1993. 200p.

Confucius

［孔子］Roger K. Thomas. London, Peter Owen, 1992. 168p.

GERMAN（ドイツ語）

Das Jagdgewehr

［猟銃］Oscar Benl. Frankfurt am Main, Suhrkamp, 1958. 98p.

Die Eiswand

［氷壁］Oscar Benl. Frankfurt am Main, Suhrkamp, 1968. 416p; Berlin, Volk und

Welt, 1973. 421p.

Der Stierkampf

［闘牛］Oscar Benl. Frankfurt am Main, Suhrkamp, 1971. 127p.

Eroberungszüge: lyrische Prosaskizzen

［遠征路］Siegfried Schaarschmidt. Frankfurt am Main, Suhrkamp, 1979; Berlin, Volk und Welt, 1982. 111p.

Die Berg-Azaleen auf dem Hira-Gipfel

［花の下、月の光、雪の面、比良のシャクナゲ］Oscar Benl. Frankfurt am Main, Suhrkamp, 1980. 206p.

Das Tempeldach

［天平の甍］Oscar Benl. Frankfurt am Main, Suhrkamp, 1981. 215p.

Die Höhlen von Dun-huang

［敦煌］Siegfried Schaarschmidt. Frankfurt am Main, Suhrkamp, 1986. 248p.

Meine Mutter

［わが母の記］Oscar Benl. Frankfurt am Main, Suhrkamp, 1987. 187p.

Der Sturm

［おろしや国酔夢譚］Andreas Mrugalla. Frankfurt am Main, Suhrkamp, 1995. 375p.

Shirobamba

［しろばんば］Richmod Bollinger. Frankfurt am Main, Suhrkamp, 1995. 235p.

Reise nach Samarkand

［西域物語］Andreas Mrugalla. Frankfurt am Main, Suhrkamp, 1998. 174p.

Der Fälscher Erzälungen

［小磐梯、蘆、ある偽作家の生涯、ひよどり］Irmela Hijiya-Kirschnereit. Frankfurt am Main und Leipzig, Insel Verlag, 1999. 160p.

FRENCH（フランス語）

Le fusil de chasse

［猟銃］Sadamichi Yokoö, Sanford Goldstein et Gisèle Bernier. Paris, Stock, 1961. 106p.

Les chemins du désert

［敦煌］Jean Guiloineau. Paris, Stock, 1982. 234p.

Histoire de ma mère

［わが母の記］René de Ceccatty et Ryôji Nakamura. Paris, Stock, 1984. 142p.

La geste des Sanada

［真田軍記、篝火、高嶺の花、犬坊狂乱、森蘭丸］René Sieffert. Paris, Stock, 1984.

142p.

La tuile de Tenpyô

［天平の甍］ René Sieffert. Paris, Publications Orientalistes de France, 1985. 144p.

Asunarô

［あすなろ物語］ Geneviève Sieffert. Paris, Publications Orientalistes de France, 1985.

Une voix dans la nuit

［夜の声］ Catherine Ancelot. Paris, Publications Orientalistes de France, 1985. 198p.

Le faussaire

［ある偽作家の生涯、満月、姨捨］ Catherine Ancelot. Paris, Stock, 1987. 140p.

Combat de taureaux

［闘牛、小磐梯、道、蘆、グウドル氏の手套］ Catherine Ancelot. Paris, Stock, 1988. 223p.

Le loup bleu: le roman de Gengis-Khan

［蒼き狼］ Dominique Palmé et Kyoko Sato. Paris, Éditions Philippe Picquier, 1990. 271p.

La favorite: le roman de Yang Kouei-fei

［楊貴妃伝］ Corinne Atlan. Paris-Arles, Éditions Philippe Picquier, 1991. 248p.

Shirobamba

［しろばんば］ Rose-Marie Fayolle. Paris, Éditions Denoël, 1991. 252p.

Lou-lan

［楼蘭］ Jean-Christian Bouvier et Didier Chiche. Arles, Éditions Philippe Picquier, 1992. 156p.

Confucius

［孔子］ Daniel Struve. Paris, Stock, 1992. 453p.

Culture et spiritualité

［四季の雁書］ Marc Tardieu. Paris-Monaco, Éditions Rocher, 1992. 163p.

Vent et vagues: le roman de Kubilai-Khan

［風濤］ Corinne Atlan. Arles, Éditions Philippe Picquier, 1993. 237p.

Asunaro

［あすなろ物語］ Geneviève Momber-Sieffert. Arles, Éditions Philippe Picquier, 1994. 163p.

La mort, l'amour et les vagues

［結婚記念日、石庭、死と恋と波と］ Aude Fieschi. Arles, Éditions Philippe Picquier, 1994. 89p.

Kôsaku

［しろばんば］ Geneviève Momber-Sieffert. Paris, Éditions Denoël, 1995. 251p.

Le maître de thé

［本覚坊遺文］ Tadahiro Oku et Anna Guerineau. Paris, Stock, 1995. 215p.

Le château de Yodo

［淀どの日記］ Corinne Atlan. Arles, Éditions Philippe Picquier, 1995. 348p.

La chasse dans les collines

［斜面、通夜の客、三ノ宮炎上］ Corinne Atlan et Tadahiro Oku. Paris, Stock, 1996. 182p.

Nuages garance

［帽子、滝へ降りる道、黙契、白い街道、ある女の死、トンボ、裸の梢、あかね雲］ Aude Fieschi. Arles, Philippe Picquier, 1997. 126p.

Paroi de glace

［氷壁］ Corinne Atlan. Paris, Stock, 1998. 405p.

Les Dimanches de Monsieur Ushioda

［欅の木］ Jean-françois Laffont et Tadahiro Oku. Paris, Stock, 2000. 317p.

Pluie d'orage

［雷雨、波紋、早春の墓参、漆胡樽、利休の死、北の駅路、氷の下］ Tadahiro Oku et Jean-François Laffont. Paris, Stock, 2001. 232p.

ITALIAN（イタリア語）

La montagna Hira

［闘牛、猟銃、比良のシャクナゲ］ Atsuko Ricca Suga. Milano, Bompiani, 1964. 234p.

Ricordi di mia madre

［わが母の記、墓地とえび芋］ Lydia Origlia. Milano, Spirali, 1975. 188p.

SPANISH（スペイン語）

La escopeta de caza

［猟銃］ Javier Albiñana y Yuna Alier. Barcelona, Editional Anagrama, 1988. 101p.

PORTUGUESE（ポルトガル語）

A espingarda de caça

［猟銃］ Yolanda Steidel Toledo. São Paulo, Editora Brasiliense, 1988. 74p.

SWEDISH（スウェーデン語）

Jaktgeväret
[猟銃] Tom Fredrik Wallenström. Stockholm, Tidens Förlag, 1982. 78p.

FINNISH（フィンランド語）

Metsästyskivääri
[猟銃] Hilkka Mäki. Helsinki, Weilin & Göös, 1966; Helsinki, Yleisradio, 1980. 75p.
Erään väärentäjän elämä
[ある偽作家の生涯、姨捨、満月] Kai Nieminen & Pirkko Vahervuori. Helsinki, Otava, 1975. 109p.
Äitini tarina
[わが母の記] Jarko Laine. Helsinki, Otava, 1986. 183p.

CZECH（チェコスロバキア語）

Lovecká puška
[猟銃、通夜の客、闘牛] Libuše Boháčková. Praha, Odeon, 1978. 236p.

POLISH（ポーランド語）

Haori
[猟銃] Anna Gostyńska. Warszawa, Czytelnik, 1966. 65p.

MAGYAR（マジャール語）

Utazás a Fudaraku-Paradicsomba; elbeszélések
[猟銃、比良のシャクナゲ、補陀落渡海記] István Simonyi & Ilona Varrók. Budapest,

Európa Könyvkiadó, 1986. 136p.

RUMANIAN (ルーマニア語)

Puşca de vînătoare

[猟銃] Lia şi Platon Pardău. Bucureşti, Editura pentru Literatură Universală, 1969. 82p.

BULGARIAN (ブルガリア語)

Непознатата Гостенка

[闘牛、通夜の客、満月、補陀落渡海記] Дора Барова, Вера Вутова. София, Народнакултура, 1985. 188p.

GREEK (ギリシャ語)

'Ερωταζ και εκδικηση

[敦煌] Εφη Καλλιφατιδη. Αθηνα, Εκδόσειζ Κασтανιωτη, 1995. 196p.

Το κτνηγετικό όπλο

[猟銃] Δαναη Μιτσοτακη. Αθηνα, Εκδόσειζ Κασтανιωτη, 1997. 98p.

RUSSIAN (ロシア語)

Сны о России

[おろしや国酔夢譚] Б. В. Раскина. Москва, Наука, 1997. 231p.

Три новеллы

[猟銃、闘牛、比良のシャクナゲ] Б. В. Раскина. Москва, Известия, 1982. 140p.

Рассказы Ясуси Иноуэ

[猟銃、闘牛、伊那の白梅、姨捨、比良のシャクナゲ、補陀落渡海記] Б. В. Раскина. Москва, Наука, 1982.

Охотничье ружье
［猟銃、闘牛、伊那の白梅、姨捨、比良のシャクナゲ、補陀落渡海記］Б. В. Раскина. Москва, Наука, 1983. 189p.

CHINESE（中国語）

天平之甍
［天平の甍］楼适夷訳　北京　作家出版社　1963. 148p; 北京　人民文学出版社　1980. 115p.

漩渦
［満ちて来る潮］施翠峯訳　台中　中央書局　1967. 517p.

冰壁
［氷壁］鐘肇政訳　高雄　三信出版社　1974. 380p.

井上靖小说选
［比良のシャクナゲ、ある偽作家の生涯、胡桃林、姨捨］唐月梅訳　北京　人民文学出版社　1977. 162p.

夜声
［チャンピオン、合流点、ダムの春、昔の恩人、初代権兵衛、孤猿、満月、ある交友、夜の声、道］文洁若ほか訳　上海訳文出版社　1980. 379p.

敦煌
［敦煌］董学昌訳　陆志泉校　太原　山西人民出版社　1982. 238p.

核桃林
［胡桃林］日中対訳　李思敬訳注　上海訳文出版社　1983. 131p.

北方的海
［北の海］陳奕国訳　长沙　湖南人民出版社　1983. 521p.

楊貴妃伝
［楊貴妃伝］林怀秋訳　西安　陝西人民出版社　1984. 226p.

樓蘭　西域系列短篇小説集
劉慕沙訳　台北　三三書房　1984. 187p.

楊貴妃伝
［楊貴妃伝］文蘭訳　天津　百花文艺出版社　1984. 219p.

冰壁
［氷壁］周明訳　上海訳文出版社　1984. 404p.

井上靖西域小说选
［漆胡樽、異域の人、僧行賀の涙、楼蘭、敦煌、蒼き狼］耿金声・王庆江訳　乌鲁木齐　新疆人民出版社　1985. 585p.

战国城砦群
［戦国城砦群］包容訳　太原　山西人民出版社　1985. 239p.
猎枪、斗牛
［猟銃、闘牛］孙海濤訳　长沙　湖南人民出版社　1985. 196p.
西域小说集
［敦煌、洪水、楼蘭、異域の人］郭来舜訳　戴璨之校　兰州　甘肅人民出版社　1985. 253p.
天平之甍
［天平の甍］劉少玲訳　台北　星光出版社　1985. 150p.
海魂
［わだつみ第一部・第二部］文洁若・文学朴訳　北京　中国文聯出版公司　1985. 462p.
楊貴妃伝
［楊貴妃伝］周祺・周进堂・李鴻恩訳　郑州　中州古籍出版社　1985. 218p.
楊貴妃伝
［楊貴妃伝］郝迟・顔廷超訳　王琳德校　哈尔滨　黒龙江人民出版社　1985. 241p.
一代天嬌
［蒼き狼］陈德文訳　长沙　湖南人民出版社　1985. 281p.
敦煌
［敦煌］龚益善訳　重庆　新華出版社　1986. 218p.
冰层下
劉慕沙訳　台湾希代書版公司　1986. 268p.
苍狼
［蒼き狼］张利・晓明訳　呼和浩特　内蒙古人民出版社　1986. 238p.
爱的奏鸣曲
［流沙］吕立人訳　北京　中国文聯出版公司　1986. 574p.
天平之甍
［天平の甍］謝鮮聲訳　台北　三三書房　1986. 223p.
苍狼
［蒼き狼］冯朝阳訳　北京　世界知识出版社　1987. 248p.
暗潮、射程
［黯い潮、射程］唐月梅訳　北京　外国文学出版社　1987. 491p.
小説 敦煌
［敦煌］劉興尧訳　台北　書評書目出版社　1987. 222p.
永泰公主的項鍊
［永泰公主の頸飾り、ほか 7 篇］頼育芳訳　北京　作家出版社　1988. 207p.
情系明天
［あした来る人］林少华訳　太原　北岳文艺出版社　1988. 344p.
青衣人

［青衣の人］鄭凱訳　台北　大嘉出版公司　1988．240p.

苍狼

［蒼き狼］林水福訳　台北　遠流出版　1989．318p.

四季雁书

［四季の雁書］仁章訳　长春　吉林人民出版社　1990．181p.

戰國無頼

［戦国無頼］劉惠禎訳　台北　遠流出版　1990．460p.

孔子

［孔子］郑民钦訳　北京　人民日报出版社　1990．229p.

孔子

［孔子］劉慕沙訳　大師名作坊6　台北　時報文化出版企業　1990．349p.

孔子

［孔子］王玉玲等訳　沈陽　春風文艺出版社　1991．256p.

樓蘭

［楼蘭］劉慕沙訳　台北　遠流出版　1991.

戰國情侠

［戦国無頼］包容訳　太原　北岳文艺出版社　1992．353p.

蒼狼―成吉思汗

［蒼き狼］林水福訳　大衆讀物叢書88　台北　遠流出版　1994．318p.

冰壁

［氷壁］劉華亭訳　日本經典名著系列17　台北　星光出版社　1994．464p.

敦煌

［敦煌］劉慕沙訳　大衆讀物叢書86　台北　遠流出版　1995．223p.

樓蘭

［永泰公主の頸飾り、狼災記、洪水、漆胡樽、崑崙の玉、楼蘭］劉慕沙訳　大衆讀物叢書87　台北　遠流出版　1995．191p.

楊貴妃伝

［楊貴妃伝］江靜芳訳　大衆讀物叢書89　台北　遠流出版　1995．237p.

乾河道

［乾河道］喬遷訳　九歌文庫909　台北　九歌出版社　1998．250p.

井上靖文集1～3

郑民钦主编　合肥　安徽文陆出版社　1998.

1　楼兰（郑民钦訳）、敦煌（同）、孔子（同）［楼蘭、敦煌、孔子］352p.

2　天平之甍（楼适夷訳）、苍狼（陈德文訳）、异域之人（郭来舜訳）、洪水（同）、狼灾记（同）［天平の甍、蒼き狼、異域の人、洪水、狼災記］369p.

3　斗牛（李德纯訳）、猎枪（竺家荣訳）、比良山的石楠花（唐月梅訳）、一个冒名画家的生涯（唐月梅訳）、冰壁（竺祖慈訳）［闘牛、猟銃、比良のシャクナゲ、ある偽作家の生涯、氷壁］498p.

远征路

［遠征路］乔迁訳　太原　希望出版社　1998. 97p.

KOREAN（韓国語）

悲願

［敦煌］李俊凡訳　ソウル　新興出版社　1962. 263p.

사랑

［波濤］趙一峰訳　ソウル　百忍社　1962. 308p.

河口

［河口］方春海訳　「日本文学選集４」　ソウル　知文閣　1966. 267～441p.

獵銃

［猟銃］방기환訳　「日本代表作家百人集４」　ソウル　希望出版社　1966. 29～66p.

敦煌

［敦煌］李鍾烈訳　「日本文学選集５」　ソウル　知文閣　1966. 191～364p.

노을진湖水

［山の湖］朴淑英訳　ソウル　文音社　1967. 308p.

楊貴妃上下

［楊貴妃伝］朴智師訳　ソウル　青山文庫　1968.　上287p.　下261p.

風濤

［風濤］李元燮訳　「現代世界文学全集６」　ソウル　新丘文化社　1968. 9～175p.

돈황

［敦煌］崔浩然訳　「新訳世界文学全集48」　ソウル　正音社　1968. 193～332p.

풍도

［風濤］崔浩然訳　「新訳世界文学全集48」　ソウル　正音社　1968. 333～500p.

敦煌

［敦煌］金光植訳　「오늘의世界文学10」　ソウル　民衆書館　1969. 371～520p.

敦煌

［敦煌］申庚林訳　「日本文学大全集４」　ソウル　東西文化院　1975. 2～130p.

獵銃

［猟銃］박경훈訳　「日本文学大全集４」　ソウル　東西文化院　1975. 132～166p.

河口

［河口］申庚林訳　「日本文学大全集４」　ソウル　東西文化院　1975. 168～306p.

風濤

［風濤］박경훈訳　「日本文学大全集４」　ソウル　東西文化院　1975. 310～463p.

獵銃

［猟銃］이규식訳 「世界代表短篇文学全集９」 ソウル 삼희사 1976. 309～352p.
楼蘭
［楼蘭］문태구訳 「世界代表文学全集９」 ソウル 고려出版社 1976. 535～568p.
敦煌
［敦煌］崔俊浩訳 ソウル 江南出版社 1978. 331p.
敦煌
［敦煌］崔俊浩訳 ソウル 日新出版社 1979. 331p.
異域人
［楼蘭、異域の人、天平の甍］崔俊浩訳 ソウル 日新出版社 1980. 305p.
氷壁
［氷壁］文希汀訳 ソウル 平和出版社 1980. 396p.
양귀비
［楊貴妃伝］진오잔訳 ソウル 世光公社 1981. 230p.
푸른이리
［蒼き狼］崔俊浩訳 ソウル 한마음사 1983. 320p.
敦煌
［敦煌］이범열訳 「현대의世界文学30」 ソウル 汎韓出版社 1984.
楼蘭
［楼蘭］고용자訳 ソウル 高麗苑 1986. 263p.
蒙古戰亂
［風濤］崔俊浩訳 ソウル 志學社 1986. 372p.
風濤
［風濤］張炳惠訳 東京 國際教育開發協會 1986. 250p.
西域志
［西域物語］조완수訳 ソウル 創又社 1987. 278p.
소설 양귀비
［楊貴妃伝］송유진訳 ソウル 乙支出版社 1990. 270p.
역사속에서
［褒姒の笑い、僧伽羅国縁起、狼災記、聖者、明妃曲、崑崙の玉、テペのある街にて、宦者中行説、羅刹女国、洪水、永泰公主の頸飾り、僧行賀の涙、アム・ダリヤの水溜り、古代ペンジケント、漆胡樽］崔俊浩訳 ソウル 한마음사 1990. 335p.
200년전의 러시아표류
［おろしや国酔夢譚］崔俊浩訳 京畿道 해동 1990. 366p.
우리시대 마지막 영웅
［敦煌］강연숙訳 ソウル 이슬 1990. 240p.
빙벽
［氷壁］김석희訳 ソウル 現代小説社 1991. 409p.
장안은 봄

［楊貴妃伝］崔俊浩訳　ソウル　世代　1991. 298p.

乱世의哲人孔子

［孔子］李保慧訳　ソウル　신천지　1992. 364p.

女王 누까다

［額田女王］崔俊浩訳　ソウル　世代　1992. 382p.

서역지

［西域物語］최민수訳　ソウル　지행단　1992. 276p.

돈황

［敦煌］조완수訳　ソウル　創又社　1993. 276p.

징기스칸

［蒼き狼］윤갑종訳　ソウル　先永社　1993. 353p.

투우

［猟銃、闘牛、通夜の客、花の下、ローマの宿、フライイング］崔俊浩訳　ソウル　世代　1993. 293p.

빙벽

［氷壁］문희정訳　ソウル　平和出版社　1994. 400p.

푸른이리

［蒼き狼］정명숙訳　ソウル　삶과꿈　1995. 362p.

후다라쿠 항해기

［補陀落渡海記］김정미訳　「日本代表短篇選１」　ソウル　고려원　1996. 284～316p.

MONGOLIAN（モンゴル語）

孛儿（児）帖赤那（Börte cinu-a ）

［蒼き狼］阿特横（Odgan）訳　哈斯（Qasgerel）校　北京　民族出版社　1981. 383p.

KAZAK（カザフ語）

孛儿（児）帖赤那

［蒼き狼］巴徳木加甫訳　乌魯木齐　新疆人民出版社　1989. 327p.

THAI（タイ語）

ลิขิตสี่ฤดู

［四季の雁書］ สำนักพิมพ์เคล็ดไทย　1989. 151p.

ESPERANTO（エスペラント語）

Loulan kaj Fremdregionano

［楼蘭、異域の人］ Miyamoto Masao. Tokio, Japana Esperanto-Instituto, 1984. 95p.

井上靖参考文献目録

藤本寿彦編

凡例

1　本目録には平成10年12月までに発表された文献を、1単行本（展覧会図録を含む）、2解説・月報等（作品集、文庫）、3雑誌・新聞特集、4単独初出文献の四部に分けて年代順に配列し、適宜、注記を付した。但し二冊以上からなる作品集等は初刊時に合わせて巻数順に一括掲載した。

2　4には、原則として1、3に収載の初出文献を除いた文献だけを収めた。ただし、日本語以外で書かれた内外の文献は収めなかった。著者名の記載がない場合は、原則的に無署名に統一した。また各文献は初出の時点で捉え、単行本収録のものには「──→」のあとに当該文献の初収本のタイトル、刊行年月、発行所を記した。さらに、適宜、その文献で批評された主な作品名等を注記した。

3　単行本・月刊誌の発行は年月のみとし、新聞は夕刊に限り、その旨記載した。また発行日の記載がない内容見本等は当該出版物の刊行開始の一ヵ月前とした。

4　2については、原則として、著者の序跋類、井上靖関係以外の併載文献は省いたほか、記述の簡略化をはかるために、文献のタイトルや執筆者名を一部省略した。

5　当文献目録の作成にあたり、岩崎努、曾根博義両氏の御教示をいただいた。また竹内清己編「井上靖参考文献目録」（長谷川泉編『井上靖研究』昭和49年4月、南窓社刊所収）、坂入公一著『井上靖ノート』（昭和53年3月、風書房刊）、曾根博義編「井上靖参考文献目録」（『鑑賞　日本現代文学27　井上靖・福永武彦』昭和60年9月、角川書店刊所収）、工藤茂「井上靖参考文献目録」（「国文学　解釈と鑑賞」昭和60年12月掲載）、大衆文学研究会編「参考文献」（『日本歴史文学館8』昭和61年9月、講談社刊所収）、福田宏年「井上靖参考文献目録」（『増補　井上靖評伝覚』平成3年10月、集英社刊所収）などを参照させていただいた。

1　単行本（展覧会図録を含む）

巌谷大四著『**井上靖――名作の旅4**』（昭和47年3月、保育社刊）
しろばんば／夏草冬濤／あすなろ物語／風林火山／憂愁平野／城砦／通夜の客／氷壁／姨捨／天平の甍／河口／闘牛／夜の声／星と祭／井上靖・人と作品／井上靖略年譜　※昭和59年11月刊の重版で、「闘牛」を「本覚坊遺文」に差し換え。

福田宏年著『**井上靖の世界**』（昭和47年9月、講談社刊）
第一章　隠遁と行動／第二章　母性思慕／第三章　劣等感情と文学の芽／第四章　暗い青春／第五章　静かな醸成期／第六章　絵画的イメージから歴史的運命観へ／終章　現代の作家／年譜／系図／あとがき

福田宏年編『**白の風景――井上靖・詩と写真**』（昭和47年9月、大塚巧芸社刊）　＊毎日新聞社主催「井上靖文学展」図録
福田宏年「井上靖・人と作品」「井上靖作品初出一覧表」

桜田満編『**井上靖――現代日本文学アルバム15**』（昭和48年8月、学習研究社刊、昭和54年9月、改訂新装版）
井上靖文学へのいざない／足立巻一「井上靖文学紀行」／涌田佑「井上靖文学旅行ガイド」／福田宏年「井上靖とその時代」／巌谷大四「井上靖主要作品鑑賞小辞典」／福田宏年「年譜・著作目録」／紅野敏郎「主要参考文献」

三枝康高著『**井上靖――ロマネスクと孤独**』（昭和48年10月、有信堂刊）
序章　作家としての第二の人生／一章　明日をめざす少年の試行／二章　詩を閉じこめた小さな箱／三章　事件という名のドラマ／四章　歴史と運命に挑む人たち／井上靖略年譜／あとがき

長谷川泉編『**井上靖研究**』（昭和49年4月、南窓社刊）
長谷川泉「はしがき」∥一　井上文学の様式――長谷川泉「現代文学史における井上靖」／福田宏年「井上靖の文学様式」／馬渡憲三郎「井上文学形成の構図」／宮崎健三「井上靖の詩業と文学的萌芽」／鈴木晴夫「井上文学における戯曲性」／大河内昭爾「井上靖の短篇小説」／鶴田欣也「井上文学における孤独と情熱」／河内光治「井上靖の作家論」∥二　作品論――小坂部元秀「『猟銃』と『闘牛』」／長谷川尚「黯い潮」／粂川光樹「白い牙」／神谷忠孝「戦国無頼」／越次倶子「『あすなろ物語』と『しろばんば』」／栗坪良樹「風林火山」／森安理文「淀どの日記」／東郷克美「射程」／長谷川泉「氷壁」／蒲生芳郎「天平の甍」／井上弘「『楼蘭』と『敦煌』」／福本彰「城砦」／松島栄一「風濤」／平山城児「後白河院」／有山大五「おろしや国酔夢譚」／川崎宏「楊貴妃伝」∥三　井上文学理解の背景――荻久保泰幸「井上靖の文学風土と作品」――→『現代日本文学研究』平成元年12月、明治書院刊／小川和佑「詩と小説の接点」／高橋新太郎「『蒼き狼』論争の意味するもの」／秦恒平「井上靖の『美』と『美術』」／永丘智郎「井上靖の文体」／武田勝彦「井上靖の文学・海外の評価」／福田宏年「年譜」／竹内清己「井上靖参考文献目録」／執筆者略歴

井上靖・篠田一士・辻邦生『**わが文学の軌跡**』（昭和52年4月、中

央公論社刊）
第一部　青春と人間形成／第二部　現代小説／第三部　歴史小説／福田宏年「井上靖年譜・主要参考文献」

坂入公一著『**井上靖ノート**』（昭和53年3月、風書房刊）
井上靖「序詩」／著書目録／小説目録／小説初出誌紙一覧／詩目録／随筆その他／作品年表／年譜／参考文献／参考文献執筆者索引／小説・批評解説索引／初期作品ノート／あとがき

毎日新聞社編『**敦煌——壁画芸術と井上靖の詩情展**』（昭和54年3月、毎日新聞社刊）＊毎日新聞社主催展覧会図録

福田宏年著『**井上靖評伝覚**』（昭和54年9月、集英社刊）
第一章　出生と生い立ち／第二章　文学放浪／第三章　処女作前後／第四章　新聞小説全盛期／第五章　歴史小説の展開／第六章　新聞小説の変貌／第七章　随筆的小説／あとがき／井上靖年譜／主要参考文献／人名索引／井上靖作品索引　※『増補　井上靖評伝覚』平成3年10月、集英社刊で、「第八章 戦い取った死」を追加。

巌谷大四編『**井上靖文学語彙辞典**』（昭和55年2月、スタジオＶＩＣ刊）
井上靖文学語彙辞典／井上靖年譜／井上靖主要著書目録／井上靖研究のための主要参考文献／索引

村上嘉隆『**井上靖の存在空間**』（昭和55年7月、ユック舎刊）
はじめに／序章　七つの原型／第一章　先天有／第二章　悲運性／第三章『星と祭』／第四章　超出坐乗／第五章　出会い

巌谷大四・近藤信行監修『**井上靖の世界がわかる本**』（昭和57年5月、辰巳出版刊）
山本健吉・巌谷大四・近藤信行「鼎談・井上文学の魅力を語る」／伊藤桂一「詩」／巌谷大四「現代小説」／杉森久英「歴史小説」／小松伸六「自伝・身辺小説」／近藤信行「紀行・随想」／藤野雅之「映画化された井上文学」／露木豊「井上靖文学館」／武田勝彦「海外における井上文学の評価」／池田千春「井上靖作品翻訳リスト」／福田宏年「井上靖年譜・主要参考文献」

武田勝彦編『**井上靖文学　海外の評価**』（昭和58年1月、創林社刊）
山本健吉「序」／ドーン・ローソン「しろばんば」「夏草冬濤」「北の海」三部作／ヨシコ・Ｙ・サミエル「黯い潮」／キンヤ・ツルタ「猟銃」／ジョン・ギブソン「比良のシャクナゲ」／メアリー・ジェイン・ビュー「ある偽作家の生涯」／ミナコ・Ｋ・マイコビッチ「わだつみ」／ジェームズ・Ｔ・アラキ「天平の甍」／ジョセフ・Ｒ・ウィラー「楼蘭」／チャールズ・Ｈ・ハンブリック「補陀落渡海記」／ブリジッド・リシャール・コヤマ「おろしや国酔夢譚」／上田真「額田女王」／ジェイムズ・Ｒ・モリタ「北国」／マモーノフ「詩『輸送船』他」／湯河京子「〝パンドラの箱〟を開けるとき」／井上靖・海外短評／武田勝彦「井上文学講義」／池田千春「井上靖作品翻訳リスト」／執筆者紹介他

工藤茂『**挽歌の系譜——井上靖の世界**』（昭和58年4月、日験刊）
序にかえて／詩「瞳」の周辺／井上靖一面／別離の位相／愛別離苦の文学／挽歌の系譜／『四角な船』への航跡／現代への挽歌／民間伝承の投影／一途な生き方／井上靖と万葉集／井上靖の作品に引用されている万葉集の歌一覧／あとがき

河北倫明・福田宏年監修　毎日新聞社編集『**美しきものとの出会**

い　**井上靖　忘れ得ぬ芸術家たち**』（昭和59年1月、大塚巧芸社刊）＊毎日新聞社主催井上靖展図録
毎日新聞社「あいさつ」／井上靖「無題」／美術記者の目／美の遍歴／美術家との交遊／井上靖とシルクロード／生沢朗、上村松篁、小沢征爾、加山又造、高山辰雄、東山魁夷、平山郁夫、舟越保武、村野藤吾、脇田和「井上靖さんと私」／河北倫明「井上美術記者とその時代」／福田宏年「井上文学と美術」／福田宏年「井上靖・美術関係略年譜」
大里恭三郎著『**井上靖と深沢七郎**』（昭和59年9月、審美社刊）
Ⅰ井上靖の原像——救済としての歴史／自然の視線／異域論／現代小説の問題／恋愛小説論／『闘牛』／『猟銃』／『比良のシャクナゲ』／『天平の甍』／『狼災記』／『しろばんば』／詩集『北国』の中の戦争∥Ⅱ深沢七郎の原像（略）∥あとがき
上坂信男著『**虚往実帰——井上靖の小説世界**』（昭和60年3月、右文書院刊）
1　新聞記者を素材の作品——⑴猟銃／⑵闘牛／⑶通夜の客／⑷黯い潮／2　身辺小説——⑴比良のシャクナゲ／⑵ある偽作家の生涯・澄賢房覚書／⑶あすなろ物語／3　詩的発想の作品——⑴白い牙／⑵暗い平原／4　小説的主題の展開——⑴緑の仲間／⑵昨日と明日の間／⑶若き怒濤／⑷オリーブ地帯／⑸春の海図／⑹あした来る人／⑺魔の季節／⑻氷壁／5　西域小説の方法——⑴漆胡樽／⑵天平の甍／6　戦国時代小説の展開——⑴戦国無頼／⑵風と雲と砦／⑶戦国城砦群／⑷風林火山／⑸淀どの日記／⑹幽鬼／⑺佐治与九郎覚書／7　源氏物語往還——⑴ある落日／⑵憂愁平野／⑶城砦／8　歴史的小説から小説的歴史——⑴敦煌／⑵蒼き狼／⑶狼災記／⑷風濤／⑸後白河院／9　永遠なる相の下に——⑴夜の声／⑵星と祭／⑶花壇／⑷流沙／10　身辺小説の極北——⑴風／⑵わが母の記／11　象徴的人間像——⑴本覚坊遺文／⑵井上靖文学の今後
曾根博義編『**鑑賞　日本現代文学**』第27巻（昭和60年9月、角川書店刊）
曾根博義「井上靖の人と作品」／曾根博義「本文および作品鑑賞」（猟銃／楼蘭／しろばんば／おろしや国酔夢譚／月の光／本覚坊遺文）／井上靖の窓——福田宏年「井上靖の文学様式」（長谷川泉編『井上靖研究』昭和49年4月、南窓社刊）／宮崎健三「詩集『北国』の成立（『花片頌』昭和51年7月）／山本健吉「解説——『猟銃』『闘牛』他」（『井上靖文庫20』昭和36年2月、新潮社刊）／中村光夫「井上靖（抄）」（『文學界』昭和33年4月→『現代作家論』昭和33年10月、新潮社刊）／山崎正和「井上文学における歴史と孤独」（『井上靖小説全集12』付録、昭和49年3月、新潮社刊）∥曾根博義「井上靖研究案内」「参考文献目録」「年譜」
福田美鈴他『**旧「焰」同人座談会記録——井上靖先生を囲んで——**』（昭和62年6月、福田正夫詩の会刊）
高橋英夫他『**群像日本の作家20　井上靖**』（平成2年3月、小学館刊）
作家アルバム——井上靖アルバム∥書下ろしエッセイ——高橋英夫「大世界へ開かれた詩人」∥作家論——山崎正和「現実への不信と帰属」（『カラー版日本文学全集47』昭和45年12月、河出書房新社刊→『淋しい人間』昭和53年8月、河出書房新社刊）／野

間宏「『氷壁』の人——井上靖の人と作品——」（「別冊文藝春秋」昭和32年2月→『文学の旅・思想の旅』昭和50年9月、文藝春秋刊）／中村光夫「井上靖論」（「文學界」昭和33年3、4月→『現代作家論』昭和33年10月、新潮社刊）／三浦朱門「井上靖論——ストイックな観察者——」（「文藝」昭和31年11月）／八木義徳「脱落者の悲哀」（「国文学　解釈と教材の研究」昭和50年3月）／高階秀爾「井上靖と美の世界」（「国文学　解釈と教材の研究」昭和50年3月）∥作家の肖像——山本健吉「井上靖」（「群像」昭和37年8月→『十二の肖像画』昭和38年1月、講談社刊）∥ひとⅠ——司馬遼太郎「雑感のような」（『井上靖小説全集14』付録、昭和49年12月、新潮社刊）／竹中郁「『きりん』のころ」（『井上靖文庫』月報17、昭和37年3月、新潮社刊）／加藤九祚「ソ連旅行の思い出」（『井上靖小説全集18』付録、昭和49年8月、新潮社刊）／江上波夫「『旅人』井上靖さん」（『井上靖小説全集27』付録、昭和50年5月、新潮社刊）／野村尚吾「新聞記者時代の井上さん」（『井上靖小説全集5』付録、昭和48年6月、新潮社刊）／足立巻一「湖北での一日」（『井上靖小説全集32』付録、昭和50年4月、新潮社刊）∥生原稿で作品を読む——『孔子』∥現代小説について——神西清「『ある偽作家の生涯』」（新潮文庫版『ある偽作家の生涯』昭和31年5月）／臼井吉見「『黯い潮』『射程』」（『井上靖文庫9』昭和36年1月、新潮社刊）／佐伯彰一「『氷壁』」（『井上靖文庫12』昭和37年4月、新潮社刊）／亀井勝一郎「『あすなろ物語』他」（『井上靖文庫24』昭和36年5月、新潮社刊）／福田宏年「『姨捨』『比良のシャクナゲ』他」（『井上靖文庫22』昭和36年7月、新潮社刊）／座談会——河盛好蔵・河上徹太郎・山本健吉・臼井吉見・吉田健一「井上靖の魅力」（「文學界」昭和34年8月）∥歴史小説について——篠田一士「『淀どの日記』」（『井上靖文庫6』昭和37年10月、新潮社刊）／河上徹太郎「『敦煌』」（新潮文庫版『敦煌』昭和40年6月）／ボリス・ラスキン「心はいつも旅する——『おろしや国酔夢譚』のことなど」／曾根博義「井上靖における《歴史》」／吉田健一「本物の小説——『後白河院』」（『井上靖小説全集29』付録、昭和50年3月、新潮社刊）／竹西寛子「ただならぬこと」（『井上靖歴史小説集』月報8、昭和57年1月、岩波書店刊）／高橋英夫「合一と孤独の二重体験——『孔子』」（「群像」平成元年11月）／作家に聞く——栗坪良樹「井上靖氏にきく」（「すばる」昭和57年2月）∥名短評——佐藤春夫「新しき意匠家井上靖」（「文學界」昭和25年3月）／小林秀雄「一期を画す業績——『風濤』——」（「夕刊讀賣新聞」昭和39年1月27日）／磯田光一「人間くさい歴史」（「サンケイ新聞」昭和47年7月17日）／川村二郎「淡々と描く〝生のはかなさ〟——『月の光』——」（「日本経済新聞」昭和44年12月7日）／田久保英夫「乱世の中の純化——『本覚坊遺文』——」（「新潮」昭和57年2月）∥文学紀行——渡部芳紀「井上靖文学紀行——湯ケ島・三島・沼津・金沢」∥文学散歩地図——香川元太郎「湯ケ島・三島・金沢」∥ひとⅡ——小野十三郎「一つの想い出」（『昭和文学全集1』付録、昭和37年10月、角川書店刊）／大佛次郎「因縁のような話」（『井上靖文庫』月報1、昭和35年11月、新潮社刊）／小谷正一「氷壁・氷塊」（『井上靖文庫』月報3、昭和36年1月、新潮社刊）／有吉佐和子「中国旅行」（『井上靖文庫』月報21、昭和37年7月、新潮社刊）／北杜夫「人生の達人」

（「小説新潮」昭和54年1月）／永井龍男「重量上げ」（『井上靖文庫』月報16、昭和37年2月、新潮社刊）∥詩について――大岡信「井上靖における詩人」（「国文学　解釈と教材の研究」昭和50年3月）／宮崎健三「『井上靖全詩集』解説」（新潮文庫版『井上靖全詩集』昭和58年8月）∥わが文学の軌跡――井上靖・篠田一士・辻邦生「わが文学の軌跡――歴史小説」（「海」昭和51年6月）∥井上靖の作品∥代表作30編ガイド――曾根博義「『闘牛』『氷壁』『天平の甍』ほか」∥曾根博義「収録論文解説」∥福田宏年「井上靖年譜」

井上ふみ著『**風のとおる道**』（平成2年11月、潮出版社刊）
第一章　収穫の庭／第二章　古いノート／あとがき

天城湯ケ島町日本一地域づくり実行委員会編『**井上靖と天城湯ケ島**』（平成3年8月、天城湯ケ島町役場刊）
下山忠男「発刊のことば」／大岡信「メッセージ」／Ⅲみんなで綴る井上靖――その文学と背景――城所章「井上靖とその父母の思い出」／宇田博司「新旧井上邸　薬局の窓口」／伊藤春秀「出征兵士の思い出――井上靖と父――」／安藤裕夫「『しろばんば』の教師たち」／藤沢全「『しろばんば』への招待」／小長谷栄一「『しろばんば』探訪」／矢込法子「『しろばんばの会』へのインタビュー」／道下志津代「天城の男の子・伊豆少女――わたしが出会った『洪作』たち」／福田宏年「井上靖略年譜」／安藤裕夫「あとがき」

宮崎潤一著『**井上靖研究　若き日の魂の軌跡**』（平成3年2月、私家版）
序章／第Ⅰ章　詩人の出発――魂の彷徨――／第Ⅱ章　井上靖の弘前体験――魂の叫び――／第Ⅲ章　井上靖の逢着点――魂の安堵――／終章／資料

井上卓也著『**グッドバイ、マイ・ゴッドファーザー　父・井上靖へのレクイエム**』（平成3年6月、文藝春秋刊）
プロローグ――セピア色の写真／一　父、家庭では紳士と言えなかったこと／二　父、俗世間を棄てること／三　父、過去を悔やまざること／四　父、交際の才に恵まれていたこと／五　父、人間が丸くなること／六　父、アルコール漬けになること／七　父、骨の髄から詩人であったこと／八　父、チャンスに恵まれること／九　父、戦争体験を語らざること／一〇　音楽、この父と対極にあったもの／一一　父とノーベル賞の噂のこと／一二　父、美術と柔道を一生の友とすること／一三　父、怪力乱神を語らざること／一四　父、手紙を書かざること／一五　父、「正確」を信条とすること／一六　父が尊敬した人々のこと／一七　父、闘病では勇猛な戦士であったこと／一八　書斎と書庫、殉死のこと／エピローグ――最後の写真／あとがき／井上靖略年譜

小俣正己・稲垣信子編『**井上靖　高校生と語る――若者への熱いメッセージ**』（平成4年1月、武蔵野書房刊）

川崎武夫著『**井上靖その人と文学――井上ふみ夫人への手紙**』（平成4年2月、私家版）

毎日新聞社・日本近代文学館編『**井上靖展――文学の軌跡と美の世界**』（平成4年9月、毎日新聞社刊）＊毎日新聞創刊一二〇年記念・日本近代文学館創立三〇年記念図録
小池唯夫・小田切進「あいさつ」∥監修者のことば――小田切進「井上靖の文学・人としての井上さん」／河北倫明「井上さんを

想う」〃井上靖展に寄せて――東山魁夷「井上さんとの旅」／司馬遼太郎「思無邪」／平山郁夫「井上靖先生の思い出」／大江健三郎「生涯をつらぬくもの」／小澤征爾「井上先生の励まし」／井上ふみ「ともに過した靖との六十年を顧みて」／大岡信「井上靖の文学」／髙階秀爾「井上靖と美術」〃ある日ある時――北杜夫「井上先生の幼少期」／八木義徳「詩から生れる」／上林吾郎「井上靖さんと芥川賞」／髙橋英夫「清新な肌合い」／辻邦生「井上靖　ロマンの世界」／辻井喬「井上さんの詩の世界」／三好徹「国際ペン大会と井上さん」／千田是也「中国の人々との友情」／E・G・サイデンステッカー「心情に沿った叙情へ」／浦城幾世「ザックバランな人柄」〃井上靖略年譜〃井上靖と創造美術――草薙奈津子「解説」

『井上靖作品読書感想文コンクール　平成四年度入選作品集』（平成5年1月、天城湯ケ島町刊）

小学生の部――田村貴絵、戸塚学、福山恵理「『しろばんば』を読んで」〃中学生の部――稲田奈々美、長谷川雅也「『しろばんば』を読んで」／加藤澄子「『あすなろ物語』について」／鈴木芳代「『あすなろ物語』を読んで」〃高校生の部――大石恵子「『あすなろ物語』を読んで」／小林美江子「親愛なる檜の先輩へ」／杉山武「僕と『あすなろ物語』」／杉本恵理「『しろばんば』を読んで」

井上ふみ著**『私の夜間飛行』**（平成5年1月、潮出版社刊）

第一章　夫井上靖をしのんで／第二章　シルクロードの旅／あとがき

山川泰夫著**『晩年の井上靖――『孔子』への道』**（平成5年1月、求龍堂刊）

晩年の井上靖（流星／回想／日記）／ある芥川賞作家の死

井上靖先生追悼文集編集委員会編**『北斗闌干』**（平成5年1月、井上靖文学館刊）

秋鹿茂子「井上先生の思い出」／朝倉久子「悲しみの日々」／浅羽裕子「追悼句」／阿武野文子「井上先生を偲んで」／新井巳喜雄「さようなら井上靖」／安藤尊夫「日記より」／磯貝栄「書信」／伊藤豊子「書信」／糸賀満喜子「井上先生に捧ぐ」／井上延「井上先生のこと」／岩崎善助「井上靖君を偲ぶ」／宇田博司「〝しろばんば〟と墓と」／漆田たみ子「軽井沢で」／遠藤永太郎「井上先生を悼む」／大川滋「井上文学と私」／大里恭三郎「井上靖氏の教育」／岡林よしゑ「井上靖先生の御霊に捧ぐ」／金井広「井上靖遺聞」／神谷千恵子「井上靖先生の思い出」／蒲長子「限りなき哀悼」／木村和子「追悼」／久保田春夫「私の中の井上文学」／桑原芳子「井上靖先生」／沢田角江「一月三日のこと」／沢本行央「私の井上靖」／清水幸子「井上靖先生を憶ふ」／下村修一「追悼」／末長二美恵「思ひ出」／杉山光司「舞台裏の井上先生」／勝呂和子「作家魂」／鈴木実「千このかけらの美しい街」／須田英夫「井上靖先生弔問記」／関根絹子「追想」／芹沢道江「井上靖先生の追想」／田中元子「或る日」／中条文治「まばたく星かげに」／露口貞子「井上靖先生に思う」／傳田光「井上先生を偲ぶ」／傳田朴也「日誌から――最後の講演のこと――」／外側志津子「井上靖先生を偲んで」／徳永辰雄「井上靖先生を悼む」／浜本久子「井上先生へ」／林華子「あゝ！井上靖先生」／原口育子「四月七日によせて」／久田二

郎「断片的」／月出英夫「天から星が降って来た」／福井雪「思い出」／福田美鈴「『焔』から『焔』へ」／藤井照美「春の思ひ出」／藤沢全「井上靖氏への追想に代えて――沼中時代の読書――」／星野重雄「ある年のクラス会の思い出」／星野松子「軽井沢での井上先生」／前田薫「敬愛して止み難い井上先輩」／松本堆子「告別式に参列して」／三ツ石せつ子「井上先生との美しき出合い」／峰岸成次「井上先生の得意な日」／宮崎潤一「追悼」／村山清愛「追悼井上先生」／望月清泉「悼井上靖先生逝去」／望月せつ子「井上靖先生追悼」／森井道男「北陸線の弁当」／安井正二「井上文学との出会い」／八巻勇「先生と額をつきあわせて」／山本真寿美「井上先生追慕」／横山政道「追憶の日々」／渡辺恵子「井上先生の思い出」／傳田朴也「あとがき」

天城湯ケ島町日本一地域づくり実行委員会編『**追悼・井上靖**』（平成5年1月、天城湯ケ島町刊）

井上ふみ「巻頭言」／／Ⅰ　我が父を語る――井上卓也「我が父を語る（講演記録）」／／Ⅱ　証言・井上靖の学友たち――金井廣「靖についての小片三つ」／星野重雄「同級生の思い出」／足立浩「井上君さようなら」／山内六郎「井上靖氏を偲んで」／橋知来「空気のような仲間」／岩田弌夫「井上靖氏との思い出」／川崎武夫「井上靖さんの人と文学」／／Ⅲ　井上靖をめぐる七つの断章――山川泰夫「目に見えない糸のみちびき」／傳田朴也「露木前館長を偲ぶ会」／藤沢全「井上靖『グウドル氏の手套』のモデル」／宇田博司「原稿の行方」／三田芳彦「一期一会」／石原南盛「秋思の午後」／戸松信康「井上先輩のお墓」／あとがき

須田英夫『**一途に井上靖先生**』（平成5年3月、新潟日報事業社出版部刊）

白神喜美子著『**花過ぎ　井上靖覚え書**』（平成5年5月、紅書房刊）

第一章　茨木の記／第二章　島津山の記／第三章　洗足の記／あとがき

曾根博義編『**新潮日本文学アルバム48　井上靖**』（平成5年11月、新潮社刊）

曾根博義「評伝　井上靖」／／エッセイ――宮本輝「大雁塔から渭水は見えるか」／／曾根博義「略年譜」「主要参考文献」「主要著作目録」

藤沢全著『**若き日の井上靖研究**』（平成5年12月、三省堂刊）

はじめに／第一章　母方の家系とその一族／第二章　父方の家系とその一族／第三章　誕生前後／第四章　幼少時代／第五章　小学校時代／第六章　中学校時代／第七章　浪人生活時代／第八章　第四高等学校時代／第九章　九州帝国大学時代／第一〇章　京都帝国大学時代／第一一章　千葉亀雄賞受賞／第一二章　毎日新聞社時代／あとがき／人名索引／事項索引

『**井上靖作品読書感想文コンクール　平成五年度入選作品集**』（平成6年1月、天城湯ケ島町刊）

小学生の部――宿崎歩、田村勇樹、飯塚秀美、浅川順子「『しろばんば』を読んで」／／中学生の部――大石紀久恵「老いることの意味」／田代尚路「『しろばんば』を読んで」／矢吹しのぶ「洪作君を育んだ天城」／池谷季里子「『しろばんば』」／／高校生の部――木村智美「雪の心」／田原竜彦「『夜の声』を読んで」／塚本麻代「『しろばんば』を読んで」／大内嘉子「『敦煌』」／／審査講評

天城湯ヶ島町日本一地域づくり実行委員会編『**井上靖とわが町**』(平成6年1月、天城湯ヶ島町刊)

Ⅰ　我が父を語る――井上修一「『父・井上靖』講演記録」∥Ⅱ　インタビュー・ゆかりの人々――石川静子さん(聞き手・城所章)、間宮精一・満子さん(聞き手・城所章)、井上正則さん(聞き手・足立まり子)、山本らくさん(聞き手・石原南盛、安藤裕夫)、相原美和さん(聞き手・石原南盛、安藤裕夫)∥Ⅲ　井上靖をめぐる六つの断章――傳田朴也「若者への遺言」/大川喜雄「『夏草冬濤』の周辺」/宇田博司「しろばんば時代の地図」/藤沢全「戦争と平和の思索――井上靖の硫黄島鎮魂碑」/福田美鈴「同人詩誌『日本海詩人』と『焰』のことなど」/宮野力哉「井上靖先生初めての船旅」

宮崎潤一著『**若き日の井上靖――詩人の出発《たびだち》――**』(平成7年1月、土曜美術社出版刊)

序/Ⅰ章　四高時代/Ⅱ章　弘前時代――「文学abc」の頃を中心として/Ⅲ章　情念の軌跡――昭和六年/Ⅳ章　自立への模索――昭和七年〜十年頃/Ⅴ章　戦争/工藤茂「跋」/あとがき

『**井上靖作品読書感想文コンクール　平成六年度入選作品集**』(平成7年1月、天城湯ヶ島町刊)

小学生の部――小森史乃、村上惇、野田恵莉、三田亜矢子「『しろばんば』を読んで」∥中学生の部――熊倉茉美「『夏草冬濤』を読んで」/牧野直人「『あすなろ物語』を読んで」/藤波靖恵「親子」∥高校生の部――稲辺歩「高尚な運命――『淀どの日記』」/正岡義昭「飛びすぎた弾丸『射程』から」/大石純子「『幼き日のこと・青春放浪』を読んで」/戸塚真琴「『あすなろ物語』を読んで」∥審査講評

天城湯ヶ島町日本一地域づくり実行委員会編『**井上靖とわが町**』(平成7年1月、天城湯ヶ島町刊)

Ⅰ　記念講演の記録――井上ふみ「記念講演『六十年を共にして』」∥Ⅱ　資料・井上靖の書簡(修善寺工業高校への手紙)――井上靖「修善寺工業高校創立五十周年に寄す」/大川喜雄「特別寄稿文に接して」∥Ⅲ　ゆかりの人々(インタビュー第二回)――竹内海晴さん(聞き手・大川喜雄)、杉山忠治さん(聞き手・城所章)、森田依子さん・藤原雅子さん(聞き手・藤沢全)∥靖をめぐる断章――永岡昶「井上隼雄閣下との囲碁の思い出」/傳田朴也「井上先生と露木豊館長のこと」/金子秀夫「醒めてあれ――井上靖氏のこと」/二村次郎「『先生』との、折々の事」/原祐子「『井上靖』雑感」/藤沢全「井上靖のモニュメント――青森の文学碑――」/鈴木之夫「『しろばんばの碑』建設について」/野口智子「――宇田博司氏を悼む――しろばんばと、宇田さんと。」

井上ふみ著『**やがて芽をふく**』(平成8年1月、潮出版社刊)

縁結び――靖の青春/系譜――父・足立文太郎/内助の功――母・足立やそ/子供のころ――私の青春/遠い道――芥川賞と家族/あとがき

天城湯ヶ島町日本一地域づくり実行委員会編『**井上靖――天空を翔る**』(平成8年1月、天城湯ヶ島町刊)

Ⅰ　記念講演の記録――浦城いくよ「全国の井上靖文学館・記念館の案内」/Ⅱ　夏の文芸劇場・天城湯ヶ島・井上靖――天空を翔る――安藤裕夫「開催の記録」/吉永小百合「メッセージ」/

大岡信「井上靖の詩『少年』にふれて」／井上ふみ「夫・靖の若き頃」／井上修一「父・靖の思い出」∥靖をめぐる断章——沢野和弥「井上さんと原稿の思い出」／高野昭「井上先生とかえる会」／中島和夫「井上文学のもたらしたもの——歴史小説を中心に——」／佐藤章「その詩業の完結」／傳田朴也「正倉院展——『漆胡樽』を観る——」／藤沢全「井上靖のモニュメント——酒田市の『氷壁』碑について」／藤原雅子「父の残したもの——井上靖の姪として——」／栗原千晶「『しろばんばの唄』を作詞して」／小林登「『しろばんばの唄』を作曲して」／土屋進「『しろばんばの唄』を編曲して」／教育委員会「『しろばんばの唄』の記録」

『**井上靖作品読書感想文コンクール　平成七年度入選作品集**』（平成8年1月、天城湯ケ島町刊）

小学生の部——足立真理子「わたしと洪作」／小森史乃「『あすなろ物語』を読んで」／土屋健太郎「しろばんばを読んで」∥中学生の部——沢戸安紗美「あすなろ物語を読んで」／斎藤升美「しろばんばの思い出」／関川小織「私の『しろばんば』」／斉藤愛美「『しろばんば』から始まる思い出」／今井康人「『風林火山』を読んで」∥高校生の部——清水洋「蒼き狼」／木戸亜矢子「『敦煌』」／平野友美「『ある偽作家の生涯』を読んで」／稲辺歩「冷光の人——ある偽作家の生涯」／有馬英理子「『あすなろ物語』を読んで」∥審査講評

向井覚著『**井上靖さんのことども**』（平成8年6月、私家版）

第1章　小説／第2章　年賀／第3章　絵本／第4章　北辰／第5章　流星

天城湯ケ島町日本一地域づくり実行委員会編『**追惜・井上靖**』（平成9年1月、天城湯ケ島町刊）

Ⅰ　記念講演の記録——黒田佳子「父・井上靖について」∥Ⅱ　特集・高安敬義（井上靖の親友）——桜井幸子「兄・高安敬義」／高安宗顕「兄・高安敬義」／高安直文「敬義兄を思う」／小林敏明「高安敬義君を悼む」（高安宗顕氏宛書簡）／高安敬義「遺作三篇（詩『箴言詩』『庭石』『友へ』）／井上靖「石庭——亡き高安敬義君に——」「友」／井上靖「亡き友・高安敬義」／藤沢全「付記」∥Ⅲ　靖をめぐる断章——森井道男「北の都に秋闌けて」／李素玲「『風濤』の時代背景——十三世紀の高麗」／金井英人「『四季の雁書』から」／石原国利「『氷壁』のころ」／須田英夫「一途に井上靖先生」／瀬戸口宣司「『わたしの孔子』のいきさつ」／秋岡康晴「井上靖と旭川」／大川喜雄「井上靖のモニュメント」／浅田忠一「大正の頃の母校（湯ヶ島尋常高等小学校）」／梅原実雄「井上靖『崑崙の玉』など」／城所章「井上正則氏を偲ぶ」

『**井上靖作品読書感想文コンクール　平成八年度入選作品集**』（平成9年1月、天城湯ケ島町刊）

小学生の部——山居郁子「変わらない自然と人の心」／浅田萌花「じゅん真な白い心に包まれて」／江崎加奈子「育ての親・生みの親」／富永千晶「あすなろ物語」∥中学生の部——飯塚弘美「幼き日の回想」／水野麻衣「『洪水へのあこがれ』——『夏草冬濤』を読んで——」／大石剛弘「自然を愛する心」／青島美穂「『しろばんば』を読んで」／八木健太郎「信念を持って生きる」∥高校生の部——鈴木文子「『北の海』を読んで」／福井唯子

『『石庭』を読んで」／山口知子「『あすなろ物語』を通して」／山口望嘉「『敦煌』を読んで」

『井上靖晩年の詩業——日本現代詩歌文学館を中心に——』（平成9年3月、日本現代詩歌文学館振興会）

追想　写真でつづる井上靖／井上ふみ「序『日本一だなあ』と独り言」／林　林「心灵波光在蕩漾　漂う心の波光」／扇畑忠雄「奇縁一つ」／大岡信「井上靖に関する三章と弔辞」／椎名素夫「人の組合わせが歴史をつくる」／相賀徹夫「井上先生と文学館と私」／高橋盛吉「詩歌文学館へのご尽力の巨きさ」「詩歌を永遠に」／菊池啓治郎「井上先生と北上へ」／篠弘「井上靖による夢の実現」／浦城いくよ「父と星についての想い出」／山崎隆芳「渡り鳥」／石和鷹「井上靖氏のふだんの顔」／白石かずこ「井上靖に捧げる　砂をあびる　幻書をひらく」／大野とくよ「詩眼心眼」／倉橋羊村「晩年の詩から」／相沢史郎「井上西域詩と林林先生」／仲木都富「詩歌文学館賞をめぐって」／川村鷹志「斎藤五郎市長とともに」／昆野市右ヱ門「夏油温泉の思い出」／高田尚和「それは風の記憶」／豊泉豪「『追悼　井上靖展——詩の世界』記録」／佐藤泉「メモワール　断片、死去まで」

新井巳喜雄著**『井上靖　老いと死を見据えて』**（平成9年10月、近代文芸社刊）

Ⅰ（一、井上靖——老いと死を見据えて／二、井上靖——現代文明批判）Ⅱ（三、『しろばんば』——鎮魂の作業——／四、『本覚坊遺文』——人生七十の行方——／五、『天平の甍』——老いの規範を求めて——／六、『わが母の記』——老いの本質を描く——）Ⅲ（七、『楼蘭』——楼蘭に於ける天——／八、『敦煌』——時空を超えた人間の真心——／九、『孔子』——天命との死闘——／十、『おろしや国酔夢譚』——運命への挑戦——／井上靖年譜／初出一覧／井上靖研究の軌跡／あとがき

天城湯ケ島町日本一地域づくり実行委員会編**『しろばんばの里——井上靖㈠』**（平成10年1月、天城湯ケ島町刊）

グラビア　第六回『追惜・井上靖』／旧制第四高等学校時代の柔道関係／／Ⅰ　記念講演の記録——曾根博義「井上靖全集雑話」／／Ⅱ　特集・井上靖と柔道——井上靖「『北の海』より」／宮崎茂「井上靖と私——四高柔道部の生活を共にして」／山内六郎「四高同期生として」／日月紋次「井上さんの思い出」／宗宮義正「井上靖君を偲ぶ」／渡辺直寛「井上靖先輩を偲ぶ」／近藤芳朗「井上靖先生と真向法・自彊術」／木水英夫「井上靖先生との出会い」／坂根英夫「故井上靖を悼む」／西原林之介「高校柔道について」／戸松信康「井上靖先輩を想いて」／布施秀三「井上先生の思い出」／布施秀三「井上靖先輩を偲んで」／杉本絢之助「『北の海』余談」／向井覚「肖像画を描く」／奥村宗夫「短信十二通（戸松信康氏宛）」／／Ⅲ　靖をめぐる断章——足立浩「井上靖君を偲ぶ」／小坂光之介「井上靖君の思い出」／橋知来「空気のような仲間」／堀江顥三「井上靖文学碑と記念館——鳥取県西伯耆に文芸の灯——」／桜田満「かえる会・国際ペン大会のことなど」／井上謙「『孔子』に生きる」／八巻勇「私の日記から」／前田薫「父の教え子」／久保田春夫「井上文学館・読書会雑感」／／Ⅳ　福田宏年氏追悼——金森誠也「福田宏年氏を偲ぶ——とくに井上文学との関連において——」／福田宏年「井上靖の文学の軌跡——人生を本源的に見据えて——」／／あとがき

『井上靖作品読書感想文コンクール　平成九年度入選作品集』（平成10年1月、天城湯ケ島町刊）
小学生の部——鈴木麻理「洪作の育った大切なふるさと」／山居郁子「『しろばんば』を読んで」／高相里菜「『しろばんば』を読んで」//中学生の部——足立真理子「新しい世界人」／高田英明「『しろばんば』を読んで」//高校生の部——中野かほり「『敦煌』」／宮松由貴「『あすなろ物語』を読んで」／斎藤隆志「『わが母の記』を読んで」

2　解説・月報等

［作品集］

『現代小説代表選集6』（昭和25年5月、光文社刊）
木々高太郎「解説」「闘牛」評

『現代小説代表選集7』（昭和25年11月、光文社刊）
木々高太郎「解説」「七人の紳士」評

『井上靖作品集』全5巻（講談社刊）
1（昭和29年4月）浦松佐美太郎「解説」
2（昭和29年5月）河盛好蔵「解説」
3（昭和29年7月）高橋義孝「解説」
4（昭和29年6月）山本健吉「解説」
5（昭和29年8月）著者自筆年譜

『末裔　昭和名作選4』（昭和29年10月、新潮社刊）
中村光夫「解説」——→『中村光夫全集5』昭和47年4月、筑摩書房刊

『昭和文学全集53　昭和短篇集』（昭和30年2月、角川書店刊）
平野謙「解説」「北の駅路」評

『大衆文学代表作全集8　井上靖集』（昭和30年3月、河出書房刊）
野村尚吾「解説」／月報——杉森久英「井上靖さんのこと」、浦上五六「浦井靖六のこと」、筈見恒夫「戦国時代の映画化」

『戦後十年名作選集1』（昭和30年4月、光文社刊）

臼井吉見「解説」「猟銃」評
『**異域の人**』（昭和30年12月、講談社ミリオン・ブックス）
浦松佐美太郎「解説」
『**緑の仲間**』（昭和30年12月、三笠新書）
瓜生卓造「解説」
『**風わたる**』（昭和31年3月、三笠新書）
平山信一「解説」
『**青い照明**』（昭和31年5月、三笠新書）
野村尚吾「解説」
『**七人の紳士**』（昭和31年9月、三笠書房刊）
斎藤豊節「解説」
『**ある愛情**』（昭和31年11月、三笠書房刊）
高木金之助「解説」「闘牛」評
『**戦後芥川賞作品集1**』（昭和31年11月、長嶋書房刊）
十返肇「解説」「闘牛」評
『**現代日本文学全集81　永井龍男・井上友一郎・織田作之助・井上靖集**』（昭和31年12月、筑摩書房刊）
吉田健一「井上靖論」→『日本の現代文学』昭和35年3月、雪華社刊／河盛好蔵「解説」／永井龍男「井上靖氏への返事」／月報60――野間宏「結晶の世界」→『野間宏全集17』昭和45年12月、筑摩書房刊
『**現代文学　井上靖集**』（昭和32年1月、芸文書院刊）
高山毅「井上靖論」∥月報3――野村尚吾「芥川賞の頃の井上さん」、瓜生卓造「秋の山行き――井上靖さんと――」、小松伸六「『孤猿』の世界」、加藤一郎「『あした来る人』など」
『**別冊文芸　現代名作全集7　井上靖集**』（昭和32年2月、河出書房刊）
十返肇「井上靖の女性観」／亀井勝一郎「解説」
『**井上靖長篇小説選集**』全8巻（三笠書房刊）
1（昭和32年4月）小松伸六「Ⅰ　人について」／福田宏年「Ⅱ　作品について」／月報1――小松伸六「非文学青年的作家――井上靖と石原慎太郎」
2（昭和32年7月）月報3――山本健吉「井上靖の歴史小説」
4（昭和32年10月）月報5――十返肇「井上靖の女性観」
6（昭和32年12月）月報6――瓜生卓造「ある日の井上さん」
7（昭和32年8月）月報4――野村尚吾「『魔の季節』の背景」
8（昭和32年5月）森田正治「『あした来る人』余聞」／月報2――野村尚吾「山と井上靖さん」　※昭和32年9月刊の第3巻には月報がない。なお、第5巻（昭和32年11月刊）月報は未見。
『**現代国民文学全集4　井上靖集**』（昭和32年7月、角川書店刊）
山本健吉「解説」／月報――丹羽文雄「井上靖君のこと」、十返肇「私小説を書かない態度」、浦松佐美太郎「醗酵しつつある美酒」、野村尚吾「新聞記者時代」、井上幾世「父のこと」、小松伸六「井上さんの一面」
『**現代国民文学全集14　青春小説集**』（昭和32年12月、角川書店刊）
山本健吉「解説」
『**昭和文学全集53　昭和短篇集**』（昭和33年2月、角川書店刊）
月報――木村徳三「中村真一郎さんのことなど」
『**新・時代小説特選集　戦国無頼**』（昭和33年10月、六興出版部刊）
福田宏年「解説」

『天平の甍』（昭和33年12月、中央公論社刊）
山本健吉「解説」

『新選現代日本文学全集21　井上靖集』（昭和34年1月、筑摩書房刊）
河盛好蔵「井上靖論」／山本健吉「解説」／付録――なかのしげはる「北京、上海の本屋」／安藤更生「『天平の甍』をめぐって」／吉田健一「歴史と時代小説」／山崎豊子「不在のデスク」

『日本文学全集66　井上靖集』（昭和34年5月、新潮社刊）
山本健吉「解説」／付録――河盛好蔵「紳士ということ」、野間宏「その羞恥心」

『私たちはどう生きるか18　井上靖集』（昭和35年5月、ポプラ社刊）
山本和夫「読書の手引き」「解説――井上靖氏とその文学」

『井上靖文庫』全26巻（新潮社刊）
1（昭和35年12月）山本健吉「解説」／月報2――安藤更生「戦争中の揚州」
2（昭和37年11月）河上徹太郎「解説」／月報25――菊村到「井上文学の殺気」
3（昭和37年2月）亀井勝一郎「解説」――→『亀井勝一郎全集補巻1』昭和48年4月、講談社刊／月報16――永井龍男「重量上げ」
4（昭和36年6月）吉田健一「解説」／月報8――沢野久雄「最初の新聞小説」
5（昭和36年12月）杉森久英「解説」／月報14――上林吾郎「『猟銃』のころ」
6（昭和37年10月）篠田一士「解説」／月報24――磯山正「あの頃の井上君」
7（昭和37年7月）小松伸六「解説」／月報21――有吉佐和子「中国旅行」
8（昭和36年4月）杉森久英「解説」／月報6――藤田信勝「井上君との三十年」
9（昭和36年1月）臼井吉見「解説」／月報3――小谷正一「氷壁・氷塊」
10（昭和35年11月）河盛好蔵「解説」／月報1――大佛次郎「因縁のような話」
11（昭和36年9月）村松剛「解説」／月報11――野村尚吾「山の月見」
12（昭和37年4月）佐伯彰一「解説」／月報18――瓜生卓造「『氷壁』こぼれ話」
13（昭和37年3月）小松伸六「解説」／月報17――竹中郁「『きりん』の頃」
14（昭和36年3月）佐伯彰一「解説」／月報5――松本清張「井上さんと私」
15（昭和36年10月）十返肇「解説」――→『十返肇著作集㊦』昭和44年5月、講談社刊／月報12――細川忠雄「井上さんとの十年間」
16（昭和37年5月）十返肇「解説」／月報19――角田房子「井上さんと私たち」
17（昭和37年1月）河盛好蔵「解説」／月報15――源氏鶏太「井上さんと私」

18（昭和36年8月）小松伸六「解説」／月報10――今日出海「変らぬ人井上靖」

19（昭和37年9月）瓜生卓造「解説」／月報23――生沢朗「『靖さん』と私」

20（昭和36年2月）山本健吉「解説」／月報4――二村次郎「井上先生にお供して」

21（昭和37年6月）江藤淳「解説」――→『江藤淳著作集2』昭和42年10月、講談社刊／月報20――福田豊四郎「『海峡』への旅」

22（昭和36年7月）福田宏年「解説」／月報9――角田明「ヨーロッパでの井上さん」

23（昭和37年8月）平野謙「解説」――→『平野謙作家論集』昭和46年4月、新潮社刊／月報22――山本健吉「中国旅行のこと」

24（昭和36年5月）亀井勝一郎「解説」――→『亀井勝一郎全集5』昭和47年9月、講談社刊／月報7――丸野不二男「井上さんの耳」

25（昭和36年11月）福田宏年「解説」／月報13――庄野潤三「井上さんの印象」――→『自分の羽根』昭和43年2月、講談社刊

26（昭和38年6月）福田宏年「解説」／月報26――森田正治「井上靖氏の涙」

『**現代日本名詩集大成10**』（昭和35年12月、創元社刊）

鮎川信夫「解説」――→『鮎川信夫全集第3巻』平成10年7月、思潮社刊

『**日本現代文学全集102　井上靖・田宮虎彦集**』（昭和36年8月、講談社刊）

亀井勝一郎「作品解説」――→『亀井勝一郎全集補巻1』昭和48年4月、講談社刊／篠田一士「井上靖・田宮虎彦入門」／福田宏年「年譜・参考文献」／月報――野間宏「詩から小説に移って行くなかで」、吉田健一「読みもの」、高橋義孝「井上さんと田宮さん」

『**新日本文学全集6　井上靖集**』（昭和37年2月、集英社刊）

瀬沼茂樹「井上靖の文学」――→『戦後文学の動向』昭和41年5月、明治書院刊／月報――尾崎秀樹「太古文字の夢」、角田房子「ヨーロッパの井上さん」

『**日本青春文学名作選5　あすなろ物語・潮騒・太陽の季節**』（昭和37年8月、学習研究社刊）

荒正人「解説」

『**ルビー版　昭和文学全集1　井上靖集**』（昭和37年10月、角川書店刊）

河上徹太郎「解説」／付録――佐藤春夫「文壇には珍らしい紳士」、今日出海「人間悲劇の審判者」、小野十三郎「一つの思い出」、斎藤栄一「靖（やす）さんとしか呼べない」

『**世界短篇文学全集17　日本文学・昭和**』（昭和37年12月、集英社刊）

中村光夫「解説」

『**少年少女日本文学全集21**』（昭和38年5月、講談社刊）

菅忠道「解説」

『**異域の人**』（昭和38年6月、講談社ロマン・ブックス）

浦松佐美太郎「解説」

『**現代文学大系60　井上靖集**』（昭和38年10月、筑摩書房刊）

河盛好蔵「人と文学」――→『私の随想選4』平成3年5月、新潮

社刊／月報――森田達「兄靖のこと」、岩村忍「楼蘭の河龍」、高柳光寿「『淀どの日記』の周辺」、吉田精一「私の名作鑑賞――『天平の甍』」

『現代の文学24　井上靖集』（昭和39年2月、河出書房新社刊）

山本健吉「解説」／月報――福田豊四郎「草原の国紀行」、山崎豊子「一匹狼」

『少年少女現代日本文学全集21　井上靖』（昭和39年2月、偕成社刊）

三好行雄「井上靖の人と文学」／滑川道夫・飛田文雄「作品の読み方、味わい方」

『日本青春文学名作選9　美しい暦・桜島・猟銃・朝霧』（昭和39年4月、学習研究社刊）

瀬沼茂樹「解説」――→『戦後文学の動向』昭和41年5月、明治書院刊

『日本の文学71　井上靖』（昭和39年11月、中央公論社刊）

河上徹太郎「解説」――→『作家の詩ごころ』昭和41年6月、桜楓社刊／付録――井上靖・河上徹太郎「対談・井上文学の周辺」、佐藤春夫「新しき意匠家井上靖」

『ジュニア版　日本文学名作選7　しろばんば　井上靖』（昭和39年12月、偕成社刊）

福田宏年「解説」

『井上靖西域小説集』（昭和40年1月、講談社刊）

山本健吉「解説」

『井上靖自選集』（昭和40年7月、集英社刊）

福田宏年「井上文学の心象風景」

『ジュニア版　世界の名作8　昭和の文学』（昭和40年9月、国土社刊）

古谷綱武「解説」

「アイドル・ブックス14　しろばんば　井上靖」（昭和40年11月）

高田瑞穂「人と作品」

『われらの文学6　井上靖』（昭和41年1月、講談社刊）

井上靖「詩について」／村松剛「青春恢復の文学――その詩と作品について」

『現代日本文学館43　井上靖』（昭和41年5月、文藝春秋刊）

山本健吉「井上靖伝・解説」――→『山本健吉全集14』昭和59年7月、講談社刊／月報――岩淵悦太郎「漢字かなまじり文」

『日本文学全集83　井上靖集』（昭和41年7月、集英社刊）

篠田一士「作家と作品」

『豪華版　日本文学全集28　井上靖集』（昭和41年8月、河出書房新社刊）

小松伸六「解説」／しおり――野村尚吾「シルクロードの井上さん」

『少年少女日本の文学16　井上靖　しろばんば』（昭和42年8月、あかね書房刊）

福田宏年「人と作品」／月報――巌谷大四「還暦を迎えられた井上靖さん」

『国民の文学20　井上靖』（昭和42年8月、河出書房刊）

尾崎秀樹「解説」／大衆文学研究会「井上靖年譜」／月報――吉田健一「昔語り」

『カラー版　日本文学全集39　井上靖』（昭和42年9月、河出書房刊）

進藤純孝「解説」／月報――村野四郎「井上靖の詩」

『**日本文学全集47　井上靖**』（昭和42年9月、新潮社刊）
山本健吉「解説」

『**日本短篇文学全集25　佐藤春夫・芥川龍之介・井上靖**』（昭和42年11月、筑摩書房刊）
臼井吉見「鑑賞」――→『作家論控え帳』昭和52年4月、筑摩書房刊／別冊付録――伊藤整・平野謙・臼井吉見「座談会・短篇小説の今昔」、小松伸六「井上靖『楼蘭』」

『**歴史文学全集14　井上靖**』（昭和43年2月、人物往来社刊）
日沼倫太郎「解説」

『**ホーム・スクール版　日本の名作文学22**』（昭和43年5月、偕成社刊）
福田宏年「作家と作品について」

『**全集・現代文学の発見12　歴史への視点**』（昭和43年8月、学芸書林刊）
大岡昇平「歴史小説論」

『**世界の名著26　あすなろ物語**』（昭和43年9月、ポプラ社刊）
野村尚吾「解説」

『**10冊の本**』（昭和43年9月、主婦の友社刊）
山本健吉「井上靖氏の『私の自己形成史』」

『**楼蘭・孤猿**』（昭和43年10月、新学社刊）
河上徹太郎「井上靖の文学」／山本健吉「解説」／相原永一「読書のしかた」

『**天城の雲**』（昭和43年12月、大和書房刊）
島村利正「解説」

『**新潮日本文学44　井上靖集**』（昭和44年1月）
山本健吉「解説」――→『山本健吉全集14』昭和59年7月、講談社刊／月報――野村尚吾「西域での井上さん」

『**豪華版　日本現代文学全集33　丹村文雄・井上靖**』（昭和44年1月、講談社刊）
亀井勝一郎「解説」／篠田一士「井上靖入門」

『**ジュニア版　日本文学名作選50　天平の甍　井上靖**』（昭和44年2月、偕成社刊）
山本健吉「解説」

『**全集・現代文学の発見16**』（昭和44年3月、学芸書林刊）
いいだもも「『物語の女』があらわれるとき」

『**日本詩人全集33　昭和詩集㈠**』（昭和44年4月、新潮社刊）
中桐雅夫「井上靖」

『**現代日本文学大系86　井上靖・永井龍男集**』（昭和44年4月、筑摩書房刊）
山本健吉「井上靖の書斎」／河盛好蔵「井上靖・人と文学」／月報11――高橋義孝「井上さんと永井さん」、益田勝実「不住生」、小田切進「井上靖研究案内」

『**グリーン版　日本文学全集43　井上靖**』（昭和44年5月、河出書房新社刊）
佐伯彰一「井上靖文学入門」／井上佳子「父の書斎から」／月報――野間宏「不敵な魂」、小松伸六「井上さんと金沢」

『**西域物語**』（昭和44年11月、朝日新聞社刊）
加藤九祚「解説」

『**わが人生観9　愛と人生**』（昭和44年12月、大和書房刊）

巌谷大四「解説」

『**現代日本の文学34　井上靖集**』（昭和45年1月、学習研究社刊）

足立巻一「井上靖文学紀行」／進藤純孝「評伝的解説」／月報――井上靖・角田明「対談・怠惰と勤勉の谷間で」／涌田佑「『しろばんば』の旅」／大西美智子「井上文学の孤独の影」／堀絢子「『しろばんば』を読んで」

『**自選　井上靖短篇全集**』（昭和45年1月、人文書院刊）

山本健吉「解説」／福田宏年「作品解題」

『**カラー版　日本の文学26　しろばんば　井上靖**』（昭和45年1月、集英社刊）

奥野健男「井上靖の人と作品」――→『奥野健男作家論集4』昭和53年1月、泰流社刊

『**日本の詩歌27　現代詩集**』（昭和45年3月、中央公論社刊）

村野四郎「鑑賞・解説」

『**あかつき名作館＝日本文学シリーズ12　井上靖集**』（昭和45年6月、暁教育図書刊）

石森曙峰「読書のまど」／福田清人「解説」

『**少年少女日本文学23　井上靖名作集**』（昭和45年7月、偕成社刊）

三好行雄「解説」

『**中学生の本棚18　走れメロス　しろばんば**』（昭和45年9月、学習研究社刊）

東郷克美「井上靖の半生」

『**カラー版　日本文学全集47　井上靖㈡**』（昭和45年12月、河出書房新社刊）

山崎正和「解説」――→『淋しい人間』昭和53年8月、河出書房新社刊／しおり――辻邦生「ある触れあい」、上村松篁「挿絵を描いて」

『**少年少女世界の文学30　日本編5　しろばんば**』（昭和46年2月、小学館刊）

福田清人「解説」

『**アイドル・ブックス13　しろばんば**』（昭和46年4月、ポプラ社刊）

高田瑞穂「解説」

『**風濤**』（現代文学秀作シリーズ、昭和46年5月、講談社刊）

利沢行夫「解説」

『**豪華版　日本文学全集83　井上靖集**』（昭和47年4月、集英社刊）

篠田一士「作家と作品」／月報――野間宏「井上靖のこと」、石坂洋次郎「湯ヶ島の井上家」、柴田錬三郎「『姿勢』について」

『**私たちはどう生きるか18　ある偽作家の生涯**』（昭和47年5月、ポプラ社刊）

山本和夫「解説」

『**戦後文学論争　下巻**』（昭和47年10月、番町書房刊）

高橋春雄「『蒼き狼』論争解題」

『**井上靖小説全集**』全32巻（新潮社刊）

1（昭和49年1月）付録――福田宏年「解説」、芥川賞選後評再掲

2（昭和48年9月）付録――福田宏年「解説」

3（昭和49年5月）付録――福田宏年「解説」

4（昭和49年7月）付録――福田宏年「解説」、生沢朗「井上さんとの旅」、上村松篁「井上靖先生と私」

5（昭和48年6月）付録――福田宏年「解説」、野村尚吾「新聞記者時代の井上さん」
6（昭和47年11月）付録――福田宏年「解説」
7（昭和48年1月）付録――福田宏年「解説」
8（昭和48年10月）付録――福田宏年「解説」、岡田喜秋「井上靖氏にひそむ『風』と『月』」
9（昭和48年4月）付録――福田宏年「解説」、作品評再掲
10（昭和49年4月）付録――福田宏年「解説」、東山魁夷「安曇野への旅」
11（昭和49年11月）付録――福田宏年「解説」、篠田一士「井上靖の散文詩」、芝木好子「山荘の隣人」
12（昭和49年3月）付録――福田宏年「解説」、作品評再掲、山崎正和「井上文学における歴史と孤独」
13（昭和48年8月）付録――福田宏年「解説」、作品評再掲
14（昭和49年12月）付録――福田宏年「解説」、作品評再掲、司馬遼太郎「雑感のような」
15（昭和47年10月）付録――福田宏年「解説」、作品評再掲
16（昭和48年2月）付録――福田宏年「解説」、作品評再掲
17（昭和49年2月）付録――福田宏年「解説」、露木豊「井上靖とその文学館」、宮崎健三「『日本海詩人』『北冠』のころ」
18（昭和49年8月）付録――福田宏年「解説」、作品評再掲、有吉佐和子「井上靖語録」
19（昭和49年9月）付録――福田宏年「解説」、辻邦生「詩人のヴェール」、進藤純孝「女人像」、作品評再掲
20（昭和48年12月）付録――福田宏年「解説」、作品評再掲
21（昭和50年1月）付録――福田宏年「解説」、杉森久英「『かえる会』の穂高行」
22（昭和48年11月）付録――福田宏年「解説」、作品評再掲
23（昭和49年10月）付録――福田宏年「解説」、作品評再掲、小野十三郎「『通夜の客』の家」
24（昭和48年7月）付録――福田宏年「解説」、作品評再掲
25（昭和48年3月）付録――福田宏年「解説」、作品評再掲
26（昭和48年5月）付録――福田宏年「解説」、作品評再掲
27（昭和50年5月）付録――福田宏年「解説」、作品評再掲
28（昭和47年12月）付録――福田宏年「解説」、作品評再掲
29（昭和50年3月）付録――福田宏年「解説」、吉田健一「本物の小説」、佐伯彰一「井上靖における歴史と超歴史」
30（昭和49年6月）付録――福田宏年「解説」、小松伸六「井上靖と老年様式」、作品評再掲
31（昭和50年2月）付録――福田宏年「解説」、作品評再掲
32（昭和50年4月）付録――福田宏年「解説」、足立巻一「湖北での一日」、庄野潤三「李と桃の花」、作品評再掲

『名作自選日本現代文学館10　猟銃他二十三篇』（昭和47年12月、ほるぷ出版刊）

別冊――小田切進、山本健吉、江戸英雄、東山魁夷、巌谷大四

『現代の文学12　井上靖』（昭和48年6月、講談社刊）

奥野健男「井上靖論序説」――→『奥野健男作家論集4』昭和53年1月、泰流社刊／無署名「年譜」／月報――清岡卓行「井上靖の詩の位置」

『昭和国民文学全集26　井伏鱒二集』（昭和48年7月、筑摩書房刊）

月報――尾崎秀樹「『サンデー毎日』の周辺」
『現代日本文学アルバム15』（昭和48年8月、学習研究社刊）
福田宏年「『氷壁』の旅」
『日本青春文学館10』（昭和48年12月、立風書房刊）
荒正人「解説」
『現代十人の作家　井上靖の自選作品』（昭和49年5月、二見書房刊）
清岡卓行「井上靖の散文詩」／安岡章太郎「アム・ダリヤの水溜り」／小林秀雄「『風濤』について」
『昭和国民文学全集14　井上靖集』（昭和49年7月、筑摩書房刊）
月報――野村尚吾「井上靖さんの登龍の頃」
『筑摩現代文学大系70　井上靖集』（昭和50年7月、筑摩書房刊）
河盛好蔵「人と文学」（再録）
『現代日本の名作43　天平の甍・蒼き狼　井上靖』（昭和50年9月、旺文社刊）
福田宏年「井上靖の人と文学」
『ジュニア版　日本の文学18　天平の甍』（昭和51年2月、金の星社刊）
付録――井戸賀芳郎「作品にふれて」／林富士馬「作者にふれて」
『日本現代詩大系12』（昭和51年2月、河出書房新社刊）
大岡信「解説」
『土とふるさとの文学全集6』（昭和51年3月、家の光協会刊）
国分一太郎「解説」
『紅花』（昭和52年1月、文藝春秋刊）
福田宏年「解説」
『地図にない島』（昭和52年2月、文藝春秋刊）
福田宏年「解説」
『戦国城砦群』（昭和52年3月、文藝春秋刊）
福田宏年「解説」
『わが文学の軌跡』（昭和52年4月、中央公論社刊）
福田宏年「井上靖年譜」「井上靖主要参考文献」
『盛装(下)』（昭和52年4月、文藝春秋刊）
福田宏年「解説」
『兵鼓』（昭和52年5月、文藝春秋刊）
福田宏年「解説」
『若き怒濤』（昭和52年6月、文藝春秋刊）
福田宏年「解説」
『月光・遠い海』（昭和52年7月、文藝春秋刊）
福田宏年「解説」
『新潮現代文学28　天平の甍・しろばんば』（昭和54年2月、新潮社刊）
秦恒平「解説」
『日本の詩21　中野重治・伊藤整・高見順・井上靖集』（昭和54年3月、集英社刊）
月報――中村真一郎「小説家の詩」
『井上靖全詩集』（昭和54年12月、新潮社刊）
しおり――西脇順三郎「卓絶した詩人」、竹中郁「詩の塔」、中村真一郎「井上靖氏の詩の特質」――→『艶なる宴』昭和57年8月、福武書店刊、辻邦生「詩心を鼓舞するもの」

『世界の詩74　井上靖詩集』（昭和56年4月、彌生書房刊）

清岡卓行「解説」

『井上靖歴史小説集』全11巻（岩波書店刊）

1（昭和56年6月）月報1――西田龍雄「『番漢合時掌中珠』」、馬世良「敦煌蔵経洞についてのいくつかの問題（抄）」、和崎信哉「敦煌と井上靖先生――シルクロード取材メモ――」

2（昭和56年7月）月報2――小野勝年「九達す　長安の道」、和崎信哉「〝その地に立つ〟こと――シルクロード取材記――」

3（昭和56年8月）月報3――加藤九祚「仙台の津太夫一行の漂着地その他」／白土吾夫「井上先生と中国」

4（昭和56年9月）月報4――護雅夫「蒼き狼・狗・『灰色の狼』」／松原正毅「遊牧の日々」

5（昭和56年10月）月報5――旗田巍「三別抄の反蒙抗戦と日本への通牒」／金達寿「『風濤』と読み直す」

6（昭和56年11月）月報6――奈良本辰也「歴史学から歴史小説に」／三浦綾子「漂流」／ボリス・ラスキン「訳者の意見」

7（昭和56年12月）月報7――杉山二郎「万葉の女性たち」／露木豊「井上靖文学館」

8（昭和57年1月）月報8――栗原益男「楊貴妃のころの唐朝」／竹西寛子「ただならぬこと」／東山魁夷「井上靖さんと私」

9（昭和57年2月）月報9――岡本良一「秀頼と千姫」／田中克彦「小さな民の声の歴史」／唐月梅「私の好きな井上文学」

10（昭和57年3月）月報10――熊谷功夫「『利休の死』そして本覚坊のこと」／福田宏年「乱世に弄ばれる人たち」／原田伴彦「史話の屑籠」

11（昭和57年4月）月報11――秦恒平「井上文学の寂しみ」――→『作家の批評』平成9年、清水書院刊／足立巻一「井上さんの詩と大阪」／上横手雅敬「後白河院の一面」　※全巻著者あとがき付。

『井上靖エッセイ全集』全10巻（学習研究社刊）

1（昭和58年6月）月報1――篠田一士「律義さと自恃と――井上文学におけるエッセイ」／巌谷大四「一生の思い出」／今井ふじ子「井上文学とわたし」

2（昭和58年7月）月報2――司馬遼太郎「年譜を見つつ」／竹西寛子「『蘆』のこと」――→『読書の歳月』昭和60年6月、筑摩書房刊／長坂弘之「井上文学とわたし」

3（昭和58年8月）月報3――大岡信「少年歌人井上靖について」／宇田博司「湯道―井上医院の屋敷跡と建物の所在」／畠中美和子「井上文学とわたし」

4（昭和58年9月）月報4――杉森久英「放擲と専念と―四高の井上靖―」／平山郁夫「玄奘三蔵の道」／岸田定雄「井上文学とわたし」

5（昭和58年10月）月報5――佐多稲子「井上靖さんのこと」――→『出会った縁』昭和59年5月、講談社刊／山崎一穎「井上文学の世界」／窪田純子「井上文学とわたし」

6（昭和58年11月）月報6――野間宏「井上靖氏を幾度か訪ね」――→『野間宏作品集10』昭和62年12月、岩波書店刊／陳舜臣「壮心やまず」／牧野桂三「井上文学とわたし」

7（昭和58年12月）月報7――目崎徳衛「一期一会をめぐっ

て」／工藤茂「挽歌の系譜―井上靖の文学世界」／高木繁「井上文学とわたし」

8（昭和59年1月）月報8――松本清張「情誼」／田中仙翁「井上先生と茶道」／小林俊二「井上文学とわたし」

9（昭和59年2月）月報9――樋口隆康「井上さんとシルクロードを旅して」／加藤九祚「クシャン王国の謎」／児玉敏郎「井上文学とわたし」

10（昭和59年3月）月報10――奥野健男「井上靖氏との交遊」／福田宏年「井上靖の美術展」／網田彌一「井上文学とわたし」
※全巻著者あとがき付。

『**詩集　乾河道**』（昭和59年3月）
付録――草野心平「井上詩雑感」、清岡卓行「『もしもここで』について」、大岡信「不逞なるもの」――→『詩を読む鍵』平成4年6月、講談社刊

『**美の遍歴**』（昭和59年7月、毎日新聞社刊）
福田宏年「井上文学と美術」「井上靖美術略年譜」

『**日本の文学79　天平の甍**』（昭和59年8月、ほるぷ出版刊）
水上勉「壮大な叙事詩」

『**井上靖自伝的小説集**』全5巻（学習研究社刊）

1（昭和60年3月）月報――梅原猛「死から還って――『しろばんば』を読む」／福田宏年「井上文学と伝記的事実㈠」

2（昭和60年4月）月報――吉行淳之介「戦後の三十六年間」／福田宏年「井上文学と伝記的事実㈡」

3（昭和60年5月）月報――山下泰裕「井上先生と柔道」／福田宏年「井上文学と伝記的事実㈢」／島田士朗「銚子の月」、三浦幾代「一年がかりで読んだ『夏草冬濤』」／二木秀雄「ゴシ、ゴシ」

4（昭和60年6月）月報――清岡卓行「井上靖の詩の〈白〉のイメージ――散文詩『猟銃』まで」／中川善教「記者時代の井上さんの二、三のこと」／福田宏年「井上文学と伝記的事実㈣」

5（昭和60年7月）月報――佐伯彰一「智慧の文学―井上靖における『私』」／福田宏年「井上文学と伝記的事実㈤」　※全巻著者あとがき付。

『**井上靖詩集　シリア沙漠の少年**』（昭和60年8月、教育出版センター刊）
宮崎健三「解説」

『**日本の文学34・35　しろばんば　上・下**』（昭和60年12月、金の星社刊）
付録（前編）――福田宏年「作者にふれて」／伊藤始「作品について」
付録（後編）――宇田博司「作者にふれて」／伊藤始「作品について」

『**少年少女日本文学館18　しろばんば**』（昭和61年2月、講談社刊）
高橋英夫「解説」／清岡卓行「〈白〉のイメージとポエジーの結びつき」

『**日本歴史文学館8　風林火山／淀どの日記／後白河院**』（昭和61年9月、講談社刊）
井上靖「著者インタビュー」／別冊付録――尾崎秀樹「歴史文学夜話(7)」――→『歴史文学夜話』平成2年9月、講談社刊

『**昭和文学全集10　井伏鱒二・永井龍男・宇野千代・井上靖**』（昭和

62年4月、小学館刊）
辻邦生「井上靖・人と作品」／福田宏年「年譜」／月報――中島和夫「即興的・構築的」

『**石川近代文学全集7　井上靖**』（昭和62年9月、石川近代文学館刊）
森井道男「巻末研究」

『**日本の短篇(上)**』（平成元年3月、文藝春秋刊）
栗坪良樹「解題」※「補陀落渡海記」評

『**春を呼ぶな**』（平成元年11月、福田正夫詩の会刊）
瀬戸口宣司「解説」

『**井上靖歴史紀行文集**』全4巻（岩波書店刊）
1（平成4年1月）福田宏年「解題」
2（平成4年2月）福田宏年「解題」
3（平成4年3月）福田宏年「解題」
4（平成4年4月）福田宏年「年譜」

『**シルクロード紀行(上)　同時代ライブラリー157**』（平成5年8月、岩波書店刊）
福田宏年「井上靖との旅」

『**シルクロード紀行(下)　同時代ライブラリー158**』（平成5年9月、岩波書店刊）
井上修一「旅の父」

『**日本紀行　同時代ライブラリー169**』（平成5年12月、岩波書店刊）
十川信介「幻華―井上靖氏の『旅』」

『**作家の自伝　18　井上靖**』（平成6年10月、日本図書センター刊）
竹内清己「解説」

『**井上靖全集**』全28巻、別巻1（新潮社刊）
1（平成7年4月）曾根博義「解題」／月報――井上ふみ「靖の誕生」、曾根博義「井上靖と『宣言』」
2（平成7年6月）曾根博義「解題」／月報――井上ふみ「わが家の第一祖」／曾根博義「『サンデー毎日』の花形作家」
3（平成7年7月）曾根博義「解題」／月報――井上ふみ「金比羅さん」／曾根博義「第二の新人」
4（平成7年8月）曾根博義「解題」／月報――井上ふみ「子供たちのお楽しみ」／曾根博義「芥川賞受賞」
5（平成7年9月）曾根博義「解題」／月報――井上ふみ「狩野川台風のこと」／曾根博義「小説の芸術性と大衆性」
6（平成7年10月）曾根博義「解題」／月報――井上ふみ「お蔵の坊の中学時代」／曾根博義「短篇の評価」
7（平成7年11月）曾根博義「解題」／月報――井上ふみ「お蔵の坊の中学時代2」／曾根博義「井上靖の戯曲」
8（平成7年12月）曾根博義「解題」／月報――井上ふみ「第四高等学校にはいれた」／曾根博義「『流転』と『黯い潮』」
9（平成8年1月）曾根博義「解題」／月報――井上ふみ「青春の悦びと悲しみ」／曾根博義「『黯い潮』をめぐって」
10（平成8年2月）曾根博義「解題」／月報――井上ふみ「靖と私が初めて会った日」／曾根博義「『淀どの日記』」
11（平成8年3月）曾根博義「解題」／月報――井上ふみ「風来坊から京都帝国大学学生に」／曾根博義「長篇の発表舞台」
12（平成8年4月）曾根博義「解題」／月報――井上ふみ「文学の芽は育ち始めた」／曾根博義「時代小説から歴史小説へ」

13（平成8年5月）曾根博義「解題」／月報――井上ふみ「結婚の日を迎えた」／曾根博義「『天平の甍』まで」
14（平成8年6月）曾根博義「解題」／月報――井上ふみ「湯ヶ島でのおふるまい」／曾根博義「正宗白鳥の井上靖評」
15（平成8年7月）曾根博義「解題」／月報――井上ふみ「靖、毎日新聞社入社」／曾根博義「さまざまな『天平の甍』評」
16（平成8年8月）曾根博義「解題」／月報――曾根博義「『楼蘭』の同時代評」
17（平成8年9月）曾根博義「解題」／月報――井上ふみ「靖と登山」／曾根博義「『敦煌』まで」
18（平成8年10月）曾根博義「解題」／月報――井上ふみ「今年の『かえる会』」／曾根博義「『敦煌』の同時代評(一)」
19（平成8年11月）曾根博義「解題」／月報――井上ふみ「疎開」／曾根博義「『敦煌』の同時代評(二)」
20（平成8年12月）曾根博義「解題」／月報――井上ふみ「軽井沢今昔」／曾根博義「『蒼き狼』の同時代評」
21（平成9年1月）曾根博義「解題」／月報――井上ふみ「野菜党になった靖」／曾根博義「『蒼き狼』論争(一)」
22（平成9年2月）曾根博義「解題」／月報――井上ふみ「靖の散歩」／曾根博義「『蒼き狼』論争(二)」
23（平成9年6月）曾根博義「解題」／月報――井上ふみ「暮、正月」／曾根博義「『風濤』評」
24（平成9年7月）曾根博義「解題」／月報――井上ふみ「私の初めての中国訪問」／曾根博義「『おろしや国酔夢譚』評」
25（平成9年8月）曾根博義「解題」／月報――井上ふみ「靖について敦煌まで」／曾根博義「署名のない作品について」
26（平成9年9月）曾根博義「解題」／月報――井上ふみ「靖について敦煌まで2」／曾根博義「『化石』評」
27（平成9年10月）曾根博義「解題」／月報――井上ふみ「靖について敦煌まで3」／曾根博義「『月の光』その他」
28（平成9年11月）曾根博義「解題」／月報――井上ふみ「靖との最後のヨーロッパ旅行」／曾根博義「『現代先覚者伝』について」
別巻（平成12年4月）曾根博義「解題」／曾根博義「全巻の訂正および補記」／藤沢全「井上靖年譜」／曾根博義「井上靖作品年表」／曾根博義「井上靖書誌」／藤本寿彦「井上靖参考文献目録」／曾根博義「作品名索引」／月報――曾根博義「編集を終えて」／藤沢全「『井上靖年譜』作成について」／藤本寿彦「井上靖と丸山薫」

『**ポケット日本文学館14　しろばんば**』（平成7年9月、講談社刊）
篠崎美生子「解説」

［文庫］
〈新潮文庫〉
『**猟銃・闘牛**』（昭和25年11月刊）
河盛好蔵「解説」
『**ある偽作家の生涯**』（昭和31年5月刊）
神西清「解説」――→『神西清全集6』昭和51年1月、文治堂書店
『**あした来る人(下)**』（昭和32年3月刊）

山本健吉「解説」
『**黒い蝶**』(昭和33年11月刊)
十返肇「解説」──→『十返肇著作集(下)』昭和44年5月、講談社刊
『**あすなろ物語**』(昭和33年11月刊)
亀井勝一郎「『あすなろ物語』について」──→『亀井勝一郎全集補巻1』昭和48年4月、講談社刊 ※昭和50年4月、33刷改版から福田宏年「井上靖 人と作品」を加えた。
『**風林火山**』(昭和33年12月刊)
吉田健一「解説」──→『読む領分』昭和54年1月、新潮社刊
『**詩集北国**』(昭和35年11月刊)
村野四郎「解説」
『**あした来る人**』(昭和36年7月刊)
山本健吉「解説」
『**射程**』(昭和38年6月刊)
山本健吉「解説」
『**氷壁**』(昭和38年11月刊)
佐伯彰一「『氷壁』について」 ※昭和50年3月刊の改版は福田宏年「人と作品」。
『**天平の甍**』(昭和39年3月刊)
山本健吉「解説」
『**蒼き狼**』(昭和39年6月刊)
亀井勝一郎「解説」
『**しろばんば**』(昭和40年3月刊)
臼井吉見「解説」──→『作家論控え帳』昭和52年4月、筑摩書房刊

『**敦煌**』(昭和40年6月刊)
河上徹太郎「解説」──→『群像日本の作家20 井上靖』平成2年3月、小学館刊
『**憂愁平野**』(昭和40年10月刊)
進藤純孝「解説」
『**風濤**』(昭和42年3月刊)
篠田一士「解説」
『**姨捨**』(昭和42年10月刊)
福田宏年「解説」
『**楼蘭**』(昭和43年1月刊)
山本健吉「解説」──→『山本健吉全集14』昭和59年7月、講談社刊
『**夏草冬濤**』(昭和45年4月刊)
小松伸六「解説」
『**額田女王**』(昭和47年10月刊)
山本健吉「解説」
『**後白河院**』(昭和50年9月刊)
磯田光一「解説」──→『昭和作家論集成』昭和60年6月、新潮社刊
『**幼き日のこと・青春放浪**』(昭和51年10月刊)
福田宏年「解説」
『**西域物語**』(昭和52年3月刊)
江上波夫「解説」
『**四角な船**』(昭和52年12月刊)
福田宏年「解説」

『少年・あかね雲』（昭和53年10月刊）
北杜夫「解説」
『夜の声』（昭和55年2月刊）
佐伯彰一「解説」
『北の海』（昭和55年7月刊）
山本健吉「解説」
『道・ローマの宿』（昭和56年10月刊）
秦恒平「解説」
『遺跡の旅・シルクロード』（昭和57年12月刊）
井上靖「あとがき」
『井上靖全詩集』（昭和58年8月刊）
宮崎健三「解説」──→『群像日本の作家20　井上靖』平成2年3月、小学館刊
『忘れ得ぬ芸術家たち』（昭和61年8月刊）
高階秀爾「解説」
『星よまたたけ──井上靖童話集──』（昭和63年2月刊）
福田宏年「解説」
『河岸に立ちて　歴史の川 沙漠の川』（平成元年2月刊）
大岡信「解説」
『石濤』（平成6年7月刊）
曾根博義「解説」
『孔子』（平成7年12月刊）
曾根博義「解説」

〈角川文庫〉

『黯い潮』（昭和27年2月刊）
浦松佐美太郎「解説」
『白い牙他一篇』（昭和30年8月刊）
高橋義孝「解説」
『戦国無頼(下)』（昭和30年9月刊）
小松伸六「解説」
『貧血と花と爆弾他二篇』（昭和31年3月刊）
十返肇「解説」
『青衣の人』（昭和31年3月刊）
亀井勝一郎「解説」──→『亀井勝一郎全集補巻1』昭和48年4月、講談社刊
『楼門他七篇』（昭和31年12月刊）
小松伸六「解説」
『霧の道他四篇』（昭和32年3月刊）
沢野久雄「解説」
『異域の人他五篇』（昭和32年8月刊）
山本健吉「解説」
『春の海図』（昭和33年9月刊）
福田宏年「解説」
『真田軍記』（昭和33年11月刊）
小松伸六「解説」
『春の嵐・通夜の客』（昭和34年4月刊）
小松伸六「解説」
『愛』（昭和34年4月刊）
野村尚吾「解説」

『**満ちて来る潮**』（昭和34年9月刊）
瓜生卓造「解説」
『**孤猿**』（昭和34年9月刊）
進藤純孝「解説」
『**満月他九篇**』（昭和34年10月刊）
佐伯彰一「解説」
『**風と雲と砦**』（昭和35年2月刊）
杉森久英「解説」
『**ある落日㊦**』（昭和35年6月刊）
河盛好蔵「解説」
『**現代詩人全集7**』（昭和36年6月刊）
村野四郎「解説」
『**海峡**』（昭和36年6月刊）
山本健吉「解説」
『**白い風赤い雲**』（昭和36年9月刊）
福田宏年「解説」
『**ある落日**』（昭和36年11月刊）
河盛好蔵「解説」
『**波濤**』（昭和37年10月刊）
進藤純孝「解説」
『**河口**』（昭和38年10月刊）
福田宏年「解説」
『**淀どの日記**』（昭和39年5月刊）
篠田一士「解説」
『**渦**』（昭和40年9月刊）
山本健吉「解説」
『**昨日と明日の間**』（昭和41年5月刊）
野村尚吾「解説」
『**城砦**』（昭和41年12月刊）
福田宏年「解説」
『**傾ける海**』（昭和43年7月刊）
進藤純孝「解説」
『**群舞**』（昭和43年11月刊）
進藤純孝「解説」
『**化石**』（昭和44年11月刊）
福田宏年「解説」
『**天目山の雲他十一篇**』（昭和50年2月刊）
山本健吉「解説」
『**星と祭**』（昭和50年3月刊）
角川源義「解説」
『**満月他七篇**』（昭和50年8月刊）
奥野健男「解説」――→『奥野健男作家論集4』昭和53年1月、泰流社刊
『**花のある岩場**』（昭和51年2月刊）
奥野健男「解説」――→『奥野健男作家論集4』昭和53年1月、泰流社刊
『**花壇**』（昭和55年2月刊）
小松伸六「解説」

〈学燈文庫〉

『天平の甍』（昭和38年6月刊）
高田瑞穂「解説」

〈旺文社文庫〉

『あすなろ物語他一篇』（昭和41年6月刊）
福田宏年「人と文学」、平山信義「人生の詩情を読む」、角田明「井上さんという人」

『天平の甍（他）補陀落渡海記』（昭和43年12月刊）
山本健吉「解説」→『山本健吉全集14』昭和59年7月、講談社刊、河上徹太郎「二つの僧の物語」、杉森久英「四高の先輩たち」

『しろばんば』（昭和44年1月刊）
小松伸六「解説」、福田宏年「草の匂いのユーモア」、巌谷大四「井上靖氏のふるさと」

『蒼き狼』（昭和45年7月刊）
奥野健男「『蒼き狼』解説」→『奥野健男作家論集4』昭和53年1月、泰流社刊／野村尚吾「同じ職場で」／岩村忍「『蒼き狼』のゆくえ」

『孤猿・小磐梯他八編』（昭和46年4月刊）
佐伯彰一「解説」、菊村到「短篇小説の魅力」、竹中郁「『きりん』の頃」

『洪水・異域の人他八編』（昭和46年8月刊）
高橋英夫「解説」、大原富枝「西域への憧れ」、源氏鶏太「井上さんの酒とゴルフ」

『真田軍記他七編』（昭和49年9月刊）
杉本春生「解説」

『滝へ降りる道他七篇』（昭和50年9月刊）
長谷川泉「解説」

『自選井上靖詩集』（昭和56年1月刊）
大岡信「解説」→『詩を読む鍵』平成4年6月、講談社刊

『天平の甍』（平成2年3月刊）
山本健吉「解説」／尾木和英「『天平の甍』をどう読むか」※平成9年4月刊版は福田宏年「解説」「作品解説」

〈講談社文庫〉

『月の光』（昭和46年7月刊）
中村光夫「解説」

『楊貴妃伝』（昭和47年9月刊）
石田幹之助「解説」

『わが母の記』（昭和52年5月刊）
井上靖「『わが母の記』あとがき」／中村光夫「解説」→『中村光夫全集5』昭和47年4月、筑摩書房刊

『花と波濤』（昭和53年2月刊）
福田宏年「解説」

『夢見る沼』（昭和53年9月刊）
進藤純孝「解説」

『北国の春』（昭和55年10月刊）
福田宏年「解説」

『本覚坊遺文』（昭和59年11月刊）
高橋英夫「解説」→『昭和作家論103』平成5年12月、小学館刊／井口一男「年譜」

『**異国の星**(下)』(昭和62年10月刊)
福田宏年「解説」/井口一男「年譜」

〈潮文庫〉
『**楼門**』(昭和47年11月刊)
山本健吉「解説」
『**傍観者**』(昭和48年7月刊)
尾崎秀樹「解説」
『**伊那の白梅**』(昭和48年11月刊)
尾崎秀樹「解説」
『**山の少女・北国の春**』(昭和49年3月刊)
高野斗志美「解説」
『**西域をゆく**』(昭和58年11月刊)
陳舜臣「解説」

〈中公文庫〉
『**暗い平原**』(昭和48年7月刊)
奥野健男「解説」
『**北の海**』(昭和55年9月刊)
小松伸六「解説」
『**故里の鏡**』(昭和57年8月刊)
福田宏年「解説」
『**カルロス四世の家族――小説家の美術ノート――**』(平成元年5月刊)
高階秀爾「解説」

〈文春文庫〉
『**おろしや国酔夢譚**』(昭和49年6月刊)
江藤淳「解説」
『**崑崙の玉**』(昭和49年12月刊)
佐伯彰一「解説」
『**その人の名は言えない**』(昭和50年2月刊)
小松伸六「解説」
『**欅の木**』(昭和50年7月刊)
奥野健男「解説」――→『奥野健男作家論集4』昭和53年1月、泰流社刊
『**緑の仲間**』(昭和51年6月刊)
福田宏年「解説」
『**こんどは俺の番だ**』(昭和51年10月刊)
福田宏年「解説」
『**揺れる耳飾り**』(昭和52年4月刊)
福田宏年「解説」
『**魔の季節**』(昭和52年10月刊)
福田宏年「解説」
『**燭台**』(昭和53年2月刊)
福田宏年「解説」
『**オリーブ地帯**』(昭和53年5月刊)
福田宏年「解説」
『**白い炎**』(昭和53年10月刊)
福田宏年「解説」

『**崖**(下)』(昭和54年2月刊)
福田宏年「解説」
『**黯い潮・霧の道**』(昭和54年5月刊)
福田宏年「解説」
『**貧血と花と爆弾**』(昭和54年9月刊)
福田宏年「解説」
『**断崖**』(昭和54年12月刊)
福田宏年「解説」
『**紅花**』(昭和55年2月刊)
福田宏年「解説」
『**地図にない島**』(昭和55年6月刊)
福田宏年「解説」
『**盛装**(下)』(昭和55年9月刊)
福田宏年「解説」
『**戦国城砦群**』(昭和55年12月刊)
福田宏年「解説」
『**月光**』(昭和56年5月刊)
福田宏年「解説」
『**若き怒濤**』(昭和56年9月刊)
福田宏年「解説」
『**遠い海**』(昭和57年1月刊)
福田宏年「解説」
『**兵鼓**』(昭和57年6月刊)
福田宏年「解説」
『**流沙**(下)』(昭和57年11月刊)
諏訪正人「解説」
『**私の西域紀行**(下)』(昭和62年6月刊)
田川純三「解説」
『**西域をゆく**』(平成10年5月刊)
平山郁夫「解説」

〈集英社文庫〉

『**白い牙**』(昭和52年5月刊)
福田宏年「解説」
『**冬の月**』(昭和52年9月刊)
福田宏年「解説」
『**青葉の旅**』(昭和52年12月刊)
奥野健男「解説」──→『奥野健男作家論集4』昭和53年1月、泰流社刊
『**火の燃える海**』(昭和53年5月刊)
進藤純孝「解説」
『**三ノ宮炎上**』(昭和53年10月刊)
尾崎秀樹「解説」
『**夏花**』(昭和54年2月刊)
山本健吉「解説」
『**楼門**』(昭和54年7月刊)
福田宏年「解説」
『**きれい寂び　人・仕事・作品**』(昭和59年9月刊)
福田宏年「解説」

〈正進社名作文庫〉
『天平の甍』（昭和45年7月刊）
中山渡「解説」
〈現代教養文庫〉
井上靖・岩村忍共著**『西域―人物と歴史―』**（昭和55年12月刊）
岩村忍「まえがき」／井上靖「あとがき」
〈徳間文庫〉
『シナリオ敦煌』（昭和63年4月刊）
井上靖・佐藤純弥「対談」
〈講談社文芸文庫〉
『わが母の記――花の下・月の光・雪の面――』（平成9年7月刊）
松原新一「凄涼の美と悲しみ」／曾根博義「年譜」「著書目録」「参考文献」
〈NHK文庫〉
『井上靖シルクロード詩集』（平成10年3月刊）
井上ふみ「靖のこと」
〈知的生きかた文庫〉
『わが一期一会』（平成3年12月刊）
井上靖「あとがきに代えて」 ※三笠書房刊。

3　雑誌・新聞特集

第二十二回芥川龍之介賞決定発表（「文藝春秋」昭和25年4月）
井上靖「芥川賞を受けて」／第二十二回芥川賞経緯／／芥川賞選後評――瀧井孝作「国際的の小説」／佐藤春夫「『闘牛』を採る」／石川達三「選後小感」／岸田國士「選後に」／舟橋聖一「『猟銃』と『闘牛』」／丹羽文雄「一陣の風」／宇野浩二「読後感」／坂口安吾「『闘牛』の方向」／川端康成「常識的な『闘牛』」――→『芥川賞作品集』第一巻、昭和31年10月、修道社刊

井上靖小論［門外・門内問答］（「文學界」昭和29年9月）
デビューと活躍／瀬沼茂樹「人生の探訪記者」／桶谷繁雄「孤独なリリシズム」

戦後文学の旗手三人（「国文学　解釈と鑑賞」昭和41年7月）
長谷川泉「井上靖入門」／三好行雄「井上靖における詩人」／尾崎秀樹「流転の相と抒情の質」／田中保隆「井上靖の歴史小説」／紅野敏郎・佐々木啓之「解題と評価・井上靖」

「まるいてえぶる」（第1号　昭和42年7月）
井上ふみ「小さな祠」／森田達「『わだつみ』海を渡る」／石川静子「日記より」／井上ハマ子「兄弟姉妹」／足立千古「私の趣味」／大谷千代「想い出」／磯山正「僕のスポーツ歴」／大伴重治「四高時代の井上さんと私」／福田宏年「少年シェルパ」／足立文與「春の随想点描」／大谷正矩「指輪」／足立千次「自己紹

介」／浦城恒雄「義明記」／福田弥生「思い出すこと」／太田陽子「還暦を迎えられた伯父様へ」／福井喜久「うちのダンックさん」／森田雅子「エコランの思い出」／浦城いくよ「社宅の生活」／井上修一「手の切れた女に用はない」／井上卓也「女子学生雑感」／井上佳子「歯医者」（再録）

特集　井上靖（「地球」昭和47年4月）
井上靖詩抄「愛情」「淵」／財部鳥子「『猟銃』小論」／杉本春生「銹びた鏡」／斎藤庸一「詩と小説の関連」／福中都生子「井上靖の詩の世界」／小川和佑「井上靖の詩と小説」／三谷晃一「井上靖詩集『季節』をめぐって」／秋谷豊「井上靖の小説の風景」

「舞曲扇林」（昭和49年9月）
河原崎長十郎「歴史の大道を歩む」／井上靖「古を今の用と為す――『天平の甍』の舞台を見て――」／白石凡「『天平の甍』を観て」／島田政雄「『天平の甍』に思う」／坂本徳松「『天平の甍』を見て」／小山内宏「『天平の甍』を観ながら思ったこと」

特集　井上靖――歴史とロマン（「国文学　解釈と教材の研究」昭和50年3月）
井上靖・三好行雄「対談・作家の内部」／山本健吉「『桃李記』雑感」――→『山本健吉全集14』昭和59年7月、講談社刊／大岡信「井上靖における詩人」――→『明治・大正・昭和の詩人たち』昭和52年7月、新潮社刊／福田宏年「井上靖における少年」／佐伯彰一「井上靖における歴史と『私』」／巌谷大四「行動者の虚無的諦観」／八木義徳「脱落者の悲哀」――→『群像日本の作家20　井上靖』平成2年3月、小学館刊／辻邦生「時間と人間」／竹西寛子「自然と人間」／小松伸六「ロマンの世界」／竹中郁「井上靖の文体寸見」／磯貝英夫「井上靖と私小説」／高階秀爾「井上靖と美の世界」――→『群像日本の作家20　井上靖』平成2年3月、小学館刊／中島国彦「猟銃」／荻久保泰幸「ある偽作家の生涯」――→『現代日本文学研究』平成元年12月、明治書院刊／藤沢全「しろばんば」／長谷川泉「風濤」／千葉宣一「化石」／紅野敏郎「花の下」「月の光」「雪の面」／岩城之徳「井上文学館訪問記」

特集『井上靖研究』（「花片頌」1　昭和51年7月）
長谷川泉「井上文学の華麗なる環」／宮崎健三「詩集『北国』の成立」

特集『井上靖研究』（「花片頌」2　昭和54年6月）
奥野健男「井上靖への間奏曲」／境忠一「井上靖と〈もの〉たち」／嶋岡晨「詩と散文の溶融」――→『詩人と小説家の世界』昭和58年6月、名著刊行会刊／長谷川泉「井上靖氏との邂逅」

伊豆の文学者シリーズ（「豆州かわら版」昭和57年3月）
井上靖・林屋克三郎「井上靖氏インタビュー・本覚坊遺文をめぐって」／津波克明「井上靖の作品を歩く『しろばんば』『夏草冬濤』」／斉藤卓「内部と『死』の淵」

小特集　井上靖――その作品の魅力（「月刊国語教育」昭和58年7月）
井上靖「私のライフ・ワーク」／平山郁夫「井上靖先生との出会い」／福田宏年「井上靖略伝」／戸部銀作「井上靖の作品と舞台」／中島国彦「教材としての井上靖の作品――『わが一期一会』を通してみたその魅力――」／田村嘉勝『あすなろ物語』

と〈克己〉」／武田金市郎「『赤い実』の授業実践から」／水川隆夫「『天上の星の輝き』を指導して」／河野晃代「『養之如春』」

「まるいてえぶる」（第2号　昭和59年12月）

井上靖「喜寿の年」／井上ふみ「英子へ――祖母ふみより」／上林吾郎「一座建立――いくよさんへの手紙」／小山典子「これからが花」／二村次郎「折りにふれて」／安藤尊夫「井上家資料雑録」／井上波満子「近頃のこと」／足立千古「老境を考える」／足立文與「ブラッセルの日本晴れ」／福田宏年「百両あれば」／福田弥生「隠忍二十五年」／大谷千代「最近のわたし」／大谷光敏「犬と共に」／浦城恒雄「子供たちの三人の曾祖父」／浦城いくよ「大井森前町の頃」／浦城朋子「十代最後の夏」／浦城義明「十七年目の僕」／井上修一「大人の中の少年」／井上甫壬「はじめてのお産」／井上卓也「記念撮影」／井上弓子「子供達のこと」／黒田秀彦「米国留学をふり返って」／黒田佳子「クローバの花から」／／井上靖「第四十七回国際ペン東京大会挨拶」／井上ふみ「報告までに」

井上靖の旅（「別冊るるぶ愛蔵版」24　昭和60年12月）

井上靖「旅情」／／井上靖文学の旅・国内篇――新保千代子「詩集『北国』を生んだ風土・金沢」／枡田令子「燦として列星の如し」／風間龍平「『海峡』の舞台下北半島へ」／エッセイ――宇田博司「しろばんばの世界」／岡部伊都子「生身の気魄」／／井上靖文学の旅・シルクロード篇――平山郁夫「シルクロードの魅力」／桜井芳夫「シルクロードへ」／吉田晴彦「揚州から奈良への道」／藤原進「『風濤』――元寇にみる詩と真実」／／エッセイ――杉山二郎「鑑真和上随想」／／よみもの――菊池仁「井上文学のなかの女性像」／大岡信「井上靖の詩と方法」／福田宏年「拾い集めた旅の絵」／森田正治「穂高に魅せられた作家」／黒田佳子「父・井上靖」／／エピソード・井上靖／／井上靖の年譜

現代文研究シリーズ16　井上靖（「国語展望」別冊　昭和61年5月）

三好行雄「井上靖における詩人――詩集『北国』をめぐって――」→『近代の抒情』平成2年9月、塙書房刊／福田宏年「井上靖における《物語《ロマン》》」／木谷喜美枝「『氷壁』の世界」／羽鳥徹哉「『化石』のこと」／曾根博義「井上靖における《歴史》」――→『群像日本の作家20　井上靖』平成2年3月、小学館刊／福田準之輔「『天平の甍』の意図と主題」／中島国彦「人間・運命・歴史――『蒼き狼』への一視点――」／玉城正行「風景と記憶――井上靖の根底にあるもの」／藤沢全「『しろばんば』――自伝的世界の構築――」／神田由美子「『わが母の記』について」

特集　井上靖の世界（曾根博義編「国文学　解釈と鑑賞」昭和62年12月）

渡部芳紀「文学アルバム＝井上靖」／長谷川泉「井上靖文学の魅力」／曾根博義「井上靖論　近業に触れて」／／井上靖の諸相――川口明美「井上靖の女性観　作品に描かれた女性像」／安藤幸輔「井上靖と自然」／竹内清己「井上靖の美術評論」／岡崎和夫「絵がかたる場　井上靖の表現工房」／／作品の世界――秋谷豊「詩集『北国』」／磯貝英夫「『猟銃』」／藤沢全「『闘牛』」／栗坪良樹「『氷壁』　魔の山の世界」／大高知児「『風林火山』　山本勘助像を巡って」／助川徳是「『本覚坊遺文』」／久保田芳太郎「『天平の甍』「歴史其儘」と「歴史離れ」」／工藤茂「『楼蘭』」／岡保生「『敦煌』」／松本鶴雄「『蒼き狼』とその問題

性」／熊木哲「『風濤』」／渡部芳紀「『しろばんば』」／大里恭三郎「『夏草冬濤』論　詩の存亡」／上田正行「『北の海』　四高時代から見る」／木村幸雄「『あすなろ物語』」／渡部芳紀「井上靖文学散歩」／工藤茂「井上靖参考文献目録」／祇園雅美「井上靖年譜」

小特集・井上靖（「焔」平成元年2月）

山本和夫「ちょっと、ひとこと——井上靖氏の傍観者に就いて——」／西川勉「流星——『北国』から『傍観者』まで——」／小長谷源治「『土の絵』モデルの地から」／福田美鈴「湖北の旅記——『星と祭』に触れながら——」／植木保男「龍鱗の呪術がきらめいた日——詩碑〈天龍川・讃〉のこと——」／工藤茂「詩に見る井上さんの天命説」

特集・孤独と抒情——詩人　井上靖の世界（「鳩よ！」平成2年4月）

井上靖「書きおろし　井上靖小詩集」／私のアルバム／巖谷大四「井上靖の人と作品——詩人の魂と白い河床」／伊藤桂一・吉行淳之介・竹西寛子・鈴木治雄・増田れい子「井上靖の文学と人間」／井上靖・福田美鈴「井上靖が語る　詩との出会い　そして出発」／瀬戸口宣司「孤独なる詩情」／「詩人のいる風景　日々是好日」／小松健一「井上文学館」／井上靖「河井寛次郎論」／尾崎秀樹「詩人の眼に映じた人間と歴史の非情」／奥野健男「『孔子』を生んだ作家の精神的背景」／井上靖「自選詩抄」

特集『井上靖会長の逝去を悼む』（「日中文化交流」平成3年2月10日）

孫平化「井上靖先生宅を訪ねて」／無署名「井上靖氏逝去さる」／于青「耳順にして『論語』に魅入られ、耄耋にして『孔子』を著す——日本の著名な作家井上靖氏を訪ねて——」

追悼　井上靖（「週刊読書人」平成3年2月18日）

川村湊「西域こそまさに心の故郷だった——定住社会としての日本の中の〝遊牧民〟」／杉森久英「井上さん、よくやりましたね　芥川賞の祝宴での挨拶が思い出される」

追悼　井上靖氏を偲ぶ（「知識」平成3年4月）

上坂信男「『虚往実帰』ということ」／緒方ゆき「なごり惜しの面影」／武田勝彦「冷徹と情熱」

追悼　井上靖（「新潮」平成3年4月）

井上靖「負函」／東山魁夷「井上さんとの旅」／遠藤周作「強靭な意志力」／辻邦生「物語時代の終り」／竹西寛子「『蘆』を読む」／宮本輝「ついに書かれなかった小説」／樋口隆康「作家の真実」／秋谷豊「『沙漠』の詩人」／庄野英二「優しい心遣い」／川端香男里「井上靖さんと川端賞」／イルメラ・日地谷・キルシュネライト「ドイツにおける井上文学」／杉森久英・佐伯彰一「対談『猟銃』から『孔子』まで」

追悼　井上靖（「群像」平成3年4月）

水上勉「井上さんを悼む」／小田切進「『わたしの昭和』の話のことなど」／大岡信「すねもののわれをあはれと——井上靖の少年短歌」／大江健三郎「フロレンスの壁と新疆の楊」

追悼　井上靖（「文學界」平成3年4月）

野口冨士男「回想の井上靖氏」——→『時のきれはし』平成3年11月、講談社刊／平山郁夫「井上靖先生を偲んで」／山崎豊子「リュックサック」／辻邦生「空気のヴェールを見た日」／辻井喬

「河岸に立って」／大岡信「井上靖先生」――→『光のくだもの』平成3年11月、小学館刊／近藤信行「吹雪のなかの句会」／石和鷹「井上靖氏の迅雷風烈」――→『深夜の独笑』平成8年9月、集英社刊

追悼　井上靖（「すばる」平成3年4月）

水上勉「追悼」／梅原猛「井上さんの想い出」／城山三郎「満天の星の睡りへ」／三木卓「烈しさの変身」／竹西寛子「詩篇と高校生」／高橋英夫「見出された『仁』」／佐伯彰一「『万年大学生』の底力」／福田宏年「井上靖年譜」「主要作品解題」／井上靖「詩八篇」

追悼特集　井上靖　美への眼差し（『芸術新潮』平成3年4月）

上村松篁「画境を拓いた『額田女王』の挿絵」／秋野不矩「つつましい関係」／福田宏年「井上靖、その美術的側面」／井上ふみ「夫・井上靖のこと」

井上靖・西條嫩子追悼（「焔」平成3年4月）

福田美鈴「井上靖『高岡新報』掲載初期詩篇紹介――追悼として――」／西川修「井上靖詩集『星闌干』」

井上靖会長追悼特集（「日中文化交流」平成3年5月）

千田是也「井上靖会長追悼」／東山魁夷「井上さんとの想い出」／司馬遼太郎「異人秘精魂」／李鵬総理の弔文／団伊玖磨「井上会長を偲ぶ」／葬儀告別式に各界から千三百人が参列／井上靖氏略歴／大江健三郎氏の弔辞／大岡信氏の弔辞／中国各界から寄せられた弔意／秋野不矩「忘れえぬ思い出」／朝比奈隆「痛恨の極み」／池内央「北京からの電話」／伊藤桂一「井上先生を偲ぶ」／犬丸直「井上先生のご逝去を悼む」／井上ひさし「先生が汽車をとめた話」／岩波剛「負函に立つ」／岩波雄二郎「井上先生のこと」／巌谷大四「思い出」／上田繁潔「なら・シルクロード博での回想」／宇都宮徳馬「巨大な存在」／圓城寺次郎「見事な人生」／相賀徹夫「井上先生と日本現代詩歌文学館」／大越幸夫「井上さんとテレビ」／大庭みな子「助言」／奥野健男「中国への深い思い」／尾崎秀樹「尽きぬ思い出」／小田切進「スケールの大きな人」／加藤一郎「井上会長を悼む」／加藤巳一郎「心に刻んだ詩」／金子鷗亭「御逝去を悼む」／金子兜太「叙情の人」／河北倫明「井上さんを偲ぶ」／北大路欣也「井上先生のお言葉」／木下惠介「優しい眼差し」／木下順二「もっと教わりたかったこと」／熊井啓「恩師のような先生」／黒井千次「小さな思い出」／小山五郎「井上靖先生を悼む」／阪田寛夫「叱られ励まされ」／坂本光聰「井上靖先生の思い出」／桜内義雄「井上靖先生を悼んで」／佐藤純弥「不肖の弟子」／佐藤太清「一期一会」／篠弘「自己反省の道」／庄野潤三「慈眼」／白土吾夫「戦争と平和」／城山三郎「哀悼」／杉村春子「悲しい知らせ」／杉本苑子「光る描写」／鈴木治雄「『父性愛』を感じる」／千宗室「逝去を悼む」／高野昭「鳥たちの挽歌」／高山辰雄「柔らかな手」／田川純三「シルクロードの旅はつづく」／竹下虎之助「井上靖先生のこと」／竹西寛子「悼文」／田村高廣「忘れ得ぬあの日」／陳舜臣「井上靖氏の思い出」／辻井喬「あまりにもあっけなく」／辻邦生「何よりも小説家であること」／傳田朴也「先生の遺言」／戸板康二「いたわりの声音」／戸川幸夫「カメラの訓え」／徳間康快「映画『敦煌』と井上先生」／中江利忠「同時進行の物語」／中西陽一「井上先生と金沢」／中村歌右衛門『花』

をお持ちの方」／夏堀正元「毅然とした井上さん」／西田栄三「古都奈良を愛した先生」／秦恒平「失恋でもしたように」／服部敏幸「人生の達人」／樋口隆康「仁の人、井上靖先生」／福田宏年「井上靖の旅のメモ」／町田甲一「玉碗記」／松村禎三「鮮明なイメージ」／三浦哲郎「心残り」／三木睦子「悼みつつ思うこと」／水上勉「井上さんの中国」／三好徹「心のぬくもり」／向坊隆「井上靖先生を悼む」／護雅夫「第一印象」／山下静一「遺されたお言葉」／湯木貞一「やさしくきびしく」／吉永小百合「夢のような旅」／渡邊襄「井上靖先輩へのお礼」

井上靖追悼特集（「焰」平成3年6月）

山本和夫「井上靖を恋う」／永田東一郎「井上靖さんの逝去を悼む」／冬園節「悼詩　井上靖氏の霊に捧げる」／亀川省吾「鰓で」／森ちふく「白梅の香りにつつまれて」／阿部忠俊「中国そして井上靖先生」／福田美鈴「花の嗚咽」／小長谷源治「哀悼井上靖先生　湖北の旅に寄せて」／逸見久美「井上靖先生の逝く（平成三年一月二十九日）」／井上靖「講演『焰』時代」／福田美鈴「井上靖先生若き日の消息――旧『焰』から――」／増田朱躬「淋しさの海をクロールで泳ぎわたる」／金井英人「黄河は巨大な竜である」／蒲生直英「井上靖先生逝く」／野島茂「井上靖氏の詩と小説について――詩集『星闌干』を中心として――」／小野恵美子「井上靖の出発　『猟銃』・『闘牛』を中心に」／西川修「訃報の日――葵丘会議と焰十号『桐の花』のこと」／亀川省吾「冬の刺客」／工藤茂「愛別離苦――追悼・井上靖」／金子秀夫「最後の訪問」／黒田佳子「父と詩と」／井上靖氏追悼の会

追憶　井上靖（「毎日グラフ」別冊　平成3年7月）

佐伯彰一・辻邦生「対談・井上文学の魅力」／書かれなかった日々　井上靖の新聞記者時代――柄沢広之「先輩を料亭に招んだ新入社員」／斎藤栄一「井上靖さんのなかの新聞記者」／藤田信勝「井上君との三十年」／渡辺佐「井上さんの火鉢」／小谷正一「氷壁・氷塊　井上君との四分の一世紀」／野村尚吾「新聞記者時代の井上さん」

井上靖追悼特別号（「廿二期だより」平成3年7月）

井上靖「詩二篇」／第二部　故人家族――井上ふみ「終の日を迎えて」〃第三部　遺稿――井上靖「大正十五年金沢より（大庭景中宛書簡）」〃第四部　特別寄稿――傳田朴也「最後の文学碑」／横山政道「井上先生妙覚寺への下宿」　※本誌は沼津中学廿二期同窓会誌。

特集　詩人井上靖（「地球」平成3年10月）

伊藤桂一「訪中旅行のことなど」／犬塚尭「汎アジア的詩人」／新川和江「詩が第一位」／鈴木ユリイカ「憧憬」／杉山平一「井上靖の詩」／曾根博義「散文詩と読物小説」／辻井喬「白い詩情」／中島和夫「詩と小説のからみ合い」／永瀬清子「桐の花の下で眠られよ」／長谷川泉「邂逅」／長谷川龍生「詩鬼になっていた」／井上靖「井上靖の初期詩篇」／松本鶴雄「『野分』のニヒリズム」／山本和夫「ひたむきに美を」／秋谷豊「井上靖の詩をめぐって」

井上靖展特集（「日本近代文学館」平成4年9月）

監修者のことば――小田切進「井上靖の文学・人としての井上さん」／河北倫明「井上さんを想う」／井上靖展に寄せて――東山魁夷「井上さんとの旅」／司馬遼太郎「思無邪」／平山郁夫「井

上靖先生の思い出」／大江健三郎「生涯をつらぬくもの」／小沢征爾「井上先生の励まし」／八木義徳「詩から生まれる」

井上靖記念文化財団刊「伝書鳩」（平成5年12月）

井上靖「残照」／高野昭「新聞社に鳩がいたころ」／峰岸成次「井上文学と私」／藤沢全「井上靖の研究者として」／黒田佳子「全国の井上靖文学碑の一覧」／井上靖「挽歌」

井上靖記念文化財団刊「伝書鳩」（平成7年4月）

井上靖「年の始めに」／井上ふみ「近況報告」∥特集・井上靖の文学館・記念館・記念室——傳田朴也「井上文学館の読書会」／梅原実雄「井上靖と伊豆近代文学博物館」／新保千代子「井上先生と石川近代文学館・年表」／七瀬英夫「『野分の館』からのたより」／明定義人「小さな記念室のある町から」／表憲章「開館して一年がたちました」／浦城幾世「米子・井上靖記念館」／寄稿——薄井八代子「金毘羅の井上家について」／森井道男「金沢の『井上靖を読む会』のこと」／新保千代子「井上靖先生と金沢」

井上靖記念文化財団刊「伝書鳩」（平成8年5月）

井上靖「六月」／明定義人「写真展のことなど」／森晋二「内灘の砂丘を愛した井上靖」／大作恵伯「『日本海詩人』と大村正次先生」／田邊青志「天体の植民地」／野田和彦「新しい館長として自己紹介にかえてこのごろ思うこと」／遠藤仁誉「山陰に井上靖友の会を結成」／森井道男「井上靖を読む」／城所章「井上靖とわが町」／黒田佳子「井上靖の海外旅行表」／井上靖「十月の詩」

井上靖　詩と物語の饗宴（「国文学　解釈と鑑賞」別冊　平成8年12月）

大岡信・佐伯彰一・曾根博義「鼎談　井上靖　人と文学」／竹西寛子「喚起力としての詩篇」／高橋英夫「孤独者の痛覚について」／秦恒平「井上靖の詩を読む」→『東工大「作家」教授の幸福』平成9年7月、平凡社刊／養老孟司「井上文学の美」∥井上靖の文学世界——秋谷豊「孤独な詩人の肖像——井上靖文学紀行——」／進藤純孝「『井上靖文学との邂逅』序」／中島和夫「初期作品について——井上靖の場合——」／岩波剛「〝負函〟に立つ——『孔子』のプロットをめぐって——」／井上ふみ・藤沢全「思い出すままに——井上ふみ夫人に聞く——」∥詩と風土——佐藤健一「昭和詩と井上靖の詩」／和田博文「瓦礫の上を星は流れる——井上靖の詩——」／上田正行「四高時代の時代的、文化的背景」／宮崎潤一「青春彷徨——昭和五年の軌跡——」／福田美鈴「記録・井上靖と『焔』」∥初期短篇の位相——笠原伸夫「散文詩『猟銃』から小説『猟銃』へ」／池内輝雄「『猟銃』の社会性」／中島国彦「器物を見る眼——井上靖の美術批評と初期短篇——」／竹松良明「『闘牛』における〈賭け〉をめぐって」／宮内淳子「『グウドル氏の手套』あるいは自伝的小説について」／小沢自然「英語で読む『ある偽作家の生涯』」∥現代小説の世界——十川信介「オオカミになれない男たち——退隠の系譜——」／今村忠純「井上靖論序説——極道の視線——」／森井道男「井上靖新聞小説の推移」／花崎育代「『あした来る人』考——タマリスクの樹——」／竹内清己「『氷壁』論——眼と場所の構図——」→『文学構造　作品のコスモロジー』平成9年3月、おうふう刊／工藤茂「『欅の木』論」∥歴史小説の展望——

山崎一穎「井上靖――その歴史小説考」／柴口順一「井上靖のいわゆる歴史小説のために――『蒼き狼』論争を越えて――」／大里恭三郎「『おろしや国酔夢譚』論」／梶川信行「額田王の幻影――井上靖の『額田女王』をめぐって――」∥井上靖研究案内――曾根博義「作家研究案内」／藤本寿彦「北国」／高木伸幸「猟銃」／高木伸幸「闘牛」／山岸郁子「黯い潮」／高木伸幸「玉碗記」／曾根博義「ある偽作家の生涯」／杉浦晋「あすなろ物語」／杉浦晋「グウドル氏の手套」／倉西聡「姨捨」／山岸郁子「氷壁」／高木伸幸「天平の甍」／久保田裕子「満月」／十重田裕一「楼蘭」／倉西聡「敦煌」／十重田裕一「洪水」／倉西聡「補陀落渡海記」／杉浦晋「しろばんば」／熊木哲「風濤」／熊木哲「おろしや国酔夢譚」／中野裕子「化石」／中野裕子「月の光」／久保田裕子「本覺坊遺文」／藤本寿彦「孔子」∥藤沢全「井上靖年譜」／藤本寿彦「井上靖参考文献目録」

井上靖記念文化財団刊「伝書鳩」（平成9年5月）

井上靖「テトラポッド」／佐藤章「その詩集の凜烈」／大藤敏行「中軽井沢・沓掛の文学館」／原祐子「心に残る言葉」／久城隆敏「井上文学展示室の担う役割」／古田辰雄「井上先生の文学碑から」／明定義人「『公共図書館全国交流会』について」／鈴木文子「『北の海』を読んで」／大越幸夫「大井森前町の頃」／笹本正樹「麻の庭――井上靖のふるさとを訪ねて――」／松本昭「『天平の甍』の思い出」／無署名「井上靖作品・映画演劇化一覧表」／浦城いくよ「私の備忘録より」／無署名「奈良・唐招提寺に『天平の甍』の碑が建立」／金子秀夫「初期詩集『春を呼ぶな』余聞」／黒田佳子「『三原山晴天』を読んで」／五十嵐俊子「茶の湯と私――『本覚坊遺文』に思う」

井上靖記念文化財団刊「伝書鳩」（平成10年11月）

井上靖「詩『雪の札幌』讃」／井上ふみ「近況報告」／白土吾夫「人民友好使者・井上先生」／米田省三「吹雪の中に花を握って翳そうか」／澤田角江「夏草冬濤の舞台の中で」／瀬戸口宣司「下北半島『海峡』の文学碑」／無署名「『しろばんばの像』が完成」／美馬鷹「『来館者ノート』から」／鈴木之夫「井上隼雄さんの思い出」／浦城いくよ「私の備忘録より」／森井道男「詩と小説の間」／中野かほり「『敦煌』」／黒田佳子「特集・井上靖の国内旅行一覧表」

4　単独初出文献

〔戦前〕

埴野義郎「前号作品短評」（「日本海詩人」昭和4年5月）※「二月」評

無署名「日本海詩人五月号短評」（「日本海詩人」昭和4年6月）※「孤独」評

中山輝・大村正次・前森秀夫・山岸曙光子「六月号合評」（「日本海詩人」昭和4年7月）※「懐郷」評

千葉亀雄「選評」（「サンデー毎日」昭和8年11月1日臨増）※「三原山晴天」評

千葉亀雄「選評」（「サンデー毎日」昭和9年4月1日）※「初恋物語」評

無署名「就職難を蹴飛ばす――ほがらかな『初恋物語』の作者に幸運――」（「大阪毎日新聞」昭和9年4月24日）

無署名「始めて書いた探偵小説」（「サンデー毎日」昭和10年10月6日）

木村毅「選評」（「サンデー毎日」昭和10年10月6日）※「紅荘の悪魔たち」評

小島政二郎「十月劇壇(3)――新橋演舞場――」（「讀賣新聞」昭和10年10月16日）※「明治の月」評

〔EAP〕「同人雑誌の十月号」（「作品」昭和10年11月）※「海ひらく」評

〔EAP〕「同人雑誌の十二月号」（「作品」昭和11年1月）※「夜霧」評

無署名「時代物第一席入選〝流転〟の作者井上靖氏」（「サンデー毎日」昭和11年8月2日）

吉川英治・大佛次郎「選者評」（「サンデー毎日」昭和11年8月2日）※「流転」評

〔昭和24年〕（一九四九）

小野十三郎「文芸時評」（「毎日新聞（大阪）」10月4日）※「猟銃」評

高橋義孝「創作月評」（「日本読書新聞」10月12日）※「猟銃」評

古川緑波「僕の雑誌評③」（「新夕刊」10月13日）※「猟銃」評

河盛好蔵「清潔な『猟銃』」（「東京日日新聞」10月30日）※「猟銃」評

林房雄・中野好夫・北原武夫「創作合評」（「群像」12月）※「猟銃」評――→『群像創作合評1』昭和45年4月、講談社刊

無署名「記者を描く『闘牛』」（「新聞協会報」12月1日）※「闘牛」評

荒正人「創作月評」（「東京日日新聞」12月5日）※「闘牛」評

池津勇太「闘牛」（「夕刊新大阪」12月7日）※「闘牛」「猟銃」評

田宮虎彦「文芸時評」（「東京新聞」12月12日）※「闘牛」評

高山毅「今年活躍した人々」（「日本読書新聞」12月14日）※「闘牛」評

［昭和25年］（一九五〇）

亀井勝一郎「第二新人論」（「讀賣新聞」1月9日）※「猟銃」「闘牛」評

無署名「小便小僧」欄（「夕刊新大阪」1月14日）※「通夜の客」評

山本健吉「四十代の新人(下)」（「夕刊新大阪」1月15日）※「猟銃」「闘牛」「通夜の客」評

臼井吉見「文芸時評」（「日本読書新聞」1月18日）※「通夜の客」「闘牛」「猟銃」評

野間宏「井上靖の『猟銃』『闘牛』『通夜の客』」（「近代文学」2月）→『文学の探求』昭和27年9月、未来社刊

無署名「百枚以上の長篇を　芥川賞の井上靖氏」（「夕刊新大阪」2月2日）

青野季吉「芥川賞について」（「東京新聞」2月5日）※「闘牛」評

無署名「時代相描く『闘牛』」／小谷剛「受賞は当然」（「夕刊新東海」2月5日）

無署名「芥川賞受賞の井上靖氏」（「神戸新聞」2月5日）

多木伸「芥川賞の井上靖氏」（「神港新聞」2月5日）

上林吾郎「芥川賞『闘牛』と井上靖氏」（「西日本新聞」2月5日）

佐藤春夫「井上靖の作品——その芥川賞入選」（「夕刊毎日新聞」2月6日）※「猟銃」「闘牛」評

十返肇「『闘牛』の作家」（「新夕刊」2月6日）

西村孝次「芥川賞の井上」（「上毛新聞」2月12日）

河盛好蔵「文学賞について」（「夕刊新大阪」2月23日）※「闘牛」「通夜の客」評

佐藤春夫「新しき意匠家・井上靖」（「文學界」3月）→『群像日本の作家20　井上靖』平成2年3月、小学館刊

永井龍男「使い始めた手帖から——照明された二新人」（「芸術新潮」3月）※「猟銃」「闘牛」「通夜の客」評

今日出海「文芸時評」（「大阪新聞」3月1日）※「猟銃」「闘牛」「通夜の客」評

富士正晴「小便小僧」（「夕刊新大阪」3月17日）

今日出海「文芸時評」（「大阪新聞」3月21日）※「比良のシャクナゲ」「猟銃」評

草野心平「的確な素描——井上靖の小説について」（「都新聞」3月26日）

西村孝次「創作時評」（「東京日日新聞」3月31日）※「闘牛」評

堀川潭「『闘牛』の社会性」／野村尚吾「井上靖君のこと」（「文学生活」4月）

瀬沼茂樹「文芸時評」（「図書新聞」4月5日）※「漆胡樽」評

外村繁「文芸時評」（「東京新聞」4月10日）※「漆胡樽」評

竹中郁「文芸時評」（「大阪新聞」4月11日）※「漆胡樽」「闘牛」評

高山毅「文芸時評」（「日本読書新聞」4月12日）※「闘牛」評

永井龍男「井上靖氏への手紙」（「夕刊新大阪」4月14日）→『人なつこい季節』昭和30年12月、四季社刊

平野謙「文学の変質」（「夕刊新大阪」4月15日）※「闘牛」評→『文芸時評』昭和38年8月、河出書房新社刊

中島健蔵「井上靖著『闘牛』」（「週刊朝日」4月23日）

保高徳蔵「新人万歳の文壇」（「東京日日新聞」5月6日）※「闘牛」「猟銃」「比良のシャクナゲ」評

無署名「詩人の座談会」（「神港新聞」5月8日）

宇野浩二・高見順・平野謙「創作合評」（「群像」6月）※「闘牛」評――→『群像創作合評2』昭和45年7月、講談社刊
井上吉次郎「井上靖と私」（「新聞協会報」6月8日）
瀬沼茂樹「創作月評」（「日本読書新聞」7月12日）※「黯い潮」評
梅木三郎「井上靖のこと」（「日本未来派」8月）
多田裕計「井上靖の照準」（「文学者」8月）
浅見淵「文芸時評」（「東京日日新聞」8月29日）※「早春の墓参」評
勝本清一郎「文芸時評」（「夕刊毎日新聞」9月6日）※「早春の墓参」評
瀬沼茂樹「創作月評」（「日本読書新聞」9月13日）※「星の屑たち」評
山本健吉「〝作家の目〟の問題」（「図書新聞」10月4日）※「黯い潮」評
〔光〕「井上靖の創作集二つ」（「日本読書新聞」11月15日）※「黯い潮」「その人の名は言えない」評
亀井勝一郎「その人の名は言えない」（「出版新聞」11月21日）
亀井勝一郎「三つの小説」（「朝日新聞」11月23日）※「その人の名は言えない」評
古谷綱武「よんどくつんどく」（「毎日グラフ」12月1日）※「その人の名は言えない」評
無署名「1950年度文学賞受賞者告知板」（「アサヒグラフ」12月6日）
井上友一郎「好短編ぞろい」（「讀賣新聞」12月18日）※「白い牙」評
伊藤整「うまい小説よい小説」（「夕刊毎日新聞」12月26日）「白い牙」評――→『伊藤整全集16』昭和48年6月、新潮社刊
無署名「今年の文壇縦横録」〈大波小波〉欄（「東京新聞」12月29日）「白い牙」評

［昭和26年］（一九五一）

山本健吉「文芸時評」（「日本読書新聞」1月10日）※「白い牙」評――→『文芸時評』昭和44年6月、河出書房新社刊
武田泰淳「井上靖著『雷雨』『死と恋と波と』」（「図書新聞」2月7日）――→『武田泰淳全集10』昭和48年3月、筑摩書房刊
無署名「井上靖著『雷雨』『死と恋と波と』」（「サンデー毎日」2月15日）
無署名「井上靖著『雷雨』」（「週刊朝日」2月18日）
水守亀之助「文芸時評」（「大阪新聞」2月27日）※「闘牛」評
河盛好蔵・瀧井孝作・武田泰淳「創作合評」（「群像」3月）※「舞台」「比良のシャクナゲ」評――→『群像創作合評2』昭和45年7月、講談社刊
無署名「井上靖著『黯い潮』」（「文章倶楽部」3月）
佐野金之助「井上靖について」（「作家」4月）
高橋義孝「文芸雑誌評」（「夕刊毎日新聞」5月24日）※「澄賢房覚書」評
山本健吉「文芸時評」（「新大阪」5月30日）※「澄賢房覚書」評――→『文芸時評』昭和44年6月、河出書房新社刊
西尾牧夫「小説時評」（「大阪新聞」6月5日）※「白い牙」評
十返肇「宿命論者的な歎き」（「日本読書新聞」8月1日）

今日出海「文芸時評」(「東京新聞」8月5日)※「玉碗記」評)
杉山平一「得がたいロマネスク」(「新大阪」8月5日)※「玉碗記」評
無署名「中間小説を見る」(「図書新聞」9月3日)※「二枚の招待状」評
無署名「静態の小説　井上靖著『白い牙』」(「文學界」10月)
柴田錬三郎「文芸時評」(「三田文学」10月)※『白い牙』評
十返肇「井上靖の作品」(「文学生活」10月)
浅見淵「文芸時評(下)」(「東京新聞」10月6日)※「ある偽作家の生涯」評
河上徹太郎・中村光夫・河盛好蔵・山本健吉「今年の収穫は何か」(「文學界」12月)※「ある偽作家の生涯」評

〔**昭和27年**〕(一九五二)

無署名「作家井上靖」(「東京日日新聞」1月9日)
浅見淵「文芸時評」(「日本読書新聞」1月9日)※「楼門」評
北原武夫「文芸時評」(「産業経済新聞」1月26日)※「貧血と花と爆弾」評
浅見淵「文芸時評」(「日本読書新聞」2月6日)※「貧血と花と爆弾」評
山本健吉「文芸時評」(「朝日新聞」2月23日)※「小さい旋風」「氷の下」評――→『文芸時評』昭和44年6月、河出書房新社刊
田宮虎彦「文芸時評(下)」(「東京新聞」2月28日)※「氷の下」評
青野季吉・佐藤春夫・中村光夫「創作合評」(「群像」3月)※「貧血と花と爆弾」「北の駅路」「黯い潮」評――→『群像創作合評3』昭和45年8月、講談社刊
山本健吉「深い孤独の影――井上靖論」(「文學界」3月)――→『青春の文学』昭和30年4月、要書房刊
三好十郎・丸岡明・西村孝次「小説月評」(「文學界」3月)※「貧血と花と爆弾」評
無署名「井上靖著『ある偽作家の生涯』」(「文學界」3月)
浅見淵「文芸時評」(「日本読書新聞」3月5日)※「氷の下」「楕円形の月」評
今富昭子「最近の文芸書」(「全国出版新聞」3月10日)※『傍観者』評
〔小原壮助〕「『戦国無頼』の発想法」(「東京新聞」4月13日)
無署名「井上靖著『戦国無頼』」(「毎日新聞」4月22日)
高橋義孝「井上靖著『戦国無頼』」(「日本読書新聞」4月23日)
無署名「井上靖著『戦国無頼』」(「全国出版新聞」4月25日)
瀬沼茂樹「中間小説のゆくえ」(「日本読書新聞」6月18日)※「黯い潮」評
杉森久英「文芸時評」(「日本読書新聞」7月30日)※「暗い平原」評
新居慶一「大衆小説評判記」(「全国出版新聞」8月25日)※『戦国無頼』評
坂口安吾「巨人小説の流行」(「夕刊讀賣新聞」8月30日)※『射程』評
武者小路実篤・山本健吉・渡辺一夫「創作合評」(「群像」9月)※「仔犬と香水瓶」評――→『群像創作合評3』昭和45年8月、講談社刊

十返肇「文芸時評」（「文学者」9月）※「春の嵐」評──→『十返肇著作集㊤』昭和44年4月、講談社刊
〔蜂巣党〕「9月の小説群」（「新大阪」9月6日）※「水溜りの中の瞳」評
大岡昇平・高橋義孝・平野謙「創作合評」（「群像」10月）※「水溜りの中の瞳」評──→『群像創作合評3』昭和45年8月、講談社刊
〔蜂巣党〕「10月の小説群」（「新大阪」10月4日）※「頭蓋のある部屋」評
無署名「生活と意見・井上靖氏」（「新大阪」10月17日）※「猟銃」「闘牛」評
佐藤観次郎「井上靖」（『文壇えんま帖』10月、学風書院刊）※「猟銃」「闘牛」「通夜の客」評
大田安方「現代作家の文章─井上靖」（「文章倶楽部」11月）※「猟銃」評
無署名「11月の小説群」（「新大阪」11月1日）※「山の少女」評
梅崎春生・山本健吉「対談・井上靖──現代作家論㈥」（「文學界」12月）
〔L・J・T〕「井上靖著『仔犬と香水瓶』」（「サンデー毎日」12月7日）

〔**昭和28年**〕（一九五三）
無署名「井上靖」〈人さまざま〉欄（「朝日新聞」2月18日）
林譲治・松沢一鶴・中野好夫・岸道三・手島志郎・井上靖「座談会・人生は長い目で──落第もまた愉し──」（「文藝春秋」3月）

小松伸六「創作月評」（「図書新聞」3月7日）※「燃ゆる緋色」「あすなろ物語」評
十返肇「最近の小説から」（「日本読書新聞」3月30日）※「青衣の人」評
木下順二・椎名麟三・手塚富雄「創作合評」（「群像」5月）※「騎手」評──→『群像創作合評3』昭和45年8月、講談社刊
高木卓「最近の歴史小説」／中谷孝雄「文芸時評」（「文芸日本」7月）※「天目山の雲」評
小松伸六「創作月評」（「図書新聞」7月4日）※「異域の人」評
山本健吉「井上靖作『白い牙』の沙夷子」（「朝日新聞」7月12日）──→『小説に描かれた婦人像』昭和29年3月、講談社刊
無署名「井上靖」〈作家の顔〉欄（「中国新聞」7月27日夕）
無署名「井上靖著『暗い草原』」（「週刊朝日」8月16日）
坂西志保「井上靖著『暗い平原』」（「サンデー毎日」9月6日）
山本健吉「『猟銃』の彩子」（「朝日新聞」9月13日）──→『小説に描かれた現代婦人像』昭和29年3月、講談社刊
十返肇「十月号の文芸時評㊤」（「朝日新聞」9月28日）※「末裔」評──→『十返肇著作集㊤』昭和44年4月、講談社刊
山本健吉「現代文学風土記　続・中部の巻」（「群像」10月）──→『現代文学風土記』昭和29年4月、河出書房刊
寺田透「文芸時評」（「図書新聞」10月3日）※「末裔」評
田宮虎彦「文芸時評㊦」（「朝日新聞」10月31日）※「漂流」「大洗の月」評
日沼倫太郎「文芸時評」（「図書新聞」10月31日）※「漂流」「大洗の月」評

中村光夫「小説案内(下)」(「毎日新聞」11月7日)※「漂流」評

田宮虎彦「文芸時評(下)」(「朝日新聞」11月28日)※「湖上の兎」評

無署名「井上靖著『風と雲と砦』」(「全国出版新聞」12月1日)

日沼倫太郎「文芸時評」(「図書新聞」12月5日)※「湖上の兎」評

無署名「井上靖著『風と雲と砦』」(「サンデー毎日」12月27日)

〔**昭和29年**〕(一九五四)

平野謙・梅崎春生・中村真一郎「小説月評」(「文學界」1月)※「湖上の兎」評

勝又茂幸「井上靖『詩』と『小説』の間」(「文芸日本」2月)

平野謙「文芸時評(下)」(「朝日新聞」2月28日)※「僧行賀の涙」評——→『文芸時評』昭和38年8月、河出書房新社刊

日沼倫太郎「創作月評」(「図書新聞」3月6日)※「信松尼記」評

外村繁・十返肇・山本健吉「小説月評」(「文學界」4月)※「僧行賀の涙」評

山本健吉「『中部』の巻」(『現代文学風土記』4月、河出書房刊)

無署名「人気作家2人の作品集」(「日販通信」4月)※『井上靖作品集』評

臼井吉見「文芸時評(下)」(「朝日新聞」4月28日)※「胡桃林」評——→『戦後10』昭和41年9月、筑摩書房刊

中村光夫「小説案内(上)」(「毎日新聞」4月28日)※「胡桃林」「楕円形の月」評

伊藤整・井伏鱒二・高見順・永井龍男・丹羽文雄・河盛好蔵「昭和文学小説百選」(「新潮」5月)※「猟銃」「闘牛」評

佐々木基一「文芸時評」(「日本読書新聞」5月3日)※「胡桃林」評

海音寺潮五郎「井上靖著『異域の人』」(「産業経済新聞(大阪)」5月12日)

無署名「井上靖」(「日本読書新聞」5月31日)※「闘牛」「流転」評

三好行雄「井上靖」(『近代日本文学辞典』5月、東京堂刊)

高橋義孝「百閒文学と井上靖」(「文學界」6月)※「犬と香水瓶」「猟銃」評——→『ぼくの文芸評論』昭和30年3月、講談社刊

無署名「小説診断書」(「文學界」6月)※「その日そんな時刻」評

小野十三郎「作家が詩からはなれるとき」(「群像」7月)

浅見淵「井上靖の文学」(「東京新聞」10月14、15日)——→『昭和の作家たち』昭和32年12月、弘文堂刊

亀井勝一郎「井上靖著『あした来る人』」(「週刊朝日」10月31日)——→『亀井勝一郎全集5』昭和47年9月、講談社刊

河本信吾「秘められた傍観者の心情——井上靖の『黯い潮』」(「文章倶楽部」11月)

無署名「井上靖著『霧の道』」(「週刊朝日」11月7日)

無署名「井上靖著『霧の道』」(「サンデー毎日」11月7日)

大井広介・村雨退二郎・杉浦明平「歴史小説のゆくえ」(「日本読書新聞」12月6日)※「戦国無頼」評

山本健吉「文芸時評(下)」(「朝日新聞」12月26日)※「姨捨」評——→『文芸時評』昭和44年6月、河出書房新社刊

本多顕彰「小説案内」(「毎日新聞」12月28日)※「姨捨」「合流点」評

亀井勝一郎「消耗化する軽小説」(「北海道新聞」12月30日)※「姨

捨」評――→『亀井勝一郎全集5』昭和47年9月、講談社刊

［**昭和30年**］（一九五五）

久保田正文「文芸時評」（「日本読書新聞」1月1日）※「姨捨」評

平野謙「文芸時評」（「図書新聞」1月1日）※「姨捨」「合流点」評――→『文芸時評』昭和38年8月、河出書房新社刊

〔A・1〕「井上靖著『オリーブ地帯』」（「サンデー毎日」1月16日）

井上靖・徳川夢声「対談・問答有用」（「週刊朝日」1月23日）

神西清・中村真一郎「小説診断書」（「文學界」2月）※「姨捨」評

久保田正文「文芸時評」（「日本読書新聞」2月28日）※「失われた時間」評

十返肇「井上靖の女性論」（「文學界」4月）――→『現代文学の周囲』昭和31年2月、河出書房刊

〔A・3〕「井上靖著『あした来る人』」（「サンデー毎日」4月3日）

〔SUN・H〕「井上靖著『美也と六人の恋人』」（「週刊朝日」4月10日）

平正一「『黯い潮』の主人公は語る」（『毎日新聞の24時間』4月、鱒書房刊）

青山光二「中堅作家の作品から」（「日本読書新聞」5月16日）※「あした来る人」評

小野十三郎「ジャーナリズムと詩人の精神」（「新聞協会報」5月19日）

十返肇「二十九年度の文壇――活躍した作家と作品」（『文芸年鑑』6月、新潮社刊）

十返肇「井上靖」（『五十人の作家』7月、講談社刊）

杉森久英「文芸時評」（「図書新聞」7月30日）※「昔の恩人」評

井上靖・芥川比呂志・井上友一郎・東郷青児「座談会・夢みる女」（「文藝」8月）

阿部知二・高橋義孝「小説診断書」（「文學界」8月）※「川の話」評

佐藤春夫「吾が良き友ふたり――檀一雄と井上靖を語る」（「文學界」9月）

奥野健男「文芸時評」（「日本読書新聞」10月3日）※「夏の雲」評

十返肇「行きづまる新聞小説」（「新聞協会報」10月13日）※「満ちて来る潮」評

十返肇「非常に面白い小説」（「毎日新聞」10月24日）※「黒い蝶」評

瀬沼茂樹「戦後文学作家と作品」（「読書タイムズ」10月25日）

〔A・5〕「井上靖著『黒い蝶』」（「サンデー毎日」10月30日）

村松剛「抒情のロマネスク」（「日本読書新聞」10月31日）

中村真一郎「井上靖著『黒い蝶』」（「図書新聞」11月5日）――→『批評の暦』昭和46年10月、冬樹社刊

山本健吉「詩情と新聞記者――井上靖の場合」（「新聞協会報」11月21日）

平野謙「小説案内」（「毎日新聞」11月23日）※「黒い蝶」評――→『文芸時評』昭和38年8月、河出書房新社刊

沢野久雄「井上靖」（「文藝」12月）

佐々木基一「文芸時評」（「東京タイムズ」12月1日）※「黒い蝶」評

富士正晴「文芸時評」（「図書新聞」12月3日）※「初代権兵衛」評

無署名「日本文学　一九五五年を顧みる」（「日本読書新聞」12月19

日）※「黒い蝶」評

［昭和31年］（一九五六）

高山毅「『黒い蝶』と『姦淫の子』」（「国鉄」1月15日）

〔A・4〕「井上靖著『風林火山』」（「サンデー毎日」1月22日）

久保田正文「歴史小説と時代小説」（「日本読書新聞」2月6日）※「風林火山」評

無署名「『満ちて来る潮』へ女性の意見」（「毎日新聞」2月12日）

小倉荘平「井上靖における文学研究」（「日本談義」3月〜7月）

尾崎淳「井上靖――その発想における一断面」（「愛媛国文研究」3月）

平野謙「今月の小説ベスト3」（「毎日新聞」3月20日）※「薦」評→『文芸時評』昭和44年9月、河出書房新社刊

富士正晴「文芸雑誌」（「讀賣新聞（大阪）」3月21日）※「薦」評

野々村一雄「井上靖著『風林火山』」（「図書新聞」3月31日）

勝又茂幸「井上靖著『黒い蝶』」（「文芸手帖」4月）

高木健夫「最近の歴史小説」（「図書新聞」4月7日）※「淀どの日記」評

平野謙「今月の小説ベスト3」（「毎日新聞」4月21日）※「暗い舞踏会」評→『文芸時評』昭和38年8月、河出書房新社刊

山本健吉「文芸時評(下)」（「朝日新聞」4月24日）※「暗い舞踏会」評→『文芸時評』昭和44年6月、河出書房新社刊

浦松佐美太郎「井上靖について」（「新潮」5月）※「猟銃」「黯い潮」評

福永武彦「小説月評」欄（「文學界」5月）※「薦」評→『福永武彦作品　批評B』昭和43年10月、文治堂書店刊

佐々木基一「一九五五年の文学」（『文芸年鑑』6月、新潮社刊）

十返肇「井上靖著『姨捨』」（「毎日新聞」6月25日）

沢野久雄「井上靖著『あした来る人』」（「文藝」7月）

無署名「井上靖著『あした来る人』」（「旅」7月）

〔A・2〕「井上靖著『姨捨』」（「サンデー毎日」7月10日）

荒正人「井上靖」（『戦後文学の展望』7月、三笠書房刊）

杉森久英「作品に現われた人間像」（「サンデー毎日」8月12日）※『満ちて来る潮』評

無署名「井上靖著『満ちて来る潮』」（「週刊読売」8月19日）

瓜生卓造「井上靖著『姨捨』」（「新潟日報」8月26日夕）

庄野潤三「井上靖著『姨捨』『満ちて来る潮』」（「日本読書新聞」8月27日）

瀬沼茂樹「猟銃　井上靖」（『現代日本の名作』8月、河出書房刊）

中村真一郎「小説月評」欄（「文學界」9月）※「夏の草」評

吉川幸次郎「井上靖著『姨捨』」（「知性」9月）→『閑情の賦』昭和32年8月、筑摩書房刊

小松伸六「井上靖の影の部分」（「下界」9月）※「姨捨」評

三浦朱門「井上靖論――ストイックな観察者」（「文藝」11月）→『群像日本の作家20　井上靖』平成3年4月、小学館刊

十返肇「井上靖著『七人の紳士』」〈読書〉欄（「週刊東京」11月1日）

内海伸平「作家以前の井上靖――『あすなろ物語』について」／福田宏年「叙事文学の位置附け――井上靖論」／小松伸六「『孤猿』の世界」（「赤門文学」11月）

木原孝一「井上靖」（『一〇〇人の詩人』11月、思潮社刊）
高見順・伊藤整・山本健吉「明治大正昭和出世作の展望」（「文藝」増刊　12月）※「闘牛」「黒い蝶」評
平正一「モデルの愚痴」（「随筆サンケイ」12月）
無署名「井上靖著『孤猿』」（「毎日新聞」12月28日）

［昭和32年］（一九五七）
原田義人「文芸時評」（「日本読書新聞」1月1日）※「ある関係」評
無署名「井上靖著『孤猿』」（「サンデー毎日」1月6日）
無署名「井上靖氏」〈ただ今休憩中〉欄（「内外タイムス」1月15日）
辻平一「文壇に出るまで」「井上靖——初恋物語」「紅荘の悪魔たち」他（『文芸記者三十年』1月、毎日新聞社刊）
野間宏「氷壁の人——井上靖の人と作品」（「別冊文藝春秋」2月）——→『文学の旅・思想の旅』昭和50年9月、文藝春秋刊
福田宏年「歴史小説について——井上靖論」（「文芸手帖」2月）
無署名「井上靖著『真田軍記』」（「読書タイムズ」4月5日）
無署名「井上靖著『真田軍記』」（「朝日新聞」4月11日）
竹内良夫「井上靖」（『文壇のセンセイたち』4月、学風書院刊）
高橋義孝「井上靖」〈人物スケッチ〉欄（「日本読書新聞」4月15日）
正宗白鳥「文芸時評」（「讀賣新聞」5月17日）※「屋上」評
高橋義孝「作品に現われた人間像」（「サンデー毎日」5月26日）※『白い風赤い雲』評
小松伸六「無償の情熱」（「讀賣新聞」6月12日）※「射程」評
佐伯彰一「騎士道的ロマネスク」（「日本読書新聞」7月1日）※「射程」評
十返肇「井上靖著『射程』」（「東京新聞」7月3日夕）
無署名「近作長篇を評す」（「読書タイムズ」7月15日）※「射程」評
日野啓三「井上靖著『射程』」（「図書新聞」7月20日）
正宗白鳥「近頃長篇小説論」（「新潮」8月）
村松剛「井上靖著『射程』」（「サンデー毎日」8月4日）
大竹新助「井上靖——あした来る人——」（『写真・文学散歩』9月、社会思想研究会出版部刊）
井上靖・石川達三・宇野浩二・川端康成・佐藤春夫・瀧井孝作・中村光夫・丹羽文雄・舟橋聖一「座談会・芥川賞と文壇」（「文學界」9月）
庄野潤三「井上靖著『射程』」（「群像」9月）
松本清張「井上靖氏素描」（「婦人朝日」9月）
村松定孝「『風林火山』と謎の軍師山本勘助」（「人物往来特集」10月）
串田孫一「『氷壁』のことで」／近藤等「『氷壁』の舞台」（『氷壁しおり10月）
十返肇「常に平均点は稼ぐ」（「週刊東京」10月12日）
小松伸六「歴史小説ノート——井上靖論断片——」（「赤門文学」10月）
佐古純一郎「自殺は解決にならない」（『文学にあらわれた現代人の不安と苦悩』10月、ＹＭＣＡ同盟刊）※『射程』評

生沢朗「氷壁のかけら」／安川茂雄「山岳美術の粋」／新島章男「お似合いの御夫妻」（「山の朋文堂便り」11月）
生沢朗「氷壁の舞台」（『氷壁画集』11月、朋文社）
佐野雅彦「井上靖論」（「創造」11月）
猪股・宮下・安達「茶の間の座談会　主婦たちの読んだ『氷壁』」（「太陽」11月）
串田孫一「山岳小説の新しい試み」（「東京タイムズ」11月18日）※「氷壁」評
深田久弥「魅力ある登山小説」（「東京新聞」11月20日夕）※「氷壁」評
村松剛「井上靖文学の人間像」（「図書新聞」11月23日）
平野謙「新聞小説月旦」（「日本読書新聞」11月25日）※「氷壁」評──→『平野謙全集12』昭和50年11月、新潮社刊
村松剛「井上靖の時代小説」（「文学」12月）──→『大衆文学への招待』昭和34年11月、南北社刊
福田宏年「山岳小説について──氷壁を中心に」（「山と高原」12月）──→『山の文学紀行』昭和35年6月、朋文堂刊
無署名「井上靖著『氷壁』」（「週刊朝日」12月1日）
福永武彦「井上靖著『天平の甍』」（「東京新聞」12月23日夕）──→『福永武彦全集15』昭和62年1月、新潮社刊

［**昭和33年**］（一九五八）
大岡昇平「作家の日記㈠」（「新潮」1月）※「氷壁」評──→『作家の日記』昭和33年7月、新潮社刊
安岡章太郎「井上靖著『氷壁』」（「若い女性」1月）
正宗白鳥「冬の法隆寺もうで」（「讀賣新聞」1月1日）
佐伯彰一「井上靖著『天平の甍』」（「日本読書新聞」1月1日）
浦松佐美太郎「井上靖の描く女性たち」（「週刊朝日」1月5日）
亀井勝一郎「井上靖著『天平の甍』」（「讀賣新聞」1月15日）
亀井勝一郎「信仰と流離の物語」（「夕刊讀賣新聞」1月15日）※『天平の甍』評──→『亀井勝一郎全集20』昭和48年6月、講談社刊
真殿皎「井上靖著『天平の甍』」（「図書新聞」1月18日）
宇野浩二「村上元三と井上靖の小説──『天保六道銭』と『風林火山』（附『楢山節考』と『姨捨』のこと）」（『独断的作家論』1月、文藝春秋新社刊）
中村真一郎・福永武彦・加藤周一「創作合評」（「群像」2月）※「天平の甍」評──→『群像創作合評6』昭和46年2月、講談社刊
山本健吉「文芸時評」（「夕刊讀賣新聞」2月20日）※「満月」評──→『文芸時評』昭和44年6月、河出書房新社刊
深田久弥「喰い足りぬ一面──『氷壁』論」（「新潮」3月）──→『深田久弥・山の文学全集V』昭和49年7月、朝日新聞社刊
中村光夫「井上靖論」（「文學界」3、4月）──→『現代作家論』昭和33年10月、新潮社刊
広津和郎「『空しさ』を超えて──私の切抜帖㈢」（「文學界」3月）──→『広津和郎全集9』昭和49年8月、中央公論社刊（「『天平の甍』をよむ」に改題）
平野謙「井上靖著『天平の甍』」（「日本」3月）
高見順「新しい人間像の創造」／十返肇「美しい生命の発掘」（『井上靖長篇小説選集』内容見本　3月、三笠書房刊）

瀬沼茂樹「文芸時評」（「図書新聞」3月8日）※「満月」評
無署名「井上靖と三島由紀夫」（「サンデー毎日」3月16日）
無署名「映画『氷壁』」（「サンデー毎日」3月30日）
小谷正一「国際興業師の泣き笑い」（「文藝春秋」4月）
井上靖・山本富士子「対談・『氷壁』に姿を映す」（「婦人公論」4月）
臼井吉見「文芸時評」（「朝日新聞」4月16日）※「幽鬼」「花のある岩場」評――→『戦後9』昭和41年9月、筑摩書房刊
無署名「井上靖『北国』」（「毎日新聞」4月17日）
平野謙「今月の小説　ベスト3」（「毎日新聞」4月18日）※「花のある岩場」評――→『文芸時評』昭和38年8月、河出書房新社刊
無署名「乱れない戦後派作家　井上靖」（「週刊東京」4月19日）
山本健吉「文芸時評」（「夕刊讀賣新聞」4月22日）※「花のある岩場」評――→『文芸時評』昭和44年6月、河出書房新社
江藤淳「文芸時評」（「日本読書新聞」4月28日）※「花のある岩場」評――→『全文芸時評(上)』平成元年11月、新潮社刊
大竹新助「井上靖――氷壁」（『続・写真文学散歩』5月、社会思想研究会出版部刊）
村松定孝「井上靖の文学」（「文学者」5月）
加藤秀俊「『氷壁』論――ベスト・セラー批評」（「新日本文学」5月）
金崎肇「『氷壁』の地形学」（「岳人」5月）
伊藤信吉「井上靖著『北国』」（「日本読書新聞」5月5日）
宗左近「井上靖詩集『北国』」（「週刊読書人」5月5日）
村野四郎「井上靖著『北国』」（「図書新聞」5月10日）
浦上五六「記者と人生」（「新聞協会報」5月19日）
臼井吉見「文芸時評」（「朝日新聞」6月18日）※「楼蘭」評――→『戦後9』昭和41年9月、筑摩書房刊
十返肇「井上靖」（「三友」6月20日）
山本健吉「文芸時評」（「夕刊讀賣新聞」6月20日）※「楼蘭」評――→『文芸時評』昭和44年6月、河出書房新社刊
平野謙「今月の小説ベスト3」（「毎日新聞」6月20日）※「楼蘭」評――→『文芸時評』昭和38年8月、河出書房新社刊
奥野信太郎「文芸時評」（「図書新聞」6月21日）※「楼蘭」評
遠藤周作「文芸時評(下)」（「東京新聞」6月25日夕）
原田義人「文芸時評」（「東京大学新聞」6月25日）※「楼蘭」評
篠田一士「文芸時評」（「日本読書新聞」6月30日）※「楼蘭」評
今官一「『北国』私信――井上靖詩集によせてY氏におくる書簡」（「歴程」7月）
秋谷豊「井上靖論――詩集『北国』の周辺――」（「地球」7月）
入沢康夫「井上靖著『北国』」（「季節」7月）
無署名「井上靖氏をたずねて」（「みどり」7月）
福田宏年「氷壁――その跡をたずねた〝かえる会〟の人々」（「日本読書新聞」7月21日）
小田切秀雄・江藤淳・十返肇「創作合評」（「群像」8月）※「楼蘭」評――→『群像創作合評6』昭和46年2月、講談社刊
亀井勝一郎「戦後小説ベスト・5」（「日本読書新聞」9月1日）※『姨捨』評
野島秀勝「井上靖著『海峡』『満月』」（「図書新聞」9月27日）
奥野健男「新聞小説月旦」（「日本読書新聞」9月29日）※「海峡」

評
篠田一士「文芸時評」（「日本読書新聞」9月29日）※「平蜘蛛の釜」評
西義之「井上靖著『海峡』『満月』」（「日本読書新聞」9月29日）
高橋義孝「井上靖著『北国』」（「日本経済新聞」10月20日）
篠田一士「文芸時評」（「日本読書新聞」11月24日）※「朱い門」評
十返肇「文芸時評」（「図書新聞」11月29日）※「朱い門」評
瀬沼茂樹「一九五八年の本棚」（「図書新聞」12月20日）※『海峡』評
河盛好蔵「井上靖氏」〈現代作家に望む〉欄（「夕刊讀賣新聞」12月25日）

〔**昭和34年**〕（一九五九）

河上徹太郎「文芸時評」（「群像」1月）※「作家の日記」評
河上徹太郎「ことしの小説」（「朝日新聞」1月28日）※「敦煌」評
谷萩操「『敦煌』への期待」〈読者月評〉欄（「群像」2月）
浜田泰三「井上靖著『揺れる耳飾り』」（「日本読書新聞」2月2日）
野村喬「氷壁（井上靖）」（「国文学　解釈と鑑賞」3月臨増）――→吉田精一編『近代名作モデル事典』昭和35年1月、至文堂刊
井上靖・村上元三・池島信平「座談会・沖縄で見たこと感じたこと」（「文藝春秋」4月）
臼井吉見「文芸時評」（「朝日新聞」4月20日）※「敦煌」「楼蘭」評――→『戦後10』昭和41年9月、筑摩書房刊
平野謙「今月の小説」（「毎日新聞」4月23日）※「敦煌」評――→『文芸時評』昭和38年8月、河出書房新社刊
富永新平「最近の中間小説」（「朝日新聞」4月26日）※「兵鼓」評
村松剛「文芸時評　五月号」（「日本読書新聞」4月27日）※「敦煌」「玉碗記」評
山本健吉「井上靖の歴史小説」／無署名「井上靖著『楼蘭』」（「図書新聞」5月2日）
河盛好蔵「井上靖著『ある落日』」（「讀賣新聞」5月7日）
無署名「井上靖著『ある落日』」（「週刊読売」5月17日）
佐伯彰一「井上靖の小説における『時間』」（「週刊読書人」5月25日）※「楼蘭」「ある落日」評
小松伸六「新聞小説月旦」（「日本読書新聞」5月25日）※「敦煌」「玉碗記」評
吉田健一「井上靖著『楼蘭』」（「東京新聞」5月25日）
無署名「中間小説評」（「讀賣新聞」5月26日）※「漆胡樽」「異域の人」「楼蘭」評
椎名麟三・佐々木基一・野間宏「創作合評」（「群像」6月）※「敦煌」評――→『群像創作合評6』昭和46年2月、講談社刊
井上靖・石田幹之助・大野晋・野田宇太郎・柳田國男・矢野峰人「座談会・現代文学と国語の問題」（「表象」6月）
山本健吉「井上靖の創った男性像」（「婦人公論」臨増　6月）
生沢朗「著者へ　井上靖著『楼蘭』」（「産経新聞」6月1日）
上田学而「井上靖著『楼蘭』」（「日本読書新聞」6月1日）
佐伯彰一「井上靖著『楼蘭』」（「愛媛新聞」6月1日）
無署名「井上靖著『楼蘭』」（「出版タイムズ」6月2日）
清水栄「井上靖著『楼蘭』」（「図書新聞」6月6日）
大竹新助「被写体⑤――井上靖氏」（「図書新聞」6月6日）

無署名「井上靖著『楼蘭』」（「名古屋タイムズ」6月8日夕）
本多顕彰「一九五八年文学界の動向　下半期」（『文芸年鑑』6月、新潮社刊）
無署名「井上靖小論」（「出版タイムズ」6月16日）
〔S〕「生命の悲哀を謳う井上靖の文学――ベストセラーの秘密」（「日本読書新聞」6月22日）
亀井勝一郎「文芸時評」（「文學界」7月）※「楼蘭」評――→『文学・人生・社会』昭和34年9月、青春出版社刊
桑田忠親「歴史学者のみた歴史小説」（「群像」7月）※「風林火山」「信康自刃」評
谷田昌平「井上靖氏の近作二、三――『楼蘭』をめぐって」（「批評」7月）
日沼倫太郎「孤独の中にひそむ情熱　井上靖の『氷壁』」（「みどり」7月）
山本健吉「文芸時評」（「夕刊讀賣新聞」7月21日）※「洪水」評――→『文芸時評』昭和44年6月、河出書房新社刊
平野謙「今月の小説ベスト3」（「毎日新聞」7月24日）※「洪水」評――→『文芸時評』昭和38年8月、河出書房新社刊
河盛好蔵・河上徹太郎・山本健吉・臼井吉見・吉田健一「井上靖の魅力――座談会による現代作家論――」（「文學界」8月）――→『群像日本の作家20　井上靖』平成2年3月、小学館刊
井上靖・谷井澄子「対談・男女の愛情について」（「主婦の友」8月）
石原慎太郎「ある結晶――『楼蘭』井上靖――」（「新潮」9月）
伊藤整・円地文子・中村光夫・三島由紀夫・江藤淳「芥川賞と直木賞の間」（「文學界」9月）※「闘牛」評
無署名「井上靖著『波濤』」（「名古屋タイムズ」9月21日夕）
佐伯彰一「井上靖著『朱い門』」（「図書新聞」10月17日）
井上靖・永井龍男「対談・秋の夜に語る」（「文學界」11月）
河上徹太郎「井上靖『敦煌』推薦文」（『敦煌』帯文11月）
江藤淳「井上靖著『朱い門』」（「日本読書新聞」11月9日）
十返肇「井上靖著『朱い門』」（「日本経済新聞」11月9日）
渡辺三好「井上靖著『楼蘭』」（「日本読書新聞」11月16日）
小松伸六「文芸時評」（「図書新聞」11月17日）※「兵鼓」評
山本健吉「井上靖著『敦煌』『朱い門』」（「夕刊讀賣新聞」11月19日）
奥野信太郎「中国辺境に描くロマン」（「図書新聞」11月21日）※『敦煌』評
八木義徳「井上靖著『朱い門』」（「週刊読書人」11月23日）
亀井勝一郎「壮大な叙事詩」（「週刊読書人」11月23日）※『敦煌』評――→『亀井勝一郎全集20』昭和48年6月、講談社刊
無署名「井上靖著『敦煌』」（「名古屋タイムズ」11月23日夕）
無署名「井上靖著『敦煌』」（「朝日新聞」11月29日）
山本健吉・平野謙・江藤淳・佐伯彰一・臼井吉見「一九五九年の文壇総決算」（「文學界」12月）
本多秋五「井上靖氏の西域小説――『敦煌』を中心に――」（「東京新聞」12月2日）――→『本多秋五全集8』平成7年10月、菁柿社刊
無署名「井上靖著『敦煌』」（「週刊朝日」12月13日）
高橋義孝「井上靖著『敦煌』」（「日本読書新聞」12月14日）

日沼倫太郎「今年の本棚」欄（「図書新聞」12月19日）※『楼蘭』評
吉田健一・河盛好蔵・小松伸六・河上徹太郎・山本健吉・中村光夫「ことしの小説ベスト・スリー」（「夕刊讀賣新聞」12月22日）
河上徹太郎「ことしの小説」（「朝日新聞」12月28日）※「敦煌」評

〔昭和35年〕（一九六〇）

山本健吉「敦煌と楼蘭」（「毎日新聞」1月1日）
無署名「毎日芸術大賞・文学――井上靖」（「毎日新聞」1月1日）※『敦煌』評
浅見淵「井上靖著『敦煌』」（「産経新聞」1月11日）
無署名「グラン・プリ作家井上靖――作品とその人」（「サンデー毎日」1月17日）
篠田一士「井上靖氏への直言」（「産経新聞」1月23日）
平野謙「今月の小説(上)」（「毎日新聞」1月28日）※「蒼き狼」評――→『文芸時評』昭和38年8月、河出書房新社刊
佐々木基一・小田切秀雄・佐伯彰一・江藤淳「座談会・現代作家論(下)」（「群像」2月）
竹内実「書評・文学のディズニーランド『敦煌』・『楼蘭』」（「新日本文学」3月）
山本健吉「井上靖氏の文学の世界」（「若い女性」4月）
津田孝『敦煌』のロマンチシズム」（「学習の友」4月）――→『日本文学の動向と展望』昭和41年7月、太郎書店刊
山本健吉「井上靖の人と作品」（「マドモアゼル」5月）
山本健吉「期待する作家(一)」（「夕刊讀賣新聞」6月14日）
中村光夫「文芸時評」（「朝日新聞」6月20日）※「蒼き狼」評
山本健吉「一九五九年文学界の動向　上半期」（『文芸年鑑』6月、新潮社刊）※「黯い潮」「氷壁」評
河上徹太郎「文芸時評(上)」（「夕刊讀賣新聞」6月21日）※「蒼き狼」評――→『文芸時評』昭和40年9月、垂水書房刊
平野謙「今月の小説(下)」（「毎日新聞」6月30日）※「蒼き狼」評――→『文芸時評』昭和38年8月、河出書房新社刊
白井健三郎「文芸時評」（「週刊読書人」7月4日）※「蒼き狼」評
吉田健一・堀口大学・吉田精一・小野十三郎「座談会・戦後の小説ベスト5」（「群像」8月）
江藤淳「政治と純粋――文芸時評――」（「文學界」8月）※「蒼き狼」評――→『江藤淳著作集2』昭和42年10月、講談社刊
野村尚吾「井上靖氏の魅力」（「日販通信」9月）
佐古純一郎「井上靖の『氷壁』」（『佐古純一郎著作集4』9月、春秋社刊）
中野好夫「井上靖著『河口』」（「週刊朝日」9月4日）
八木義徳「最近の長篇小説から」（「週刊読書人」9月5日）※『河口』評
無署名「井上靖著『河口』」（「週刊読売」9月11日）
無署名「著者を訪ねて　井上靖氏」（「図書新聞」9月24日）
平野謙「政治小説覚え書(一)」（「聲」10月）※「黯い潮」評――→『平野謙全集5』昭和50年8月、新潮社刊
河上徹太郎「井上文学の魅力」／河盛好蔵「常に新鮮な文学」／佐藤春夫「井上文学を推す」／野間宏「余りにも高いところに目標を置く井上靖」／山本健吉「井上靖の作品の魅力」（『井上靖文

庫』内容見本　10月、新潮社刊）
駒田信二「井上靖『蒼き狼』」（「図書新聞」10月1日）
無署名「井上靖著『河口』」（「図書新聞」10月1日）
三宅艶子「小説井上靖」（「婦人公論」11月）
山本健吉・三浦朱門・村松剛「座談会・現代的な英雄叙事詩」（「サンデー毎日」11月6日）※「蒼き狼」評
河盛好蔵「井上靖著『蒼き狼』」（「週刊朝日」11月13日）
手塚富雄「井上靖著『蒼き狼』」（「週刊読書人」11月14日）
荒正人「英雄・成吉思汗の生涯　井上靖『蒼き狼』」（「時」12月）
村松剛「魅力的な男性像」（「日本経済新聞」12月5日）※「渦」評
篠田一士「今年の文壇」（「図書新聞」12月24日）※「蒼き狼」評
瀬沼茂樹「今年注目された本」（「図書新聞」12月24日）※『蒼き狼』『敦煌』評
小松伸六「孤児の魅力」（「山陽新聞」12月28日）※「渦」評

［昭和36年］（一九六一）
荒正人・臼井吉見・山本健吉「流行作家」（「群像」1月）
大岡昇平「『蒼き狼』は歴史小説か――常識的文学論(1)」（「群像」1月）――→『常識的文学論』昭和37年1月、講談社刊
十返肇「小説の現状とモデル問題――文壇六・三制論（その三）」（「小説中央公論」1月）※「黯い潮」評
浅見淵「井上靖著『渦』」（「週刊読書人」1月1日）
江藤淳「井上靖著『渦』」（「週刊朝日」1月1日）
無署名「最近の文学賞小説」（「毎日新聞」1月3日）※「敦煌」評
〔ふるふる〕「大岡と井上の論争」（「産経新聞」1月11日夕）
大岡昇平「『蒼き狼』は象徴か――井上靖氏との論争でふるふる先生に一言――」（「産経新聞」1月14日夕）――→『大岡昇平全集15』平成8年4月、筑摩書房刊
山本健吉「歴史と小説」（「夕刊讀賣新聞」1月18日）※「蒼き狼」評――→『山本健吉全集　別巻』昭和60年1月、講談社刊
無署名「史実と小説との関係――井上靖氏の『蒼き狼』をめぐる論争」（「毎日新聞」1月20、21日）
大岡昇平「〝蒼き狼〟は叙事詩か――山本健吉氏の錯覚――」（「夕刊讀賣新聞」1月24日）――→『常識的文学論』昭和37年1月、講談社刊
河上徹太郎「文芸時評(上)」（「夕刊讀賣新聞」1月27日）※「蒼き狼」論争――→『文芸時評』昭和40年9月、垂水書房刊
奥野健男「日本文学2月の状況」（「週刊読書人」1月30日）※「蒼き狼」論争
山本健吉「再び歴史と小説について――大岡昇平氏に答える――」（「夕刊讀賣新聞」1月31日）※「蒼き狼」論争――→『山本健吉全集　別巻』昭和60年1月、講談社刊
村松剛「文芸時評」（「東京新聞」1月31日夕）※「蒼き狼」論争
深田甫「文芸時評」（「三田文学」2、3月）※「蒼き狼」論争
大岡昇平「国語問題のために――山本氏に〝停戦〟を提唱する――」（「夕刊讀賣新聞」2月6日）※「蒼き狼」論争――→『常識的文学論』昭和37年1月、講談社刊
高柳光寿・海音寺潮五郎・本多秋五「歴史と歴史小説」（「産経新聞」2月17、18日夕）※「蒼き狼」論争
江藤淳「文芸時評(下)」（「朝日新聞」2月22日）※「蒼き狼」論争

――→『全文芸時評(上)』平成元年11月、新潮社刊
福田宏年「歴史小説の〝真実性〞とは?――『蒼き狼』論争への私見――」(「図書新聞」2月25日)――→『戦後文学論争(下)』昭和47年10月、番町書房刊
大岡昇平「成吉思汗の秘密――常識的文学論(3)――」(「群像」3月)――→『常識的文学論』昭和37年1月、講談社刊
無署名「コントロールタワー」欄(「文學界」3月)※「蒼き狼」論争
無署名「井上文学、イタリアに進出」〈メモ〉欄(「毎日新聞」3月9日)
尾崎秀樹「歴史文学解題」(『歴史文学への招待』3月、南北社刊)※『天平の甍』評
山崎豊子「井上靖氏の顔」(「婦人画報」4月)
井上靖・中村光夫「対談・旅のみのり」(「風景」4月)
無署名「コントロールタワー」欄(「文學界」4月)※「蒼き狼」論争
岡田章雄「歴史と歴史小説の間」(「群像」5月)※「蒼き狼」論争
三枝康高「井上靖『氷壁』」(『戦後名作鑑賞』5月、信貴書院刊)
無署名「侃侃諤諤」欄(「群像」6月)
佐々木基一「一九六〇年の小説の動向」(『文芸年鑑』6月、新潮社刊)※「蒼き狼」評
奥野健男「純文学と大衆文学」(「夕刊讀賣新聞」6月17日)
三浦朱門「井上靖著『群舞』」(「図書新聞」6月24日)
山本健吉「文芸時評」(「北海道新聞」6月30日)※「考える人」評――→『文芸時評』昭和44年6月、河出書房新社刊
木原孝一「『蒼き狼』論争」(「国文学 解釈と鑑賞」7月)――→長谷川泉編『近代文学論争事典』昭和37年12月、至文堂刊
江藤淳「文芸時評(下)」(「朝日新聞」7月18日)※「狼災記」評――→『全文芸時評(上)』平成元年11月、新潮社刊
河上徹太郎「文芸時評(下)」(「夕刊讀賣新聞」7月22日)※「狼災記」評――→『文芸時評』昭和40年9月、垂水書房刊
無署名「井上靖著『群舞』」(「サンデー毎日」7月23日)
山本太郎「井上靖著『群舞』」(「日本読書新聞」7月24日)
磯田光一「文芸時評」(「日本読書新聞」7月31日)※「狼災記」評
平野謙「今月の小説ベスト3(下)」(「毎日新聞」8月1日夕)※「狼災記」評――→『文芸時評』昭和38年8月、河出書房新社刊
耕治人「最近の小説集から」(「週刊読書人」8月28日)※『群舞』評
吉本隆明「文芸時評」(「日本読書新聞」9月25日)※「補陀落渡海記」評
江藤淳「文芸時評(下)」(「朝日新聞」9月27日夕)※「補陀落渡海記」評――→『全文芸時評(上)』平成元年11月、新潮社刊
河上徹太郎「文芸時評(上)」(「夕刊讀賣新聞」9月28日)※「補陀落渡海記」評――→『文芸時評』昭和40年9月、垂水書房刊
平野謙「今月の小説ベスト3(下)」(「毎日新聞」9月30日夕)※「補陀落渡海記」評――→『文芸時評』昭和38年8月、河出書房新社刊
無署名「『茶々』に取組む六年間」〈本と人〉欄(「東京タイムズ」10月16日)※「淀どの日記」評
瀧井孝作「芥川賞と宇野浩二」(「文學界」11月)――→『翁草』昭和43年8月、求龍堂刊

片口安史「心理診断リポート・精神所見　井上靖」（「国文学　解釈と鑑賞」11月臨増）――→『現代作家の心理診断と新しい作家論』昭和37年1月、至文堂刊
長野嘗一「井上靖――新しい作家論」（同右）
埴谷雄高・中村真一郎・佐々木基一「創作合評」（「群像」11月）※「補陀落渡海記」評――→『群像創作合評7』昭和46年4月、講談社刊
桑田忠親「井上靖著『淀どの日記』」（「日本読書新聞」11月13日）
無署名「井上靖著『淀どの日記』」／無署名「著者と1時間　井上靖氏」（「朝日新聞」11月19日）
加賀淳子「井上靖著『淀どの日記』」（「週刊読書人」11月20日）
江藤淳「文芸時評㊥」（「朝日新聞」11月24日）※「淀どの日記」評――→『全文芸時評㊤』平成元年11月、新潮社刊
高橋義孝「井上靖氏の文学」（「東京新聞」11月24、25日夕）
平野謙「今月の小説」（「毎日新聞」11月30日夕）※「淀どの日記」評――→『文芸時評』昭和38年8月、河出書房新社刊
河上徹太郎「井上靖と『淀どの日記』」（「毎日新聞」12月15日夕）――→『河上徹太郎全集6』昭和46年5月、勁草書房刊
日沼倫太郎「今年注目された本」（「図書新聞」12月23日）※『群舞』『淀どの日記』評
小松伸六「ことしの小説ベストスリー」（「夕刊讀賣新聞」12月27日）※『淀どの日記』評
井上靖・池島信平「放送対談」（『文壇よもやま話㊦』12月、青蛙房刊）

［昭和37年］（一九六二）
亀井勝一郎「井上靖著『淀どの日記』」（「日本」1月）――→『亀井勝一郎全集20』昭和48年6月、講談社刊
武田泰淳・江藤淳・本多秋五「創作合評」（「群像」1月）※「淀どの日記」評――→『群像創作合評8』昭和46年5月、講談社刊
伊藤整・石坂洋次郎・亀井勝一郎・川口松太郎・中島健蔵・丹羽文雄・舟橋聖一「昭和三十六年度野間文芸賞選評」（「群像」1月）※『淀どの日記』評
井上靖・E・O・ライシャワー「対談・シルクロードの虹」（「文藝春秋」2月）
小松伸六「井上靖著『洪水』」（「図書新聞」5月19日）
山本健吉「井上靖著『洪水』」（「讀賣新聞」5月24日）
草野心平「井上靖著『洪水』」（「日本読書新聞」5月28日）
小笠原克「井上靖の西域取材作」（「国文学　解釈と教材の研究」6月）
臼井吉見「歴史小説とは何か」（『小説の味わい方』6月、新潮社刊）
日沼倫太郎「井上靖の反復想像力」（「日本文学」6月）
北川桃雄「井上靖著『洪水』」（「週刊読書人」6月11日）
井上靖・丹羽文雄・十返千鶴子「座談会・女を語る」（「別冊小説新潮」7月）
山本健吉「井上靖」（「群像」8月）――→『十二の肖像画』昭和38年1月、講談社刊
〔芳〕「井上靖作『氷壁』（長野）」（「週刊サンケイ」9月10日）
安西均「猟銃」（『戦後の詩』11月、社会思想社刊）

串田孫一「井上靖著『しろばんば』」（「図書新聞」11月17日）
網野菊「井上靖著『しろばんば』」（「日本読書新聞」11月19日）
小松伸六「井上靖著『しろばんば』」（「夕刊讀賣新聞」11月22日）
和田芳恵「文芸時評」（「図書新聞」11月24日）※「古い文字」評
庄野潤三「井上靖著『しろばんば』」（「週刊読書人」11月26日）
古谷綱正「同級生交歓」（「文藝春秋」12月）
山本健吉「井上靖著『しろばんば』」（「週刊読売」12月2日）
平野謙「今月の小説ベスト3」（「毎日新聞」12月29日夕）※「明るい海」評──→『文芸時評』昭和38年8月、河出書房新社刊

［昭和38年］（一九六三）

岡　潔「好きな芸術家──井上靖」（『春宵十話』2月、毎日新聞社刊）
緒方昇「井上靖著『地中海』」（「毎日新聞」2月6日）
沢野久雄「井上靖著『憂愁平野』」（「読売新聞」2月21日）
進藤純孝「井上靖著『憂愁平野』」（「週刊読書人」2月25日）
高橋義孝「井上靖著『地中海』」（「風景」3月）
かわた・りょうじ「井上靖論」（「鉄のひびき」3月）
井上靖・川端康成・丹羽文雄・円地文子・松本清張・三島由紀夫「座談会・現代の文学と大衆」（「文藝」5月）
清岡卓行「自己への凝集と世界の単純化」（「無限」6月）※『地中海』評
安本美典「井上靖の性格」（『創作の秘密』6月、誠信書房刊）
河原崎長十郎「『天平の甍』と鑑真和上」／森泉園子「井上靖氏」（「小説中央公論」7月）

竹西寛子「文芸時評」（「図書新聞」7月27日）※「風濤」評
林房雄「文芸時評(下)」（「朝日新聞」7月28日）※「風濤」評──→『文芸時評』昭和40年4月、桃源社刊
山本健吉「文芸時評(上)」（「東京新聞」7月28日夕）※「風濤」評──→『文芸時評』昭和44年6月、河出書房新社刊
山室静「文芸時評」（「週刊読書人」7月29日）※「風濤」評
福田宏年「井上靖の歴史小説『風濤』」（「名古屋タイムズ」7月29日夕）
平野謙「今月の小説ベスト3(下)」（「毎日新聞」7月30日夕）※「風濤」評──→『文芸時評』昭和44年9月、河出書房新社刊
河上徹太郎「文芸時評(上)」（「夕刊讀賣新聞」7月30日）※「風濤」評──→『文芸時評』昭和40年9月、垂水書房刊
安岡光子、石川知子、山本幸枝、細谷浩子、相良とし「あつまる讃辞」（『しろばんば』内容見本　9月）
河盛好蔵・福永武彦・青柳瑞穂「創作合評」（「群像」9月）※「風濤」評──→『群像創作合評8』昭和46年5月、講談社刊
本多秋五「文芸時評」（「文藝」9月）※「風濤」評
大岡昇平「叙事詩的錯誤について」（「文學界」9月）※「蒼き狼」評──→『歴史小説の問題』昭和49年8月、文藝春秋刊
江原正昭「悪しき記録主義──井上靖『風濤』と朝鮮史」（「図書新聞」9月7日）※「風濤」評
山本健吉「文芸時評(下)」（「東京新聞」9月30日夕）※「風濤」評──→『文芸時評』昭和44年6月　河出書房新社刊
駒尺喜美「肯定的諦観について──井上靖論」（「思想の科学」10月）

福田宏年「虚像と実像——文芸時評——」(「文學界」11月)※「風濤」評→『現代文学の運命』昭和46年10月、講談社刊
林巨樹「井上靖の文体」(『講座現代語5』11月、明治書院刊)
八橋一郎「井上靖論」(「関西文学」11月)
小松伸六「井上靖著『風濤』」(「夕刊讀賣新聞」11月14日)
海音寺潮五郎「井上靖著『風濤』」(「週刊読書人」11月18日)
富士正晴「井上靖著『風濤』を読んで」(「図書新聞」11月23日)
瀬沼茂樹「井上靖著『風濤』」(「東京新聞」11月27日夕)
河上徹太郎・山本健吉・平野謙「一九六三年の文壇総決算」(「文學界」12月)
磯田光一「ことし注目された本」(「図書新聞」12月14日)※『風濤』評
山本健吉「ことしの讀賣小説ベスト3」(「夕刊讀賣新聞」12月18日)※『風濤』評
近藤日出造「現代の文人——井上靖」(「讀賣新聞」12月19日)※「風濤」評
井上靖・荒垣秀雄「対談・中国の歴史をふみわけて」(「週刊朝日」12月20日)

[**昭和39年**](一九六四)
無署名「井上靖著『しろばんば』」(「朝日新聞」1月6日)
小林秀雄「読売文学賞選評」(「讀賣新聞」1月27日)※『風濤』評
武田常夫「井上靖」(『私の作家論』2月、明治図書出版社刊)
無署名「井上靖著『続・しろばんば』」(「日本読書新聞」2月10日)
武田泰淳・本多秋五・三島由紀夫「座談会・戦後作家」(「群像」4月)
南信一「近代文学と作家たち」(「太陽」4月)
進藤純孝「井上靖」(「国文学　解釈と鑑賞」5月)
中田耕治「文学6月の状況」(「週刊読書人」5月25日)※「花の下にて」評
平野謙「今月の小説」(「毎日新聞」5月28日夕)※「花の下にて」評
磯田光一「文芸時評」(「図書新聞」5月30日)※「花の下にて」評
山本健吉「文芸時評(中)」(「東京新聞」5月30日夕)※「花の下にて」「古い文字」評→『文芸時評』昭和44年6月、河出書房新社刊
日沼倫太郎「文芸時評」(「日本読書新聞」6月1日)※「古い文字」評
福田宏年「氷壁」(『昭和の名著』6月、弘文堂刊)
村松剛「井上靖著『城砦』」(「毎日新聞」6月8日)
無署名「井上靖著『城砦』」(「朝日新聞」6月8日)
久米芳夫「井上靖」(『現代文学講座10　人と作品』6月、明治書院刊)
奥野健男「井上靖著『城砦』」(「週刊朝日」6月12日)
瀬沼茂樹「文壇・この一年」(『文芸年鑑』6月、新潮社刊)
佐多稲子「井上靖著『城砦』」(「週刊読書人」6月22日)
無署名「井上靖著『城砦』」(「日本読書新聞」6月22日)
阿部知二・手塚富雄・佐藤朔「創作合評」(「群像」7月)※「花の下にて」評→『群像創作合評9』昭和46年7月、講談社刊
三枝康高「井上靖についての覚書」(「教師の広場」7月)

小松伸六「井上靖の魅力を探る」／村松定孝・武田勝彦「現代作家の代表作梗概」／浅井清「井上靖研究文献」（「国文学　解釈と鑑賞」9月）
村松定孝「井上靖の文学」（『作家の家系と環境』10月、至文堂刊）
森井道男「井上靖ノート」（金沢女子短期大学「学葉」12月、昭和40年12月、昭和43年12月、昭和47年12月）
無署名「井上靖著『羅刹女国』」（「朝日新聞」12月28日）

〔**昭和40年**〕（一九六五）

三好行雄「井上靖」／石川弘義「氷壁」（「国文学　解釈と教材の研究」1月臨増）
三枝和子「井上靖著『羅刹女国』」（「図書新聞」1月16日）
平野謙「井上靖著『羅刹女国』」（「日本経済新聞」1月18日）→『新刊時評㊤』昭和50年8月、河出書房新社刊
平野謙「井上靖著『羅刹女国』」（「週刊朝日」1月29日）→『新刊時評㊤』昭和50年8月、河出書房新社刊
河上徹太郎「西域小説集」（「讀賣新聞」3月4日）
井上靖・有馬頼義・野村尚吾・半沢良夫・大橋幸人「文学と年輪」（「文学生活」5月）
粒来哲蔵「井上靖〝風濤〟について」（『歴程詩集』5月25日）
津山章作「井上靖の『城砦』」（「つりの旅」9月）→『名作のなかの釣り』昭和43年3月、養神書院刊
山本健吉「井上靖著『楊貴妃伝』」（「サンケイ新聞」9月15日）
奥野信太郎「井上靖著『楊貴妃伝』」（「讀賣新聞」9月16日）
河盛好蔵・井上靖「対談・作家の素顔」（「小説現代」10月）→『作家の素顔』昭和47年10月、駸々堂刊
石田幹之助「井上靖著『楊貴妃伝』」（「週刊朝日」10月1日）
無署名「井上靖著『渦』」（「日本読書新聞」10月1日）
駒田信二「井上靖著『楊貴妃伝』」（「週刊読書人」10月11日）
田辺茂一「わが縦横交友録」（「週刊読書人」10月11日）→『裸像との対話』昭和42年11月、富士書院刊
別所直樹「井上靖著『楊貴妃伝』」（「図書新聞」10月16日）
平野謙「今月の小説ベスト3」（「毎日新聞」10月28日夕）※「後白河院」評→『文芸時評』昭和44年9月、河出書房新社刊
山本健吉「文芸時評㊤」（「夕刊讀賣新聞」10月29日）※「後白河院」評→『文芸時評』昭和44年6月、河出書房新社刊
江藤淳「文芸時評㊥」（「朝日新聞」10月29日）※「後白河院」評→『続文芸時評』昭和42年3月、新潮社刊
佐藤勝「井上靖の『天平の甍』」（「国文学　解釈と教材の研究」11月）
井上靖・田中美知太郎「対談・文明と歴史の流れ」（「潮」11月）
磯田光一「文芸時評」（「図書新聞」11月27日）※「後白河院」評
大岡昇平・勝本清一郎・平野謙「創作合評」（「群像」12月）※「後白河院」評→『群像創作合評9』昭和46年7月、講談社刊
山北哲雄「井上靖『しろばんば』」（『日本名作の旅』12月、恒文社刊）
福田宏年「井上靖の文学」（「国文学　解釈と教材の研究」12月臨増）
山本健吉「文芸時評㊦」（「夕刊讀賣新聞」12月22日）※「テペのある街にて」評→『文芸時評』昭和44年6月、河出書房新社刊

磯田光一「文壇一九六五年回顧」（「週刊読書人」12月27日）※『楊貴妃伝』『羅刹女国』評
平野謙「今月の小説ベスト3㊦」（「毎日新聞」12月28日夕）※「テペのある街にて」評――→『文芸時評』昭和44年9月、河出書房新社刊

［**昭和41年**］（一九六六）

尾崎秀樹「戦後における歴史文学の展望」（「国文学　解釈と教材の研究」2月）
井上靖・貝塚茂樹「日本人の古典」（『世界の名著』付録2　3月、中央公論社刊）
無署名「『闘牛』＝井上靖　太陽に敗れた男（森村正平編『生きている名作のひとびと――裏からみた昭和小説史――』3月、読売新聞社刊）
古矢弘「『あすなろ物語』について」（「国文学　解釈と教材の研究」5月）
生方たつゑ「詩と小説のあいだ――井上靖氏の作品源流について」（「短歌」5、7〜12月）※二回目より「井上靖氏の作品源流」と改題――→『私の星は炎える』昭和47年9月、東京美術刊
瀬沼茂樹「井上靖」（『戦後文学の動向』5月、明治書院刊）
三枝康高「伊東静雄と井上靖の詩心」（『現代史のなかの作家たち』5月、有信堂刊）
大里恭三郎「郷愁の作家――井上靖」（「央」5月）
日沼倫太郎「原型からの離脱　井上靖」（「新刊展望」5月15日）――→『現代作家案内』昭和42年5月、三一書房刊
野村純一「作家と性意識――舟橋聖一・井上靖」（「国文学　解釈と鑑賞」6月）
川崎寿彦「作品をとく鍵XIII」（同右）※「天平の甍」「風林火山」評
井上靖・岡田謙三「対談・よくぞ日本人に生れける」（「週刊朝日」6月17日）――→『歴史・文学・人生』昭和57年12月、牧羊社刊
伊藤信吉「内灘」〈続詩のふるさと〉（「東京新聞」6月21日夕）
伊藤信吉「富山」〈続詩のふるさと〉（「東京新聞」6月23日夕）
篠田一士「井上靖著『夏草冬濤』」（「サンケイ新聞」7月9日）
足立巻一「井上靖著『夏草冬濤』」（「夕刊讀賣新聞」7月9日）
伊藤信吉「野分ふくススキの伯耆大山」（「週刊新潮」11月12日）※「野分」評
河盛好蔵「井上靖著『夏草冬濤』」（「夕刊讀賣新聞」7月21日）
巌谷大四「井上靖著『夏草冬濤』」（「鹿児島新報」8月20日）
篠田一士「井上靖『氷壁』異色の新聞小説」（「朝日ジャーナル」8月28日）――→『ベストセラー物語』昭和42年6月、朝日新聞社刊
村野四郎「井上靖『友』」（『鑑賞現代詩Ⅲ昭和』10月、筑摩書房刊）
井上靖・北川桃雄・駒井和愛「座談会・敦煌」（『歴史よもやま話　東洋篇』10月、文藝春秋刊）
福田宏年「造型的作家――井上靖の文学――」（『現代作家自作朗読集』11月、朝日ソノラマ刊）
長谷川泉「百万人の文学百選」（「国文学　解釈と鑑賞」11月臨増）※「氷壁」評
古谷専三「『風濤』批判」（『文学・わが放談』12月、新生社）
鶴岡冬一「井上靖小論」（「新文明」12月〜42年2月）――→『小説の現実と理想』昭和52年5月、日貿出版社刊

伊藤信吉「砂丘の空の流星」（『詩のふるさと』12月、新潮社刊）

［昭和42年］（一九六七）

武田勝彦・村松定孝「井上靖の文学について――海外における日本近代文学研究7」（「国文学　解釈と教材の研究」3月）

清水信「母につくられた作家」（『作家と女性の間』3月、現文社刊）

日沼倫太郎「原型からの離脱・井上靖」（『純文学と大衆文学の間』5月、弘文堂新社刊）

高砂清司「名作案内」（「高校文芸」6月）※『あすなろ物語』評

佐伯彰一「井上靖氏の静かなる変容」（「毎日新聞」6月2日夕）

〔貝殻六平〕「大衆文学時評」（「夕刊讀賣新聞」6月10日）※「崑崙の玉」評

伊藤整「『運河』頌」（『運河』帯文6月）

進藤純孝「井上靖著『化石』」（「夕刊讀賣新聞」7月13日）

〔比〕「井上靖著『化石』」（「週刊朝日」7月21日）――→平野謙著『新刊時評㊦』昭和50年9月、河出書房新社刊

鈴木耀之介「生命感と詩的真実――井上靖氏の詩と小説を読む」（「図書新聞」8月5日）

村野四郎「詩の成熟について――井上靖の『運河』をめぐって」（「毎日新聞」8月7日夕）

中村真一郎「井上靖詩集『運河』」（「週刊読売」8月11日）――→『批評の暦』昭和46年10月、冬樹社刊

金子光晴「読書日記」（「朝日新聞」8月25日）※『運河』評

綿本誠「歴史と抒情――井上靖の歴史文学をめぐる一断片」（「文学碑」9月）

大岡昇平「文芸時評」（「朝日新聞」11月21日夕）※「おろしや国酔夢譚」評

平野謙「今月の小説」（「毎日新聞」11月30日夕）※「おろしや国酔夢譚」評――→『文芸時評』昭和44年9月、河出書房新社刊

黒田三郎「井上靖詩集『運河』」（「無限」12月）

山本健吉「文芸時評はだれのものか㊦」（「夕刊讀賣新聞」12月16日）※「後白河院」評――→『文芸時評』昭和44年6月、河出書房新社刊

久保田正文・中村光夫・平野謙・山本健吉「ことしの文壇を顧みる㊥」（「東京新聞」12月27日夕）

［昭和43年］（一九六八）

巌谷大四「文壇評判記」（「小説現代」1月）

井上靖・湯川秀樹「対談・日本と文化」（「東京新聞」1月1日）

井上靖・巌谷大四「対談・三年の計」（「新刊ニュース」1月15日）

平野謙「5月の小説」（「毎日新聞」4月30日夕）※「おろしや国酔夢譚」評――→『文芸時評㊦』昭和44年9月、河出書房新社刊

篠田一士「文芸時評㊤」（「東京新聞」4月30日夕）※「おろしや国酔夢譚」評

無署名「井上靖」（村上定孝他編『海外における日本近代文学研究』4月、早稲田大学出版部刊）

長谷川泉「井上靖における詩と小説」（『近代日本文学の機構』5月、塙書房刊）

久保田芳太郎「井上靖」（「国文学　解釈と教材の研究」6月臨増）

生方たつゑ「言葉は生きている」(「浅紅」7月)※詩「雪」評
堀木博礼「井上靖『カマイタチ』」(『読解講座　現代詩の鑑賞4』9月、明治書院刊)
進藤純孝「井上靖著『夜の声』」(「夕刊讀賣新聞」9月5日)
無署名「井上靖著『夜の声』」(「東京新聞」9月10日)
佐伯彰一「井上靖著『夜の声』」(「サンデー毎日」9月15日)
篠田一士「井上靖著『夜の声』」(「サンケイ新聞」9月26日)
八木義徳「井上靖著『夜の声』」(「北海道新聞」9月30日)
井上靖・小松伸六「井上靖氏自作を語る」(「波」10月)
〔赤井御門守〕「大衆文学時評」(「夕刊讀賣新聞」10月4日)※『夜の声』評
平野謙「井上靖著『夜の声』」(「週刊朝日」10月4日)——→『新刊時評(下)』昭和50年9月、河出書房新社刊
無署名「著者との対話・井上靖」(「鹿児島新報」10月22日)
無署名「井上靖著『おろしや国酔夢譚』」(「中国新聞」10月28日)
〔虚〕「井上靖著『おろしや国酔夢譚』」(「週刊朝日」11月22日)——→平野謙『新刊時評(下)』昭和50年9月、河出書房新社刊
鶴岡冬一「井上靖著『夜の声』」(「図書新聞」11月23日)
無署名「井上靖著『おろしや国酔夢譚』」(「朝日新聞」11月26日)
小島信夫「文芸時評(下)」(「朝日新聞」11月29日夕)※「おろしや国酔夢譚」評——→『現代文学の進退』昭和45年5月、河出書房新社刊
瀬沼茂樹「井上靖著『おろしや国酔夢譚』」(「群像」12月)
井上靖・足立巻一・竹中郁「座談会・『猟銃』が生まれたころ」(「神戸っ子」12月)
無署名「井上靖著『おろしや国酔夢譚』」(「東京新聞」12月3日)
磯田光一「井上靖著『おろしや国酔夢譚』」(「サンケイ新聞」12月12日)
佐伯彰一「文芸時評(上)」(「夕刊讀賣新聞」12月25日)※「四角な石」評——→『日本の小説を索めて——文芸時評'69〜'72』昭和48年6月、冬樹社刊
平野謙・中村光夫・山本健吉・篠田一士「ことしの文壇回顧」(「東京新聞」12月26日夕)※「おろしや国酔夢譚」評

〔昭和44年〕(一九六九)

小島信夫・平野謙・中村真一郎・吉田健一・篠田一士「問題作をどう評価するか」(「文學界」1月)※「おろしや国酔夢譚」「風濤」評
司馬遼太郎「井上靖著『おろしや国酔夢譚』」(「波」1月)
井上靖・山本健吉「対談・万葉の詩心」(「自由」1月)
磯貝英夫「井上靖」(「国文学　解釈と教材の研究」1月臨増)——→『文学論と文体論』昭和55年11月、明治書院刊
上田三四二「文芸時評」(「週刊読書人」1月6日)※「四角な石」評
杉森久英「井上靖著『おろしや国酔夢譚』」(「週刊読書人」1月13日)
福田宏年「作家入門井上靖——〝人生をオリた〟傍観者の目」(「讀賣新聞」1月31日)
井上靖・東山魁夷「対談・美しき日本の心」(「潮」2月)
花田清輝・武田泰淳・寺田透「創作合評」(「群像」2月)※「四角

な石」評
武田常夫「井上靖」(『私の作家論』2月、明治図書刊)
岡部龍「『風林火山』の原作者」(「キネマ旬報」4月15日)
佐伯彰一「文芸時評(下)」(「夕刊讀賣新聞」4月26日)※「アム・ダリヤの水溜り」評→『日本の小説を索めて――文芸時評'69〜'72』昭和48年6月、冬樹社刊
安岡章太郎「5月の小説(上)」(「毎日新聞」4月28日夕)※「アム・ダリヤの水溜り」評→『小説家の小説論』昭和45年10月、河出書房新社刊
丹羽文雄「日本文学大賞選評」(「新潮」5月)
大野茂男・遠藤晋「那美と加奈子」(『近代小説に現われた女性像』5月、秀英出版刊)
村野四郎「井上靖」(『現代詩鑑賞講座9』5月、角川書店刊)
平野謙「一九六八年の概観」(『文芸年鑑』5月、新潮社刊)→『平野謙全集12』昭和50年11月、新潮社刊
佐伯彰一「文芸時評」(「夕刊讀賣新聞」6月26日)※「聖者」評
中村光夫「文芸時評」(「朝日新聞」6月28日)※「聖者」評
山本健吉「文壇クローズアップ」(「小説新潮」6月)
久山康「死という同伴者――井上靖『化石』について――」(「兄弟」7月→『文学における生と死』昭和47年3月、創文社刊)
村松定孝「井上靖『氷壁』の美那子」(『文学に現われた女性の生き方』7月、青雲書房)
E・G・サイデンステッカー「井上靖」(「海」7月)※「おろしや国酔夢譚」評
延原政行「井上靖『氷壁』」(『名作文学の鑑賞』7月、金園社刊)

佐伯彰一「文芸時評」(「夕刊讀賣新聞」7月25日)※「月の光」評→『日本の小説を索めて――文芸時評'69〜'72』昭和48年6月、冬樹社刊
中村光夫「文芸時評(上)」(「朝日新聞」7月28日夕)※「月の光」評→『時代の感触』昭和45年6月、文藝春秋刊
上田三四二「文芸時評」(「週刊読書人」7月28日)※「月の光」評
奥野健男「文芸時評」(「サンケイ新聞」7月29日夕)※「月の光」評
佐々木基一・安岡章太郎・上田三四二「創作合評」(「群像」9月)※「月の光」評
大久保房男「論争(7)」(「東京新聞」9月22日夕)※「蒼き狼」論争→『文士と文壇』昭和45年5月、講談社刊
伊藤信吉「解説」(『現代名詩選(下)』10月、新潮社刊)
平野謙「井上靖著『月の光』」(「群像」12月)
重松泰雄「井上靖『風濤』を視座として」(「国文学　解釈と教材の研究」12月)
川村二郎「井上靖著『月の光』」(「日本経済新聞」12月7日)
佐伯彰一・上田三四二「文壇一九六九年」(「週刊読書人」12月8日)※「月の光」評
佐伯彰一「井上靖著『月の光』」(「サンケイ新聞」12月15日)
野村尚吾「井上靖著『月の光』」(「週刊読書人」12月15日)
山本健吉「ことしの一冊」(「夕刊讀賣新聞」12月19日)※『月の光』評
磯田光一「日本文学一九六九年回顧」(「週刊読書人」12月22日)※「月の光」評

尾崎喜八「解説」(『ふるさとの詩』第二巻、12月、三笠書房刊)
江藤淳「文芸時評(下)」(「毎日新聞」12月25日夕)──→『全文芸時評(上)』平成元年11月、新潮社刊

[昭和45年](一九七〇)

助川徳是「井上靖論への模索」(「国文学　解釈と鑑賞」1月)※「氷壁」評
野村喬「戦後の大衆文学」(「国文学　解釈と鑑賞」1月)
生方たつゑ「井上靖の詩と小説のあいだ」(「浅紅」1〜11月)──→『私の星は炎える』昭和47年9月、東京美術刊
上田三四二「文芸時評」(「週刊読書人」1月5日)※「風」評
八木義徳「新刊月評」(「新刊ニュース」1月15日)※『月の光』評
江藤淳「文芸時評(下)」(「毎日新聞」1月27日夕)※「鬼の話」評──→『全文芸時評(上)』平成元年11月、新潮社刊
佐伯彰一「文芸時評(下)」(「夕刊讀賣新聞」1月30日)※「鬼の話」評──→『日本の小説を索めて──文芸時評'69〜'72』昭和48年6月、冬樹社刊
田野辺薫「井上靖小論」(「図書新聞」1月31日)
上田三四二「文芸時評」(「週刊読書人」2月2日)※「鬼の話」評
田畑麦彦「文芸時評」(「図書新聞」2月28日)※「鬼の話」評
井上靖・本多秋五・山本健吉「座談会・歴史と歴史文学」(「群像」3月)
駒田信二「過去と現在の架橋」(「週刊読書人」3月9日)※「西域物語」評
奥野健男「中間小説の繁栄」(『日本文学史』3月、中央公論社刊)
山田博光「井上靖『天平の甍』」/重松泰雄「井上靖・大岡昇平論争」(「国文学　解釈と鑑賞」4月)
西尾幹二「文芸季評」(「季刊藝術」4月)※「鬼の話」評
結城信一「井上靖著『額田女王』」(「週刊読書人」4月6日)
山田宗睦「井上靖著『西域物語』」(「日本読書新聞」4月13日)
日野啓三「新・私小説論」(「東京新聞」5月1日夕)
佐伯彰一「文芸時評(下)」(「夕刊讀賣新聞」5月30日)※「桃李記」評──→『日本の小説を索めて──文芸時評'69〜'72』昭和48年6月、冬樹社刊
大河内昭爾「現代文学地図──静岡県」(「月刊ペン」6月)
臼田甚五郎「安雲川」(「自由新報」6月15日)──→『川物語』昭和47年1月、永田書房刊
無署名「井上靖著『崑崙の玉』」(「讀賣新聞」7月13日)
無署名「井上靖著『崑崙の玉』」(「東京タイムズ」7月29日)
中谷孝雄「井上靖著『崑崙の玉』」(「群像」9月)
小松伸六「〝白く〟端正な井上靖文学の魅力」(「夕刊讀賣新聞」9月12日)
草柳大蔵「文壇の〝国際銘柄〟井上靖」(「文藝春秋」10月)──→『新・実力者の条件』昭和47年4月、文藝春秋刊
無署名「井上靖『闘牛』〈処女作〉欄」(「文學界」10月)
無署名「井上靖著『ローマの宿』」(「毎日新聞」10月6日)
早坂礼吾「井上靖『天平の甍』」(『日本の名著』11月、毎日新聞社刊)
伊藤信吉「幻の石楠花の花──井上靖」(『詩をめぐる旅』12月、新潮社刊)

秋谷豊「夕映えに向かう渡り鳥の幻影」（『文学の旅』12月、吉川書房刊）
沼田卓爾「井上靖と歴史小説」（「赤旗」12月20日）

［昭和46年］（一九七一）

尾崎秀樹「変転する時代の群像――風林火山・戦国無頼――」（『大衆文学の可能性』1月、河出書房新社刊）
無署名「新著縦覧」欄（「季刊藝術」1月）※『ローマの宿』評
須田英夫「井上靖の小説をめぐって」（「新潟国語教育研究」3月）
生方たつゑ「井上靖（古い文字とオリーブの林）」（「浅紅」3月〜昭和49年6月）
巌谷大四「井上靖」（林忠彦写真集『日本の作家』3月、主婦と生活社）
ジェイムズ・T・アラキ（武田勝彦訳）「井上靖とグレイヴズ――『天平の甍』論」（吉田精一編『日本近代文学の比較文学的研究』4月、清水弘文堂刊）
（南壁）「ぷろふぃーる井上靖氏」（「歴史と人物」4月）
江藤淳「6月の小説(下)」（「毎日新聞」5月27日夕）※「道」評→『全文芸時評(上)』平成元年11月、新潮社刊
佐伯彰一「文芸時評(上)」（「夕刊讀賣新聞」5月28日）※「道」「わだつみ」評→『日本の小説を索めて――文芸時評'69〜'72』昭和48年6月、冬樹社刊
林忠彦「作家の顔」（「東京新聞」6月1日夕）
白川正芳「文芸時評」（「図書新聞」6月12日）※「道」評
川嶋至「文芸季評」（「季刊藝術」7月）※「道」評
竹内良夫「井上靖を認める」（『華麗なる生涯――佐藤春夫とその周辺――』7月、世界書院刊）
鷲尾洋三「忘れ得ぬ人々――井上靖」（「東京新聞」7月9日夕）※「道」評
井上靖・東山魁夷・志村栄一「鼎談・自然と人生」（「聖教新聞」7月18日）
野村尚吾「井上靖著『欅の木』」（「公明新聞」8月26日）
真壁仁「潮騒ぐ海峡・最北端の岬」（『文学の旅』第二巻、9月）※「海峡」評
城市郎「井上靖の本」（『初版本』9月、桃源社刊）
巌谷大四「井上靖――作家の青春」（「東京タイムズ」9月12〜14日）※「しろばんば」評
八木義徳「井上靖著『欅の木』」（「新刊ニュース」9月15日）
秋谷豊「少年の夢呼ぶ天城の白い雲」（『文学の旅』第六巻、10月、千趣会刊）※「しろばんば」評
篠田一士「天城山麓に〝あすなろ〟の夢」（『文学の旅』第六巻、10月、千趣会刊）
山本健吉「井上靖著『欅の木』」（「讀賣新聞」10月1日）
村松定孝「井上靖――天平の甍」（「古典と近代文学」10月）
奥野健男「井上靖著『欅の木』」（「家庭画報」11月）
奥野健男「小説ベスト3」（「讀賣新聞」12月1日）※『欅の木』評
沼田卓爾「井上靖論」（「赤旗」12月20日）
無署名「井上靖」（「文藝春秋」12月臨増）

〔**昭和47年**〕（一九七二）

清岡卓行「散文詩の新しい展開――井上靖の場合」（「朝日新聞」1月13日夕）

村野四郎「井上靖著『季節』」（「サンケイ新聞」2月3日）

〔赤頭巾〕「井上靖――文壇の百人」（「夕刊讀賣新聞」2月3日）

三枝康高「現代に生きる人たち」（『愛と情熱の主人公たち』2月、有信堂刊）

宮崎健三「井上靖の青春時代の詩」（「詩界」3月）

伊藤信吉「水の里潮来から波しぶく磯原へ」（『文学の旅』第四巻、3月、千趣会刊）※「大洗の月」評

工藤茂「挽歌の系譜――『氷壁』をめぐって――」（「国学院雑誌」4月）

坂入公一「井上靖作品ノート(1)」（「風」4月）

巌谷大四「文学に描かれた日本の風土(16)」（「新刊ニュース」4月15日）

井上靖・司馬遼太郎「対談・新聞記者と作家」（「サンデー毎日」4月25日臨増）

巌谷大四「文学に描かれた日本の風土(17)」（「新刊ニュース」5月15日）

井上靖・平山郁夫・杉山二郎・藤本韶三「座談会・日本・アジア・仏教のことなど」（「三彩」7月臨増）

谷沢永一「井上靖の処女出版本」（「日本古書通信」7月15日）――→『署名のある紙礫』昭和49年11月、浪速書林刊

磯田光一「井上靖著『後白河院』」（「サンケイ新聞」7月17日）

無署名「井上靖著『後白河院』」（「朝日新聞」7月24日）――→大岡信『本が書架を歩みでるとき』昭和50年7月、花神社刊

福田宏年「井上靖著『後白河院』」（「東京新聞」7月24日）

吉田健一「文芸時評(下)」（「朝日新聞」7月25日夕）※「後白河院」評――→『本が語つてくれること』昭和50年1月、新潮社刊

無署名「井上靖著『後白河院』」（「日本経済新聞」7月28日）

佐伯彰一「文芸時評(上)」（「夕刊讀賣新聞」7月28日）※「後白河院」評――→『日本の小説を索めて――文芸時評'69～'72』昭和48年6月、冬樹社刊

磯田光一「文芸時評」（「サンケイ新聞」7月31日夕）※「後白河院」評

三枝康高「井上靖の少年小説」（「日本児童文学」8月）※「あすなろ物語」「しろばんば」評

高橋英夫「井上靖著『四角な船』」（「波」8月）

野村尚吾「井上靖著『後白河院』」（「週刊読売」8月5日）

野村尚吾「井上靖著『後白河院』」（「サンデー毎日」8月6日）

無署名「井上靖著『四角な船』」（「東京タイムズ」8月7日）

沢野久雄「井上靖著『四角な船』」（「讀賣新聞」8月11日）

無署名「作家をたずねて」（「陸奥新報」8月12日）※『四角な船』評

荒正人「井上靖著『後白河院』」（「週刊言論」8月18日）

和田芳恵「井上靖著『後白河院』」（「文藝」9月）――→『ひとすじの心』昭和54年1月、毎日新聞社刊

井上靖・山崎正和「対談・父的なる世界――井上文学のキー・ワード」（「波」9月）――→『井上靖対談集　歴史・文学・人生』昭和57年12月、牧羊社刊

磯田光一「井上靖著『後白河院』」(「中央公論」9月)——→『邪悪なる精神』昭和48年10月、冬樹社刊
進藤純孝「井上靖著『後白河院』」(「婦人公論」9月)
磯田光一「いま話題の純文学長篇」(「夕刊フジ」9月3日)※『後白河院』評
無署名「井上靖著『詩画集　北国』」(「日本経済新聞」9月10日)
福田宏年「孤独な白のイメージ」(「毎日新聞」9月14日夕)
高田欣一「井上靖著『四角な船』」(「海」10月)
清岡卓行「井上靖著『後白河院』」(「群像」10月)
安田元久「井上靖著『後白河院』」(「潮」10月)
無署名「新著縦覧」欄(「季刊藝術」10月)※『後白河院』評
無署名「井上靖著『後白河院』」(「全貌」10月)
大江満雄「井上靖の『雪』と『蛾』」(「開く」10月)
城夏子「井上靖著『夜の声』」(『朱紫の館——わが愛する作品と作家像』10月、文化出版局刊)
武蔵野次郎「中間・時代小説時評」(「週刊読書人」10月23日)※『四角な船』評
手塚富雄「井上靖著『詩画集　北国』」(「週刊読書人」10月23日)
小川和佑「井上靖の詩と小説」(『詩神の魅惑』10月、第三文明社刊)
杉本苑子「暴悪大笑面」(「風景」11月)
串田孫一「井上靖著『詩画集　北国』」(「三彩」11月)
無署名「井上靖著『星と祭』」(「聖教新聞」11月12日)
中野孝次「日本文学一九七二年」(「週刊読書人」12月25日)※「後白河院」評
武蔵野次郎「井上靖著『四角な船』」(「週刊読書人」12月25日)

〔昭和48年〕(一九七三)

加藤楸邨「井上靖著『西域物語』」(「ちくま」1月)
大竹新助「井上靖の沼津海岸の文学碑」/奥野健男「井上靖の巻」(「新刊ニュース」1月15日)——→奥野健男『素顔の作家たち』昭和53年11月、集英社刊
小松伸六「『井上靖小説全集』に寄す」(「今週の日本」1月21日)
山本健吉「井上靖著『歴史小説の周囲』」(「群像」2月)
秋谷豊「井上靖著『星と祭』」(「地球」2月)
無署名「井上靖著『歴史小説の周囲』」(「サンケイ新聞」2月7日)
河盛好蔵・芥川比呂志「井上靖著『歴史小説の周囲』」(「毎日新聞」2月19日)
無署名「きょうの訪問・井上靖氏」(「東京タイムズ」2月26日)
三枝康高「井上靖の近作——『星と祭』を中心として——」(「政界往来」3月)
百目鬼恭三郎「井上靖・心象風景の画家」〈作家 who's who〉欄(「朝日新聞」3月2日夕)——→『現代の作家一〇一人』昭和50年10月、新潮社刊
八木義徳「井上靖著『歴史小説の周囲』」(「新刊ニュース」3月15日)
和歌森太郎「井上靖著『歴史小説の周囲』」(「週刊読書人」3月26日)
和歌森太郎「歴史小説と歴史——史学者の立場から」(「朝日新聞」3月26日)

大原富枝「歴史と小説のあいだ」(「風景」4月)※『後白河院』評
野村尚吾「井上靖著『天平の甍』」(「読売ブッククラブ」4月1日)
大岡昇平「歴史小説の方法――文学者の立場から」(「朝日新聞」4月9日)→『大岡昇平全集13』昭和49年9月、中央公論社刊
竹中郁「うぶごえ」/足立巻一「『牛乳びんの歌』の装画」(「天秤」4月)
福田宏年「『投網』について」(「国語展望」6月)
三枝康高「戦後作家の履歴――井上靖」/津田薫「井上靖『天平の甍』」(「国文学　解釈と鑑賞」6月臨増)
三枝康高「水の変奏――井上靖論ノート」(「すばる」6月)
三枝康高「井上靖――その運命観の原点」(「日本近代文学」6月)
高橋義孝「井上靖氏の『北の駅路』」(「読売ブッククラブ」6月1日)
無署名「井上靖著『六人の作家』」(「讀賣新聞」6月4日)
無署名「井上靖著『幼き日のこと』」(「図書新聞」6月23日)
野口冨士男「井上靖著『六人の作家』」(「文藝」7月)
高橋義孝「井上靖さんの古い小篇」(「風景」7月)※『北の駅路』評
斯波四郎「井上靖著『幼き日のこと』」(「週刊読書人」7月23日)
無署名「井上靖の三著」(「図書新聞」7月28日)※『歴史小説の周囲』『六人の作家』『火の燃える海』評
無署名「『美しきものとの出会い』の井上さん」(「讀賣新聞」7月30日)
井上靖・五木寛之「対談・北国の風土と文化」(「北国新聞」8月5日)
奥野健男・新藤兼人「井上文学の原風景」(「毎日新聞」8月27日)※『幼き日のこと』『しろばんば』『月の光』評
木村幸雄「井上靖・後白河院」(「国文学　解釈と教材の研究」9月)
安西均「9月の旅の詩」(「野火」9月)※詩「地中海」評
片岡文雄「井上靖ノート――『あすなろ物語』を中心にして――」(「地球」10月)
小川和佑「井上靖論――その詩と小説の接点」(「風」10月)
三好行雄「井上靖『投網』」(「国語展望」11月)
河北倫明「井上靖著『美しきものとの出会い』」(「潮」11月)
長沼夏子「井上靖『闘牛』についての一考察」(「駒沢短大国文」12月)
荻久保泰幸「井上靖」(「国文学　解釈と教材の研究」12月臨増)
武蔵野次郎「中間・時代小説時評」(「週刊読書人」12月24日)※『あかね雲』評

［**昭和49年**］(一九七四)

無署名「井上靖『天平の甍』」(『日本の名作――近代小説62篇』2月、中央公論社刊)
菊地昌典「歴史小説とは何か」(「展望」2〜4月)※「蒼き狼」評→『歴史小説とは何か』昭和54年10月、筑摩書房刊
野口冨士男「井上靖著『ある偽作家の生涯』」(「毎日小学生新聞」2月25日、3月4、11日)
井上靖・尾崎秀樹「歴史の夢」/山田輝彦「井上靖『天平の甍』」/紅野敏郎「『後白河院』」(「国文学　解釈と教材の研究」

3月臨増）
二村次郎「ベストスペース」（「サンデー毎日」3月3日）
野口冨士男「井上靖著『狐猿』」（「毎日小学生新聞」3月18日）
進藤純孝「新文壇人物評」（「海」4月）
宮崎健三「井上靖」（『ふるさとの文学　静岡』4月、文京書房刊）
佐伯彰一「文芸時評」（「サンケイ新聞」4月23日夕）※「雪の面」評
川村二郎「文芸時評(下)」（「夕刊讀賣新聞」4月25日）※「雪の面」評→『文学の生理』昭和54年4月、小沢書店刊
江藤淳「5月の文学」（「毎日新聞」4月26日夕）※「雪の面」評→『全文芸時評(下)』平成元年11月、新潮社刊
松原新一「文芸時評」（「信濃毎日新聞」4月28日）※「雪の面」評
無署名「『中近東の写真集』まとめる井上靖氏」（「東京タイムズ」5月3日）
高橋英夫「文芸時評」（「東京タイムズ」5月8日）※「雪の面」評
蓮實重彥「文芸時評」（「日本読書新聞」5月13日）※「雪の面」評
大岡昇平「歴史小説の問題」（「文學界」6月）→『歴史小説の問題』昭和49年8月、文藝春秋刊
福田宏年「『幼き日のこと』について」（「教科通信」6月）
藤沢全「氷壁」／岡保生「天平の甍」（「国文学　解釈と鑑賞」7月臨増）
無署名「文化財保護審議会委員になった井上靖」（「朝日新聞」7月4日）
巌谷大四「井上靖文学の基調」（『現代作家・作品論』10月、河出書房新社刊）
福田宏年「井上靖の近作の魅力」（「産経新聞」10月24日）
ボリス・ラスキン「心はいつも旅する――『おろしや国酔夢譚』のことなど――」（「海」11月）
福田宏年「井上靖『桃李記』」（「サンデー毎日」11月10日）
秦恒平「井上靖著『桃李記』」（「日本読書新聞」11月11日）→『作家の批評』平成9年2月、清水書院刊
佐伯彰一「井上靖著『桃李記』」（「群像」12月）
生方たつゑ「『猟銃』の女性たち」（「読売ブッククラブ」12月7日）
無署名「井上靖著『桃李記』」（「週刊サンケイ」12月19日）

［**昭和50年**］（一九七五）

阿部昭・佐伯彰一・和田芳恵「井上靖『桃李記』――読書鼎談」（「文藝」1月）
井上靖・野間宏「対談・詩から小説へ」（「群像」1月）
秋谷豊「井上靖をめぐる旅」（「浪漫」1月）
菊田守「谷間の詩人たち――井上靖と伊藤桂一」（「風」1月）
清水徹「井上靖著『カルロス四世の家族』」（「海」2月）
磯田光一「新著月評」（「群像」2月）※『カルロス四世の家族』評
坂入公一「井上靖作品ノート(3)」（「風」3月）
荒正人・小田切進・野口冨士男「座談会・昭和二十年代の文学(Ⅱ)」（「風景」6月）
奥野健男「一九七四年の文学概観」（『文芸年鑑』6月、新潮社刊）
無署名「この人　井上靖」（「潮」7月）
平岡敏男「老い」（「マスコミ文化」7月）※「月の光」評
村上正二「チンギス・ハン七つの謎」（「文藝春秋デラックス」8

月）※「蒼き狼」評
来栖良夫「井上靖『おろしや国酔夢譚』――そのあらましとみどころ」（「歴史文学」10月）
井上靖・和歌森太郎「歴史の中の人間像」（「小説歴史」10月）
藤岡武雄「『天平の甍』の普照」（「国文学　解釈と教材の研究」11月臨増）
無署名「裏表紙」欄（「東京新聞」11月17日）
野間宏「井上靖著『わが一期一会』」（「サンデー毎日」11月23日）
――→『野間宏作品集10』昭和62年12月、岩波書店刊
小田切秀雄「井上靖」（『現代文学史――昭和篇』12月）

［昭和51年］（一九七六）
無署名「井上靖著『私たちの風景』」（「毎日新聞」1月5日）
〈盃〉「井上靖著『北の海』」（「週刊朝日」1月9日）
松本貴子「井上靖研究」（宮城学院女子大学「日本文学ノート」2月）
無署名「井上靖著『北の海』」（「日本経済新聞」2月6日）
岡田喜秋「井上靖における『風』と『月』」（『空と大地の黙示』3月、西沢書店刊）
井上靖・尾崎秀樹「無償の行為に燃焼した青春――小説『北の海』のことなど――」（「新刊展望」3月）――→尾崎秀樹著『作家の芸談』昭和53年4月、九藝出版刊
尾崎秀樹「井上靖とプラド美術館」（「週刊小説」4月12・19日合併号）
無署名「井上靖著『アレキサンダーの道』」（「毎日新聞」5月10日）
山本健吉「井上靖氏の『言志』」／貝塚茂樹「歴史と歴史小説と」／篠田一士「事実とロマネスクが濃淡さまざまに」（『井上靖歴史小説集』内容見本　6月、岩波書店）
辻邦生・篠田一士・井上靖「わが文学の軌跡」（「海」6月）――→『わが文学の軌跡』昭和52年4月、中央公論社刊
高橋英夫「神話空間の詩学」（「ユリイカ」7月～昭和53年6月）
――→『神話空間の詩学』昭和53年11月、青土社刊
朱牟田夏雄「井上靖著『北の海』」（「経済往来」7月）
無署名「インタビュー・僕にはもったいない――文化勲章受章者と功労者」（「朝日新聞」10月20日夕）
福田宏年「厳しい視線と暖かい肯定」（「サンケイ新聞」10月26日夕）
山本健吉「井上靖氏――文化勲章の人びと――」（「朝日新聞」10月27日夕）
露木豊「あなたに感謝」（「沼津朝日新聞」11月3日）
井上靖・扇谷正造「わが青春の二高、四高時代」（「週刊朝日」11月26日）
小松伸六「井上靖著『花壇』」（「サンケイ新聞」11月29日）
無署名「井上靖著『花壇』」（「東京新聞」12月1日）
福田宏年「井上靖著『花壇』」（「日本経済新聞」12月5日）
無署名「井上靖著『花壇』」（「週刊読売」12月11日）
秋山駿「井上靖著『花壇』」（「週刊現代」12月16日）
久保田正文「井上靖と石川達三の世界」（「サンデー毎日」12月19日）

［**昭和52年**］（一九七七）

長谷川泉・三枝康高「闘牛」（「国文学　解釈と鑑賞」1月臨増）
無署名「井上靖」〈人物交差点〉欄（「中央公論」1月）
荻久保泰幸「井上靖」（『日本近代文学研究必携』1月、学燈社刊）
瓜生卓造「井上靖著『花壇』」（「サンデー毎日」1月16日）
福田宏年「井上靖著『花壇』」（「週刊サンケイ」1月27日）
工藤茂「井上靖における万葉集受容」（「別府大学紀要」2月）
三枝康高「井上靖著『遠征路』」（「すばる」2月）
井上靖・仁藤正俊「この人に諮く」（「武道」4月）
髙橋英夫「青葉の季節」（「中学教育」5月）→『文学十二カ月』平成11年10月、日本古書通信社刊　※「仄暗くも爽やかに」と改題し収録。
渡辺登志子「井上靖著『花壇』」（「婦人之友」6月）
菊地昌典・尾崎秀樹「対談・歴史文学を斬る――井上靖」（「季刊歴史と文学」6月）
無署名「井上靖対談集『わが文学の軌跡』」（「ほるぷ図書新聞」6月1日）
無署名「井上靖著『わが文学の軌跡』」（「週刊読売」6月4日）
石田健夫「井上靖著『わが文学の軌跡』」（「週刊小説」6月10日）
森敦「池田大作・井上靖著『四季の雁書』」（「潮」8月）
福田宏年「人と文学」（「別冊・一億人の昭和史」8月）
無署名「憂楽帖」欄（「毎日新聞」8月1日夕）
長谷川泉「井上靖――氷壁」（『近代名作鑑賞』8月、至文堂刊）
無署名「井上靖著『過ぎ去りし日々』」（「週刊東洋経済」8月20日）
進藤純孝「井上靖『猟銃』」（『作品展望　昭和文学』下巻、9月、時事通信社刊）
無署名「井上靖著『遺跡の旅・シルクロード』」（「東京タイムズ」9月26日）
辻邦生「井上靖文学における『詩』と『人生』」（「毎日新聞」10月27日夕）→『風塵の街から　辻邦生第五エッセー集』昭和56年4月、新潮社刊
加藤楸邨「井上靖著『遺跡の旅・シルクロード』」（「週刊読書人」11月21日）
小川和佑「あした来る人」／越次倶子「幼き日のこと」／荻原雄一「化石」／細井尚子「城砦」／長谷川泉「氷壁」／鈴木秀子「緑の仲間」（「国文学　解釈と鑑賞」12月臨増）
虫明亜呂無「新・気品の条件」（「日本経済新聞」12月16日）

［**昭和53年**］（一九七八）

上坂信男「井上靖」（『源氏物語往還』1月、笠間書院刊）
無署名「井上靖著『わだつみ』」（「讀賣新聞」1月9日）
無署名「井上靖著『わだつみ』」（「朝日新聞」2月6日）
瓜生卓造「井上靖著『わだつみ』」（「図書新聞」3月25日）
松本鶴雄「井上靖『楼蘭』」（「国文学　解釈と鑑賞」4月）
安藤幸輔「井上靖『猟銃』の彩子」（『世界文学に現われた女性像』4月、笠間書院刊）
中野孝次「新著月評」（「群像」4月）※『わだつみ』評
尾崎秀樹「井上靖著『わだつみ』」（「週刊朝日」4月14日）
上野英信「井上靖著『わだつみ』」（「朝日ジャーナル」4月14日）
佐藤忠男「井上靖著『わだつみ』」（「婦人公論」5月）

高橋英夫「井上靖著『わだつみ』」（「週刊読書人」5月15日）→『変容する文学のかたち』平成9年7月、翰林書房刊
佐伯彰一「『わだつみ』論――井上靖の小説的戦略」（「海」6月）
生方たつゑ「井上靖」（『邂逅の人』6月、光風社書店刊）
永塚功「井上靖と沼津・湯ケ島」（『近代作家の風土』7月、笠間書院刊）
関荘一郎「井上靖の文学の世界――『猟銃』の周囲――」（「文学地帯」7月）
井上ふみ「私の見てきた敦煌」（「潮」8月）
伊藤美奈子「井上靖――額田王歌の解釈」（「常葉国文」9月）
平井政男「敦煌へ旅して」（「芹沢・井上文学館友の会会報」9月）
露木豊「ここ天体の植民地」（「芹沢・井上文学館友の会会報」43号）※発行日の記載なし。
無署名「人生について――井上先生の文芸講演――」（「芹沢・井上文学館友の会会報」12月）
梶浦幹生「井上靖・司馬遼太郎著『西域をゆく』」（「潮」12月）
大里恭三郎「井上靖初期作品論」（「常葉学園短期大学紀要」12月）

［**昭和54年**］（一九七九）
北杜夫「人生の達人　井上靖」（「小説新潮」1月）→『群像日本の作家20　井上靖』平成2年3月、小学館刊
丸山泰司「昭和の作家3――編集者からの素描として」（「季刊藝術」1月）
助川徳是「井上靖――『父』の影像」／小倉修三「井上靖『天平の甍』」（「国文学　解釈と鑑賞」3月）
市村和久「井上靖『生涯』」（『現代詩の解釈と鑑賞事典』3月、旺文社刊）
渡辺二味子「井上靖覚書――『花のある岩場』を中心に」（「愛知淑徳大学国語国文」3月）
岡崎準「『城砦』の世界に潜むもの」（「近代文学論集・研究と資料」6月）
無署名「井上靖著『歴史の光と影』」（「週刊新潮」6月21日）
工藤茂「現代文学に現われた『姨捨』」（「日本文学論究」7月）
大谷晃一「井上靖　湯ケ島」（『文学の土壌』7月、駸々堂出版刊）
無署名「井上靖著『楼門』」（「週刊文春」8月16日）

［**昭和55年**］（一九八〇）
中島和夫「本の誕生――井上靖『敦煌』『風濤』」（「本と批評」1月）
無署名「井上靖著『断崖』」（「週刊文春」1月24日）
井上靖・佐治敬三「対談・味覚の中国論」（「サントリークォータリー」2月）
高橋英夫「井上靖著『井上靖全詩集』」（「週刊読書人」2月18日）
秋山駿「文芸時評」（「夕刊讀賣新聞」2月23日）※「石濤」評
篠田一士「文芸時評」（「毎日新聞」2月26日夕）※「石濤」評→『創造の現場から』昭和63年7月、小沢書店刊
川村二郎「文芸時評」（「文藝」4月）※「石濤」評→『文芸時評』昭和63年11月、河出書房新社刊
高橋英夫「文芸時評」（「すばる」4月）※「石濤」評
福田宏年「井上靖の歴史小説」（「図書新聞」4月12日）

無署名「井上靖著『読書と私』」（「週刊文春」5月22日）
大岡昇平「花便り――成城だより6」（「文學界」6月）
無署名「井上靖著『流沙』」（「毎日新聞」7月7日）
尾崎秀樹「井上靖著『流沙』」（「週刊朝日」7月11日）
進藤純孝「井上靖著『流沙』」（「日本経済新聞」7月13日）
無署名「井上靖著『流沙』」（「ほるぷ図書新聞」7月15日）
無署名「ノーベル賞の有力候補に躍り出た井上靖の文壇的実力」／森田秀男「利休より西行になりたい」（「週刊朝日」7月17日）
瓜生卓造「井上靖著『流沙』」（「図書新聞」7月26日）
無署名「井上靖著『流沙』」（「すばる」8月）
井上靖・山本健吉「歴史小説にみる井上靖の文学世界」（「新刊ニュース」8月）
陳舜臣「井上さんと歴史小説」（「図書」8月）――→『含笑花の木』平成元年11月、二玄社刊
小松伸六「井上靖著『流沙』」（「週刊読書人」8月25日）
樋口隆康「井上靖著『流沙』」（「潮」9月）
入江隆則「文芸時評」（「すばる」9月）※「本覚坊遺文」評
熊木哲「井上靖」（『研究資料現代日本文学2』9月、明治書院刊）
田村嘉勝「『あすなろ物語』論――〈克己の役割〉」（「言文」10月）
進藤純孝「井上靖著『流沙』」（「婦人公論」10月）
無署名「井上靖著『歴史の旅』」（「週刊東洋経済」10月11日）
小宮忠彦「井上靖著『歴史の旅』」（「50冊の本」11月）
井上靖・黒柳徹子「沙漠の中に思う――幼年時代の祖母のこと――」（「芹沢・井上文学館友の会会報」11月1日）

［**昭和56年**］（一九八一）

井上靖・植村直己「対談・山と文学と人生」（「潮」1月）
河北倫明「井上靖著『きれい寂び』」（「日本経済新聞」1月4日）
谷沢永一「心の叫びではない静謐な客観叙述の詩」（「銀花」2月）――→『署名のある紙礫㊤』昭和61年3月、文藝春秋刊
根本由紀子「井上靖の原点」（茨城キリスト教短大「日本文学論叢」3月）
四方一瀰「教育の刷新と校風の樹立」他（『沼中東高八十年史』上巻 3月、沼中東高八十年史編纂委員会刊）
小林美由紀・佐藤敦子「井上靖の歴史小説への潜入――小説『敦煌』を中心にして」（「東京成徳国文」3月）
静岡高校文芸部「井上靖と伊豆」（『昭和55年全国学芸コンクール入賞作品集』4月、旺文社刊）
保昌正夫「井上靖著『作家点描』」（「週刊読書人」4月6日）
無署名「井上靖著『月光』」（「週刊文春」5月21日）
清岡卓行「井上靖著『作家点描』」（「群像」6月）
三木卓「アスナロウ　井上靖」（『詩のおくりもの7　生命の詩』7月、筑摩書房刊）
桶谷秀昭「文芸時評」（「東京新聞」7月24日夕）※「本覚坊遺文」評
奥野健男「文芸時評」（「サンケイ」7月25日夕）※「本覚坊遺文」評――→『奥野健男　文芸時評』平成5年11月、河出書房新社刊
篠田一士「文芸時評」（「毎日新聞」7月27日夕）※「本覚坊遺文」評――→『創造の現場から』昭和63年7月、小沢書店刊
佐々木基一・三木卓・磯田光一「創作合評」（「群像」9月）※「本

覚坊遺文」評
川村二郎「文芸時評」（「文藝」9月）※「本覚坊遺文」評——→『文芸時評』昭和63年11月、河出書房新社刊
無署名「ノーベル賞下馬評で記者を走らせた井上靖氏の候補小説」（「週刊新潮」10月22日）
村上嘉隆「井上靖の世界」／中村嘉葎雄「天平の甍」／小堀巌「敦煌」／一政真理子「四角な船」／無署名「同級生たちが語る。わが友・井上靖」（「サンデー毎日」10月25日）
無署名「井上靖著『道・ローマの宿』」（「週刊文春」12月10日）
無署名「井上靖著『本覚坊遺文』」（「讀賣新聞」12月14日）
無署名「井上靖著『本覚坊遺文』」（「朝日新聞」12月21日）
無署名「井上靖著『本覚坊遺文』」（「岐阜日日新聞」12月21日）※曾根博義の執筆

［**昭和57年**］（一九八二）
司馬遼太郎「天体を創る少年」（「すばる」1月）
井上靖・福田宏年「井上靖氏に聞く」（「新潟日報」1月1日）
岡田英雄「井上靖の運命観」（「常葉学園大学研究紀要」1月）——→『近代作家の表現研究』昭和59年10月、双文社出版刊
福田宏年「井上靖著『本覚坊遺文』」（「日本経済新聞」1月10日）
宮内豊「井上靖著『本覚坊遺文』」（「朝日ジャーナル」1月15日）
尾崎秀樹「井上靖著『本覚坊遺文』」（「週刊朝日」1月22日）
無署名「井上靖著『クシャーン王朝の跡を訪ねて』」（「讀賣新聞」1月25日）
福田宏年「井上靖著『本覚坊遺文』」（「聖教新聞」1月27日）
無署名「井上靖著『本覚坊遺文』」（「静岡大学新聞」1月30日）
栗坪良樹「井上靖氏にきく」（「すばる」2月）——→『群像日本の作家20 井上靖』平成2年3月、小学館刊
磯田光一「井上靖著『本覚坊遺文』」（「群像」2月）——→『昭和作家論集成』昭和60年6月、新潮社刊
田久保英夫「井上靖著『本覚坊遺文』」（「新潮」2月）——→『群像日本の作家20 井上靖』平成2年3月、小学館刊
福田宏年「井上靖著『本覚坊遺文』」（「文學界」2月）
上田三四二「井上靖著『本覚坊遺文』」（「現代」2月）
岡田英雄「井上靖の運命観」（「常葉学園大学研究紀要」2月）
磯貝勝太郎「井上靖著『本覚坊遺文』」（「サンデー毎日」2月14日）
西尾幹二「井上靖著『本覚坊遺文』」（「週刊読書人」2月22日）
進藤純孝「井上靖著『本覚坊遺文』」（「婦人公論」3月）——→『近代作家の表現研究』昭和59年10月、双文社出版刊
佐々木基一・大庭みな子・黒井千次「井上靖『本覚坊遺文』——読書鼎談」（「文藝」3月）
尾崎秀樹「井上靖著『本覚坊遺文』」（「潮」4月）
小松伸六「井上靖」（「東京新聞」4月5日、12日、19日、26日夕）
武田勝彦「禅僧のような人生の師——井上靖先生」（「毎日新聞」4月13日夕）
井上靖・山下泰裕「柔道に賭けた青春」（「潮」6月）
林京子「沈黙させる美」（「東京新聞」6月19日夕）
無署名「大岡昇平・井上靖論争の気配」（「週刊読書人」6月21日）
高橋英夫「文学概観'81」（『文芸年鑑』6月、新潮社刊）
大岡昇平「『愛する女であれ』——成城だよりⅡ—5」（「文學界」

7月）──→『成城だより』昭和58年4月、文藝春秋刊
吉本隆明「差異論」（「海燕」7月）
武田勝彦「歴史小説への招待──井上靖の魅力」（「人と日本」7月）
無署名「近ごろ考えること──井上先生の文芸講話」（「芹沢・井上文学館友の会会報」7月1日）
巴金「友誼の花守る責任痛感──井上靖先生へ」（「夕刊讀賣新聞」9月21日）
奥野郷太郎「死者が生者の目を開く──井上靖の『本覚坊遺文』を読んで」／宇佐美太郎「『本覚坊遺文』読後感」（「近代風土」11月）
宮崎健三「井上靖の詩──詩の証言㈠」（『現代詩の証言』11月、宝文館出版）
李徳純（今西凱夫訳）「戦後日本文学概観」（「文学」12月）
岡田英雄「『しろばんば』──井上靖の孤独の形成──」（「常葉学園大学紀要」12月）──→『近代作家の表現研究』昭和59年10月、双文社出版刊

［**昭和58年**］（一九八三）

井上靖・中野孝次「対談・小説作法」（「文學界」1月）──→中野孝次編『対談・小説作法』昭和58年9月、文藝春秋刊
武田勝彦「世界の日本文学──井上文学、相次ぎ翻訳」（「夕刊讀賣新聞」2月4日）
百目鬼恭三郎「井上靖『本覚坊遺文』」（『続風の書評』2月、ダイヤモンド社刊）
武田勝彦「『比良のシャクナゲ』におけるロマンティック・アイロニー」（「教養諸学研究」3月）
真鍋守栄「井上靖論──性格学と精神病理学の知見から」（「茨城キリスト教大学紀要」3月）
新井巳喜雄「井上靖──老と死を見据えて」（「立正大学国語国文」3月）──→『井上靖　老いと死を見据えて』平成9年10月、近代文芸社刊
中村税三「井上靖論」（賢明女子学院短大「BEACON」3月）
喜多川恒男「井上靖試論のためのノート──詩集『北国』の詩語について」（「文芸論叢」3月）
藤沢全「井上靖作品事典⑴──小説『闘牛』」（「あるご」4月）
久田二郎「仕事・いまとこれから──井上先生『文芸講話』」（「芹沢・井上文学館友の会会報」6月）
秋谷豊「井上靖論──『氷壁』をめぐって」（「江古田文学」7月）
加藤国安「中国の日本文学と井上靖」（「愛媛国文と教育」7月）
藤沢全「井上靖」（「別冊国文学」7月）
水上勉「井上靖著『忘れ得ぬ芸術家たち』」（「波」8月）
久田二郎「いま、ここに生きる──井上靖先生記念講演」（「芹沢・井上文学館友の会会報」8月）
白川正芳「井上靖著『忘れ得ぬ芸術家たち』」（「日本経済新聞」8月28日）
奥野健男「井上靖『井上靖エッセイ全集』」（「週刊読書人」9月12日）
篠田一士「短篇小説のなかの詩」（「文學界」10月）※「玉碗記」評──→『篠田一士評論集　１９８０〜１９８９』平成5年6月、小

沢書店刊
無署名「文学交流の場広げる――作家・井上靖さん」（「北海道新聞」10月30日）
無署名「井上靖著『私の西域紀行』」（「讀賣新聞」10月31日）
平山郁夫「井上靖著『私の西域紀行』」（「日本経済新聞」11月27日）
工藤茂「井上靖の挽歌観」（「別府大学国語国文学」12月）
傳田朴也「ペンに託す平和――NHK訪問インタビューから――」（「芹沢・井上文学館友の会会報」12月）

〔**昭和59年**〕（一九八四）
無署名「井上靖と世田谷」（「知識」1月）
清岡卓行「井上靖の詩」（「文學界」1月〜8月、昭和61年1月〜昭和62年6月）
岡田英雄「『夏草冬濤』と『北の海』」（「常葉学園大学研究紀要」1月）――→『近代作家の表現研究』昭和59年10月、双文社出版刊
工藤茂「井上靖『通夜の客』の位置」（「別府大学紀要」1月）
松本道子「現代文学の心に残る男たち」（「ほんのもり」2月25日）
※『あした来る人』評
井岡畯一「井上靖とシルクロード」（「城南国文」3月）
真鍋守栄「個人的葛藤から普遍的無意識へ――井上靖『ある落日』を中心に」（「茨城キリスト教大学紀要」3月）
中村税三「井上靖論 Part Ⅱ」（賢明女子学院短大「BEACON」3月）
福田宏年「井上靖の美術遍歴」（「ほるぷ図書新聞」3月15日）
山本健吉「『死』か『無』か――『本覚坊遺文』一説」（「すばる」4月）――→『山本健吉全集14』昭和59年7月、講談社刊
串田孫一「井上靖著『乾河道』」（「青春と読書」4月20日）
山中美和「芸術家の運命――『本覚坊遺文』について」（「文学地帯」5月）
福田宏年「美術記者　井上靖」（「毎日新聞」5月10日夕）
槇林滉二「『天平の甍』の構造」（「佐賀大学教育学部研究論文集」7月）
傳田朴也「日本文化の特殊性――井上先生文芸講話――」（「芹沢・井上文学館友の会会報」8月）
井上ふみ「井上靖家の家族誌『まるいてえぶる』」（「知識」10月）
鹿内信隆・今里広記「井上靖と『茶の湯』の世界」（「正論」11月）
影山恒男「闘牛・ある偽作家の生涯・黯い潮」／長谷川泉「氷壁」（「国文学　解釈と鑑賞」11月臨増）
森井道男「井上靖『天平の甍』と『唐大和上東征伝』」／小島英男「『発心集』（普陀落渡海伝承）と井上靖の『補陀落渡海記』」（川口久雄編『古典の変容と新生』11月、明治書院刊）
無署名「井上靖著『異国の星』」（「ほるぷ図書新聞」11月15日）
無署名「『異国の星（上・下）』」（「秋田魁新報」11月18日　※曾根博義の執筆
無署名「仏訳好評の井上文学」（「日本経済新聞」12月10日）

〔**昭和60年**〕（一九八五）
植田康夫「井上靖著『異国の星』」（「現代」1月）
栗坪良樹「井上靖著『異国の星』」（「すばる」1月）
井上靖・武田勝彦「対談・86年の抱負を語る」（「知識」1月）

無署名「朝日賞の人びと」欄（「朝日新聞」1月4日）
若佐孝夫「ある愛――通夜の客――井上靖」（「和歌山信愛女子短期大学信愛紀要」2月）
井上一郎「井上靖『赤い実』の構造――叙事性と抒情性の統合」（「解釈」2月）
井岡畯一「『漆胡樽』考」（「城南国文」2月）
新井巳喜雄「井上靖――現代文明批判」（「立正大学国語国文」3月）→『井上靖　老いと死を見据えて』平成9年10月、近代文芸社刊
宮崎健三「井上靖初期詩篇拾遺資料」（「和光大学人文学部紀要」3月）
飯塚浩「井上靖『敦煌』の色彩表現考」（「研究集録」3月）
井上靖・矢口純一「青春回顧・壮大なる道草がわたしをつくった」（「新潮45+」3月）
傳田朴也「『孔子』をこう書く――井上靖先生の講演――」（「芹沢・井上文学館友の会会報」4月）
傳田朴也「『漆胡樽』の周辺――歴史小説の源流――」（「芹沢・井上文学館友の会会報」5月）
山崎豊子「産ぶ声」（『山崎豊子全作品』月報2、8月、新潮社刊）
森英一「井上靖・四高時代の詩作」（「日本近代文学」10月）
〔ロ〕「旅と井上文学――創作のエネルギー」（「芹沢・井上文学館友の会会報」10月）
傳田朴也「井上文学の母――ふるさと――」（「芹沢・井上文学館友の会会報」12月）
飯塚浩「井上靖『狼災記』について――中島敦『山月記』をめぐって」（「文学研究」12月）
野口冨士男「感触的昭和文壇史20――昭和三十年代以降㈡」（「文學界」12月）→『感触的昭和文壇史』昭和61年7月、文藝春秋刊

［**昭和61年**］（一九八六）
井上靖・段文傑・東山健吾「敦煌の魅力」（「潮」1月）
井上靖・武田勝彦「86年の抱負を語る」（「知識」1月）
磯田光一「井上靖著『レンブラントの肖像』」（「朝日新聞」1月19日）
飯塚浩「井上靖氏と詩――その詩的背景と小説」（「月刊実践国語教育情報」2月）
飯塚浩「井上靖『風濤』の世界」（「春日部女子高等学校研究紀要」2月）
若佐孝夫「評言――風と雲と砦――井上靖」（「和歌山信愛女子短期大学信愛紀要」2月）
椎名誠「アンガラ河で花吹雪だった」（「週刊ポスト」2月7日）
新井巳喜雄「井上靖『しろばんば』論――鎮魂の作業」（「立正大学国語国文」3月）→『井上靖　老いと死を見据えて』平成9年10月、近代文芸社刊
三木卓「作家の素顔　ある編集者の青春」（「週刊読書人」3月3、10、17、31日）→『わがこころの作家』平成元年9月、三一書房刊
植村肇「青春・教育・死」（「北海道新聞」4月1日夕）
近藤信行「井上靖著『河岸に立ちて』」（「サンデー毎日」4月6日）
瀬戸口宣司「井上靖『河岸に立ちて』」（「焔」5月）

傳田朴也「黄河文明について――井上先生講演――」（「芹沢・井上文学館友の会会報」7月）
李徳純・尾崎秀樹「戦後の日本文学を語る――中国的視点から」（「世界」8月）
米山正信「井上靖文学の精神分析的鑑賞――『ある偽作家の生涯』における桔梗色の花火の意味を考える」（「静岡近代文学」9月）
伊藤義器「『蒼き狼』論争」（「群像」9月）
平井「井上先生講話」／傳田朴也「井上先生ご夫妻を囲む会」（「芹沢・井上文学館友の会会報」9月）
中島和夫「二つの歴史小説――井上靖氏のこと」（『文学者における人間の研究』9月、武蔵野書房刊）
藤本千鶴子「井上靖」（「国文学　解釈と鑑賞」別冊　11月）
舟越保武「似る」〈あすへの話題〉欄（「日本経済新聞」11月11日夕）
李徳純「井上靖」（『戦後日本文学管窺――中国的視点』12月、文藝春秋刊）

［**昭和62年**］（一九八七）
越智良二「『しろばんば』試論」（「愛媛大学教育学部紀要（人文・社会）」2月）
巌谷大四「温かく伝わってくる美と歴史」（「知識」2月）※『レンブラントの自画像』評
米倉巌「井上靖『猟銃』など――作品論のためのメモ」（「帝塚山学院大学日本文学研究」2月）
傳田朴也「井上先生　病を克服――『孔子』に目途――」（「芹沢・井上文学館友の会会報」2月）
桂木香織「ル・モンドも激賞した!!　井上靖」（「知識」3月）
新井巳喜雄「井上靖の『本覚坊遺文』論――人生七十の行方」（「立正大学国語国文」3月）
ゆりはじめ「井上靖『姨捨』」（『戦後文学のフィノミノロジィ』4月、桜楓社刊）
巌谷大四「井上靖『夜の声』」（「北海道新聞」5月31日）
風巻紘一「井上靖著『風林火山』」（『日本文芸鑑賞事典16』6月、ぎょうせい刊）
太田治子「井上靖著『しろばんば』」（「婦人とくらし」6月）
神崎倫一「井上靖著『射程』」（「毎日新聞」7月20日夕）
傳田朴也「新連載『孔子』――人類の平和――」（「芹沢・井上文学館友の会会報」8月）
井上靖「移民の理想を追って――小説『わだつみ』をめぐって（インタビュー）」（「思想の科学」9月）
曾根博義「『敦煌』の詩情」（「高校通信　東書国語」9月）
新井巳喜雄「井上靖研究の軌跡」（「高校クラスルーム」9月）
工藤茂「現代文学における『姨捨』の系譜㈤――井上靖『姨捨』」（「別府大学国語国文学」12月）

［**昭和63年**］（一九八八）
安田一郎「井上靖氏のロール・シャッハテスト再考」（「横浜市立大学論叢（人文科学系列）」1月）
無署名「西域のこと孔子のこと――井上靖さんに聞く」（「夕刊讀賣新聞」1月18～22日）

渡辺守之「井上靖著『敦煌』」(「NEXT」2月)
鈴木正志「井上靖『敦煌』の世界――趙行徳と回鶻の王族の女とを中心に」(「新大国語」3月)
横尾文子「井上靖における風景の閃き――『比良のシャクナゲ』に即して」(「佐賀女子短期大学研究紀要」3月)
小川和佑「井上靖『天平の甍』」/桐村涼「井上靖『氷壁』」(「日本文芸鑑賞事典17」4月、ぎょうせい刊)
宮本輝「井上氏宅で」/石原慎太郎・江藤淳・大江健三郎・開高健「文学の不易流行」(「新潮」5月)
江藤きよみ「直喩表現の認定と分類のこころみ――『天平の甍』をつかって」(「筑紫国文」6月)
長谷川龍生「詩壇展望」欄(「北海道新聞」7月22日夕)
横木徳久「詩時評・7月」(「図書新聞」7月23日)※『傍観者』評
荒川洋治「〝男の詩〟の魅力――井上靖『傍観者』」(「夕刊讀賣新聞」7月28日)
武田勝彦「ある歴史小説の舞台」(「知識」8月)
ボリス・ラスキン「井上靖先生のこと――忘れられない日本の作家」(「世界」9月)
伊藤桂一「井上靖著『傍観者』」(「新潮」9月)
山本容朗「井上靖著『傍観者』」(「図書新聞」10月8日)
新井巳喜雄「『天平の甍』――老いの規範を求めて」(「研究紀要」12月)――→『井上靖　老いと死を見据えて』平成9年10月、近代文芸社刊
工藤茂「甍の造形――小説『四角な船』の視点」(「別府大学国語国文学」12月)

[**平成元年**](一九八九)
インタビュー「荒野を目ざしたころ」(「鳩よ!」1月)
傳田朴也「井上先生　小説『孔子』厖大な資料・推敲」(「芹沢・井上文学館友の会会報」2月)
金子秀夫「井上靖小論(一)――詩集『傍観者』をめぐって――」(「焔」2月)――→『生命凝視の詩人たち』平成4年11月、青樹社刊
莫邦富「史料をロマンへ――『楼蘭』についての若干の調査」(「二松学舎大学人文論叢」3月)
小川和佑「井上靖『敦煌』」/飯野博「井上靖『しろばんば』」(「日本文芸鑑賞事典18」4月、ぎょうせい刊)
奥野健男「文芸時評」(「産経新聞」4月27日夕)※「孔子」評――→『奥野健男　文芸時評』平成5年11月、河出書房新社刊
傳田朴也「芹沢文学井上文学接点――更に深くみつめる――」(「芹沢・井上文学館友の会会報」5月)
傳田朴也「井上文学と戦争観――昭和をどう見るか――」(「芹沢・井上文学館友の会会報」7月)
馬渡憲三郎「井上靖〈研究動向〉」(「昭和文学研究」7月)
井上靖・大江健三郎「対談・『孔子』について」(「新潮」11月)
高橋英夫「井上靖著『孔子』」(「群像」11月)――→『群像日本の作家20　井上靖』平成2年3月、小学館刊
工藤茂「井上靖の詩」(「芸術至上主義文芸」11月)
孔健「井上靖著『孔子』」(「週刊文春」11月2日)
夏堀正元「井上靖著『孔子』」(「公明新聞」11月27日)

桶谷秀昭「井上靖著『孔子』」（「海燕」12月）
藤田昌司「井上靖著『孔子』」（「新刊展望」12月）
梅原猛「井上靖著『孔子』」（「NEXT」12月）
奥野健男「文芸時評」（「産経新聞」12月28日夕）※「生きる」評
——→『奥野健男　文芸時評』平成5年11月、河出書房新社刊

［平成2年］（一九九〇）
井上靖・高橋英夫「話題の孔子を語る」（「サライ」1月1日）
小笠原茂「井上靖著『孔子』」（「潮」1月）
遠藤周作「読みたい短篇、書きたい短篇」（「新潮」1月）
井上靖・鈴木健次「井上文学の精髄」（「新刊ニュース」1月）
佐々木敦「井上靖著『孔子』」（「Voice」1月）
遠藤周作、大江健三郎、佐多稲子、丸谷才一、三浦哲郎、安岡章太郎、吉行淳之介「第四十二回野間文芸賞選評」（「群像」1月）※『孔子』評
井上靖・高橋英夫「論語は、現代という〝乱世〟を生きるための教科書です」（「サライ」1月）
無署名「井上靖の散文詩」（「新潮」臨増1月）
前川しんすけ「私の読書ノート」（「鳩よ！」2月）※『孔子』評
林林「長篇小説『孔子』を読んで」（「日中文化交流」2月1日）
井尻千男「どう読む『孔子』人気」（「日本経済新聞」2月4日）
無署名「著者インタビュー、井上靖著『孔子』」（「SOPHIA」2月）
吉見かおり「井上靖の女性観——少年時代を通して」（「大阪青山短大国文」2月）
新井巳喜雄「『わが母の記』——老いの本質を描く——」（「立正大学国語国文」3月）——→『井上靖　老いと死を見据えて』平成9年10月、近代文芸社刊
藤沢全「『ビュビュ・ド・モンパルナス』廻し読み——井上靖の沼津中学校に於ける」（「日本比較文学会東京支部ニュース」3月）
鄭民欽「『孔子』を訳して」（「日中文化交流」5月）
細野秀子「井上靖『石濤』の英訳」（「知識」5月）
岩井昭三「井上靖『本覚坊遺文』考——利休の死について」（「梅花短大国語国文」7月）
尾崎秀樹「漆胡樽と玉碗記」「天平の甍」「遺唐使の時代」（『歴史文学夜話』9月、講談社刊）
高原須美子「わが師の恩㉖」（「週刊朝日」9月7日）
工藤茂「井上靖と中国仏教」（「国文学　解釈と鑑賞」12月）

［平成3年］（一九九一）
井上靖・宮本輝「故里に灯が点るとき」（「波」1月）
岡田茉莉子、熊井啓、平山郁夫、桜田光雄、下山忠男、傳田朴也「井上靖氏を悼む声」（「静岡新聞」1月30日）
小田切進、平山郁夫「井上靖氏を悼む」（「朝日新聞」1月30日夕）
福田宏年「人間肯定の文学——井上靖さんを悼む」（「北海道新聞」1月30日夕）
奥野健男「井上靖氏を悼む」（「産経新聞」1月30日夕）
清岡卓行「井上靖氏を悼む」（「夕刊讀賣新聞」1月30日）
辻邦生「詩に生き満月の夜に死す」（「毎日新聞」2月1日夕）——→『風雅集』平成10年6月、世界文化社刊
八木義徳「井上靖さんという人」（「北海道新聞」2月1日夕）——→

『文学の鬼を志望す』平成3年10月、福武書店刊
高橋英夫「井上靖氏を悼む」/傳田朴也「井上靖氏を悼む」(「静岡新聞」2月2日)
庄野潤三「井上さんを偲ぶ」(「日本経済新聞」2月3日)
夏堀正元「剛毅と細心のひと　井上靖」(「公明新聞」2月5日)
無署名「井上靖さんを悼む(上)」(「北国新聞」2月5日)
新保千代子「井上靖さんを悼む(下)」(「北国新聞」2月6日)
団伊玖磨「井上靖さんをしのぶ」(「神奈川新聞」2月11日)→『晴れてもパイプのけむり』平成5年3月、朝日新聞社刊
山本昭男「強靱で安定した精神を維持して83年」(「AERA」2月12日)
平山郁夫「井上先生を偲んで」(「アサヒグラフ」2月15日)
宮本輝「井上靖氏を偲ぶ」/薄井大還「作家・井上靖氏、永遠の眠りにつく」(「サンデー毎日」2月17日)
福田美鈴「詩の同人誌『焰』の井上靖先生」(「東京新聞」2月20日夕)
篠弘「レンズを通過した、生前最後の姿」(「週刊ポスト」2月22日)
新井巳喜雄「井上靖『楼蘭』――楼蘭に於ける天」(「立正大学国語国文」3月)→『井上靖　老いと死を見据えて』平成9年10月、近代文芸社刊
井上卓也「グッドバイ、マイ・ゴッドファーザー」(「別冊文藝春秋」春号)→『グッドバイ、マイ・ゴッドファーザー　父・井上靖へのレクイエム』平成3年6月、文藝春秋刊
ボリス・ラスキン「井上靖」(「潮」3月)
巴金「井上靖先生を偲ぶ」(「産経新聞」3月6日夕)
田川純三「シルクロード・流砂の道で――井上靖さんを偲ぶ――」(「小説新潮」4月)
辻邦生・大島信三「詩に生きた井上靖さんの人と文学」(「正論」4月)
辻邦生「詩と物語の間」(「中央公論」4月)→『風雅集』平成10年6月、世界文化社刊
井上ふみ「手記　靖と私」(「文藝春秋」4月)
坂本忠雄「天命と青春」/山川みどり「井上靖　美への眼差し」〈編集長から〉欄(「波」4月)
田村嘉勝「『孔子』論――その研究序説」(「湘南文学」4月)
水口義明「井上靖さんの遺した〝幻の演歌〟」(「月刊 ASAHI」4月)
石和鷹「『別れ』――井上靖氏を悼む」(「ミックス」4月)→『男の風情』平成5年7月、PHP研究所刊
加藤賢治「60年連れ添ってデートは2回でした」(「女性自身」4月2日)
中島和夫「即興的・構築的――井伏鱒二と井上靖」(『文学者のきのうきょう――よこ顔とうしろ姿』5月、武蔵野書房刊)
浦城幾世「父井上靖の思い出」/黒田佳子「父井上靖のこと」(「婦人公論」5月)
熊井啓「井上靖先生を偲んで」(「経済往来」5月)
藤沢全「井上靖」(『話題現代文――文学作品の舞台裏』5月、東京法令出版刊)
巌谷大四「信州冠着山・観月の山　井上靖『姨捨』」(『ロマンスの

ふるさと』5月、博文館新社刊）

水上勉「『石濤』のこと」（「波」6月）

大江健三郎「ああ、いま、わが故里には燈火が……」（「SAWARABI」7月）――→『恢復する家族』平成7年2月、講談社刊

杉山平一「井上靖と大阪、その詩的環境」（「現代詩手帖」7月）

岩井昭三「再考・井上靖『本覚坊遺文』――利休死後の茶」（「梅花短大国語国文」7月）

竹西寛子「井上靖著『石濤』」（「新潮」8月）――→『太宰府の秋』平成4年11月、青土社刊

秦敬一「『本覚坊遺文』論――利休・その心象――」（「語文と教育」8月）

大岡信「真赤なる……」（『折々の歌9』8月、岩波書店刊）

柏岡浅治「井上靖の初期詩篇」（「焰」8、11月、平成4年3、5月）

顧偉良「井上靖『あすなろ物語』試論」（「弘前大語文」9月）

鈴木健次「井上靖」（『インタビュー集　作家の透視図』9月、メディパル刊）

福田宏年「戦い取った死――井上靖の最期」（「すばる」9月）

黒田佳子「父・井上靖とともに歩いた56年」（「致知」10月）

田中康子「井上靖著『石濤』」（「知識」10月）

石垣りん「孵化　井上靖『十月の詩』」（「婦人之友」10月）――→『詩の中の風景』平成4年10月、婦人之友社刊

十川信介「井上靖の『川』」（「図書」12月）

〔**平成4年**〕（一九九二）

彦素勉「井上靖『闘牛』」（『芥川賞10人のレトリック』1月、潮文社刊）

武富紀雄「初めての有難う」（「砧通信」1月）

早川勝広「井上靖『赤い実』を読む――中学校国語教材『赤い実』の小説性」（「学大国文」2月）

無署名「『井上靖歴史紀行文集』第1巻」（「北海道新聞」2月16日）※曾根博義の執筆

李徳純「苦渋に包まれた深層美　中国から見た井上靖文学」（「すばる」4月）

傳田朴也「井上文学の源流〝漆胡樽〟を読む」（「芹沢・井上文学館友の会会報」5月）

五木寛之「ソフィアの歌巡礼I　極道紳士・井上靖さんの片影」（「小説新潮」5月）――→『ソフィアの歌』平成6年6月、新潮社刊

尾崎秀樹「漆胡樽の軌跡」（『海の文学誌』8月、白水社刊）

森井道男「井上靖を読む」（「月刊国語教育」9月〜12月）

藤沢全「井上靖『本覚坊遺文』」（「国文学　解釈と教材の研究」9月臨増）

中西進「井上靖『天平の甍』」（「国文学　解釈と鑑賞」10月）

柴口順一「大岡昇平における歴史」（「北海道大学文学部紀要」10月、平成5年11月）※「蒼き狼」論争

大坪精治「井上靖の色彩表現とところどころ」（「大阪電気通信大学研究論集」（人文・社会科学篇）10月、平成5年3月）

蒲生芳郎「井上靖」（「別冊国文学」11月）

高野昭「井上靖展を見て」（「日本近代文学館」11月15日）

金子秀夫「井上靖小論⑵――最後の詩集『星闌干』から初期詩篇集へ――」（『生命凝視の詩人たち』11月、青樹社刊）

海老原早苗「井上靖『敦煌』について」（「別府大学国語国文学」12月）

［**平成5年**］（一九九三）

早川勝広「小説における物語性の伝承と変容――『赤い実』の成立と構造」（山内洋一郎他編『近代語の成立と展開』1月、和泉書院刊）

井上ふみ「回想の井上靖」（「オール讀物」4月）→『想い出の作家たち』平成6年3月、文藝春秋刊

三浦綾子「失われた機会」／福田美鈴「井上先生と私」／無署名「井上靖展について」（井上靖ナナカマドの会「赤い実の洋燈」5月）

新井巳喜雄「『敦煌』――時空を超えた人間の真心」（「研究紀要」5月）→『井上靖　老いと死を見据えて』平成9年10月、近代文芸社刊

金子秀夫「井上靖　詩と人間」（「詩界」6月）

綿野香「井上靖論――『ある偽作家の生涯』に見られる美術記者時代の影響」（「立教大学日本文学」7月）

土田久男「思い出の本『氷壁』」（井上靖ナナカマドの会「赤い実の洋燈」7月）

井上修一「井上靖と『旭川』ノート」（「北海新聞」11月17日夕）

［**平成6年**］（一九九四）

白石省吾「井上靖」（『文芸その時々』3月、近代文芸社刊）

曾根博義「井上靖初期詩篇解題」（日本大学文理学部人文科学研究所「研究紀要」3月）

福田宏年「老年の山、青年の山」（「文藝春秋」3月）※「氷壁」評

巌谷大四「井上靖氏の思い出」（『蓄音機と西洋館』3月、博文館新社刊）

新井巳喜雄「『孔子』――天命との死闘」（「立正大学国語国文」3月）→『井上靖　老いと死を見据えて』平成9年10月、近代文芸社刊

小長谷源治「井上靖の『城砦』」（「ほっとらいん」6月20日）

中田浩二「素顔の作家たち――井上靖」（「This is 読売」7月）

浦城幾世「養之如春」／無署名「井上靖と詩誌『日本海詩人』の大村正次」／国井真理「『しろばんば』を群読してみて」／藤井哲之進「『しろばんば』の情景」（井上靖ナナカマドの会「赤い実の洋燈」7月）

村上政彦「井上靖著『あした来る人』」（「すばる」9月）

［**平成7年**］（一九九五）

笹本正樹「井上靖の詩と人間形成㊤㊦」（「香川大学教育学部研究報告第一部」1、3月）

司馬遼太郎「人生への計量の感覚」／大岡信「夢想する自然児の魂」／大江健三郎「詩と物語の大河」／熊井啓「読みつぐ喜び」／平山郁夫「歴史とロマンの結合」／宮本輝「厖大な詩心の大河」（『井上靖全集』内容見本　2月）

佐々木充「『僧伽羅国縁起』と『羅刹女国』――井上靖の説話風作

品」(「千葉大学教育学部研究紀要」2月)

井上ふみ「永遠のひと――魂は、私の心の中に――」(「沼津市仏教会会報」2月)

大坪精治「井上靖の『あした来る人』――ドラマティック・アイロニー」(「大阪電気通信大学研究紀要(人文・社会科学篇)」3月)

藤沢全「井上靖のモニュメント」(「桜文」3月)

藤沢全「井上靖と啄木」(「短歌」4月)

曾根博義・水上勉「井上靖の人と文学」/小山一廣「ロマンと文体」/一戸恵多「九品仏と湖北」/安場みつ子「母から息子、孫へと」/森脇正基「黄河の流れのように」/稲垣信子「『猟銃』この一作を」/森馨子「桔梗色の花火」/砂山公守「湯ヶ島は十八の風」(「波」4月)

小山一廣、一戸恵多、安場みつ子、森脇正基、稲垣信子、森馨子「井上文学と私」(「波」4月)

無署名「〝賭け〟に男女の愛を投影　闘牛」(『名作を歩く　ひょうごの近・現代文学』5月、神戸新聞総合出版センター刊)

浦城幾世「沼津・妙覚寺境内の詩碑」/無署名「来旭のあしあと」/石井利佳「井上靖と記念館」(井上靖ナナカマドの会「赤い実の洋燈」5月)

高木伸幸「井上靖『猟銃』論――描かれる〝美しい模様〟――」(「国語国文　研究と教育」6月)

井上修一「書かれなかった作品」(「新潮」6月)

曾根博義「歴史と物語――『ロマン』の風化」(「国文学　解釈と教材の研究」7月)

源哲麿「井上靖の『芸術妻』〝白神きみ子さん〟のこと」(「海塔」9月)――→『私本文学論集』平成7年10月、専修大学出版局刊

村上政彦「井上靖著『あした来る人』」(「すばる」9月)

顧偉良「小説としての『現実性』――自伝的小説『しろばんば』を視座に――」(「言語と文芸」9月)

水上勉「文壇放浪六十年⑵」(「毎日新聞」10月25日夕)――→『文学放浪』平成9年9月、毎日新聞社刊

福田宏年「井上靖『蒼き狼』の前後」(「海燕」12月)

広田誠之「ようやく買えた『井上靖全集』」〈読者の声〉欄(「波」12月)

高木伸幸「井上靖初期散文詩論――「猟銃」の原点・〝昇華〟と〝浄化〟」(「近代文学試論」12月)

秋岡康晴「文学鑑賞と生涯教育――読書会と文学講座の実践報告」(「火曜会誌　VITA」12月)※「わが母の記」評

〔平成8年〕(一九九六)

大里恭三郎「井上靖」(『静岡県と作家たち』1月、静岡新聞社刊)

横地治男「妥協のない人類の教師」/川原史枝「本覚坊遺文」(「井上靖記念館友の会会報」2月)

〔ブンヤ〕「玉成」〈大波小波〉欄(「東京新聞」2月22日夕)

三木卓「久しぶりの旭川」/浦城いくよ「祖父足立文太郎と父井上靖」/無署名「井上靖　来旭のあしあと⑵」/藤内英夫「先生と旭川を結ぶ心の糸」/秋岡康晴「三木卓先生の講演に思う」/亀石敏子「思い出の新聞小説『北の海』」(井上靖ナナカマドの会「赤い実の洋燈」3月)

秦恒平「工学部『文学』部教授の四年間」(「学鐙」5月)

養老孟司「ケヤキ」（「本の旅人」5月）※「欅の木」評
大江健三郎・古井由吉「対談・百年の短篇小説を読む」（「新潮」7月臨増）※「道」評
無署名「井上靖を読む」／平山郁夫「井上さんの西域への思いを胸に描き続けていきます。」／曾根博義「戦後文学の全盛期を体現した作家。」（「ABC」10月）
門脇早苗「井上作品と私の出会い」／浦城いくよ「鑑真和上と父」（「井上靖記念館友の会会報」10月）
曾根博義「井上靖を読む」（「ＡＢＣＩ―６」10月）
川西政明「敦煌」（『わが幻の国』11月、講談社刊）
木村一信「井上靖」（『もうひとつの文学史――「戦争」へのまなざし』11月、増進会出版社）
西本椰枝「『比良のシャクナゲ』『額田女王』」（『鳰の浮巣』11月、サンライズ印刷出版部）
新井巳喜雄「井上靖『おろしや国酔夢譚』の運命」（「研究紀要」11月）――→『井上靖　老いと死を見据えて』平成9年10月、近代文芸社刊
北杜夫「井上靖」（篠山紀信『定本作家の仕事場』12月、新潮社刊）
井上修一「人生の収支決算――父・井上靖の七回忌を迎えて――」（「芹沢・井上文学館友の会会報」12月）
高木伸幸「井上靖『闘牛』論――材料の意匠化と悲哀――」（「近代文学試論」12月）
無署名「おろしや国酔夢譚」（ファーザーアンドマザー編『時代小説ベスト100』※刊行月の記載欠　ジャパン・ミックス株式会社刊）

［**平成9年**］（一九九七）

曾根博義「『蒼き狼』論争をめぐって――井上靖の歴史小説と大岡昇平の歴史小説論」（「新潮」1月）
高橋千剣破「井上靖『孔子』と日本の儒教」（「大衆文学研究」3月）
熊木哲「井上靖『おろしや国酔夢譚』――〈時代と異文化体験〉、初出の構成を中心に――」（「大妻国文」3月）
黒田佳子「井上靖と詩人たち」／小長谷源治「井上靖を静岡県」（「焰」3月）
荒井明由「『本覚坊遺文』の中の『死』と『無』について」／浦城いくよ「一座建立」／高島輝枝「井上文学と私」／遠藤仁誉「純粋愛を育んだ女主人公『通夜の客』を読む」（井上靖記念館友の会「海鳴り」3月）
浦城いくよ「父の作家ビデューの頃」／無署名「井上靖　来旭のあしあと(3)／無署名「『新聞小説』と井上靖」／高木五郎「赤いランプの光明」／福井唯子「『石庭』を読んで」／富永千晶「『あすなろ物語』」（井上靖ナナカマドの会「赤い実の洋燈」3月）
坂野輝夫「『天命』ということ」（「文藝春秋」4月）
井上卓也「父と食べ物のこと」（「芹沢・井上文学館友の会会報」4月）
井上ふみ「風邪をひいた」（「層」5月）
瀬戸口宣司「井上靖と『福田正夫詩の会』」（『海の友の玉手箱』6月、海林澣一郎刊）
福田美鈴「井上靖・山本和夫〝90歳の約束〟実現」（「東京新聞」6月6日夕）

曾根博義・傳馬義澄「対談・井上靖をめぐって――日本現代文学研究の課題――」（「滴」7月）

柴口順一「『蒼き狼』論争のために」（「国語国文研究」7月）

黒田佳子「父の目の中」（「芹沢・井上文学館友の会会報」8月）

松田好哉「この一冊『孔子』」／浦城いくよ「三笠宮と父と絨毯」／五十嵐俊子「茶の湯と私『本覚坊遺文』に想う」／荒井玲子「井上作品との出合い」／遠藤仁誉「珠玉の修辞　井上靖の詩業」（井上靖記念館友の会「海鳴り」9月）

岩井昭三「井上靖『本覚坊遺文』余聞――侘数奇の継承――」（「梅花短大国語国文」10月）

中村稔「井上靖記念館――北海道旭川市」（『文学館感傷紀行』11月、新潮社刊）

中村光一「井上靖と三島・沼津」（「月刊国語教育」12月）

浦城恒雄「『孔子』と義父の思い出」（「芹沢・井上文学館友の会会報」12月）

高木伸幸「『流転』成立考――井上靖文学生成の一過程」（「国文学攷」12月）

顧偉良「『しろばんば』〔前篇〕論――風景の交錯――」（「言語と文芸」12月）

藤沢全「井上靖と英文学――短篇『ある女の死』の場合」（「国際関係研究」12月）

梅原猛「井上靖さんのこと」（「東京新聞」12月8日夕）

［**平成10年**］（一九九八）

橋詰静子「描かれた子どものこころ――洪作少年の言語形成過程――」（目白女子短期大学「女子教育」3月）

浦城いくよ「父と山の思い出」／鈴木康弘「井上靖先生との出会い」（井上靖ナナカマドの会「赤い実の洋燈」3月）

黒田秀彦「岳父井上靖」（「芹沢・井上文学館友の会会報」4月）

山本武美「私と『天平の甍』」／久城隆敏「井上文学展示室の担う役割」／浦城いくよ「三つの会のご報告」／堀江顯三「話題広がる井上文学」／丸明子「甦る中国の日々」／遠藤仁誉「詩集『北国』との出会い」／（井上靖記念館友の会「海鳴り」4月）

岡田武史「フランス決戦の記」（「文藝春秋」7月）

井上甫壬「父からの結婚祝い」／藤田利二「井上靖先生と私」（「芹沢・井上文学館友の会会報」8月）

高木伸幸「井上靖『貧血と花と爆弾』論――『真物』の男たちの『熱情』――」（「国文学攷」9月）

松田好哉「『通夜の客』には逢えなかった」／遠藤仁誉「和上の尊像を拝する」／浦城いくよ「岡田武史氏と井上靖の詩」（井上靖記念館友の会「海鳴り」9月）

古田辰雄「開館五周年を迎えて」／富永千晶「『親子文学散歩』に参加して」／前田和恵「『ナナカマド文学散歩』に参加して」（井上靖ナナカマドの会「赤い実の洋燈」10月）

辻邦生「見事なロマネスク世界の構築」／高原須美子「日本の戦後の『青春』」（『井上靖短篇集』内容見本　11月、岩波書店刊）

黒田佳子「『しろばんば』と『月の光』の内側――祖母やゑの話」（『焔　詩とエッセイ一九九八』12月、福田正夫詩の会刊）

曾根博義「解説」（『井上靖短篇集第1巻』12月、岩波書店刊）

井上弓子「今日は今迄で一番気持がいいねえ」（「芹沢・井上文学館

友の会会報」12月）

ら

り

る

ゆ

よ

ほ

へ

ふ

ね

の

は

ぬ

と

そ

た

す

し

き

う

あ

作品名索引

凡　例

1　本全集に収録した全作品の題名を50音順に配列し、それぞれ収録巻数（別巻は「別」と略記）—起頁数を掲げた。

2　各巻の解題中に全文を引用した著書の「あとがき」「作者の言葉」の類も収めたが、別巻雑纂の最後に収めた推薦文は省いた。

3　同題の作品や題名だけでは内容がわかりにくいものについては、適宜（　）内に、ジャンル名、詩の書き出し、初出年月（「昭和」は「昭」、「平成」は「平」と略記）を添えるなど、最小限の注記を加えた。

4　別巻の自作解説や雑纂のなかには、収録にあたって、内容判別の便を考え、題名を補ったり、改めたりしたものが多い。

5　異題のあるもの、別の読み方が可能なものは、なるべく「→」によって当該作品を検索できるようにした。ただし4に該当する作品については原則としてその掲出を省いた。

6　必要に応じて、題名のあとに小字で副題（—○○○—）、総題（—○○○）を添えた。

7　中国の人名・地名などの固有名詞は原則として日本における慣用の読みに従った。

8　書名は「　」で統一した。同じ題名で「　」の付いているものと付いていないものがある場合、「　」のあるものは原則としてその題名の著書全体あるいはその作品に言及した作品を示している。

9　第28巻に収めた各賞の選評等は一括して掲げ、回ごとの細目を省いた。

10　収録巻—頁数が2組併記してあるものは、誤って重複掲載してしまった作品で、本来は早い方の巻のみに収録すべきだった作品である。

11　その他の編注には＊を付した。

曾根博義編

題字　井上靖
表紙　著者直筆原稿
（「孔子」冒頭）
装幀　新潮社装幀室

第二十九回配本（全28巻　別巻1）

井上靖全集　別巻

二〇〇〇年四月二五日発行
二〇一二年五月一五日二刷

著者　井上　靖（いのうえ・やすし）
発行者　佐藤隆信
発行所　株式会社新潮社　http://www.shinchosha.co.jp
〒一六二－八七一一　東京都新宿区矢来町七一
電話　編集部(〇三)三二六六－五四一一　読者係(〇三)三二六六－五一一一
印刷所　凸版印刷株式会社
製本所　加藤製本株式会社
価格は函に表示してあります。
乱丁・落丁本は、ご面倒ですが小社読者係宛お送り下さい。送料小社負担にてお取替えいたします。
© Shûichi Inoue 2000, Printed in Japan ISBN978-4-10-640569-3 C0391